三國戲曲集成

第五卷　晚清昆曲京劇卷

◎ 胡世厚　主編

◎ 校理　胡世厚

復旦大學出版社

元代卷	胡世厚 校理
明代卷	楊　波 校理
清代雜劇傳奇卷（上下）	胡世厚 衛紹生 校理
清代花部卷	衛紹生 楊　波 胡世厚 校理
晚清昆曲京劇卷	胡世厚 校理
現代京劇卷（上中下）	胡世厚 校理
山西地方戲卷	王增斌 田同旭 啜希忱 校理
當代卷（上下）	胡世厚 校理

《三國戲曲集成》編委會

顧　問　劉世德

主　任　胡世厚

副主任　范光耀　關四平　鄭鐵生　衛紹生　張蕊青

委　員　（按姓氏筆畫排列）

　　　　　王增斌　毛小曼　田同旭　啜希忱　康守勤

　　　　　張競雄　楊　波　趙　青　劉永成

主　編　胡世厚

◎戏图 清同光名伶十三绝写真图◎
清沈容圃绘 选自《中国京剧艺术百科全书》

◎戲圖　清程長庚、盧勝奎、徐小香《群英會》寫真圖◎
選自《中國京劇藝術百科全書》

◎清惠山泥塑 《鳳儀亭》◎
選自《中國戲劇圖史》

◎**戲畫** 清李涌繪昆曲《連環記》◎
蘇州昆曲博物館藏選自《中國戲曲發展史》

◎戲圖：昆曲《連環記》之《賜環》《拜月》◎
選自《昆曲大全》

◎戲圖：昆曲《連環記》之《梳妝》《擲戟》◎
選自《昆曲大全》

◎戲圖 清代蘇州戲文絹衣人《長坂坡》◎
選自《中國戲曲發展史》

◎楊柳青年畫 清戲曲《三顧茅廬》◎
選自《中國戲劇圖史》

◎楊柳青年畫　清戲曲《甘露寺》◎
選自《中國戲劇圖史》

◎**戲畫** 清戲曲《西川圖》之嚴顏、張飛◎
選自《中國戲劇圖史》

◎楊柳青年画　清戲曲《趙雲截江奪阿斗》◎
選自《中國戲劇圖史》

◎**畫像** 汪笑儂◎
選自《汪笑儂戲曲集》

◎戲圖 清京劇《捉放曹》◎
選自《繪圖京都三慶班京調全集》

◎戲圖 清京劇《捉放落店》◎
選自《繪圖京都三慶班京調全集》

◎戲圖 清京劇《濮陽城》◎
選自《繪圖京都三慶班京調全集》

◎戲圖 清京劇《打鼓罵曹》◎
選自《繪圖京都三慶班京調全集》

◎戲圖 清京劇《薦諸葛》◎
選自《繪圖京都三慶班京調全集》

◎戲圖　清京劇《長坂救主》◎
選自《繪圖京都三慶班京調全集》

◎戲圖 清京劇《黃鶴樓》◎
選自《繪圖京都三慶班京調全集》

◎戲圖 清京劇《三氣周瑜》◎
選自《繪圖京都三慶班京調全集》

◎戲圖 清京劇《柴桑口》◎
選自《繪圖京都三慶班京調全集》

◎戲圖 清京劇《取成都》◎
選自《繪圖京都三慶班京調全集》

◎戲圖　清京劇《定軍山》◎
選自《繪圖京都三慶班京調全集》

◎戲圖　清京劇《陽平關》◎
選自《繪圖京都三慶班京調全集》

◎戲圖　清京劇《別宮祭江》◎
選自《繪圖京都三慶班京調全集》

◎戲圖　清京劇《天水關》◎
選自《繪圖京都三慶班京調全集》

◎戲圖 清京劇《失街亭》◎
選自《繪圖京都三慶班京調全集》

◎戲圖 清京劇《空城計》◎
選自《繪圖京都三慶班京調全集》

◎戲圖　清京劇《七星燈》◎
選自《繪圖京都三慶班京調全集》

◎書影 《繪圖京都三慶班京調未集》◎

新著罵曹全世　　懷邑王○成校刊

引 天空地闊海無邊運籌緯屋件件全　自家似懸河語
自流舌上風雲運机謀讀盡五車古今書　有談笑寬
候，吳姓禰名衡字正平乃平原人氏自幼博學經文
深通戰策兵論雖有曾魯在平之智言有𧵍蘇秦舌
辨之能回時末未得其主曾與北海孔融以為蕃賓
昨日蒙他將我荐與曹丞相門下為謀我想曹操名為
漢相竟為漢賊焉有敬吳納士而且進府見机而行正
是未逢真名主有負凍樑才　叨我好比一蛟龍困在沙
灘淺水中有朝一日春雷動得会風雲上九重自幼意

◎書影《梨園集成》之《罵曹》◎
選自《續修四庫全書‧戲曲集》

◎書影 《取成都》◎
選自《繪圖京都三慶班京調全集》

校正京調取城都全本
四卒引馬超上白 白盔白甲素色旛 白旗招展似雪飛 跨下能行如白虎 要與皇
叔立帝基 俺馬超奉了軍師將令 帶領人馬 奪取城都 味報將官卒白有白就
此起兵前往哦同下報白 探得軍情事 報與千歲知 俺乃西川探子是也 今有馬
超降了劉備 帶領人馬前來奪取城都下兒報與千歲知道四太監上引嘆吹小開排
子生上引坐守西川恨張松 降順桃園監白嘆吹君爲民憂 民爲國愁 憂國憂民
何日罷休白孤姓劉名璋字子瑜 坐鎮西川 一帶等處 可恨同宗劉備 帶領
人馬 奪取西川 孤在張魯王駕前 聘請一將 名喚馬超 此人有萬夫不當之
勇 孤命他鎮守葭萌關 與桃園兄弟交戰 不知勝負 也曾命探子前去探聽
未見回報報上白 報今有馬超 歸順劉備 帶領人馬前來奪取城都生白再探報下
生白不好了唱搖板 聽說探馬 報一鼓 膽大馬超降他人 內臣擺駕 敵樓進小
生內白臣兒有本啟奏生唱宣皇兒上殿問分明下生上唱搖板 千言萬語父不信 一
心要作仁義人 劉王正在爲難處 見了父王奏分明白兒臣見駕 父王千歲生白
皇兒平身小生白千千歲生白賜坐小生謝坐生白皇兒上殿有何本奏小生白啟奏父
王馬超帶領人馬前來奪取城都父王何以坐視不理生白父是坐視不理奈城都兵微
將寡將西川讓與劉備就是了小生白父王吓唱慢板皇兒奏本父思論 父王做事不
取成都 七

◎書影 《取成都》◎
選自《繪圖京都三慶班京調全集》

總　　序

　　魏、蜀、吴三國形成經鼎立至滅亡,即從漢靈帝中平元年(184)黄巾起義起,到吴亡於晉武帝太康元年(280)一統,共九十七年,是我國歷史上一個獨具特色的時代。這一時期,漢室傾頹,天下大亂,群雄争霸,割據稱强,戰争頻仍,生靈塗炭,然而時勢造英雄,湧現出一大批文韜武略功績卓著的英雄人物。他們南征北戰,鬥智鬥勇,演繹出了一場國家從統一到分裂再從分裂到統一的可歌可泣、有聲有色、威武雄壯的活劇。

一

　　記載這一段歷史比較完整的史書,有晉陳壽的《三國志》和南朝宋裴松之的注、南朝宋范曄的《後漢書》、北宋司馬光的《資治通鑑》以及南宋朱熹的《通鑑綱目》。西晉以來,豐富多彩的三國故事在民間流傳。魏晉六朝的筆記小説,如裴啓的《裴子語林》、南朝宋劉義慶的《世説新語》和南朝梁殷芸的《小説》都記載了不少有關以三國人和事爲對象的故事,特別是有關曹操、諸葛亮、劉備等人的故事。到了唐代,三國故事已很流行。唐初道宣的《四分律删繁補闕行事鈔》、唐開元時大覺的《四分律行事鈔批》和晚唐景霄的《四分律行事鈔簡正記》,都記述了忠貞智慧的孔明爲劉備重用和"死諸葛怖生仲達"的傳説故事。到了宋代,三國故事流傳更廣,而且出現了專門説三國故事的藝人。宋蘇軾的《東坡志林》、孟元老的《東京夢華録》都記有專門"説三分"的,但脚本没有流傳下來。今天只能看到宋人話本中提到的三國人物和事件。

　　中國戲曲從萌芽到成熟的各個時期,三國歷史故事都是重要的題材來源,作品數量衆多,影響巨大,搬上舞臺也較早。據舊題顔師古《大業拾遺記·水師圖經》記載,隋煬帝時,就已用木偶戲的形式扮演三國故事。唐人李商隱《驕兒詩》"或謔張飛胡,或笑鄧艾吃"的詩句,説明當時已使用某種藝術形式表演了三國故事,爲兒童所模仿。宋人高承《事物紀原》與張耒《明道雜志》都記載有傀儡戲、影戲表演情節連貫、人物形象鮮明的三國故事戲。隨着宋雜劇的出現，由藝人扮演三國人物的三國故事登上了戲曲舞臺。今見最早著錄三國劇目的是陶宗儀《南村輟耕錄》，記載金院本三國戲劇目有 5 種：《赤壁鏖兵》《刺董卓》《襄陽會》《大劉備》《罵呂布》；宋元南戲三國戲劇目中有 10 種：《貂蟬女》《甄皇后》《銅雀妓》《周小郎月夜戲小喬》《關大王古城會》《劉先主跳檀溪》《何郎敷粉》《瀘江祭》《劉備》《斬蔡陽》。然而這些作品的劇本都沒有流傳下來，今僅存宋元南戲 3 種劇本的幾支殘曲。儘管如此，從中也可以看出金、南宋時代的戲曲藝人，根據史書記載和民間傳說，已把三國故事搬上了戲曲舞臺。

　　元代，雜劇已經成熟，出現繁盛景象。元代戲曲作家特別是戲曲大家關漢卿、王實甫、高文秀、鄭光祖等對三國故事題材十分青睞，他們在宋、金三國戲文和院本的基礎上，以三國史籍和廣爲流傳的三國故事以及稍後的《三國志平話》爲題材，以自己的歷史觀、社會觀、戲曲觀、審美觀創作了大量的三國戲，曲折地反映了元代現實生活，具有鮮明的時代精神。據元鍾嗣成《錄鬼簿》、明賈仲明《錄鬼簿續編》、明朱權《太和正音譜》、清黃丕烈《也是園藏書古今雜劇目錄》和近人傅惜華《元人雜劇全目》、邵曾祺《元明北雜劇總目考略》、莊一拂《古典戲曲存目彙考》、陳翔華《三國故事戲考略》等記載，元代（含元明之間）三國雜劇有 62 種，現存劇本有 21 種：關漢卿的《關大王單刀會》《關張雙赴西蜀夢》、高文秀的《劉玄德獨赴襄陽會》、鄭光祖的《虎牢關三戰呂布》《醉思鄉王粲登樓》、朱凱的《劉玄德醉走黃鶴樓》、無名氏的《錦雲堂暗定連環計》《諸葛亮博望燒屯》《關雲長千里獨行》《兩軍師隔江鬥智》《劉關張桃園三結義》《關雲長單刀劈四寇》《張翼德大破杏林莊》《張翼德單戰呂布》《張翼德三出小沛》《莽張飛大鬧石榴園》《走鳳雛龐統掠四郡》《曹操夜走陳倉路》《陽平關五馬破曹》《壽亭侯怒斬關平》《周公瑾得志娶小喬》。又存劇本殘曲 7 種：高文秀的《周瑜謁魯肅》、王仲文的《諸葛亮軍屯五丈原》、武漢臣的《虎牢關三戰呂布》、花李郎的《相府院曹公勘吉平》、無名氏的《千里獨行》《斬蔡陽》《諸葛亮挂印氣張飛》。今存劇目 34 種。在這 62 種今存劇目中，三國時期的重要歷史事件和重要人物劉備、關羽、張飛、趙雲、諸葛亮、孫權、周瑜、魯肅、曹操、袁紹、董卓、呂布、馬超、蔡琰、貂蟬、王粲、司馬懿、司馬昭等都被寫進了劇本，登上了戲曲舞臺。從這些劇目敷演的故事來看，元代的戲劇作家已把最精彩的三國故事搬上了戲曲舞臺，而且以蜀漢爲正統、尊劉貶曹抑孫、崇尚仁義忠孝智勇的思想傾向已很突出，故事情節已相當連貫和完整，人物形象亦相當鮮明，特別是一些主要人物性格特徵、造型已定格，成了範式，如劉備、關羽、張飛、諸葛亮、曹操、周瑜等。

明代三國戲，在繼承元雜劇、宋元南戲的三國戲的基礎上又有了新的發展，尤其是生活於元明之際羅貫中《三國志通俗演義》在明代中期刊刻問世後，不僅給廣大讀者提供了喜愛的讀物，而且爲戲曲作家提供了創作三國戲的素材。據《古典戲曲存目彙考》、陳翔華《明清三國故事戲考略》記載，明代雜劇寫三國故事的有18種，今存劇本有5種：朱有燉《關雲長義勇辭金》、汪道昆《陳思王洛水生悲》、陳與郊《文姬入塞》、徐渭《狂鼓吏漁陽三弄》、無名氏《慶冬至共享太平宴》；今存殘折1種：丘汝成《諸葛平蜀》；今存劇目12種：張國籌《茅廬》、諸葛味水《女豪傑》、凌濛初《禰正平》、蔣安然《胡笳十八拍》、凌星卿《關岳交代》、鄧雲霄《竹林小紀》、無名氏《銅雀春深》《黃鶴樓》《碧蓮會》《竹林勝集》《斬貂蟬》《氣伏張飛》。明傳奇寫三國故事的32種，今存劇本7種：王濟《連環記》、鄒玉卿《青虹嘯》、無名氏《古城記》《草廬記》《七勝記》《東吳記》《三國志大全》；今存殘曲14種：無名氏《桃園記》(七齣)、《草廬記》、沈璟《十孝記》中的《徐庶見母》(一齣)、《古城記》、《連環記》、無名氏《青梅記》(一齣)、《赤壁記》、《單刀記》(一齣)、《三國記》、《四郡記》、《關雲長訓子》、《魯肅請計喬公》、《五關記》(一齣)、《興劉記》(一齣)；今存劇目14種：馬佶人《借東風》、金成初《荆州記》、長嘯山人《試劍記》、許自昌《報主記》、王異《保主記》、穆成章《雙星記》、黃粹吾《胡笳記》、彭南溟《玉珮記》、汪宗臣《續緣記》、劉藍生《雙忠孝》、孟稱舜《二橋記》、無名氏《猇亭記》《射鹿記》《試劍記》。

從現存的三國戲劇本內容和劇目可以看出，明代的三國戲又有了新的發展，不僅內容豐富，而且表現形式也有突破，出現了敷演複雜故事的多達幾十齣的傳奇，其故事情節更加曲折動人，結構更加緊湊出奇，人物形象更加生動鮮明，曲文典雅富有文采，念白通俗易懂。

二

到了清代，三國戲呈現出相當繁榮的局面，編演三國戲的不僅有雜劇、傳奇，還有花部各種地方劇種，衆多的劇目，幾乎把《三國演義》的主要人物和精彩情節都改編爲戲劇，搬上了舞臺。清代的三國戲，思想內容更加豐富，人物形象更加鮮明，藝術樣式更加多樣，觀衆更多。據《曲海總目提要》

《清代雜劇總目》《古典戲曲存目彙考》記載,清代雜劇三國戲有 22 種,其中存本 15 種:南山逸史的《中郎女》、來集之的《阮步兵鄰廝啼紅》、鄭瑜的《鸚鵡洲》、尤侗的《弔琵琶》、徐石麟的《大轉輪》、嵇永仁的《憤司馬夢裹罵閻羅》、邊汝元的《鞭督郵》、唐英的《笳騷》、楊潮觀的《諸葛亮夜祭瀘江》《窮阮籍醉罵財神》、周樂清的《定中原》(《丞相亮祚綿東漢》)、《真情種遠覓返魂香》(《波弋香》)、黃爕清的《凌波影》、無名氏的《祭瀘江》《耒陽判事》;存目 7 種:萬樹的《罵東風》、許多岷的《梅花三弄》、張維敬的《三分案》、張瘦桐的《中郎女》、無名氏的《反西涼》《文姬歸漢》《黃鶴樓》。清傳奇三國戲有 25 種,其中今存劇本有 13 種:范希哲的《補天記》、曹寅的《續琵琶》、夏綸的《南陽樂》、維安居士的《三國志》、無名氏的《錦繡圖》、《平蠻圖》(中國國家圖書館藏清鈔本)、《西川圖》、《賢星聚》、《雙和合》、《世外歡》、《平蠻圖》(綏中吳氏藏鈔本)、《樊榭記》、周祥鈺的《鼎峙春秋》;今存劇目有 12 種:劉晉充《小桃園》、李玉《銅雀臺》、劉百章《七步吟》、容美田《古城記》、雲槎外史《桃園記》、鳳凰臺上吹簫人《斬五將》、顧彩《後琵琶記》、石子斐《龍鳳衫》、無名氏《八陣圖》《青鋼嘯》《三虎賺》《古城記》。

　　有一些劇作家,不滿於現實,不滿於《三國演義》三分一統於晉的結局,他們為洩胸中之氣,翻歷史事實及小說所寫的結局,創作了一些補恨翻案戲。如周樂清的雜劇《丞相亮祚綿東漢》,范希哲的傳奇《補天記》,夏綸的傳奇《南陽樂》,漢為正統的思想與擁劉貶曹抑孫傾向明顯加強。《丞相亮祚綿東漢》讓諸葛亮滅魏、吳統一天下,《補天記》讓曹操下阿鼻地獄受苦,《南陽樂》讓諸葛亮殺司馬師、擒司馬懿、下許昌囚曹丕、戮曹操屍、收東吳、囚孫權,劉禪禪位給北地王劉諶、諸葛亮功成辭歸南陽。

　　還有一些劇本,取三國時人名,杜撰故事,反映社會生活,抒發胸中塊壘,曲折地反映針砭時弊的情懷。如嵇永仁的雜劇《憤司馬夢裹罵閻羅》與楊潮觀的雜劇《窮阮籍醉罵財神》。

　　縱觀清代雜劇、傳奇三國戲,繼承了元明雜劇、傳奇三國戲傳統,但又有自己的特點。這些劇本大多是清初至道光間文人創作的作品,雜劇多側重抒情,表達劇作家的思想理念;傳奇則長於敘述故事,特別是情節複雜、人物眾多、跨度時間長的內容,寫成多本百餘齣甚至二百四十齣劇本。然而,清代的雜劇、傳奇僅知《鼎峙春秋》在宮廷全部連演過兩次,宮廷與民間則選演過其中的一些單齣戲,《南陽樂》及少數劇目演出過,大多未見演出的記載,實際成為案頭戲曲文學。

上述元明清雜劇、傳奇三國戲的收錄情況，囊括了今知的全部劇本，是戲曲文學的珍貴文獻資料。

三

清初，我國戲曲除以崑腔、京腔演唱傳奇之外，又出現了許多新興的聲腔劇種，據乾隆六十年(1795)，李斗《揚州畫舫録》載："兩淮鹽務，例蓄花雅兩部，以備大戲。雅部即崑山腔；花部爲京腔、秦腔、弋陽腔、梆子腔、羅羅腔、二簧調，統謂之亂彈。"花、雅兩部，後來演變爲對一類劇種的總稱，雅部專指崑曲，花部成爲新興的地方戲。花、雅經歷了長期的競爭，儘管宫廷官府崇尚保護崑曲，但難阻慷慨激昂、通俗易懂的花部贏得廣大民衆的喜愛，蓬勃興盛，崑曲則逐漸衰落。而傳統三國戲，亦爲花部諸腔青睞，尤其是花部諸腔以老生爲主，因而改編、創作了許多以老生、武生爲主的三國戲，使花部三國戲更爲豐富興盛。花部三國戲劇目衆多，且都是經過舞臺實踐、邊演邊改的演出本。據金登才《清代花部戲研究》"花部劇作"考查，乾隆年間三國戲有5種：《斬貂》《博望坡》《漢陽院》《龍鳳呈祥》《截江救主》；嘉慶年間三國戲有21種：《桃園結義》《四(汜)水關》《賜環》《戰宛城》《白門樓》《白逼宫》《斬顔良》《關公挑袍》《過五關》《薦諸葛》《三顧茅廬》《長坂坡》《三氣周瑜》《黄鶴樓》《單刀會》《祭江》《斬馬謖》《葫蘆峪》《五丈原》《鐵籠山》《哭祖廟》；道光年間三國戲有59種：《温明園》《捉放曹》《虎牢關》《磐河戰》《借趙雲》《戰濮陽》《轅門射戟》《奪小沛》《鳳凰臺》《許田射獵》《聞雷失箸》《擊鼓駡曹》《卧牛山》《馬跳檀溪》《金鎖陣》《漢津口》《祭風臺》《舌戰群儒》《臨江會》《群英會》《借箭打蓋》《祭東風》《赤壁記》《華容道》《取南郡》《取桂陽》《取長沙》《戰合肥》《討荆州》《柴桑口》《斬馬騰》《反西涼》《戰渭南》《西川圖》《取雒城》《冀州城》《戰歷城》《葭萌關》《獻成都》《百壽圖》《瓦口關》《定軍山》《陽平關》《收龐德》《玉泉山》《戰山》《受禪臺》《興漢圖》《造白袍》《伐東吴》《白帝城》《英雄志》《渡瀘江》《鳳鳴關》《天水關》《駡王朗》《失街亭》《隴上麥》《葫蘆峪》，三朝共有三國戲85種，其中有一種《葫蘆峪》相重。這些劇本大多收録在《故宫珍本叢刊》《昇平署檔案集成》《車王府藏曲本》與《楚曲十種》中。我們從中得到88種，另有5種劇目内容相重未收，而《花部戲曲研究》考查的劇目，尚有24種，而未找到劇本。從搜集到的花部三國戲劇本看，劇本都是鈔本或轉録本，大多無標點，文字差錯較多。劇本有長有短，長者有十本九十六齣,短者一齣。其思想傾向,仍然繼承了以前雜劇傳奇的宗漢尊劉、貶曹抑孫,頌忠義仁孝智勇,斥奸佞專橫殘暴不仁不義;在藝術上突出的是"音樂慷慨動人,文詞直樸易懂",舞臺動作性強,人物性格鮮明。

　　清乾隆五十五年(1790),四大徽班中的三慶班首先進京,爲慶祝乾隆八十大壽演出之後,留京演出,徽班的四善班、和春班、春臺班亦相繼進京演出。徽班以唱二簧、昆腔爲主。19世紀初的嘉、道年間,湖北漢調藝人進京加入徽班,漢調以唱西皮爲主,於是出現了徽、漢合流。徽班爲了與昆曲、秦腔、京腔爭勝,在繼承徽、漢二調基礎上,廣泛吸取其他聲腔劇種之長,於道光二十年(1840)前後,逐步形成了藝術風格和表演方式相當完整的皮黄戲,即後來的京劇。同、光年間,京劇已經趨於成熟,呈現出繁榮局面。三慶班主程長庚請盧勝奎執筆,據《三國演義》和其他三國戲,編寫了連臺戲三十六本的京戲《三國志》,從劉備投荆襄起到取南郡止。遺憾的是劇本未能全部保留下來,留藏在藝人之手的尚有十九本。這些劇本,經多年舞臺實踐,邊演邊改,如今已成京劇經典作品。除此之外,四大徽班還各有自己名伶擅演的代表性三國劇目,收錄在《梨園集成》《醉白集》《繪圖京都三慶班真正京調全集》中。清末京劇改良先驅汪笑儂還改編創作了四部刺世貶時富有時代精神的三國戲:《獻西川》《受禪臺》《罵王朗》《哭祖廟》。

　　我們從上述京劇集中選錄京劇三國戲47種,這些劇本有一個非常突出的特點,是伶人編寫、演出的文本,代表了京劇形成繁榮時期的文學藝術水平,起着承前啓後的作用,既將傳統三國戲整飾加工,使其更加精彩,又針對現實創作了一些針砭時弊、喚醒民衆發奮、救亡強國的戲曲劇本。這些劇本不僅爲現代京劇和各種地方戲提供了文學劇本和創作經驗,而且有許多劇至今仍活躍在舞臺上。

　　昆曲到晚清,已呈衰落之勢,三國戲雖未出現有影響的新創劇作,但藝人們從元雜劇關漢卿的《關大王單刀會》和明傳奇王濟的《連環記》、無名氏的《古城記》等傳統劇目中,選擇一些精彩片段改編爲單齣戲,常演出於宫廷與民間戲曲舞臺。流傳下來的劇本,均係手抄本,收錄在《故宫珍本叢刊》《昇平署檔案集成》《車王府藏曲本》等戲曲文獻中。我們從中收錄三國戲30種。雖然多是單齣折子戲,但匡扶漢室、擁劉貶曹的思想傾向突出,故事情節生動精彩,人物形象性格鮮明,言語文雅,唱腔動聽,不僅是流傳下來的藝術精品、珍貴的戲曲文獻,而且有些戲如《單刀會》《貂蟬拜月》《梳妝擲戟》《灞橋餞别》《古城相會》《徐母擊曹》等仍演出於當今舞臺。

四

　　從 1919 年五四運動起，到 1949 年中華人民共和國成立，這一時期，文學界多稱爲現代。這一時期的二三十年代，京劇名家輩出，流派紛呈，是京劇的鼎盛時期。就是在八年抗日戰爭期間，有些京劇名家爲抗日明志罷演，但京劇仍然活躍在國統區、淪陷區、敵後抗日根據地的解放區。抗日戰爭勝利之後，京劇舞臺又活躍起來。因此可以説，這一時期，京劇興盛繁榮，流布於大江南北、長城内外，被譽爲"國劇"。在舊中國日漸淪於半封建、半殖民地的境况下，長於急管繁弦、慷慨激越的京劇，在民生凋敝、國勢艱危、日寇入侵之際，承擔起"歌民病""唤民醒"的重任，湧現出許多借古諷今、切中時弊的優秀劇目，生動、深切地折射出國家政局的演變與廣大民衆的心聲。而三國故事尤爲京劇作家和藝人青睞，他們在繼承前代三國戲的基礎上，改編、移植、創作了許多三國戲。據陶君起《京劇劇目初探》著録三國戲劇目有 154 種，曾白融《京劇劇目辭典》著録三國戲劇目 511 種（其中有一些是一劇多名）。流傳下來的三國戲劇本極其豐富。從這一時期前後出版的劇本集來看，1915 年的《戲考》，收録三國戲劇本 77 種；1933 年的《戲學指南》，收録三國戲劇本 23 種；1948 年的《戲典》，收録三國戲劇本 18 種；1955 年的《京劇叢刊》，收録三國戲劇本 20 種；1957 年的《京劇彙編》，收録三國戲 109 種；1957 年的上海市《傳統劇目彙編》京劇集，收録三國戲劇本 42 種；1962 年的《關羽戲集·李洪春演出本》，收録關羽戲 27 種。此外，尚有民國年間出版的《京調大觀》《戲曲大全》《舊劇集成》等京劇劇本集，也收録一些三國戲劇本。有些劇本集，雖然是中華人民共和國成立以後出版的，但收録的却是民國年間的藝人演出本。現從衆多刊印的京劇劇本集中遴選出 146 種。這些劇本中有許多是清代名伶編演，傳給弟子、家人或戲班，爲現代京劇名家演出所用而收藏。並且京劇名家在演出過程中，根據本人及時代情况，又進行加工修飾，使情節更加合理，結構更加緊凑，人物性格更加鮮明，語言更加曉暢易懂，且不失文采。

　　這一時期劇本創作出現了一種可喜的新情况，劇作家與藝人合作編劇，而且是一位劇作家專爲某位名伶或幾位名伶編劇。他們量體裁衣，針對某個藝術家的特點，創作出適合該藝術家演出的劇本，這不僅提高了劇本的文學性，也增强了劇本的動作性。比如劇作家齊如山，專爲梅蘭芳寫戲，爲梅蘭芳改編、創作了30多個劇目,其中有三國戲《洛神》。作者依據《洛神賦》和明雜劇《陳思王洛水生悲》、清雜劇《凌波影》進行改編,塑造了超凡脱俗、冷艷情深的宓妃,鑄造了宓妃與曹植"若有情""似無情""欲笑還顰,最斷人腸"的境界。又如劇作家金仲蓀專爲程硯秋寫戲,針對程硯秋的特點量體裁衣,特別注重立意,反映現實。1931年,金仲蓀針對蔣、馮、閻、桂軍閥開戰給民衆造成的災難,創作了《春閨夢》,描寫漢末公孫瓚與劉虞爲爭疆土開戰,强徵兵丁,迫使新婚的王恢從軍戰死。其妻張氏獨守空房,思念丈夫,憂思成夢。夢見丈夫回來,夫妻重温舊情;又夢見戰場刀光劍影、尸横遍野,丈夫戰死沙場。劇作家借此情揭露痛訴軍閥戰争的殘酷與罪惡,深切同情遭受苦難的民衆。1933年,金仲蓀針對"九一八"事變之後,國民政府實行不抵抗政策,東北三省很快淪入敵手的情況,根據地方戲《江油關》改編爲京劇《亡蜀鑒》,批判了蜀漢江油守將馬邈在强敵壓境之際,不思抵抗、投敵叛國的罪行;歌頌了馬妻李氏深明大義,苦苦勸夫抵抗,後得知丈夫出城投降、江油失守,悲傷欲絶、自盡而亡的民族氣節和愛國情懷,表達了對日本侵略者必須抵抗的决心,唤起民衆反對投降、寧死不做亡國奴的愛國思想,反映了當時民衆的心聲。

　　山西地方戲歷史悠久,源遠流長,從漢代到宋代,經過一千多年的孕育演變,戲曲日趨成形。北宋時晉南、晉東南的一些鄉村已出現了大戲臺專供演員演戲。元代雜劇盛行,山西的平陽(今臨汾)與大都(今北京)是並列的雜劇藝術中心,平陽的雜劇演出盛況無與倫比。

　　山西地方戲劇種,有50多種,居全國省市之首。然最著名的有四大梆子:蒲劇、中路梆子(晉劇)、北路梆子、上黨梆子。山西地方戲劇目甚多,傳本亦豐,三國戲亦然。據《山西地方戲彙編》收録三國戲147種。另有一些劇本收藏在某劇團或藝人手中。今從《彙編》和劇團、藝人所藏中遴選三國戲64種,其中有晉劇、蒲劇、北路梆子、上黨梆子、鄘鄂、鐃鼓雜戲等。這些劇本的寫作年代不知,大多是清代、民國流傳下來的傳統的三國戲,也有新改新編和創作的三國戲,其思想傾向爲尊劉貶曹、張揚忠義,貶斥奸佞不道之行。而部分新改新編的劇本如晉劇《關公與貂蟬》《貂蟬軼事》,描寫細膩,注重心理刻畫,與傳統三國戲以敘述故事情節爲主、粗綫條表現人物有所不同。

　　中華人民共和國成立之後,我國戲曲文學在"百花齊放,推陳出新"方針和"發展現代戲,改編傳統戲,創作歷史劇"三並舉政策的指導下,前十七年出現了繁榮的喜人局面,可以説是我國戲曲發展的黄金時期。"文革"期間,我國戲曲遭受嚴重摧殘,新創作的現代戲、已經改編出新的傳統戲和新編歷史劇統統成爲"封、資、修"的東西,遭到批判和禁演。各地京劇和地方戲改編、新創的劇本極少,除八個樣板戲之外,幾乎無戲可演。粉碎"四人幫"之後,特别改革開放以來,我國戲曲又迎來陽光明媚的春天,戲曲文學呈現出百花争艷的繁榮景象。這期間儘管受到影視藝術、通俗歌曲的影响,戲曲文學仍然改編創作出一批反映生活貼近時代的優秀劇目。

三國戲隨着時代的變化,戲曲的發展,也出現了令人欣喜的繁榮景象,改編整理許多傳統三國戲,新創作一批富有時代精神的三國戲。我們從1949年中華人民共和國成立到2014年六十五年間出版的戲曲文學書刊中,遴選出18個劇種改編或創作的39部三國戲。其中改編的19部、新創的20部。無論是改編傳統三國戲,還是新創三國戲,劇作家都以現代觀念、審美理想、觀照歷史,既尊重歷史事實,又虚構歷史細節和人物,力求在思想内容、人物形象方面出新、創新,使其貼近生活,貼近時代,寓教於樂,以古鑒今,給人以新的認識和啓迪。當代這39部戲,突破了以往以蜀漢爲主的題材,改變了尊劉貶曹抑孫的思想傾向,給曹操、周瑜以公正的評價,擦掉了曹操臉上的白粉,去掉了周瑜心胸狹窄、妒賢嫉能的性格缺陷,並且塑造了許多新的女性形象。

五

綜上所述,我們從歷代三國戲中,彙集587種,其中完整劇本471種,殘曲、存目116種,編爲《三國戲曲集成》,内分八卷:《元代卷》、《明代傳奇卷》、《清代雜劇傳奇卷》(上下卷)、《清代花部卷》、《晚清昆曲京劇卷》、《現代京劇卷》(上中下卷)、《山西地方戲卷》、《當代卷》(上下卷)。縱觀《三國戲曲集成》,亮點有三:

第一,開荒創新,填補空白。我國古代長篇小説有四大名著:《三國演義》《水滸傳》《西遊記》《紅樓夢》,編演、留存戲曲劇本最多的是三國戲。然而,《水滸戲曲集》《西遊記戲曲集》《紅樓夢戲曲集》都已先後出版,唯獨《三國戲曲集》没有問世。也許因爲歷代三國戲多,版本複雜,存本分散,蒐集整理難度大,工程浩繁,因而學界無人問津。如今,《三國戲曲集成》的整理出版,作爲一項拓荒創新性的工作,填補了這一領域的空白。

第二，劇本衆多，彙集完備。元代以降的三國戲曲存本、存目衆多。存目分別著録在許多古籍、書目著作中，有的未見著録。存本分藏全國各地，版本十分複雜，有刻本、覆刻本、鈔本、轉鈔本，其中有許多是罕見的善本、孤本。有的孤本長期深藏某地書庫，幾乎没人見過。我們從北京、上海、南京、杭州、鄭州、太原等地的圖書館、博物館，查遍記述戲曲劇目及學界研究論著，搜集劇本的各種版本。因而，該集元明清雜劇、傳奇搜集齊全，清花部、京戲、現當代戲曲甚多難以盡録，即便如此，也是當今彙集三國戲最多、最全、最爲完備的一部文獻價值極高之書。

　　第三，版本較好，校勘精細。今存劇本，元雜劇有所整理，但其版本較多，校勘甚難。明清三國戲劇本刊本少，鈔本多，僅有個别劇本經過整理，絶大部分未經整理，因而，曲白異文多，錯别字多，簡寫字不規範，文字有脱落、字迹漫漶不清、錯簡缺頁，多未斷句標點。因而，我們選用較好的版本作底本，精細審慎，務求存真地進行校勘，凡屬異文、誤字、漫漶、空缺、墨丁、脱漏、衍文、倒錯、妄增、誤删等處，皆分别校正，記入校記。凡不明者，注明待考。該集可謂是一部版本較好、校勘精細、存真少誤、可讀可用的戲曲集，而且又具極高的學術價值。

　　我國人民群衆了解三國歷史、三國人物，並非是因爲讀過陳壽《三國志》和羅貫中《三國演義》，大多是從看三國戲而獲知的。因而，我們校勘整理《三國戲曲集成》，是一件功在當代、澤被後世的工作，將爲繼承傳統優秀文化遺産、爲廣大專家學者提供寶貴的研究文獻資料，爲全國衆多的戲曲劇團和戲曲作家提供資料創作、改編、移植、演出的劇本，爲廣大戲曲愛好者及廣大群衆提供一個完備的三國戲曲讀本，爲衆多文藝形式提供創作素材，爲繼承弘揚優秀傳統戲曲文化，促進當代戲曲振興，推動文化大發展大繁榮都有重要意義。

　　鑒於我們的學識水平、時間精力所限，收録劇本或有遺珠，校勘有不妥之處，懇請學界專家學者和廣大讀者批評指正。

凡　　例

　　一、本書所收劇本敷演三國故事的時間自東漢靈帝中平元年(184)黄巾起義起,至晉武帝太康元年(280)吴亡三國統一于晉止。凡敷演這段歷史故事的戲,統稱三國戲。本書廣泛搜集三國戲曲資料,訂其訛誤,補其缺佚,爲廣大讀者和研究者整理出一部完整的《三國戲曲集成》。

　　二、本書校勘,以保留原本面貌爲主要原則,訂正文字時,既校異同,又校是非。即從諸本中選用善本作爲底本,以其他版本作爲參校本,對於確屬訛誤衍脱需要校訂改正者,均出校記。若原本有塗改之處,且不知何人所校,未睹真迹,不辨朱墨,又須採其説入校者,均稱"原校"。殘本處理情況同上。劇本若僅存孤本,無他本參校,則用本校法、理校法進行校勘。

　　三、校勘過程中出現的訛、脱、衍、倒等情況,採取統一格式處理。凡認爲某字爲訛字,則于正文中直接訂正;凡認爲某字脱去,則在正文中增加此字;凡認爲某字爲衍字,則删去;凡出現文字前後倒置的現象,則直接在對應處乙正,上述情況均出校記加以説明;凡是不辨正誤者,則一律注明待考。

　　四、劇本作者,依前人考定,一一補題。原本劇本多用簡稱,今均依題目正名改用全稱。原本未標楔子、折數、唱詞宫調曲牌名者,一仍其舊,一般不出校記。有些劇本過長,未分折、齣,今依劇情分折、分齣,出校説明。唱、白、科介或曲牌等提示,置於括弧之内。

　　五、區别對待異體字、通假字和通用字。全書中異體字加以統一。通假字不校不改。反映元明時期特殊用字習慣的通用字,如"們"作"每","杖"作"仗","賠"作"倍"或"陪","跟"作"根",等等,一般不作改動;若爲避免發生歧義而有所改動,則一律出校記説明。

　　六、關於劇中角色的唱詞、賓白和科介的次序,一般按照"××唱""曲牌名""唱詞"(或"唱詞＋賓白")的格式處理。若賓白或科介未標明所屬角色者,則需補充清楚並出校記;若遇"××唱"置於"曲牌名"之後,則在校記中注明"依例前移"。

七、本書採用通行的新式標點符號，版式爲繁體橫排，曲、白分開排。曲牌用黑月牙【　】；唱詞用五號宋體，賓白用五號仿宋體；襯字一般不特別標出，與唱詞字體同，若原本已標出，則用五號仿宋體；上下場詩同唱詞，用五號宋體；唱、念、白、科介等説明性文字用五號仿宋，置於圓括弧之内。

八、曲文斷句，均以曲譜定格，間遇文義斷裂之處，酌情改從文讀。雜劇、傳奇、花部、昆曲唱詞與賓白自然分段；同一支曲，唱中有夾白不分段，換曲牌則另起一段。京劇、現代戲唱詞與賓白，則按《後六十種曲》中京劇《曹操與楊修》體例分段分行。

九、劇本按元、明、清、現、當代分卷，若一卷劇本多，則分上、下册。每卷先雜劇，後戲文、傳奇；先完本、殘本，後存目。元、明、清雜劇傳奇諸卷每卷均以作者年代先後爲序。清代花部、晚清昆曲京劇、現當代京劇及地方戲諸卷，以三國故事發生的時間先後排列。有的劇本時間跨度較長，或故事發生時間難以考定，則酌情處理。

十、每劇解題，略述劇種、作者姓名及其簡介、劇目著録情況、劇本内容、本事來源、版本情況、以何種版本作底本、參校何種版本、歷年校點情況等，力求簡明扼要。戲曲存目，則須寫明作者、年代、著録、劇情、本事、版本情況等。清代部分某些劇目聲腔不詳者，一律按花部處理。

十一、每劇均按劇名、作者、解題、正文爲序排列。作者不知姓名者，清代之前署"無名氏"，現、當代署"佚名"。

十二、歷代三國人物故事畫、劇本書影，置於每卷正文之前，作爲扉畫，不作插圖，標明出處。

2015 年 7 月 31 日　校理者識

《晚清昆曲京劇卷》前言

胡世厚

晚清(1840—1911)在中國歷史上是一個非常特殊的歷史時期,歷經二次鴉片戰爭、太平天國起義、中日甲午戰爭、義和團爆發、八國聯軍入侵、辛亥革命,使中國成爲一個半殖民地、社會十分動盪、封建帝制行將就木的國家。在這樣的一個充滿内憂外患、頻遭戰亂、國家積貧積弱的年代,戲曲非但没有受到明顯干擾,相反却是一片繁榮景象,戲曲舞臺豐富多彩。從京城北京到十里洋場的上海,到處一片笙歌,經年不息;從各個通都大邑直至偏遠的村鎮,人神同覘演戲,舉國若狂。從宫廷戲樓到寺廟戲臺,從茶園酒樓到私家庭院直至鄉野草臺的各類舞臺上,幾乎每天都在上演着各種戲曲。戲臺上,簫管與絲弦相雜,南腔與北調相應,藝人與票友競相登場,妍媸紛呈;戲臺下,上自帝王后妃、王公大臣,下至販夫走卒、傭保雜役,芸芸衆生同聲歡呼,目動心摇。這期間戲曲的發展相當繁榮,聲腔劇種及演唱劇目之繁,戲班藝人之多,表演藝技之精,演出效果之優,觀衆覆蓋面之廣,歷代各朝均難以比擬。

時至晚清,花雅之争已暫告一段落,以京劇爲代表的花部已經取代了昆曲的主導地位,但是,日趨衰落的昆曲並未就此徹底消歇,退出舞臺,仍然在漸行衰落中頑强抗争。

本卷收録的是這一時期昆曲與京劇的三國戲,現將其劇目的著録、劇本的收存、劇作家創作劇本等情况分述於次。

昆　　曲

昆曲,又稱昆劇、昆腔,源於元朝末年的昆山地區,形成繁盛於明中葉,開始衰落於清中葉,但並未退出舞臺,至晚清依然與花部抗争,活躍於舞臺。

昆曲是中國現存最古老的、具有悠久藝術傳統的戲劇形態,至今已有六百多年的歷史。昆曲的唱腔輕柔婉轉,優美動聽;表演藝術載歌載舞,雅致精彩。尤其是劇本創作富有文學性和音樂性。明清曾涌現了梁辰漁的《浣紗記》、高濂的《玉簪記》、王濟的《連環記》、湯顯祖的《牡丹亭》、李玉的《清忠譜》、朱素臣的《十五貫》、洪昇的《長生殿》、孔尚任的《桃花扇》等一批傳世傑作。因此，昆曲被看作是中國民族戲曲具有代表性的精品，2011年被聯合國科教文組織評爲"人類口頭和非物質文化遺産"，成爲世界公認的世界精神文化遺産。

昆曲到晚清，已呈衰落之勢，雖未出現有影響的劇作，但藝人從傳統戲曲中改編了許多單齣戲，演出於舞臺。據《中國大百科全書·戲曲卷》"昆曲的劇目"載：昆曲劇目共計保留了來源於南戲、傳奇作品和少量雜劇的四百多齣折子戲。《琵琶記》、《荆釵記》、《拜月亭》、《牡丹亭》、《長生殿》等，都有全譜或接近全本的工尺譜。

本卷收録晚清昆曲三國戲30種。《清昇平署曲目》著録20種，其餘10種未見著録。今存劇本，《起布》、《議劍》、《獻劍》、《問探》、《王允賜環》、《貂蟬拜月》、《梳妝擲戟》、《徐庶見母》、《蔣幹盜書》、《三氣》、《訓子》、《天水關》等12種收録在《故宫珍本叢刊》；《夜看春秋》、《勘問吉平》、《張飛落草》、《計說雲長》、《小宴却物》、《秉燭待旦》、《灞橋餞別》、《古城相會》、《徐母擊曹》、《婆媳全節》、《華容釋曹》、《入吳弔孝》、《單刀赴會》等13種收録在《清宫昇平署檔案集成》；《戰長江》、《改妝》、《河梁》、《教刀》、《戰歷城》5種收録在《清車王府曲本》。這些劇本具有如下三個突出特點。

一、大多數劇本不是劇作家新創作的，而是從元雜劇、明清傳奇中析出改編的。如從元關漢卿雜劇《關大王單刀會》中析出第三折、第四折，改編爲昆曲《訓子》、《單刀赴會》；從明王濟傳奇《連環記》中析出八齣，改編爲昆曲《起布》、《議劍》、《獻劍》、《問探》、《王允賜環》、《貂蟬拜月》、《梳妝擲戟》；從明無名氏傳奇《古城記》中析出六齣，改編爲《張飛落草》、《計說雲長》、《小宴却物》、《秉燭待旦》、《灞橋餞別》、《古城相會》；從明無名氏傳奇《草廬記》中析出二齣，改編爲《蔣幹盜書》、《入吳弔孝》；從明無名氏傳奇《錦囊記》中析出一齣，改編爲《三氣》；從清周祥鈺傳奇《鼎峙春秋》中析出五齣，改編爲《夜看春秋》、《勘問吉平》、《徐母擊曹》、《徐庶見母》、《婆媳全節》。《戰長江》是昆曲藝人據《三國演義》第三十八回"戰長江孫氏報仇"一節創作的。此前未見過此劇目。至於《改妝》、《河梁》、《天水關》、《戰歷城》等四齣當是從明清傳奇或清代花部三國戲移植改編的。另有一種寫關羽死後爲民除妖的《青石山》是據明汪廷訥傳奇《長生記》改編，《長生記》已佚。該劇因校理者與編寫者意見不一，未予收錄。

二、這些劇本的産生，不是簡單隨意地從雜劇傳奇析出的，而是在昆曲没有新創劇目的情况下，藝人們在大量的傳統三國戲劇目裏，尋找一些觀衆喜歡熟悉、精彩動人的三國戲關目，進一步加工提高，使其故事情節更加動人，唱腔更加悠揚，表演更趨完美，成爲獨立的單齣折子戲。

當時北京的宫廷，仍以演唱昆曲、高腔爲主，如同治九年"萬壽節"二十三日所演的八個劇目中，多是昆曲，其中有三種昆曲單齣三國戲：《梳妝擲戟》、《蔣幹盜書》、《徐母擊曹》。至光緒十二年(1886)起，始從外邊挑選一些京劇名伶進宫當差演出。

據同治十二年(1873)邗江小遊仙客的《菊部群英》記載，其時專工昆曲的以四喜、三慶兩班爲多。四喜班的顧正蓀，生旦兼工，常演的三國戲有《問探》、《梳妝擲戟》；三慶班的沈芷秋，旦，常演的三國戲《小宴》。這時主要演昆曲的還是昆亂兼擅的藝人，如徐小香，擅演昆小生，常演的三國戲有《起布》、《問探》、《三戰》、《小宴》、《梳妝》、《擲戟》、《蘆花蕩》；朱蓮芬，以唱昆曲爲主，常演的三國戲有《小宴》、《大宴》、《梳妝擲戟》。

同治末、光緒初，京劇南下上海，與昆曲展開激烈競爭，但昆曲依然活躍於舞臺。據陸萼庭《昆曲演出史稿》附録《清末上海昆曲演出劇目志》載："這個時期的昆曲活動雖然已成强弩之末，但演出劇目數量仍極可觀，如以一齣戲作爲單位計算，經常上演的幾乎有七八百齣之多。可以想象，這些劇目的舞臺藝術必然給予當時上海劇壇深刻的影響。光緒初年以後，昆班著名藝人紛紛改搭京劇班戲團，但仍以演出昆曲爲主，他們的藝術實踐對於上海京劇流派特點的形成，無疑起了顯著的作用。"在這衆多劇目中，三國戲有元關漢卿雜劇《單刀會》中的《訓子》、《刀會》，明徐渭雜劇《四聲猿》中的《罵曹》，明王濟傳奇《連環記》中的《起布》、《議劍》、《獻劍》、《問探》、《三戰》、《賜環》、《拜月》、《回軍》、《小宴》、《大宴》、《梳妝》、《擲戟》，清無名氏傳奇《西川圖》中的《三闖》、《敗悖》、《交令》、《負荆》、《花蕩》，共二十齣。

從上引述可知，昆曲在戲曲舞臺激烈競爭中得以繼續演出，不僅保存了大量以昆曲演唱的明清傳奇劇本，而且保留了數百種精彩劇目的單齣劇本，應該説是難能可貴的。

三、這些劇本，都是手抄的演出本，不是案頭作品。晚清幾乎没有一本新創作的由昆曲演唱的傳奇劇本，即使有亦是案頭之作，没能流傳下來，而保留下來的是一些單齣折子戲的手抄劇本。這些劇本，多帶曲譜，有的劇本還有較詳細的演員舞臺提示、演出提綱,實際上是藝人的演出本。比如在《故宮珍本叢刊》"昆腔雜戲提綱"中載有《蔣幹盜書》、《梳妝》、《擲戟》、《訓子》、《賜環》、《拜月》、《起布》、《議劍》、《獻劍》、《三氣》、《問探》、《罵曹》、《單刀》、《河梁赴會》、《勘問吉平》,在"外派昆腔提綱"中載有《梳妝擲戟》、《訓子》、《起布問探》。每齣戲的提綱都有演出時間、上場人物和扮演該人物藝人的名字,如"昆腔雜戲提綱"中載的《梳妝》與《擲戟》,演出時間"二刻五",劇中人物及扮演藝人:"專房,夏慶春、姚成祿;貂蟬,李福貴;呂布,馬得安;董卓,梁進祿;李儒,安進祿;李肅,李得安;四甲士,張進壽、梁進祿、丁進壽、侯玉祿;車夫,松林;鼓,唐阿招。""外派昆腔提綱"中的《梳妝擲戟》,演出時間"二刻五",劇中人物及扮演藝人:"專房,紀長壽;貂蟬,阿壽;呂布,鮑福山;董卓,方鎮泉;李儒,陳壽峰;李肅,姚同奔;四甲士,四上手;車夫,明恒。"這說明宮廷常演昆曲三國單齣折子戲,甚至同一劇目,不僅宮中昇平署戲班演員演唱,還請宮外的戲班藝人進宮演出。此外,還有"穿戴提綱",記載劇中人物的穿戴服飾,極其詳備。這些單齣折子戲,在長期舞臺實踐中,邊演邊改,錘煉琢磨,得以完善精緻,且舞臺化的特點分外鮮明。從這個角度看,一本傳奇中的單齣並不能與單齣折子戲等同起來,它是一個獨立的劇本。《故宮珍本叢刊》將元雜劇《單刀會》中的《訓子》、《單刀》標明為"昆腔單齣戲";《六也曲譜》則將從《連環記》中析出的《起布》、《議劍》等亦作為單齣折子戲收錄記譜。

這些劇本雖然多是單齣折子戲,但匡扶漢室、擁劉貶曹的思想傾向突出,故事情節生動精彩,人物形象豐滿鮮明,語言文雅,唱腔動聽,不僅是流傳下來的昆曲藝術精品,而且是珍貴的戲曲文獻,特別是許多單齣折子戲,仍活躍在當今的戲曲舞臺。

京　　劇

京劇,是晚清在北京形成的一個新的戲曲劇種。清代前期的北京,商品經濟繁榮、政治穩定,人文薈萃,不同的文化藝術形式蓬勃發展,各種劇種、聲腔頻繁地在皇家、官府、民間演出,曾經出現花部與雅部爭勝鬥艷的局面。乾隆五十五年(1790),享有盛名的徽班三慶班進京,為慶祝乾隆八十大壽演出,之後,留在北京演出,頗受民眾歡迎。相繼又有四喜班、和春班、春臺班合稱四大徽班,在京演出。徽班以唱二黃、昆腔為主。19世紀初的嘉道年間,湖北漢調藝人入京加入徽班,漢調以唱西皮為主,於是出現了徽漢合流。徽班為了與昆曲、秦腔、京腔等劇種相抗衡,適應北京的欣賞需要,在藝術上進行了一系列的變革。它在繼承徽調和漢調的基礎上,廣泛吸收其他戲曲的長處,特別是昆曲和秦腔的部分劇目、曲調和表演藝術,并吸收了一些民間曲調,于道光二十年(1840)前後,逐步形成了相當完整的藝術風格和表演方法的皮黄戲,即後來所稱之京劇。同治、光緒年間,京劇已經趨於成熟,並呈現出繁榮局面,涌現出"同光十三絕"等一批京劇名家,使得京劇在戲曲舞臺上總領群芳,很快流布到上海及全國各地,成為全國影響最大的一個劇種。

京劇的劇目,大多來自民間藝人的長期積累創造,博采衆長,既繼承、改編、移植了一些傳統劇目,又創作了一些反映時代、群衆喜聞樂見的劇本,其中尤為突出的當為三國歷史故事戲(簡稱三國戲)。

京劇三國戲的劇本,大多保存在清末同光年間編輯刊刻的京劇劇本選集和伶人手中。如光緒六年(1880)李世忠編選、王賀成校刊的《梨園集成》,收錄京劇47種(含昆曲2種),其中有三國戲8種;光緒二十五年(1899)遊戲主人編選的《改制皮黄新詞》,收錄京劇20種,其中有三國戲8種;光緒三十二年(1906)鑄記書局石印的《繪圖京都三慶班真正京調全集》,收錄京劇48種,其中有三國戲11種;清末《繪圖京都三慶班京調脚本》,收錄京劇劇本48種,其中有三國戲10種;清刊《真正京調四十二種》中有三國戲9種;民國八年(1919)灌花叟主編輯、裱訂的清末京劇劇本集《醉白集》,收錄清代京劇抄本、刻本96種,其中有三國戲23種;盧勝奎編的三十六本《三國志》劇本,未能全部保留,尚有劇本19種,其中有8種為蕭長華保存,收錄於《蕭長華演出劇本集》,有7種為馬連良收藏,收錄於《京劇彙編》,有4種收錄於王大措的《戲考》;汪笑儂改編創作的4種三國戲,收錄於《汪笑儂戲曲集》。《車王府藏曲本》、《故宫珍本叢刊》、《昇平署檔案集成》都收一些稱之為亂彈的皮黄。另有《繪圖京調十七集》未見。

今從現存可見的京劇劇本選集中,遴選三國戲47種,入錄《晚清昆曲京劇卷》。這些京劇三國戲劇本,絕非清代京劇三國戲的全部,有一些作為亂彈收錄在《清代花部卷》,有一些收錄在民國初年王大措編的《戲考》中,還有一些為伶人收藏的劇本收錄於《現代京劇卷》。該卷所收錄的京劇三國戲劇本,情況不同,各具特色。

一、第一個京劇連臺本三國戲:《三國志》。

在清代京劇中,氣勢最爲恢弘、影響最爲深遠的當是三慶班盧勝奎編演的三十六本連臺本戲《三國志》。盧勝奎,真正姓名不詳,道光二年(1822)壬午生,江西人,曾中舉人,進京應試未第,在官府作書吏。他酷愛京劇,是票友,後被三慶班班主程長庚邀請到三慶班,既編又演,成了三慶班的臺柱子,老生領銜第一人。當時,在北京演出的除了四大徽班外,還有昆腔、秦腔、京腔等許多戲班,爲了與各戲班爭勝,爭取觀衆,贏得票房,程長庚讓盧勝奎創作了三十六本的連臺本戲《三國志》,果然一炮打響,爲三慶班贏得了市場和榮譽。盧勝奎從此便在三慶班編演劇目,光緒十五年(1889)臘月十五在北京去世,終年六十八歲。

　　《三國志》取材於我國老百姓最爲熟悉的三國故事,將元雜劇、明傳奇的三國戲,清傳奇《鼎峙春秋》,楚曲《祭風臺》,《三國演義》第四十二回劉豫州敗走漢津口至第五十二回諸葛亮智辭魯肅中的精彩故事進行整合、改編,並參照陳壽的《三國志》,互相證引,互爲補充,創作了三十六本連臺本京劇《三國志》。這部大戲既可連演,又可單本演出,成爲三慶班乃至整個京劇舞臺膾炙人口、常演不衰、極富魅力的藝術作品。

　　盧勝奎是熟讀經史的下層文人,熟諳舞臺,在編劇上又吸收了地方戲形式靈活的特點,突破了傳奇劇本的陳規舊律,尤其能量體裁衣,對着三慶班演員的戲路子,從而創作的《三國志》結構嚴謹,情節精巧,人物生動,文辭通暢,音韻和諧。他把從劉表託孤到取南郡中的精彩動人的故事,宏闊邈遠的歷史戰爭圖景,壯麗激昂的氣勢,鬥智鬥勇的紛繁場景,一系列鮮明的人物形象如諸葛亮、關羽、張飛、趙雲、周瑜、魯肅、孫權、曹操等等,糅合加工,創造出京劇文學大氣雄渾的壯麗詩篇,被後人譽爲中國戲曲史上的一部史詩巨著。

　　《三國志》的編演當在光緒三年至五年(1877—1879)之間。三慶班每年只有歲末演出一次,從冬至日開始,每天演出一本,演到臘月中,演完《取南郡》最後一本,翻回頭再貼演一本《長坂坡》,臘月十六戲班開始封箱過年。

　　然而遺憾的是,這三十六本《三國志》劇本未能完整地保留下來,現在收錄到本卷的有盧勝奎的義子蕭長華從三慶班中得到部分抄本,精心謄寫保存,計爲《舌戰群儒》、《激權激瑜》、《臨江會》、《群英會》、《橫槊賦詩》、《借東風》、《火燒戰船》、《華容道》等八本,合稱《赤壁鏖戰》;馬連良收藏有七本:《投劉表》、《襄陽宴》、《水鏡莊》、《三顧茅廬》、《取樊城》、《漢陽院》、《漢津口》;《戲考》收錄有四本《取南郡》,共十九本。這些流傳下來的劇本,已非盧勝奎所編劇本的原貌,它在傳播發展過程中,經過一代代演員精心修改打磨,演出於舞臺。它在基本保持盧勝奎原本的基礎上,根據演員的需要,做了進一步調整和潤色。正像蕭長華在其"演出本·識"中所說:"隨教隨修,隨演隨改",使之成爲京劇劇本的精品。從這個角度看,京劇《三國志》是世代累積型的劇本,流傳下來的劇本是京劇的經典作品。

從現存的十九本戲中,可以清楚地看到《三國志》繼承了《三國演義》尊劉抑曹的思想傾向,贊頌了代表漢室正統的劉備,爲匡扶漢室征戰沙場,歷經磨難,終於接受諸葛亮建議聯合孫權,戰敗曹操,奠定了三分天下的基業。

二、第一部編選刊印的京劇劇本選集:《梨園集成》。

《梨園集成》現存光緒六年(1880)安徽竹友齋刊刻本,是今見最早的京劇選集刻本。編刊者李世忠,號松崖,河南蓼城(今屬河南固始)人,生卒年、生平事迹不詳。《梨園集成》收錄了當時流行的京劇劇本47種(含昆曲2種),數量可觀,其中三國戲8種是《濮陽城》(一說是昆曲)、《戰宛城》、《長坂坡》、《打鼓罵曹》、《祭風臺》、《取南郡》、《反西涼》、《喬府求計》。這8種三國戲皆有自己的特色,它與當時市面上常見的唱本戲考不同,是完整的劇本,不僅有唱詞、念白,還有舞臺提示和動作說明;編刊者對劇情未作任何修改,主要是對唱詞、念白作些整飾潤色,使詞語通順、音韻和諧,如同李世忠在《梨園集成·自序》中所說:"所慮者,南北之韻不同,未克按腔合拍,古今之調不一,亟須協徵調宮。期雅俗之兼收,排成鱗次;思婦孺之盡解,莫混魚珠。"這8種三國戲,是當時舞臺常演的流行劇,沒有一種是盧勝奎編演的。《長坂坡》應是盧勝奎三十六本中的一本,然而今存劇本沒有《長坂坡》;《取南郡》是盧勝奎三十六本《三國志》中最後的四本,與此本《取南郡》情節、結構、語言均不相同。《濮陽城》、《戰宛城》、《擊鼓罵曹》、《反西涼》這幾種戲是寫曹操的,但都是貶曹的。這些戲都是從昆腔、秦腔、京腔移植改編的。尤爲突出的是京劇《祭風臺》,是由楚曲《祭風臺》移植、改編的。《喬府求計》是根據元雜劇關漢卿的《關大王單刀會》中的第一折改編的。劇寫魯肅向喬玄求討荆州之計,明寫東吳事,實爲劉蜀張目。

至於這八本戲的思想內容、藝術特色,與清代昆曲、花部同內容的三國戲相似,只不過稍加整改,適宜京劇的皮黄腔演唱而已。

但是應當指出,《梨園集成》的刊刻、校讎粗劣,錯訛、墨丁、空字、衍漏字不少,且無標點。一百多年來,未有人進行整理校點。《續修四庫全書》也僅依據原刊本影印。儘管如此,仍不失其戲曲文學的文獻價值。

三、被冷落的清代京劇劇本選集:《醉白集》。

所謂"被冷落",是指以往著錄、研究京劇的著作,未予著錄品評,如王芷章《中國京劇編年史》、馬少波等主編《中國京劇史》、周妙中《清代戲曲史》、王政堯《清代戲曲文化史論》、王漢民與劉齊玉合著《清代戲曲史編年》、賈志剛主編《中國近代戲曲史》、趙山林《中國近代戲曲編年》、王文章與吳江主編《中國京劇藝術百科全書》等,均未提及《醉白集》。亦未見有論文提及《醉白集》。筆者在尋訪三國戲資料劇本時,在上海圖書館藏《中國戲曲志·上海卷》中看到《醉白集》的信息,後又在吳同賓等編《京劇知識詞典》中看到《醉白集》詞條。《詞典》云:"《醉白集》,京劇劇本總集。流(灌)花叟主裱訂於1919年,保存了清代同治年間的京劇劇目民間刻本。共有60冊,其中40冊分爲'元、亨、利、貞'四函,每函10冊,另20冊分爲'乾、坤'二函,其中有的是抄本,有的是京劇演員自己保留的劇本。"《上海戲曲志》載:《醉白集》,是民國八年(1919)由灌花叟主編輯、裱訂的清末京劇彙編本。劇本有抄本、刻本兩種,書高17釐米、寬9.5釐米。全書均不用句逗、無圖,錯別字較多。抄本大多在劇本首頁稱"江西名班抄本"或"江西抄本",係由京南下流入江西京班藝人抄寫用於演出的腳本。刻本書坊署名不一,《天水關》題"京都抄本,三元堂梓",《臨江會》題"文翰齋",《捉放曹》題"杭州寶嘉堂"等。刊刻時間最早爲清同治八年(1869),有的注明"江西抄"刊刻,係由江西藝人將抄本帶至浙江梓印,其抄寫時間早於刻本。

第一集首面內頁標明"民國八年荷月苕溪灌花叟訂",苕溪,爲浙江吳興別名,灌花叟,生平不詳。作者自序云:"是編雖京詞調,實得綱鑒發明之旨,酒後茶餘閱之,使歷代忠孝節義、雪月風花如在眼前。"闡明編訂此書的目的。該書原爲復旦大學中文系趙景深教授從書肆購得,現收藏於復旦大學圖書館。

得此信息,筆者在復旦大學圖書館看到這一少有人問津的京劇劇本集。全書收錄京調(劇)計九十六齣,裱訂三十二本(集)裝成四套。此説與《詞典》所説有別,但劇目數量相同。其中三國戲劇目有《臨江會》、《討荆州》、《黃鶴樓》、《收姜維》(天水關)、《華容道》、《群臣宴》(打鼓罵曹)、《捉放曹》、《空城計》、《定軍山》帶《天蕩山》、《群英會》、《白門樓》、《取成都》(二種)、《白帝城》(實爲《哭靈》)、《薦諸葛》、《失街亭·斬馬謖》、《挑袍》、《魯肅求計》、《孔夫人投江》、《百壽圖》、《孔明拜斗》、《火燒葫蘆谷》、《受禪臺》、《戰北原》、《斬貂蟬》等二十三齣,占收錄劇本總數的近四分之一。《上海戲曲志》所列劇目還有《獻西川》、《回西川》,查閲《醉白集》未見。該書所選編的劇目多爲徽班常演的劇目，與上述劇目多有重複，但所選三國戲劇目之多，是非常少見可貴的。

今從《醉白集》中選《白門樓》、《白帝城》(《哭靈》)、《斬貂蟬》三齣，收錄到《晚清昆曲京劇卷》。這三齣三國戲題材與清代其他劇種同名的三國戲題材相同，但思想、情節、詞語不盡相同。《斬貂蟬》，本事不見史傳，該劇情節與花部相同，但把斬貂蟬的時間安排在關羽鎮守荊州之時，而非關羽在曹營之時。關羽熟讀《春秋》，認爲歷史上有美女喪邦之例，爲防美女可以喪邦的後患，將貂蟬斬了。這與其他劇種斬貂蟬的動機截然不同。《白門樓》僅有斬呂布事，無斬陳宮、説降張遼事，更無貂蟬出場的情節。《白帝城》一齣，劇本實是寫劉備哭靈，係《連營寨》中的一個情節。雖然這些劇本是清末流傳下來的民間抄本、刻本，顯得語言粗疏，情節不夠完整，而且錯別字特多，但作爲早期少見的京劇本集，對研究京劇的流變與發展有一定文獻價值。

四、第一批由書商刻印的京劇名家劇本選集。

同治年間以來，京劇演出蔚爲大觀，風靡四方，看戲、票戲成爲大眾日常生活不可或缺的娛樂方式。由於市場的開放和大眾聽戲、學戲的需要，原先爲戲班與伶人所秘密珍藏的劇本、唱詞，逐漸得以流行傳播，其中有許多是書商出於商業需要，從戲班和伶人手中購買到一些他們使用或留給家人弟子的抄本石印出版，《繪圖京都三慶班真正京調全集》就是在這種情況下，於光緒三十三年(1907)，由北京鑄記書局石印的。這個所謂《全集》本，應該是京劇劇本選編中規模較大的一個版本，收錄了當時最爲流行名家演唱劇目的劇本，共十集，收錄劇本48種，扉頁插圖三十六幅，可謂圖文並茂。其中收錄三國戲11種，《捉放曹》，署郭秀華曲本，但在名前冠以"真正京都頭等名角"，以下諸劇都是如此；《薦諸葛》署許處唱本；《取成都》署大奎官唱本；《定軍山》署小連生曲本；《陽平關》署周春奎曲本；《七星燈》、《黃鶴樓》署小小叫天曲本；《天水關》、《空城計》署小連生曲本；《三氣周瑜》、《柴桑口》未署名。與此同時，上海集成圖書公司於光緒末年至宣統二年(1910)石印出版了《繪圖京都三慶班京調腳本》，這個劇本選集從光緒末年開始編印，到宣統二年才出了十集，不久又出了兩集，共十二集，石印綫裝，收錄京劇劇本48種，插圖四十八幅，收三國戲10種：《陽平關》、《取成都》、《戰北原》、《三氣周瑜》、《柴桑口》、《定軍山》前後本、《空城計》、《戰樊城》、《七星燈》、《黃鶴樓》。每一集劇前均署真正京都頭等名角×××曲本。這10種三國戲，有8種與《全集》相同，新增《戰北原》、《戰樊城》兩種。

與此同時，上海、杭州、漢口相繼翻印出版石印本《繪圖京都三慶班京調全集》，所收三國戲除重複的之外，又有孫怡雲曲本《祭長江》，汪桂芬曲本《失街亭》、《斬馬謖》。

　　本卷從上述"三慶班京調全集"和"三慶班京調脚本"中，選錄了三國戲15種：《捉放曹》、《薦諸葛》、《黄鶴樓》、《三氣周瑜》、《柴桑口》、《取成都》、《定軍山》、《陽平關》、《祭長江》（別宫祭江）、《天水關》、《失街亭》、《空城計》、《斬馬謖》、《戰北原》、《七星燈》。這些劇本都是清代京劇名家"前三傑"、"後三傑"的常演劇目或其代表劇目，如"前三傑"的程長庚擅演劇目22種，其中有10種三國戲，它們是《群英會》、《戰樊城》、《讓成都》、《捉放曹》、《擊鼓罵曹》、《戰長沙》、《臨江會》、《華容道》、《安居平五路》；"前三傑"的余三勝擅演劇目中有三國戲《定軍山》、《擊鼓罵曹》、《捉放曹》；"前三傑"中的張二奎亦擅演《捉放曹》。"後三傑"中的譚鑫培擅演三國戲《青石山》、《黄鶴樓》、《戰長沙》、《定軍山》、《陽平關》、《冀州城》、《長坂坡》、《空城計》、《捉放曹》、《漢陽院》、《連營寨》；"後三傑"中的孫菊仙擅演三國戲《捉放曹》、《群英會》、《罵王朗》、《脂粉計》、《火燒葫蘆谷》；"後三傑"中的汪桂芬擅演三國戲《捉放曹》、《天水關》、《擊鼓罵曹》、《戰長沙》、《取成都》。

　　這15種三國戲，行當齊全，有老生劇目，如《定軍山》、《空城計》；净角花臉劇目，如《捉放曹》、《三氣周瑜》，小生戲《黄鶴樓》、《柴桑口》；青衣戲《祭長江》。但是，仍然是生角戲居多，這是不同於明清傳奇以旦角爲主的改變。

　　這15種劇本，多爲單齣戲，類似折子戲，如《失街亭》、《空城計》、《斬馬謖》、《祭長江》、《三氣周瑜》，這與盧勝奎編演的連臺本戲《三國志》、《梨園集成》收錄的三國本戲不同，都是名伶常演、觀衆百看不厭、重要唱段能唱的劇本。雖然名之曰"三慶班"全集、脚本，其實劇本集中亦有其他戲班的劇目。

　　五、借古諷今、針貶時弊的三國戲。

　　刺世貶時、富有時代精神的京劇作品，是清末京劇改良先驅汪笑儂編演的劇本，其中三國戲有4種：《獻西川》、《受禪臺》、《罵王朗》、《哭祖廟》。這4種劇本均收錄在1957年出版的《汪笑儂戲曲集》中。因爲這4種劇本編演都在清末，故收錄於"集成"的《晚清昆曲京劇卷》。

　　汪笑儂（1858—1918），本名德克金，字潤田，又名舜，字舜人，號仰天，别署竹天農人。北京人。滿族。生於北京的一個官宦人家。自幼聰穎，才思敏捷，酷愛京劇，曾是票房"翠峰庵"票友。汪父對其行爲不滿，爲其捐了名縣官，到河南太康縣任縣令。汪在任，匡扶正義，救濟貧民，嫉惡如仇，懲治劣紳,深得百姓敬重。後因觸犯當地豪紳,豪紳賄賂巡撫,被革職歸里,下海唱戲。汪笑儂目睹了晚清的腐敗政治而導致的內憂外患,災禍頻仍,痛恨以慈禧爲代表的封建統治階級賣國求榮,苟且偷生,他讚頌古代的英雄志士,憂國憂民,以身許國,尤其敬佩清初實學大師們那種批判時弊、改革社會、奮發圖強的思想和主張。因此,他借京劇抨擊時弊,喚醒民衆,救亡圖存。中日甲午戰爭失敗,清政府簽訂喪權辱國的《中日馬關條約》,神州變色,舉國震驚。汪笑儂以其憂國悲憤之心,自編、自導、自演了取材於《三國演義》第一百十八回"哭祖廟一王死孝"的《哭祖廟》,劇寫蜀漢後主劉禪面對強敵,不思抵抗,只願投降,苟且偷安,其子北地王劉諶再三勸父抗敵被拒絕,自己不願作亡國奴,回府殺死妻與子,提頭到祖廟哭訴而後自殺殉國。作者借此抨擊清末當權者苟且偷生、喪權辱國的賣國行徑。在《罵王朗》一劇中,汪笑儂借亂世風雲,抒發胸中塊壘,他借諸葛亮之口,明罵王朗,實罵清末擾亂天下、殘害生靈的一個個罪魁元凶,抒發的是對是非顛倒、暗無天日的悲憤,是對國家衰敗、民不聊生的悲傷。《受禪臺》寫被迫禪讓國家的漢獻帝,面對衆多權臣,他既無力抵抗,又不得不親手斷送大漢數百年江山,內心充滿了憤怒仇恨。汪笑儂在劇中設計了一大段抒情唱段,連用十個"欺寡人",把漢獻帝淒惶無措、心有不甘、咬牙切齒而又無可奈何的內心情感表現得淋漓盡致。這個傷心場面,讓人聯想到當時中國一個個被迫簽訂的喪權辱國的不平等條約,如何不教觀衆落淚傷情,如何不激起民衆的救亡圖強的愛國之情。《獻西川》取材於《三國演義》,寫三國爭雄,西川太守劉璋無能、畏懼軍閥張魯威脅,派張松出使,外聯強援。張松其貌不揚,在許昌受了曹操的氣,一怒之下來到劉備處,受到熱情款待,於是決定另投明主,獻西川地圖與劉備。該劇經汪笑儂改編,把原爲丑角的張松改爲俊扮,並把張松作爲棄暗投明、機智識時的正面人物,既批判了畏懼強敵而甘願獻地降敵的劉璋和傲慢不能容人的曹操,又頌揚了胸懷大志、禮賢下士、以仁德取信於人的劉備。

　　總之,本卷收錄的 47 種京劇三國戲劇本,有一個十分突出的特點,是伶人編寫、演出的本子,代表了京劇形成繁榮時期的文學藝術水平,起着承前啓後的作用,意義深遠,既將傳統的三國戲整飾加工,使其更加精彩,又針對現實創作了一些針時刺世、喚醒民衆發奮圖強、救亡強國的戲,對現代京劇和各種地方戲提供了文學劇本和創作經驗。這些劇本,不僅爲現代京劇所繼承,而且有許多劇目仍活躍在當今戲曲舞臺。

目錄

晚清昆曲

夜看春秋	無名氏 撰	3
王允賜環	無名氏 撰	7
起布	無名氏 撰	9
議劍	無名氏 撰	11
獻劍	無名氏 撰	15
問探	無名氏 撰	18
貂蟬拜月	無名氏 撰	21
梳妝擲戟	無名氏 撰	25
勘問吉平	無名氏 撰	30
張飛落草	無名氏 撰	34
計説雲長	無名氏 撰	39
小宴却物	無名氏 撰	43
秉燭待旦	無名氏 撰	46
灞橋餞別	無名氏 撰	50
古城相會	無名氏 撰	54
徐母擊曹	無名氏 撰	57
徐庶見母	無名氏 撰	60
婆媳全節	無名氏 撰	63
戰長江	無名氏 撰	67
蔣幹盜書	無名氏 撰	107
改妝	無名氏 撰	111
河梁	無名氏 撰	114
華容釋曹	無名氏 撰	123

教刀	無名氏 撰	126
三氣	無名氏 撰	128
入吳弔喪	無名氏 撰	130
訓子	無名氏 撰	133
單刀赴會	無名氏 撰	136
天水關	無名氏 撰	141
戰歷城	無名氏 撰	158

晚清京劇

捉放曹	無名氏 撰	177
濮陽城	無名氏 撰	200
白門樓	無名氏 撰	216
斬貂蟬	無名氏 撰	224
打鼓罵曹	無名氏 撰	231
戰宛城	無名氏 撰	249
投劉表	盧勝奎 撰	304
襄陽宴	盧勝奎 撰	325
水鏡莊	盧勝奎 撰	349
取樊城	盧勝奎 撰	369
薦諸葛	無名氏 撰	389
三顧茅廬	盧勝奎 撰	398
漢陽院	盧勝奎 撰	420
長坂坡	盧勝奎 撰	437
漢津口	盧勝奎 撰	478
祭風臺	無名氏 撰	498
舌戰群儒	盧勝奎 撰	563
激權激瑜	盧勝奎 撰	576
臨江會	盧勝奎 撰	597
群英會	盧勝奎 撰	617
橫槊賦詩	盧勝奎 撰	646
借東風	盧勝奎 撰	671

火燒戰船	盧勝奎 撰	683
華容道	盧勝奎 撰	695
取南郡	盧勝奎 撰	707
取南郡	無名氏 撰	769
戰長沙	無名氏 撰	795
三氣周瑜	無名氏 撰	810
黃鶴樓	無名氏 撰	819
柴桑口	無名氏 撰	835
反西涼	無名氏 撰	843
獻西川	汪笑儂 撰	892
取成都	無名氏 撰	905
喬府求計	無名氏 撰	922
定軍山	無名氏 撰	935
陽平關	無名氏 撰	955
受禪臺	汪笑儂 撰	969
白帝城哭靈	無名氏 撰	977
別宮祭江	無名氏 撰	983
天水關	無名氏 撰	992
罵王朗	汪笑儂 撰	1006
失街亭	無名氏 撰	1013
空城計	無名氏 撰	1027
斬馬謖	無名氏 撰	1033
戰北原	無名氏 撰	1041
七星燈	無名氏 撰	1048
哭祖廟	汪笑儂 撰	1057

晚清昆曲

夜看春秋

無名氏　撰

解　題

　　昆曲。清無名氏撰。《清昇平署曲目》著録，題《夜看春秋》，未署作者。劇寫關羽夜看《春秋》心煩，帶劍上街閑走。遇韓守義在監内叫苦。韓向關羽訴冤：他同妻子清明祭掃，路遇熊虎員外，搶去妻子，將自己送到州裏打了三十，監禁在此。關羽聞言怒滿胸膛，打開監門，劈開枷杻，將韓放走，然後同韓守義去至熊虎家。熊虎正設宴準備與韓妻成親。關羽賺開熊虎門，讓韓搶帶妻走。關羽殺死熊虎，逃亡他鄉。民間傳説有關羽在家鄉殺勢豪強亡命他鄉事，明祁彪佳《遠山堂劇品》著録《斬熊虎》雜劇，首見坐實"熊虎"名。清傳奇有乾隆本《鼎峙春秋》第一本第六齣《關夫子夜看春秋》、嘉慶本《鼎峙春秋》第四齣《夜看春秋》。版本今見《清宫昇平署檔案集成》51册本，封面有一"錦"字，無劇名；另有103册本，封面題"夜看春秋串關"，中間有一"錦"字，稍上有"無寧字"三字。二本均係手抄本，均從《鼎峙春秋》析出，改爲昆曲演出本。前本有較詳細的人物行動及場上設置的提示，後本則無。今依《清宫昇平署檔案集成》51册爲底本，定題名《夜看春秋》，以103册串關本參校。

　　（净扮關公從上場門上，白）豪傑英雄爲丈夫，通文會武學孫吴。有朝大展擎天手，要把皇家社稷扶。俺，關某，字壽長，乃蒲州解梁人也[1]。教讀詩書，文通孔孟，武諳孫吴。今日閑暇，不免將《春秋》觀看一番。（場上設桌椅，桌上安燈盞書劍，關公進桌坐，作觀書科，唱）
　　【仙吕・點絳唇】[2]看魯史《春秋》，孔文左傳，爲褒貶、奸佞忠良，正直無偏向。
　　【混江龍】自古來忠臣良將，丹心耿耿氣昂昂。文尊禮儀，武重綱常。一個兒赤膽忠心扶社稷,一個兒丹誠立志佐朝堂,一個兒勳名在,一個兒臭名揚。一個兒叨榮享,一個兒受着災殃。因此上聖人執筆造《春秋》,亂臣賊子心膽喪。本待要秉正除奸,立國安邦。

（白）看此《春秋》不覺煩悶,不免帶了寶劍,街市上行走一番便了。（作出桌帶劍出門科,隨撤桌椅。關公白）出得門來,你看星朗朗,月明明,風瀝瀝,霧沉沉,好一派晚景也。（繞場科,唱）

【憶帝京】俺只見萬里無雲吐魄光,冷清清神清氣爽。（內應劍響科,關公唱）呀！爲甚的這錕鋙倏然應響閃紅芒？（白）此劍乃周穆王所造,削鐵如泥,但有不平之事,它在匣中自吼。（滾白）俺也知道了,曉得了,莫不是今夜晚——（唱）有甚麼不平的事兒,將伊家來衝撞。（場左設監,門生扮韓守義帶枷杻,從下場門暗上,白）好苦吓！（虛白訴苦科,關公唱）忽聽得那壁廂叫苦甚悽惶。（滾白）他道是有天無日將人喪。（唱）又道是好夫妻無故的受着災殃。他那裏訴得斷腸,俺這裏聽得悽惶。使人心兒添悒怏,向前去究問細端詳。（白）那漢子,（唱）因甚的披枷項坐監房？敢則是與人家逞凶鬥強？

【大安樂】莫不是把人來殺傷？（韓守義白）不是吓,爺爺！（關公唱）莫不是少人家私債欠缺官糧？（韓守義白）都不是。（關公白）既不然,（唱）其中必有甚冤枉。對吾行從頭細講,俺與你挺身告訴上黃堂。

（韓守義白）外面爺爺聽者：小人韓守義同妻子清明祭掃,路遇熊虎員外,見我妻子有些姿色,竟自搶去,將我送到州裏,打了三十,監禁在此。吓,爺爺！（關公怒科,唱）

【六么遍】聽說罷惱得俺雄心似虎狼,衝冠髮豎,氣滿胸膛。恨只恨爲富不良官吏貪贓,快說那豪強家住在何方？救轉你的妻房,管教你夫妻會合依舊成雙。

（白）那漢子,裏面可有躲身之處？（韓守義白）有吓,爺爺！（關公白）閃開。（唱）

【哪吒令】待俺扭斷門鎖,先打開監房。（作打進門,與韓守義劈開枷杻科,唱）將枷杻劈碎,把伊家疏放。（韓守義虛白科,關公唱）你且不必驚慌,天來大事俺自己承當。（白）他若是肯放,（唱）俺與你善自開交不逞強梁。（白）他若是不放,（唱）俺威風壯俠氣剛。（白）他就是鋼鑄金剛,（唱）俺與他攪亂乾坤廝鬧一場。

（同從下場門下）（雜扮衆院子引丑扮熊虎員外從上場門上,唱）

【太平令】風流搖擺,跨馬掄槍忒弄乖。昨日搶了個俏乖乖,合今日把筵席大擺開。

（中場設椅，轉場坐科，白）自家熊虎員外是也。昨日清明拜掃，搶得韓守義的妻子，今日與他成親。小廝們，筵席都要齊整些。（院子應科，韓守義引關公從上場門上，韓守義白）爺爺，這裏來，行過了安平巷了。（關公唱）

【寄生草】行過了安平巷，（韓守義白）來到濟義倉了。（關公唱）轉過了濟義倉。（韓守義白）來此已是了，爺爺！（關公唱）來此無情地不仁堂，又則見鐵桶般將重門閉上。（熊虎員外白）小廝，拿燈照照，那是甚麼東西？（院子應作拿燈照科，白）沒有甚麼。（關公唱）粉牆頭露出一燈光。（韓守義白）待小人叩門。（關公滾白）你且禁住了聲，莫要亂嚷。（唱）待某家躡足潛蹤悄地行藏，細聽他裏邊厢可也講些甚勾當。

（熊虎員外白）小廝們，將新人出來拜高堂，拜了高堂，我和他喫合卺杯，快請新人。（起隨撤椅科，院子白）新人有請。（丑扮二梅香作扶旦扮王鳳仙，從上場門上，中場設桌，上安花燭，熊虎員外虛白拜堂科，關公白）韓守義，你可曾聽見？（韓守義白）不曾。（關公唱）

【又一體】他道是請新人拜高堂，拜了高堂歸洞房。雙雙同入銷金帳，顛鸞倒鳳鬧蜂狂。（白）哪知牆外有人聽。（唱）只叫你空作陽臺夢一場。

（白）韓守義，前去叩門。他若問，只說州裏太爺差人送賀禮來的，走進去一見你妻子，搶了就走。（韓守義白）是，開門。（院子白）甚麼人？（韓守義白）州裏太爺送賀禮來的。（院子白）住著。啟大爺，州裏太爺差人送賀禮。（熊虎員外白）哪裏是送賀禮，分明是打我的抽風。開門收下。（院子應作開門科，白）哦，開門收下。（韓守義白）吓呀，我那妻呀！（搶王鳳仙出門，從下場門下。梅香從上場門暗下，熊虎員外白）甚麼人？拿下！（眾應，作拿科，關公白）咦！（唱）

【又一體】哪怕你一齊來似鴉打鳳，俺單身猶如虎奔羊。（熊虎員外白）雙拳四手難抵擋。（關公唱）你道是雙拳四手難抵擋，俺可也一夫能擒你千員將。俺義正心雄更膽壯，說甚麼兩下爭強必傷，俺與你不見輸贏不散場[3]。

（熊虎員外白）小廝，問他叫甚麼名字？（院子虛白問科，關公唱）

【青歌兒】呀，恁問俺家鄉家鄉名望。（熊虎員外白）拿燈來照照。（關公唱）燈下來覷着咱形容形容大將相[4]，家住蒲州，身居解梁。自生來情性剛強，文通詞章，武慣刀槍，義士憑顯字壽長。（熊虎員外白）滿口胡說！小廝，送他州裏去[5]。（關公白）咦！（唱）一任你送官吾不讓，要除狠強梁。

【上馬嬌煞】打蛇不死成妖障,一人作事一人當。俺這裏舉起錕鋙,(白)一個個喪刀頭。(作殺熊虎員外,院子等從下場門下,隨撤桌,關公白)一怒之間將他殺死,不免逃往他方便了。(唱)俺今日除凶仗義姓名香。

(從下場門下)

校記

[1] 乃蒲州解梁人也:"解梁",《三國演義》作"解良"。
[2] 仙吕·點絳唇:"仙吕"曲調,原本無。今依曲譜補。
[3] 俺與你不見輸贏不散場:"見輸贏"三字,原本作"是輪贏"。今依串關本改。該本"贏"作"贏",誤。今改。
[4] 咱形容形容大將相:"相"字,原本無。今依串關本補。
[5] 滿口胡說!小厮,送他州裏去:此數語串關本作"吓,原來是賣豆兒的長壽兒,這有甚麼,只用二指大的貼兒,就完你了"。

王允賜環

無名氏 撰

解 題

　　昆曲。清無名氏撰。《清昇平署曲目》著録。劇寫王允夫婦在府中閑坐,談起董卓專權,心中憂慮。貂蟬領衆女樂唱曲奉酒。王允問知貂蟬所唱乃新曲,心喜,將身戴玉連環賞她。貂蟬誤以爲王允有求偶之意,王允則説此意"差謬",日後自有應驗。本劇係藝人據明王濟《連環記》第十三折《賜環》改編。今見版本《故宫珍本叢刊》"昆腔單齣戲"本,題"王允賜環",抄本,無標點,但配有曲譜,唱、白、科介提示甚詳,係演出脚本。另有《清宫昇平署檔案集成》本,題"賜環串闖",抄本,無標點。今以《故宫珍本叢刊》本爲底本校點整理,其他本參校。

(王允上,唱)
【西地錦】草表初完未奏,花亭且聽歌謳。(扮梁氏上場門上,唱)婦隨夫唱意綢繆,丹鳳凰彩鸞佳偶。
　　(見科,白)相公。(場上設椅各坐科,王允白)夫人,下官從駕長安,迎候夫人來此,不覺又是兩月矣。(梁氏白)相公,連日不理朝綱,歸閑花下,其意如何?(王允白)夫人不知。董卓未到,朝廷政令,内外大小,皆託於下官執掌;董卓一到,公卿將相,無不下車迎迓,朝廷鈞軸,都讓於他掌,因此下官稍閑。(梁氏白)相公,你也屈節事他?(王允白)夫人,你哪知我的就裏。(貂蟬、翠環、女樂上,貂蟬等白)貂蟬等一班女樂叩頭。(王允白)起來。貂蟬唱曲,翠環等奉酒。(同起,隨撤椅,預設酒席桌椅。王允、梁氏作入席。翠環進酒,女樂吹彈和,貂蟬按板唱)
　　【二郎神】朝雨後,看海棠把胭脂濕透,笑眷戀花心蝴蝶瘦。繁華庭院,春來錦簇香浮。檀板金樽雙勸酒,好風光怎生能彀?(合)慕甚麽仙遊?羨人間自有丹丘。

（王允白）貂蟬！這曲兒是新的還是舊的？（貂蟬白）是新上的。（王允白）夫人，倒也虧他。（梁氏白）相公，該賞他！（王允白）只是不曾帶得甚麼！（梁氏白）隨意賞她些罷！（王允白）下官偶帶得玉連環在此，賞了她吧？（梁氏白）但憑相公。（王允白）貂蟬！我有玉連環賞你，你可用心習學吓！（作出連環科，唱）

【集賢賓】這無瑕白璧真罕有，冰肌潤澤溫柔。宛轉連環雙扣鈕，這圈套有誰能分剖。也是姻緣輻軸，真個是陰陽交媾。（合）你去東西就，圓活處兩通情竇。

（貂蟬接連環科，唱）

【又一體】連環細玩難釋手，教人背地含羞。此話分明求配偶。（白）奴家若與老爺成就此事呵！（唱）樂琴瑟便拋箕箒。（王允唱）你沉吟差謬。（白）你收好此物，日後自有應驗。（唱）久已後自知機彀。（合）你去東西就，圓活處兩通情竇。

（同唱）

【貓兒墜】錦裯蹴皺，羅襪步香鉤，嫋娜腰肢舞不休。三眠宮柳午風柔。（合唱）進酒。直飲到月轉花梢，漏滴譙樓。

【其二】輕翻彩袖，舞罷錦纏頭。笑整雲鬟照碧流，鈿蟬零落倩誰收。（合唱）進酒。直飲到月轉花梢，漏滴譙樓。

（作出席，隨撤桌椅，同唱）

【尾聲】玉山自倒扶紅袖。（梁氏白）相公，敢已醉了？（王允白）非也。（唱）思沉沉非關殢酒。（梁氏白）却是為何？（王允唱）端只為憂國憂民志未酬。

（梁氏白）花前歌舞且盤桓，（王允白）國步艱難敢盡歡。

（貂蟬白）朝夕焚香告天地，（同　白）願祈國泰與民安。

（王允白）眾丫鬟！明日領賞。（女樂等作謝科，同從下場門下）

起 布

無名氏 撰

解 題

　　昆曲。清無名氏撰。《清昇平署曲目》著録。劇寫漢末吕布欲封侯建立功業，遠投并州刺史丁建陽，用爲驍騎都尉，名雖部將，情同父子。董卓弄權，劫遷天子，殘害生靈。吕布隨丁建陽會合諸侯，起兵征討董卓。本事出於《三國演義》第三回"議温明董卓叱丁原，餽金珠李肅説吕布"。明王濟傳奇《連環記》第四折《起布》，寫此故事。版本今見《故宫珍本叢刊》"昆腔單齣戲"本。該本係從《連環記》中析出，改編爲昆腔單齣戲演出本，手抄本，無標點。今據以標點整理。

（雜扮小軍引小生上，唱）

【生查子】臂力過凡流，浩氣衝牛斗。談笑覓封侯[1]，回首功成就。

（白）【臨江仙[2]】未表食牛豪邁志，沉埋射虎雄威。封侯必竟屬吾圖。雲臺諸將後，廟像許誰摹？到處争鋒持畫戟，怒來叱吒喑嗚。千人辟易氣消磨。不須黄石略，只用論孫吴。

　　自家姓吕，名布，字奉先，本貫西川武源郡人也。幼習武藝，頗有兼人之勇；欲慕封侯，不辭汗馬之勞。遠投并州刺史丁建陽麾下，爲驍騎都尉，名雖部將，情同父子。正是：欲圖遠建奇勳，不愧蠅隨驥尾。道言未了，主帥早到。（雜扮小軍引外上，唱）

【前腔】河内擁貔貅，胸次羅星斗。劍斬賊臣頭，誓補蒼天漏。

（小生白）主帥在上，吕布甲胄在身，不能全禮。（外白）我兒少禮。（衆白）衆將官叩頭。（外白）起過一邊。（衆白）吓！（外白[3]）吾乃并州刺史丁原，字建陽[4]，才兼文武，任治藩籬。近因董卓弄權，劫遷天子，殘害生靈。爲此會合諸侯，征討董賊，吾兒意下如何？（小生白）布聞亂臣賊子，人人得而誅之。主帥既有忠義之心,呂布敢不奮勇當先?(外白)吾兒言之有理[5]。衆將官!今乃黃道吉日,就此起兵前去。(衆白)得令!(唱)

【泣顏回】羽檄會諸侯,運神機陣擁貔貅。多要同心戮力,斬權臣拂拭吳鉤。嘆蒙塵冕旒,起群雄雲繞誇爭鬥。(合唱)看長江浪息風恬,濟川人自在行舟。

【前腔】恢復舊神州,想何時得遂奇謀?奸雄肆志,輿一統全收。俺志吞虎彪,大丈夫肯落在他人後?(合唱)看長江浪息風恬,濟川人自在行舟。(外白)欲除奸佞賊,非武不能克。眼望捷旌旗,耳聽好消息。(合前,唱)看長江浪息風恬,濟川人自在行舟。

(小生白)呀!好嚴整人馬!(笑介,衆擁下)

校記

[1]笑談覓封侯:"侯"字,原本音假誤作"候"。今改。下同。
[2]臨江仙:原本無。今據《連環記》中《起布》補。
[3]外白:"白"字,原本無。今補。下同。
[4]字建陽:"字"字,原本音假誤作"自"。今改。
[5]吾兒言之有理:"理"字,原本音假誤作"禮"。今改。

議　　劍

無名氏　撰

解　　題

　　昆曲。清無名氏撰。《清昇平署曲目》著録。劇寫王允聞丁建陽與吕布起兵討伐董卓，吕布反而殺了丁建陽，投靠董卓。董卓如虎添翼，王允心甚憂慮。命人取出古史一册，寶劍一口，請曹操來府議事。王允借與曹操議寶劍和古書事，激勵曹操利用其在董卓身邊的機會刺殺董卓。曹操應允，王允跪送曹操。本事出於《三國演義》第四回"謀董卓孟德獻刀"一節。明傳奇王濟《連環記》第十一折《議劍》、清傳奇《鼎崎春秋》第一本第十八齣《王司徒私衛談劍》寫此故事。版本今見《故宮珍本叢刊》昆腔單齣戲本《議劍》。該本係據明傳奇《連環記》改編，抄本，無標點，首頁題"議劍總本代（帶）譜"。另有《清宫昇平署檔案集成》本《議劍》兩種，其中一爲串關本，一爲《六也曲譜》本。今以《故宮珍本叢刊》本爲底本，參考他本校點整理。

（生上，唱）

【步蟾宫】官僚不合生矛盾，漫教晝夜縈心。上方假劍斬奸臣，何有利吾霜刃！

（白）赤手難將捋虎鬚，勞心焦思日躊躇。亂臣賊子《春秋》例，記得人人盡可誅。下官王允。昨聞丁建陽與吕布領兵前來，征討董賊，兩日不聞捷報，未知勝負如何。今早差人前去打聽，待他回來，便知分曉。（外上，白）有事忙傳報，無事不亂傳。老爺在上，小人叩頭。（生白）你回來了麼？（外白）是，回來了。（生白）著你打聽事體怎麽樣了？（外白）哎呀，老爺，不好了[1]！那吕布殺了丁建陽，反投入董府去了。（生驚介，白）吓！怎麽講？（外白）那吕布殺了丁建陽，反投入董府去了！（生白）吓！甚麽大事，這等大驚小怪！過來，你到我書房中去取古史一册，寶劍一口，一壁廂著人去請曹驍騎，到來議事。(外白)曉得。(下)(生白)快去。阿呀！罷了吓，罷了！吾聞呂布有萬夫不當之勇，殺了丁建陽，反投了董賊，咦！正所謂虎添雙翼也！(唱)

【錦纏道】滿胸臆，抱國憂、頭將變白。他收猛士有萬人敵，我怪奸賊猶如虎添雙翼。我欲斷海中鰲，撐持四極石；欲煉火中丹，補修天隙。這嘉謀漫籌畫，夢常繞洛陽故國。仰天空淚滴。想鬼磷明宮，空庭草碧。(白)咳，蒼天吓，蒼天！嘆中原恢復是何日？

(外上，白)青鋒劍可磨，古史書堪讀。老爺，書劍有了。(生白)取書來我看。"城門失火，殃及池魚。"我把下聯四字去了，待曹驍騎到來，看是如何。過來，安置內書房。(外應科，生白)曹爺可曾請下？(外白)請下了。(生白)到時疾忙通報。(外白)曉得。(同下)(手下引付上，唱)

【步蟾宮】鮑瓜不識人休訝，我壯懷自惜年華。

(白)下官曹操。適纔王司徒這老兒相招，不知何事？(手下白)這裏是了。(付白)通報。(手下白)有人麼？(外上，白)吓！來了。是哪個？(手下白)曹爺到。(外白)住著。(手下白)通報過了。(付白)迴避。(手下應科，下。外白)老爺有請。(生上，白)怎麼說？(外白)曹爺到！(生白)道有請。(外白)老爺出迎。(生迎科，白)驍騎！(付白)老大人！(生白)驍騎請！(付白)這個，曹操這裏年渺職微，何蒙重招，恐拂台命而來，焉敢僭越！(生白)豈敢。一則漢相之後，二則太師門下，非比其他。請！(付白)吓！若說漢相之後，曹操惶恐；若說太師門下，別，斗膽僭了。(生白)請！(付笑介，白)沒有這個禮，還是老大人請，我曹操隨後。(生白)如此並行。(作進門科，生白)哎呀呀，請轉！(付白)老大人！(生白)驍騎請坐。(付白)請問老大人，這個坐還是叫哪個坐？(生白)驍騎坐。(付白)我曹操坐？又來了。司徒大人乃是朝廷大臣，我曹操不過一驍騎，當侍立請教，焉敢望坐。(生白)豈敢。今請驍騎到來，自有一茶之叙，哪有不坐之理！(付白)吓！老大人，這過別有了，待曹操旁坐。(生白)沒有這個理，還請上坐。(付白)是這樣的好！(生白)還請上坐。(付白)是這樣的好！(生白)吓！外觀不雅。(付白)老大人執意如此[2]，曹操只得告坐了。(生白)煩勞。(付白)從命。(生白)點茶。(外應科，生付同白)請！(生白)我與驍騎還是在那裏一會，直至今日求叙。(付白)是吓！我同老大人在那裏一會，直至如今，吓！還是在溫明園中一會，直至如今。(生白)吓，是吓！還是在溫明園中一會，直至今日求叙。(付白)久刻了。(生白)久違了。(付白)我想那日，那袁將軍也忒糙辭了些！(生白)那袁本初是個有肝膽的丈夫。(付白)有肝膽的吓！(生白)所以有此一番議論。若没有驍騎在彼周全，幾乎弄出事來。（付白）曹操濟得甚事，還虧老大人調停而已。（生白）還虧驍騎周全。請換茶。請問驍騎，這幾日可曉得外邊的新聞？（付白）新聞没有，倒有一椿奇事。（生白）甚麼奇事？（付白）聞得吕布殺了丁建陽，反投入董府去了。（生白）那吕布殺了丁建陽，反投入董府去了？（付白）董府去了。（生白）妙！太師又得了一員虎將，你我該去奉賀。（付白）賀，賀甚麼？這叫做塞翁失馬，吉凶未定。（生白）吓！吉凶未定？（付白）吉凶未定。（生白）是吓，吉凶未定。（付白）曹操蒙老大人見招，不知何台諭？（生白）今請驍騎到來，非爲別事。下官近得一劍，不知何名；古史一册，有蠹損了一句。驍騎聞識諳博，所以請教。（付白）老大人！又來難學生了。曹操志在安飽，飲啖些酒食肉而已，那古董行中竟竟不曉得。前日有個人拿兩副畫來賣，一副是馬，一副是牛，那馬又騎不得人，那牛又耕不得田，要它何用？我説，那賣畫的人，你來吓！你那裏若有攢得人起的牛糞馬糞[3]，往我這裏倒也用得着[4]。（生白）要它何用？（付白）老大人，你道要它何用？將來肥田而已。（生白）休得取笑。（付白）起借一觀。（生白）請到内書房一觀。請！（作到科，白）待下官取來，驍騎請觀！（付白）是。待曹操看來。好劍吓，好劍！（生白）此劍何名？（付白）僕雖不識，曾聞純鈎之劍，紋如星芒[5]，光明波溢。昔吴國姬光，用之刺王僚。今觀寶劍，非豪曹之比，真乃純鈎寶劍也！（生白）豪曹是何物？（付白）亦是劍名。但不如純鈎砍鐵如泥[6]，故此以透甲傷人。（生白）豪曹不能透甲傷人，是無用之物了？（付白）怎説無用？無非是欠剛。（生白）吓！欠剛。（付白）少剛。（生白）少剛。古史一册，蠹損了一句。（付白）不消看得。請問老大人，蠹損的是上文，是下文？（生白）是下文。（付白）上文如何道？（生白）"城門失火"，（付白）這何消説得，下文自然是"殃及池魚"了。（生白）殃及池魚？（付白）殃及池魚。（笑科，生白）好，好個"殃及池魚"！（付背介，白）阿呀，這老兒好古怪！老大人，曹操曉得了。（生白）請，坐了講。（付白）明人不用細説。請！（生白）請！坐了講。（付白）請吓！大人，古語云：以往察來。適聞所言，僕在董府，彼爲惡不諫，畢竟殃及池魚[7]。老大人且笑吾徒豪曹不能純鈎透甲傷人。僕非池中之物，爲見董卓肆志無已；僕幾欲招集義兵，必須明正其罪。昨聞吕布又歸了他，猶如虎添雙翼，所以只得遲遲行事耳[8]！（生白）哎呀！驍騎吓！你既在他門下往來[9]，何不以此寶劍行事？免勞紛擾軍兵，則執事之功居多矣！（付白）今觀寶劍，借來一用，曹操自有處置。（生白）驍騎若肯前往，我王允即當跪送。（作跪科。付白）老大人，請起！但

不知那董賊今日行事如何？（生白）那董賊呵！（唱）

【四邊靜】他公然出入佯鑾駕，龍袍恣披掛。六尺擅稱孤，一心要圖霸[10]。（合唱）純鉤出靶，風雲叱吒；乘隙刺奸邪，成功最爲大。（付唱）

【又一體】承顏順志忘疑訝，我曹操謙謙實爲詐。兵甲運胸中，眉睫仰人下。（合唱）純鉤出靶，風雲叱吒；乘隙刺奸邪，成功最爲大。

（白）曹操告辭了。（生白）驍騎，他那裏李肅能謀呂布從，（付白）紛紛牙爪護奸雄。（生白）敵國舟中難恃險，（付白）老大人，哪知殺羿有逢蒙。請了。（生白）驍騎請轉！（付白）老大人，還有何言？（生白）此事非同小可，須要見機而行事。（付白）這個我曉得，不消吩咐。請了。（又轉科，白）老大人，請轉！（生白）驍騎怎麼講？（付白）那内事吓，在於曹操；那外！（生白）驍騎怎麼講？（付白）全仗老大人了。此事，喏，請了！（生白）請了！（同笑，付下，生白）我王允日夜焦勞，思殺董賊，無計可施，幸喜曹孟德慷慨前往。我看此人機謀出衆，膽略超群，此去定然成功。吓！蒼天吓，蒼天！若得一劍誅此一賊，上以肅清朝廷，下以奠安黎庶，使漢家四百年天下永保無虞，我王允就死在九泉之下，亦得瞑目矣！正是：

眼望捷旌旗，耳聽好消息。（下）

校記

［1］老爺不好了："好"字，原本漏。今補。
［2］老大人執意如此："執"字，原本音假作"直"。今改。
［3］你那裏若有攢得起的牛糞馬糞："攢"字，原本作"站"。今改。
［4］往我這裏倒也用得着："往"字，原本作"別"；"倒"字，原本作"到"。今改。
［5］紋如星芒："芒"字，原本作"忙"。今改。
［6］但不如純鋼砍鐵如泥："不如"之"如"字，原本筆誤作"知"。今改。
［7］畢竟殃及池魚："畢竟"二字，原本音假作"必靜"，非。今依文意改。
［8］所以只得遲遲行事耳："以"字，原本作"已"。今改。
［9］你既在他門下往來："門"字，原本作"們"。今改。
［10］一定要圖霸："霸"字，原本作"伯"。今改。按："霸"字，一義與"伯"通。

獻　劍

無名氏　撰

解　題

　　昆曲。清無名氏撰。未見著録。劇寫曹操帶劍入宫，欲刺董卓。董卓讓吕布去馬厩爲曹操尋一匹好馬。曹操正欲刺殺董卓，爲董察覺，時吕布已牽馬在閣外，曹操跪地詐稱前來獻劍。董卓釋疑，曹操乘機逃走。吕布對董卓説，曹操獻劍是假，欲行刺太師。董卓方悟，令李肅帶領人馬追殺曹操，並令畫影圖形捉拿。本事出於《三國演義》第四回"謀董卓孟德獻刀"一節。明傳奇王濟《連環記》第十二折《獻劍》、清傳奇《鼎峙春秋》第一本第十九齣《計不成曹瞞走馬》寫此故事。版本今見《故宫珍本叢刊》昆腔單齣戲本。該本係據明傳奇《連環記》第十二折《獻劍》改編，抄本，無標點，首頁題"議劍總本代（帶）譜"，中有一"鳳"字，左上角有"九月二十二日打譜"，但未寫何年，亦未署作者。另有《六也曲譜》本。今以《故宫珍本叢刊》本爲底本，參考他本校點整理。

　　（付上，白）董卓僭心荆棘生，王家拔樹要連根。庖丁割肉須刀刃，樵子入山操斧斤。我，曹操。昨蒙司徒著我幹事，悄悄來到此間，太師尚未出來，且將此劍藏在外面，待他出來，見機行事便了。正是：獵者裝猁窺虎出，任公垂釣候魚來。（暗下。净上，唱）

　　【浣溪沙】人蟻附，騎雲屯，大業堪誇羽翼成。

　　（白）國士無雙只一韓，田文何用客三千。吾兒吕布誰能及，曹操從來智勇全。（付上，白）方纔説曹操，哪知曹操就來到。太師。（净白）驍騎，你每日來遲，今日爲何來得恁早？（付白）僕每日爲馬瘦行遲，恐誤抵應。今日故此早來伺候。（净白）吓！你爲因馬瘦來遲？（付白）是。（净白）吾兒吕布何在？（小生上，白）來了。麟閣森森劍戟排，威風凛凛實奇哉。從來董府多心腹,孤立秦王實可哀。太師呼喚,有何吩咐?(淨白)過來,見了驍騎。(小生白)是。驍騎。(付白)呂將軍。(淨白)驍騎説,爲因馬瘦來遲。你去厩中,選一匹好馬與他。(小生白)是。鹽車困騎無人識,伯樂相逢便解嘶。(下)(付白)太師,賀喜!(淨白)何喜可賀?(付白)看呂溫侯威風凜凜殺氣騰騰,是一員虎將,豈不賀喜!(淨笑介,白)驍騎,我有一事問你。(付白)太師垂問,當竭其愚。(淨白)我欲登東山而小魯。此間山皆小,不足以觀四方,如之奈何?(付白)待曹操想來。(淨白)你去想來。(付白)吓!有了。啓太師,有一座好名山,若尋最高之處,可登武當山。(淨白)可有景?(付白)有景。吓!一處名曰捨身臺,視下深有萬丈。(淨白)可上去得?(付白)怎麽上去不得,只是有些險。此臺可容一人,前無去路,後難回步。(淨白)去者如何?(付白)這叫做不知進退。(淨白)倘跌下來?(付白)這就是不知死活了。(淨怒介。付白)想是太師早起久話,貴體多勞,僕出外厢伺候。(淨白)你且暫退。(付出拿劍介,淨白)連日不曾對鏡,不知我的龍影如何?待我一照。(照鏡介,付上拔劍作刺介)(小生內白)好馬!(淨白)吓!驍騎。(付白)太師!(淨白)你去了,怎麽又轉來?(付白)曹操昨得一劍,欲獻府中。適纔太師有事相問,以此忘了。今復來獻。(淨白)吓!你來獻劍麽?(付白)是。(淨白)此劍何名?(付白)太師聽禀。(唱)

【鎖南枝】聽拜啓,恩相前,寒儒一介蒙俯憐[1]。(淨白)取上來。(付唱)重價買龍泉,掣時電光現。這是奇異物,非玉銜,特持上,府中獻。(淨唱)

【前腔】門下士,惟汝賢,爲咱求劍費萬錢。早晚去朝天,腰懸上金殿。吾總攬,文武權,仗威風,助八面。

(小生上,白)客豈登龍客,翁非失馬翁。啓太師,馬已牽在府門首了。(淨白)驍騎,你就乘了此馬去罷。(付白)多謝太師。(出門介)阿喲!我曹操好似鰲魚退卻金鉤釣,擺尾搖頭再不來。(回身看下。小生白)太師,適纔曹操到此何幹?(淨白)到此獻劍。(小生白)太師,此人奸詐,實有刺太師之心。如今乘馬而去,料不再來也。(淨白)他好意來獻劍,哪有此事!(小生白)太師!(唱)

【孝順歌】他知機密,難隱言,曹瞞早入洞府間。他假意獻龍泉,其心也不善。(淨白)我與他接談,甚是有理。(小生唱)這廝隨機應變,欲刺太師,被咱窺見。(淨白)是了。我方纔驚見鏡中形影,必是此人心懷不良也。(小生唱)多感天相吉人,鏡裏龍光現。這廝乘馬去絕不還,從今後太師要防範。

(淨白)呂布,過來!(小生白)有。(淨白)吩咐門下李肅,帶領三千人

馬,把曹操追上,斬訖報來。(小生白)吓!(淨白)自今後入朝,緊隨吾右,不可離了。(小生應介)

（淨白)不信城中有虎人,(小生白)果然人熟不相親。

（淨白)曹瞞學得商鞅術,(小生白)爲法從來自害身。

（淨白)呂布過來,吩咐畫影圖形,遍掛四方,如有拿住曹操者,千金賞,萬户侯;如有藏匿者,與本犯同罪。(小生白)吓!(淨白)快去快去!(下)(小生白)得令。(下)

校記

[1] 寒儒一介蒙俯憐:"憐"字,原本作"獜"。今依文意改。

問 探

無名氏 撰

解 題

　　昆曲。清無名氏撰。《清昇平署曲目》著録。劇寫吕布奉董卓之命鎮守虎牢關。吕布命探子前往打探,回來向其回報所探軍情。探子言説曹操會合諸侯前來征討,先鋒張飛、關羽、劉備,個個勇猛,人馬已將虎牢關團團圍住。本事出於明傳奇王濟《連環記》。清傳奇《鼎峙春秋》據《連環記》第十六折《問探》改編爲第二本第一齣《中軍帳探子施威》。版本今見《故宫珍本叢刊》之《問探》總本、《六也曲譜》本。另有《清宫昇平署檔案集成》本,該本首頁題"問探小生角本張安福上唱"。該本係從《連環記》析出,改編爲昆腔單齣戲演出本。今以《故宫珍本叢刊》本爲底本,參考其他本校點整理。

（衆引小生上,唱）

【點絳唇】手握兵符,關擋要路。張威武,虎視耽耽,誰敢關前過?

（白）自古安不忘危,治不忘亂。叵耐曹操這廝,會合諸侯,前來侵犯。我已差能行探子前去探聽,待他回來,便知分曉。（净上,白）打探軍情事,名爲夜不收[1]。日間藏草内,黑夜過荒丘。咱,能行探子是也。奉吕將軍將令,著俺打探曹兵聲勢,甚是來的凶勇也。（唱）

【醉花陰】虎嘯龍吟動天表,黑漫漫風雲也那亂繞。覷兵百萬逞英豪,唬、唬得俺汗似湯澆! 我緊緊的將芒鞋撬,密悄悄奔荒郊。聲喏轅門,（白）報! 探子回。（唱）聽説分曉。

（生白）探子,你回來了麽?（净白）是。回來了。（生白）看你短甲隨身衲襖齊,曹兵未審是如何? 兩脚猶如千里騎,肩上横擔令字旗。喘息定了,慢慢的説。（净白）將軍,請穩坐中軍,待小校慢慢的説來。（唱）

【喜遷鶯】打聽得各軍來到,打聽得各軍來到,展旌旗將戰馬連驃。似這周遭,鬧攘攘争先鼓噪[2],盡打着白旗幡將義字標。聲聲道:肅宇宙斬除妖孽[3],奮威風掃蕩得這塵囂!

(生白)白旗標義字,諸路合兵戎。屯兵在何處?哪個是先鋒?恁可再説。(净白)是。(唱)

【出隊子】俺則見先鋒前導,猛張飛膽氣豪,恰便似黑煞神降下碧雲霄!手持着點鋼槍長蛇矛晃耀,怎當他光掣電鋒芒纏繞。

(生白)那張飛俺也認得,他身長八尺,豹頭環眼,燕頷虎鬚,聲若巨雷,勢如奔騎;能使丈八點鋼蛇矛。這也不足爲慮。但不知後隊還有何人?您可再説。(净白)是。(唱)

【四門子】後隊雲長氣勇驍,倒拖着偃月長刀;焰騰騰駥馬紅纓罩,撲咚跳雙蹄突陣咆哮。劉玄德弩箭能奇妙,發一枝連射雙雕。這壁廂金鼓齊敲,天聲震星斗搖,地軸翻沸起波濤[4]。中軍帳號令出曹操,呀!掌握三軍展六韜,掌握三軍展六韜。

(生白)那雲長公俺也認得,他身長一丈,鬚長一尺八寸,面如重棗,唇如塗朱,丹鳳眼,卧蠶眉,能使青龍偃月刀。那劉玄德俺也認得,他身長七尺五寸,兩耳垂肩,雙手過膝,龍目鳳準,面如冠玉,能射百步穿楊之箭[5]。這也不足爲慮。但不知他那裏有多少人馬?您可再説。(净白)是。(唱)

【刮地風】亂紛紛甲胄知多少,擺隊伍分旗號;步隊兒低,馬隊高,把城池蟻聚蜂屯繞。左哨又攻,右哨又跳,呀!滿乾坤烟塵暗了!

(生白)他那裏人馬雖多,俺這裏可也不少。待俺明日帶了累珠嵌寶冠束髮紫金冠,掛了獅子吞頭連環甲,披了西川紅錦團花戰袍,手持畫桿方天戟,坐下赤兔胭脂千里馬,領兵到虎牢關上,擋住他咽喉要路,與他交戰便了。(净白)是。(唱)

【水仙子】忙忙的掛戰袍,忙忙的掛戰袍,吕將軍領兵須及早[6]。快、快、快,騎駿馬,走赤兔,持畫戟,鬼哭神嚎!緊、緊、緊,虎牢關堅守著。狠、狠、狠,看群雄眼下生驕傲!蠢、蠢、蠢,這奸雄不日氣自消!趲、趲、趲,截住了關隘咽喉道。望、望、望,策勳助神勞!

(净白)吕布!兵者凶器也,戰者危事也。然須爲國家排難,不可因循畏怯。領兵前去,得勝回來,重加爵位。(小生白)吕布此去,功在必成,賞何望焉!(末唱)

【尾】俺這裏得勝軍兵盡受賞,一個個都要展土開疆。吕將軍騎赤兔馬,破曹操名揚。

校記

［1］名爲夜不收:"名"字,原本筆誤作"各"。今改。
［2］鬧攘攘争先鼓噪:"鼓噪"二字,原作"皺操"。今改。
［3］肅宇宙斬除妖孽:此句,原本作"素宇宙斬個虛嚚",語意不通。今依王濟《連環記・問探》折改。
［4］地軸翻騰起波濤:"翻"字,原本音假作"番"。今改。
［5］能射百步穿楊之箭:"楊"字,原本音假作"揚"。今改。
［6］吕將軍領兵及早:"及"字,原本音假作"極"。今改。

貂蟬拜月[1]

無名氏 撰

解 題

昆曲。清無名氏撰。《清昇平署曲目》著錄。劇寫貂蟬憂心國事，花園拜月，祈望早除奸佞。恰被王允撞見，審問貂蟬，方知是爲義父、國事擔憂，貂蟬願爲除奸獻身。於是王允與貂蟬定美人計，殺董卓。本事出於元雜劇《錦雲堂美女連環計》、明傳奇王濟《連環記》。本劇係據《連環記》第十八折《拜月》改編，爲宮廷常演劇目。今見《故宮珍本叢刊》，題"貂蟬拜月"；《中國國家圖書館藏清宮昇平署檔案集成》總本題"連環拜月"、曲譜題"貂蟬拜月"。僅一折。均係抄本。今以《故宮珍本叢刊》本爲底本，參考《清宮昇平署檔案集成》本（簡稱昇平署本）校勘整理，擇善而從。

（丑扮丫鬟上，白[2]）非是蛾眉妒，情同泣尹邢。幾番臨鏡照，自愧人娉婷。我乃王老爺府中侍兒翠環便是。只因那個貂蟬，他生得似乎比我美麗，唱的曲子比我又好，老爺、夫人十分寵愛。昨日侍奉家宴，他單得賞碧玉連環。因此，我心中實在氣他不過。只見他天天往花園中去焚香拜禱，不知爲了何事？且是由他。我學我的曲子去罷。（下）

（小旦扮貂蟬從上場門上，唱[3]）

【羅江怨】荼蘼徑裏行，香風暗引。天空雲淡賴無聲。畫欄杆外，花影倚娉婷也，環珮叮噹，宿鳥枝頭醒。鳳頭鞋步月行。（左臺口斜設香几爐瓶，貂蟬作焚香科，白）移步上瑶臺，焚香拜明月。恩主劍如霜，早把奸邪滅。（作拜科，唱）螺甲香拜月明，頓忘却風透羅襦冷。

（生扮王允從上場門暗上，聽科，白）爲國心懷亂，瑶臺忽見誰？（作見貂蟬科，白）貂蟬。（貂蟬作見驚，回身跪科）（王允白）夜靜更深在此？（唱）

【園林好】長吁氣在荼蘼架邊，有所思過牡丹亭畔。何處追尋劉阮？（合唱)這裏是百花園,你休錯認武陵源。

（白）這裏不是説話的所在,隨我到亭子上來。（貂蟬應科,起,隨行科,隨撤香几）（王允白）要知心腹事,但聽口中言。（作到中場設椅王允坐科,白）妮子跪着。（貂蟬跪科）（王允白）快説真情,饒你的打。（貂蟬白）老爺!（唱）

【慶雲子】偶來拜月還自遣,（王允白）敢爲麗情麽?（貂蟬唱）端不爲麗情相牽。（王允白）却爲何來?（貂蟬白）連日呵!（唱）不忍見爹行愁臉。（王允白）你獨自一人[4],在花園中何幹?（貂蟬唱）（合）因此上告蒼天,凡百事遂心田。

（王允白）你自幼在我府中,怎生看待你[5]?（貂蟬唱）

【尹令】蒙養育深恩眷戀。（王允白）我已著柳青娘教你技藝。（貂蟬唱）教技藝安居庭院。（王允白）我也未曾凌賤你來[6]!（貂蟬唱）幾曾把奴凌賤。（王允白）也未嘗輕慢你吓[7]?（貂蟬唱）未嘗把奴輕慢[8]。（王允白）自幼相隨勝似嫡親一般。（貂蟬唱）（合）自小親隨,勝嫡女相看已有年[9]。

（王允白）咳,好悶人也[10]。（貂蟬唱）

【品令】爹行爲何,鎮日兩眉攢,形容憔悴,有時淚雙懸。莫非爲國難,運籌除奸險?奴不敢問,只得禱告蒼穹憐念。（合）武偃文修,免得忘飡寢不安。

（王允白）兒吓!（唱）

【豆葉黄】這國家大事,兒女們休言。看多少元宰勳臣,無計把奸雄驅遣。任他圖篡,有誰擅言?你是個閨門中弱質,你是個閨門中弱質,（合）怎分得君憂,解得黎民倒懸?

（貂蟬唱）

【玉姣枝】不須愁嘆,獻芻蕘乞采奴言。（王允白）你是個女兒家,曉得甚麽?（貂蟬唱）論來男女雖有别,盡忠義一般休辨。西施與越敗吳邦,緹縈救父除刑患。（王允白）倘有用你之處便怎麽樣[11]?（貂蟬唱）（合）倘用妾決不畏難,這賤軀何惜棄捐?

（王允白）呀!（唱）

【二犯六幺令】肯爲國家排難,頓教人憂懷放寬。念君臣有纍卵之危,時刻熬煎;百姓有倒懸之苦,不能瓦全。（白）兒吓!你倒有忠義之心。適纔爲父的呵,（唱）（合）枉把你埋怨,恕急遽言詞倒顛[12]。

（貂蟬白）但不知董卓近日行事如何?（王允白）那董賊呵!（作起隨撤

椅科,唱)

　　【江兒水】他奪篡機謀遠。(貂蟬白)他家還有何人?(王允白)他家還有個義兒呂布。噫[13]!(唱)助惡羽翼聯。(貂蟬白)何不遣人刺之?(王允白)禁聲。(作四顧科,白)兒吓!(唱)我也曾令人暗刺,反失純鈞劍。(貂蟬白)那些諸侯便怎麼?(王允唱)諸侯合陣空勞戰。(貂蟬白)爹爹待要怎麼?(王允白)我觀此二人皆殢於酒色[14],(唱)只得權,(住口科。貂蟬白)爹爹為何欲言不語?(王允白)兒吓!話有便一句,但不是為父的講的。(貂蟬白)但說無妨。(王允白)兒吓,為父的也無計可施。(唱)只得權把你做紅裙女陣生機變。(白)將你先許呂布,後獻于董卓。兒吓!(唱)你可就從中取便。(合)使他父子分顏。(白)那時令布殺卓,(笑科,唱)方遂我平生之願。(貂蟬唱)

　　【川撥棹】何不將奴獻,便隨機行反間?(王允白)兒吓!(唱)向與你玉斫連環[15],(貂蟬唱)今可驗,計設在連環。(王允白)我的兒吓,(唱)倘泄漏風聲,我當滅門罪愆。(跪科,貂蟬扶白)請起。(王允起科,貂蟬唱)(合)不須憂,請放寬[16];領佳謀,當曲全。(同唱)

　　【尾聲】陰柔用事消陽健,重把山河來建,遠大奇功達九天。

　　(王允白)奸惡雖強酒色徒[17],(貂蟬白)只消舌劍用機謀。

　　(王允白)要離謾說能行刺,(貂蟬白)不及吾家女丈夫。

　　(王允白)好,好一個女丈夫[18],隨我進來。(同從下場門下)

校記

[1] 貂蟬拜月:昇平署本"總本"作"連環拜月",而"曲譜"作"貂蟬拜月"。

[2] 丑扮丫鬟上白:昇平署本無此丫鬟上場,亦無此段白。

[3] 小旦扮貂蟬從上場門上唱:昇平署本作"貂蟬上唱"。原本是有曲文帶曲譜,有賓白,有人物科、白、唱提示的演出本。昇平署本有曲、白、人物科、白、唱簡單提示,曲譜另有一本。以下科、白、唱皆從原本,不再出校。

[4] 你獨自一人:"自"字,昇平署本作"白"。

[5] 怎生看待你:昇平署本此句作"怎生看你"。

[6] 我也未曾凌賤你來:"我"字,原本無。今從昇平署本補。"未"字,昇平署本作"不"。

[7] 也未嘗輕慢你吓:"也"字、"你"字,原本無。今從昇平署本補。"未嘗",昇平署本作"不曾"。

［8］未嘗把奴輕慢："嘗"字,昇平署本作"常"。

［9］勝嫡女相看已有年："勝"字,原本無。今依昇平署本補。

［10］王允白咳好悶人也:此句原本作"王允嘆科"。今從昇平署本改。

［11］倘有用你之處便怎麼樣："有"字、"之處"二字,原本無。今從昇平署本補。

［12］恕急遽言詞倒顛:"倒顛"二字,昇平署本作"顛倒",失韻。

［13］噫:此字昇平署本無。

［14］我觀此二人皆殢於酒色:"殢"字,昇平署本作"溺"。

［15］向與你玉斫連環:"斫"字,昇平署本作"靳"。

［16］不須憂請放寬:"須"字,昇平署本作"免"。

［17］奸惡雖強酒色徒:"奸惡"二字之前,昇平署本還有"曉得"二字。不取。

［18］好好一個女丈夫:此句,昇平署本作"好吓好個不及吾家女丈夫"。可參考。

梳妝擲戟

無名氏　撰

解　題

　　昆曲。清無名氏撰。《清昇平署曲目》著錄。劇寫呂布回董卓府，見貂蟬當窗梳妝，乃趨前，與之共語。恰巧董卓來到，責怪呂布不應調戲其新納姬妾，怒而以戟刺布，幸被李儒勸下，呂布驚走。董卓決定將貂蟬送至郿塢。本事出於《三國演義》第八回"董太師大鬧鳳儀亭"一節。明王濟傳奇《連環記》第二十五折《梳妝》與第二十六折《擲戟》、清傳奇《鼎峙春秋》第二本第六齣《戀私情爭鋒擲戟》寫此故事。版本今見《故宮珍本叢刊》昆腔單齣戲本《梳妝擲戟》總本（帶譜）、《清宮昇平署檔案集成》本。該本首頁題"梳妝擲戟"，右有"同治八年(1869)八月，此本按外邊李對准，七月初三准，謄過一本'舞'"等記載。另有《六也曲譜》本。該本係根據明王濟《連環記》改編，抄本，無標點。今以《故宮珍本叢刊》本爲底本，參考其他本校點整理。

梳　妝

　　（小生上，白）恨小非君子，無毒不丈夫。可恨這老賊不念父子之情，奪我夫妻之愛，不勝焦忿。夜來司徒之言，未可遽信，我如今潛入後堂，打聽貂蟬動靜則個。（唱）

　　【懶畫眉】只因淹滯虎牢關，失却明珠淚暗彈。好姻緣反做惡姻緣。我潛身轉過雕欄畔，試聽貂蟬有甚言。（下）

　　（貼上，唱）

　　【又一體】輕移蓮步出蘭房，只見紅日曈曈上瑣窗。昨宵雲雨會襄王，姣姿無奈腰肢怯[1]，瘦損龐兒淺淡妝。

　　（丫鬟暗上，小生上，唱）

【又一體】日移花影上紗窗,一陣風來粉黛香。(作偷看介,連唱)呀!那人在窗下試新妝,分明是一枝紅杏在牆頭上,惹得遊蜂特地忙。(貼唱)

【又一體】錦雲拂鏡對殘妝,只見鬢亂釵橫分開雙鳳凰。香消色褪減容光。(小生噭介。貼唱)是誰在窗外行蹤響?(丫鬟白)哪個在外?(小生白)小將呂布在此。(丫鬟白)溫侯在外。(貼連唱)阿呀,天吓!不覺滿面羞慚難躲藏。

(淨內白)貂蟬,梳妝完了,前庭用早膳。(貼、丫鬟、小生同下。淨上,唱)

【朝天子】殢雨尤雲一夢回。日轉瑤階去,始起來。謾携仙子下陽臺。覷香腮,猶思枕上情懷。(白)貂蟬!(貼白)太師!(淨笑介,連唱)好風流,快哉!好風流,快哉!

(淨坐介,小生上,白)今日覓不得,有時還再來。(貼下,淨白)你回來了?(小生白)回來了。(淨白)你是幾時去的?(小生白)十三。(淨白)待我與你輪一輪,十三、十四,吓!十五日該你值禁。因你不在,我叫李肅替了你了。(小生白)他哪知我禁中的行事!(淨白)因你不在,叫他替了你,該去謝他一聲。(小生白)禁中之事,豈可替得!(淨白)就算他幹壞了你的事,你自去彌縫罷了。(小生白)彌縫也遲了。(淨白)吓!我好意叫他替你,怎麼在老子跟前使性!做老子的豈是你挺撞得的!可惡,放肆!正是:酒逢知己千杯少,就是那,(住口介)咳!話不投機半句多。(貼上,白)太師!(淨白)貂蟬!(貼、淨同下。小生白)咳!老賊吓,老賊!(唱)

【又一體】說甚麼話不投機半句多,肆意胡為事,奈若何?簾間隱約露嫦娥,她轉秋波。甚時再得相逢,把心來試他,把心來試他!

(白)一段姻緣不得成,可憐美女侍奸臣。

　　侯門一入深如海,從此蕭郎是外人。(下)

校記

[1] 嬌姿無奈腰肢怯:"嬌姿"二字,昇平署本作"今朝"。

擲　　戟

(貼上,唱)

【探春令】一顰一笑總關情,暗自傷心曲。

（白）我，貂蟬。自歸董府，誘他兩家內亂。這幾日太師身體勞倦，不時高臥。且喜又去睡了，不免往後花園閒步一回，少展悶懷。（行介，白）來此已是鳳儀亭。待我口占一詞：嗟哉鳳儀亭，四繞梧桐樹；鳳凰不見來，烏鴉日成隊[1]。（小生上，嗽介，貼白）呀！那邊來的好似溫侯。待他來時，把言語打動他便了。（小生上，白）偶來鳳儀亭，悶把欄杆倚。欲採芙蓉花，可憐隔秋水。（作見貼介，白）呀！這是貂蟬。我且躲過一邊，聽她說些甚麼。（貼白）咳！（唱）

【鎖南枝】妾命薄，淚暗流。無媒徑路羞錯走。我勉強侍衾裯，見人還自醜。嘆沉溺，誰援救？我欲見溫侯，阿呀！溫侯吓，怎能彀！（小生唱）

【又一體】青青柳，嬌又柔，一枝已折在他人手。把往事付東流。良緣嘆非偶。簪可惜，雙鳳頭。這玉連環，哦呵，空在手！

　　（貼白）阿呀！溫侯，你好負心也！（小生白）吓！你爹爹將你送與太師，怎麼倒說我負心？（貼白）中秋夜爹爹將奴家送與溫侯成親，不知你往哪裏去了？（小生白）虎牢關上收兵去了。（貼白）乃見狂狙。（小生白）吓，狂狙是誰？（貼白）就是太師。（小生白）他便怎麼樣？（貼白）頓起不仁之心，將奴邀入府中淫污，奴家恨不得一死。今日得見溫侯，死亦瞑目矣！（小生白）阿呀！夜來司徒之言，與小姐無二。如今小姐的意思，便要怎麼樣？（貼白）奴家誓死願從溫侯的噓！（小生白）只恨我虎牢關上來遲了！（唱）

【小工調·紅納襖】只指望上秦樓吹鳳簫，卻緣何抱琵琶彈別調？香褪了含宿雨梨花貌，頻寬了舞東風楊柳腰。不能彀畫春山眉黛巧，羞見你轉秋波顏色姣。早知道相見難為情思也，何不當初不見高！

　　（貼白）溫侯吓！（唱）

【又一體】你只圖虎牢關功業高，頓忘了鳳頭簪恩愛好。同心帶急攘攘被他扯斷了，玉連環屹崢崢想已揉碎了。（小生白）你好生服侍太師去罷！（貼唱）若不與溫侯同到老，願死在池中恨怎消！（小生白）今生不得小姐為妻，非蓋世英雄也。（貼白）溫侯請上，受奴一拜。（小生白）小將也有一拜。（同拜介，貼唱）若念夫妻情義也，把我屍骸覆草茅！

　　（白）阿呀，罷！（貼投池介，小生白）阿呀，小姐！不可如此。（淨白）貂蟬！（貼下，淨白）慢些走，慢些走。（小生白）老賊出來了。（淨白）吓！你是呂布？（小生白）呂布便怎麼樣！（淨白）反了！反了！好畜生！你不在虎牢關上幹正事，倒在鳳儀亭上戲我的愛姬，是何道理？（小生白）住了。王司徒將貂蟬許我為妻，被你強佔為妾，怎麼倒說我戲你的愛姬？（淨白）甚麼，甚麼許你爲妻？（小生白）許我爲妻。（淨白）呀呀呸！（小生白）呀呸！（淨白）好畜生。（刺小生，小生躲介，淨白）阿呀，好畜生吓！（唱）

【撲燈蛾】你潛身鳳儀亭，潛身鳳儀亭，把我愛姬來調引。巧弄如簧舌，禮義全不思忖也，做出這般行徑也！（小生白）住了。甚麼行徑？（淨白）住了。你把我甚麼人看待？（小生白）不過是義父罷了。（淨白）可又來，（唱）既稱父子昧彝倫。（同唱）頓叫人心中發忿！真堪恨，把方天畫戟了殘生！

（又刺介，小生白）老賊！（唱）

【又一體】錦屏多玉人，錦屏多玉人，珠翠相輝映。瑣瑣裙釵女，何必欺心謀占也？（淨白）住了。哪個謀占？（小生白）是你謀占！（淨白）怎麼倒說我謀占？（小生白）是你謀占。（淨笑介，小生白）在這裏了。（淨白）咳，你來你來！（小生白）老賊！（唱）休得要笑中藏刀，百年夫婦割恩情。（同唱）頓叫人心中發忿！真堪恨，把方天畫戟了殘生！

（淨刺，小生奪介，李儒上奪戟介，白）不要動手！（淨與李儒對撞倒介，小生下，淨白）好畜生！好畜生！（李儒白）阿呀！我是李儒。（淨白）還說你是畜生畜生！（李儒白）主公不要打，我是李儒。（淨白）李儒在哪裏？（李儒白）李儒在底下。（淨白）吓吓吓，反了，反了！（李儒白）哪裏反了？（淨白）反了。（李儒白）哪個反了？（淨白）就是那呂布。（李儒白）呂布便怎麼樣？（淨白）他不在虎牢關上幹正事，倒在鳳儀亭上戲我的愛姬貂蟬，是何道理？（李儒白）主公！呂布既愛貂蟬，何不賜之？一樁事就完了。（淨白）吓！你在那裏說些甚麼？（李儒白）呂布既愛貂蟬，何不賜之？一樁事就完了。（淨白）你的老婆可肯送與別人？（李儒白）那個使不得。（淨白）你的使不得，我的倒使得。喚李肅過來！（李儒白）是。吓，李將軍，主公喚。（李儒下，李肅上，白）來也。勸君行正道，莫把念頭差。（見介，白）主公！（淨白）狗才！（李肅白）阿呀呀！主公爲何大怒？（淨白）狗才，你薦得好人吓！（李肅白）李肅不曾薦甚麼人吓？（淨白）呂布可是你薦的？（李肅白）呂布！薦得不差。（淨白）還說薦得不差[2]。他不在虎牢關上幹正事，倒在鳳儀亭上戲我的愛姬，是何道理？（李肅白）呂布無理，何不殺之？（淨白）著著著，李肅過來！（李肅白）有。（淨白）你明日頂盔貫甲去問那王司徒，將貂蟬送與我呢，竟說送與我；若是送與那呂布，噯！竟說送與呂布。一個人送得不明不白，使我父子在家拈酸吃醋。講得明白便罷，（李肅白）講不明白呢？（淨白）提頭回話！（李肅應介，下）（貼上，唱）

【不是路】掩袂悲啼，舊恨新愁眉鎖翠。（淨白）阿呀！（貼白）阿呀，太師吓！（净白）呀！（唱）看她淚珠垂，似梨花一枝輕帶雨。爲何倒在人懷裏，全不想禮儀綱常是與非？（貼白）妾想温侯乃是太師之子，十分敬重。誰想他持戟入至後堂戲妾。妾逃至鳳儀亭，他又趕來；正欲投水，又被他抱住。正在生死之間，幸得太師來，救了性命噓！（净唱）怪狂狙，敢探虎穴尋鴛侣！阿呀，使人驚愧。（貼唱）不須驚愧。

（净白）你去服侍那呂布去罷！（貼白）爹爹只叫奴服侍太師，並不曾許甚麼呂布的噓！（净白）哎，哎！（唱）

【長拍】拂拭啼痕，拂拭啼痕，重施脂粉，新郎再嫁休辭。我曉得你的意兒了[3]，要改弦再續，憐新棄舊罷，把恩愛付與天涯！（貼唱）此話不須提。我終身願託，誓無他意。此情今日惟有死，妾豈肯暫相離？一馬一鞍立志，願鳥同比翼，樹效連枝。

（净白）你去服侍呂布罷！（貼白）太師好！（净白）我是老了。（貼白）太師不老。（净白）呂布好！（貼白）太師好！（净白）我是老了。（貼白）太師不老。阿呀，太師吓！（净白）起來。只此一遭，下不爲例。（貼白）但此處不可久居，恐被呂布所害。（净白）和你到郿塢中去。（貼白）郿塢安居否？（净白）郿塢中有三十年糧儲，甲兵數萬。成事回來，封你爲貴妃便了。（貼白）多謝太師。（净白）甲士們！（甲士、車夫暗上，白）有。（净白）擺駕！（同唱）

（嗩吶凡調）【短拍】往郿塢繁華，郿塢繁華，妝成金屋，貯玉人翠繞珠圍，花木總芳菲。長春景，另是一壺天地。儀從隨行前去，看褰幃雙笑慢同車。

校記

[1] 烏鴉日成隊："隊"字，原本作"像"。今從昇平署本改。
[2] 還説薦得不差："薦得不差"四字，原本、昇平署本均無。今依文意補。
[3] 我曉得你的意兒了：此句，原本作唱詞，昇平署作賓白。今從昇平署本。

勘問吉平

無名氏　撰

解　題

　　昆曲。清無名氏撰。《清昇平署曲目》著録，題《勘問吉平》。劇寫吉平借給曹操看病之機，欲用毒藥殺曹操，未遂，被曹操拿下。曹操召集群臣公審吉平，逼其供出同謀。吉平不供，反罵曹操。曹操讓衆臣鞭打吉平，欲借此看衆臣態度。王子服、馬騰、董承皆被逼忍淚鞭打吉平。吉平爲其掩護，乃責罵馬騰、董承爲曹操奸黨。吉平欲用長枷打曹操，未打著，觸階而死。本事出於《三國演義》第二十三回下節《吉太醫下毒遭刑》。版本今見《清宫昇平署檔案集成》本，該本首頁，題"勘問吉平總本"，下書"咸豐二年（1852）七月二十六日對准，十二年上要准，錦，喜劉丫打"。抄本，無標點。今據標點整理。

　　（軍卒手下張遼、許褚引曹操上，同唱）
　　【出隊子】叫人懊惱，輾轉思量，恨怎消？不知何人起禍苗？今日公庭好定招。招出何人，將他戮剿。
　　（曹操白）心事不平空宴樂，除非殺却事方休。昨日吉平用毒藥害我，幸得天佑，被我拿下。今日勘問，左右俱要弓上弦刀出鞘，只許進不許出。待衆官到來，叫他們排班而進。（王子服、吴子蘭上，同唱）
　　【接雲鶴】曹相招赴至公庭，我等只得忙趨命。
　　（同白）請了。（董承、馬騰上，唱）
　　【上馬踢】干戈亂如麻，（董承白）馬大人，你我便來了！（唱）好叫我心驚吒。若到那其間，言語須帶三分詐。（馬騰唱）你不必嗟呀，也休把身家掛。（白）自古道，爲臣盡忠，爲子盡孝。（唱）全憑着這赤膽忠心，就死何足怕。
　　（作見科，白）請了！（董承、馬騰白）今日曹相相召，不知爲著何事？（王子服白)想是爲那個吉,(董承白)吉甚麼?(王子服白)吉祥如意。(虛白發譚,許褚白)眾官到齊了麼?(眾白)到齊了。(許褚白)曹相爺有令,排班而進。(馬騰白)這却使不得!(王子服白)現在矮簷下,怎敢不低頭?報門。(眾軍卒報門,眾進科,白)明公在上,下官等參拜。(曹操白)不消,看坐。(眾白)侍立,請教!(曹操白)坐了,好講。(眾白)告坐了。(曹操白)今日有勞列位至此。(眾白)不敢。(曹操白)我自出兗州,統父子之兵,勤王於洛陽,不知有何事得罪朝廷。那吉平用毒藥來害我,是何道理?(眾白)明公東蕩西除,南征北討,滿朝文武無不感仰。(曹操白)這都是面奉之言,背後惡我者盡多。(眾白)明公赤心輔國,誰人不知?況醫家有割股之心,一定錯用了藥。(曹操白)咳,今日請列位到此,勘問吉平,招出何人,一體同罪。(眾白)是。(曹操白)帶吉平[1]!(眾帶吉平上,唱)

【採茶歌】奸臣妒國民遭虐,篡國欺君移漢朝。我今特來誅佞賊,怎奈我一點丹心天不保。

(軍卒白)吉平帶進。(眾白)進來!(曹操白)吉平!(吉平白)曹操?(曹操白)你爲何稱我之諱?(吉平白)你爲何道我之名?(曹操白)見我爲何不跪?(吉平白)曹操,我吉平上跪天子,下跪父母,豈跪你這亂國奸賊!(曹操白)打膝蓋。(眾打,曹操白)吉平!你無故用毒藥害我,人心何在?誰與你同謀?照實招來,免得我三推六問。(吉平白)奸賊!汝罪過王莽,惡勝董卓,天下人皆欲啖汝之肉,何止我吉平乎!(曹操白)我爲漢相,身勤王事,豈是那輩相比不?不打不招,與我打!(眾招吉平繞場,打科,曹操白)招來!(吉平唱)

【梁州錦序】俺平生正直,常懷忠義,要與國家除賊。(曹操白)要與國家除賊?你好大的個顯職。(吉平唱)怎奈我官卑職小,(滾白)又没個相扶助。(唱)奈力弱難成其事。幸爾有疾病,著我來醫,正中我的機謀。(白)賊,我欲害你。(曹操白)你害我幹國忠良,天豈容你!(吉平白)好,好一個幹國忠良!(滾白)是了麼?賊,怎奈天不順,事難齊。天不順,事難齊,反把我忠良無故遭冤死。(曹操白)著銅鎚伺候。(眾應科,吉平哭介,唱)你看賊徒勢,未知那義理何好?(曹操唱)

【奈子五更寒】俺從來正直無私,辦赤心匡扶王室。替天行道,掃盡了海外蠻夷。(滾白)與士卒同甘共苦,賞罰分明。(唱)每日裏忠勤王事。(白)賊!(唱)你無故用毒藥害我體,可見天公不順伊。今日裏須從直當堂一一供招取,是何人與你共同謀計?(眾同唱)

【梁州序】告丞相暫息虎威,且寬容議他何罪?(曹操白)咳,昨日吉平將毒藥害我,列位怎麼不來替我討饒;今日吉平受刑,列位就講議他何罪。就依列位,議他個甚麼罪?列位問他個甚麼罪?(衆白)但憑丞相處分。(曹操唱)這其間就裏我盡知,莫不是一黨同爲。(王子服白)丞相在上,這等好好的問他,他不肯說,依下官的主意,取皮鞭來,每人各打三鞭。不打者一例同罪。(曹操白)言之有理。取皮鞭來!(軍卒白)鞭到。(曹操白)就是王子服先打!(王子服打科,虛白發諢,軍卒白)請馬大人打鞭!(馬騰白)吉平,誰與你同謀?實實招來。你若不招,我就要打了。(吉平白)打罷了,問甚麼?(打科,馬騰白)不招。(曹操白)國舅打[2]。(董承白)下官雖不才,也是國家大臣,怎好自己執鞭打人?(曹操白)咳!(董承白)是。就打就打。(唱)他那裏叫我鞭打[3],我這裏怎麼推辭,好叫我心下戰兢兢,却也難回避。(取鞭科)好叫我聲吞下淚暗垂,心中一似鋼刀刺,傷情處怕人知。

(白)報數?(打科)不招。(吉平白)曹操!同謀、主謀的都有了。(曹操白)招來。(吉平唱)

【又一體】我招承說與你知。(曹操白)是哪一個?(吉平滾白)同謀的是這一個,是那一個?(曹操白)綁了。(衆綁科,吉平白)都不是,(唱)共同謀是你曹賊爲主。(曹操白)鬆了綁。(衆解,吉平滾白)天,只消我一句言語,(唱)唬得他慌張張失志。此乃是自己作的,又何須將他連累。(曹操白)國舅、西凉附耳低問,(董承、馬騰滾白)適纔打得他慌張矣,言東語西。(唱)東扯西板,又未知舉自何意?(白)吉元甫受刑不過,招了罷!(吉平白)呸!你二人是奸賊一黨,還來問我甚麼!(吉平滾白)國舅、西凉,你二人既爲國家臣子,須當要烈烈轟轟磊磊落落,纔是個忠臣。你爲何也與奸賊一黨?(唱)國舅、西凉你兩人慌甚的?我死後做厲鬼殺你曹賊[4],身甘死志不移。

(曹操白)將長枷枷起來。(衆應,取枷科,吉平唱)

【尚按節拍煞】忠良無故遭冤獘,待我拽起枷梢打死。(白)曹操,同謀、主謀都有了。(曹操白)招上來!(吉平白)君子對面難言,叫丞相附耳。(軍卒白)請丞相附耳!(曹操出公案,吉平唱)我爲國亡身心足矣。

(作枷打不着,觸死科。軍卒白)吉平觸階死了。(曹操白)吉平已死,將屍抬過了。(衆抬屍下。曹操白)吉平既死,已無對證,衆官且散。(衆應)

(曹操白)枉使梟心害大臣,(衆白)誰想今朝毀自身。

(曹操白)勸君各自存彝理,(衆白)眼見分明報應真。

(曹操白)看轎!(衆各分下)

校記

［１］帶吉平："帶"字，原本作"代"。今改。本劇下同。
［２］國舅打："舅"字，原本音假作"舊"。今改。
［３］他那裏叫我鞭打："鞭"字，原本作"刑"。今依文意改。
［４］我死後做厲鬼殺你曹賊："殺"字，原本作"條"。今改。

張飛落草

無名氏　撰

解　題

　　昆曲。清無名氏撰。《清昇平署曲目》著録，題"張飛落草"。劇寫張飛在徐州與劉備、關羽失散，獨自一人，行至一山前，遇山上盜賊。盜賊打不過張飛，願請他上山入夥當大王。張飛眼下無落脚之地，想來暫在此山，以尋二兄，於是答應上山落草。本事不見史傳，明《古城記》上卷十二齣《落草》寫張飛落草，清《鼎峙春秋》第四本卷下第三齣爲《張飛落草》。該劇係根據《古城記》中《落草》改編的單齣戲。版本今見國家圖書館藏《清宮昇平署檔案集成》本，首頁題"張飛落草總本串關"頁中間有一"歌"字，抄本，無標點，每頁下殘，缺一二字。今以該本爲底本標點整理。

　　（張飛上，白）鼙下軍聲驚雁群，天涯兄弟夜未分。一身漂泊空山下，翹首青霄看白雲。俺，張飛。自從在徐州偷營失散，大哥、二哥，不知他們下落。俺老張只落得一身，並沒有安身之所，想將起來好生煩惱人也！（唱）
　　【醉花陰】問平生何事關心繫腸肚，雁行分一身無主。弄得俺英雄漢足趔趄，荒郊外仗穹蒼遮蓋微軀，那答是安身處。只落得看空山夜月孤，好叫我一天愁何處訴。（下）
　　（衆强盜引草雞大王上[1]，白）雞原不是鳳[2]，雞也不是雞。身小尾巴大，五更不會啼。好雞好雞好餐頭雞。自家，草雞大王是也。俺生來兩支胳膊兩條腿，胳膊上有兩個胳膊肘兒，兩條腿上有兩個波羅蓋兒。只因自小無賴，專會偷雞剪綹，好幾十個人，咱們共總是多少人？（衆强盜白）八十名。（草雞白）八十名，占有一座山頭[3]，打劫來從客商。衆卿家，這幾天是怎麼個緣故，連根取燈兒也沒有打劫了來，難道叫孤家喝風麼！（衆强盜白）也要有人打這裏走，好打劫。（草雞白）怎麼者等窩見來，你們到那山前山後各處巡邏巡邏，少不得有個倒運的來的。衆嘍囉聽我號令，你們一齊下山，四下巡邏，倘遇過客行商，不要管他好歹，與我擒上山來，待孤家親自剝他的衣裳。（下。强盜白）我們就此下山巡邏者。（唱）

【畫眉序】心兒狠氣兒粗[4]，嘯聚山林奮威武。向單身過客，叱吒喑嗚。一般兒摸狗偷雞，要做出如狼似虎。逢人莫便攔他路，試他本事何如[5]。（下）

（張飛上，唱）

【喜遷鶯】有多少離情別緒，有多少離情別緒，馬兒上只是短嘆長吁。當也波初，弟兄們一堂完聚，擬展山河萬里圖。不提防鼓夜炮。霎時三人失散，只賸得匹馬馳驅[6]，只賸得匹馬馳驅。

（内吶喊科。張飛白）遙聽金鼓之聲，想是曹兵追上來也，這便如何是好。也罷，不免奔上山崗，再作道理。（下）

（衆强盜上，唱）

【畫眉序】拚性命爲金珠，山前山後便搜取。似一群鷙鳥，去啄孤雛。饒他是鐵骨銅筋，怎當俺長槍闊斧[7]。（一白）哥，方纔見一個漢子，怎麽轉眼不見了。（一白）想他躲在山崗上去了，我們一同尋去。（同唱）逢人莫便攔他路，試他本事何如。（下）

（張飛上，唱）

【出隊子】止不住心中驚怖。怎能彀借支兵把强寇除。況曹瞞韜略古今無。俺又是魯莽無謀一勇夫，怕不的失水龍爲釜底魚。

（衆强盜上，白）你是甚麽人？敢大膽在此。（張飛白）我是我，見我黑臉閻羅須快躲。（强盜白）原來是個賣炭的。（張飛白）胡説。你們是甚麽樣人？（强盜白）我們是大王爺。（張飛白）我只道是曹兵[8]，原來是一夥强盜。（强盜白）大王爺。（張飛白）你們有多少人？（强盜白）八十人。（張飛白）每人拿一兩銀子來，與你黑爺爺做路費。（一强盜白）聽見沒有，每人一兩銀子拿出來罷[9]。（衆强盜白）問他够不够。咄！那漢子，銀子是沒有，手段倒有。（張飛白）怎麽説[10]，你們要與俺賭手段？好吓，來來來，一齊上來。（作戰鬥科，强盜敗下。張飛追下。强盜上，白）利害，殺他不過。請出大王來，大王有請。（草雞隨意唱小曲諢科，上。强盜白）不要唱了，快來罷。（草雞白）衆卿家，請孤家出來做甚麽？（强盜白）山下有一黑漢。（草雞白）有一簍黑炭，抬上山來吓。（强盜白）黑臉大漢。（草雞白）黑臉大漢有多少？（强盜白）一個。（草雞白）一個罷了。你們不論誰，把他拿了來就完了。（强盜白)甚是勇猛,請大王御駕親征。(草雞白)共總一個黑漢,不值得孤家御駕親征。(強盜白)利害的很呢。(草雞白)不說你們不中用,倒說人家利害也。罷了,待孤家親自出馬,管保兩個指頭[11],就把他捏了來了。牽我的龍駒過來。(強盜應白)龍駒到。(草雞白)行,一條抬箱的杠子,硬叫它是龍駒,帶過來待我騎上。(同唱)

【神仗兒】排開鹵薄,整了隊伍,跨上龍駒。與我鳴金打鼓,舞劍掄槍,殺將前去。和黑漢賭贏輸,和黑漢賭贏輸。(下)

(張飛上,唱)

【刮地風】笑他們浪口矜誇手段粗,一群兒社鼠城狐,虛張聲勢裝威武。要比較短劍長殳,恰便似班門弄斧。但舉手早奔逃無路。(白)你看那些狗頭[12],一個個抱頭鼠竄,都逃上山去了,待俺趕上去,看是怎麼樣一個巢穴。(唱)俺可也躡蹤跡尋山徑,疾忙追逐。總饒是虎狼窟,也索要探身搗取。

(草雞等上。強盜白)來了,來了!(草雞白)就是他?交給我了,哪裏跑?(張飛喊科,白)咄!強盜,你來吓!(草雞白)眾卿家,哪裏打雷麼?(強盜白)就是那黑漢叫喊。(草雞白)喝,好大嗓子,真配唱個大花臉。(強盜白)不要惹他罷!(草雞白)混鬧,難道我怕他不成?殺上去。(張飛白)咄!你是甚麼人?(草雞白)我吓,我是草雞。(強盜白)大王爺。(草雞白)大王。(張飛白)拿銀子來!(草雞白)你們誰該他的銀子,叫他找到這裏來要?(強盜白)問大王要呢。(草雞白)和我要?等我想一想。(虛白諢科)我就是不該他的[13]。咄!那黑漢聽著罷,道兒是我開,花兒是我栽。有人山前過,金銀送上來。(張飛白)道兒是你開的,何不抬回去藏了?(草雞白)哪裏有個道兒抬回去藏的呢!要是沒有銀子,你就放脚過來。(強盜白)馬。(草雞白)何曾有馬呢?來試一試。(一強盜白)看你這麼一個樣兒,也要弄手段。(一強盜白)把大王褒貶散了。(草雞白)你是瞧不起我!(作磨刀科,白)這叫臨陣磨刀。那黑漢吓,你要知道我的利害,你就早早回去;若不然,憑有我坐下這兩條羅圈腿,殺你個片甲不會。(強盜白)不回。(草雞白)上陣賣弄甚麼字眼[14]。你們打鑼的打鑼,打鼓的打鼓,等你大王擒個活的你們瞧瞧。(張飛白)來吓!(作戰科。草雞白)阿呀!眾卿家,拿我的刀瘡藥,被他攮了一下子去了。(強盜白)攮了一下不要緊。(草雞白)攮多少纔要緊[15]?方纔誰打的鑼?(一強盜白)是我。(草雞白)你打的是甚麼?(一強盜白)往前撞往前撞[16]。(草雞白)我只聽見是不停當不停當。(張飛白)強盜來吓!(草雞白)不殺了[17]。眾卿家,好一個漢子。你們叫他過來,降了我,封他個大大的官。(一強盜白)哥吓！這個老頭兒不中用，不如請這漢子上山作個頭目罷。(眾強盜白)說得有理[18]。(同白)那漢子！(張飛白)還要殺麼？(眾強盜白)不殺了，我們山上一個頭目[19]，請你上山去做個大王如何？(張飛白)且住。俺想大哥不知下落[20]，二哥不知存亡，到不如在此安身，打聽二位元兄長資訊便了。既是這樣[21]，擺隊上山。(眾應科，同唱)

【滴溜子】今日個，今日個此山有主，會合似，會合似雲龍風虎。濟濟英雄歸附，山寨定興隆，威名遍佈[22]。積草屯糧，創業開圖。

(草雞白)喲！怎麼他們都不理我了？吓！他倒上去坐下了。眾卿家，把他拉下來。(強盜白)你去罷，我們這裏用不著你了，走罷。(草雞白)怎麼者，不用我了？那不能，我不讓他，把他拉下來。(強盜白)我們有了新大王了，去罷，走罷。(草雞白)咳！我當初年輕硬朗的時候，你們把我寶貝似的，叫我做個大王爺。如今年老沒用了，就把我推過來搡過去[23]。記得說書的有一句。(強盜白)哪一句？(草雞白)這才是惡人自有惡人磨[24]。(張飛白)剝了他的衣服，打下去。(眾應，作剝草雞衣帽諢科，草雞虛白，下。張飛白)你們取一疋黃布來，待我標一個年號在上面。(眾應科，張飛背科)若標寫我的姓名在上，日後曹操聞知，叫他恥笑，說我老張做強盜。不如混標一名，日後見了大哥[25]，再作道理。(強盜白)稟大王，黃旗有了，就請標題。(張飛書科白)快活元年無名大王建。(強盜白)因爲無名，請你上山，標個有名才好。(張飛白)你們不要忙，過幾時還有個有名的來。(強盜應科，張飛白)眾嘍囉，聽我號令：一，不許殺害善良；二，不許擄掠孤寡；三，不許殺害姓劉的姓關的。若遇見大耳朵的、紅臉的，便請他上山來，違者軍法從事。(眾應科，張飛唱)

【四門子】俺這裏三章約法諄諄諭，俺這裏三章約法諄諄諭，是是是，是一通節制書。可知俺龍泉三尺無回護，犯科條在所誅。(白)待我將全寨觀覽一番[26]。嘍囉引導。(眾應科，張飛唱)今日要壯新圖改舊模，他草雞般怎爲山寨主。休道俺性氣兒粗，情面兒無，則看那黑閻羅將誰饒恕。(同下)

校記

[1] 眾強盜引草雞大王上："雞"字，原本殘缺。今依下文補。
[2] 雞原不是鳳："鳳"字，原本誤作"風"。今改。
[3] 占有一座山頭："有一"二字，原本殘缺。今依文意補。
[4] 心兒狠氣兒粗："狠"字，原本作"很"。今改。按："狠"、"很"，有一義相通，

爲免歧義改。
［５］試他本事何如："何如"二字，原本作"如何"，失韻。今改。
［６］只賸得匹馬馳驅："賸"字，原本作"勝"。今改。下同。
［７］怎當俺長槍闊斧："當俺"二字，原本殘。今依文意補。
［８］我只道是曹兵："曹兵"二字，原本殘。今依文意補。
［９］每人一兩銀子拿出來罷："出"字，原本殘。今依文意補。
［10］怎麼說："說"字，原本殘。今依文意補。
［11］管保兩個指頭："管保"二字，原本殘。今依文意補。
［12］你看那些狗頭："狗"字，原本殘。今依殘筆與文意補。
［13］我就是不該他的："我"字，原本殘。今依殘筆、文意補。
［14］上陣賣弄甚麼字眼："賣弄"二字，原本作"嘿弩（字下半殘）"。今依文意改。
［15］攮多少下才要緊："要"字，原本殘。今依文意補。
［16］往前撞："撞"字，原本殘。今依文意補。
［17］不殺了："殺"字，原本殘。今依文意補。
［18］說得有理："理"字，原本作"裏"。今改。
［19］我們山上一個頭目："上"字，原本殘。今依文意補。
［20］不知下落："落"字，原本殘。今依文意補。
［21］既是這樣："這樣"二字，原本殘。今依文意補。
［22］威名遍佈："遍"字，原本筆誤作"逼"。今改。
［23］就把我推過來揉過去："推過來"之"過"，原本殘。今依文意補。
［24］這才是惡人自有惡人磨："有"字，原本殘。今依文意補。
［25］日後見了大哥："後"字，原本殘。今依文意補。
［26］待我將全寨觀覽一番："我"字，原本殘。今補。

計説雲長

無名氏 撰

解題

昆曲。清無名氏撰。《清昇平署曲目》著録,題"計説雲長"。劇寫甘、糜二夫人聞劉備、張飛被曹兵殺害,大爲悲痛。關羽細問探子,始知尚屬謡傳。正欲遣人前往打探,適張遼來訪,告以劉備、張飛"軍中失散是實,並無有損"。張遼以三美三罪之由,説動關羽。關羽説"既要我歸曹,依某三件":一、下許昌一宅分爲兩院;二、二位夫人乃食皇叔的月俸;三、主存則歸,主亡則輔。張遼立即答允。本事出於元刊《三國志平話》,元雜劇《關雲長千里獨行》、明傳奇《古城記》、清傳奇《鼎峙春秋》均演此故事,情節有所不同。版本今存《清宫昇平署檔案集成》手抄本,首頁題"計説雲長串關",左有"廿三年准"(此二十三年是道光二十三年還是光緒二十三年,待考),頁中間有一"歌"字。該劇係據《古城記》改編,唱、白大多相同。今依該本爲底本標點整理。

(四梅香引二夫人上,唱)

【桂枝香】人生在世,光陰有幾。終朝争戰相持,不能够民安盗息。教人愁嘆,教人愁嘆,干戈滿地。夫妻遠離,細思維,愁只愁兄弟雖驍勇,兵稀將寡微。

(甘夫人白)樹頭樹尾覓殘紅,(糜夫人白)一片西來一片東。(甘夫人白)自是桃花貪結子。(糜夫人白)錯教人恨五更風。(甘夫人白)賢妹。(糜夫人白)姐姐。(甘夫人白)皇叔與三將軍出戰,未知勝負如何,使我放心不下。(糜夫人白)吉人自有天相。(軍校引關公上,白)保守孤城一旅單,怒提寶劍賊心寒。太平原是將軍定,好把兵書仔細看。(軍校白)來此已是。(關公白)通報。(軍校扣門)門上有人麽?(院子白)是哪個?(軍校白)二將軍問安。(院子白)曉得。禀上二位夫人,二將軍問安。(二夫人同白)道有請!(院子白)道有請。(二夫人同白)二將軍!皇叔與三將軍出戰,未知勝負如何?(關公白)二位尊嫂,想仁兄賢弟,此去必然全勝而回。料也無妨,且自放心。(二夫人同白)還要差人打探才是。但不知吉凶何如?(關公白)二位尊嫂!(唱)

【端正好】若提起吉和凶[1],好叫我心如醉。(二夫人滾白)愁只愁群雄割據圖王[2],強者爲尊。弟兄們雖然英勇,兵不能滿千,將不能滿百,終日裏爭戰相持,何日得安靜歸期,安靜歸期。(唱)愁只愁**弟兄們將寡兵微,排兵佈陣耽驚畏,何日是安居地?**(關公唱)

【倘秀才】常只見撲鼕鼕搖鼓搖旗,(滾白)這都是君王霸主爲[3],黎民受慘悽。(唱)幾時得旗收刀棄,那時節國治而家齊。(內烏鴉叫介,同唱)忽聽得鴉鳴鵲噪連聲急,虎鬥龍爭雲外飛。好叫俺仔細猜疑。

(報子上,白)報!皇叔與三將軍被曹兵殺了。(關公白)怎麼説?(報子白)皇叔與三將軍被曹兵殺了。(關公白)再去打聽。(報子下,二夫人白)阿呀,將軍!當初桃園結義,一在三在,一亡三亡,今日弟兄二人被曹兵殺了,該往他處,借兵報仇才是。(關公白)二位尊嫂,凡事三思。我想爲大將的不可以一怒而行。又有一説,他二人殺不過,難道連去也不會?待我再問報子,叫那報子轉來。(軍校白)報子轉來!(報子上,白)報子伺候。(關公白)我且問你,皇叔與三將軍怎麼就被曹兵殺了?(報子白)是皇叔與三將軍一出本城,就放了一個遼將大,(軍校白)甚麼?(報子白)屁。(軍校白)炮。(報子白)炮。炮聲一響,只聽得滿營中叱吒,叱吒,就殺起來了。這裏叫大哥,那裏叫三弟,殺了一回,皇叔與三將軍就被他們殺了。曹營中鳴金收軍,故此前來報知。(關公白)我且問你,可是你親眼見的麼?(報子白)我也聽見他們白説。(關公白)唗!險誤我大事。二位尊嫂在上,適纔報子報差了。想皇叔與三將軍軍中失散情真,並無有損。(二夫人白)想曹兵百萬,戰將千員,生則難明,死則有準了。(報子上,白)報!不好了,曹兵殺來了。(關公白)看刀馬伺候!我且問你,有多少人馬?(報子白)多多多!(軍校白)有幾千?(報子白)多多!(軍校白)有幾萬?(報子白)還多!(軍校白)多少?(報子白)連人帶馬只一個[4]。(軍校白)文來武來?(報子白)武來,穿着紗帽戴著圓領[5]。(軍校白)倒講了。(報子白)是倒講了。(軍校白)叫甚麼名字?(報子白)叫做甚麼遼張。(關公白)敢是張遼。(報子白)是張遼。(關公白)二位尊嫂請回避,張遼到此,我自有主意。(二夫人白)夫妻本是同林鳥,大限來時各自飛。(下)(關公白)人來,將門大開,張遼到此,不許攔阻。(軍校白)得令。(張遼上,白)準備蘇張舌,來說漢雲長。若還相允諾,交情永不忘。來此已是。雲長好大膽,將門大開,真大丈夫也。我也不許通報,進入便了。仁兄,請了!(關公白)咦!(唱)

【靈壽枝】恁那裏興兵將,逞烏合亂舉刀槍。無能戰埋伏著兵將。(滾白)激得俺弟兄們奮勇爭強,(唱)不期間兩下裏分張。都是你設下了無良計,到如今怒得俺臉皮紅心間惱,(張遼白)到此商量。(關公白)少說。(唱)誰許你假意兒喜孜孜說甚麼商量。(白)張遼!(張遼白)仁兄!(關公唱)只叫你撞着俺赤臉閻王。

(白)張遼到此,敢是擒某?(張遼白)小弟無霸王之勇,怎敢來擒。(關公白)敢是來助某?(張遼白)無韓信之謀,怎敢來助。(關公白)敢是說某?(張遼白)小弟又無酈通之舌,怎敢來說。(關公白)三事俱非,到此何事?(張遼白)特來報喜。(關公白)有何喜事?(張遼白)令兄令弟,在軍中失散是實,並無有損。(關公白)軍校報於二位夫人知道,皇叔與三將軍軍中失散是實,並無有損。(軍校白)吓!(下。張遼白)小弟告辭。(關公白)賢弟到此一言不發,怎麼就要告辭?(張遼白)仁兄連問三事,叫我無言可對,只得告辭。(關公白)好說。看坐。(張遼白)仁兄請上,容當一拜。(關公白)何須下禮?(張遼白)禮下於人,必有所求。(關公白)寶劍無情,且莫饒舌。(張遼白)仁兄!目今曹兵一百萬,戰將千員,圍住下邳猶如鐵桶一般。仁兄將何以解之?(關公白)大哥不知存亡,三弟不知下落,明日整頓刀馬,與曹操決一雌雄。曹勝某必亡,某勝曹必敗。生死只在旦夕,存亡只在頃刻。(張遼白)仁兄所言,可不為萬世之恥乎!(關公白)何為萬世之恥?(張遼白)若依小弟之言,其美有三;不依小弟,其罪有三。(關公白)賢弟請道。(張遼白)曹兵有百萬,戰將千員,圍住淮水,猶如鐵桶一般。若論仁兄手持大刀,殺條血路,誰人敢擋。只是二位夫人必然受辱於曹,可不負却所託,其罪一也。(關公白)二?(張遼白)身體髮膚受之父母,英雄蓋世,拔萃超群,六韜三略,匡扶社稷,不思強弱,不明衆寡,逞一匹夫之能,死戰於沙場,可不有傷萬金之軀,無一遺後,其罪二也。(關公白)三?(張遼白)想令兄令弟在桃園結義,誓同生死。今日軍中失散,倘後復出,要見不能,可不辜主之望,誤主喪身,其罪三也。(關公白)何為三美?(張遼白)若依小弟之言,請下許昌,與曹公同扶漢室,保全皇叔的家眷,其美一也;善養其志,保全其身,其美二也;日後打聽令兄令弟消息,尋歸舊主,其美三也。仁兄,能弱敵強千員

將,有勇無謀一旦亡。(關公白)賢弟,我呵!(唱)

【塞鴻秋】哪怕他百萬兵,何懼他千員將。俺只是一人一騎敢攔擋。怒時節渾身似鐵皆齏粉,展開時當不過明晃晃三停偃月光。(張遼白)仁兄,乞賜一言。(關公白)賢弟少待。倒是張遼說得有理。若論俺關某之勇,手持大刀,殺條血路,誰人敢擋?只是二位夫人在堂,關某顧前而不能顧後了。(唱)非是俺無能怯戰將身抗,你叫我二位尊嫂在何處潛藏。(白)罷!(唱)倒不如朦朧且自歸曹相。(白)賢弟!(張遼白)仁兄!(關公唱)久以後弟兄逢再商量。

(白)賢弟,既要我歸曹,依某三件。(張遼白)哪三件?(關公白)一,下許昌一宅分爲兩院。(張遼白)二?(關公白)二位夫人仍食皇叔的月俸。(張遼白)三?(關公白)主存則歸,主亡則輔。(張遼白)莫説三件,就是三十件,張遼也擔當得起。

(關公白)賢弟,依吾三事再商量。(張遼白)不必仁兄苦掛腸。

(關公白)明日且歸丞相府,(張遼白)他年管取轉還鄉。(下)

(關公白)恕不遠送。(同下)

校記

［1］若提起吉和凶:"和"字,原本音假作"何"。今改。
［2］愁只愁群雄割據圖王:"割"字,原本音假作"各"。今改。
［3］這都是君王霸主爲:"霸"字,原本簡作"貝"。今改。
［4］連人帶馬只一個:"帶"字,原本音假作"代"。今改。
［5］穿着紗帽戴着圓領:"戴"字,原本音假作"代"。今改。

小宴却物

無名氏　撰

解　題

　　昆曲。清無名氏撰。《清昇平署曲目》著録，題"小宴却物"。劇寫張遼奉曹操命，設宴奉陪關羽。張遼轉達聖命，封關羽爲壽亭侯。關羽因無"漢"字，不受。張遼答後在印上加上。張遼奉曹操命，贈關羽黄金百鎰，美女十名。關羽將黄金收下，作爲軍用，美女退回相府，表示願建功報答丞相，並説"久後相逢我將他恩義難忘"。本事出於《三國演義》第二十五回。明傳奇《古城記》上卷第十三齣《却印》、清傳奇《鼎峙春秋》第三本第二十一齣《承燕令却物明心》均敷演此故事，情節略有別。版本今存《清宫昇平署檔案集成》手抄本，無標點，首頁題"小宴却物總本"，頁中有一"歌"字。該本係從《古城記》析出，改編爲單齣戲演出本。今以該本爲底本標點整理。

　　（衆扮將官，軍士捧袍帶，官捧寶，官引生扮張遼上，唱）
　　【生查子】奉領明公命，筵宴待雲長。可欽全大節，立義正剛常。
　　（白）左右，禮物寶敕美女筵席俱齊備了麽？（衆軍士白）俱已齊備。專候將軍指揮。（張遼白）既然如此，吩咐美女伺候。關將軍開門，即時通報。（衆應，同下。衆扮甲將引净關公上，唱）
　　【點絳唇】國祚延長，須要忠臣良將。憑智勇，協力扶匡，以後圖寫凌煙上。只爲着獻皇軟弱，四下裏舉刀槍。才誅了强董卓，又遇著權奸曹相，好教我費思量。
　　（開門科，一軍士上，白）門上有人麽？（一軍校白）甚麽人？（軍士白）張將軍求見。（軍校稟科，白）張將軍在府門求見。（關公白）既是文遠，請進。（軍校請張遼相見科，張遼白）小弟奉主公之命，今乃小宴之日，特來奉陪。俺主公已奏聞聖上，封仁兄爲壽亭侯之職[1]。過來，捧寶過來！（軍士捧印跪科,關公看科,白)賢弟,某有言在先,賢弟怎麼就忘了。(張遼白)仁兄不受此寶,小弟想起來,莫非少了個漢字?(關公白)然。(張遼白)過來,將此寶收下,來日稟知丞相送到尚寶司去,重加一漢字在上。(關公白)如此,足見相知。(張遼白)請坐。主公念仁兄客况孤單,謹具黃金百鎰,美女十人,望仁兄笑納。(關公白)念關某有何德能,敢蒙丞相厚情[2],斷不敢受。(張遼白)俺主公非待仁兄如此,他待上將猶如手足,待士卒勝似骨肉,三軍未歸自不敢安,衆人未食自不敢食。正是:朝廷宰相握乾綱,天下英雄都領袖。(關公白)賢弟,關某盡知丞相待人之公也。(唱)

【倘秀才】想曹公養士呵他把那賊寇擒攘,曹公盡忠呵便扶皇定邦。想曹公盡節呵正三綱並五常。你道我爲甚的秉丹衷將美人辭,欲厚惠把黃金讓。(白)美女黃金等物,一概不受。借賢弟金言,拜上丞相,道關某感蒙高愛,增光極矣。(唱)這的是感曹公寵愛增光。

(張遼白)左右,喚美女過來!(軍士白)吓!美女們走動。(旦扮美女上[3],白)娥眉攢翠,笑臉含羞。安排舞袖,撿點歌喉。衆美女叩頭!(張遼白)仁兄,此美女乃朝夕承應之人,可吩咐她們起來。(關公白)賢弟吩咐。(張遼白)關將軍著你們起來。(衆美女應科,張遼白)左右,看宴。(軍士應科,張遼把盞安席科,白)美女歌舞。(衆美女唱)

【傍妝臺】意綢繆,倚紅倚翠逗風流。羅衫舞動翩翩袖,歌一曲索纏頭。當筵解巹逡巡酒,全憑簫管度春秋。(合唱)千中選,四處求,得充承應侍君侯。

(關公白)左右,吩咐衆樂女停奏,美女不必歌舞了。(軍校應止科,關公唱)

【寄生草】列羅綺排佳宴,擁笙歌列畫堂。新醅綠蟻玻璃盎,滿斟玉斝葡萄釀,高擎琥珀珍珠漾。(搵淚科,張遼白)仁兄,爲何不樂?(關公白)賢弟!(唱)俺本是飄流孤館客中人,何勞你闌珊竹樂在樽前讓。

(辭科,張遼白)仁兄海量!再飲幾杯[4]。(關公唱)

【煞】你那裏休得苦相央,俺和你故友情好商量。(張遼白)仁兄!今日只飲酒,別無商量。美女取兩巨觥來,我陪關將軍同飲。(關公白)既承厚情,立飲三杯罷。(美女進酒,關公不接,張遼白)仁兄,到此際還拘男女授受不親之禮,慚愧殺小弟也。(接杯科)仁兄,再請幾杯!(關公白)住了。有言在先,只飲三杯。(張遼白)要飲十杯!(關公白)只是三杯。(唱)你只待俺,痛飲黃封,醉倚紅妝。你調著三寸舌尖兒伎倆。絮絮叨叨,賣弄你數墨論黃。(張遼白)左右,再換上熱酒來。(關公唱)囑咐他酒盡休重換,(張遼白)仁兄!(唱)你醉後免推詳。

(白)再看酒來!(關公笑科,唱)

【二煞】休只管指點銀瓶索酒嘗,(白)賢弟,我當日下邳城有言在先,主亡則輔,主存則歸。今到許昌,蒙丞相待我恩厚,不可悔却前言。倘有險隘處所,略建些小微功,以報丞相大德。望賢弟與丞相處,代某轉達。(張遼白)仁兄,此莫非酒後戲言耶?(關公白)大丈夫安有戲言。(唱)啓煩伊多多拜上曹丞相,(張遼白)左右,把黃金抬過來。(軍士應科,白)黃金抬到。(關公笑科,白)要此黃金何用?(張遼白)此乃丞相送仁兄,以實內帑。(關公白)關某一身,是寄皇叔月俸自足,何須多金,斷然不受。(張遼白)美女過來!(衆美女跪科,關公白)叫他們都去,我裏一概不受。左右,取十兩銀子賞與他們。(唱)又何必黃金滿箱,俺本是客中情況。休想與你,匹配鸞凰。(張遼白)既關將軍不用,你們去罷。(衆美女應科,白)自古紅顏多薄命,世間有貨不愁貧。(下)(張遼白)仁兄,美女黃金俱不肯受,弟如何去回復主公?(關公白)少待,(唱)自參詳忖量。他那裏三回五次,甚難抵擋。這些浮名薄利,存禮儀受何妨。(唱)

【北收尾】俺辦志誠尋歸舊主,甚麼受虛名位列朝堂。俺自結義平原相,豈知道兩地參商。(白)賢弟,美女發還相府,黃金收下做軍糧。賢弟,請轉受關某一禮。(張遼白)小弟豈敢。(關公白)此一禮不是拜賢弟,煩你拜上丞相。(唱)久後相逢我將他恩義難忘。

(張遼白)小弟告辭。(關公白)賢弟,恕不遠送了。(張遼虛白,下,跟關公軍校拿金銀下[5])

校記

[1]封仁兄爲壽亭侯之職:"侯"字,原本作"候"。今改。下同。
[2]既蒙丞相厚情:"厚"字,原本作"原"。今改。下同。
[3]旦扮美女上:"美"字,原本作"醜"。今依上下文改。
[4]再飲幾杯:"再"字,原本音假作"在"。今改。
[5]跟關公軍校拿金銀下:"關"字,原本殘。今依文意補。

秉燭待旦

無名氏 撰

解 題

昆曲。清無名氏撰。《清昇平署曲目》著錄，題"秉燭待旦"，未署作者。劇寫關羽同甘、糜二位夫人來到許昌驛站。許褚讓驛丞送供應時節，食物之外，只許一副鋪蓋、一枝油燭，燭盡之時，高聲叫喊，拿他一個叔嫂通奸。關羽秉燭看書。鼓打四更，燭將燃盡，關羽將四周板壁砍下，燃向庭中到天明。鼓打五更，驛丞率更夫大叫走水了，齊來救火，碰上用計陷關羽於不義的許褚。關羽責問驛丞此計何人所爲，驛丞説是許褚。關羽讓人"先十板打你不小心，後十板打那用計之人"。張遼來問驛丞爲何事被關羽責打，驛丞説是許褚用此計敗壞關羽名節。這一故事，明傳奇《古城記》有第十一齣《秉燭》，清傳奇乾隆本《鼎峙春秋》有第三本二十齣《秉燭人有一無二》，清傳奇嘉慶本《鼎峙春秋》有第八十二齣《秉燭待旦》。今見版本載《清宮昇平署檔案集成》。該本係從《古城記》析出，改編爲單齣昆曲的演出本，抄本，無標點。今以該本爲底本標點整理。

（旦扮驛丞上，白）驛丞身似蟻，戰將氣如虹。少刻關將軍到來，只得在此伺候。（衆扮軍校、將官、軍士、車夫，旦扮二夫人、兩侍女，净扮關公，馬童上，衆白）已到館驛了。（驛丞作接科，白）驛丞迎接老爺。（各下車馬，吹打進科，衆將官、二夫人下。驛丞作禀科，白）曹營衆將接見老爺。（關公白）請來相見。（驛丞向内請科，白）衆位，老爺有請。（曹仁、曹洪、夏侯惇、夏侯淵、樂進、李典、徐晃、許褚上，白）軍中號虎彪，閫外擁貔貅。今日干城將，他年裂土侯。（作進見科，衆將白）將軍在上，我等有一拜。（關公白）某家也有一拜。（衆將白）久慕虎威，未得瞻謁，今來何幸得拜下風。（關公白）敗軍之將何足稱揚，惟有赤心尚存故國。（許褚背科，白）啊喲，這等心高氣硬！咦，將來受他的害。(關公白)請坐。(各坐科,衆將白)聞到徐州城池堅固,若是深溝高壘,也不致棄甲曳兵。(許褚白)想是玄德公仗了將軍的勇力[1],故此敢於出戰,做了一卵試千鈞的話靶了。(關公作怒色科,白)勝敗之間,兵家常事。許將軍何得藐視某家也?(唱)

【黃鐘調套曲·出隊子】怎將這嘴皮輕掉,冷言詞信口嘲。這的是偶然戰勝逞虛囂。(白)你道是一卵試千鈞,無非劉弱曹強之意。(作冷笑科,唱)俺只怕論興亡今日難逆料。且休誇擁雄兵,把危城傾倒。

(衆將白)偶然談及,不必介懷。(許褚白)這是小將失言了。(衆將白)就此告辭。(關公白)請了。(衆將作出門科,白)氣高難近俗,言直不容人。(衆將下,許褚白)好厲害!好厲害!我饒說得一句,他就搶白了一場。驛丞過來。(驛丞應科,許褚白)少間送供應的時節,食物之外,只許一副鋪蓋一枝油燭,燭盡之時,高聲叫喊,拿他一個叔嫂通奸,明日重重有賞。(驛丞白)小官不敢。(許褚白)你不要管,我自有道理。違者重處。(驛丞應科,許褚白)說盡千言來搶白,計成一燭去消除。(下)(驛丞白)驛丞進。(軍校白)進來。(驛丞作進稟科,白)稟老爺,驛丞送供應。(軍校白)報明送進。(驛丞作報科,白)米進、麵進、鹽進、醬進、魚進、肉進、醋進、菜進、炭進、柴進。(軍校白)柴在哪裏?(驛丞自指科,白)這不是柴頭?(軍校白)呸!快報來。(驛丞又報科,白)鋪蓋一副進,油燭一枝進。(軍校白)太少了。(驛丞白)二位夫人那裏另有。(關公白)驛丞外廂伺候,軍校過來。爾等不可遠離,以備不虞。(軍校應科,驛丞白)我們到大寺裏去睡。(引衆虛白,同下,關公白)此乃館驛之中,比不得在徐州。待我看來,驛舍蕭條人語稀,晚風惟聽馬聲嘶。故鄉不是徐州地,回想徐州淚滿衣。

(內作起更科,唱)

【黃鐘調套曲·刮地風】噯呀,提起那兵敗家亡骨肉拋,愧煞俺躍馬提刀。不能夠,戰勝完城廓,只落得堂傾覆燕巢。雖則是急煎熬,禦敵無昏曉,戴兜鍪緊掛征袍[2]。(白)誰想大哥三弟失散他鄉,二位尊嫂長途跋涉。(唱)這壁廂那壁廂兩地悲號,遭敗辱俺罪怎逃,縱辛勤有甚功勞!(白)今當患難之際,俺關某莫說秉燭觀書,就是枕戈待旦,也是分所當爲。(唱)端的是羞憤縈懷抱,甚心情去穩睡着。

(內打二更科,頭兒領更夫上,虛白發諢科,下,關公白)永夜思悠悠,雙眉未展愁。興亡千古事,秉燭看《春秋》。(作別燭科,唱)

【黃鐘調套曲·四門子】影幢幢半明滅的殘燈照,怎如得耿耿丹心皎。

（作展書科，唱）把卷帙輕翻，將義理細考。嘆興亡反復難輕料。（內打三更科，關公作看書科，白）俺想那范蠡不殉會稽之恥，曹沫不死三敗之辱，到後來皆能成功匡國。俺關某今日雖遭危敗，當效古人包羞立志，匡國建功。（唱）把大義兒申，重擔兒挑，呀！博得個匡扶漢朝。

（內打四更科，頭兒領更夫上，虛白唱小曲發諢科，下。卒扮手下執燈引許褚上，白）計就月中擒玉兔，謀成日裏捉金烏。如今夜已四鼓，料想燭已點盡，不免爬在驛牆上去看他，他若在暗室之中，我就要明正其罪了。手下快走！（手下應科，許褚白）雲長，雲長！叫你明槍容易躲，暗箭最難防。（同下，關公白）你看燭已將盡，如何是好？（作想科，白）有了，俺不免仗劍將四圍板壁砍下，燃向庭中照到天明便了。（唱）

【黃鐘調套曲‧古水仙子】氣衝衝怒怎消，（作砍壁勢科，唱）擎青鋒閃爍如電繞。（作堆木庭中科，唱）暫暫暫、暫將他做蠟燭燒。好好好、好比似燔庭燎。恨恨恨、恨奸邪空使機謀巧。可可可、可正是么麐難隱忍犀照。看看看、看一片映丹心的烈炎飄。

（內打五更科，手下引許褚上，白）恨小非君子，無毒不丈夫。（作見火光科，白）呀，你看一片大光，不知是何緣故？（驛丞領更夫急上，白）了不得，了不得！館驛中走水了。（作見許褚科，白）呀，許老爺爲何也在此？（許褚白）你們爲何也來了？（驛丞白）恐怕驛中走水，故領衆更夫救火。（許褚白）我也爲著此事來的。（向衆科，白）你們到牆上去望望。（衆扶驛丞作望科，白）呀，原來雲長點不慣羊油蠟，在那裏燒柴火玩兒。明日告訴丞相，多發些乾柴，叫他每夜以薪代燭，湊湊他的趣，溜溜他的鈎子罷。（衆白）我們大家進去。（許褚白）這不是走水，不要進去驚動他，爾等回避。（驛丞應科，領更夫下，許褚白）饒伊掬盡湘江水，難洗今朝滿面羞。（下）（內雞鳴科，驛丞引衆軍校同上，白）開門。（關公白）軍校，吩咐爾等不可遠離，都往哪裏去了？（軍校白）大寺裏睡來。（關公白）咦！記打。叫驛丞。（軍校白）驛丞。（驛丞白）驛丞伺候。（關公白）你不在門上伺候，往哪裏去來？（驛丞白）驛丞巡更辛苦，就睡著了。（關公白）我且問你，昨晚何人喧嚷？（驛丞白）是更夫們唱曲玩來。（關公白）你爲何不管他？（驛丞白）小人官卑職小，説他們不聽。（關公白）胡説，打！（軍校應作打科，驛丞白）看分上。（關公白）看那個分上？（驛丞白）看許老爺分上。（關公白）你且説昨晚此計是誰用的？（驛丞白）不敢説。（關公白）打！（驛丞白）不要打！是許將軍吩咐如此。（關公白）與我再打十板。（軍校應作又打科，關公白）驛丞，先十板打你不小心，後十板打那用計之人,推出去!(驛丞應作倒紗帽出門科,生扮張遼上,白)致禮重賢尊主命,清晨策馬到郵亭。調轉來。(驛丞白)調轉來又二十。(張遼白)講甚麼?叫你把紗帽調轉來。(驛丞白)打慌了。(張遼白)打哪一個?(驛丞白)是關將軍打驛丞。(張遼白)為何事打你?(驛丞白)夜來是許將軍吩咐,只送一床鋪蓋一枝油燭,待等燭盡之時高聲喊叫,拿他叔嫂通奸,要壞他的名節,誰想關將軍將兩旁板壁砍將下來,接光待旦坐到天明,因這些事打驛丞。(張遼白)狗才該打!打少了!怎麼不來報於我知道?(驛丞白)許老爺吩咐的,嚴切報不及了。關將軍問是誰用的計,驛丞只得明說。又打了十板,說道寄與用計之人。(張遼白)切不可對你許老爺說,只是難為你些。(驛丞白)正是蛟龍相戰,驛丞魚鱉遭災。(張遼白)閑話少說,快去通報,說我來見。(驛丞作禀科白)張老爺求見。(關公白)請進來。(驛丞應科,請科,虛白下。張遼白)啓仁兄,新府已完,今日乃黃道吉日,請進新府。(關公白)領命。(張遼白)暫時相別去,少刻又相逢。(下。關公白)軍校,車馬伺候。(衆軍校帶車馬二夫上,二夫人上車、關公上馬科,唱)

【黃鐘調·尾聲】俺乍入曹疆符讖好,雖不能銀燭高燒,早博望個炎漢的興龍兆,因此上預燔柴對天闕謝恩膏。(同下)

校記

[1] 想是玄德公仗了將軍的勇力:"玄"字,原本為避康熙玄燁諱作"元"。今改。
[2] 戴兜鍪緊掛征袍:"戴"字,原本作"代"。今改。

灞橋餞別

無名氏 撰

解　　題

昆曲。清無名氏撰。《清昇平署曲目》著録，題"灞橋餞別"，未署作者。劇寫關公辭曹保護二皇嫂出城，行至灞橋。曹操知關羽難留，同衆將追及，置酒餞行，送袍贈金。張遼進酒，關羽疑有毒，以酒潑刀，火焰騰騰。關羽責問曹操，不該設此計。曹操推説不知。關羽責問張遼、許褚，欲取刀斬殺。曹操講情，關羽饒過。三請關羽下馬接袍，關羽唯恐中計，以刀挑袍，縱馬揚鞭而去。曹操問張遼、許褚，何人設此計，均推不知。曹操命張、許軍中查來回報。本事見元雜劇《關雲長千里獨行》、《三國演義》。明雜劇《關雲長義勇辭金》、傳奇《古城記》第二十齣《受錦》、清傳奇《三國志》第十六齣《辭曹》、清傳奇乾隆本《鼎峙春秋》第四本第六齣《紅袍藥酒餞賢侯》、嘉慶本《鼎峙春秋》第九十二齣《餞別雲長》均敷演此故事，但情節有異。版本今見《清宮昇平署檔案集成》本，該本首頁題"灞橋餞別總本"，中間有一"錦"字，正文爲手抄本，無標點，有塗改，係從《古城記》析出，改編爲單齣昆曲演出本。今以該本爲底本標點整理。

（軍校、梅香引二皇夫人、關公上，唱）

【九轉貨郎兒】涼時節秋分八月。（白）軍校，車輛可曾出城？（軍校白）已出城了。（關公白）吩咐緩緩而行。（唱）向郊外，怎把車輪慢拽，遠山遥望見曉雲遮。那一派風凛冽，到秋來愁聽那雁行斜。俺這裏舉目天涯一望賒。

（白）軍校，接馬。（二皇夫人白）軍校，對你老爺説，孤軍不可下馬。（軍校白）禀老爺，皇夫人説，孤軍不可下馬。（關公白）倒是皇夫人言之有理[1]。（唱）

【二轉】本待要下征鞍，遲遲意懶。（白）軍校，前面是甚麼地方？（軍校

(白)鎮河灣。(關公唱)遙望見樹林一片,數間茅屋鎮河灣。車兒住錦韉暫停,(白)軍校,接馬。馬!俺自尋歸舊主,你有幾場辛苦,俺有幾場鏖戰。(滾白)這些時人不曾卸甲,馬不離鞍,馬呵!(唱)我與你何曾得暫?(白)軍校,問店家有甚麼飯食沒有。(店家白)米飯、麵飯俱是有的。(軍校白)稟老爺,米飯、麵飯俱是有的。(關公白)取來,與皇夫人用。(軍校應科,二皇夫人唱)我將玉糧自減。(白)不用了。(軍校白)稟老爺,皇夫人不用了。(關公白)散與眾軍飽餐而行。二位皇嫂,此乃路途之上,比不得在許昌。(滾白)說甚麼玉糧自減。(唱)勸尊嫂把美味更加餐。

(白)帶馬。(唱)

【三轉】光閃閃晴霞輝照,碧沉沉寒波浩渺。滴溜溜風吹落葉飄,折葦乾柴似枯荷被霜凋。蕭瑟瑟連天衰草,鬧攘攘孤鴻哀叫。程途甚杳,時值秋高,憂懷繚繞,急煎煎心隨落日遙。(內吶喊,關公唱)

【四轉】猛聽得一聲高叫,待咱勒渾紅回頭覷着。(內白)餞陽關送故交。(關公唱)哪裏是餞陽關送故交,這就裏俺猜着。莫不是狹路相逢,冤家來到?(二皇夫人白)這怎麼了?(關公唱)勸尊嫂莫嚎啕,且免心焦,放開懷抱。只憑關某武藝兒高,他總有萬丈的深潭計,當不過明晃晃三停的偃月兒刀。(白)將軍碾過灞陵橋。(眾軍校應,關公唱)且看他其間有甚麼樣圈套。(曹操、張遼、許褚引眾上,唱)

【出隊子】心猿意馬,兔走鳥飛去趕他。可笑雲長見識差,刺了顏良又把文醜殺。灞陵橋上,餞行與他。

(白)張遼,向前答話。(張遼白)仁兄,請了。(關公白)賢弟,請了。(張遼白)主公到了。(關公白)轎來?馬來?(張遼白)轎來。(關公白)將轎搭上橋來。(張遼白)將轎搭上橋來。(曹操白)賢侯請了。(關公白)丞相請了。(曹操白)爲何不辭而來?(關公白)非某不辭而來,連辭三次不容見面。未午先掛酉時牌,桌案上有一小柬可曾見否?(曹操白)老夫已曾見過華翰。(關公白)既是見過,可見關某來明去白,恩相請了。(曹操白)賢侯請住馬!今聞賢侯遠去,老夫心實不舍,造得軟絨冠一頂,絳紅袍一件,皂朝靴一雙,二位皇夫人秋衣數套,散金一盤,魯酒一樽,特來餞行。(許褚白)請將軍下馬穿袍。(內吶喊,關公白)他餞行來,乃是好意,爲何後面兵卒紛紛旗槍簇簇,你看張遼、許褚二人目視言語。(唱)

【五轉】你那心事兒俺可也猜着了,莫不是有甚麼圈套?再休想漢雲長俛首歸曹。(曹操白)賢侯本是春秋大夫。(關公唱)是春秋賢大夫,並沒有分外的知交。（張遼白）美酒羊羔。（關公滾白）美酒羊羔。（張遼白）如蜜香醪。（關公滾白）如蜜香醪。（二皇夫人白）軍校，對你老爺說，行兵莫飲酒，飲酒莫行兵。（軍校白）稟老爺，皇夫人說，行兵莫飲酒，飲酒莫行兵。（關公唱）他總有美酒羊羔玉米香醪，俺還要假裝成個醉劉伶，使那賊謀不成計不就，管教他一場兒好笑。這就裏俺先知覺，俺自有虎略龍韜。偃月刀哪怕許褚與張遼，俺可也隨機應變智謀高。

（曹操白）老夫誠意敬賢侯之心甚是不薄，爲何頓然別矣？（關公唱）

【六轉】怎道俺受恩深全然不報，哪知俺來明去白別分毫。俺只爲人言輕信，錯斬顏良，爲吾兄寄書來心似搗。因此上悲悲切切，目斷魂勞，心心念念，憂懷怎掃，影形相弔。俺也曾朱門頻造，你未午牌標。俺可也義比白雲高，心同秋月皎。早把那印信懸著，黃金封了，細語叨叨。料把我封函曾剖，親賜宣詔，應知分曉。何爲的駕龍媒來這荒荒古道？荒荒古道，與話周遭。

（二皇夫人白）軍校，對你老爺說，此去路途遙遠，不可盤桓耽擱[2]。（軍校白）稟將軍，二皇夫人說此去路途遙遠，不可盤桓耽擱。（關公白）軍校。（唱）

【七轉】多拜上二位皇嫂，休憂慮且免心焦。俺決勝在今朝，休得在耳邊廂絮絮叨叨，賊見識已參透了。（曹操白）送酒上去，賢侯請酒。（關公唱）怎那裏設筵宴把某相邀，開懷抱飲香醪。（白）看此酒比許昌大不相同，我有道理。丞相可有酒？（曹操白）有酒。（關公白）既如此，依某家一件。（曹操白）哪一件？（關公白）與丞相相換而飲何如？（曹操白）不消。（關公白）頭一杯祭了天地，二杯再飲何如？（曹操白）但憑賢侯。（許褚白）關將軍說哪裏話，頭杯飲過，二杯再敬天地也不遲。（關公白）難道某家大似過天地不成。（許褚白）雖然天地大，我主公來意也不小。（關公白）少說。（曹操白）少說。（關公白）老天，關某河北尋兄，此酒若有毒味，刀上見分明。（唱）焰騰騰一似火來燒，殺叫你亡家敗國禍根苗。（唱）

【八轉】休得要胸懷狡，休得要笑裏藏刀，休言杯酒餞西郊。俺也將伊猜料，猜料，有蹊蹺叫人怒怎消？都是那弄機關奸謀造。張遼的計也高，許褚的計也高，列着香醪，假意相招，心生計較。看傾翻杯酒橫澆，今番識破根苗，堪笑你羞慚的怎了。把前情細想着，把機謀細想着，好叫俺平分的恩怨兩開交。

【九轉】俺本是南山豹北海蛟，鰲魚脫却金鈎釣，擺擺搖搖。俺也曾修書把恩情告。（白）丞相此計決不該設。（曹操白）老夫不知。（關公白）張文遠。(張遼白)有。(關公白)許仲康。(許褚白)在。(關公唱)是爾等各使的謀略,激得我心中懊惱。勒渾紅舉起刀。(曹操白)看老夫薄面。(關公唱)若不是恩相情意好,將你那讒臣個個都梟了。(白)捧袍者何人?(許褚白)許褚。(關公白)近前答話,看刀。(曹操白)看老夫薄面。(關公白)若不是丞相在此,俺一刀從上而至下。(唱)堪笑張遼智不高,安排藥酒害吾曹。三請雲長不下馬,(白)展袍來,(唱)我把那刀柄挑起絳紅袍。向明公告別,雲長公去了。(下)

　　(曹操白)張遼,此計何人設的?(張遼白)張遼不知。(曹操白)許褚。(許褚白)許褚也不曉。(曹操白)軍中查來回報。

　　我愛雲長一點忠,(許褚白)紅袍藥酒總成空。

　　(張遼白)劈破玉籠飛彩鳳,(合白)頓開金鎖走蛟龍。(下)

校記

［1］倒是皇夫人言之有理:"倒"字,原本作"到"。今改。

［2］不可盤桓耽擱:"桓"字,原本作"緩"。今改。

古城相會

無名氏 撰

解 題

　　昆曲。清無名氏撰。《清昇平署曲目》著録,題"古城相會",未署作者。劇寫張飛見關羽斬了蔡陽,自悔魯莽,請劉備代向關羽説情,劉備讓其跪在階前請罪。張飛吩咐滿城大排香案,整齊隊伍,鼓樂齊鳴迎接關羽進城。關羽遣散歸降的蔡陽人馬。關羽進城,張飛跪接,關羽不理。關羽埋怨劉備全不念結髮恩和愛,把城門不放開,陳述歸曹之情,責備張飛猜疑之過。終念桃園結義之情,原諒張飛,兄弟三人和好。然後議棄古城,去守汝南。本事出於元雜劇《關雲長千里獨行》、元刊《三國志平話》、《三國演義》,但無訓弟情節。明無名氏傳奇《古城記》第二十九齣《團圓》寫此情節。清傳奇《鼎峙春秋》據此改編爲《一家人在古城聚》一齣。版本今見《清宮昇平署檔案集成》"古城相會"串關本,該本係從《古城記》析出,改編爲昆曲單齣戲演出本,抄本,無標點。另有《車王府曲本》"古城"全串貫本。二種本子差異甚大。今以《清宮昇平署檔案集成》本爲底本,參考其他本校點整理。

(衆扮軍士,凈扮張飛引生扮劉備上,唱)

　【接雲鶴】時逢運蹇失居巢,何時得把冤仇報。

　(張飛白)大哥有禮。(劉備白)兄弟少禮。(張飛白)大哥,昨日在古城外面衝撞了二哥,今日不好與他相見,故此請大哥出來與我討個分上。(劉備白)也罷。等你二哥進城,跪在階前請罪便了。(張飛應科,白)人來,二位夫人可曾進城?(卒白)已進城了。(張飛白)快請相見。(卒白)二位夫人,有請。(生扮趙雲,末扮孫乾,旦扮侍女引糜、甘二夫人上,唱)

　【撞破歌】輕移蓮步整弓鞋,迢遥千里而來。

　(各相見科,劉備白)二位夫人,一路辛苦受驚了。(唱)

【哭相思】當初失散徐州地，夫妻分離各東西。今朝喜得重相會，枯木逢春月再輝。

（張飛白）二位夫人有禮。（二夫人白）三將軍昨日在古城外面，不放我們進來，有勞費心了。（張飛白）這個，張飛知罪了。（劉備白）二位夫人且歸後堂。（二夫人應科，下，侍女隨下。劉備白）人來，與二將軍送袍帶。（軍士應科，張飛白）人來，吩咐滿城大排香案，整齊隊伍，準備鼓樂，迎接二將軍進城。嘎，須要小心。（軍士應科，同下。衆扮軍校，净扮周倉引净扮關公上，白）西風戰馬起塵埃，千里尋兄到此來。今日弟兄重相會，（唱）

【新水令】征夫塞滿太平街。（軍士上，白）皇叔送得袍帶在此。（關公白）接上來。（作更衣科，唱）卸連環，換上了蟒袍玉帶。（作呐喊科，關公白）哪裏喧嚷？（周倉問科，內白）蔡陽的殘兵未散。（周倉白）禀將軍，蔡陽的殘兵未散。（關公白）傳令。願投降者，城外紮營聽令；不願投降者，各自散歸。（周倉白）將軍吩咐，願投降者，城外紮營聽令；不願者，各自散歸。（內白）俱願投降。（周倉白）俱願投降。（關公白）吩咐城外安營候令。（周倉白）城外安營候令。（內奏樂，關公白）哪裏鼓吹？（軍士白）三將軍吩咐，滿城軍民排齊隊伍，大排香案迎接。（關公白）昨日不須厮殺，今日也不勞迎接。周倉，與我傳令。（唱）你叫他把旌旗雲外捲，戈戟不須排。不念咱千里而來。（白）甚麽鳥叫？（軍校白）孤鴻。（關公白）昔日徐州失散，聽得你叫。今日古城相會，又聽得你叫。（唱）俺關某猶如這失伴孤鴻，流落在碧天雲外。

【駐馬聽】拂盡塵埃，下得征鞍遣悶懷。（軍校白）請將軍進城。（關公唱）肅静城街，不辭千里故人來。（關公進城，張飛上，作跪科，關公白）那壁廂跪著是三弟？昨日在古城外面那樣英勇，今日跪在那裏這等摸樣。某到許昌，蒙曹相厚待，就是外人哪個不疑，且慢説三弟。（唱）難怪俺大哥、三弟不疑猜，且做個朦朧佯不睬。（張飛白）二哥惱我，全不看見我。原是我的不是，少不得還跪在此。（劉備白）二弟。（關公唱）見哥哥，跪在階，參兄長，躬身拜。

【喬木查】一自徐州失散兩分開，今日個古城中你我依然在。（白）大哥，關某乃鐵甲征夫，何愁千里。可憐二位尊嫂，受了多少驚恐。昨到古城，不容相見。（唱）全不念尊嫂與你結髮恩和愛，你也把城門不放開，怎知我漢雲長一點忠心不改。

（劉備白）賢弟一路多有辛苦了。（關公白）不敢。大哥，昔日徐州失散，多有吃驚。（劉備白）好説。（關公白）大哥，今日古城相會，怎麽不見三弟？（張飛白）他明明看見我跪在這裏，故意裝腔。（劉備白）昨日古城外面得罪了賢弟,今日跪在那裏請罪。(關公白)大哥,今日弟兄相會,須把歸曹一事說個明白,也免得弟兄們日後寒心。(劉備白)正該如此。(關公白)小弟有罪了,下面跪者何人?(張飛白)小弟,莽張飛。(關公白)好個莽張飛,名不虛傳。(唱)

【梅花酒】張飛自疑猜,全不想月明千里故人來。只叫我單身獨自把曹兵敗。笑三弟心量窄,險些把桃園結義聲名壞。俺本是英雄猛烈棟梁材,豈肯貪淫戀酒色。

【水仙子】誰似你狠心腸沒見識將咱怪,不想那蔡陽的兵趕來,你把城門緊閉不放開。不是俺施英勇展奇才,把那蔡陽的頭骨碌碌斬在垓,怎能叫弟兄相會,他夫婦團圓,喜笑顏開。

(白)大哥。(劉備白)賢弟。(劉備唱)

【得勝令】想自桃園結義罷兵災,東西南北兩分開。提將起搵不住英雄淚,舒不開愁悶懷。哀哉,嗟嘆殺愁無奈。傷懷,止不住盈盈淚滿腮。

(關公白)大哥,事已說明了,叫賢弟起來罷。(劉備白)二弟,你二哥說,事已說明了,起來罷。(張飛白)我得罪了二哥,又不曾得罪了你,你叫他來,好不在行。(劉備白)嘎,還是賢弟發放他。(關公白)小弟有罪了。(劉備白)好說。(關公白)三弟,事事多已講明,起來罷。(張飛白)二哥在那裏惱惱的,小弟怎敢起來?(關公白)既已說明不惱了,請起。(張飛白)果然不惱了,我就起來。(作起科)這才是我仁義的二哥。(關公白)三弟。(張飛白)二哥。(關公白)好槍法。(張飛作跪科,白)說過不惱,又說甚麼槍法不槍法。(作哭科,關公白)呀!(唱)

【攪箏琶】這場鏖戰是天差。(白)三弟請起。(唱)俺三人秉大義情莫改。這足見桃園生死交,方顯得俺關某凜大節精忠在。想大哥淚滴江淮,思翼德恨低眉黛。因此上不避關山獨自回。受盡了千般苦,苦盡甘來。

(張飛白)人來,安排筵宴與二將軍接風。(劉備白)二位賢弟。(關公、張飛白)大哥。(劉備白)今日兄弟相逢,又得子龍等一班將佐馬步軍數千。爲今之計,不若棄了古城,去守汝南,與劉景升相爲唇齒,以圖進取,不知兄弟以爲何如?(關公、張飛白)仁兄所見甚是。(劉備白)既如此,收拾車仗,明日起程便了。(衆同唱)

【離亭宴煞】古城聚義把宴排,準備着破曹瞞大會垓,欲展奇才。平空踏破許昌地,把長安城攻戰開,拯黎民塗炭之災。把良圖仔細裁,定中原齊奏凱。(下)

徐母擊曹

無名氏　撰

解　題

　　昆曲。清無名氏撰。《清昇平署曲目》著録，題"徐母擊曹"，未署作者。劇寫曹仁兵敗樊城，曹操問及爲劉備畫策之人，程昱告知是單福，即潁州徐庶，奉母至孝。程昱賺徐母至許昌。曹操召見，令其寫信，讓徐庶棄劉備，來許昌。徐母知己中計，大罵曹操，並以硯台擊曹。曹操大怒欲殺之，程昱勸止，告之徐母正欲求死，殺之使徐庶傾心助劉備，不如赦之，使徐庶心懸兩地，另定計賺來。曹操則令程昱安慰徐母。本事出於《三國演義》第三十六回。清嘉慶本《鼎峙春秋》第一百一十三齣爲《徐母擊曹》（未見）。版本今見《清宫昇平署檔案集成》第六十册《徐母擊曹》，首頁署"徐母擊曹"，又書"另有一本"。該册此劇之後即爲另一本。此本首頁署"徐母擊曹串關"，頁中有一"歌"字，頁右有"九月初四准"、"現用准本，學堂對準一字不錯的，謄了一本"。《清宫昇平署檔案集成》第一百零三册有《徐母擊曹》，首頁署"徐母擊曹總本"，頁中有"歌"字，"另有一本"。《故宫珍本叢刊》昆腔單齣戲有《徐母擊曹》總本，劇名左上有一"歌"字，另有不同字體"弋腔"二字。後三種版本相同，僅比前一版本少程昱先登場介紹他已賺徐母來許昌之事，不足二百字。然而此本又將此删去。今恢復。此四種版本，均係抄本，無標點。今以《清宫昇平署檔案集成》本《徐母擊曹》爲底本，參考其他三本校點整理。

（扮程昱上，唱）

【中吕宫引·菊花新】泰山捧日夢非常，擇木而栖鳥識良。角逐每匡襄，要海内英雄歸綱。

（白）群牧非虚讓，天王早借籌。士爲知己用，豈必羨封侯。下官，程昱。只因曹仁等自樊城敗回，丞相問及爲劉玄德畫策之人[1]，曹仁道是單福。丞相不識何人,是我在旁詳其原委,單福即潁州徐庶也[2]。丞相欲得其人爲助,我即獻計,必須賺取其母到來,作書召之,庶必至矣。適纔軍校來報,徐母已到許都,且待丞相升堂,令其一見,然後相機而行便了。正是:欲得忠臣輩,須求孝子門。(下)

(扮家將、荀彧、許褚、張遼引曹操上,唱)

【商調引·接雲鶴】飛鷹走狗少年場,捉刀給使立匡床。

(坐白)明庭稽顙見呼韓,九塞無塵斥堠間。按部龍沙秋欲盡,論兵虎帳夜將闌。昨用程仲德之謀,賺取徐庶之母到來,使召其子。這幾日如何不見回音?(程昱上,白)只爲嘉賓報賢主,賺來慈母召佳兒。丞相在上,程昱參見。啓丞相,徐庶之母,今已賺到。(曹操白)你去引他進來,待我以好言相誘,事無不諧也。(程昱應下,徐母上,唱)

【仙呂宮正曲·風入松】尸饔半世鬢星霜,慕前賢母氏流芳。他年青史吾相讓,《列女傳》續書劉向。(白)老身,徐庶之母。聞我兒已投劉皇叔,吾心不勝欣悅。不意曹操又遣人賺我到來,我想此賊無非要召我兒至此,故作此計。我今拼取殘年,誓不從賊。且待進見之時,我自有道理。(唱)合憑着我冰心鐵腸,何懼彼肆猖狂。

(作進門,程昱暗上,白)徐母喚到了。(曹操白)老夫人,聞得令嗣徐元直乃天下奇才,今在新野反助逆臣劉備,背叛朝廷,如美玉之落污泥,誠爲可惜!今煩老夫人作書,召至許都,吾當申奏朝廷,必有厚賚。(徐母白)劉備是何如人?(曹操白)是沛郡小輩,妄稱皇叔。所謂外君子而內小人者也。(徐母白)唉!汝何虛誑之甚也。吾久聞劉玄德乃孝景帝之子,中山靖王之後裔,屈身下士,仁聲素著,真當世之英雄。吾兒輔之,得其主也。汝託名漢相,實爲國賊。(唱)

【前腔】奸雄亂世禍包藏,那許劭早已評量。居然臣節全淪喪,真個是罪浮冀莽。(合唱)他日裏燃臍依樣,東門犬柱悲傷。

(曹操白)無知老婦,敢肆狂言!吾有救駕之功,太平重建,天下人民共聞共仰,惟你不知麽?(唱)

【前腔】何殊周召佐成王,鎮群雄貌若蜩螗。炎劉此日誰屏障,笑愚婦無知誹謗。(合唱)試牛刀割雞一樣,母和子兩罹殃。

(徐母白)你說玄德爲逆臣,欲使吾兒背明投暗,豈不可恥?(唱)

【前腔】縱如項羽逞強梁,慕陵母伏劍而亡。饒伊挾迫心逾壯,看巾幗昂然強項。(合唱)拼頸血淋漓濺裳,休指望召兒郎。

（衆謀士白）老夫人，不必如此！聽吾輩一言，令郎乃天下名士，丞相乃國家棟梁，賢主嘉賓，志同道合，他日取青紫如拾芥耳。老夫人，不可以一時之迂執，使令郎受終身之憂患，還該三思才是。（徐母白）汝輩不過饘饎富貴，薰灸功名，吾兒豈如若輩之苟就乎？（曹操白）這愚婦恁般饒舌！左右，快取文方四寶與她，著她立刻修書，稍有遲延，看刀伺候。（徐母白）奸賊，你把死來嚇誰？（滾白）我雖女流之輩，曾記那聖經賢傳女史箴規，大義昭然。自古良禽擇木而栖，賢臣擇主而事。今我孩兒投明大漢宗枝，仁德之君，賢聖相得，爲母當從子道，成子之孝，博得個流芳百世，萬載薰名。豈但你亂國奸雄，欺君罔上，戕殘妃后，殺害忠良。戕殘妃后，殺害忠良。賊，你逞奸威恐嚇孤寡。哪知我視死如歸！哪怕你把鋼刀吡！（唱）

【撲燈蛾】任伊利刃加，任伊利刃加，堅志無回向，逆旅自應辭，肯爲貪生名，喪也歸泉含笑。須知道世間壽夭等彭殤，效留侯奮椎博浪。休輕放，把淬妃擊賊命應傷。

（作擲硯擊曹操科，曹操白）拿去砍了！（衆應綁徐母，程昱白）刀下留人！丞相，請息怒！徐母觸忤丞相，無非欲求死耳。今若殺之，則成彼之名。且徐庶既聞母死，必傾心助備，以報母仇。莫若留之，使庶身心兩地，縱使助備亦未能盡力。況庶母在此，昱再爲設計，必賺得徐庶到來，輔助丞相便了。（曹操白）仲德之言，甚爲有理。汝即遣人好生安慰她。（程昱應，放徐母綁，同下）（曹操唱）

【尾】無知匹婦何其戇，遠勝似男兒烈壯。少不得竭澤涸魚皆入網。（下）

校記

［1］丞相問及爲劉玄德畫策之人："玄"字，原本爲避康熙玄燁諱作"元"。今改。本劇下同。

［2］單福即穎州徐庶也："穎"字，原本作"穎"。今改。

徐庶見母

無名氏 撰

解 題

　　昆曲。清無名氏撰。未見著録。劇寫徐庶從新野來到許昌，拜見母親。徐母問其來此之故。徐庶告以得母書信，星夜趕回。徐母責其不辨真假，棄明投暗，自取惡名，玷辱祖宗。隨即回內室，自縊而死。本事出於《三國演義》第三十六回。清傳奇嘉慶本《鼎峙春秋》第一百二十齣爲《徐庶見母》。版本今見《故宮珍本叢刊》昆腔單齣戲，首頁題"徐庶見母"總本，串關，有一"歌"字。手抄本，無標點，唱詞亦不標明襯字、正字。今以該本爲底本校點整理。

（侍女引徐母上，唱）

【鵲橋仙】囚鸞羈鳳，驀遭奇變，怎肯偷生倖免？吾兒得所罷縈牽，喜遇主明良堪羡。

（白）我心匪石不可轉，我心匪席不可捲。雖爲巾幗勝鬚眉，識得綱常寧脢腖。老身，徐庶之母是也。可笑曹賊因孩兒在劉皇叔處，將我賺來，逼我作書，取孩兒回來輔佐曹賊。我想劉皇叔乃中山靖王之後，有堯舜之風，懷禹湯之德，禮賢下士，恭己待人，真當世之英雄！吾兒輔之，得其主矣。我一時性發，將石硯擊之，可惜力小不能得中。曹賊遂即欲斬我，是程昱在旁苦口力勸。如今又幽我別室，多蒙程昱以禮相待，只得權時忍耐，苟活人世。咳，曹賊，曹賊！你要我孩兒棄明投暗，背漢扶曹，好不差也。（唱）

【解三酲】盼仙喬鶯聲睍睆，擇依栖禽鳥猶然。似你這權奸竊弄把朝綱變[1]，他肯助惡背仁賢。（白）你要斬我，何不快快一刀？（唱）我從來烈烈轟轟性，視死如歸肯受憐。腸千轉，甘心白刃，瞑目黃泉，瞑目黃泉。

(侍女白)老夫人,請免愁煩。(徐母白)秋香姐,你哪裏知道我孩兒呵。(唱)

【前腔】他讀過三墳和五典,怎不曉棄暗投明是至言。那中山帝胄實英彥,相輔翼正因緣。他入參帷幄誠交泰,少不得青史名標勳績傳。人中選,這的是風雲際會,主聖臣賢,主聖臣賢。(徐庶上,唱)

【番卜筭】慈母寄書來,一夜腸千轉。兼程催趲爲高堂,料想愁眉展。

(入見介,白)母親,孩兒不肖,一向流落在外,有累母親受驚,孩兒獲罪不小。(徐母驚介,白)哦,你緣何至此?(徐庶白)近於新野,從事劉豫州。適得母親手書呼喚,故爾星夜趕來。(徐母怒介,白)哦,這是哪裏説起?汝飄蕩江湖二十餘年,吾以汝爲習學儒業少有進益。徐庶,徐庶!何其反不如初也?(唱)

【太師引】我只道你而今學問勝從前,誰知道終無識見,好叫人中心慘然,枉費我千般祈願。(白)你自幼讀書,須知忠孝之道不能兩全。(滾白)可知曹操呵,(唱[2])他虺蜴爲心,豺狼成性,他罔上欺君非善,怎被他奸謀相騙。書空展將賢豪棄捐,棘叢中可不刺痛金萱。

(白)劉皇叔仁義布于四海,黃童白叟誰不欽仰?况乃漢室之胄,你在他幕下,可謂得其主矣。(唱)

【前腔】與他共周旋真歡忭,佐炎劉國祚綿延。他是金枝玉葉天潢僭,並不是篡竊山川。(白)你今憑一紙假書,更不推詳虛實,棄明投暗,自取惡名。汝真匹夫也!(唱)一封書茫然無辨,猛可裏惑亂遂身旋。(白)我有何面目與汝相見?你這玷辱祖宗之徒。(唱)不肖子相見何須至前?我不如自縊白練,早歸泉,早歸泉。

(徑下,侍女隨下。徐庶伏地大哭介,白)是母親責得,是孩兒知罪悔過了。母親呀,母親入內室去了。(侍女急上,白)徐老爺,不好了。(徐庶白)怎麽?(侍女白)老夫人走入內房,已自縊了。(徐庶白)有這等事?阿呀,母親吓!(唱)

【鑼鍬兒】她懸梁高吊,使我心中悲悼。只怕黨邪棄正,死守清操,三貞九烈無回拗,欣然去了。説甚麽承歡笑全子道,慢徘徊瞻眺,還説甚晨昏盡孝。

(白)哎呀,親娘吓!如今叫我怎麽樣?(唱)

【餘文】幾年分別無耗,乍相逢便爾嚎啕。都只爲一紙書,生出這禍苗。

(各下)

校記

［1］似你這權奸竊弄把朝綱變："竊"字,原本作"筇"。今改。
［2］唱:此提示,原本漏。今依文意補。

婆媳全節

無名氏 撰

解　題

　　昆曲。清無名氏撰。《清昇平署曲目》著録，題"婆媳全節"，未署作者。劇寫吉平母妻讓其子吉邈去探聽消息，回家告婆、母：曹操因兵敗于馬超，想起舊恨，差兵圍住吉家，韶齔不留。吉母康氏乃讓蒼頭帶領小主人吉邈逃走。老少悲傷，難以割捨。爲來日報仇，吉邈逃走。張遼帶兵進府。吉妻李氏先撞階死。康氏痛罵曹操，而後撞死。本事未見史傳。清傳奇乾隆本《鼎峙春秋》第三本第十五齣《弱息一絲延嗣續》、嘉慶本《鼎峙春秋》第七十七齣《婆媳全節》寫此故事。版本今見《清宫昇平署檔案集成》本。該本係從《鼎峙春秋》析出，改編爲單齣昆曲演出本，手抄本，無標點，字殘缺。今以該本爲底本，參考《鼎峙春秋》本校點整理。

　　（老旦扮康氏，旦扮李氏上，同唱）
　　【榴花好】連霄顛倒，吉凶事難知。心恍惚意如癡，好叫人默默自猜疑。
　　【好事近】莫不是年暮衰頹，重重禍摧，薄西山，不久辭陽世[1]。（康氏唱）苦殺我兒，罹凶危，未除他覻覦奸仇[2]。老身，乃吉平之母康氏。只爲我兒與董國舅謀誅曹操，不料事機不密，反遭毒手。已令孫兒吉邈打聽去了。怎麽不見到來？（末扮蒼頭，生扮吉邈上，唱）
　　【不是路】未卜安危，恨殺奸賊。毒禍機心如醉，忙急復慈母知。（白）婆婆、母親！不好了。（康氏、李氏白）是何意急忙慌神色迷？（吉邈蒼頭白）不好了，曹賊因敗馬之手，想起舊恨，差兵要圍住我家，韶齔不留。（唱）奸賊因敗生毒意，合兵圍住全家，不留韶齔已，捐生待斃，捐生待斃。（康氏、李氏虛白科，唱）
　　【駐雲飛】聽説因依，魄散魂飛不著體。亂國奸雄賊[3]，屈殺忠良輩。

嗏,頓足淚雙垂,傷心疼意,咬定牙根[4],就死難饒你。死在陰司不放伊。(康氏白)兒,事不宜遲[5],奸賊圍住我家,一家性命休矣。蒼頭,你可帶領小主逃命去罷[6]。(吉邈白)婆婆,母親吓!孩兒怎忍逃生,撇了婆婆、母親而去。(康氏白)兒,你見差了。曹兵勢重。我若與你母親逃命,倘曹兵圍了,拿住我姑媳二人,名節難存;你二人難逃其身,不是兩相耽誤。如今你二人前去,休要慮我。(吉邈哭科,康氏、李氏悲科,吉邈唱)

【香羅帶】傷心痛別離,吞聲忍悲。思量罔極難重會[7],堪憐骨肉盡遭夷也。累代臣忠良輩,無辜一日成冤鬼。急去投生地,思濟彝倫不可違。(康氏唱)

【又一體】孫兒,休痛悲。你且細思維,霎時間兵至難脫離[8]。(白)你若同我死呵。(唱)絕香煙誰將吉門繼也。(滾白)你去逃生,記取我家忠義之門,曹操亂國奸臣。今日害我家死於非命。豈不聞鷹翔川而魚鱉沈,寧順從以遠害,不違忤以喪生,括囊無咎,慎不害也。(唱)須念我母子們遭冤斃,叮嚀囑咐説因依,急去投生地,思濟彝倫不可違。(李氏唱)

【又一體】含冤負屈離,無邊苦悲。(白)兒,婆婆吩咐言語[9],用心緊記。(唱)婆婆囑咐伊須記,今生不得與會也。(滾白)你去逃生,須記殺父之仇,不共戴天。滅族之恨,不可不記[10]。你若隱害全生呵!(唱)我死在陰司地,靈魂會笑心足矣[11]。急去投生地,思濟彝倫不可違。(衆哭,蒼頭吉邈下,康氏白)媳婦,你看曹兵四下圍住你我,尋自盡便了。(李氏白)待我安葬婆婆,然後自死。(康氏白)兒,你方年幼,倘曹兵拿住,恐壞名節。你不要顧我。(李氏白)如此,婆婆請上,受媳婦一拜。(唱)

【風雲會四朝元】傷心痛苦,含悲拜別姑。指望送歸故墓[12],披麻執仗享祭,享祭承宗祖。誰想中途半路[13],中途半路,遭遇狂徒,一家被戮。把忠良陷害,反受刑誅。良善,良善皆荼毒。嗏,婆媳淚交流,兩眼相看,無計,無計歸鄉土。哭得我血淚竟模糊。你深恩難報補[14],捶胸頓足,不如早死。(白)罷!(唱)免將身污[15],免將身污。(李氏作撞死科,下。康氏白)好,好!真與吉氏門添光。你你你,兒吓,你等等著我。(唱)

【又一體】堪憐兒婦,全節願隨姑,可惜你花容月貌,含冤塵土。此恨,此恨憑誰訴。指望從夫受福,從夫受福。誰知爲國身亡,滅門絕户。妻死夫亡,不能相顧。骨肉,骨肉遭冤苦。嗏,你先死向冥途,鬼門關上等我,等我同一路。非是我逼你身亡,(滾白)怎捨得親兒婦[16]。(唱)恐怕,恐怕將名污。史書上千年萬載,捨生取義[17],流芳節母,流芳節母。(内吶喊科,康氏

白)你聽喊聲四起[18],想是曹兵來了。不免罵賊而死。(衆軍校、將官引張遼上,同唱)

【金錢花】三軍聽吾號令,號令。分爲四路齊行,齊行。左圍三繞又三層。誅吉氏,滅門庭;將家眷,盡夷凌。(康氏白)你是哪一個?(張遼白)你是吉平之母親麼?我奉丞相之命,特來拿你。(康氏白)張遼,奸賊!(唱)

【駐雲飛】潑佞奸曹,妒害忠良篡國朝,上天昭彰報[19],有日終須到。嗟,負屈喪荒郊,生前難報。死在陰司,指定名兒告。(白)我死後難道罷了不成?(張遼白)這婦人好厲害!(康氏唱)還爲厲鬼捉奸曹,決不將他輕恕饒。(撞死,下。張遼白)吉平之母既死。衆將官,就此回復丞相鈞旨。(衆應科,同唱)

【金錢花】丞相鈞令嚴明,嚴明。報恨除却頑梗,頑梗。韶齠不留一星星。誅吉氏,滅門庭;將家眷,盡夷凌。(同下)

校記

[1] 重重禍摧薄西山不久辭陽世:"摧薄西山不"五字,原本字殘。今依《鼎峙春秋》本(以下簡稱鼎本)改補。
[2] 未除他覬覦奸仇:"仇"字,原本殘。今依鼎本改。
[3] 亂國奸雄賊:"奸雄"二字,原本殘缺。今依鼎本補。
[4] 傷心疼意咬定牙根:"疼意咬定牙"五字,原本殘缺。今依鼎本補。
[5] 事不宜遲:"宜"字,原本殘缺。今依鼎本補。
[6] 你可帶領小主逃命去罷:"主"字,原本殘。今依鼎本補。
[7] 思量罔極難重會:"重"字,原本殘。今依文意補。
[8] 霎時間兵至難脱離:"難"字,原本殘。今依鼎本補。
[9] 婆婆吩咐言語:"言"字,原本殘缺。今依鼎本補。
[10] 滅族之恨不可不記:"之恨不"三字,原本殘缺。今依文意補。"恨"字,鼎本作"誅",不從。
[11] 靈魂會笑心足矣:"會"字,原本殘。今依鼎本補。
[12] 指望送歸故墓:"歸"字,原本殘缺。今依鼎本補。
[13] 中途半路:"半路"二字,原本殘。今依下文補。
[14] 你深恩難報補:"深"字,原本殘缺。今依鼎本補。
[15] 免將身污:"污"字,原本殘缺。今依下文補。
[16] 怎捨得親兒婦:"得"字,原本殘缺。今依鼎本補。"婦"字,原本誤作"夫"。

今改。
[17] 捨生取義:"捨生"二字,原本殘缺。今依鼎本補。
[18] 你聽喊聲四起:"喊"字,原本殘缺。今依鼎本補。
[19] 上天昭彰報:"昭"字,原本殘缺。今依鼎本補。

戰 長 江

無名氏 撰

解 題

　　昆曲。清無名氏撰。未見著錄。劇寫漢末東吳孫權爲報父兄之仇,興兵征伐黃祖,黃祖戰敗。江湖俠盜甘寧欲投東吳,爲黃祖部將蘇飛挽留。甘寧擊敗東吳軍,殺東吳大將凌操。黃祖以甘寧爲盜賊,雖立大功不肯賞賜重用。蘇飛勸黃祖用甘寧,不允從。甘寧悔錯投主,蘇飛縱甘寧投東吳。孫權、周瑜得甘寧,不計殺凌操之過,重用之,並斥止凌操之子凌統爲報父仇欲殺甘寧的行爲。甘寧爲東吳大破黃祖,生擒黃祖。本事出於《三國演義》第三十八回"戰長江孫氏報仇"一節。版本今見《車王府曲本》本,題"戰長江總講"。該本分頭本、二本,共三十六場,抄本,無標點。今以該本爲底本標點整理。

頭 本

第 一 場[1]

（四白文堂,周瑜上）

周　瑜　（唱）【夜遊湖[2]】

　　　　龍種由來誇上選,
　　　　喜逢時早入天閑。
　　　　一片雄心,滿腔俠氣,
　　　　萬里鵬搏秋漢。

　　（念）（詩）

　　　　自小豪雄意氣揚,

翩翩結客少年塲。

千金不惜酬知己，

一劍還堪倚太行。

(白)本都姓周名瑜，字公瑾，柴郡人也。幼讀詩書，精通武略。蒙先主孫策聘請東吳，拜爲水軍都督。自去年征討江夏，被黃祖箭傷吾主殞命，傳位胞弟仲謀。今位極以來，每欲興兵復仇[3]。奈新喪未幾，故衆臣勸阻，未得興兵。今早傳集文武臣僚在朝議征，且待衆臣會集，一同計議便了。

(旗牌上)

旗　牌　(念)龍虎臺前出入，

　　　　　　貔貅帳內傳宣。

　　　　(白)有人麽？

手　下　(白)甚麽人？

旗　牌　(白)衆臣會集館馹，請都督入朝主議。

手　下　(白)請少待。啓都督：衆臣會議，集合館馹，請都督入朝主議。衆臣會議，集合館馹，請都督入朝主議。

周　瑜　(白)知道了。説我隨後就到。

手　下　(白)尊官先請，都督隨後就到。

旗　牌　(白)正是：

　　　　(念)令行山嶽動，

　　　　　　言出鬼神驚。(下)

周　瑜　(白)吩咐帶馬[4]！

(【排子】領只下)

校記

[1] 第一場：原本作"頭場"，第二場作"二場上"。今均改。下同。

[2] 夜遊湖："湖"字，原本作"朝"。今改。

[3] 每欲興兵復仇："興"字，原本作"吳"；"復"字，原本作"覆"。今改。下同。

[4] 吩咐帶馬："帶"字，原本音假誤作"代"。今改。下同。

第 二 場

（張昭上）

張　昭　（念）淡淡春光滿曉空，
　　　　（顧雍上）
顧　雍　（念）不應黃葉久從風。
　　　　（凌操上）
凌　操　（念）已知聖澤深無限，
　　　　（呂蒙上）
呂　蒙　（念）共識皇恩造化同。
張　昭　（白）下官太尉張昭。
顧　雍　（白）下官諫議校尉顧雍。
凌　操　（白）下官奮威將軍凌操。
呂　蒙　（白）下官武陵侯呂蒙[1]。
張　昭　（白）請了！今主公傳集文武入朝，會議征討江夏，以報前愆。
顧　雍　（白）我想先主新喪，未及期年，何得耗費錢糧，勞軍血戰？
凌　操　（白）我想此時秋高馬壯，正合報先主之仇，何得延限歲月！
呂　蒙　（白）聞得黃祖，打造戰船，沿江巡視，恐有吞吳之意。莫若先行征滅，何得待時而動[2]？
凌　操　（白）是吓，子明之言有理。待俺凌操當先擒拿黃祖，祭獻先靈！
張　昭　（白）列公之言，俱合有理。且待周都督到來，一同啓奏主公。
　　　　（周瑜衆原人上[3]，周瑜上）
周　瑜　（念）【引子】
　　　　　平生義勇堪無賽，
　　　　　武略文才貫古今。
　　　　（白）啊，列位賢侯！
　衆　　（同白）都督，吾等奉敕，共議征剿黃祖，特等都督到來，一同見主公計議。
周　瑜　（白）列位，想黃祖老邁無能，戰具不修，只消俺江東提一旅之師，管教盡成烏有！
張　昭　（白）講得有理，且見主公。請！

周　瑜　（白）請！

　　　　（分下）

校記

［１］下官武陵侯呂蒙："官"字，原本漏。今補。
［２］何得待時而動："待"字，原本無。今依文意補。
［３］周瑜衆原人上："人"字，原本漏。今補。

第　三　場

（四太監、孫權上）

孫　權　（念）【引子】
　　　　　　　　虎據東吳耀江東，
　　　　　　　　承基業，
　　　　　　　　堪培郡賢。
　　　　（念）（詩）
　　　　　　　　承嗣子孝鎮東吳，
　　　　　　　　赫赫威名正邪魔。
　　　　　　　　仁慈胸襟無偏直，
　　　　　　　　報息前怨方稱播。
　　　　（白）孤，孫權，字仲謀，承父兄之基業，虎據江東四郡八十一州，錢糧頗作招納，文武紛紛集至。這且不言，孤想父兄仇不得不報，今黃祖占據江夏等處，孤欲興兵復仇[1]，以見父兄於泉下[2]。內侍，宣衆卿上殿[3]！

太　監　（白）衆卿上殿！
　　　　（周瑜、張昭、顧雍、凌操、呂蒙五人同上）

　衆　　（同白）領旨！千歲在上，臣等參見！

孫　權　（白）衆卿少禮！

　衆　　（同白）千千歲！

孫　權　（白）請列公到來，非為別事，孤欲興兵征討黃祖，後滅劉表，以報父兄之仇，卿等意欲何如？

周　瑜　（白）千歲，想黃祖老邁昏聵，劉表乃無能之輩，何須主公親臨征伐？

張　昭　（白）況先主新喪，未得期年，且待時而動，未爲遲也。

凌　操　（白）咳！太尉差矣！出兵打仗，何待期年？只消一旅之師，管取那黃祖首級獻與階下！

顧　雍
呂　蒙　（同白）主公既欲興兵，何須御駕親征。

周　瑜　（白）主公欲報父兄之仇，此大義也。待臣明日在校場點將興師便了。

孫　權　（白）如此甚好！即命公瑾守禦都城，準備艨艟，沿江伺候，待孤親征！

　　　　（唱）【神仗滴溜】
　　　　　　軍威光耀，
　　　　　　旌旗擁導。
　　　　　　英雄圍繞，
　　　　　　念此先恩酬報。

衆　　　（接唱）
　　　　　　十年磨劍功，
　　　　　　一朝榮耀。
　　　　　　削平江夏，
　　　　　　爲君誅掃！

　　　　（孫權下，衆分下）

周　瑜　（白）凌將軍聽令！命你催督戰船，沿江伺候！

衆　　　（同白）啊！

周　瑜　（白）呂賢侯傳集三軍，明日校場聽令！

凌　操
呂　蒙　（同白）領命！

周　瑜　（白）各歸衙署！

衆　　　（同白）請！

　　　　（衆分下）

校記

［1］孤欲興兵復仇："復"字，原本音假誤作"伏"。今改。下同。

［2］以見父兄於泉下："以"字，原本作"已"。二字一義相通，爲免歧義，今改。

以下二字,均視情改,不另出校。

[3]宣衆卿上殿:"殿"字,原本簡作"展"。今改。下同。

第 四 場

(黃蓋、程普、丁奉、潘璋調場上,騎馬。【四邊靜】)

程　普　(白)俺,程普。

黃　蓋　(白)俺,黃蓋。

丁　奉　(白)俺,丁奉。

潘　璋　(白)俺,潘璋。

程　普　(白)請了! 我等奉都督之命,各領本部人馬去至校場點將,征滅黃祖,務須努力齊心,一鼓而平[1]!

黃　蓋　(白)程將軍,想那黃祖不過沿江劫賊,何勞主公親臨矢石之中?

丁　奉
潘　璋　(同白)著哇! 滅了黃祖,那劉表守住荊襄,亦在反掌耳!

程　普　(白)列位之言有理。且到校場傳令。

　衆　　(同白)請哪!

(當場凹門,四文堂、四御林軍、四小太監、呂蒙、凌操、顧雍、張昭、周瑜同上,孫權同上)

凌　操　(白)傳集三軍候令!

呂　蒙　(白)戰船俱已齊集候令!

周　瑜　(白)凌操聽令! 命爾帶領本部水軍爲開路先行。戰船之上,小心在意!

凌　操　(白)得令!

周　瑜　(白)程普、黃蓋各領水軍沿江接應,毋得懈怠!

程　普
黃　蓋　(同白)得令!

周　瑜　(白)丁奉、潘璋帶領本部人馬,四面接應!

丁　奉
潘　璋　(同白)得令!

周　瑜　(白)呂蒙隨身護駕。就此下戰船,直奔夏口!

呂　蒙　(白)得令!

孫　權　（白）都城内外，全仗二卿。

顧　雍
周　瑜　（同白）啓主公：此去擒得黃祖，瀝血祭獻，方稱心懷也！

孫　權　（白）二卿，孫仲謀此去，若不活捉黃祖，怎見父兄於泉下！

周　瑜　（白）主公言得極是。衆將官，就此起駕！

　衆　　（同白）啊！

　　　　（【排子】領只下）

校記

［１］一鼓而平："鼓"字，原本作"股"，誤。今改。

第　五　場

（四文堂、四大鎧站門上，蘇龍上）

蘇　龍　（念）【引】

　　　　群英四起動干戈，
　　　　守長江，
　　　　驚懼豺虎。

（念）（詩）

　　　　保主忠心禀性堅，
　　　　酬恩義俠可警天。
　　　　男兒若得凌雲志，
　　　　一片忠義保江山。

（白）俺，蘇龍，字島州，巴郡人也。自投黃祖麾下爲將，多立戰功，鎮守夏口。近聞東吳孫策已亡，立胞弟孫權爲主，招賢納士，大有報復前仇之意。爲此整頓三軍，沿江探聽，未見回報。

（小軍上）

小　軍　（念）軍威喊聲振，
　　　　　　速報密軍情。

（白）主帥在上，小將叩頭！

蘇　龍　（白）命你統領巡軍沿江巡哨，怎麽樣了？

小　軍　（白）啓主帥：不好了！小將奉命巡查，只見旌旗飄動，鼓角聲催，戰船無計，勢如壓卵，將近夏口了！

蘇　龍　（白）吓，有這等事，傳集三軍，齊下戰船！

　衆　　（同白）啊！

蘇　龍　（白）呔！孫權吓，你好不知分量！

　　　　（唱）孤强欲復仇，

　　　　　　　管叫爾承兄基業他人守，

　　　　　　　身喪長江一命遊！

　　　　（分下）

第　六　場

（四文堂、四上手、凌操上）

凌　操　（白）俺，凌操。奉命攻打頭陣[1]，探其虛實。前哨來報，已有準備，衆將各駕艨艟，併力齊心者！

　　　　（【合頭】會陣。蘇龍原人上，四船夫）

凌　操　（白）來將停舟，通名受死！

蘇　龍　（白）俺，都督大元帥蘇龍，來將留名！

凌　操　（白）前軍都尉凌操在此！

蘇　龍　（白）咦！爾主霸專東吳州郡[2]，未嘗犯爾境界，何得領兵到此厢[3]？

凌　操　（白）特滅黃祖，與先主報仇！看槍！

　　　　（水戰。蘇龍敗下，凌操追下場門介）

凌　操　（白）蘇龍敗回夏口，且待主公到來，再行討戰。衆將官，沿江紮住營盤！

　衆　　（同白）啊！

　　　　（【合頭】下）

校記

［1］奉命攻打頭陣："頭陣"二字，原本作"豆陳"。今改。

［2］爾主霸專東吳州郡："霸專"二字，原本作"壩轉"。今依文意改。

［3］何得領兵到此厢："厢"字，原本作"相"。今改。

第 七 場

（鄧龍、陳就、張鳳、楊勝同上，各通名字）

鄧　　龍　（白）今聞東吳統衆前來，侵犯吾境，爲此登舟迎敵。

陳　　就　（白）已聞蘇將軍出戰長江，未知勝敗如何？

張　鳳
楊　勝　（同白）且待主帥到來，一同迎戰。

陳　　就　（白）看旌旗飄搖，主公臨舟也。

（四文堂駕舟領黄祖上。【合頭】）

黄　　祖　（白）某，黄祖，與劉表占據荆襄，特命吾出鎮江夏，以禦長江之險。已聞東吳犯界，因此急速駕舟，以觀勝負。

（蘇龍敗上，一船夫）

蘇　　龍　（白）原來是主帥。

黄　　祖　（白）出戰如何？

蘇　　龍　（白）東吳將士熟練水戰，我軍不能對敵。

黄　　祖　（白）唔！你枉爲大將，第一陣就銼俺的鋭氣，如何做得大將！

蘇　　龍　（白）多因久失修造，故爾舟不能行動。

鄧　　龍　（白）主帥不必動怒，待俺等且去會他一陣。

黄　　祖　（白）就命你等守住夏口險要，待某得勝回來，將功折罪！

蘇　　龍　（白）謝主帥！（下）

黄　　祖　（白）衆將官，駕舟迎上前去！

（孫權衆原人上，會陣，大邊）

孫　　權　（白）來者可是黄祖麽？

黄　　祖　（白）然，既曉某家在此，快棄舟逃命，還來問我！

孫　　權　（白）咳！黄祖，你老邁昏聵！今舉義師前來，與父兄復仇，快傳言與劉表獻城，免動干戈。如其不然，玉石不分也！

黄　　祖　（白）出言不遜，放舟交戰！

（衆水戰，下。孫權、黄祖水戰）

第 八 場

（凌操、丁奉、潘璋、程普、張鳳、楊勝、陳就、鄧龍八人水戰）

第 九 場

（黃祖原人、孫權原人同上）

黃　祖　（白）水戰未必勝俺，可放陸地交戰！
孫　權　（白）既爲大將，水陸並戰，就與你陸地戰來！
黃　祖
孫　權　（同白）衆將上岸，陸地戰來！

（衆分下。起打介，隨便排。孫權原人勝，下）

第 十 場

（黃祖原人敗。凹門上）

黃　祖　（白）殺敗了哇！殺敗了！哎！豈料東吳人馬勇猛非常，我軍水陸並戰，不能取勝。哎呀！慚愧吓，慚愧！
鄧　龍
陳　就
楊　勝
張　鳳　（同白）主帥且回夏口督守，告知劉表請救，再存復仇。
黃　祖　（白）如此甚好。且回夏口去者！

（同領下）

第 十 一 場

（孫權、衆原人同上）

衆　　（同白）那賊逃走了！
孫　權　（白）衆將官，齊下戰船追趕！
呂　蒙　（白）啓主公：自古窮寇莫追，恐有伏兵齊起，我軍受敵，進退兩難也。

孫　權　（白）如此,沿江紮住營盤,水陸相顧。
衆　　　（同白）啊!
　　　　（衆同領下）

第 十 二 場

（甘寧上）

甘　寧　（念）撼動天關勇烈長,
　　　　　　　虹霓氣吐倍聲揚。
　　　　　　　撥雲就日投明主,
　　　　　　　凌雲志遠壓三江[1]。
　　　　（白）俺,甘寧,字興霸,巴郡臨江人也。幼習武藝,廣結江湖之俠客,聚衆作盜,將錦作帆。商客見此帆扯起,無不輸伏獻財。倘有不遵者,即將銅鈴搖起,聚衆在江[2],插翅也難飛遁。我想做此勾當,非大丈夫之意。欲與王家出力,奈無進身之地。欲投荊襄劉表,看此人非用人之主。聞得東吳招賢納士,且過江投效去者。
　　　　（唱）【新水令】
　　　　　　　凌雲豪氣迥出奇,
　　　　　　　投明主效力虹霓。
　　　　　　　平生能有拔,
　　　　　　　一諾尊立比。
　　　　（白）想我甘興霸的志量呵,
　　　　（唱）【前腔】
　　　　　　　警天威儀,
　　　　　　　掃奸邪,心快計。（下）

校記

[1] 凌雲志遠壓三江:"壓"字,原本作"呀"。今改。
[2] 聚衆在江:"聚"字,原本作"叙"。今改。下同。

第 十 三 場

（蘇龍上）

蘇　龍　（白）咳！

（唱）【步步嬌】

萬衷愁腸心如碎，

奈乏明主携[1]。

干戈四亂起，

眼下未得教人心醉。

（白）俺蘇龍，被黃祖驅逐，命我集守夏口要路，提防賊衆。未知勝敗如何，我且向瞭高臺一望[2]。

（唱）【前腔】

何必恁相持，

教人腹內堪如泥。

（旗牌上）

旗　牌　（念）有事不敢不報，

無事不得亂纏。

（白）啓爺：有一漢子，將欲渡江，恐防奸細，特來稟知。

蘇　龍　（白）且喚他進見。

旗　牌　（白）吓，漢子，帥爺喚你！

甘　寧　（白）爺在上，甘寧參見！

蘇　龍　（白）吓，你叫甘寧麼？

甘　寧　（白）正是。

蘇　龍　（白）作錦帆寇，行劫往來客商，可是你麼？

甘　寧　（白）俺甘寧久蹈綠林[3]，直欲去邪歸正，奈無立身之地。因此俺甘寧呵，

（唱）【折桂令】

炳雄威氣吐虹霓。

鋤暴除奸，濟困扶危。

俺待要持戈相持，

俺欲待投獻明主，

　　　　　　成就俺胸忿心悸[4]。
蘇　龍　（白）你欲投東吳效力，何不在此效力？況劉表漢室宗支[5]，豈不聞良禽擇樹而栖之[6]？
甘　寧　（白）甘寧久欲投效，奈江夏黃祖非明正之主。
　　　　（唱）【前腔】
　　　　　　含糊塗毫無仁義，
　　　　　　慣自的剝食貧民，愛小便宜。
蘇　龍　（白）今黃祖與孫權長江大戰，何不在此出力王家，豈非義勇俱備？
甘　寧　（白）哎呀，且住！俺欲投效東吳，不料又被阻住。一來與王家出力，且在此看事如何。
蘇　龍　（白）吓，壯士！俺蘇龍勸你在此與皇家出力，一官半職多在下官身上。
甘　寧　（白）吓，也罷！將軍請上，受甘寧一拜！
　　　　（唱）【前腔】
　　　　　　俺自有絕技，
　　　　　　能爲騰躍如飛，
　　　　　　只看俺出戰東吳，
　　　　　　如入穿扉。
　　　　（黃祖、衆敗上）
黃　祖　（唱）【江兒水】
　　　　　　枉自稱高乎，
　　　　　　全軍幸也未。
　　　　　　奇謀作用堪無比，
　　　　　　敗此回軍休調濟，
　　　　　　重整隊伍相建列。
蘇　龍　（白）主帥行軍，勝負如何？
黃　祖　（白）不要說起。那東吳將士呵，
　　　　（唱）【前腔】
　　　　　　能征慣戰，
　　　　　　俱水陸交鋒，
　　　　　　無得一些便宜。
蘇　龍　（白）吓。主帥，那東吳勇猛，莫著小將前去，與主帥復整雄威！

黃　　祖　（白）咳,你也頭陣敗過,如今前去,怎得全勝？
蘇　　龍　（白）小將與主帥收一將官,管取大獲全勝。
黃　　祖　（白）如此,喚過來。
蘇　　龍　（白）來來來,見了主帥。
甘　　寧　（跪白）主帥在上,甘寧叩頭！
黃　　祖　（白）起來。哪裏人氏？
甘　　寧　（白）主帥聽稟。

（唱）【雁兒落】

　　　住巴郡,在臨江,漫作威,
　　　字興霸,善武略,真奇密。
　　　只爲俺,喪椿萱,只一窺,
　　　即便的,效王家,身奇遺。

（重句唱）

　　　效王家,身奇遺。

黃　　祖　（白）好！既如此,蘇龍聽令！你領著甘寧,各駕艨艟舟楫,殺退東吳,加官受爵！
蘇　　龍
甘　　寧　（同白）得令！（脫衣）
甘　　寧　（唱）【園林好】

　　　領命提駕舟相持,
　　　戰長江無端猖獗。

（蘇龍、甘寧同下）

黃　　祖　（白）鄧龍、張鳳二隊接應！
鄧　　龍
張　　鳳　（同白）得令！（下）
黃　　祖　（白）楊勝守禦江口！
楊　　勝　（白）得令！（下）
黃　　祖　（白）陳就隨某回衙者！

（唱）【前腔】

　　　想此事相關非細,
　　　即速莫挨遲[7]。

（重句唱）

即速莫挨遲。

（同領下）

校記

［1］奈乏明主携："乏"字，原本作"伐"。今改。

［2］我且向瞭高臺一望："瞭"字，原本作"遼"。今改。

［3］俺甘寧久蹈綠林："蹈"字，原本作"滔"。今改。

［4］成就俺胸忿心悸："悸"，原本筆誤作"季"。今改。

［5］況劉表漢室宗支："漢"，原本誤作"汙"。今改。下同。

［6］豈不聞良禽擇樹而栖之："禽"字，原本作"捁"。"捁"即"擒"，古作"禽"。爲免歧義今改。下同。

［7］即速莫挨遲："挨"字，原本作"壩"。今改。下同。

第 十 四 場

（凌統上）

凌　統　（唱）【得勝令】

呀，俺想那親父出戰，

兒日夜的眼望實堪悲。

怎得個早捷音，心事鐵，

怎得個獻榮勝[1]，兒歸鎧。

（白）俺，凌統，自爹爹隨征去後，使我看守家園，日夜不寧。已聞申捷佳音，未見奏凱回師[2]。爲此駕一戰船，且到大營探視爹爹。二來倘遇賊人交戰，也須立建功勞，方顯將門之子也！

（唱）【前腔】

非是俺癡迂，效皇家，同相濟，

因此俺施奇，滅黃祖，始危濟。

（重句唱）

滅黃祖，始危濟。（下）

校記

［1］怎得個獻榮勝："得"字，原本作"德"。今改。

[2]未見奏凱回師:"凱"字,原本作"愷"。今改。

第 十 五 場

（蘇龍、甘寧同上）

（同唱）【玉交枝】

蘇　龍　　　重整驚異,

甘　寧　　　看施威,青天遇霄齊。

　　　　　　行槍劍元非是,

　　　　　　料他行怎對支持。

蘇　龍　（白）甘將軍,此番交戰,全在於你。倘得立功,封官不小。

甘　寧　（白）蒙將軍保舉,敢不盡力而行。

蘇　龍　（白）一同駕舟,衝其水寨。請!

　　　　（唱）臨寨衝急未信奇,

　　　　　　今朝一戰息戈甲[1],

　　　　　　交鋒自有天神庇。

甘　寧
蘇　龍　（同白）呔!東吳人馬聽者,俺們來衝寨也!

　　　　（唱）【前腔】

　　　　　　急支持如何對敵!

　　　　　　急支持如何對敵!

（丁奉、潘璋駕舟水戰,起打。蘇龍下。同甘寧戰,起打介。丁奉、潘璋敗下。四將上,水戰。甘寧上介,追拉下。凌操上）

凌　操　（白）呔!俺凌操在此!你是何處野漢[2],敢來衝擊水寨?

甘　寧　（白）呔!俺是甘興霸。多不相認,招傢伙!

（混戰介）

甘　寧　（白）呔!哪裏走!

　　　　（唱）【收江南】

　　　　　　這的是天開奇錯呵,

　　　　　　問從來亘古幻差遲。

　　　　　　却原來暗施威,怎陪提。

（鄧龍、張鳳、蘇龍追孫權,衆逃介）

凌　操　（白）咄！甘興霸，枉爲一身武藝，怎不降俺東吳，反屈身從賊？
甘　寧　（白）咄！凌操休得饒舌！俺甘寧呵，
　　　　（唱）【前腔】
　　　　　　這言詞怎提，
　　　　　　這言詞怎提，
　　　　　　休道是無禮義，却怎知。
　　　　（起打。衆將、凌操敗下。甘寧追下）

校記

［1］今朝一戰息戈甲："甲"字，原本筆誤作"里"。今改。
［2］你是何處野漢："漢"字，原本作"汗"。今改。下同。

第 十 六 場

（凌統上）
凌　統　（唱）【僥僥令】
　　　　　　戰鼓喧聲異，
　　　　　　將士多遭弊。
　　　　（內喊介）
凌　統　（唱）【前腔】
　　　　　　遙望軍聲年盡忌，
　　　　　　諒彼軍勝我奇。（下）
　　　　（甘寧、凌操上，起打介。凌操下水介。甘寧拉起，刀殺凌操介。四文堂上，抬屍急上，抬屍下。凌統、甘寧殺介。抄水。水內打介。丁奉、潘璋、程普、黃蓋上，救起，同下。蘇龍、衆上，甘寧上）
甘　寧　（白）咄！賊衆哪裏走！
　　　　（唱）【沽美酒】
　　　　　　趣東吳非戰齊，
　　　　　　趣東吳非戰齊。
　　　　　　梁上客，起能追，
　　　　　　不足寒繳取有餘。
　　　　　　劍與戟挾相知，

平等將趕追騎。

（眾同下）

第 十 七 場

（孫權原人凹門上）

孫　權　（白）棄舟上岸逃避！

（蘇龍、眾追上，望介，追下）

第 十 八 場

（蘇龍、眾原人上）

蘇　龍　（白）東吳人馬棄舟逃走，就此收兵！

　眾　　（同白）今日之戰，若非甘將軍，怎得大獲全勝！

甘　寧　（白）豈敢！仗列位虎威！

　　　　（唱）幾載來穿窬行竊，

　　　　　　　全在那暗中裏地。

　　　　　　　今日個戰場盛勢[1]，

　　　　（白）俺呵，

　　　　（唱）再不料今朝事。

　　　　　　　奇遇賊堪濟，

　　　　（白）呀！

　　　　（唱）全憑俺施威猛，立功報旗！

　眾　　（同白）人馬收回！

　　　　（駕舟同下）

校記

[1] 今日個戰場盛勢："勢"字，原本作"世"。今改。

二 本

第 一 場

（黃祖上）

黃　　祖　（白）咳，好生愁悶人也！
　　　　　（唱）【宜春令】（起板）
　　　　　　　思量起，愁奈何，
　　　　　　　一慮我軍畏怯風波。
　　　　　　　四海亂荒，爭名奪利全不顧。
　　　　　（陳就接上）
陳　　就　（唱）【前腔】
　　　　　　　念前行，白璧無瑕怎全得，
　　　　　　　有污傳播。
　　　　　（白）主帥！
黃　　祖　（白）陳就少禮。蘇龍領著甘寧會戰東吳，未知勝敗如何了[1]？
陳　　就　（白）此去出戰，必定全勝班師[2]。
黃　　祖　（白）為何？
陳　　就　（白）主帥，你難道不知，那甘寧久在江河為盜，大江之中，如登平地。他搖著銅鈴，賊眾蜂擁而至，江海之中多稱為"錦帆賊"。
黃　　祖　（白）吓！那甘寧是個劫江賊，如若得勝，怎好封官授職？
　　　　　（唱）【前腔】
　　　　　　　他回頭終身有累，
　　　　　　　怎得安和？
陳　　就　（白）這——，主帥，這有何難？倘若敗陣而回，將他誅戮；如若得勝，待再建功勞，一並升賞，將他收下，豈不兩全其便？
　　　　　（唱）【前腔】
　　　　　　　他敢胡行鬧兵，
　　　　　　　抖諒他行暗箭怎躲？
　　　　　　　穿窬劫奴，平空怎受官與祿？
　　　　　　　勸君家休整威摸，

掃滅盡烟塵四顧。

黃　祖　（唱）他回頭終身有累，

　　　　　　怎得安和？

　　　　（內衆白："衆將回營！"鄧龍、張鳳、楊勝、甘寧上介。四文堂一字。蘇龍上）

蘇　龍　（念）【引子】

　　　　　　復戰勝軍威，

　　　　　　感蒼生幸得雄幃。

衆
蘇　龍　（同白）主帥！

黃　祖　（白）列位將軍，勝負如何？

蘇　龍　（白）仗主帥虎威，東吳將士盡皆棄甲拋戈而逃。大獲全勝，特來交令！

黃　祖　（白）且記上功勞簿；告知劉表，一同升賞！

　衆　　（同白）謝主帥！

黃　祖　（白）各自回營，歇息去罷！

　衆　　（同白）謝帥爺！（下）

蘇　龍　（白）啓主帥：今日之勝，全仗甘寧奮勇當先，輪戰交鋒，傷彼先行凌操，將士不計。此乃第一功，望主帥論功昇賞！

黃　祖　（白）吓，如此，先發軍糧，待建立大功，再行封官授爵。

陳　就　（白）吓，甘寧，謝了主帥。且到蘇營中少待。

甘　寧　（白）如此。多謝！咳！

　　　　（念）身遭屈膝誤投主，

　　　　　　枉自英名貫九州。

　　　　（白）咳！（下）

蘇　龍　（白）哎呀，主帥！他建此大功，怎不封官賜爵，以結其心[3]？

　　　　（唱）【東甌令】

　　　　　　他是英雄漢，在江湖，

　　　　　　正直勇人世却無。

　　　　　　伊行刻薄怎奈何，

　　　　　　試把人欺負。

黃　祖　（白）衝鋒打仗，自有大將、三軍，誰叫你叫那錦帆賊出戰？

蘇　龍　（白）吓，他、他、他是錦帆賊？
黃　祖　（白）不是賊，就是大盜！
蘇　龍　（白）啊呀！
　　　　（唱）【前腔】
　　　　　　我一腔心事悶心窩，
　　　　　　此恨怎生磨？
陳　就　（曲內念）蘇將軍，自古小人得志，轉眼害人，反爲不美。
　　　　（接唱）【浣溪沙】
　　　　　　休執性使氣多，
　　　　　　劫江賊臭名四布。
黃　祖　（唱）【前腔】
　　　　　　你一心要把官銜做，
　　　　　　怎安逸少勞事更多。
蘇　龍　（白）啊！
黃　祖　（白）唔！
蘇　龍　（白）咳！
　　　　（唱）【前腔】
　　　　　　我且含糊事般不同人[4]，
　　　　　　方顯出奸計昏度。
　　　　（白）啊哎哎！（下）
陳　就　（白）蘇龍去了。
黃　祖　（白）他去了，好不知分量！錦帆賊如何做得大將？
陳　就　（白）小將備有筵宴，與主帥消遣。
　　　　【合頭】（唱）
　　　　　　豪門戶色般般不同人，
　　　　　　方顯出將士粗疏。
　　　　（笑介）啊哈哈哈！
　　　　（同下）

校記

［1］未知勝敗如何："知"字，原本筆誤作"矢"。今改。
［2］必定全勝班師："班"字，原本作"頒"。今改。下同。

［3］以結其心："以"字,原本作"已"。今改。
［4］我且含糊事般不同人："般"字,原本作"舡",誤。今改。下同。

第 二 場

(甘寧上)

甘　寧　(白)咳,慚愧吓!

(唱)【孝南枝】
　　心頭悶,枉自稱,
　　胸藏秘略誰相問?
　　錯投誤此身,
　　一旦遭屈能。
　　思量怒瞋。

(白)俺甘寧自投蘇龍帳下,不想黃祖昏聵,有眼不視,反輕慢於我。咳!想大丈夫不與王家出力,金帶圍腰,枉著立于人世。也罷,待蘇將軍回營,面告衷曲,再投明主,才如心願也!

(唱)【前腔】
　　走遍天涯,
　　方知誤身。
　　鳥宿枝林,
　　已作失孤群。

(蘇龍上)

蘇　龍　(接唱)【前腔】
　　人謀巧,天作真,
　　錯英雄,混無定。

(白)甘將軍!

甘　寧　(白)將軍!

蘇　龍　(白)吓,甘壯士!下官不能薦舉,惶恐之極[1]。下官有一言,望壯士納聽[2]。

甘　寧　(白)將軍有言,小可一一遵命。

蘇　龍　(白)想你正在青年,當與王家出力。那黃祖非用人之主,

(唱)【前腔】

　　　　他無知,愚強弱淋,
　　　　生性坦腹木入丁。
　　　　恐誤在年青[3],
　　　　枉作有功人,
　　　　我怎捨難甚。
甘　寧　(白)承將軍抬舉,怎奈黃祖不納。俺甘寧再投明主,就此告別去也!
　　　　(唱)【前腔】
　　　　地北天南,
　　　　各持英俊。
　　　　日後重逢,
　　　　報答謝酬恩。
蘇　龍　(白)吓,甘將軍,你此去何往?
甘　寧　(白)待訪得明主,日後相逢,自當恩怨分明。
　　　　【合頭】(唱)
　　　　從今去,鳥擇林,
　　　　再相逢,報分明。
　　　　(白)俺去也!(下)
蘇　龍　(白)咳,好個英雄!他若此去,必往東吳投效,想此江夏難全也!
　　　　(唱)【尾聲】
　　　　堪奇失却明珠珍,
　　　　埋沒英雄暗作驚。
　　　　(白)咳!想我蘇龍已投其主,且盡我之心報效也!
　　　　(唱)【前腔】
　　　　我枉作堅心誤我人!
　　　　(白)咳!(下)

校記

[1]惶恐之極:"極"字,原本作"及"。今改。

[2]望壯士納聽:"納"字,原本作"訥"。今改。

[3]恐誤在年青:"年青"二字,原本作"青年"。失韻。今改。

第 三 場

（周瑜內白："衆將官，緊緊趲行！"）

【排子】四白文堂、四白大鎧、四上手、四大將、周瑜上）

周　　瑜　（唱）【八聲甘州歌】

　　　　　　雄威緊趲，

　　　　　　已傳聞軍敗將亡兵殘。

　　　　　　齊齊接應，

　　　　　　共剿除狂寇度返。

　　　（白）俺，周瑜。奉命鎮守都城，已聞兵敗長江，爲此率領三軍接應我主。衆將緊緊前行！

　　　（唱）急急迎主共向前，

　　　　　　捷奉傳聞片語言。

（四文堂、程普、黃蓋、丁奉、潘璋、凌統、孫權上）

孫　　權　（唱）【前腔】

　　　　　　回天，

　　　　　　衆賢臣原制方還。

　　　（白）哎！

周　　瑜　（白）主公，周瑜接應來遲，死罪死罪！

孫　　權　（白）出軍勝敗，古之常事，于你何罪？

周　　瑜　（白）列位受驚了！

衆　　　　（同白）都督！

凌　　統　（白）吓！都督與列公保護主公先自回郡，俺凌統誓與父報仇，爲國除患！

　　　（唱）【前腔】

　　　　　　斡旋，

　　　　　　一柱擎天[1]，

　　　　　　報父仇與國佑天[2]。

周　　瑜
孫　　權　（同白）小將軍！
　衆

眾　　（同接唱）

　　　　你深藏秘略，

　　　　一身干係非凡。

　　　　良言藥石銘骨鐫，

　　　　社稷乾坤一肩擔[3]。

孫　權　（白）你父為孤出征，身喪賊人之手，是孤之不是。且自殯殮，扶柩歸葬。待修造戰船整雄兵，擒滅黃祖，活捉甘寧，與你父復仇便了。

　　　　（唱）【前腔】

　　　　　心寬，

　　　　　父仇孤定報專歡[4]。

凌　統　（白）是！承主公與列位相勸，敢不遵從？待我回去殯殮爹爹，再行復仇便了。

孫　權
周　瑜　（同白）過來，先同公子回府殯殮凌將軍，照諸侯禮葬！

凌　統　（白）謝主公。

　　　　（念）喬木分開血未乾，

　　　　　　雁行隊散苦慢慢。

　　　　（哭介白）哎呀！（下）

孫　權　（白）呂蒙，命你帶領三軍鎮守湫江界口，以防賊人渡江，小心在意！

呂　蒙　（白）得令！（下）

孫　權　（白）丁奉、潘璋沿江巡視，修造艨艟戰具，留心謹慎！

丁　奉
潘　璋　（同白）得令！（下）

孫　權　（白）程普、黃蓋隨孤回軍。

周　瑜　（白）就此送駕！

　　　　（【排子】領下）

校記

[1] 一柱擎天："一"字之下，原本有"二"字，衍。今刪。"擎"字，原本作"驚"。今改。

［2］報父仇與國佑天："報"字，原本作"保"。今改。

［3］社稷乾坤一肩擔："肩擔"二字，原本作"但肩"。今改。

［4］父仇孤定報專歡："父仇孤"三字，原本作"父孤仇"。今改。

第 四 場

（陳英、錢虎、李禄、甘龍上）

| 陳　英
錢　虎
李　禄
甘　龍 | （同唱）【耍孩兒】
　　　　江劫波涌人似蜂，
（重句唱）
　　　　敢向長江各稱雄。
　　　　光明劍戟無憑縱，
　　　　持戈合戰水助勇。
（重句唱，同唱）
　　　　克日占城立大功，
　　　　方顯錦帆衆。 |

（同白）俺　陳英。
　　　　　錢虎。
　　　　　李禄。
　　　　　甘龍。

陳　英　（白）俺們聚衆爲匪，在此大江之中劫掠爲生，因此江湖上多稱錦帆盜賊，官軍無從緝獲。

錢　虎　（白）二哥[1]，想甘寧大哥自投江夏，意欲出仕皇家，招集我們棄邪歸正，至今杳無音信。

甘　龍
李　禄　（同白）已聞與東吳對壘[2]，大戰數場，未知勝負如何。

陳　英
錢　虎　（同白）想他是義俠之人[3]，倘受官爵，必來邀集我等。

李　禄
甘　龍　（同白）早膳已過，且自下江買賣。

陳　英
錢　虎　（同白）有理[4]！

陳　英 錢　虎 李　祿 甘　龍	（合唱）【前腔】 　　試看俺表中營利， 　　須索要努力稱鋒。

（持槳下）

校記

［1］二哥："哥"字，原本作"歌"。今改。下同。

［2］已聞與東吳對壘："與"字，原本漏。今依文意補。

［3］想他是個義俠之人："人"字，原本漏。今補。

［4］有理：原本作"有禮"。今改。

第 五 場

（甘寧上）

甘　寧　（白）俺羞慚怒氣，

　　　　（唱）【降黃龍】

　　　　　　點滴在心頭！

　　　　　　何必投軍醉迷心，

　　　　　　惶怕人羞。

　　　　　　變遷誰受？

　　　　　　恩深處，故土遺忘。

（白）俺欲棄邪爲正。效力皇家。不意黃祖十分輕慢，爲此別了蘇龍，仍歸故土。弟兄們一會，再行計較。

（唱）【前腔】

　　　俺是忠心一身許主，

　　　他錯認隨波逐浪。

（白）來此已是蘆葦深處。待俺搖着銅鈴，聚衆而來。

（唱）【前腔】

　　　響銅鈴聚集金蘭，

　　　俠氣傳芳。

（陳英、李祿、錢虎、甘龍提鐧乘舟兩邊上）

陳錢李甘	英虎禄龍	（白）吓！甚麽人在此窺探？
甘	寧	（白）俺甘興霸在此！
陳錢李甘	英虎禄龍	（同白）原來是大哥回江了！（上岸）大哥，聞你在江夏黄祖麾下，想必立下功勞，招集俺們麽？
甘	寧	（白）咳，要說起那黄祖呵！

（唱）【前腔】
　　一別去充投，
　　有蘇龍款留[1]。
　　正欲矛戈相持，
　　全捷不授禄，
　　反自招尤[2]。
　　慚惶[3]，
　　想俺忠直一心爲主，
　　豈料他輕視輕將。

陳錢	英虎	（同白）亦然如此，何不殺這狗男女！
甘	寧	（白）俺欲起此念，怎奈蘇龍面上，怎好下手？因此回來，與衆位弟兄一會，另投其主，誓報此怨，才如心願也！

（唱）【前腔】
　　立功勳名垂竹帛，
　　萬古流芳。

李甘	禄龍	（同白）大哥立志如此。聞得東吳命吕蒙守鎮湫江界口，不如且投東吳，倘遇機變，也好報此怨恨。
甘	寧	（白）只是俺前次出戰，已傷他先鋒凌操，已結仇怨，怎好前去？

　　（滚）戈矛已相向，
　　（唱[4]）仇怨怎輕放。
　　　　雅地天南朝夕持戈向，
　　　　此身爲國放身輕放。

陳 英 錢 虎	（同白）大哥放心，這是各爲其主。況東吳敬賢禮士，豈記前仇？
衆	（同唱）同行去，轉櫓槳，重稽顙。
陳 英	（白）請大哥下船，同至湫江去者！

    （唱）【尾聲】

      天時已向東吳道，

      料黃祖輕輕歸壤。

    （下船介）

甘　寧　（白）列位賢弟，俺甘寧呵，

    （唱）【前腔】

      做一個奮臂螳螂車要擋！

    （同下）

校記

［1］有蘇龍款留："款留"二字，原本作"留款"，失韻。今改。

［2］反自招尤："尤"字，原本作"由"，誤。今改。

［3］慚惶："慚"字，原本誤作"漸"。今改。

［4］唱：原本無。今依文意補。

第 六 場

（四白文堂、四白大鎧，周瑜紮甲冑、金冠、雛雞翎，上）

周　瑜　（念）【引子】

    秘略胸藏，

    難逢奇男志霄漢，

    可並衝天。

    帷幄參玄理深，

    機謀預悉謀堅。

  （念）多慚未報主人恩，

    霄漢常懸捧日心。

    北極朝廷終不改，

    西山寇盜莫相侵。

（白）俺，周瑜，字公瑾。只因日前吾主兵敗長江，狼狽回都，使俺色羞甚恥。因此醉歸本邑，操練水軍陸將，以報前怨。若不掃除黃祖[1]，怎見先主於泉下，報效知遇之恩也[2]！爲此整頓三軍，候主發兵[3]。大小三軍，將人馬撤往東吳去者！

（【泣顏回】【排子】下）

校記

［1］若不掃除黃祖："若"字，原本作"著"。今改。
［2］報效知遇之恩也："報效"二字，原本作"放報"。今依文意改。
［3］候主發兵："發"字，原本作"伐"。今改。

第 七 場

（四小太監站門上。孫權披風帽，玉蟬冠上）

孫　權　（唱）【解三酲】
　　　　振雄兵向長江討亂，
　　　　戈矛將褚武除强。
　　　　指望重安泄怨，
　　　　邦家莫樂舜日與堯天[1]。
（白）吾，孫仲謀。承父兄基業，占據東吳，發兵征討黃祖，因遭大敗。咳！想孤若不把前怨削除，怎好對得泉下父兄之面！
（唱）削平定亂非容蚓，
　　　妄動刀兵事不全。
（白）日有報來。說公瑾日夕操演水軍，指日興兵復仇。想孤有心腹，何愁黃祖不滅！
（唱）【前腔】
　　　方能戰，
　　　無奈是已成羽翼，
　　　恐討徒然。
（大太監上）

大太監　（白）啓千歲：周都督在朝房候駕臨軒。

孫　權　（白）如此，宣進來。

大太監　（白）都督有請！
　　　　（周瑜上）
周　瑜　（念）有志能襄匡社稷，
　　　　　　　無能羞得息干戈。
　　　　（白）千歲在上，周瑜參見！
孫　權　（白）少禮。請坐！
周　瑜　（白）謝坐！
孫　權　（白）吓，公瑾，聞你朝夕操演水軍，可曾熟練否？
周　瑜　（白）臣不才，效犬馬之勞，終日操演三軍呵，
　　　　（唱）【前腔】
　　　　　　勝負軍天成數定，
　　　　　　惡貫盈時及何殞。
　　　　　　不然徒勞三軍，
　　　　　　應諸軍隊奈何成。
孫　權　（白）幾時興兵？
周　瑜　（白）自古兵貴神速，何待幾時？
　　　　（唱）【前腔】
　　　　　　天時地利同相應，
　　　　　　急速行軍事有成。
孫　權　（唱）【前腔】
　　　　　　何須迅忙傳令[2]，
　　　　　　捷速整頓，
　　　　　　按理三軍。
　　　　（呂蒙上）
呂　蒙　（念）徒勞爭戰反成敵，
　　　　　　　重開雲霧見天顏。
　　　　（白）臣呂蒙參見千歲！
孫　權　（白）少禮。
呂　蒙　（白）謝千歲！啊，都督！
周　瑜　（白）呂都尉！
孫　權　（白）看座！
呂　蒙　（白）告坐！

孫　　權　（白）命你鎮守湫江口，何得擅離要地？

呂　　蒙　（白）湫江界口命丁奉、潘璋代守。與主公得一大將，未知容納否？

孫　　權　（白）卿得大將，何許人也？

呂　　蒙　（白）臣把守龍湫水口，忽有黃祖部下甘寧前來投降主公。

孫　　權　（白）日前交戰，傷我先行凌操，此來莫非詐乎？

周　　瑜
呂　　蒙　（白）這是各爲其主，請勿疑忌。

呂　　蒙　（白）那甘寧因黃祖待其甚薄，故引衆投效，請勿見疑。

　　　　　（唱）【三學士】
　　　　　　　少兒郎青年壯英，
　　　　　　　戰長江請自觀奮。
　　　　　　　除強滅寇掌中定，
　　　　　　　克全師在此征。

周　　瑜　（白）若得甘寧堅心投效，黃祖必擒也！

孫　　權　（白）現在何處？

呂　　蒙　（白）現在端門，不敢進見。

孫　　權　（白）宣他進見。

呂　　蒙　（白）千歲有旨，宣甘寧進見！

　　　　　（甘寧上）

甘　　寧　（念）蛟龍歸大海，
　　　　　　　縱虎入深山。
　　　　　（白）甘寧叩見千歲！死罪死罪！

孫　　權　（白）甘將軍請起！

甘　　寧　（白）謝千歲！

呂　　蒙　（白）見了都督。

甘　　寧　（白）都督大人！

周　　瑜　（白）少禮！

孫　　權　（白）甘將軍既心歸順，願欲兵除劉表、滅黃祖，掃蕩荆襄，可敢領兵攻打頭陣麼？

甘　　寧　（白）甘寧受黃祖輕賤，敢馳前隊，掃蕩妖氣！

孫　　權　（白）好！即封爲前軍校騎。呂蒙過來，領甘將軍更換盔甲，以助威風！

甘　寧　（白）謝主千歲！

　　　　（甘寧、吕蒙同下）

孫　權　（白）即煩公瑾帶領程普、黄蓋、董襲、吕虔，水陸軍兵，齊下校場，點兵發將。孤專望捷音。

　　　　（唱）【三學士】

　　　　　　揚旌旗艨艟備征，

　　　　　　戰長江自顯威靈。

　　　　　　此行若得鱗腰正，

　　　　　　指日早見捷音。

周　瑜　（白）主公放心，俺周瑜若不早除巨寇，怎顯俺公瑾之名也！

　　　　（唱）【前腔】

　　　　　　威名從此聲名振，

　　　　　　其克捷報佳音。

　　　　（同下）

校記

［1］邦家莫樂舜日與堯天："舜"字，原本作"升"。今依文意改。

［2］何須迅忙傳令："迅"字，原本音假誤作"遜"。今改。

第　八　場

（凌統上）

凌　統　（唱）【刷子芙蓉】

　　　　　　五内氣烈充，

　　　　　　令人直透豪氣猛勇。

　　　　　　見萬丈旌旗，

　　　　　　猶還兀地交鋒。

　　　　（白）俺，凌統。自把爹爹殯殮，打點復仇。已聞甘寧前來投效，我主敕爲校騎，今日點兵發將。喂呀！我想君父之仇，不共戴天。若不除此賊，怎顯俺東吴名將！呵呀，爹爹呀！孩兒今日與你復仇也！

　　　　（唱）【前腔】

　　　　　　沖沖，
　　　　　　思我父其全開業創，
　　　　　　慚兒裔無能成用。
　　（內鼓聲介）
　　（白）呀，你看畫角齊鳴，催軍發將，俺且緊緊前去。
　　（唱）【合頭】
　　　　　　雄威猛，看仇人眼紅，
　　　　　　問今朝誰家對敵持相迸。（下）
　　（甘寧上）
甘　寧　（念）意氣相授身顯揚，
　　　　　　掌珍久矣在長江。
　　　　　　身騰耀日重開霧，
　　　　　　貫甲千秋征戰場。
　　（白）俺，甘寧。承蒙不棄，即為開路先行，掃蕩荊襄。今日點兵發將，只得在此伺候。
　　（程普、黃蓋、董襲、呂虔、呂蒙、四將同上）
眾　　　（唱）【普天芙蓉】（【大排子】）
　　　　　　立朝訓，英名重，
　　　　　　東吳地，由人擁。
　　　　　　德政歌到處傳頌，
　　　　　　明正法敢不威容！
甘　寧　（白）列位將軍，甘寧見禮！
眾　　　（同白）不敢！將軍，吾等有禮！
呂　蒙　（白）都督降臨，小心伺候！
　　（四白文堂、四白大鎧凹門上。吹打介）
眾　　　（同白）參見都督！
周　瑜　（白）站立兩旁！眾將可曾到齊？
眾　　　（同白）俱已到齊。
周　瑜　（白）程普、黃蓋各駕艨艟，衝其水寨，待彼追至大江，自有接應。休違吾令！
程　普
黃　蓋　（同白）得令！（同下）

周　　瑜　（白）董襲、呂虔，你二人艨艟之上，多裝火具，兵勇四十名持硬弩火箭，待彼追來，一齊發出，勇力追趕，留心在意！

董　　襲
呂　　虔　（同白）得令！（同下）

周　　瑜　（白）甘寧聽令！

甘　　寧　（白）在！

周　　瑜　（白）命你作為嚮導，在陸地，候我軍追至江邊，俱看火光一起，領隊衝殺，聽我吩咐！

（唱）【錦纏芙蓉】

駕青驄，

緊追黃祖軍梟雄。

休脫走孽種，

只一戰，千載德祿恩榮。

休戀舊時交朋，

其得勝今日奏功。

甘　　寧　（白）都督吩咐，敢不遵令而行。俺甘興霸此去呵！

（唱）【合頭】

直向猛，效皇家奏封，

按不住一腔熱血帶泣紅！

周　　瑜　（白）如此，小心在意！

甘　　寧　（白）得令！

（凌統上，看介）

凌　　統　（念）怒氣衝天志，

仇人對面逢。

（白）呀，看他應令在先，我且候他行令出來。

（甘寧出門介）

凌　　統　（白）呔！甘寧看劍！

（甘寧空手破落劍介。凌統奪將官手內槍。眾驚介，看介，白周瑜介。呂蒙作勸拉介）

周　　瑜　（白）咦！俺奉主之命，發兵點將，爾敢亂我軍威！推出去斬了報來！

眾　　將　（應，同白）住了！哎呀，都督吓，自古殺父之仇，不共戴天。

周　瑜　（白）你只知與父報仇，怎不知各爲其主？那甘寧投效東吳，與國輸勞，公私兩便麼！

　　　　（唱）【雁過芙蓉】
　　　　　　言衷，一爲人子定宗，
　　　　　　公私就重還故封。
　　　　（接唱）【前腔】
呂　蒙　　　陰謀不得稱風縱，
甘　寧　　　獲全義，喪刀鋒。
　　　　　　他無窮忠義，田橫身縱。

呂　蒙　（白）凌統雖亂軍陣，念他孝心一點，年幼無知，望都督饒恕他罷！
周　瑜　（白）念在衆將求情，將他叉出營門！
凌　統　（白）吓！甘寧吓甘寧！少不得有日會你！
　　　　（念）軍政無私曲，
　　　　　　父仇要保全。（下）
周　瑜　（白）待俺得勝回來，奏主定奪！
　衆　　（同白）還請息怒。
周　瑜　（白）甘寧遵令而行！
甘　寧　（白）得令！
周　瑜　（白）呂將軍，齊至江口，下艨艟去者！
呂　蒙　（白）衆將齊下戰船，直奔夏口！
　　　　（衆領下）

第　九　場

（張鳳帶刀上，四下手。【水底魚】）

張　鳳　（白）俺，張鳳。奉蘇帥將令，命俺帶領軍士，長江巡緝，恐防東吳劫奪過來。把艨艟一字排開者！
　　　　（【排子】下）

第　十　場

（四長槍手、程普、黃蓋同上）

程　普 黃　蓋	（同白）俺，
程　普	（白）程普。
黃　蓋	（白）黃蓋。
程　普	（白）將軍你看，艨艟密密，軍卒紛紛。就此衝殺過去！

（張鳳原人上，起打。程普、黃蓋敗下）

張　鳳	（白）賊人敗走，就此追趕！

（同下）

第 十 一 場

（四弓箭手、董襲、呂虔上。【急三槍】）

董　襲	（白）將軍，你我待守大江，等候追兵，將火箭射出。就此準備者！

（張鳳追程普、黃蓋上。放箭介。張鳳眾逃下，眾追下）

第 十 二 場

（四文堂、陳就、楊勝上）

陳　就	（白）今有東吳劫寨，吾等火速接應者！

（張鳳過場，即下。程普眾追過場。煙火介）

陳　就	（白）看火焰滿江，想必賊人縱火也！

（程普、呂虔、黃蓋追陳就、楊勝，射箭介。煙火。眾逃只同下介）

第 十 三 場

（周瑜原人上，呂蒙同上。【排子】程普眾原人上）

眾	（同白）賊人敗往夏口去了！
周　瑜	（白）過江已經有準備，眾將就此過江，上岸抄賊人巢穴去者！

（同下）

第 十 四 場

（甘寧、陳英、李禄、甘龍、錢虎同上）

甘　寧　（白）列位，你我奉命已過大江，在此等候。衆弟兄，大家迎上前去！
　　　　（陳就、楊勝、張鳳上岸介）
甘　寧　（白）呔！賊衆休走，俺甘寧在此！
楊　勝
　衆　　（同白）哎呀！
　　　　（起打。楊勝敗下。追介。周瑜衆原人上）
甘　寧　（白）賊衆敗逃，請令定奪！
周　瑜　（白）帶領本部人馬，追擒黃祖，不得有誤！
　衆　　（同白）得令！（同下）
周　瑜　（白）衆將官，四面攻打者！
　　　　（衆領下）

第 十 五 場

（八手下、蘇龍、鄧龍、黃祖上）
黃　祖　（白）某，黃祖。前者得勝東吳，已申奏劉表。近聞甘寧已投孫權，
　　　　　　　諒必伏在那，故命軍將沿江巡視，未見回報。
　　　　（報子上）
報　子　（白）報！東吳人馬蜂擁渡江，我軍受敵。報知！
黃　祖　（白）再探！
報　子　（白）得令！（下）
　　　　（鄧龍原人上）
黃　祖　（白）衆將一同殺上前去！
　　　　（甘寧領東吳衆將上。會陣，起打介）
黃　祖　（白）呔！甘寧！孤黃祖在此！
甘　寧　（白）呔！黃祖！仇人相見，分外眼紅。看刀！
　　　　（起打。程普上，蘇龍上介）
程　普　（白）呔！蘇龍早早投降，免其一死！

蘇　龍　（白）休得胡言！看刀！

　　　　（起打，起連環把子。程普擒蘇龍介，下。黃蓋擒鄧龍介。衆押蘇龍、鄧龍下）

第 十 六 場

（黃祖敗上）

黃　祖　（白）哎呀！

　　　　（甘寧上）

甘　寧　（白）呔！黃祖哪裏走！

　　　　（打，黃祖敗下。陳就、張鳳、楊勝上）

三　人　（同白）呔！甘寧勿傷吾主！

　　　　（打，甘寧追下，三人追下）

第 十 七 場

（黃祖上）

黃　祖　（白）哎呀，將士傷殘，今番休矣！

　　　　（【排子】【風入松】甘寧內白："黃祖看箭！"黃祖落馬跌地介。甘寧上）

甘　寧　（白）你還想逃命麼？

黃　祖　（白）我待汝不薄，休得如此！

甘　寧　（白）你將俺"錦帆賊"看承，如何不薄？與我綁了！

　　　　（衆將上，綁介。同下）

第 十 八 場

（周瑜、衆手下原人凹門上。程普押蘇龍上，黃蓋押鄧龍上）

程　普　（白）程普擒得蘇龍，交令！

黃　蓋　（白）黃蓋活捉鄧龍，交令！

周　瑜　（白）乃是二位將軍之功也，吓！

　　　　（甘寧押黃祖上）

甘　寧　（白）小將擒得黃祖，交令！

周　瑜　（白）甘將軍大功也！記上功勞！

三　人　（同白）謝都督！

呂　蒙　（白）啓都督：想此孤城不可守也，且回轉東吳，再行計議。

周　瑜　（白）將軍之言，正合吾意。程普、黃蓋、董襲、呂虔，將黃祖、鄧龍、蘇龍三人先押往東吳。

四　人　（同白）得令！衆將，將他三人押往東吳去者！

（四上手、四下手押只下）

周　瑜　（白）衆將官，就此入城，盤查倉庫去！

（【尾聲】同下）

蔣幹盜書

無名氏　撰

解　題

　　昆曲。清無名氏撰。未見著録。劇寫周瑜觀曹操水軍嚴整精練,知是蔡瑁、張允訓練,心甚憂愁,欲先除蔡、張二人,再破曹操。正憂慮時,忽聞蔣幹過江求見,心中大喜,計上心來,即告張昭所用之計,讓其僞造蔡瑁、張允降書,預置後帳書案。然後請蔣幹入帳,設筵相待,並讓文臣武將同見,但不許談論孫曹爭戰之事。周瑜裝醉,與蔣幹入帳共眠。蔣幹未能説降周瑜,心憂難寐,三更起來,見書案上蔡、張降書,喜而盜走。後又假寐,竊聽到張昭假報蔡、張來降之情。周瑜借機巡營,蔣幹中計逃走。本事見《三國演義》第四十五回《群英會蔣幹中計》一節。明傳奇《草廬記》第三十齣、清傳奇乾隆本《鼎峙春秋》有《醒人反被醉人算》一齣,嘉慶本有《蔣幹盜書》一齣均寫此故事。版本今見《故宫珍本叢刊》昆腔單齣本。該本首頁署"蔣幹盜書總本曲譜",尾頁有"光緒四年(1878)十一月十九日譜板全完"記載,係從《草廬記》析出,改編爲單齣昆曲演出本。有曲譜,舞臺提示甚詳,抄本,無標點。今以該本爲底本標點整理。

　　(扮小軍、將官、二中軍引周瑜上,唱)
　　【接雲鶴】昨觀曹操水軍雄,張蔡深知水利功。
　　(中場設椅,轉場坐科,白)覷覰江東聲勢雄,軍如蟻擁與屯蜂。安能允瑁遭吾計,管取曹瞞一旦空。昨觀曹操水寨,進退有法,出入有門,皆得其妙。吾令人打探,乃是蔡瑁、張允教習水戰,我心甚是膽寒。我想此二人深知水利,若使他訓練精鋭,我江東何日得安?吾欲先除此二人,後破曹操,不知可能遂吾心願否?(生扮張昭上,白)特將機密事,報于都督知。(進見科,白)都督。(周瑜白)子布到此何事?(張昭白)方纔巡江,小校來報,説江北有人至此,是都督故人,名喚蔣幹,特來求見。(周瑜白)蔣幹?(作會意科,白)好説,客到了。吾爲蔡瑁、張允無計可施,蔣幹此來,是二人削刀手到了。子布過來。(周瑜向張昭附耳[1],白)須如此,如此,小心在意。(張昭應,欲行科,周瑜白)子布轉來。再吩咐軍士,蔣幹盜書逃走,不許攔阻,任他自去,快請!(張昭應,作虛白請科,仍從上場門下。蔣幹從上場門上,白)全憑三寸舌,打動故鄉人。(周瑜出門迎接,進見科,周瑜白)子翼兄,遠涉江湖,途路辛苦,辱承光顧,不勝榮幸。(蔣幹白)賢弟威鎮江東,名揚華夏,使吾輩有光,承荷承荷。(場上設椅,各坐科,周瑜白)賢兄此來,莫非與曹公作説客乎?(蔣幹白)賢弟,愚兄與你間闊久矣,故來叙舊,以觀足下之志,何疑吾作説客也?(周瑜白)吾雖不及師曠,已聞兄之雅意。(蔣幹白)足下視吾爲此等人,吾即告退矣。(起科,周瑜止科,白)吾疑兄與曹操作説客耳,既無此心,何速去也?中軍,整備酒席,與吾兄少叙故舊之情。令衆位將軍進見。(中軍應,虛白傳科,張昭引衆扮吕蒙、陸績、周魴、程普、黄蓋、甘興霸、周泰同從上場門上,白)將相本無種,男兒當自强。(作進見科,白)衆將打躬。(蔣幹白)請問衆位將軍上姓。(張昭白)下官張昭。(程普白)末將程普。(吕蒙白)下官吕蒙。(黄蓋白)末將黄蓋。(陸績白)下官陸績。(甘興霸白)末將甘興霸。(周魴白)下官周魴。(周泰白)末將周泰。(周瑜白)衆位將軍,吾與子翼兄同窗學業,相别已久,他雖從事於曹操,實非曹操之説客,衆位勿疑。(衆應科。周瑜白)子翼兄,吾自出兵以來,點酒不聞,今遇心契之友,不妨痛飲一醉。吩咐軍中作樂。(同起,隨撤椅,場上作設筵席桌椅,内奏樂。周瑜白)看酒過來。(中軍遞酒作定席入座科。周瑜白)德謀聽令!今日之酒,凡坐席間者不可言東吳曹操之事。(作付劍科,白)可佩吾劍作個明輔,若有言者即斬。(程普應,作接劍佩科。周瑜白)請!(同飲科。周瑜唱)

【排歌】昔日同窗,勝如嫡親,於今各事明君。暮雲春樹兩離分,邂逅今朝又講論。(衆同唱)(合)鷗盟合,雁得群,交遊從此得歡欣。開懷飲,酒數巡,大家拼醉臉生春。

(周瑜白)看大觥來。(中軍應,作取金斗科。周瑜白)子翼兄,我和你離多會少,每人各飲一百觥。(蔣幹白)賢弟乃滄海之量,吾乃溝壑之渠,不勝酒力。(周瑜白)子翼兄不飲,拿來我喫。(中軍應,作遞金斗,周瑜飲科,白)子翼兄,我和你同窗學業,豈知今日之榮乎?(蔣幹白)以賢弟之高才,誠不爲過也。(周瑜白)子翼兄,大丈夫處世遇知己之主,外託君臣之義,内結骨

肉之親,言聽計從,禍福與共,假使蘇張再世,陸賈重生,口若懸河,舌如利劍,安能動吾心哉。(笑科,命酒連飲科。眾唱)

【又一體】都督威名誰能等,論同窗契友惟君。蘇張舌辯不須論,自此金蘭天下聞。(合)鷗盟合,雁得群[2],交遊從此得歡欣。開懷飲,酒數巡,大家拚醉臉生春。

(周瑜佯醉科,白)德謀取劍來,待我舞劍作歌,以盡今日之歡。(同起,隨撤筵席桌椅科。周瑜白)中軍卸袍。(中軍應,作科,程普遞劍,周瑜接劍舞科,白)大丈夫處世兮立功名,功名既立兮王業成。王業成兮四海清[3],四海清兮天下平。天下平兮吾將醉[4],吾將醉兮舞可停。(中軍接劍科。周瑜白)天色已晚,眾位將軍各歸營寨。(張昭等眾將同從下場門下。周瑜白)中軍秉燭,引我歸帳。(中軍應,持燈小軍、將官引,作繞場到科,中場設床帳,場左設書桌上安書劄,中軍將燈置桌科。周瑜白)回避。(軍應,率小軍、將官從兩場門下。周瑜白)子翼兄,久不與你同榻,今朝抵足而眠,快活快活。(笑科,同蔣幹進帳睡科,扮更夫分執梆鑼燈杆從上場門上,虛白髮髮譚,作睡科,內打三更。蔣幹作悄起出帳科,白)任你掬盡湘江水,難洗今朝一臉羞。我蔣幹指望過江說周瑜投降,不想他心如鐵石。你看他衣不解帶,嘔吐滿床,軍中鼓打三更,聽他鼻息如雷。(作見書劄科,白)桌上甚麼書?殘燈尚明,待我看來。(作取書看科,白)原來是往來書信,"蔡瑁、張允謹封"。(作驚訝科,白)好奇怪,看上面甚麼言詞?待我看來。(作拆看科,周瑜作悄起潛窺,蔣幹念白)"某等降曹非圖仕進,皆勢逼之耳。今已賺北軍困於寨中,但得其便,即將曹賊首級獻於麾下,早晚人到,便有關報。謹此奉復,希冀照察。"(周瑜作喜,復睡科。蔣幹白)阿呀!且住。原來蔡瑁、張允結連東吳造反,不免藏於衣內。(作袖書科。內三更,周瑜佯作囈語,白)子翼兄,我數日之內,叫你看曹賊之首。(蔣幹作急進帳,睡科。張昭從上場門上,作進門揭帳科,白)都督醒來。(周瑜作出帳佯白)床上睡著何人?(張昭白)都督請子翼同寢,何謂不知?(周瑜白)昨夜醉後,不曾說甚麼言語?(張昭白)江北有人至此。(周瑜白)低聲。(作向蔣幹悄叫科,白)子翼,子翼。(蔣幹佯裝鼾齁聲科。周瑜向張昭白)到此何事?(張昭白)張、蔡二位都督道,急切不得下手。(蔣幹作竊聽科。周瑜白)過來,可吩咐來人回去,稟知張、蔡二位將軍,我早晚候二位將軍回音便了。(蔣幹復作睡科,張昭從上場門下。周瑜白)且喜子翼兄睡熟,不免到各寨巡視一番。(向內白)曹操,曹操,叫你金鳳未動蟬先覺,暗送無常死不知。(從上場門下。蔣幹作出帳科,白)且喜

都被我竊聽。且住，我想周瑜是個精細之人，天明尋書不見，必然洩漏。乘他不在，不免潛逃便了。（作出門科）

洩漏兵機非小可，此時不走待何如。

（作撞更夫科，從下場門急下，隨撤床帳、書桌科，更夫虛白譚科，從下場門下）

校記

［1］周瑜向張昭附耳："附"字，原本作"付"。今改。
［2］雁得群："雁"字，原本誤作"爲"。今依前文句改。
［3］王業成兮四海清："四海清"三字，原本漏。今依前文句式文意補。
［4］天下平兮吾將醉："吾將醉"三字，原本漏。今依前文句式文意補。

改　妝

無名氏　撰

解　題

　　昆曲。清無名氏撰。未見著録。劇寫周瑜宴請劉備。劉備知周瑜宴無好宴，心懷詭計，關羽、張飛爭爲隨行保護。關羽改換裝束，扮作馬頭軍，隨劉備前去。本事出於《三國演義》第四十五回《三江口曹操折兵》一節。版本今見《車王府曲本》。該本首頁，題"改妝全串貫"，劇尾有"下接《河梁》"，抄本，無標點。該本與下面的《河梁》實際上是一個戲的前後兩齣。今以該本爲底本，校點整理。

　　　　　　（劉備上）
劉　備　（唱）【引】
　　　　　　軍師一去杳無音，
　　　　　　使我心中愁悶。
　　　　　　（關羽上）
關　羽　（唱）【引】
　　　　　　軍師一去渺茫茫，
　　　　　　（張飛上）
張　飛　（唱）【引】
　　　　　　使我心中惆悵。
劉　備　（白）二弟。三弟！
關　羽
張　飛　（同白）大哥！
劉　備　（白）軍師一去，使我放心不下。
關　羽
張　飛　（同白）大哥放心，吉人自有天相。

（丑扮甘寧上）

甘　寧　（念）奉領都督命，
　　　　　　　前來下請書。
　　　　（白）來此已是。裏面有人麼？

付　　　（白）甚麼人？

甘　寧　（白）周都督差人下書。

將　　　（白）少待。（回白）啓上皇叔：周都督差人下書。

劉　備　（白）著他進見！

將　　　（白）啊！下書人呢？皇叔著你進見！
　　　　（甘寧進介）

甘　寧　（白）皇叔在上，甘寧叩頭！有書呈上。

劉　備　（白）接上來！
　　　　（劉備看介）

劉　備　（白）知道了，下書人，我這裏修書不及，原書發回，明日帶領四十名
　　　　　　　馬頭軍，親自過江赴會。
　　　　（甘寧應，下）

關　羽
張　飛　（同白）大哥，書上怎麼道？

劉　備　（白）周瑜請劣兄過江赴會。這廝詭計多端，須得一人保我前去，方
　　　　　　　保無事。

張　飛　（白）這等待小弟保大哥過江赴會。

關　羽　（白）三國之中，哪個不認得你是黑臉張飛？待小弟保大哥過江
　　　　　　　赴會。

張　飛　（白）你可怎麼樣呢？

關　羽　（白）劣兄自有改扮。人來！看便衣伺候！
　　　　（唱）【新水令】
　　　　　　卸征袍，換上小戎裝，
　　　　　　解征衣，氈笠兒將蠶眉罩上。
　　　　　　皺眉遮住臉，
　　　　　　繡袋把鬢囊。
　　　　　　短劍身藏，
　　　　　　扮作個馬頭軍的模樣，

扮作個馬頭軍的模樣。

（起吹。關羽換衣介）

關　羽　（白）三弟，你看劣兄改扮如何？

張　飛　（白）這是甚麼嘴臉？二哥還是商量才是。

關　羽　（白）三弟！

（唱）【駐馬聽】

不用商量，不用商量，

俺在那酒席筵前詐顛狂，

大丈夫自有江湖量。

（四卒上）

卒　　（白）馬頭軍叩頭！

關　羽　（白）多少名？

卒　　（白）四十名。

關　羽　（白）少去一名，把你老爺算在其內。去到那裏，酒要少吃，事要多制。

（唱）關心事，緊緊防，

漢雲長單保駕赴河梁，

似樊噲要把鴻門闖，

似樊噲要把鴻門闖！

劉　備　（念）周瑜請我過江東，

此去不知吉和凶。

關　羽
張　飛　（同念）周瑜總有千般計，

劉　備
關　羽
張　飛　（同念）難脫吾曹一掌中。

（分下）

河　梁

無名氏　撰

解　題

　　昆曲。清無名氏撰。未見著錄。劇寫關羽扮馬頭軍隨劉備過江赴宴。筵宴時,關羽飲周瑜賞馬頭軍之酒,但心甚警覺,捉住東吳將領甘寧,審知周瑜欲下手毒害劉備。關羽闖上筵席,亮出姓名,鎮住周瑜,讓其打開鎖船之鎖,護送劉備安全返回。本事出於《三國演義》第四十五回《三江口曹操折兵》一節。版本今見《清宮昇平署檔案集成》第六十册《河梁赴會》串關與《河梁赴會》總本兩種、《故宮珍本叢刊·河梁會》曲譜、《車王府曲本·河梁》全串貫。各本情節基本相同,曲白有異,均爲抄本,無標點。今以《車王府曲本》爲底本,參考其他本校點整理,擇善而從。

　　　　（周瑜上）
周　瑜　（唱）【引】
　　　　腰懸寶帶緊束腰,
　　　　大戰江東荷聖朝。
　　　　（念）三尺龍泉萬卷書,
　　　　老天生我意何如?
　　　　山東宰相山西將,
　　　　彼丈夫兮我丈夫。
　　　　（白）下官周瑜。已曾差甘寧去請劉皇叔,這樣時候,不見到來。
　　　　（丑扮甘寧噉上）
甘　寧　（念）去時一身汗,
　　　　回來兩脚塵。
　　　　（白）都督在上,甘寧打躬!

周　瑜　（白）甘寧，我命你請得劉皇叔，怎麼樣了？
甘　寧　（白）請下了。少時就到。
周　瑜　（白）帶領多少人馬？
甘　寧　（白）只帶得四十名馬頭軍。
周　瑜　（白）這等，聽我吩咐；前堂排筵宴，後寨設伏兵，金鐘三下響，要擒姓劉人！
　　　　（同下。吹介。四水卒引生扮劉備、淨扮關羽同上。住吹介）
劉　備　（唱）【風入松】
　　　　河梁設宴緊相邀，
　　　　慢搖船，
四　卒　（鼓中應白）啊！
劉　備　（唱）兄與弟商量計較。
關　羽　（白）大哥！
劉　備　（白）二弟！
關　羽　（白）有話不在軍中商議，來此半江之中，商量甚的而來？
劉　備　（白）二弟，我想周瑜七歲攻書，九歲學法，一十三歲拜爲水軍都督元帥。
　　　　（唱）料此去，宴無好宴，
　　　　會無好會了。
　　　　二弟！
關　羽　（唱中白）大哥！
劉　備　（唱，連着前句）
　　　　怕只怕周郎計巧，
　　　　怕只怕周郎計巧。
關　羽　（唱）【前腔】
　　　　將在謀而不在勇，
　　　　兵在精而那用多？
　　　　自古道：
　　　　一人拼命，
　　　　萬夫難擋了。
　　　　（白）大哥！
劉　備　（唱中白）二弟！

關　羽　（唱，連著前句）
　　　　　　說甚麼周郎計巧。
　　　　　　憑着俺挺身前去，
　　　　　　哪怕他百萬英豪！
　　　　　　筵前無事，干休罷了。
　　　　　　倘有些動靜差池，
　　　　　　詭計多端，怎擋俺劍下無情，
　　　　　　衣袂囊中取出一把鞘裏刀！
　　　　　　兄合弟走這遭，
　　　　　　河梁會上逞英豪。
　　　　（起吹）
水　卒　（吹中白）有人麼？
　　　　（甘寧上）
甘　寧　（答白）甚麼人？
　卒　　（白）劉皇叔到來！
甘　寧　（白）少待。都督，有請！
　　　　（周瑜上）
周　瑜　（白）作甚麼？
甘　寧　（白）劉皇叔到了。
周　瑜　（白）道有請！
　　　　（甘寧見卒，卒見劉備，俱說："道有請！"卒、關羽下。住吹）
周　瑜　（白）不知皇叔到來，未曾遠迎，多有得罪！
劉　備　（白）好說！輕造虎寨，多有得罪！
周　瑜　（白）皇叔請上，下官有一拜！
劉　備　（白）孤窮也有一拜！
周　瑜　（念）百萬曹兵下大江，
　　　　　　　要吞江左定荊襄。
劉　備　（念）都督若聽軍師語，
　　　　　　　管叫曹瞞拱手降。
周　瑜　（白）甘寧，看酒來！
甘　寧　（白）擺下了。
　　　　（卒上）

卒	（同白）馬頭軍叩頭！
周　瑜	（白）甘寧，問他們多少名。
甘　寧	（白）嗳，你們多少名啊？
卒	（白）四十名。
周　瑜	（白）賞他們豬首、饅首、一罐酒。
甘　寧	（白）朋友們，都督賞你們的，拿了一邊兒吃去。
卒	（白）謝爺賞！
	（卒起介。關羽上）
關　羽	（白）甚麼東西？
卒	（白）豬首、饅首、一罐酒。
關　羽	（白）豬首、饅首拿去，將酒留下。
	（卒應介，下）
甘　寧	（白）哎，朋友們，落了酒去咧！
關　羽	（白）他們不會吃酒，咱家會飲。
甘　寧	（白）怎麼者，他們不會吃酒，你哪會飲？我瞧你哪，這麼紅撲撲兒的，倒像個會喝酒兒的，待我取個大大的傢伙兒來敬你哪。 （取鑼介）你哪瞧，這個傢伙兒如何？
關　羽	（白）斟來！
甘　寧	（白）哦，斟來。打去泥頭，噔、噔、噔！請啊，你哪！
關　羽	（白）我且問你，昨日到俺那裏請宴，可是那個去來？
甘　寧	（白）就是我去的，你哪。
關　羽	（白）俺那裏事忙，不曾款待與你，今日借你家的酒，咱家的手，來來來，先敬你一杯！
甘　寧	（白）我不會喝，你哪。哎喲，哎喲！說了不會喝，掐着脖子硬灌！
關　羽	（白）斟來！
甘　寧	（白）哦，斟來。噔、噔、噔！該你哪咧。
	（關羽飲）
甘　寧	（白）慢些飲。
關　羽	（白）再斟來！
甘　寧	（白）哦，再斟來。噔、噔、噔！請啊，你哪！
	（關羽又飲完介）
關　羽	（白）再斟來！

甘　寧　（白）哟，還斟，好大量！噔！哎，朋友，四十人的酒，你哪一個人兒都喝咧。還斟，朋友，你好口頭饞哪！

關　羽　（白）唔！

（念）【川撥棹】

你道俺口頭饞

（唱）心胸朗，

天生成大肚皮，

虎食狼餐。

甘　寧　（鼓中白）你是個酒囊。

關　羽　（唱）恁道俺是酒囊，

甘　寧　（鼓中白）你是個飯囊。

關　羽　（唱）又道俺是飯囊。

傾百斗，爛醉何妨？

非是俺大膽言狂，

（白）覷着你河梁會上的酒，

（唱）不夠俺充饑、充饑飯一餐！

甘　寧　（白）怎麼著，河梁會上的酒不夠你充饑飯一餐？且慢說河梁會上的酒，就是那些鹹雞臘鴨子，給了你吃，不給你水喝，渴也就渴殺你咧！

關　羽　（唱）俺若是渴時節，

鯨吞了江流海淵，

鯨吞了江流海淵！

（關羽下）

周　瑜　（白）筵前有酒無令不成歡，請皇叔發一令，大家暢飲。

劉　備　（白）孤窮不能，還是都督請！

周　瑜　（白）要一個"相鬥智，知誰是，兩相持，單得利"，不許重言。

劉　備　（白）道得來？

周　瑜　（白）門面杯；

劉　備　（白）道不來？

周　瑜　（白）罰一角觴。

劉　備　（白）誰先誰後？

周　瑜　（白）皇叔先，下官落後。

劉　備	（白）	僭了！
周　瑜	（白）	請！
劉　備	（白）	秦楚二家相鬥智，秦強楚弱知誰是；任他秦亡楚也亡，我祖高皇單得利。
周　瑜	（白）	誰不知令祖是高皇？太誇獎了！甘寧，敬酒！

（打鍚介。關羽上）

關　羽　（白）金鐘一響，其中必有埋伏，待某上去見個動靜。
周　瑜　（白）甘寧，甚麼人？
甘　寧　（白）劉爺的馬頭軍。
周　瑜　（白）著他下去！
甘　寧　（白）哎，朋友，上頭怪下來咧，下去！你不下去，我就推咧。我說推，我可就推，我推，唔！推不動，我搡。我說搡，我可就搡，我搡，唔！喲，推又推不動，搡又搡不動，莫非你哪底下紮住根咧？
關　羽　（念）恁那裏盡着力，
　　　　（唱）將俺搡，
　　　　　　俺本是抬不起、扛不動的金剛樣！
甘　寧　（白）哎，朋友，你這個話說錯咧。我家爺好意請你家爺吃酒，你吃的這麼醉醺醺兒的站在席前，金剛咧，羅漢咧，你家爺去後，我家爺豈不難爲與我？有朝一日，你家爺請我家爺吃酒，我也吃的這麼醉醺醺兒的，我不能金剛羅漢，我鬧個判官、小鬼兒不咱，我家爺去後，你家爺豈不難爲與你？將心比心，都是一理。哎，朋友，你想想。
關　羽　（白）陪個笑臉，俺便下去。
甘　寧　（白）我殺個雞兒你哪吃。哏、哏、哏！
關　羽　（白）閃開！
　　　　（唱）且作個裝啞呆癡，
　　　　　　裝啞呆癡立下廊，（通兒）
　　　　　　冷眼兒覷著他有甚麼別勾當。
　　　　（白）周郎啊周郎！
　　　　（唱）【雁兒落】
　　　　　　你待要鴻門設宴困高皇，

怎知俺大將樊噲立在邊廂。
這壁廂擺列下先鋒將，
玳瑁筵前假列着紅粉妝。
看戈甲旗槍，
看戈甲旗槍擺列在中軍帳，
俺這裏識破機關，看破行藏，
等待要擊金鐘，下手強。
擊金鐘，下手強。

（關羽下）

劉　備　（白）令到都督了。

周　瑜　（白）曹劉二家相鬥智，曹強劉弱知誰是；任他鷸蚌兩相持，我作漁人單得利。

劉　備　（白）好個單得利！

周　瑜　（白）說過不許重言，又重言了！甘寧，敬酒！

（鑼又響。關羽上）

關　羽　（白）金鐘二響。待某假裝見風，拿他個小軍，問個明白便了。

甘　寧　（白）喲，朋友，你怎麼又上來咧？

關　羽　（白）俺要見風。

甘　寧　（白）怎麼者，你要見風？來，跟了我來。你哪瞧，這個地方兒敞亮不敞亮？

關　羽　（白）我且問你，你家爺請俺家爺吃酒，可是好意，還是歹意？

甘　寧　（白）將酒敬人，並無惡意呀，我的太爺！

關　羽　（白）既是好意，你看——

（唱）【得勝令】
將士紛紛為甚慌？
一個個交頭接耳睜睛望。
莫不是面帶春風，腹內有霜？
莫不是杯中飲鴆將人喪？
莫不是排兵佈陣生奸黨？
既不是用詭呵，
有甚麼別勾當？

（白）說了好！

甘　寧　（白）没甚麽説的,你哪。
關　羽　（白）哦！
　　　　（唱）快説端詳,試説其詳,
　　　　　　不説時劍下亡,
　　　　　　不説時劍下亡！
甘　寧　（白）不用慌,不用忙,埋伏在中堂,金鐘三下響,要擒漢劉皇。
關　羽　（唱）聽説罷怒氣昂昂,
　　　　　　救我主闖入在中軍帳。
　　　　　　小周郎,你休慌,
　　　　　　小周郎,你休慌,
　　　　　　非是俺酒席筵前將伊搶,
　　　　　　只爲你心狠,
　　　　　　要害俺劉皇,
　　　　　　俺特地來護駕緊提防。
周　瑜　（白）你是甚麽人？
關　羽　（白）提起俺的名兒,嚇破你的膽！大哥,擋住這廝！（脱衣介）
　　　　（唱）除却氈笠,頓開錦囊,
　　　　　　風飄出美髯長。
　　　　　　俺亦非小可無名將,
　　　　　　俺呵,壽亭侯大將漢雲長！
　　　　　　俺也曾刺顔良,誅文醜,鬧沙場[1],
　　　　　　灞陵橋上許褚慌。
　　　　　　嚇張遼心膽寒,
　　　　　　五關上威光,
　　　　　　斬六將身亡。
　　　　　　伏廖化、周倉,
　　　　　　馬到處威風有誰敢擋？
　　　　　　擂鼓三通斬蔡陽,
　　　　　　血染在沙場。
　　　　　　這聲名四海揚,
　　　　　　這聲名四海揚！
　　　　　　恁空設宴,害劉皇,

　　　　　俺單保駕，赴河梁。
　　　　　空擺下殺人場，
　　　　　俺似猛虎擋群羊，
　　　　　先將你一命亡，
　　　　　先將你一命亡！
　　　（白）來來來！
　　　（唱）好好送俺過長江！
　　　（白）可有埋伏？
周　瑜　（白）並無害主之意。
關　羽　（白）既無害主之意，爲何將船鏈住？
周　瑜　（白）風大恐飄去船隻。甘寧，取鑰匙來！
關　羽　（白）不消，待俺斬斷。大哥，廢了這厮罷？
劉　備　（白）二弟，留此人日後破曹。
關　羽　（白）如此，岸上接人。都督受驚！
　　　（唱）【尾聲】
　　　　　非是俺將伊挺撞逞豪强，
　　　　　這的是爲臣救駕理所當。
　　　　　俺合你空鬧了這一場，
　　　　　望都督海涵，
　　　　　恕却俺漢雲長[2]。
　　　（分下）

校記

[1] 鬧沙場："沙"字，原本作"殺"。今改。下同。
[2] 俺合你空鬧了這一場，望都督海涵，恕却俺漢雲長：此三句，原本作念。
　　今從《清宮昇平署檔案集成》本改作唱。

華容釋曹

無名氏 撰

解 題

昆曲。清無名氏撰。《清昇平署曲目》著録，題"華容釋曹"，未署作者。劇寫關羽奉命守華容擒曹操。曹操敗走華容道，復笑諸葛亮不會行兵，未在此地佈兵。一言未畢，忽聞人馬嘶喊，操急問爲何人領兵，周倉答關將軍領兵。曹操認爲有救了，下馬求見關羽，謂當初在許昌，曾許他異日相逢，必當相報，讓關羽以信爲重。關羽違令以壞身軀，全一個信字，放走曹操。本事見於元刊《三國志平話》、《三國演義》。明傳奇《古城記》第四十三折、清傳奇乾隆本《鼎峙春秋》第二本第六齣《絶無生處却逢生》、嘉慶本《鼎峙春秋》第一百五十三齣《華容釋曹》寫此故事。版本今見《清宫昇平署檔案集成·華容釋曹》串關本兩種抄本。兩本均從《古城記》析出，改編爲單齣昆曲演出本。今以《集成》第六十册《華容釋曹》串關本爲底本，參考另一本校點整理。

　　（衆引周倉關公上，白）軍師將令守華容，惱得心中怒氣衝。怎肯私情廢公議，擒曹方顯俺丹忠。奉軍師將令，前到華容小道，捉拿曹操，就此前去。（唱）

　　【點絳唇】他欺俺蓋世英豪，他把兵機顛倒，相奚落，輕視吾曹，惱得俺心焦躁。

　　【混江龍】記當時雖則年少，習成了虎略與龍韜。飽看着《春秋左傳》，常則是秉燭通宵。憑着俺兩手擎天扶漢室，三停偃月助劉朝。俺三人桃園結義，同歃血生死相交。俺也曾破黄巾生擒張角[1]，殺張梁張寶齊梟。斬華雄酒温頭到，擒吕布水淹城濠。刺顔良萬軍營内，誅文醜戰馬咆哮。過五關連誅六將，獨行千里匹馬單刀。昔日在古城邊立斬了蔡陽頭，今日在華容小道要捉奸曹操。雖則是軍師將令，也是俺關某英豪。

（白）軍校，來此甚麼所在？（軍校白）華容道了。（關公白）衆軍校，軍師有令，放起煙火，引曹兵來者。（衆應科，下。衆扮老弱敗殘兵將，張遼、許褚，淨扮曹操上，同唱）

【水底魚】身似飛蓬，誰知路已窮。（合）吞吳抱憾，不得到江東，不得到江東。

（曹操白）張遼，查看還有多少人馬？（張遼白）只剩得一十八騎殘兵。（曹操白）罷了，罷了。百萬雄兵只剩得一十八騎，天亡我也，天亡我也。來此甚麼地方？（許褚白）華容道了[2]。（曹操白）有幾條路？（許褚白）兩條路。（曹操白）大路通哪裏？小路通哪裏？（許褚白）大路通南郡，小路通許昌。（曹操白）看看哪條路有埋伏。（許褚白）大路寂靜，小路微微有些煙火。（曹操白）既然如此，走小路。（許褚白）走大路罷。（曹操白）你不知道，諸葛亮興兵以來，以虛爲實，以實爲虛，走小路。（許褚白）走小路。（衆同唱）

【黃龍袞】[3]休囉唆，休囉唆，悄悄走過華容道。水兵才去，旱兵隨到。才離趙雲來，張飛又找。急奔南陽，殘生可保。

（曹操笑科，許褚白）主公又爲何發笑？（曹操白）諸葛亮不會行兵，只有近策沒有遠計。此處要安一枝人馬，你我插翅也不能飛了。（衆引周倉衝上，白）曹操哪裏走？（曹操白）甚麼人領兵？（周倉白）關將軍領兵。（衆引關公上，曹操白）好了，你我有了救了。一齊下馬。（曹操衆下馬見科，曹操白）賢侯，請了。別來無恙否？（關公白）呀！（唱）

【油葫蘆】則見他頂禮躬身問故交。（白）曹操，（曹操白）賢侯。（關公唱）俺與你狹路相逢冤家到。（曹操白）賢侯此言差矣。自古道，恩人相見分外眼明，仇人相見分外眼睜。怎麼說冤家二字？（關公白）曹操，（唱）你倒是恩人相見興偏高[4]。（滾白）到今日用武時，（唱）誰許你喜孜孜假意虛陪笑？（曹操笑科，白）請問賢侯，領兵何往？（關公白）人言曹操奸詐，果不虛傳，明知某家今日擒他，故意相問。曹操，（唱）俺奉著軍令，華容道上捉奸曹。（曹操白）老夫替天行道，有甚麼奸處？（關公白）你道沒有甚麼奸，俺道來。（唱）許田射鹿把兵來調，董承屈死馬騰梟[5]，吉平事遭圈套，漢獻帝恨未消。

【天下樂】董貴妃逼他受苦惱。這都是你行霸道使奸狡，那些個秉正存公道？（白）周倉！（唱）自古道，養軍千日用軍朝。向前去，一個個生擒活捉，休放走這奸曹。

（白）周倉，看有多少人馬？（周倉白）得令，排開，一五一十，十五，十六，十七，十八。啓爺，連曹操一十八騎。（關公白）一個也不多，一個也不少。

好軍師[6]，你却能算不能料。且慢說一十八騎殘兵，就是一十八隻猛虎，俺關某也要擒他。他今日到此[7]，好比甚麽？（唱）

【滿江紅】好一似傷弄鶺鴒，著釣金鯉怎游遨？一恁你騰雲怎走，插翅也是難逃。（許褚白）尊侯自下許昌，我主公待君侯也不淺，上馬提金，下馬提銀，三日一小宴，五日一大宴。這兩樣厚恩也當報才是。（關公唱）哎，誰聽巧言口囂囂，亂語胡云惹人心焦躁。只説你的恩惠，不記功勞。俺也曾刺顏良誅文醜，立功勞報效。曾封金遺束辭曹，明明別分豪。咱奉着軍師將令，怎肯相饒？

（曹操白）賢侯，請息怒。想當初在許昌，蒙君侯許我，異日相逢必當相報。賢侯以信義服天下，豈肯失信與我曹[8]？曹操今日兵敗勢危，望賢侯以昔日之言爲重。（關公白）關某雖蒙丞相厚恩，曾斬顏良文醜，答報過了。今日奉命，豈敢爲私乎？（曹操白）大丈夫處世，以信義爲重。賢侯深明《春秋》大義，豈不知庾公之斯追子濯孺子者乎？曹操一言以盡，望將軍三思。（關公白）少説。倒是某家忘懷了，是某許他異日相逢必當相報。罷，也罷！但可壞我數十年之身軀，全一個信字罷。曹操你可曉得某家行事麽？周倉，吩咐衆兵撒佈擺開，單擒曹操。（周倉應科，白）吩咐衆兵散佈擺開，單擒曹操。（軍校應科，出山分，曹操衆急忙下，軍校白）曹操走了。（周倉白）待小將趕上，捉他回來。（關公白）住了。窮寇莫追，就此收兵。（唱）

【賺尾】奸雄早魂消，逃出華容道。非是俺不與渠魁計較，也不爲顛倒公私將軍令藐。曾記得一語擔饒，異日相逢須當年贈木桃。從來信義昭昭，不忘久要，覷着那榮枯生死等鴻毛。（下）

校記

[1] 俺也曾破黄巾生擒張角："巾"字，原本漏。今依文意補。
[2] 華容道了："容"字，原本作"榮"。今改。
[3] 黃龍袞：原本作"劉袞"。今依曲譜改。
[4] 你道是恩人相見興偏高："興"字，原本誤作"與"。今改。
[5] 董承屈死馬騰梟："承"字，原本作"成"。今依《三國志·魏書·董承傳》改。
[6] 軍師："師"字，原本作"士"。今改。下同。
[7] 他今日到此："他"字，原本無。今依文意補。
[8] 豈肯失信與我曹："失"字，原本筆誤作"矢"。今改。

教　刀

無名氏　撰

解　題

　　昆曲。清無名氏撰。未見著錄。劇寫關羽與黃忠交戰，不能勝。夜夢白猿教其刀法。本事出於民間傳說。《關帝事蹟徵信篇》雜綴引《周魯類書纂要》："關公與曹操之臣蔡陽交兵，公夜夢一人教拖刀之法，次日交戰，公用拖刀計以斬蔡陽。"版本今見《車王府曲本》。今以該本爲底本標點整理。

　　　　（衆引净扮關羽上）
關　羽　（唱）【新水令】
　　　　此情略得少人知，
　　　　戰黃忠，兩軍相對。
　　　　俺騎的是赤兔胭脂馬，
　　　　青龍偃月手中提。
　　　　仗悟軍機，
　　　　俺與他一般刀試，一般刀試。（歸座介）
　　　　（白）某，雲長。昨日與黃忠交戰，好一場鏖戰也！
　　　　（唱）【駐馬聽】
　　　　只殺得日落沉西，沉西，
　　　　似天神降下臨凡世。
　　　　敗翎鸞鳳不如雞，
　　　　龍遭淺水遭蝦戲。
　　　　（白）衆將官！
衆　　　（白）有！
關　羽　（白）各各飽餐戰飯，準備明日交鋒！

（眾應下。內起更介）

關　羽　（唱）【折桂令】
　　　　　看《春秋》，不由人心慘淒，
　　　　（白）周倉！
周　倉　（白）有！
關　羽　（白）看刀來！
周　倉　（白）啊！
關　羽　（白）刀哇刀！想你在百萬軍中梟上將首級，猶如探囊取物一般，那樣威風哪裏去了？
　　　　（唱）總有偃月刀，
　　　　　要你成何濟！
　　　　　孫武子蓋世雄威，
　　　　　楚重瞳自有拔山力。
　　　　（唱）【川撥棹】
　　　　　漫自猜疑，猜疑，
　　　　　終須有個安來日，
　　　　　終須有個安來日。
（內起二更、三更介。白猿上，耍刀介。關羽醒介。教刀完，猿下）

關　羽　（白）呀！
　　　　（唱）漫自猜疑，猜疑，
　　　　　終須有個安來日，
　　　　　終須有個安來日。
（關羽、周倉同下）

三　氣

無名氏　撰

解　題

　　昆曲。清無名氏撰。《清昇平署曲目》著錄,題"三氣周瑜",未署作者。劇寫張飛奉諸葛亮將令,扮漁夫埋伏在蘆花蕩,擊敗周瑜,擒之。又依諸葛亮之囑,擒而不殺,因其赤壁之戰有功,釋之。周瑜氣死。本事出於《三國演義》第五十六回《孔明三氣周公瑾》一節。明傳奇《草廬記》第四十六折寫此故事,清傳奇乾隆本《鼎峙春秋》據以改編爲第六本第二十二齣《蘆花蕩周瑜短命》、嘉慶本《鼎峙春秋》第一百七十三齣《三氣周瑜》。版本今見《清宮昇平署檔案集成》第五十八册《三氣周瑜》(串關)與《三氣周瑜》(總本)、第一百零一册《三氣》(總本)、《車王府曲本·三氣》(全串貫)、《故宮珍本叢刊》昆腔單齣戲《三氣》(總本曲譜)。該本後有"光緒四年(1878)十一月二十三日譜校全"。諸本均依《草廬記》本改編,曲白稍有不同,手抄本,無標點。今以《故宮珍本叢刊》本爲底本,參考其他版本校點整理,擇善而從。

　　(雜扮衆小軍引净扮張飛上,白)草笠芒鞋漁夫裝,豹頭環眼氣軒昂。坐下烏錐千里馬,蛇矛丈八世無雙。俺張飛奉軍師將令,著俺帶領三千人馬,掩在蘆花深處,擒捉周瑜。待他來時[1],我就這麽活活的擒他下馬,又不教傷他性命。你道是爲何？只因他在那三江夏口赤壁之間,也有這麽些須的功勞。因此,不忍傷他性命。奉著將令,須索走遭也。吥,鐵騎們,一字擺開。(衆應,繞場科,唱)

　　【鬥鵪鶉】俺將這環眼圓睜,虎鬚兒也那乍開,我騎一匹豹劣烏越嶺個爬山,只我這丈八矛翻江也那攪海。我覷着那下邳城似紙罩兒般囂虛,那虎牢關粉牆兒似這般樣矮。憑着俺斬黃巾威風抖擻[2],我戰吕布可其其實個軒昂,斬袁將膽量衝懷。我覷周瑜如癬疥。

【雪裏梅】那魯肅他一似那蝦蟆。若還逢咱將那厮滴溜撲輕輕的摔下了馬,哎呀,只教他夢魂中見張飛也怕。當日個火燒了華容,今日裏水淹了長沙。

(白)抬槍。(衆應科。卒扮四小軍引小生扮周瑜上,白)呔,張飛,你不奉軍師將令,擅自提兵到此,是何道理?(張飛白)呔!周瑜,我的兒。你道俺不奉軍師將令,你且聽著。(小軍、張飛同唱)

【調笑令】奉軍師令咱,奉軍師令咱,咱把人馬掩在蘆花。呀,只聽得吶喊搖旗大戰伐[3],向垓心掩映偷睛罵,支支的咬碎了鋼牙。吓,怎怎在那黄鶴樓上將俺大哥哥謀害殺[4],今日裏到此活拿。揪揪住你青銅鎧甲,揉碎你玉帶鈴花。呀,只見他盔纓歪斜力困乏。(白)周瑜,我的兒。(唱)你武藝又不精,槍法也不交加。也不用刀去砍鞭來打。只我這丈八矛鑽得你滿身麻。(白)呔呔呔!(周瑜白)張飛,你還是當真還是當假?(張飛白)呔,周瑜!(唱)怎道俺休當真?(白)呔!(笑科,唱)俺可也不是假。怎在那黄鶴樓上痛飲醉喧嘩,休休休,休道是沉醉染黄沙。

(張飛白)綁了。(周瑜白)呔,張飛!既擒俺下馬,爲何不殺[5]?(張飛白)周瑜,我的兒!你道俺張爺爺三次擒你下馬[6],爲何不殺?你且聽者:只因你在三江夏口赤壁之間[7],也有這麽些須功勞,只此不忍傷你的性命,去罷!(周瑜白)哎呀,老天,老天,既生瑜何生亮?三計不成,氣死我也。(衆白)啓爺,周瑜氣死了。(張飛白)死了,死了就罷。(小軍白)三次擒他下馬,爲何不殺?(張飛白)爾等不知,起過一邊。(唱)

【煞尾】只因他三江夏口的功勞大。赤壁鏖兵是俺軍師的戰法。若不是黄蓋有深恩,休想俺張爺爺怎肯把那周瑜輕輕的摔下了馬。

(淨白)抬槍。(衆下)

校記

[1] 待他來時:"待"字,原本作"代"。今改。
[2] 憑着俺斬黄巾威風抖擻:"擻"字,原本作"搜"。今改。
[3] 只聽得吶喊搖旗大戰伐:"伐"字,原本筆誤作"代"。今改。
[4] 怎怎在那黄鶴樓上將俺大哥哥謀害殺:此句之下,原稿錯簡,多出八行一百一十七字。今刪。
[5] 爲何不殺:"爲"字,原本誤作"未"。今改。
[6] 你道俺張爺爺三次擒你下馬:"道"字,原本誤作"到"。今改。
[7] 只因你在三江夏口赤壁之間:"夏"字,原本誤作"下"。今改。

入吳弔喪

無名氏　撰

解　題

昆曲。清無名氏撰。《清昇平署曲目》著錄，題"入吳弔孝"，未署作者。劇寫孔明聞周瑜死，過江入吳弔孝。魯肅接待。孔明靈堂設祭，痛述周瑜赤壁之戰大功，哭泣甚哀。東吳眾將深受感動，除去加害之心，願結永好，共滅奸曹。魯肅禮送孔明上船。趙雲奉主公令，江上迎孔明回。本事見《三國演義》第五十七回《柴桑口卧龍弔孝》。明《草廬記》寫有孔明弔孝故事。清《鼎峙春秋》據此改編爲《哀慟吳員皆服罪》（乾隆本）、《入吳弔孝》（嘉慶本）。版本今見《清宮昇平署檔案集成》本。該本係據乾隆本《鼎峙春秋》改編的單齣昆曲演出本。今以該本爲底本，參考《鼎峙春秋》本校點整理。

（徐盛、丁奉、蔣欽、韓當、呂蒙、陸績、虞翻、周魴上，白）世間好物不堅牢，年少英雄没下梢。可恨孔明無道理[1]。今來作弔把人嘲[2]。我等東吳文臣武將是也[3]。周都督赤壁鏖兵，功勞不小，却被孔明設計，得了荆襄九郡，都督一氣而亡。奉主公之命，著魯子敬主喪設祭。（武將白）誰想孔明又來說，今日親來祭奠，我等心中不忿，待他來時，將他剁爲肉泥，與都督報仇。（眾白）說得有理，饒他神仙變化，難脱今日災殃。（水手、孔明乘船上，白）爭雄角智幾經春，赤壁鏖兵迹已陳。惟有大江東去浪，滔滔淘盡古今人。山人諸葛亮，今日過江，與周都督弔喪，須索走遭也。（唱）

【端正好】一帆風，扁舟蕩，過煙波萬頃長江。可憐那英英俊俊周郎喪，却不道爲國事遭骯髒[4]。

（水手白）到了。（孔明白）搭扶手。（船夫報科。魯肅上，接科白[5]）先生，一別經年，使人常縈夢寐。（孔明白）久别賢公，時深渴想。（魯肅白）今蒙遠涉致祭，足感舊誼。（孔明白）大夫，山人聊獻生芻一束[6]，以表交情。（魯肅白）多謝。（禮生上，孔明白）看香來，公謹先生，南陽諸葛亮，今日泣拜

靈前。(唱)

【滾繡球】望音容一炷香,獻生芻表寸腸[7]。嘆人生[8]滴溜溜兔疾烏忙,天不佑先去伊行。雖是雞黍伸范邀張,空說道嗚呼尚饗,早失了東吳的玉柱金梁。可傷伊七澤鍾人傑,竟作了三閭弔國殤,哭得俺淚涌湘江。

(行禮科,白)周郎,周郎!俺諸葛亮想起你英雄蓋世,一代風流,貫精忠於日月,竭赤膽于孫吳,不想一旦夭亡,未足胸中素志也。(唱)

【叨叨令】恁是個鎮江東世少雙,恁是個輔孫吳推良將。恁是個開創的張子房,恁是個霸秦君的百里由餘壯[9]。兀的不痛傷心也麼哥,兀的不痛傷心也麼哥。望英魂鑒諸葛亮今日裏泣一點孤忠喪。(禮生、卒將、文臣下)

(魯肅白)先生,那日若無周公破曹,只恐奸雄竊起,掠地爭城,屏弱劉君,料無立身之處也。(孔明白)大夫,俺想周郎呵。(唱)

【脫布衫】惶惶的英雄氣昂,誓誇師滅賊與邦。暗神謀使奸曹殺蔡瑁身亡,血淋淋行苦肉計遣先鋒上將。

(魯肅白)俺想周公英武真神人也,爭奈天不與壽,好苦痛哀哉也。(孔明白)大夫,那日周郎計,好狠也。(唱)

【小梁州】疾忙使龐統假獻連環樣,把百萬兵牢鎖長江,卻瞞過了曹丞相。功難量,怎敵得東吳將。

(白)那時節周公諸計已定,只少東風。(眾大將暗上,孔明唱)

【快活三】難擺劃苦腸,瘦損了周郎。周郎若不是臥龍巧借東風降,怎能夠殺曹瞞百萬兵和將。

(眾白)列位,你看孔明哭得傷情,說來的話一句不差,算來原是都督量窄,致使兩下相爭,我等上前陪揖。孔明先生,聽你一番說話,使我等欽以敬服。適纔甚有加害之心。我等武夫,哪識先生高見,多多有罪。(孔明白)此皆都督自取其禍。(魯肅白)多蒙先生賜祭,存亡深領。(孔明白)大夫,公瑾雖亡,孫劉永好,今難得魯公職掌,孔明決不肯負,望公善致吳主[10],共滅奸曹。(魯肅白)下官一一領諾。但周公之死,實為荊州,望先生回去當為留心。(孔明白)領教,山人意欲與公握掌談心,少伸離緒,奈王令在身,不敢久羈。(魯肅白)荷蒙降臨,本欲屈敘,奈先生歸心甚急,不敢滯阻。草草小席,已送寶舟,望勿見棄。(孔明白)多謝厚義,就此告別,他日再會。請了。(作別科,魯肅下,孔明上船白)吩咐開船。(唱)

【朝天子】痛青年夭亡,嘆黃粱夢忙。看一派洶涌長江浪,想浮生七尺總無常。俺只為三顧恩難忘,致令得鬥智爭強斷送周郎。端只為扶漢安劉繼子房。(趙雲乘船,水手隨上,白)來船可是軍師?趙雲奉主公之命,在此迎接。(孔明白)將軍請了。(趙雲白)軍師,主公與衆將甚不放心,故遣小將飛艇來迎。(孔明白)昔周郎在日,尚爾不懼,今何憂哉?快些趲行。(唱)今日呵弔喪,怎識我行藏?只叫他錯機關空自勞思想。(下)

校記

[1] 可恨孔明無道理:"無道理"三字,原本殘缺。今據《鼎峙春秋》本(下簡稱鼎本)補。

[2] 今來作弔把人嘲:"今來作"三字,原本殘。今據鼎本補。

[3] 我等東吳文臣武將是也:"文臣武"三字,原本殘。今據鼎本補。

[4] 爲國事遭骯髒:"遭骯髒"三字,原本殘。今據鼎本補。

[5] 搭扶手船夫報科魯肅上接科白:此句與提示字多殘缺。今據鼎本補。

[6] 山人聊獻生芻一束:"聊"字,原本作"料"。今改。

[7] 表寸腸:"腸"字,原本殘。今據鼎本補。

[8] 嘆人生:"嘆"字,原本殘。今據鼎本補。

[9] 恁是個霸秦君的百里由餘壯:"里由"二字,原本殘。今據鼎本補。

[10] 望公善致吳主:"主"字,原本誤作"至"。今改。

訓　子

無名氏　撰

解　題

　　昆曲。清無名氏撰。《清昇平署曲目》著録，題"訓子"，未署作者。劇寫關平隨父鎮守荆州，在承訓之日，關平問父關羽漢室有三傑得天下之事，又問及桃園結義之事，關羽一一講述。時江東魯肅命關將前來下書，邀關羽赴宴。關羽明知有詐，仍然應允，命周倉隨行，關平江中船上接應。本事出於元雜劇關漢卿《關大王單刀會》第三折。版本今見《清宫昇平署檔案集成》第一百零六册《訓子》，首頁有"世光緒三年(1877)六月初六日歸准"，又有"八月二十九日准，謄過一本"，此句未寫何年，另有《故宫珍本叢刊》昆腔單齣戲《訓子》總本與昆腔單齣戲《關公訓子》串關。總本所訓之子爲關平，串關所訓之子爲關興。二本開頭部分不同。諸本均據元雜劇關漢卿《關大王單刀會》第三折改編，曲白大多相同，抄本，無標點。今以《故宫珍本叢刊·訓子》總本爲底本，參考其他本校點整理。

　　（關平上，白）身披鎧甲逞英雄，小將生來有父風。恰喜趨庭承訓日，當知子孝與臣忠。吾乃關平是也。跟隨父王鎮守荆州已經數載，但不知父王與伯父、叔父桃園結義始末，且待父王升帳，問及詳細便了。（關公、周倉隨上，關公白）氣宇昂昂志得舒，指天化日定規模。荆州久鎮無人犯，認取鬚眉大丈夫。（關平白）父王在上，孩兒拜揖。（關公白）吾兒少禮，坐了。（關平白）告坐了。請問父王，聞得漢有三傑，何以遂平天下？孩兒不知，求父王説與孩兒知道。（關公白）吾兒聽者，當今天下鼎足三分，曹操占了中原，孫權霸住江東，俺大哥首尊西蜀，這都是漢家天下也。（唱）

　　【粉蝶兒】那其間楚漢争强，嘆周秦早屬劉項[1]，分君臣先到咸陽。一個拔山力，一個量寬如海，他兩個一時開創。想當日黄閣烏江，一個用了三傑、一個力誅八將。

【醉春風】一個在短劍下身亡,一個聽静鞭三下響。想祖宗傳位與兒孫,到今日只落得,享享。獻帝他無靠無依,董卓不仁不義,呂布一衝一撞。

(關平白)請問父王,當日桃園結義,孩兒不知,求父王試説一遍。(關公白)當日在桃園結義之時,宰白馬祭天,殺烏牛祭地,不願同日生,只願同日死,一在三在,一死三亡。(唱)

【十二月】[2]想當日兄弟在范陽,兄長在樓桑,俺關某在蒲州解良[3]。更有那諸葛在南陽。霎時英雄出四方,結義了皇叔與關張。

【堯天樂】其年三謁卧龍崗,已料定鼎足三分漢家邦。俺哥哥稱孤道寡世無雙,俺關某匹馬單刀鎮荆襄。長也麽江,今經起戰場,恰便似後浪推前浪。

(將官上,白)龍虎臺前出入,貔貅帳下傳宣。啟爺,東吳差人下書。(關公白)將下書人搜撿明白,抓他進來。(將官應科,關公白)周倉,吩咐大開轅門。(周倉應科,白)吩咐開門。(軍士上,作開門科,將官白)下書人進。(黄文上,作進見叩頭介,白)下書人叩頭。(將官下,關公白)你叫甚麽名字?(黄文白)大膽黄文。(關公白)你的膽有多大?(黄文白)有巴斗大。(關公白)周倉剖開看者。(周倉作欲剖科,黄文作怕喊科,白)小人的膽只有芥菜子小。(關公白)爲何能大能小?(黄文白)能強能弱。(關公白)書呢?(關平取書,關公看科,白)知道了,是十月三日某家親來赴會。不及回書,去罷。(黄文虛白,下。關公白)吩咐掩門。(軍士下,關平白)請問父王,他書上如何道?(關公白)吾兒聽者,(唱)

【石榴花】上寫着兩朝相隔漢陽江,又寫着魯肅請雲長。安排下筵宴不尋常,再休想畫堂,噯,别是風光。哪裏有鳳凰杯滿泛葡萄釀,都是巴豆共着砒霜。玳筵前擺列着都是英雄將,再休想開筵出紅妝。

【鬥鵪鶉】安排下打鳳牢籠,準備着天羅噯地網。哪裏是待客的筵席,盡都是殺人殺人的戰場。再休想誠意誠心,全不怕後人噯來講。既然他緊緊的相邀哩,周倉,俺和您便親身噯便往。

(關平白)父王,他那裏兵多將廣。(關公唱)

【上小樓】恁道他兵多將廣,人強馬壯,大丈夫當奮勇當先,一人拼命,萬夫難擋。(關平白)隔着大江,孩兒難以接應。(關公唱)恁道是隔大江,起戰場,急難相傍,叫那鞠躬躬送吾到船上。

(關平白)父王,還是先下手爲強。(關公唱)

【幺篇】恁道是先下手強,後下手殃,我一隻手揪住他袍帶,臂轉猿猴,劍掣秋霜。他那裏暗藏,俺這裏緊緊防,都是些狐群狗黨。俺也曾千里獨行五關斬將。

（白）吾兒聽令。準備小舟江口接應。（關平白）得令。（關公白）周倉隨俺赴會去者。（周倉白）得令。（關公唱）

【煞尾】雖不比臨潼會上秦穆公,那裏有宴鴻門楚霸王。滿筵前除莫了英雄將。俺可也百萬軍中斬顏良那一場攘。（下）

校記

［1］嘆周秦早屬劉項:"屬"字,原本作"辭"。今從《關公訓子》本改。
［2］十二月:"月"字,原本誤作"時"。今據《太和正音譜》改。
［3］俺關某在蒲州解良:"良"字,原本作"糧"。今據《三國演義》改。

單刀赴會

無名氏　撰

解　題

  昆曲。清無名氏撰。《清昇平署曲目》著錄，題"單刀赴會"，未署作者。劇寫關羽應魯肅邀請，單刀赴會，周倉相隨。筵宴上，魯肅請關羽講述辭曹歸漢、掛印封金、過關斬將、千里獨行、古城相會事，然後索討荆州。魯肅忽聞刀響，關羽出言相脅。魯肅仍按計叫出伏兵，關羽拉住魯肅，吕蒙、甘寧驚恐，忙說休傷都督。關羽携手魯肅，同至江邊，安然登船返回。魯肅詭計落空。本事出於元關漢卿《關大王單刀赴會》。《三國志平話》《三國演義》均寫此故事。清傳奇《鼎峙春秋》第八本第一齣《赴單刀魯肅消魂》係據元雜劇關漢卿《關大王單刀會》第四折改編，許多曲文甚至照錄。版本今見《清宮昇平署檔案集成·單刀赴會》四種抄本，皆從《鼎峙春秋》本抄錄，曲白基本相同；《故宮珍本叢刊》昆曲單齣戲曲譜有《單刀會》曲譜。今以《清宮昇平署檔案集成》第六十册《單刀赴會》爲底本，參閱他本校點整理。

  （净扮周倉上，白）志氣凌雲貫九霄，周倉今日顯英豪。主公獨赴單刀會，全仗青龍偃月刀。今日主公往東吴赴宴，只得在此伺候。（雜扮八將，廖化引净扮關公上，白）波濤滚滚過江東，獨赴單刀孰與同。片帆瞬息西風力，魯肅今日認關公。周倉！（周倉白）有。（關公白）看船。（周倉應科，白）船隻伺候者。（雜扮水雲擁大船上，關公、周倉上船科，衆將下，關公白）周倉，船行至哪裏了？（周倉白）大江了。（關公白）吩咐稍水，風帆不要扯滿，把船緩緩而行。（應科，周倉白）吩咐過了。（關公作觀江科，白）好一派江景也。（唱）

  【雙角套曲·新水令】大江東去浪千疊，趁西風、駕着這小舟一葉。憑着俺忠勇天日徹，哪怕他奸詭虎狼穴。大丈夫心烈，大丈夫心烈。覷着那單刀會賽村社。

（白）你看這壁厢山連着水，那壁厢水連着山。俺想二十年前，隔江鬥智，曹兵八十三萬人馬屯至赤壁之間，也是這般樣的山水。到今日，（唱）

【雙角套曲·駐馬聽】依舊的水涌山疊，依舊的水涌山疊，好一個年少周郎恁在何處也？不覺的灰飛烟滅，可憐黃蓋暗傷嗟，破曹檣櫓恰又早一時絕。則這鏖兵江水猶然熱，好叫俺情慘切。（周倉白）好一派江水吓！（關公白）周倉，這不是水。（唱）這是二十年流不盡英雄血。

（作到科，關公、周倉下船，水雲大船從上場門下，雜扮將官、中軍、魯肅上，白）君侯請！君侯駕臨，有失迎接，多多有罪。（關公白）大夫，想某家有何德能，敢勞大夫置酒張筵。（魯肅白）酒非洞裏之長春，肴乃人間之菲儀。魯肅有何德能，敢勞君侯[1]，屈高就下，下降尊臨，實乃魯肅之幸也。（關公白）賤脚踹貴地。（魯肅白）貴脚踹賤地。（關公白）不敢。（魯肅白）江路寒冷，先飲三杯禦寒。（關公白）使得。（魯肅白）看酒。（關公白）大夫可知主不飲？（魯肅白）客不寧。（周倉白）獻杯。（關公白）酒不飲單。（魯肅白）色不侵二。（周倉白）獻杯。（關公白）大夫可知某家的刀，也會飲酒？（魯肅白）名將必有寶刀。（關公白）周倉看刀。（周倉應科，關公白）刀哎，刀！想你在百萬軍中取上將首級如探囊取物，今日多承魯大夫請某家飲酒，席上倘有不平之事呢，敢勞你一勞，也請一杯。（魯肅作定席科，中軍白）請周將軍用飯。（周倉喝，將官、中軍慌下。關公白）想當陽一別，又經數年矣。（魯肅白）光陰似駿馬加鞭，人生如落花流水，去得好疾也！（關公白）果然去得疾也。（唱）

【雙角套曲·胡十八】想古今立勳業，那裏有舜五人漢三傑。兩朝相隔，則這數年別，不復能勾會也。恰又早這般老也。（魯肅白）君侯尚未老，小官老也。（關公白）皆然。（魯肅白）請君侯開懷暢飲幾杯。（關公唱）開懷來飲數杯，（魯肅唱）開懷來飲數杯，（關公唱）某只得盡心兒可便醉也。

（魯肅白）君侯當日辭曹歸漢，棄印封金[2]，五關斬將，千里獨行，這段情由，小官不知，望君侯試說一遍，小官洗耳恭聽。（關公白）想某家這幾場事呢，只可耳聞，不可目覩。聞則呢倒也尋常，見則可也驚人。大夫，若不嫌絮煩，待某家出席卸袍，手舞足蹈，試說與大夫聽者。（魯肅白）願聽。（關公白）周倉卸袍。（作出席卸袍科，白）那日，某家辭曹歸漢，棄印封金。那日天色也只剛剛乍午。（唱）

【雙角套曲·沽美酒帶太平令】則聽得韻悠悠畫角絕，韻悠悠畫角絕，昏慘慘日西斜。曹丞相滿捧香醪他自將來，俺只在那馬上接。(魯肅白)贈君侯甚麼？(關公白)贈某家錦征袍，要賺某家下馬[3]。(魯肅白)君侯可曾下馬？(關公白)那時某家在馬上叉手躬身說，丞相嗄[4]！恕關某不下馬來者。(唱)我卒律律刀挑錦征袍，某只待去也。我就坐雕鞍緊馳驟，人似飛蝶。沒早晚不分一個明夜。(魯肅白)不分明夜，又行到哪裏？(關公白)到了古城。(魯肅白)可曾會見令兄令弟麼？(關公白)俺大哥三弟俱在城樓之上[5]。(魯肅白)令兄可說甚麼？(關公白)俺大哥乃仁德之君，一言不發。(魯肅白)令弟呢？(關公白)俺三弟他就開言，阿喲喲，你那紅臉的，你既降了曹，又來則甚呢？(魯肅白)君侯如何道？(關公白)俺百般樣分說，他只是個不信。大夫，(唱)好叫俺渾身似口怎樣分說。腦背後將軍猛烈，那素白旗他明明標寫。(魯肅白)標寫甚麼來？(關公白)蔡陽索戰。(魯肅白)他與君侯無仇嗄[6]。(關公白)咳，只因在黃河渡口斬了他外甥秦琪，因此提兵前來報仇吓！(魯肅白)原來如此。(關公白)俺三弟他可不知，你那紅臉的，你既不降曹為何曹兵即至呢？(魯肅白)君侯怎麼說？(關公白)我說，三弟，你既疑我降曹[7]，可開了城門，送了二位皇嫂車輛進城，助俺一枝人馬，待俺立斬蔡陽。(魯肅白)令弟怎麼說？(關公白)俺三弟他粗中有細，咳，這話哄誰，開了城門，助你人馬，可不做了裏應外合麼？(魯肅白)這也疑得是。(關公白)大夫，他只這一句，說得俺抵口無言。我說，三弟那城門呢也不要你開，人馬也不要你助，可念桃園結義分上，助俺三通戰鼓，俺立斬蔡陽。(魯肅白)令弟怎麼樣？(關公白)俺三弟他就拍手，呵呵大笑說，好吓，這個使得。(作笑科，白)這個使得。(魯肅白)那時君侯怎麼樣？(關公白)那時惱了某家的性兒，把二位皇嫂的車輛輾過一旁，三弟與俺擂鼓者。(唱)只聽得撲通通鼓聲未絕，不喇喇征鞍上驟也。卒律律刀過處似雪，人頭落也。(魯肅白)妙吓。(關公白)那時開了城門，送了二位皇嫂車輛進城，大哥三弟挽手而行。大夫，(唱)纔能夠兄弟哥哥便歡悅。

(魯肅白)君侯適纔講的甚麼？(關公白)這叫做以德報德，以直報怨。(魯肅白)這就是以德報德，以直報怨。我想借物不還謂之怨也。君侯習《春秋左傳》，通練兵書，匡扶社稷，救急顛危，可不謂之仁乎。待玄德公如骨肉[8]，視曹操如寇仇，可不謂之義乎。辭曹歸漢[9]，棄印封金，可不謂之禮乎。水淹下邳，手縛呂布，可不謂之智乎。想君侯仁義禮智俱全，咳，惜乎，惜乎！只少一個信字。若得一個信字，完全五常之將，無出君侯之右也。(關公白)大夫，想某家未曾失信與人。(魯肅白)君侯焉能失信。令兄玄德公曾失信來。(關公白)俺大哥乃仁德之君,焉敢失信與汝?(魯肅白)當日賢昆仲敗于當陽,身無所歸。那時小官同孔明親見吾主,暫借荊州爲養軍之資,今經數載不還。今日魯肅低情屈意,暫取荊州,待等倉庫豐盈,再讓與君侯掌管,魯肅不敢自專,諒君侯台鑒不錯。(關公白)大夫,你今日還是請某家飲酒,還是索取荊州?(魯肅白)酒也要飲,荊州也要取。(關公白)禁聲。(唱)

【雙角套曲·錦上花】我把你誠心兒待,你將那筵席來設。攀今覽古,分甚枝葉。俺跟前使不得恁之乎者也,詩云子曰,但開言只叫恁挖口截舌。(魯肅白)孫劉結親,兩國正當和好。(關公白)可又來。(唱)有義孫劉目下翻成吳越。

(魯肅白)甚麼響?(關公白)劍響。(魯肅白)劍爲何響?(關公白)主人頭落地。(魯肅白)幾次了?(關公白)三次了。(魯肅白)第一?(關公白)斬熊虎。(魯肅白)第二?(關公白)誅卞喜。(魯肅白)第三?(關公白)第三!莫非論着大夫?(魯肅白)言重。(關公白)大夫,某家出劍你休驚,廟堂之上顯英名[10]。筵前索取荊州事,一劍須教你命傾。(唱)

【雁兒落】憑着你三寸不爛舌,休惱俺三尺無情鐵。你飢餐了上將頭,渴飲的仇人血。(唱)

【雙角套曲·得勝令】這的是龍在鞘中蟄,虎在坐間掘。今日個故友每重相見,咳,休叫俺弟兄每相間別。魯子敬聽者!你心下休驚怯,見紅日西斜。(白)周倉,(唱)吾當酒醉也。

(魯肅白)軍士們,依計而行。(內應科,將官單刀手上,關公作擒魯肅科,呂蒙、甘寧白)關公有話好講,休得傷俺都督。(周倉白)有埋伏。(魯肅白)沒有埋伏。(關公白)既沒埋伏,(唱)

【煞尾】恰怎生鬧炒炒那三軍烈,有誰把俺擋攔者。擋著俺呵,則叫他一劍身亡,目前見血。你便有張儀口,蒯通舌,哪裏躲攔藏遮?恁且來來來,好好的送我到船上,與你慢慢別。(大船上,關平、關興小船上,水雲隨上,關公白)周倉,請大夫過船謝宴。(周倉白)吓,請大夫過船謝宴。(魯肅白)不過船了。(周倉白)諒你也不敢過船,不過船了。(關公白)大夫受驚了。(唱)承款待[11],多多承謝,則我這兩句話恁可牢牢記者。百忙裏稱不得老兄心,急切裏分不得漢家業。

(白)吩咐開船。(各分下)

校記

［１］敢勞君侯："侯"字，原本筆誤作"候"。今改。本劇下同。
［２］棄印封金："棄"字，原本誤作"葉"。今改。
［３］要賺某家下馬："賺"字，原本誤作"贈"。今改。
［４］丞相嗄：此三字，原本作"丞相夏"，誤。今改。
［５］俺大哥三弟俱在城樓之上："弟"字，原本誤作"兄"。今改。
［６］他與君侯無仇嗄："仇"字，原本誤作"㪇"。今改。
［７］你既疑我降曹："既"字，原本誤作"即"。今改。
［８］待玄德公如骨肉："玄"字，原本作"元"爲避玄燁諱。今改。下同。
［９］辭曹歸漢："辭"字，原本誤作"亂"。今改。
［10］廟堂之上顯英名："廟"字，原本誤作"厢"。今改。
［11］承款待："款"字，原本誤作"疑"。今改。

天 水 關

無名氏 撰

解 題

　　昆曲。清無名氏撰。未見著錄。劇寫諸葛亮上表出師,克復中原,重興漢室。後主准奏,並着蔣琬爲營中參軍,出師將士軍馬,統由諸葛亮調遣。姜維應故友梁緒舉薦,辭別母親,出任天水郡參軍。諸葛亮設調虎離山之計,命一將假扮魏將裴緒齎文書到天水郡見太守馬遵,讓其出兵援救被困在南安的都督夏侯楙。姜維知是孔明之計,諫阻太守提兵往救,並設計讓馬遵兵馬前行三十里即回,自己帶領五千人馬埋伏要路,孔明見馬遵兵行,必來襲取城池,姜維舉火爲號,前後夾攻,若孔明自來,必然被擒。趙雲果然中計,被姜維、馬遵夾攻。趙雲難敵,衝出重圍,敗陣回見孔明,述説戰敗之情。孔明知遇良才,甚愛之,不忍殺害,乃設計收降。孔明找來降軍,問明姜維至孝情況,即令趙雲取上邽,魏延取冀城,一將往南安放回俘虜夏侯楙。姜維探知蜀軍兩路分兵取上邽、冀城,告馬遵,並借一軍往救冀城,兼保老母。因糧盡出城竊糧中計,魏延奪了冀城。姜維無奈,只得投奔天水郡。夏侯楙、馬遵中反間計,認爲姜維已降蜀,拒不開城門,並令軍士放箭。姜維又投上邽,守將仍拒不開城門。姜維無路可走,欲往京師控訴,被蜀將圍困,諸葛亮將其勸降。本事出於《三國志・蜀書・諸葛亮傳》與《魏略》、《三國志・蜀書・姜維傳》。《三國演義》第九十一回、第九十二回、第九十三回亦寫此故事,但情節不同。版本今見《故宮珍本叢刊》昆腔單齣戲,凡八齣,抄本。該本首頁題"六出祁山"、"天水關",其實應爲"初出祁山"、"天水關",或徑謂"天水關"。今以該本爲底本,改劇名爲"天水關",標點整理。

第一齣　初表出師

(四堂候引諸葛亮上,唱)

【霜天曉角】淋漓血淚，疏草傳千世。入告重瞳就裏，明朝准擬興師。

（白）憶昔南陽臥草廬，承恩三顧感何如？鞠躬盡瘁心無二，血灑興師一紙書。某，複姓諸葛，名亮，字孔明，南陽人也。蒙先帝託孤之重，誓必平吳滅魏，以報深恩，且喜平定南蠻，已無南顧之憂矣。現今兵精糧足，又聞得魏人已奪司馬懿兵權，貶回鄉裏，餘人不足介意，中原大有可圖之機，爲此草成《出師表》一道。今日入朝，請命出師。打道入朝去[1]！（衆應，諸葛亮白）必除漢賊興劉業，不復中原誓不還。（下）（董允、費禕、譙周、向寵上，白）桂氣葱蘢繞建章，宮袍深染御爐香。侍臣鵠立通明殿，一朵紅雲捧玉皇。（董允白）下官董允是也。（費禕白）下官費禕是也。（譙周白）下官譙周是也。（向寵白）下官向寵是也。（同白）今日主公升殿，爲此齊集文武，肅恭伺候。（值殿內侍引後主上，唱）

【霜蕉葉】升平可喜，羨甚無爲治。賴有賢臣燮理，勉臨朝虛已詢諮。

（董允、費禕、譙周、向寵白）臣等朝參，願主公千歲，千歲，千千歲！（內侍白）平身。（董允、費禕、譙周、向寵白）千歲！（後主白）錦城絲管日紛紛，半入江風半入雲。此曲只應天上有，人間能得幾回聞。朕乃後主劉禪是也。賴先主開創，相國勤勞，得以正位西蜀，安享太平。更喜歲稔時和，臣民樂業。今當早朝，爲此臨軒聽政。（諸葛亮上，白）劍履隨鵷鷺，丹誠進表章。臣武鄉侯領益州牧管丞相事諸葛亮，有表文一道，伏乞聖覽。（後主白）相父平身。（內侍接表文呈科，後主白）內侍看坐。（諸葛亮坐科，後主白）不知相父，封奏何事？（諸葛亮白）臣蒙託孤之重，夙夜經心。今欲出師伐魏，故此請命。（後主白）相父征蠻勞苦，未得安養些時。況各國相安，也自罷了。何必又勞師動衆？（諸葛亮白）陛下說哪裏話來，念昔年先帝呵，（唱）

【鬥鵪鶉】念先皇創業驅馳，半途中升遐棄世。則憑這疲弊西川，須知道危亡難恃。這群臣忠志忘身，都感報先帝恩施。願我主當再思，廣先帝遺意宏恢，莫墮落偸安失義。

（後主白）先帝雄才大志，實欲恢復皇圖。朕躬德薄，才識淺陋，惟諸臣是賴。（諸葛亮白）陛下，（唱）

【紫花兒序】雖則是群臣贊理，這其間賞罰平明，莫要偏私。（白）如這侍中侍郎費禕、董允等，皆志慮忠純，良實之士也。宮中之事，事無大小，悉以諮之，然後施行。（唱）自然能有裨闕漏[2]，廣益機宜。（白）這將軍向寵，性行淑均，曉暢軍事，先帝常稱之曰能。（唱）才也麼奇，先皇常讚美，御營中務堪諮。（白）先帝曾論及漢事，未嘗不痛恨於桓靈也。（唱）親賢臣遠小人，前朝可繼。親小人遠賢臣,後漢傾頹。

（白）老臣亦願陛下親賢臣遠小人,則漢室之隆,可計日而待也。（後主白）相父之言,敢不嘉納。但相父出師,又要勞神殫力,相父年華漸老,豈禁勞碌,還當保重爲宜。（諸葛亮白）唉,（唱）

【調笑令】念臣本耕南陽一布衣,呀,蒙先帝,枉屈廬中三顧之。當時受命敗軍際,歷艱危勉強支持。二十年來創帝基,受託孤重任難辭。

（後主白）先皇創業實賴相父之力,且深知相父忠誠[3],故託孤于相父也。（諸葛亮白）先帝雄圖未遂,半路升遐。臣自受託之後,先帝之志,無日能忘也。（譙周白）太史令譙周啓奏,臣夜觀天象,見北方旺氣甚盛,星曜倍明,不可圖也。丞相素明天文,何故強爲之？（諸葛亮白）天道無常,變易不測,哪可執定？（唱）

【絡絲娘】誰個能窺天就裏,論天道無常恁怎知。俺怎肯執命由天、萎靡失智[4],老守着妻孥死。

（後主白）既然相父決意出師,朕依所奏,重興漢室,克復中原,一一託付相父。至於宮中一切之事,着侍中郭攸之、侍郎董允、尚書令費禕等,總攝參謀。就封向寵爲左將軍,總督御營軍馬,掌管一切軍營之事。著蔣琬爲營中參軍,出師將士軍馬,一任相父調遣便了。（衆白）千歲！（後主白）朕自回宮也。（值殿內侍等擁後主下,諸葛亮唱）

【煞尾】不是俺陳情苦要出師去,也只爲漢家基業欲重恢。豈獨因承顧命待報這後主恩,更思着受託孤要完那先帝旨。（下）

校記

［1］打道入朝去:"道"字,原本音假誤作"導"。今改。
［2］自然能有裨闕漏:"裨"字,原本筆誤作"禪"。今改。
［3］且深知相父忠誠:"且"字,原本作"故"。今依文意改。
［4］萎靡失智:"萎"字,原本音假誤作"痿"。今改。

第二齣　辭　母　應　薦

（姜維上,唱）

【瑞鶴仙】磊落襟懷滿,論年華已壯,光陰轉盼。經論從未展,把吳鉤夜舞聞雞興嘆。澄清莫遂,枉題橋氣凌霄漢。但絕裾何忍高堂暮景,綵衣堪

戀。(念)

【鷓鴣天】架海梁成隻手扶,家徒四壁一身孤。力雄漫薄千斤鼎,學富空矜萬卷書。鄙信布,佩孫吳。風塵未際笑窮途。有時遂我平生志,方顯人間大丈夫。卑人姓姜名維,字伯約,天水冀人也。先父姜冏,曾爲本郡功曹,殁于王事。母親寶氏,勵節撫孤,勤施畫荻之教。吾今年已三十,學藝久成,胸中富有韜略,膽氣包羅宇宙,爭奈壯志未酬,奉母株守。時當擾攘,想那建功立業之事,真好悒怏快人也。(唱)

【錦纏道】嘆迎送抱衝霄英雄自憐,際遇是何年?看干戈風塵擾攘騷然,俺枉有澄清志濟川才萬言治安。怎能够請長纓盡縶南冠,徒憤發劍空彈。論功名遲早何須悲嘆,時窮志愈堅。困蓬茅由人輕賤,待他時勳業上凌煙。

(差官上,白)潦倒休辭今日酒,殷勤遠寄故人書。門上有人麽?(姜維白)是哪個?(出門見科,白)足下何來?(差官白)天水郡功曹梁爺有書投寄。(姜維白)原來是故人梁孟龍有書,就請堂中少坐。(同進揖科,差官白)尊駕就是姜爺麽?(姜維白)不敢,足下敢在公門麽?(差官白)在下是本郡馬使君差官,因梁爺推薦姜爺,本官馬使君已經表請京師,舉姜爺參贊本郡軍機事務,不日命下。姜爺就要恭喜了,故差在下齎書,請同赴郡。書在此。(送科,白)梁爺道你呵,(唱)

【普天樂】抱奇才真堪羨,珠蒙垢光久掩。相推薦名籲長安,有佳音不久傳宣。(姜維白)卑人駑劣,何堪薦舉?(差官唱)請參機郡間,似驊騮初步,展萬里何難?

(姜作看書科)故人謬薦,待我稟明老母,作書奉覆便了。(差官白)暫且告退,還求姜爺速整行裝。(姜維白)少待。(作取封科,白)些須薄意,聊代一茶。(差官白)這個怎敢領?(姜維白)休得見笑,請收了。(差官白)如此從命,多謝了!(收科,姜維白)好說。(差官白)公差同報錄。(姜維白)尺牘異蒲輪。(差官下,姜維白)母親有請。(寶氏上,白)爲臣務要忠王事,教子須當讀父書。(姜維揖科,白)母親!(寶氏白)我兒請我出來,有何話說?(姜維白)故人梁緒,舉薦孩兒爲本郡參軍。孩兒稟明母親,意欲作書辭謝。爲此特請母親出來告知。(寶氏白)他有差人來麽?(姜維白)差官立等孩兒赴郡,有書在此。(寶氏作接書科,白)待我看來。(看科,白)兒吓,難得他一片好心,你也不必推阻,你今已是壯年,豈不知立身之道?(唱)

【古輪臺】古人言,男兒何事最爲先,能知大孝須榮顯。寒燈雪案,受書維艱,也只爲門閭光煥。耀祖揚宗,里人競羨,曾聞捧檄爲親歡。(姜維白)

孩兒遠離膝下,無人侍奉甘旨。(寶氏白)兒吓,(唱)相離不遠,朝夕程途信堪傳。感天憐憫,幸此身康健。(姜維白)母親獨自在堂,朝夕誰人看管?孩兒怎忍拋棄親娘,就此微職。(寶氏怒科,白)唔!(姜維跪科,寶氏白)你敢違母命麼?可知官職雖微,前程萬里。今日授祿於仕途,便是你養親之志。難道畢竟要没父母的,纔干得功名麼?(唱)看來遊宦,豈盡二親捐。行須趲,再推辭忤逆罪難逭。

(白)速整行裝,即同差官赴郡。(姜維應科,寶氏白)兒吓,不是做娘的苦苦的來強你,若得你顯姓揚名榮宗耀祖也,不枉我教子一番。你若牽掛老娘,俟公事有暇,亦可回家探望,不必遲疑,進去收拾行裝。(姜維白)謹依母命。(唱)

【尾】區區微職何足羨,豈若承顏膝下歡?(寶氏白)兒吓!(唱)你姓字須教青史傳。(下)

第三齣 冒名賺援

(假裴緒上,白)雙羽軍書馬似飛,誰人敢不赴重圍。哪知調虎離山去,二郡人民何處歸。自家,乃諸葛丞相帳下心腹將官是也。俺丞相自出師伐取中原,魏王命夏侯楙督兵迎敵[1],我軍連獲全勝,將夏侯楙困在南安,計定必擒。俺丞相欲將安定、天水二郡一鼓而下,爲此設下奇謀,命俺充作魏將裴緒,齎文書一紙,前到二郡,賺取援兵,此爲調虎離山之計也。安定郡已入俺丞相轂中,不免急往天水郡去者。故作慌張狀,加鞭急似飛。(下。四軍士引馬遵上,唱)

【四園春】誰識昆明鑿漢年,太平方慶又狼烟。(梁緒上,唱)鄴封今已受倒懸,坐視情知心不安。(白)使君。(馬遵白)功曹少禮。下官,天水郡太守馬遵是也。只爲蜀兵侵犯,圍困南安。倘夏侯都督被陷,如何是好?(梁緒白)都督全軍俱敗,蜀人勢愈倡狂。我等邊郡,皆有累卵之憂,須當戒嚴防備,一面告急京師,請軍禦敵才好。(一將官引假裴緒上,唱)南安傳羽檄,如溺望相援。

(將官白)將軍請少待。啓爺,夏侯都督差心腹將裴緒,有緊急軍情,自安定而來,現在外廂要見。(馬遵白)請進來。(將官應,白)請相見。(下。假裴緒進見科,白)使君,末將有禮了。(馬遵白)將軍請了!將軍到此,有何見諭?(假裴緒白)使君聽啓。(唱)

【舞霓裳】上告使君聽拜言，爲南安，現今受困日如年。有誰憐？城頭舉火望援空凝眄，何曾一騎到跟前。（馬遵、梁緒白）如此説，南安圍困甚急了？（假裴緒白）南安危在旦夕。俺都督爺盼取安定、天水兩郡救兵又不至，無計可施，只得寫下告急文書，命小將殺出重圍，前來求援。（呈文科）此係都督文書，小將已傳至安定，崔使君已經起兵去了，使君勿得遲延。（唱）速發令提兵趨援。（馬遵白）既有文書，將軍且請賓館暫待，容下官即刻商議，起兵赴援便了。（假裴緒白）如此，小將暫退。一身馳二郡，片紙致三軍。（下。梁緒白）此事，使君如何處之？（馬遵白）南安被圍，理合救應。況有夏侯都督公文告急，如何遲緩？（梁緒白）蜀兵勢重，兩郡軍馬未必能退，莫若且保此城，待朝廷援兵一到，然後同去趨援，方爲萬全。（馬遵白）説哪裏話來？夏侯都督乃朝廷至戚，倘有差池，吾罪難逭。功曹保守城池，吾自統兵往救便了。過來。（軍士應科，馬遵白）速去傳集大小三軍，候令起兵。（軍士應，下。馬遵唱）當黽勉，若教坐視，罪狀懼難逭。（同下）

校記

［1］魏王命夏侯楙督兵迎敵："侯"字，原本作"候"。今改。下同。

第四齣　識詐伏兵

（姜維上，唱）

【粉孩兒】聞傳道羽書來求兵援，這其間就裏，早識破機關。（白）俺姜維，自從別了母親，來到天水，蒙馬使君十分敬重。適纔聞得夏侯都督命裴緒齎送文書，來此求援，這必是諸葛孔明調虎離山之計，欲要暗襲俺天水耳。馬使君不測其機，竟欲提兵往援，爲此急急前來諫阻。（唱）使將巧計把咱瞞，若墮機謀後悔應難。（作到科，一軍士暗上，白）參軍來了。（姜維白）快去通報。（軍士）請少待。老爺有請。（二軍士引馬遵、梁緒上，唱）集三軍執鋭披堅，急救應怎敢俄延。

（一軍士白）參軍來了。（馬遵白）快請。（軍士白）請相見。（姜維進見科，白）使君在上，姜維參見。（馬遵白）伯約請了！（姜維白）使君傳集三軍，敢爲往南安赴援麼？（馬遵白）夏侯都督受困，飛檄請兵，少不得統兵前去救應。（姜維白）使君兵救南安，正中諸葛亮之計矣。（馬遵白）何以見得？（姜維白）使君！（唱）

【福馬郎】想像堪知詭計顯,他那裏呵水屑難通綫,書怎遣?賺得你兵出境似虎離山,他就近取城垣,你半途裏受迍邅。

(馬遵白)那夏侯都督現有心腹之將裴緒齎送文書在此。(姜維白)聞得那裴緒,乃是個無名小將,人人都不相識,難辨真假,況那夏侯都督全軍俱敗,僅以身免,那兵符令箭何以爲憑?使君請自思之。(馬遵白)呵呀,若非伯約之言,險中其計。我今欲將裴緒斬首,又恐真的。爲今之計,如何是好?(姜維白)他既設計前來賺俺軍馬,附近必有伏兵,不如放那裴緒回去,只說俺這裏即刻起兵,使君可帶領軍馬前行三十里即回。待俺帶領五千人馬,埋伏要路。他見使君兵行,必來襲取城池,待俺舉火爲號,前後夾攻,倘然諸葛亮自來,必被吾擒矣。(馬遵白)此計甚妙,梁功曹,速去發付裴緒回報,一面保守城池。(梁緒應,下。四小軍暗上,馬遵白)我與伯約就此分兵前去便了。(姜維白)有理。(馬遵白)大小三軍,就此分兵出城者。(衆應,同唱)

【紅芍藥】權認作,中爾機關,豈肯去調虎離山。任計算瞞天寄雲翰,怎逃咱智囊明見。分兵各看號火燃,奮精神將伊擒獻。那其間圍解南安,穩博取姓揚功建。(同下)

(設天水城,四小軍引趙雲上,唱)

【耍孩兒】天水援兵去已遠,須把伊城盼。料想着閑寂空垣。(白)俺,趙雲。奉丞相鈞旨,率領兵將,埋伏在天水郡左近,只待馬遵領兵出城,即便襲取。適纔探馬報導,馬太守統兵赴援南安,軍行已遠,爲此催趲人馬前來。衆將官,速速向前圍城者。(衆應科,同唱)料文官,軟怯怯聞敵心驚顫。誰拒守定納軍前款,全不用相爭戰。

(軍卒白)已到城下了。(趙雲白)城上的聽者,俺乃常山趙子龍是也。若知中俺丞相妙計,早獻城池,免受誅戮。(梁緒暗上城科,白)哈哈哈,你中了我姜伯約之計,尚然不知,必被俺伯約所擒也。(唱)

【會河陽】你慢逞奇謀,將人貌看,吾儕早識恁機關。今爾入我樊籠,受拖刀可憐,難逃避休埋怨。(內作金鼓聲,趙雲白)呀!(唱)望中兵火燒成一片,耳中喊殺聲成一片。

(小軍引姜維衝上,白)老將,認俺姜伯約否?(趙雲白)殺盡英雄,安識小子?(作戰科,下。梁緒下。撤城。小軍引馬遵上,唱)

【縷縷金】將兵去轉回還,遙觀吾郡畔,火連天。料想蜀兵到,相持鏖戰。(白)遠望城邊火起,爲此急急回兵。衆將官,奮勇衝殺,擒拿蜀將者。(衆應,同唱)須教急趕更加鞭,同把奇功建,同把奇功建。(下)

（姜維、趙雲等上，戰科，馬遵等上，夾戰，作圍趙雲科，趙雲衝圍，敗下，軍士等白）趙雲突圍走了。（馬遵白）緊緊的追趕。（衆應，同下，趙雲等上，唱）

【越恁好】險遭伊手，險遭伊手，反落機縠間。幸然奮力，突圍走，免摧殘。一生從未敗陣還，今朝顏汗。（白）姜維小子，好生利害，被他預設伏兵，反中了他夾攻之計，幸爾突出重圍，不意此間，竟有這樣人物，不免回至大營稟知丞相便了。（唱）回營去交命令，休遲慢。回營去重計較，休輕慢。

（馬遵、姜維等追上，趙雲等急下，馬遵白）哈哈哈！諸葛亮有鬼神莫測之機，趙子龍有萬夫不當之勇，今日被伯約識破機謀，將趙子龍殺得大敗。哈哈哈！此皆伯約之功也。（姜維白）使君慢喜，趙雲敗去，諸葛亮必來。（馬遵白）如若他來，却怎麽處？（姜維白）不妨。他料我軍必然保守城池，今可將本部兵馬，小將與使君各引一半，伏於城外東西兩處，命梁功曹率領百姓守城。諸葛亮到來，未必即刻攻城，待至黃昏，伏兵俱起，諸葛亮可擒也。（馬遵白）伯約妙算，吾當從之，功成之後，吾當一力保舉。且自收兵，明日準備便了，收兵回城。（衆應，同唱）

【尾】明朝準備伏兵按，慢誇恁諸葛神謀天下傳。也須知伏虎擒龍人更便。（同下）

第五齣　諸葛驚師

（四軍士、四將官、魏延引諸葛亮上，唱）

【滴溜子】南安郡，南安郡烽煙已掃。中原寇，中原寇眼前可勦。天下全無消耗。（白）某前用奇謀，取了南安、安定二郡，夏侯楙已被擒獲，餘將悉降，曾遣子龍去襲天水，至今未見消息，不免遣魏延前去接應他便了。（唱）我心中暗自猜，敢爲機宜不巧，須再遣貔貅，接應爾曹。

（趙雲上，唱）

【又一體】統兵去，統兵去遭他計較。將咱的，將咱的威風頓掃。若非拼身騰躍，殘生轉眼間，吉凶難保。（作進見科，白）丞相，末將不才，敗陣而回。（諸葛亮白）何以致敗，快些講來。（趙雲白）遵奉丞相之命，在天水左近伏兵，探得馬太守兵救南安而來，吾即督兵取城，不想他那裏預已參透丞相之謀，有一姜維領軍暗伏城外，吾方欲攻城，他那裏伏兵遽起，馬太守又回兵來攻，所以大敗。（諸葛亮白）吓，姜維是何等人，能識破我的玄機？（趙雲白）吾已訪問明白，姜維字伯約，乃天水冀人，事母至孝，文武兼全，智勇足備，果然人物奇偉，槍法精明，誠乃當世之豪傑也。（諸葛亮白）吾料取天水甚易，不想竟有如此奇人，吾若不生制此人於麾下，又生吾一大患矣。傳令後軍勿動，待吾親引前部先行。（衆應科，諸葛亮白）就此前去。（衆應，同唱）拔寨移兵，揮動旌旄。

（同下。四小軍、四將官引馬遵、姜維上，同唱）

【神仗兒】伏兵四繞，潛行中竅。莫猖揚顯耀，免被巡兵偵哨。（馬遵白）衆將官，此去分頭埋伏，待蜀兵到來，黃昏時候，舉火爲號，不得有違。（衆應，同唱）今夜裏捉伊曹，今夜裏捉伊曹。

（馬遵白）就此埋伏者。（同下，埋伏科，下。四軍士、四將官引諸葛亮等上，同唱）

【又一體】輕兵先到，雄威勇躍。他孤城彈小，縱有奇才怎保。恁小將慢稱豪，恁小將慢稱豪。

（衆白）已到天水郡了。（諸葛亮白）你看旌旗密佈，防守甚嚴，日間不必攻城，暫且安下營寨，待等月上後攻打便了。（衆應，駐營科，諸葛亮白）大小三軍，聽吾號令。（衆應科，諸葛亮白）凡攻打城池，須以軍到之日，激勵三軍，鼓譟直上。若候日久，急切難破，爾等暫去歇息，直待月上時，率領三軍一擁齊上，不得有違。（衆白）得令。（諸葛亮白）衆將暫退。（衆應科，分下，諸葛亮白）不免將兵書展玩一番。（唱）

【鮑老催】奇兵貴少，堅城久頓徒貽誚。謀須非想人難料，兵勤練，地理明，天文曉，輕人莫道自家妙，兵驕易落敵圈套[1]。（內作金鼓喊聲科，諸葛亮白）呀！（唱）聽何處軍聲噪。

（軍將引魏延、趙雲上，白）啟丞相，不知何處來的軍馬，四面八方，圍裹上來，軍士們亂慌逃奔，請丞相速速上馬，待吾等保護，殺出重圍去罷。（諸葛亮上馬科，馬遵引軍士上，諸葛亮下，趙雲、魏延等拒戰科，下。趙雲保諸葛亮上，姜維引軍士執火具上，圍繞科，諸葛亮白）你看那一帶火光，勢若長蛇，誠謂兵不在多，此人調遣有法，真乃將才也！（趙雲白）此即姜維也。（內喊介）兵馬至矣，丞相先行。（諸葛亮下，姜維、馬遵、魏延等接續上，大戰科，魏延、趙雲等敗下，軍士白）蜀兵大敗。（姜維白）可惜走了諸葛亮。（馬遵白）就此收兵。（同唱）

【雙聲子】三軍笑，三軍笑，重唱凱真雄耀。伊兵耗，伊兵耗，料想彼魂應掉。功績高，宜奏告，回軍暫憩，準備宴犒[2]。（同下）

校記

[1] 兵驕易落敵圈套："兵驕"之後，原文斷簡錯頁。今依劇情接。
[2] 準備宴犒："犒"字，原本形近誤作"稿"。今改。

第六齣　姜維入彀

（軍將引諸葛上，唱）

【破陣子】何物倡狂賣弄，端因輕敵差訛。

（白）勝負從來不可論，投鞭壯志覆全軍。一時失計尋常事，豈爾真空冀北群。吾昨者輕敵，未作提防，又中姜維之計。我想一個姜維尚不能勝，如何破魏恢復中原也？要除姜維，有何難事？但愛其才勇，可惜誤落敵邦，怎生設一奇謀，收入彀中，則添吾一羽翼矣。（想科，白）有了。過來。（軍將應科，諸葛亮白）安定降軍中有曉事者，喚一名過來。（軍將應，下。諸葛亮白）我想安定與冀城臨近，降軍中必有知其履歷者，倘有機栝，以便行事。（軍將引一降軍士上，白）隨我來，見了丞相。（降軍白）丞相在上，安定降軍叩頭。（諸葛亮白）起來，你可知那姜維的履歷麼？（降軍白）小的曉得，那姜維之父名喚姜冏，曾爲天水郡功曹，殁于王事。其姜維自幼事母至孝，文武雙全。（諸葛亮白）今其母尚在否？（降軍白）其母尚在，現居冀城。（諸葛亮白）這天水附近何處最爲緊要？（降軍白）天水錢糧俱在上邽。若上邽有失，天水糧絕矣。（諸葛亮作會意科，白）引他後營領賞去。（軍將應科，降軍白）多謝丞相爺！（下。諸葛亮白）姜維既稱至孝，必不拋舍其母，即此便可用計矣。（唱）

【玉芙蓉】奇才世不多，當面休教錯。細思量怎生，佈綱張羅。長繩須把蛟龍鎖，遠絏還將虎豹拖。有了，收良佐，須把冀城圍裹，待伊來豈愁無計奈爾何。

（白）傳衆將上前聽令。（軍將白）丞相鈞旨，傳衆將上前聽令。（軍卒、趙雲、魏延上，見科，白）衆將打躬。（諸葛亮白）諸公少禮，子龍聽令。（趙雲應科，諸葛亮白）你可引本部人馬前去攻取上邽，若有救兵，放他進城，只須遠遠圍定，可取則取，難取則圍，不可性急。（趙雲應，下。諸葛亮白）魏延聽令！（魏延應科，諸葛亮白）你可引本部人馬，前去圍困冀城，如姜維來救，可放他進城，重重圍困，不必攻打。我還有妙計授你，然後行事，不得有違。

(魏延應科,下。諸葛亮白)過來,你可持吾令箭一枝,星夜往南安,取夏侯楙軍前聽用,不得有違!(付令箭科,一軍將應下。諸葛亮唱)

【又一體】南山置網羅,定自遭摧挫。把伊家將佐,調出巢窠。還須發付人一個,反間狐疑散楚歌。成災禍。他腹心自訛,管教他入咱機縠怎騰挪。(同下)

(姜維上,唱)

【破陣子】深慮母罹災禍,防危叩請干戈。

(白)俺姜維聞得蜀人分兵去取上邽與冀城,老母在冀,倘有疏虞,如何是好?為此急急向使君借兵前去,一則保守城池,二則護衛老母。來此已是府門了,有人麼?(一軍士上,白)甚麼人?原來是姜老爺。(姜維白)快去通報,說我要見。(軍士白)請少待!老爺有請。(馬遵上,梁緒隨上,同白)怎麼說?(軍士白)參軍姜老爺在外。(馬遵白)快請!(軍士應,白)請相見。(下。姜維進見科,白)使君!(馬遵白)伯約請了!兩敗蜀兵,不敢近擾,皆伯約之力也。(姜維白)慚愧。適纔報子探得蜀人兩路分兵,去取上邽與冀城也。(馬遵、梁緒作驚科,白)阿呀,這便怎麼處?(姜維唱)

【朱奴兒】蜀軍衆紛紛似梭,將鄰邑附近偷睃。懷恨而今起怒波,暮年母恐罹災禍。(馬遵白)伯約,如今意欲何為?(姜維白)今乞借一軍,往救冀城,兼保老母。(唱)如星火,憂心自磋,望憐憫施恩大。

(馬遵白)伯約去了,郡城奈何?況上邽亦係緊要所在,錢糧關係不小。(唱)

【又一體】君今去郡城奈何?上邽地積聚饒多。軍務倥傯怎動挪?這般事商量誰個。(姜維白)老母今在冀城,倘有所失,非人子之心也。上邽緊要之地,亦須往救。郡城堅固,料他不敢輕犯。告急文書已去,不久自有兵來。乞使君定奪,以救燃眉。(梁緒白)伯約所言亦甚有理,使君早為定奪。(馬遵白)伯約孝念如此,敢不依從。你可帶領三千人馬,去救冀城。上邽,吾急遣人往援便了。(姜維白)多謝使君!姜維就此告別也。(唱)如星火,憂心自磋,望憐憫施恩大。(下)

第七齣　計成反間

(夏侯楙上,唱)

【普賢歌】自從城陷我遭擒,每日愁懷淚濕襟。尋思自恨深,災殃我自尋。赫勢威風今有甚?

（白）我，夏侯楙，官居都督。又是國戚富貴，已到極處，只該安分受用罷了。偏偏不自量力度德，妄想統兵前來拒蜀，未曾與諸葛亮交爭，先被他前鋒所敗，逃至南安，誰知城陷被擒。一向羈囚在蜀營中，無法逃脫，忽然有令箭來[1]，提我到軍前。我自料這顆頭有些不保。到了軍前，那諸葛亮說，你可怕死麼？我聽見一個死字，不覺那膝蓋就是這樣軟將下去，苦苦哀求，他說："今有冀城守將姜維，我曾著人去招降他，他道夏侯都督若在，他便願降。如今與你衣甲馬匹，可往冀城，招取姜維來降，功勞不小。"我就連忙應承說："得令！"哈哈，幸喜他不曾差人同我前來，不免且投大郡安身，再作計較。但是南安、安定二郡，俱被蜀兵所取，只有天水郡尚在，聞得那太守名喚馬遵，只好竟投那裏去便了。啊呀，不要走差了，又投到死路上去吓。（衆蜀軍扮逃民上，唱）

【又一體】無端守將忒欺心，背國降仇惹害侵。兵卒又貪淫，將軍又愛金，戶散人逃魂顫凜。

（夏侯楙問白）你們慌慌張張做甚麼的？（逃民白）逃難的。（夏侯楙白）從哪裏逃來的？（逃民白）從冀城逃來的。（夏侯楙白）爲著何事？（逃民白）守將姜維降了蜀人，蜀將魏延縱放軍士搶掠人家，戶戶遭殃，人人逃命。（夏侯楙驚科，白）你們逃往哪裏去呢？（逃民白）我們逃往上邽去，不要閒話，大家快走，看有蜀兵追來。（下）（夏侯楙白）吓，姜維已經獻了冀城，如此說，不用我去招降的了[2]。他們說有蜀兵追來，不免快些遄行，往天水郡去便了。早覓安身處，加鞭莫逗留。（下）（馬遵、梁緒上，白）眼望援兵無實信，耳聞降敵怕訛傳。（馬遵白）功曹，外廂紛紛傳，說伯約降了蜀人，未知確否？（梁緒白）伯約，賢士也。忠孝傳家，豈敢負國。況兩次敗蜀，與蜀爲仇。且冀城未聞攻急，如何肯降？使君莫爲流言所惑。（馬遵白）我也是這等想，伯約恐不至如此。（一卒上，報白）夏侯都督到了。（馬遵驚科，白）是，是夏侯都督麼？（一卒白）有人認得，果是夏侯都督。（馬遵白）知道了。（一卒下，馬遵白）我等快去迎接。（夏侯楙上，白）心如魚漏網，身似鳥投林。（馬遵、梁緒白）太守馬遵、功曹梁緒，迎接都督！（夏侯楙白）請了，請了。（同進，馬遵、梁緒白）都督請台坐，待下官等參拜。（夏侯楙白）不消，不消。只行常禮罷。（馬遵、梁緒白）從命。（各坐科，馬遵白）聞得都督被陷，今日何緣光降？（夏侯楙白）唉，一言難盡。下官呵！（唱）

【好姐姐】不材將兵可磣，嘆迎敵兵逃難禁。南安往投，援兵不見臨。心愁懍,安定見援如懷鳩,賺破城池身被擒。

（馬遵白）都督既被擒獲,今日怎得脫身到此？（夏侯楙白）虧了一個人。（馬遵、梁緒白）虧了哪個解救？（夏侯楙白）虧了你這裏的冀城守將姜維。（馬遵白）吓,那姜維去救都督出來的。（夏侯楙白）非也。我自被擒,那諸葛亮每每勸我投降,我說："我乃大魏金枝玉葉,安肯降你？"（馬遵白）他便怎麼樣？（夏侯楙白）他便十分大怒,却又不敢奈何我,只將我羈囚在那裏。不意忽然自南安提我到軍前,只道是要殺我,原來不是。那諸葛亮道："今有冀城守將姜維,他說如有夏侯都督在,他便願降。"諸葛亮說："想是你平日爲人好,你如今肯招了姜維到來,你若願降,不失封侯之貴；若不願降,送你還魏。"（馬遵白）都督何以處之？（夏侯楙白）我爲脫身之計,只得應承他去招降姜維,所以脫身到此。誰想倒不用我去的[3],那姜維早已降蜀了。（梁緒白）只怕那姜維是欲救都督,故假言願降,未必實肯降蜀。（夏侯楙怒科,白）唔！這官兒叫甚麼？（馬遵白）此乃功曹梁緒。（夏侯楙白）你莫非與姜維是一黨,怎麼知道他不是真心降蜀呢？（梁緒躬科,白）不敢！（馬遵白）他人有心,予忖度之。梁功曹不過猜料而已,都督何必動怒？都督可曾去招那姜維投蜀麼？（夏侯楙白）我不過借此脫身,焉肯自去招降？（馬遵白）都督未見姜維,哪知他降蜀誠僞？（夏侯楙白）我一路來過,見那些逃難的百姓,說是從冀城來,道守將姜維獻城降蜀,蜀將魏延縱兵焚掠百姓,故此逃走。難道假的？（馬遵白）如此說來,那姜維果然降蜀了。噫,可惱吓,可惱！（夏侯楙白）哈哈！那姜維雖是魏國的叛賊,却是我救命的恩人也。（內起更科,馬遵白）天色已晚,請都督後面上席。（一卒上,報白）啓爺,姜維領兵圍住城門,要請都督爺答話。（衆驚科,馬遵白）有這等事？我與都督快去看來。（下）（小軍引假姜維上,同唱）

【倒拖船】一模樣威風甚,威風甚。雄兵似水將城浸,將城浸。夜深哪辨咱和恁,看天水眼前臨。便疑心,豈相侵,管教他窮鳥已無林。

（假上城,白）爾是何人？請我答話。（假姜維白）我乃姜維是也,我爲都督而降蜀,都督爲何背約？（夏侯楙白）此人正是姜維麼？（馬遵白）像是,像他一般。（夏侯楙問軍士科,白）你們看可是他？（軍士看科,白）正是姜維,一些不差。（夏侯楙白）咦,姜維！你既受魏恩,何故降蜀？我背了甚麼約來？（假姜維白）是你寫書約我降蜀,你爲何逃脫到此？（夏侯楙白）我何曾寫甚麼書來？只怕你做夢。（假姜維白）現有書在此,不必抵賴。我今降蜀,已加爲上將軍。都督若降,不失封侯之貴。（夏侯楙白）咦,胡說！我乃大魏國戚,豈似你一小卒麼?(假姜維怒科,白)咦,夏侯楙!我奉諸葛丞相之命,特來擒你。你若不降,打破城池,悔之無及。衆將官,奮勇攻城,今晚務要成功。(衆應,作攻城科,城上作放箭擲炮石,復攻,復拒。內作雞鳴科,小軍白)雞鳴了。(假姜維白)就此收兵回去。(引小軍下。夏侯楙白)退去了,退去了。賊兵雖退,大小軍士,須要用心把守,不可懈怠。(衆應科,同白)賊兵雖暫退,防守更須嚴。(同下)

校記

[1] 忽然有令箭來:"令箭"與"來"之間,原本錯簡。今依文意改。
[2] 不用我去招降的了:"降"字之後,原本有一"得"字,衍。今刪。
[3] 誰想倒不用我去的:"的"字,原本作"得"。今改。

第八齣　勢竭允降

(四魏軍引姜維上,唱)

【集賢賓】逞西風雄心陡猛烈,領鐵騎將糧劫。急忙忙豹幡暗掣,一行行雁陣橫斜。(白)平生壯志勵丹忠,新喜出奇勝臥龍。三郡英雄誰得似,試看今日又成功。俺,姜維,蒙馬使君助兵保救冀城,幸得母親無恙。今因守日久,城中糧盡。探得魏延軍糧恰到,俺今出其不意,前往劫取,以給軍需。衆軍士,就此前去者。(衆應科,姜維唱)俺只爲腹空虛,厮庚癸,諳嗟。您個滿倉箱菽穀堆疊,怕甚麼探龍潭與虎穴,何似恁爲人須爲徹。(軍卒白)離蜀營不遠,糧車俱在營前。(姜維白)就此殺上前去者。(唱)須索念泛舟紓晉糴,受困際陳絕。(同下)

(蜀軍推糧草上,白)運糧誠不易,交割更云難。我們乃蜀中運糧軍士。(一白)自漢中運到大營,辛苦已極。今又撥到魏延軍營中來,偏偏將軍又不在營中,管糧的不肯收納,說要等將軍回來才收。你道受累不受累?(一白)糧未交割,干係還在我們身上。只怕將軍一年不回來,要我們在此看守一年哩。(內作喊聲科,蜀軍白)阿呀,有劫糧的來了!怎麼處?(姜維引軍卒上,殺散蜀軍下。姜維白)你看,運糧軍士都已逃走,不必踹他的營寨。取了糧車,回城去者。(衆應,作推車行科,姜維唱)

【逍遙樂】咱不過是軍糧暫借,豈是偷營非同盜竊。莫認作妖鼠飛劫,大膽姜郎不道謝。俺這裏喜孜孜簇擁盈車,笑吟吟回家去也。莫道俺奪食,梟神雙足跌。（軍士引張翼上，白）劫糧賊哪裏走？（姜維白）來將何名？（張翼白）俺乃前軍都督張翼是也。快快留下糧車，饒你性命。（姜維白）不必多言，放馬過來。（戰科，軍士作搶糧車，合戰下。姜維、張翼上戰，張翼下。姜維唱）

【醋葫蘆】咱生來膽壯烈，豈懼恁豪傑。縱教軍擺長蛇，十方埋伏俺何怯。慢思量前來阻截，這長天怎被暮雲遮。

（張翼復上，白）姜維，你敢來與俺決雌雄麼？（姜維白）有膽量只管來吓。（戰科，王平上，白）姜維，哪裏走？俺，將軍王平在此。（姜維白）任你千軍萬馬，吾何懼哉？看槍！（合戰科，姜維下，張翼、王平追下。軍士、軍卒上，戰，下。姜維白）蜀兵勢衆，我軍只有三千。糧車依舊奪去，怎生是好？（張翼、王平上，白）姜維，你今中了俺丞相之計也。早早投降，饒你一死。（姜維白）休得胡言，放馬過來。（戰科，張翼向下白）魏軍降者免死。（姜維怒科，白）看槍！（戰科，姜維敗下，張翼、王平追下。姜維上，白）三千人馬凋零殆盡，只得回去，保守城池要緊。（場上設冀城科，姜維白）來此已是，快些開城。（魏延上城科，白）伯約，吾已取了城池也。（姜維驚科，白）阿呀，不好了！中了諸葛亮之計也。（王平上，白）姜維，爾城已陷，還不歸降，更待何時？（姜維白）休得胡言，看槍！（戰科，同下。魏延白）你看，姜維敗去，必奔上邽天水，俺不免尾後追趕，逼他投降便了。（下，隨撤城。姜維敗上，白）冀城已陷，只得投奔天水郡去，再行商議，復取冀城便了。（唱）

【掛金索】中計堪嗟，却把我城池竊。擺下糧車，故把我身軀拽。半路邀遮口口如秋葉[1]，教我癡呆，斷送了家和業。

（場上設天水郡城科，姜維白）且喜已到天水郡了。城上軍士，快些開城。（夏侯楙、馬遵、軍士上城科，白）甚麼人叫門？（姜維白）俺姜維在此。（夏侯楙白）吓，你這反賊又來了。（姜維白）小將不才，失了冀城，追兵急至，快些開城。（夏侯楙白）放你進來，好擒捉我們？不許開城！（馬遵白）你這厮，既已降蜀，又來攻城。今日到此，敢想賺開城門麼？軍士們，放箭！（軍士作放箭，姜維退走科，夏侯楙等下，隨撤城。內作喊聲科，姜維驚白）追兵又至，城又不開，如何是好？也罷，且投上邽，再作道理。（唱）

【金菊花】他那裏城門緊閉，影詫弓蛇。教咱有口怎樣分説，使君何事逐昏邪。（白）那罵俺反賊者，却是何人？實爲可恨。（唱）多應是姜菲婆舌，却將俺忠良國士恁磨折。

（場上設上邽城科，姜維白）迤邐行來[2]，已到上邽城下了。（內作金鼓喊聲科,姜維白)呀,追兵將至矣,城上快些開城!(梁虔上城科,白)何人叫城?(姜維白)姜伯約在此,快些開城!(梁虔白)伯約,你既降蜀,此來敢是要賺我開城麼?(姜維白)賢弟,你怎麼也説這話?我姜維何曾降蜀來!(梁虔白)你既不降蜀,爲何獻了冀城?(姜維白)陷了冀城,是我誤中奸計。(梁虔白)既獻城池,便是實心降蜀了,怎説中計?你果未降,何不到天水郡使君處分解?(姜維白)適纔已到郡城,只見一人同馬使君在城上,不容進城,反加箭射,只得投奔至此。(梁虔白)那人必是夏侯都督,他那裏既不容你進城,我這裏焉敢容你,去罷。(姜維白)阿呀,賢弟,怎不念交契之情矣?(梁虔白)交契乃私情,這是國事。況家兄與眷屬俱在郡城,我若徇私,豈不爲你都斷送了?不必饒舌,快些去罷!(下)(姜維白)阿呀,罷了吓,罷了!今日天絕我也!(唱)

【梧葉兒】無辜的遭冤業,沒來由困英傑。把長城自壞痛傷嗟,怒冲冲交情別。呀,聽聽聽,喊殺聲近來也,則俺潑殘生今朝斷絶。

(魏延上,白)姜維,何不早降?俺來也。(戰科,下。姜維上,白)我雖殺出重圍,争奈無路可歸,如何是好?也罷,俺不免徑往京師,訴俺冤枉去者。唉,人猶勉强,這馬却十分懞倦,只得緩緩而行便了。(唱)

【後庭花】則俺倦身軀猶架遮,可奈這馬瘏矣筋力竭。欲歸去無家舍,望長安空怨嗟。(内金鼓喊聲科,姜維白)呀!(唱)猛聽得那四野,鬧嘈嘈軍聲不絶。咱縱然身似鐵,怎當他爐火熱。枉英雄徒激烈,陷龍潭落虎穴。阿呀,親娘吓!今日盡忠身拼教舍,可知我老萱堂暮景賒,只落得杜鵑紅血淚喋。

(張翼、王平、魏延、衆軍士上,戰,下。諸葛亮上,白)天馬精神海鶴姿,風流儒雅作人師。茫茫四海誰知己,今喜夔龍集鳳池。姜維已入我彀中,料他無路可歸,必往京師控訴,爲此特御輕車,在此候他。(衆追,姜維上,作圍科,諸葛亮白)衆將,不得動手。伯約,事勢至此,何不請降?(姜維白)唉,大丈夫勢敗,分當一死。無奈此心不明,老母猶在。若丞相念維之志,當負母入山,不求仕禄矣。(諸葛亮白)伯約,具此經濟之才,世所罕有。吾自出茅廬以來,遍求賢者,願罄吾所學而授之,未得其人。今遇伯約,亦非偶然。若肯傾誠師我,吾願足矣。(姜維白)阿呀,姜維冒犯虎威,反蒙傾蓋如是。倘蒙作養,敢違訓言。(下馬科)情願拜投門牆,伏乞青目。(諸葛亮笑,白)伯約,請起!就此收兵。(同唱)

【浪裏來沙】這回呵險喋血兵火劫,喜仙喬幽谷且拋撇。感恩師收入門

牆也,豈似那忠誠一腔熱,怎忘恁相逢如故這情協。(下)

校記

［1］半路邀遮□□如秋葉:"邀遮"之後,原本殘缺二字。
［2］迤邐而行:"迤"字,原本作"迱",誤。今改。

戰　歷　城

無名氏　撰

解　題

　　昆曲。清無名氏撰。未見著録。劇寫馬超被夏侯淵、楊阜、姜叙三路夾擊，戰敗，妻子兒女被殺，欲投漢中。姜叙稟告夏侯淵，馬超投奔漢中，必經歷城，恐其賺開歷城，傷害老母妻子。夏侯淵令楊阜七兄弟率兵追趕，姜叙二隊接應。馬超冀州戰敗突圍，僅剩三百餘騎。至歷城，詐稱姜叙得勝歸來，賺開城門。姜叙母妻得知姜叙獲勝，正欣喜間，忽聞關外喊聲連天，馬超已殺入衙内。馬超指責姜母助奸爲惡。姜母大罵馬超擾亂邊疆，枉爲漢臣。馬超大怒，盡殺姜叙滿門，以報妻兒被殺之恨。次晨，楊阜兄弟七人兵臨城下，夏侯淵、姜叙率兵先後亦到。馬超出戰，兵寡，戰敗，率部往投漢中。本事當出於《三國志・蜀書・馬超傳》、《三國志・魏書・楊阜傳》。版本今見清《車王府曲本》，題"戰歷城總講"，抄本。今以該本爲底本，校點整理。

第　一　場[1]

（四藍文堂、四藍大鎧站門上，夏侯淵上）

夏侯淵　（念）【引子】掩長空旌旗，揚金勒馬[2]，回首長安。
　　　　（念）（詩）
　　　　　　紅日照盔纓，
　　　　　　英雄膽氣橫。
　　　　　　雙眉斜入鬢，
　　　　　　塞外上將軍[3]。
　　　　（白）本帥，夏侯淵。奉丞相之命，鎮守長安。可恨馬超兵犯冀州，
　　　　　　韋康無謀，開關降順。馬超提起借兵之仇，將韋康斬首轅門。

参謀楊阜假意歸降，告假葬妻，暗往歷城，求救于姜叙。會合我兵，三路夾攻[4]。將馬超殺得大敗，逃回隴西去了。料他再也不敢攻冀州也。

（姜叙、楊阜同上）

（同念）

姜　叙
楊　阜　　妙用機關人難想，
　　　　　龍泉三尺劍收藏。

（同白）元帥在上，某等參見。

夏侯淵　（白）二位將軍少禮。請坐。

姜　叙
楊　阜　（同白）謝坐。有勞元帥領兵遠來，殺退馬超，我等備得有酒，與元帥賀功。

夏侯淵　（白）多謝二位。

姜　叙
楊　阜　（同白）看酒！我等把盞。

夏侯淵　（白）不消。擺下就是。

姜　叙
楊　阜　（同白）從命。

（【排子】飲酒介）

夏侯淵　（白）二位將軍，本帥鎮守長安，乃國家之要，不可一日無主。本帥要領兵回長安，就煩楊參謀鎮守此地，姜將軍兵回歷城，以防馬超後患。二公意下如何？

姜　叙
楊　阜　（同白）元帥高見極是，我等惟命。

（【合頭】【排子】報子上）

報　子　（白）報！啓元帥：小人四路打聽，馬超兵敗漢中去了。特來報知。

夏侯淵　（白）再去打探！

報　子　（白）得令。（下）

姜　叙　（白）哎呀，元帥！想馬超投奔漢中，必要打從歷城經過，恐賺開城池，滿城百姓，老母妻子，必遭其害。請元帥速爲定奪！

夏侯淵　（白）將軍所慮不差。楊參謀吩咐衆將全身披掛大堂！（衆分下）

楊　阜　（白）得令。下面聽者：元帥有命，衆將全身披掛，大堂聽點！

（衆分下）

校記

［1］第一場：原本作"頭場上"。今改。下同。
［2］揚金勒馬："揚"字，原本筆誤作"楊"。今依文意改。
［3］塞外上將軍："塞"字，原本音假作"賽"，誤。今改。
［4］我軍三路夾攻："夾"字，原本音假誤作"加"。今改。

第 二 場

（龍、虎、彪、豹、仁、義、楊阜七人起霸[1]，上）

衆　　（同唱）【點絳唇】
　　　　　　將士英豪，
　　　　　　兒郎虎豹，
　　　　　　軍威好。
　　　　　　地動山搖，
　　　　　　要把狼烟掃。
　　（各通名字）

楊　阜　（白）俺，楊阜。
衆　　（同白）大哥，兄弟有禮[2]！
楊　阜　（白）有勞衆位賢弟，自臨洮領兵前來相助，吾兄不勝之喜也。
衆　　（同白）兄弟們聞得馬超將冀州攻破，弟等援救來遲[3]，兄長勿罪。
楊　阜　（白）元帥升帳，我等小心伺候！
　　（四藍文堂、四藍大鎧、夏侯淵上，姜敘同上）
夏侯淵　（念）【引子】勇貫三軍，列旌旄，掃烟塵指日名標。
　　（上高臺，吹打）
衆　　（同白）參見元帥。
夏侯淵　（白）站立兩旁。
衆　　（同白）啊。
夏侯淵　（念）（詩）
　　　　　　雄似狼牙將似熊[4]，
　　　　　　堂堂氣直果威風。
　　　　　　提兵調將英雄戰，

掃滅烟塵掌握中。

（白）本帥，夏侯淵。因爲馬超投奔漢中，恐結連張魯，復起干戈，乃國家之大患也。楊參謀聽令！

楊　阜　（白）在。
夏侯淵　（白）命你弟兄七人，帶領三千人馬，追趕馬超。聽吾吩咐！
　　　　（【風入松】）
楊　阜　（白）得令！（下）
夏侯淵　（白）姜將軍聽令！
姜　叙　（白）在。
夏侯淵　（白）命你二隊接應！
　　　　（【合頭】）
姜　叙　（白）得令。（下）
夏侯淵　（白）看衆將此去，馬超可擒矣。掩門。
　　　　（衆分下）

校記

［1］楊阜七人起霸："霸"字，原本作"垻"。今改。
［2］大哥兄弟有禮："哥"字，原本作"歌"，誤。今改。本劇下同。
［3］弟等援救來遲："援"字，原本作"求"。今改。
［4］雄似狼牙將似熊："熊"字，原本作"雄"，非。今改。

第　三　場

（四上手、龐德、馬岱、馬超上）

馬　超　（唱）【新水令】
　　　　統雄師兩番敗西凉[1]，
　　　　怎擋他三路兵將。
龐　德　（同唱）
馬　岱　殺氣滿乾坤，
馬　岱　（唱）紅日墜斜陽[2]。
馬　超　（同唱）【前腔】
馬　岱
龐　德　血染銀痛嚴親，
　　　　灑淚胸膛。

| 馬　超 | （白）俺，馬超。自潼關敗兵，回轉隴西，命龐德借兵數萬，唯有冀州韋康不肯借兵，反結連曹操。俺只得統領羌兵，攻打冀州，將韋康斬首。不想楊阜假意歸降，私往歷城，搬來姜叙，會合長安夏侯淵，裏應外合，將俺妻子孩兒斬首城樓[3]，三路兵馬將我等圍困垓心，且喜殺出重圍。龐德、馬岱！查看我軍還有多少人馬？ |

| 龐　德
馬　岱 | （同白）還有三百餘騎。 |

| 馬　超 | （白）怎麼講？ |

| 龐　德
馬　岱 | （同白）還有三百餘騎！ |

| 馬　超 | （白）蒼天哪，蒼天！俺馬超統領數萬之衆，今日冀州一戰，只剩三百餘騎，使俺有家難奔，有國難投。叫俺好不痛煞我也！ |

| 龐　德 | （白）將軍，自古軍家勝敗，古之常有，何必愁悼？ |

| 馬　岱 | （白）大哥兩次領兵失陣，羌中人皆怨恨。若是回轉西涼，恐人暗算。不如奔投漢中張魯處，暫且安身，自有報仇之日。 |

| 馬　超 | （白）賢弟之言極是[4]。衆將官！往漢中去者！ |

（同唱）【折桂令】

俺亦曾破雄關四海名揚，
曹瞞膽喪唬得他棄袍奔忙。
想起了父弟淚汪，
到今日兵敗悽惶，
叫俺無顔回鄉。
猛抬頭把程途騁望，
冷清清人奔何方？
俺暫效楚國伍相逃秦的孟嘗，
怎能够重破潼關，
殺叫他屍塞道旁。

（同領下）

校記

[1]統雄師兩番敗西涼："兩"字，原本筆誤作"西"。今改。

[2] 紅日墜斜陽："墜"字,原本筆誤作"隊"。今改。
[3] 將俺妻子孩兒斬首城樓："將"字,原本無。今依文意補。
[4] 賢弟之言極是："極"字,原本音假誤作"及"。今改。

第 四 場

(四藍文堂站門上。【江兒水】楊阜七人同上)

楊　阜　(白)俺,楊阜。奉夏侯元帥之命,帶領衆家弟兄,追趕馬超。衆位弟兄,追趕前去!(下)

第 五 場

(二丫鬟站門上,院子暗上,老旦扮楊氏上)

楊　氏　(唱)日落關山天漸晚,
　　　　　寒烟靄靄滿歷城。
　　　　　陣陣鴉鳴歸宿境,
　　　　　沙場征客未回音。
　　　　　只爲強徒斬忠正,
　　　　　督命吾兒統雄兵。
　　　　　金樽不洗心頭恨,
　　　　　梨花暮雨近黃昏[1]。

(旦扮姜妻上)

姜　妻　(念)蘭房剪燭愁成陣,
　　　　　白髮悶坐翠黛顰。
　　　　(白)婆婆萬福!

楊　氏　(白)坐下。

姜　妻　(白)告坐。

楊　氏　(白)老身楊氏。我孩兒姜叙,官拜撫彝將軍,鎮守歷城。可恨馬超兵犯冀州,將韋康斬首。我侄兒楊阜到此求兵,與韋使君報仇。我孩兒統領合郡人馬,前往冀州,剿滅馬超。一去數日,未見捷報。叫老身如何放心得下!

姜　妻　(白)婆母但放寬心。你孩兒智勇雙全,又兼楊參軍弟兄七人,各皆

		武藝超群,提槍必克。那馬超雖勇,亦難抵敵也!
楊　氏	(白)	媳婦言雖如此,只是我夜間朦朧睡卧,偶得一夢,甚是不祥[2]!
姜　妻	(白)	婆婆所得何夢?
楊　氏	(白)	夢見闔家人等,出城遊玩,忽見一龍一蛇相鬥。一時驚醒,眼跳不止。不知主何吉凶?
姜　妻	(白)	此乃婆婆心上掛念相公領兵在外,故得此夢,何足爲怪。夢中之事,不可信也。
楊　氏	(白)	家院可曾著人打聽老爺勝負麽?
院　子	(白)	吓,亦曾差人打聽,未見回報。
姜　妻	(白)	請問婆婆:馬超兩次領兵報仇,但不知此事從何而起?
楊　氏	(白)	只爲江東孫權,屢犯中原。馬騰父子奉詔南征[3],兵至許昌,屯紮城外。曹操命侍郎黃奎到馬騰營中探其動靜。那黃奎反與馬騰同謀,欲害曹操。被人知風出首,將馬騰擒去,並黃奎等一同斬首許昌!

(唱)馬騰懼曹自謹慎,
　　兵紮城外不見君。
　　曹操多謀計藏隱,
　　假意出城犒三軍[4]。
　　人馬早已安排定,
　　首尾不能擋曹兵。
　　只殺得人從馬蹄滾,
　　只殺得力弱少精神,
　　只殺得羌兵俱逃奔,
　　只殺得紅日墜西沉。
　　父子三人俱已被捆,
　　並斬黃奎在都門。
　　只殺得馬岱逃性命,
　　馬超聞報似火焚。
　　他與韓遂統羌衆,
　　殘暴生靈不堪聞。
　　潼關一戰天地震,
　　唬得曹操落魄消魂[5]。

　　　　　　巧用反間敗了陣，
　　　　　　二次攻打冀州城。
　　　　　　韋康素常行仁政[6]，
　　　　　　愛惜百姓與子民。
　　　　　　馬超怒氣衝千丈，
　　　　　　怪其降曹斬營門[7]。
姜　妻　（白）原來如此。
　　　　（旗牌上）
旗　牌　（念）旗指山河外，
　　　　　　人向日過來。
　　　　（白）太夫人在上，小人叩頭。
楊　氏　（白）起來！
旗　牌　（白）多謝太夫人！
楊　氏　（白）到此何事？
旗　牌　（白）小人奉了老爺之命，有書信一封，請太夫人觀看。
楊　氏　（白）呈上來。下面歇息！
旗　牌　（白）謝太夫人！（下）
楊　氏　（白）待我拆開一觀。"不孝子姜叙，叩稟慈親台前：兒自領兵冀州，與夏侯元帥三兵會合，戰敗馬超，且喜得勝[8]，不日兵回歷城，歸來定省。誠恐聞不的，難免憂疑。崙修寸楮，預為稟明。"妙哇！謝天謝地，喜孩兒殺敗馬超，復奪冀州。韋使君冤仇，可謂雪矣！
姜　妻　（白）便是。
楊　氏　（白）家院，吩咐守關軍士，堅守城池。老爺得勝回來，諸各有賞。
院　子　（白）小人領命。（下）
姜　妻　（白）婆婆，請到後堂安寢罷。
楊　氏　（白）掌燈。
　　　　（唱）吾兒孝道為根本，
　　　　　　富貴榮華似慶雲。
　　　　　　但願掃得狼烟盡，
　　　　　　不愧臣子報君恩。
　　　　（白）兒媳來呀！（笑介）

姜　氏　（白）兒來了！
　　　　（同下）

校記

［1］梨花暮雨近黃昏："雨"字，原本音假誤作"與"。今依文意改。
［2］甚是不祥："是"字，原本作"寔"。今改。
［3］馬騰父子奉詔南征："騰"字，原本作"謄"。今依《三國志·蜀書·馬超傳》改。下同。
［4］假意出城犒三軍："犒"字，原本作"揚"。今依文意改。
［5］唬得曹操落魄消魂："落"字，原本無。今依文意補。
［6］韋康素常行仁政："仁"字，原本作"人"。今改。
［7］怪其降曹斬營門："降曹"二字，原本作"遲降"。今依前文意改。
［8］且喜得勝："得"字，原本作"德"。今改。下同。

第　六　場

（起更介，馬超原人上，龐德、馬岱、眾同上）
馬　超　（白）吓！
　　　　（唱）【收江南】
　　　　　　但見那四野蒼蒼，
　　　　　　月昏黃。
　　　　　　俺今番，奔他鄉。
　　　　　　猛想起，
　　　　　　父弟含冤淚千行，
　　　　　　可憐恁，
　　　　　　忠魂渺渺在何方？
　　　　（白）軍士們，俺們走了一日一夜，前面是甚麼所在？
　　眾　　（同白）前面已是歷城了。
馬　超　（白）可是楊阜借兵的歷城麼？
　　眾　　（同白）正是。
馬　超　（笑）哈哈，哈哈，啊哈哈哈……
龐　德
馬　岱　（同白）公子大哥为何发笑？

馬　　超　（白）你等哪裏知道。楊阜匹夫搬兵於歷城，裏應外合，殺俺全家。
諒那姜叙未回，俺趁此機會，打破歷城，殺他個雞犬不留[1]！

龐　　德　（白）公子，你我兵微將寡，况城池堅固，怎生得破也？

馬　　超　（白）將軍何計安哉？

龐　　德　（白）依末將之見，趁此黑夜之間，假稱姜叙得勝回來[2]，賺開城門，不用張弓之力，此城破也！

馬　　超　（白）好。依計而行！衆將官，速往歷城去者！

　衆　　　（同唱）【前腔】
　　　　　　　恨奸賊不良，
　　　　　　　恨奸賊不良，
　　　　　　　頃刻間，割腹挖心與肚腸。
　　　　（衆領下）

校記

［1］殺他個雞犬不留："留"字，原本漏。今補。

［2］假稱姜叙得勝回來："假"字，原本作"候"。今改。

第　七　場

（四紅文堂，四紅大鎧站門[1]，姜叙上）

姜　　叙　（白）俺，姜叙。因爲馬超投奔漢中張魯，必要打吾歷城經過。恐被賺開城池，爲此帶領人馬二隊接迎。衆將官，殺上前去！
（領下）

校記

［1］四紅大鎧站門："站"字，原本作"占"。今改。

第　八　場

（二更夫上，打二更）

更　　夫　（念）一個將軍出了兵，
　　　　　　　我等日夜守孤城。

　　　　但願旗開得勝轉，

　　　　大家共樂太平春。

（白）俺們乃歷城夜巡軍便是。日前楊參謀到此搬兵[1]，俺主帥統領五千人馬，征戰馬超去了。今日聞報，大獲全勝。太夫人吩咐我等緊守城池，恐老爺回來。衆兄弟，小心巡更者！

（唱[2]）【水底魚】

　　　　奉命巡更守夜不消停，

　　　　主將得勝不日轉歷城，

　　　　不日轉歷城。

（白）走哇！（同下）

校記

[1] 日前楊參謀到此搬兵："搬"字，原本作"頒"。今改。

[2] 唱：原本漏。今依文意補。

第 九 場

（馬超原人上）

馬　超　（白）衆將官！

（唱）【沽美酒】

　　　　和你賺城關，

　　　　休要慌，休要慌張。

　　　　喜東方，天未光，

　　　　且效那雞鳴狗盜出咸陽。

　　　　趁銀河月朗，

　　　　聽歷城鼓角更揚。

　　　　急趁着殺氣雄壯，

　　　　霎時間彤雲密障，

　　　　黑暗裏旌旗飄揚。

（白）俺呵！

（唱）應抖抖心壯壯膽軒昂氣昂[1]！

（白）呔！開城！

龐　德　（白）姜將軍得勝回來，速速開城！

（二軍兵上）

二軍兵　（白）原來是將軍得勝回來。開城！

馬　超　（白）呀！

（唱）威凜凜，兵歸虎帳！

（殺進城，擂鼓介，衆進城，同下）

校記

［1］應抖抖心壯壯膽軒昂氣昂："軒"，原本作"掀"。今依文意改。

第　十　場

（馬超上介，二更夫上）

二更夫　（同白）哎呀，馬將軍不要動手，我等情願歸降，乞留性命！

馬　超　（白）爾城中還有多少人馬？

二更夫　（同白）五百守城軍。

馬　超　（白）龐德，馬岱！吩咐把守四門！

龐　德
馬　岱　（同白）遵命。（下）

馬　超　（白）軍士們，殺往帥府去者！

（【排子】領下）

第 十 一 場

（院子、丫鬟、姜妻、楊氏上）

楊　氏　（唱）忽聽關外喊聲震[1]，

　　　　　　想是吾兒得勝真。

　　　　　　敵退賊臣方泄恨，

　　　　　　此番不愧領雄兵。

（馬超原人上）

衆　　　（同白）來此帥府！

馬　超　（白）打進去！將他們綁了！

楊　　氏　（白）你是何人，將我們捆綁？
馬　　超　（白）咄，老賤婢！你枉受朝廷之禄。吾父與董承有衣帶之詔，汝不思君臣之大義，助奸爲惡，阻住大兵，殺俺妻兒。俺馬超今日殺你全家，以消俺心頭之恨也！
楊　　氏　（白）哎呀，賊子吓，賊子！
　　　　　（唱）不思報國統羌軍[2]，
　　　　　　　擾亂漢室錦乾坤。
　　　　　　　爾父不遵天子命，
　　　　　　　枉受爵禄爲漢臣。
　　　　　　　狼心賊子殺州郡，
　　　　　（白）逆賊！
　　　　　（唱）千秋萬載落駡名。
姜　　妻　（白）賊子吓！
　　　　　（唱）不向曹家雪冤情，
　　　　　　　兵犯冀州斬韋君。
　　　　　　　西涼與我有何恨？
　　　　　　　繩捆索綁無罪人。
馬　　超　（白）賤婢吓！
　　　　　（唱）俺父子威震西涼郡，
　　　　　　　歃血定盟共同心。
　　　　　　　兩次交鋒爾不問，
　　　　　　　裏應外合助仇人。
　　　　　　　殺你全家難消忿，
　　　　　（白）來！
　　　　　（唱）推出帳外斬滿門。
楊　　氏　（白）賊子吓！
　　　　　（唱）你今要了滿門命，
　　　　　　　森羅殿前把冤伸[2]。
　　　　　（衆手下押楊氏、姜妻下。手下又上）
手　　下　（同白）斬首已畢。
馬　　超　（笑介）哈哈哈……
　　　　　（唱）滿腔怨恨今消盡，

妻兒冤仇報分明。

(白)軍士們，甚麼時候了？

軍　卒　(同白)三更時分了。

馬　超　(白)但此孤城難守，爾等飽餐戰飯，待等天明，投往漢中便了！

衆　將　(同白)啊。

(衆應介，下。打四更介)

馬　超　(白)呀！

(唱)一片密雲月暗隱[4]，
三邊刁斗冷無聲。
轅門鼓打四更盡[5]，
憂憂切切不安神[6]。
苦苦爭戰却爲甚[7]？
皆因父弟冤難申。
可恨楊阜暗令應，
一軍怎擋三路兵！
衝鋒破敵敗了陣，
征袍銀盔血猩猩[8]。
不能够與國家除奸佞，
不能够殺賊報忠魂，
不能够回轉西羌郡，
不能够親自斬仇人。
血淚心事愁煩悶，
今夜爲何天不明！

(四更介，龐德、馬岱上)

龐　德　(唱)譙樓鼓打四更盡，

馬　岱　(唱)龍泉寶劍緊隨身。

龐　德　(白)公子，聽譙樓將近五鼓，待等天明，恐有追兵，須要小心防守。

馬　超　(白)將軍言之有理。

龐　德　(念)朦朧月色雲暗隱，

馬　岱　(念)提防奸細要小心。

(同下。五更介)

馬　超　(白)咳！

（唱）徘徊輾轉愁悲緊，
　　　不聞金雞報曉聲。
　　　江水難洗心頭悶，
　　　看看明月照愁人。
　　　越思越想心膽痛，
　　　父仇不報待誰們！
（烏鴉叫聲）
（白）呀！
（唱）只見鴉鳴飛陣陣，
　　　不覺東方漸漸明。
（內喊介）
（唱）忽聽關外喊聲近，
　　　想是姜叙發追兵。
（龐德、馬岱同上）
（同唱）

龐　德
馬　岱　　戰鼓不住鼕鼕震，
　　　　　看是誰弱與誰能！

（同白）公子／大哥，楊阜兄弟七人，已到城下。請公子／大哥定奪！

馬　超　（白）楊阜匹夫，自來送死！若是擒住此賊，將他千刀萬剮，方除俺胸中之恨。衆將官，就此開城迎敵者！

（【掃頭】出城會陣，楊阜原人上）

楊　阜　（白）呔，馬超！你賺開歷城，殘暴百姓，罪該萬死！

馬　超　（白）呔，楊阜！你裏應外合，殺俺滿門，冤冤相報。今日狹路相逢，休想活命！

楊　阜　（白）休得胡言，看槍！

（起打，楊阜敗介。同下）

校記

[1] 忽聽關外喊聲震："震"字，原本作"應"。今改。
[2] 不思報國統羌軍："軍"字，原本作"衆"。今改。
[3] 森羅殿前把冤伸："殿"字，原本簡作"屍"。今改。

［４］一片密雲月暗隱：“密”字，原本作“秘”。今改。

［５］轅門鼓打四更盡：“鼓”字，原本作“古”。今改。下同。

［６］憂憂切切不安神：“安”字，原本作“按”。今改。

［７］苦苦争争却爲甚：“甚”字，原本作“勝”。今依文意改。

［８］征袍銀盔血猩猩：“血猩猩”三字，原本作“血腥腥”。今依文意改。

第 十 二 場

（姜叙原人上。【風入松】報子上）

報　子　（白）報！啓爺，馬超四更時分，賺開城池，將老爺滿門盡行斬首了！

姜　叙　（白）哎呀，親娘吓！（合頭）

（【叫頭】）馬超吓，馬超！俺姜叙與你誓不兩立矣！（内喊介）衆將官，殺上前去！

（【合頭】當場會陣，姜叙打，龐德、馬岱原人上，追下。馬超、楊阜殺介，姜叙下）

第 十 三 場

（四藍文堂、四藍大鎧、夏侯淵原人上。【急三腔】）

夏侯淵　（白）俺，夏侯淵。楊阜、姜叙追趕馬超，非是他人敵手，爲此本帥親自領兵前來。衆將官，殺上前去！

（會陣，馬超原人上）

馬　超　（白）呔！夏侯淵！老爺前者饒爾不死，今又來則甚？

夏侯淵　（白）呔，馬超！休得胡言。看刀！（殺介）

（唱）戰鼓鼕鼕紅日照，

兩眼睜睜把兒瞧。

堂堂儀表非凡貌[1]，

算得將中一英豪。

憑你南山一虎豹，

恁你是北海浪裏蛟。

老爺今日領兵到，

管取人頭血染刀！

馬　超　（唱）賊將休要逞強暴，
　　　　　　馬爺言來兒聽着：
　　　　　　潼關未斬奸曹操，
　　　　　　只唬得割鬚又棄袍。
　　　　　　潑膽驚天誰不曉，
　　　　　　敢向征場藐吾曹。
　　　　　　把兒好比籠中鳥，
　　　　　　馬爺擒兒在今朝。
　　　　　（起打介，隨便排打，馬超原人敗下，又上）
馬　超　（白）龐德、馬岱，投往漢中去者！
　　　　　（回頭笑介，衆同下）

校記

［１］堂堂儀表非凡貌："儀"字，原本作"異"。今改。

第 十 四 場

　　　　　（姜敘、楊阜七人、夏侯淵原人上）
衆　　　（同白）馬超敗走。
夏侯淵　（白）人馬進關。
　　　　　（同下。【尾聲】）

晚清京劇

捉 放 曹

無名氏　撰

解　題

　　京劇。清代無名氏撰。《京劇劇目辭典》著録，題"捉放曹"，另名有"中牟縣"、"陳宫記"、"捉放宿店"。未署作者。劇寫曹操行刺董卓未遂，逃至中牟，爲縣役所執，扭送縣令處理。曹操以言激縣令陳宫。陳宫敬曹操忠直，私行釋放，棄官同行。路遇吕伯奢。吕爲曹操父執，留二人宿，親自外出沽酒，並殺猪相待。操聞磨刀聲，並聞吕家人"縛而殺之"一語，疑將圖己。陳宫勸之，曹操不聽，遂殺吕全家。後知殺錯，即與陳宫倉皇出走。適吕伯奢沽酒歸來，操復拔劍殺之，以絶後患。陳宫責之，操告"寧負天下人，不教天下人負我"。陳宫後悔不應與不仁的曹操同行。夜宿客店，陳宫見操酣睡，欲拔劍殺之，但恐人譏爲董卓同黨，遂題詩警操，不辭而去。操醒讀詩，深恨陳宫。本事出於《三國演義》第四回。《三國志·魏書·武帝紀》及注引《魏書》、郭頒《世語》均載有此事。清嘉慶本清宫大戲《鼎峙春秋》有捉放殺吕全家情節，無陳宫棄曹操情節。版本今有《繪圖京都三慶班真正京調全集》本、《戲考》本。今以《繪圖京都三慶班真正京調全集》本爲底本，參考其他本校點整理，擇善而從。

第　一　場[1]

（曹操上[2]）

曹　操　（唱）【西皮摇板】

　　　　　指望除賊保朝歌，
　　　　　誰知泄漏惹風波。
　　　　　從此霸業俱抛却，

連夜逃出是非窩。

（白）俺曹操，乃沛國譙郡人也。我父曹嵩，漢室爲臣。可恨董卓誤國專權。是俺與司徒王允，定下一計，獻劍爲名，刺死董卓。不料鏡內看破機關。是俺心中害怕，因此連夜逃出皇城。誰知董卓暗差呂布，帶兵捉拿與我。前面已是中牟縣，不免扮作客商，混進城去再作道理。且喜天色尚早，就此馬上加鞭。

曹　操　（唱）【導板】[3]

曹孟德在馬上痛恨董卓，

【快板】

欺天子壓諸侯惡事太多。

實指望獻寶劍將他結果，

又誰知天不佑惹下風波。

（曹操下）

校記

[1] 第一場：此劇原本有《校正京調捉放曹前本》、《校正京調捉放曹後本》兩本，不分場。今將前後本合二爲一，並依劇情分爲八場。

[2] 曹操上唱："曹操"，原本作"净"。今改。下同。下文"王升"、"店家"，原本作"丑"；"陳宮"，原本作"生"；"呂伯奢"作"末"。今均改原名。不另出校。"上"字，原本無。今依文意補。下同。

[3] 【導板】：原本作"倒板"。今改。

第　二　場

（王升上）

王　升　（念）禹門三級浪，

　　　　　平地一聲雷。

（白）在下王升。俺家太爺奉了董太師之命，畫影圖形，捉拿刺客曹操。夥計們！帶路城門。

（【水底魚】介）

（白）將圖形掛起，出入之人，查問明白。

（曹操上）

曹　操　（唱）【搖板】
　　　　　　　　遠望見中牟縣城池一座，
　　　　　　　　且喜我被拿魚逃出網羅。
　　　　　　　　俺這裏催坐騎城邊經過，
王　　升　（白）捉拿曹操！
曹　　操　（白）吓！
曹　　操　（唱）耳邊厢又聽得捉拿與我。
　　　　　（白）且住。耳邊有人說捉拿曹操，俺不去逃生，反來送死不成。不免轉回別路，咳！大丈夫只有向前，那有退後之理[1]，待我進城去罷。
王　　升　（白）呔！作甚麼的？
曹　　操　（白）進城的！
王　　升　（白）不許進城！
曹　　操　（白）怎麼不許進城？
王　　升　（白）俺家太爺領了董太師之命，捉拿刺客曹操，故而不許進城。
曹　　操　（白）你捉拿曹操與俺何干！俺是進城作買賣的。
王　　升　（白）作甚麼買賣的？
曹　　操　（白）俺是個賣綢緞的客人，復姓皇甫，進城發貨的。
王　　升　（白）既是賣綢緞的，可有腰牌。
曹　　操　（白）我有腰牌。
王　　升　（白）放你過去。
曹　　操　（白）沒有腰牌！
王　　升　（白）帶你去見我家太爺。
曹　　操　（白）你家太爺是誰？
王　　升　（白）我家太爺，姓陳名宮，字公臺。
曹　　操　（白）退後。哎呀！且住。久聞陳宮頗有才學，我不免趁此機會，隨他上堂，用言語打動他心，管教他棄賊隨我而逃，會合諸侯，共誅董卓，方遂我願。呔！把城門的兒郎，俺就是曹操，見了你家太爺，難道有斬殺劍，將我曹操斬殺不成。隨你進城，看他把我怎樣！
王　　升　（白）既是曹操，就該帶刑。
曹　　操　（白）這不帶也罷。
王　　升　（白）朝廷王法，一定要帶。

曹　操　（白）要帶拿過來，帶帶帶！

　　　　（唱）【搖板】

　　　　　　實指望會諸侯滅賊除患，

　　　　　　好一似搶食魚自投網羅[2]。

　　　　　　到今日我這裏頸帶鐵鎖，

　　　　　　見陳宮我與他是有話說。

王　升　（白）走走走！

　　　　（下）

校記

[1] 那有退後之理："理"字，原本作"禮"，誤。今改。下同。
[2] 好一似搶食魚自投網羅："自"字，原本無。今依文意補。

第　三　場

（衆引陳宮上，末白抱門子）

陳　宮　（念）【引】身受皇恩，與黎民判斷冤情。

陳　宮　（念）（詩）

　　　　　　頭戴烏紗奉孝先，

　　　　　　思想開國萬民歡。

　　　　　　家嚴有語呼兄弟，

　　　　　　得配汪洋水底天。

　　　　（白）本縣姓陳名宮，字公臺。幼年科甲出身，蒙王恩特授中牟縣正印。前日接到董太師鈞旨，上面寫道：曹操相府行刺不成，懼罪脫逃，因此命各州縣畫影圖形，捉拿刺客曹操。差票發出許久，未見交差。今日升堂議事，來，伺候了。

　　　　（王升上）

王　升　（念）捉拿曹操事，

　　　　　　報與太爺知。

　　　　（白）太爺在上，小人叩喜。

陳　宮　（白）喜從何來？

王　升　（白）小人們奉命拿住曹操。

（衆押曹操上）

曹　操　（唱[1]）【搖板】
　　　　　　跳龍潭出虎穴逃災避禍，
　　　　　　又誰知中牟縣又入網羅。
　　　　　　怒沖沖站立在滴水檐所，
　　　　　　看陳宮他把我怎樣發落。

陳　宮　（唱）【西皮慢板】
　　　　　　曹孟德進衙來共聲吆喝，
　　　　　　書役們站兩旁虎占山坡。
　　　　　　我看他面貌上帶定凶惡，
　　　　　　見本縣不下跪却是爲何？
　　　　（白）下站敢是曹操？

曹　操　（白）既知我名，爲何又問。
陳　宮　（白）見了本縣，爲何不跪？
曹　操　（白）我那一雙重膝，上跪天子，下伴群臣，豈肯跪你這小小縣令。
陳　宮　（白）你豈不知王子犯法與庶民同罪！
曹　操　（白）我身犯何罪？
陳　宮　（白）吓！你行刺董太師，還說無罪。
曹　操　（白）我行刺董太師，可是你親眼得見麼？
陳　宮　（白）雖無親眼得見，現有董太師鈞旨，捉拿與你，還敢強辯麼！
曹　操　（白）吓！
　　　　（唱）【快板】
　　　　　　聽他言口問心自思自錯，
　　　　　　看陳宮他胸中頗有韜略。
　　　　　　說幾句巧話言將他哄過，
　　　　　　管教他棄官職暴虎馮河。
　　　　（白）公臺！你可知朝中誰忠誰奸？
陳　宮　（白）我在簾外爲官，怎知朝內忠奸？
曹　操　（白）却有來。
　　　　（唱）【快板】
　　　　　　你本是簾外官怎知朝歌，
　　　　　　那知道董卓賊奸雄作惡。

　　　　　刺殺了丁建陽文官膽破，
　　　　　滿朝中文共武泥塑木雕。
　　　　　到如今收呂布作事太錯，
　　　　　一心要謀取那漢室山河。
　　　　　我看你作的事廣有才學，
　　　　　細思量董太師奸雄如何？
陳　宮　（唱）【快板】
　　　　　曹孟德你不必謗毀董卓，
　　　　　董太師他倒有治國韜略。
　　　　　滅黃巾雖無功却也無過，
　　　　　十常侍亂宮幃掃蕩妖魔。
　　　　　又收下呂奉先威鎮海角，
　　　　　傳將令好一似水島山過。
　　　　　董太師有公文小帖與我，
　　　　　各府縣畫影圖形捉拿孟德。
　　　　　我將你解進京獻了董卓，
　　　　　千金賞萬戶侯加官受爵。
　　　　　你好比撲燈蛾自來投火，
　　　　　你好比搶食魚自投網羅[2]。
　　　　　你好比平陽虎把路走錯，
　　　　　既擒虎怎能够縱虎歸窩。
　　　　　擒住你反放你必定殺我，
　　　　　捉虎難放虎易自己揣摩。
曹　操　（唱）【快板】
　　　　　聽他言吓得我心如刀割，
　　　　　見董卓那時節自有話說。
　　　　　刺董卓是陳宮修書與我，
　　　　　那時節遍體牙也難逃却。
陳　宮　（白）咳吓！
　　　　（唱）【快板】
　　　　　聽他言吓得我雙眉皺鎖，
　　　　　這件事好教我無計奈何。

　　　　　若是放只恐怕罪歸於我，
　　　　　若不放又恐怕惹出風波。
　　　　　思一思想一想無計定奪，
　　　　（白）哦，有了。
　　　　（唱）學一個蘇秦放張儀計上心窩。
　　　　　既被拿放不放全憑與我，
　　　　　就是放也說個言和意合。
曹　操　（唱）【快板】
　　　　　陳公臺說此話真個軟弱，
　　　　　小縣令怎能夠名表凌閣。
　　　　　依我勸棄縣令隨定與我，
　　　　　約諸侯帶人馬殺進朝歌。
　　　　　到那時滅殘臣除奸剿惡，
　　　　　管教你換朝衣封官受爵。
　　　　　陳公臺又道你頗有王佐，
　　　　　細思量想一想心下如何？
陳　宮　（唱）【搖板】
　　　　　曹孟德出此言如夢初覺，
　　　　　七品官豈不負我經綸才學。
　　　　　到不如棄縣令從他入夥，
　　　　　奔天涯約諸侯重正朝歌。
　　　　　下位來與明公親解扭鎖，
　　　　（眾下）
　衆　　（白）哦！
陳　宮　（唱）書役們且退避都有發落。
　　　　（眾下）
陳　宮　（唱）【搖板】
　　　　　手挽手與明公二堂內坐，
　　　　　光駕臨少奉迎望乞恕罪。
　　　　（白）明公到此，書役們得罪，望乞恕罪！
曹　操　（白）不知者不怪。
陳　宮　（白）久聞明公獻劍之策，惜未成功，下官有意隨明公約會各路諸侯,共滅董卓,方遂我願。
曹　操　（白）若得公臺同去便好,只是連累家口不便。
陳　宮　（白）不妨。老母妻室俱在原郡,僕人使女不在衙署,料無妨礙。
曹　操　（白）既然如此,事不宜遲,連夜逃出荒城,以免百姓耳目。
陳　宮　（白）請至房待茶[3],待下官料理公案,即便同行。
曹　操　（白）暫別去。
陳　宮　（白）少刻奉陪。來！
院　子　（白）有。
陳　宮　（白）將印信付與右堂代管,說老爺領了上司公文,下鄉查旱,多則一月,少則半月就歸。你可連夜逃回原郡,見了太夫人,說其餘錢糧倉庫案件節項,一概付與他料理。
院　子　（白）是。
陳　宮　（白）附耳上來,如此如此。
　　　　（下）

校記

［1］曹操唱:"曹操"二字,原本無。今依文意補。
［2］你好比搶食魚自投網羅:"自投"二字,原本無。今依文意句式補。"網羅",原本作"羅網",失韻。今改。
［3］請至房待茶:"待"字,原本作"代"。今改。

第　四　場

　　　　（起更介）（曹操、院上,來開門,下）（又院上,帶馬）（曹操同陳宮上）
陳　宮　（白）把城的兒郎！
　　　　（王升暗上）
王　升　（白）是誰半夜叫城？
院　子　（白）太爺在此。
王　升　（白）原來是太爺。小人叩頭。
陳　宮　（白）罷了。開了城門！
王　升　（白）是,開城。
　　　　（王升下）（院回下）

王　升　（白）老爺可還回？
陳　宮　（白）半月就歸，退下。
　　　　（陳宮下）
王　升　（白）是，開城了。
　　　　（下）

第　五　場

（呂伯奢上）
呂伯奢　（念）【引】寒景風流，佳園亭閣盛可誇。
呂伯奢　（念）從來君子志，
　　　　　　　松柏古人心。
　　　　　　　爲人不富貴，
　　　　　　　飢寒難爲人。
　　　（白）老漢呂伯奢，陳留人氏，承父兄之業，頗有家財，一生廣交好友。昨晚三更偶得一夢，也不知主何吉祥。早膳已過，午膳將近，並無應破。我不免莊前莊後，閑遊散步一回。
　　　（唱）【西皮慢板】
　　　　　　昨晚一夢大不祥，
　　　　　　只見猛虎趕群羊。
　　　　　　綿羊遇虎無逃往，
　　　　　　大小俱被虎來傷。
　　　　　　清早起來鵲噪叫，
　　　　　　吉凶不見是那椿？
（曹操、陳宮同上）
曹　操　（唱）【搖板】
　　　　　　八月中秋桂花香，
陳　宮　（唱）【搖板】
　　　　　　行人路上馬蹄忙。
曹　操　（唱）心猿意馬思故鄉，
陳　宮　（唱）見一老丈在道旁。
呂伯奢　（白）吓！那邊來的敢是曹操。

曹　　操　（白）吓！我不是曹操，你不要認錯了。
呂伯奢　（白）吓！賢契，你不要害怕，老夫呂伯奢，你父與我有八拜之交，難道就不認得了麼？
曹　　操　（白）哎呀，哎呀！原來是呂伯父，侄男不知，多有得罪。
陳　　宮　（白）明公，天色昏暗，你我趕至前面投宿去罷！
曹　　操　（白）伯父，侄兒本當到府拜見伯母，奈有要事不便，侄兒告辭了。
呂伯奢　（白）賢侄説那裏話來！你乃朝廷貴客，你父與我八拜之交，天色又晚，那有過門不入之理，請到寒舍。
曹　　操　（白）只是打攪不當。
呂伯奢　（白）老漢帶路。
　　　　　（唱）【快板】
　　　　　　　昨晚燈花結蕊芳，
　　　　　　　今朝喜鵲鬧門祥。
　　　　　　　只説大禍從天降，
　　　　　　　貴客臨門壁有光。
　　　　　（白）來此已是。家院！
　　　　　（院子上）
院　　子　（白）家爺回來了？
呂伯奢　（白）將馬帶到後槽，多加草料。
院　　子　（白）是。
曹　　操　（白）不要下鞍，明日早行。
呂伯奢　（白）此位是誰？
曹　　操　（白）這就是中牟縣主，姓陳名宮，字公臺。
呂伯奢　（白）哎呀！原來是我父母太爺，小老不知，多有得罪。
陳　　宮　（白）豈敢，打攪老丈！
曹　　操　（白）伯父請上，受侄兒一拜。
呂伯奢　（白）你乃朝廷貴客，老漢山中野人，怎敢受拜。
曹　　操　（白）當拜一拜。自離台下，少來問安，伯父、伯母恕罪。
呂伯奢　（白）食王爵祿，怎敢遠離，二位請坐。
曹　　操
陳　　宮　（同白）請坐。
呂伯奢　（白）請坐，賢侄如今何往？

曹　操　（白）一言難盡！
　　　　（唱）【快板】
　　　　　　董卓擅權亂朝綱，
　　　　　　欺君藐法似虎狼。
　　　　　　行刺不成身險喪，
　　　　　　因此逃出是非場。
　　　　　　不料公臺來釋放，
　　　　　　侄兒已作瓦上霜。
呂伯奢　（唱）【快板】
　　　　　　伯奢聞言忙合掌，
　　　　　　寬宏大量非尋常。
　　　　　　焚香答拜不爲上，
　　　　　　分身報答也應當。
陳　宮　（唱）【快板】
　　　　　　多蒙老丈美言講，
　　　　　　釋放忠臣禮應當。
　　　　　　但願滅却賊奸黨，
　　　　　　同奔原爲漢家邦。
呂伯奢　（白）原來如此。賢侄，你令尊前日到此，是我留住一夜，昨日早起程，往原郡避禍去了。
曹　操　（白）哎呀！爹爹吓！
　　　　（唱）【搖板】
　　　　　　聽罷言來兩淚汪，
　　　　　　年邁爹爹受災殃。
　　　　　　孩兒不能把恩養，
　　　　　　連累爹爹逃外鄉。

第　六　場

呂伯奢　（白）二位少坐，老漢有些小事，少奉陪。
曹　操
陳　宮　（同白）隨便些罷，不用費心。

呂伯奢　（白）貴客臨門，焉敢輕慢，請坐。正是：
　　　　（白）在家不會迎賓客，
　　　　　　才知出外一時難。（下）
陳　宮　（白）明公，才聽令尊逃奔他鄉，忽然掉下淚來[1]，真乃忠臣孝子，令人可敬。
曹　操　（白）父子之情，焉有不痛。
陳　宮　（白）明公吓！
　　　　（唱）【快板】
　　　　　　休流淚來免悲傷，
　　　　　　忠孝二字心內藏。
　　　　　　同心協力把業創，
　　　　　　凌烟閣上把名揚。
　　　　（呂伯奢上）
呂伯奢　（唱）【搖板】
　　　　　　人逢喜氣精神爽，
　　　　　　月到天心分外光。
曹　操　（白）伯父這等時候往那裏去？
呂伯奢　（白）老漢家下蔬菜頗有，怎奈沒有好酒，老漢向西村沽瓶美酒，款待二位。
陳　宮　（白）老丈不要費心。
呂伯奢　（白）二位寬坐一時，老漢即刻回來奉陪。
　　　　（唱）【快板】
　　　　　　貴客臨門喜氣降，
　　　　　　沽瓶美酒飲霞觴。
陳　宮　（唱）【快板】
　　　　　　老丈親自沽佳釀，
　　　　　　他人禮義賽孟嘗。
曹　操　（唱）【快板】
　　　　　　家父與他常來往，
　　　　　　當年結拜一爐香。
　　　　　　曹操抬頭四下望，
　　　　（內白）夥計們將刀磨快些。

曹　操　（白）哎呀！
　　　　（唱）【快板】
　　　　　　聽得刀聲響叮噹。
　　　　（白）吓！公臺，事有奇怪？
陳　宮　（白）却是爲何？
曹　操　（白）耳聽裏面喊叫，將刀磨快些，莫非手下你我麼？
陳　宮　（白）明公說那裏話，老丈一片好心，款待你我，焉有此事，不要見差了。
曹　操　（白）隨我來。
　　　　（唱）【快板】
　　　　　　將身坐在二堂上，
　　　　（內白）夥計們捆而殺之。
陳　宮　（白）哎呀！
　　　　（唱）【快板】
　　　　　　言語恍惚難解詳。
曹　操　（白）公臺，內面喊叫，捆而殺之，不是你我，還有何人？你我動起手來。
陳　宮　（白）明公，不要自慌，我看老丈忠厚爲人，你我不要見差了。
曹　操　（白）我心下明白了。
陳　宮　（白）你明白何來？
曹　操　（白）老狗此去，明明約那鄉下地保，前來捉拿你我，好去求賞，你道是與不是？
陳　宮　（白）你前者言道，老丈與你父有八拜之交，你既然如此，候老丈回來，再動手也不遲。
曹　操　（白）他此番回來，帶領多人，你我豈不被擒，料難活命。依我主意，趁此無人之時，不免先下手爲妙。
　　　　（唱）【快板】
　　　　　　可恨老賊太不良，
陳　宮　（唱）【快板】
　　　　　　未免他有此心腸。
曹　操　（唱）【快板】
　　　　　　明明去求千金賞，

陳　宮　（唱）【快板】
　　　　　　　求賞焉有此風光。
曹　操　（唱）【快板】
　　　　　　　手提寶劍往裏闖，
陳　宮　（白）明公不要去。
曹　操　（白）撒手。
　　　　（曹操下）
陳　宮　（白）哎呀！
　　　　（唱）【慢摇板】
　　　　　　　他一家大小誤遭殃。
　　　　（陳宮下，曹操上）
曹　操　（唱）【快摇板】
　　　　　　　小鬼怎擋五閻王。
　　　　　　　自作自受自遭殃，
　　　　　　　寶劍一舉三魂喪。
　　　　（老旦、丫鬟同上，殺死下）
陳　宮　（白）哎呀！
　　　　（唱）【快摇板】
　　　　　　　嚇得我三魂七魄忙。
曹　操　（唱）【快摇板】
　　　　　　　怒氣不息厨下往，
陳　宮　（唱）【快板】
　　　　　　　陳宮上前拉衣裳。
曹　操　（白）我到厨下，取把火來，燒了此莊，豈不是好。
陳　宮　（白）哎呀，明公吓！你將他一家殺死，尚且追悔不及，還要燒他的村莊，斷斷使不得的。
曹　操　（白）咳！這是老賊不仁，非怪我不義。一不作二不休，殺他個乾乾净净。
　　　　（唱）【慢摇板】
　　　　　　　燒了房屋焚他的莊，
陳　宮　（唱）【慢摇板】
　　　　　　　你殺人還要火焚房。

曹　操　（唱）【快板】
　　　　　　　手舉寶劍往裏闖，
陳　宮　（唱）【快板】
　　　　　　　哎呀！見一肥豬捆厨房。
　　　　（白）明公，你將他一家殺錯了。老丈一片好心[2]，殺豬款待你我，
　　　　　　　反把他一家殺害，豈不是殺錯了。
曹　操　（白）有何憑證？
陳　宮　（白）上前看來！
曹　操　（唱）【搖板】
　　　　　　　這是作事太慌忙，
　　　　　　　他一家大小誤遭殃。
陳　宮　（白）吓！明公將他一家殺死，老丈回來，我看你將何言答對？
曹　操　（白）三十六計走爲上計。你我尋找馬匹[3]，逃走了罷。
陳　宮　（白）哈哈！事到如今，只可是走了吓！
曹　操　（白）走吓！
　　　　（唱）【慢搖板】
　　　　　　　這是我作事太鹵莽，
陳　宮　（唱）【慢板】
　　　　　　　因此連夜奔他鄉。
曹　操　（唱）【慢搖板】
　　　　　　　扳鞍認鐙把馬上，
　　　　（曹操下）
陳　宮　（白）咳！
　　　　（唱）【快板】
　　　　　　　背轉身來自思想。
　　　　　　　我只說他是定國安邦將，
　　　　　　　却原來是一個人面獸心腸。
　　　　（下）

校記

［１］忽然掉下淚來："掉"字，原本作"弔"。今改。

［２］老丈一片好心："丈"字，原本作"夫"。今改。

[３]你我尋找馬匹："我"字,原本作"可"。今依文意改。

第 七 場

（呂伯奢上）

呂伯奢 （唱）【搖板】
　　　　老漢親自沽美酒,
　　　　漂流春風轉回鄉。

（曹操上）

曹　操 （唱）【搖板】
　　　　催馬來在陽關上。

呂伯奢 （唱）【搖板】
　　　　這等時候往那方?
（白）這等時候往那方去?

曹　操 （白）伯父,侄兒避禍雖小,恐怕連累伯父家眷不便,侄兒去了。

呂伯奢 （白）老漢也曾吩咐家下人,殺猪款待二位,老夫親到西村沽瓶好酒,天氣昏暗,招商又遠,且轉到家中,暫宿一宿,明日早行。

曹　操 （白）侄兒有無久停之土,只是不敢打擾。

呂伯奢 （白）賢侄若不回轉,老漢就要強留了。

陳　宮 （白）吓！老丈你也不必強留,你我後會有期。你回家便知分曉。

曹　操 （白）侄兒告辭了。
（唱）【快板】
　　　　這是我自己作事差,
　　　　錯將他滿門好人殺。
　　　　辭別伯父把馬跨,

（曹操下）

陳　宮 （唱）【慢搖板】
　　　　陳宮心中似刀殺。
　　　　多蒙老丈恩義大,
　　　　好意反成了惡冤家。
　　　　急忙實難說知心話,
　　　　莫怨陳宮你要怨他。

（陳宮下）

呂伯奢 （唱）【摇板】

　　　曹操臨行頭髮乍，
　　　陳宫爲何亂如麻。
　　　莫不是家下人説閑話，
　　　言語不到衝撞他。
　　　教人難解這真假[1]，
　　　待老漢回家問根芽。

（吕伯奢下）（曹操、陳宫同上）

曹　操 （唱）【快摇板】

　　　勒住絲繮且住馬，

陳　宫 （唱）【快摇板】

　　　他人不走必有差。

（白）明公爲何不走？

曹　操 （白）公臺，你我只顧遭風避禍，又忘了一椿大事。

陳　宫 （白）甚麽大事？

曹　操 （白）不曾叫伯父轉來，囑付他兩句話。

陳　宫 （白）你讓他一人回去就是了罷。

曹　操 （白）此番回去見家下殺死多人，約同鄉下地保，帶得人馬前來捉拿，你我湊手不及，難道我也不要受他的捆麼？仍叫他轉來吓！伯父請轉。

（吕伯奢上）

吕伯奢 （白）哎！

（唱）【摇板】

　　　相逢未説知心話，
　　　又聽孟德把話答。

（白）吓，賢侄！敢有回轉之意？

曹　操 （白）吓，伯父！你身後何人？

吕伯奢 （白）在那裏？

曹　操 （白）看劍。

（殺死介下）

陳　宫 （白）哎呀！

　　　　（唱）【快摇板】
　　　　　　陳宮一見咽喉啞，
　　　　　　可嘆老漢染黃沙。
　　　　　　一家大小喪劍下，
　　　　（哭唱）【摇板】
　　　　　　老丈吓！再與孟德把話答。
　　　　（白）明公吓！你將他一家殺死，尚且追悔莫及，爲何又將老丈殺死
　　　　　　道旁，是何理也？
曹　操　（白）殺了老賊，以除後患。
陳　宫　（白）我且問你，你這樣疑心，誤殺好人，悔也不悔？
曹　操　（白）俺曹操作事，從來不悔。
陳　宫　（白）豈不怕天下人咒罵與你？
曹　操　（白）俺曹操能負天下人，不可天下人負我。
陳　宫　（白）吓！
　　　　（唱）【西皮慢板】
　　　　　　聽他言吓得我心驚膽怕，
　　　　　　背轉身自埋怨自己作差。
　　　　　　我先前只道他寬宏量大，
　　　　　　又誰知是個負義冤家。
　　　　　　馬行在夾道內難以回馬，
　　　　　　皆因是花隨水水不隨花。
　　　　　　這時候我只得忍耐在心下，
　　　　　　不由人背地裏咬碎銀牙。
　　　　　　嘆呂家不由人淚珠灑下，
　　　　　　一路行共大事必須要我勸解與他。
陳　宫　（唱）你言語多詐！
　　　　　　你本是大義人把事作差。
　　　　　　呂伯奢與你父相交不假，
　　　　　　誰叫你起疑心殺他全家。
　　　　　　一家人俱喪你寶劍之下，
　　　　　　出莊來殺老丈是何根芽？
曹　操　（唱）【慢摇板】

　　　　　陳公臺休埋怨一同上馬，
　　　（唱）【快板】
　　　　　坐雕鞍聽曹操細説根苗。
　　　　　呂伯奢與我父相交不假，
　　　　　俺曹操錯當他對頭冤家。
　　　　　你道説我不該將他家殺，
　　　　　豈不知斬草除根永不發芽。
陳　宮　（唱）【快板】
　　　　　説甚麽你殺人如同削瓜，
　　　　　説甚麽斬草除根永不發芽。
　　　　　你殺人豈不怕逆天罪大，
　　　　　私殺人少不得天理鑒察。
曹　操　（唱）【快板】
　　　　　陳公臺盡説的軟弱之話，
　　　　　又何須苦埋怨讚嘆嗟呀。
　　　　　俺曹操作事情粗心膽大，
　　　　　怕殺人怎能够創業邦家。
陳　宮　（唱）【快板】
　　　　　你殺人我心中替你害怕，
　　　　　俺陳宮怕的是天理王法。
　　　　　我看你作事情奸雄惡詐，
　　　　　平日裏殺好人是何根苗！
曹　操　（唱）【快板】
　　　　　我殺人何須你心中害怕，
　　　　　俺是個奇男子不怕王法。
　　　　　氣上心那怕那泰山倒下，
　　　　　五閻羅遇着我也要斬殺。
陳　宮　（唱）【快板】
　　　　　好言語勸不醒蠢牛木馬，
　　　　　把此賊比作了井底之蛙。
　　　　　忙加鞭催動了能行坐馬，
曹　操　（唱）黑暗暗霧騰騰必有人家。

（白）店家那裏？

校記

［1］教人難解這真假："真"字，原本作"這"。今依文意改。

第 八 場

（丑上）

店　家　（白）來了。高掛一盞燈，安宿四方人。二位敢是下店的麼？

曹　操　（白）正是。將馬帶過。

店　家　（白）是了。

陳　宮　（白）不要下了鞍鐙，明日早行。

店　家　（白）是。

曹　操　（白）看好酒一壺。

店　家　（白）夥計們，看酒來。酒在此。

曹　操　（白）下去安宿。

店　家　（白）是了。

曹　操　（白）公臺請酒。

陳　宮　（白）馬上勞頓，吞之不下。

曹　操　（白）那裏吞之不下？分明是見我殺了呂伯奢全家，你心中有些不服，是與不是？

陳　宮　（白）既是同心，講甚麼不服。你那心中不必多疑。

曹　操　（白）俺曹操一生，就是這疑心太重。

（唱）【快板】

逢人去說三分話，

常在虎口去扳牙。

姑飲幾杯安宿罷，

夢裏陽臺到故家。

（起更介）

陳　宮　（白）明公，明公！咳，我好悔也！

（唱）【慢板二黃】

一輪明月照窗下，

陳公心中亂如麻。
悔不該心猿意馬，
悔不該隨他人去到呂家。
呂伯奢可算得仁義大，
殺猪沽酒款待他。
又誰知此賊疑心大，
拔出寶劍將他的滿門殺[1]。
一家人死在賊的寶劍下，
白髮老丈也染黄沙。
屈殺的冤魂休怨咱，
自有神明天理鑒察。

（二更介）
聽譙樓打罷了二更鼓響，
越思越想自己差呀。
悔不該將家眷來拋下，
悔不該棄官職丟烏紗。
實指望此人的寬宏量大，
賽趙高比王莽奸詐不差。
看此賊到後來奸雄至大，
漢室奸賊禍根芽。

（三更介）
觀此賊睡卧真瀟灑，
我觀看好似井底蛙。
賊好比蛟龍未生甲，
賊好比狼豹未生牙[2]。
虎在籠中我不打，
我豈肯放虎把人抓。

（陳宮取劍介）
（唱）執寶劍將兒的頭割下，
（曹操轉身介）

陳　宮　（白）哎呀！
（唱）我險些把事又作差。

（白）哎呀，我一時之間，將賊殺死，必至污穢一席之地。次日天明，驚動鄉下地保，豈不連累店家。不便私自走了留他性命，後自有人殺之。就日後若遇機會再殺此賊，有何難哉！桌案上現有筆墨，我不免留詩一首，打動此賊，日後有人重用與他，也好與人貼心辦事。

（打四更，寫詩，白）

　　鼓打四更月正濃，

　　心猿意馬歸舊宗。

　　誤殺呂家人數口，

　　方知曹操是奸雄。

　　陳宮題。呀吓呀吓哎吓！此賊睡着了，不免找尋馬匹走了罷。

（執燈照馬）

（唱）【慢板】

　　這是我自己作事差，

　　悔不該與賊走天涯。

　　落花有意隨流水，

　　流水無心不戀花。

（陳宮下）（打五更）

曹　操　（唱）【導板】

　　夢作陽臺到故家，

（白）吓！

（唱）【搖板】

　　不見陳宮亂如麻。

（白）天已明瞭，陳宮為何不見。桌上現有詩句，待我看來。

（念）鼓打四更月正濃[3]，

　　心猿意馬歸舊宗。

　　誤殺呂家人數口，

　　方知曹操是奸雄。

（白）陳宮題。看這賊留詩在此，叫罵與我。陳宮吓陳宮！我日後若不殺你，誓不為人也！吓！店家，有店錢在此，俺趕行去了。

（唱）【慢搖板】

　　可恨陳宮作事差，

不該留詩叫罵咱。

約會諸侯與人馬，

拿住了陳宮我不饒他。

（下介）

校記

［1］拔出寶劍將他的滿門殺："殺"字之後，原本有一"却"字，失韻，衍。今刪。

［2］賊好比狼豹未生牙："牙"字，原本作"芽"。今改。

［3］鼓打四更月正濃："鼓"字，原本作"打"。今依前文改。

濮 陽 城[1]

無名氏 撰

解 題

京劇。清無名氏撰。道光四年《慶昇平班戲目》著録,題"濮陽城"。《京劇劇目辭典》著録,題"濮陽城收許褚"。劇寫曹操敗吕布後,依荀彧之計,赴汝南,擊黄巾餘衆,奪其糧草。曹操兵至汝南,與黄巾餘衆何儀、黄邵交戰。典韋殺其大將何萬,曹洪復殺其大將何曼。何儀、黄邵逃走,途中爲許褚擒獲。典韋追至,向許褚索何、黄,許褚不與,二人交戰。曹操愛許褚英勇,定計擒之,許褚遂降。曹操領兵攻濮陽,吕布用陳宫之計,使城中富户田氏詐降,約爲内應,欲誆曹操入城,縱火焚之。本劇到此終止,無戰濮陽等情節。本事出於《三國演義》第十二回。清李世忠編的《梨園集成》有昆曲《濮陽城》,題"新刻濮陽城全集"。版本今有《繪圖京都三慶班真正京調全集》收録的"真正京都頭等名角李春來曲本",醉鄉子題"繪圖濮陽城"。該本係抄本,石印,無標點。另有《戲考》本,劇演戰濮陽事,但與李春來曲本不同。今以"三慶班"李春來曲本爲底本,參考《梨園集成》本校點整理。

第 一 場

（曹操上）

曹　操　（念）【引】割據名邦,爲群雄竊占封疆。

曹　操　（念）虎牢集義合諸侯,
　　　　　　　　剪除豺狼净金甌。
　　　　　　　　董卓擅權欺漢帝,
　　　　　　　　司徒妙計賊臣休。
　　　　（白）某曹操,字孟德,乃沛國譙郡人也。自與王司徒定計行刺董卓之後，逃回原郡，糾集義兵，傳檄四方諸侯，齊集虎牢關，共討國賊。虎牢一戰，呂布敗績。董賊劫遷天子，西幸長安，眾諸侯一個個袖手旁觀，各懷二心，刀兵四起，各占一方。爲此，某家帶領眾將來至東郡，占了兗州各路城池，招軍集將，威名大振。近日聞報黃巾賊首何儀、黃邵，劫擄郡縣，擾害生靈。過來，請二位先生，入帳議事。

（荀彧、郭嘉上）

（同念）

荀彧
郭嘉　　胸藏十萬兵，
　　　　操持籌帷幄似陳平。

（同白）某荀彧。某郭嘉。參見主公！

曹操　（白）二位少禮，請坐。

荀彧
郭嘉　（同白）謝坐。傳我等入帳，有何軍情議論？

曹操　（白）目今軍中乏糧，呂布占了濮陽城池。劉備又虎踞徐州，我意欲興師掃除群雄，不知誰先誰後？特請二位計議。

荀彧　（白）明公雖有雄師猛將，威鎮東郡，奈年歲饑荒，軍中無糧。近聞黃巾餘黨何儀、黃邵擾亂汝南、潁州等處，明公何不統領大軍東略陳地，想此賊徒乃烏合之眾，其軍易破，破而取其糧草，以養三軍，朝廷見喜，百姓歡悅，此乃順天應人之事，明公何不行之？

曹操　（白）妙計。文若此言，真乃吾之子房也。

郭嘉　（白）荀公此計甚善，待破黃巾之後，就統得勝之兵，攻打濮陽，擒取呂布，然後兵下徐州，剪除陶謙，捉拿劉備，以雪前仇。此乃破竹之勢也！

曹操　（白）哈哈！奉孝一言，頓開茅塞，不亞陳平再世。中軍過來！傳令諸將，披掛聽點！

（中軍傳令介）

曹操　（念[2]）決勝千里外，

荀彧
郭嘉　（同念）籌算帷幄中[3]。

（典韋同曹洪上）（起霸）

典　韋　（念）鐵戟雙錘八十斤，
曹　洪　（念）衝鋒對壘把功成。
典　韋　（念）要效淮陰封侯印，
曹　洪　（念）分茅裂土標姓名。
典　韋　（白）俺典韋。
曹　洪　（白）俺曹洪。
典　韋　（白）請了。主公發兵，須當伺候。
　　　　（發點，文東武西將上引，曹操點軍）
曹　操　（念）黃公三略法，
　　　　　　　呂望六韜文。
　　　　　　　昔成孫吳策，
　　　　　　　開疆第一人。
　　　　（白）某曹操。今日興兵先破黃巾餘黨，後攻呂布，復取濮陽。來！
　　　　　　　傳夏侯惇入帳。
　　　　（傳夏侯惇上）
夏侯惇　（念）開旗得勝新日月，
　　　　　　　馬蹄踏破錦乾坤。
　　　　（白）某夏侯惇。主公相召，須速入帳。末將參見，有何軍令？
曹　操　（白）吾今出兵先破黃巾，後攻呂布，命你帶領典韋、曹洪，以爲前戰
　　　　　　　先行，須要逢山開路，遇水安橋，以便大軍路道。
夏侯惇　（白）得令！
曹　操　（白）來！傳典韋、曹洪入帳！
　　　　（傳，二個將上）
二　將　（白）報！典韋、曹洪進，參見主公！有何差遣？
曹　操　（白）命你二人各帶一枝人馬，與同夏侯惇以爲前戰，須要小心
　　　　　　　在意。
二　將　（白）得令！
曹　操　（白）李典、樂進聽令！（二將應介）命你二人以爲中軍護衛，不可
　　　　　　　懈怠！
二　將　（同白）得令！
曹　操　（白）吩咐衆將，響炮抬營[4]。
　　　　（衆傳介）【五馬江兒水】

校記

［1］濮陽城：原本首頁署"校正京調濮陽城全本"。今僅取其劇名。原本不分場,今依劇情分爲十場。
［2］念:原本無。今補。下同。不另出校。
［3］籌算帷幄中："帷幄"二字,原本作"握中"二字。《梨園集成》本作"掌幄",不取。今依文意改。
［4］響炮抬營："響"字,原本作"啕",誤。今從《梨園集成》本改。

第 二 場

（何萬上起）

何　萬　（念）兩臂千斤力,
　　　　　　獨擋百萬兵。
　　　　　　斬將似切土,
　　　　　　科頭裹黃巾。
　　　　（白）俺截天夜叉何萬是也。兄王發兵,在此伺候。
（下手引何儀、黃邵上）
何　儀　（念）世上無雙敵,
黃　邵　（念）富貴無獨尊。
何　儀　（白）孤家黃巾大王何儀是也。
黃　邵　（白）寡人黃巾寨主黃邵是也。
何　儀　（白）御弟請坐。
黃　邵　（白）皇兄請。
何　儀　（白）你我二人,本是天公將軍張角部下頭目便是。自從天公張將軍起義而來,攻州得州,遇縣得縣,數年以來,何等威風,何等富貴！
黃　邵　（白）王兄,不想天公弟兄三人亡故之後,餘黨分散,軍威不振,還虧皇兄之能,糾集舊日餘衆,重整昔年氣象,霸占城池,官兵不敢正眼相看,真是死灰復燃也。
（儀哭介）
黃　邵　（白）呵呀！皇兄爲何啼起來？

何　儀　（白）御弟，愚兄昨日在龍床打睡，三更時分得下一夢，甚是不祥。
黃　邵　（白）皇兄得的甚麼夢？說出來待替你詳解。
何　儀　（白）孤家睡到半夜三更，只見我的死鬼老子，頭戴破帽，身穿破襖，腳踏破鞋子。他說道：何儀我的兒子，你如今做了強盜大王，大秤稱銀子，大斗量金子，可憐你家死鬼老子，在陰司裏面好不受苦，在望鄉臺上喝西風，在奈何橋下吃涼水，你若不信？爲父現帶了兩個債主來了！
黃　邵　（白）那兩個債主？
何　儀　（白）一個牛頭，一個馬面。
黃　邵　（白）呵呀！令尊欠他兩個怎麼錢？
何　儀　（白）欠了牛頭的牛肉錢，欠了馬面的馬肉錢，三十夜晚一夜騙到大天光。又道父債子還。今日有錢還我，我二人便罷；若沒有錢還我，我就這麼一叉！
黃　邵　（白）呵呀！那還了麼？
何　儀　（白）御弟！
黃　邵　（白）皇兄！
何　儀　（白）孤家被他那麼一叉，跌下床來，一跤跌醒來，唬出一身的冷汗。好叉，好叉！
黃　邵　（白）嘻嘻！
何　儀　（白）吓[1]！御弟爲何發笑？
黃　邵　（白）寡人昨夜晚上有騙皇兄，吃了一頓，喝了一頓。
何　儀　（白）是那個請你？
黃　邵　（白）是張梁、張寶、張角弟兄三人來請。
何　儀　（白）呵呀！張角兄弟三人，早已被官兵殺死了，怎麼來請你？
黃　邵　（白）他來請我去遊山玩景。
何　儀　（白）在那裏請你？
黃　邵　（白）在枉死城內遊玩刀尖山，一個個好排場好穿戴，頭戴紅帽子，身穿紅衣服，鞋子沒有穿。
何　儀　（白）爲甚得腳下沒有鞋穿？
黃　邵　（白）他們說道，在陰司裏面，當了一個赤腳光棍。
何　儀　（白）後來怎模樣？
黃　邵　（白）後來吃完了酒，遊戲破錢山、滑油山、刀尖山、奈何橋。血湖池

		內爲斗大的荷花。又一走，走到閻王殿前去了。
何 儀	（白）	閻王殿好看嗎？
黄 邵	（白）	好嚴，閻王坐堂。
何 儀	（白）	閻王坐堂鬧熱麼？
黄 邵	（白）	閻王坐在上面，一個判官站在旁邊，半個小鬼也沒得。
何 儀	（白）	怎麼半個小鬼也沒得？
黄 邵	（白）	閻王大怒吓！爲何一個小鬼影兒也沒得？判官稟道：啓上閻君，陽間的人多，所以陰司鬼少。閻王吩咐將枉死城打開，把那些賭錢鬼、鴉片鬼，一總放他去投胎！
何 儀	（白）	投胎做甚的？
黄 邵	（白）	賭錢鬼，發他投胎到錢店裏，替人數錢。
何 儀	（白）	鴉片鬼呢？
黄 邵	（白）	鴉片鬼，陽間的人多，陰司鬼少，發他投胎到戲班子裏，去吹笛子。
何 儀	（白）	怎麼到戲班子裏吹笛子？
黄 邵	（白）	閻王老子要鬼，叫他收些人到陰司裏去當差。
何 儀	（白）	怎麼收法？
黄 邵	（白）	那吹笛子一齣戲憋死了一個[1]，十齣戲憋死了十個，一百齣戲就憋死了一百個。
何 儀	（白）	果然憋得好。
黄 邵	（白）	那時衆鬼聽了閻王吩咐去投胎，一齊走出鬼門關，我也跟了出來，走到鬼門關。上限高大，我被那個冒失鬼[2]，這麼一擠，把我跌一跤。
何 儀	（白）	跌在那裏？
黄 邵	（白）	一跤跌在床上。
何 儀	（白）	呸！你說了半天，原來說的鬼話。
黄 邵	（白）	你說的夢話，我就說不得鬼話？
		（何萬上）
何 萬	（念）	忙將軍情事[3]，
		進帳報君知。
	（白）	參見二位大王！今有曹操命夏侯惇爲前部先鋒，帶領曹洪、典韋，攻打頭陣，特來稟知。

(二白)哎呀！死了！

眾　　（白）大王醒來醒來！

黃　邵　（唱）【二扳頭】
　　　　　　聞言唬殺人唬殺人也，
　　　　（白）皇兄吓！
　　　　　　我三魂飛掉四魄散，
　　　　　　上天天無路，入地地無門，思想無計較，

何　儀　（唱）御弟只好一命傾。
　　　　（自刺介）

黃　邵　（白）皇兄，不必如此。寡人有個好計在此。

何　儀　（白）有甚麼好計？

黃　邵　（白）名為出頭就刀之計。

何　儀　（白）何為出頭就刀之計？

黃　邵　（白）你我戰得好過就罷，倘然戰他不過，跪在馬前，把頭兒伸得長長，兩個耳朵上面，一邊掛上一百大錢。

何　儀　（白）這做甚麼？

黃　邵　（白）名為開刀之禮。

何　萬　（白）呔！休長他人志氣，滅了自己威風。眾嘍囉殺上前去！
　　　　（夏侯惇、曹洪會陣）

典　韋
夏侯惇　（同白）呔！來的黃巾賊將，通上名來？

何　儀　（白）孤家黃巾大王何儀便是。

黃　邵　（白）寡人黃巾寨主黃邵便是。
　　　　（二同白）來的可是扯馬僧夏侯惇？

夏侯惇　（白）呔！大兵到此，小小毛賊，還不下馬受綁，等待何時？

黃　邵　（白）皇兄，你我照計而行。

何　儀　（白）有理[4]。看刀！
　　　　（殺，何儀、黃邵敗下，何萬殺與曹洪殺介）

何　萬　（白）住者。來將通名？

曹　洪　（白）大將曹洪。賊將通名？

何　萬　（白）俺乃截天夜叉何萬是也。你敢與老爺下馬步戰？

曹　洪　（白）好！老爺最喜步戰。

何　萬　（白）招馬！

　　　　（殺介，曹洪殺何萬死介，何儀、黃邵上，殺敗下）

夏侯惇　（白）那賊逃走，典韋聽令！命你追趕黃巾賊首回報。

典　韋　（白）得令！催軍。

校記

［１］何儀白吓："吓"字，原本作"下"。今依《梨園集成》本改。依例補"白"字。

［２］那吹笛子一齣戲憋死了一個："憋"，原本作"唎"。今改。下同。按"唎"，《漢語大詞典》、《漢語大字典》釋音讀八，義爲鳥鳴聲。

［３］我被那個冒失鬼："冒"字，原本作"帽"。今改。

［４］忙將軍情事："軍"字下，原本有一"有"，衍。今删。

［５］有理："理"字，原本音假誤作"禮"。今改。

第 三 場

　　　　（上手引介）哦！

許　褚　（白）衆將安營下寨。

　　　　（衆介，許褚上，起霸[1]）

許　褚　（念）生平志量膽氣豪，

　　　　　　　男兒未遇守蓬茅。

　　　　　　　力大分牛並扛鼎，

　　　　　　　黃巾見咱魂魄消。

　　　　（白）俺許褚，乃譙郡人也。只爲黃巾作亂，是俺糾集義士數百餘人，在這飛虎山上，造起城池，以保村莊。數年以來，那些黃巾賊黨，被俺殺的殺，擄的擄。哈哈！如今聞俺許爺爺的名號，無不魄散魂消。且住。我想山中缺少糧草，不免去到谷口，倘有黃巾賊黨經過，問他要些金銀財寶，好做山中軍糧。衆兄弟們！走上。

　　　　（四莊丁上）

莊　丁　（白）大哥何事？

許　褚　（白）同到谷口，倘有上門的財寶，乘些回來，好做山寨用度。

莊　丁　（白）大哥説的有理，就此一走。

許　褚　（白）衆兄弟，抬刀前往！

（唱）【醉太平】

　　草莽英雄，

　　踞虎蟠龍，

　　哨集鐵甲綠林中。

　　爲黃巾一似群蜂。

　　挨挨擦擦成何用，

　　打家劫舍快如風，

　　破府屠州盡掃空，

　　遇着俺跌足搥胸。

校記

［１］衆介褚上起霸白：此提示，原本作"衆介指上覆白"。今依劇情改。

第　四　場

（何儀、黃邵上，兩邊望叫）

黃　邵　（白）皇兄！

何　儀　（白）御弟！

　　　　（見介）

何　儀　（白）還有你我呢！

黃　邵　（白）你我？

　　　　（摸頭介）還在。

何　儀　（白）還在。你還在，我不見？

　　　　（黃邵看介）

黃　邵　（白）你也在。

何　儀　（白）孤家自出兵以來，未有今日殺得大敗。罷了，罷了！

　　　　（黃邵笑介）

黃　邵　（白）寡人思想起來，這個買賣，不如去開鴉片煙館錢店。

何　儀　（白）怎麽強盜大王不做，倒要去開鴉片煙館錢店？

黃　邵　（白）你不知道，那個鴉片煙館錢店，比強盜利息更好。

何　儀　（白）去！

黃　邵　（白）走走！

（同板介）【水紅花】

（同唱）哀哉痛哉運不通，

　　　　運不通，

　　　　一陣殺得兵打兵，

　　　　嘍囉影無蹤。

　　　　只剩得孤家寡人，

　　　　倒不如買耕牛務農。

　　　　念彌陀也快樂。

（莊丁上）

莊　丁　（白）路過的拿買路錢來？

何　儀　（白）御弟！

黃　邵　（白）皇兄！這才是孔夫子門前賣文章，我向來只曉得說多謝，莫有說過豈敢，你問我要錢，我問那個要錢？

莊　丁　（白）站着！

何　儀
黃　邵　（同白）不敢動。

莊　丁　（白）大哥！有請。

（許褚上）

許　褚　（白）吠！黃巾賊將，留下買路錢來，放你過去。

（二白）哎呀！不好了，許爺爺來了。走了罷！走了罷！

（許褚殺，擒介）

許　褚　（白）解回谷中。

（下）

第　五　場

（上手引典韋上）

典　韋　（白）吠！山崗上的漢子，可曾看見黃巾過去？

（褚站椅上）

許　褚　（白）黃巾賊麽？被俺擒下了。

典　韋　（白）今在那裏？

許　褚　（白）都已驅入谷中去了。

典　韋　（白）是。俺追下來賊將，何不獻出還我？

許　褚　（白）要俺獻出不難。你若勝得俺手中的寶刀[1]，方可獻出來還你。

典　韋　（白）住了。你這厮有何本領，敢口出大言？好好獻出來便罷，如若不然，叫你立喪此地！

許　褚　（白）哈哈！這厮你不知進退，敢來虎口裏扳牙，太歲頭上動土。衆兄弟殺下山去！

（殺打介，二面分下）

校記

[1] 你若勝得俺手中的寶刀："刀"字，原本漏。今補。

第　六　場

（曹操上桌（白）呀！桿呀）

曹　操　（唱）【脫布衫】覷軍容浪涌天風，

　　　　　　　戰沙場滾滾鮮紅。

　　　　　　　俺可也兵強將勇，

　　　　　　　說甚麼白狄山戎。

（衆又打介）

曹　操　（白）果然好一員勇將，只可智取，不可力敵。夏侯惇聽令！命你去到前面山谷之中，掘下陷馬坑，上用黃土遮蓋，不得有誤。

夏侯惇　（白）得令！

（下）

曹　操　（白）曹洪聽令！命你帶領撓鉤手埋伏，須要生擒活拿，不得傷他性命。

曹　洪　（白）得令！

（下）

（典韋上）

典　韋　（白）這那厮驍勇，不能取勝，特來繳令。

曹　操　（白）我已預定計策，前面山谷之中，你可詐敗佯輸，引他到彼，自有

　　　　　　收伏。
　　　　（唱）早列着萬丈計伏虎降龍[1]，
　　　　　　管教他拜轅門屈跪曹公。
　　　　（下）
典　韋　（白）吥！黑臉的敢來出馬？
　　　　（許褚上）
許　褚　（白）紅臉的還不下馬，等待何時？
典　韋　（白）今日若不擒你，誓不回營。
許　褚　（白）看刀！
　　　　（殺，典韋敗，許褚追下，破打介）

校記

[1] 伏虎降龍："虎"字，原本作"處"。今從《梨園集成》本改。

第 七 場

（文堂引夏侯惇上）
夏侯惇　（白）俺領了主公將令，掘下陷馬坑，生擒賊將來此，埋伏了。
　　　　（下）

第 八 場

（許褚打，典韋敗下）（曹洪上，接打，又敗下，許褚追下）（夏侯惇上）
夏侯惇　（白）來此山谷之中。掘下陷馬坑伺候。
　　　　（文掘介[1]）
　　　　（典韋、曹洪上，打許褚介，引走，典韋、曹洪敗，許褚陷馬，眾擒介）
　文　　（白[2]）賊將被擒！
夏侯惇
典　韋　（同白）綁回大營。
曹　洪
　　　　（綁下）

校記

［1］文掘介："文"字,原本作"夏",非是。今從《梨園集成》本改。按："文"指"文堂"。下同。

［2］文白："文"字,原本誤作"夏"。今從《梨園集成》本改。

第 九 場

(吹打,文武二面上)(曹操上)

曹　操　(念)【引】

　　　　但得英雄入彀中,

　　　　管取復定成功。

(曹操坐內,曹洪、典韋、夏侯惇上)

(三白)奉了將令,擒賊將,特來交令。

曹　操　(白)吓！擒住了！好,將他綁上來。

(三白)呔！將他綁上。

(二武解許褚上介)

許　褚　(白)呔！

(唱)【快活三】

　　　　遭陷阱詭計中,

　　　　不由俺怒氣填胸。

(走介)

武　　(白)當面！

許　褚　(白)呔！曹操,你用詭計擒人,真乃匹夫也。

(唱)俺本是撲天雕誤入網籠。

曹　操　(白)哈哈！壯士！孤帳下衆將,一時冒犯虎威,孤這裏親自鬆綁。哈哈！不必記懷。來來！看大衣與壯士更換。

許　褚　(白)吓！俺好慚愧也,羞羞,教人氣喪心呼！可也甘承奉。

曹　操　(白)請起,請坐。

許　褚　(白)告坐。

曹　操　(白)請問壯士貴鄉何處？高姓大名？

許　褚　(白)姓許名褚,字仲康,乃譙郡人氏。只爲黃巾作亂,集積鄉民數百，築山爲城，以防賊寇，冒犯虎威，望乞恕罪！
曹　操　（白）某家久聞大名，可肯歸降否？
許　褚　（白）承蒙不棄，願與執鞭隨鐙。
曹　操　（白）哈哈！請問黃巾二賊何在？
許　褚　（白）被某擒在谷中。
曹　操　（白）將他獻出，以錄壯士進見之功。
許　褚　（白）領命！衆兄弟，將黃巾二賊綁上。
　　　　　（二莊丁綁何儀、黃邵上）
莊　丁　（白）當面。
何　儀
黃　邵　（同白）曹將軍饒命！
曹　操　（白）住了。你這班逆賊反叛朝廷，擾害百姓。來！推出斬了。
黃　邵　（白）皇兄用計？
何　儀　（白）我連屁也莫有了，那裏還有計！
黃　邵　（白）開刀禮沒有帶來？
何　儀　（白）打個賒賬，下次再補。
　　　　　（斬介）
曹　操　（白）號令轅門！衆軍養軍三日，攻打呂布。
　　　　　（掩門尾）（曹操扯許褚手下，衆分下）（【添公牌·朝天子】下[1]）

校記

[1] 添公牌朝天子下："子"字，原本作"瓦"。今據《梨園集成》本改。

第　十　場

（中軍上）
中　軍　（念）傳宣帷幄軍機事，
　　　　　　　執掌貔貅將令行[1]。
　　　　　（白）俺乃呂溫侯帳下傳宣中軍是也。自從俺家主將攻破兗州，占了濮陽，兵威大振，每日往教場操軍演將，提防曹兵到來。今日溫侯又下演武廳去了，命俺在轅門收取各路公文，只得馬臺少坐便了。

探　子　（白）馬來。

　　　　（上念）日行千里路，
　　　　　　　　夜奔萬重山。

　　　　（白）來此轅門，待俺擊鼓。

中　軍　（白）呔！何人擊鼓？

探　子　（白）探子兒郎回報。

中　軍　（白）溫侯在教場未回，那廂伺候着。

　　　　（探子下）

中　軍　（白）呀！鑼聲響亮，主將回營來也！

　　　　（文堂引呂）（【神伏兒】）（上桌臺）

呂　布　（念）紫金冠雉尾雙飄，
　　　　　　　　猓猊鐙玲瓏護腰。
　　　　　　　　畫桿戟萬人無敵，
　　　　　　　　赤兔馬千里咆哮。

　　　　（白）俺姓呂名布，字奉先，爵居溫侯，威名天下。自與王司徒定計誅滅董卓後，遭李傕之難，逃出關東，四海無家。近得陳公臺妙策，破了兗州，霸占濮陽。因此訓練兵馬，隄防曹操。今日教場而回。中軍！可有軍情？

中　軍　（白）探子兒回報。

呂　布　（白）掃開角門[1]，命他進見。

中　軍　（白）呔！探子的，命他從角門而進。

探　子　（白）探子兒郎進。爺在上，探子叩頭。

呂　布　（白）探子，打聽那路軍情，一一報上！

探　子　（念）打聽曹操破黃巾，
　　　　　　　　收得許褚猛將軍。
　　　　　　　　貔貅直下濮陽郡，
　　　　　　　　先鋒典韋夏侯惇。

　　　　（【江兒水】）

呂　布　（白）他的兵勢如何？

探　子　（白）爺吓！他的兵勢呵！

　　　　（唱[2]）

呂　布　（白）賞他銀牌一面，再探再報！

探　子　（白）謝爺。

　　　　　（下）

呂　布　（白）可惱曹操，前來攻打濮陽。兵法云：以主待客，以逸待勞。中軍傳令！吩咐張遼、高順以爲前戰先鋒[3]，領兵攻曹。

　　　　　（中軍照傳）

陳　宮　（白）住者。陳宮阻令。

中　軍　（白）住者。啓温侯，陳宮阻令。

呂　布　（白）傳陳宮入帳！

　　　　　（中軍傳介，陳宮上）

陳　宮　（念）定就萬丈深潭計，

　　　　　　　要取驪龍項下珠。

　　　　　（白）温侯在上，陳宮參見。

呂　布　（白）公臺少禮，請坐。

陳　宮　（白）告坐。

呂　布　（白）公臺爲何阻我將令？公臺有何妙計破得曹兵？

陳　宮　（白）濮陽城中有一巨户田民，家財百萬，奴僕千群，令他修一封書作詐降曹營，只説獻城，以做內應，賺得曹操進城時節呵！

　　　　　（唱）【粉孩兒引】

　　　　　　俺可也運機關操香餌，

　　　　　　射虎擭龍伎倆，

　　　　　　早提着傀儡索在掌。

　　　　　　施號令妙袖微藏，

　　　　　　效淮陰九里十面戰場。

　　　　　　一似火輪，

　　　　　　千群顛狂。

　　　　　（下）

校記

[1] 掃開角門："開"字，原本筆誤作"門"。今從《梨園集成》本改。

[2] 唱："唱"後，原本無詞。疑漏。

[3] 吩咐張遼、高順以爲前戰先鋒："張遼"，原本作"張獠"；《梨園集成》本作"張傄"。均非是。今依《三國演義》改。

白 門 樓

無名氏　撰

解　題

　　京劇。清無名氏撰。道光四年《慶昇平班戲目》列此劇目。劇寫曹操征剿下邳，吕布、陳宫、張遼與貂蟬被擒。四人進帳，貂蟬跪而哭泣，曹操命其去後營。陳宫、張遼怒而不屈。吕布卑躬屈膝，跪求饒命，願降曹操，跟隨效命。曹操心動，問劉備可否收留，吕布求劉備念轅門射戟之恩，向曹操説情。劉備則提及董卓、丁建陽舊事。曹操心有所感，即命將吕布斬首。本事出於《三國志・魏書・吕布張邈傳》、元刊《三國志平話》、《三國演義》第十九回。清宫大戲《鼎峙春秋》有《白門樓家奴受戮》一出。清代版本今見《醉白集》抄本，首頁題"新刻白門樓全本"。今以該本爲底本校點整理。

　　　　　　（四手下引曹操上）
曹　操　（念）【引】奉王欽命，統領雄兵。
曹　操　（念）轅門將士膽氣豪，
　　　　　　　腰橫秋水雁翎刀。
　　　　　　　驚天三響雷鳴炮，
　　　　　　　遠近飛禽落水梢[1]。
　　　　　（白）本帥曹孟德。帶兵征剿下邳[2]，未知勝敗如何？也曾命探子，
　　　　　　　前去打聽，未見回報。
　　　　　（報子上）
報　子　（念）打聽軍情事，
　　　　　　　名爲夜不收。
　　　　　（白）報，探子進。丞相在上[3]，小人叩頭。
曹　操　（白）命你打聽下邳，緩緩報來！

報　子	（白）	小人打聽得呂布營中，陳登暗傳令號，裏應外合，宋憲擒了呂布[4]，張飛拿住貂蟬[5]，許褚拿了陳宮[6]，關公綁了文遠，現在營門交令。
曹　操	（白）	報事明白，賞你銀牌一面，再去打聽。
報　子	（白）	得令。

（報子下）

曹　操	（白）	有請列位將軍進帳！
手　下	（白）	有請列位將軍進帳！

（劉備、許褚、關羽、張飛同上）

劉　備	（唱）	下邳得勝精神爽，
		不由劉備悶胸膛。
		呂布英雄真強壯，
		怕的丞相愛他降。
關　羽	（唱）	休說呂布真強壯，
		難比前朝楚霸王。
		八千子弟兵吹散，
		忍辱含羞死烏江。
		倘若丞相愛此將，
		免比董卓丁建陽[7]。
		這是呂布忘恩狀，
		管叫一命見閻王。
張　飛	（唱）	看下二哥果然智，
		謀廣呂布難免亡[8]。

（下）

許　褚	（唱）	負義忘恩早該喪，
		天理昭應自昭彰。
劉　備	（唱）	邁步且進蓮花帳，
		丞相臺前說端詳。
衆	（白）	丞相在上，末將參見。
曹　操	（白）	列位將軍少禮，一傍坐下。
同	（白）	謝坐。
劉　備	（白）	恭喜丞相，得了下邳三城，呂布等擒在轅門，真乃丞相鴻福，用

兵如神之效也。

曹　操　（白）好説。承蒙衆將虎威[9]，豈是老夫之才也！列位將軍馬上勞倦，下帳解甲換袍，然後整酒賀功。

許　褚
關　羽　（同白）謝丞相。
張　飛

曹　操　（白）將吕布等押上。

手　下　（白）丞相有令，將吕布等押上。

（二刀手引吕布、貂蟬、陳宫、張遼同上）

貂　蟬　（唱）龍游淺水遭蝦戲，

吕　布　（唱）賤人説話真放屁。
　　　　　　提起心中似火逼，
　　　　　　王兄將你行巧計。
　　　　　　拼動父子争是非[10]，
　　　　　　爲你曾把董卓弑[11]，
　　　　　　爲你失去漢華夷。
　　　　　　親朋斷了恩和義，
　　　　　　榮華富貴化成灰。
　　　　　　只望百年好伉儷，
　　　　　　誰知賤人把我欺。
　　　　　　裏應外合遭困住，
　　　　　　死後把你生親追。

貂　蟬　（唱）將軍駡奴雙流涙，
　　　　　　有話難言最慘悽。
　　　　　　曾記當年初相會，
　　　　　　我愛將軍有威儀。
　　　　　　才把連環爲表記，
　　　　　　山盟海誓結夫妻。
　　　　　　可恨老賊起反意，
　　　　　　敗壞綱常占子妻[12]。
　　　　　　鳳儀亭上重相會，
　　　　　　本把董卓用刀剮。

		然後二人成婚配，
		但願任死永不離。
		想奴非是亡國女，
		豈肯背地把你欺。
		命該如此失了計，
		事到頭來埋怨誰。
呂　布	（唱）	賤人說話全無理，
		不由豪傑皺雙眉[13]。
		扯開一足踢死你，
陳　宮	（唱）	陳宮上前把話提。
		當初只管沉沉醉，
		多少好言你不知。
		如今營前爭閑氣，
		失却千里差毫釐[14]。
張　遼	（唱）	你我同進營門内，
		再看奸賊怎施爲[15]。
呂　布	（唱）	來在帳前雙膝跪，
貂　蟬	（唱）	涕泗滂沱把頭低。
陳　宮	（唱）	可笑二人無志氣，
張　遼	（唱）	豪傑昂昂站丹墀。
曹　操	（唱）	轅門戰鼓緊緊催，
		繩捆索綁往内推。
		四人進帳兩個跪，
		站的何人跪的誰？
呂　布	（唱）	丞相把我來忘記，
貂　蟬	（唱）	呂布貂蟬二夫妻。
陳　宮	（唱）	陳宮兄來文遠弟，
張　遼	（白）	賊吓，
	（唱）	兩眼昏花不認得。
曹　操	（唱）	張陳二人情怒氣，
		老夫背地笑嘻嘻。
		早已安排牢籠計[16]，

|||傷弓之鳥料難飛。
貂蟬內室後營去[17],
再與呂布論高低[18]。
曹操(白[19])即日披擒,有何話說?
呂布(唱)跪在帳前雙流淚,
尊聲丞相聽端的。
只因中了牢籠計,
國破家亡受孤恓。
今日被擒虎帳裏,
還望丞相發慈悲。
赦我不斬施仁義,
願效犬馬受賓士。
曹操(唱)奴才說話好癡迷,
花言巧語謊騙誰。
曾記董卓收留你,
虎牢關前逞雄威。
四路諸侯同商議[20],
要殺董賊保漢室。
內庭獻劍想行刺,
畫虎不成被犬欺[21]。
董卓心疑忙傳你,
帶領人馬連夜追。
不是老夫早逃避,
焉能今日掛帥旗。
如今被我拿住你,
食其肉來剝你皮。
呂布(唱)丞相說起當年事,
明差明錯惹是非。
百般哀告不轉意,
尊聲皇叔聽端的。
你把良言往上啟,
保留呂布免刀劊。

劉　　備　（唱）將軍不必求劉備，
　　　　　　　　丞相發怒似虎威。
　　　　　　　　都是將軍無道理，
　　　　　　　　自作自受有差遲。
　　　　　　　　建陽董卓恩待你，
　　　　　　　　反面無情分了屍。
　　　　　　　　亂臣賊子誰人庇，
　　　　　　　　天理昭彰不差移。
呂　　布　（唱）不記轅門射戟時，
　　　　　　　　袁術與你動兵機。
　　　　　　　　多得某家設巧計，
　　　　　　　　停兵罷戰各回歸[22]。
　　　　　　　　不說自己忘恩義，
　　　　　　　　反言某家作事非。
　　　　　　　　二次帳前高聲啓，
陳　　宮　（唱）且聽某家把話提。
　　　　　　　　溫侯本是英雄輩，
張　　遼　（唱）因何苦苦求奸賊[23]。
陳　　宮　（唱）好漢將死休追悔，
張　　遼　（唱）哪怕千刀萬剮剮。
呂　　布　（唱）二位不必逞雄威[24]，
　　　　　　　　眼前人兒誰怕誰。
　　　　　　　　犯在其中不得意，
　　　　　　　　雙膝跌跪在丹墀。
　　　　　　　　還望丞相施恩義，
　　　　　　　　收留呂布做跟隨。
曹　　操　（唱）呂布哭得如酒醉，
　　　　　　　　老夫心下甚有疑。
　　　　　　　　本待以他來留住，
　　　　　　　　怕的後來反受欺。
　　　　　　　　左思右想無了計，
　　　　　　　　再以皇叔說端的。

          （白）劉皇叔，呂布英雄蓋世，老夫有意收留，不知可否[25]？
呂　　布　（白）皇叔方便吓！
劉　　備　（白）丞相差矣！呂布之心反覆不常，豈不聞丁建陽董卓之事乎？
曹　　操　（唱）皇叔説話全是理，
　　　　　　　　一言解開滿肚疑。
　　　　　　　　吩咐兩旁刀手的，
刀　　手　（白）有。
曹　　操　（唱）快將呂布斬如泥。
呂　　布　（跪唱）吓，賊吓！
　　　　　　　　心中惱恨賊劉備，
　　　　　　　　一言送我命歸西。
　　　　　　　　二十年後來轉世，
　　　　　　　　抽你筋來剝你皮[26]。
　　　　　　　　出得營門嘆口氣，
　　　　　　　　蓋世英豪化寒灰。
　　　　　（開刀，二刀手把呂布同下）

校記

［1］遠近飛禽落水梢："禽"字，原本簡作"仒"。今改。

［2］帶兵征剿下邳："邳"字，原本作"祁"。今據《三國志》改。下同。

［3］丞相在上："丞"字，原本作"承"。今改。下同。

［4］宋憲擒了呂布："宋憲"原作"宋獻"，據《三國演義》改。"擒"字，原本簡作"拎"。今改。

［5］張飛拿住貂蟬："貂蟬"二字，原本作"刁嬋"。今改。下同。

［6］許褚拿了陳宮："褚"字，原本作"諸"；"拿"字，原本作"撑"。今改。

［7］免比董卓丁建陽："陽"字，原本作"揚"。今依《三國志》改。下同。

［8］謀廣呂布難免亡："亡"字，原本作"刀"，失韻。今改。

［9］承蒙衆將虎威："承"字，原本作"城"。今改。

［10］拼動父子爭是非："拼"字，原本作"拵"。今改。

［11］爲你曾把董卓弒："弒"字，原本作"試"。今改。

［12］敗壞綱常占子妻："壞"字，原本作"坏"。今改。

［13］不由豪傑皺雙眉："皺"字，原本作"破"。今改。

［14］失却千里差毫釐："毫"字,原本作"豪"。今改
［15］再看奸賊怎施爲："再"字,原本筆誤作"耳"。今改。
［16］早已安排牢籠計："籠"字,原本音假誤作"龍"。今改。下同。
［17］貂蟬内室後營去："室"字,原本作"拾"。今依文意改。
［18］再與吕布論高低："與"字,原本作"典"。今改。
［19］曹操白：原本無。今依文意補。
［20］四路諸侯同商議："侯"字,原本作"候"。今改。下同。
［21］畫虎不成被犬欺："畫"字,原本作"函"。今改。
［22］停兵罷戰各回歸："各"字,原本作"名"。今改。
［23］因何苦苦求奸賊："因"字,原本作"回"。今改。
［24］二位不必逞雄威："逞"字,原本作"遲"。今改。
［25］不知可否："知"字,原本作"遇"。今依文意改。
［26］抽你筋來剥你皮："筋"字,原本作"肋"。今改。

斬貂蟬

無名氏　撰

解　題

　　京劇。清無名氏撰。《京劇劇目辭典》著錄，題"斬貂蟬"，又名"關公斬貂蟬"。《京劇劇目初探》，題"月下斬貂蟬"。劇寫貂蟬被張飛擒獲，送與關公作丫鬟。時呂布已被殺，關羽鎮守荆州。關羽讀《春秋》，認爲妖女喪邦，恐爲貂蟬所惑，喚之進帳，細加盤詰。貂蟬貌美聰明，歷叙古今興廢，頗有見地。關羽讓其論三國英雄，貂蟬欲提呂布，恐關羽不悦，當即見風轉舵，誇讚張飛。關羽責其輕看呂布，恐生後患，斬了貂蟬。本事出於民間傳説，不見史傳。宋元戲文有《貂蟬女》，元明間雜劇有《關大王月下斬貂蟬》，明雜劇有《斬貂蟬》，均無傳本。版本今見《醉白集》本、《戲考》本。今以《醉白集》本爲底本校點整理。該劇首頁題"斬貂蟬全本"。

（關羽上）

關　羽　（念）【引】[1]

　　　　秉燭正綱常，

　　　　三國把名揚。

（念）（詩）

　　　　轅門戰鼓響咚叮[2]，

　　　　各路諸侯膽戰驚[3]。

　　　　提刀誅將人們怕[4]，

　　　　威震荆州誰敢争[5]。

（白）某家姓關，名羽字雲長。玄德兄，翼德弟[6]，三人桃園結義，輔佐漢室江山，三分鼎足。可惱恨曹、董二賊，亂臣弑君。只因水淹下邳，誅了呂布，俺三弟在下邳[7]，擒了一女，名唤貂蟬，送與某家[8]，帳下整理寢室。今晚無事，喚貂蟬進帳，細問前情。軍校，有月無月？

眾　　（白）有月。

關　羽　（白）將亮窗開了！

眾　　（白）是。

關　羽　（唱[9]）

一輪明月照山川，
觀見滿天星斗懸。
暮雲收盡如明晝[10]，
風送鐘聲漏更長。
燈兒下展開了《春秋左傳》，
這上面也有妖婦喪邦[11]。

（白）且住。謀位不過曹、董二賊，妖婦喪邦也就是貂蟬了。

（唱）你思量貂蟬女令人可惱，
盡夜裏喚進帳細問前情。

（白）軍校！傳貂蟬進帳。

眾　　（白）是。君侯有令[12]，傳貂蟬進帳。

貂　蟬　（唱）輕移蓮步入帳房，
奴家今夜好棲涼。
暗悲傷骨肉兩分張，
細思量血淚滿胸膛。

（白）奴家貂蟬。只因水淹下邳。敗國亡家，奴被三大王擒來，送與二大王以作鋪床疊被。忽聽二大王呼喚，只得捧茶入帳。

（唱）十指尖尖捧茶湯[13]，
急忙忙跪帳前口稱大王。

關　羽　（白）下面跪着何人？

貂　蟬　（白）奴家貂蟬。

關　羽　（白）爲何不抬頭[14]？

貂　蟬　（白）懼大王義勇殺氣，不敢抬頭。

關　羽　（白）恕你無罪。

（唱）燈兒前見貂蟬十分美貌，
似天仙離月殿降下凡塵[15]。

　　　　　怪不得吕奉先父殺子、子殺父，
　　　　　攪亂綱常[16]。
　　　　（白）叫貂蟬前朝春秋可知？
貂　蟬　（白）小丫鬟不知。
關　羽　（白）可知三光？
貂　蟬　（白）日月星斗。
關　羽　（白）可知三傑？
貂　蟬　（白）大王問周三傑是漢三傑？
關　羽　（白）你可全記得，細細說來。
貂　蟬　（白）周三傑是周公、太公、召公，漢三傑是張良、韓信、蕭何[17]。
關　羽　（白）起來講！
貂　蟬　（唱）小丫鬟表歷代古人，
　　　　　前三皇後五帝年深月久，
　　　　　說堯舜並禹湯。
　　　　　周文王夜夢飛熊入帳[18]，
　　　　　渭水灘姜子牙定國安邦。
　　　　　甲子日在岐周，丙寅日到孟津，
　　　　　庚午日在岳州火速爲王。
　　　　　十八國伍子胥封爲上將，
　　　　　十二國鍾無鹽女逞豪強[19]。
　　　　　前七國孫龐鬥智[20]，
　　　　　後七國有樂毅法過齊邦。
　　　　　楚項羽與劉邦爭奪江山，
　　　　　可憐那三齊王命喪未央。
　　　　　閏臘月初八日，
　　　　　毒死了平帝王。
　　　　　有蘇獻保王莽回朝爲王。
　　　　　小劉秀拔兵取救雲陽臺，
　　　　　二十八宿鬧昆陽。
　　　　　丫鬟表不盡前朝後漢。
關　羽　（唱）目睹三國中，算你女中丈夫，
　　　　　好一個聰明女子伶俐嬌娘。

		雙眉皺心中暗想，
		無計可施，
		再問你三國中誰勝誰強？
貂　　蟬	（唱）	聽伊言心驚膽戰[21]，
		心問口，口問心[22]，自己參詳。
		論英雄算我丈夫呂布，
		眼面前又有劉備與關張。
		我只得順人情說話隨風倒舵，
		急忙忙跪帳前口稱大王。
		論英雄還算三大王力強。
關　　羽	（白）	那呂奉先？
貂　　蟬	（唱）	呂奉先三姓臭名難當，
		骷髏兒殺在那中軍帳。
		猛盔還算三大王。
關　　羽	（白）	你曾見吾三弟來？他頭戴着甚麼[23]？
貂　　蟬	（唱）	頭戴着烏油盔齊眉頂，
關　　羽	（白）	身穿着甚麼？
貂　　蟬	（唱）	身穿着鎧甲凑秋霜。
關　　羽	（白）	跨着甚麼？
貂　　蟬	（唱）	跨一騎烏騅馬，
		日行千里夜八百，
關　　羽	（白）	他手中用的甚麼兵器哩？
貂　　蟬	（唱）	手提着雄糾糾丈八長槍。
		耳邊兒只聽得催軍鼓鳴，
		在陣前伏虎擒羊[24]。
		喊一聲如雷似吼，
		好一似殺神下降。
關　　羽	（唱）	怒一聲喝住貂蟬女，
		你興桃園滅呂布非是賢良。
		虎牢關前擒呂布，
		他一騎馬戰三人忙也不忙。
		若論三國中，

是一員名府上將。

（白）只因誤中了奸曹計[25]，三弟將貂蟬擒來，送與某家帳下。我想那國有長勝之理？某家若不醒悟[26]，豈不效呂奉先之故也。

（唱）斜披起綠戰袍離了公座，

五綹鬚風凛冷氣滿胸膛。

今夜裏不斬貂蟬女，必生後患，

斬了貂蟬女萬古流芳。

貂　蟬　（唱）聽伊言心驚膽戰，

唬得我魂不附體跪帳前。

問你大王白日裏斬了我，

脫化爲男子，

今夜晚斬了我，

不能白其去向[27]。

（白）大王身旁甚麼響？

關　羽　（白）是劍響。

貂　蟬　（白）爲何劍響？

關　羽　（白）此乃神人所造，周文王留藏在匣内，但有不平之事，匣中自吼，人頭落地。

貂　蟬　（白）響過幾次了？

關　羽　（白）連此三次了。

貂　蟬　（白）頭一次呢？

關　羽　（白）斬熊虎。

貂　蟬　（白）二次呢？

關　羽　（白）誅卞喜。

貂　蟬　（白）三次呢？

關　羽　（白）這三次莫非應在貂蟬身上了！

貂　蟬　（白）大王爺饒命，奴情願與大王疊被鋪床[28]。

關　羽　（白）那董卓謀位虧了那個？

貂　蟬　（白）全憑呂布。

關　羽　（唱）全憑着你男兒英雄呂布，

虎牢關掌帥印文武兩全[29]。

明明的舉起了七星寶劍，

斬貂蟬萬古流芳。

（白）因何斬他不著吓？他乃司徒之女，溫侯之妻，學得有滾劍法。

貂蟬，你道某家真斬你是假斬你？

貂　蟬　（白）是真斬我。

關　羽　（白）某家戲言。

貂　蟬　（白）如此請劍入鞘。

關　羽　（白）貂蟬掌燈入帳。

貂　蟬　（白）是。

關　羽　（白）燈如何不明？

貂　蟬　（白）上有燭花。

關　羽　（白）將燭花剪去。

貂　蟬　（唱）因見燭花淚珠拋[30]，

今夜晚我性命難逃。

關　羽　（白）多嘴。

貂　蟬　（白）烏鴉頭上叫，生死就在這一遭。

關　羽　（白）天上月可圓？

貂　蟬　（白）天上月正圓。

關　羽　（白）水底月可圓？

貂　蟬　（白）水底月影圓。

關　羽　（念）滿懷心腹事，

一命喪黃泉。

（貂蟬下）

關　羽　（念）《春秋》一部始終全，

義結三人在桃園。

水淹下邳誅呂布[31]。

今晚月下斬貂蟬。

（下）

校記

[１] 關羽上念引：原本作"正引"。"正"，下文皆作"净"。下文"旦"，爲貂蟬。今依體例，人物均改用人名，無唱、念者，均據情補。不另出校。

[2] 轅門戰鼓響咚叮:"鼓"字,原本作"古"。今改。
[3] 各路諸侯膽戰驚:"驚"字,原本作"京"。今改。
[4] 提刀誅將人們怕:"們"字,原本作"門"。今改。
[5] 威震荊州誰敢爭:"震"字,原本作"正"。今改。
[6] 翼德弟:"翼"字,原本作"翌"。今依《三國志》改。
[7] 俺三弟在下邳:"下邳",原本作"虎牢關下"。今依下文改。
[8] 名喚貂蟬送與某家:"喚"字,原本作"換";"與"字,原本作"我"。今依文意改。
[9] 關羽唱:"唱"字,原本作"白"。今改。
[10] 暮雲收盡如明晝:"晝"字,原本作"畫"。今改。
[11] 這上面也有妖婦喪邦:"妖"字,原本作"吷"。今改。
[12] 君侯有令:"侯"字,原本作"候"。今改。
[13] 十指尖尖捧茶湯:"尖"字,原本作"興"。今改。
[14] 爲何不抬頭:"頭"字,原本作"豆"。今改。下同。
[15] 似天仙離月殿降下凡塵:"殿"字,原本寫作"展"。今改。
[16] 攪亂綱常:"攪"字,原本作"覺"。今改。
[17] 蕭何:"何"字,原本作"和"。今依《史記》改。
[18] 飛熊入帳:"帳"字,原本作"賬"。今改。
[19] 十二國鍾無鹽女逞豪強:"鍾無鹽"三字,原本"鐘"字不清,後二字作"無現"。今據《史記》改。
[20] 前七國孫龐鬥智:"智"字,原本作"志"。今改。
[21] 聽伊言心驚膽戰:"驚"字,原本作"京";"戰"字,原本作"鵲"。今改。
[22] 口問心:"問"字,原本作"勝"。今改。
[23] 他頭戴着甚麼:"戴",原本作"帶"。今改。下同。
[24] 在陣前伏虎擒羊:"擒"字,原本字不識。今依文意改。
[25] 只因誤中了奸曹計:"計"字,原本無。今依文意補。
[26] 某家若不醒悟:"醒"字,原本字不識。今依文意改。
[27] 不能白其去向:"去"字,原本作"屈"。今依文意改。
[28] 奴情願與大王疊被鋪床:"願"字,原本作"原";"疊"字,原本作"笛"。今改。
[29] 虎牢關掌帥印文武兩全:"印"字,原本空缺。今依文意補。
[30] 因見燭花淚珠拋:"珠拋"二字,原本作"朱抱"。今改。
[31] 水淹下邳誅呂布:"邳"字,原本作"丕",今依《三國演義》改。

打鼓罵曹

無名氏 撰

解 題

　　京劇。清無名氏撰。《京劇劇目辭典》著録,題"打鼓罵曹",又名"擊鼓罵曹"、"群臣宴"。劇寫禰衡由孔融薦於曹操。曹操怪禰衡高傲,禮貌不周,故示輕慢。禰衡知曹操不能禮賢納士,借題發揮,蔑視譏諷曹營文武百官。張遼大怒,拔劍欲殺,曹操則任命衡充當鼓吏。於是在元旦大宴群臣時命禰衡於廊下打鼓,以羞辱之。禰衡大悔前來投靠。席間,禰衡脱去藍衫,赤身露體,打鼓四通,數罵曹操。張遼拔劍又要殺禰衡,曹操懼人議論,用借刀殺人之計,使禰衡持書信前往荆州,説劉表歸降。禰衡無奈,允往荆州。本事出於《後漢書·禰衡傳》、《三國志·魏書·荀彧傳》裴松之注引《文士傳》、《三國演義》第二十三回。清宫大戲《鼎峙春秋》有《席上裸衣充鼓吏》一齣。版本今有清李世忠編《梨園集成》本、《繪圖京都三慶班真正京調全集》本、《醉白集》本。今以《梨園集成》本爲底本,參考其他本校點整理,擇善而從。按:《梨園集成》爲刻本,首頁題"新著罵曹全曲",懷邑王賀成校刊。

第 一 場[1]

（禰衡上）

禰　衡　（念）【引[2]】

　　　　天空地闊海無邊,

　　　　運籌幃幄件件全[3]。

禰　衡　（念）口似懸河語自流,

　　　　舌上風雲運機謀。

　　　　讀盡五車古今書,

自有談笑覓封侯[4]。

（白）卑姓禰，名衡，字正平，乃平原人氏。自幼博學經文[5]，深通戰策兵論。雖有管輅君平之智，言有張良蘇秦舌辯之能[6]，因時未至[7]，未得其主。曾與北海孔融以爲幕賓[8]，昨日蒙他將我薦與曹丞相門下爲謀[9]。我想曹操名爲漢相，實爲漢賊，焉能敬賢納士耳[10]？且進府見機而行。正是：未逢真名主，有負棟梁才[11]。

（唱[12]）我好比一蛟龍，
　　因在沙灘淺水中。
　　有朝一日春雷動，
　　得會風雲上九重。
　　自幼窗前習孔孟，
　　少遊北海遇孔融。
　　雖然待我恩義重[13]，
　　有志不能奪長空。
　　須立人間未有功。
　　將俺薦與曹府用，
　　要學孫臏下雲夢[14]。

（下）

校記

［1］第一場：原本不分場。今依劇情分爲四場。

［2］禰衡上禰衡念引：原本作"上引"。今依劇情及體例補足。

［3］運籌幃幄件件全："籌幃幄"三字，原本作"疇緯屋"。今改。

［4］自有談笑覓封侯："自"字，原本墨丁；"封"字，原本作"寬"。今依文意補、改。

［5］自幼博學經文："幼"字，原本爲墨丁。今依文意補。

［6］言有張良蘇秦舌辯之能："張"字，原本爲墨丁。今依文意補。

［7］因時未至："因"字，原本作"回"。今改。

［8］曾與北海孔融以爲幕賓："幕"字，原本作"暮"。今改。下同。

［9］將我薦與曹丞相門下爲謀："丞"字，原本作"承"。今改。下同。

［10］焉能敬賢納士耳："能"字，原本作"有"；"耳"字，原本作"而"，均不妥。今

依文意改。
[11] 有負棟梁才："棟"字，原本作"凍"。今改。
[12] 唱：原本簡作"叹"。今改。下同。
[13] 雖然待我恩義重："待"字，原本作"代"。今改。下同。
[14] 要學孫臏下雲夢："學"字，原本作"出"；"臏"字，原本作"賓"；"下"字，原本漏；"夢"字，原本作"蒙"。今從"三慶班"本改。

第 二 場

（曹操上）

曹　操　（唱）三國紛紛動槍刀[1]，
　　　　　　　晝夜思想計千條。
　　　　　　　但願狼烟一齊掃，
　　　　　　　四海升平禹湯堯。

（張遼上）

張　遼　（唱）棄暗投明無價寶[2]，
　　　　　　　丞相恩待小張遼。
　　　　（白）書信呈上。

曹　操　（白）孔融去喚禰衡，未見到來？

張　遼　（白）料必來了。

（孔融上）

孔　融　（唱）位列朝班皇恩浩，
　　　　　　　烏紗象簡紫羅袍。
　　　　（白）禰衡喚到。

曹　操　（白）傳進府來。

孔　融　（白）請先生進府。

（禰衡上）

禰　衡　（唱）相府巍巍煞氣高，
　　　　　　　重重疊疊擺槍刀。
　　　　　　　畫閣彫梁雙鳳繞，
　　　　　　　亞賽天子九龍朝[3]。
　　　　（白）小謀有禮。

曹　操　（白）下站何人？

禰　衡　（白）姓禰名衡字正平,乃平原人氏。

曹　操　（白）唔！怕老夫不知你是禰衡。吾乃當朝一品,你不過是孔融門下一幕賓,見了老夫施一長禮,大模大樣,可惱！

禰　衡　（白）呵喲！我道曹操重賢納士,原來目中無人,進府來我與他見禮,他昂然不動,倒也罷了,反責俺禮貌不周。哎！俺乃天下名士,豈肯與逆賊同黨？孔大夫,你錯薦了俺也！

　　　　（唱）人說曹瞞多奸狡[4],
　　　　　　　果然亞賽秦趙高[5]。
　　　　　　　欺君亢上非臣道,
　　　　　　　全憑勢力押當朝。
　　　　　　　孔融將俺錯薦了,
　　　　　　　玉麒麟怎與犬同槽[6]？
　　　　　　　站立丹墀微微笑,
　　　　　　　那怕他虎穴與龍牢。

曹　操　（白）這是甚麼所在,在此發笑,敢笑老夫不成？

禰　衡　（白）非也。俺笑天地寬闊,並無有一人。

曹　操　（白）吾手下文能安邦,武能定國,盡都是蓋世英雄,怎見無人？

禰　衡　（白）請問丞相,文有誰能？武有誰強？小謀願領大教。

曹　操　（白）文有荀彧、荀攸、郭嘉、程昱[7],皆機深智遠之士,張良、陳平也不及也；武有張遼、許褚、樂進、李典,勇如當初岑彭、馬武亦不及也。呂虔、劉曄爲從士,于禁、徐晃做先鋒,曹子孝天下奇才,夏侯惇世間之名將[8]。戰無不勝,攻無不取,衆諸侯聞名喪膽,何爲無人？

禰　衡　（哈白）聽一言來哈哈笑,自誇才高於略韜[9],斗筲小兒何足道,禰衡看來也不高。
　　　　（笑介）

曹　操　（白）爲何又發笑？

禰　衡　（白）你道帳下蓋世之英雄,禰衡看將起來,都是無用之輩,何足道哉！

曹　操　（白）唔！怎麼見得是無用之輩呢？

禰　衡　（白）你且聽了。荀彧可使[10],弔喪祭奠；荀攸可使,只好守墳看墓；張遼可使，擊鼓鳴更[11]；李典、樂進可使[12]，只好放羊看馬；夏侯惇稱爲負皮將軍；曹子孝呼爲要錢的太守，其餘俱是衣架飯囊、酒桶肉袋之輩，何足道哉！

曹　操　（白）你道老夫帳下，俱都是衣架飯囊酒桶肉袋之輩，你有何能？出此狂言！

禰　衡　（白）區區不才[13]，自幼博學經文[14]，深通戰策兵論[15]。天文地理之書，無日不讀，九流三教之士，無一椿不曉。上可以致君於堯舜，下可以德配于孔顏，俺乃天下名士，豈肯與逆賊同黨？這都是孔大夫錯薦了俺吓！

　　（唱）平生志氣與天高，
　　　　不愛金銀與富豪。
　　　　自幼窗下習藝高，
　　　　戰策兵論日夜操。
　　　　三韜六略件件曉[16]，
　　　　要與皇家立功勞。
　　　　俺是堂堂一俊豪，
　　　　豈與你犬馬共同槽[17]。

張　遼　（唱）聽一言來心煩惱，
　　　　膽大狂徒賣嘴梢。
　　　　三尺青鋒出了鞘[18]，
　　　　管叫你一命歸陰曹。

孔　融　（唱）孔融一見事不好，
　　　　將軍息怒免開刀。
　　（白）將軍此人平日有些顛狂，看孔融薄面，饒他一次罷！

張　遼　（白）這狂徒要他何用？

禰　衡　（白）大丈夫生而何爲[19]，死而何懼，要殺請殺！

曹　操　（白）文遠，且慢動手[20]，這樣狂徒，殺他何用，不要穢污了老夫的寶劍。禰衡，孔融薦你前來老夫門下聽用，如今早晚朝賀，缺少一鼓吏，就當此役，你可願否？

禰　衡　（白）這個吓！願當吏。

曹　操　（白）好。明日元旦佳節，老夫宴賀群臣，就命你廊下擂鼓，倘有違誤，定按軍法。

禰　衡　（白）唔！
　　　　（唱）丞相委用恩非小，
　　　　　　區區鼓吏敢辭勞。
　　　　　　背過身來微微笑，
　　　　　　孔融做事也不高。
　　　　　　既知曹操眼見小，
　　　　　　沙灘無水怎藏蛟。
　　　　　　滿腹經文空懷抱，
　　　　　　有志不能奮青霄。
　　　　　　思來想去心煩惱，
　　　　　　尋個巧計罵奸曹。
　　　　　　安排打虎牢籠套[21]，
　　　　　　大蟲窩內宿一宵。
　　　　　　罷罷權且忍下了[22]，
　　　　　　胸中自有巧計高[23]。
　　　　（下）
孔　融　（唱）可恨正平太高傲，
　　　　　　一言冒犯語叨叨。
　　　　　　我爲你一言心膽跳，
　　　　　　自愧臉上放光豪。
　　　　　　丞相若是肚量小[24]，
　　　　　　他項上早已吃一刀。
　　　　（下）
張　遼　（唱）孔融腼腆他去了，
　　　　　　面帶羞愧遠奔逃。
　　　　　　張遼心中加煩惱，
　　　　　　丞相上面說根苗。
　　　　（白）禰衡出言不遜，理應將他斬首，爲何不斬？
曹　操　（白）要斬禰衡，如同殺雞一般。他乃天下名士，遠近皆知，豈可輕易殺之，惹人談論。故命他做鼓吏，且將他羞辱一場，然後尋計殺之，亦爲非晚。
張　遼　（白）丞相明見不差，告退。

　　　　　（唱）丞相做事人難料，
　　　　　　　　可稱天下一英豪。
　　　　　　　　福大量寬如海島，
　　　　　　　　不枉一品在當朝[25]。
　　　　　（下）
曹　操　（唱）無知小子逞強暴，
　　　　　　　　平地無水起波濤。
　　　　　　　　袖內機關人難曉，
　　　　　　　　殺雞何用宰牛刀？

校記

［1］三國紛紛動槍刀："紛紛"二字，原本作"分分"。今改。

［2］棄暗投明無價寶："明"字，原本作"名"。今改。

［3］亞賽天子九龍朝："亞"字，原本作"圧"。今改。

［4］人説曹瞞多奸狡："瞞"字，原本作"蠻"。今據《三國志·魏書·武帝紀》裴松之注引《曹瞞傳》改。下同。"狡"字，原本作"攪"。今依文意改。

［5］果然亞賽秦趙高："亞"字，原本作"押"；"秦"字，原本作"奏"。今改。

［6］玉麒麟怎與犬同槽："麒麟"二字，原本簡作"其奔"。今改。

［7］文有荀彧、荀攸、郭嘉、程昱："彧"字，原本作"惑"；"嘉"字，原本作"假"。今據《三國志》改。

［8］夏侯惇世間之名將："侯"字，原本作"候"。今改。下同。"間"字，原本作"問"；"名"字，原本作"副"，不妥。今依文意改。

［9］自誇才高於略韜："韜"字，原本漏。今依文意補。

［10］荀彧可使："彧"字，原本空缺。今補。

［11］張遼可使擊鼓鳴更："使擊"、"更"三字，原本爲墨丁。今據"三慶班"本補。

［12］李典樂進可使："李典樂進"四字，原本爲墨丁，今據"三慶班"本補。

［13］區區不才："區區"二字，原本作"區口"，非是。今改。

［14］自幼博覽經文："幼"字，原本爲墨丁；"覽"字，原本作"攪"。今依前文補、改。

［15］深通戰策兵論："論"字，原本作"倫"，非是。今依文意改。下同。

［16］三韜六略件件曉："韜"字，原本作"縚"；"六"字，原本作"大"。今改。

［17］豈與你犬馬共同槽："共"字，原本作"拱"；"槽"字，原本作"巢"。今改。

[18] 三尺青鋒出了鞘:"鋒"字,原本作"釜"。今改。
[19] 大丈夫生而何爲:"爲"字,原本爲墨丁。今依文意補。
[20] 且慢動手:"慢"字,原本爲墨丁。今依文意補。
[21] 安排打虎牢籠套:"籠"字,原本作"龍"。今改。
[22] 罷罷罷且忍下了:"忍下"二字,原本爲墨丁。今從"三慶班"本補。
[23] 胸中自有巧計高:"自"字,原本爲墨丁。今依文意補。
[24] 丞相若是肚量小:"量"字,原本作"亮"。今改。
[25] 不枉一品在當朝:"枉"字,原本作"往"。今依文意改。

第 三 場

(禰衡上)

禰 衡 (唱)方纔曹瞞一席話[1],
　　　　　氣得正平亂如麻。
(白)且住。我看曹操果不重賢,反將我用爲鼓吏,他必然對着文武羞辱於我。也罷!我不免將計就計,在酒席筵前辱罵於他,他必然將我斬首,也落得青史名標[2]。正是:
(念)明知山有虎,
　　　偏向虎山行。
(唱)昔日韓信受胯下,
　　　也曾求吃漂母家,
　　　時來登臺把帥挂[3],
　　　興漢滅楚保中華。
　　　我比韓侯無高下,
　　　時未至來且由他。
　　　明日席前將賊罵,
　　　拼着一命染黄沙[4]。
　　　任他千刀並萬剮,
　　　落一個罵曹名兒萬古誇。
(下)

(公同軍人送)

曹 操 (白)今乃元旦佳節,大宴群臣。張遼,酒宴可齊?

張　遼　（白）俱已齊備。
曹　操　（白）公卿到此，即報我知。
張　遼　（白）遵命。
　　　　（同下）

校記

［1］方纔曹瞞一席話："席話"二字，原本作"敘語"。今依文意改。
［2］也落得青史名標："史"字，原本作"吏"。今改。
［3］時來登臺把帥挂："來"字，原本爲墨丁；"挂"字，原本作"卦"。今依文意改。
［4］拼着一命染黃沙："拼"字，原本作"判"。今改。

第 四 場

　　　　（五上念）夜看三千策[1]，
吳　欄　（念）日吟七篇詩。
鍾　節　（念）要知今古事，
　　　　　　　須讀五車書。
王　福　（白）老夫王福。
吳　欄　（白）老夫吳欄。
鍾　節　（白）下官鍾節。
吉　平　（白）下官吉平。
　同　　（白）列公請[2]！今乃建安五年，元旦佳節，丞相設宴相邀，你我一同前去。
　同　　（白）請。
王　福　（念）五鳳樓前朝金闕，
　衆　　（念）相府門下拜元戎[3]。
張　遼　（白）列位大人，到了麼？
　同　　（白）相煩通稟丞相，
張　遼　（白）請少站。請丞相！
　　　　（曹操上）
曹　操　（念）春回禹甸山河外，

　　　　　　　　　人在堯天雨露中。
張　遼　（白）衆公卿俱已到了。
曹　操　（白）張遼代迎。
　　　　（衆"吓"介）張遼代迎。
曹　操　（白）公等駕到，未得遠迎。
　同　　（白）我等魯莽[4]，丞相恕罪。
曹　操　（白）豈敢。相約公等，非爲別事。今乃建安五年元旦佳節，四海升平，備有酒宴，與公卿一樂。
　同　　（白）丞相治國安民，威鎮天下，理當如此[5]。
張　遼　（白）宴齊。
曹　操　（白）看宴。
曹　操　（白）列公席前無以爲樂，老夫新收一鼓吏，命他擂鼓三通，與公卿一樂如何？
　同　　（白）丞相恩賜我等，敢不遵依。
曹　操　（白）來！傳鼓吏。
一　軍　（白）傳鼓吏進帳[6]！
禰　衡　（白）來了！
　　　　（唱）三國紛紛刀兵鬧，
　　　　　　豺狼虎豹謀漢朝。
　　　　　　昔日老王出城皋，
　　　　　　楚漢相争把兵交。
　　　　　　項羽無謀落圈套，
　　　　　　九里山前功勞高。
　　　　　　十面埋伏英雄好[7]，
　　　　　　勒逼霸王無去逃。
　　　　　　敗陣失志烏江道，
　　　　　　蓋世英雄無下稍。
　　　　　　高祖咸陽登大寶，
　　　　　　一統山河樂唐堯。
　　　　　　曹瞞興兵四寇剿[8]，
　　　　　　獻帝王爺入虎巢。
　　　　　　我心替主把賊掃，

　　　　　　手中缺少殺人刀。
　　　　　　上面坐的奸曹操,
　　　　　　下面文武衆群僚。
　　　　　　奸賊傳令如山倒,
　　　　　　拼生拼死今朝元旦與他個不吉兆。
　　　　　　假裝瘋魔罵奸曹[9],
　　　　　　身上藍衫俱脫了[10]。
　　　　　　破衣破衫排排摇,
　　　　　　耀武揚威往上跑[11]。
二　軍　（白）丞相大宴群臣,你這破衣破衫,成甚麽規矩?
禰　衡　（唱）帳下兒郎鬧吵吵,
二　軍　（白）真乃好笑。
禰　衡　（唱）列位不必哈哈笑,
　　　　　　有輩古人你聽着。
　　　　　　昔日子牙曾垂釣[12],
　　　　　　張良賣履走荒郊。
　　　　　　爲人受得這苦中苦,
　　　　　　脫下藍衫換紫袍。
二　軍　（白）他還在此比古?
禰　衡　（唱）二位把語錯講了,
　　　　　　你把虎子當野貓[13]。
　　　　　　有朝一日時運到,
　　　　　　掌劍定斬海底鰲。
二　軍　（白）青天白日,他在說夢話。
禰　衡　（唱）你道我白日夢顛倒,
　　　　　　等閑平步上青霄[14]。
　　　　　　我將破衣俱脫掉[15],
　　　　　（換底赤身）
禰　衡　（唱）赤身露體擺擺摇[16]。
　　　　　　怒氣不息往上跑[17],
　　　　　　狐假虎威逞英豪[18]。
　　　　　　將身且立東廊靠,

     我看奸賊把我怎開交。
一　軍　（白）鼓吏傳到。
曹　操　（白）命他擊鼓。
   （禰衡"哎"，打鼓）
曹　操　（白）笑笑。
   （唱）鼓發三鼕響如雷，
     文武百官飲三杯。
     禰衡昨日將我戲，
     他與老夫定高低。
     張遼一傍咬牙啐，
     孔融帶愧轉回歸。
     老夫偷眼來觀戲[19]，
  （禰衡打鼓介）
曹　操　（唱）赤身露體廊下立。
     膽大狂徒將吾欺，
     走近前來問端的。
曹　操　（白[20]）禰衡！
禰　衡　（白）曹操！
曹　操　（白）權且不計較與你，老夫宴群臣你赤身露體而立，朝廷之中，何太無禮？
禰　衡　（白）你欺君亢上，謂之無禮。我露父母之體也[21]，顯我清潔君子，何謂無禮？
曹　操　（白）你為清潔君子，何為混濁小人？
禰　衡　（白）俺為清潔君子，你就是混濁小人。
曹　操　（白）老夫官居首相，位列當朝，何為混濁？
禰　衡　（白）你強官居首相，不識賢儒，眼濁也；不聽忠言，耳濁也；不讀詩書，口濁也；常懷篡逆，心濁也！俺乃天下名士，用為鼓吏，好一似陽貨害仲尼，臧倉毀孟子[22]，輕賢慢士。曹操，你真乃匹夫之輩！
   （唱）豪傑怒氣三千丈，
     曹操聽我說端詳。
     昔日姬昌訪呂望，

|曹　操|（唱）|

親臨渭水會棟梁。
臣坐輦來君拉縴[23]，
爲國求賢禮所當。
俺乃天下真名士，
欺俺猶如小兒郎。
枉在朝中爲首相，
全然不知臭和香。

曹　操　（唱）小兒出言太猖狂，
　　　　　惡言惡語把吾傷。
　　　　　老夫興兵誰阻擋，
　　　　　赫赫威名天下揚。
　　　　　機謀能比姜呂望[24]，
　　　　　興兵何用你小兒郎。

禰　衡　（唱）曹瞞把話錯講了，
　　　　　禰衡言來聽端詳。
　　　　　犬槽怎養獅共象，
　　　　　臥馬怎把蛟龍藏。
　　　　　鼓打一通驚天地，
　　　　　鼓打二通民安康。
　　　　　鼓打三通削奸黨，
　　　　　鼓打四通振朝綱[25]。
　　　　　鼓發十二連聲響，
　　　　（打鼓[26]）
　　　　　管叫奸黨無下場。

鍾　節　（唱）鍾節偷眼往下望[27]，
　　　　　又只見丞相氣昂昂。
　　　　（白）列位大人，丞相與鼓吏鬥嘔，怒坐一旁，我再到前去相勸。

衆　　　（白）言之有理[28]。
　　　　（唱）文臣武將飲杯暢，
　　　　　　多謝丞相賜瓊漿。
　　　　（白）丞相爲何怒坐一傍？

曹　操　（白）鼓吏出言不遜，故而怒坐一旁。

衆　　　（白）丞相且息怒，待我等前去責治於他。

曹　操　（白）可惱吓！可惱吓！

衆　　　（白）吓！先生，丞相大宴群臣，你赤身露體，成何體態[29]？

禰　衡　（白）列位吓！

　　　　（唱）列位大人是知音，

　　　　　　曹操奸賊太無情。

　　　　　　家住平原山後村，

　　　　　　姓禰名衡字正平。

　　　　　　胸中頗有安邦論，

　　　　　　曾與孔融當幕賓。

　　　　　　他將我薦與曹奸佞，

　　　　　　有眼不識寶和珍。

　　　　　　寧做忠良門下客，

　　　　　　豈做奸賊帳下人。

曹　操　（白）把你當做井中蛙，能起多大風波！

禰　衡　（唱）你道我是井內蛙，

　　　　　　舌尖如同賽鐵抓。

　　　　　　有朝一日片雲灑，

　　　　　　要把奸賊一把抓。

曹　操　（白）真個舌辯之徒[30]！

禰　衡　（唱）你道我是舌辯徒，

　　　　　　戰國春秋有機謀。

　　　　　　蘇秦六國為首相，

　　　　　　全憑舌尖壓諸侯[31]。

　　　　　　有朝大展擎天手，

　　　　　　定把奸賊一筆勾。

曹　操　（白）口口道老夫奸，對著列位大人在此，老夫的奸在何處？

禰　衡　（白）聽了！

　　　　（唱）狗奸賊出巧言故意亂道，

　　　　　　尊一聲衆公卿細聽根苗。

　　　　　　他自幼入孝廉官卑職小，

　　　　　　他本是夏侯氏過繼姓曹。

　　　　　　到如今做高官忘了宗考，
　　　　　　全不怕罵名兒萬古名標。
曹　操　（唱）張遼不必烈火冒，
　　　　　　老夫自有巧計高。
張　遼　（唱）張遼聞言心焦燥，
　　　　　　管叫三魂七魄消。
曹　操　（白）張遼休要動手，這樣狂徒，殺他何益！
　衆　　（同白）丞相寬宏大量。
曹　操　（白）禰衡，非是老夫輕慢於你。這幾日我有朝事在身，心煩不安。
　　　　　　我有書信一封，命你去到荊州，招安劉表。若是來降，老夫保
　　　　　　你爲公卿之職，决不失言。
禰　衡　（白）好笑，好笑！
　　　　（唱）奸賊說話没來由，
　　　　　　我今言來聽從頭。
　　　　　　吾本天下奇男子，
　　　　　　誰肯與你做馬牛。
　衆　　（同唱）
　　　　　　丞相請寬心免憂愁[32]，
　　　　　　管叫禰衡往荊州。
　　　　（白）先生，你若不去，身在曹營，如籠內之雞，網內魚，插翅不能高
　　　　　　飛，豈不誤了一世英豪。看我等都是公卿之家，也不敢在他跟
　　　　　　前造次。請再思再想！
禰　衡　（唱）列位大人提醒我，
　　　　　　如今方醒夢南柯。
　　　　　　常言道責人自己過，
　　　　　　手摸胸膛自揣摸。
　　　　　　罷罷罷權息心頭火，
　　　　　　排作舟船假渡河。
　　　　　　走進前來忙告錯，
　　　　　　尊聲丞相你聽着。
　　　　　　招安降書交於我，
　　　　　　願做犬馬改罪惡。

曹　操　（唱）千差萬差是我錯，
　　　　　　　話不投機半句多。
　　　　　　　書信交你休忘却[33]，
　　　　　　　回來保你入朝閣[34]。
禰　衡　（唱[35]）
　　　　　　　丞相寬心你閒坐，
　　　　　　　披星戴月渡江河[36]。
　　　　　　　招安劉表若不妥[37]，
　　　　　　　死在他鄉做鬼魔[38]。
　　　　　（下）
曹　操　（唱）小兒出言真個惡，
　　　　　　　舌尖如同刺人戈。
衆　　　（白）禰衡如此無禮貌[39]，丞相反命他順説劉表，未必成功？
曹　操　（白）列位大人不知，我若殺他何難，恐天下人道老夫不仁。命他去往荊州，那劉表乃是篡惡之徒，豈肯容得這等狂徒？故借劉表將他殺之，爲借劍殺人，豈不美哉！
衆　　　（白）丞相高計不差[40]。
曹　操　（白）明日還要備酒，在長亭與他餞行[41]。
衆　　　（白）我等告辭。
曹　操　（白）張遼代送。
張　遼　（白）領命。丞相請！
　　　　　（下）

校記

[1] 夜看三千策："策"字，原本作"第"。今改。
[2] 列公請："列"字，原本作"烈"。今改。
[3] 相府門下拜元戎："戎"字，原本作"絨"。今改。
[4] 我等魯莽："莽"字，原本作"忙"。今改。
[5] 理當如此："理"字，原本作"禮"。今改。
[6] 一軍白傳鼓吏進帳：此八字，原本僅有"占白"。今從"三慶班"本補。"占"，"三慶班"本作"旗"。"一軍"，據下文改。
[7] 十面埋伏英雄好："埋"字，原本爲墨丁。今依文意補。

［8］曹瞞興兵四寇剿："曹"字，原本作"巢"。今改。
［9］假裝瘋魔罵奸曹："裝"字，原本作"壯"。今改。"瘋"字，原本墨丁。今依文意補。
［10］身上藍衫俱脱了："身"字，原本作"面"。今改。
［11］耀武揚威往上跑："跑"字，原本作"跪"。今依文意改。
［12］昔日子牙曾垂釣："釣"字，原本作"鈎"。今改。
［13］你把虎子當野貓："貓"字，原本作"苗"。今改。
［14］等閑平步上青霄："霄"字，原本作"肖"。今改。
［15］我將破衣俱脱掉："掉"字，原本作"吊"。今改。
［16］赤身露體擺擺搖："露"字，原本作"漏"。今改。
［17］怒氣不息往上跑："跑"字，原本作"跪"。今改。
［18］狐假虎威逞英豪："狐"字，原本作"猢"。今改。
［19］老夫偷眼來觀戲："來"字，原本作"未"。今改。
［20］曹操白：原本作禰衡白，今改。
［21］我露父母之體也："母"字，原本漏。今依文意補。
［22］好一似陽貨害仲尼臧倉毀孟子："陽"字，原本作"楊"。今據《史記》改；"臧"字，原本漏。今補。
［23］臣坐輦來君拉縴："拉縴"二字，原本作"越牽"，今改。
［24］機謀能比姜吕望："姜吕"二字，原本作"善與"。今改。
［25］鼓打四通振朝綱："綱"字，原本作"剛"。今改。
［26］打鼓："鼓"字，原本作"古"。今改。
［27］鍾節偷眼往下望："鍾"字，原本作"忠"。今改。
［28］言之有理："理"字，原本作"禮"。今改。下同。
［29］成何體態："態"字，原本作"太"。今改。
［30］真個舌辯之徒："辯"字，原本作"便"。今改。下同。
［31］全憑舌尖壓諸侯："壓"字，原本作"押"。今改。
［32］丞相請寬心免憂愁："憂"字，原本作"代"。今依文意改。
［33］書信交你休忘却："却"字，原本作"竟"。今改。
［34］回來保你入朝閣："閣"字，原本作"哥"。今改。
［35］禰衡唱：原本漏。今依文意補。
［36］披星戴月渡江河："戴"字，原本作"代"。今改。
［37］招安劉表若不妥：此句，原本作"招安降書"，"三慶班"本作"順説劉表若不妥"。今依文意改。

［38］死在他鄉做鬼魔："在"字，原本作"左"；"鄉"字，原本作"鄰"。今改。
［39］禰衡如此無禮貌："貌"字，原本作"冒"。今改。
［40］丞相高計不差："計"字，原本空缺，今依文意補。
［41］在長亭與他餞行："餞"字，原本作"薦"。今改。

戰 宛 城

無名氏 撰

解 題

　　京劇。清無名氏撰。《京劇劇目初探》、《京劇劇目辭典》著錄,題"戰宛城",一名"張繡刺嬸"、"割髮代首"、"盜雙戟",未署作者。劇寫曹操征宛城,張繡出戰不敵而降。曹操誤聽其侄安民之言,擄占張繡嬸母鄒氏。張繡知而大怒,但懼典韋之勇,用賈詡之計,遣胡車盜去典韋之雙戟,夜襲曹營。典韋戰死,曹操大敗逃走。張繡刺死嬸母鄒氏。本事出於《三國演義》第十六回、第十八回。《三國志·魏書·武帝紀》裴松之注引《曹瞞傳》載有馬踏青苗事;同書《武帝紀》、《張繡傳》、《典韋傳》載有征張繡事。清宮大戲《鼎峙春秋》用四齣敷演此事。版本今有清李世忠編《梨園集成》刊本、清《車王府曲本》抄本,二本均未標點。今以《梨園集成》本爲底本,參考其他本校點整理,擇善而從。

第 一 場[1]

（張繡上）

張　繡　（念）【引】

烽烟驟起,
國事安排計。
宛城士庶受驚疑,
惟願奸雄滅矣。

（念）光武復興漢室東,
黄巾起義似初萌[2]。
可嘆天子無權日,

　　　　　剪滅群雄便顯忠。

　　　（白）某張繡[3]，長安人也。雙親早逝，蒙叔父撫養成人，教熟兵書，學戰韜略。叔父曾授驃騎將軍[4]，開封府君攻破南陽，因劉備兵強[5]，失去邊境，回營身亡。是我收領殘兵，屯在宛城。幸得一人姓賈名詡，可爲智謀。數年以來[6]，招兵買馬，略爲國勢。近因曹操弄權，遷駕許都[7]，渺視天子[8]，以匡天下，自立威名，眼見似董卓耳。我有志勇，當除奸佞。昨日同賈詡商議，結連劉表，合伐許都，共誅曹操。正是：

　　　（念）忠臣義士千秋立，

　　　　　奸佞專朝萬載腥。

　　　（白）向來內佑無憂，只有寡嬸嬸母鄒氏三旬，每常觀他行動，咳，難保松柏之意，待我請嬸娘安慰一二[9]。來！

進　福　（白[10]）有。

張　繡　（白）請老夫人出堂！

　　　　（進福照白，鄒氏應，占上）

鄒　氏　（念）【引】

　　　　　枉自嬌容貌，

　　　　　嘆一生，

　　　　　永如秋草。

張　繡　（白）嬸娘！

鄒　氏　（白）賢侄少禮。請坐！

張　繡　（白）告坐。

鄒　氏　（白）連日不見，想必正事多勞矣？

張　繡　（白）便是。

鄒　氏　（白）賢侄，因甚請我？

張　繡　（白）嬸娘不知，侄兒交戰在即，不能晨昏侍奉，故此稟知。

鄒　氏　（白）要與何人交戰？

張　繡　（白）擇日起兵，攻打許都，誅滅曹操。誰想他反領兵前來，豈有不對敵之理[11]。

鄒　氏　（白）久聞曹操乃當世英雄，威鎮四方，兵勢甚重，賢侄不可輕敵吓！

張　繡　（白）嬸娘不知，那曹操移駕許都，與董卓遷長安耳，多是欺主立威。賞功罰罪，聽認曹操據分，置天子於何地[12]？故天下英雄，無不憂此叛逆[13]。若能誅此奸賊,人民罕服,功垂百世也。

(唱[14])

存心久以除奸雄一旦盡掃,
方顯得侄兒張繡絕世英豪[15],
勝似那斬黃巾奇功非小,
須準備動干戈緊防提却。

鄒　氏　(白)賢侄!

(唱)自古道男兒機關事要先料,
切不可硬魯莽視小輕渺。
那曹操兵權大山能推倒[16],
嬸言語細叮嚀休厭嘮叨。

張　繡　(白)從來出寡而勝衆,弱爲強,此乃常事,何須過慮。但願嬸娘散悶消遣,及時行樂[17],會合分離,總有天命。叔父在日,他是絕世英雄,雖死有靈,嬸娘若靜養神思,心無他念,在九泉之下亦得瞑目矣。

(唱)我叔有應護侄兒滅却曹操,
除奸黨報皇家顯名英豪。

(外生上)

外　生　(白)賈老爺請老爺議事!

進　福　(白)候着,少待。啓禀老爺,賈老爺請老爺議事!

張　繡　(白)知道了。侄兒告別。

進　福　(白)外厢伺候。

鄒　氏　(白)侄兒,凡事須要三思而行。

張　繡　(白)侄兒遵命[18]。

鄒　氏　(白)凡事須要小心[19]。

張　繡　(念)安排射馬手,
　　　　　　出陣便擒王。

(下)

鄒　氏　(白)聽他言語,叫我牢鎖春心,勿生佞念,那知道提起我滿腔欲也!

(唱)【正板西皮】[20]

這淒涼好叫我越想越惱,
獨孤衾冷净净受盡煎熬。

怎得個俏郎君共枕歡樂，

效連理永不分長久絞綃[21]。

鄒　　氏　（白）奴家青春未過，如何挨得過一世棲凉？哎，張濟吓！你害的人家女兒好不苦也[22]！

（唱）這是奴前世裏修濟不到，

朝夕裏少念佛未把香燒。

故今生受孤單不如禽鳥，

怎叫我冷清清虛度良宵[23]。

（下）

春　　梅　（白）你老不要妄想[24]，請進去罷！

（進福暗上）

春　　梅　（白）吠！在這裏？是誰吓？

進　　福　（白）是我。

春　　梅　（白）幹甚麼？

進　　福　（白）春梅姐，咱們兩個這……

春　　梅　（白）你嗎[25]？

進　　福　（白）我吓。

春　　梅　（白）瞧你那琉璃珠樣兒罷[26]！

進　　福　（白）我這樣兒就不該裏頭來罷吓[27]！

春　　梅　（白）哎，甚麼王八旦，惹厭。

進　　福　（白）自家人有甚麼要緊，來罷吓！

春　　梅　（白）打你這個雜種！

（進福下）

春　　梅　（白）夫人看狗兒吓[28]，臭雜種跑了，他是我家看馬的，也摸到裏頭來麻纏[29]。想我這樣女子，稀罕他個看馬的嗎！除非是歡笑。

（下）

校記

［1］第一場：原本未分場。今從《車王府曲本》（下稱車本）分場。

［2］黃巾起義似初萌："義"字，原本、車本均作"意"。今改。

［3］某張繡："繡"字，原本、車本均作"秀"。今據《三國志・魏書・張繡傳》改。

下同。
［4］叔父曾授驃騎將軍："驃"字，原本、車本均作"標"。今據《三國志》改。
［5］因劉備兵强：此句，原本作"劉備兵"，漏字。今從車本補。
［6］數年以來："年"字，原本漏。今從車本補。
［7］遷駕許都："許都"，原本、車本均作"城都"。今據《三國演義》改。下同。
［8］渺視天子："視"字，原本漏。今從車本補。
［9］待我請嬸娘安慰一二："嬸娘"，原本作"審娘"，今改。下同。車本作"嬸母鄒氏"，不從。"慰"字，原本、車本均作"尉"。今依文意改。
［10］進福白："白"字，原本無，且下文時有時無，今均據情補。不另出校。
［11］豈有不對敵之理："理"字，原本、車本均作"禮"。今改。車本還漏一"有"字。
［12］置天子於何地："置"字，原本、車本均作"至"。今依文意改。"於"字，原本、車本均無。今依文意補。
［13］無不憂此叛逆："叛"字，原本、車本均作"判"。今改。
［14］唱：原本、車本均無此字提示。今依文意補。下文亦有，均視情補，不另出校。
［15］方顯得侄兒張繡絕世英豪："侄"字，原本無。今從車本補。
［16］那曹操兵權大山能推倒："大"字，原本、車本均作"太"。今依十字句三三四句式及文意改。
［17］及時行樂："及"字，原本、車本均誤作"極"。今依文意改。
［18］侄兒遵命："遵"字，原本作"尊"。今從車本改。
［19］凡事須要小心：此句，原本誤刻作"凡百須要散事"。今依文意改。車本無"凡事"二字。
［20］唱正版西皮：此五字，原本無。今依車本補。
［21］效連理永不分長久絞綃："連理"二字，原本、車本均誤作"鱸鯉"。今改。
［22］你害的人家女兒好不苦也：此句，原本作"你害害人家女兒也"。今從車本改。
［23］怎叫我冷清清虛度良宵："怎"字，原本作"女"。今從車本改。"宵"字，原本、車本均作"霄"。今依文意改。
［24］你老不要妄想："妄"字，原本、車本均作"忘"。今依文意改。
［25］你嗎："嗎"字，原本作"媽"。今從車本改。
［26］瞧你那琉璃珠樣兒罷："琉璃"二字，原本作"流漓"。今改。
［27］我這樣兒就不該裏頭來罷吓："裏"字，原本無。今依文意補。

[28] 夫人看狗兒吓:"看"字,原本作"着",今改。下同。此句以下六句三十九字,車本無。

[29] 也摸到裏頭來麻纏:"摸"字,原本作"抹"。今改。

第 二 場

（四將起霸）

夏侯惇 （念）英雄蓋世有威名,

許　褚 （念）全憑膂力逞其能[1]。

典　韋 （念）慣使鐵戟喪人馬,

于　禁 （念[2]）一片丹心報皇恩[3]。

夏侯惇 （白）某,夏侯惇。

許　褚 （白）許褚。

典　韋 （白）典韋。

于　禁 （白）于禁。

　同　 （白）俺們隨丞相征南陽宛城[4],兵行在即。

許　褚 （白）且候升帳便了。

　同　 （白）請!

　　　　（念）欲圖希世業,

　　　　　　豈敢憚勤王[5]。（下）

　　　　（四手下引曹操上）

曹　操 （念）【引】

　　　　　　勤王事[6],建功勳,

　　　　　　軍機內,自才能,

　　　　　　宛城張繡圖謀正,

　　　　　　怎擋吾將勇兵精[7]。

　　　　（念）（詩）

　　　　　　聖駕隨使幸許都,

　　　　　　賞功罰罪盡歸吾。

　　　　　　宛城一統除逆叛,

　　　　　　方顯謀有志量乎[8]!

　　　　（白）老夫曹操,字孟德,沛國譙郡人也[9]。幼由驍騎出身,南征北討，每建奇功，封爲平武侯，滿朝文武無不參謁。想吾位列三臺，威權極矣。今日張繡屯兵宛城，有窺視許都之意。趁他未曾舉動[10]，吾今統兵先伐，攻打皖城。分付衆將，進轅門[11]！

（內照白，四將上）

四　　將　（白）報！衆將進，丞相在上，末將等參丞相！

曹　　操　（白）此番屯兵淯水[12]，有四百程途，老夫欲從小路進發[13]，可近百里，你等意欲如何？

四　　將　（白）丞相高見，末將等隨令。

曹　　操　（白）夏侯惇聽令[14]！

夏侯惇　（白[15]）在。

曹　　操　（白）吩咐衆軍，俱要小心口斂[16]，馬去鑾鈴，捲旗息鼓，從小路而行，不許騷擾百姓，踐踏田地禾苗[17]，但取民間一草一木，梟首號令。

夏侯惇　（白）得令。哦，下面聽者，丞相有令，吩咐衆軍小心在意，馬去鑾鈴，捲旗息鼓，從小路而行，不許騷擾百姓，踐踏田地禾苗，但取民間一草一木，梟首號令[18]。

曹　　操　（白）兵發宛城[19]。

夏侯惇　（白）兵發宛城[20]。

曹　　操　（唱）【導板】

　　　　　　姜呂尚伐朝歌法令森嚴，
　　　　　　俺今日討宛城誰敢阻攔。
　　　　　　平素間治人民無有長短，
　　　　　　爲元戎統雄師令重如山。

四　　將　（白）啓稟丞相，前面有一片麥田[21]。

曹　　操　（白）分付衆將軍，捲旗息鼓，緩緩而行。

四　　將　（白）衆將軍！捲旗息鼓，緩緩而行[22]。

（衆應）

曹　　操　（唱）傳一令衆三軍旗幡齊捲，
　　　　　　一對對如同那波濤周旋。
　　　　　　緩步行休喧天悄地急趲[23]，

（衆下）

曹　　操　（接唱）

　　　　　挽絲繮細步行不敢加鞭。
　　　　　看衆軍一個個緩緩而行[24]，
　　　　　老夫心中好不爽快也！
　　　（白）唔？是斑鳩兒[25]。哎呀，不好了！好快！
　　　　　（馬跳介[26]）
曹　操（唱）見斑鳩馬吃驚如同射箭[27]，
　　　　　難收繮急得我魂散九天。
　　　　　不提防這將令是我自犯，
典　韋
　　　（同白）帶馬！
許　褚
　　　　　（下，上）
曹　操（唱）那料想馬吃驚踏壞麥田[28]。
　　　（白）俺自制法令自犯之[29]，罷，自刎了罷[30]！
衆　　（白）丞相！《春秋》之義，法不加尊，奉命征討，豈可自裁！
曹　操（白）你等陷曹操不義乎也[31]？
衆　　（白）鳥飛驚馬，與丞相何干？還請三思。
曹　操（白）衆位將軍[32]，老夫暫記一次[33]，將馬斬訖報來。
衆　　（白）得令！
　　　　　（衆同下，又上[34]）
衆　　（白）丞相驗馬！
曹　操（白）割髮一子，權當吾首級[35]，傳示號令！
許　褚（白）割髮一子，權當丞相首級，傳示號令[36]！
衆　　（白）丞相犯令割髮，各自小心。
曹　操（白）衆將官，俺今犯了將令，割髮一子，當吾首級，今後犯者，實不
　　　　　寬容。
衆　　（白）吓！
曹　操（白）備馬起行。
　　　　　（衆照白）
曹　操（唱）帶領兵將受驅馳忠心一片[37]，
　　　　　俺也曾滅逆黨受盡熬煎[38]。
　　　　　今日裏除賊寇豺狼盡剪，
　　　　　凱歌還奏吾主樂享豐年[39]。

衆	（白）啓禀丞相，前面已是淯水！
曹　操	（白）夏侯惇，你領前營一哨，先到淯水紮營。大兵隨後即到。
夏侯惇	（白）得令。衆將官！先往淯水紮營者！
	（下）
曹　操	（白）衆將，催軍！
	（唱）敕令征討掌權衡，
	小小螻蟻起戰爭[40]。
	何日得把干戈盡，
	免使佩劍帶血腥。
	（下）

校記

［1］全憑膂力逞其能："膂"，原本作"吕"，車本作"旅"。今依文意改。

［2］于禁白："于"字，原本作"余"。今從車本改。下同。

［3］一片丹心報皇恩：此句，車本作"陣前交鋒誰不尊"。

［4］俺們隨丞相征南陽宛城："丞"字，原本作"承"。今從車本改。下同。

［5］豈敢憚勤王：此句，原本、車本均作"豈敢單勒王"。今依文意改。

［6］勤王事："勤"字，原本、車本均作"勒"。今依文意改。

［7］怎擋吾將勇兵精：此句，原本、車本均作"怎擋雄歸征精"。今依文意改。

［8］方顯謀有志量乎："謀"字之下，原本有一"由"字，衍。今刪。

［9］沛國譙郡人也："國"字，原本作"旺"，"譙"字，原本作"進"，車本作"交"，均誤。今依《三國志・魏書》改。"也"字，車本作"氏"。

［10］趁他未曾舉動："趁"字，原本、車本均作"稱"。今改。

［11］分付衆將進轅門："轅"字，原本作"元"。今改。車本作"進帳"。

［12］此番屯兵淯水："淯"字，原本、車本均作"欲濟"。今依《三國演義》改。下同。

［13］老夫欲從小路進發："從"字，原本、車本均作"此"。今依文意改。

［14］夏侯惇聽令："惇"字，原本音假作"敦"。今從車本改。下同。

［15］夏白："夏"字，原本簡作"下"。今從車本改。

［16］俱要小心口斂："口斂"二字，原本作"口放"，車本作"放口"。今依文意改。

［17］踐踏田地禾苗："禾"字，原本作"未"。今改。此句，車本作"踐踏青苗"。

［18］夏侯惇（白）得令。哎！下面聽者……梟首號令：此一段共五十六字，原

本作"下照白傳令過了"。今從車本改。

[19] 兵發宛城：此句，原本作"吩咐起兵"。今從車本改。

[20] 夏侯惇(白)兵發宛城：原本作"下照白"，車本作"衆同白哦"。今依前句例改。

[21] 前面有一片麥田："片"字，原本作"偏"。今從車本改。"麥田"，車本作"麥苗"。不從。

[22] 四將(白)衆將軍！捲旗息鼓，緩緩而行：此句，原本作"四將白"；車本作"照白"。今依上句例改。

[23] 緩步行休喧天悄地急趲："急趲"二字，原本作"血戰"，車本作"雪戰"，均非。今依文意試補。

[24] 看衆軍一個個緩緩而行："看"字，原本作"着"。今從車本改。車本此句作"看衆將緩緩而行"。

[25] 是斑鳩兒："斑"字，原本、車本均作"班"。今改。

[26] 馬跳介：此三字，原本作"馬快"。今從車本改。

[27] 見斑鳩馬吃驚如同射箭："鳩"字，原本作"只"。今從車本改。

[28] 那料想馬吃驚踏壞麥田："壞"字，原本作"怀"。今改。

[29] 俺自製法令自犯之："令"字，原本作"免"。今改。此句，車本作"想我自傳法令自己犯"。

[30] 自刎了罷："刎"字，原本作"剔"。今從車本改。

[31] 你等陷曹操不義乎也："陷"字，原本、車本均作"限"；"乎"字，原本、車本均作"呼"。今均依文意改。

[32] 衆位將軍請起：此句，原本作"衆將位請起"。今從車本改。

[33] 老夫暫記一次："暫記"二字，原本倒置爲"記暫"。今從車本改。

[34] 衆同下，又上：此提示，原本無。今從車本補。

[35] 權當吾首級："權"字，原本、車本均作"傳"。今依文意改。

[36] 許褚(白)割髮一子，權當丞相首級，傳示號令：此三句，原本作"許褚照白"。今依前例補。

[37] 帶領兵將受驅馳忠心一片："帶"字，原本作"代"，車本無。今改。下同。

[38] 俺也曾滅逆黨受盡熬煎："黨"字，原本作"攩"。今從車本改。"逆"字，車本作"賊"。

[39] 凱歌還奏吾主樂享豐年："凱"字，原本作"剀"。今從車本改。

[40] 小小螻蟻起戰爭："螻"字，原本作"蜷"。今從車本改。

第 三 場

（張先、雷敘上）

（同念）

張　先
雷　敘　　雄帥奮勇威風顯，
　　　　　青史名標在凌烟。

（同白）俺張先、雷敘。

（同白）請了！主公升帳，小心伺候。

（下手引賈詡上）

賈　詡　（唱）【屢屢令】
　　　　　論漢室運將衰，
　　　　　四方干戈起似烽來，
　　　　　各占州和郡[1]，
　　　　　犯吾疆界[2]。

　　　　（白）下官賈詡。適纔聞報，曹操領兵前來討伐宛城，精兵十五萬，以臨淯水。他強我弱，難以敵抵，只宜降順[3]。今日主公未與升帳，且到彼商議便了。打道！

　　　　【合頭】休叫黎民受此災，
　　　　　　　安然守疆界。

下　手　（白）來此已是。

賈　詡　（白）回避了。

（手下、張先、雷敘上）

　同　　（白）先生！

賈　詡　（白）二位將軍！主公尚未升帳，你我官廳一敘。

（下手引張繡上）

　　　　（念）威極抵異勇，
　　　　　　免使他兵相進城[4]。

三　人　（白）主公！

張　繡　（白）先生少禮，請坐。

三　人　（白）告坐。

張　繡　（白）請問先生、二位將軍，商議破曹高見？

賈　詡　（白）主公！據賈詡愚見[5]，只宜降不可戰[6]。
張　繡　（白）却是為何？
賈　詡　（白）曹兵十五萬，戰將猛勇如泰山壓勢[7]，若不降順，宛城决難保矣！
張　繡　（白）我有張、雷二將，皆有萬夫不擋之勇，又有火牌校刀，能擋萬軍，何言不戰也！
　　　　（唱[8]）軍機戰法盡安排，
　　　　　　　　糧餉豐年料無礙。
　　　　　　　　要殺叛逆永無害，
　　　　　　　　何須疑慮怕招災？
賈　詡　（白[9]）主公！賈詡一言已出，請主公定裁[10]。
張　繡　（白）先生！還有一説，北軍遠來必然勞頓，趁他力乏攻之[11]，必然得勝也。
　　　　（唱）綱常志氣豈忘懷[12]，
　　　　　　　忠和義平生定該[13]。
　　　　　　　一馬踏平花世界，
　　　　　　　要把乾坤扭轉來。
賈　詡　（白）主公！
　　　　（唱）兵强將勇翻江海，
　　　　　　　預備提防有炮臺。
　　　　　　　一戰成功掃平寨，
　　　　　　　管取賊子首級來。
　　　　（白）主公心思已定，不敢多言。但願如此，便為萬幸。
張　繡　（白）就請先生分付胡車兒[14]，監守城池。
賈　詡　（白）領命！
張　繡　（白）張、雷二位聽令！
張雷　先靛　（同白）在。
張　繡　（白）命你二人隨後接應。
張雷　先靛　（同白）得令！
　　　　（下）

張　繡　（白）先生！俺去劫營,好好看守城池,須要小心[15]。
賈　詡　（白）遵命。
　　　　（下）
張　繡　（白）衆將官！隨我去淯水劫營者[16]！
　衆　　（白）吓！
　　　　（下）

校記

[1] 各占州和郡："占"字,原本、車本均作"戰"。今依文意改。

[2] 犯吾疆界："疆"字,原本、車本均作"江"。今改。

[3] 只宜降順："宜"字,原本作"疑",車本作"依",均非是。今依文意改。下同。

[4] 免使他兵相進城："進"字,原本作"近"。今從車本改。

[5] 據賈詡愚見："據"字,原本作"拘"。今從車本改。

[6] 只宜降不可戰："戰"字,原本、車本均作"見"。今依文意改。

[7] 戰將猛勇如泰山壓勢："勢"字,原本作"努"。今從車本改。

[8] 唱:此提示字,原本漏。今從車本補。

[9] 賈詡白:此提示,原本作"引"。今從車本改。

[10] 請主公定裁:此句,原本作"請主公大才",車本作"請主公高見大才",均不妥。今依文意改。

[11] 趁他力乏攻之："攻"字,原本作"功"。今從車本改。

[12] 綱常志氣豈忘懷："綱常",原本、車本均作"剛常"。今依文意改。"懷"字,原本作"坏"。今依文意改。

[13] 忠和義平生定該："生"字之前,原本有一"日"字,衍;車本"生"作"時"。今依文意改。

[14] 分付胡車兒："胡"字,原本作"朝"。今從車本改。

[15] 先生俺去劫營,好好看守城池,須要小心。（二白）遵命:此幾句,原本作"先生俺去劫營也,須要小心",漏句,意不明。今從車本改。

[16] 隨我去淯水劫營者："去"字,原本作"欲"。車本無。今依文意改。

第 四 場

（衆引夏侯惇上）

夏侯惇　（唱）【風入松】
　　　　　　分分人馬喊聲駭，
　　　　　　宛城百姓癡呆。
　　　　（白）俺夏侯惇，奉丞相之命，征伐張繡。衆將殺上前去！
　　　　（唱）【前腔】
　　　　　　精兵猛將威名大，
　　　　　　朝共夕殘生難待。
（許褚、于禁同上）

許　褚
于　禁　（同白）夏將軍請了！

夏侯惇　（白）二位將軍何來？

許　褚
于　禁　（同白）我等皆奉丞相之命，征伐張繡[1]。

夏侯惇　（白）一同殺上前去！

　合　　（唱）早準備鮮明英才，槍尖動，鼠理埋。
（張繡上，會陣）

張　繡　（白）來將通名！

夏侯惇　（白）夏侯惇！

張　繡　（白）看槍！來將通名！

許　褚　（白）許褚！

張　繡　（白）招槍！來將通名！

于　禁　（白）于禁！

張　繡　（白）看槍！

　衆　　（白）那賊大敗！

張　繡　（白）追趕！
　　　　（手吓！與引下）

校記

［１］征伐張繡："伐"字，原本作"代"。今從車本改。

第 五 場

（曹操上）

曹　操　（唱）【導板】[1]
　　　　　奮威風領人馬驅馳前進，
　　　　　休遲挨齊努力對壘衝鋒。
　　　　　一非爲漢天子江山錦繡[2]，
　　　　　掌重任費心勤謀自乾坤。
（三人上）
三　人　（白）啓稟丞相[3]，張繡凶勇，難以對敵。
曹　操　（白）典韋出馬，殺退張繡，不得有誤[4]。
典　韋　（白）得令。
　　　　（下）
曹　操　（白）你等隨吾督陣者！請！
　　　　（唱）聞報來小張繡戰法精通[5]，
　　　　　　　催馬兒到高坂觀看分明。
　　　　（下）

校記

［１］曹操唱導板："唱導板"，原本無。今從車本補。
［２］一非爲漢天子江山錦繡："一"字之前，原本有一"營"字，衍。今從車本删。
［３］啓稟丞相：此四字之後，原本還有"啓稟丞相"，衍。今從車本删。
［４］典韋出馬，殺退張繡，不得有誤：此三句，原本僅有一句"典韋出馬"。今從車本補。
［５］聞報來小張繡戰法精通："聞報來"，車本作"時才報"。不從。"通"字，原本作"勝"。今從車本改。

第 六 場

（典韋、張繡下，典韋上殺，追下，張繡上）

張　繡　（白）典韋來得利害，火牌手伺候！

（張先、雷敍與典韋起殺，張、雷同敗下，火牌接砍衆下，典韋、張繡殺介）

（曹操暗上桌）

曹　操　（白）哎呀，好典韋！快快追趕。

（衆上，張繡進城，典韋上）

張　繡　（白）城門緊閉。

曹　操　（白）圍住了。

（衆吓）

曹　操　（白）按營紮寨。

（衆應，下）

第 七 場

（張繡上，變色，賈詡上）

賈　詡　（白）主公受驚了。

張　繡　（白）先生吓！我不聽你言，受此大敗。

（氣介）

賈　詡　（白）主公，煩惱無益，還須商議才是。

張　繡　（白）倘他連夜攻打，如何是好？

賈　詡　（白）依詡之見，前去投降，城池可保。

張　繡　（白）這個……先生要我降順曹賊，那就萬萬不能！

賈　詡　（白）主公當世英豪，須識時務[1]，不可執意。

張　繡　（白）便依你行。他若不准，怎麼處？

賈　詡　（白）事已順而行，無有不准之理。

張　繡　（白）就煩先生前去納降。

賈　詡　（白）主公要寫下降文，並帶地圖戶籍印信，卸了戰袍，親自前去，方可納降[2]。

張　繡　（白）哎，俺張繡烈烈英雄，今日失志與他，好慚愧也！
賈　詡　（白）主公能强能弱，大丈夫所爲。
張　繡　（白）事已至此，就依先生而行。
　末　　（白）卸甲。
　　　　（吹打，衆下）

校記

［1］須識時務："時"字，原本、車本均作"世"。今改。
［2］方可納降：此句，原本作"方可降納"。今從車本改。

第 八 場

鄒　氏　（内白）好棲凉人也！
　　　　（鄒氏上）
鄒　氏　（唱）暮春天日正長情懷難禁，
　　　　　　　不竟的懶梳妝缺少精神。
　　　　　　　守空房嘆寂寞慘傷瘦損，
　　　　　　　負百媚一嬬孤可憐終身[1]。
　　　　（白）妾乃鄒氏。先夫張濟曾授驃騎將軍，不幸早亡，已經三載。膝下無兒，只有侄兒張繡，得以相靠。雖然足食童婢隨身，終難稱意。今見春光明媚，風暖熏人，浪蝶穿芳，正所謂良辰美景奈何天，叫人怎不消瘦憔悴也[2]！且慢。
　　　　（唱）可憐我獨孤耽深夜難寢，
　　　　（白）侄兒領兵抵曹，未知勝負？倘若敗陣[3]，如何去偷生矣！
　　　　（唱）怎能够負神威戰此雄兵。
　　　　　　　但願得祖默佑上天庇蔭，
　　　　　　　嬸侄們無驚駭共用太平。
　　　　（二兔兒思春過門，看介，出神）（春梅上[4]）
春　梅　（白）夫人請茶。這是怎麽樣？咳，得了啞症[5]？你老是怎麽，說些我聽聽就知道了。
鄒　氏　（白）春梅，我的心事你是知道的。
春　梅　（白）你老心事，我怎麽知道？

鄒　氏	（唱）適纔見小玉兔交歡秦晉，
春　梅	（白）我說那兩個兔子幹事，是我趕開了，不用說罷。他們聽見要笑話，你還是撫琴罷[6]。
鄒　氏	（唱）不由我無心事懶去撫琴。
春　梅	（白）看書如何？
鄒　氏	（唱）看古書也難解心頭愁悶，
春　梅	（白）怎麼才好？
鄒　氏	（唱）那曉得春宵夜能值千金。
春　梅	（白）這麼貴麼[7]？
	（進福上）
進　福	（念）小城圍似綫， 　　　　大禍急如雷。 （白）哎呀，夫人不好了！
鄒　氏	（白）甚麼事情？
進　福	（白）老爺領兵出征，大敗而回，曹操要將城內殺個雞犬不留。
春　梅	（白）不好了，活不成了。
鄒　氏	（白）哎呀！這便怎麼處？
進　福	（白）如今老爺同賈先生前去投降去了。
鄒　氏	（白）天吓，但願他降順才好。
春　梅	（白）進福哥，甚麼叫投降？
進　福	（白）投降，就是不殺了。
春　梅	（白）哎呀！阿彌陀佛。
鄒　氏	（白）進福過來，你去打聽明白，速來報我。
進　福	（白）是。傳爲探子，打聽軍情。
	（下）
鄒　氏	（白）我前日勸他，不可輕敵。不聽我言，今有此敗。倘黃夜殺來，怎麼處？
春　梅	（白）老爺前去投降，不知中不中？
鄒　氏	（白）那曹操是個英雄義士，豈有不准之理？
春　梅	（白）你怎麼知道曹操有些的好處？
鄒　氏	（白）大老爺在日，說曹操善武能文，胸藏韜略，聞名久矣[8]，未見其人，不知丰姿如何？

春　　梅　（白）罷喲！咱們又不認識,他總有點人樣兒,也是扯淡的事。

鄒　　氏　（白）哎！羞殺人也！

春　　梅　（唱）没來由費心機思暮寢静,
　　　　　　　　況又是王侯家非比其人。
　　　　　　　　朝也思暮也想春心必動,
　　　　　　　　勸夫人且丢開免勞精神。

鄒　　氏　（唱）小春梅説得我口閉喉哽,
　　　　　　　　怎奈何春景天動我心情。
　　　　　　　　是想個俏人兒同床共枕,
　　　　　　　　奴與他效比目永不離分。

　　　　　（神思下）

春　　梅　（白）看夫人把交歡之事,時刻不忘,没説我誇口,把這椿事[9]……
　　　　　　　　哎呀！不好,惹起我的病來了。

　　　　　（下）

校記

［1］負百媚一嫵孤可憐終身："可"字,原本漏。今從車本補。

［2］叫人怎不消瘦憔悴也："消瘦憔悴"四字,原本、車本作"消瞧瘦"。今依文意改。

［3］倘若敗陣：此句之前,原本有一句"倘若勝負",衍。今從車本删。

［4］二兔兒思春過門看介出神春梅上：此十四字,原本作"二兔打家旦上過門"。今從車本改。

［5］得了啞症："症"字,原本、車本均作"正"。今改。

［6］你還是撫琴罷："撫"字,原本、車本均作"扶"。今依文意改。

［7］這麽貴麽："這麽",原本作"這們"。今從車本改。

［8］聞名久矣："矣"字,原本作"已"。今從車本改。

［9］把這椿事："椿"字,原本作"莊"。今改。

第　九　場

　　　　　（二小軍上）

二小軍　　（念）天差大兵到此間,

　　　　　　　一戰得勝定山川。
　　　　　（賈詡、張繡上）
張　繡　（念）圍困城池難解策，
賈　詡　（念）前來投降救燃眉[1]。
　　　　　（白）主公，在此已是營門，請到那邊坐一坐，待我向前。
　　　　　（張繡下）
賈　詡　（白）吓，二位請了！
二小軍　（白）做甚麼？
賈　詡　（白）相煩通稟，說皖城張繡奉此降文，並帶地圖戶籍印信，親自呈
　　　　　　　獻丞相駕前。
小　軍　（白）真的麼？
賈　詡　（白）真的。
小　軍　（白）可有奸否？
賈　詡　（白）不敢。
二小軍　（同白）待我們與你通傳[2]。
賈　詡　（白）有勞。
二小軍　（同白）怎麼不懂眼兒麼？
賈　詡　（白）我有了，恭敬奉送二位[3]！
二小軍　（白）曛眼，請教你老上姓[4]？
賈　詡　（白）我是賈詡。
小　軍　（白）原來是賈先生賈老爺，請到那邊坐一坐，待我與你通稟。
賈　詡　（白）有勞。
　　　　　（下）
小　軍　（白）請將軍！
　　　　　（夏侯惇上）
夏侯惇　（念）彈丸在掌中，
　　　　　　　插翅難騰空[5]。
　　　　　（白）何事？
二小軍　（同白）張繡投降。
夏侯惇　（白）唔！也自知其辱，只是便易他[6]。待俺稟明，自有令下。
　　　　　（下）
二小軍　（白）兄吓！昨日張繡把我們殺得大敗，若不是典將軍，我們有

這……

夏侯惇　（白）吱，丞相升帳，開門！

（吹打，眾將、手下引上）

曹　操　（念）【引】

　　　　　　展放開疆立功勞[7]，

　　　　　　拜元戎皇恩浩蕩[8]。

　　　　（白）張繡、賈詡搜檢明白，着他進來[9]！

眾　　　（白）張繡、賈詡呢？

張　繡
賈　詡　（同白）在。

眾　　　（白）可有夾帶？

張　繡
賈　詡　（同白）沒有。

眾　　　（白）報張繡、賈詡進！

張　繡
賈　詡　（同白）丞相在上，宛城張繡同參謀士賈詡，奉頂降文[10]，並帶地圖戶籍印信，親自呈獻。死罪！

曹　操　（白）取來！

　　　　（眾"吓"，笑）【泣顏回[11]】

曹　操　（唱）張繡頂降文觸犯天顏，

　　　　　　折放投戈解胄，

　　　　　　城圖盡獻朝覲。

　　　　（白）來！掩門[12]。

　　　　（手下）（曹操禮介）

曹　操　（白）將軍！貴郡風景，諒必雅秀！

張　繡　（白）愚民草地。

曹　操　（白）既已歸降，又是天朝貴客[13]，班師後奏知天子，吾保舉你即為宛城郡守[14]。

張　繡　（白）多謝丞相。

曹　操　（白）這印還請回去！

張　繡　（白）是。請丞相進城，盤查交代。

曹　操　（白）本部人馬，且屯原寨。倉庫民册，不必交代。守城軍暫安伏，另日撥兵論禦。

張　繡　（白）從命。請丞相進城，一則萬民瞻仰，二來繡備辦薄宴奉敬。

曹　操　（白）既如此，吾當進城帶觀風景[15]。

張　繡　（白）有屈台駕，張繡告辭。

曹　操　（白）請。兒郎爭強從軍行，高登地覽城壕，告示禁放心，凶猛勇將軍。

張　繡　（白）請。

曹　操　（白）恕不遠送[16]。

（張繡、賈詡下）

曹　操　（白）傳典韋、許褚！

（二人上）

典　韋
許　褚　（白）有何將令？

曹　操　（白）勞將軍前來獻文，此去不須多帶人馬，只要你二人同吾子侄及心腹家丁五十名，遠遠伺候。

典　韋
許　褚　（白）領命。

（照白，眾"吓"）

曹　操　（白）夏侯惇、于禁緊守大營[17]。

（眾下）

曹　操　（白）打道！

（唱）在許都領聖命來伐宛城，
　　　量寬宏方掌得軍威權衡。
　　　上馬鞍遙望着旗幡繞擁，

張　繡
賈　詡　（白）迎接丞相！

曹　操　（唱）覷張繡真殷勤戎裝相迎[18]。

（白）將軍請免戎裝[19]。

（吹打，進城上桌）

曹　操　（白）看城內人民雅秀，曾尊夫子之訓，果稱禮義之邦。

張　繡　（白）丞相謬贊也。

曹　操　（白）貴郡共有多少軍兵？

張　繡　（白）馬軍五千，步軍五千，昨日傷損一半。又有五百火牌軍，五百

　　　　　　　　　校刀手，沒有傷壞，還有三千有餘。
曹　操　（白）可稱千乘之國。校刀火牌武藝可精？
張　繡　（白）此軍是我叔父親自教習的[20]。
曹　操　（白）如此就借一觀[21]。
張　繡　（白）是。教場不遠，請丞相賜閱！
曹　操　（白）將軍先傳衆將[22]，老夫隨後即到。
張　繡　（白）領命。且將勇士藝，演與丞相觀。
　　　　　（下）
曹　操　（白）打道教場。
　　　　　（衆"吓"）
曹　操　（唱）小張繡有雄壯軍威必勝，
　　　　　　　真算得禮義邦堪羨可欽。
　　　　　　　且觀看校刀手火牌擺陣，
　　　　　　　下馬鞍上武廳閱目點名[23]。
張　繡　（白）請丞相驗軍？
曹　操　（白[24]）起鼓。
　　　　　（張先照白，火牌操下）
曹　操　（白）好個火牌手，真乃齊勇也。
　　　　　（唱）頭尾相連真奇勝，
　　　　　　　不負遮武訓煉成。
　　　　　　　銳器猛勇人難破，
　　　　　　　獅吼咆哮神鬼驚。
張　繡　（白）吩咐起鼓！
　　　　　（雷靛照白，校刀操下）
曹　操　（白）果然精勇，真乃奇絕也。
典　韋
許　褚　（白）丞相休誇太過，末將等若不能破此陣[25]，願乞軍令[26]！
曹　操　（白）二位雖勇，這些軍士休得輕覷！
典　韋　（白）小將願破火牌！
許　褚　（白）小將願破校刀！
張　繡　（白）二位將軍，乃天朝虎將，何得與蟻陣比勢。
典　韋
許　褚　（白）俺們便要領教！

| 曹　操 | （白）既如此，休傷軍士一手一足。
| 典　韋
許　褚 | （白）得令！馬來！
| | （下）
| 張　繡 | （白）分付火牌比勢。
| | （張先照白，典韋破下）
| 張　繡 | （白）校刀比勢！
| | （雷靛照白，許褚破下）（典韋、許褚上）
| 張　繡 | （白）二位將軍，真乃神勇也。
| 典　韋
許　褚 | （白）與爾頑耍[27]，何得過獎。
| 曹　操 | （白）將軍！吾欲帶此火牌，去征呂布[28]，未知允否？
| 張　繡 | （白）此乃朝廷大事，敢不聽命。
| 曹　操 | （白）典韋聽令！
| 典　韋 | （白）在。
| 曹　操 | （白）火牌軍命你收管，汝帶步軍在教場安營便了。
| 典　韋 | （白）吓。
| 曹　操 | （白）日已過午，我亦不回大營，就在城內安宿。張將軍請歸營歇息去罷。
| 張　繡 | （白）遵命。
| | （念）城內留上宿，
| | 　　　城外紮大營。
| | （下）
| | （于禁、夏侯惇上）
| 于　禁
夏侯惇 | （同白）馬來，
| | （同念）小心防不測，
| | 　　　離寨護元戎。
| | （同白）丞相！
| 曹　操 | （白）你二人爲何到此？
| 夏侯惇 | （白）末將不見丞相回營，特來護從[29]。
| 曹　操 | （白）足見你們怎生小心。老夫在此穩如泰山，不須疑慮。爾等同

　　　　　許褚仍回原寨，只留典韋與吾子侄隨侍。

三　將　（白）末將等告退。

　　　　（念）暫辭丞相去，
　　　　　　　回寨守大營。

　　　　（下）

曹　操　（白）引道進城。

　　　　（唱）安排校軍回城境，
　　　　　　　喜從納寬扶殘軍。
　　　　　　　宛城收了英雄將，
　　　　　　　去伐呂布不擔心。

　　　　（下）

校記

[1] 前來投降救燃眉："投"字，原本作"追"。今從車本改。"燃"字，原本、車本均作"然"，今改。按"然"古時通"燃"。

[2] 待我們與你通傳："待"字，原本作"代"。今改。下同。

[3] 恭敬奉送二位："恭"字，原本作"茶"。今從車本改。

[4] 請教你老上姓："教"字，原本作"叫"。今改。車本此句作"你貴姓"。

[5] 插翅難騰空："難騰"二字，原本作"在勝"。今從車本改。

[6] 只是便易他："便"字，原本、車本均作"偏"。今改。"他"字，原本作"也"。今從車本改。

[7] 展放開疆立功勞："疆"字，原本作"繮"，車本作"彊"。今改。

[8] 拜元戎皇恩浩蕩："蕩"字，原本漏。今從車本補。

[9] 着他進來："着"字，原本作"看"。今改。

[10] 奉頂降文："頂"字，原本作"鼎"。今從車本改。

[11] 泣顏回：此曲牌，原本作"顏回"。今補。

[12] 來掩門：此三字，原本作"俺們"。今從車本改。

[13] 又是天朝貴客："又"字，原本空缺。今從車本補。

[14] 吾保舉你即爲宛城郡守："保舉"二字，原本無。今從車本補。

[15] 吾當進城帶觀風景："進"字，原本作"關"；"帶"字，車本作"代"。今改。

[16] 恕不遠送："恕"字之下，原本還有一"又"字，衍。今刪。又此句之前，原本漏張繡請。今從車本補。

[17] 夏侯惇："侯惇"二字，原本作"候敦"。今改。下同。

[18] 覷張繡真殷勤戎裝相迎："戎裝"二字，原本、車本均作"容妝"。今改。下同。"覷"字，車本作"觀"。

[19] 將軍請免戎裝："將"字，原本作"清"。今從車本改。

[20] 此軍是我叔父親自教練的："我"字、"父"字，原本無。今從車本補。

[21] 如此就借一觀："就"字，原本空缺；"一觀"，原本作"觀一"。今從車本補改。

[22] 將軍先傳衆將：此句，原本作"先生轉看衆將"。今改。車本作"將軍先傳"。

[23] 下馬鞍上武廳閱目點名："廳"字，原本作"厛"，車本作"亭"。今改。

[24] 曹操（净）白：原本作"小生白"。今依文意改。

[25] 末將等若不能破此陣："末"字，原本作"來"。今從車本改。

[26] 願乞軍令："願"字，原本作"恋"。今從車本改。下同。"乞"字，車本作"豈"。

[27] 與爾玩耍：此句，原本作"愚爾頑耍"，車本作"與他玩耍"。今依文意改。"頑"一義與"玩"同。

[28] 去征呂布："布"字，原本漏。今從車本補。

[29] 特來護從："特"字，原本缺筆作"恃"。今從車本改。此句，車本作"特來探聽"。

第 十 場

（孫氏上）

孫　氏　（念）【引】
　　　　兵火緊相連，
　　　　怎得滅狼烟？
　　（白）奴家孫氏。丈夫雷敍[1]，已授先鋒。不意曹操領兵征伐，昨日聞聽受敵大敗，圍住城池，公議投順，未知如何？丈夫又未回來，好不悶壞人也！

（丑上）

丑　（念）朝暮憂心無定，
　　　　禍福不測臨門。

|（白）有人麼？
末｜（白）甚麼人？
丑｜（白）張夫人拜！
末｜（白）候着。啓稟夫人，張夫人拜！
孫　氏｜（白）有請！
（末照白、丑照白）（張氏上）
張　氏｜（白）雷夫人！
孫　氏｜（白）張夫人！請進，請坐。
張　氏｜（白）請！
孫　氏｜（白）夫人可知干戈一事？
張　氏｜（白）安穩了。
孫　氏｜（白）安穩了就好。夫人此來，必有所爲。
張　氏｜（白）連日干戈未息，少來拜達，如今平穩，滿城民安，特來奉候！
孫　氏｜（白）早已聞報，主公同賈老爺報降，未知肯否？
張　氏｜（白）你我同去問過張老夫人，看是如何？
孫　氏｜（白）如此請行。看車侍候！
丑｜（白）是。
（孫氏、張氏小圓場[2]）
丑｜（白）有人麼？
（春梅上）
春　梅｜（白）是那一個？
丑｜（白）張、雷二位夫人拜！
春　梅｜（白）候着。請老夫人！
鄒　氏｜（念）干戈方安寢，
　　　　　　樂享太平春。
（白）何事？
春　梅｜（白）張、雷二位夫人拜！
鄒　氏｜（白）請二位夫人！
（孫氏、張氏上）
孫　氏
張　氏｜（同白）老夫人萬福！

鄒　氏　（白）不敢當！
　　　　　（同念）
孫　氏
張　氏　　　迤邐特來迎，
　　　　　　台前問安寧。
鄒　氏　（白）請坐。
孫　氏
張　氏　（同白）告坐。
鄒　氏　（白）多勞二位夫人，累次垂念。
孫　氏
張　氏　（同白）久疏問寢，拜達安寧。
鄒　氏　（白）干戈忽起，連日憂危。今日戰攻已息，方定驚恐。
孫　氏
鄒　氏　（同白）我二人特爲干戈一事，同來夫人台前領教！
鄒　氏　（白）今早聞得家報，曹操已准投降。如今滿城百姓，盡皆安貼了，
　　　　　　謝天謝地。前日萬民逃竄，驚駭人也！
孫　氏　（白）便是。
春　梅　（白）酒宴齊備，請候夫人上席！
鄒　氏　（白）二位夫人，你我同飲太平宴。
孫　氏
張　氏　（同白）多謝老夫人。
鄒　氏　（白）二位夫人請！
孫　氏
張　氏　（同白）請！
鄒　氏　（唱）【慢板】
　　　　　　雷夫人且開懷不要愁悶，
　　　　　　張夫人你是我一旅門庭。
　　　　　　二位請到後堂同歡一酌，
　　　　　　這才是天保佑你我安寧。
孫　氏
張　氏　（同白）請！
　　　　（下）

校記

［１］丈夫雷靛："靛"字,原本作"諚"。今改。"靛"字之下,原本有一"釵"字,衍。今刪。

［２］丑白是孫氏張氏小圓場：此十字,原本作"占唱小旦唱完"。今從車本改。

第 十 一 場

（曹安、曹昂引曹操上）

曹　操　（念）【引】
　　　　　終身戰沙場,
　　　　　怎得安心放[1]。
　　　　（白）老夫來伐宛城,似風送葉,連日張繡處十分款待,亦是心腹之人。今日且到街市中散步一回,待觀風俗。曹安、曹昂！

曹　安　（白）爹爹！

曹　昂　（白）叔父！

曹　操　（白）引路。
　　　　（唱）【導板】
　　　　　卸烏紗換紫袍改變形相,
　　　　（院拿衣下）

曹　操　（唱）【慢板[2]】
　　　　　也免得士庶人看破其詳。
　　　　　叫子侄休喧呼街市閑蕩,
　　　　　休要提征伐事莫談衷腸。
　　　　（同下）

校記

［１］怎得安心放："得"字,原本作"次"。今從車本改。

［２］曹操唱慢板："板"字,原本無,車本"慢"字無。今依文意補。下同。

第 十 二 場

（鄒氏、孫氏、張氏同上）

鄒　氏　（唱）【慢板[1]】
　　　　　好清和日更長獨坐惆悵，
　　　　　因此上留二位叙叙情腸。

孫　氏
張　氏　（同白）告辭了。

鄒　氏　（白）且慢。難得安净無虞，我們從花園步出[2]，看看街市可還如舊？

孫　氏　（白）瞧瞧街上可還熱鬧？

孫　氏
張　氏　（同白）我二人隨侍。

鄒　氏　（白）春梅，開了花園門！

春　梅　（白）者。

孫　氏
張　氏　（同白）請！

鄒　氏　（唱）【慢板】
　　　　　一非是與夫人花園玩賞，
　　　　　真果是干戈息免受驚慌。
　　　（同唱）
　　　　　叫春梅搬梯兒挨牆懸望[3]，

春　梅　（白）者。瞧吓，街上還是如舊熱鬧。

鄒　氏　（白）好吓！
　　　（唱）看一看街市上士庶行藏。

曹　操　（白）吾兒隨我來！
　　　（上唱）【慢板】
　　　　　暮春天風正和惠風飄颺[4]，
　　　　　宛城中真華麗子燕雙雙。

孫　氏
張　氏　（同白）夫人，好天氣吓！

曹　操　（白）吓！牆頭上那佳人嫦娥模樣。

孫　氏	（白）來來往往人多着咧[5]！
曹　操	（笑唱）愁此事無人去陶情不妨。
鄒　氏	（唱）【慢板】
	這人兒好一個端莊形相，
	俊俏眼戲奴家如蝶穿芳[6]。
春　梅	（白）這鬍子真可惡，待我拈點土迷瞎他的眼睛，招看罷。
鄒　氏	（唱）怎能勾做夫妻同歡同暢，
	風流樣似故夫一貌堂堂。
曹　操	（白）妙吓！
	（唱）說不盡這女子非凡之相，
	果賽過西施女昭君王嬙[7]。
	霎時間引得我沉吟半晌[8]，
曹　安	（同唱）
曹　昂	回館驛定一計來訪嬌娘[9]。
曹　操	（白）好！帶路[10]。
	（同下）
孫　氏	（同白）老夫人，我二人告辭[11]。
張　氏	
孫　氏	（唱）干戈息免驚恐萬民安康[12]，
張　氏	（唱）施一禮辭夫人叨擾瞻仰。
孫　氏	（唱）改一日進府來再謝恩光。
春　梅	（白）你老去了，不送你了。
鄒　氏	（唱）有意人心掛念難捨難放，
	引得我動春心神思慌張。
	悶厭厭進府庭癡迷呆想，
	（白）哎！
	（唱）恰便是驚散了情義鴛鴦[13]。
	（下）

校記

[1] 鄒氏張氏孫氏同上鄒氏唱慢板：此十三字，原本爲墨丁，字連接不明。今依車本補、改。

〔2〕我們從花園步出:"步"字,原本作"佈"。今依文意改。

〔3〕叫春梅搬梯兒挨牆懸望:"搬梯"二字,原本作"端梳",車本作"端瑟",不明其義。今依文意改。"挨"字,原本、車本均誤作"埃"。今改。

〔4〕暮春天風正和惠風飄颺:"飄"字,原本作"漂"。今從車本改。"正"字,車本作"清"。

〔5〕來來往往人多着哩:首字"來",原本爲墨丁;"着"字,原本作"看"字。今依文意補、改。

〔6〕如蝶穿芳:"穿"字,原本、車本均作"川"。今依文意改。

〔7〕果賽過西施女昭君王嬙:"嬙"字,原本作"祥"。今改。"王嬙",車本作"娘娘"。

〔8〕霎時間引得我沉吟半晌:"沉吟",原本作"説吟"。今從車本改。

〔9〕回館驛定一計來訪嬌娘:"訪"字,原本、車本均作"妨"。今改。"嬌"字,車本作"姣"。

〔10〕好帶路:此三字,原本作"有趣吓"。今從車本改。

〔11〕孫氏張氏同白老夫人我二人告辭:此十四字,原本作"占告辭鄒氏再請小坐"。今依車本改。

〔12〕孫氏唱干戈息免驚恐萬民安康:此句,車本無。

〔13〕恰便是驚散了情義鴛鴦:"鴛鴦"二字,原本、車本均簡作"夗央"。今改。

第 十 三 場

(曹安、曹昂引曹操上)

曹　操　(唱)【滾板】

　　　　心兒蕩一霎時沉吟半晌[1],

　　　　我掛礙不由人枉費思量[2]。

(曹昂上)

曹　昂　(白)叔父!張繡送來供應,請叔父上席。

曹　操　(白)典將軍可有?

院　子　(白)有。

曹　操　(白)將案擺下。

曹　安
曹　昂　(白)待孩兒／侄兒把盞!

曹　操　（白）吾兒把盞！

　　　　（唱）【滾板】

　　　　　　不由我懶持觴難解惆悵。

　　　　（白）哎！

　　　　（唱）意如想那美人共枕共床。

院　子　（白）還有歌姬侍候[3]。

曹　操　（白）喚過來！

院　子　（白）是。歌姬走來！

衆歌姬　（白）來了！

　　　　（念）歌詞嬌嬈出，

　　　　　　衣袖惹香生。

　　　　　　不知坐上客，

　　　　　　可愛衆娉婷[4]？

院　子　（白）見過丞相！

衆歌姬　（白）是。歌妓們叩頭！

曹　操　（白）起來把盞！

衆歌姬　（同白）是。待我們把盞。吓，丞相！

曹　操　（白）唔！各賞銀一錠[5]。叫他們去罷。

院　子　（白）相爺賞你們各銀一大錠，去罷！

衆歌姬　（白）謝相爺！

　　　　（下）

曹　操　（白）哎！這些醜陋妓女，一團脂粉污人之耳目[6]，可厭可厭！

曹　昂　（白）叔父再寬飲幾杯！

曹　操　（白）哎，飲酒便飲酒，只是没有解酒之味？

曹　昂　（白）待侄兒辦來。

曹　操　（白）此味難吓難，衣妝淡素，想是孀居了。可惜吓貴可惜！

曹　昂　（白）叔父！可是想牆頭那位美人麽？

曹　操　（白）然也。

曹　昂　（白）容易吓[7]！

曹　操　（白）怎麽說是容易吓？

曹　昂　（白）侄兒不才，願領步軍五十名，前去搶來，奪取解酒之味。

曹　操　（白）也罷！你到典韋營中，領步軍五十名，便宜行事[8]，看你才智

　　　　　　　如何？

曹　昂　（白）是。

曹　操　（白）回來！

曹　昂　（白）吓！

曹　操　（白）不可造事。

曹　昂　（白）曉得。

　　　　（下）

曹　安　（白）爹爹！哥哥此去，又恐做出事來？

曹　操　（白）不妨。他的才智好[9]，定然無事。我兒，爲父的位冠群臣，權令中外，可謂功成名就。兒吓！汝輩少年，正在建功立業，凡事行規道矩。聖人云：非禮勿動[10]，真乃至言也。

　　　　（唱）我的兒尊嚴命建業往上，
　　　　　　　切莫效游浪子敗壞門牆。

　　　　（隨父同下）

校記

[1] 心兒蕩一霎時沉吟半晌：“吟”字，原本作“其”。今從車本改。

[2] 我掛礙不由人枉費思量：“不由人”三字，原本無。今從車本補。

[3] 還有歌姬侍候：“歌”字，原本作“哥”。今從車本改。下同。

[4] 可愛裊娉婷：“娉”字，原本作“嫂”。今改。

[5] 各賞銀一錠：“錠”字，原本、車本均作“定”。今改。

[6] 一團脂粉污人之耳目：“脂”字，原本爲墨丁。今依文意補。

[7] 容易吓：“容”字，原本作“榮”。今從車本改。此句，車本作“那個容易”。

[8] 便宜行事：“宜”字，原本作“依”，誤。今依文意改。

[9] 他的才智好：“他”字，原本作“你”。今依文意改。

[10] 非禮勿動：此句，原本作“非勾禮而動”。今據《論語·顔淵》改。

第 十 四 場

　　　　（鄒氏上）

鄒　氏　（唱）【滾板】
　　　　　　　悶沉沉鏡臺上懶把妝整，

衾合枕如牛女隔斷河銀。

今午間觀那人真果俏俊[1]，

(白)哎，

(唱)悶得奴軟哈哈思想將來。

(四手、曹昂上)

手　下　(白)這裏是了。

曹　昂　(白)奮勇而進。

春　梅　(白)吓，你們甚麼人？爲何到我內室來了？

曹　昂　(白)打這厮！

春　梅　(白)哎呀！待我報與老爺知道。(下)

　　　　(曹昂同上，內廳)

手　下　(白)吓！

春　梅　(白)甚麼王八旦們，打進府來幹甚麼？

鄒　氏　(白)哎呀！

　　　　(唱)狂頭賊平白的頓起風浪，

曹　昂　(白)不用分說拖上車去！

鄒　氏　(唱)潑天禍唬得我無有主張。

春　梅　(白)反了，不說反了！

曹　昂　(白)去。

　　　　(下)

校記

[1] 今午間觀那人真果俏俊："今"字，原本空缺。今從車本補。"午"字，車本作"年"。"真果俏俊"，車本作"動我春心"。

第 十 五 場

曹　操　(內白)好悶人也！

　　　　(曹操上)

曹　操　(唱)【滾板】

　　　　　　憂懷難放少精神，

　　　　　　儀容佳貌娉婷。

（衆上）

曹　昂　（白）占定了，叔父那美人來了。

曹　操　（白）請過了。

曹　昂　（白）下了車兒，見過丞相，自有好處。

曹　操　（白）阿呀！果然是他，你們回避了。

（曹昂下）

春　梅　（白）這就是那鬍子。呔！搶咱們來幹甚麼？站開點兒罷！

曹　操　（白）美人，聊備得肴酒與美人同飲。

鄒　氏　（唱）【滾板】

　　　　　　　羞容難訴向鐘鳴[1]，

　　　　　　　惟恐張繡得知音，

　　　　　　　今宵難免人談論[2]，

曹　操　（白）美人，

　　　　（唱）愛你姣容百媚生。

　　　　（白）美人，誰家宅眷？

鄒　氏　（白）妾乃張繡嬸娘，張濟之妻鄒氏。

曹　操　（白）哎呀！原來是夫人，失敬了。

鄒　氏　（白）豈敢。

曹　操　（白）冒犯！

鄒　氏　（白）豈敢。

春　梅　（白）那有這些話說？

曹　操　（白）夫人，吾久聞你的大名，方准令侄之降。

　　　　（笑白）原爲的是你！

鄒　氏　（白）實感丞相再造之恩。

春　梅　（白）這鬍子把我夫人摟在懷內，像個甚麼樣兒？老夫人夜深了，咱們要回去了。

鄒　氏　（白）哎呀！夜深了，我要回去了。

曹　操　（白）且慢。今日得見夫人，天之幸也，願求同衾。還朝之日，封你爲正官。

鄒　氏　（白）多謝丞相。

春　梅　（白）咳！好不害羞。

曹　操　（白）請起，請起。來！掌燈。

春　梅　（白）掌燈那裏去？
曹　操　（白）安寢。
春　梅　（白）這樣像個甚麼事體？
曹　操　（白）美人吓！
　　　　（唱）我和你携手兒共相並，
　　　　　　　慰取佳人鸞鳳衾。
　　　　（白）此婢何名？
鄒　氏　（白）他叫春梅。
春　梅　（白）我叫春梅。
曹　操　（白）春梅，好生扶侍夫人，老夫重重有賞。
春　梅　（白）賞我甚麼？
曹　操　（白）唔！
春　梅　（白）把我哄出來了，很好[3]。我知道往那裏去好，且撒泡尿來。
曹　操　（白）夫人請解帶寬衣！
鄒　氏　（白）吓！
曹　操　（白）睡吓。
鄒　氏　（白）哦！
　　　　（唱）【搖板】
　　　　　　今夜共枕奴從命，
　　　　　　恐怕外人得知情。
曹　操　（白）美人吓，
　　　　（念）今夜同眠三生幸，
　　　　　　效一對鴛鴦永不分。
　　　　（鄒氏吹燈，曹操睡下）
　　　　（春梅上）
春　梅　（白）這樣黑咕嚨咚往那裏去，尋不看見。哎！如今的事難說，咱們的夫人同那鬍子，人生面不熟，鬧在一塊兒，可憐我，哎喲！不好了，不由我相思來了。
　　　　（曹昂暗上）
曹　昂　（白）我叔父與美人兩個，哎呀！好不快活，還有個小丫頭，待我去尋着他，也快活。
　　　　（抹介）哎！

春　梅　（白）呔！是誰吓？
曹　昂　（白）不要高聲，丞相是我叔父，我是一位公子，從了我是不錯的。
春　梅　（白）不，我怕！
曹　昂　（白）怕甚麼？
春　梅　（白）怕你有鬍子紮我的嘴。
曹　昂　（白）你抹抹看？
春　梅　（白）不紮嘴。
曹　昂　（白）小乖乖來罷喲！
　　　　　（下）

校記

［1］羞容難訴向鐘鳴："鳴"字，原本誤作"銘"。今改。
［2］今宵難免人談論："宵"字，原本作"霄"；"論"字，原本作"倫"。今改。
［3］很好："很"字，原本作"痕"。今改。

第 十 六 場

　　　　　（張繡上）
張　繡　（念）【引】
　　　　　　俯首依人豈是計，
　　　　　　宛城暫保待來時。
進　福　（白）走吓！
　　　　　（進福上）
進　福　（念）郡城兵方息，
　　　　　　禍事又臨門。
　　　　　（白）哎呀！老爺不好了！
張　繡　（白）甚麼大事，這等慌張？
進　福　（白）昨夜黃昏時候，一隊軍兵闖入我府，將老夫人丫鬟一同搶去[1]！
張　繡　（白）是何處軍兵？
進　福　（白）都不像本地人。
張　繡　（白）將老夫人搶往那裏去了？

進　福　（白）不知去向。
張　繡　（白）你且先回，我即刻進城就是[2]。
進　福　（白）哎呀！老夫人猶可[3]，春梅姐我是要的。
　　　　（下）
張　繡　（白）此事實有蹊蹺也！
　　　　（唱）【滾板】
　　　　　　此事兒思量起來真果奇異，
　　　　　　領軍兵入府中太覺無知。
　　　　　　恨典韋無王法將人搶逼，
　　　　（氣介白）唔！
　　　　（唱）好叫我這愁兒難解端的。
　　　　（白）這定是曹家所為，我且去見曹公。將言語探聽[4]，看他如何？
　　　　　　帶馬！
　　　　（唱）【滾板】
　　　　　　乘飛騎恨步遲心中着急，
　　　　　　我到那曹營中便知端的。
手　下　（白）這裏是了。
張　繡　（白）侍候！
　　　　（手下應）（張繡下）
張　繡　（白）那位在？
　　　　（院子上）
曹　昂　（念）辰光已到午，
　　　　　　一夜未安眠。
　　　　（白）原來張將軍！
張　繡　（白）相煩通稟，說張繡要見。
院　子　（白）丞相。
曹　昂　（白）叔父尚未起身！
張　繡　（白）吓！還未起身！說張繡有事相稟。
曹　昂　（白）請少待。
張　繡　（白）有勞。這時還未起身？奇吓！
曹　昂　（白）請叔父。
曹　操　（白）美人！

（鄒氏上）

曹　操　（唱）蒙夫人不嫌吾情中多意[5]，

（鄒氏笑介）

曹　操　（唱）實體倦身疲乏雙雙連理[6]。

曹　昂　（白）張繡有事要見！

鄒　氏　（白）哎呀！怎麼去？

曹　操　（白）回避了。

（鄒氏下）

曹　操　（白）有請。

曹　昂　（白）請將軍相見[7]。

張　繡　（白）有勞。

（曹昂下，張繡上）

張　繡　（白）丞相在上，末將參[8]！

曹　操　（白）不敢！請坐。

張　繡　（白）告坐。丞相連日勞神，昨夜安否？

曹　操　（白）昨夜安也。既蒙足下見愛，我尚要盤查數日，然後班師。

張　繡　（白）願丞相台駕多住幾日，繡叨光多來。

曹　操　（白）足下為人，這等高義，若不嫌棄，吾當以子侄相待。

張　繡　（白）過蒙台愛，願盡子侄之道。

曹　操　（白）好個智者！不滿賢侄說，人常疑我心懷不一，那知盡忠多義，愛者英雄，敬者賢士，再無愧心，待人之禮。那知我一生精忠盡孝[9]。

張　繡　（白）久仰！

曹　操　（白）且看茶來！

（春梅上見者驚下）

曹　操　（白）不要慌張，慢些走。

張　繡　（白）哎！

（唱）【滾板】

　　　見春梅傳茶出慌張驚走，

　　　好叫我心兒裏一似熬油。

　　　本待要向前去把言語密露[10]，

（氣介）

|曹　操| （白）賢侄，恁是大才之人，凡事須要見幾而行[11]。
（唱）還須要三思行展放眉頭。

曹　操　（白）賢侄，恁是大才之人，凡事須要見幾而行[11]。
　　　　（笑）
張　繡　（白）告便。
曹　操　（白）請。
張　繡　（白）哎呀！夜來行事，定是此賊了。
　　　　（唱）敗壞門風實堪恨，
　　　　　　　急得張繡二目昏。
　　　　　　　這場羞辱真難忍，
　　　　（白）哏，
　　　　（唱）不殺此賊枉爲人。
曹　操　（白）請坐。爲何沉吟，莫非心意不滿？
張　繡　（白）蒙丞相何等厚待[12]，怎說心意不滿！
曹　操　（白）你的富貴，都在老夫身上。
張　繡　（白）多謝丞相提攜，告辭。
曹　操　（白）還請少坐細談？
張　繡　（白）再當參謁。
曹　操　（白）恕不遠送。
張　繡　（白）不敢！
曹　操　（白）請！
張　繡　（白）帶馬！
　　　　（念）莫把聲色露，
　　　　　　　再覓計而行[13]。
　　　　（下）
曹　操　（笑白）又添心腹人也，吾才放了心。
　　　　（鄒氏上）
鄒　氏　（白）丞相！
曹　操　（白）夫人，方纔令侄到此，我叫春梅送茶，看他光景，決無怨恨。
鄒　氏　（白）丞相，妾在屏風後聽得明白，此人平生多謀，防其暗計也。
曹　操　（白）是吓，說得有理。你我移出城去，住在典韋營中，萬無一憂。
鄒　氏　（白）便是。
曹　操　（白）取便衣來！

|（唱）【快板】
| 料到此處非安穩，
| 典韋營中好棲身。
鄒　　氏　（唱）且將便衣遮形影，
　　　　　　　　低聲悄悄且出城。
曹　　操　（白）帶馬！
　　　　　（曹昂上）
曹　　昂　（白）是。
　　　　　（曹操、鄒氏同下）

校記

［1］將老夫人丫鬟一同搶去：此句，原本作"將老夫人一車雙而去"。今從車本改。

［2］我即刻進城就是："就"字，原本作"我"。今改。

［3］老夫人猶可："猶"字，原本作"由"。今依文意改。

［4］將言語探聽："語探聽"三字，原本為墨丁。今從車本補。

［5］蒙夫人不嫌吾情中多意："意"字，原本作"義"。今依文意改。

［6］實體倦身疲乏雙雙連理："體"字，原本為墨丁；"疲"字，原本誤為"被"；"連"字，原本為墨丁；"理"字，原本作"鯉"。今依文意改。

［7］請將軍相見："將"字，原本作"坐"。今改。

［8］丞相在上末將參：此句，原本作"丞相"。今從車本補。

［9］那知我一生精忠盡孝："精"字，原本作"情"。今依文意改。

［10］本待要向前去把言語密露："本"字，原本作"木"；"露"字，原本字迹不清。今從車本改。

［11］凡事須要見幾而行："幾"字，原本漏，車本作"幾"。今據補。

［12］蒙丞相何等厚待："厚待"二字，原本作"高厚"；車本作"厚得"。今依文意改。

［13］再覓計而行："再"字，原本作"豈"。今依文意改。

第 十 七 場

（張繡上）

張　繡　（白）馬來！
　　　　（【水底魚】手下、張繡上）
張　繡　（白）這賊好欺俺也！（神色）來！
院　子　（白）有。
張　繡　（白）請先生、眾位將軍叙事。快去！
　　　　（院急下）
張　繡　（白）適纔這賊叫春梅送茶，雖未言明，我只得歡笑而別。曹操吓，
　　　　　　我不將你一刀兩斷，怎泄我恨！
　　　　（唱）怎料曹操人中禽獸，
　　　　　　定將爾碎屍萬段泄恨方丢[1]。
　　　　（張先、雷靛、賈詡上）
賈　詡　（白）哏咳！兩軍已失怨，百姓也生歡。吓，主公！
張　繡　（白）先生，可惱！吓！
同　　　（白）吓！這是爲何？
賈　詡　（白）聞主公去見曹操，爲何這等着惱[2]？
張　繡　（白）先生吓！那曹操乃是人面獸心，玷將我嬸。
　　　　（氣介）
賈　詡　（白）吓，甚麽事情？
張　繡　（白）先生，昨夜黃昏時候，曹操將我嬸娘與春梅搶去了。
　　　　（同"吓"）
賈　詡　（白）主公，看出甚麽行跡？
張　繡　（白）行爲雖未言明，只得歡笑而別，他將富貴二字寵結我心，將言
　　　　　　微露，先生吓！
張　繡　（唱）我當時假意含憤色羞，
　　　　　　不敢泄只待把密語相誘。
　　　　　　見春梅急得我雙眉皺[3]，
　　　　　　寇仇曹賊不殺他怎肯干休？
賈　詡　（唱）聽言來不由人氣衝牛斗，
　　　　　　當使個妙計而定斬奸謀。
張　繡　（白）先生有何妙計？
賈　詡　（白）主公，他家大寨離此甚遠，他見破其情，必定出城，到典韋營中
　　　　　　安存。曹操借去火牌軍，也屯在彼。賈詡早已有心，暗通消

息，使他作爲內應[4]，主公領校刀手爲外合。炮聲一響，齊併力攻殺，取此賊首級如探囊取物[5]。

張　繡　（白）先生此言極是[6]。怎奈典韋雙戟，萬夫難當，必得個法兒，先治典韋，便好行事。

（賈詡"吓"介）

賈　詡　（白）主公傳令，將胡車兒將軍連夜調回，預備盛宴[7]，兩席供應，請典韋到來，我們輪流把盞[8]，勸他吃醉，就是隨來的將軍，也都勸醉。待典韋飲酒時，就言胡車兒能使雙戟，送他帳下聽用[9]。典韋乃是好勇之人，必然准允，隨他回營，盜他雙戟。除了典韋[10]，去殺曹操，有何難哉？

張　繡　（白）好。依計而行。來！將胡車兒連夜調回。快去！

（應下）

張　繡　（白）取我的帖，請典韋將軍赴宴。

張　繡　（白）雷將軍聽令[11]，孤與典韋飲酒時，你可將他帶來步兵勸醉，然後混入火牌中，以爲內應。只聽唎嘀爲號。

雷　靛　（白）得令！

（下）

張　繡　（白）張將軍聽令[12]！命你先除典韋後殺曹[13]！

張　先　（白）得令！

（下）

（胡車上）

胡　車　（白）參見主公！

張　繡　（白）罷了。

胡　車　（白）先生有禮！

賈　詡　（白）胡車將軍有請[14]。

胡　車　（白）有何將令？

張　繡　（白）命你詐降典韋，盜他雙戟，可有此膽量？

胡　車　（白）有此膽量。

張　繡　（白）好！臨時看我眼色行事[15]。

胡　車　（白）得令！

（下）

張　繡　（白）先生，此計必成也。

(唱)滿江中撒下了青絲羅網，

賈　詡　（白）主公！

（唱）撒香食何俱怕魚不上鈎[15]。

（下）

校記

[1] 定將爾碎屍萬段泄恨方丢："碎"字，原本空缺。今依文意補。
[2] 爲何這等着惱：此句，原本作"如何動回來"。今依車本改。
[3] 見春梅急得我雙眉鄒："眉"原本作"眸"。今依文意改。
[4] 使他作爲内應："作"字，原本作"伃"，車本作"汝"。今依文意改。
[5] 取此賊首級如探囊取物："如"字，原本作"與"。今從車本改。
[6] 先生此言極是："極"字，原本作"及"。今改。
[7] 將胡車兒將軍連夜調回，預備盛宴："兒"、"備"二字，原本漏。今從車本補。
[8] 我們輪流把盞："們"字，原本作"仅"；車本無。今依文意改。
[9] 送他帳下聽用："用"字，原本空缺。今從車本補。
[10] 除了典韋："除"字，原本空缺。今從車本補。"了"字，車本作"却"。
[11] 雷將軍聽令："聽令"，原本作"雷公主"。今從車本改。
[12] 張將軍聽令："聽令"，原本作"張公主"。今依上例改。
[13] 命你先除典韋後殺曹："命你"，原本無，但衍"小生"二字。今從車本改。此句，車本作"命你先殺却典韋後去交絳（鋒）不可有誤"。
[14] 賈詡白胡車將軍有請：此句，原本無。今從車本補。
[15] 臨時看我眼色行事："看"字，原本作"召"。今從車本改。
[16] 撒香食何俱怕魚不上鈎："撒"字，原本作"澈"。今改。"香"字之後，原本還一"香"字，衍。今删。"鈎"字，原本作"釣"。今改。

第十八場

（四手引典韋上）

典　韋　（唱）到宛城戰張繡威風抖擻[1]，

殺得他閉關門才來投降。

今日裹息干戈解甲卸鞍，

　　　　　　　設筵宴要提防暗用機謀。
手　下　（白）有人麼？
　　　　（院子上）
院　子　（白）甚麼人？
手　下　（白）典將軍到！
院　子　（白）請少待。啓爺，典將軍到！
張　繡　（內白）開門侍候！
　　　　（唱）有張繡整衣冠即忙迎候，
　　　　（張繡上【長鎚】）
　同　　（白）將軍！
　　　　（笑介）
張　繡　（唱）預薄宴請臺駕望乞相酬。
　　　　（吹打）
　　　　（白）請！
　　　　（坐介）吃茶！（介）
典　韋　（白）典韋幸蒙見詔，不敢違命！
張　繡　（白）豈敢！繡蒙台駕，叨光極矣！
典　韋　（白）不敢！
賈　詡　（白）久聞威名蓋世，何愁入相出將！
典　韋　（白）此位是誰？
張　繡　（白）參謀賈詡。
典　韋　（白）原來賈老先生，太過謙了。
賈　詡　（白）豈敢！
院　子　（白）宴齊。
張　繡　（白）看宴，待繡把盞！
典　韋　（白）不敢。
張　繡　（白）不恭了！
　　　　（同笑介，安席）
典　韋　（白）看酒來！
張　繡　（白）不敢！擺下就是。
　　　　（同白）將軍請！
張　繡　（唱）漢朝中君算得第一班首，

典　韋　（白）不敢。
張　繡　（唱）又何愁指日裏拜將封侯。
　　　　　　　恕張繡無可敬一杯淡酒，
　　　　（白）請！
　　　　（唱）欲與你願結拜金蘭相投。
典　韋　（白）不敢。典韋不過一勇夫，蒙丞相提拔，未見微功[2]，欲結盟友，
　　　　　　　典韋不敢高攀。
賈　詡　（白）若將軍不棄，我主高攀。
張　繡　（白）是吓！張繡高攀。
典　韋　（白）如此，先生！恕某放肆了。
　　　　（唱）某與君結金蘭誰長誰幼？
張　繡　（白）繡有三十二。
典　韋　（白）恕某家占長了。
　　　　（唱）君年次某典韋三十六秋。
張　繡　（白）將軍是我兄了。
典　韋　（白）吓，賢弟！
張　繡　（白）仁兄！
典　韋　（白）賢弟！
　　　　（同笑）
典　韋　（唱）結金蘭要效那齊邦管鮑，
　　　　（白）請！
　　　　（唱）魏龐涓與孫臏一拜成仇[3]。
張　繡　（白）仁兄說那話來？繡望仁兄在丞相面前提拔一二。
典　韋　（白）言重。
張　繡　（白）待兄弟奉敬一大杯！
典　韋　（白）愚兄量淺。
張　繡　（白）久聞仁兄有滄海之量[4]，此乃一杯清酒，須要吃的！
典　韋　（白）哦，有此海量是要飲的[5]！
　　　　（張繡照白）
典　韋　（白）如此待某立飲。
張　繡　（白）請！
賈　詡　（白）賈詡奉敬將軍一大杯！

典　韋　（白）先生，酒沉了。
賈　詡　（白）將軍如今是賈詡大主公也，若不賜光，賈詡慚愧[6]。
典　韋　（白）吓，這等麼賢弟！
張　繡　（白）仁兄！
典　韋　（白）先生！
賈　詡　（白）大主公！
典　韋　（白）某家斗膽了[7]！
　　　　（唱）蒙賢弟與先生賜吾斗酒[8]，
　　　　（胡車上）
典　韋　（唱）想典韋好貪杯力飲不留。
　　　　　　　我和你今日裏十分相厚，
　　　　　　　不覺的醉醺醺眼花面厚[9]。
張　繡　（白）過來，見過典將軍！
胡　車　（白）吓！
典　韋　（白）賢弟，這是何人？
張　繡　（白）小介胡車兒，頗有劣力，他也能使雙戟。
典　韋　（白）吓！有劣力[10]，待某來試他一試好[11]？
張　繡　（白）仁兄誇獎，站過去。
典　韋　（白）他會使雙戟？看戟來！
手　下　（白）吓！
典　韋　（白）這是為何？
張　繡　（白）無戟稱他之力。
典　韋　（白）吓，來！回到營中，將某的雙戟抬來！
手　下　（白）吓！
典　韋　（白）回來，不要等丞相知道。
　　　　（手下"吓"！下）
張　繡　（白）兄請一大杯！
典　韋　（白）酒已厚了。
張　繡　（白）仁兄！
　　　　（唱）知仁兄海量大世間少有，
　　　　（典韋取酒來）
賈　詡　（唱）今一見果英雄蓋世壓州。

	（白）請！
	（賈詡再敬一杯）
典　韋	（唱）這斗酒只恐怕偎紅衣袖，
	（手下抬槍上）
典　韋	（唱）昏沉沉酒上涌步難存留。
張　繡	（白）來！請將軍的來軍，下面飲酒。
	（院照白）
典　韋	（白）謝了張將軍！
	（手下照白）
院　子	（白）這裏來！
張　繡	（白）來，演來！
	（胡舞完）
典　韋	（白）賢弟，好的賢弟，將胡將軍送與愚兄帳內聽用？
張　繡	（白）應當效勞。
張　繡	（白）謝過典將軍！
胡　車	（白）吓！
典　韋	（白）賢弟看此人呵！
	（唱）這小子好比那楚國南虎，
	可算得好英雄世上堪誇。
	丞相爺爲人厚寬宏量大，
	（吐）與賢弟結金蘭無錯無差。
	（白）哎！醉了。來，馬來！回營。
張　繡	（白）扶侍典將軍回營。
典　韋	（白）打擾了。
張　繡	（白）少送了。
	（典韋下）
張　繡	（白）胡車兒！
胡　車	（白）在。
張　繡	（白）今夜去盜雙戟，努力殺賊。
胡　車	（白）得令。
	（下）
張　繡	（白）張將軍！

張　先	（白）	在。
張　繡	（白）	待等典韋睡著，將他一刀殺死[2]，然後去到大營。
張　先	（白）	得令！
	（下）	
張　繡	（白）	先生，那賊中計也。
賈　詡	（白）	主公幸也。
張　繡	（唱）	這賊子猜不透我的計大，
賈　詡	（唱）	他那知黃夜間命染黃沙。
張　繡	（唱）	除奸佞殺逆賊漢營盡踏，
賈　詡	（唱）	漢天子方安穩永保無差。
	（同白）	請。
	（下）	

校記

［1］到宛城戰張繡威風抖擻："宛"字，原本作"皖"，車本作"浣"，今據《三國演義》統一改爲"宛"。"擻"字，原本、車本均作"搜"。今改。

［2］未建微功：此句，原本、車本均作"欲見惟功"。今依文意改。

［3］魏龐涓與孫臏一拜成仇："涓"字，原本作"鵑"，車本作"娟"；"臏"字，原本、車本均作"賓"。今依《史記》改。

［4］久聞仁兄有滄海之量："滄"字，原本作"倉"。今從車本改。

［5］有此海量是要飲的："是"字，原本漏。今依文意補。

［6］賈詡慚愧："慚"字，原本作"參"。今改。

［7］某家斗胆了："斗"字，原本作"抖"。今依文意改。

［8］蒙賢弟與先生賜吾斗酒："斗"字，原本作"抖"。今從車本改。

［9］不覺的醉醺醺眼花面厚："覺"字，原本作"却"，車本作"絕"。今依文意改。

［10］有劣力："劣"字，原本作"努"。今從車本改。

［11］待某來試他一試好："試"字，原本均作"式"，車本亦均作"式"。今改。

［12］將他一刀殺死："殺死"，原本無。今依文意補。

第 十 九 場

（扯帳，手下扶典韋上，睡，又小軍上，睡）

張　繡　（內白）一齊開了。
（手下，"吓"，上，殺死介下。胡車、張繡上。【卜燈蛾】盜戟，下，張繡上，殺，手下接殺）

張　繡　（白）衆將，休放典韋走了。
（手下"吓"，下）

典　韋　（白）吓，那裏人馬吶喊？待俺開門看來！
（開門介，內喊，典韋"哎呀"，起杆子下，衆破下，典韋上抖腿，衆敗下，胡車兒上殺，典韋下。典韋上，拿雙人，衆敗下，胡車兒追下）

第 二 十 場

（衆引張繡上）

張　繡　（白）看弓箭侍候！
（下）
（典韋背箭下，內三喊，衆上，圍扎典韋死）

張　繡　（白）衆將官！將典韋的屍首，拖在城壕。
（胡車、手下"吓"，下）

張　繡　（白）衆將同往教場，去殺曹操。
（下）

第 二 十 一 場

（扯帳，曹操、鄒氏暗上，曹昂、曹安上）

（同念）

曹　安　
曹　昂　
　　　喧聲是何由，
　　　使我魂驚透。

（同白）帳外人鬧馬嘶[1]，不知爲何？你我報與爹爹／叔叔知道。

曹　操　（白）何事來禀？

曹　安
曹　昂　（同白）帳外喧聲驚地，不知爲何？特來報爹爹/叔叔知道。

曹　操　（白）查明報我。

曹　安
曹　昂　（同白）帳外爲何喧嚷？

　內　　（白）是夜巡軍士們。

　　　　（曹安、曹昂照白）

曹　操　（白）分付他們，不許喧嚷！如何巡軍語不休，却不是起戈矛。

　　　　（內喊）

曹　安
曹　昂　（同白）爲何又喧嚷？

　內　　（白）教場失火。

　　　　（曹昂、曹安照白）

曹　操　（白）哎，這是軍士們自不小心，使我不得穩睡[2]。

鄒　氏　（白）吓，丞相睡罷！

曹　操　（白）睡。

　　　　（笑介，上床介）

張　繡　（內白）衆將官！將營圍住來。

　　　　（走一場下）

曹　昂
曹　安　（同白）哎呀，爹爹/叔父！敵人圍營了。

曹　操
鄒　氏　（同白）哎呀！

　　　　（滾介）

曹　操　（白）美人走吓！

　　　　（同下）

春　梅　（白）我走不動了呢[3]！

曹　昂　（白）我背了你走。

　　　　（同下）

校記

[1] 帳外人鬧馬嘶："鬧"字，原本作"聞"。今改。此句，車本作"帳外吶喊"。

［２］使我不得穩睡："使"字，原本、車本均作"是"。今改。

［３］我走不動了呢："走"，原本漏。今補。

第二十二場

（衆引張繡上）

張　繡　（白）衆將，有人拿住曹操，便是頭功。

（衆"吓"，下）

第二十三場

（曹操、曹昂、曹安、鄒氏、丫鬟上）（張繡上殺刺曹操，衆救下）

手　下　（白）拿住曹操的侄兒！

張　繡　（白）用火焚了。

（手下應，曹昂下）

張　繡　（白）哎呀！正要取曹操首級，忽見典韋靈魂劫去了，此仇難報也。

（氣追下）

第二十四場

（夏侯惇、于禁、許褚同上。【層層松】）

夏侯惇　（白）二位將軍請了，遠遠望見搖旗吶喊，恐有他變[1]！于將軍守定大營，我與許將軍前去，看過明白。

于　禁　（白）須要小心。

（下）

（曹操、曹安、鄒氏、春梅上。【急急風】）（人下船，夏侯惇、許褚上）

夏侯惇　（白）丞相怎麼這等模樣？

曹　操　（白）吓，你們怎麼到了此地？

夏侯惇
許　褚　（同白）聽得炮聲響亮，恐有他變，特來護從。

曹　操　（白）足見你們是忠心。吓，典韋呢？

曹　安　（白）被亂箭射死了。

曹　操　（白）哎呀！又傷一員虎將。

　　　　（衆內喊）

夏侯惇
許　褚　（同白）追兵來了，請丞相上馬！

曹　操　（白）帶馬！

夏侯惇
許　褚　（同白）吓！那有兩個婦人？

曹　操　（白）這是侍女春梅，那是張繡的嬸母。他們，我帶了去罷！

夏侯惇
許　褚　（同白）軍中總不宜帶婦人[2]，請丞相上馬！

曹　操　（白）哎呀！夫人！

　　　　（同"吓"，下）

鄒　氏　（白）哎呀，丞相吓！

　　　　（張繡上，氣刺鄒氏下，胡車刺春梅下）

校記

［1］恐有他變："他變"，原本作"冥便"。今依文意改。

［2］軍中總不宜帶婦人："宜"字，原本作"疑"；車本作"軍中不可婦人同行"。今依文意改。

第二十五場

　　　　（于禁、衆、手下，曹操上）

于　禁　（白）迎接丞相[1]！

曹　操　（白）罷了。

于　禁　（白）怎麼這等模樣？

曹　操　（白）一時之錯，開兵。

　　　　（下）

　　　　（張繡、夏侯惇殺下，許褚對槍，破下，攢盤，曹兵敗下）（張繡上）

張　繡　（白）曹操呢？

手　下　（白）逃走了！

　　　　（張繡氣介）

張　繡　（白）收兵。
　　　　（下）【尾】

校記

［１］迎接丞相："迎"字,原本作"還"。今從車本改。

投 劉 表

盧勝奎　撰

解　題

　　京劇。清盧勝奎撰。盧勝奎(1822—1889)，綽號"盧臺子"，江西人(一說安徽人)。出身仕宦之家，曾在北京的衙門中任文書之職。自幼酷愛戲曲，常以票友身份演戲。後因考試不中遂入梨園。入梨園後初演即被"三慶班"主持程長庚賞識，約其入"三慶班"學藝，宗余三勝，深受程長庚器重，不僅演戲，還爲三慶班編排新戲。曾編寫《三國志》連臺戲三十六本，包括《劉表託孤》至《取南郡》。其中有《赤壁鏖兵》八本，爲其義子蕭長華傳抄，後經蕭幾番修改，多次排演，於1957年收入《蕭長華演出劇本選》。還改編《失街亭》、《八大錘》、《法門寺》及敷演薛仁貴征東事的大戲《龍門陣》。盧所編劇大多流傳至今。他曾演飾諸葛亮，有"活孔明"之譽。盧不僅是京劇形成初期的老生演員，也是最早的京劇劇作家。本劇《京劇劇目辭典》著錄，題"投劉表"，署盧勝奎編劇。劇寫曹操攻破劉辟、龔都之後，劉備無處安身，欲往荆州投奔劉表。因恐劉表不容，乃使孫乾持書前往試探。劉表得信，準備親自前去迎接。蔡瑁勸劉表切莫收留，以免後患。孫乾曉以大義，蔡瑁無言可答。劉表乃將劉備接到荆州，設宴款待。忽報陳孫、張武在江夏謀反，劉備願往平叛。劉表付與精兵五萬，即時出發。陳孫、張武正欲攻打荆州，聞劉備領兵前來，即往劫營。兩軍交戰，趙雲殺張武，張飛殺陳孫。劉備大勝而歸。本事出於《三國演義》第三十一、三十四回。《三國志·蜀書·先主傳》載有投劉表事。元刊《三國志平話》、元雜劇《襄陽會》、清宮大戲《鼎峙春秋》均有投劉表事，情節不盡相同。版本今有《京劇彙編》收錄的馬連良藏本及以該本重刊的《京劇傳統劇本彙編》本。今以《京劇彙編》馬連良藏本爲底本，參考其他本校勘整理。

第 一 場

（四紅文堂、四紅大鎧、孫乾、糜竺、糜芳、簡雍、關羽、張飛、趙雲引劉備同上）

劉　備　（唱）大家見面雖僥倖，
　　　　　　　不由一陣好傷情。
　　　　（白）唉！
張　飛　（白）哥，為何這樣長嘆？
劉　備　（白）三弟，曹兵雖收軍不追，但只一件！
張　飛　（白）哪一件？
劉　備　（白）劉、龔二家太守俱各喪命，實為可嘆。你我人馬折盡，糧草被劫，無處可歸，如何是好？
關　羽　（白）兄長，為人生死，皆有定數。龔都、劉辟造定無常，大限難逃；失去的糧草，無非是身外之物耳。
劉　備　（白）賢弟，兄有一言，你且聽了！
　　　　（唱）為漢業把你我心血用盡，
　　　　　　　為江山使碎了大家之心。
　　　　　　　走東西今算來二十年整，
　　　　　　　苦撐持經多少惡戰交兵。
　　　　　　　志雖大天不佑終無所用，
　　　　　　　二十載強爭鬥事業不成。
　　　　　　　到如今似飄蓬無家安穩，
　　　　　　　身半世依然是水上浮萍。
　　　　　　　因此上愚兄的心實不忍，
　　　　　　　耽誤了眾英雄愧在我心！
關　羽　（唱）口內連將兄長尊，
　　　　　　　小弟言來聽分明：
　　　　　　　自古創業非容易，
　　　　　　　有否有泰有敗興。
　　　　　　　桃園芬芳春日盛，
　　　　　　　黃菊九月才吐金。

却是一樣有根本，
開早發遲有原因。
軍家勝敗乃常事，
莫灰當初一片心。
小弟相勸兄耐性，
無志之言休出唇。
先尋個栖身心安穩，
再作商量定計行。

（白）大哥，如今正在顛沛流離之際，若拿不定主意，豈不前功盡廢？此時且先尋個栖身之地，暫時耐守，再圖進取立業，才是正理。那些失志之言，再休出口。丈夫之量，能屈能伸；蛟龍之志，可升可隱。何必把否泰成敗放在心中？

眾　　（白）二將軍言得極是。皇叔當從。

劉　備　（白）賢弟此論，雖然近理，奈你我此時實無栖身之所，如何是好啊！

孫　乾　（白）皇叔，此處離荊州不遠。如今劉表鎮守荊州九郡四十二處呵！
（唱）孫乾向前把話稟，
皇叔在上請聽真：
劉表荊州轄九郡，
四十二處州縣城；
馬步精兵威風凜，
糧草如山爭強存。
皇叔漢家同宗姓，
俱是支派一脉親。
往而投之他必准，
勝如別處求旁人。

劉　備　（唱）先生說話甚聰明，
但有一事欠思尋！
投他倘若不應允，
那時反費一片心。

孫　乾　（唱）劉表雖然據九郡，
腹背受敵費苦心。
東連吳郡南海近，

　　　　　西是蜀地不安寧。
　　　　　荊州正是用武地，
　　　　　靠他未必有才能。
　　　　　主公同衆去投奔，
　　　　　視如天神敬上賓。
　　　　　皇叔急速修書信，
　　　　　待臣荊州走一程。
劉　備　（白）哈哈哈！文房四寶伺候！
　　　　（唱）急忙寫就信一封，
　　　　　煩勞先生走一程。
　　　　　此去荊州要謹慎，
　　　　　着意留神加小心。
　　　　　見了劉表多恭敬，
　　　　　千萬莫負此一行。
孫　乾　（白）臣遵命！
　　　　（唱）皇叔不必細叮嚀，
　　　　　爲臣心内自分明。
　　　　　一切大事安排定，
　　　　（白）主公！
　　　　（唱）必須同衆隨後行。（上馬介，下）
劉　備　（笑）哈哈哈！
　　　　（唱）好個孫乾真忠正，
　　　　　再三相勸投景升。
　　　　　二弟、三弟安排定，
　　　　　大家同奔荊州城。

（同下）

第　二　場

（孫乾上）

孫　乾　（唱）孫乾遵奉皇叔命，
　　　　　催馬加鞭往前行。

　　　　　離城不遠朝前進，
　　　　　催馬進了荊州城。
　　　（笑）哈哈哈！（下）

第 三 場

　　　（四藍文堂、四藍大鎧、四將官、蔡瑁、張允引劉表同上）
劉　表　（唱）孤王威鎮荊州郡，
　　　　　兵強將勇慣戰征。
　　　　　何懼曹操兵將勇，
　　　　　哪怕東吳百萬兵！
　　　　　武憑蔡瑁和張允，
　　　　　將士各個韜略精。
　　　　　操練兵卒軍令謹，
　　　　　水軍都督有才能。
　　　（門官上）
門　官　（白）啓主公：外面來了一人，名叫孫乾，求見主公。
劉　表　（白）啊！久聞此人跟隨我族弟玄德。今日來此荊州，必有要事！
蔡　瑁　（白）主公，何不將此人喚進府來，當面一問，便知明白。
劉　表　（白）來，有請孫先生！
門　官　（白）有請孫先生！
　　　（孫乾上）
孫　乾　（念）全憑三寸舌，
　　　　　說透內中情。
　　　（白）臣，孫乾參見主公千歲！
劉　表　（白）先生少禮。
孫　乾　（白）謝千歲！
劉　表　（白）請坐！
孫　乾　（白）謝坐！
劉　表　（白）久聞先生隨吾族弟。今日到此，必有所為？
孫　乾　（白）千歲容稟！
　　　（唱）孫乾欠身多恭敬，

尊聲千歲在上聽：
下官跟隨玄德主，
算來倒有十二春。
南征北戰多勞頓，
怎奈未將大事成。
前在汝南身未穩，
多虧劉辟應借兵。
不料曹操去會陣，
交鋒未能見輸贏。
汝南被曹攻得緊，
可嘆劉、龔喪殘生。
劉皇叔兵微難取勝，
欲投孫權暫栖身。
結連仲謀扶漢鼎，
上報君主下安民。
皇叔主意初想定，
下官攔阻我主人。
要除國患滅奸佞，
除非宗親不可行。
背親投疏非上策，
外人聞知落笑聲。
須上荊州求救應，
提起千歲是宗親。
因此奉了皇叔命，
先到荊州吐腹心。
現有我主書和信，
呈與千歲細看清。

（孫乾呈書，門官接書遞劉表介）

劉　表　（白）待我展開觀看。

（念）"族弟備，字奉族兄台啓：弟雖鄙陋無才，却長存扶漢之心。今賊臣當道，天下庶民塗炭，諸侯各霸一方，九州之中，背逆者多半。漢室衰微，先遭張角之殃；後遭董卓篡亂。此二賊剛自遭誅，又有曹操秉政專權，更爲可惡。弟欲除奸剪霸，匡扶社稷。聞兄在荊州威鎮朝野，納賢愛士，故弟不投江東。望兄念同族之誼，容備栖身，實爲萬幸！"咳！孫先生，你主與我乃同宗骨肉，序家譜年齒，吾兄他弟，雖是各居一地，彼此相互知心。久聞吾弟玄德仁義遠震，天下歸心，吾常想念。今日天從人願，蒙先生至此，哪有不容之理！吾弟今在何處？待我前去迎接。

蔡　瑁　（白）主公不可中孫乾之計！他們叫曹操殺得上天無路，入地無門，連存身之地也是無有。如今來投荊州，希圖存身。他等若要久住，必有圖謀荊州之意。正所謂養虎傷人，爲害不淺也！

（唱）蔡瑁向前來告禀，
　　　相勸主公休依從。
　　　若被曹操聞知信，
　　　一定起意動刀兵。
　　　再者劉備素不正，
　　　有始無終負義人：
　　　先投呂布心未穩，
　　　後來又轉曹操營。
　　　近投袁紹還未定，
　　　三處俱各無信行。
　　　荊州若要留他等，
　　　曹操必然來戰征。
　　　保國安民需謹慎，
　　　爲何煩惱自找尋！

孫　乾　（笑）哈哈哈！

（唱）帶笑開言一聲問，
　　　離間我等爲何情？
　　　擅攔明公理不正，
　　　請問尊公是何人？

蔡　瑁　（唱）蔡瑁是俺名和姓，
　　　現爲都督掌水軍。

孫　乾　（唱）都督有所不知情，
　　　待我說與尊公聽：

　　　　　劉使君三處俱未穩，
　　　　　無可奈何暫栖身。
　　　　　呂布弒父人人恨，
　　　　　曹操眼空太欺君。
　　　　　曹、呂二賊行奸佞，
　　　　　袁紹亦忘漢室恩。
　　　　　雞犬鼠輩何足論，
　　　　　我主怎能隨他人？
　　　（白）都督，吾主赤心報國，忠孝雙全，焉能屈於俗子之下？自然留
　　　　　之不久。今聞劉公乃當世豪傑，況與我主同宗共祖，故此方得
　　　　　千里相投，豈有外意！你是一片嫉賢之心，怕我主帳下有雲
　　　　　長、翼德、子龍這些人物，一到荊州，那時哪裏顯得你這廢材？
　　　　　故此你在此離間劉氏同宗骨肉，使明公落一不義之名耳！

蔡　瑁　（白）這個！哼！
　　　（唱）孫乾一派胡言論，
　　　　　叫某有口也難云。
　　　　　站在一旁心煩悶，
　　　　　氣壞蔡瑁怒生嗔。
　　　（白）嘿！

劉　表　（唱）都督不必太急性，
　　　　　凡事須要三思行。
　　　　　玄德之事我應允，
　　　　　焉能追悔有二心！

蔡　瑁　（白）啊！
　　　（唱）腹內且自暗沉吟，
　　　　　若留劉備我怎為人！

劉　表　（白）先生！
　　　（唱）蔡瑁說話欠聰明，
　　　　　先生休要記在心。
　　　　　回去公對玄德論，
　　　　　我即出城將他迎。

孫　乾　（唱）明公分派乾遵命，

　　　　　　辭別千歲出府門。
　　　　　　施罷一禮足踏鐙，（出門，上馬介）
　　　　　　主公面前稟分明。
　　　　　（笑）哈哈哈！（下）
劉　表　（笑）哈哈哈！
　　　　　（唱）好個能言孫先生，
　　　　　　看他倒是謀國臣。
　　　　　　人來齊把雕鞍整，
　衆　　　（白）啊！
劉　表　（唱）隨孤迎接同宗人！
　　　　　（同下）

第 四 場

　　　（四紅文堂、四紅大鎧、糜竺、糜芳、簡雍、關羽、張飛、趙雲引劉備同上）
劉　備　（唱）只爲漢室除奸佞，
　　　　　　爲國無處去存身。
　　　　　　孫乾投書荆州奔，
　　　　　　但願宗兄他應承。
　　　　　　心中煩悶寶帳進，
　　　　　　等候先生傳好音。
　　　　　（孫乾上）
孫　乾　（唱）全憑寸舌一派論，
　　　　　　急忙回營見主君。
　　　　　　來在營門下鞍鐙，（下馬介）
　　　　　　進帳奏與主公聽。
　　　　　（白）參見主公！
劉　備　（白）先生辛苦了。請坐！
孫　乾　（白）謝坐！啊，衆位將軍！
關　羽
張　飛　（同白）先生，請坐！
趙　雲

孫　乾　（白）有坐！
劉　備　（白）先生去往荆州，那劉表心意如何？
孫　乾　（白）臣奉命下書，景升一見書信，十分歡悅，諸事應允。不想蔡瑁倒有阻擋之意，被臣一片言語激回。那景升少時親自出城迎接主公。
劉　備　（白）好，全仗先生之力！
孫　乾　（白）臣當效勞。
劉　備　（白）二弟、三弟、四弟，隨吾一同投奔荆州去見劉公。
關　羽
張　飛　（同白）遵命！衆將官，帶馬往荆州去者！
趙　雲
　衆　　（白）啊！
劉　備　（唱）三位賢弟聽兄論，
　　　　　　　大家俱是爲國心。
　　　　　　　久聞蔡瑁人不正，
　　　　　　　身入荆州要留神。
　　　　　　　防範此賊生嫉妒，
　　　　　　　見他須要假殷勤。
　　　　　　　但願此去得安穩，
　　　　　　　重整漢室錦乾坤。
　　　　　　　三軍與我帶能行！
　　　　　（四紅文堂、四紅大鎧、糜竺、糜芳、簡雍、孫乾、趙雲、張飛、關羽同下）
劉　備　（唱）催馬奔往荆州城。（下）

第 五 場

（四藍文堂、四藍大鎧、四將官、蔡瑁、張允、中軍引劉表上）

劉　表　（唱）人馬紛紛出荆城，
　　　　　　　孤去迎接同宗人。
　　　　　　　遠望族弟來投奔，
　　　　　　　弟兄見面叙衷情。
　　　　　（四紅文堂、四紅大鎧、孫乾、糜竺、糜芳、簡雍、關羽、張飛、趙雲、劉

備、甘夫人、糜夫人、二車夫同上）

劉　　備　（唱）坐立雕鞍來觀定，
　　　　　　　　不覺來到荊州城。
　　　　　　　　各個將士威風凛，
　　　　　　　　精壯水軍兩邊分。
　　　　　　　　只見宗兄下金鐙，
　　　　　　　　急忙向前跪埃塵。
　　　　　　　　眼望宗兄心酸痛，
　　　　　　　　恕備來遲望寬容。
劉　　表　（唱）族弟免禮且站定，
　　　　　　　　賢弟落淚兄傷心。
劉　　備　（唱）小弟一生多薄命，
　　　　　　　　四海無家難安身。
　　　　　　　　可嘆我東奔西走數年整，
　　　　　　　　功名事業兩無成。
　　　　　　　　斷絮飄萍無定準，
　　　　　　　　倒作楊花與浮萍。
　　　　　　　　高祖斬蛇人欽敬，
　　　　　　　　創成漢室四百春。
　　　　　　　　傳到獻帝承天運，
　　　　　　　　反落奸曹掌權衡。
　　　　　　　　漢家之人空望定，
　　　　　　　　不能够除奸社稷寧。（哭介）
劉　　表　（唱）賢弟免禮止悲聲，
　　　　　　　　你我同整漢乾坤。
　　　　　（白）賢弟！
劉　　備　（白）宗兄！
劉　　表　（唱）一同上馬把城進，
　　　　　　　　請入荊州叙舊情。
　　　　　（衆進城介。甘夫人、糜夫人、二車夫下）
劉　　表　（白）賢弟駕到，兄未曾遠迎，當面贖罪！
劉　　備　（白）豈敢！弟少來問安，宗兄海涵！

劉　表	（白）	豈敢！
劉　備	（白）	唉！
劉　表	（白）	弟兄同宗，今日聚首，真乃三生有幸！
劉　備	（哭介）（白）	哎呀宗兄啊！想高祖在泗水亭長起義，創成了一統天下，哪知後輩兒孫這樣的軟弱！小弟有心匡扶山河，奈不遇其時，未得其志呀！
	（哭介）	
劉　表	（白）	哎呀賢弟！你我二人，玄孫一脈。傳聞賢弟之名，遍于四海。只因身居兩地，未能聚首。今日賢弟至此，我把那爲國憂民的心倒減去一半。賢弟不必憂思，除奸有日也！

（唱）賢弟請坐仔細聽，
　　　且聽愚兄説分明：
　　　你我輔漢忠心盡，
　　　何愁曹操那奸雄。
　　　除奸滅佞國安靖，
　　　始可安穩享太平。
　　　荆州糧草甚厚重，
　　　所轄四十二州城。
　　　文官武將秉忠正，
　　　軍令森嚴誰不遵！
　　　步隊軍卒各個勇，
　　　盡是年壯精鋭兵。
　　　戰船倒有七千整，
　　　善於水戰數萬人。
　　　愚兄年邁力不勝，
　　　今添臂膀整乾坤。
　　　慢説你我同宗姓，
　　　陌路之人還容情。
　　　賢弟荆州身安定，
　　　魚水相幫度光陰。
　　　總要耐性安心等，
　　　自然有日逞雄心。

| 劉　　備 | （唱）仁兄之言多仁義，
眼望關、張與趙雲。
三位賢弟過來拜，
拜見爲兄同宗人！

關　　羽
張　　飛　（同白）遵命！
趙　　雲

　　　　　（同唱）走上前來禮恭敬，
　　　　　　　　我等拜見劉主君。

劉　　表　（白）哎呀，不敢當了。請少禮！
　　　　　（唱）關公異相非凡品，
　　　　　　　　相見叫人膽戰驚。
　　　　　　　　翼德、子龍威風凜，
　　　　　　　　猶如天神下凡塵。

劉　　備　（白）糜竺、糜芳、簡雍，你三人過來見過劉主君！

糜　　竺
糜　　芳　（同白）我等參見劉主！
簡　　雍

劉　　表　（白）三位少禮！

糜　　竺
糜　　芳　（同白）謝過劉主！
簡　　雍

劉　　表　（白）哈哈哈！
　　　　　（唱）大家少禮各坐定，

關　　羽
張　　飛
趙　　雲　（同白）謝劉主！
糜　　竺
糜　　芳
簡　　雍

劉　　表　（唱）再與族弟將話明。
　　　　　　　　似此虎將世少有，
　　　　　　　　從此荆州天下聞。
　　　　　（白）曾聞關羽在曹營之中有降漢不降曹之言，實爲亙古少有，天下傳揚。吾弟有此兄弟，真是芝蘭共聚！異性同胞，讓你昆仲！

關　羽
張　飛　（同白）劉主誇獎了！

劉　表　（望趙雲介）（白）好一員英勇猛將！

劉　備　（白）此乃常山趙子龍。

劉　表　（白）久仰了！

趙　雲　（白）豈敢！

劉　備　（白）小弟在顛沛之際，多虧關、張、子龍扶持，難得呀難得！哈哈哈！

劉　表　（白）中軍，打掃公館須要乾凈，好叫二位夫人歇息。

中　軍　（白）遵命。（下）

張　允　（白）啓主公：宴齊。

劉　表　（白）待我把盞。

劉　備　（白）擺下就是。

劉　表　（白）衆位將軍，孫先生，一同共飲。

關　羽
張　飛
趙　雲
孫　乾　（同白）遵命！
糜　竺
糜　芳
簡　雍

（吹打，張允擺酒介。劉備、劉表同上座，關羽、張飛、趙雲、孫乾、糜竺、糜芳、簡雍兩邊分坐）

劉　表　（白）賢弟，衆位將軍，請！

劉　備　（白）宗兄請！

關　羽
張　飛
趙　雲
孫　乾　（同白）劉主請！
糜　竺
糜　芳
簡　雍

（衆飲酒介。牌子）

劉　備　（唱）劉表、玄德多親近，

劉　　表
劉　　備
關　　羽
張　　飛
趙　　雲
孫　　乾　（同白）請哪！
糜　　竺
糜　　芳
簡　　雍
劉　　表　（唱）弟兄共坐細談心。
　　　　　　　兄弟肺腑對兄論，
　　　　　　　兄在弟前吐平生。
　　　　　　　桃園弟兄怎聚首？
　　　　　　　怎樣招兵破黃巾？
　　　　　　　弟在徐州爲縣令，
　　　　　　　吉平事發怎樣行？
　　　　　　　白門樓呂布他命盡，
　　　　　　　哪位將軍立奇功？
　　　　　　　種菜澆園爲根本，
　　　　　　　青梅煮酒論英雄。
　　　　　　　徐州城曹操兵圍困，
　　　　　　　弟兄怎樣兩離分？
　　　　　　　聞聽賢弟各奔逃，
　　　　　　　如何相逢在古城？
　　　　　　　曹操爲何刀兵動？
　　　　　　　袁紹因甚無始終？
劉　　備　（唱）已往之事聽弟稟，
　　　　　　　一一從頭說分明：
　　　　　　　大破黃巾說不盡，
　　　　　　　種菜澆園巧計生。
　　　　　　　呂布弒父人人恨，
　　　　　　　曹操眼空太欺君。
　　　　　　　曹、呂二家行奸佞，
　　　　　　　袁紹亦忘漢室恩。

|||因此氣走各投奔，
|||指望徐州久安身。
|||曹操聞知把兵動，
|||人馬圍困徐州城。
|||也是桃園有緣分，
|||弟兄相逢在古城。
|||你我談心把酒飲，
|||提起當年暗傷心！
劉　表|（唱）|賢弟休要暗傷心，
|||可算漢室一福星。
|||弟兄衷腸訴不盡，
|||且自開懷效劉伶。
報　子|（內白）|報！（上）
|（白）|啓主公：探得張武、陳孫在江夏造反，霸占四郡，招聚人馬，積草屯糧，不久就要兵犯荊襄。
劉　表|（白）|再探！
報　子|（白）|得令！（中軍暗上）
劉　表|（白）|陳孫、張武二賊在江夏造反，若不早除，只怕爲害不小！
劉　備|（白）|哈哈哈！兄長不必憂慮。小弟至此，蒙兄長收留，這番恩待，無以爲報。小弟願領一支人馬，擒拿二賊，掃平江夏。
劉　表|（白）|賢弟到此是客，豈敢有勞貴體！
劉　備|（白）|些許小事，何勞之有？再者弟代兄勞，乃分所當然之事。
劉　表|（白）|久聞賢弟智勇雙全，機謀廣有。既願代征，感戴不勝。中軍！
中　軍|（白）|有！
劉　表|（白）|命你速挑精銳兵馬五萬，撥歸吾弟去征江夏！
中　軍|（白）|得令！（下）
劉　備|（白）|兵貴神速。又道：攻其不備。弟欲急行方好！
劉　表|（白）|賢弟言之有理。不知幾時發兵？
劉　備|（白）|弟明日校場祭旗發兵。
劉　表|（白）|待愚兄親到校場與弟餞行，吃幾杯得勝酒，再行發兵也不遲。
劉　備|（白）|軍情緊急，兄長候弟掃滅二賊，得勝回來，再行痛飲。弟回館

	驛,整頓行裝要緊。
劉　表	（白）就遵賢弟之命。但願此去旗開得勝,馬到成功!
劉　備	（白）借兄長吉言,弟告辭了!
劉　備 劉　表	（同笑）哈哈哈!
劉　備	（唱）仁兄不必掛愁腸, 　　　些許小事弟承當。 　　　哪怕二賊兵強壯, 　　　霜雪焉能見太陽! 　　　小弟此去賊掃蕩, 　　　定把逆賊一掃光。 　　　辭別宗兄出府往, 　　　聽候好音轉回鄉!
	（白）請哪!
劉　表	（白）請!
	（四紅文堂、四紅大鎧、孫乾、糜竺、糜芳、簡雍、關羽、張飛、趙雲、劉備同下）
劉　表	（笑）哈哈哈! （唱）我看玄德有志量, 　　　文韜武略腹內藏。 　　　何懼二賊天神樣, 　　　現有桃園劉、關、張。 　　　桃園弟兄領兵將, 　　　旗開得勝轉荊襄!
	（笑）哈哈哈!
	（同下）

第　六　場

（四綠文堂、四綠大鎧、四下手、四大將引張武、陳孫上）

張　武 陳　孫	（同念）【點絳唇牌】

　　　　　　蓋世英豪，
　　　　　　兒郎虎豹。
　　　　　　威風浩，
　　　　　　殺氣天高，
　　　　　　要把荊襄掃！
　　　　（上高臺）
張　武　（念）威風凛凛貌堂堂，
陳　孫　（念）虎背熊腰誰敢當！
張　武　（念）弟兄操演兵和將，
陳　孫　（念）一心只要取荊襄。
張　武
陳　孫　（同白）某，張武、陳孫。
張　武　（白）賢弟！
陳　孫　（白）兄長！
張　武　（白）你我身占江夏，囤積糧草，招聚英雄，兵强馬壯，並不見荊州劉表動靜，想必有懼怕之意。早晚統領雄師，奪取荊州，九郡四十二處州縣俱歸你我之手，好不歡欣也！
報　子　（內白）報！（上）
　　　　（白）荊州劉表發來人馬，離江夏十里安營下寨。
張　武
陳　孫　（同白）再探！
報　子　（白）得令！（下）
陳　孫　（白）兄長！
張　武　（白）賢弟！
陳　孫　（白）那劉表大膽，擅敢興兵前來。想他兵行百里，不戰自乏。你我今夜前去劫營，殺他個瓦解冰消，叫那劉表以後不敢再窺江夏！
張　武　（同白）賢弟言之差矣！倘若偷營不成，反被他人恥笑。莫若趁他紮營未穩，你我殺他個措手不及，必然得勝。
陳　孫　（白）言之有理。嗻，眾將官！
　眾　　（白）有！
陳　孫　（白）就此迎敵者！

| 衆 | （白）啊！ |
| | （同下） |

第 七 場

（四紅文堂、四紅大鎧、四上手、四將官、關羽、張飛、趙雲、劉備上）

劉　備　（唱）桃園弟兄志氣昂，
　　　　　　　統領雄師離荊襄。
　　　　　　　此番奮力掃賊黨，
　　　　　　　方顯弟兄武藝強。
　　　　　　　逆賊難敵子龍將，
　　　　　　　弟兄名兒天下揚！
　　　　　　　我把賊寇來小量，
　　　　　　　諒他難敵劉、關、張。
　　　　　　　離城十里紮營帳，
　　　　　　　且聽探馬報端詳。

報　子　（內白）報！（上）
報　子　（白）報使君：江夏賊將，領兵殺奔大營而來！
劉　備　（白）再探！
報　子　（白）得令！（下）
劉　備　（白）三位賢弟，你我紮營未穩，賊人殺奔大營。你我一同出營會會那賊。
關　羽
張　飛　（同白）大哥言之有理！
趙　雲　（白）主公言之有理！
劉　備　（白）喏，衆將官！
　衆　　（白）有！
劉　備　（白）響炮出營，殺上前去！
　衆　　（白）啊！
　　　　（衆人同出營。四綠文堂、四綠大鎧、四下手、四大將引張武、陳孫上，會陣介）
劉　備　（唱）惱恨賊寇太狂妄，

　　　　　紮營未穩來逞強。
　　　　　想必賊子智謀廣，
　　　　　我今親自到疆場。
　　　　　大家一同出營往，
　　　　　只見賊兵旌旗揚。
　　　　　勒住絲繮用目望，
　　　　　二賊打扮不平常。
　　　　　黃盔黃甲英雄樣，
　　　　　坐下一匹好絲繮。
　　　　　坐立雕鞍對賊講，
　　　　　叫聲二賊聽端詳：
　　　　　勸你早早歸降某，
　　　　　癡迷不醒陣前亡！
張　武　（白）住口！
　　　　（唱）休把大話來言講，
　　　　　你把某家當平常。
　　　　　槍下不死無名將，
　　　　　通上名來見高強。
劉　備　（唱）桃園弟兄人尊仰，
　　　　　賊將聞知喪無常。
　　　　（同唱）
張　武
陳　孫　　張武、陳孫有名將，
　　　　　何懼桃園劉、關、張。
劉　備　（唱）子龍休把二賊放，
　　　　　殺他個血水似海洋！
（雙方原人鑽烟筒下）
（趙雲與張武、陳孫三見面，起打。趙雲打陳孫下，殺死張武介，要下場下）
（陳孫、張飛上，打介，張飛矛挑陳孫死介。張飛三笑介，下）
（關羽上，殺四大將、四下手介。劉備原人上）
劉　備　（白）梟了二賊首級！
　衆　　（白）啊！

趙　　雲　（白）張武被我槍挑落馬,搶回賊將坐騎,主公請看!
劉　　備　（白）哈哈哈! 唔呼呀,好一匹戰馬! 真是千里龍駒! 哈哈哈! 此乃四弟之功!
張　　飛　（白）大哥,陳孫被小弟槍挑落馬!
劉　　備　（白）三弟之功。
關　　羽　（白）大哥,賊兵賊將,被某殺得血水汪洋!
劉　　備　（白）二弟之功。掛榜安民,招降賊衆。衆將官!
　衆　　　（白）有!
劉　　備　（白）收撿賊將軍器,兵進江夏,盤查倉庫,歇兵三日,犒賞三軍。擇選黃道吉日,大軍回轉荆州。擺隊進城!
　衆　　　（白）啊!
　　　　　　（同下）

襄陽宴

盧勝奎 撰

解 題

　　京劇。清盧勝奎撰。《京劇劇目辭典》著録，題"襄陽宴"，署盧勝奎編劇。劇寫劉備征討陳孫、張武凱旋回到襄陽，劉表設宴慶功。席間，劉表謂張魯、曹操、孫權皆爲心腹之患，劉備請使關羽、張飛、趙雲分兵拒之，劉表大喜。蔡瑁恐劉備奪其兵權，以告其姊。蔡氏暗進讒言。劉表受其蠱惑，決定俟機調走劉備。次日，蔡瑁、張允督隊操演。劉備誇讚，劉表大喜，因見劉備所乘之馬極爲雄壯，微露愛馬之意，劉備即以之相贈。劉表請劉備駐守新野。蒯越見馬，知名"的盧"，不利騎主，以告劉表。劉表乃將原馬還給劉備。劉備在新野勤政愛民，甚得民心。後聞曹操攻袁紹，即往荆州見劉表，請乘機攻取許昌。劉表不允，大失所望。本事出於《三國演義》第三十四回。《三國志·魏書·劉表傳》裴松之注引《漢晉春秋》載有劉備説表襲許事。元刊《三國志平話》載有劉備投劉表，出守辛冶（新野）事。元高文秀雜劇《襄陽會》與此劇内容不同。版本今有《京劇彙編》收録的馬連良藏本及以該本重刊的《京劇傳統劇本彙編》本。今以《京劇彙編》馬連良藏本爲底本校勘整理。

第 一 場

（四藍文堂、四將官、蔡瑁、張允引劉表上）

劉　表　（唱）玄德賢弟領兵將，
　　　　　　替孤掃滅賊强梁。
　　　　　　軍中探馬來報講，
　　　　　　滅了二賊稱心腸。

孤也曾把那旨意降，
預備酒宴與瓊漿。
探馬二次來報講，
孤王迎接出荆襄。

大太監　（內白）報！（上）
　　　　（白）啓主公：劉、關、張得勝而回，離荆州十里安營！
劉　表　（白）吩咐擺隊出城迎接！
大太監　（白）擺隊出城迎接！
　衆　　（白）啊！
　　　　（同下）

第　二　場

劉　備　（內唱）
　　　　　　自從荆州領兵將，
　　　　（四紅文堂、四紅大鎧、四上手、四將官、趙雲、張飛、關羽、劉備同上）
劉　備　（唱）掃滅二賊姓名揚。
　　　　　　一路之上威風蕩，
　　　　　　隊伍齊整兵將強。
　　　　　　諸軍齊把凱歌唱，
　　　　　　衆將各個喜非常。
　　　　　　得意鞭敲金鐙響，
　　　　　　馬到成功回荆襄。
　　　　　　十里長亭紮營帳，
　　　　　　整理軍務回朝堂。
報　子　（內白）報！（上）
　　　　（白）啓使君：荆州劉主公帶領文武，出城迎接，已到十里長亭。
劉　備　（白）擺隊相迎！
　衆　　（白）啊！
　　　　（同下）

第 三 場

(場設荊州城門。【吹打】劉表原人出城介,下)

第 四 場

(吹打,劉備原人上,劉表原人上,劉表下馬介,劉備看介)

劉　表　(白)啊賢弟!

劉　備　(白)啊宗兄!

劉　備
劉　表　(同笑)啊哈哈哈!

劉　表　(白)左右,看酒來,我與劉族弟接風,慶賀得勝酒!
　　　　(唱)人來看過御酒漿,
　　　　　　尊聲賢弟聽端詳:
　　　　　　全仗賢弟去掃蕩,
　　　　　　滅却二賊威名揚。
　　　　　　非是愚兄美言講,
　　　　　　交鋒還是劉、關、張。
　　　　　　愚兄捧酒敬賢弟,
　　　　　　敬酒略表兄心腸。

劉　備　(唱)謝過宗兄美言講,
　　　　　　交鋒對壘古之常。
　　　　　　仁兄洪福有天相,
　　　　　　好比皓月照萬方。
　　　　　　也是賊子該命喪,
　　　　　　多謝迎接出荊襄。

劉　表　(唱)人來看過葡萄釀,
　　　　　　回頭再敬趙、關、張。
　　　　　　三位可稱英雄將,
　　　　　　感謝交鋒血戰場。
　　　　　　手捧御酒來奉上,

　　　　　　　多謝三位受風霜。
關　羽　（唱）劉主恩待我兄長，
　　　　　　　理應效勞到疆場。
趙　雲　（唱）劉公待主恩德廣，
　　　　　　　感謝賜飲御酒漿。
張　飛　（唱）劉主深恩山海樣，
　　　　　　　老張最喜飲瓊漿。
　　　　　　　來、來、來將酒滿斟上，
劉　表　（白）看大杯伺候！
　　　　　（大太監換大杯斟酒介）
張　飛　（唱）多吃幾杯有何妨！（飲酒介）
張　飛　（唱）吃得老張精神爽，
　　　　　　　得勝酒吃得個喜心腸、理所應當！
劉　備　（白）你就是好飲哪！
劉　表　（笑）哈哈哈！
張　飛　（笑）哈哈哈！
劉　表　（唱）好個猛勇翼德將，
　　　　　　　亞賽當年楚霸王。
　　　　　（白）賢弟！
劉　備　（白）仁兄！
劉　表　（唱）此處焉能細談講，
　　　　　　　你我進城敘衷腸。
劉　備　（白）好哇！
　　　　　（唱）宗兄一同雕鞍上，
劉　表　（唱）回頭再叫衆兒郎：
　　　　　　　欽賜御宴俱升賞，
　　　　　　　功勞簿上姓名揚。
　　　　　　　滿營將士擺隊往，
　　　　　（衆領下）
劉　表　（唱）炮響三聲進荊襄。（下）

第 五 場

（場設荊州城門。大吹打，劉備、劉表原人上，進城介，下）
（連場——吹打，劉備、劉表原人上，四上手下，四將官下。衆挖門，兩邊站介。劉備、劉表坐介）

劉　表　（白）賢弟剿滅賊寇，受盡風霜，兄心不忍。
劉　備　（白）弟爲國勤勞，何言"風霜"二字？
中　軍　（白）啓主公：宴齊。
劉　表　（白）伺候了！待我在諸公面前，每人敬酒三杯。
　　　　（牌子。衆入座介）
劉　備　（白）宗兄，只行常飲。
劉　表　（白）表乃一番敬意。
劉　備　（白）宗兄奉敬一杯也就是了！
劉　表　（白）兄遵弟之命，表落俗套了哇，哈哈哈……
　　　　（劉表與關羽、張飛、趙雲各敬一杯酒介）
關　羽
張　飛　（同白）我等不敢當了。
趙　雲
劉　表　（白）賢弟，諸位將軍請！
劉　備
關　羽　（同白）請哪！
張　飛
趙　雲

　　　　（衆飲酒介。牌子）
劉　表　（白）賢弟！
劉　備　（白）仁兄！
劉　表　（白）有許多心事，賢弟聽了！
劉　備　（白）宗兄請講！
劉　表　（唱）各路諸侯起戰爭，
　　　　（白）賢弟請！
劉　備　（白）宗兄請！
劉　表　（唱）民遭塗炭受苦情。

　　　　　愚兄雖居荆州郡，
　　　　　內有大事在心中。
　　　　　南越時常犯邊境，
　　　　　漢中張魯要取州城。
　　　　　江東有意來吞併，
　　　　　曹操久已要交兵。
　　　　　愚兄爲此常憂悶，
　　　　　怎能擋住保安寧？
劉　備　（笑）哈哈哈！
　　　　（唱）劉備席前笑盈盈，
　　　　　解勸宗兄免愁容。
　　　　　些許之事何足論，
　　　　　掃滅烟塵談笑中。
　　　　　二弟關羽威風凛，
　　　　　三弟翼德慣戰征。
　　　　　子龍破過金鎖陣，
　　　　　萬馬營中有威名。
　　　　　各去分守各州鎮，
　　　　　暗中抵擋各路兵。
　　　　　三弟南越把兵領，
　　　　　二弟威鎮漢中營。
　　　　　三江口險要須防緊，
　　　　　四弟趙雲有奇能。
　　　　　各個要路安排定，
　　　　　哪怕賊人起戰爭！
　　　　　調撥當否請思忖，
　　　　　宗兄還須酌量行。
劉　表　（唱）此計保守荆州郡，
　　　　　何愁軍馬不太平。
　　　　　賢弟安排我應允，
　　　　　果然胸中韜略精。

劉　表 劉　備	（同笑）哈哈哈……

劉　表　（白）賢弟這一調動，荊州九郡可以無憂矣！哈哈哈！

劉　備　（白）弟要告辭了！

劉　表　（白）賢弟再飲幾杯。

劉　備　（白）弟酒已夠了，改日再飲。告辭了！

劉　表　（白）賢弟一路鞍馬勞乏，理應歇息，請哪！

劉　備　（唱）宗兄從此休憂悶，

　　　　　　　縱有征戰弟擔承。

　　　　　　　何懼張魯來叫陣，

　　　　　　　就是孫曹哪在心！

　　　　　　　辭別宗兄出府門，

　　　　（四紅文堂、四紅大鎧、趙雲、張飛、關羽下）

劉　備　（唱）閑暇你我再談心！

　　　　（笑白）哈哈哈！請哪！

劉　表　（白）請哪！

　　　　（劉備下）

劉　表　（笑）哈哈哈！

　　　　（唱）看來是我真僥倖，

　　　　　　　掃滅二賊賴同宗。

　　　　　　　孤王即忙傳將令，

　　　　　　　犒賞衆將與三軍。

　　　　　　　此一番孤王心安靜，

　　　　　　　孤有玄德永安寧。

（同下）

第　六　場

（四宮女引蔡氏同上）

蔡　氏　（唱）適纔宮娥報一信，

　　　　　　　玄德班師回州城。

　　　　　　　從此刀兵俱安靜，

全仗桃園享太平。
將身且把後宮進，
候主回宮問分明。

（蔡瑁上）

蔡　瑁　（白）走哇！
　　　　（唱）急忙且把後宮進，
　　　　　　　見了賢妹說詳情。
　　　　（白）啊賢妹！

蔡　氏　（白）啊！兄長來了，請坐！

蔡　瑁　（白）告坐。

蔡　氏　（白）兄長不在前廳，進內必有要緊之事？

蔡　瑁　（白）賢妹，我妹丈聽從劉備之言，將關、張、子龍三人分鎮漢中、南越、三江夏口，我想日後恐有變亂。

蔡　氏　（白）兄長，劉玄德遣將巡邊，乃是好意。

蔡　瑁　（白）賢妹有所不知，他若久居荆州，各處串遍，將來必爲大患。叫他三將巡邊，又必得與他兵權。再者劉備爲人心術不正，乃是一個見利忘義之徒，焉能同守荆州以心腹相待？怎奈妹丈不聽良言，將來必遭其害也！
　　　　（唱）口稱賢妹聽兄論，
　　　　　　　莫把劉備當好人。
　　　　　　　若不早早安排定，
　　　　　　　久後貽害與外甥。
　　　　　　　一旦玄德根基穩，
　　　　　　　定成大患起禍根。
　　　　　　　關、張猶如兩隻虎，
　　　　　　　劉備好似混江龍。
　　　　　　　常山趙雲多驍勇，
　　　　　　　渾身是膽誰不聞？
　　　　　　　安能共保九州郡，
　　　　　　　有朝一日必變心。
　　　　　　　妹丈忠厚少學問，
　　　　　　　難防日後大禍生。

蔡　氏　（白）呀！
　　　　（唱）聽兄講的是實情，
　　　　　　　叫我此時心着驚。
　　　　　　　若依兄長你所論，
　　　　　　　有何妙計保安寧？
蔡　瑁　（白）依兄之見，除非叫劉備離了荊州，方保無憂。
蔡　氏　（白）就依兄長之言。少時你妹丈來時，我與他商議，趕走劉備就是。
蔡　瑁　（白）兄告辭了！
　　　　（唱）兄妹二人把計定，
　　　　　　　料那劉備難知聞。
　　　　　　　趕走劉備消我恨，
　　　　　　　不該眼空貌視人！（下）
蔡　氏　（唱）兄長之言爲州郡，
　　　　　　　焉能袖手不盡心！
　　　　（四太監引劉表上）
劉　表　（唱）內侍引路後宮進，
　　　　（蔡氏迎接介）
劉　表　（笑）哈哈哈……
　　　　（唱）夫妻對坐說詳情。
　　　　（白）請坐！
蔡　氏　（白）告坐。主公，妾身聞得一事，不敢不言。
劉　表　（白）你有何事？快些講來！
蔡　氏　（白）聞將劉備留在荊州居住，又將他的三將調出巡邊，日後豈不生患？
劉　表　（白）哎呀，賢妻呀！
　　　　（唱）劉備與我同宗姓，
　　　　　　　非比尋常外姓人。
　　　　　　　留他在此孤安穩，
　　　　　　　保守荊州得安寧。
蔡　氏　（唱）主公且聽妾身論，
　　　　　　　莫把劉備當好人。

　　　　若不早早安排定，

　　　　久後貽害與嬌生。

　　　　我說此話你不信，

　　　　他日必然起禍根。

　　　　見利忘義人難定，

　　　　遣他別處把身存。

劉　表　（白）我看劉備乃仁德之人，恐不至若是。

蔡　氏　（白）人心難測，須當防備。常言道：一潭難住二蛟龍。

劉　表　（白）如此說來，待等明日下操之期，在演武廳上，我與他暗暗調停也就是了。宮娥，看酒伺候！

　　　　（唱）多蒙一言來提醒，

　　　　　　提醒南柯夢中人。

　　　　　　你我一同來痛飲，

　　　　　　夫妻開懷閑談心。

　　　　哈哈哈！賢妻來呀！

　　　　（同下）

第 七 場

（四藍文堂、四藍大鎧、四大刀手、四弓箭手、四藤牌手、四鳥槍手、四將官、蔡瑁、張允上）

　　　　（同念）

蔡　瑁
張　允　　　統領貔貅數萬兵，

　　　　　　轄管荊州衆水軍。

蔡　瑁
張　允　（同白）俺，水軍都督蔡瑁、張允。奉了主公之命，兼管步兵人馬。今當三六九大操之期，主公親到演武廳，相請劉備一同觀看操演步兵。衆將官，人馬出城，往演武廳去者！

衆　　　（白）啊！

　　　　（牌子。同下）

第 八 場

（牌子。四御林軍、四太監、二大太監引劉表騎馬同上，蒯越隨上，出城介，同下）

第 九 場

（牌子。四藍文堂、四藍大鎧、四大刀手、四弓箭手、四藤牌手、四鳥槍手、四將官、蔡瑁、張允上）

眾　　（白）來此演武廳。

蔡　瑁　（白）排齊隊伍，候主公來到，一同接駕！

眾　　（白）啊！

（幕內白：主公駕到！）

眾　　（白）主公駕到！

蔡　瑁　（白）一同接駕！

眾　　（白）啊！

（大吹打，四御林軍、蒯越、四太監、二大太監引劉表上）

眾　　（白）臣等接駕！

劉　表　（白）眾卿平身。

眾　　（白）謝主公！

（劉表坐介。四藍文堂、四藍大鎧、四大刀手、四弓箭手、四藤牌手、四鳥槍手、四將官下）

蔡　瑁
張　允　（同白）臣等參見，主公千歲！

劉　表　（白）二位都督免禮，站立兩廂。

蔡　瑁
張　允　（同白）謝千歲！

劉　表　（白）二位都督，人馬可曾齊備？

蔡　瑁
張　允　（同白）俱已齊備。

劉　表　（白）候劉使君駕到，一同操演觀看。須要隊伍整齊，聽孤令下！

(牌子)

蔡瑁
張允　（同白）得令！

（幕內白：劉使君駕到！）

蔡瑁
張允　（同白）劉使君駕到！

劉　表　（白）待孤出門迎接！

（吹打，四紅文堂、趙雲、張飛、關羽、劉備同上）

劉　表　（白）啊賢弟！

劉　備　（白）啊宗兄！

劉　表
劉　備　（同白）哈哈哈……請！

劉　表　（白）三位將軍！

關　羽
張　飛
趙　雲　（同白）啊劉主！

劉　表
關　羽
張　飛
趙　雲　（同白）哈哈哈！

劉　表　（白）請哪！

關　羽
張　飛
趙　雲　（同白）請！

劉　表　（白）賢弟請來上坐！

劉　備　（白）此乃軍務大事，備怎敢上坐！

劉　表　（白）賢弟忒謙了！

劉　備　（白）如此備有罪了！

劉　表
劉　備　（同笑）哈哈哈！

（吹打，劉備坐大邊，劉表坐小邊）

劉　表　（白）賢弟，隊伍不整，休得恥笑！

劉　備　（白）豈敢！備要瞻仰瞻仰！

劉　表　（白）來，看宴伺候！

大太監	（白）領旨！
	（大太監看酒介）
劉　表	（白）賢弟請！
劉　備	（白）宗兄請！
	（牌子。劉備、劉表飲酒介）
劉　表	（白）二位都督，吩咐操演上來！
蔡　瑁 張　允	（同白）操演上來！
	（將官甲持大纛旗領四弓箭手同上，同操演，畢）
劉　表	（白）各歸隊伍！
將官甲	（白）啊！
	（將官甲引四弓箭手下）
	（將官乙持大纛旗領四鳥槍手上，操演介，畢）
劉　表	（白）各歸隊伍！
將官乙	（白）啊！
	（將官乙領四鳥槍手下）
	（將官丙持大纛旗領四長槍手同上，操演介，畢）
劉　表	（白）各歸隊伍！
將官丙	（白）啊！
	（將官丙領四長槍手下）
	（將官丁持大纛旗領四藤牌手上，同操演，畢）
劉　表	（白）各歸隊伍！
將官丁	（白）啊！
	（將官丁領四藤牌手下）
劉　表	（白）二位都督，吩咐眾將，一起合操上來！
蔡　瑁 張　允	（同白）眾將，一起合操上來！
四將官	（內白）啊！
	（四將官各領一隊自兩邊上，歸中間一排）
劉　表	（白）合操上來！
四將官	（白）得令！
	（【將軍令】牌子。四將官同領四隊合操介，畢）

四將官　（白）合操已畢！
劉　表　（白）各歸隊伍！
四將官　（白）啊！
　　　　（四將官領四隊下）
劉　表　（白）賢弟，你看隊伍如何？
劉　備　（白）真乃兵精將勇，隊伍齊整！
劉　表　（白）賢弟誇獎了！請酒！
劉　備　（白）宗兄請！
　　　　（牌子。劉備、劉表飲酒介）
劉　表　（白）賢弟！
劉　備　（白）宗兄！
劉　表　（白）賢弟今日所騎之馬，並非往日所乘，但不知此馬從何得來？
劉　備　（白）宗兄，這匹坐騎，乃是在江夏交鋒，得那賊首張武之馬。
劉　表　（白）倒是一匹好馬。賢弟乘騎一趟，愚兄觀看觀看！
劉　備　（白）遵命。來，帶馬！
張　飛　（白）啊！（帶馬介）
劉　備　（白）備獻醜了！
劉　表　（白）豈敢！
　　　　（劉備上馬介，走過場，下，上，下馬介）
劉　備　（白）宗兄，你看此馬腳程如何？
劉　表　（白）兄看此馬跑起猶如蛟龍奔水，惡虎出林，真乃一匹駿馬！
劉　備　（白）宗兄既愛此馬，小弟自當奉送。
劉　表　（白）如此，愚兄多謝了！
劉　備　（白）自己弟兄，何出此言！
劉　表　（白）操演已畢，你我進城回府一敘。
劉　備　（白）小弟遵命。宗兄就此乘騎，看看腳下快慢如何？
劉　表　（白）愧領了！
劉　備　（白）豈敢！
劉　表　（白）蔡都督，吩咐眾兵將，回家歇息。
蔡　瑁
張　允　（同白）遵命。
張　允　（白）主公有令，眾兵將回家歇息！

衆	（内白）啊！
	（蔡瑁、張允下）
劉　表	（白）人馬回府。
衆	（白）啊！
	（劉表、蒯越、劉備、關羽、張飛、趙雲上馬介，衆圓場，同挖門）
劉　表	（白）賢弟，三位將軍，請坐！
劉　備	（白）宗兄請坐！
關　羽 張　飛 趙　雲	（同白）謝劉主！
劉　表	（白）來，看宴伺候！
大太監	（白）領旨！（看酒介）
劉　表	（白）請！
劉　備 關　羽 張　飛 趙　雲	（同白）請！
劉　表	（白）兄有一言，賢弟請聽了！
劉　備	（白）宗兄請講！
劉　表	（唱）酒席宴上閑談論， （白）賢弟，三位將軍，請！
劉　備 關　羽 張　飛 趙　雲	（同白）請！
劉　表	（唱）尊聲賢弟聽分明： 賢弟久居荆州郡， 猶恐廢武疏軍情。 兄有一事安排定， 賢弟威鎮新野城。 離此八十里路徑， 鎮守那裏兄放心。 錢糧頗多官署整， 錢糧足夠養弟身。

如有欠缺兄支應，
不知賢弟可願行？
劉　備　（唱）兄言此事甚爲本，
口稱宗兄弟領情。
若有要事急通信，
小弟即至荆州城。
兄弟今日把酒飲，
小弟明朝早啓程。
劉　表　（白）賢弟再飲幾杯。
劉　備　（白）小弟酒已够了。明日攜眷奔往新野，弟告辭了！
（唱）弟兄分手實難忍，
再與宗兄把話云：
你我俱是同宗姓，
縱有不到莫記心。
辭别宗兄足踏鐙，
（四紅文堂、趙雲、張飛、關羽下）
劉　備　（唱）改日弟來問安寧。（下）
劉　表　（白）哎呀！
（唱）玄德上馬我淚淋，
實實難舍骨肉情。
進府廳前來坐定，
再與謀士把話云。
蒯　越　（唱）眼望主公聽臣禀，
爲臣有言奏分明：
吾兄蒯良知馬性，
善識坐騎認能行。
主公胯下好騎乘，
四蹄如飛快脚程。
日行千里非謊論，
寅卯出門酉回程。
（白）啓主公：此馬雖好，只是眼内有淚，尾角之上生有白點，名叫“的盧”，最妨主人！

|劉　表|（唱）前番張武來對陣，
此馬妨他一命傾。
勸主休騎這坐騎，
送還劉備免承情。
|劉　表|（唱）卿家之言孤深信，
你弟兄識馬本是真。
命卿將馬歸原主，
多多與我謝盛情。
|蒯　越|（唱）爲臣領了主公命，
公館送馬走一程。（上馬介，下）
|劉　表|（唱）蔡氏言語催得緊，
猶恐玄德起變心。
暗移劉備事已定，
明日送他去登程。
　　　　（同下）

第　十　場

（牌子。四文堂、四將官、蔡瑁、張允上）

蔡　瑁　（白）蔡瑁。
張　允　（白）張允。
蔡　瑁　（白）賢弟請了！
張　允　（白）請了！
蔡　瑁　（白）主公親送劉備長亭餞行。衆將官，長亭去者！
　衆　　（白）啊！
　　　　（同下）

第 十 一 場

（場設荆州城門）

劉　備　（內唱）人馬紛紛出荆襄，
　　　　（四紅文堂、簡雍、孫乾、糜竺、糜芳、甘夫人、糜夫人、二車夫出城

介,過場,下)

(四御林軍、四太監上,出城介,蒯越、伊籍、趙雲、張飛、關羽、劉備、劉表上,出城介)

劉　備　（唱）弟兄並馬叙衷腸。
　　　　　回頭我對宗兄講,
　　　　　小弟有言聽端詳:
　　　　　休怕張魯興兵將,
　　　　　鴻鵠何懼小螳螂!
　　　　　倘若三處興兵往,
　　　　　自有桃園劉關張。

劉　表　（唱）賢弟說話兄心爽,
　　　　　全仗賢弟你承當。
　　　　　自有桃園威風長,
　　　　　何人敢來犯邊疆?
　　　　　催馬來在長亭上,
　　　　（眾挖門,下馬介。四藍文堂、四將官、蔡瑁、張允兩邊上）

劉　表　（唱）又見眾將列兩旁。
　　　　（白）酒來!
　　　　（唱）人來看過御酒漿,
　　　　　敬酒與弟表衷腸。
　　　　　到了新野民敬仰,
　　　　　賢弟必然有主張。
　　　　　但願賢弟身無恙,
　　　　　三位將軍永安康。

劉　備　（唱）弟謝宗兄恩浩蕩,
　　　　　親送長亭賜瓊漿。
　　　　　回頭我對宗兄講,
　　　　　小弟言來聽端詳:
　　　　　願兄壽同山嶽樣,
　　　　　願兄福共海天長。
　　　　　弟兄酒罷分別往,
　　　　（四藍文堂、四御林軍、四太監、四將官、蒯越、蔡瑁、張允下）

劉　表	（唱）又見玄德淚兩行。

　　　　　　　　　含悲忍淚把馬上，

劉　備	（白）宗兄啊！（哭介）
劉　表	（白）哎呀！
	（唱）倒叫我心中痛斷腸。（下）
伊　籍	（唱）皇叔且慢抖絲繮，

　　　　　　　　　伊籍向前話商量。

　　　（白）啟皇叔：此馬不可騎也！

劉　備	（白）先生，何言此馬不可騎也？
伊　籍	（白）昨日蒯越見府君言講，此馬有不好之處。
劉　備	（白）有甚麼不好之處？
伊　籍	（白）皇叔，昨日謀士蒯越言說：此馬名曰"的盧"，最妨主人。言那張武乘騎，已遭不幸，因此將馬又送回皇叔。皇叔須要三思！
劉　備	（白）多蒙先生指教！
	（唱）生死只可由命闖，

　　　　　　　　　吉凶之事怎提防！

伊　籍	（白）下官失言了。告辭！
	（唱）皇叔言語甚高強，

　　　　　　　　　令人聽來快心腸！
　　　　　　　　　辭別皇叔雕鞍上，
　　　　　　　　　伊籍冒言回荊襄。（下）

劉　備	（唱）伊籍忠正好言講，

　　　　　　　　　倒叫劉備自思量。
　　　　　　　　　大家隨即趕車輛，
　　　　　　　　　揚鞭催動馬蹄忙。

　　　（同下）

第 十 二 場

（四藍文堂、四御林軍、四太監、四將官、蒯越、伊籍、蔡瑁、張允引劉表上）

劉　表	（唱）弟兄分別珠淚降，

二人難舍痛心腸。
　　　流淚眼觀流淚眼，
　　　玄德一旁也悲傷。
　　　加鞭打馬回府往，
　　　叫我一陣好淒涼。
　　　一路懶觀好景況，
　　　旌旗飄蕩回荊襄。
　　（同下）

第 十 三 場

（四紅文堂、糜竺、糜芳、簡雍、孫乾、甘夫人、糜夫人、二車夫、趙雲、張飛、關羽、劉備上）

劉　備　（唱）離了荊襄奔新野，
　　　　　　兄弟分手灑淚別。
　　　　　　不能開疆創基業，
　　　　　　難以扶保漢金闕。
　　　　　　眼望天空升皓月，
　　　　　　早到新野鞍馬歇。
　　（同下）

第 十 四 場

探　子　（內白）馬來！（上）
　　　　（念）身背報子旗，
　　　　　　探事馬如飛。
　　　　（白）我乃劉使君帳前探子是也。今有曹操領兵去征袁紹。不免前去報與使君知道，就此快馬加鞭！（下）

第 十 五 場

（二家將、劉備上）

劉　　備　（唱）自到新野數日整，
　　　　　　　　弟兄講文細談心。
　　　　　　　　安撫軍民行仁政，
　　　　　　　　每逢朔望勸化民。
　　　　　　　　合城之人俱欽敬，
　　　　　　　　新野減稅免重刑。
　　　　　　　　只因夫人得一夢，
　　　　　　　　口吞北斗產嬌生。
　　　　　　　　取名阿斗他名姓，
　　　　　　　　有了墳前拜孝人。
　　　　　　　　名揚新野紛紛論，
　　　　　　　　各個稱我頗聖明。
　　　　　　　　將身二堂來坐定，
　　　　　　　　思念重整漢乾坤。
　　　　　　（簡雍上）
簡　　雍　（念）探馬報得緊，
　　　　　　　　稟知智謀人。
　　　　　　（白）啓主公：今有遠探來報軍情。
劉　　備　（白）傳他進來！
簡　　雍　（白）是。
　　　　　　（探子暗上）
簡　　雍　（白）使君傳你進見，小心了！
探　　子　（白）是。報！探子告進！使君在上，探子叩頭。
劉　　備　（白）探聽哪路軍情？一一報來！
探　　子　（白）是。啓使君：今有曹操領兵去征袁紹。特來稟報！
劉　　備　（白）再探！
探　　子　（白）得令！（下）
劉　　備　（白）且住！今有曹操領兵去征袁紹，許昌城中空虛，並無兵將。我不免去往荊州，與宗兄商議，發兵攻取，一定成功。來，將馬備好，隨我往荊州走走！
二家將　（白）啊！
劉　　備　（唱）二次再回荊州郡，

我與那景升定計行。
人來帶過銀鬃馬，
趁空虛發人馬奪取許城。

（分下）

第 十 六 場

（四太監引劉表上）

劉　表　（唱）自從那日離長亭，
　　　　　　　回轉荊州悶在心。
　　　　　　　每日弟兄閑談論，
　　　　　　　講今比古評詩文。
　　　　　　　時常開懷多暢飲，
　　　　　　　不由我思念同宗人。

（大太監上）

大太監　（白）啓主公：新野劉使君已到府門。
劉　表　（白）待我親自出迎。
　　　　（二家將引劉備上，劉表迎，二家將下）
劉　備　（白）啊宗兄！
劉　表　（白）啊賢弟！
劉　表
劉　備　（同白）啊哈哈哈！
劉　表　（白）請！
劉　備　（白）請！
劉　表　（白）賢弟請坐！
劉　備　（白）宗兄請坐！
劉　表　（白）賢弟駕到，未曾遠迎，面前恕罪！
劉　備　（白）豈敢！少來問安，宗兄海涵！
劉　表　（白）豈敢！賢弟自離荊州，一向安否？
劉　備　（白）有勞宗兄動問。自與宗兄分別之後，弟時刻掛心。
劉　表　（白）有勞賢弟掛念！
劉　備　（白）豈敢！

劉　表	（白）賢弟今日至此，有何事議？
劉　備	（白）小弟蒙兄之恩，分手住居新野，感之不盡。今日一來看望宗兄、宗嫂；二來有要緊之事前來與宗兄商議。
劉　表	（白）有何要緊之事？賢弟請講！
劉　備	（白）宗兄啊！ （唱）宗兄有所不知情， 　　　小弟言來聽分明： 　　　曹操不在許昌郡， 　　　去征袁紹動刀兵。 　　　趁此機會把兵領， 　　　發兵攻取許昌城。 　　　兄長若肯來應允， 　　　即發兵將莫消停。 　　　此番奇襲必得勝， 　　　乘虛而入把功成。
劉　表	（唱）聽弟之言笑盈盈， 　　　內有一件却難應。 　　　現今荊州方安穩， 　　　不敢妄自動刀兵。 　　　人不征我爲僥倖， 　　　我不征人兩太平。
劉　備	（唱）仁兄説話欠思忖， 　　　不圖大事爲何因？ 　　　兄想荊州永安定， 　　　只恐孫、曹要來爭。
劉　表	（唱）劉表心中自沉吟， 　　　內侍忙擺酒盈樽。 　　　我與賢弟開懷飲， 　　　暢叙一番別離情。
	（大太監斟酒介）
劉　備	（白）宗兄請！
劉　表	（白）賢弟請！

　　　　　（唱）飲酒之間眼發愣，
　　　　　（白）唉！
　　　　　（唱）不由劉表煩在心！
　　　　　（白）咳！
劉　備　（白）宗兄爲何唉聲嘆氣？只管對小弟言來，倘有用我之處，弟萬死不辭！
劉　表　（白）咳，賢弟，我有一件天大的心事，不能自決！
劉　備　（白）宗兄到底有甚麼心事，只管對弟言來，我與兄長分憂解愁。
劉　表　（搖頭介）（白）咳！
劉　備　（白）如此，宗兄請！
劉　表　（白）請！
劉　備　（唱）宗兄只是心愁悶，
　　　　　　　好叫小弟難在心。
　　　　　　　弟要轉回新野郡！
　　　　　（二家將同上，與劉備帶馬介，下）
劉　表　（白）賢弟請！
劉　備　（白）請！
　　　　　（唱）改日再來叙寒温！（下）
劉　表　（白）咳！
　　　　　（唱）飲酒忽然心不順，
　　　　　　　大事難以對地云，
　　　　　　　思想蔡氏心暗恨，
　　　　　　　只爲二子難在心。
　　　　　　　荆州重地無人整，
　　　　　　　誰是孤的心腹人！
　　　　　（四太監、大太監下）
劉　表　（白）咳！（下）

水 鏡 莊

盧勝奎　撰

解　題

　　京劇。清盧勝奎撰。《京劇劇目辭典》著録,題"水鏡莊",署盧勝奎編劇。劇寫劉備躍馬過檀溪,路遇牧童,引與司馬徽相見。司馬徽聞有客來,親自出迎,見劉備氣色,知爲逃難至此。談話間以伏龍、鳳雛相薦,但不告姓名。夜間,徐庶來見司馬徽,談及劉表事。適趙雲率部到水鏡莊,接劉備回新野。劉備重提伏龍、鳳雛,司馬徽答以回新野自有分曉。劉備告辭,路遇關、張。劉備遣孫乾帶信給劉表,劉表方知劉備逃席之故,大怒,欲斬蔡瑁。孫乾講情,始恕之,因使長子劉琦往新野向劉備請罪。劉備與劉琦言語投機,劉琦以繼母每欲相害見告。劉備勸其小心,盡孝,倘有禍事,願爲擔待,劉琦乃告辭。本事出於《三國演義》第三十五回。清宮大戲《鼎峙春秋》有此情節。版本今有《京劇彙編》收録的馬連良藏本及以該本重刊的《京劇傳統劇本彙編》本。今以《京劇彙編》馬邊良藏本爲底本校勘整理。

第 一 場

劉　備　（内唱）

　　　　馬跳檀溪受危困,（上）

（唱）緊抖絲韁往前行。

　　　　似醉如癡心思忖,

　　　　千層浪裏又復生。

　　　　過溪猶如在睡夢,

　　　　波翻浪闊過溪濱。

　　　　今日不虧這匹馬,

　　　　　　能免身遭蔡瑁擒。
　　　（白）孤,劉備。也是我命不該絕,如此闊溪,馬竟一躍而過,但一時
　　　　　　不能奔回新野,如何是好？咳！少不得信馬而行。唉,看天色
　　　　　　將晚,日已西沉,遠遠望見一個小小牧童,跨在牛背之上,口吹
　　　　　　短笛而來。
　　　（牧童上,吹笛介）
劉　備　（白）咳,我劉某東奔西馳,反不如這牧童逍遥快樂。待我勒馬
　　　　　　觀之。
　　　（牧童觀看劉備介）
牧　童　（白）啊將軍,莫非是大破黄巾的玄德公嗎？
劉　備　（愣介）
　　　（白）哎呀,莫非我又逢絕地也！
　　　（唱）定是蔡瑁安排定,
　　　　　　此處又有埋伏兵。
　　　　　　不然怎知我名姓？
　　　　　　叫人難猜其中情。
　　　（白）也罷！
　　　（唱）待我向前將他問,
　　　　　　便知其中就裏情。
　　　　　　勒馬近前把話論,
　　　　　　開言叫聲小牧童。
　　　　　　小小年紀在村野,
　　　　　　怎能知道我姓名？
牧　童　（唱）將軍不必心着慌,
　　　　　　且聽牧童説端詳：
　　　　　　常聽師父對我講,
　　　　　　大破黄巾姓名揚。
　　　　　　相貌生來君王相,
　　　　　　身高七尺精神強。
　　　　　　當今皇叔人尊仰,
　　　　　　漢室宗親四海揚。
　　　　　　今看將軍這模樣,

　　　　　　　　想起當初事一樁。
劉　備　（白）請問令師姓甚名誰？
牧　童　（白）我師複姓司馬名徽字德操，道號水鏡先生，潁州人氏。
劉　備　（白）哦，令師父與何人爲友？
牧　童　（白）我師父與襄陽龐德公、龐統爲友。
劉　備　（白）龐德公是龐統何人？
牧　童　（白）乃是叔侄。龐德公字令民，長俺師父十歲。龐統字士元，小俺師父五歲。那一天我師父樹上採桑，偶遇龐統前來相訪，坐在樹下，共相議論，終日不倦。我師父甚是愛他，因呼龐統爲弟。
劉　備　（白）啊哈哈哈！請問牧童，令師今在何處？
牧　童　（白）將軍你看前面樹林之中，有一莊院，就是我師父居住的所在。
劉　備　（白）煩你引我前去，我正要拜訪。
牧　童　（白）如此，將軍隨我來呀！
　　　　　（唱）待我牽牛把路引，
劉　備　（唱）玄德今要訪高人。
牧　童　（唱）尊聲將軍且站定，
　　　　　（幕後撫琴聲）
劉　備　（白）啊！
　　　　　（唱）忽聽裏面有琴音。
　　　　　（水鏡上）
水　鏡　（笑）哈哈哈！
　　　　　（唱）琴韻清幽音中起，
　　　　　　　　必有英雄暗竊聽。
　　　　　　　　出得門來用目睜，（四下看介）
牧　童　（白）我師父來啦！
　　　　　（唱）水鏡先生出柴門。
劉　備　（白）哎！
　　　　　（唱）我見此人非凡品，
　　　　　　　　松形鶴骨有仙根。
　　　　　　　　走向前來禮恭敬，
水　鏡　（白）哈哈哈！明公啊！
　　　　　（唱）今日大難已脫身。

劉　備　（白）呀！
　　　　（唱）聽他言來眼發愣，
　　　　　　　他怎知我腹內情？
　　　　（白）水鏡先生，備這裏奉揖了！
水　鏡　（白）有禮相還。明公今日得免大難，皆賴坐騎之功。
劉　備　（白）這！（背躬介）我經大難，他何以知之？
牧　童　（白）這位將軍就是師父素日常提的劉皇叔。
水　鏡　（白）哦，有失迎接，多有得罪。請駕屈入寒舍待茶，叙叙素日渴望之殷。
劉　備　（白）多承先生見愛。
水　鏡　（白）明公請！
劉　備　（白）先生請！
水　鏡　（白）明公請坐！
劉　備　（白）謝坐！（牧童獻茶介）
水　鏡　（白）明公請茶！
劉　備　（白）先生請！
水　鏡　（白）請！
劉　備　（白）先生，我劉備偶至貴地，多承令徒指教。今朝見面，真乃是三生有幸。
水　鏡　（白）哈哈哈！尊公今朝災消難滿。從今以後，步步登高，重整事業，大稱其心。
劉　備　（白）先生果然高明。襄陽赴會，蔡瑁暗設機關害我。多虧伊籍先生洩機，才得馬跳檀溪，險些喪于水內。不想巧遇令徒，故爾前來拜訪。
水　鏡　（白）明公被難，我一一盡知。但不知今居何職？
劉　備　（白）先生啊！
　　　　（唱）現在新野威聲震，
　　　　　　　宜城亭侯左將軍。
水　鏡　（唱）久已聞名少親近，
　　　　　　　冢宰之職可稱心？
　　　　　　　因何不尋存身地，
　　　　　　　奔走流落爲何情？

劉　備　（唱）先生既然殷勤問，
　　　　　　　　聽我劉備説分明：
　　　　　　　　命小福薄難稱意，
　　　　　　　　運未通來怎能行！
水　鏡　（唱）明公説話見聰明，
　　　　　　　　有個緣故在其中。
　　　　　　　　皆因無有人輔佐，
　　　　　　　　焉能創立事業興！
劉　備　（唱）手下之人却甚衆，
　　　　　　　　又有孫乾同簡雍。
　　　　　　　　糜竺、糜芳人忠正，
　　　　　　　　趙雲可稱將英雄。
　　　　　　　　關、張二人也英勇，
　　　　　　　　桃園結義二弟兄。
　　　　（白）先生，這些人傾心吐膽輔佐於我，奈我命運不通！
水　鏡　（白）哈哈哈！尊公，不是這樣講法。關、張、趙雲，雖是萬人之敵，
　　　　　　　却非權變之才；簡雍不過白面書生，章句小儒，豈是經綸濟世
　　　　　　　之人哉！
劉　備　（白）呀！備欲求高賢，奈因未遇其人耳！
水　鏡　（白）古人云：識時務者方爲俊傑。
劉　備　（白）請問先生，何等人物才是俊傑？我劉備倒要領教領教。
水　鏡　（白）明公，俊傑人物，古今皆有哇！
　　　　（唱）若論起這俊傑古今欽敬，
　　　　　　　　却往往成事業各有相同。
　　　　　　　　在周朝有呂望湯室伊尹，
　　　　　　　　在齊國有管仲大顯才能。
　　　　　　　　在越國有范蠡功成退隱，
　　　　　　　　在西楚有范增韜略頗精。
　　　　　　　　漢高祖駕下有治國將相，
　　　　　　　　張子房小韓信蕭何三卿。
　　　　　　　　光武爺駕前的軍師鄧禹，
　　　　　　　　這些人可稱得俊傑豪英。

　　　　　　　　此等人得一位可謂僥倖，
　　　　　　　　建帝基成偉業千秋留名。
劉　備　（唱）此前朝俊人物哪裏去請？
　　　　　　　　有一人扶劉備方稱我心。
水　鏡　（唱）古人云十室邑必有忠信，
　　　　　　　　天下人到處有奇才高明。
劉　備　（唱）最可恨備肉眼不曾識認，
　　　　　　　　不曉得當今世俊傑何人？
　　　　　　　　備惟願領高教將我指引，
　　　　　　　　頓開了備茅塞感你深恩。
水　鏡　（唱）我這裏聞此言暗自高興，
　　　　　　　　尊一聲玄德公貴耳細聽：
　　　　　　　　近年來荊襄的劉表不正，
　　　　　　　　聽後妻廢長子却欠聰明。
　　　　　　　　嘆景升壽不久將歸海境，
　　　　　　　　那天命自然是歸於明公。
　　　　　　　　這如今世奇才倒有兩位，
　　　　　　　　一鳳雛一卧龍都有奇能。
　　　　　　　　玄德公若能夠親自聘請，
　　　　　　　　我保你漢基業重又復興。
劉　備　（唱）這鳳雛與卧龍何地居隱？
　　　　　　　　望先生快與備細講分明。
水　鏡　（唱）此時間日墜落黃昏時分，
　　　　　　　　暫安歇明日裏再訴衷情。
劉　備　（唱）備今晚多打攪欠身從命，
水　鏡　（唱）叫小童擺水酒以待嘉賓。
　　　　　　　　玄德公請相隨草廳坐定，
劉　備　（唱）請！
水　鏡　（唱）莫性急自有我與你調停。
劉　備
水　鏡　（同笑）哈哈哈！
水　鏡　（白）明公請！

劉　備　（白）請！
　　　　（同下）

第 二 場

（起三更鼓。童兒上，打掃書房介，下。小吹打，童兒執燈引劉備同上）

劉　備　（唱）聽莊中打罷了三更時分，
　　　　　　　漢劉備思想起坐臥不寧。
　　　　　　　那水鏡半吐言不肯指引，
　　　　　　　有鳳雛和臥龍又不說明。
　　　　　　　想起了趙子龍吉凶未定，
　　　　　　　新野縣二兄弟未知信音。
　　　　　　　夜靜深好叫我心中煩悶，
　　　　（童兒出門介，倒帶門介，下）
劉　備　（唱）今夜晚守孤燈甚為慘情。（睡介）
　　　　（起四更。徐庶上）
徐　庶　（白）走哇！
　　　　（唱）可笑那劉景升太也愚蠢，
　　　　　　　他道我乃草芥無有才能。
　　　　　　　因此上連夜裏急趕路徑，
　　　　　　　不覺得來到了司馬家門。
　　　　（白）童子，開門來！
童　兒　（內白）來啦！（上）是哪一位？
徐　庶　（白）是我來了。
童　兒　（白）哦，待我開門。（開門介）
童　兒　（白）請進！
徐　庶　（白）你師父可曾安歇？
童　兒　（白）未曾安歇！
徐　庶　（白）請你師父前來，說我來了。
童　兒　（白）是。有請師傅！（下）
水　鏡　（白）哦，原來是元直！這夜靜更深，從何而來？

徐　庶　（白）小弟從荊州而來。
水　鏡　（白）你到那裏,有何貴幹?
徐　庶　（白）只爲"功名"二字,始終不得稱心,小弟才往荊州而去呀!
　　　　（唱）進取功名心忒盛,
　　　　　　投奔荊州劉景升。
　　　　　　藐視小弟如草芥,
　　　　　　留一小柬不辭行。
　　　　　　許久未見兄長面,
　　　　　　特來到此叙離情。
水　鏡　（唱）賢弟行事忒急性,
　　　　　　投主不辨假和真。
　　　　　　漢室將傾無人整,
　　　　　　龍蛇混雜不安寧。
　　　　　　賢弟胸懷忠義膽,
　　　　　　待時而動顯俊英。
　　　　　　景升雖然承天運,
　　　　　　蔡瑁專權是小人。
　　　　　　豈肯容你把身穩,
　　　　　　往返徒勞走一程。
徐　庶　（唱）仁兄之言弟遵命,
　　　　　　承蒙指教我知聞。
水　鏡　（唱）賢弟隨兄去安寢,
　　　　　　抵足而眠共談心。
　　　　（笑）哈哈哈!（徐庶、水鏡下）
劉　備　（白）呀!
　　　　（唱）此人出口甚高明,
　　　　　　不是鳳雛定卧龍。
　　　　（白）唉,真高人也!但那個元直却又是誰呢?哦,非卧龍即鳳
　　　　　　雛也!
　　　　（唱）思想起來心不定,
　　　　　　等到天明問詳情。（睡介）
　　　　（起五更）

(童兒上)

童　兒　（白）玄德公醒來！

劉　備　（唱）一夜未得睡安穩，
　　　　　　　心中有事怎安寧。
　　　　（白）哎呀！（困介）
　　　　（水鏡上）

水　鏡　（唱）元直共談安排定，
　　　　　　　與他假意不知情。

童　兒　（白）我師父出來了！

劉　備　（白）先生請坐！

水　鏡　（白）玄德公請坐！
　　　　（童兒獻茶介）

水　鏡　（白）玄德公請茶！

劉　備　（白）先生請哪！

水　鏡　（白）請！

劉　備　（白）先生，昨晚借宿的那位貴賓却是何人？

水　鏡　（白）這！無知小人，今早已往他方去了。

劉　備　（白）往哪裏去了？

水　鏡　（白）不知去向。

劉　備　（白）先生，那卧龍、鳳雛的姓名呢？

水　鏡　（白）這個！
　　　　（院子上）

院　子　（白）啓爺：莊外來了一支人馬，想必是荆州的軍兵馬趕到此處。

劉　備　（白）哎呀！
　　　　（唱）聽一言來吃一驚，
　　　　　　　倒叫劉備無計行。

水　鏡　（唱）玄德休要帶驚恐，
　　　　　　　來者定是自己兵。
　　　　　　　大家出去來觀定，
　　　　（四文堂、四上手、大纛旗引趙雲上）

趙　雲　（唱）護駕來遲（跪介）罪重深。

劉　備　（白）四弟請起！

|趙　雲|（唱）來了四弟常山將，
不覺滿面笑顏生。
蔡瑁人馬追趕緊，
請問怎出荊州城？
趙　雲　（唱）趕主西門無蹤影，
觀見檀溪水勢深。
打量主公回新野，
因此連夜趕路程。
雖然主公多僥倖，
護駕來遲有罪名。
劉　備　（唱）賢弟休要這等論，
你是無罪有功臣。
如何知道我在此？
趙　雲　（唱）途中有人報信音。
劉　備　（唱）轉面施禮辭水鏡，
備要告辭即登程。
水　鏡　（唱）玄德即速上馬請，
（童兒拉馬上）
劉　備　（白）叨擾了哇，哈哈哈！
水　鏡　（白）豈敢！
劉　備　（唱）鳳雛、臥龍不知名。
（白）先生，劉備至此，多承先生相留指教，不知何以為報。再請問
先生，臥龍、鳳雛到底是何人也？望求先生說姓名與劉備。
水　鏡　（白）唉，好好好！
（念）漢室三足立，
伏龍並鳳雛。
二人得一位，
大事可成矣！
劉　備　（白）告辭了！
（唱）先生不肯說名姓，
無可奈何暫辭行。
辭別先生足踏鐙，

　　　　（趙雲原人下）

劉　備　（唱）改日再來問安寧。
　　　　（笑）哈哈哈！（下）
水　鏡　（唱）玄德執意問名姓，
　　　　　　　被我遮掩不說明。
　　　　　　　大事自有天注定，
　　　　　　　叫他難解其中情。
　　　　　　　閑來撫琴多安定，
　　　　　　　不染紅塵苦修行。（同下）

第　三　場

　　　　（四文堂、四上手、大纛旗、趙雲、劉備上）
劉　備　（唱）水鏡先生來指引，
　　　　　　　鳳雛、臥龍兩奇能。
　　　　　　　因何不說名和姓，
　　　　　　　此事叫我解不明。
　　　　　　　只見旌旗空飄定，
　　　　　　　迎面來了一支兵。
　　　　（四月華旗引關羽上）
關　羽　（唱）聽得子龍報一信，
　　　　　　　弟兄分兵將兄尋。
　　　　　　　大哥受驚了！
劉　備　（白）二弟也來了，哈哈哈！
關　羽　（白）大哥從何處而來？
劉　備　（白）二弟，那蔡瑁果有埋伏，多虧伊籍先生洩機，愚兄牽馬闖出西門，馬跳檀溪，方脫此難。巧遇牧童指引，得見水鏡先生，在他莊中安宿一夜。清早四弟至此，我辭了水鏡先生，才同四弟轉回新野。
關　羽　（白）真乃兄之幸也！三弟也帶兵尋找兄長，想必就到。
劉　備　（白）遠望旌旗招展，想是三弟人馬來也！
　　　　（四藍文堂引張飛上）

張　飛　（白）啊大哥,你老人家受驚了哇,哈哈哈!
劉　備　（白）三弟也來了,哈哈哈!
張　飛　（白）你老人家無事還則罷了;倘有一點不好,俺與二哥還要這兩條性命麼?來呀,回轉新野城中去者!
衆　人　（白）啊!（同下）

第 四 場

（場設城門。劉備原人上,進城介,下）

第 五 場

（糜竺、糜芳、簡雍、孫乾上,趙雲、張飛、關羽、劉備上）

劉　備　（白）大家請坐!
糜竺
糜芳
簡雍
孫乾　（同白）主公受驚了!

劉　備　（白）請坐!
糜竺
糜芳
簡雍
孫乾　（同白）謝坐!

張　飛　（白）大哥,你是怎樣逃出虎穴龍潭?
劉　備　（白）哎呀三弟,果不出你所料,那荊州城內蔡瑁暗伏人馬,多虧伊籍先生泄機,愚兄闖出西門,馬跳檀溪,才脫此難。巧遇水鏡先生,在他家安宿一夜。四弟中途得信,相請愚兄轉回新野。路上又遇見你二哥,大家才得一同回來。
張　飛　（白）哇呀呀!
　　　　　（唱）聽一言來心頭惱,
　　　　　　　　蔡瑁敢設計籠牢!
　　　　　　　　誆俺大哥入圈套,
　　　　　　　　害我兄長爲哪條?

兵伐荆州拿蔡瑁,
要滅劉表恨方消!

劉　備　（白）蔡瑁乃宗兄的妻兄,如何擅自殺得!
孫　乾　（白）若依三將軍之言,太急了些。
劉　備　（白）先生便有何計?
孫　乾　（白）若依臣之見,先講禮儀,必須主公修書一封,告景升,把這以往的情節,分解明白,再看景升如何。千萬莫失了同宗之禮,也辜負了他收留之義!

（唱）勸主公不必心急躁,
尊聲列位聽根苗:
收留之義情非小,
休叫他人惡語嘲。
一封書信送劉表,
皂白分明兩開消。

劉　備　（笑）哈哈哈!
（唱）孤王聞言哈哈笑,
這番議論可算高。
人來看過文房寶,（寫書介）

劉　備　（唱）已往之事寫分毫。
一封書信忙寫好,
煩勞先生走一遭。

孫　乾　（白）遵命!
（唱）食王爵祿當報效,
爲臣當得效馬勞。
辭別主公登路道,
爲臣哪怕路途遙!（下）

劉　備　（笑）哈哈哈!
（唱）孫乾忠義實可表,
不辭路遠與山遙。
後面酒宴安排好,
大家齊飲樂陶陶。
（笑）哈哈哈!

（同下）

第 六 場

（孫乾騎馬上）

孫　乾　（唱）新野奉了主公命，
　　　　　　　　去見劉表説詳情。
　　　　　　　　到了荆州將城進，
　　　　　　　　來至府門下書文。
　　　　（白）來此已是。門上哪位在？
　　　　（門官上）
門　官　（白）甚麼人？
孫　乾　（白）煩勞通禀：就説孫乾奉了玄德公之命，前來求見劉主。
門　官　（白）候着。有請主公！
劉　表　（內唱）
　　　　　　　　玄德陪宴私逃遁，
　　　　（四太監引劉表同上）
劉　表　（唱）相請撫慰武共文。
　　　　　　　　半席而逃因何故？
　　　　　　　　豈不辜負一片心！
　　　　　　　　將身且把大廳進，
門　官　（唱）爲臣有事來禀明。
　　　　（白）啓主公：今有孫乾奉了玄德公之命，前來求見主公。
劉　表　（白）將他帶進府來！
門　官　（白）遵旨。孫先生，我主請你進府。
孫　乾　（白）有勞了！（進門介）劉主在上，孫乾參見千歲！
劉　表　（白）先生平身。
孫　乾　（白）千千歲！
劉　表　（白）先生請坐。
孫　乾　（白）謝坐！
劉　表　（白）孤王請你主陪宴，撫慰州縣四十二城文武，爲何逃席不辭
　　　　　　　而去？

孫　乾	（白）劉主有所不知，我主是今早方歸。若提起昨日之事，內中有段隱情。今有我主的書信一封，劉主一看，自然明白。
劉　表	（白）既有族弟書信，拿來我看。
孫　乾	（白）劉主請看。（呈書介）
劉　表	（白）（看書介）"宗兄景升台啓"。待我拆來觀看："族弟備，字奉宗兄台覽：自弟投至荆州，承蒙收留。奈廢長立幼一事，蔡瑁偏向外甥，幾欲相害。昨日設宴暗藏埋伏，被弟識破，故爾半席而逃！" （唱）廢長立幼事一宗， 　　　蔡瑁自然不稱心。 　　　暗起嫉妒也未定， 　　　懷恨謀害玄德身。 　　　小弟識破其中故， 　　　逃席方得脱災星。 　　　蔡瑁提兵追趕緊， 　　　檀溪阻路無處行。 　　　馬跳檀溪險喪命， 　　　蒼穹保佑得了生。 　　　蔡瑁害我兄必曉， 　　　施恩自掃爲何情？ 　　　修書辯明其中事， 　　　小弟意欲另投人。 　　　孤王看罷書和信， 　　　不由一陣動無名。 　　　罵聲蔡瑁賊奸佞， 　　　害我族弟爲何情？ 　　　忙將蔡瑁上了捆， 　　　立刻開刀問斬刑！ （四武士押蔡瑁上）
蔡　瑁	（唱）爲臣犯了何條令？ 　　　開刀問斬要説明！
劉　表	（唱）孤王聞言心頭恨，

　　　　　罵聲蔡瑁奸佞臣。
　　　　　自作自受休再問，
　　　　　死到臨頭休怨人！
　　　（白）我且問你，劉玄德因何而走？你又爲何帶兵追趕？
蔡　瑁　（白）玄德，因酒力不勝，半席而逃。末將追之是真，因怕主公嗔怪！
　　　　　主公不信，有西門的門軍可證。
劉　表　（白）我弟是何等人物，焉有半席而逃之理？西門外的檀溪，水深難
　　　　　測，他若不到危急爲難之處，焉肯捨命跳水？左右，把賊推出，
　　　　　速速斬首來獻！
四武士　（白）哦！
　　　　（四武士推蔡瑁同下。蔡氏上）
蔡　氏　（白）刀下留人！
　　　（唱）急急忙忙上大廳，
　　　　　妾身有言主開恩。
　　　　　蔡瑁雖然犯死罪，
　　　　　望主開恩暫免刑！
劉　表　（唱）蔡瑁行事太毒狠，
　　　　　殺我同宗一姓人。
　　　　　你今講情孤不准，
　　　　　誓無更改按律行！
蔡　氏　（唱）我今求情主不准，
　　　　　可嘆吾兄喪殘生。
　　　　　含悲忍淚內室進，
　　　　　實實難救同胞人。
　　　（白）喂呀！（哭介，下）
孫　乾　（唱）劉主暫息雷霆怒，
　　　　　此事還要三思行。
　　　　　斬了蔡瑁不要緊，
　　　　　我主再來無面存。
　　　　　望乞開恩情准定，
　　　　　我主來往好盡心。
劉　表　（唱）先生講情孤應允，

　　　　　　暫且饒他命殘生。
　　　　　　替我傳下一道令，
　　　　　　赦却蔡瑁解去繩。
孫　乾　（白）解下樁來！
　　　　（蔡瑁上）
蔡　瑁　（白）謝主公不斬之恩！
劉　表　（白）若不看孫先生之面，定斬不饒！下去！
蔡　瑁　（白）唉，慚愧呀慚愧！（下）
劉　表　（白）來，有請大公子！
太　監　（白）有請大公子！
　　　　（劉琦上）
劉　琦　（念）忽聽父王宣，
　　　　　　忙步到廳前。
　　　　（白）孩兒參見父王！
劉　表　（白）罷了。
劉　琦　（白）喚兒臣有何教訓？
劉　表　（白）我兒，你同孫先生去到新野，見你叔父玄德，說我有病尚未痊癒，不能親往；差你前去與你叔父請罪。
劉　琦　（白）孩兒遵命。
劉　表　（白）我兒備宴，與孫先生廳前共飲。歇息一夜，明日跟隨先生奔往新野，不可遲誤！
孫　乾　（白）謝劉主！請駕歇息！
劉　表　（白）請！（下）
　　　　（四太監下）
劉　琦　（白）先生，你我廳前飲酒！
孫　乾　（白）請！
　　　　（同下）

第 七 場

（四文堂、四大鎧、簡雍、糜竺、糜芳、趙雲、張飛、關羽引劉備上）
劉　備　（唱）我命孫乾下書信，

　　　　　　訴說劉備腹內情。
　　　　　　雖然與我同宗姓，
　　　　　　看他此事怎樣行？
　　　　　　孫乾去了一日整，
　　　　　　此時未見信和音。
　　　　　　來在二堂且坐定，
　　　　　　等候孫乾轉回程。
　　　　（孫乾上）
孫　乾　（唱）劉表行事比堯舜，
　　　　　　看來他是有道君。
　　　　（白）參見主公！
劉　備　（白）先生少禮，請坐！
孫　乾　（白）謝坐！眾位將軍！
眾　將　（白）先生！
劉　備　（白）先生去往荊州，那劉景升看信之後行事如何？
孫　乾　（白）那劉景升看罷書信，十分動怒，立即就要將蔡瑁斬首。蔡氏講情不准。下官講情，才得赦却蔡瑁。劉景升又差公子劉琦來到新野，面見主公，替父前來請罪。
劉　備　（白）哦，那公子劉琦今在何處啊？
孫　乾　（白）現在衙外。
劉　備　（白）待我出迎。哈哈哈！
　　　　（唱）聽說劉琦到新野，
　　　　　　不由玄德面生春。
　　　　　　出得衙來忙迎定，
　　　　（劉琦上）
劉　琦　（白）啊，叔父！
劉　備　（白）賢侄請起。
劉　琦　（白）叔父一向可安寧？
劉　備　（唱）賢侄隨我後衙進，
　　　　　　見禮已畢把話云。
劉　琦　（白）叔父請上，待侄男參拜！
劉　備　（白）賢侄免禮，哈哈哈！

劉　琦　（白）謝叔父！啊，眾位叔父，侄男參拜！
關　羽
張　飛　（同白）公子遠路而來，少禮請坐。
趙　雲
劉　琦　（白）告坐。
劉　備　（白）賢侄，這幾日你父病體可好些麼？
劉　琦　（白）照常一樣。叔父，我父命小侄請罪來了！
　　　　（唱）叔父請上侄男禀，
　　　　　　已往之事講分明。
　　　　　　現今我父身有病，
　　　　　　全靠叔父保荆城。
　　　　　　焉能心懷不良意，
　　　　　　盡是蔡瑁嫉妒心。
　　　　　　那日小侄全不曉，
　　　　　　叔父逃席不知聞。
　　　　　　後來方知這些事，
　　　　　　蔡瑁早把巧計生。
　　　　　　昨日書到父生怒，
　　　　　　要將蔡瑁付斬刑。
　　　　　　繼母講情父不准，
　　　　　　孫先生講情我父聽。
　　　　　　特差小侄把罪請，
　　　　　　望叔父須看同宗情。
劉　備　（唱）些許小事焉記恨，
　　　　　　擺宴叔侄細談心。
　　　　（白）擺宴伺候！大家請哪！（飲宴介）
劉　琦　（白）叔父啊，唉！
劉　備　（唱）賢侄因何愁容帶？
　　　　　　要對叔父説心懷。
劉　琦　（唱）此事把侄心難壞，
　　　　　　且聽侄男説明白：
　　　　　　小侄猶恐繼母害，

|劉　　備|（唱）只要心裏忠孝在，
繼母教訓也應該。
倘有禍事叔擔待，
叔父與你計安排。
賢侄寬心把酒飲，
免去愁容喜自來。
（白）看天色已晚，我同賢侄書房安歇。本當留住幾日，惟恐你父盼望，明日賢侄且回荆州，待爲叔親自送行。
|劉　　琦|（白）謝叔父！
|劉　　備|（唱）書房之内把宴擺，
再與賢侄説開懷。
繼母跟前多忍耐，
又無煩惱又無災。

（同下）

（提防不到喪陽臺。）

（注：開頭一行為「提防不到喪陽臺。」）

取 樊 城

盧勝奎 撰

解 題

京劇。清盧勝奎撰。《京劇劇目辭典》著錄,題"取樊城",署盧勝奎編劇。劇寫徐庶投奔劉備。劉備大喜,拜徐庶爲軍師。曹仁自樊城興兵犯境,徐庶調兵遣將,前往迎敵。趙雲首先出馬,殺曹將呂曠,張飛槍挑呂翔于馬下,得勝而歸。曹仁聞報大怒,親領人馬出戰,徐庶與劉備領衆將前往禦敵,因見曹仁擺下金鎖陣,急令關羽、張飛、趙雲兵分三路進攻,曹仁大敗。曹仁夜間前來劫寨,徐庶早已料知,使趙雲、張飛左右埋伏,又使關羽繞道直取樊城。曹仁闖進空寨,伏兵齊起,大敗而歸。不料關羽已奪取樊城,曹仁只好敗歸許昌。本事出於《三國演義》第三十五、三十六回。《三國志·蜀書·諸葛亮傳》注引《魏略》載有徐庶事。《三國志》徐庶無傳。宋鄭樵《通志》以徐庶附於《諸葛亮傳》後。元代郝經《續後漢書》方爲徐庶立傳,謂其先隨劉備,後歸曹操。元刊《三國志平話》、元雜劇《襄陽會》、清宫大戲《鼎峙春秋》均寫有此事。版本今有《京劇彙編》收錄的馬連良藏本及以此本重刊的《京劇傳統劇本彙編》本。今以《京劇彙編》馬連良藏本爲底本校勘整理。

第 一 場

(【水底魚】四文堂、二青袍抬酒引孫乾上)

孫 乾 (白)俺,孫乾。奉了主公之命,長亭備宴,與公子劉琦餞行。來,打道長亭!

衆 (白)啊!

(同下)

第 二 場

劉　備　（內唱）叔侄同出新野城，
　　　　（四文堂、四大鎧、四上手、簡雍、糜竺、糜芳、關羽、張飛引劉備、劉琦上）
劉　備　（唱）為叔與侄親送行。
　　　　　　　並馬同行把話論，
　　　　　　　恨只恨蔡瑁嫉妒心。
　　　　　　　席前暗把刀兵隱，
　　　　　　　為叔看破巧計生。
　　　　　　　這匹的盧快得緊，
　　　　　　　跳躍檀溪萬丈深。
劉　琦　（唱）倒是叔父有福份，
　　　　　　　方得此馬有救星。
　　　　　　　又道是邪不能侵正，
　　　　　　　吉人天相話果真。
劉　備　（唱）來在長亭下金鐙，
　　　　（白）酒來！
　　　　（孫乾原人上，孫乾看酒介）
劉　備　（唱）我與賢侄來餞行。
　　　　　　　但願你父身無病，
　　　　　　　福壽長春多康寧。
　　　　　　　相勸賢侄多謹慎，
　　　　　　　繼母台前加殷勤。
　　　　　　　早晚之間多孝順，
　　　　　　　免叫你父兩難心。
　　　　　　　賢侄請來把酒飲，
　　　　　　　飲畢急速轉回程。
劉　琦　（唱）謝過叔父多恭敬，
　　　　　　　感念待侄厚恩情。
　　　　　　　辭別叔父上能行，

(四文堂同帶馬介，下)

劉　琦　（唱）叔侄在此把路分。（下）
劉　備　（唱）劉琦上馬心難忍，
　　　　　　　席前對我叙傷情。
　　　　　　　蔡氏心毒意又狠，
　　　　　　　只恐劉琦喪殘生。
　　　　　　　大事次子來拿定，
　　　　　　　難免孫、曹動刀兵。
　　　　　　　大家齊把雕鞍整，
　　　　　　　人馬紛紛進東門。

（同下）

第 三 場

（徐庶上）

徐　庶　（白）走哇！
　　　　（唱）日前水鏡來指引，
　　　　　　　急速投奔新野城。
　　　　（白）俺，姓徐名庶，表字元直。乃潁州人氏。只因抱打不平，傷害人命，是我用粉塗面披髮而逃，改名單福，流落他鄉，遍訪名師，結交良友，講天論地，説王講霸，雖無移山倒海之能，實有經天緯地之手。只因那一日在水鏡先生家借宿，那司馬德操指引於我，轉來新野，投奔劉備。遠遠望見玄德公人馬來也。待我在此吟歌，打動於他便了！
　　　　（唱）將身站立且候等，
　　　　　　　吟歌打動他人聽。
　　　　　　　天地反覆，
　　　　　　　人類欲殂；
　　　　　　　大廈將傾，
　　　　　　　一木難扶。
　　　　　　　四海有賢，
　　　　　　　要投明主；

　　　　　　　聖明禮賢，
　　　　　　　却不知吾。
　　　　　（笑）哈哈哈！
　　　　　（劉備聽介，點頭介，想介）
劉　　備　（白）呀！
　　　　　（唱）勒住絲繮來觀定，
　　　　　　　不由心中暗沉吟。
　　　　　　　看這先生非凡品，
　　　　　　　歌語清奇品貌尊。
　　　　　　　水鏡先生對我論，
　　　　　　　鳳雛、臥龍二賢臣。
　　　　　　　二位賢臣並相請，
　　　　　　　漢家基業定重興。
　　　　　　　莫非今日巧相遇，
　　　　　　　臥龍、鳳雛有一人。
　　　　　　　棄鐙離鞍下能行，
　　　　　　　走向前來禮相迎。
　　　　　　　方纔歌詞妙得緊，
　　　　　　　足見台駕甚高明。
　　　　　　　光臨新野三生幸，
　　　　　　　不才眼內少識人。
　　　　　　　劉備前來把駕請，
　　　　　　　略進粗茗表寸心。
徐　　庶　（白）哎呀，不敢當！
　　　　　（唱）萍水相逢怎相肯，
　　　　　　　不才是個白衣人。
　　　　　　　既承呼喚我遵命，
　　　　　　　高攀大駕現醜行。
劉　　備　（唱）你我挽手衙署進，
　　　　　　　衆位將軍隨後跟。
　　　　　　　來到衙署先生請，
　　　　　（衆將同挖門介，劉備站小邊，徐庶站大邊）

劉　備　（唱）重新見禮分主賓。
　　　　　　　左右快把茶來敬，
劉　備　（白）先生請！
徐　庶　（白）請！
劉　備　（唱）帶笑開言把話云。
　　　　　　　請問仙鄉居何境，
　　　　　　　尊姓高名備願聞。
徐　庶　（唱）若問在下名和姓，
　　　　　　　祖籍原是潁州人。
　　　　　　　姓單名福元直號，
　　　　　　　皆因久聞使君名。
　　　　（白）貧道久聞使君招賢納士，特來相訪，未敢逕自造次，故爾狂歌於市。幸遇明公不棄，實遂我平生之願也！
劉　備　（想介）（白）哦，是了。告便。
徐　庶　（白）請！
劉　備　（背躬介）（白）喂呀，那晚水鏡先生家來了一人借宿，是我竊聽，水鏡先生把那人以元直稱之，原來卻是此人，想來是一位大賢也，哈哈哈！
　　　　（向徐庶）（白）請坐！
徐　庶　（白）哈哈哈！使君，方纔愚下見明公所騎之馬，望乞明公賜在下一觀，不知肯否？
劉　備　（白）這有何妨。左右，把馬揭去鞍轡，拉了上來，與單先生觀看。
四上手　（白）啊！（下，拉馬上）
徐　庶　（看馬介）（白）明公，此馬名為的盧，有千里腳程。但只一件！
劉　備　（白）哪一件？
徐　庶　（白）這匹馬定妨主人，不知此話是與不是？
劉　備　（白）此話應驗過了。此馬乃江夏逆叛張武坐騎，張武死於陣前；日前馬跳檀溪，全仗此馬。
徐　庶　（白）張武是它妨死，越檀溪是它功績。日後此馬還要妨主。我有一法，永無妨礙。
劉　備　（白）公有何法，懇求指教？
徐　庶　（白）此法輕易不傳與人。將此馬送與相好的朋友，他騎妨死了他，明公再騎,永久安穩。

劉　備　（白）哈哈哈！看茶來,這位客人還要趕路,此處地方窄小,也不敢相留尊駕,有誤途程！

徐　庶　（白）哈哈哈！明公啊！
（唱）帶笑開言自誇獎,
　　　尊聲明公聽端詳:
　　　素聞使君寬洪量,
　　　招賢禮士果非常。
　　　不遠千里來投往,
　　　如此輕慢爲哪椿?

劉　備　（白）備不才,雖不敢言招賢納士,却也識人。並非面憎尊駕。汝初到新野,理該教我行好事,作好人,才是正理;却怎麽反教我損人利己?我若用你言,壞我一世聲名。我這裏用你不着,請!

徐　庶　（白）哈哈哈！哎呀,怪不得人人都説明公廣行仁德,是我不肯深信,故用此言相試。果然如此,可見得話不虛傳。明公有如此海量,何愁霸業不成！我願盡力扶保,共成大事！
（唱）腹中暗自贊水鏡,
　　　所説之言俱是真。

劉　備　（唱）品貌不俗多端正,
　　　水鏡先生認識人。
　　　鸞鳳展翅飛騰起,
　　　人伴賢良智略深。
　　　爲何單提馬妨主?
（白）哦,是了！
（唱）想必試探我的心。
　　　先生此話果真應,
　　　禍福共之永不分。
（白）我劉備就拜你爲軍師,執掌新野大軍。來,看宴伺候！
（吹打,一文堂看酒介）

劉　備　（白）先生請！

徐　庶　（白）請！衆位將軍請！

衆　將　（白）請！

（衆飲酒介。牌子）

報　子　（内白）報！（上）
　　　　（白）啓主公：樊城發兵前來，離城不遠。
劉　備　（白）再探！
探　子　（白）得令！（下）
劉　備　（白）哎呀，先生啊！
　　　　（唱）前者探馬來禀報，
　　　　　　　曹操遣將鎮樊城。
　　　　　　　要圖荆襄兩城郡，
　　　　　　　虎視湖廣起貪心。
　　　　　　　今日發兵來犯境，
　　　　　　　定是先取新野城。
徐　庶　（唱）兵來將擋古明論，
　　　　　　　速派大軍退敵人。
　　　　　　　明公聽我傳將令，
　　　　　　　護衛新野衆黎民。
劉　備　（白）但憑軍師。
徐　庶　（白）遵命！
　　　　（唱）張將軍近前聽密令，
　　　　　　　速去挑選一千兵。
　　　　　　　離城百里埋伏隱，
　　　　　　　曹兵來時休戰征。
　　　　　　　待等曹兵敗了陣，
　　　　　　　奮勇殺敵莫消停。
張　飛　（白）得令！
　　　　（唱）先生命我把兵領，
　　　　　　　曹兵敗陣照此行。
徐　庶　（唱）急忙再傳二支令，
　　　　　　　尊聲常山趙將軍：
　　　　　　　挑選精軍一千整，
　　　　　　　攻打頭陣起戰爭。
趙　雲　（白）得令！

|（唱）遵奉將令擋頭陣，
　　　　奮勇殺賊退敵人。
徐　庶　（唱）安排兵將新野鎮，
　　　　攔擋樊城衆曹兵。
劉　備　（唱）保護城池防範緊，
　　　　且聽探馬報信音。
　　　　先生到此備僥倖，
　　　　全仗你的韜略精。
劉　備
徐　庶　（同笑）哈哈哈！

（同下）

第　四　場

（四文堂、四大鎧、四下手、四將官、呂曠、呂翔同上）
（同念）
呂　曠
呂　翔　　　奉命統領貔貅將，
　　　　新野城外動刀槍。
呂　曠
呂　翔　（同白）俺，呂曠、呂翔。
呂　曠　（白）賢弟請了！
呂　翔　（白）兄長請了！
呂　曠　（白）你我二人奉了曹仁將軍命令，攻取新野，離城三十里，看前面來了一支人馬，必是新野兵將。你我迎上前去！
呂　翔　（白）言之有理。衆將官，殺！
　衆　　（白）啊！
（四白文堂、四白大鎧、四上手、趙雲上，會陣介）
呂　曠　（白）呔！爾是何人，敢擋某家去路？
趙　雲　（白）爾且聽了！吾乃常山趙子龍是也！二賊留名！
呂　曠　（白）吾乃曹營大將呂曠！趙雲休走，看槍！
趙　雲　（白）哈哈哈！爾乃無名之將，敢與某家交戰？若容爾走上兩個回合，不爲英雄也！

呂　曠　（白）一派胡言！放馬過來！

　　　　（起打，趙雲刺死呂曠介，下）

　　　　（呂翔上，趙雲上，起打，呂翔敗下，趙雲追下）

第　五　場

　　　　（【急急風】四藍文堂、四藍大鎧、張飛上）

張　飛　（白）吒！來將休得前進！

　　　　（呂翔原人上，會陣介）

呂　翔　（白）吒！何處人馬，擋住某家去路？

張　飛　（白）爾且聽了！俺乃桃園弟兄張翼德。來將通名！

呂　翔　（白）俺乃曹營大將呂翔！

張　飛　（白）吒，呂翔！我勸你早些下馬投降，少若遲延，蛇矛下作鬼！

呂　翔　（白）休得胡言！馬上坐穩！

　　　　（起打，張飛挑呂翔死介）

　　　　（趙雲原人上）

張　飛　（白）四弟你也來了！

趙　雲　（白）適纔小弟槍挑呂曠落馬。

張　飛　（白）這厮呂翔，也被我丈八蛇矛刺于馬前。

趙　雲　（白）好哇！你看曹兵敗走，你我轉回新野交令！

張　飛　（白）好哇！衆兵丁，人馬轉回新野！

衆　　　（白）啊！

　　　　（同下）

第　六　場

　　　　（四文堂、四大鎧、糜竺、糜芳、簡雍、孫乾、徐庶、劉備上）

劉　備　（唱）先生果然韜略廣，

　　　　　　　談論兵機妙策強。

　　　　　　　何懼曹營兵和將，

　　　　　　　慣戰能征翼德張；

　　　　　　　渾膽將軍無人擋，

　　　　　　　他的威風賽虎狼。
　　　　　　　將身且坐二堂上，
　　　　　　　且聽探馬報端詳。
　　　　（家將上）
家　將　（白）張將軍、趙將軍得勝回衙。
劉　備　（白）有請！
家　將　（白）有請三將軍、趙將軍！
　　　　（張飛、趙雲原人上）
張　飛　　　　　　　　大哥
　　　　（同白）先生，　　我二人交令！
趙　雲　　　　　　　　主公，
劉　備　（白）二位賢弟，怎樣與曹將交戰？
趙　雲　（白）是俺頭一陣槍挑曹營將官呂曠落馬，曹兵大敗！
張　飛　（白）小弟候曹兵敗回，截殺一陣，殺兵無數。那呂翔被我蛇矛挑
　　　　　　　死，命喪疆場。我二人回來在大哥、先生台前交令！
劉　備　（白）好。全仗先生妙算，二位賢弟大功。後面擺宴，與先生、二位
　　　　　　　賢弟賀功！
張　飛　　　　　大哥
趙　雲　（同白）主公請！
徐　庶　　　　　主公
劉　備　（唱）殺敗曹兵魂膽喪，
　　　　　　　先生從此美名揚。
　　　　　　　果然運籌如反掌，
　　　　　　　仗你重整漢家邦。
　　　　　　　兵丁各個有升賞，
　　　　　　　大家慶賀飲瓊漿。
　　　　（同下）

第　七　場

　　　　（四文堂、四大鎧、四下手、四將官、李典、曹仁同上）
曹　仁　（唱）交鋒好似龍虎鬥，
　　　　　　　一來一往統貔貅。

　　　　　　呂曠、呂翔領兵走,
　　　　　　要把新野化荒丘。
　　　　　　將身且坐寶帳口,
　　　　　　且聽探馬報從頭。
報　子　（內白）報！（上）
　　　　（白）呂曠、呂翔落馬！
曹　仁　（白）再探！
報　子　（白）得令！（下）
曹　仁　（白）可惱哇可惱！
　　　　（唱）聽一言來衝牛斗,
　　　　　　不由某家皺眉頭。
　　　　　　新野竟敢威風有,
　　　　　　可嘆二呂喪荒丘。
　　　　　　人來與爺帶走獸,
　　　　　　不殺大耳誓不休！
李　典　（白）且慢！
　　　　（唱）元帥暫息雷霆吼,
　　　　　　凡事須要用機謀。
　　　　（白）元帥,那劉備非比尋常,他桃園弟兄久戰疆場。急速差人奔往許昌,報與丞相,另想別計,共取新野。
曹　仁　（白）此戰何用勞動丞相？本帥帶兵,管取一戰成功！
李　典　（白）元帥攻取新野,末將在此保守樊城。
曹　仁　（白）啊！聽你之言,莫非有降順劉備之意？
李　典　（白）末將焉有此心？如此就同元帥一同攻取！
曹　仁　（白）諒你也不敢！眾將官,兵伐新野,與二將報仇！
眾　將　（白）啊！
曹　仁　（白）殺上前去！
　　　　（唱）本帥今把威風抖,
　　　　　　要殺新野血水流。
　　　　　　劉備逃脫怎能夠,
　　　　　　誓取大耳項上頭！
　　　　（同下）

第 八 場

（四文堂、四大鎧上，站門。糜竺、糜芳、簡雍、孫乾、張飛、趙雲、關羽、徐庶、劉備上）

劉　備　（唱）那日投宿遇水鏡，
　　　　　　　暗聽先生果高明。
　　　　　　　我問先生名和姓，
　　　　　　　水鏡隱瞞不説明。
　　　　　　　先生作歌表心意，
　　　　　　　你我相逢新野城。
　　　　　　　安排兵將得了勝，
　　　　　　　先生可稱智謀人。
　　　　　　　大家二堂同議論，
　　　　　　　樊城必然發來兵。

報　子　（白内）報！（上）
　　　　（白）啓主公、先生：今有曹仁統領大兵來伐新野！

劉　備　（白）再探！

報　子　（白）得令！（下）

劉　備　（白）先生，曹仁來伐新野，何計退敵？

徐　庶　（白）恭喜主公！賀喜主公！

劉　備　（白）先生此言差矣！如今曹兵前來，這新野兵微將寡，難以力敵，哪裏還有喜事？

徐　庶　（笑）哈哈哈！

劉　備　（白）吾乃癡愚之人，望先生明言其意。

徐　庶　（白）主公若問，聽我道來！
　　　　（唱）主公不必忒急性，
　　　　　　　細聽元直説分明：
　　　　　　　曹仁來把新野取，
　　　　　　　却是雙手送樊城。

劉　備　（唱）先生怎把戲言論，
　　　　　　　倒要明言與我聽。

徐　庶　（唱）曹仁親來把兵領，
　　　　　　　樊城之中撤了兵。
　　　　　　　待等交鋒得了勝，
　　　　　　　那時對主再言明。
　　　　　　　要點人馬四千整，
　　　　　　　迎着曹仁去戰爭。
　　　　（白）啓主公：城中留下孫、簡二位，還有糜家弟兄保守城池。餘者衆位將軍，一齊出城！
劉　備　（白）好。衆將官，兵出新野，迎敵曹仁去者！
　衆　　（白）啊！
　　　　（同下）

第　九　場

（牌子。曹仁原人上，站斜一字）

曹　仁　（白）前道爲何不行？
　衆　　（白）來此雀尾坡。
曹　仁　（白）安營下寨！
　衆　　（白）啊！
　　　　（牌子。同下）

第　十　場

（劉備原人上，挖門。報子上）

報　子　（白）啓主公、先生：曹仁在雀尾坡屯兵紮營。
劉　備　（白）再探！
報　子　（白）得令！（下）
劉　備　（白）先生，怎樣安排？
徐　庶　（白）我兵暫歇雀尾坡後面，人馬不可前行。主公同衆位將軍大家登高遙望。
劉　備　（白）如此請！
徐　庶　（白）主公請！

（眾人登高遙望介）

徐　庶　（唱）主公留神細觀望，
　　　　　　　樊城兵勇將士强。
　　　　　　　緊密紮下中軍帳，
　　　　　　　嚴排劍戟與刀槍。
　　　　　　　曹仁大寨似羅網，
　　　　　　　主公可曾知其詳？

劉　備　（白）備却不曉。請問此陣何名？

徐　庶　（白）皇叔乃蓋世之明公，焉能不識此陣？忒謙了！

劉　備　（白）備實不知。先生請講！

徐　庶　（白）啟主公：此陣名爲"八門金鎖"，按休、生、傷、杜、景、死、驚、開八門而列，從生門、景門而入，則吉；若從傷門、杜門而進，則凶；若打死門進去，大凶。曹仁雖然擺此陣，可惜中間少一杆大纛旗，即如衆兵無眼。吾平生以列陣爲本，他今日在此賣弄此陣，正是班門弄斧。若從景門殺入，從開門殺出，復入景門，此陣自亂矣。

劉　備　（白）哈哈哈！誰敢打陣？

趙　雲　（白）末將願往。

徐　庶　（白）好。如此就命將軍帶兵一千速去打陣！

趙　雲　（白）得令！（下）

徐　庶　（白）主公同關、張二位將軍，各領精兵一千，但看陣中一亂，三面相攻，一齊殺賊，管叫曹兵魂飛膽喪！

劉　備
關　羽　（同白）遵命！
張　飛

（四文堂、四上手、劉備、關羽、張飛同下）

徐　庶　（白）衆軍卒，聽我傳令！
　　　　（唱）大小三軍山坡下，
　　　　　　　爾等聽令莫喧嘩。
　　　　　　　馬摘鑾鈴雕鞍跨，
　　　　　　　奮勇當先把賊殺。

（衆人同下）

第 十 一 場

（曹仁原人上，挖門，衆走陣式介，起鼓，現四大纛旗八門。四白文堂、四白大鎧、趙雲同上，趙雲看陣）

趙　雲　（白）衆將官：殺呀！
　衆　　（白）啊！
（衆進景門，出開門，殺介。趙雲與曹仁殺介，挑曹仁盔介。曹仁原人敗下，趙雲原人追下）

第 十 二 場

（【急急風牌】四月華旗、四文堂、四大鎧上，站門。劉備、關羽、張飛等上）
（曹仁原人上，會陣介，起打，曹仁原人敗下）

　衆　　（白）曹兵大敗。
劉　備　（白）鳴金收兵！
（同下）

第 十 三 場

（曹仁原人敗上）

曹　仁　（白）且住！桃園兄弟十分驍勇，傷了我兵無數，將某殺得大敗。且喜後面無有追兵。衆將官，安營紮寨！
　衆　　（白）啊！
（衆兩邊抄介，曹仁入座，李典旁坐）
曹　仁　（白）李典將軍！
李　典　（白）元帥！
曹　仁　（白）吾擺八門金鎖陣勢，劉備使人從景門進入，開門殺出，雖然迎敵，却不交戰。吾親引兵截攔，敵人一怒，槍挑頭盔，我失機敗陣，他又不敢殺。西、南、北又有劉、關、張三面來殺，他軍中必有高人。

李　典　（白）想是如此。我只慮樊城空虛，倘有失閃，豈不前後受敵？
曹　仁　（白）劉備今日得勝，一定驕傲。不妨你我今晚先去偷營劫寨，必然成功。得勝趁勢攻取新野；倘若有失，再歸樊城。
李　典　（白）那劉備敢在城外紮營，焉能不防我偷營劫寨！倘然有失，如何是好？
曹　仁　（白）呃！像你這等疑心，就難以用兵了。吥，眾將官！一更會齊，二更餵馬，三更飽餐戰飯，隨我前去偷營劫寨！
眾　　（白）啊！
曹　仁　（白）聽我吩咐！（牌子）掩門！
（李典嘆氣介，同下）

第 十 四 場

（劉備原人上）
劉　備　（白）眾將官，就在城外紮營。
眾　　（白）啊！（兩邊抄介）
劉　備　（白）今日之戰，乃是先生調遣，眾位將軍之功。擺宴與先生、將軍賀功！
眾　　（白）謝主公！
劉　備　（白）看酒伺候！
（吹打）
劉　備　（白）先生、眾位將軍請！
眾　　（白）主公請！
（眾飲酒介。牌子。風擺纛旗介）
劉　備　（白）先生，看此風來的不祥，定有緣故！
徐　庶　（白）主公，又是一喜！
劉　備　（白）還有何喜？
徐　庶　（白）此風就是取樊城的先兆。
劉　備　（白）此話怎講？
徐　庶　（白）今晚曹仁必然來偷營劫寨。
劉　備　（白）先生，怎樣抵擋？
徐　庶　（白）主公且請放心，吾自有調度。二將軍帶兵一千，離新野，暗繞

　　　　　　　山路，奔往樊城。憑將軍虎威，智取樊城，唾手而得。

關　羽　（白）遵命！

　　　　（四月華旗、關羽下）

徐　庶　（白）子龍、翼德二位將軍各帶兵一千，設立空營一座，埋伏左右。
　　　　候曹仁劫寨，兩邊殺出，不得違誤！

張　飛
趙　雲　（同白）遵命！（下）

徐　庶　（白）主公啊！

　　　　（唱）新野城中安排定，
　　　　　　　雲長帶兵取樊城。
　　　　　　　我同主公把兵領，
　　　　　　　前邊一帶設空營。
　　　　　　　何懼曹仁兵將勇，
　　　　　　　殺他個片甲不留存！

　　　　（同下）

第 十 五 場

曹　仁　（內唱）
　　　　　　　威風凛凛離虎帳，
　　　　（四文堂、四大鎧、四下手、四將官、李典、曹仁上）

曹　仁　（唱）馬摘鑾鈴整絲韁。
　　　　　　　坐立馬上把令降，
　　　　　　　大小兒郎聽端詳：
　　　　　　　偷營劫寨把功搶，
　　　　　　　鞍前馬後要提防。
　　　　　　　向前俱把功來賞，
　　　　　　　退後人頭掛營房。

　　　　（報子上）

報　子　（白）啟元帥：劉備營中燈火全無，更鼓錯亂。

曹　仁　（白）再探！

報　子　（白）得令！（下）

曹　仁　（白）啊！劉備勝了我一陣，心高氣傲，藐視於我。他哪裏還想到某家今晚前來偷營劫寨？這一陣殺他個瓦解冰消、將死兵亡也！
　　　　（唱）探馬報到精神爽，
　　　　　　　劉備必然心意狂。
　　　　　　　今晚叫你全軍喪，
　　　　　　　殺個血水成汪洋。
　　　　　　　大隊人馬營中闖，
　　　　（眾大圓場，進營介）
曹　仁　（白）哎呀！
　　　　（唱）原來是座空營房。
　　　　　　　不見敵人來打仗，
　　　　　　　好叫某家心着慌。
　　　　　　　衆軍回兵出營往！
　　　　　　　迎戰伏兵志莫喪。
　　　　（幕內喊殺聲。張飛、趙雲原人各執燈籠火把上）
張　飛
趙　雲　（同白）呔！曹仁！張翼德、趙子龍在此！你竟敢暗來偷營劫寨？我家軍師早已算就，設下空營。爾等入了圈套，休想活命！
曹　仁　（白）呔，張飛、趙雲！休攔去路，看槍！
　　　　（李典、趙雲、張飛、曹仁打介，衆起大打。張飛打李典刀落地介，李典敗下，曹仁原人敗下）
　衆　　（白）曹仁敗走！
張　飛　（白）敗兵不可窮追，人馬轉回新野！
　衆　　（白）啊！
　　　　（同下）

第　十　六　場

（四月華旗、四大鎧、關羽同上）
關　羽　（白）前道爲何不行？
　衆　　（白）來此樊城。
關　羽　（白）人馬列開！

眾　　（白）啊！

關　羽　（白）前去叫關，就說本帥曹仁回關，叫他們快些開城。

眾　　（白）得令！呔，開關！

（二旗牌上城介）

二旗牌　（白）甚麼人叫關？

眾　　（白）元帥曹仁回關，快些開城！

二旗牌　（白）啊，元帥回來了，開城！

關　羽　（白）殺！

眾　　（白）啊！

（眾進城介，同下）

第 十 七 場

李　典　（白）元帥不聽吾言，遭此大敗，軍卒傷了大半，你我轉回樊城，保護城池要緊！

曹　仁　（白）只好回轉樊城。眾將官！兵撤樊城。（圓場）

眾　　（白）來此城下。

曹　仁　（白）待我叫關。呔！開關！本帥曹仁在此，快些開關。

關　羽　（內白）開關！

（四月華旗、關羽上，關羽站中間）

曹　仁　（白）呔！何人擋住本帥去路？

關　羽　（白）關某在此。

曹　仁
李　典　（同白）哎呀！

（起打。曹仁原人敗下）

關　羽　（白）敗兵不可追趕。人馬進城！

眾　　（白）啊！

（眾進城介）

關　羽　（白）待某差人報與主公知道。眾將官，緊守城池，曹兵至此，報我知道。安撫樊城黎民。掩門！

（同下）

第 十 八 場

（曹仁、李典原人敗上）

李　典　（白）元帥，樊城被關羽占去，如何是好？

曹　仁　（白）將軍不必驚慌。你我回轉許昌，報與丞相，再討兵將，二次攻打。

李　典　（白）事到如今，只好回轉許昌。衆將官，兵回許昌！

　衆　　（白）啊！

（同下）

薦 諸 葛

無名氏 撰

解 題

　　京劇。清無名氏撰。《京劇劇目初探》《京劇劇目辭典》著錄,題"薦諸葛",又名"走馬薦諸葛"。劇寫徐庶投劉備,取了樊城,欲助劉備成就大業,得母信,大爲傷痛,告辭劉備,立即起程去許昌。劉備難留至孝的徐庶,送至長亭,置酒餞別,依依不捨。徐庶深爲感動,去而復返,以孔明、龐統相薦。本事出於《三國志·蜀書·諸葛亮傳》、元刊《三國志平話》、《三國演義》第三十六回。清宫大戲《鼎峙春秋》有《知恩圖報薦諸葛》一齣。版本今見《繪圖京都三慶班真正京調脚本》本(簡稱三慶班本)、《醉白集》本。該本首頁題"校正京調薦諸葛全本"。今以三慶班本爲底本,參考其他本校點,擇善而從。

第 一 場[1]

(徐庶上)

徐　庶　(念)【引】

　　　　八卦陰陽有準,
　　　　胸中判斷無錯。

(念)只爲不平走天涯,
　　　袖内陰陽斷不差。
　　　八卦按藏天地理,
　　　要與皇叔定邦家。

(白)山人姓徐名庶字元直。只爲在家,路見不平,將人損壞,黑墨塗面,逃在於外二十餘年,改名單福,投在皇叔駕下,多蒙皇叔十分寵愛，拜爲參將，得了樊城地界。這也不表，天色尚早，不免進帳問我主金安。

（唱）【二黃】
　　自幼兒在家中將人傷壞，
　　到樊城保皇叔駕坐金階。
　　多只爲臣保主忠心不改，
　　君有仁臣有義難以分開。
　　但願得我老母福壽康泰，
　　那時節焚清香答謝天台。

衆　　（白）呵！
劉　備　（念）（引）
　　憶昔當年叙英雄，
　　爭破黃巾立大功。
　　弟兄失散古城會，
　　虎牢關前定邦家。
（白）孤劉備。前日多虧單福先生妙計，得了樊城。又恐曹操心懷不服，興動大兵前來，我朝並無人馬抵敵。軍校！
衆　　（白）有。
劉　備　（白）有請先生並三位將軍進帳。
衆　　（白）有請先生並三位將軍進帳。
（徐庶上）
徐　庶　（念）執掌絲綸起鳳毛，
（關羽（付）、張飛（花净）、趙雲（小生）上）
關　羽　（念）全憑六略並三韜。
張　飛　（念）曾破黃巾兵百萬，
趙　雲　（念）東滅孫權北滅曹。
同　　（白）主公宣召，一同進帳。主公在上，臣等參見。
劉　備　（白）少禮，一同坐下。
衆　　（白）謝坐。
徐　庶　（白）[2]啓主公，宣山人進帳有何軍事議論？
劉　備　（白）多蒙先生得了樊城，又恐曹操心懷不服，興動大兵前來，我朝並無人馬抵敵。

徐　庶　（白）我主但放寬心，山人早已算就。曹操有下書人前來！命那位將軍把守營門？
劉　備　（白）如此三弟聽令！
張　飛　（白）在。
劉　備　（白）命你把守營門。
張　飛　（白）得令。
　　　　（念）領了大哥令，
　　　　　　　把守在營門。
（下書人上）
下書人　（念）爲人不怕死，
　　　　　　　前來下戰書。
　　　　（白）噯，
　　　　（念）來得不湊巧，
　　　　　　　遇着黑臉老。
　　　　（白）人人說道張飛殺人不展眼，這書信怎得上去？哦，有了，不免作個金蟬脫殼之計，把書信藏在帽內。三千歲在上，小人叩頭。
張　飛　（白）你是那裏來的？
下書人　（白）曹……
張　飛　（白）拿住了。
劉　備　（白）三弟拿住了甚麼？
張　飛　（白）拿住曹營奸細。
劉　備　（白）在那裏？
張　飛　（白）三軍！
衆　　　（白）有。
張　飛　（白）有頂帽與你們。
衆　　　（白）啓三千歲有書信一封。
張　飛　（白）拿來。啓大哥有書信一封。
劉　備　（白）呈上來吓。上寫著徐庶開拆，我道曹營打戰表，原來是徐庶家書。先生想我營中，並無姓徐之人。
徐　庶　（白）臣啓主公，此乃是臣的家書。
劉　備　（白）既是先生家書拿去請看。
徐　庶　（白）主公、三位將軍同拆。

同　　（白）先生請。

徐　庶　（白）老母在上,恕孩兒不孝之罪也。

（唱）【二黃】

有徐庶接家書心如刀絞[3],
不由人心悲切眼淚巴巴。
上寫着八旬母親筆諭劄,
曉諭了徐庶兒不孝娃娃。
在家中爲不平將人刺死,
別萱堂離故土久不回家[4]。
多虧了徐康兒孝心皆大,
每日裏在膝前侍奉老媽[5]。
遭不幸你兄弟一命歸陰,（徐庶哭介）

（白）兄弟吓！

只哭得爲娘的兩眼昏花。
曹丞相差校尉將娘拿下,
他説兒在新野逆犯國法。
傳一聲進帳去與娘共話,
那時節爲娘的怎肯順他。
一霎時發雷霆綁娘去殺,
多虧了程昱侄苦苦保下。
望我兒早回來與娘共話,
延遲了又恐怕命喪黄沙。
我本當辭主公前去救母,
劉皇叔待山人如同一家。
我若是保主公不去救母,
只恐怕不孝名傳遍中華。
左一思右一想無計無法,
我只得坐一傍珠淚灑灑。

劉　備　（白）既是伯母有難,理當速救。

徐　庶　（白）主公,大事未成。

劉　備　（白）此乃劉備福薄德淺,不能成其大事。

徐　庶　（白）待臣救母之後,再來扶助。

劉　備	（白）	先生可算忠孝兩全。但不知幾時起程？
徐　庶	（白）	即日起程。
劉　備	（白）	四弟聽令！
趙　雲	（白）	何令？
劉　備	（白）	長亭擺宴，與先生餞行。
趙　雲	（白）	得令。
	（念）	百萬軍中戰長江，
		不久興兵破襄陽[6]。
徐　庶	（念）	老母修書兒悲切，
劉　備	（念）	偶遇高人不久長。
關　羽	（念）	相煩竭力來保主，
張　飛	（念）	準備人馬動刀槍。
	（衆下）	

校記

[1] 第一場：原本不分場。今依劇情分爲二場。

[2] 徐庶白：此三字，原本無。今依文意補。

[3] 有徐庶接家書心如刀絞："絞"字，原本作"挍"，非是。今改。《醉白集》本作"剮"。

[4] 別萱堂離故土久不回家："家"字，原本作"歸"，失韻。今改。

[5] 每日裏在膝前侍奉老媽："老媽"二字，原本作"如花"，不妥；《醉白集》本作"年高"，失韻。今以文意韻書改。

[6] 不久興兵破襄陽："不久"二字，原本倒置作"久不"，非是。今依文意改。

第　二　場

趙　雲	（念）	小將生來膽氣衝，
		要與我主立大功。
		那怕曹營兵百萬，
		難當常山趙子龍。
	（白）	俺趙雲。奉了大哥將令，長亭設宴與先生餞行。人來！
衆	（白）	有。

趙　雲　（白）打道長亭。
　衆　　（白）吓。啓爺，來此長亭。
趙　雲　（白）主公、先生駕到，速報爺知[1]。
　衆　　（白）是。
劉　備　（唱）手挽手送先生出大營，
　　　　　　　難捨難分我的先生。
徐　庶　（唱）實指望保主公大事早成，
　　　　　　　俺徐庶倒做了失信之人[2]。
劉　備　（唱）這多是漢劉備福分淺薄，
　　　　　　　難留你徐先生在此間。
徐　庶　（唱）勸主公你那裏龍心放下，
　　　　　　　到後來總有那一家能人。
劉　備　（唱[3]）總有能人有何用，
　　　　　　　要比你徐先生萬萬不能。
　　　　　　　叫四弟看過了皇封御宴，
　　　　　　　我與先生來餞行。
　　　　　　　馬跳檀溪孤遭困，
　　　　　　　中途路上遇先生。
　　　　　　　我愛先生陰陽準，
　　　　　　　我愛先生用兵能。
　　　　　　　老伯母來了書和信，
　　　　　　　先生要做忠孝人。
　　　　　　　今日長亭無別敬，
　　　　　　　一斗水酒敬先生。
徐　庶　（白）多謝主公。
　　　　（唱）徐庶接酒心膽驚，
　　　　　　　轉過身來謝蒼天。
　　　　　　　指望與主同一殿，
　　　　　　　半途而廢甚不周全。
關　羽　（白）酒來！
　　　　（唱）關某敬酒淚雙流，
　　　　　　　尊聲先生聽我言。

		弟兄們結拜在桃園，
		誓願同死來共生。
		先生救母速請轉，
		須要信行莫失言。
徐　庶	（唱）	二將軍敬酒敢不遵，
		吓得山人戰兢兢。
		背地私下來排算，
		後來不久爲神明。
		大義參天誰不敬，
		俺徐庶比他萬不能。
張　飛	（白）	叫人來！
衆	（白）	有。
張　飛	（白）	將酒滿滿酙！
	（唱）	一斗酒兒滿滿篩，
		翼德掩袍跪塵埃。
		上跪天來下跪地，
		跪父跪母不跪人。
		今日跪在先生面，
		只爲大哥錦乾坤。
		先生説話言有信，
		俺老張帶馬接先生。
徐　庶	（唱）	好一個粗中有細三將軍，
		他把山人看得真。
		皇叔駕前有了你，
		好似金殿柱一根。
趙　雲	（白）	馬來！
	（唱）	兄敬酒來弟餞行，
		趙雲帶過馬能行。
		有請先生忙上馬，
		俺趙雲送先生早到曹營。
徐　庶	（白）	不敢，將馬帶過。
	（唱）	山人在此有何能，

　　　　　　　怎敢勞動四將軍。
　　　　　　　上前來辭別了仁義主，
　　　　　　　回頭別過文武衆三軍。
　　　　　　　辭別了主公上馬行，
　　　　　　　馬上加鞭到曹營。
劉　　備　（唱）一見先生過山林，
　　　　　　　只見樹林不見先生。
張　　飛　（白）叫人來！
　　衆　　（白）有。
張　　飛　（白）將樹木一齊伐。
趙　　雲　（唱）又只見四下起黃沙，
徐　　庶　（唱）帶住繮繩勒住馬。
　　　　　　　又只見四下起黃沙，
　　　　　　　攀鞍離鐙把馬下。
劉　　備　（唱）先生爲何不回家？
徐　　庶　（唱）非是山人不回家，
　　　　　　　主公因何把樹伐？
劉　　備　（唱）弟兄們望不見先生駕，
　　　　　　　故此樹木一齊伐。
徐　　庶　（白）吓！
　　　　　（唱）人說桃園情義重，
　　　　　　　話不虛傳果是真。
　　　　　　　罷罷罷！
　　　　　　　不免將兩個謀士薦了罷！
　　　　　（白）主公吓！
　　　　　（唱）手挽手兒站山岡，
　　　　　　　山人言來記心旁。
　　　　　　　離此不過二十里，
　　　　　　　臥龍崗上有道家。
　　　　　　　雙姓諸葛單名亮，
　　　　　　　道號孔明就是他。
　　　　　　　袖內陰陽藏八卦，

```
              知天識地不毫差。
              看他年紀無多大，
              如今還是娃娃家。
              主公若得將他訪，
              興劉滅曹要去請他。
劉　備　（唱）聽罷先生說的話，
              水鏡先生舉薦他。
              臥龍鳳雛是二家。
徐　庶　（唱）鳳雛家住襄陽地，
              姓龐名統字士元。
              本當與主同去訪，
              老母望兒淚巴巴。
              辭別主公把馬跨，
              馬上加鞭走天涯。
劉　備　（唱）先生打馬你去了，
              不由孤王心內焦。
              二弟三弟一聲叫，
              子龍四弟聽根苗。
              諸葛先生同去訪，
              請得先生破奸曹。
              掙下江山我不要，
              兄弟同孤掌代勞。
              軍士們擺駕返營濠，
              要學文王訪賢曹。
              （同下）
```

校記

［1］速報爺知："爺"字，原本簡作"卩"。今改。

［2］俺徐庶倒做了失信之人："倒"字，原本作"到"。今從《醉白集》本改。

［3］唱："唱"字，原本作"白"。今從《醉白集》本改。

三顧茅廬

盧勝奎 撰

解 題

　　京劇。清盧勝奎撰。《京劇劇目辭典》著錄,題"三顧茅廬",又名"三請諸葛"、"卧龍崗"、"隆中策",署盧勝奎編劇。《京劇劇目初探》著錄,題"三顧茅廬",一名"卧龍崗",未署作者。劇寫劉備趁雪與關、張再訪卧龍崗,見石廣元、孟公威,二人告知孔明在家。劉備至草廬,見孔明弟諸葛均,知孔明已出遊。劉備留柬辭歸,路遇孔明岳父黄承彦。上元節後,劉備三顧茅廬,諸葛亮才肯相見。劉備言明來意,孔明不允,及見劉備果係誠心,乃與縱談國家大勢,請先取荆州爲基業,次取益州,形成鼎足之勢,再圖中原,但仍不願出山。劉備再三苦求,孔明方允,次日同劉備前往新野。本事見《三國演義》第三十七、三十八回。《三國志·蜀書·諸葛亮傳》載有三顧事。元刊《三國志平話》已有三顧茅廬之輪廓。元雜劇《諸葛亮博望燒屯》第一折即寫"三顧",但與《演義》不盡相同。明傳奇《草廬記》、清宫大戲《鼎峙春秋》均有"三顧茅廬"情節,與《演義》相近。版本今有《戲考》本、《京劇叢刊》本、《京劇彙編》收録的馬連良藏本及以此本重刊的《京劇傳統劇本彙編》本。今以《京劇彙編》馬連良藏本爲底本,參考其他本校勘整理,擇善而從。

第 一 場

（四文堂、四家將抬禮物上,劉備、關羽、張飛騎馬上）

劉　備　（唱）天氣嚴寒雲霧長,
　　　　　　迎面朔風甚淒凉。
　　　　　　霎時稠雲滿天上,
　　　　　　緊抖絲韁馬蹄忙。

鵝毛大雪從天降,

張　飛　（唱）弟兄共議作商量。

　　　　（白）兄長,這還去麼?要依小弟看來,孔明也不過山野之人,誆哄那些無知愚民。今乃寒冬臘月,仇敵尚且止兵不戰,何必衝風冒雪,來訪無用村夫?不如回轉新野,弟兄三人賞雪飲酒,何等快樂!

劉　備　（白）呃!求賢之心,無所不至。三弟,你既怕冷,請先回去!

張　飛　（白）嗳,大哥!咱翼德死還不怕,豈有怕冷!既是兄長要去,哪有小弟回去之理?只怕孔明謝絕,咱弟兄豈不是又白走一趟,枉費心思,空勞氣力!

劉　備　（白）閑話少講。隨愚兄同往!

張　飛　（白）是。

劉　備　（唱）心急加鞭嫌馬慢,

弟兄一同去求賢。

看看茅廬路不遠,

大雪紛紛遮滿天。

　　　　（同下）

第 二 場

（石廣元、孟公威上）

石廣元　（唱）曾子云讀詩書吾日三省,

孟公威　（唱）閑無事撫瑤琴共悅談心。

石廣元　（唱）有餘暇遊野景酒肆沽飲,

孟公威　（唱）也不貪富與貴榮耀功名。

石廣元　（白）卑人,石廣元。

孟公威　（白）卑人,孟公威。

石廣元　（白）賢弟請了!

孟公威　（白）請了!

石廣元　（白）今日你我遊玩山景,倒也清爽。且到酒肆之中沽飲幾杯如何?

孟公威　（白）請哪!

石廣元　（唱）看世人奔忙碌碌痴人愚蠢,

孟公威　（唱）看破了紅塵路抛却功名。
石廣元　（唱）來到了酒肆中酒保喚定，
　　　　（白）酒保！酒保！
　　　　（酒保上）
酒　保　（白）來啦，來啦！
　　　　（唱）尊二位敢莫是來飲杯巡。
　　　　　　二位要甚麼酒，趕緊分派。
石廣元　（白）將"狀元紅"燙上一瓶。
孟公威　（白）將"玫瑰"燙上一瓶。
石廣元　（白）酒菜隨便拿來。
酒　保　（白）哦！（向內）"狀元紅"、"玫瑰"各要一瓶！
衆　　　（內白）哦！
酒　保　（白）酒到。
石廣無　（白）喚你再來！
酒　保　（白）是（下）
石廣元　（白）賢弟請！
孟公威　（白）兄長請！
石廣元　（白）賢弟，你看外面下起雪來，觀看山景，甚是清雅。你我各吟詩
　　　　　　一首。
孟公威　（白）但不知以何爲題？
石廣元　（白）外面大雪，就以"雪"爲題。
孟公威　（白）好，小弟願聞。
石廣元　（白）賢弟聽了！
　　　　（念）（詩）
　　　　　　梅雪争春未肯降，
　　　　　　騷人擱筆費評章。
　　　　　　梅須遜雪三分白，
　　　　　　雪却輸梅一段香。
孟公威　（白）兄長高才，妙哉妙哉！
石廣元　（白）賢弟也吟一首。
孟公威　（白）小弟獻醜了！
石廣元　（白）忒謙了哇！

孟公威 石廣元	（同笑）啊哈哈哈！
孟公威	（白）小弟也以"雪"爲題。
石廣元	（白）愚兄願聞。
孟公威	（白）兄長聽了！ （念）（詩） 　　有梅無雪不精神， 　　有雪無詩俗了人。 　　日暮詩成天又雪， 　　與梅並作十分春。
石廣元	（白）妙哉妙哉！賢弟奇才也！
孟公威	（白）兄長請酒哇！
孟公威 石廣元	（同笑）啊哈哈哈！
石廣元	（白）賢弟，請哪！
孟公威	（白）請哪，哈哈哈！ （劉備原人上）
劉　備	（唱）朔風吹得雪滿面， 　　梨花剪碎一樣般。 　　勒住絲繮用目看， 　　有座酒肆在面前。
石廣元	（白）賢弟，真乃高才也！
孟公威	（白）兄長詩句，可稱奇才也！
石廣元 孟公威	（同白）啊哈哈哈！
石廣元	（唱）可嘆前輩英雄漢， 　　無人不把功名貪。 　　晚年姜尚離渭水， 　　保定周朝八百年。 　　孟津誓師威風顯， 　　殷商聞知心膽寒！ 　　興周滅紂功勞占，

　　　　　　　　不過留名在世間。
孟公威　（白）飲酒！
　　　　（唱）又不見高陽女嬋娟，
　　　　　　　長倚山內樂安然。
　　　　　　　入關馳騁推雄辯，
　　　　　　　世人如他却也難。
　　　　　　　二女濯足重相見，
　　　　　　　不過美名萬古傳。
　　　　　　　高祖斬蛇曾興漢，
　　　　　　　四百年來漢江山。
石廣元　（唱）到如今奸雄把國亂，
　　　　　　　各路諸侯起狼烟。
孟公威　（唱）興漢之事且莫管，
　　　　　　　賞雪觀梅自心寬。
劉　備　（白）哦！
　　　　（唱）一派高傲真罕見，
　　　　　　　定有臥龍在裏邊。
　　　　　　　甩鐙離鞍下走戰，
　　　　　　　走入酒肆用目觀。
　　　　（白）哦，二位之中，有臥龍先生否？
石廣元　（白）啊！這位將軍要尋臥龍，但不知有何貴幹？
劉　備　（白）我乃左將軍領豫州牧宜亭侯，現在新野屯兵，姓劉名備，爲訪臥龍先生到此，此是兩次了。久聞臥龍先生，高名遠震，特來拜訪。
石廣元　（唱）我等不是諸葛亮，
孟公威　（唱）却是連心好賓朋。
石廣元　（唱）愚下祖居潁州住，
　　　　　　　石廣元本是我的名。
孟公威　（唱）卑人祖居汝南郡，
　　　　　　　孟公威隱居讀書文。
　　　　　　　隱居在此圖清靜，
　　　　　　　看見名利倒傷情。

劉　　備	（唱）敢煩台駕把我領，
	同到茅廬見孔明。
石廣元	（唱）我等朽材無大用，
	濟世安民全不通。
孟公威	（唱）尊駕要去即速請，
	今日諸葛在家中。
劉　　備	（白）多謝！告辭了！
石廣元 孟公威	（同白）請！
劉　　備	（唱）出得酒肆把馬上，
	坐立銀鞍自思量。
	怪不得水鏡他言講，
	人才全在這一方。
	高明隱士語謙讓，
	不似凡人非尋常。
	大家齊向茅廬往！
	（四家將、四文堂、張飛、關羽下）
劉　　備	（唱）以禮相求訪棟梁。（下）
石廣元	（唱）玄德來訪諸葛亮，
孟公威	（唱）請他必爲漢家邦。
石廣元	（唱）得歡暢來且歡暢，
孟公威	（唱）哪有閑心作棟梁！
石廣元 孟公威	（同）啊哈哈哈！（下）

第 三 場

（童兒上，掃雪介。小吹打，諸葛均上）

諸葛均	（唱）弟兄隱居臥龍崗，
	務農爲業倒安康。
	大哥東吳爲官長，
	二哥撫琴散心腸。

　　　　　　閑暇無事去遊蕩，
　　　　　　廣讀詩書樂洋洋。
　　　　　　如今曹操聚兵將，
　　　　　　誤國專權霸朝綱。
　　　　　　奉君爲官我不想，
　　　　　　心無大才保家邦。
　　　　　　只可務農稱心上，
　　　　　　春種秋收度時光。
　　　　　　今日正好雪玩賞，
　　　　　　吟詩作賦飲酒漿。
　　　　（白）好大的雪呀！（坐介）
　　　　（劉備原人上）
劉　備　（唱）路上懶觀雪中景，
　　　　　　一心只爲訪棟梁。
　　　　　　勒住絲繮用目望，
　　　　　　小童掃雪好凄凉。
　　　　　　下得馬來把話講，
　　　　（白）仙童！
　　　　（唱）你主人今天可在家鄉？
童　兒　（白）玄德公今日來得正好。我家主人在書房觀書呢！
劉　備　（白）好。二位賢弟在此略等片刻。愚兄見了孔明，自然有人來請進內。
关　羽
張　飛　（同白）遵命！
　　　　（四家將、四文堂、張飛、關羽下）
童　兒　（白）玄德公，隨我來呀！
劉　備　（唱）走入茅廬舉目望，
　　　　　　果然清雅非尋常。
　　　　　　真無一點俗家樣，
　　　　　　恰似蓬萊與天堂。
　　　　　　石子墁地有數丈，
　　　　　　蒼松蟠龍在兩旁。（看介）

三顧茅廬

	（白）"萬物靜觀皆自得，四時佳興與人同。自隱茅廬。"
諸葛均	（念）丹鳳飛翔日萬里，
	須得梧桐方棲身。
	困頓一方不爲罕，
	身隱隆中待明君。
	自耕隴畝居山野，
	笑傲琴棋一書生。
	有朝一日逢明主，
	開基創業救生靈。
劉　備	（白）呀！
	（唱）劉備這裏暗沉吟，
	治國安邦智略深。
	掀簾且把房門進，
	上坐一人品貌清。
	走向前來禮恭敬，
	先生一向可安寧？
	（白）久慕先生之名，無緣拜會。前者徐元直指引我劉備來到仙莊，不遇空回。今日衝風冒雪，實意而來，得觀尊顏，實爲萬幸。
諸葛均	（白）哦，尊駕莫非玄德公麽？
劉　備	（白）不敢！正是。
諸葛均	（白）將軍欲見家兄，今朝不在。
劉　備	（白）哦！（想介）先生原來是臥龍先生之令弟！
諸葛均	（白）然也。
劉　備	（白）請問昆仲幾位？
諸葛均	（白）我們弟兄三人。大家兄乃江東幕賓諸葛瑾，現今輔佐孫權。二家兄諸葛亮于此地耕種爲生。我乃孔明之弟諸葛均也！
劉　備	（白）哦，臥龍先生今日往何方去了？
諸葛均	（白）被崔州平邀去，已經三日了。
劉　備	（白）但不知崔州平把令兄邀去所爲何事？
諸葛均	（白）駕舟游於江湖之中，不然，就是奔於名山之上。行蹤無定，甚難奉告。
劉　備	（白）哦，是了。

（關羽、張飛暗上，張飛怒介）

張　飛　（白）二哥！

關　羽　（白）三弟！

張　飛　（白）大哥聽信了徐庶之言，說了個甚麼臥龍，猶如當世神仙。你我來訪，到此二次。今日冒雪衝風前來，這等半晌時候，還不出來，想是見了諸葛談心。小弟進去討個示下，好回新野。

關　羽　（白）賢弟進入，仔細講話，不可莽撞！

張　飛　（白）小弟知道。

關　羽　（白）小心了！（下）

張　飛　（白）唉！
　　　　（唱）將身急忙往裏奔，
　　　　　　　草堂以外把身存。

劉　備　（白）唉！
　　　　（唱）自恨劉備無緣分，
　　　　　　　到此不得遇高明。

張　飛　（白）大哥，先生既然不在家中，你我弟兄只可回去。

劉　備　（白）哎呀，賢弟呀！
　　　　（唱）你我既然到此處，
　　　　　　　必然要見諸葛孔明。
　　　　　　　先生不在須留信，
　　　　　　　叫那臥龍知兄心。
　　　　（向諸葛均）（白）先生！
　　　　　　　善曉兵機韜略論，
　　　　　　　胸藏雄師百萬兵。
　　　　　　　想來先生也知曉，
　　　　　　　何不一一來指明？

諸葛均　（白）玄德公，這些閒事我一概不知。我只知耕田耙壟農田之事。韜略兵機，我不曉是甚麼事體。

張　飛　（怒介）（白）咳！（想介）噯，大哥，他是個村夫，和他講的甚麼兵機韜略？看此光景，他的兄長也不過如此。如今外面雪越發大了，風越發緊了，不如即早回去，倒是正理。再等一時，雪大道路難行了！

| 諸葛均 | （笑）哈哈哈！
| 劉　備 | （白）三弟休得胡言！你曉得甚麼？內有奧妙玄機，你如何知道！
| 諸葛均 | （白）家兄不在，不敢久留，請駕回轉，改日再會！
| | （唱）容日山民再回敬，
| | 　　　村夫野人恕不恭。
| 劉　備 | （白）不敢！
| | （唱）數日之內再拜定，
| | 　　　還要親來到府中。
| | 　　　求借筆硯我使用，
| | 　　　草字相留與令兄。
| 諸葛均 | （白）童兒，看文房四寶過來！
| 童　兒 | （白）是。待我溶墨。
| 劉　備 | （白）不敢當了！（寫介）
| | （唱）上寫拜定多拜定，
| | 　　　拜上先生臥龍公：
| | 　　　漢左將軍豫州牧，
| | 　　　連來二次未相逢。
| | 　　　空回心魂皆不定，
| | 　　　好似遊絲飄空中。
| | 　　　竊思備乃漢支脉，
| | 　　　漢室苗裔衆不同。
| | 　　　荷蒙皇恩封極品，
| | 　　　義秉丹心盡孤忠。
| | 　　　目今四野干戈動，
| | 　　　奸臣當道逞暴凶。
| | 　　　劉備憂思肝膽重，
| | 　　　匡扶社稷無寸功。
| | 　　　久聞先生韜略廣，
| | 　　　常存忠義在胸中。
| | 　　　伏乞先生施仁義，
| | 　　　才高子房勝姜公。
| | 　　　早出茅廬爲輔佐，

　　　　　　全仗隆中一臥龍。
　　　　　　他日沐浴備來請,
　　　　　　再拜尊顏在隆中。
　　　　　　萬勿推却實爲幸,
　　　　　　親筆書函與臥龍。
　　　　（白）啊！煩勞先生將此信呈與令兄觀覽,備另日再來拜訪,告辭！
諸葛均　（白）如此,待我送至村莊以外。
劉　備　（白）先生請回！
諸葛均　（白）恕不遠送了,哈哈哈！請哪！
　　　　（四文堂、四家將、關羽上）
關　羽　（白）兄長,相請臥龍先生怎麽樣了？
劉　備　（白）臥龍不在家内。他三弟諸葛均却也恭敬。愚兄現借文房四寶,寫下書信,留在他家。適纔相送莊外,就是臥龍先生的三弟。
關　羽　（白）如此,兄長你我一同上馬,回轉新野,改日再來。
劉　備　（白）啊！
　　　　（唱）弟兄正要上能行,
　　　　　　雪地來了兩個人。
　　　　　　一個騎驢抄着手,
　　　　　　有個小童隨後跟。
　　　　　　頭戴浩然巾一頂,
　　　　　　茶色道服緊着身。
　　　　　　絲條一根腰中繫,
　　　　　　足下雲鞋不染塵。
　　　　　　驢上橫擔青梨棍,
　　　　　　鶴髮童顏鬢似銀。
　　　　　　我看此人容貌俊,
　　　　　　今朝到底見孔明。
　　　　　　毛驢已把小橋過,
　　　　　　他口内吟詩語高聲。
　　　　（黄承彦騎驢上,小童隨上）
黄承彦　（念）（詩）一夜北風寒,

　　　　　　萬里彤雲厚。
　　　　　　長空雪亂飄，
　　　　　　改盡江山舊。
　　　　　　仰面觀太虛，
　　　　　　疑是玉龍鬥。
　　　　　　紛紛鱗甲飛，
　　　　　　頃刻遍宇宙。
　　　　　　騎驢過小橋，
　　　　　　獨嘆梅花瘦。
　　　　（笑）哈哈哈！
劉　　備　（白）啊！
　　　　（唱）聽他吟詩心喜甚，
　　　　　　此人定是臥龍公。
　　　　　　向前施禮身恭敬，
　　　　　　衝風冒雪訪先生。
　　　　（劉備作揖介，黃承彥下驢介）
諸葛均　（白）明公，此非家兄，乃黃承彥也。
劉　　備　（白）失敬了！
黃承彥　（白）豈敢豈敢！
劉　　備　（白）方纔吾聞尊公所吟之句，但不知何人所作？
黃承彥　（白）老漢在女婿家記得這一首雪景之歌，偶見雪壓梅花，故此誦之。
劉　　備　（白）公之令婿何人？
諸葛均　（白）就是二家兄。
劉　　備　（白）如此，備告辭了！
諸葛均　（白）請哪！
劉　　備　（唱）奸雄當道權衡掌，
　　　　　　劉備意欲扶家邦。
　　　　　　不顧風寒茅廬訪，
　　　　　　漢室衰微亂朝綱。
　　　　　　未遇空回遙觀望，
　　　　　　雪照乾坤迷路旁。

		辭別先生把馬上，
諸葛均	（白）	請哪！
劉　備	（唱）	萬里江山白似霜。

（四文堂、四家將、張飛、關羽、劉備下）

諸葛均	（白）	老人家，請至家中一敘。
黃承彥	（白）	請哪！哈哈哈……
諸葛均	（念）（詩）	一天風雪訪賢良，
		不遇空回意感傷。
		凍冷溪橋山石滑，
		寒侵鞍馬路途長。
黃承彥	（念）（詩）	當頭片片梨花落，
		撲面紛紛柳絮狂。
		回手停鞭指望處，
		爛銀堆滿臥龍崗。
諸葛均	（白）	老人家，請哪！
黃承彥	（白）	請！
諸葛均 黃承彥	（同笑）	啊哈哈哈……

（同下）

第 四 場

（四文堂、四家將、劉備、關羽、張飛上）

劉　備	（唱）	光陰似箭催得緊，
		殘冬已過交新春。
		上元過了數日整，
		忽然想起諸葛孔明。
		一心無二去相聘，
		請來扶保整乾坤。
	（白）	二位賢弟！
关　羽 張　飛	（同白）	大哥！

三顧茅廬

劉　備　（白）殘冬已過，兄意欲要往茅廬相請臥龍先生，不知二位賢弟可願同往？

張　飛　（白）大哥爲何三番兩次受此辛苦！

關　羽　（白）兄長！

　　　　（唱）兄長常禮太恭敬，
　　　　　　旁人聞知恐笑聲。
　　　　　　某想臥龍欺人甚，
　　　　　　打量不過是虛名。
　　　　　　腹內並無真學問，
　　　　　　二次不見爲何情？
　　　　　　兄長爲國理當正，
　　　　　　來往賓士受辛勤。
　　　　　　衝風冒雪弟難忍，
　　　　　　兄長只想他一人。
　　　　　　今日又想去相聘，
　　　　　　弟同兄長一路行。

劉　備　（唱）滿臉帶笑把話論，
　　　　　　二弟素日最高明。
　　　　　　今日爲何出此語？
　　　　　　不曉春秋齊桓公。
　　　　　　弟兄同把茅廬奔，
　　　　　　三請諸葛見臥龍。

　　　　（白）二弟，難道不知春秋的齊桓公、東郭野人之事乎？齊桓公一路諸侯，欲見野人，三次不遇空回，直到五次方見。何況諸葛孔明乃大賢也！

關　羽　（笑介）（白）兄長如此敬賢，不亞文王見太公了！

張　飛　（白）大哥之言差矣！咱弟兄三人，縱橫天下，何必將山野村夫認作大賢？今日到了那裏，小弟替大哥請他。他要拿腔作勢，只用一把火堵門一燒，哪怕他不出來相見！

劉　備　（白）三弟休得胡言！你不曉得文王請太公的時節，磻溪臺子牙釣魚，端然正坐，明知文王來訪，連眼不瞧，裝不曉得。文王侍立天晚，尚且不肯回歸，一心無二。子牙見文王如此敬賢，這才與文王答話。文王捧輦推輪把子牙請入城中。戊午日兵臨孟津，甲子年血濺朝歌。這才興周滅紂，開創八百年的基業。愚兄今日去聘孔明，雖不敢比高古文王，孔明可能似周室的呂望。賢弟不要多言。你若懶去，只管在這新野等候，倒是正理，休誤了愚兄正事。我同你二哥前去，務必要見著孔明，我才稱心願哪！

張　飛　（白）大哥！
（唱）並非小弟心不順，
　　　未見其實誆哄人。
　　　兄既誠心將他請，
　　　小弟焉敢不隨行！

劉　備　（唱）賢弟你要同兄去，
　　　千萬不可胡亂云。

張　飛　（唱）兄長囑咐弟遵命，
　　　何必叮嚀請放心。

劉　備　（唱）預備禮物帶能行，
（四文堂帶馬介，四家將抬禮物介）

劉　備　（唱）弟兄三人奔途程。
　　　忙出新野往前進，
（四文堂、四家將、張飛、關羽下）

劉　備　（唱）三顧茅廬顯威名。
（同下）

第　五　場

（二童兒上，諸葛亮上）

諸葛亮　（唱）魏蜀吳爭漢鼎俱由天定，
　　　號三國迄兩晉屢動刀兵。
　　　漢高祖斬白蛇創業承運，
　　　只落得終於獻懦弱之君。
　　　曹孟德專權勢欺君太甚，
　　　挾天子目無君要篡乾坤。

　　　　　劉玄德爲漢室御駕來請，
　　　　　我也曾算就了漢室三分。
　　（睡介）（劉備原人上）

劉　備　（唱）弟兄同出新野城，
　　　　　沿路之上共談心。
　　　　　急忙加鞭登路徑，
　　　　　臥龍崗不遠面前存。
　　　　　勒住絲韁來觀定，
　　（諸葛均暗上，書童隨上）

劉　備　（唱）門前站立諸葛均。
　　　　　甩鐙離鞍下金鐙，
　　　　　走向前來尊先生。
　　　　（白）先生今日可在家中否？

諸葛均　（白）昨日方得回來，如今正在草堂之內。明公請到裏面見我家兄，恕我不能相陪。書童引路，同明公進人，少陪了！

劉　備　（白）先生請！

關　羽
張　飛　（同）啊哈哈哈！

諸葛均　（白）請哪！（下）

劉　備　（白）有勞引路。賢弟隨我進去。你等外面伺候！

童　兒　（白）玄德公，隨我來！

劉　備　（唱）今朝來得真僥倖，
　　　　　臥龍先生在家中。

童　兒　（唱）現在安寢還未醒，
　　　　　屈駕略等片時功。
　　（衆進門介。劉備、關羽、張飛看屋內介。諸葛亮伸腿介。劉備進門，關羽、張飛在窗外站介，諸葛亮醒，又睡介。張飛想介）

張　飛　（白）二哥，你看見了無有？這村夫好生無禮，對人這樣輕慢！咱大哥在一旁侍立。他反倒睡在停屍床上，這般大模大樣，高臥不起，小弟實在看他不過！

關　羽　（白）賢弟休要造次！

張　飛　（白）啊！

（諸葛亮醒介，作困介）

諸葛亮 （念）大夢誰先覺，
　　　　　　平生我自知。
　　　　　　草堂春睡足，
　　　　　　窗外日遲遲。

童　兒 （白）啓主人：那新野的劉皇叔又來拜會。

諸葛亮 （白）哦！

童　兒 （白）來了有兩個時辰啦，因爲主人晝寢，劉皇叔没敢驚動。

（諸葛亮下床，怒介）

諸葛亮 （白）好畜生！爲何不早些通報？啊，劉皇叔在哪裏？

劉　備 （白）卧龍公！

諸葛亮
劉　備 （同笑）啊哈哈哈！

劉　備 （白）備有禮了！

諸葛亮 （白）還禮。玄德公請坐！

劉　備 （白）有坐。

諸葛亮 （白）不知玄德公連來三次，有失遠迎，面前恕罪！

劉　備 （白）豈敢！久聞先生大名，如雷貫耳。前者兩造仙莊，已留賤名，
　　　　　未知先生可曾見否？

諸葛亮 （白）吾本南陽農夫，屢蒙台駕降臨荒莊，不勝感激。前觀華翰，足
　　　　　見皇叔愛民憂國之心。但恨亮年幼才疏，不堪大用，有誤國家
　　　　　正事。

劉　備 （白）先生何必過謙。水鏡先生之言，徐元直之語，豈有虛謬之理！
　　　　　望先生不棄鄙賤，屈賜見教，吾之幸也！

諸葛亮 （白）徐庶、司馬德操，他二人乃當今之名士。亮乃一村夫，焉敢談
　　　　　天下之事，望公另訪高明，可興漢業。聘亮，只怕耽誤大事。

劉　備 （白）先生此數語，盡是託外。備今見先生之面，猶如撥雲見日，真
　　　　　乃三生有幸！

諸葛亮 （白）呀！
　　　　（唱）敬賢之心實殷勤，
　　　　　　聽他言語果是真。
　　　　　　過問愚下君情重，

少不得獻醜竭平生。

劉　　備　（白）備當面謝過！

諸葛亮　（唱）尊駕先問哪件事？

劉　　備　（唱）只爲漢室不太平。
獻帝朦朧實軟弱，
只恨曹操忒欺君。
曹賊心懷篡逆意，
是備有意除奸雄。
第一無人扶助我，
時運未通強不能。
滿心猶疑未決定，
計將安在對備云。

諸葛亮　（唱）明公請坐愚講論，
聽我粗言自然明。

（白）如今，曹操專權秉政，勢大爵高，挾天子以令諸侯，華夏之地占去大半。擁有雄師百萬，戰將千員，威勢正盛，先不與他爭衡。就是孫權，踞住江東，已是三代，那人甚爲賢仁，天下的賢能聚衆於彼，此時所有州城八十一座，勢派不小。他那裏也須緩緩而圖，目今也不是與他爭衡的時候。皇叔你現無栖身之地，新野能有多少糧草，幾名兵將，怎能匡扶社稷，除却奸黨？必須先立根本，後圖別事，進可能攻，退可能守，才是立業之道。

劉　　備　（白）呀！

（唱）怎立根本栖身穩，
再求先生指教明。

諸葛亮　（唱）唯有荆襄鎮九郡，
此地容易整乾坤。
北據漢津南海近，
東連吳地怎安寧？
有用之地却無用，
久後難免有人爭。
若非英名俊傑主，
九郡山河保不能。

　　　　　　自是明公有天命，
　　　　　　東南兩州一掃平。
　　　　　　益州險塞要保重，
　　　　　　九省華夷大事成。
　　　　　　劉璋昏弱勢難保，
　　　　　　將來必定屬他人。
　　　　　　東川張魯無濟世，
　　　　　　不得人心有怨聲。
　　　　　　先占荊州爲根本，
　　　　　　再圖西川可安身。
　　　　　　外結孫權内修政，
　　　　　　數年霸業漢復興。
　　　（白）來，將地圖掛起！
　　　（童兒掛圖介）
諸葛亮　（唱）明公近前細觀定，
　　　　　　東西兩川在圖中。
　　　　　　一共五十零四處，
　　　　　　各郡州城似此同。
　　　　　　北邊天時曹操占，
　　　　　　南利孫權占江東。
　　　（白）明公！
　　　（唱）你占守人和休錯過，
　　　　　　荊州九郡統兵戎。
　　　　　　再取西川連國土，
　　　　　　待時而行順天公。
　　　（白）哈哈哈！明公請看，這是西川五十四州之地也。欲要成其大事，須曉天時、地利、人和，再取西川，建立基業，以成鼎足三分之勢，然後再圖中原，恢復舊業。
劉　　備　（白）先生之言，備今朝領教，頓開茅塞。但荊州劉表、益州劉璋，皆漢室宗支，安忍奪其基業！
諸葛亮　（白）亮夜觀星象，劉表不久于人世。那劉璋非興業之主，久後必歸於明公之手。

劉　　備　（白）多謝先生指教。先生如不嫌備名微，出山相助，恭聽明訓，感仰不盡矣！
諸葛亮　（白）我乃山野之人，只知耕田耙壟，懶于應世，實不能從命。
劉　　備　（白）哎呀，先生哪！若不肯出山相助，備也不過是空勞心力，大事難成矣！
　　　　　（哭介）
諸葛亮　（看介）（白）公既然不棄山野村夫，亮願效犬馬之勞也！
　　　　　（唱）漢室衰微出奸逆，
　　　　　　　　眼看中原化烟灰。
　　　　　　　　忠良挺身扶社稷，
　　　　　　　　專理國政保華夷。
　　　　　　　　如今可嘆漢獻帝，
　　　　　　　　竟被曹賊把君欺。
　　　　　　　　縱然赤膽有忠義，
　　　　　　　　大廈將傾難扶持。
　　　　　　　　群雄齊把刀兵起，
　　　　　　　　傳遺千古朽名題。
　　　　　　　　不因明公至誠意，
　　　　　　　　諸葛焉能把山離！
　　　　　　　　既是尊公不嫌棄，
　　　　　　　　願效犬馬保社稷。
劉　　備　（唱）劉備聞言心歡喜，
　　　　　　　　多謝先生把山離。
　　　　　　　　實爲萬幸感無已，
　　　　　　　　二弟三弟聽端的。
　　　　　　　　拜見臥龍忙見禮，
　　　　　（關羽、張飛進門介）
　　　　　（同唱）
關　　羽
張　　飛　　　　兄長分派怎敢遲。
　　　　　　　　走上前來忙行禮，
諸葛亮　（唱）怎敢勞動二英奇。
劉　　備　（唱）三弟獻上金帛禮，

張　飛　（白）啊！將禮物抬了進來！
　　　　（四家將抬禮物上）
劉　備　（唱）帶笑開言把話提。
　　　　　　　望乞收納微薄意，
諸葛亮　（唱）怎敢尊公費心思。
　　　　　　　明公如此怎收起！
劉　備　（唱）先生恕備莫心疑。
　　　　（白）哈哈哈！先生多疑了！我備再不敢以旁人相看，此非聘大賢之禮，但表備寸心而已！且勿過想！
諸葛亮　（白）哈哈哈！若是這等言來，倒是亮不識敬意。若是不受，反辜負君心。亮當面謝過。
劉　備　（白）豈敢豈敢！
諸葛亮　（白）來，將這些禮物抬了下去！
童　兒　（白）是。遵命！（抬禮物下）
　　　　（院子上）
院　子　（白）啓二主人：三主人回莊。
諸葛亮　（白）命他進來。
院　子　（白）有請三主人！
　　　　（院子上）
諸葛均　（念）爲人行禮義，
　　　　　　　此是古人風。
　　　　（白）參見兄長！
諸葛亮　（白）賢弟，見過桃園弟兄！
諸葛均　（白）是。參見三位明公！
劉　備
關　羽　（同白）還禮。先生請坐！
張　飛
諸葛均　（白）兄長在此，均不敢坐。
劉　備　（白）有話敘談，焉有不坐之理！
諸葛亮　（白）賢弟，坐下講話。
諸葛均　（白）告坐。
諸葛亮　（白）賢弟，我今受劉皇叔三顧之情，實難推却。汝可躬耕于此，萬勿荒廢田畝，待等功成之日，即當歸隱。
諸葛均　（白）謹遵兄命。
諸葛亮　（白）看天色已晚，三位明公就在荒莊安歇。亮明日同劉皇叔奔往新野。軍情緊急，亮不敢遲誤！
劉　備　（白）如此，打攪了！
諸葛亮　（白）豈敢！家中現有薄酒，大家同飲一番。
劉　備　（白）先生請！
　　　　（唱）敬重先生真摯意，
　　　　　　一心整理漢華夷。
諸葛亮　（唱）兵強將勇用智取，
　　　　　　扶漢忠心永不移。
劉　備
諸葛亮　（同白）啊哈哈哈……

　　　　（同下）

漢 陽 院

盧勝奎 撰

解 題

　　京劇。清盧勝奎撰。《京劇劇目辭典》著錄,題"漢陽院",又名"哭劉表",署盧勝奎編劇。《京劇劇目初探》亦著錄,題"漢陽院",一名"哭劉表",未署作者。劇寫劉備兵敗,新野的百姓隨劉備遷到樊城。曹操欲舉兵攻樊城,討伐劉備。爲了爭取民心,曹操假意派徐庶去招降劉備。徐庶到漢陽院見到劉備,告知曹操的詭計,並與諸葛亮密議對付曹操的對策。劉備令關羽到江夏劉琦處借兵,又命趙雲保護家眷,自己攜帶百姓渡江逃難。行至襄陽城下,劉琮聽信蔡瑁讒言,不讓劉備進城。劉備路過劉表墓地,前往設祭,哭訴心事後,投奔江陵。本事出於《三國演義》第四十一回。《三國志・蜀書・先主傳》及裴松之注引《典略》載有其事,清宮大戲《鼎峙春秋》寫有此事,情節不盡相同。版本今有《京劇彙編》收錄的馬連良藏本及以此本重刊的《京劇傳統劇本彙編》本、上海市《傳統劇目彙編》京劇集本。今以《京劇彙編》馬連良藏本爲底本,參考其他本校勘整理,擇善而從。

第 一 場

（四龍套、四大鎧引曹操上）

曹　操　（念）【引】

　　　　執掌乾坤,

　　　　破孫劉,

　　　　虎鬥龍爭。

　　（念）（詩）

　　　　我本蓋世一英雄,

曾破黃巾立奇功。
賞罰不能由獻帝,
漢室已在掌握中。

（白）老夫,曹操。漢室爲臣。自掃滅呂布,獻帝見喜,封吾丞相之職。可恨桃園弟兄,居住漢陽,實乃心腹大患。今又得諸葛亮輔助,如困龍得水,一日得志,不可制也。我意欲填塞白河,令大軍分作八路,一齊去取樊城。不免喚劉曄進帳商議。來!

衆　　　（白）有。

曹　操　（白）傳劉曄進帳!

一龍套　（白）劉曄進帳!

劉　曄　（內白）來也!（上）

（念）滿腹藏經綸,
　　　幸遇知音人。

（白）參見丞相!

曹　操　（白）免禮。

劉　曄　（白）喚某進帳,有何軍情議論?

曹　操　（白）我想劉備實乃心腹大患。意欲分軍八路,去取樊城,你看如何?

劉　曄　（白）我想丞相初至襄陽,必須收取民心。今劉備盡遷新野百姓入於樊城,我兵徑進,二縣將爲齏粉矣。不如先使人招降劉備,備即不降,亦可見我愛民之心。若其來降,則荆州之地不戰而定也。

曹　操　（白）此言甚善。誰人可以爲使?

劉　曄　（白）徐庶與劉備至厚,現在軍中,何不命他一往?

曹　操　（白）他去恐不復來。

劉　曄　（白）他若不來,貽笑於人矣。丞相勿疑。

曹　操　（白）既如此,就命他前去。速傳徐庶進帳!

劉　曄　（白）丞相有令:徐庶進帳!

徐　庶　（內白）來也!（上）

（念）老母雖然喪泉下,
　　　心中難忘劉主恩。

（白）參見丞相!

曹　操　（白）先生免禮。
徐　庶　（白）謝丞相！喚庶進帳，有何差遣？
曹　操　（白）可恨劉備火燒新野，將百姓遷入樊城。我本欲分兵八路，踏破樊城，奈憐衆百姓之命。公可往説劉備，若肯來降，免罪賜爵。若再執迷，軍民共戮，玉石俱焚。吾知公忠義，故使一往。願勿相負！（遞書與徐庶介）
徐　庶　（白）丞相吩咐，敢不效命？我就此去也！
　　　　（唱）正好就此將信報，
　　　　　　　暗遞消息放他逃。（下）
曹　操　（唱）今遣説客漢陽道，
　　　　　　　且候回音再做計較。
　　　　（衆同下）

第　二　場

（二旗牌引徐庶上）
徐　庶　（唱）心兒裏恨曹操做事有錯，
　　　　　　　挾天子壓諸侯行事太惡。
　　　　（白）山人徐庶字元直，昔日在劉皇叔駕前爲臣，一旦辭劉歸曹。曹操乃奸詐之徒，設下"調虎離山"之計，要害桃園弟兄。想劉皇叔待我情同骨肉，尚未答報。今奉曹操之命，一來下書，二來與皇叔送信，放他君臣逃走，脱離此難便了！
　　　　（唱）設下了牢籠計瞞哄諸葛，
　　　　　　　漢陽院送信息教他逃脱。（下）

第　三　場

（四文堂、糜竺、糜芳、簡雍、諸葛亮、劉備上）
劉　備　（唱）心中悲痛嘆劉表，
　　　　　　　劣子無能降奸曹。
　　　　　　　我兵微薄將又少，
　　　　　　　不能討逆扶漢朝。

（孫乾上）

孫　乾　（唱）適纔軍士來稟報，
　　　　　　　　元直到此事蹊蹺。
　　　　（白）啓稟主公：徐先生到。
劉　備　（白）哪個徐先生？
諸葛亮　（白）想必是徐元直到了。
劉　備　（白）孤可以見他麼？
諸葛亮　（白）他前在主公帳下，焉有不見之理！
劉　備　（白）如此快快有請！
諸葛亮　（白）且慢！他今到此，不是下書，定是説降。待山人退在屏風後
　　　　　　　面，聽他講些甚麼，也好做一準備。
劉　備　（白）先生且退！
諸葛亮　（白）山人告退。正是：
　　　　（念）九曲黄河深可測，
　　　　　　　　唯有人心最難猜。（下）
劉　備　（白）有請徐先生！
孫　乾　（白）有請徐先生！

（徐庶上）

徐　庶　（念）明來下書信，
　　　　　　　　暗中露真情。
　　　　（白）臣徐庶見駕。主公千歲！
劉　備　（白）先生請起。請坐！
徐　庶　（白）謝坐！
劉　備　（白）伯母駕安？
徐　庶　（白）臣母不幸，亡故曹營。
劉　備　（白）山遥路遠，未能弔祭伯母，實爲抱歉！
徐　庶　（白）臣未來報喪，恕臣之罪。
劉　備　（白）先生駕臨，有何見諭？
徐　庶　（白）臣奉曹丞相之命，前來下書。
劉　備　（白）下的何書？
徐　庶　（白）書信在此，主公請看！（呈書介）
劉　備　（白）孤王看書，無人奉陪先生。

徐　庶	（白）	臣獨坐一時，又待何妨？
劉　備	（白）	孤王有罪了！
	（唱）	與卿分別有數載，
		今日相逢天降來。
		孤王看書你休怪，
		一封書信親手開。
		上寫曹操頓首拜，
		大事當前好奪裁。
		東吳孫權爭地界，
		約定赤壁把兵排。
		曹劉兩家合一塊，
		得了江東四六開。
		看罷書信疑能解，
		有勞先生遠路來。
徐　庶	（白）	主公，書內是甚麼情由？
劉　備	（白）	曹劉兩家兵馬合在一處，得了東吳，共分疆土。
徐　庶	（白）	主公意下何如？
劉　備	（白）	這個？
		（諸葛亮暗上，咳嗽介）
徐　庶	（白）	何人咳嗽？
劉　備	（白）	乃是諸葛先生。
徐　庶	（白）	請來相見！
劉　備	（白）	請先生進帳！
		（諸葛亮進門介）
諸葛亮	（白）	主公！
劉　備	（白）	徐先生在此，上前相見。
諸葛亮	（白）	啊，師兄！
徐　庶	（白）	師弟！
諸葛亮	（白）	請坐！
徐　庶	（白）	恭喜主公。今得臥龍先生輔佐，如魚得水，指日漢室可興。真乃天下之幸也！
劉　備	（白）	我得臥龍輔助，皆賴先生舉薦之力也。

徐　　庶	（白）此乃主公洪福。
諸葛亮	（白）師兄不在曹營，到此有何見教？
徐　　庶	（白）那曹操使徐庶前來招降主公，實乃假買人心。請主公裁處。
劉　　備	（白）先生既肯光臨，有何良策，何妨教我，定當聽從。
諸葛亮	（白）啊！師兄，不要忘了舊日之情，須替主公籌畫良策，使我君臣轉禍爲福。
徐　　庶	（白）那曹操言道，欲踏平樊城，因憐百姓之命，故此命庶前來說降使君。如肯來降，免罪賜爵。再若執迷，軍民共戮，玉石俱焚。今曹操兵分八路，填白河而進，樊城恐不可守。宜速作行計，不可久停。
劉　　備	（白）這個？
諸葛亮	（白）啊，師兄，你言曹操分兵八路，填白河而進。我兵雖寡，現有關、張、趙雲，勇冠三軍，萬夫難當。前弟略施小計，火燒新野，殺得曹仁聞風喪膽，何懼曹操八路分兵？
徐　　庶	（白）你可知曹操現有多少人馬？
諸葛亮	（白）八十三萬。
徐　　庶	（白）得了荆襄九郡，又有多少人馬？
諸葛亮	（白）二十八萬。
徐　　庶	（白）合在一處，共有多少人馬？
諸葛亮	（白）一百一十一萬。
徐　　庶	（白）好哇！你保主公，兵不滿千人，將不足十員。那曹操人馬遮天蓋地而來，關、張英勇，亦難禦敵也。
劉　　備	（白）哎呀！ （唱）人生禍福實能料， 　　　可嘆奔波枉徒勞。 　　　安居未穩曹兵到， 　　　衆百姓哪！ 　　　怎忍棄民自奔逃！
諸葛亮	（白）主公啊！ （唱）與民休戚今古少，
徐　　庶	（唱）仁德之主似唐堯。
諸葛亮	（白）主公請退。臣弟兄二人自有料理。

劉　　備　（白）但憑先生！（下）

諸葛亮　（白）（背躬介）山人早已料定，我君臣有此大難，不料應在目前。有了。待我將計就計，在他面前領教便了。小弟有禮！

徐　　庶　（白）師弟施禮爲何？

諸葛亮　（白）聽師兄之言，我君臣大難將臨。望兄指示一條明路。

徐　　庶　（白）師弟，你上知天文，下通地理，胸藏韜略，能道還無有計策麼？

諸葛亮　（白）豈不知忙中無計。

徐　　庶　（白）我這裏有錦囊一封，你去看來！

諸葛亮　（白）唔呼呀！未來之事，他早已這安排。有了。啊，師兄，這錦囊上面，情由深奧，參測不透，還要在師兄台前領教。

徐　　庶　（白）師弟聽了！
　　　　　（唱）弟兄們同坐漢陽營，
　　　　　　　　細看錦囊就裏情。
　　　　　　　　漢業至今四百零，

諸葛亮　（白）我保劉主尚未得地，怎麼就知道四百有零？

徐　　庶　（白）非也！自高祖斬蛇以來，相傳至獻帝，可有四百餘載？

諸葛亮　（白）不錯，有四百餘載。

徐　　庶　（白）却又來！
　　　　　（唱）建安登極屬三雄。

諸葛亮　（白）哪三雄？

徐　　庶　（白）奸雄曹操，英雄孫權，梟雄劉……

諸葛亮　（白）噤聲！

（諸葛亮、徐庶兩望介）

徐　　庶
諸葛亮　（同笑）啊哈哈哈！

徐　　庶　（唱）三國不和刀兵動，
　　　　　　　　荆襄王有子與無同。

諸葛亮　（白）荆襄王現有二子，長子劉琦，次子劉琮，怎麼無有？

徐　　庶　（白）只因蔡后不賢，廢長立幼，文武不服，百姓皆怨。他將荆襄九郡獻與曹操，曹操不仁，將他母子貶於青州，又差于禁在途中將他母子謀害。有子不能承受父業，豈不是無子麼？

諸葛亮　（白）看起來，盡是喪家之犬也！

徐　庶	（唱）走虎飛去龍逃奔，
諸葛亮	（白）這走虎逃龍是甚麼人？
徐　庶	（白）走虎就是關公。
諸葛亮	（白）他乃有名之將，倘若敗陣，豈不失了二將軍一世威名？還要避過此陣才好。
徐　庶	（白）江夏劉琦那裏有二十五萬鐵甲雄兵。遣他前去借兵，以避此難。
諸葛亮	（白）這逃龍是誰？
徐　庶	（白）附耳上來！
	（徐庶、諸葛亮耳語介）
徐　庶	（白）記下了！
	（唱）長坂坡前救真龍。
諸葛亮	（白）真龍敢是皇叔？
徐　庶	（白）非也。玄德不過創業之主。後出阿斗，有四十二年天下，那才是你的真主。
諸葛亮	（白）我定要保護皇叔一統天下。
徐　庶	（白）師弟不可拗天行事。
諸葛亮	（白）師兄啊！
	（唱）皇叔三顧把我請，
	知遇之恩常掛心。
徐　庶	（唱）自古天數早造定，
	（劉備上）
劉　備	（唱）刀兵滾滾何日寧！
	先生，軍務之事可曾説明？
諸葛亮	（白）一一聽從。
徐　庶	（白）主公，還是棄了百姓，速去爲妙。
劉　備	（白）數萬百姓，從新野相隨至此，不忍棄之。
徐　庶	（白）庶回復曹操之後，大兵即至。若不速去，悔之晚矣。
諸葛亮	（白）師兄放心，我主必然聽從。師兄回至曹營，須要暗護我主，以表舊日之情。
徐　庶	（白）若遇機會，必然暗助。庶要告辭了。
劉　備	（白）依我之見，先生不要回去，就在此地同諸葛先生共扶孤王，必

　　　　　然穩如磐石矣。

徐　庶　（白）本當效犬馬之勞。只是今若不還，惹人笑我。今老母已喪，抱恨終天，身雖在彼，誓不爲設一謀。公有臥龍輔佐，何愁大事不成？

劉　備　（白）先生執意要去，亦不敢強留。

諸葛亮　（白）你我弟兄，日後哪裏相逢？

徐　庶　（白）在南屏山相會便了！
　　　　　（唱）諸公速行方爲妙，
　　　　　　　　曹兵到來恐難逃。（下）

劉　備　（唱）徐庶不忘舊日好，
　　　　　　　　先生從速運奇謀。

諸葛亮　（白）啓主公：江夏大公子劉琦那裏有二十五萬鐵甲雄兵，可命二千歲前去搬兵。

劉　備　（白）家眷何人保護？

諸葛亮　（白）家眷付與四將軍保護，料無差錯。

劉　備　（白）來，請二將軍進帳[1]！

一文堂　（白）二將軍進帳！

關　羽　（內白）來也！（上）
　　　　　（唱）山崩地裂乾坤亂，
　　　　　　　　遍起刀兵民難安。
　　　　　　　　丹心一點重扶漢，
　　　　　　　　何日才過太平年？
　　　　　（白）參見大哥。

劉　備　（白）免禮。

關　羽　（白）喚進帳來，有何軍情議論？

劉　備　（白）先生有差。

關　羽　（白）先生有何差遣？

諸葛亮　（白）今曹操統領大兵八十三萬，分八路而進，前來攻取。我軍單薄，孤城難守。命二將軍去至江夏大公子劉琦那裏搬兵[2]，不得有誤！

關　羽　（白）關某前去搬兵，何人保護家眷？

諸葛亮　（白）有三將軍、四將軍保護，料然無事。

關　羽	（白）好！關某在哪裏接駕？
諸葛亮	（白）在漢津接駕。
關　羽	（白）好，某就此去也。
	（唱）辭別大哥跨走戰，
	去到江夏把兵搬。（下）
諸葛亮	（白）來，請三將軍、四將軍進帳。
一文堂	（白）請三將軍、四將軍進帳！
張　飛 趙　雲	（同白）來也！（上）
張　飛	（念）人似金剛馬似龍，
趙　雲	（念）文要精來武要通。
張　飛	（念）同破黃巾威名振，
趙　雲	（念）忠義常山趙子龍。
張　飛 趙　雲	（同白）參見 大哥。主公。
劉　備	（白）少禮。
張　飛 趙　雲	（同白）將我等喚進帳來，有何軍情議論？
劉　備	（白）先生有差。
張　飛 趙　雲	（同白）先生有何差遣？
諸葛亮	（白）今曹操統領八十三萬人馬而來，此處孤城難守，就命四將軍保護主公家眷，須要小心。
趙　雲	（白）末將受主公知遇之恩，保護家眷，萬死不辭！
張　飛	（白）趙雲，你保護家眷，敢說無慮麼？
趙　雲	（白）三將軍，你好小量人也！
	（唱）常言忠義能盡命，
	何懼曹操百萬兵？
張　飛	（唱）你保家眷難憑信，
	怕你能說不能行。
趙　雲	（唱）翼德且莫閑爭論，
	趙雲豈是空言人！
	（白）啓主公：可速棄城而走。先取江陵爲家，不可遲誤！

劉　　備　（白）先生,奈百姓相隨許久,安忍棄之而去？
諸葛亮　（白）主公,既然難捨,何不遍告他們：有願隨行者同去,不願隨行
　　　　　　　者聽便。
劉　　備　（白）好,正合我意。簡雍,速曉諭百姓：曹兵將至,孤城不能久守,
　　　　　　　百姓願隨行者,一同過江,不願隨行者聽其自便。
簡　　雍　（白）遵命。（向內）眾百姓聽者：今曹兵將至,孤城難守,主公有
　　　　　　　令：願隨行者一同過江,不願隨行者聽其自便。
眾百姓　（內白）我等雖死,願隨使君。
簡　　雍　（白）好,待我與你們轉稟。啟主公：眾百姓不惜性命,情願相隨。
劉　　備　（白）好！叫他們各自收拾齊備,聽候啟行。
簡　　雍　（白）遵命！眾百姓聽者：主公命你們各自收拾,聽候啟行！
眾百姓　（內白）哦。
諸葛亮　（白）臣啟主公：二將軍去至江夏搬兵,臣恐大公子劉琦不能從速
　　　　　　　救應,必須臣親身一往,復催兵將,方不誤事。
張　　飛　（白）哪裏是復催兵將,分明是你見曹兵勢大,心中害怕,是與不是？
諸葛亮　（白）自古兵貴神速,救應豈可遲誤？
劉　　備　（白）劉琦感念先生昔日之教,就煩先生親走一遭。
諸葛亮　（白）山人就此去也！
　　　　　（唱）主公速行莫遲延,
　　　　　　　亮到江夏催救援。（下）
劉　　備　（白）請二位主母！
一文堂　（白）有請二位主母！
　　　　　（甘夫人、糜夫人上）
甘夫人　（唱）日夜憂思心不定,
糜夫人　（唱）曹操屢害我夫君。
甘夫人　（唱）一縣之主未坐穩,
糜夫人　（唱）奔波何日得安寧。
甘夫人
糜夫人　（同白）喚我等出來何事？
劉　　備　（白）今有曹操興兵前來,此城不能久守,故喚你們出來,一同逃走。
甘夫人
糜夫人　（同白）喂呀……（哭介）

劉　　備　（白）不必啼哭。看衣更換！（換衣介）孫乾[3]！你督催百姓，一同趕路！

孫　　乾　（白）遵命！（下）

（二車夫暗上）

劉　　備　（唱）曹操大兵要臨境，
　　　　　　　　孤城豈能久留存？
　　　　　　　　急速渡江早逃奔，

（四文堂、糜竺、糜芳、簡雍、甘夫人、糜夫人、張飛、劉備下）

趙　　雲　（唱）保家重任在我身。
　　　　　（下）

校記

[１]請二將軍進帳："請"字，原本無。今依文意補。
[２]命二將軍去至江夏大公子劉琦那裏搬兵："大"字，原本漏。今依文意補。
[３]孫乾：此二字，原本無。今依文意補。

第 四 場

（四龍套引曹操上）

曹　　操　（唱）劉備實乃心腹患，
　　　　　　　　困龍不滅必升天。
　　　　　　　　徐庶順説未回轉，
　　　　　　　　恐他不肯歸順咱。

（徐庶上）

徐　　庶　（唱）順説無成空往返，
　　　　　　　　回報丞相用假言。
　　　　　（白）參見丞相！

曹　　操　（白）劉備降意如何？

徐　　庶　（白）劉備却還有意，怎奈孔明阻擾，不肯投降。

曹　　操　（白）先生後面歇息。

徐　　庶　（白）謝丞相。（下）

曹　　操　（白）劉備既不肯歸降，必然棄城而走。待我傳令點動大軍，四處捉拿桃園弟兄便了。正是：

(念)點動大軍阻去路，

諒他插翅也難逃！

(眾同下)

第 五 場

(四船夫引孫乾同上)

孫　乾　(白)俺，孫乾。奉了主公之命，預備船隻，渡民過江，在此伺候。

(四龍套、四上手、眾百姓、糜竺、糜芳、簡雍、張飛、趙雲、甘夫人、糜夫人、二車夫、劉備依次上船，眾百姓隨後上船，只乘半數。百姓哭啼，眾皆哭泣)

張　飛　(白)船已載滿，百姓後來者不能渡了。

(百姓大哭)

劉　備　(白)唉！為我一人，使百姓遭此大難，我何生哉？不如投江一死，以報百姓。

(劉備欲投江，趙雲截攔介)

趙　雲　(白)主公若此短見，豈不使眾百姓失望？保重身體，亦不失主公愛民之心也。

甘夫人
糜夫人　(同白)是呀，千萬保重身體才是。

劉　備　(白)吩咐速速渡百姓們過江。

趙　雲　(白)速速過江！

　眾　　(白)啊！

(同下)

第 六 場

(四龍套、魏延、文聘、蔡瑁、張允、劉琮上)

劉　琮　(唱)天下惶惶刀兵動，

萬般無奈降曹公。

劉備渡江余心恐，

怕他前來尋劉琮。

報　子　（內白）報！（上）
　　　　（白）今有劉備帶領數萬百姓，行至東門，請主公答話。
劉　琮　（白）再探！
報　子　（白）啊！（下）
劉　琮　（白）哎呀！眾位將軍！劉備帶領數萬百姓，請我城樓答話，如何是好？
魏　延　（白）主公不必為難，劉皇叔與先王俱是同宗兄弟，必須開城迎接，焉有據而不納之理？
文　聘　（白）魏延！你乃無名之輩，帳前議事，你敢多言！
蔡　瑁
張　允　（同白）著哇！帳前議事，哪有你開口的地方？主公不必為難，既降曹公，若放劉備入城，被曹丞相聞知，定然加罪。不如緊閉城門，遍插旌旗。他若攻城，亂箭射下，何愁劉備不走！
劉　琮　（白）此言甚善。就照此行事便了。
蔡　瑁
張　允　（同白）遵命！
　　　　（劉琮下）
蔡　瑁　（白）眾將官，城樓去者。
四龍套　（白）啊！
　　　　（四龍套、文聘、蔡瑁、張允同下）
魏　延　（白）且住！想劉皇叔乃仁德之主。他今日到此，主公不念同宗之情，竟信賣國賊子之言，拒而不納。俺不免暗暗殺了守門將士，放下吊橋，教劉皇叔領兵入城，共殺賣國賊子便了！（下）

第　七　場

（場設城門。四龍套、四上手、眾百姓、糜竺、糜芳、孫乾、簡雍、張飛、趙雲、甘夫人、糜夫人、二車夫、劉備上）

張　飛　（白）來至城下。
劉　備　（白）待我上前。城上將官聽者：煩勞代轉達劉琮賢侄，我今到此，欲救百姓之命，別無他意。可快開城，休得疑慮！
眾百姓　（白）快快放我們進去吧！（啼哭介）

（四龍套、文聘、蔡瑁、張允同上城樓介）

蔡　瑁　（白）我主既降曹公，豈能容你進城？快快另投別處，免得後悔！去吧！

張　飛　（白）呔！吾把你這賣國賊！想那劉琮與俺大哥乃是叔侄之情。快快開城，如若不然，可知老張的厲害！

蔡　瑁
張　允　（同白）衆將官，放箭！

四龍套　（白）啊！（放箭）

（劉備原人下。蔡瑁原人下）

魏　延　（內白）軍士們，快快開城！

（城內衆軍喊：魏延造反！）（城門開。魏延急出，文聘追出）

文　聘　（白）魏延，無名小軍，安敢造反！

（起打。魏延敗下，文聘追下）

第　八　場

（四龍套、四上手、衆百姓、糜竺、糜芳、孫乾、簡雍、張飛、趙雲、甘夫人、糜夫人、二車夫、劉備上）

張　飛　（白）大哥，你看城門已開，你我快快殺進城去！

劉　備　（白）不可，若殺進城去，豈不驚壞百姓？我欲保民，怎能反來害民？我不願再入此城了。

糜　竺
糜　芳
簡　雍
張　飛
趙　雲　（同白）江陵乃荆州要地，不如催趲百姓，先取江陵，乃爲上策。

劉　備　（白）如此正合我意。投奔江陵去者！

四龍套　（白）啊！

（衆同下）

第　九　場

（魏延上）

魏　延　（白）且住！我指望開了城門，領劉皇叔入城，共殺賣國之賊，誰想文聘這賊趕來，將我戰敗。也不知劉玄德投奔哪裏去了。也罷！俺不免去投奔長沙太守韓玄便了。（下）

第 十 場

（四龍套、四上手、衆百姓、糜竺、糜芳、孫乾、簡雍、張飛、趙雲、甘夫人、糜夫人、二車夫、劉備上）

簡　雍　（白）主公請看，前面就是荆襄王劉表之墓了。
劉　備　（白）這就是宗兄之墳墓麼？衆將快快下馬，隨我步行，墳前一祭！
衆　將　（白）遵命！
　　　　（衆圓場）
劉　備　（白）宗兄！景升！我那難得見面的宗兄啊！
　　　　（唱）見墳思兄淚難忍，
　　　　　　　千言萬語向誰云。（叫哭）
　　　　　　　蠢弟無才無德行，
　　　　　　　負兄寄託受荼困，
　　　　　　　望兄英靈救難民。
　　　　　　　起禍蔡瑁和張允，
　　　　　　　把荆襄九郡付他人。
　　　　　　　可嘆數萬衆百姓，
　　　　　　　嘆他們一個個攜老扶幼，
　　　　　　　懷男抱女，
　　　　　　　隨定我登山涉水，
　　　　　　　戴月披星，流離失所，
　　　　　　　好叫我觸目傷心，
　　　　　　　怎不叫我珠淚淋。
趙　雲　（唱）見主痛兄心難忍，
　　　　　　　愛民如子仁義君。
張　飛　（唱）大哥免痛把淚忍，
　　　　　　　且莫耽誤路途程。
劉　備　（唱）大家上馬朝前進，

恼恨蔡瑁和张允。
荆襄九郡献他人，
刘琮孺听谗言害黎民，
思兄心痛泪难忍，
只是奔走江陵城。
我那难得见宗兄啊！

（同下）

長 坂 坡[1]

盧勝奎 撰

解 題

京劇。清盧勝奎撰。《京劇劇目初探》《京劇劇目辭典》著録，題"長坂坡"，又名"單騎救主"、"當陽橋"。《辭典》署盧勝奎編劇。劇寫劉備火燒新野之後，將百姓遷入樊城。曹操定計，使徐庶前往說降，願與同滅東吳，共分疆土。劉備、孔明與徐庶相見，暢談心曲。徐庶將曹操書信交給劉備。劉備看完合兵共同滅吳平分疆土之信，準備發兵，爲諸葛亮所阻。徐庶與孔明私下交談，算定此戰要敗。爲避此戰，以保虛名，孔明命關羽前往江夏劉琦處搬兵，孔明自己也請准去江夏催兵避禍，將兵權交付簡雍，命張飛保護劉備，命趙雲保護劉備家眷。孔明臨陣避禍之舉，被張飛、簡雍識破。劉備率軍民逃亡，被曹操八十三萬大軍追至當陽，軍民大亂，劉備與甘、糜二夫人失散。趙雲匹馬單槍獨闖入重圍，先救出甘夫人，再入重圍，復找到糜夫人與阿斗。糜夫人將阿斗交付趙雲，投井而死。曹操見趙雲英勇，嘆爲虎將。徐庶見曹操有愛將之意，遂獻計生擒趙雲。曹操傳令不許傷害趙雲，務要生擒。這樣趙雲懷抱阿斗，在曹軍中衝殺，救下了前來掠陣被俘的糜竺，自己墜入陷馬坑。曹軍大將張郃用金鞭下刺，趙雲身邊現出龍形，張郃大驚，趙雲趁勢縱馬逃出坑外，殺出重圍，來到長坂坡前，張飛使其過橋而去。曹操引衆將追來，張飛拒守長坂橋，令將士以柳條繫馬尾揚塵爲疑兵，匹馬橫矛獨立橋上，大喝一聲，吓死一員大將。曹操慌忙退兵。本事出於《三國演義》第四十一、四十二回。《三國志·蜀書·趙雲傳》、同書《甘后傳》《張飛傳》載有此事。元刊《三國志平話》則云糜夫人爲曹兵所殺，甘夫人右腹中箭，以子阿斗付趙雲，拔箭腸出而殉。明傳奇《草廬記》、清傳奇《鼎峙春秋》均有此情節。版本今有清李世忠編刊《梨園集成》本、《繪圖京都三慶班真正京調全集》抄印本，二本均無標點。今以《梨園集成》本爲底本，參考《繪圖京都三慶班真正京調全集》本（簡稱"三慶班"本）校點整理。

第　一　場[2]

（徐庶上）

徐　庶　（念）【引】
　　　　袖内陰陽有準，
　　　　胸揣八卦無差。
　　（念）自幼學法在山境，
　　　　胸裝韜略件件能[3]。
　　　　曹操待我如珠寳[4]，
　　　　還有思劉一片心。
　　（白）山人姓徐名庶，字元直。昔在劉主駕前爲臣，辭劉歸曹。曹操乃奸詐之徒，設下調虎離山之計，要害桃園兄弟。想劉主待我骨肉情分，尚未報答。今奉丞相之命，一來下書，二來走漏風聲，放他君臣逃走，以爲之報。
　　（唱）心兒裏恨曹操做事有錯，
　　　　挾天子壓諸侯行事太惡。
　　　　暗地裏用奸計無人猜破，
　　　　私自裏議中原謀占山河[5]。
　　　　興人馬伏張命如同山果，
　　　　定下了調虎計瞞哄諸葛。
　　　　劉主爺骨肉情未曾報過，
　　　　漢陽院走一風叫他逃脱。
（二太監引諸葛亮同劉備上）

劉　備　（唱）三國不和爭帝邦，
諸葛亮　（唱[6]）各爲其主霸一方。
劉　備　（唱）不負東吳孫小子，
諸葛亮　（唱）一統山河歸劉王[7]。
　　（報子上）
報　子　（白）徐先生到！
　　（末退下）

劉　備	（白）	先生？但不知是那個徐先生？
諸葛亮	（白）	必是徐元直了[8]。
劉　備	（白）	可容他相見？
諸葛亮	（白）	前在主公帳下，焉有不相見之理[9]！
劉　備	（白）	如此待孤相迎。
諸葛亮	（白）	且慢。他一旦棄劉歸曹，今日到此，不是下書，就是說降。主公與他說話，山人在屏風後聽他說些甚麼，也好做一燃眉之計。
劉　備	（白）	好！聽說徐庶到漢營，先生請退孤相迎。
諸葛亮	（念）	千丈黃河探到底[10]， 爲有人心最難評。
劉　備	（念）	既知徐庶來之意[11]， 請在屏風後面聽。
諸葛亮	（念）	他君臣定下調虎計， 要瞞諸葛萬不能。
	（下）	
劉　備	（唱）	旨意打出漢陽院， 快請元直徐先生。
二太監	（白）	請徐先生！
	（徐庶上）	
徐　庶	（唱）	劉主傳旨一聲請， 忙整衣冠臣見君。 低頭進了漢陽院，
劉　備	（唱）	孤王打恭往內迎。
徐　庶	（白）	主公請上，容臣一拜！
劉　備	（白）	先生！免禮，且平身。孤和你分別有數載，時時刻刻掛在心。
徐　庶	（唱）	人說劉主多仁義， 話不虛傳果然眞。
劉　備	（唱）	光武結交晏子林， 孤和你相厚怎樣情！
徐　庶	（唱）	未報主公半點恩， 說出此話罪作臣。

劉　備　（唱）孤王上前忙安坐，
徐　庶　（唱）來路之事說分明。
劉　備　（白）先生！伯母駕安？
徐　庶　（白）臣母故失曹營。
劉　備　（白）山遙路遠，少來弔喪，有罪！
徐　庶　（白）臣未報喪，恕臣之罪！
劉　備　（白）好說。先生駕臨，有何見諭？
徐　庶　（白）臣奉曹丞相之命，前來下書。
劉　備　（白）下的何書？
徐　庶　（白）有書在此，主公請看？
劉　備　（白）孤家看書，無人陪伴先生？
徐　庶　（白）臣獨坐一時。
劉　備　（白）孤家有罪了。
　　　　（唱）孤家分別有數載，
　　　　　　今日相會天降來。
　　　　　　孤家看書你休怪，
　　　　　　一封書信親手開。
　　　　　　上寫曹操頓首拜，
　　　　　　皇叔臺前問安泰[12]。
　　　　　　東吳孫權爭地界，
　　　　　　約定赤壁把兵排。
　　　　　　曹劉二兵合為一塊，
　　　　　　得了東吳四六開[13]。
　　　　　　看罷書信忙揣懷，
　　　　　　有勞先生遠路來。
徐　庶　（白）主公！書內甚麼情由？
劉　備　（白）曹劉二家人馬合在一處，得了東吳地界，與孤家平分天下。
徐　庶　（白）主公可發人馬[14]？
劉　備　（白）孤本待發兵，又恐曹有殺[15]！
徐　庶　（白）曹有殺，臣也不來下書。
劉　備　（白）先生回去，多拜曹丞相。孤家不久兵臨襄樊。
徐　庶　（白）臣告辭！

諸葛亮　（白）住著！主公留客。
徐　庶　（白）主公！屏風後面何人答話？
劉　備　（白）孔明先生。
徐　庶　（白）臣與他同師學藝，可容臣弟兄一會？
劉　備　（白）來！請孔明先生！
　　　　（諸葛亮上）
諸葛亮　（唱）一言留住徐先生，
　　　　　　　前去重敘弟兄情[16]。
　　　　　　　見了師兄深施禮，
徐　庶　（唱）即忙上前問安寧。
諸葛亮　（白）師兄駕到，未曾遠迎，有罪！
徐　庶　（白）好說。一向未在師弟上面問安，有罪！
諸葛亮　（白）不敢。伯母安泰？
徐　庶　（白）兄母故失曹營。
諸葛亮　（白）噯，難見的伯母吓！
徐　庶　（白）噯！
諸葛亮　（白）不在曹營辦事，駕至漢陽院，有何貴幹？
徐　庶　（白）我奉丞相之命，前來下書。
諸葛亮　（白）下的何書？
徐　庶　（白）曹劉二家人馬，合在一處，得了東吳，與主公平分天下。
諸葛亮　（白）師兄休要瞞弟！那曹操乃奸詐之徒，內暗謀殺，用調虎離山之
　　　　　　計。主公興兵，豈不是龍造鐵網，虎入牢籠[17]！
徐　庶　（白）曹有謀殺，兄也不能來下書！
諸葛亮　（白）師兄不要瞞我！
　　　　（唱）未曾開言舌尖屯，
　　　　　　　知人知面不知心。
　　　　　　　曹操定下調虎計，
　　　　　　　不該來作下書人。
諸葛亮　（白）師兄！你從前在何人駕前為謀？
徐　庶　（白）在劉主駕前為謀。
諸葛亮　（白）主公待你如何？
徐　庶　（白）恩重如山。

諸葛亮　（白）好吓！既待你恩重如山，一但棄劉歸漢，恩情不念，曹有害劉主之意，你就該在內作一方便，才是正禮，反來下書。沒看漢陽院小，四門都有埋伏，少時將你拿住，一刀兩段，且先與曹操作個榜樣[18]！

徐　庶　（唱）孔明說話變了臉，
　　　　　　道說徐庶是奸殘[19]。
　　　　　　對劉主把我忠心現，
　　　　　　看誰忠來看誰奸？
　　　　（白）師弟這裏來！

諸葛亮　（白）師兄有何話講？

徐　庶　（白）我與曹操設下調虎離山之計，你怎生知道？

諸葛亮　（白）我袖暗八卦[20]，能知天文地理，豈有不知！

徐　庶　（白）你保劉主，後來何處安身？

諸葛亮　（白）暫住漢陽。

徐　庶　（白）漢陽兵有多少？

諸葛亮　（白）兵不滿千。

徐　庶　（白）將有幾員？

諸葛亮　（白）不足十員[21]。

徐　庶　（白）你知曹操義聚中原，有多少人馬？

諸葛亮　（白）八十三萬。

徐　庶　（白）得了荊襄九郡有多少人馬？

諸葛亮　（白[22]）二十八萬[23]。

徐　庶　（白）合在一處，共有多少兵馬？

諸葛亮　（白）一百一十一萬。

徐　庶　（白）好吓，你保劉主兵不滿千，將不足十員，那曹操興動人馬遮天蓋地，桃園弟兄能殺能戰，也只顧各保其身，師弟一刀一槍全然不會，那時將你拿住，一刀兩段[24]，豈不滅了你世之英雄？

諸葛亮　（白）呀，
　　　　（唱）聽他把話說一遍，
　　　　　　倒教孔明心不安[25]。
　　　　　　早知君臣有大難，
　　　　　　目下未曾作防燃[26]。

	（白）早已知道大難，不料應在目下，未曾做得防燃之處。這便怎處？哦，有了。待我將計就計，在師兄面前領教。他與我指路便罷，如若不然，他想回曹營，萬萬不能。師兄，小弟有禮！
徐　庶	（白）此禮爲何？
諸葛亮	（白）小弟早已算就君臣有難，不料應在目下，未曾做一防燃眉之計[27]。如今還望師兄指弟一條出路，以救我君臣燃眉之災[28]。
徐　庶	（白）你袖藏八卦，能知天文地理，難道沒有計策麼？
諸葛亮	（白）豈不知忙人無計？
徐　庶	（白）兄倒有計，無非機謀見識。
劉　備	（白）先生！我君臣止在慌迫之處，還望先生指條妙計方是！
徐　庶	（白）主公請退，臣兄弟自有料理。
劉　備	（白）請！
	（太監同下）
徐　庶	（白）兄有錦囊一封，拿去看來？
諸葛亮	（白）失陪，師兄！
徐　庶	（白）請！
諸葛亮	（白）阿呀！我看錦囊，未來之事，他早已寫在錦囊上面，看起來他的八卦比我更勝[29]。
諸葛亮	（白）他的外才到也罷了，不知他的内才如何。哦，有了。我就把錦囊上面由頭識，他的内才便知。吓！師兄！這錦囊上面的情由皆大，參他不透，還要在師兄台前領教。
徐　庶	（白）那裏是參他不透？分明要識我陰陽高低！
諸葛亮	（白）是與不是？你我同拆同看。
諸葛亮	（白）師兄請！
徐　庶	（白）請！
	（唱）弟兄們同坐漢陽營， 　　　細看錦囊上面情。 　　　漢業至今四百零，
諸葛亮	（白）我保劉主尚未得帝，怎麼就知四百零？
徐　庶	（白）非也。高皇提三尺劍，斬白蛇以來，相傳與獻帝，可有四百餘載？

諸葛亮　（白）不錯，有四百餘載。
徐　庶　（唱）建安登基數三雄。
徐　庶　（白）奸雄曹操，英雄孫權，梟雄劉……
諸葛亮　（白）低聲！
　　　　（合笑）
徐　庶　（唱）三國不和刀兵動，
　　　　　　　荊襄王有子與無同[30]。
諸葛亮　（白）荊襄現有二位殿下[31]，長子劉琦，次子劉琮，怎說他無子？
徐　庶　（白）只因蔡后不賢，貶長撫幼，文武不服[32]，百姓皆怨。他母子招
　　　　　　　慌，連夜下詔書一道，將荊襄九郡獻與曹操[33]。曹操不仁，將
　　　　　　　他母子責貶泰州，又差大將于禁，斷在中途路上[34]，將他母子
　　　　　　　刺殺。可是有子不能承受父業[35]，即是無子。
諸葛亮　（白）看起來盡是喪邦之犬也。
徐　庶　（唱）走青馬飛來逃臥龍，
諸葛亮　（白）這走青馬是甚麼人？
徐　庶　（白）就是二道公。
諸葛亮　（白）他乃三國名將，倘若敗陣，豈不失了將軍一世之威名？還要避
　　　　　　　過此陣好[36]。
徐　庶　（白）江夏大太子劉琦那裏，有二十五萬鐵甲雄兵[37]，令他前去借
　　　　　　　兵[38]，可以避過此陣。
諸葛亮　（白）逃臥龍不肖說弟了，望師兄指引我一條出路？
徐　庶　（白）就說二千歲借兵，有慢無緊，你要前去催兵將，也可以避過
　　　　　　　此陣。
諸葛亮　（白）弟記下了。
徐　庶　（唱）長坂坡前救真龍，
諸葛亮　（白）救真龍，敢是劉備？
徐　庶　（白）非也。劉主不過馬上皇帝，後出阿斗太子，有四十二年天下，
　　　　　　　那才是你的真主。
諸葛亮　（白）我定要保劉皇叔一統天下？
徐　庶　（白）師弟！不可扭天行事。
諸葛亮　（白）弟記下了。請主公！
　　　　（二太監引劉備上）

劉　備　（念）三國紛紛動，
　　　　　　　何日得太平？
徐　庶　（白）主公！
劉　備　（白）先生軍務之事[39]，可曾說明？
徐　庶　（白）都說明了。請問主公，起兵一日行得多少路？
劉　備　（白）多則五六十里，少則四五十里[40]。
徐　庶　（白）難道眾將都無姓騎[41]？
劉　備　（白）先生那裏知道？只為新野樊城百姓牽纏，因此行走得慢。
徐　庶　（白）既是這等，臣回曹營多限日期[42]，遠奔為妙[43]。
劉　備　（白）先生！對曹操說，多限日期，等我君臣慢慢行走。
徐　庶　（白）多限日期，不知緊要，曹操乃奸詐之徒，恐怕猜破機關，大事難成！
劉　備　（白）依孤之見，先生不要回去罷，在漢陽保孤。左有先生，右有孔明，孤家穩如磐石矣！
徐　庶　（白）臣本當在此，效犬馬之勞，只是一件難捨[44]。
劉　備　（白）那一件？
徐　庶　（白）臣母骨難捨。
劉　備　（白）吓，先生！想我兄皇在日，董卓掌權，忠良設計而滅。孤家一生，大事未成，後有曹操，行事過如董卓。孤有心與兄皇報仇，怎奈兵微將寡[45]，能說不能行也！
　　　　　（唱）與先生同坐漢陽院，
　　　　　　　把孤家苦楚對你言。
　　　　　　　孤家住在河北小涿縣[46]，
　　　　　　　大樹樓桑有家園[47]。
　　　　　　　我三人相會范陽鎮[48]，
　　　　　　　弟兄們結拜在桃園。
　　　　　　　爐中焚香曾盟願，
　　　　　　　烏牛祭地馬祭天。
　　　　　　　東破黃巾兵百萬，
　　　　　　　西擒呂布那風光[49]。
　　　　　　　曹操將孤帶上殿，
　　　　　　　建安天子來封官。

封我綽魔大元帥,
認做皇叔非等閑。
曹操設下梅廷宴[50],
要害弟兄散桃園。
聞雷失箸胸中坎[51],
擊破曹瞞巧機關[52]。
小旗山前曾交戰,
誆了曹兵有三千。
兄皇分我新野縣,
穩坐新野帶管樊。
有心與兄報仇怨,
怎奈大兵不滿千。
如今曹操兵又變,
教孤何處把身安。
赤手空拳男兒漢,
水面浮萍上下翻。
從頭至尾說一遍,
你道我慘然不慘然[53]。

諸葛亮　(唱[54])劉王哭得真可嘆,
　　　　　　孔明一傍淚不乾。

徐　庶　(唱)他是馬上真皇帝,
　　　　　　後出阿斗四十年[55]。

諸葛亮　(唱)師兄說幾句好話把主勸!

徐　庶　(白)吓[56],
　　　　(唱)劉主爺莫哭心放寬[57]。
　　　　(唱)【導板】
　　　　　　楚漢二家爭秦川,
　　　　　　兩下大戰結下冤。
　　　　　　英布彭越是好漢[58],
　　　　　　又有蕭何與曹參[59]。
　　　　　　范增亞父如神算,
　　　　　　項羽不斬八大賢。

　　　　　　韓信謀士連營戰，
　　　　　　十面埋伏九里山[60]。
　　　　　　勒逼霸王在烏江岸，
　　　　　　一統山河歸漢元。
　　　　　　後出王莽把位篡[61]，
　　　　　　三杯藥酒喪黃泉。
　　　　　　先王也曾逃過難，
　　　　　　何況我主不周全。
　　　　　　晏子林也曾把賢薦，
　　　　　　南陽府招下鄧禹先。
　　　　　　姚期馬武岑志遠[62]，
　　　　　　杜茂吳漢錦白猿。
　　　　　　白水村裏曾結義，
　　　　　　共足二十八大員。
　　　　　　剮王莽只在雲臺觀，
　　　　　　拿住蘇獻報仇冤。
　　　　　　先王駕坐漢陽縣，
　　　　　　天子改國號光武年[63]。
　　　　　　不必掛口常常念，
　　　　　　自有地方來周全。
　　　　　　漢陽院內把禮見，
劉　　備　（唱）先生此去王不安。
徐　　庶　（唱）轉面我把師弟勸，
　　　　　　愚兄言來聽心間。
　　　　　　興兵莫把大炮點，
　　　　　　安營切莫在深山。
　　　　　　怕是曹操命人探，
　　　　　　君臣未作一防燃。
　　　　　　今日分別漢陽院，
諸葛亮　（白）師兄在那裏相會？
徐　　庶　（唱）要相逢除非南屏山[64]。
諸葛亮　（白）請！

徐　庶	（白）請！
	（下）
諸葛亮	（唱）我未到東吳把風祭，
	他先説相會南屏山。
	徐庶八卦如神算，
	與我孔明都一般。
	（白）啓主公！江夏大太子劉琦那裏，還有二十五萬鐵甲雄兵，命二千歲前去搬兵[65]。
劉　備	（白）家眷何人保守？
諸葛亮	（白）家眷付與四千歲保守，料無遺失。
劉　備	（白）來！
	（手下應）
劉　備	（白）請二千歲同四千歲進帳！
	（手下應）
	（趙雲上）
趙　雲	（白）領旨。
關　羽	（念）人賽金剛馬賽龍，
趙　雲	（念）文又精來武又通。
關　羽	（念）蒲州解良關元帥[66]。
趙　雲	（念）真定常山趙子龍。
關　羽	（念）兄王臺前深施禮，
趙　雲	（念）先生坐前打一恭！
關　羽 趙　雲	（同白）大哥有何差遣？
劉　備	（白）先生有差。
關　羽 趙　雲	（同白）先生有何差遣？
諸葛亮	（白）二千歲有所不知。今有曹操設下調虎離山之計，你可往江夏，大太子劉琦那裏還有二十五萬鐵甲雄兵，命二千歲前去搬兵相助，不得有誤。
關　羽	（白）家眷何人保守？
諸葛亮	（白）交付四千歲，料然無事[67]。

關　羽　（白）四弟請來，愚兄一禮！
趙　雲　（白）不敢。
關　羽　（唱）深施一禮保家眷，
　　　　　　　兄有大難心不安。
　　　　　　　曾記徐州來失散，
　　　　　　　兄南弟北各一方。
　　　　　　　愚兄保定二皇嫂，
　　　　　　　被賊圍困在土山[68]。
　　　　　　　來了能言張文遠，
　　　　　　　順說愚兄降曹瞞[69]，
　　　　　　　上馬金來下馬宴，
　　　　　　　美女十人兄不貪。
　　　　　　　那日曹府飲酒宴，
　　　　　　　滾滾藍旗報席前。
　　　　　　　河北來了二員將，
　　　　　　　聲聲要會關美髯。
　　　　　　　槽頭帶過赤兔馬，
　　　　　　　青龍偃月手內懸。
　　　　　　　斬顏良誅文醜把書見[70]，
　　　　　　　好叫我關美髯珠淚不乾。
　　　　　　　辭曹三次曹不見，
　　　　　　　壽亭侯印信梁中懸[71]。
　　　　　　　過五關曾把六將斬，
　　　　　　　立斬蔡陽古城邊。
　　　　　　　說此話非兄誇好漢，
趙　雲　（唱）這一陣怎比出五關。
關　羽　（唱）兄王家眷你照管，
趙　雲　（同唱）
關　羽　　　　敢說敢應敢承擔[72]。
　　　　（趙雲下）
關　羽　（唱）深施一禮別兄皇，
劉　備　（唱）二弟搬兵要速忙。

關　羽　（唱）叫小校帶馬征轅上[73]，
　　　　　　　二爺有言聽心傍。
　　　　　　　此番江夏搬兵將，
　　　　　　　鞍前馬後要緊防。
　　　　　　　身跨赤兔手捉繮，
　　　　（白）先生！某在那裏接駕？
諸葛亮　（白）在當陽接駕。
關　羽　（白）知道了。
　　　　（唱）到後來接駕在當陽。
　　　　（下）
諸葛亮　（唱）大事安排關美髯，
　　　　　　　各人有事心不安。
諸葛亮　（白）不免在主公上面告駕。
　　　　（張翼德上）
張　飛　（念）走馬蹈山川，
　　　　　　　某到鬼神驚。
　　　　（白）某張翼德[74]，正在後帳論軍情大事[75]，忽聽師爺在大哥上面告駕，不知往何處公幹？待某進帳，問過明白。吓！大哥！先生！
劉　備　（白）三弟少禮。
諸葛亮　（白）三千歲！山人無令[76]，進帳何事？
張　飛　（白）先生！你在兄皇上面告駕，往何處公幹？
諸葛亮　（白）三千歲有所不知，只因二千歲往江夏搬兵，有慢無緊，山人前去復催兵將[77]。
張　飛　（白[78]）那裏是復催兵將，分明是見曹操帶領八十三萬人馬，遮天蓋地而來，你心中害怕，是與不是？
諸葛亮　（白）並無此意。
張　飛　（白）你要去只管去，將俺大哥留下[79]，倘若弟兄不死，還有相會之日。
張　飛　（唱[80]）先生做事太不良，
　　　　　　　安排偽計哄老張[81]。
　　　　　　　要去留下吾兄長[82]，

　　　　　　（白）咳！我好悔也！
諸葛亮　（白）三千歲悔者何來？
張　飛　（唱）悔不該三請臥龍崗。
張　飛　（白[83]）你去你走！
　　　　　（笑下）
諸葛亮　（白）我道張飛有勇無謀，今出此言倒是粗中有細[84]，日後不可輕視與他[85]。主公告駕！
劉　備　（白）先生那裏去？
諸葛亮　（白）臣要前去，復催兵將[86]。
劉　備　（白）軍務大事，何人執掌？
諸葛亮　（白）付與簡雍。
劉　備　（白）請簡雍先生！
　　　　　（簡雍應上）
簡　雍　（唱）後面來了小簡雍，
　　　　　　　劉主駕前當先生。
　　　　　　　也會掐來也會算[87]，
　　　　　　　也會走馬拉硬弓[88]。
　　　　　　　我算天上有玉皇，
　　　　　　　算定海底有龍王。
　　　　　　　烏鴉飛從頭上過，
　　　　　　　算他翎毛有多長[89]。
　　　　　　　孔明定下逃脫計，
　　　　　　　假意上前賣伴裝[90]。
　　　　　　　主公台前深施禮，
　　　　　　　見了師兄問安康。
　　　　　（白）師兄有何差遣？
諸葛亮　（白）我往江夏催兵，軍務大事，付爾執掌[91]！
簡　雍　（白）師兄！你那是催兵？見曹兵到了，就此臨陣脫逃[92]，是與不是？
諸葛亮　（白）怎麼知道？
簡　雍　（白）我也知道前三天後三日的事，豈不知你要偷跑？
諸葛亮　（白）你既知道，兄也不來瞞你。軍務之事，須要小心。

簡　　雍　（白）小弟領命。
諸葛亮　（唱）賢弟請上受我託一遍，
　　　　　　　愚兄言來你聽心間[93]。
　　　　　　　興兵莫把大炮點，
　　　　　　　倚山休要紮營盤[94]。
　　　　　　　怕的曹操命人探，
　　　　　　　時時刻刻要緊防。
簡　　雍　（白）小弟知道。
諸葛亮　（接唱）別主公辭出漢陽院，
簡　　雍　（白）師兄請轉！
諸葛亮　（白）何事？
簡　　雍　（白）在那裏相會？
諸葛亮　（唱）不久江夏又團圓。
　　　　　（下）
簡　　雍　（唱）孔明離了漢陽院，
　　　　　　　丟下了大事我作難。
　　　　　　　放心不下掐指算，
　　　　　（下，簡雍回首再唱[95]）
　　　　　　　曹操人馬似冰山。
簡　　雍　（白）啓主公！曹操兵到，請主公起駕[96]。
劉　　備　（白）請二位皇娘！
手　　下　（白）請二位皇娘！
　　　　　（甘夫人上）
甘夫人　（唱）忽聽雲板三下響，
糜夫人　（唱）懷抱阿斗出蘭房[97]。
甘夫人　（唱）烏鴉不住連聲叫，
糜夫人　（唱）不知何處動刀槍？
甘夫人　（唱）姐妹們來至書房內，
糜夫人　（唱）主公爲何放愁腸。
甘夫人
糜夫人　（同白）主公爲何在此？
劉　　備　（白）今有曹操帶領八十三萬人馬，遮天蓋地而來，快快逃生去罷，

　　　　　　帶馬！

趙　雲　（白）領旨。

　　　　（【尾】）山崩地列乾坤亂，

　　　　　　　　繞動山河社稷川。

　　　　　　　　未知干戈太平年。

　　　　（同下）

校記

［1］長坂坡：此劇名，原本、"三慶班"本均作"長板坡"。今據《三國演義》改。

［2］第一場：原本不分場。今依劇情析爲十場。

［3］胸裝韜略件件能："裝"字，原本作"莊"。今改。"三慶班"本作"藏"。

［4］曹操待我如珠寶："如"字，原本作"與"。今從"三慶班"本改。

［5］私自裏議中原謀占山河："議中"二字，原本作"義忠"。今從"三慶班"本改。

［6］諸葛亮唱："唱"字，原本無。今補。下同。下文"白"字，原本亦無。今補。下同。均不另出校。

［7］一統山河歸劉王："王"字，原本作"主"，失韻。今從"三慶班"本改。

［8］必是徐元直了："直"字，原本作"植"。今依前文改。

［9］焉有不相見之理："理"字，原本音假作"禮"。今從"三慶班"本改。下同。

［10］千丈黄河探到底："千丈"二字之前，"三慶班"本有"三"字。今不從。

［11］既知徐庶來之意："之"字，原本、"三慶班"本均作"力"。今改。

［12］皇叔臺前問安泰："泰"字，原本作"太"。"泰"與"太"，本有一義通。爲免歧義，今改。下同。"三慶班"本作"奉"。

［13］得了東吳四六開："得"字，原本作"德"。今從"三慶班"本改。

［14］主公可發人馬："公"字，"三慶班"本作"人"。

［15］又恐曹有殺："又"字之前，原本有一"謀"字，衍。今依文意删。

［16］前去重叙弟兄情："重叙"二字，原本、"三慶班"本均無。今依文意及句式字數補。

［17］虎入牢籠："牢籠"二字，原本作"龍牢"。今從"三慶班"本改。

［18］且先與曹操作個榜樣："且"字，原本作"斷"。今從"三慶班"本改。"榜"字，原本、"三慶班"本均作"綁"。今改。

［19］道說徐庶是奸殘："徐"字，原本漏。今依情補。

[20] 我袖暗八卦："卦"字，原本作"卜"。今從"三慶班"本改。
[21] 不足十員："員"字，原本爲墨丁。今從"三慶班"本改。
[22] 諸葛亮白：此提示，原本漏。今從"三慶班"本補。
[23] 二十八萬："八"字，原本作"入"。今從"三慶班"本改。
[24] 一刀兩段："段"字，原本作"斷"。今從"三慶班"本改。
[25] 倒教孔明心不安："倒"字，原本、"三慶班"本均作"到"。今改。
[26] 目下未曾作防燃："燃"字，原本、"三慶班"本均作"然"。今依文意改。下同。
[27] 未曾做一防燃眉之計："燃"字，原本漏。今依文意補。
[28] 以救我君臣燃眉之災："災"字，原本作"計"，語不通。今依文意改。
[29] 看起來他的八卦比我更勝："起"字，原本作"豈"。今從"三慶班"本改。
[30] 荊襄王有子與無同："與無同"，原本作"不與無"，意不明又失韻。今改。
[31] 荊襄現有二位殿下："現"字，原本作"獻"。今從"三慶班"本改。
[32] 文武不服："服"字，原本、"三慶班"本均作"伏"。今改。
[33] 將荊襄九郡獻與曹操："荊襄"二字之前，原本有"曹操"二字，衍。今刪。
[34] 又差大將于禁，斷在中途路上："于"字，原本作"余"。今依"三慶班"本改。"斷"字，原本、"三慶班"本均作"短"。今依文意改。
[35] 不能承受父業："承"字，原本作"成"。"三慶班"本已改。今從。
[36] 還要避過此陣好："避"字，原本作"逼"。"三慶班"本已改。今從。下同。
[37] 有二十五萬鐵甲雄兵："有"字，原本、"三慶班"本均無。今依文意補。
[38] 令他前去借兵："令"字，原本、"三慶班"本均無。今依文意補。
[39] 先生軍務之事："先生"二字，原本倒置爲"生先"。今改。
[40] 少則四五十里："四五十"三字，原本誤置"四十五"。今從"三慶班"本改。
[41] 難道衆將都無牲騎："衆"字，原本、"三慶班"本均作"重"，非是。今依文意改。下同。"牲"字，原本作"性"。"三慶班"本已改。今從。
[42] 多限日期："期"字，原本作"欺"。"三慶班"本已改，今從。下同。
[43] 遠奔爲妙："奔"字，原本、"三慶班"本均作"背"，非是。今依文意改。
[44] 只是一件難捨："捨"字，原本作"抬"；"三慶班"本作"事"。今依文意改。下同。
[45] 怎奈兵微將寡："奈"字，"三慶班"本作"難"；"微"字，原本作"唯"。今依文意改。
[46] 家住在河北小涿縣："涿縣"，原本、"三慶班"本均作"沛縣"。"河北"，"三慶班"本作"湖北"。今依《三國演義》改。

[47] 大樹樓桑有家園："園"字,原本、"三慶班"本均作"原"。今改。

[48] 我三人相會范陽鎮："范"字,原本、"三慶班"本均作"泛"。今依《三國演義》改。

[49] 西擒呂布那風光："那"字,原本作"拿"。今從"三慶班"本改。

[50] 曹操設下梅亭宴："梅亭宴",原本作"梅廷晏","三慶班"本作"梅廷宴"。今依《三國演義》改。

[51] 聞雷失箸胸中坎："胸中坎","三慶班"本改作"一中坎"。不從。

[52] 擊破曹瞞巧機關："擊"字,原本作"積","三慶班"本作"免"。今依文意改。

[53] 你道我慘然不慘然："道"字,原本為墨丁。"三慶班"本作"道"。今從。

[54] 諸葛亮唱:此提示,原本漏。今從"三慶班"本補。

[55] 後出阿斗四十年："阿"字,原本作"窩"。今從"三慶班"本改。下同。"十"字,原本作"有"。今從"三慶班"本改。

[56] 徐庶白吓:此提示,原本為墨丁。今從"三慶班"本補。

[57] 劉主爺莫哭心放寬："莫"字,原本、"三慶班"本均作"没"。今依文意改。

[58] 英布彭越是好漢："英布",原本作"殷布"。今從"三慶班"本改。

[59] 又有蕭何與曹參："參"字,原本作"叅"。今依《漢書》改。

[60] 十面埋伏九里山："面"字,原本、"三慶班"本均作"里"。今依《史記》改。

[61] 後出王莽把位篡："莽"字,原本作"蟒"。今從"三慶班"本改。下同。

[62] 姚期馬武岑志遠："姚期"二字,原本、"三慶班"本均作"姚奇"。今依《後漢書》改。

[63] 天子改國號光武年："子"字,原本無。今從"三慶班"本補,但該本刪去"號"不從。

[64] 要相逢除非南屏山："南屏山",原本、"三慶班"本均作"南坪山"。今依《三國演義》改。下同。

[65] 命二千歲前去搬兵："搬兵",原本、"三慶班"本均作"頒兵"。今依文意改。下同。

[66] 蒲州解良關元帥："蒲"字,原本作"浦"。今從"三慶班"本改。"解良",原本、"三慶班"本均作"解糧"。今依《三國演義》改。

[67] 交付四千歲,料然無事:"四千歲"三字,"三慶班"本漏。

[68] 被賊圍困在土山："土山",原本、"三慶班"本均作"此山"。今依《三國演義》改。

[69] 順說愚兄降曹瞞："瞞"字,原本漏。今依文意補。

[70] 斬顏良誅文醜："誅"字,原本作"朱"。今從"三慶班"本改。

［71］壽亭侯印信梁中懸：此句，原本作"壽廷侯印信中梁懸"。今從"三慶班"本改。

［72］敢説敢應敢承擔："擔"字，原本作"眈"，"三慶班"本作"當"。今依文意改。

［73］叫小校帶馬征轅上："征"字，原本、"三慶班"本均無。今依文意改。

［74］某張翼德："翼"字，原本作"義"。今從"三慶班"本改。下同。

［75］軍情大事："情"字，原本作"請"。今從"三慶班"本改。

［76］山人無令："令"字，原本作"今"。今從"三慶班"本改。下同。

［77］山人前去復催兵將："去"字，原本作"兵"。今從"三慶班"本改。

［78］張飛白：此"白"字，原本、"三慶班"本均作"唱"。今依文意改。

［79］將俺大哥留下："留"字，原本作"擲"，"三慶班"本作"抛"，均不妥。今依文意改。

［80］張飛唱：此提示，原本、"三慶班"本均無。今依文意補。

［81］安排僞計哄老張："僞"字，原本作"定"。今從"三慶班"本改。

［82］要去留下吾兄長："留"字，原本作"搬"，"三慶班"本作"抛"，均不妥。今依文意改。

［83］張飛白：原本、"三慶班"本均無此提示。今依文意補。

［84］倒是粗中有細："倒"字，原本、"三慶班"本均作"到"。今依文意改。

［85］日後不可輕視與他："視"字，原本、"三慶班"本均作"失"。今依文意改。

［86］復催兵將："復"字，原本誤作"伏"。今從"三慶班"本改。

［87］也會掐來也會算："掐"字，原本、"三慶班"本均作"恰"。今依文意改。下同。

［88］也會走馬拉硬弓："拉硬弓"三字，原本作二字"挭弓"。今從"三慶班"本改。

［89］算他翎毛有多長："多"字，"三慶班"本作"都"，非是。不從。

［90］假意上前賣佯裝："賣佯裝"三字，原本作"賣陽妝"，"三慶班"本作"費神妝"，均誤。今依文意改。

［91］付爾執掌："爾"字，原本作"與"，"三慶班"本作"與簡雍"，均不妥。今依文意改。

［92］就此臨陣脱逃："就此"二字，原本爲墨丁。今從"三慶班"本改。

［93］愚兄言來你聽心間："聽"字，原本、"三慶班"本均無。今依文意補。

［94］倚山休要紮營盤："倚"字，原本作"崎"。今從"三慶班"本改。"休"字，"三慶班"本作"林"。不從。

［95］回首再唱：此四字，原本無。今從"三慶班"本補。

[96] 請主公起駕:"請"字,原本作"清"。今從"三慶班"本改。
[97] 懷抱阿斗出蘭房:"抱"字,原本作"胞"。今從"三慶班"本改。

第 二 場

(四手下引曹操上)

曹　操　(念)(引【點絳唇[1]】)
　　　　　執掌雄兵[2],
　　　　　掃蕩烟雲[3]。
　　　　　將士勇,
　　　　　豹略龍爭,
　　　　　孫劉膽喪盡。

曹　操　(念)蓋世乾坤已破,
　　　　　一心扶力山河。
　　　　　斬殺不由獻帝,
　　　　　孫劉盡在掌握[4]。

　　　　　(白)老夫姓曹名操,字孟德,乃曹參之後,曹嵩之子。五百年前是漢[5]。吾私保舉[6],獻劍殺卓,在穿衣鏡內走風。是吾誆良馬二騎逃出都城,在河北結連諸侯[7],掃卓滅布。獻帝見喜,纔封一字漢大丞相。可恨桃園弟兄,居往漢陽,心想一網打盡,不知天意如何?也曾命徐庶下書,未見回音。來!伺候。

(徐庶上)

徐　庶　(白)大事安排定,進帳回信音。山人有禮!

曹　操　(白)少禮!請坐。先生!劉備可曾發兵前來?

徐　庶　(白)劉皇叔倒要發兵,內有一人打擾!

曹　操　(白)他是何人?

徐　庶　(白)諸葛先生。

曹　操　(白)老夫就知道,這牛鼻道人打擾!先生鞍馬勞頓,後帳歇息。

徐　庶　(白)謝丞相!
　　　　　(念)曹操枉做南柯夢[8],
　　　　　　　想害桃園萬不能。
　　　　　(下)

曹　操　（白）眾將！
手　下　（白）有！
曹　操　（白）傳令下去，命大將張郃帶領八十三萬人馬，把住長坂坡的要路，捉拿桃園弟兄[9]。

　　　　（掩門下）

校記

［1］點絳唇："絳"字，原本、"三慶班"本均作"將"。今依曲譜改。
［2］執掌雄兵："雄兵"，原本誤作"誰兵"，"三慶班"本作"兵權"，亦可。今依原本句式改。
［3］掃蕩烟雲："雲"字，原本作"纏"。今從"三慶班"本改。
［4］孫劉盡在掌握："握"字，原本作"約"。今從"三慶班"本改。
［5］五百年前是漢：此句，"三慶班"本作"五丟去前是漢"。不從。
［6］吾私保舉："保"字，原本作"報"。今從"三慶班"本改。
［7］在河北結連諸侯："河"字，"三慶班"本誤作"湖"；"諸侯"，原本、"三慶班"本均誤作"褚舞"。今依文意改。
［8］曹操枉做南柯夢："枉"字，原本作"往"，"三慶班"本作"徒"。今依文意改。
［9］捉拿桃園弟兄："兄"字，原本漏。今從"三慶班"本補。

第 三 場

　　　　（四小軍引張郃上）
張　郃　（念）銀盔山頂雪[1]，
　　　　　　　跨下九秋霜[2]。
　　　　　　　赤臉長鬚面，
　　　　　　　臨陣賽天王。
　　　　（白）某大將張郃。奉丞相之命，帶領八十三萬人馬，把住長坂坡前，捉拿桃園弟兄。眾將催動人馬！
　　　　（簡雍上）
簡　雍　（念）一人拼命[3]，
　　　　　　　萬夫難當[4]。
　　　　（白）請劉主趲路！

（糜夫人、劉備、趙雲同上）

劉　備　（念）雁門關上心焦急，
　　　　　　　二目圓睜似火燒[5]。
　　　　　　　二弟搬兵不見到，
　　　　　　　時時刻刻在心梢。
　　　　　　　耳邊聽得放大炮響，
　　　　　　　四弟前去問根苗。
　　　　（白）四弟！曹操兵到，如何是好？
趙　雲　（白）兄皇不必驚慌，小弟保守家眷，何人能保大哥？
簡　雍　（白）有我。
趙　雲　（白）如此甚好[6]，催馬趲路。
劉　備　（唱）叫四弟你把二皇嫂保，
　　　　　　　今日要顯將英豪。
（簡雍、劉備下，趙雲殺下，驚懼下，張郃邊上，甘、糜夫人、趙雲上）

甘夫人
糜夫人　（同唱[7]）
　　　　　　　四下重圍誰敢闖，
　　　　　　　唬得我膽戰心著忙。
　　　　　　　四皇叔快定良謀廣，
　　　　　　　搭救爲嫂出禍殃。
趙　雲　（唱）二位皇嫂不必慌，
　　　　　　　爲臣保駕在身傍。
　　　　　　　那怕曹兵千百萬，
　　　　　　　殺得血流滿長坂。
（甘、糜夫人下，張郃上殺，趙雲下，張郃追下，甘、糜二夫人走失，敗下，趙雲走場）

趙　雲　（白）皇嫂！
　　　　（吶喊）
趙　雲　（白）皇嫂！阿呀，不好了！
　　　　（張郃殺，趙雲下）（張郃追劉備，殺去四小軍）
劉　備　（唱）長坂坡圍困漢劉備，
　　　　　　　我有苦楚向誰提。

　　　　　哭聲二弟和三弟,
　　　　　　子龍將軍在那裏?
　　　　　長坂坡哭殺了漢劉備。
　　　（張飛吶喊,馬上來唱)
張　飛　(唱)來了涿州張翼德,
　　　　　跨下烏騅馬似雲催[8]。
　　　　　手執鋼鞭逞英威,
　　　　　一馬闖在軍隊内[9],
　　　　　又見大哥兩淚垂。
　　　　　有了兄弟三騎馬,
　　　　　管保兄皇出重圍。
　　　（殺下介,張郃殺）
趙　雲　(唱)戰鼓鼕鼕世無比,
　　　　　手提銀槍花杆戰。
　　　　　臨潼會上伍子胥,
　　　　　霸王舉鼎有餘力。
　　　　　一馬撲在軍隊裏,
　　　　　又見大哥淚悲啼。
　　　　　有了弟兄三騎馬,
　　　　　願保大哥離此地。
　　　（張郃殺,劉備先下。趙雲、劉備、張飛同上,衆下,衆追下）
劉　備　(白)三弟四弟！來此甚麼所在,前去問來?
張　飛
趙　雲　(同白)得令！呔,來此甚麼所在?
　　　（内白應）當陽柳林。
張　飛
趙　雲　(同白)住著。啓大哥！來此當陽柳林。
劉　備　(白)查兵點數[10]?
張　飛
趙　雲　(同白)得令！呔！衆將！
　　　（内應有）
張　飛
趙　雲　(同白)查兵點數?

（內白）一兵一將不少，單少甘、糜二位皇娘娘[11]。

趙　雲　（白）住者。

張　飛　（白）啟大哥！一兵一將不少，單少甘、糜二位皇娘。

趙　雲　（白）噯呀！

劉　備　（白）怎麼講？呀！不好了！

（唱）長坂坡前失家眷，

（四手下、張郃上圈下，張飛、趙雲二望）

劉　備　（唱）好叫劉備淚不乾。

（張飛、趙雲同上）

劉　備　（唱）回言我把四弟怨，

　　　　　　　殺東滅西也枉然。

趙　雲　（白）吓！

（唱）【導板】

　　　　劉主爺哭得真可嘆，

張　飛　（白）四弟！

趙　雲　（白）在。

張　飛　（白）好將！

趙　雲　（白）弟也不弱。

張　飛　（白）你保的家眷呢？

趙　雲　（白）這個……

張　飛　（白）我保大哥一兵一將不少，你保二位皇娘往那裏去了，好將吓！保的家眷呢？

趙　雲　（白）噯呀三千歲！呀呀！

（唱）背轉身來把淚展，

　　　　君臣分別在漢陽院。

　　　　二千歲夏口把兵搬，

　　　　臨時起身託家眷。

　　　　他叫我軍隊把心耽，

　　　　失却娘娘不能見。

　　　　他夫妻父子不團圓，

　　　　說幾句好話把主勸。

　　　　休啼哭來把心耽，

> 長坂坡若見娘娘面，
> 管叫你夫妻父子永團圓。
> 劉主爺耐煩在柳林站，
> 長坂坡要找御駕還[12]。

劉　備　（唱）四弟好漢，
　　　　　愚兄言來你記心間[13]。
　　　　　夫妻好比窗前紙，
　　　　　揭去一張又一張。

趙　雲　（唱）劉主爺不必苦留戀，
　　　　　留住爲臣也枉然。
　　　　　我本是鼎天立地男兒漢，
　　　　　豈肯軍前落罵言。
　　　　　長坂坡不見娘娘面，
　　　　　縱死在坡前不還鄉。
　　　　（下）

劉　備　（白）四弟不要去！
張　飛　（白）大哥，你讓他去！
劉　備　（白）四弟不要去！
張　飛　（白）四弟，好將吓[14]！
劉　備　（白）噯！
　　　　（唱）三弟是個猛勇漢，
　　　　　激動了常山將一員[15]。
　　　　　倘若四弟有好歹，
　　　　　失却桃園不周全[16]。
　　　　　柳林帶馬莫待慢，
　　　　（張飛下）

劉　備　（白）三弟吓！
張　飛　（白）有。
劉　備　（唱）你用心把守當陽川。
　　　　（劉備下）

張　飛　（白）得令！
　　　　（唱）大哥馬上把令傳，

好叫翼德把心耽。
柳林上馬莫待慢,
俺老張把守當陽邊。

(下)

校記

[1] 銀盔山頂雪:"銀"字,原本、"三慶班"本作"良",非是。今改。下同。
[2] 跨下九秋霜:"跨"字,原本、"三慶班"本均作"洿",今依文意改。"霜"字,"三慶班"本漏。
[3] 一人拼命:"拼"字,原本、"三慶班"本均作"判"。今依文意改。
[4] 萬夫難當:"難"字,"三慶班"本作"不"。不從。
[5] 二目圓睁似火燒:"圓睁"二字,原本作"元挣"、"三慶班"本作"元争"。今依文意改。
[6] 如此甚好:"甚"字,原本作"勝"。今從"三慶班"本改。
[7] 唱:"唱"字,原本、"三慶班"本均作"去"。今改。下同。
[8] 跨下烏騅馬似雲催:"騅"字,原本、"三慶班"本均作"追"。今改。
[9] 一馬闖在軍隊内:"隊"字,原本作"對"。今改。
[10] 查兵點數:"點"字,原本作"蒲"。今從"三慶班"本改。下同。
[11] 單少甘糜二位皇娘娘:"糜"字,原本作"梅"。今從"三慶班"本改。
[12] 長坂坡要找御駕還:"找"字,原本作"我"。今從"三慶班"本改。下同。
[13] 愚兄言來你記心間:"記"字,原本無。今依文意補。
[14] 四弟好將吓:"四"字,原本漏。今從"三慶班"本補。
[15] 激動了常山將一員:"激"字,原本、"三慶班"本均作"急"。今依文意改。
[16] 失却桃園不周全:"園"字,原本作"圓"。今從"三慶班"本改。

第 四 場

趙 雲 (唱)趙雲打馬到荒郊[1],
殺人眼内仔細瞧。
杏黄旗上寫大字,
統兵元帥奸曹操。
虎在籠中怎不打,

> 唬得趙雲魂魄消。
> 豪傑放開潑天膽[2],
> 曹營內一個血染袍。

（張郃上殺,趙雲敗下）

張　郃　（白）吓！趙雲敗下去,槍法未亂,莫非有甚麼妙着在內。也罷,待我催馬趕上,討他幾着。

（下）

校記

[1] 趙雲打馬到荒郊:"荒"字,原本作"慌"。今從"三慶班"本改。
[2] 豪傑放開潑天膽:"開"字,原本作"門"。今從"三慶班"本改。

第　五　場

（趙雲上）

趙　雲　（白）哎吓！長坂坡閃出一員將,只在吾上,不在吾下。噯,等我點他一槍。

張　郃　（白）休走！

（殺,趙雲先下,張郃下,對槍,張郃下）

趙　雲　（唱）勒馬回頭下無情,
> 不料此槍脫了空。
> 不負你的武藝好,
> 負你一對好眼睛。
> 不是爾的跨下騎,
> 這一槍一槍紮爾透心紅。
> 長坂坡不見娘娘面,

（內喊"苦吓"）

趙　雲　（白）吓！
（唱）又聽得斷牆有人言[1]。
（白）娘娘！臣是子龍在此[2],快快出來逃命[3]。

（甘夫人內喊苦）

趙　雲　（唱）又聽斷牆有人言[4]。

|（白）臣是子龍，快快出來逃命！
（甘夫人上）去吓！

甘夫人　（唱）忽聽曹營放大炮，
　　　　　　　唬得哀家魂魄消。
　　　　　　　用手推開柳林草，
　　　　　　　見了四叔淚嚎啕。
趙　雲　（唱）趙雲只有一騎馬，
　　　　　　　娘娘乘騎臣步行。
　　　　（白）想俺趙雲，只有一騎馬，娘娘乘馬，俺步戰不成？
　　　　（內馬來）
趙　雲　（白）吓，長坂坡閃出一將，乘的一騎好馬，等他到來，借馬成功
　　　　　　　便了。
　　　　（唱）趙雲站個獵虎勢[5]，
　　　　　　　專等曹營送馬人。
曹　將　（白）休走吓[6]！
　　　　（唱）耳邊戰鼓響鼕鼕，
　　　　　　　萬馬營中逞英雄。
　　　　　　　叫聲趙雲休要走，
　　　　（趙雲招槍，殺下）
趙　雲　（唱）一槍殺你個透心紅。
　　　　　　　多虧曹營送馬人，
　　　　　　　長坂坡救出一條龍。
　　　　（甘夫人同下）

校記

[1] 又聽得斷牆有人言："斷牆"二字，原本作"決牆"，"三慶班"本作"尖尖"。今依文意改。

[2] 臣是子龍在此："子"字，原本作"紫"。今從"三慶班"本改。

[3] 快快出來逃命："來"字，原本無。今從"三慶班"本補。

[4] 又聽斷牆有人言："聽"字，原本作"叫"；"斷"字，原本作"決"，"三慶班"本作"缺"。今依文意改。

[5] 趙雲站個獵虎勢："站"字，原本作"跕"，今從"三慶班"本改。下同。"獵"

字,原本、"三慶班"本均作"烈",非是。今依文意改。

［6］曹將(白)休走呀:"曹將白",此三字,原本、《三慶班》本均無。今依劇情補;"休"字,原本、"三慶班"本均作"修"。今改。

第 六 場

(張飛上)

張　飛　(唱)四弟一去未見還,
　　　　　　　好叫翼德把心擔。
　　　　　　　勒馬停蹄橋頭站,
　　　　　　　候四弟到此問一番。

(趙雲,甘夫人上)

趙　雲　(唱)豪傑生來不可當,
　　　　　　　萬馬軍中逞豪強。
　　　　　　　尊聲娘娘快催馬,
　　　　　　　見了千歲說端詳。

張　飛　(白)四弟回來了?

趙　雲　(白)回來了。

張　飛　(白)可曾找着御駕?

趙　雲　(白)找着甘娘娘回來了!

張　飛　(白)怎麼不過橋來?

趙　雲　(白)千歲無令?

張　飛　(白)快請過橋!

趙　雲　(白)得令。請娘娘過橋?

(甘夫人下)

張　飛　(白)四弟過橋來?

趙　雲　(白)千歲!還有糜娘娘合太子尚在曹營[1],我要二次撲入曹營,找尋娘娘太子回來!

張　飛　(白)離亂年間,那婦人娃娃性命如同草芥,你乃大將,性命要緊,過橋來罷!

趙　雲　(白)是。

張　飛　(嚎白)你好不害羞?

趙　雲　（白）噯呀！

（唱）千歲說話不思量，

　　　自古天長人也長。

　　　萬馬軍中爲首將，

　　　常常招笑實難當。

　　　長坂坡不見娘娘面，

　　　死在坡前不還鄉。

（下）

張　飛　（笑唱）四弟好將真好將，

　　　長坂坡前降魏王[2]。

　　　四弟你把曹兵來殺盡，

　　　弟兄們拍手打掌笑一場。

（下）

校記

[1] 還有糜娘娘合太子尚在曹營："尚"字，原本作"已"。今從"三慶班"本改。

[2] 長坂坡前降魏王："坡"字，原本漏。今補。

第 七 場

（四卒引曹操上）（徐庶隨上）

曹　操　（唱）八月興兵百草黃，

　　　張郃領兵紮營房[1]。

　　　劉備好比窗前紙，

　　　孔明好比澗下泉。

　　　勒馬懸蹄軍前望，（上桌）

　　　再等兒郎報端詳。

（報子上）

報　子　（白）稟丞相！長坂坡前閃出一將，頭戴白銀盔[2]，身穿白甲，手執長槍[3]，跨下白龍馬，在我營殺個七進七出，但不知此將是誰？

曹　操　（白）再探！

（報子下）

曹　操　（白）先生！探子報到，那員將官是誰？
徐　庶　（白）此人乃真定常山人氏，姓趙名雲，字子龍。
曹　操　（白）可是破八門金鎖陣的趙雲？
徐　庶　（白）正是此人。
曹　操　（白）好將吓好將！
徐　庶　（白）丞相連嘆數聲好將，莫非有愛將之意？
曹　操　（白）好將人人所愛，何況一員上將！
徐　庶　（白）容山人思忖回話[4]。
曹　操　（白）先生請！
徐　庶　（白）哎，曹操有愛趙雲之意[5]，今日收了趙雲，不直緊要，後出阿斗有四十二年天下，何人扶保？哦！有了。自受劉主恩情，未曾報答，今日暗助他一陣便了。
曹　操　（白）先生爲何背地沉吟[6]？
徐　庶　（白）丞相要收趙雲不難，相爺吩咐我兵，不可暗放冷箭，生擒趙雲回營，山人自能訓說他歸降！
曹　操　（笑白）先生！你自進曹營，今日才與老夫辦了一樁好事。
徐　庶　（白）些須見識，何須掛齒！
曹　操　（白）先生，請到後營歇息。
徐　庶　（白）謝丞相。
　　　　（念）不多兩句話，
　　　　　　　勝助百萬兵。
　　　　（下）
曹　操　（白）衆將官！聽我一令！魏王傳將令，大小兒郎聽。灑下拌馬繩，挖下陷馬坑[7]。曹營齊吶喊，生擒活趙雲。只要活子龍，不要死趙雲。有人傷壞子龍將[8]，大隊人馬抵性命[9]。人馬排開陣勢，
　　　　（唱）鞭稍一舉人馬動，
　　　　　　　要擒桃園三弟兄。
　　　　（下）
趙　雲　（笑唱）趙雲只落一聲笑，
　　　　　　　堪笑曹營計不高。
　　　　（白）魏王傳將令，大小兒郎聽。灑下拌馬繩，挖下陷馬坑。曹營齊

呐喊,生擒活趙雲。只要活子龍,不要死趙雲。有人傷壞子龍將,大隊人馬抵性命。吓!曹賊想俺趙雲,得了!你這個號令只有我殺人[10],誰敢殺俺趙雲!吓!我且抖擻精神[11],與曹兵死戰幾合。

(唱)曹兵聽者休稱爾的威風,

俺趙四爺殺進來了。

(趙雲殺下)

(白)曹兵聽者,誰敢來比?

(笑下)

校記

[1] 張郃領兵紮營房:"郃"字,原本作"却"。今從"三慶班"本改。"領"字,原本、"三慶班"本均作"頒"。今依文意改。

[2] 頭戴白銀盔:此句,原本作"頭帶白艮盔"。今從"三慶班"本改。

[3] 手執長槍:此句,原本作"手執方天戟"。今從"三慶班"本改。

[4] 容山人思忖回話:"忖"字,原本作"村"。今從"三慶班"本改。

[5] 曹操有愛趙雲之意:"有"字,原本爲墨丁,"三慶班"本作"既"。今依文意改。

[6] 先生爲何背地沉吟:"背"字,原本作"被"。今從"三慶班"本改。"沉吟",原本作"沉音","三慶班"本作"岑吟"。今依文意改。

[7] 挖下陷馬坑:"挖"字,原本字迹不清。今從"三慶班"本改。

[8] 有人傷壞子龍將:"壞"字,原本作"坏"。"三慶班"本作"了"。今依文意改。

[9] 大隊人馬抵性命:"抵"字,原本作"底"。今從"三慶班"本改。

[10] 只有我殺人:"我"字,原本爲墨丁。今從"三慶班"本補。

[11] 我且抖擻精神:"擻"字,原本、"三慶班"本均作"搜"。今改。

第 八 場

(糜竺上)

糜　竺　(白)大將叫糜竺,劉備是俺親姐夫。俺糜竺[1]。四千歲在長坂坡前,殺個七進七出,無人敢當。是我瞞着劉主去至曹營,與四千歲掠陣一回。
（唱）糜竺眼內看不過，
　　　四千歲一派好韜略。
　　　殺了七進七合，
　　　他那裏越殺越快活。
　　　若還有人惹着我，
　　　一刀砍下後腦殼[2]。
（白）走吓！
（夏侯傑上）

夏侯傑　（唱）催命鼓來救命鑼，
　　　　　三國不和動干戈。
（白）俺大將夏侯傑是也。觀見趙雲在長坂坡前，殺了七進七出，無人敢當，不免到長坂坡生擒劉備，活捉張飛，稍帶上子功，豈不是好[3]。
（唱）自幼生來本領高，
　　　兩手能使大砍刀。
　　　若還有人來惹我，
　　　一刀砍斷爾的腰。
　　　言還未盡兵已來[4]，
（糜竺上）

糜　竺　（唱）老鼠兒出洞又遇貓。
夏侯傑　（白）自古道高高山上一隻雞，
糜　竺　（白）烏鴉敢把鳳凰欺。
夏侯傑　（白）常言道藝高人膽大，
糜　竺　（白）老子命喪你手內。
（夏侯傑來，夏侯傑擒糜竺，下）

校記

［1］俺糜竺："糜"字，原本作"梅"，"竺"字，原本爲墨丁。今從"三慶班"本改。

［2］一刀砍下後腦殼："腦殼"，原本、"三慶班"本均作"月盍"。今依文意改。

［3］稍帶上子功，豈不是好："功"字，原本空缺，"豈"字，原本作"起"。今從"三慶班"本補改。

[４]言還未盡兵已來："已"字,原本漏。今從"三慶班"本補。

第 九 場

趙　雲　（白）呀！看長坂坡閃出一將,馬上橫担一人[1],好似糜竺。等他到來,射他一箭。

　　　　（夏侯傑、糜竺、牌子）（趙雲招箭）

糜　竺　（白）原來是四千歲！

趙　雲　（白）你不在當陽保守主公御駕,過橋則甚？

糜　竺　（白）過橋與四千歲掠陣！

趙　雲　（白）慌亂年間,一人也保守不住,過橋去罷！

糜　竺　（白）謝千歲！哎,四千歲好妙的箭,一箭射在他的眼子裏面。哎！一枝好箭,待我拔回去。吓,他吃的是蜂糖？哎！該打該打！

　　　　（下）

趙　雲　（白）觀看死屍上傍,橫堆一物[2],霞光閃閃,不知甚麼物件？待俺下馬拾起。

　　　　（下馬,吶喊）（趙雲再看）

趙　雲　（白）吓！原來是口寶劍,上造字明白,名爲純鋼劍[3],想我趙雲得了此劍,呔！你趙四爺賞爾一劍去罷！

　　　　（唱）趙雲得劍真真妙,
　　　　　　　要與劉主立功勞。
　　　　　　　龍潭虎穴咱敢跳,
　　　　　　　森羅面前敢番招。
　　　　　　　單足踏的是乾坤軺[4],
　　　　　　　雙手一舉托天關。
　　　　　　　長坂坡不見娘娘面,

　　　　（內喊"苦吓"[5]）

趙　雲　（唱）又聽得斷牆哭聲高。

　　　　（白）娘娘！臣是子龍,何不出來逃命？

　　　　（糜夫人上）

糜夫人　（唱）忽聽得曹營放大炮[6],
　　　　　　　嚇得哀家魂魄消。

|||用手分開蘭林草[7]，
|||見了皇叔淚濠啕。
|||將太子付與皇叔抱，
| 趙　雲 | （唱） | 趙雲緊緊勒甲絛。
| 糜夫人 | （唱） | 皇叔那厢曹兵到，
| 趙　雲 | （白） | 在那裏？
| 糜夫人 | （唱） | 倒不如一命喪荒郊。
|||（下）
| 趙　雲 | （白） | 呵呀[8]！
|| （唱） | 娘娘一死臣知道，
|||爲的劉主莫下稍。
|||貞節賢女世間少，
|||金枝玉葉喪荒郊[9]。
|||太平年蓋下烈女廟，
|||春秋二祭把香燒。
|||趙雲力大實無比，
|||推牆一垛蓋井牢[10]。
|||趙雲翻身上白龍，
|||文又精來武又高[11]。
|||聽得曹營放大炮，
|||要與劉主立功勞[12]。
|||生死只在這一戰，
|||管叫曹營斷根苗。
|||（殺下）
| 張　郃 | （白） | 看趙雲越戰越勇，三軍挖下土坑。
|| 【幹牌子】呀！張郃、趙雲殺，張郃下）
| 趙　雲 | （唱） | 連人帶馬入土坑，
|||倒把趙雲吃一驚。
|| （白） | 主吓主！劉主若有天星之分[13]，天賜紅光一陣，將我君臣攝上土坑。劉主如無江山之分，把我君臣二個齊心早滅[14]！
|| （唱） | 不知誰的福分賤，
|||不知誰把誰牽連。

		大將不離陣頭死，
		瓦罐不離井口邊[15]。
		趙雲哭得真可嘆，
	（張郃上）	
張　郃	（唱）	張郃打馬走近前。
		手執金鞭搓往下刺，
		管叫你一命喪黃泉。
	（張郃殺下）	
趙　雲	（念）	連人帶馬出土坑，
		趙雲懷內抱真龍。
		聖天子百靈相助，
		大將軍八面威風。
	（白）	吠！曹兵聽者，誰敢來！
	（笑下）	

校記

[1] 馬上橫担一人："担"字，原本作"耽"。今改。

[2] 橫堆一物："堆"字，原本作"單"。今從"三慶班"本改。

[3] 名爲純鋼劍："純鋼劍"，原本作"繩剛箭"，"三慶班"本作"純剛劍"。今改。

[4] 單足踏的是乾坤韜："韜"字，"三慶班"本作"韜"。今不從。

[5] 內喊"苦吓"：此句，原本字迹不清。今從"三慶班"本補。

[6] 忽聽得曹營放大炮："曹"字，原本漏。今從"三慶班"本補。

[7] 分開蘭林草："分"字，原本作"吩"，"蘭"字，原本作"欄"。今從"三慶班"本改。

[8] 呵呀：此二字，原本作"付呀"，今從"三慶班"本改。

[9] 金枝玉葉喪荒郊："荒郊"二字，原本作"慌效"。今從"三慶班"本改。

[10] 推牆一垛蓋井牢："推"字，原本誤作"堆"；"垛"字，原本、"三慶班"本均作"朵"；"牢"字，原本、"三慶班"本均作"勞"。今依文意改。

[11] 文又精來武又高："高"字，原本作"通"，失韻。今依文意改。

[12] 要與劉主立功勞："勞"字，原本無；"立功勞"，"三慶班"本作"立大功"。今依文意音韻改。

[13] 劉主若有天星之分："分"字，原本作"忿"。今從"三慶班"本改。下同。

[14] 把我君臣二個齊心早滅："二"字,原本作"一"。今從"三慶班"本改。
[15] 瓦罐不離井口邊："罐"字,原本作"鑶"。今從"三慶班"本改。"口"字,原本作"冂","三慶班"本無。今依文意改。

第 十 場

（張郃上）

張　郃　（白）吓！趙雲出得土坑,頭上現出真龍,爾莫非有天星之分？呔！也不過是福星臨凡。稟丞相！趙雲逃走。

曹　操　（白）吩咐追趕！

張　郃　（白）追上前去！

（張飛上）

張　飛　（唱）素袍素甲素銀盔,
　　　　　　　丈八蛇矛跨馬追。
　　　　　　　虎牢關前戰呂布,
　　　　　　　鞭打溫侯紫雲盔。
　　　　　　　勒馬懸蹄橋頭站[1],
　　　　　　　峕候四弟轉回歸。

（趙雲上）

趙　雲　（唱）豪傑生來蓋世能,
　　　　　　　長槍短劍敵曹兵。
　　　　　　　非是趙雲誇海口,
　　　　　　　君臣雙雙進漢營[2]。

張　飛　（白[3]）四弟回來了？

趙　雲　（白）回來了。

張　飛　（白）救駕之事說來我聽[4]？

趙　雲　（白）這個！
　　　　　（內喊）曹兵追來,過橋再講？

張　飛　（白）如此過橋？

趙　雲　（白）吓,
　　　　　（唱）曹兵聽者誰敢來,
　　　　　　　趙四爺過橋去也。

張　飛　（笑下）（內喊）
張　飛　（白）看曹兵帶領人馬，遮天蓋地而來，俺老張一人在此，豈是他敵手？吓！有了。軍士再走上！
（四小軍上）
張　飛　（白）與我將柳稍砍下，綁在馬尾上，拖起萬年灰塵，助你千歲一陣！
（四小軍下）（手下、曹操上）
曹　操　（白）前道爲何不行？
手　下　（白）來此當陽柳林。
曹　操　（白）列開旗門[5]！
手　下　（白）吓！
曹　操　（唱）興兵當陽橋，
　　　　　　　舉目往上瞧。
　　　　　　　瑞氣遮天地，
　　　　　　　黃土萬丈高。
　　　　　　　一邊懸羊搖鼓，
　　　　　　　一邊餓馬撮糟[6]。
　　　　　　　明知劉備兵不滿千，
　　　　　　　爲甚麼地動山搖？
（【牌子】）
曹　操　（白）誰敢過橋？
曹　將　（白）末將敢過橋。
曹　操　（白）好，快過橋去！
曹　將　（白）得令。
（張飛"呔！阿呀"，曹將跌下）
手　下　（白）稟丞相！唬死一員大將。
曹　操　（白）不好了！【牌子】
　　　　（白）一齊涌過橋去[7]！
張　飛　（白）呔！
（龍、淨拿跳下）
張　飛　（白）曹操！你乃黃口乳子，怎驚你三千歲劈雷之聲，大吼一聲，唬得曹兵人踏人死，馬踏馬亡，喜之不盡，留詩一論[8]：橫眉神矛跨青驄[9]，當陽林前顯威風[10]。三聲震破敵人膽，唬退曹操百萬兵。

（笑下）

（曹操令衆將齊上）[11]

曹　操　（白）我兵行至當陽林前，閃出一將，生得豹頭環眼，大吼一聲，唬得我兵人踏人亡，馬踏馬亡，兵折數萬有餘。但不知此人是誰？吓，是了。曾記得二道公之言，道他有一位三弟，名喚張翼德，在兩軍陣前[12]，愛將者戰上三兩個回合，不愛將者大吼一聲，唬得那將落馬而亡。莫非就是此人？三軍！從今以後，袍角上造字，逢關張者不戰！前面甚麼地方？

手　下　（白）當陽林。

曹　操　（白）回當陽對面紮營。

手　下　吓！

（【尾】）長坂坡前動干戈，

　　　　調虎離山枉用過[13]，

　　　　誓滅孫劉回朝閣[14]。

（同下）

校記

［1］勒馬懸蹄橋頭站：此句，原本作"勒馬蹄懸口頭跕"。今從"三慶班"本改、補。

［2］君臣雙雙進漢營："漢"字，原本作"汗"，"三慶班"本誤作"奸"。今改。

［3］張飛白：此提示，原本空缺。今從"三慶班"本補。

［4］救駕之事說來我聽："聽"字，原本漏。今從"三慶班"本補。

［5］列開旗門："列"字，原本作"烈"。今從"三慶班"本改。

［6］一邊餓馬撮糟：原本"撮糟"，"三慶班"本作"養槽"。

［7］一齊涌過橋去："涌"字，原本、"三慶班"本均作"勇"。今改。

［8］留詩一論："論"字，"三慶班"本作"首"。

［9］橫眉神矛跨青驄："眉"字，原本、"三慶班"本均作"躭"。"矛"字，原本、"三慶班"本均作"柔"；"驄"字，原本、"三慶班"本均作"蹤"。今依文意改。

［10］當陽林前顯威風：此句，原本作"當陽林蔭這威口"。今從"三慶班"本改。

［11］曹操令衆將齊上："衆齊上"三字，原本爲墨丁。今從"三慶班"本補。

［12］在兩軍陣前："陣"字，原本、"三慶班"本均作"帳"。今依文意改。

［13］調虎離山枉用過："枉用過",原本作"往用過","三慶班"本作"往別過",均誤。今依文意改。
［14］誓滅孫劉回朝閣："誓滅"二字,原本空缺。"三慶班"本作"把",非是。今依文意補。

漢 津 口

盧勝奎 撰

解 題

  京劇。清盧勝奎撰。《京劇劇目辭典》著錄，題"漢津口"，又名"摔子驚曹"；署盧勝奎編劇。劇寫長坂坡之戰，劉備戰敗撤退，趙雲攜阿斗突圍。曹軍追趕趙雲至當陽橋。張飛獨立橋頭大吼一聲，吓退曹將。趙雲將阿斗交與劉備，劉備摔子以慰藉趙雲。張飛拆橋回報劉備。劉備嗔其失計，預料追兵將到，張飛大悔。劉備乃引衆急走漢津，行至河岸，爲大河所阻。曹操判斷張飛拆橋心怯，命將士急追劉備。危急關頭，諸葛亮和關羽從江夏借得劉琦援兵，一同前來救應，並保護劉備一行渡過漢津口，同往江夏。本事出於《三國演義》第四十二回。《三國志・蜀書・先生傳》與同書《關羽傳》裴松之注引《蜀記》載有此事。元刊《三國志平話》已有劉備甩子一節。此劇往往與《長坂坡》連演。版本今有《京劇彙編》收錄的馬連良藏本及以此本重刊的《京劇傳統劇目彙編》本。今以《京劇彙編》馬連良藏本爲底本，參考其他本校勘整理。

第 一 場

（四文堂、四刀手引關羽上）

關 羽 （念）【引】

  威震乾坤，

  扶漢室，

  一點丹忱。

（念）（詩）

  忠義一腔冠古今，

　　　　　補天扶日誌平生。
　　　　　英雄幾見稱天子？
　　　　　豪傑如斯乃聖人。
　　　（白）某，漢壽亭侯關羽。可恨曹操誆哄孺子。劉琮獻了荊襄，反遭其害。劉皇叔棄了新野，欲取荊州。曹兵百萬，追趕甚緊。因此，諸葛軍師命某前來江夏，向大公子劉琦搬兵求救。無奈他連日染病未痊，不能發兵。某今在此，心懸兩地。好不焦煩人也！
　　　（唱）【西皮原板】
　　　　　想國家氣運衰令人悲悼，
　　　　　嘆不盡創業難英雄功高。
　　　　　劉皇叔帝室後欲將國保，
　　　　　時不至空使人憂慮焦勞。
　　　（二家將扶劉琦上）
劉　琦　（唱）【西皮搖板】
　　　　　這幾日染病疴今覺略好，
　　　　　特來見漢壽侯發兵破曹。
　　　（白）關二叔。
關　羽　（白）大公子。
劉　琦　（白）請坐！
關　羽　（白）有坐。
劉　琦　（白）小侄染病，有失奉陪。遲誤國家大事，深感有罪。
關　羽　（白）公子貴恙既已痊癒，可即發兵，與某前去接應。恐劉皇叔懸望之至。
劉　琦　（白）發兵之事，小侄急如星火。適纔我已傳示大小將校府堂伺候。
關　羽　（白）即可點將發兵。
　　　（報子上）
報　子　（白）稟公子：孔明軍師到。
劉　琦
關　羽　（同白）啊！軍師為何來此？快快有請！
報　子　（白）有請軍師！
　　　（大吹打，諸葛亮上，劉琦、關羽迎介）

劉　琦	（同白）啊，軍師到了。請！
關　羽	
諸葛亮	（白）請！

（諸葛亮、關羽、劉琦同進介）

劉　琦　（白）請坐！

諸葛亮　（白）有坐。

劉　琦　（白）不知軍師駕到，未曾遠迎。當面恕罪！

諸葛亮　（白）唉！此刻閑言也不及敘了。主公兵敗當陽，久望關二將軍搬兵不到，故此山人親自前來。望公子念昔日之情，即速發兵才是。

劉　琦　（白）劉琦一聞叔父兵敗，恨不能插翅飛去接應。無奈患病數日，有誤大事。此刻正待發兵，不意軍師到來。

諸葛亮　（白）如此，可快快傳點兵將！

劉　琦　（白）是。眾將上堂聽令！

（四文堂、四大鎧、四將官兩邊上）

四將官　（同白）末將等參見軍師！

諸葛亮　（白）列位少禮。兩旁聽調！

四將官　（同白）啊！

劉　琦　（白）就請軍師發令！

諸葛亮　（白）有僭了。關二將軍可領兵一萬，從漢津陸地前往當陽，接應主公。不得有誤！

關　羽　（白）得令！

（唱）某正在心懸急軍師駕到，

好一似風雲會波浪騰蛟。

府堂上領雄兵諭令軍校，

斬曹賊準備某偃月鋼刀。

（四文堂、四刀手、關羽下）

諸葛亮　（唱）漢壽侯此一去吓煞曹操，

還需要劉公子水路相邀。

（白）公子，你可領兵一萬，從荆州水路接應。我自往夏口料理，亦來會合。舟船之上，須要小心。

劉　琦　（白）得令！

(唱)【西皮搖板】
　　感謝得軍師到將兵提調，
　　去水路接皇叔不辭辛勞。
(四文堂、四大鎧、劉琦下)

諸葛亮　(唱)【西皮搖板】
　　這二路安排定諒來可保，
　　只因是時未至故而奔勞。
(白)關羽、劉琦水陸二路已去，諒無可慮。我今去往夏口，收拾舊日軍馬，前往會合。左右，隨我夏口去者！

衆　　　(同白)啊！
諸葛亮　(唱)【西皮搖板】
　　曾學得黃石公兵機玄妙，
　　秉忠心保皇叔輔佐漢朝。
(同下)

第 二 場

曹　操　(內唱)【西皮導板】
　　張翼德長坂坡天神模樣！
(四紅文堂、四紅大鎧上，挖門。曹操冠戴不正上，大纛旗倒舉隨上)

曹　操　(唱)【西皮搖板】
　　吓壞了曹丞相馬蹄奔忙。
　　怕的他吼一聲有如雷響，
　　怕的他多勇力丈八鋼槍。
　　怕的他萬軍中斬取上將，
　　怕的他諸葛亮埋伏橋梁。
　　逃性命哪顧得人馬瞎闖，
(衆圓場)

曹　操　(白)咳！
(唱)任憑他劉玄德稱帝爲王。
(張遼、許褚、張郃、李典、樂進、曹仁、夏侯惇、夏侯淵上)

| 張　遼 |
| 許　褚 |
| 張　郃 |
| 李　典 |（同唱）又不曾打敗仗丞相何往？
| 樂　進 |　　　　飛馬來夾玉鞍挽住絲繮。
| 曹　仁 |
| 夏侯惇 |
| 夏侯淵 |

劉　琦　（白）丞相勿驚。諒那張飛一人，何足爲懼？今我軍急速回頭殺去，劉玄德可擒也。

曹　操　（白）唉！
　　　　（唱）劉玄德這三字且休再講，
　　　　　　　怕的是豹子頭環眼老張。

衆　將　（同白）何至如此？

曹　操　（唱）幸喜得我首級還在項上，
　　　　　　　且退兵息爭戰免得恐慌。

衆　將　（同白）丞相放心。我等俱都在此，何懼之有？

曹　操　（白）你等俱逃回來了麽？

衆　將　（同白）我等回來了。

曹　操　（白）吓煞我也。那張飛沒有殺來麽？

衆　將　（同白）何曾殺來？不知丞相爲何如此驚慌逃走？

曹　操　（白）衆將不知。非是孤不戰而退。只因昔日關羽曾與我言："張翼德在萬馬軍中取上將首級，如探囊取物。"今若是大意，又恐衆將有傷。故而逃之。

衆　將　（同白）啊！若依丞相之言，我等爲無用之人矣。
　　　　（同唱）
　　　　　　　自幼兒隨丞相無人敵擋，

張　遼　（唱）長坂坡遇張飛未見弱強。

曹　仁　（唱）今日裏見張飛分個上下，

衆　將　（同唱）
　　　　　　　捉劉玄德保丞相駕坐朝綱。

曹　操　（白）住了！你等俱要去戰張飛，待我差人打聽長坂坡消息，再戰不遲。

眾　將　（同白）是。
曹　操　（白）張遼、許褚聽令！
張　遼
許　褚　（同白）在！
曹　操　（白）你二人前去長坂橋,探聽張飛消息如何,速即回報！
　　　　（唱）你二人探消息小心前往,
張　遼
許　褚　（同白）得令！
曹　操　（唱）遇張飛即跑回遲誤有傷。
張　遼　（白）唉！
　　　　（唱）說一派喪氣話令人沮喪,
許　褚　（白）咳！
　　　　（唱）且去看真和假便知端詳。
　　　　（張遼、許褚下）
曹　操　（唱）我本是驚弓鳥無處躲藏,
　　　　　　　他二人初生犢不畏虎狼。
　　　　（白）眾將！
眾　將　（同白）丞相！
曹　操　（白）你等休逞血氣之勇,藐視張飛。聽我說與你們知道！
　　　　（唱）只看他那鬍鬚長得異樣,
　　　　　　　便可知戰呂布天下名揚。
　　　　　　　我和你保性命豈可孟浪,
　　　　　　　何況他還有個兄長雲長。
　　　　（許褚上）
許　褚　（唱）探知他缺兵計回復丞相,
　　　　（張遼上）
張　遼　（唱）霎時間無蹤影拆斷橋梁。
張　遼
許　褚　（同白）曹丞相：張飛已拆斷橋梁而去！
曹　操　（白）啊！拆斷橋梁而去？
張　遼
許　褚　（同白）是。
曹　操　（笑）啊哈哈哈……

|||（唱）聽此言不由我大笑拍掌，|
|那張飛也怕我兵勇將強。|

許　褚　（白）啊！
　　　　（唱）適纔間欲退兵多少惆悵，
張　遼　（唱）問丞相爲何事喜氣洋洋？
衆　將　（同白）請問丞相：爲何發此大笑？
曹　操　（笑）哈哈哈……
　　　　（白）我不笑別人，只笑張飛。真怕了我也，故而拆橋而去。衆將傳令：速搭浮橋而過。今夜必要將劉玄德擒拿！
李　典　（白）且慢！啓禀丞相：只恐怕是諸葛之詭計。我兵不可輕進！
曹　操　（白）哎呀李典，你好膽小！豈不知張飛一勇之夫，哪有詐謀？我們搭橋，只恐傳令不齊。衆將，各取大石一塊，填平溪河。違令者斬！
衆　將　（同白）啊！
曹　操　（唱）又有兵又有將何以不往？
　　　　　　　只用石便可以填平長江。
　　　　　　　捉玄德釜中魚豈可輕放？
　　　　　　　再遇着張翼德有我莫慌。

　　　　（同下）

第　三　場

（【牌子】四老軍、簡雍、糜竺、甘夫人、劉備上）

劉　備　（唱）敗當陽過長橋夏口而奔，
　　　　　　　猛回頭又只見襄陽舊城。
　　　　　　　只可嘆數十萬百姓生命，
　　　　　　　劉荆州失襄陽苦及黎民。
　　　　（白）唉！劉玄德好生命苦。只望困守新野，緩圖功業，誰知兵敗當陽！
　　　　（衆哭介）
劉　備　（白）如今心事竟成畫餅！子龍雖然救得甘夫人到此，還有糜夫人與阿斗尚無着落。三弟又去接應，未知吉凶，使我好不放

簡雍 糜竺	（同白）主公且放寬心。子龍、翼德必保小主無恙也。
劉備	（白）唉！縱然救得阿斗，其奈新野數十萬百姓遭此大劫，好不傷心人也！
	（唱）自桃園結義起扶保漢鼎， 　　　我三人投公孫大破黃巾。 　　　在安喜鞭督郵棄了印信， 　　　仗大義救孔融陶謙讓城。 　　　收呂布却反被呂布兼併， 　　　飲曹操青梅酒受盡虛驚。 　　　失徐州投河北袁紹不信， 　　　兄弟們遭失散相會古城。 　　　好容易得新野稍微安頓， 　　　又誰知依然是奔波飄零。
簡雍 糜竺	（唱）看起來功業事無有憑準， （唱）不由人傷心處淚濕衣襟。
趙雲	（內白）走哇！（上） （唱）血染了白戰袍銀甲紅映， 　　　亂軍中救不出糜氏夫人。 　　　見主公忙下馬惶愧不定， （白）哎呀主公！（跪介） （唱）失眷屬恕趙雲萬死猶輕。
劉備	（白）哎呀，子龍吃苦了！ （劉備扶趙雲介）
劉備	（白）哎呀呀！ （唱）可憐你血染袍勇力用盡， 　　　因何事反這般淚涕傷心？
趙雲	（白）哎呀，主公！子龍之罪，萬死猶輕哪！
劉備	（白）此何言耶？
趙雲	（白）哎呀，主公！糜夫人身受重傷，不肯上馬，投井而死！
甘夫人	（白）哎呀，姐姐呀……（哭介）

趙　雲　（白）雲便懷抱太子，力突重圍。賴主公洪福，幸而得脫。適纔公子尚在懷內啼哭，此一會才不見動靜。多則是不能保了！
　　　　（甘夫人、劉備大驚介）
甘夫人　（白）兒啊……（哭介）
劉　備　（白）啊啊啊……（哭介）
趙　雲　（白）待某解甲看來。
　　　　（趙雲解甲抱阿斗介）
趙　雲　（白）喂呀，妙哇！原來公子睡着未醒，料然無恙。真乃萬幸。請主公抱着。
　　　　（遞阿斗介）
劉　備　（抱阿斗介）阿斗啊……哦！爲汝孺子，幾傷我一員大將也！
　　　　（劉備摔阿斗於地上。阿斗哭介，趙雲抱阿斗介）
趙　雲　（白）喂呀，公子不要哭！
　　　　（甘夫人哭介）
劉　備　（唱）說不得年半百兒乃根本，
　　　　　　　說不得漢宗枝兒是皇孫。
　　　　　　　爲蠢子嘆糜氏投井自盡，
　　　　　　　爲蠢子險傷我股肱之人。
　　　　　　　思想起好教我珠淚滾滾，
　　　　　　　思想起功名事化爲灰塵。
　　　　　　　今日裏事已敗要你做甚？
　　　　（劉備欲斬阿斗介）
趙　雲　（白）哎呀，主公，豈可如此？
劉　備　（白）子龍！
　　　　（唱）我豈學那袁紹溺愛不明！
　　　　（白）喂呀……（哭介）
甘夫人　（白）皇叔哇！
　　　　（唱）趙子龍行忠勇幸無傷損，
　　　　　　　小阿斗也算是死裏逃生。
　　　　　　　到此地真所謂行險僥倖，
　　　　　　　望垂憐乞恕他無知無聞。
趙　雲　（白）主公啊！

　　　　　（唱）論戰爭說勞苦雲之本分，
　　　　　　　豈可能將公子摔在埃塵？
　　　　　　　是這般愛將意德匹堯舜，
　　　　　　　感動我知己情又覺傷心。
　　　　　（白）蒙主公如此大恩。雲雖肝腦塗地，不能報于萬一也。
劉　備　（白）子龍忠義格天，險爲孺子所誤。怎叫我不恨也！
趙　雲　（白）哎呀，主公啊！
　　　　　（唱）蒙大恩待趙雲如此之盛，
　　　　　　　縱然是碎肝腦亦難報恩。
劉　備　（唱）我和你是手足患難相共，
　　　　　　　又何必說恩德彼此之分！
　　　　　（劉備從趙雲懷中抱阿斗與甘夫人介）
甘夫人　（唱）可憐我小嬌兒諒有福分，
　　　　　　　只辜負殉節的糜氏母親。
劉　備
甘夫人　（同白）糜夫人哪……
趙　雲
　　　　　（張飛上）
張　飛　（唱）長坂橋只一嚇曹兵退盡，
　　　　　　　柳林下說與我大哥知聞。
　　　　　（白）大哥，俺退了曹兵了！
劉　備　（白）啊！三弟退了曹兵！是怎麼退去的？
張　飛　（白）曹操見俺橫立橋頭，戰又不戰，退又不退。是俺大喝一聲：
　　　　　　　"呔！燕人張翼德在此。誰敢決一死戰？"這一聲只嚇得曹操
　　　　　　　兵將落馬，蜂擁而退。是俺把橋梁拆斷，想那曹操兵是不能
　　　　　　　過來了。
劉　備　（白）唉！吾弟勇則勇矣，惜乎失了計較！
張　飛　（白）啊！怎麼失了計較？
劉　備　（白）想那曹操奸計多謀。你不該拆斷橋梁。他今必要來追矣。
張　飛　（白）他被俺一喝，倒退數里，如何還敢追來？
劉　備　（白）咳！他非怕你喝喊。見你獨立橋頭，恐有誘兵之計，故而嚇
　　　　　　　退。你不拆斷橋梁，他心疑有埋伏，不敢進兵。你今拆斷橋

		梁,彼料我無軍,必要前來追趕。他有百萬大軍,雖江河可填而過,豈懼一橋?即刻必有追兵至矣!
張　飛	(呆介)(白)哎呀!
劉　備	(唱)【西皮搖板】

    勸賢弟且莫要自誇本領,
     弄乖巧反成拙惹他追兵。

張　飛　(白)呀呸!俺好錯也!
   (唱)我只說拆橋梁又巧又恨,
    又誰知他有兵河可填平。
    尊大哥柳林下暫且略等,

劉　備　(白)哪裏去?
張　飛　(唱)我再去搭起橋曹兵必驚。
劉　備　(白)哎!
   (唱)笑三弟說此話好生癡蠢,
    那曹操又不是三歲兒童。
    此刻間且收拾夏口安頓,
    免被他再追來傷害生靈。

   (幕內曹兵吶喊聲)

趙　雲　(白)呀!
   (唱)遠看得塵土起烏雲滾滾,
    震山谷好一派喊殺之聲。
   (白)翼德!

張　飛　(白)四弟!
趙　雲　(唱)拆橋梁兵又到你且自問,
張　飛　(唱)說不得請上馬準備戰爭。
趙　雲　(白)哎呀主公,看後面塵土大起,曹兵追來。可即上馬前走!
劉　備　(白)三弟問路,子龍押後,即向漢津而去!
張　飛
趙　雲　(同白)得令!

劉　備　(唱)受不盡凶險苦峰前白刃,
    戰不退奸雄賊亂國曹兵。
    車和馬向夏口風捲雲涌,

　　　　　但願得有支援渡過漢津。
　　（同下）

第　四　場

（四紅文堂、四紅大鎧、張遼、許褚、曹仁、李典、樂進、張郃、夏侯惇、夏侯淵、曹操上，大纛旗隨上）

曹　操　（唱）【西皮二六板】
　　　　　追玄德兵將勇龍吟虎嘯，
　　　　　此一番衆將校各逞英豪。
　　　　　似旋風轉瞬間小山過了，
　　　　　望平原有一派旌旗飄搖。
許　褚　（白）禀丞相：張飛拆斷橋梁了。
曹　操　（白）衆將官，運石將河填成平地而過！
衆　將　（同白）得令！
　　　　　（衆兵將運石填河介）
曹　操　（唱）每一人抱石頭不分大小，
　　　　　填平了小溪河也算功勞。
　　　　　頃刻間水橫流成了路道，
　　　　　（笑）哈哈哈……
　　　　　（唱）何必要費功夫搭甚浮橋！
許　褚　（白）禀丞相：河已填成了路。
曹　操　（白）衆將聽者！
衆　將　（同白）啊！
曹　操　（白）今劉備釜中之魚，牢中之虎。若不就此擒他，如同放魚入海，
　　　　　縱虎歸山。你等須速努力向前，不可遲誤！
衆　將　（同白）啊！
曹　操　（唱）釜底魚牢中虎容易擒到，
　　　　　莫放他入大海歸山脫逃。
　　　　　拿獲者萬户侯凌烟閣表，
　　　　　要成功快催馬就在今朝。
　　（同下）

第　五　場

關　羽　（内唱）【西皮導板】
　　　　　青龍偃月威風凛！
　　（四文堂、四刀手引關羽上）
關　羽　（唱）赤兔胭脂起風雲。
　　　　　提起曹操衝天恨，
　　　　　許田射鹿藐視君。
　　　　　弄權意在奪漢鼎，
　　　　　猶如王莽之後身。
　　　　　桃園兄弟忠心耿，
　　　　　誓挽漢室天日傾。
　　　　　軍敗當陽何足論？
　　　　　借兵江夏堵漢津。
　　　　　英雄此時當效命，
　　　　　除奸扶漢震乾坤。
　　（同下）

第　六　場

（四老軍、簡雍、糜竺、張飛、甘夫人上。趙雲、劉備上）
劉　備　（唱）曹兵百萬勢難擋，
　　　　　衆將個個似虎狼。
　　　　　前行不走舉目望——
　　（白）哎呀！
　　（唱）江河阻路逃何方？
　　（白）哎呀，行至此地，前有汪洋隔阻，後有曹兵追趕。這便如何是好？
張　飛　（白）怕些甚麼？曹兵到來，待俺決一死戰！
劉　備　（白）唉！人縱不怕，馬也疲乏。如何爭戰耶？
　　（唱）此時已難稱强壯，

須要留意各謹防。
大家催馬向前往,
（幕內吶喊聲）

劉　備　（唱）"生死"二字在上蒼。
（曹操原人兩邊抄上,劉備原人急下。曹操上桌介）

曹　操　（白）眾將聽者！

眾　將　（同白）啊！

曹　操　（白）軍中有一騎白馬者,乃是劉玄德,休得放走。有人生擒者,官封萬戶侯！

眾　將　（同白）啊！（下）

劉　備　（內唱）【西皮導板】
耳邊不斷金聲響！
（劉備急上,曹眾將追上）

劉　備　（唱）【西皮二六板】
眼看四面俱刀槍。

曹　操　（白）劉玄德！

劉　備　（唱）曹操站立高崗上,
指揮如意任猖狂。
（白）天哪,天！不想我劉玄德命喪今日也。四面曹軍聽者！

眾　將　（同白）啊！

劉　備　（白）我今尚有一言,消除胸中怨恨,死亦瞑目。

眾　將　（同白）有話快講！

劉　備　（白）你等聽者！
（唱）【西皮二六板】
自從董卓亂朝堂,
各國諸侯自稱強。
國家仰仗曹丞相,
誰知曹賊似虎狼！
許田射鹿欺君上,
衣帶詔下罪昭彰。
拷打國醫身命喪,
勒死貴妃董承亡。

如此行爲勝王莽，
欺天滅地污三光。
我今被困理難講，
爾等試看誰忠良？

衆　　將　（同白）此言句句是實。

曹　　操　（白）哎呀，衆將官！休要聽他胡說。此人是放走不得的呀！
（四文堂、四刀手引關羽上）

關　　羽　（白）曹操休得逞强。關老爺來也！（衝圍介）
（張飛、趙雲衝上，殺介）

曹　　操　（白）不好了，又中諸葛亮之計也！（跌介，下）
（起打。曹兵將敗下。劉備、關羽、張飛、趙雲等下）

第 七 場

（四老軍、簡雍、糜竺、甘夫人、車夫上）

（劉備、關羽、張飛、趙雲上）

關　　羽　（白）爲弟來遲。兄受驚了。

劉　　備　（白）不是援兵到來，必遭毒手。

關　　羽　（白）啊！二嫂嫂爲何不見？

劉　　備　（白）唉！在當陽亂軍中投井了。

關　　羽　（白）啊！投井了！（哭介）嫂嫂哇……唉，可憐可敬！想當年許田
射鹿之時，若依我意，殺了曹操，可無今日之患矣。

劉　　備　（白）我於當時亦"投鼠忌器"耳。今曹兵雖退，還恐追來。即往江
岸尋船，渡過江去再叙。

關　　羽
張　　飛　（同白）此言甚是。
趙　　雲

劉　　備　（白）快快前行！

（唱）催馬向前舉目望，
遠遠蘆葦隱岸旁。
"生死"二字憑天闖，

關　羽　（同唱）
張　飛
趙　雲　　　拿穩主意又何妨。

　　　　（同下）

第　八　場

（曹兵將原人上，挖門。一將捧相貂、一將捧玉帶引曹操上）

曹　操　（白）哎呀！

　　　　（唱）孔明用計鬼神驚，
　　　　　　　此地偏偏又伏兵。
　　　　　　　心驚膽戰頭發暈，
　　　　　　　渾身只覺冷如冰。

　　　　（白）哎呀哎呀，嚇煞我也！老夫原説拆斷橋梁是張飛之計，爾等必要追趕。果然關羽埋伏在此。不是我跑得快，定遭毒手！

衆　將　（同白）丞相也忒小心了。我兵百萬，縱有埋伏，有何懼哉？

曹　操　（白）怕是不怕，只是關羽性急馬快。倘若白馬坡前斬顔良、誅文醜一般，于百萬軍前，又取老夫首級，却待如何？

衆　將　（同白）那也未必。請丞相整好冠戴。

曹　操　（白）冠戴你們撿着了？

衆　將　（同白）撿着了。請丞相戴好了。

曹　操　（白）我只顧鞭馬，竟跑落了冠戴。來來來，與老夫冠戴了。

衆　將　（同白）啊！

曹　操　（唱）非是懼怕逃性命，
　　　　　　　馬蹄太快落冠纓。
　　　　　　　按轡重行威風振，
　　　　　　　孔明到底少才能。

　　　　（笑）哈哈哈……

衆　將　（同白）丞相爲何又發笑起來？

曹　操　（白）我笑濮陽破吕布，火燒不死。又戰馬超，箭射不死。今日追趕玄德，也跑不死。有這三不死，只怕孤到後來大立功業，掃净四海，福禄壽未可限量也！

(笑)哈哈哈……
衆　將　（同白）丞相洪福，必然如願。
曹　操　（白）玄德逃走，恐從水路奔往江陵。聯結東吳，則爲禍不小矣。你們有何計較？
張　遼　（白）丞相且屯兵荆漢，遣使馳檄東吳。請孫權會獵于江夏，共擒劉玄德，同分荆州之地。孫權必然驚而來降也。
曹　操　（白）唔，此言説得極是。傳檄孫權，同擒玄德。倘若不從，吾便以百萬之兵，大下江南，直取東吳。就是這個主意。衆將官！
衆　將　（同白）有！
曹　操　（白）兵屯漢津，傳檄江南去者！
衆　將　（同白）啊！
曹　操　（唱）已取荆襄六州郡，
　　　　　　　錢糧廣聚在江陵。
　　　　　　　大兵屯紮傳書信，
　　　　　　　孫權必然來投誠。
（【牌子】同下）

第　九　場

（船夫、四文堂、四大鎧、劉琦上）
劉　琦　（唱）失却荆襄恨非小，
　　　　　　　辜負前人汗馬功勞。
　　　　　　　咬牙切齒恨曹操，
　　　　　　　呑併冤仇何日消！
（白）我，劉琦。奉孔明軍師將令，自江夏乘船，前來接應叔父。
衆　　　（同白）禀公子：看江對岸似有人馬前來。
劉　琦　（白）想是皇叔人馬前來。即速摇槳向前迎接！
衆　　　（同白）啊！
劉　琦　（唱）諸葛軍師神機妙，
　　　　　　　迎接皇叔保國朝。
　　　　　　　衆將上前莫緩慢，
　　　　　　　果然新野旌旗飄。

漢津口

（四老軍、簡雍、糜竺、關羽、張飛、趙雲、劉備、甘夫人、車夫上）

劉　備　（唱）勝負兵機難測料，
　　　　　　　　三弟不該拆板橋。
　　　　　　　　眼望長江前路道，

劉　琦　（白）叔父！

劉　備　（白）啊！
　　　　（唱）戰船似帶人如彪。

劉　琦　（白）叔父，侄兒在此。請即上船！

劉　備　（白）原來是賢侄在此。眾軍，快快上船者！

　眾　　（同白）啊！
　　　　（劉備眾人上船介）

劉　備　（白）啊！
　　　　（唱）天幸賢侄接應到，
　　　　　　　　不然殘兵無下梢。

劉　琦　（白）小侄接應來遲，死罪呀，死罪！

劉　備　（白）唉！不想蔡瑁、張允二賊如此不仁，失陷荊州，以致遭此離亂之苦。

劉　琦　（白）此乃家門不幸也。叔父且請至江夏，再圖良謀。

劉　備　（白）賢侄說得極是。吩咐駕船速行！

劉　琦　（白）遵命！眾艄手，速往江夏去者！

船　夫　（同白）啊！

劉　備　（白）唉！波浪滾滾，人生碌碌。漢室傾頹，功名不就。好不傷心也！
　　　　（唱）長江滾滾如海潮，
　　　　　　　　漢室社稷似波濤。
　　　　　　　　英雄到此心慘忍，

關　羽
張　飛　（同唱）
趙　雲　　　　　有志何必怨今朝！

（幕內鼓聲）

趙　雲　（白）稟主公：江面之上，戰船無數而來！

劉　備　（白）哎呀，這是何處人馬？

| 劉　琦 | （白）江夏之兵，小侄已盡起在此矣。今日戰船無數，攔江而來，非是曹操之兵，即是江南之兵。如之奈何？ |

| 關　羽
張　飛
趙　雲 | （同白）且待近前看看。 |

| 劉　備 | （白）須要小心了！
（唱）船到江心難回檔，
　　　又遇敵人事蹊蹺。
　　　大家同心防備好—— |

（水手、四龍套、諸葛亮上）

| 諸葛亮 | （唱）困龍得水氣凌霄。
（白）主公休慌。諸葛亮在此。 |

| 關　羽
張　飛
趙　雲 | （同白）原來是軍師之船！ |

| 劉　備 | （白）快請過船！ |

（諸葛亮過船介）

諸葛亮	（白）主公受驚了。
劉　備	（白）軍師如何在此？
諸葛亮	（白）亮在江夏，先令關二將軍打從漢津陸地接應，劉琦公子在水路上迎接。我自江夏盡起前軍前來相助，故而在此。
劉　備	（白）妙妙妙哇！我軍不缺，眾將重聚，可算萬幸。只是如今將向何往？
諸葛亮	（白）夏口城險，頗有錢糧，可以久守。公子回江夏整頓軍馬，以為犄角之勢。打聽江南消息，再圖破曹可也。
劉　琦	（白）軍師之言甚善。但愚意欲請叔父暫至江夏一敘，再回夏口不遲。
劉　備	（白）賢侄之言亦是。就請軍師同往江夏。
諸葛亮	（白）可也。吩咐船行江夏去者！
劉　琦	（白）呔，船行江夏去者！
眾	（同白）啊！
劉　備	（唱）將佐重圓真正妙， 　　　古城之後又今朝。

英雄何怕兵將少，

諸葛亮
劉　備
關　羽
張　飛
趙　雲

（同唱）

顛沛流離志愈高。

(【尾聲】同下)

祭 風 臺

無名氏 撰

解 題

　　京劇。清無名氏撰。《京劇劇目辭典》著録，題"祭風臺"，未署作者。劇寫當陽之戰，劉備退守夏口，魯肅過江探問虛實，約孔明往東吳共商破曹之計。孔明舌戰群儒，東吳文臣無詞以對。孔明、周瑜對孫權陳説利害，孫權即命周瑜掛帥以拒曹兵。曹操命蔡瑁、張允照己意演習水戰，復命蔣幹過江説降周瑜。周瑜命孔明劫糧，實欲借刀殺之，孔明以言激之，周瑜一怒收回原令。蔣幹過江與周瑜相見，周瑜禁言軍旅之事，蔣幹不敢開口，夜間盜得假信，又聞周瑜、黃蓋密語，歸見曹操。曹操一怒，誤殺蔡瑁、張允，使蔡中、蔡和往東吳詐降。周瑜請孔明造箭，孔明用計取得曹營利箭十萬，周瑜爲其慶功，故意責打黃蓋，使往曹營詐降。闞澤前往下書，曹操得蔡中、蔡和密報，即與闞澤約定降期。蔣幹二次過江，偶見龐統，約其歸見曹操。曹操又中龐統連環之計。周瑜觀風得病，孔明祭起東風，回營點將破曹。黃蓋火攻得逞，曹操敗走華容道，被關羽釋放。趙雲攻占南郡，張飛取得襄陽，關羽取得荆州，周瑜無奈，撤守柴桑口。本事出於《三國演義》第四十三回至第五十一回。陳壽《三國志》、元刊《三國志平活》載有此事。金院本有《赤壁鏖兵》、元雜劇有王仲文《七星壇諸葛亮祭風》、元明間無名氏雜劇《諸葛亮赤壁鏖兵》、《諸葛亮火燒戰船》均不存。明有傳奇《草廬記》、《赤壁記》(存一齣)、《借東風》(不存)。清傳奇《三國志》、《鼎峙春秋》、楚曲《祭風臺》均有此故事。本劇係據楚曲《祭風臺》改編。版本今有清李世忠編刊《梨園集成》本，無標點。今以《梨園集成》本爲底本進行標點整理。

第 一 場[1]

（四太監、劉備上）

劉　備　（念）【引】
　　　　帝室淪粉黛[2]，
　　　　炎漢宗裔，
　　　　渡宏熊、汪洋如濟[3]，
　　　　未比泰山稱壽眉。
　　　　亦皓胭脂鷗騰翅[4]，
　　　　欲鎮皇圖整業基[5]。

劉　備　（念）涿郡生英傑[6]，
　　　　飄然自不群。
　　　　創業心猶重[7]，
　　　　求賢禮自勤[8]。
　　（白）孤窮姓劉名備字玄德，乃大樹樓桑人氏，漢景帝閣下之玄孫。只因兵敗汝南，投奔堂兄劉表，不幸先帝晏駕，儒子劉琮[9]，聽母之言，將荆襄九郡八十一州獻與曹瞞，使孤棄新野、走樊城、敗當陽、奔夏口，無有安身之地。只得退于夏口安息。正是：
　　（念）張牙舞爪潛海底[10]，
　　　　自待風雲起卧龍。

（大太監上）

大太監　（念）曉日貔貅帳，
　　　　春風虎豹營。

大太監　（白）啓千歲[11]，江東魯肅求見。

劉　備　（白）吓！魯肅與孤從無相交，到此不知何事？來！

大太監　（白）有。

劉　備　（白[12]）請軍師！

大太監　（白）有請軍師！

（諸葛亮上）

諸葛亮　（念）談天論地古來無，
　　　　人稱南陽大丈夫。

　　　　　（白）主公千歲！
劉　備　（白）先生請坐！
諸葛亮　（白）謝坐。宣山人進帳，有何軍情？
劉　備　（白）先生有所不知，今有東吳魯肅過江，不知所爲何事？
諸葛亮　（白）曹操兵抵赤壁，欲奪江南，焉有不差人來探聽虛實。他今已來，正合山人之意。
劉　備　（白）怎見得？
諸葛亮　（白）待山人去到江東，全憑三寸舌，激動孫周[13]，使他南北相爭，吾在於中取事，占得漢室諸土[14]，以爲永遠之基。
劉　備　（白）如此甚好。來！
大太監　（白）有。
劉　備　（白）請魯大夫！
大太監　（白）有請魯大夫！
　　　　　（吹打介，魯肅上）
魯　肅　（念）輕舟萬櫂至，
　　　　　　　江上一帆風[15]。
　　　　　（白）吓，先生請！
諸葛亮　（白）大夫請！
魯　肅　（白）皇叔請台坐，容魯肅參拜。
劉　備　（白）大夫乃江東貴客，只行常禮。
魯　肅　（白）遵命！
劉　備　（白）請坐！
魯　肅　（白）皇叔龍駕在此，下官那有坐位？
劉　備　（白）大夫乃是客位，那有不坐之理[16]！
魯　肅　（白）告坐。先生！
諸葛亮　（白）大夫請。
魯　肅　（白）請！久聞皇叔龍體安泰，今幸得見，願領大教。
劉　備　（白）大夫江東貴客，車馬臨降，蓬蓽生輝[17]，實乃萬幸。
魯　肅　（白）豈敢！久聞先生才高北斗，如皓月當空，人沾洪範，願領大教！
諸葛亮　（白）亮乃野山愚夫，敢當美羨！
魯　肅　（白）好説。請問皇叔，曹操兵有多少？將有誰能？可真有意下江南否？

| 劉　　備 | （白）備兵微將少，但聞曹操兵一至，一味奔逃[18]，虛實不知。
| 魯　　肅 | （白）久聞皇叔用諸葛先生之謀，兩次燒得曹操亡魂喪膽，何有不知？
| 劉　　備 | （白）此事問過軍師。
| 魯　　肅 | （白）下官願問先生今日之事。
| 諸葛亮 | （白）曹操虛實，山人盡知。奈我主公寡不敵衆，暫且回避。
| 魯　　肅 | （白）吳侯敬賢禮士，兵精糧足，何不同往江東協力破曹，先生尊意如何？
| 諸葛亮 | （白）我與你主，素不相識，彼同前去，恐費唇舌耳也！
| 魯　　肅 | （白）先生，令兄現在我國爲參謀[19]，就請先生同往，有何不可？
| 劉　　備 | （白）孔明先生乃是我國軍師[20]，豈有遠離！
| 諸葛亮 | （白）主公！事已至此，山人只得前去走走。我有錦囊一封，主公收下。到了秋末冬初，折開一看，便知明白。
| 劉　　備 | （白）先生早去早回，免得孤窮懸望！
| 諸葛亮 | （白）山人知道。
| 劉　　備 | （白）先生吓！
| | （唱）孤與你朝夕裏不離左右，
| | 　　　過江東必須要一早回頭。
| | 　　　曹孟德兵紮在三江夏口[21]，
| | 　　　兵又微將又寡孤窮担憂[22]。
| 諸葛亮 | （白）主公。
| | （接唱）孫仲謀平日裏待人寬厚，
| | 　　　敬賢才禮文士最有所求。
| | 　　　況江東文武輩兵多糧足，
| | 　　　管保主報却了當陽之仇[23]。
| 諸葛亮 | （唱）我君臣敗當陽計窮夏口，
| | 　　　天賜來魯子敬助我機謀。
| | 　　　但願得此一去大功成就，
| | 　　　那時節保主公駕坐荊州。
| | （下）
| 劉　　備 | （唱）恨曹瞞逼孤窮堪堪束手[24]，
| | 　　　天賜來諸葛亮恢復漢冑[25]。

（通堂手下）

校記

［1］第一場：原本不分場。今據故事情節分爲三十三場。
［2］帝室淪粉齏："淪"字，原本作"倫"；"齏"字，原本作"彝"。今改。
［3］渡宏熊、汪洋如濟："濟"字，原本作"計"。今改。
［4］亦皓胭脂鷗騰翅："鷗"字，原本作"昆"。今改。
［5］欲鎮皇圖整業基："業"字，原本無。今依文意補。
［6］涿郡生英傑："涿郡"二字，原本作"承群"。今改。
［7］創業心猶重："重"字，原本作"古"。今改。
［8］求賢禮自勤："自"字，原本作"志"。今改。
［9］懦子劉琮："琮"字，原本作"宗"。今依《三國演義》改。
［10］正是張牙舞爪潛海底："正"字，原本作"凡"；"潛海"二字，原本作"淺破"。今均依文意改。
［11］啓千歲："歲"字，原本簡作"丗"。今改。下同。
［12］大太監白有劉備白："大太監白"，原本無。今依文意補。"劉備白"，原本下文許多處無。這種句式，下文均依情補，不另出校。
［13］激動孫周：此句，原本作"急動孫曹"。今據激權激瑜情節改。
［14］占得漢室諸土："得"字，原本作"轉"。今改。
［15］江上一帆風："上"字，原本作"山"。今改。
［16］那有不坐之理："理"字，原本音假作"禮"。今改。下同。
［17］蓬蓽生輝："蓽"字，原本作"壁"。今改。
［18］一味奔逃："一味"二字，原本音假作"以遺"。今依文意改。
［19］令兄現在我國爲參謀："在"字，原本爲墨丁。今依文意補。
［20］孔明先生乃是我國軍師："乃"字，原本爲墨丁，今依文意補。
［21］曹孟德兵紮在三江夏口："夏"字，原本作"下"。今改。
［22］孤窮担憂："窮"字，原本誤作"穹"。今改。下同。
［23］管保主報却了當陽之仇："管"字，原本作"官"。今改。
［24］恨曹瞞逼孤窮堪堪束手："束"字，原本作"屬"。今改。
［25］天賜來諸葛亮恢復漢胄："胄"字，原本作"由"。今改。

第 二 場

（四手下引周瑜上）

周　瑜　（念）【引】

六韜三略定江山，
要把中原一箭穿。

周　瑜　（念）鐵甲將軍賽虎兵，
執掌元戎習水軍。
掃盡中原歸吾主，
方顯男兒志量深。

（白）本督姓周名瑜，字公瑾，乃懷寧舒邑人氏，在吳侯駕前爲臣，官拜水軍都督。在鄱湖操練水軍，聞聽曹操統領八十三萬人馬，兵抵赤壁，要奪江東。吳侯有旨，宣本督回朝，議論國事。中軍！

衆　　（白）有！

周　瑜　（白）班師回朝！

中　軍　（白）都督有令，班師回朝！

（衆齊下）

第 三 場

（張昭上）

張　昭　（念）談天論地口若開，

呂　範　（念）錦繡江山托手來。

薛　綜　（念）定國全憑三寸舌，

陸　績　（念）安邦還須棟梁才[1]。

張　昭　（白）下官張昭。

呂　範　（白）下官呂範。

薛　綜　（白）下官薛綜。

陸　績　（白）下官陸績[2]。

張　昭　（白）列公請了！

三　人　（同白）請了！
張　昭　（白）我等奉主公之命，與孔明舌戰。久聞孔明飄然有出塵之能，昂然有凌雲之志，我等對舌要準備，不枉江東之英豪。
衆　　（白）言之有理。
　　　　（魯肅上）
魯　肅　（念）未謁江東吳侯主，
　　　　（諸葛亮上）
諸葛亮　（念）先到篷下會群賢。
魯　肅　（白）列位大人！
衆　　（白）大夫回來了！諸葛亮先生呢？
魯　肅　（白）諸葛亮先生已到，列公相迎！
衆　　（白）我等一同相迎。
魯　肅　（白）先生暫時告便，少刻奉陪。
諸葛亮　（白）請便。
　　　　（魯肅下）
衆　　（白）來者敢是諸葛先生？
諸葛亮　（白）列公！
衆　　（白）請進！
諸葛亮　（白）請！
　　　　（吹打，衆進介）
衆　　（白）先生到此，乃是客位，請上座！
諸葛亮　（白）有僭了。
衆　　（白）先生乃高名之士，今駕臨江東，我等有失遠迎，恕罪恕罪！
諸葛亮　（白）豈敢！久聞江東英俊名士，今幸見得，實爲萬幸！
衆　　（白）豈敢！
張　昭　（白）久聞先生隱居隆中，每比管仲樂毅，此言可有否？
諸葛亮　（白）此乃亮平生歌樂之處，何足道哉！
張　昭　（白）昭聞管仲相桓公、霸諸侯、一匡天下，樂毅輔危燕[3]，下齊城七十餘座，此乃名士之才。昔日劉皇叔三請先生于茅廬之中，如龍得水，指望席捲荆襄。今日一旦歸與曹操，這是何故也？
諸葛亮　（白）吾觀取漢室諸土，易如反掌。奈吾主躬行仁義，不忍奪取同宗之基業。懦子劉琮將荆襄九郡獻與曹操，那賊得勢猖狂。我

　　　　　君臣兵紮夏口,另有良謀,非等閒之人可知也。

　　　（唱）荊襄王宴了駕兵權歸蔡,
　　　　　那劉琮他本是懦弱嬰孩[4]。
　　　　　恨蔡瑁和張允將國來賣,
　　　　　我若取荊襄地有何難哉!

呂　範　（白）四書有云:古者言之不出,恥躬之不逮也[5]!皇叔未得先生時,到也縱橫天下,四路占住城池。今得先生,反棄新野,走樊城,敗當陽,奔夏口,無安身之地,有燃眉之急,看將起來,反不如初,是何理也?

諸葛亮　（白）豈不聞軍家勝敗古之常有。當初項羽百戰百勝,一敗而失天下;吾皇高祖,百戰百敗,一勝而得天下,豈可以勝敗而論!你出此言,真乃是無見識之徒也!

　　　（唱）漢高祖在咸陽百戰百敗,
　　　　　九里山十埋伏方是將才。
　　　　　大丈夫失堤防有何妨礙,
　　　　　你本是無用輩休把口開。

薛　綜　（白）先生!今聞曹操雄兵百萬,戰將千員,如狼虎一般,欲奪江南,拒之如何[6]?

諸葛亮　（白）曹操雖得袁紹蟻眾之兵,得劉表烏合之眾,他君無綱紀,將少良謀,何只懼哉!

薛　綜　（白）先生兵敗當陽,計窮夏口,纍纍求救於人,反言不懼[7],真乃是掩耳盜鈴也!

諸葛亮　（白）吾主素行仁義,怎比曹操百萬凶暴之眾,尚且苦守夏口,等待天時以來。江東兵多糧足,又有長江之險,你勸主屈膝於人[8],苟圖富貴,真乃無恥之徒也!

　　　（唱）曹孟德八十萬兵如山海,
　　　　　吾主公守夏口等待時來。
　　　　　誰叫你勸主降與人下拜[9],
　　　　　你果是愚夫輩怎對高才。

陸　績　（白）先生!曹操雖挾天子令諸侯欲奪漢室,劉皇叔雖是靖帝之後,無可稽查,終是履蓆之輩,豈比曹公權衡耳[10]?

諸葛亮　（白）足下莫非是陸績否?

陸　績　（白）正是。
諸葛亮　（白）久聞足下，乃大孝之人，怎麼出此不忠不孝之言。吾主乃中山靖王之後，景帝閣下玄孫，荊襄王劉表之堂弟，當今獻帝之皇叔。你有無稽查那曹操，名爲漢相，實爲漢賊，正所謂亂臣賊子也，人人得而誅之。你出此言，正合無君無父之人也。

　　　　（唱）吾主爺他本是漢室後代，
　　　　　　　獻帝爺宗譜上用目觀來。
　　　　　　　曹孟德臭名兒揚于萬代，
　　　　　　　大丈夫好合歹聽天安排。

（魯肅上）
魯　肅　（白）列公！諸葛先生來到江東，乃是貴客。列公以唇舌相鬥，非敬客耳！先生隨我來！
衆　　　（白）先生！我等失言，適纔多有得罪。請！
諸葛亮　（白）請！
　　　　（念）大鵬展翅飛萬里，
　　　　　　　豈懼群鴉鬥是非。

（魯肅引諸葛亮同下）
張　昭　（白）孔明真乃高才也，我等且退朝房伺候。
　　　　（同請）
張　昭　（念）堪笑孔明誇大才，
呂　範　（念）滿腹經綸藏在懷。
薛　綜　（念）對答如同江流水，
陸　績　（念）東吳謀士口難開。
　　　　（同下）

校記

［１］安邦還須棟梁才："還"字，原本無。今依上場詩七言及文意補。
［２］下官薛綜。下官陸績："綜"字，原本作"宗"；"績"字，原本作"積"。今均據《三國志》改。下同。
［３］樂毅輔危燕：此句，原本作"樂毅輔危宴"。今依《三國演義》改。
［４］那劉琮他本是懦弱嬰孩："懦"字，原本作"糯"。今改。
［５］恥躬之不逮也："不"字，原本漏。今依文意補。

[6] 拒之如何：此句,原本作"急如何"。今依《三國演義》改。
[7] 反言不懼：此句,原本作"反有不住"。今依文意改。
[8] 你勸主屈膝於人："勸"字,原本無。今依文意補。
[9] 誰叫你勸主降與人下拜："你"字,原本無。今依文意補。
[10] 豈比曹公權衡耳："豈"字,原本作"起"。今改。

第 四 場

（孫權上）

孫　權　（念）【引】
　　　　　　雄踞一方起戰爭,
　　　　　　論英雄個個皆能。

孫　權　（念）碧面紫鬚貌魁梧,
　　　　　　獨霸江東立帝都。
　　　　　　掃盡中原稱上國,
　　　　　　方顯男兒大丈夫。

　　　　　（白）孤姓孫名權,字仲謀,承父兄之基業,執掌江東九郡八十一州。可恨曹操統領八十三萬人馬,兵抵赤壁,欲奪江南,唬得我國文官要降,武將怕戰。已曾命魯肅往江夏探聽虛實,未見回音。

（魯肅上）

魯　肅　（念）探聽江夏事,
　　　　　　奏與吾主知。

　　　　　（白）魯肅見駕,吾主千歲!

孫　權　（白）平身。

魯　肅　（白）千千歲!

孫　權　（白）命你往江夏探聽虛實如何?

魯　肅　（白）臣往夏口探聽,訪着一人前來[1],其人志謀廣大,帶來見駕。

孫　權　（白）他姓甚名誰[2]?

魯　肅　（白）乃諸葛瑾之弟,諸葛亮也。

孫　權　（白）敢是臥龍先生?

魯　肅　（白）正是。

孫　權　（白）有請！
魯　肅　（白）有請諸葛先生！
　　　　　（諸葛亮上）
諸葛亮　（念）全憑三寸斑爛舌，
　　　　　　　打動孫權一片心。
　　　　　（白）孔明參見千歲！
孫　權　（白）先生少禮，請坐！
諸葛亮　（白）謝坐。
孫　權　（白）子敬稱先生大才，今幸得見，欲求大教！
諸葛亮　（白）亮才疏學淺，有甚名聞？
孫　權　（白）聞得先生在新野，扶助劉皇叔，與曹操爭戰[3]，勝負如何？
諸葛亮　（白）吾主兵不滿千，將不滿十，將者不過關張趙雲人等。況江夏小
　　　　　　　縣，寡不能敵衆，豈能擋住曹操。
孫　權　（白）曹操有多少勇將兵丁？
諸葛亮　（白）雄兵百萬，戰將千員，足智廣謀之士[4]，車載斗量。
孫　權　（白）可有下江南之意乎？
諸葛亮　（白）準備戰船沿江而下，不取江南，焉取何地？
孫　權　（白）先生有何良策？
諸葛亮　（白）亮觀曹操雖有百萬之兵，爲烏合之衆，況且北軍不習水戰。吾
　　　　　　　主選將掛帥，要破曹兵，有何難哉？
孫　權　（白）先生乃是金石之言，也曾調周瑜回朝，先生可助孤一臂之力。
諸葛亮　（白）亮願爲參謀效用。
孫　權　（白）先生，請到迎賓館，子敬奉陪。
諸葛亮　（白）謝吳侯千歲！
　　　　　（念）不惜一身探虎穴，
　　　　　　　計高那怕入龍潭。
　　　　　（下）
　　　　　（周瑜內喊：周瑜候旨要見）
魯　肅　（白）啓主公！周瑜候旨要見。
孫　權　（白）宣他上殿。
魯　肅　（白）宣周瑜上殿！
　　　　　（周瑜上）

周　瑜　（念）胸中預定三分計，
　　　　　　　要與曹賊見高低。
　　　　（白）周瑜見駕，主公千歲！
孫　權　（白）平身。
周　瑜　（白）千千歲！
孫　權　（白）賜坐！
周　瑜　（白）謝坐！啟主公，曹操兵抵赤壁，欲奪江南，主公意下如何？
孫　權　（白）我國文官欲降，武將怕戰，孤意未決[5]，故宣卿回朝，做個定議。
周　瑜　（白）主公自先帝開基創業以來，今立三世，豈肯一旦付與他人？
孫　權　（白）依卿意下如何？
周　瑜　（白）曹操名為漢相，實為漢賊，況北軍不習水戰，雖兵百萬，不足懼耳！主公又有長江之險，怎肯北面降曹？
孫　權　（白）言之有理。孤與曹操誓不兩立，就命卿掛帥，統領人馬，前去破曹。
周　瑜　（白）臣不敢領此重任。
魯　肅　（白）都督推辭？
周　瑜　（白）主公，內有一事不明[6]，怎敢當此重任？
孫　權　（白）何事不明奏來？
周　瑜　（白）容奏。
　　　　（唱）臣受命領人馬不分晝夜，
　　　　　　　恐主公聽文武疑欲未決。
　　　　　　　怕的是眾文武降表早寫，
　　　　　　　那時節為臣的枉費周折。
　　　　　　　慢說是曹孟德烏合之眾，
　　　　　　　就是那天兵到臣不怕也[7]。
孫　權　（唱）聽一言喜的孤心中歡悅，
　　　　　　　周公瑾果算得蓋世豪傑。
　　　　　　　孤與那曹孟德誓不休歇，
　　　　　　　金殿上賜卿的黃旄白鉞。
　　　　（白）封卿都督大元帥，賜卿寶劍一口，文武不尊提調，先斬後奏。
周　瑜　（白）謝主公！
　　　　（同白）請駕回宮！

孫　權　（念）賜卿三尺上方劍，
　　　　　　　　軍中斬殺不容情。
　　　　（下）

周　瑜　（念）蒼天助吾三分力，
魯　肅　（接念）要把曹操一消滅。
周　瑜　（白）大夫！孔明今在那裏？
魯　肅　（白）現在館駢。
周　瑜　（白）他可曾說些甚麼？
魯　肅　（白）他說我主公内懷憂心，猶疑未決[8]。
周　瑜　（白）哎喲！孔明紀略我主公心事，孔明機謀高我一等。此人若不
　　　　　　　早除，必爲江東後患也。
魯　肅　（白）都督，曹兵未破，先斬賢士，尤恐被人談論。
周　瑜　（白）你不要多言，我自有妙計殺他。此人若不先除却須防，後來悔
　　　　　　　之遲了。
　　　　（下）
魯　肅　（念）周郎用計害賢士，
　　　　　　　　只怕孔明他先知。
　　　　（下）

校記

［1］訪着一人前來："訪"字，原本無。今依文意補。
［2］他姓甚名誰："他"字下，原本有一"們"，"衍"。今刪。
［3］與曹操爭戰："爭戰"二字，原本無。今依文意補。
［4］足智廣謀之士："智"字，原本作"志"，非是。今改。
［5］孤意未決："孤意"二字，原本爲墨丁。今依文意補。
［6］主公，内有一事不明："主公"二字，原本作"大夫"。今依文意改。
［7］就是那天兵到臣不怕也："臣不怕也"，原本作"臣也不怕"，失韻。今改。
［8］猶疑未決："猶"字，原本作"尤"。今改。

第　五　場

（張遼上）

張　遼	（念）三尺龍泉舌上談，
	平生志氣斬樓蘭[1]。
蔣　幹	（念）百萬雄兵干戈起，
	堪堪指日定江南。
張　遼	（白）下官姓張名遼，字文遠。
蔣　幹	（白）下官姓蔣名幹，字子翼。
張　遼	（白）請了！丞相升帳，我等在此伺候。
	（同請）
	（文力士引曹操上）
曹　操	（念）【引】
	志量與天高，
	鼓鼕鼕旌旗飄。
	繞丹書鐵券擁旄旌，
	指日裏把江東平掃。
	（吹打介，坐帳）
曹　操	（念）蓋世乾坤已破，
	一心謀占山河。
	斬殺不由獻帝，
	孫劉在吾掌握。
	（白）老夫姓曹名操，字孟德，乃沛國譙郡人氏。昔日不第，官居驍騎。因誅董卓，滅呂布，東征劉表，北剿二袁，官封一字大漢丞相。今奉天子之命，帶領八十三萬人馬，大下江南。可恨劉備戰而不戰，降而不降，其情可惱！
張　遼	（白）丞相也曾命文聘前去打聽[2]，少刻自有回音。
曹　操	（白）言之有理。傳水軍頭目進帳！
張　遼	（白）傳水軍頭目！
	（蔡瑁、張允上）
蔡　瑁 張　允	（同念）青龍擺尾滿江勢，
	白虎搖頭更有威。
	（同白）報，蔡瑁、張允進。丞相在上，末將等參。
曹　操	（白）你二人誰左誰右？

蔡　瑁　（白）蔡瑁在左。
張　允　（白）張允在右。
曹　操　（白）左邊陣勢講來！
蔡　瑁　（白）丞相容稟：操練戰船以齊，安排頭尾高低。火炮連天四起，好似空中霹靂[3]。首尾回頭相顧，前後俱插紅旗。空中波浪如飛，擺下青龍陣勢。
曹　操　（白）住了。青龍行去，墜耳穿腮，焉得成功？聽老夫改過！
　　　　（排子吹介）
蔡　瑁　（白）謝丞相指教。
曹　操　（白）右邊講來！
張　允　（白）丞相容稟：每日操演陣勢，兩邊火炮俱齊。烏鴉不敢亂空飛，令人一見膽碎。金鑼二面爲眼，旌旗尤如翅飛。金槍數杆當虎鬚，擺下白虎陣勢。
曹　操　（白）住了。白虎乃獸之王，落在平陽受困，豈能成功。聽老夫改過[4]。
　　　　（排子吹介）
張　允　（白）謝丞相指教。
曹　操　（白）無用之將，又出帳去。
蔡　瑁　（白）丞相不識水戰，這便怎樣？
張　允　（白）且自由他。
蔡　瑁　（念）落在矮簷下，
張　允　（念）怎敢不低頭。
　　　　（同下）
　　　　（文聘上）
文　聘　（念）去是雕翎箭，
　　　　　　　回來落地風。
　　　　（白）報，文聘進。丞相在上，文聘交令。
曹　操　（白）文聘回來了，江東降意如何？
文　聘　（白）丞相聽稟，丞相傳下將令，飛忙急奔江東。孫權聞言膽動，江東盡是虛空。文官與主合意，武將不敢爭功。降文欲以寫諧同，內有周瑜不從。
曹　操　（白）吓！大膽周郎，欺吾太甚。文聘傳令，吩咐八十三萬人馬，殺奔江東，雞犬不留。

文　聘　（白）得令！
蔣　幹　（白）[5]且住。啓丞相，我與周郎同鄉共里，同學共書，待小謀過江訓説他們來降，江東豈不袖手而得！
曹　操　（白）此去帶多少人馬？
蔣　幹　（白）一人一騎。
曹　操　（白）後帳擺宴，與先生餞行。掩門。
　　　　（同下）

校記

［1］平生志氣斬樓蘭："斬樓蘭"三字，原本誤作"轉蘆藍"。今改。
［2］丞相也曾命文聘前去打聽："聘"字，原本作"平"。今據《三國演義》改。下同。
［3］好似空中霹靂："霹"字，原本爲墨丁。今補。
［4］聽老夫改過："過"字，原本爲墨丁。今改。
［5］蔣幹白："蔣幹"二字，原本爲墨丁。今依文意補。

第　六　場

　　　　（黃蓋上）
黃　蓋　（念）四十年前擺戰場，
　　　　　　　擒拿虎豹與豺狼。
　　　　　　　光陰似箭催人老，
　　　　　　　不覺兩鬢白如霜。
　　　　（白）俺黃蓋。都督升帳，在此伺候。
甘　寧　（念）東吳大將是甘寧，
　　　　　　　能使寶弓手内擒。
　　　　　　　憑他四路刀兵起[1]，
　　　　　　　交鋒對敵立功成。
　　　　（白）俺甘寧。都督升帳，在此伺候。
　　　　（同請）
　　　　（魯肅上）
魯　肅　（念）旌旗蔽日衝霄漢，

　　　　　　　劍戟凌雲貫斗寒。
　　　　（白）下官魯肅。都督升帳,在此伺候。
　　　　（同請）
　　　　（四手下上【點絳唇】吹介[2],周瑜上）
周　瑜　（念）奉敕登臺,
　　　　　　　紅衣繡蓋孫武才。
　　　　　　　社稷安排,
　　　　　　　好把凌烟得[3]。
　　　　（坐念）肥馬輕裘黃雕鞍[4],
　　　　　　　手執令箭以登壇。
　　　　　　　興兵斬殺保社稷,
　　　　　　　擒王報效用連環。
　　　　（白）本督周瑜。吳侯命我掛帥,領兵破曹。來！有請諸葛先生！
手下衆　（白）請諸葛先生！
　　　　（諸葛亮上）
諸葛亮　（念）南北相争鬥,
　　　　　　　吾在暗中求。
　　　　　　　胸藏妙計人不識,
　　　　　　　袖內機關他怎知。
　　　　（吹打,迎介）
諸葛亮　（白）都督！
周　瑜　（白）先生！請坐。
諸葛亮　（白）請。都督相召,有何軍情？
周　瑜　（白）請問先生,用兵之際,何者當先？
諸葛亮　（白）兵馬未動,糧草先行。
周　瑜　（白）先生久居漢土,熟知地理[5],就命先生帶領關張趙前去劫糧,
　　　　　　　量無推辭？
諸葛亮　（白）此乃各爲其主,怎敢推辭。山人願去！
周　瑜　（白）如此請令！
諸葛亮　（白）得令！
　　　　（念）明知周郎借刀計[6],
　　　　　　　佯妝假作不知情。

（下）

（魯肅上）

魯　肅　（白）都督！怎麼命孔明借糧，是何原故？
周　瑜　（白）大夫不知。我殺孔明，恐被旁人談論，故命他劫糧，使曹操殺之，以絕後患。大夫，你去聽孔明說些甚麼，速報我知。
魯　肅　（白）得令！

（下）

周　瑜　（白）孔明吓孔明！這名爲明槍容易躲，暗箭最難防。
　　　　（唱）曹孟德興人馬足之糧草，
　　　　　　　屯鐵山必埋伏安守英豪。
　　　　　　　諸葛亮此一去性命難保，
　　　　　　　這是我暗殺他不用剛刀。

（魯肅上）

魯　肅　（唱）諸葛亮出大言將人取笑，
　　　　　　　進帳去見都督細說根苗[7]。
　　　　（白）都督！
周　瑜　（白）大夫！孔明可曾說些甚麼？
魯　肅　（白）孔明說道，荊襄水戰只有周郎，我等水戰、陸戰、車戰、馬戰那樣不知[8]？非比公瑾只習水戰一能耳！
周　瑜　（白）吓！孔明諒我不會陸戰[9]，不必命他劫糧，將令追回。
魯　肅　（白）得令！

（下）

周　瑜　（白）孔明吓孔明，我不殺你，誓不爲大丈夫也[10]！
　　　　（唱）我只望借刀計將他瞞過，
　　　　　　　故命他聚鐵山去把糧奪。
　　　　　　　又誰知諸葛亮機關識破，
　　　　　　　必須要另計策將他害却。

（魯肅上）

魯　肅　（唱）諸葛亮他生來世間少有，
　　　　　　　定乾坤算得個第一機謀。
　　　　（白）將令追回了。
周　瑜　（白）大夫！曹操水軍頭目是誰？

魯　肅　（白）蔡瑁、張允，二賊作惡。
周　瑜　（白）他二人慣習水軍，難以得破，倘他二人督理水軍[11]，本帥何日得成功也！
　　　　（唱）他二人掌水軍此陣難破，
　　　　　　　恨蔡瑁合張允二賊作禍。
　　　　　　　把荊襄獻曹操是他之過，
　　　　　　　除非是殺二賊重整山河[12]。
手　下　（白）報，蔣幹過江！
魯　肅　（白）再探！
　　　　（手下下）
周　瑜　（笑）哈哈！
　　　　（白）好了。
魯　肅　（白）都督爲何發笑？
周　瑜　（白）蔣幹過江，必與曹操作說士，待我略使小計，管叫曹操自殺水軍。來！濃墨。（【急三槍】）大夫，將書放在後帳，四更時分，附耳上來！
魯　肅　（白）知道了。
　　　　（下）
周　瑜　（白）請蔣先生！
衆　　　（白）有請蔣先生！
　　　　（蔣幹上）
蔣　幹　（白）賢弟！
周　瑜　（白）仁兄，請！
蔣　幹　（白）請！
周　瑜　（白）仁兄駕到，未曾遠迎，有罪！
蔣　幹　（白）豈敢！輕造寶帳，望乞恕罪。
周　瑜　（白）仁兄駕到，敢莫是與曹操做說客耳[13]？
蔣　幹　（白）久別足下，特來問候，怎説與曹操做説客？
周　瑜　（白）弟雖不洽師曠之聰也，亦聞弦歌之雅意[14]。
蔣　幹　（白）賢弟如此疑慮，告辭了！
周　瑜　（白）仁兄爲何去心太急？
蔣　幹　（白）賢弟，何爲疑心太重？

周　　瑜　（白）弟乃是戲言也。
　　　　　（蔣幹"吓"）（周瑜"吓"）
　　　　　（同笑）哈哈吓吓！
周　　瑜　（白）弟備得有酒，與仁兄接風，弟來把盞相敬。
蔣　　幹　（白）不敢。擺下就是。
周　　瑜　（白）將宴擺下！
　　　　　（【吹打】介）
周　　瑜　（白）傳衆將進帳！
手下衆　　（白）傳衆將進帳！
　　衆　　（白）衆將參見都督！
周　　瑜　（白）見過蔣先生！
　　衆　　（白）蔣先生！
蔣　　幹　（白）衆位將軍！請坐。
　　衆　　（白）都督無令，不敢奉陪。蔣先生敢是與曹操做說客耳？
周　　瑜　（白）衆將，此乃本都同鄉故友[15]，雖從江北而來，並不與曹操作說客耳。你等休得多疑，一同坐下。
　　衆　　（白）告坐。
周　　瑜　（白）太史慈聽令！
太史慈　　（白）在。
周　　瑜　（白）賜你寶劍一口，今日故友相會，此酒名爲群英會，有人提起孫曹二字，命你急斬。
太史慈　　（白）得令。
　　　　　（下）
周　　瑜　（白）仁兄請！
蔣　　幹　（白）賢弟請！吓！（【畫眉序】[16]）（排子）
周　　瑜　（白）仁兄！你看我後營將士如狼似虎[17]，再看糧草堆積如山，何愁大事不成？
蔣　　幹　（白）賢弟大才，必有大用，告便。
周　　瑜　（白）仁兄請！
蔣　　幹　（白）吓，列位將軍！
　　衆　　（白）蔣先生！
蔣　　幹　（白）哎，我好悔喲！

太史慈 （唱)(蔣幹聽）
　　　　　太史慈執寶劍一旁怒坐，
　　　　　若提起降曹事定把頭割。

蔣　幹　（白）這便怎麼處？哦！有了。待我假裝酒醉。
　　　　　（呼吐吐醉介）

周　瑜　（白）仁兄請坐。

蔣　幹　（白）請！

周　瑜　（白）來！看大杯相敬。

蔣　幹　（白）酒已厚了。

周　瑜　（白）仁兄請！

蔣　幹　（白）請！
　　　　　（合頭吐介）

周　瑜　（白）仁兄再飲幾杯？

　衆　　（白）蔣先生多時醉了。

周　瑜　（白）久別仁兄，不曾同榻。今宵與仁兄抵足而眠。來！

　衆　　（白）有。

周　瑜　（白）扶蔣先生後營安歇。
　　　　　（衆扶蔣幹下）

周　瑜　（白）黃蓋聽令！

黃　蓋　（白）在。

周　瑜　（白）三更時分，附耳上來，如此恁般。
　　　　　（黃蓋得令下）

周　瑜　（白）甘寧聽令！有令箭一枝，命你巡營，蔣幹逃走，不許攔阻。
　　　　　掩門。
　　　　　（下）

校記

［1］憑他四路刀兵起："憑"字，原本音假作"平"。今改。

［2］點絳唇吹介："絳"字，原本誤作"降"。今改。"唇"字，原本漏。今補。

［3］社稷安排，好把凌烟得："得"字，原本作"黛"。今改。

[4] 肥馬輕裘黄雕鞍："雕"字,原本作"周"。今改。

[5] 熟知地理："知"字,原本作"之"。今改。

[6] 明知周郎借刀計："郎"字,原本漏。今補。

[7] 細説根苗："説"字,原本漏。今補。

[8] 我等水戰、陸戰、車戰、馬戰那樣不知：此句,原本作"我等水戰那樣不知"。今據《三國演義》補。

[9] 孔明諒我不會陸戰："陸"字,原本作"路"。今改。

[10] 誓不爲大丈夫也："誓"字,原本作"是"。今改。

[11] 倘他二人督理水軍："他二人"三字,原本墨丁。今依文意補。

[12] 除非是殺二賊重整山河："整"字,原本作"正"。今改。

[13] 敢莫是與曹操做説客耳："敢莫"二字,原本爲墨丁。今依文意補。

[14] 亦聞弦歌之雅意："意"字,原本作"異"。今依文意改。

[15] 此乃本都同鄉故友："本"字,原本爲墨丁。今補。

[16] 畫眉序："序"字,原本作"亭"。今依曲譜改。

[17] 你看我後營將士如狼似虎："營"字之上,原本有一殘字。似後的右半部。今依文意補。

第 七 場

(魯肅上放書,同下,兩手下扶蔣幹醉介上,入榻介,手下下)

(周瑜上)

周　瑜　(白)仁兄！子翼！他竟睡熟了。

　　　　(唱)我有心防備他營門不鎖,
　　　　　　回頭看子翼兄早已睡熟。
　　　　　　假意兒伴裝醉和衣而卧,
　　　　　　悄地裏偷看他心事如何[1]？

(起二更,蔣幹起)

蔣　幹　(白)賢弟！公瑾！呀！竟自睡熟了。唔！想我蔣幹,身入虎穴,怎得脱身了？

　　　　(唱)離曹營到東吴身沾大禍,
　　　　　　行不安坐不寧兩眼不合。
　　　　　　我只説念故友看待與我,

那知他掌軍令亞賽閻羅[2]。

（白）左也睡不着,右也睡不着,怎麼處了。哎喲,桌案之上有書束一緘,待我看來。步戰、水戰、車戰、陸戰,還有小束一封,又要看來,蔡某,嘿吶!賢弟!公瑾!睡着了!待我掌燈一看。"蔡瑁張允同頓首拜上都督麾下:我等降曹非也本意,已將北軍誆入水寨中[3],不上三四日之內,定取曹操首級,前來獻功,早晚聞報,並無改移。"哎呀呀!丞相吓丞相!不是蔣幹過江[4],你的性命斷送二賊之手。

（唱）曹丞相洪福大安然穩坐,
　　　他那知二賊子裏應外合。
　　　不是我過江東機關識破[5],
　　　七日內取首級休想命活。

（白）我不免將此書帶回,獻與丞相,豈不是我大大的功勞?

（周瑜裝夢言）

周　瑜　（白）仁兄,看我數日之內,定取曹操首級。

蔣　幹　（白）你是怎樣取法?

周　瑜　（白）自有妙計。

蔣　幹　（白）難吓!

周　瑜　（白）容易。

蔣　幹　（白）難吓!

周　瑜　（白）容易。

　　　　（睡介,太史慈執燈上）

太史慈　（念）轅門鼓傳三更盡[6],
　　　　　　　夜宿貔貅百萬兵。

　　　　（白）都督醒來!

周　瑜　（白）做甚麼?

太史慈　（白）今有蔡……

周　瑜　（白）咳!禁聲。仁兄!子翼!

　　　　（蔣幹假打鼾齁介）

周　瑜　（白）蔣幹睡着了,蔡甚麼?

太史慈　（白）今有蔡瑁、張允差人來說,不用七日,定取曹操首級來獻。

周　瑜　（白）知道了。你且退下。

太史慈　（白）是。
　　　　（下）（四更）
周　瑜　（白）仁兄！
蔣　幹　（白）賢弟！
周　瑜　（白）你看我七日之內,定取曹操首級來見。
蔣　幹　（白）你是怎樣取法？
周　瑜　（白）我自有妙計殺他。
蔣　幹　（白）且看你的妙計,哎呀！
　　　　（五更）
　　　　（白）譙樓鼓打五更,等到天明,恐泄漏機關,就此逃走了罷。
　　　　（唱）若是有人知却豈肯放我？
　　　　　　　恨不得插翅羽飛過江河。
　　　　（魯肅暗上,探介）
魯　肅　（白）吓,先生！
　　　　（蔣幹假允）
蔣　幹　（白）請吓請吓！
　　　　（逃走介,魯肅看書介）
魯　肅　（白）都督醒來！
　　　　（周瑜假醒）
周　瑜　（白）做甚麼？
魯　肅　（白）蔣幹盜書逃走了。
周　瑜　（白）怎麼說他就逃走了？
魯　肅　（白）逃走了！
　　　　（周瑜笑介）
周　瑜　（唱）曹孟德中吾計千差萬錯,
魯　肅　（唱）此機關料他人難以知却。
周　瑜　（唱）這妙計天下人被我瞞過,
魯　肅　（唱）怕的是瞞不過南陽諸葛。
　　　　（同下）

校記

［1］悄地裏偷看他心事如何："悄"字,原本誤作"俏"。今改。

［2］那知他掌軍令亞賽閻羅："亞"字，原本作"押"。今改。

［3］已將北軍誆入水寨中："北"字，原本作"比"。今改。

［4］不是蔣幹過江："是"字，原本作"最"。今改。

［5］不是我過江東機關識破："識"字，原本作"失"。今改。

［6］轅門鼓傳三更盡："鼓傳"二字，原本作"古轉"。今改。

第 八 場

（曹操執書上）

曹　操　（唱）每日裏飲瓊漿釅釅大醉，
　　　　　　　我心中想不起一條妙計。
　　　　　　　自造起銅雀臺却少二美，
　　　　　　　掃東吳滅劉備天意不遂。

（蔣幹上）

蔣　幹　（唱）在江東得書信喜之有美，
　　　　　　　此功勞獻丞相獨占首魁。
　　　　（白）參見丞相！

曹　操　（白）子翼回來了，周郎降意如何？

蔣　幹　（白）周郎執意不降。探得一樁機密之事[1]。

曹　操　（白）甚麼機密大事？

蔣　幹　（白）耳目甚衆[2]。

曹　操　（白）兩旁退下。

（衆同下）

蔣　幹　（白）有書一封，丞相請看。

曹　操　（白）待我看來。吓！有這等事情，了而不起，吩咐打鼓升帳！

蔣　幹　（白）丞相有令，打鼓升帳！

曹　操　（白）傳水軍頭目進帳！

蔣　幹　（白）傳水軍頭目進帳！

（蔡瑁、張允同上）

蔡　瑁
張　允　（同白）參見丞相！

曹　操　（白）老夫即日進兵，水軍可曾練熟？

蔡　瑁 張　允	（同白）水軍未曾練熟，丞相不可趕急進兵。
曹　操	（白）住了！待等練熟，老夫性命斷送他人之手！來！
	（刀斧手上）
刀斧手	（白）有。
曹　操	（白）推出斬了。
	（四刀手押下，斬訖）
曹　操	（白）哎呀！莫非周郎借刀之計？來！
	（刀斧手上）
刀斧手	（白）有。
曹　操	（白）將他二人解下椿來[3]！
刀斧手	（同白）開刀斬訖。
曹　操	（白）哎呀！
	（唱）錯中了小周郎借刀之計，
	殺蔡瑁和張允悔之不及。
	（白）來！
蔣　幹	（白）有。
曹　操	（白）將水軍頭目換了毛玠、于禁掌管，再傳蔡中、蔡和進帳！
蔣　幹	（白）丞相傳蔡中、蔡和進帳！
	（蔡中上）
蔡　中	（念）慣使長槍桿，
	（蔡和上）
蔡　和	（念）能開寶雕弓。
蔡　中 蔡　和	（同白）參見丞相！
曹　操	（白）罷了。老夫誤斬汝兄，你二人可服？
蔡　中 蔡　和	（同白）違誤軍令，斬者無虧。
曹　操	（白）老夫有意命你二人，詐降東吳，若有消息，差人速報我知，恐你二人心有二意？
蔡　中 蔡　和	（同白）末將家眷現在荊州，豈有二意？
曹　操	（白）好吓！成功之日，加官受爵。

蔡中
蔡和　（同白）謝丞相！

　　　　（同念）扶助曹丞相，
　　　　　　　　一心滅東吳。

　　　　（二同下）

蔣　幹　（白）丞相這樁大功，可虧了我蔣幹？

曹　操　（白）呸！

　　　　（唱）書呆子誤送了二員上將，
　　　　　　　去了我左右膀反助周郎。
　　　　　　　你那裏盜書信自己不亮，
　　　　　　　你就是他二人催命閻王。

　　　　（下）

蔣　幹　（唱）這一樁大功勞不加升賞，
　　　　　　　爲甚麼對衆將辱罵一場。
　　　　　　　出寶帳心兒內暗思暗想，

　　　　（白）哦，是了。

　　　　（唱）想則是小周郎不肯歸降。

　　　　（白）唔！是的呵！

　　　　（下）

校記

［１］探得一椿機密之事："椿"字，原本音假作"莊"。今改。下同。
［２］耳目甚衆："衆"字，原本作"重"。今改。
［３］將他二人解下椿來："椿"字原本音假作"莊"。今改。

第　九　場

　　　　（周瑜上）

周　瑜　（唱）奉主命破曹瞞勝負未定，
　　　　　　　日操兵夜看書坐臥不寧。

　　　　（魯肅上）

魯　肅　（唱）曹孟德果殺了蔡瑁、張允，

周都督果算得天下能人。

（笑介）

周　　瑜　（白）大夫爲何發笑？

魯　　肅　（白）曹操果殺了蔡瑁、張允，水軍頭目換了毛玠、于禁掌管。

周　　瑜　（白）此事孔明可知否？

魯　　肅　（白）他嗎？未必，未必。

周　　瑜　（白）有請！

魯　　肅　（白）有請諸葛先生！

（諸葛亮上）

諸葛亮　（唱）昨夜晚觀天象早已算定，

　　　　　　　曹孟德中巧計誤殺水軍。

（白）恭喜都督！賀喜都督！

周　　瑜　（白）吓！先生喜從何來？

諸葛亮　（白）曹操殺了蔡瑁、張允，水軍頭目換了毛玠、于禁掌管，好歹那些水軍，斷送他二人之手，豈不是喜？

周　　瑜　（白）我見曹營水軍十分齊整，不設一計，怎得成功？

諸葛亮　（白）都督！我你二人不必明言，各寫一字在手，看對與不對？

周　　瑜
諸葛亮　（同白）請！大夫請看！

魯　　肅　（白）二人俱是"火"字。

（周瑜笑介）

周　　瑜　（白）先生所見皆同，不知水面交鋒，何物當先？

諸葛亮　（白）大江之中，弓箭當先。

周　　瑜　（白）吳國却少十萬狼牙箭，欲命先生監造，諒無推辭？

諸葛亮　（白）既在帳下效用，敢不效勞。但不知限多少日期？

周　　瑜　（白）一月。

諸葛亮　（白）吓！多了。

周　　瑜　（白）十日？

諸葛亮　（白）曹兵盡發，豈不誤了大事？

周　　瑜　（白）七日如何？

諸葛亮　（白）還多了。

周　　瑜　（白）先生自限日期。

諸葛亮　（白）只要三日！

周　瑜　（白）三日無箭？

諸葛亮　（白）照軍令而行。

周　瑜　（白）先生，軍中無戲言？

諸葛亮　（白）立下準狀。

周　瑜　（白）先生請！

諸葛亮　（唱）諸葛亮立準狀心中思忖，

　　　　　　　三日後到江邊去取雕翎[1]。

　　　　（白）大夫收下，告辭了。

　　　　（唱）在帳中辭別了都督子敬，

　　　　　　　三日内到曹營去取雕翎。

　　　　（下）

魯　肅　（白）都督！孔明限三日交箭，莫非有詐？

周　瑜　（白）你可吩咐匠人，故意延遲，我以軍令，斬他無悔。

　　　　（太史慈上）

太史慈　（白）住着。啓都督！曹營蔡中、蔡和前來投降。

周　瑜　（白）傳他進帳！

太史慈　（白）傳蔡中、蔡和進帳！

　　　　（蔡中、蔡和上）

　　　　（同念）

蔡　中
蔡　和　　　離了曹營地，
　　　　　　來此是東吳。

　　　　（同白）都督在上，末將等參！

周　瑜　（白）你二人為何背主投降？

蔡　中
蔡　和　（同白）曹賊無故殺我兄長，投在都督帳下，好領兵報仇。

周　瑜　（白）你二人棄暗投明，果是豪傑也。傳甘寧！

手　下　（同白）傳甘寧進帳！

甘　寧　（念）東吳甘寧將，
　　　　　　　威風誰敢當。

　　　　（白）參見都督。

周　瑜　（白）將他二人收在你帳下，後有用處。

甘　寧　（白）得令！二位將軍隨我來。
　　　　（三人同下）
魯　肅　（白）都督！他二人是詐降？
周　瑜　（白）曹操殺了他兄長，他投本督帳下，想報仇之意，你的疑心太過，
　　　　　　　不能容人，曉得甚麼？還不退下。
魯　肅　（念）分明指破平陽路，
　　　　　　　反把忠言當惡言。
　　　　（下）
周　瑜　（白）掩門。
　　　　（眾手下同下）
周　瑜　（白）老將軍可知他二人降意？
黃　蓋　（白）他二人乃是詐降。
周　瑜　（白）怎見得？
黃　蓋　（白）他二人不帶家眷，豈不是詐降！
周　瑜　（白）曹營有人詐降東吳，東吳就無人詐降曹營？
黃　蓋　（白）俺黃蓋願獻詐降之計？
周　瑜　（白）吓！老將軍可是真言？
黃　蓋　（白）焉有假意！
周　瑜　（白）老將軍年邁難以受刑，若不受刑，又恐眾人未必肯信[2]。
黃　蓋　（白）俺黃蓋受東吳三世厚恩，慢說受刑，就是粉身碎骨，又待
　　　　　　　何妨！
周　瑜　（白）如此，老將軍請上，受我一拜！
　　　　（唱）老將軍秉忠心大義凜凜，
　　　　　　　古今來果算得第一忠臣。
　　　　　　　苦肉計瞞眾將要你受忍，
　　　　　　　怕的是年紀邁難以受刑。
黃　蓋　（白）都督吓！
　　　　（唱）周都督休得要下禮謙遜，
　　　　　　　俺黃蓋受東吳三世厚恩。
　　　　　　　俺黃蓋雖年邁忠心當盡，
　　　　　　　做一個奇男子去破曹兵。
　　　　（下）

周　瑜　（唱）好一個黃公覆忠心耿耿[3]，
　　　　　　　定此計我要把大事功成。
　　　（下）

校記

[1] 江邊去取雕翎："雕"字，原本作"刁"。今改。下同。
[2] 又恐衆人未必肯信："又"字，原本作"尤"。今改。
[3] 好一個黃公覆忠心耿耿："覆"字，原本作"伏"。今據《三國演義》改。下同。

第　十　場

（諸葛亮上）

諸葛亮　（唱）周公瑾命魯肅巡營看守，
　　　　　　　好叫我暗地裏冷笑不休。
　　　　　　　小周郎要殺我不能得够，
　　　　　　　一樁樁一件件在我心頭。

（魯肅上）

魯　肅　（唱）限三日要交箭不多時候，
　　　　　　　爲甚麼坐一旁不睬不瞅[1]？
　　　（白）站過來！
　　　（唱）你昨日在帳中誇下海口，
　　　　　　　好叫我魯子敬替你耽憂。

諸葛亮　（白）吓！山人有何事情，要大夫替我耽憂？
魯　肅　（白）哆哆哆！他見忘記了。你昨日在帳中誇下海口，限三日交箭，此時一支箭也沒有造起，我看，你怎麼得了吓！
諸葛亮　（白）吓！不是大夫提起來，山人當真忘記了。
魯　肅　（白）哆哆哆！他倒忘記了[2]！
諸葛亮　（白）大夫，你與我算算日期看？
魯　肅　（白）昨日？
諸葛亮　（白）昨日。
魯　肅　（白）今朝？

諸葛亮　（白）今朝。
魯　肅　（白）明天？
諸葛亮　（白）明天。
魯　肅　（白）明天你的箭在那裏？
諸葛亮　（白）哎呀！望大夫救我一救才好！
魯　肅　（白）要我救你不難，可速備一隻小舟，逃回江夏去罷！
諸葛亮　（白）哎！我奉主公之命，前來同心破曹，曹兵未破，逃回江夏，怎麼回復我主？使不得！使不得！
魯　肅　（白）你不如投江一死，落個全屍。
諸葛亮　（白）吓！大夫說哪裏話來？自古道螻蟻尚且貪生，爲人豈肯不惜命？一發使不得[3]！
魯　肅　（白）叫你走你不走，叫你死你不死，把我爲難了。
諸葛亮　（白）大夫吓！
　　　　（魯肅"咭咭"）
諸葛亮　（白）大夫吓！
　　　　（唱）魯大夫平日裏待人寬厚[4]，
魯　肅　（白）我待你也不薄。
諸葛亮　（唱）原保我過江來無慮無憂。
　　　　　　周都督要殺我你不搭救，
魯　肅　（白）是你自作自受，又不是那個連累你不成！
諸葛亮　（唱）看起來算不得相顧朋友。
魯　肅　（唱[5]）這件事本是你自作自受，
　　　　　　爲甚麼把魯肅埋怨不休？
諸葛亮　（白）大夫既不救我，問你借幾件東西，可肯借否？
魯　肅　（白）要借甚麼東西呢？
諸葛亮　（白）戰船二十號。
魯　肅　（白）有。
諸葛亮　（白）軍士五百人。
魯　肅　（白）有的。
諸葛亮　（白）稻草千擔。
魯　肅　（白）也是有的。
諸葛亮　（白）青布帳幔。

魯　肅　（白）有的。
諸葛亮　（白）鑼鼓全套！
魯　肅　（白）有的，有的。
諸葛亮　（白）大夫，外辦酒一席。
魯　肅　（白）吓，先生！要酒席何用？
諸葛亮　（白）你我到江中取樂。
魯　肅　（白）明日無箭交，看你取樂不取樂！
　　　　（唱）我只得備戰船放他逃走，
　　　　　　　這也是爲朋友順水推舟。
　　　　（下）
諸葛亮　（笑唱）這件事料魯肅參解不透，
　　　　　　　那知道我腹內暗藏計謀。
　　　　　　　要借箭只等到四更時候，
　　　　　　　趁大霧到曹營去把箭收。
　　　　（魯肅上）
魯　肅　（唱）一椿椿一件件俱已辦就[6]，
　　　　　　　請先生到江邊及早登舟。
諸葛亮　（白）大夫，可曾辦齊？
魯　肅　（白）早已齊備。請先生上船！
諸葛亮　（白）如此，請大夫同往。
魯　肅　（白）同往那裏？
諸葛亮　（白）你我到舟中，只管飲酒取樂。
魯　肅　（白）哎哎！我是不去的。
諸葛亮　（白）大夫，不妨的，隨我來。
魯　肅　（白）我不去吓！
　　　　（魯肅走介，下，四水手上，童兒、舵女上，諸葛亮扯魯肅上船又下，諸葛亮又扯魯肅上船，魯肅不住"哎呀我不去"，諸葛亮扯住魯肅同坐）
水　手　（白）啓爺，滿江大霧，看不見江面。
諸葛亮　（白）將船往北而放！
魯　肅　（白）曹營在北，乃是去不得的。待我下船去罷。
諸葛亮　（白）大夫！滿江大水，性命爲重。來來來，飲酒取樂。大夫請！

	（唱）一霎時白漫漫滿江露霧，
	這時候觀不見在岸在舟。
	似這等巧機關世間少有，
	似軒轅造紙冊去把箭收。
魯　肅	（唱）魯子敬在舟船渾身顫抖[7]，
	把性命當頑耍全不担憂。
	這時候那還有寬心飲酒，
諸葛亮	（白）大夫請酒吓！（笑介）
魯　肅	（唱）此一番到曹營送命一丟。
水手衆	（同白）此地離曹營不遠。
諸葛亮	（白）將船放近曹營。
魯　肅	（白）水手，那是真去不得的！
諸葛亮	（白）大夫，不妨吓！
	（唱）勸大夫你只管寬心飲酒，
魯　肅	（白）吃了好送命。
諸葛亮	（唱）一樁樁一件件在我心頭。
	要借箭只等到四更時候，
	緩搖櫓慢開船浪裏行遊。
水手衆	（同白）啓爺！離曹營只有一箭之地。
諸葛亮	（白）吩咐鳴鑼擂鼓！
	（水手內喊介，諸葛亮挽魯肅藏，鼓聲連發）（蔣幹引曹操上）
蔣　幹	（白）吓！大霧之中那有人馬吶喊，有請丞相！
曹　操	（白）何事？
蔣　幹	（白）大霧之中那有人馬吶喊。
曹　操	（白）待我看來，原來周郎劫營，吩咐萬箭齊發。
蔣　幹	（白）一齊放箭。
	（放箭介）
水　手	（白）啓爺！草船承載不起[8]。
諸葛亮	（白）大叫三聲，説孔明先生多謝曹丞相送箭。
衆	（白）孔明先生多謝曹丞相送箭！

（水手同下）

曹　　操　（白）咳，我只説周郎劫營，原來孔明借箭。吩咐水軍，急急趕上。
蔣　　幹　（白）丞相，順水順風趕之不上了。
曹　　操　（念）時時防計巧，
蔣　　幹　（念）著著讓人高。
曹　　操　（念）去了十萬箭，
蔣　　幹　（念）明日再來造。
曹　　操　（白）又中了他人之計。
蔣　　幹　（白）下次不中計就是。
曹　　操　（白）咳！就壞了你。
　　　　　（下）
蔣　　幹　（白）吓，這樁事又壞了我，曹營事情實有些難辦了。
　　　　　（下）
　　　　　（童引諸葛亮、魯肅笑介）
諸葛亮　　（白）大夫，爲何又發起笑來？
魯　　肅　（白）先生你怎麼知道今日有此大霧，就用此妙計[9]？
諸葛亮　　（白）爲謀士者，上不知天文，下不曉地理，不識陰陽，不知奇門六甲，乃爲庸才也[10]。
魯　　肅　（白）先生真乃神人也！
諸葛亮　　（白）查點箭數！
手　　下　（白）除了破損連壞[11]，十萬有餘。
諸葛亮　　（白）有煩大夫，進帳交令。
魯　　肅　（白）交令在我。請吓先生轉。
諸葛亮　　（白）何事？
魯　　肅　（白）我當真服了先生。
諸葛亮　　（白）服山人何來？
魯　　肅　（白）服你妙算有準。
諸葛亮　　（白）我也服了你。
魯　　肅　（白）服下官何來？
諸葛亮　　（白）服你在舟中好抖顫吓！
　　　　　（同笑）
　　　　　（同白）請！

（下）

校記

［1］爲甚麽坐一旁不睬不瞅："不睬不瞅"，原本作"不採不揪"。今依文意改。

［2］他倒忘記了："倒"字，原本音假作"到"。今改。

［3］爲人豈肯不惜命，一發使不得："不"字，原本漏。今依文意補。"發"字，原本作"法"。今改。

［4］魯大夫平日裏待人寬厚："待"字，原本作"代"。今改。

［5］魯肅唱："唱"字，原本作"白"。今改。

［6］一樁樁一件件俱已辦就："樁樁"二字，原本作"莊莊"。今改。

［7］魯子敬在舟船渾身顫抖："顫"字，原本作"頡"。今改。

［8］草船承載不起："載"字，原本作"占"。今依文意改。

［9］就用此妙計："用"字，原本無。今依文意補。

［10］乃爲庸才也："庸"字，原本作"勇"。今改。

［11］除了破損連壞："損"字，原本作"打"；"壞"字，原本作"玨"。今依文意改。

第 十 一 場

（黄蓋上）

黄　蓋　（念）風展旗旌映江心，

　　　　　　三千鐵甲擁車輪[1]。

　　　　（白）俺黄蓋。都督升帳，在此伺候。

　　　　（甘寧上）

甘　寧　（念）腹中定有安邦策，

　　　　　　那怕狼烟起戰爭。

　　　　（白）俺甘寧。都督升帳，在此伺候。

　　　　（闞澤上）

闞　澤　（念）一天雲霧滿長江，

　　　　　　遠近難分水渺茫。

　　　　（白）下官闞澤。都督升帳，在此伺候。

　　　　（同請）

　　　　（周瑜上）

周　　瑜　（念）轅門鼓角高，
　　　　　　　　兩傍站立英豪。
　　　　　（白）本帥周瑜。命孔明造取十萬狼牙，諒他不能造齊。來，有請魯
　　　　　　　　大夫！
手下衆　（白）請魯大夫！
　　　　　（魯肅上）
魯　　肅　（念）忙將稀奇事，
　　　　　　　　回復智謀人[2]。
　　　　　（白）參見都督！
周　　瑜　（白）孔明造箭，可曾造齊？
魯　　肅　（白）已曾造齊。
周　　瑜　（驚白）吓！他是怎樣造法？
魯　　肅　（白）他也不用我國匠人，用戰船二十號，軍士五百人，稻草一千擔，
　　　　　　　　青布帳幔、鑼鼓全套，四更時分去到曹營借來十萬狼牙，特來
　　　　　　　　交令。
周　　瑜　（怒白）孔明吓！真乃神人也！
魯　　肅　（白）可以算得活神仙。
周　　瑜　（白）有請！
魯　　肅　（白）有請諸葛先生！
　　　　　（諸葛亮上）
諸葛亮　（念）借來十萬箭，
　　　　　　　　盡在霧中求。
　　　　　（吹打介）
周　　瑜　（白）先生！
諸葛亮　（白）都督請！
周　　瑜　（白）先生妙計，使人敬服[3]。
諸葛亮　（白）些小之功，何足掛齒。
周　　瑜　（白）帳中擺酒，與先生賀功。
諸葛亮　（白）叨擾了。
周　　瑜　（白）將酒擺下！
　　　　　（同請，排子）
周　　瑜　（白）黃蓋聽令！

黄　蓋　（白）在。
周　瑜　（白）命你帶領三月糧草，準備破曹。
黄　蓋　（白）啓都督！慢説三月，就是三年，也不能成功。
周　瑜　（白）依你便怎樣？
黄　蓋　（白）依末將之見，張昭有言，倒不如卸甲丢盔，北面降曹。
周　瑜　（白）住了。奉吳侯之命，領兵破曹，你敢違抗軍令？來！推出斬首。
　　　　（手綁下介，衆人跪介）
　衆　　（白）啓都督！黄蓋乃東吳老臣，看在用兵之際，求都督饒恕！
周　瑜　（白）你也敢違抗軍令？來！亂棍打下去！
　　　　（手推下，打介）
魯　肅
闞　澤　（求白）啓都督！黄蓋乃東吳老臣，冒犯都督，求赦却！
周　瑜　（白）念在二位先生討饒，放下椿來！
闞　澤
魯　肅　（同白）謝都督！將黄蓋放回。
黄　蓋　（白）謝都督不斬之恩。
周　瑜　（白）那裏是不斬與你，念在二位先生討饒，死罪已免，活罪難逃。來！扯下去，一梱四十。
　　　　（二手下抱下去，一十二十三十四十打完）
黄　蓋　（白）謝都督的賞！
周　瑜　（白）住了！念在用兵之際，權寄六十[4]，候破曹以後，再行發落。來！又出去！
　　　　（闞澤扶黄蓋下，周瑜逼腹拔劍殺介，魯肅攔介，叩頭介，周瑜氣介，三氣介，衆同下）

校記

［１］三千鐵甲擁車輪："三"字，原本作"生"。今改。"千"字，原本爲墨丁。今補。
［２］回復智謀人：此句，原本"回伏志謀人"。今依文意改。下同。
［３］使人敬服：此句，原本作"使人意伏"。今依文意改。
［４］權寄六十："權寄"，原本作"傳記"。今依文意改。

第十二場

諸葛亮　（白）大夫請酒吓！

魯　肅　（白）吓咳！下來着。

諸葛亮　（白）大夫這是爲何？

魯　肅　（白）這下我不服你了[1]。

諸葛亮　（白）大夫！這不服二字是怎麽説？

魯　肅　（白）都督怒責黄蓋，惡打甘寧，你乃是東吴客位，也該講個人情，説個分止，才是個道理。你還在那裏請吓！乾吓！

諸葛亮　（白）大夫！他二人一個願打，一個願挨，與你我甚麽相干！

魯　肅　（白）來來！我願打，你，你，可願挨？

諸葛亮　（白）大夫吓！

　　　　（唱）周都督定的是苦肉之計，
　　　　　　　收蔡中和蔡和暗通消息。
　　　　　　　黄公覆受五刑都是假意，
　　　　　　　進帳去切莫説孔明先知。

　　　　（下）

　　　　（魯肅笑介，哈哈）

魯　肅　（唱）是這等巧機關難解其意，
　　　　　　　我實實服孔明妙算神機。

　　　　（下）

校記

[1] 這下我不服你了："服"，原本作"伏"。今改。下同。

第十三場

　　　　（闞澤扶黄蓋上）

黄　蓋　（唱）周公瑾傳將令如同山倒，
　　　　　　　責打我四十棍不肯輕饒。
　　　　　　　我只要破曹兵立功報效，

做一個大丈夫青史名標。

闞　澤　（白）老將軍受屈了！

黃　蓋　（白）有煩掛心。

闞　澤　（白）老將軍莫非與都督有仇？

黃　蓋　（白）無仇。

闞　澤　（白）既然無仇，莫非是苦肉之計？

黃　蓋　（白）先生何以知之？

闞　澤　（白）看公瑾動靜，早解之八九分。

黃　蓋　（白）先生，實不相瞞，我受東吳大恩無以可報，故獻此計。奈無人去到曹營獻詐降之書，也是枉然。

闞　澤　（白）老將軍有此忠心，我闞澤願獻詐降之書。

黃　蓋　（白）先生可是真言？

闞　澤　（白）焉有二意。

黃　蓋　（白）如此請上，受我一拜。

　　　　（唱）闞大夫請上受一禮，
　　　　　　　所託大夫勞心機。
　　　　　　　這件事入虎穴非同兒戲，
　　　　　　　你須要放大膽莫漏消息。

闞　澤　（唱）老將軍既捨身保主社稷，
　　　　　　　我闞澤縱一死何足為奇？
　　　　　　　這一件些小事何須掛慮，
　　　　　　　管叫你大功成就在指日。

（同請下）

第 十 四 場

（曹操上）

曹　操　（唱）諸葛亮好膽大前來借箭，
　　　　　　　便宜他逃出了虎穴龍潭[1]。

蔣　幹　（唱）為獻書誤殺了蔡瑁張允，
　　　　　　　因此上曹丞相心不寧安[2]。

　　　　（白）參見丞相！

曹　操　（白）進帳何事？

蔣　幹　（白）巡江軍士，捉一漁翁，口稱東吳闞澤要見。

曹　操　（白）必定奸細，綁進帳來！

蔣　幹　（白）丞相傳令，將奸細綁進帳來！

　　　　（二手下押闞澤上）

曹　操　（白）你敢是東吳奸細？

闞　澤　（白）有書在懷，不能呈上。

曹　操　（白）搜來！

　　　　（手下遞書信呈上介）

曹　操　（白）待我看來！

　　　　（吹介）

曹　操　（白）來！

手　下　（白）有。

曹　操　（白）推出去斬[3]。

　　　　（手下推，闞澤笑介）

曹　操　（白）住了。周郎定下苦肉之計，被老夫識破，斬你無虧，爲何發笑？

闞　澤　（白）我笑黃蓋不識人耳[4]！

曹　操　（白）他難道不如你？

闞　澤　（白）要殺便殺，何必多言。

曹　操　（白）推出去斬！

　　　　（報子上）

報　子　（白）啓丞相！今有蔡……

曹　操　（白）禁聲！

　　　　（手下押下）

報　子　（復白）蔡中、蔡和有書呈上。

曹　操　（白）待老夫觀看：周郎興兵性燥，痛打黃蓋，怒責甘寧[5]，衆將不
　　　　　　　久就要來降。來！

手　下　（白）有。

曹　操　（白）解下椿來。

闞　澤　（白）謝丞相不斬之恩。

曹　操　（白）方纔不知，多有得罪。

闞　澤　（白）豈敢。我與黃蓋願獻糧草，船上插青龍旗爲號，就此告辭。

曹　操　（白）爲何去心太急？
闞　澤　（白）在此久住，猶恐周郎見疑[6]。
曹　操　（白）拜上二位將軍，成功之日加官受爵！
　　　　（念）一禮作漢臣，
　　　　　　　東吳值千金。
闞　澤　（念）路遥知馬力，
　　　　（下）
蔣　幹　（念）事久見人心。
曹　操　（白）子翼！黃蓋降意如何？
蔣　幹　（白）待小謀二次過江，探聽虛實如何。
曹　操　（白）此去再不成功，反被他人取笑。
蔣　幹　（白）此去再不成功，以軍令使行。
曹　操　（念）眼觀旌捷旗[7]，
　　　　（下）
蔣　幹　（念）耳聽好消息[8]。
　　　　（下）

校記

[１]便宜他逃出了虎穴龍潭："宜"字，原本音假作"易"。今改。
[２]因此上曹丞相心不寧安："寧安"二字，原本作"安寧"，失韻。今改。
[３]推出去斬："去"字，原本作"取"。今依文意改。下同。
[４]我笑黃蓋不識人耳："識"字，原本作"成"。今依文意改。
[５]痛打黃蓋，怒責甘寧：此二句原本作"怒責黃蓋，痛打甘寧"。今依劇情改。
[６]猶恐周郎見疑："猶"字，原本作"由"。今改。下同。
[７]眼觀旌捷旗："旗"，原本作"起"。今改。
[８]耳聽好消息："好"字，原本作"後"。今依文意改。

第十五場

（周瑜上）
周　瑜　（白）衆將，人馬散操！

（衆引上，排子介）

周　瑜　（白）本督周瑜，借來曹營十萬狼牙箭，準備破曹。來！

手　下　（白）有。

周　瑜　（白）營門伺候！

手　下　（報白）蔣幹二次過江。

周　瑜　（白）再探！

（手下下）

周　瑜　（白）蔣幹二次過江。唔！我自有道理[1]。請龐先生進帳！

衆　　　（白）有請龐先生[2]！

（龐統上）

龐　統　（念）袖內乾坤大，
　　　　　　　胸中日月長。

（白）都督有何差遣？

周　瑜　（白）命先生到西山茅庵內安住，候蔣幹到此，附耳上來，如此如此，
　　　　　　　怎般怎般。

龐　統　（白）得令！

（念）安排香餌引，
　　　要釣鰲魚來。

（下）

周　瑜　（白）來！

手　下　（白）有。

周　瑜　（白）傳蔣幹！報名而進！

手　下
　　衆　（同白）蔣幹報名而進！

蔣　幹　（白）哦！我乃是一個客位，怎麼叫我報名而進？且自由他。報！
　　　　　　　蔣幹進，賢弟請了！

周　瑜　（白）住了。前番到此，盜我書信，使我大事難成，如今又來則甚？
　　　　　　　左右！

手　下　（白）有。

周　瑜　（白）推出去斬！

蔣　幹　（白）哎呀，賢弟！念我同鄉共里，饒我一次！

周　瑜　（白）也罷。念在同鄉共里，將他押到西山茅庵內，候本帥破曹之

		後，再來發落。打出帳去！
		（衆押）
蔣　幹	（唱）	喝一聲推出帳威風凛凛，
		嚇得我戰兢兢喪膽亡魂。
		曹丞相未命我過江探信[3]，
		看將來這是我惹火燒身。
		（下）
		（龐統上）
龐　統	（唱）	在帳中領受了都督將令，
		今夜晚定巧計要進曹營。
		（蔣幹上）
蔣　幹	（唱）	周公瑾忘舊情將我押定，
		全不念同鄉里結拜之情。
		遠望見茅庵內燈光影影，
		（龐統在內撫琴，聲音響亮，蔣幹聽）
蔣　幹	（唱）	聽琴聲透窗外必有高人。
	（白）	看茅庵內對燈端坐一人，又在那裏撫琴看書，必是異人，待我叫門。吓！開門。
龐　統	（白）	甚麼人扣門？
蔣　幹	（白）	原是斯文。
龐　統	（白）	待我開門，請進！
蔣　幹	（白）	請問先生上姓大名？
龐　統	（白）	在下姓龐名統，字士元。
蔣　幹	（白）	原來鳳雛先生。
龐　統	（白）	請問先生上姓尊名？
蔣　幹	（白）	下官姓蔣名幹，字子翼。
龐　統	（白）	原來子翼先生，失敬了！
蔣　幹	（白）	豈敢！先生爲何隱居山林？
龐　統	（白）	周郎輕賢慢士，故而隱居在此。
蔣　幹	（白）	先生有此大才，爲何不前去降曹？
龐　統	（白）	久有此意，奈無引進之人。
蔣　幹	（白）	先生若真有此意，小謀願做一引進。

龐　統　（白）全仗先生。
蔣　幹　（白）事不宜遲，龐先生同往！
龐　統　（白）請！
蔣　幹　（唱）曹丞相爲求賢朝思暮想，
　　　　　　　得先生如高祖聘請子房。
龐　統　（唱）蔣子翼休得要誇羨與我，
　　　　　　　我只恨才學淺不及棟梁。
　　　　（同下）

校記

［1］我自有道理："理"字，原本漏。今補。
［2］有請龐先生："龐"字，原本爲墨丁。今補。
［3］曹丞相未命我過江探信："未命我"三字，原本作"並不曾"。今依文意及此句句式字數改。

第十六場

　　　　（曹操上）
曹　操　（唱）指日裏掃江東要歸吾掌，
　　　　　　　殺劉備滅孫權報答漢王。
　　　　（蔣幹上）
蔣　幹　（唱）昨日裏在西山得了一將，
　　　　　　　此功勞抵前罪這又何妨。
　　　　（白）參見丞相！
曹　操　（白）子翼回來了，黃蓋降意如何？
蔣　幹　（白）東吳執意不降。小謀在西山茅庵内，訪得龐統先生前來歸降。
曹　操　（白）可是鳳雛先生？
蔣　幹　（白）正是此人。
曹　操　（白）有請！
蔣　幹　（白）丞相有請龐先生！
　　　　（龐統上）
龐　統　（白）吓，丞相！

曹　操　（白）先生！
　　　　（同請）
曹　操　（白）請坐！
龐　統　（白）告坐。
曹　操　（白）先生，二國厮殺，爲何隱居山林？
龐　統　（白）周郎輕賢慢士，故而隱居山林。豈不知邦有道則入，邦無道則出。
曹　操　（白）好呀！好一個有道入無道出！
龐　統　（白）丞相乃股肱元臣，自恨相見晚矣[1]！
曹　操　（白）好説。
龐　統　（白）久聞丞相用兵如神，求借一觀。
曹　操　（白）使得。子翼，引先生到將臺觀看！
蔣　幹　（白）是。先生隨我來！
　　　　（同下）
　　　　（曹操下，吹打介，蔣幹引龐統、曹操上將臺看介）
曹　操　（白）子翼，吩咐衆將，擺開陣勢。
蔣　幹　（白）衆將擺開陣勢！
　　　　（衆將擺陣介）
曹　操　（白）先生，此陣勢如何？
龐　統　（白）看此陣，前顧後躬，進退有門，當初孫武子擺的也不過如此。
曹　操　（白）先生誇獎了。子翼，吩咐收了。
蔣　幹　（白）衆將收了！
　　　　（衆將收介）
曹　操　（白）子翼[2]，吩咐水軍陣勢擺開！
蔣　幹　（白）丞相有令，水軍陣勢擺開！
　　　　（水軍同上擺陣介，合頭介，一開一合同下）
曹　操　（白）子翼，回營擺宴。
蔣　幹　（白）是。
　　　　（過場介，擺宴介，龐統、曹操同飲）
曹　操　（白）先生，我營軍士俱有嘔吐之狀[3]，先生有何良策？
龐　統　（白）某有一計[4]，保得滿營安然，自在無事。
曹　操　（白）有何妙計？

龐　統　（白）丞相打就鐵連環，三十隻一連，五十隻一套，上用木板搭釘[5]，有加黃土鋪面，猶如平地一般[6]。慢說人行，就是車馬，皆得穩當，任他來往，萬無一失。

曹　操　（白）先生，真乃妙計也。

龐　統　（白）告辭了！

曹　操　（白）爲何去心太急？

龐　統　（白）猶恐周郎見疑。

曹　操　（白）奉送！

曹　操　（念）多蒙先生助吾功，
　　　　（下）

蔣　幹　（念）指日興兵破江東。
　　　　（下）

龐　統　（念）連環巧計無人識，

徐　庶　（白）叱！
　　　　（念）難逃吾曹掌握中。
　　　　（白）你前番燒不死，今又來獻連環？

龐　統　（白）請問先生上姓尊名。

徐　庶　（白）山人姓徐名庶。

龐　統　（白）原來單福先生，失敬了！

徐　庶　（白）豈敢！

龐　統　（白）先生若泄機關，江東九郡八十一州軍民，俱喪在先生之手。

徐　庶　（白）難道曹營八十三萬人馬就不是性命？

龐　統　（白）先生還要留情！

徐　庶　（白）不必驚慌[7]，我受劉皇叔大恩，雖在曹營，終身不設一計。只是南軍已至，玉石不存，叫我何處安身？

龐　統　（白）曹操最怕西涼馬超，先生附耳上來，只可如此如此。

徐　庶　（白）承蒙指教。

龐　統　（唱）曹操南征日夜憂，
　　　　　　怕的西涼起戰矛。
　　　　（下）

徐　庶　（唱）蒙君一言開兩路，
　　　　　　正是鰲魚脫金鉤。

（下）

校記

［1］自恨相見晚矣："恨"字，原本作"慢"。今改。
［2］子翼：此二字，原本爲墨丁。今依文意補。
［3］俱有嘔吐之狀："狀"字，原本無。今依文意補。
［4］某有一計："某"字，原本作"謀"。今依文意改。
［5］上用木板搭釘："搭"，原本作"荅"。今依文意改。
［6］猶如平地一般："猶"字，原本作"由"。今改。
［7］不必驚慌："驚慌"二字，原本作"京荒"。今改。

第 十 七 場

（四手下上，引周瑜）

周　瑜　（唱）龐士元獻連環未知允否，
　　　　　　　好叫我日夜裏心内耽憂。
　　　　　　　老天爺保佑我大功成就，
　　　　　　　殺曹操滅劉備盡歸吳侯。
　　　（龐統上）
龐　統　（唱）入虎穴獻連環世間罕有，
　　　　　　　料想那曹孟德難解機謀。
　　　　（白）龐統交令！
周　瑜　（白）先生，計可成功？
龐　統　（白）大事已成。請都督進兵！
　　　（下）
周　瑜　（白）衆將擺隊到轅門觀陣！
　　　　（唱）龐士元獻連環世間罕有，
　　　　　　　曹孟德那奸雄果中機謀。
　　　　　　　來只在將臺上用目觀就，
　　　　　　　曹營中大小船首尾相連。
　　　　　　　左青龍右白虎糧草萬擔，
　　　　　　　大江東浪浮平正好行舟。

似這樣好機關正合吾手[1]，
除非是起東風好用火燒。
老天爺你不把乾坤倒轉，
起東風賜周瑜平定中原。
似這等十一月東風欠少，
爲甚麼一霎時渾身麻酸。
莫不是我國中社稷皆斷，
要成功怕只怕千難萬難。

（衆同下）

校記

［1］似這樣好機關正合吾手："樣"字，原本無。今依文意及句式字數補。

第 十 八 場

（諸葛亮上）

諸葛亮　（唱）小周郎連環計安排用火，
　　　　四九天少東風無計奈何。
　　　　他害的心頭痛難瞞與我，
　　　　這件事還要我南陽諸葛。

（魯肅上）

魯　肅　（唱）周都督得病症心繚亂錯，
　　　　倘若是有差錯誰抵風波？
　　　　（白）先生！

諸葛亮　（白）大夫，爲何面帶憂容？

魯　肅　（白）先生有所不知，只因周都督偶得病症，倘若曹兵攻破，如何是好？

諸葛亮　（白）大夫！你都督病症，山人會醫。

魯　肅　（白）哦，先生也會醫病？

諸葛亮　（白）略知一二。

魯　肅　（白）煩先生同往！

諸葛亮　（白）大夫請！

魯　肅　（唱）周都督得下了飛來病症，
諸葛亮　（唱）他害的心上病不用藥醫。
　　　　（同下）

第 十 九 場

（手下扶周瑜上）
周　瑜　（唱）爲江山把我的心慌意錯，
　　　　　　　爲社稷染重病如之奈何？
（魯肅上）
魯　肅　（唱）我只說諸葛亮妙算神機，
　　　　　　　又誰知他那裏還會能醫。
　　　　（白）都督病體如何？
周　瑜　（白）心中嘔吐，不能服藥。
魯　肅　（白）孔明說道，都督之病，他可手到即愈。
周　瑜　（白）請他進帳！
魯　肅　（白）有請孔明先生！
　　　　（諸葛亮上）
諸葛亮　（白）病從心上起，還要心藥醫。
魯　肅　（白）都督，先生來了吓！
周　瑜　（白）告退。
諸葛亮　（白）吓，都督，爲何身染重病？
周　瑜　（白）豈不知人有旦夕禍福，怎能保無病[1]？
諸葛亮　（白）是吓，天有不測風雲，豈能料乎？
周　瑜　（白）先生，有何妙方？
諸葛亮　（白）看此病，是心起。氣順則生風，一呼一喚自然全愈。
周　瑜　（白）若順其氣[2]，當用何藥？
諸葛亮　（白）不用服藥。山人有十六字，拿去一看，此病即愈。
周　瑜　（白）待我看來：“欲破曹公，須用火攻。萬事俱備，却少東風。”
周　瑜　（白）哎呀吓！
周　瑜　（唱）諸葛亮他好比神仙下降，（下位）
　　　　　　　我的病世間人難解其情。

　　　　　　　不奈何去病體即忙拜倒，
　　　　　　　求先生須當要用計破曹。
　　　　（白）先生，可助我一膀之力！

諸葛亮　（白）這有何難？山人習有神門遁甲，能呼風喚雨，可吩咐南屏山下搭一將臺，名爲七星臺，祭三日三夜，自然起東風[3]，助你成功。

周　瑜　（白）若得如此，國家大幸[4]，但不知幾時起風？

諸葛亮　（白）甲子日起風，丙寅日風止。告辭了！

周　瑜　（白）奉送先生！

諸葛亮　（念）南屏山下搭將臺，
　　　　　　　三日東風降下來。
　　　　（下）

周　瑜　（白）孔明知天地之陰陽，有鬼神莫測之機，此人若不早除，必爲東吳後患也。哦，自有道理。來！

手　下　（白）有。

周　瑜　（白）傳丁奉進帳！

手　下　（白）傳丁奉進帳！
　　　　（丁奉上）

丁　奉　（白）都督有何差遣？

周　瑜　（白）命你帶領人馬，埋伏南屏山下，候東風一起，走上臺去，取孔明首級來見我。

丁　奉　（白）得令！
　　　　（下）

周　瑜　（白）孔明吓孔明！
　　　　（念）任你縱有孫武計，
　　　　　　　難逃吾計鬼神驚。
　　　　（下）

校記

［１］怎能保無病："無病"二字，原本作"守"。今依文意改。

［２］若順其氣："氣"字，原本作"順"。今改。

［３］自然起東風："起"字，原本無。今依文意補。

[４]國家大幸:"幸"字,原本誤作"事"。今依文意改。

第 二 十 場

(手下引徐庶上,吹打介,【點絳唇】介[1])

徐　庶　(念)豫州求賢不得逢[2],

　　　　　　臨歧話別兩情濃[3]。

　　　　　　暗言却是春雷動,

　　　　　　能使南方起卧龍。

　　　　(白)山人徐庶,蒙龐士元指教,昨日假言[4],西凉馬超犯境,曹操果信真言,命我帶領三千人馬,鎮守潼關。衆將!兵發潼關。

(【泣顔回】排子下)

校記

[１]點絳唇介:"絳"字,原本作"降";"唇"字,原本無。今依曲譜改補。下同。
[２]豫州求賢不得逢:"逢"字,原本作"蓬",誤。今改。
[３]臨歧話別兩情濃:此句,原本作"臨期化別兩勤能"。今依文意改。
[４]昨日假言:"昨"字,原本誤作"終"。今依文意改。

第 二 十 一 場

(四手下引趙雲上)

趙　雲　(念)八面威風志氣豪[1],

　　　　　　擒王報效立功勞。

　　　　　　皆因我主洪福大,

　　　　　　又得將士武藝高。

　　　　(白)俺趙雲。軍師有錦囊一封與主公,開拆一看,冬月二十日有難,命我駕一小舟,往江邊搭救先生。來!打道江邊。

(衆下,【急三槍】排子下)

校記

[１]八面威風志氣豪:"豪"字,原本作"高"。爲避與第四句尾字重,改。

第二十二場

（四手下引道童上[1]，道童引諸葛亮上）

諸葛亮　（唱）昔日博望用火攻，
　　　　　　　論中披髮談笑中。
　　　　　　　一戰燒破曹兵膽，
　　　　　　　初出茅廬第一功。
　　　　（白）山人諸葛亮，與周郎定計破曹，許他三日三夜東風，助他成功。山人今日誠心齋戒，沐浴登壇。衆將士！
　　　　（同白）有！
諸葛亮　（白）聽我一令！前按朱雀之狀，後有玄武之威，左有青龍之勢，右按白虎之神。一不許交頭接耳，二不許笑語喧嘩。但有不遵者，斬首示衆。
　　　　（衆得令，各立五方聽令而行止）
諸葛亮　（白）前臺七星旗，分爲五色。
　　　　（衆旗手分立五方）
諸葛亮　（念）一朝權在手，
　　　　　　　且把令來行。
　　　　（【泣顏回】排子，丁奉追過場介）
諸葛亮　（白）方纔東風一起，一片殺氣涌上臺來[2]，却是爲何？待我袖內一算！哦！原來周郎差人前來刺殺與我，不免趁此機會，逃往江邊便了。三軍！
衆　　　（白）有。
諸葛亮　（白）一個個閉目躬身，待我揣罡佈斗。
　　　　（衆應【江兒水】，諸葛亮換衣介，急急逃走[3]，下臺走）（丁奉追上臺看介，執槍殺下）
道　童　（白）作甚麼？
丁　奉　（白）孔明那裏去了？
道　童　（白）方纔在此作法，爲甚麼不見了？
丁　奉　（白）想必他逃走了，待我趕上！
　　　　（下）

道　童	（白）	吀！你們在此作甚麼？
衆	（白）	軍師叫我閉目躬身！
道　童	（白）	先生呢？
衆	（白）	走了！
道　童	（白）	東風呢？
衆	（白）	起了。
道　童	（白）	肚子内也餓了。
衆	（白）	回去吃飯罷了。

（道童、衆同下）

校記

［1］四手下引道童上："道童"原本作"丑"。今改。下同。

［2］一片殺氣涌上臺來："涌"字，原本誤作"勇"；"臺"字，原本誤作"迨"。今改。

［3］急急逃走："急急"二字，原本誤作"七七"。今改。

第二十三場

（諸葛亮逃走上，【六么令】介，趙雲接諸葛亮上船，丁奉追上）

（丁奉大喝）

丁　奉	（白）	前面敢是諸葛先生？
諸葛亮	（白）	然也。趕來則甚？
丁　奉	（白）	我都督請先生回去，議論軍機。
諸葛亮	（白）	你回去多多拜上都督，叫他好生用兵，我在江夏，助他成功，你去罷！
丁　奉	（白）	先生若不回去，俺丁奉就要失情了。
諸葛亮	（白）	唔！若不念同心破曹，定要傷你性命。趙雲！將他篷索射斷。
趙　雲	（白）	知道。俺常山趙雲在此，招箭！

（衆同下）

丁　奉	（白）	呀！你看趙雲將篷索射斷，趕之不上了，就此回去交令。

（下）

第二十四場

（張飛上）

張　飛　（念）長坂坡前殺氣生，
　　　　　　　橫矛烈馬豹眼睜。
　　　　　　　一聲呐喊如雷吼，
　　　　　　　唬退曹營百萬兵。
　　　　（白）俺張飛。軍師點將，在此伺候。
（趙雲上）

趙　雲　（念）軍師傳令登將臺，
　　　　　　　大炮一響紫霧開。
　　　　　　　長江不住波浪滾，
　　　　　　　好似泰山倒下來。
　　　　（白）俺趙雲。軍師點將，在此伺候。
（劉封上）

劉　封　（念）少小英雄累見功，
　　　　　　　文韜武略在心中。
　　　　　　　上陣威風誰能敵？
　　　　　　　血戰沙場透甲紅。
　　　　（白）俺劉封。軍師點將，在此伺候。二位叔父！
（衆上引諸葛亮上，【點絳唇】介）

諸葛亮　（念）昔日隱居在山林，
　　　　　　　三顧茅廬聖主心。
　　　　　　　提兵調將按軍法[1]，
　　　　　　　報國常懷忠義心。
　　　　（白）山人諸葛亮，與周瑜同心破曹，三日三夜借來東風，助他成功。今赤壁鏖兵[2]，曹瞞失志，乘此機會[3]，正合於中取事，占得漢室江土，以爲永遠之計。趙雲聽令！

趙　雲　（白）在。

諸葛亮　（白）命你帶領人馬，埋伏烏林，曹兵到此，即便殺出。雖不能成功，也損他兵將。然後再取南郡。

趙　雲　（白）得令！
　　　　（下）
諸葛亮　（白）三將軍聽令！
張　飛　（白）何令？
諸葛亮　（白）命你帶領三千人，埋伏葫蘆谷口。曹兵到此，必然埋鍋造飯。待他烟火高起，你便殺出，然後再取襄陽。
張　飛　（白）得令！
　　　　（下）
諸葛亮　（白）劉封聽令！
劉　封　（白）在。
諸葛亮　（白）命你帶領五百號戰船，沿江截殺[4]。曹兵到此，搶他盔甲，不得有誤。
劉　封　（白）得令！
　　　　（下）
　　　　（關羽上）
關　羽　（念）爲殺貪官出蒲東，
　　　　　　　拔困扶危立大功。
　　　　　　　堂堂漢室英雄將，
　　　　　　　威風凛凛美髯公。
　　　　（白）某漢室關。軍師今日點將，有些不公，滿營將士俱有令差，爲何不差某家？待某進帳，問個明白。軍師在上，某家參！
諸葛亮　（白）二將軍，進帳何事？
關　羽　（白）軍師，今日點將，有些不公？
諸葛亮　（白）那些不公？
關　羽　（白）各位將官俱有差遣，爲何某家無差，是何理也？
諸葛亮　（白）差遣倒有，恐將軍幹辦不來，順情釋放。
關　羽　（白）有何妨礙之處，倒要領教？
諸葛亮　（白）你當日在許昌，曹公待你恩重如山，今日兵敗華容小道，只剩十八騎殘兵，恐二將軍順情釋放與他，所以不好相差。
關　羽　（白）軍師，説那裏話來。他雖待某恩交義厚，某也曾斬顏良誅文醜立功報效，今日狹路相逢，豈肯饒他？只恐不從華容道經過。
諸葛亮　（白）他若不走華容道經過，願輸軍師大印！

關　羽　（白）某若順情釋放，願輸項上人頭！
諸葛亮　（白）二將軍，軍中不可戲言！
關　羽　（白）立下準狀！
諸葛亮　（白）但憑與你！
　　　　（關羽提筆寫介，【風入松】排子）
關　羽　（白）準狀有了。
諸葛亮　（白）二將軍聽令[5]！
關　羽　（白）在！
諸葛亮　（白）命你帶領人馬，埋伏華容道，生捉曹操。
關　羽　（白）得令！
諸葛亮　（念）恨小非君子，
關　羽　（念）無毒不丈夫。
　　　　（笑介下）
諸葛亮　（白）看東風大作，周郎必定成功。眾將，兵抵夏口！
　　　　（【急三槍】排子下[6]）

校記

[1] 提兵調將按軍法："按"字，原本作"安"。今改。
[2] 今赤壁鏖兵："鏖"字，原本作"傲"。今改。
[3] 乘此機會："乘"字，原本作"稱"。今改。
[4] 沿江截殺："截"字，原本作"接"。今依文意改。
[5] 二將軍聽令："二"字，原本作"工"。今改。
[6] 急三槍排子下："三"字，原本作"王"。今依曲譜改。

第二十五場

（闞澤、付、周瑜、眾上）
周　瑜　（念）旌旗日月衝霄漢，
　　　　　　　劍戟凌雲貫斗牛。
　　　　（白）本帥周瑜，也曾命丁奉前去刺殺孔明，未見回報。
　　　　（丁奉上）
丁　奉　（念）孔明借舟遁，

　　　　　回復智謀人。
　　　　（白）啓都督！孔明借舟，逃回江夏去了。
周　瑜　（白）退下。
　　　　（丁奉下）
周　瑜　（白）便宜了那廝。黃蓋聽令！命你帶領二十隻糧船，上插青龍旗
　　　　　爲號，內藏硫磺，引火燒入曹營。
黃　蓋　（白）得令！
　　　　（下）
周　瑜　（白）甘寧聽令！命你將蔡中、蔡和押往江邊，斬首祭旗！
甘　寧　（白）得令！
　　　　（下）
周　瑜　（白）衆將！人馬發至江邊！
　　　　（【六么令】下）

第二十六場

（又吹打介，衆引周瑜上，祭禮官贊）

祭禮官　（白）進位，整冠束帶跪[1]，叩首叩首三叩首。起，案前跪叩首，叩
　　　　　首。上香，二上香，三上香。進爵，二進爵，三進爵。叩首，再
　　　　　叩首，起。禮畢！
　　　　（祭禮官下）
周　瑜　（白）山川社稷萬靈旗纛尊神，信官周瑜，領兵破曹，俱願旗開得勝，
　　　　　馬到成功。來！開刀！
　　　　（殺蔡中、蔡和下）
周　瑜　（白）衆將官！起兵前去，努力破曹。
　　　　（【急三槍】下）

校記

[1] 整冠束帶跪："冠"字，原本作"官"。今改。

第二十七場

（黃蓋上）

黃　蓋　（白）呔！曹營聽者！
　　　　（內應）
黃　蓋　（白）黃蓋帶糧船二十隻，前來投降，速速開關！
蔣　幹　（白）住著。啓丞相！
曹　操　（白）何事？
蔣　幹　（白）黃蓋解來二十隻糧船投降。
曹　操　（白）待我看來，吓！糧船輕浮，不許他入寨，打下去。
黃　蓋　（白）衆將！
衆　將　（同白）有！
黃　蓋　（白）急速放火。
　　　　（衆手殺下，水手下，救上，同下）

第二十八場

（【急三槍】排子介，趙雲上）

趙　雲　（白）俺趙雲，奉了軍師將令，埋伏烏林。衆將殺上前去！
　　　　（蔣幹、雜引曹操上，敗走介）
曹　操　（白）哈哈！好笑好笑！
蔣　幹
雜　　　（同白）丞相，爲何發起笑來了？
曹　操　（白）我笑周郎少計，孔明無謀。此處若埋伏人馬[1]，殺得我君臣片
　　　　　　甲不留。
趙　雲　（白）呔！招趙雲槍來！
　　　　（殺介，衆手下趕上）
衆手下　（白）曹兵大敗，曹兵逃走了！
趙　雲　（白）攻打南郡。
　　　　（【合頭】）（四手下引張飛上）
張　飛　（白）俺張飛奉了軍師將令，埋伏葫蘆谷口。衆將殺上前去！

(【風入松】本場下,蔣幹、雜同曹操上)

曹　操　（白）呵呵呀！殺敗了,殺敗了！來此不知甚麼所在？

蔣　幹
　雜　　（同白）來此葫蘆口。

曹　操　（笑）哈哈哈！

蔣　幹
　雜　　（同白）丞相爲何又發起笑來了？

曹　操　（白）我笑周郎無謀,孔明無才。此地若有人馬,殺得我君臣片甲不留。

張　飛　（白）呔！招老子鞭來了！
　　　　（殺介,敗下）

　衆　　（白）曹兵大敗。

張　飛　（白）攻打襄陽！
　　　　（【合頭】）（下）

蔣　幹
　雜　　（同白）來來來！查點還有多少人馬？
曹　操

蔣　幹
　雜　　（同白）一五、一十、一、二、三,連丞相一十八騎殘兵。

曹　操　（白）哎呀呀！蒼天吓蒼天！想老夫八十三萬雄兵猛將,盡皆燒死,可嘆吓可嘆！二位將軍,還是走荊州？還是走襄陽？

蔣　幹
　雜　　（同白）走荊州近些。

曹　操　（白）往大路而行。

蔣　幹
　雜　　（同白）大路有烟[2]。

曹　操　（白）那就從小路而行。

蔣　幹
　雜　　（同白）有埋伏。

曹　操　（白）豈不知兵書有云：以實爲虛,以虛爲實。從鄉村劫搶而過。

蔣　幹
　雜　　（同白）衆將不得行！

曹　操　（白）不行者斬！
　　　　（蔣幹、雜同下,【合頭】下）

校記

［1］此處若埋伏人馬："若"字，原本無。今依文意補。
［2］大路有烟：此句，原本作"有烟不"。今依文意改。

第二十九場

（劉備、諸葛亮上）
劉　　備　（唱）孫曹興兵兩相爲，
諸葛亮　（唱）我做漁翁把釣垂。
　　　　　（白）主公！
劉　　備　（白）先生，衆位將軍可得成功？
諸葛亮　（白）衆將俱得成功，只怕二將軍不得成功。
劉　　備　（白）倘若二弟有失，先生還要留情。
諸葛亮　（白）這個自然。
　　　　　（白）報！二千歲回營。
諸葛亮　（白）主公請便。
　　　　　（劉備下）
諸葛亮　（白）有請！
　　　　　（白）有請二千歲！
　　　　　（關羽上）
關　　羽　（唱）漢關某到帳前如同酒醉，
　　　　　　　今日裏犯軍令怎敢有違。
　　　　　　　没奈何負荆杖轅門下跪[1]，
　　　　　　　漢關某失却了半世雄威。
諸葛亮　（白）二將軍！建立功勞，與民除害，來！看印信過來！
關　　羽　（唱）聽他言好叫我滿臉羞愧，
諸葛亮　（白）二將軍莫非怪山人迎接遲了？
關　　羽　（唱）背地裏咬牙關愁着蠶眉。
諸葛亮　（白）曹操有多少人馬？
關　　羽　（唱）剩殘兵十八騎有頭無尾，
諸葛亮　（白）想是曹操不在其内？

關　羽　（唱）正午時華容道來了孟德。
諸葛亮　（白）二將軍必定拿住了？
關　羽　（唱）順人情釋放他前來請罪，
　　　　　　　望軍師海量寬饒恕初回。
諸葛亮　（白）住了。
　　　　（唱）昔日裏漢高祖把丁公斬首，
　　　　　　　放走了奸曹操認你是誰？
　　　　（白）推出斬首！
　　　　（刀手押下）
劉　備　（白）先生！念孤桃園結義以來，誓不分散，望先生饒恕一次，後得
　　　　　　　大功，將功贖罪。
諸葛亮　（白）看在主公金面，來！將二將軍赦回。
關　羽　（白）謝軍師不斬之恩！有謝大哥！
諸葛亮　（白）二將軍聽令！命你帶領三千人馬，奪取荆州，將功折罪！
關　羽　（白）得令！馬來！
　　　　（下）
諸葛亮　（白）請主公掛榜安民！
劉　備　（白）擺駕！
　　　　（【尾聲】下）

校記

［１］沒奈何負荆杖轅門下跪："負"字，原本作"附"。今改。

第三十場

　　　　（衆手下引趙雲，【風入松】排子介，趙雲上）
趙　雲　（白）俺趙雲奉了軍師將令，取討南郡。來！殺上前去！
　　　　（過場，排子）
　　　　（周瑜上）
周　瑜　（白）南郡軍士開城！
趙　雲　（白）俺趙雲占了南郡，周都督休得見怪！
周　瑜　（白）看槍！

趙　雲　（白）緊閉城門[1]。

周　瑜　（白）三軍！

手　下　（白）有。

周　瑜　（白）攻打別地。

（眾手同下）

校記

[１]緊閉城門："緊"，原本作"謹"。今改。

第三十一場

（又眾手下引張飛上）（【急三槍】）

張　飛　（白）俺張飛奉了軍師將令，命我攻取襄陽。三軍！

手　下　（白）有。

張　飛　（白）起兵前去！

（【合頭】介，進關）（眾手引周瑜上）

周　瑜　（白）呔！城上軍士開關！

張　飛　（白）襄陽城老張占了，都督休要見怪。

周　瑜　（白）三軍！攻打別地。

第三十二場

（眾手下引關羽上）

關　羽　（白）某漢室關，奉了軍師將令，攻打荊州。眾將起兵前去！

（【合頭】進關過場介）（手下引周瑜上）

周　瑜　（白）呔！荊州軍士開城！

關　羽　（白）荊州是某家占了，都督休要見怪。

周　瑜　（白）看槍！

（關羽下）

周　瑜　（白）吓哎呀！我東吳費了多少人馬錢糧，被孔明那廝不用張弓隻箭，唾手占了許多地方[1]，好不氣煞我也！哦，有了。不免將人馬撤至柴桑關，重來整頓人馬[2]，再來報仇。眾將！兵發柴桑關。

（衆手下同下，周瑜氣介）

校記

［1］唾手占了許多地方："唾手"二字，原本作"妥守"。今改。
［2］重來整頓人馬："來"字之前，原本爲墨丁。今依文意補一"重"字。

第三十三場

（諸葛亮、關羽、張飛、趙雲上。【點絳唇】）

諸葛亮　（白）衆位將軍請了！
　衆　　（白）請了！
諸葛亮　（白）主公登殿，我等在此伺候！
　　　　（四太監引劉備上）
劉　備　（念）【引】
　　　　　　奸雄起兵動干戈，
　　　　　　先生妙計鎮山河。
　衆　　（白）臣等見駕，主公千歲！
劉　備　（白）列卿平身！
　衆　　（白）千千歲！
劉　備　（念）一火能燒百萬兵，
　　　　　　孤窮才得大功成。
　　　　　　周郎空用火攻計，
　　　　　　妙算神機仗孔明[1]。
　　　　（白）孤窮劉備，得軍師妙計，又得關張趙雲之勇，占得漢室諸土。先生！
諸葛亮　（白）主公！
劉　備　（白）倘若周郎與曹操興兵前來，如何抵敵？
諸葛亮　（白）主公但放寬心，待臣略使小計，奪取西蜀，要破曹兵，俱不難了。
劉　備　（白）若得如此，孤窮無憂也。
　衆　　（白）衆臣等，備有太平宴，慶賀主公千歲！

劉　備　（白）看宴！君臣同樂！
　衆　　（白）衆臣等把盞！
　　　　（【素柳娘】）（衆同下）

校記

［1］妙算神機仗孔明："仗"字，原本作"諸"。今依文意改。

舌戰群儒

盧勝奎 撰

解 題

京劇。清盧勝奎撰。《京劇劇目辭典》著錄,題"舌戰群儒",爲三十六本連臺戲《三國志》中《赤壁鏖兵》第一本,署盧勝奎編劇。劇寫曹操占據荆州、襄陽之後,當陽一戰,劉備兵敗夏口。魯肅過江求見,探問曹軍虛實及劉備去向。孔明答以將往蒼梧投奔太守吳臣。魯肅乃邀孔明一同過江,與孫權共商破曹之計,劉備假意不允。孔明自請與魯肅同行,劉備方許前往。東吳謀士張昭、步騭、薛綜、陸績等探知消息,欲難倒孔明,以便降曹。及與孔明相見,掀起一場舌辯,孔明侃侃而談,駁得諸位啞口無言,含羞帶愧。黄蓋見狀,責張昭等徒逞舌辯,並請孔明往見孫權,陳述和戰利害。本事出於《三國演義》第三十四回。魯肅過江邀孔明入吳事,史書《三國志》亦有記載。明傳奇《草廬記》已有舌戰群儒情節。清傳奇《鼎峙春秋》則又據《草廬記》改編成《商拒敵夏口維舟》、《戰群儒舌吐蓮花》兩齣。版本今存經蕭長華整理的《蕭長華演出劇本選》本。另有《戲考》、《戲匯》、《戲學指南》等刊本,但均非盧勝奎所撰本。今以《蕭長華演出劇本選》本爲底本,進行校勘整理。

第 一 場

(張郃、文聘、許褚、張遼、蔡瑁、張允、毛玠[1]、于禁同上,同起霸,八旗纛同上。【點絳唇】牌)

衆　將　（白）俺——
張　郃　（白）張郃。
文　聘　（白）文聘。
許　褚　（白）許褚。

張　遼　（白）張遼。
蔡　瑁　（白）蔡瑁。
張　允　（白）張允。
毛　玠　（白）毛玠。
于　禁　（白）于禁。
張　郃　（白）衆位將軍請了。
衆　將　（白）請了。
張　郃　（白）丞相自得襄陽，衆軍皆有封賞，今又齊集我等，必有南征之意。
　　　　（鼓響）鼓角聲高，丞相升帳，你我兩廂伺候。
　　　　（四文堂、四大鎧、曹操上）
曹　操　（念）【引】
　　　　　　丹書鐵卷，
　　　　　　擁旌旄、掃烟塵，
　　　　　　群雄盡滅；
　　　　　　漢室天子如木偶，
　　　　　　錦華夷不日曹接。
衆　將　（白）衆將參。
曹　操　（白）站立兩廂。
衆　將　（白）啊。
曹　操　（念）（詩）
　　　　　　蓋世乾坤已破，
　　　　　　一心想占山河。
　　　　　　斬殺不待蹉跎，
　　　　　　獻帝孫劉在佐。
　　　　（白）老夫，姓曹名操字孟德。沛國譙郡人也，驍騎出身。自起義兵破黃巾，誅董卓、擒呂布、滅袁術、平袁紹、得荆襄，稱漢家丞相。前者劉備在當陽被老夫一戰，兵敗夏口，恐結連東吳是滋蔓也。今奏奉天子命詔，領八十三萬人馬大下江南，孫權必驚疑而來降，吾事濟矣。張郃聽令：命汝以爲旱路先鋒。
張　郃　（白）得令！
曹　操　（白）文聘聽令：命汝以爲水路先鋒。蔡瑁、張允以爲水軍頭領，餘下之將，隨營調遣。

文　聘	（白）	得令！
曹　操	（白）	傳令下去，我軍水陸並進，船騎雙行，沿江而走，八十三萬人馬，大下江南。
張　郃 文　聘	（同白）	得令。令出。嘟！下面聽者：丞相有令，我軍水陸並進，船騎雙行，沿江而走，八十三萬人馬大下江南。
衆　將	（白）	啊！
張　郃 文　聘	（同白）	傳令畢。
曹　操	（白）	就此起馬。

（牌子。衆領下，一傘夫隨曹操同下）

校記

［１］毛玠：原本作"毛階"，今據《三國志·魏書·毛玠傳》改。下同。

第 二 場

（四文堂、劉備上）

劉　備　（念）【引】

　　　漢室苗裔，
　　　圖大業，
　　　復立帝基。

（念）（詩）

　　　邑郡生英俊，
　　　飄然自不群。
　　　創業心攸重，
　　　求賢禮志勤。

（白）孤，姓劉名備，字玄德。乃大樹樓桑人氏，本中山靖王之後，孝景帝之玄孫，倚附堂兄劉表，不幸晏駕。孺子劉琮懦弱無爲，將荆襄九郡獻與曹瞞，使我棄新野、走樊城、敗當陽、走夏口，無處栖身。只得退守江夏。哎！正是：

（念）張牙舞爪潛波底，
　　　怎得風雲起卧龍。

　　　　　（糜芳上）

糜　芳　（念）曉日貔貅帳，
　　　　　　　　春風虎豹營。
　　　　　（白）啓主公：東吳魯肅過江求見。
劉　備　（白）啊！我想魯肅與孤素無相識，他今到此，必有要事。請諸葛先生。
糜　芳　（白）有請諸葛先生！
　　　　　（孔明上）
孔　明　（念）緯地經天安排策，
　　　　　　　　人稱南陽大丈夫。
　　　　　（白）主公！
劉　備　（白）先生請坐。
孔　明　（白）謝坐。喚山人進帳，有何軍情事議？
劉　備　（白）適纔糜芳報道，東吳魯肅過江求見，不知何故？
孔　明　（白）那曹操統率八十三萬人馬，虎踞江漢。他焉不差人探聽虛實。他今此來，正合我意，待他若問之時，主公只推不知，待山人全憑三寸不爛之舌，去往江東，激動孫權，與曹操南北相爭，山人在於中取事，占得漢室諸土。此乃天賜之機會也！
劉　備　（笑）哈哈哈！先生高見。請暫退。
孔　明　（白）告退。（下）
劉　備　（白）來！有請魯大夫。
糜　芳　（白）有請魯大夫！（下）
魯　肅　（內聲）嗯哼！
　　　　　（魯肅上）
魯　肅　（念）金殿禮決坐，
　　　　　　　　江山一帆風。
　　　　　（白）啊！劉皇叔！
劉　備　（白）魯大夫過江來了！
魯　肅　（白）是。
劉　備　（白）請。
魯　肅　（白）請。
劉　備　（白）大夫請來上坐！

魯　肅	（白）不敢！肅乃一介儒生，焉敢與皇叔對坐。
劉　備	（白）你乃江東貴客，理應上坐。
魯　肅	（白）這就不敢。旁侍一坐。
劉　備	（白）請坐。
魯　肅	（白）告坐。
劉　備	（白）魯大夫車馬降臨，蓬蓽生輝，實切可幸。
魯　肅	（白）久聞皇叔大名，無緣拜會；今幸得相見，實爲欣慰。
劉　備	（白）豈敢豈敢！
魯　肅	（白）近聞皇叔與曹會戰，必知彼軍虛實。敢問皇叔，那曹軍約有幾何？
劉　備	（白）備兵微將寡，但聞曹軍一至，備便急走，不知彼軍虛實。
魯　肅	（白）聞得皇叔用諸葛孔明之謀，兩次火燒得曹操亡魂喪膽，何言不知也？
劉　備	（白）除非問諸葛先生，便知其詳。
魯　肅	（白）孔明安在？願求一見。
劉　備	（白）來，請諸葛先生。
衆　人	（白）請諸葛先生進帳！
	（孔明上）
孔　明	（念）江東無決計，
	來使探虛實。
	（白）主公。
劉　備	（白）見過魯大夫。
孔　明	（白）啊，魯大夫。
魯　肅	（白）不敢。君莫非是臥龍公？
孔　明	（白）不敢。草字孔明。
魯　肅	（白）久仰久仰。
孔　明	（白）豈敢豈敢。
劉　備	（笑）哈哈哈！
	（白）請坐。
魯　肅	（白）向慕先生才德，未得拜晤；今幸相遇，願領大教。
孔　明	（白）亮才疏學淺，有辱明問。
魯　肅	（白）請問先生：曹兵共有多少？可下江南否？

孔　明　（白）曹操奸計，亮已盡知；但恨力未及，故且避之，以待天時耳。
魯　肅　（白）皇叔今將止於此乎？
孔　明　（白）我主與蒼梧太守吳臣，乃舊日故交，將往投之。
魯　肅　（白）吳臣那裏，兵微糧少，自不能保，焉能容人？
孔　明　（白）吳臣那裏，雖不能久居，且暫依之，別有良圖。
魯　肅　（白）哎！我主孫仲謀，虎踞江東，兵精糧足，又極敬賢禮士；今為君計，莫若遣一心腹往結江東，同心破曹，以圖大事，豈不美哉？
孔　明　（白）我主與孫將軍素不相識，恐虛費說詞。況且，別無心腹之人可使差矣。
魯　肅　（白）先生令兄，現為東吳參謀，日望與先生相見。肅不才，願與同見我主，共議大事，你看如何？
劉　備　（白）哎，孔明乃是吾之師，頃刻不能相離，安可去也？
魯　肅　（白）哎，自今孫劉兩家結好，同心破曹，以圖大事。
孔　明　（白）主公，事已至此，山人只得請命一往。
劉　備　（白）先生須要早回。
孔　明　（白）曉得。
劉　備　（白）先生啊！
　　　　　（唱）【西皮搖板】
　　　　　　　孤與你朝夕間不離左右，
　　　　　　　到江東必須要早早回頭。
　　　　　　　曹孟德兵紮在三江夏口，
　　　　　　　我兵微將又寡孤心擔憂。
魯　肅　（唱）【西皮搖板】
　　　　　　　孫仲謀素平生待人甚厚，
　　　　　　　敬賢才禮能士一禮所求。
　　　　　　　吾江東文共武兵精糧有，
　　　　　　　管教你報却那當陽之仇。
孔　明　（白）主公！
　　　　　（唱）【西皮搖板】
　　　　　　　我今同魯子敬往柴桑郡口，
　　　　　　　致使那曹兵將必一旦休。
　　　　　　　待等到冬至後大功成就，

	（白）大夫請！
魯　肅	（白）皇叔，我們告辭了。（下）
孔　明	（唱）【西皮搖板】
	那時節保主公駕坐荆州。（下）
劉　備	（唱）【西皮搖板】
	恨曹瞞逼孤窮看看束手[1]，
	天賜下魯子敬凑我機謀。（衆同下）

校記

［1］恨曹瞞逼孤窮看看束手："窮"字，原本作"穹"。今依《三國演義》改。

第　三　場

（四文堂、張昭、步騭、薛綜、陸績同上）

張　昭	（念）談天論地口言開，
步　騭	（念）錦繡江山唾手來。
薛　綜	（念）安邦全憑三寸舌，
陸　績	（念）定國第一棟梁才。
張　昭	（白）下官張昭。
步　騭	（白）下官步騭。
薛　綜	（白）下官薛綜。
陸　績	（白）下官陸績。
張　昭	（白）列公請了！
衆　人	（白）請了！
張　昭	（白）曹操引百萬之衆，大下江南，列公以爲如何？
步　騭	（白）曹操挾天子而往四方，降者以安，戰者難保。
衆　人	（白）愚見相同[1]。
張　昭	（白）今有諸葛孔明，來至江東探聽虛實。聞得此人丰神瀟灑，器宇軒昂，料道此人必來遊説。待他來時，我等以口舌對答，須要難倒此人，不枉我江東之英俊也。
衆　人	（白）言之極是，依計而行。
	（魯肅上）

魯　肅　（白）先生請。
孔　明　（白）請。
魯　肅　（念）未謁江東吳侯主，
孔　明　（念）先到蓬下會群儒。
衆　人　（白）啊，魯大夫！
魯　肅　（白）衆位大人，見過孔明先生。
衆　人　（白）啊，來者敢是臥龍先生？
孔　明　（白）不敢，草字孔明。請問衆位？
張　昭　（白）下官張昭。
步　騭　（白）步騭。
薛　綜　（白）薛綜。
陸　績　（白）陸績。
孔　明　（白）原來是衆位參謀，亮失敬了。
衆　人　（白）豈敢。
魯　肅　（白）先生請暫坐，待肅回稟吳侯。
孔　明　（白）請便。
魯　肅　（白）列位失陪了。
衆　人　（白）孔明先生遠來是客，請來上坐。
孔　明　（白）有僭了。
衆　人　（白）先生乃高明之士，駕臨敝地，有失遠迎，面前恕罪。
孔　明　（白）豈敢。久聞江東英俊，今幸面睹，承蒙謬贊。
衆　人　（白）惶恐啊，惶恐。
張　昭　（白）昭乃江東微末之士，久聞先生高臥隆中，自比管仲、樂毅。此話果真否？
孔　明　（白）此乃亮平生小可之比，何勞道哉。
張　昭　（白）近聞劉豫州三顧茅廬，相請先生，以爲如魚得水，指望席捲荊襄。今一旦以屬曹操，未審是何主見？
孔　明　（白）哎，我觀取漢上之地，易如反掌。我主劉豫州躬行仁義，不忍奪同宗基業，故力辭之。孺子劉琮，聽信佞言，暗自投降，致使曹操得以猖獗。今我主兵屯江夏，別有良圖，非等閒可知也。
張　昭　（白）若此，是先生言行相違也。但先生自比管仲相桓公，霸諸侯，一匡天下；樂毅扶持微弱之燕，下齊七十餘城。此二人者，真濟世之才也。先生在草廬之中，但笑傲風月，抱膝危坐；今既從事劉豫州，當為生靈興利除害，剿滅亂賊。劉豫州未得先生之時，尚且縱橫寰宇，割據城池。今得先生，人皆仰望：雖三尺童蒙，亦為彪虎生翼，將見漢室復興，曹氏即滅矣。朝廷舊臣，山林隱士，無不拭目而待，以為拂高天之雲翳，仰日月之光輝，拯民于水火之中，措天下于衽席之上，在此時也。何先生自扶豫州，曹兵一出，便棄甲拋矛，望風而竄。上不能報劉表以安庶民，下不能輔孤子而據疆土。乃棄新野、走樊城、敗當陽、計窮夏口，無容身之地。劉豫州自得先生之後，怎麼反不如其初也？

眾　人　（白）是啊！

張　昭　（白）先生，管仲、樂毅之用兵，果如是乎？哎呀愚直之言，幸勿見怪！

孔　明　（笑白）鵬飛萬里，其志豈群鳥所能識哉？

　　　　　（眾人忸）

孔　明　（白）譬如人久染沉痾，當先用糜粥以飲之，和藥以服之；待其腑臟調和，身體漸安，然後再用肉食補之，猛藥治之，豈非是庸醫若求安保誠則難矣。吾主劉豫州，向日軍敗于汝南，兵不滿千，將止關、張、趙雲而已；此正如得病之時也。新野山僻小縣，人民稀少，糧食鮮薄，我主不過暫借容身，豈真將坐守於此也？夫以甲兵不完，城郭不固，軍不經練，糧不繼日，然而博望燒屯，白河用水，使夏侯惇、曹仁輩心驚膽裂。竊問那管仲、樂毅之用兵，未必過此。至於劉琮降曹，我主實出不知；且又不忍乘亂奪同宗之基業，此乃大仁大義也。當陽之敗，我主見有數十萬赴義之民，扶老攜幼相隨，不忍棄之，日行十里，不思進取江陵，甘與同敗，此亦大仁大義也。寡不敵眾，勝敗乃其常事。昔日霸王項羽，百戰百勝，一敗而可失了天下。吾皇漢高祖，雖百戰百敗，而垓下一戰成功，此非韓信之良謀乎？漢高祖未嘗累勝，豈可以勝敗而論英雄！蓋國家大計，社稷安危，是有主謀。非比誇辯之徒，虛譽欺人，坐議立談，無人可及；臨機應變，百無一能。此等之人，誠為天下笑耳。

　　　　　（唱）【西皮搖板】
　　　　　漢高祖在咸陽百戰百敗，

　　　　　九里山十埋伏方顯英才。
　　　　　大丈夫失防備何足爲礙，
　　　　　你真是腐儒輩休把口開。
步　騭　（白）啊，先生，目今曹公屯兵百萬，將列千員，龍驤虎視，平吞江夏，公以爲如何？
孔　明　（白）唔，曹操雖收袁紹螻蟻之兵，又得劉表烏合之衆，他軍如犯律，而將無良謀，何足懼哉？
步　騭　（白）哎呀先生，兵敗于當陽，計窮于夏口，區區求救於人，而猶言不懼，果真是掩耳盜鈴，大言欺人也！
　　　　（衆人笑）
孔　明　（白）我主以數千仁義之師，安能敵百萬殘暴之衆，所以退守夏口，待時而動。可你江東倒兵精糧足，又有長江之險，怎麼欲使你主北面降曹，苟圖富貴，屈膝於人，不顧天下人恥笑。由此論之，我主是真不懼曹賊矣！爾食江東爵祿，怎麼倒反誇獎那曹操？依吾看來呀，你真是無恥之輩也！
　　　　（唱）【西皮搖板】
　　　　　曹孟德八十萬兵山將海，
　　　　　我主爺守夏口待等時來。
　　　　　誰教你勸主降低頭下拜，
　　　　　你真是無恥輩休對高才。
薛　綜　（白）哎呦！孔明所言皆是强詞奪理，均非正論，不必再言。請問先生，那曹操爲人如何也？
孔　明　（白）那曹操乃是漢賊也。你又何必問！
薛　綜　（白）先生此言差矣。
孔　明　（白）何差？
薛　綜　（白）漢傳世至今，天數將終。曹操已有天下三分之二，到處尅服，人皆歸心。你主劉豫州不識天時，仗關、張之英勇，善用武師，與曹相爭衡，正如是以卵擊石，安得不敗乎？
孔　明　（白）薛敬之，你安得出此無父無君之言哪！
　　　　（衆人驚）
孔　明　（白）人生天地之間，以忠孝爲立身之本。你即爲漢臣，則見不臣之人，當誓共誅戮，乃君臣之道也。今日曹操叨食漢祿，不思報效於皇家，反懷篡逆之心，他名爲漢相，實爲漢賊。正所謂亂臣賊子，人人得而誅之。你怎麼倒以天數歸之？爾出此言，真乃無父無君之人也！不足共語，請勿復言。

(唱)【西皮搖板】

那曹操臭名兒盡于萬代，

食君祿懷篡逆大理不該。

爲人生盡忠孝厚德福載，

目無君又無父你真真無才。

陸　績　(白)啊，先生，那曹操雖挾天子以令諸侯，實是相國曹參之後。你主劉豫州，雖云中山靖王苗裔，却無可稽考，眼見只是織席販履之夫耳，何足與曹操抗衡哉！

孔　明　(白)公莫非袁術座間懷橘之陸郎乎？

陸　績　(白)然。

孔　明　(白)請暫坐，聽吾一言。

陸　績　(白)是。

孔　明　(白)那曹操即是相國曹參之後，則世代漢臣矣。今曹操專權肆橫，欺凌君父，是不惟無君，而且蔑祖；不惟漢室之亂臣，亦曹氏之賊子也。我主劉豫州，乃中山靖王之後，漢景帝陛下之玄孫，荊襄王劉表之堂弟，當今獻帝之皇叔，天子按譜賜爵，何言無可稽考？昔日漢高祖起身乃一亭長，而終有天下。縱織席販履，何足爲辱乎？哎呀，公乃小兒之見，不足與高士共語！

(唱)【西皮搖板】

我主爺他本是漢室後代，

獻帝爺宗譜上龍目查來。

縱織席或販履何足爲礙，

大丈夫休與咎聽天安排。

陸　績　(白)這個……

孔　明　(白)哪個？

薛　綜　(白)啊，先生。

衆　人　(白)喂！

孔　明　(笑)哈哈哈！

(白)久聞江東英俊,足智多謀,而今一見,是筆下雖有千言,胸中却無一策。看來不過是空有虛名而已,酒桶肉袋也!

黃　蓋　(内聲)(白)走哇!

黃　蓋　(上,唱)【西皮散板】
　　　　曹孟德統雄師兵山將海,
　　　　魯子敬在江夏搬來奇才。
　　　　衆謀士與孔明舌戰比賽,
　　　　不由得黃公覆怒滿胸懷[2]。

(白)咈!魯大夫從江夏請來諸葛先生,乃當世奇才。公等以唇舌相難,非敬客之禮。今曹操大軍臨境,不議禦敵之策,乃徒鬥口,是何意也?

衆　人　(白)這……

黃　蓋　(白)哼!啊,諸葛先生請了!

孔　明　(白)請了。請問老將軍尊姓高名?

黃　蓋　(白)某姓黃名蓋字公覆,現爲東吳糧官。

孔　明　(白)原來黃公覆,失敬了!

黃　蓋　(白)豈敢。愚聞先生多言獲利,不如默而無言。何不將金石之論,爲吾主言之,何必與衆人辯論也?

孔　明　(白)諸公不識世務,互相問難,亮不容不答耳。

黃　蓋　(白)吾奉魯大夫之命,請先生與見吾主。

孔　明　(白)有勞了。

黃　蓋　(白)請。正是:
　　　　(念)暫將金石存腹内,(下)

孔　明　(念)舌戰群儒似木雕。
　　　　(白)失陪了。

衆　人　(白)有慢了。

孔　明　(白)得罪了。(下)

衆　人　(白)哎!倒落了個沒趣。見了主公再議。請!
　　　　(念)雙手捧起西江水,
　　　　　　難洗今朝滿面羞。
　　　　(白)哎!(下)

校記

［１］愚見相同：“愚”字，原本作“欲”。今依文意改。
［２］不由得黃公覆怒滿胸懷：“覆”字，原本作“複”。今依《三國志・吳書・黃蓋傳》改。下同。

激 權 激 瑜

盧勝奎　撰

解　題

　　京劇。清盧勝奎撰。《京劇劇目辭典》著錄,題"激權激瑜",署盧勝奎編劇,連臺本《三國志》中《赤壁鏖兵》第二本。劇寫魯肅引孔明與孫權相見,事先叮囑不可實言曹操兵多將廣。但當孫權問及曹兵虛實時,孔明却誇大曹軍實力。孫權問孔明如何應敵,孔明答稱:"若能以吴、越之衆,與中原抗衡,不如早與之絶;若其不能,何不從衆謀士之論,按兵束甲,北面而事之。"孫權反問:"劉豫州他何不降曹?"孔明答以劉豫州帝室之冑,英才蓋世,衆士仰慕,又安能屈處人下乎？孫權大怒,以爲孔明有意相輕,拂袖而出。魯肅責孔明不聽勸告,孔明反怪孫權不能容物。魯肅乃再請孫權與孔明相見,孔明將曹兵虛實一一剖明,並表示願同心破曹。孫權大喜,約孔明相助。事爲張昭等所聞,因勸孫權勿受孔明利用,孫權又舉棋不定,入宫見母,言及當前窘狀。孫母告以孫策臨終曾言:内事不决問張昭,外事不决問周瑜。孫權乃使魯肅迎周瑜回朝。魯肅將孔明過江之情告瑜。周瑜即請邀孔明相見。周瑜回朝,衆官紛紛對之陳述已意。周瑜虛與周旋。及見孔明,周瑜詐稱欲降,孔明隨聲附和,並云只消將喬公二女送與曹操,即可保江東無事。周瑜怪問其故,孔明將曹植《銅雀臺賦》中"攬二喬于東南兮"一句告之,周瑜大怒,誓殺曹操,並告以二喬已歸孫策與己。孔明佯作不知,慌忙謝罪。周瑜請孔明協助一同破曹,孔明當即應允。周瑜忌孔明之才,有相害之意,魯肅勸阻。周瑜乃使諸葛瑾前往説降,孔明反勸諸葛瑾同事劉備。諸葛瑾無奈,以實告周瑜。孫權與周瑜相見,周瑜斥張昭等爲迂儒之論,極言江東開國已歷三世,豈可輕棄,並將曹操所犯兵家之忌一一説明。孫權乃决心拒曹,並拔劍砍斷案角,聲稱:有再言降者與此案同。本事出於《三國演義》第四十四回。《三國志》孔明、孫權、周瑜各傳中均無"激瑜"而有"激權"。"激瑜"之説,最早見於元刊《三國志平話》。明傳奇《草廬記》、《鼎峙春秋》均有"激瑜"

而無"激權"情節。版本今有《蕭長華演出劇本選》本。另有《京劇叢刊》本。今以《蕭長華演出劇本選》本爲底本,參考其他本進行校勘整理。

第 一 場

（四太監、孫權上）

孫　權　（念）【引】

　　　　虎踞東吳,

　　　　承霸業,

　　　　恨賊侵吾。

　　　（念）（詩）

　　　　碧眼紫髯貌魁梧,

　　　　獨霸江東立帝都。

　　　　殺却曹瞞遂孤意,

　　　　方顯男兒大丈夫。

　　　（白）孤,姓孫名權,字仲謀。承父兄之基業,執掌江東六郡八十一州。可恨曹操統領雄兵,直抵漢上,有吞江南之意。寫來檄文,邀孤會獵。也曾命魯肅去往江夏,探聽虛實,怎麽還不見回信? 正是:

　　　（念）文降武戰意不定,

　　　　未決他計破曹兵。

魯　肅　（內聲）嗯哼!

魯　肅　（上,念）

　　　　探聽江夏事,

　　　　回報吳侯知。

　　　（白）吳侯千歲,臣魯肅參見!

孫　權　（白）罷了。

魯　肅　（白）千千歲!

孫　權　（白）探聽江夏虛實如何?

魯　肅　（白）臣往江夏探聽虛實,有一人深謀智廣,引來見主。

孫　權　（白）甚麽人?

| 魯　肅 | （白）乃諸葛瑾之弟,諸葛亮在此。主公一問便知虛實。
| 孫　權 | （白）敢是臥龍先生？
| 魯　肅 | （白）正是。
| 孫　權 | （白）宣來一見。
| 魯　肅 | （白）有請諸葛先生！
　　　　（孔明上）
| 孔　明 | （念）全憑三寸瀾翻舌,
　　　　　　　　打動圖王霸業人。
| 魯　肅 | （白）先生,吳侯有請。
| 孔　明 | （白）有勞引山人相見。
| 魯　肅 | （白）先生見了我主,切不可實言曹操兵多將廣。
| 孔　明 | （白）是。亮自見機而變,決不有誤。
| 魯　肅 | （白）請。
| 孔　明 | （白）臣諸葛亮參見吳侯千歲。
| 孫　權 | （白）先生少禮,請坐。
| 孔　明 | （白）謝坐。
| 孫　權 | （對魯肅白）坐下。
| 魯　肅 | （白）謝坐。
| 孫　權 | （白）多聞魯子敬談足下之才,今幸得相見,敢求教益。
| 孔　明 | （白）亮不才無學,有辱明問。
| 孫　權 | （白）足下近在新野,輔佐劉豫州與曹操決戰,必深知彼軍虛實。
| 孔　明 | （白）吾主劉豫州兵微將寡,新野縣小無糧,安能與曹操相持？
| 孫　權 | （白）曹兵共有多少？
| 孔　明 | （白）唔,馬步水軍,約有一百餘萬。
　　　　（魯肅愣）
| 孫　權 | （白）莫非是詐乎？
| 孔　明 | （白）非詐也。曹操就兗州已有青州軍二十萬；平了袁紹又得五六十萬；中原新招之兵三四十萬；又收荊州之兵二三十萬：以此計也,不下一百五十餘萬。亮以百萬言之,恐驚江東之士耳！
| 魯　肅 | （白）嗯……
| 孫　權 | （白）曹操部下戰將,還有多少？
| 孔　明 | （白）足智多謀之士,車載斗量；能征慣戰之將,何止一二千員！

孫　權　（白）今曹操平了荊楚，復有遠圖之意乎？
孔　明　（白）他今沿江下寨，準備戰船，不欲圖江東，而待圖何地？
孫　權　（白）若彼有吞併之意，戰與不戰，請足下爲我一決！
孔　明　（白）亮有一言，恐吳侯不能聽從。
孫　權　（白）願聞高論。
孔　明　（白）今曹操新破荊州，威震海內，縱有英雄，無用武之地，故豫州遁逃至此。願將軍量力而處之。若能以吳、越之衆，與中原抗衡，不如早與之絕；若其不能，何不從衆謀士之論，按兵束甲，北面而事之？
孫　權　（白）豈有此理！
孔　明　（白）將軍外託服從之名，內懷疑貳之見，事急而不斷，禍至無日矣！
孫　權　（白）誠如君言，你主劉豫州他何不降曹？
　　　　　（魯肅作勢）
孔　明　（白）昔田橫齊之壯士耳，猶守義不辱。況劉豫州帝室之冑，英才蓋世，衆士仰慕。事之不濟，此乃天也，又安能屈處人下乎？
孫　權　（白）噫！
　　　　　（唱）【西皮搖板】
　　　　　　聽他言不由孤怒氣難忍，
　　　　　　把孤王當作了無能之人。
　　　　　　若不看過江客我定要責問，（下）
魯　肅　（白）哎！
　　　　　（唱）【西皮搖板】
　　　　　　不由得魯子敬怒氣不平。
　　　　　　過江來曾把話對你言論：
　　　　　　見吳侯且莫說曹操多兵。
　　　　　　再三地囑咐你如何失信，
　　　　　　這件事你真真對不住人。
　　　　　（白）哎，先生，你何故出此言語？幸是吳侯寬宏大度，不即面責。先生之言，你藐視我主甚矣。
孔　明　（笑）哈哈哈！（白）大夫，你主何故如此不能容物耳？
魯　肅　（白）怎麼？
孔　明　（白）我自有破曹之計，可他不問我，我何必言說，怎麼反責我藐視於他？

魯　肅　（白）哎喲哎喲！你還有如此做作。

孔　明　（白）我觀曹操雖百萬之衆，猶如一群螻蟻耳。但我一舉手，則爲齏粉矣！

魯　肅　（白）你果有良策，我便請主公求教。

孔　明　（白）但憑。

魯　肅　（白）有請主公。

（孫權上）

孫　權　（白）何事？

魯　肅　（白）主公爲何退入？

孫　權　（白）孔明欺吾太甚。

魯　肅　（白）臣亦以此責孔明，孔明反笑主公不能容物。破曹之策，孔明不可輕言，主公何不求之？

孫　權　（白）唔，原來孔明以言詞激我也。我一時淺見，幾誤大事。啊，先生，孤適纔冒瀆威嚴，幸勿見罪。

孔　明　（白）亮言語冒犯，望乞恕罪！

孫　權　（白）豈敢豈敢，請先生到後堂敘話。

孔　明　（白）請。

（衆走圓場，四太監上，獻茶）

孫　權　（白）請問先生有何良策，早指教我。

孔　明　（白）我看將軍內懷疑忌，意有未決，恐懼曹操勢大，不敢抗拒耳。

孫　權　（白）哎呀，先生哪！非孤膽怯，曹操平生所惡者：呂布、劉表、袁紹、袁術、劉豫州與孤耳。今數雄已滅，獨你主豫州與孤尚在。孤不能以全吳之地，受制於人。吾計決矣，非劉豫州莫與當曹賊。然你主新敗之後，安能抗此難乎？

孔　明　（白）我主雖則新敗，然關公猶率精兵萬人，劉琦領江夏戰士，亦不下萬人。曹操雖然勢大，且北軍不習水戰。荊州士民附曹操者，迫於勢耳，非本心也。今將軍誠能與我主協力同心，破曹軍必矣。曹軍破，必北還，則荊、吳之勢強，而鼎足之形成矣。成敗之機，在於今日，唯將軍裁之。

孫　權　（笑）哈哈哈！

（白）先生之言，頓開茅塞。吾意已決，更無他疑。即日商議起兵，

|||共滅曹操。煩先生助孤一臂之力。
孔　明　（白）願爲參謀效用。
孫　權　（白）子敬，請孔明先生于館驛歇息。
魯　肅　（白）遵命。
孔　明　（白）告退。
孫　權　（白）請。
魯　肅　（白）哎，先生，我再三囑咐於你，不可實言曹操兵多將廣，你怎麽反倒多説出來了？
孔　明　（啞笑白）忒！大夫，你主内懷疑忌，意有未決，憂思寡不敵衆之心，故而言之。你可知那遣將不如激將啊！
魯　肅　（白）哦！勞駕。請館驛歇息去吧。
孔　明　（笑）哈哈哈！
　　　　（二人同下）
　　　　（張昭、步騭、薛綜、陸績上）
衆　人　（唱）【西皮搖板】
　　　　　　諸葛亮勸主公與曹會戰，
　　　　　　中孔明奸計謀恐惹禍端。
　　　　（白）臣等見駕，吳侯千歲！
孫　權　（白）罷了。
衆　人　（白）千千歲！
孫　權　（白）有何事議？
張　昭　（白）聞得主公將興兵與曹爭鋒，主公自思比袁紹如何？曹操向日兵微將寡，尚能克復袁紹，何況今日擁百萬之衆南征，豈可輕敵？主公若聽諸葛亮之言，妄動甲兵，此謂負薪救火也。
步　騭　（白）劉備因爲曹操所敗，故欲借我江東之兵以拒之，主公奈何爲其所用乎？
孫　權　（白）且自消停，容孤思之。退班！
　　　　（衆分下，孫權退）

第 二 場

（四文堂、四大鎧、中軍、周瑜上）

周　　瑜　（念）【引】
　　　　　　水師如潮涌,
　　　　　　統領貔貅百萬軍。
　　　　（念）三略六韜腹記憶,
　　　　　　職授元戎督水軍。
　　　　　　掃蕩中原歸我主,
　　　　　　方顯奇謀立功勳。
　　　　（白）本督,姓周名瑜,字公瑾。乃舒城人氏。幼習兵機,飽藏經綸,在吳侯駕前爲臣,官拜水軍都督,掌握兵權,在鄱陽湖操練水軍。聞得曹操欲奪江南,兵至漢上,猶恐主上狐疑不定,不免急速回轉柴桑,以防緊急。中軍,吩咐下去:命凌統帶兵三千在此駐守,所餘全部人馬回轉柴桑。
中　　軍　（白）啊！下面聽者！都督有令:全部人馬回轉柴桑！
衆　　人　（白）啊。
　　　　（牌子同下）

第　三　場[1]

吳國太　（内唱）【西皮導板】
　　　　　　恨曹瞞下江南平吞江漢,
　　　　（四宮女引吳國太上）
吳國太　（唱）【原板】
　　　　　　挾天子令諸侯作惡多端。
　　　　　　劉玄德攜民渡江遭塗炭,
　　　　　　最可嘆三縣民血染黃泉。
　　　　　　那劉備投襄陽欲脱兵燹,
　　　　（轉）【快板】
　　　　　　又誰知劉表已死蔡氏不賢。
　　　　　　蔡瑁、張允把心腸變,
　　　　　　荊襄九郡獻曹瞞。
　　　　　　那曹賊得荊襄威勢大顯,
　　　　　　蔡氏母子被刀殘。

　　　　　艨艟巨艦兵百萬，
　　　　　水陸並進下江南。
　　　　　看起來我東吳已在危險，
　　　　　爲疆土晝夜裏哪得安然？
孫　權　（內聲）擺駕！
孫　權　（上，唱）【西皮搖板】
　　　　　文要降武欲戰同不一念，
　　　　　清宸宫見母后細説根源。
　　　　（白）兒臣見駕，母后千歲！
吳國太　（白）平身。
孫　權　（白）千千歲！
吳國太　（白）賜坐。
孫　權　（白）謝坐。
吳國太　（白）進宫何事？
孫　權　（白）啓奏母后：今曹操統領雄兵百萬，屯于江漢，有窺江南之意。
吳國太　（白）我兒意欲如何？
孫　權　（白）欲待戰者，恐寡不敵衆；欲待降來，又恐曹操不容。因此兒臣
　　　　　猶豫未決，請示母后定奪。
吳國太　（白）哎，兒啊。何不記得吾姐臨終之言乎？
孫　權　（白）這……
吳國太　（白）先姐遺命而云："兒兄長孫伯符臨終有言：'內事不決問張昭，
　　　　　外事不決問周瑜。'"難道吾兒就忘懷了？
孫　權　（白）哎呀！不是母后提起，兒臣險些誤了大事。待兒臣即召周瑜
　　　　　回朝，商議破敵之策。
吳國太　（白）好哇，你父兄之基業，皆在兒一人身上了，事再不可遲延。
孫　權　（白）遵命。正是：
　　　　（念）如醉方醒竟似夢，
　　　　　孫權決意不降曹。（下）
吳國太　（白）唉！
　　　　（唱）【西皮搖板】
　　　　　但願得出良將脱却此難，
　　　　　天佑我東吳民滅却曹瞞。（下）

（四宮女分下）

校記

［1］第三場：此三字，原本漏。今據劇情補。

第 四 場

（四文堂、四大鎧、中軍、周瑜同上，站斜場）

周　瑜　（白）催軍！

（衆領斜胡同。魯肅迎上）

魯　肅　（白）魯肅迎接都督。

周　瑜　（白）人馬列開！（下馬）瑜有何德能，敢勞大夫相迎？

魯　肅　（白）奉主公之命，請都督回朝議事。

周　瑜　（白）你我回府再議。（上馬）

（一翻兩翻，周瑜下馬，四文堂、四大鎧下）

周　瑜　（白）請坐。

魯　肅　（白）有坐。

周　瑜　（白）有勞大夫遠接路程。

魯　肅　（白）都督爲國不惜勞倦，魯肅焉敢輕慢。（笑）

周　瑜　（白）今曹操大軍屯於漢上，吳侯可有主見？

魯　肅　（白）哎呀！我國文臣要降，武將要戰，議論紛紛不一。吳侯猶豫不決，並無主見。

周　瑜　（白）哼，此皆全軀保妻子之臣，自爲謀生之計耳。子敬勿憂，瑜自有主張。

魯　肅　（白）是。所以呀，吳侯命肅去往江夏探其虛實，是我搬來諸葛孔明，爲此請都督回朝，共議大事。

周　瑜　（白）哦，諸葛亮來了，他現在哪裏？

魯　肅　（白）現在館驛。

周　瑜　（白）速請來相見。

魯　肅　（白）遵命。（笑）哈哈哈！（下）

（中軍上）

中　軍　（白）啓都督：張昭、步騭等求見。

周　　瑜　（白）有請。
中　　軍　（白）有請。
　　　　　（張昭、步騭、薛綜、陸績上）
衆　　人　（白）都督。
周　　瑜　（白）先生請坐。
衆　　人　（白）有座。都督鄱陽湖訓練水軍，多有辛苦。
周　　瑜　（白）爲國勤勞，何言辛苦。
張　　昭　（白）啊都督，可知江東之利害否？
周　　瑜　（白）這……未知也。
張　　昭　（白）曹操引百萬之衆，屯於漢上，昨傳檄文至此，欲請主公會獵于江夏。雖有相吞之意，尚未露其形。昭等勸主公請降之，庶免江東之禍。不想魯子敬從江夏帶劉備軍師諸葛亮至此，彼因自欲雪憤，特下說詞以激吳侯。子敬却執迷不悟，正欲待都督一决。
周　　瑜　（白）公等之見皆同否？
步　　騭　（白）所議皆同。
周　　瑜　（白）我亦欲降久矣。公等且回，明早見主公，自有定議。
張　　昭　（白）我等告退。
周　　瑜　（白）請。
衆　　人　（念）喜公瑾有降曹之意，
　　　　　　　　笑孔明他枉費心機。
　　　　　（同下）
　　　　　（黄蓋、甘寧、蔣欽、太史慈内："走哇！"上）
衆　　人　（念）文武降戰不一，
　　　　　　　　請見都督便知。
　　　　　（白）有人麽？
中　　軍　（白）甚麽人？
衆　　人　（白）武將等請見都督。
中　　軍　（白）候着。啓都督：武將等求見。
周　　瑜　（白）請。
中　　軍　（白）都督請。（下）
衆　　人　（白）啊！參見都督。

周　　瑜　（白）列位將軍請坐。
衆　　人　（白）謝坐。啊，都督，可知江東早晚屬他人否？
周　　瑜　（白）哦！未知也。
衆　　人　（白）我等自隨孫將軍開基創業以來，大小數百戰，方纔戰得六郡城池。今主公聽謀士之言，欲降曹操，此真可惜可恥之事！我等寧死不辱。望都督勸主公決計興兵，吾等願效死戰！
周　　瑜　（白）將軍等所見皆同否？
黃　　蓋　（白）就將吾頭割斷，誓不降曹。
衆　　人　（白）吾等皆不願降曹。
周　　瑜　（白）好！吾正欲與曹操決一死戰，安肯投降！將軍等請回，瑜見主公，自有定奪。
衆　　人　（白）我等告退。
周　　瑜　（白）請。
衆　　人　（念）爲將何惜命，
　　　　　　　　　捐軀報國恩。（下）
　　　　　　（中軍上）
中　　軍　（白）諸葛先生到。
周　　瑜　（白）有請。
中　　軍　（白）有請諸葛先生。
　　　　　　（魯肅、孔明上）
周　　瑜　（白）啊，臥龍先生！
孔　　明　（白）周都督！
周　　瑜　（白）先生請坐。
孔　　明　（白）有坐。
周　　瑜　（白）久聞先生高名，今幸相見，瑜願領大教。
孔　　明　（白）亮不才無學，有辱都督明問。
周　　瑜　（白）豈敢！
魯　　肅　（白）啊，都督，今曹操驅兵南侵，和與戰二策，主公不能一決，聽于將軍。都督意見如何？
周　　瑜　（白）曹操以天子爲名，其師不可拒。且其勢大，未可輕敵。戰則必敗，降則易安。吾意已決，來日見主公便當請降。
魯　　肅　（白）哎，君言差矣！江東基業，已歷三世，豈可一旦棄於他人？況孫伯符遺言,外事付託將軍。今正欲仗將軍保全國體,爲泰山之靠,奈何亦從懦夫之議也?

周　瑜　（白）江東六郡,生靈無限,若罹兵革之禍,必有歸怨與我,故決計請降。

魯　肅　（白）不然,不然。以將軍之英雄,東吳之險固,那曹操他未必便能得志也。

（孔明冷笑）

周　瑜　（白）先生何故哂笑?

孔　明　（白）亮不笑別人,笑子敬不識時務耳。

魯　肅　（白）啊,先生,你如何反笑我不識時務?

孔　明　（白）公瑾主意欲降曹操,甚爲合理。你不明道理,豈不可笑?

周　瑜　（笑）（白）唔,孔明乃識時務之士,必與我有同心。

魯　肅　（白）哎哎哎!孔明,你如何也說此啊?

孔　明　（白）你想啊,曹操善用兵,天下莫敢當。向日只有呂布、袁紹、袁術、劉表敢於對敵。今數人皆被曹所滅,天下無人矣。獨劉豫州不識時務,强與爭衡;今孤身江夏,存亡未保。今都督決計降曹,甚好哇!可以保妻子、可以全富貴。國祚遷移,付之天命,何足惜哉!

魯　肅　（白）啊!汝教吾主屈膝受辱于國賊乎?

孔　明　（白）愚有一計,並不勞牽羊擔酒,納土獻印,亦不用親自渡江,只須一介之使,扁舟送兩個人到江上。操若得此二人,百萬之衆,皆卸甲捲旗而退矣。

周　瑜　（白）用何二人,可退曹兵?

孔　明　（白）江東去此兩個人,如大木林中飄落一葉,太倉減一粟耳。而操得之,必大喜而去。

周　瑜　（白）果用何二人?

孔　明　（白）亮居隆中時,聞得曹操於漳河新造一臺,名曰銅雀,極其壯麗,廣選天下美女以實其中。操本好色之徒,久聞江東喬公有二女,長曰大喬,次曰小喬,有沉魚落雁之容,閉月羞花之貌。操曾發誓曰:"吾一願掃平四海,以成帝業;一願得江東二喬,置之銅雀臺,以樂晚年,雖死無恨矣。"他今雖引百萬之衆,虎視江南,其實爲此二人也。啊,都督,何不去尋喬公,以千金買此

周　瑜	（白）曹操欲得二喬，有何證驗？

二女，差人送與曹操，他得此二女，必然是稱心滿意，一定班師回去了。此乃范蠡獻西施之計也，都督何不速速爲之？

周　瑜　（白）曹操欲得二喬，有何證驗？

孔　明　（白）曹操幼子曹植，字子建，下筆成文。操嘗命作一賦，名曰《銅雀臺賦》。賦中之意，單道他家合爲天子，誓取二喬。

周　瑜　（白）此賦先生可記否？

孔　明　（白）吾愛其文華美，嘗竊記之。

周　瑜　（白）試請一誦。

孔　明　（白）是。那《銅雀臺賦》云：從明后以嬉遊兮，登層臺以娛情。見太府之廣開兮，觀聖德之所營。建高門之嵯峨兮，浮雙闕乎太清。立中天之華觀兮，連飛閣乎西城。臨漳水之長流兮，望園果之滋榮。立雙臺於左右兮，有玉龍與金鳳。攬二喬于東南兮，樂朝夕之與共。此句呀，就應在那二喬身上啊！

周　瑜　（大怒）（白）啊！這老賊欺吾太甚！曹操哇，曹操！若不殺你，誓不爲人也！

（唱）【緊風入松】
　　　　聞言怒火三千丈，
　　　　奸賊竟敢倡狂！

孔　明　（白）啊，都督！昔日單于屢侵疆界，漢天子許以公主和親，今何惜民間二女乎？

周　瑜　（白）啊，先生有所不知，大喬是孫伯符將軍主婦，小喬乃瑜之妻也。

孔　明　（白）哎呀！亮實不知，失口亂言，罪該萬死！

周　瑜　（白）不知者不作罪。吾與曹賊，誓不兩立！

孔　明　（白）事要三思，免致後悔。

周　瑜　（白）吾承孫伯符寄託，安有屈身降曹之理？適來所言，故相試耳。

孔　明　（白）噢噢！

周　瑜　（白）吾自離鄱陽湖，便有北伐之心，雖刀斧加頭，不易其志也。望孔明先生助我一臂之力，共破曹操。

孔　明　（白）若蒙不棄，願效犬馬之勞，早晚拱聽驅策。

周　瑜　（白）來日入見主公，便議起兵。先生請至館驛。

孔　明　（白）告辭。

周　瑜　（白）奉送。

（魯肅指，孔明笑下）

周　瑜　（白）子敬，孔明見主公可講些甚麼？
魯　肅　（白）他道主公內懷疑忌，意猶未決等語。
周　瑜　（白）他既料主公心事，計謀高過於我。
魯　肅　（白）嗯，他非等閑之輩。
周　瑜　（白）哎呀！此人若不早殺，乃是江東之患也[1]。
魯　肅　（白）都督不可，曹兵未破，先斬賢才，乃是自去其助也。
周　瑜　（白）此人助劉備，日久必爲江東後患。
魯　肅　（白）不可，恐人談論哪！
周　瑜　（白）不要你管，我自有妙計殺他。
魯　肅　（白）唉，差矣。諸葛瑾乃其親兄，是令他招孔明來降，同事東吳，豈不妙哉！
周　瑜　（白）唔，此言甚善，如此請諸葛瑾先生來見。
魯　肅　（白）去請諸葛瑾先生來見。
中　軍　（白）啊。（下）
周　瑜　（白）子敬請坐。
魯　肅　（白）有座。
周　瑜　（白）衆文武與主公怎樣議論？
魯　肅　（白）哎！都督請聽！

（唱）【西皮倒板】
　　　我東吳看看遭危險，
（坐，唱）【原板】
　　　尊一聲周都督聽魯肅細說一番：
　　　那曹操得荊襄兵屯江漢，
　　　水陸並進下江南。
　　　寫來檄文多凶險，
　　　吳侯一見心膽寒。
　　　張昭、步騭見識淺，
（轉）【流水】
　　　文武議論不一般。
　　　幸得太后有恩典，
　　　想起了孫伯符他有遺言：

    内事不决问张昭，
    外事不决向都督言。
    那曹操龙骧虎视吞江汉，
    因此召都督回朝班。
    军国大事不可缓，
    决意就在顷刻间。
    我东吴文要降武欲战，
    还望都督定江南。

周 瑜 （白）哦！

    （唱）【西皮摇板】
    子敬休要发长叹，
    周瑜自有巧机关。

    （中军上）

中 军 （白）诸葛瑾先生请到。

周 瑜 （白）有请！

中 军 （白）有请！

诸葛瑾 （白）（内声）嗯哼！

诸葛瑾 （上，念）
    舍弟离江汉，
    独自到江南。
    我料他心意，
    借力破曹瞒。

   （白）都督。

周 瑜 （白）先生。

诸葛瑾 （白）大夫。

鲁 肃 （白）先生。

周 瑜 （白）请坐。今当两军相敌之际，先生自当出头，何故不理？

诸葛瑾 （白）今舍弟诸葛亮自汉上来，言刘豫州阴结东吴，共伐曹操，文武商议未定。因舍弟为使，瑾不敢多言，专候都督来决此事。

周 瑜 （白）来日见主公，自有主张。啊，先生，阁下令弟孔明有王佐之才，如何屈身事刘备？今幸至江东，欲烦先生不惜唇齿馀论，使令弟孔明弃刘备而事东吴，则主公既得良辅，而先生兄弟又得相

　　　　　　　見，豈不美哉？
諸葛瑾　（白）瑾自至江東，愧無寸功，今都督有令，敢不效勞。
周　瑜　（白）先生幸即一行。
諸葛瑾　（白）告辭。
周　瑜　（白）請。
諸葛瑾　（念）即時投驛亭，
　　　　　　　去說同胞人。（下）
周　瑜　（白）但願說得孔明來降，去我周瑜一樁心事。
魯　肅　（白）唔，那何愁天下不歸吳侯矣！
周　瑜　（白）大夫，今夜已晚，請回安歇，明早一同請見主公。
魯　肅　（白）告退。
　　　　　（魯肅、周瑜下）

校記

[1] 乃是江東之患也：此句下原有注云：如不上諸葛瑾勸降，另有一種唱法：

　　魯　肅　都督，不可啊！曹兵未破，先殺賢才，乃自去其助也。
　　周　瑜　不用你管，我自有妙計殺他，今晚且請回安歇，明早一同請見主公。
　　魯　肅　告退。
　　　　　　（周瑜下）
　　魯　肅　正是：智與智逢宜必合，才和才角又難容。噯！（下）
　　　　　　（中軍隨下）

第　五　場

孔　明　（內唱）【西皮倒板】
　　　　　　　諸葛亮在館驛牙關笑破！
　　　　　（笑上，唱）【流水】
　　　　　　　笑只笑這東吳露出手腳。
　　　　　　　最可笑魯子敬平生長者，
　　　　　　　最可笑張昭、步騭等無才無學。
　　　　　　　最可笑孫仲謀枉把東吳坐，

　　　　　遇事則迷，猶豫未決。
　　　　　諸葛亮激孫權將他疑心説破，
　　　　　周瑜費了我許多唇舌。
　　　　　銅雀臺攬二喬乃是我諸葛移禍，
　　　　　最可笑小周郎氣悶在心窩。
　　　　　用言語激得他反來求我，
　　　　　使他南北相爭動干戈。
　　　　　不用兵馬將曹破，
　　　　　坐觀成敗我諸葛。
　　　　　獨一人下江南是機會湊我，
　　　（轉）【搖板】
　　　　　於中取事唾手得。
　　（諸葛瑾上）
諸葛瑾　（唱）【西皮搖板】
　　　　　同胞弟到江東未曾會過，
　　　　　做説客猶恐怕枉費唇舌。
　　　　（白）賢弟哪裏？
孔　明　（白）兄長啊！（哭拜）
諸葛瑾　（白）請坐。
孔　明　（白）告坐。
諸葛瑾　（白）賢弟既到江東，如何不先見我？
孔　明　（白）弟既事劉豫州，理宜先公後私，公事未畢，不敢及私。望兄見諒！
諸葛瑾　（白）賢弟知伯夷、叔齊乎？
孔　明　（白）這⋯⋯此必周郎教來説我。夷、齊古之聖賢也。
諸葛瑾　（白）夷、齊雖至餓死首陽山下，弟兄二人亦在一處。我今與你同胞共乳，乃各事其主，不能旦暮相聚，視夷、齊之爲人，能無愧乎？
　　　（唱）【西皮搖板】
　　　　　雖餓死首陽山未曾離隔，
　　　　　手足情可算得世上罕絶。
　　　　　我在此望賢弟年月盼過，
　　　　　我和你重聚首義禮相合。

孔　明　（唱）【西皮摇板】
　　　　　　弟與兄手足情焉能忘却，
　　　　　　一心要扶漢室弟志難奪。
　　　　（白）兄所言者，情也；弟所守者，義也。弟與兄皆是漢人。今劉皇
　　　　　　叔亦漢室之胄，兄若能棄江東，而與弟同事劉皇叔，則上不愧
　　　　　　爲漢臣，而骨肉又得團聚，此情義兩全之策也。不識兄意以爲
　　　　　　如何？

諸葛瑾　（白）呀！
　　　　（唱）【西皮摇板】
　　　　　　奉命來順説他反來説我，
　　　　　　這件事倒教我無計奈何。
　　　　　　在驛亭辭賢弟暫且退却，
　　　　　　回復那周公瑾再爲定奪[1]。
　　　　（下）

孔　明　（笑，唱）【西皮摇板】
　　　　　　到此時説不得弟兄難捨，
　　　　　　各爲主圖霸業豈肯背約。
　　　　　　我兄長做説客無言默默，
　　　　　　他今來想必是受人囑託。（笑，下）

校記

［１］回復那周公瑾再爲定奪："定"字，原本作"守"。今依文意改。

第　六　場

　　　　（四太監、孫權上）
孫　權　（唱）【西皮摇板】
　　　　　　孤昨日降和戰猶豫未決，
　　　　　　我東吴文職官無才無學。
　　　　　　進宫内見母后如夢方覺，
　　　　（張昭、步騭、薛綜、陸績兩邊上）
孫　權　（接唱）召周瑜回朝轉商議一切。

衆　　人　（白）臣等參見吳侯千歲！
孫　　權　（白）平身。
衆　　人　（白）千千歲！主公可曾思之？
孫　　權　（白）孤有心決戰，恐其寡不敵衆；意欲降曹，猶恐曹操不容。待等
　　　　　　　　周瑜回朝，再作良圖。
　　　　　　（衆相看）
魯　　肅　（內聲）候者。
魯　　肅　（上，念）
　　　　　　　　孔明用智激吾主，
　　　　　　　　引得周郎立戰功。
　　　　　　（白）啓主公：周瑜回朝。
孫　　權　（白）宣來見孤。
魯　　肅　（白）遵命。吳侯有旨，周公瑾進見。
周　　瑜　（白）（內聲）領旨。
周　　瑜　（上，念）胸中預定三分計，
　　　　　　　　　　要滅曹兵顯才能。
　　　　　　（白）臣周瑜參見主公千歲！
孫　　權　（白）罷了。
周　　瑜　（白）千千歲！
孫　　權　（白）賜座。
周　　瑜　（白）啓主公：近聞曹操屯兵漢上，馳書至此，主公尊意如何？
孫　　權　（白）曹操寫來檄文，公瑾你看！
周　　瑜　（白）待瑜看來。（看）哼！這老賊欺我江東無人，敢如此相侮也！
　　　　　　　　主公可與衆文武商議否？
孫　　權　（白）我國文臣要降，武欲決戰，孤難於自主。卿當作何計較？
周　　瑜　（白）誰勸主公降？
孫　　權　（白）張昭、步騭等。
周　　瑜　（白）哦！（向張昭等）請問先生，勸主上降曹何意也？
張　　昭　（白）曹操挾天子而征四方，動以朝廷爲名；近又得荊襄，威勢愈大。
　　　　　　　　吾江東可以抗拒者，乃長江耳。今曹操艨艟戰艦，何止千百？
　　　　　　　　水陸並進，何可當之？不如且降，待圖後計。
周　　瑜　（白）哼！此乃迂儒之論也！啓主公：文臣勸降者，乃各自爲己。

吾江東自開國以來，今歷三世，豈可一旦廢棄！

孫　權　（白）若此，計將安出？
周　瑜　（白）曹操託名漢相，實為漢賊。主公以神武雄才，仗父兄基業，據有江東，兵精糧足，正當橫行天下，為國除殘去暴，奈何降賊也？且曹操此來，多犯兵家之忌。
孫　權　（白）怎麼？
周　瑜　（白）他西涼未平，馬騰、韓遂為其後患，乃一忌也；北軍不熟水戰，乃二忌也；又時值隆冬，馬無蒿草，乃三忌也；中國士卒，遠涉江湖而來，不服水土，多生疾病，乃四忌也。曹兵犯此數忌，他軍雖多，不足懼哉！吾主擒操正在今日也！

　　　　　（唱）【西皮搖板】
　　　　　那曹兵下江南多犯忌戒，
　　　　　若交鋒管教他全軍滅絕。

孫　權　（白）哈哈哈……

　　　　　（唱）【西皮搖板】
　　　　　周公瑾可算得第一英傑，
　　　　　不殺那曹孟德誓不休歇。
　　　　　（白）卿言當伐，甚合孤意。此乃天以卿授我也！就命卿掛帥，程普副職，子敬為贊軍校尉，統領傾國人馬，定期破曹！

周　瑜　（白）臣染衣血戰，萬死不辭。只恐主公狐疑不定，為臣枉費周折也！
孫　權　（白）哎呀！公瑾此言足釋孤疑。張昭等無謀，大失孤望；獨卿和子敬，與孤同心耳。罷！從今若有人再言降曹者，噫！（砍桌）照此案同行。此劍公瑾佩帶，如文武將官不聽號令者，以此劍誅之！
周　瑜　（白）謝主公！
孫　權　（白）退班！
　　　　　（太監分下，孫權下）
魯　肅　（白）公瑾得此重任，乃江東之幸也！
周　瑜　（笑）哈哈哈。
　　　　　（白）尚望大夫指教。
魯　肅　（白）哎呀不敢，聽候都督示下。

周　瑜　（白）嘟！文武將官聽者：（黃蓋、太史慈、甘寧、蔣欽、四大鎧兩邊
　　　　　　上）
周　瑜　（白）吾奉主公之命，率衆破曹。諸將官吏，來日俱於帳下聽令，如
　　　　　　遲誤者，依七禁令、五十四斬施行。
　　　　（三笑）哈哈，哼哼，啊哈哈哈！
　　　　（【尾聲】衆同下）

臨 江 會

盧勝奎 撰

解 題

　　京劇。清盧勝奎撰。《京劇劇目辭典》著錄,題"臨江會",署盧勝奎編劇,云其爲連臺本《三國志》中《赤壁鏖兵》第三本。劇寫劉備因孔明過江日久不歸,使糜竺以犒軍爲名,過江見周瑜以探聽消息。周瑜不令二人相見,却邀劉備前來相會。糜竺歸報劉備。關羽恐中周瑜之計,勸勿輕動。劉備以兩家同盟破曹,不宜相互猜忌,決心赴約。關羽乃與隨行。周瑜見劉備至,令刀斧手埋伏帳外,邀劉備帳中飲酒。席間正欲下手相害,忽見關羽侍立劉備左右,心中大懼,乃邀關羽入席同飲。孔明聞周瑜設宴款待劉備,急至帳外窺探,見有埋伏,大驚。及見關羽在座,始安。席散,劉備辭去。魯肅問周瑜爲何不殺劉備,周瑜答稱"有關羽在"。魯肅始恍然。劉備得至江邊,孔明與之相見,方知周瑜有相害之意,因與孔明約定歸期,執手而別。劇中還插入周瑜欲借刀殺孔明之計和曹操下戰書等情節。本事出於《三國演義》第四十五回。《三國志·蜀書·先主傳》裴松之注引《江表傳》記有此事。明傳奇《草廬記》、清傳奇《鼎峙春秋》均無此情節。版本今有《蕭長華演出劇本選》本。另有《戲考》本、《關羽戲集》本,但均非盧作。今以《蕭長華演出劇本選》本爲底本,進行校勘整理。

第 一 場

（四紅堂、劉備上）

劉 備　（念）【引】

　　　　奸雄併立起戈矛,

　　　　怎能够中原掃盡。

(念)(詩)

　　臨難仁心存百姓，

　　登舟揮淚動三軍。

　　至今憑弔襄江口，

　　父老猶然憶使君。

(白)孤，劉備。自敗當陽，兵屯夏口，只因東吳魯肅，請我諸葛亮先生過江，同心破曹，一去杳無音信，不知事體如何，意欲往江東探聽虛實。來！喚糜竺進帳。

衆　人　(白)糜竺進帳！

糜　竺　(內聲)來也！

糜　竺　(上，念)

　　糜氏夫人投枯井，

　　存嗣盡節女丈夫。

(白)參見主公。

劉　備　(白)少禮，請坐。

糜　竺　(白)有座。喚竺進帳，有何事議？

劉　備　(白)孔明先生自往江東，杳無音信。意欲往江東探聽虛實如何？

糜　竺　(白)此事竺願一往。

劉　備　(白)好。準備羊酒禮物，明爲犒賞，暗探諸葛虛實！聽我吩咐！

(唱)【西皮搖板】

　　過江東探諸葛虛實要緊，

　　必須要一同回免孤憂心。

糜　竺　(唱)【西皮搖板】

　　在帳中別主公忙登路徑，

　　此一去假犒軍實探孔明。(下)

劉　備　(唱)【西皮搖板】

　　嘆只嘆孤劉備未得天運，

　　繫困龍何日裏平步登雲？(下)

第　二　場

(四水卒抬酒禮，糜竺上)

糜　竺　（唱）【西皮搖板】

　　　　　　在帳中遵奉了主公將命，

　　　　　　備羊酒過江東犒賞三軍。

　　　（白）下官糜竺，奉主公之命，準備羊酒禮物過江，明爲犒軍，暗探孔
　　　　　明。來，江邊去者。

　　　（唱）【搖板】

　　　　　　備羊酒過江東探聽實信，

　　　　　　此一去見諸葛一同回程。

　　　（【抽頭】領下）

第　三　場

（黃蓋上，起霸）

黃　蓋　（念）（詩）

　　　　　　憶昔開基立戰場，

　　　　　　恰似猛虎趕群羊。

　　　　　　光陰迅速催人老，

　　　　　　兩鬢不覺似銀蒼。

（甘寧上，起霸）

甘　寧　（念）（詩）

　　　　　　自幼生在鄱陽湖，

　　　　　　手使雙戟蓋世無。

　　　　　　黃祖不識英雄將，

　　　　　　豪傑一怒奔東吳。

黃　蓋
甘　寧　（同白）某，

黃　蓋　（白）姓黃名蓋字公覆。

甘　寧　（白）姓甘名寧字興霸。

黃　蓋　（白）將軍請了！

甘　寧　（白）請了！

黃　蓋　（白）公瑾掛帥，督兵破曹。今日升帳，你我兩廂伺候。

　　　（二人兩邊下）

（四文堂、四大鎧、周瑜上）

周　　瑜　（念）【點絳唇】
　　　　　　　　手握兵符，
　　　　　　　　關當要路。
　　　　　　　　施英武，
　　　　　　　　威鎮征夫，
　　　　　　　　誰敢關前度。
　　　　　（念）（詩）
　　　　　　　　劉表無謀霸業空，
　　　　　　　　引得曹賊下江東。
　　　　　　　　吳侯決策逞英武，
　　　　　　　　方顯本督建奇功。
　　　　　（白）本帥周瑜，奉命掌握九郡權略，領百萬雄師，定取逆賊之首，大展平生威武，安吳地封疆，奪中原錦繡，方不負主上傾國之重託。來！傳衆將進帳。

衆　　將　（白）衆將進帳。
　　　　　（黃蓋、太史慈、甘寧、蔣欽內白："來也！"兩邊上）
衆　　將　（白）參見都督。
周　　瑜　（白）少禮，站立兩廂。
衆　　將　（白）啊。
周　　瑜　（白）衆位將軍。
衆　　將　（白）都督。
周　　瑜　（白）本帥奉主上之命，王法無親，諸君各守乃職。方今曹操弄權甚于董卓：囚天子于許昌，屯暴兵于漢上。吾今奉命討之，諸君幸皆努力向前，大軍到處，不得擾民。賞勞罰罪，並不徇縱，如違令者，斬！
衆　　將　（白）啊。
周　　瑜　（白）黃公覆！
黃　　蓋　（白）在。
周　　瑜　（白）以爲前部督糧官。
黃　　蓋　（白）得令。
周　　瑜　（白）蔣欽！

蔣　　欽　（白）在。
周　　瑜　（白）爲左哨先鋒。
蔣　　欽　（白）得令。
周　　瑜　（白）太史慈！
太史慈　（白）在。
周　　瑜　（白）以爲右哨先鋒。
太史慈　（白）得令。
周　　瑜　（白）甘寧以爲四方巡警使。
甘　　寧　（白）得令。
周　　瑜　（白）餘下之將，至三江口下寨，別有將令。催督官軍，水陸並進，克期取齊，不得有誤。
衆　　將　（白）得令。（分下）
　　　　　（諸葛瑾上）
諸葛瑾　（念）順説孔明事，
　　　　　　　回禀都督知。
　　　　　（白）參見都督。
周　　瑜　（白）先生少禮。
諸葛瑾　（白）謝都督。
周　　瑜　（白）順説孔明一事如何。
諸葛瑾　（白）舍弟執意不降，反被他來説我。瑾不敢隱瞞，回禀都督知之。
周　　瑜　（白）公意如何？
諸葛瑾　（白）吾受孫將軍厚恩，安肯相背？
周　　瑜　（白）公既忠心事主，不必多言。吾自有伏孔明之計。
諸葛瑾　（白）是。
周　　瑜　（白）先生請後帳歇息。
諸葛瑾　（白）謝都督。正是：
　　　　　（念）智與智逢宜必合，
　　　　　　　才和才角又難容。（下）
周　　瑜　（白）目前孔明到我江東，已料着吳侯心事，其計畫又高過於我，此人助劉備，若不早殺，日久必爲江東之患。來，請魯大夫進帳。
衆　　將　（白）魯大夫進帳！
魯　　肅　（内聲）嗯哼！

魯　肅　（上，念）
　　　　　　運籌弒漢賊，
　　　　　　參贊保東吳。
　　　　（白）參見都督。
周　瑜　（白）大夫少禮。
魯　肅　（白）謝都督。
周　瑜　（白）大夫，孔明安在？
魯　肅　（白）現在館驛。
周　瑜　（白）請來敘話。
魯　肅　（白）有請諸葛先生！
孔　明　（內聲）嗯哼！
孔　明　（上，念）
　　　　　　不惜一身探虎穴，
　　　　　　智高哪怕入龍潭[1]
周　瑜　（白）啊！先生。
孔　明　（白）都督。
周　瑜　（白）請坐。
孔　明　（白）有坐。喚山人進帳，有何軍情事議？
周　瑜　（白）請問先生，興兵之際，何事當先？
孔　明　（白）軍馬未動，糧草先行。
周　瑜　（白）足見高明。
魯　肅　（白）糧草是要緊的。
周　瑜　（白）昔日曹操兵少，袁紹兵多，而操反勝紹者，因用許攸之謀，先斷烏巢之糧。今曹兵勢重，亦必須先斷曹之糧，然後可破。我已探知曹軍糧草，屯於聚鐵山。先生久居漢上，熟知地理。敢煩先生，帶領關、張、子龍等，我亦助兵千人，星夜往聚鐵山斷操糧道。彼此各爲主人之事，幸勿推諉。
孔　明　（白）都督見用，亮自願往。
周　瑜　（白）如此請令就行。
孔　明　（白）得命。正是：
　　　　（念）明知周郎借刀計，
　　　　　　佯裝假作不知情。（冷笑，下）

魯　肅　（白）啊，都督，爲何用孔明劫糧，是何意也？
周　瑜　（白）我欲殺孔明，恐人談論，故借曹操之手殺之，以絕後患。
魯　肅　（白）哦。
周　瑜　（白）你可前去，看他知也不知，速來報吾知道。
魯　肅　（白）哦，是是是。（下）
周　瑜　（白）諸葛孔明，你中我之計也！
　　　　（唱）【西皮搖板】
　　　　　　曹孟德興軍馬慣絕糧道，
　　　　　　這是我暗殺他不用鋼刀。
　　　（魯肅上）
魯　肅　（唱）【西皮搖板】
　　　　　　諸葛亮出營去呵呵大笑，
　　　　　　他笑道周都督用計不高。
　　　　（白）都督。
周　瑜　（白）大夫，那孔明可曾講些甚麼？
魯　肅　（白）那孔明哪，出得帳去，是呵呵大笑。
周　瑜　（白）啊！他笑甚麼？
魯　肅　（白）他冷笑曰：吾聞江南小兒云："伏路把關饒子敬，臨江水戰有周郎。"公等於陸路但能伏路把關，公瑾但堪水戰，不能陸戰，怎及得我水戰、步戰、馬戰、車戰各盡其妙，何愁功績不成？可惜周郎只習水戰一能耳！
周　瑜　（白）哦！那孔明欺我不習陸戰麼？
魯　肅　（白）然也。
周　瑜　（白）噯！不用他劫糧，原令追回！
魯　肅　（白）是。這是何苦？（下）
周　瑜　（白）哎呀，諸葛村夫，我不殺你，誓不爲人也。
　　　　（唱）【西皮搖板】
　　　　　　實指望借刀計將他瞞過，
　　　　　　又誰知這機關被他解破。
　　　（魯肅上）
魯　肅　（白）原令趕回。
周　瑜　（白）放下。

丑中軍　（內聲）報！

丑中軍　（上白）啓都督：糜竺過江求見。

周　瑜　（白）唔，有請大夫相迎。

丑中軍　（白）有請糜先生！

　　　　（糜竺、抬禮人上[2]）

魯　肅　（白）啊，先生。

糜　竺　（白）魯大夫。

周　瑜　（白）糜先生。

糜　竺　（白）周都督。

周　瑜　（白）請坐。

糜　竺　（白）有坐。

周　瑜　（白）糜先生到此，必有所爲。

糜　竺　（白）奉主公之命[3]，送來羊酒薄禮，以爲相敬之意。

周　瑜　（白）瑜有何德能，敢勞皇叔厚意犒賞軍卒，瑜當面謝。

糜　竺　（白）都督笑納。

周　瑜　（白）收下。

　　　　（中軍接）

周　瑜　（白）備酒伺候。

糜　竺　（白）且慢，有軍務在身，不敢久停。孔明先生在此已久[4]，今願與同回。

周　瑜　（白）（忹）哎呀，孔明先生方與我同謀破曹，豈可便去？吾亦欲見皇叔，共議良策。奈身統大軍，不可暫離。若皇叔肯枉駕來臨，深慰所望。煩勞先生回覆。

糜　竺　（白）如此，竺便可告別了。

周　瑜　（白）瑜不敢强留，奉送。請。

　　　　（糜竺下）

魯　肅　（白）啊，都督，欲見玄德，有何計議？

周　瑜　（白）那劉備乃當世之梟雄，不可不除。吾今乘機誘至殺之，實爲國家除一後患。

魯　肅　（白）哎呀，都督啊！既殺孔明，又欲殺玄德，何其狠也呀！

周　瑜　（白）哼哼，你哪裏知道！你可吩咐：若玄德至此，先埋伏五百刀斧手於壁衣中，看我擲杯爲號，便出下手。掩門！

（周瑜偕衆人下）

校記

［1］不惜一身探虎穴，智高哪怕入龍潭：此句後原有注云：此二句或作"機變無人識，言動鬼神驚"。

［2］抬禮人上：此提示後原有注云：此是連臺唱法，如專唱《臨江會》，周瑜又一上法：周瑜：（【點絳唇】）三略六韜，胸中藏飽。奉主命，掌握權高，掃滅賊奸曹。（詩）幼習兵法韜略精，一十二歲掌權衡。吳侯斷隅決意定，本督統師破曹兵。本帥，周瑜。在鄱陽湖操練水軍，近聞曹操統領八十三萬人馬，大下江南。吾東吳文宮要降，武將欲戰。吾主狐疑不定。爲此，本督回朝與主決意破曹。吳侯親賜佩劍一口，封我水軍大元帥。文臣武將俱聽號令，有違犯者，一律問斬。魯肅在夏口聘來諸葛孔明，過江合意破曹，此人多謀，輔佐劉備，後必成患。曾命諸葛瑾順説棄劉歸吳，反被他舌辯一場。爲此，命人往江夏探聽劉備虛實，本督也好行事。正是：但願蒼天遂吾意，殺却劉備方稱心。（至此中軍報糜竺過江。）

［3］奉主公之命："主公"二字，原本作"玄德"。糜竺在周瑜面前稱"玄德"，不妥。今據文意和情理改。

［4］孔明先生在此已久："先生"二字，原本無。糜竺在周瑜面直呼"孔明"，不妥。今據文意和情理補。

第 四 場

（四文堂、劉備上）

劉　備　（唱）【西皮摇板】

恨曹瞞逼孤窮困于江夏[1]，

每日裏操兵將練習戰法。

糜子仲過江東探聽虛詐，

孤晝夜朝夕間半日無暇。

（糜竺上）

糜　竺　（唱）【西皮摇板】

在東吳與周郎交談叙話，

回營來見主公細訴根芽。

		(白)參見主公！
劉　備	（白）回來了，請坐。
糜　竺	（白）謝坐。
劉　備	（白）探聽孔明一事如何？
糜　竺	（白）那周瑜言道：孔明先生方與他同謀破曹，不可暫離。欲請主公過江面會，別有商議。
劉　備	（白）如此你可收拾快船，只今便行。
糜　竺	（白）遵命。（下）
關　羽	（內聲）住着！
關　羽	（上，念）

　　　　　　　幼習《春秋》義通天，
　　　　　　　昔年結拜在桃園。
　　　　　　　青龍斬將人驚怕，
　　　　　　　蓋世無雙漢室關。

		(白)正在後帳觀看《春秋》，忽聽大哥親往江東，不免進帳問過。大哥在上，小弟參拜。
劉　備	（白）二弟少禮，請坐。
關　羽	（白）謝坐。
劉　備	（白）二弟進帳何事？
關　羽	（白）大哥要往江東，可有孔明先生書信？
劉　備	（白）這……無有。
關　羽	（白）大哥，想那周瑜多謀，又無孔明書信，恐其有詐，不可輕去。
劉　備	（白）我今結東吳，以共破那曹操，周郎欲請我，我若不往，非同盟之意。若兩相猜疑，事不諧矣。
關　羽	（白）大哥堅意要去，小弟同往。
劉　備	（白）二弟同去，孤無憂矣。如此就命三弟、四弟守寨，你我即刻過江。
關　羽	（白）看衣更換。

　　　　　（劉備披斗篷、風帽。關羽佩劍。眾下）

校記

[1] 恨曹瞞逼孤窮因于江夏："孤窮"之"窮"，原本音假作"穹"。今改。下同。

第 五 場

（四水卒設船。關羽引劉備騎馬上，下馬上船。水聲。）

劉　備　（白）哈哈……孤上得龍舟，好一派江景也！

　　　　（唱）【西皮搖板】
　　　　　　漢陽江上把路開，
　　　　　　波浪翻翻靠船腮。
　　　　　　左右分佈旌旗擺，
　　　　　　臨江赴會顯英才。

　　　　（白）二弟。

關　羽　（白）大哥。

劉　備　（白）愚兄倒想起一樁心事來了。

關　羽　（白）是何事也？

劉　備　（白）我想孔明自往江東，未見回信，今周郎又請我臨江赴會，若恐有詐。你我弟兄還要留心一二。

關　羽　（白）大哥說哪裏話來，你我弟兄自破黃巾以來，名揚天下，何懼周郎孺子。他縱有千軍萬馬，只要俺一人拼命，雯叫他萬夫難擋！

　　　　（唱）【西皮搖板】
　　　　　　將在謀略何踴躍，
　　　　　　兵在精來馬在膘。
　　　　　　弟素日威名誰不曉，
　　　　　　何懼周郎小兒曹。
　　　　　　大哥且把心放了，
　　　　　　臨江赴會顯英豪。（吹打，下船，下）

第 六 場

（四白文堂、周瑜上）

周　瑜　（念）滿江灑下青絲網，
　　　　　　何愁魚兒不上鉤。

丑中軍　（內聲）報！
丑中軍　（上）（白）啓都督：劉豫州到。
周　瑜　（白）帶來多少隨人？
丑中軍　（白）一軍十卒。
周　瑜　（白）哦，一軍十卒！（笑）哧哧哧……此人命可休矣。吩咐刀斧手四下埋伏，金鍾一響，齊集伺候。看本督擲杯爲號，便出下手，不得有誤！
丑中軍　（白）得令。
周　瑜　（白）擺隊相迎。
丑中軍　（白）擺隊相迎。
　　　　（四紅堂擺隊下。丑中軍、周瑜下）

第　七　場

（四紅文堂、劉備，四白文堂、周瑜兩邊上）
周　瑜　（白）啊，劉皇叔！
劉　備　（白）周都督！
周　瑜　（白）過江來了？
劉　備　（白）問都督台安。
周　瑜　（白）瑜怎敢當。皇叔請。
劉　備　（白）不敢！都督請。
周　瑜　（白）你我挽手而行。
　　　　（笑）啊，哈哈哈……
　　　　（衆同下，關羽、丑中軍兩邊上，碰頭，關羽怒下。丑中軍隨下）

第　八　場

（紅白文堂、周瑜、劉備同上，挖門，分站。關羽進門下，丑中軍上）
周　瑜　（白）皇叔駕臨，請上安坐，瑜大禮參拜！
劉　備　（白）不敢！都督名傳天下，備不才何煩將軍重禮。乃分賓主而坐。
周　瑜　（白）喲！皇叔如此謙讓，瑜斗膽了，請坐。（坐）遠隔長江[1]，瑜少問皇叔金安，望乞恕罪。

劉　　備　（白）豈敢。都督身掛帥印,備少來恭賀,望勿見怪。
周　　瑜　（白）豈敢。
丑中軍　（白）筵齊。
周　　瑜　（白）看酒,我與皇叔把盞。
劉　　備　（白）這就不敢,擺下就是。
　　　　　（設雙席,丑中軍跪）
丑中軍　（白）賞筵,舉觥,告乾,照杯,請落臺!
劉　　備　（怔）這做甚麼?
周　　瑜　（白）皇叔駕臨,蓬蓽生輝,理應跪敬。
劉　　備　（白）免了罷。
周　　瑜　（白）謝過皇叔。
丑中軍　（白）多謝皇叔。
周　　瑜　（白）來!問過皇叔帶來多少隨人。
丑中軍　（白）啊,來人的,皇叔帶來多少隨人?
衆　　人　（白）一軍十卒。
丑中軍　（白）哼!啓都督:一軍十卒。
周　　瑜　（白）酒肴犒賞。
丑中軍　（白）啊,來人的,我家都督酒肴犒賞。
衆　　人　（白）二千歲!
　　　　　（關羽下場門上）
關　　羽　（白）何事?
衆　　人　（白）周都督酒肴犒賞。
關　　羽　（白）將肴拿去,酒放下。
衆　　人　（白）啊。（衆拿器下）
丑中軍　（白）哎!這還有酒哪!
衆　　人　（白）有人貪杯。
丑中軍　（白）啊!有人貪杯。我看看是甚麼人貪杯!
關　　羽　（白）唔……
丑中軍　（白）喲!莫非是您貪杯?
關　　羽　（白）嗯!
丑中軍　（白）您到此是客,我敬您三杯。
關　　羽　（白）主不請,客不飲。

丑中軍　（白）甚麼叫主不請,客不欲？你是怕這裏有毒藥。這麼辦,我先喝一杯你瞧瞧。（斟酒喝）怎麼樣？

關　羽　（白）唔,酒來。

丑中軍　（白）喂,果然是這個心眼。（斟）您喝吧。

關　羽　（白）酒來！

丑中軍　（白）有。（又斟）您喝。

關　羽　（白）酒來！

丑中軍　（白）啊,好大量啊！（又斟）喝吧您哪。

關　羽　（白）酒來！

丑中軍　（白）您拿過來吧。十個人酒,你一個人喝了,還要酒哪！真是個酒囊飯袋！

關　羽　（怒白）唔……

丑中軍　（白）了不得,要鬧酒脾氣。

關　羽　（唱）【西皮散板】
　　　　　休笑俺飯袋與酒囊,
　　　　　斗酒不醉海量長。
　　　　　臨江赴會不足爺的量,
　　　　　哪把爾等放心旁。
　　　（白）且住,看俺大哥,面帶笑容,周郎滿面煞氣,兩旁壁手,四下必有埋伏。待某獨立大哥背後,看他是怎生下手。
　　　（唱）【西皮散板】
　　　　　今逢臨江赴會場,
　　　　　恰似鴻門宴高皇。

（丑中軍撞鐘）

關　羽　（白）啊！
　　　（接唱）【散板】
　　　　　待等金鐘作聲響,
　　　　　管教他個個劍下亡。

周　瑜　（白）皇叔請。

劉　備　（白）都督請。
　　　（接唱）【西皮搖板】
　　　　　孫劉兩家結盟好,

　　　　　同心合意破奸曹。
　　　　　但願將曹滅盡了，
　　　　　兩家勝似一同胞。
周　瑜　（白）呀！
　　　　（唱）【西皮搖板】
　　　　　心中煩惱面帶笑，
　　　　　各人暗藏殺人刀。
　　　　　看看不覺午時到，
　　　　　諒他插翅也難逃。
　　　　　中軍傳杯換大盞，
　　　　（關羽看周瑜怔，周瑜作驚）
周　瑜　（白）啊！
　　　　（接唱）
　　　　　劉備身旁一英豪。（怕）
　　　　（白）啊，皇叔。瑜敬酒一觥，請皇叔立飲，瑜候乾。
劉　備　（白）是。（飲）乾。
周　瑜　（白）請問皇叔，此將何人？
劉　備　（白）乃吾二弟雲長。
周　瑜　（白）敢是白馬坡前斬顏良、文醜的二君侯麼？
劉　備　（白）乃他昔日些小之功，何足都督掛齒。
周　瑜　（白）久仰久仰。
劉　備　（白）豈敢豈敢。
周　瑜　（白）周瑜告便。
劉　備　（白）請便。
周　瑜　（白）哎呀，且住！指望將劉備誆過江來，除去後患。誰想他二弟跟隨。我想關公乃蓋世虎將，與他行坐相隨，幸喜不曾造次，若是下手，豈不被他先殺于我。周瑜呀，周瑜，你這條計用錯了！
丑中軍　（自語）錯了。
周　瑜　（白）啊噯，不如暫且將他放回，待圖別計。
丑中軍　（白）也只好如此。
周　瑜　（看白）嗜！也只好如此。君侯到此，何不入席同飲？
關　羽　（白）大哥在此，坐席不便。

周　瑜　（白）到此是客，坐坐何妨。
關　羽　（白）如此有僭了。
　　　　（關羽現甲，周瑜驚。孔明上，驚）
孔　明　（唱）【西皮搖板】
　　　　　　適纜江邊得一信，
　　　　　　聞得主公到來臨，
　　　　　　好教我諸葛難分定，
魯　肅　（上，與孔明碰）（白）喲，先生。
孔　明　（白）大夫，你家都督帳中大宴何人？
魯　肅　（白）你家劉豫州。先生不知麼？
孔　明　（冷笑）知呀，我意欲到帳外偷看偷看可否？
魯　肅　（白）可以，請便。
　　　　（接唱）【搖板】
　　　　　　他人到此必有因。（下）
孔　明　（白）哎呀！
　　　　（唱）【西皮搖板】
　　　　　　看來有詐事關緊，
　　　　　　好教我諸葛大吃驚。
　　　　　　中軍帳外看動靜，（看）
　　　　（白）哎呀！
　　　　（接唱）
　　　　　　只見周郎煞氣生。
　　　　（白）哎呀，且住！我主談笑自若，周郎滿臉煞氣，兩旁密排壁手，四下俱有埋伏。看來我主性命休矣。哎呀這……
關　羽　（白）唔……
孔　明　（笑）哈哈哈。
　　　　（白）且喜二君侯在此，我主是料然無事，待我轉去。
　　　　（魯肅暗上，又碰）
魯　肅　（白）可曾會見過你主？
孔　明　（白）見過了，告別，告別。
　　　　（唱）【西皮搖板】
　　　　　　在帳外辭別了魯子敬，

　　　　　　　我去到江邊等主人。（下）
魯　肅　（忙，接唱）【搖板】
　　　　　　　我家都督妙計安排定，
　　　　　　　只恐背後出能人。（下）
劉　備　（唱）【西皮搖板】
　　　　　　　開言來便把都督問，
　　　　　　　孔明何處有軍情？
　　　　（白）啊，都督。備來了半日，爲何不見孔明？可請來一會。
周　瑜　（白）此刻軍情緊急，待等破了曹操，再與孔明相會未遲。
劉　備　（白）請問都督，帳下有多少人馬？何計破曹？
周　瑜　（白）哎，本督號令一出，曹操人馬可破矣。
關　羽　（白）大哥，看他説得如此容易，你我且回江夏，看他怎生破敵。
劉　備　（白）如此待等都督大功成就，專當叩賀。備暫告別了。
周　瑜　（白）恕不恭敬。
劉　備　（唱）【西皮導板】【散板】
　　　　　　　臨江會上備叨擾，
　　　　　　　感謝都督美意高。
周　瑜　（接唱）（轉唱）【散板】
　　　　　　　你我兩家曾和好，
　　　　　　　同心合意去破曹。
　　　　（劉備下）
關　羽　（接唱）【散板】
　　　　　　　臨江會待某來取笑，
　　　　　　　周都督錯用計一條。（下）
　　　　（四白文堂兩邊上）
周　瑜　（唱）【西皮散板】
　　　　　　　越思越想心頭惱，
　　　　　　　不殺劉備氣怎消。
魯　肅　（接唱）
　　　　　　　鰲魚吞鉤又脱釣，
　　　　　　　進帳與都督問根苗。
　　　　（白）哎呀，都督啊！席前正好擒拿劉備，你爲何又將他放走，是何意見？

周　瑜　（白）哎呀大夫，你哪裏知道，我指望殺却劉備，除去後患。誰想他二弟跟隨，我想關公乃蓋世虎將，若是下手，豈不被他先殺于我。

魯　肅　（白）不錯，是的。一動不如一静。都督高見。

周　瑜　（白）啊，你何多言，你、你、你與我住下了。

（丑中軍上）

丑中軍　（白）啓都督：曹營下書人求見。

周　瑜　（白）傳。

（二士卒上）

丑中軍　（白）都督傳，一同進來。

二士卒　（白）與都督叩頭。

周　瑜　（白）奉何人所差？

二士卒　（白）曹丞相所差，書信呈上。

周　瑜　（白）呈上來。

（丑中軍遞信）

周　瑜　（看信）（白）"漢大丞相"，呸！你在曹營可爲丞相，我東吳誰稱你是"漢大丞相"啊！

（扯信，唱）【西皮散板】

見書不由怒衝霄，

曹賊敢把東吳藐。

吩咐左右衆將校，

斬去一人放一逃。

（丑中軍殺一卒死，一卒跑下）

魯　肅　（白）啊，都督。兩國相争，不斬來使，爲何將下書人斬一個、放一個，這是何主見？

周　瑜　（白）那曹操與我有書信來往，戲亂軍心。今斬來使，猶如斬曹賊之頭，以示軍威。你曉得甚麽！

魯　肅　（白）我倒又不明白了。

周　瑜　（白）你何故多言。

魯　肅　（白）哦，是是是。

周　瑜　（白）中軍聽令！

| 中 軍 | （白）在。
| 周 瑜 | （白）吩咐甘寧、蔣欽、太史慈紮住三江夏口，不得有誤。
| 丑中軍 | （白）啊。（下）
| 周 瑜 | （白）衆將官！來日四更造飯，五更開船，擂鼓吶喊，與曹會戰者！
（衆人同下）

校記

［１］遠隔長江："遠"字，原本作"玩"。今改。

第 九 場

（蔡瑁、張允、蔡壎、各旗纛、船夫同上）

| 蔡 瑁 | （白）蔡瑁。
| 張 允 | （白）張允。
| 蔡 壎 | （白）蔡壎。
| 蔡 瑁 | （白）衆位將軍請了。
| 張 允
蔡 壎 | （同白）請了。
| 蔡 瑁 | （白）可恨周郎，毀書斬使。丞相大怒，命我等催督戰船，到三江口決戰。你我一同進伐。哦！水手催舟。（下）

（衆人同下）

第 十 場

（四紅文堂、劉備，關羽同上）

| 劉 備 | （唱）【西皮散板】
　　　　臨江會不見諸葛亮，
　　　　倒教劉備悶心旁。
　　　　弟兄同回江夏往，
（孔明、一船夫下場門上）
| 孔 明 | （接唱）諸葛亮舟中等劉皇。
（白）主公。

劉　　備　（白）先生。

孔　　明　（白）請上船來。（上船）

劉　　備　（白）哎呀，先生，你想煞孤窮了。

孔　　明　（白）主公可知今日之危乎？

劉　　備　（白）不知也。

孔　　明　（白）若無二君侯相隨，主公幾爲周郎所害矣。

劉　　備　（白）哎呀，險哪！

關　　羽　（白）如何？

劉　　備　（白）先生隨孤同回江夏去吧！

孔　　明　（白）主公勿憂，亮雖居虎口，安如泰山。主公且回，收拾船隻軍馬候用。以十一月二十甲子日爲期，可令子龍駕小舟來南岸邊等候，山人便回。主公切勿有誤啊！

劉　　備　（白）是。

孔　　明　（白）這有小柬一封，主公帶回，到期開看便知。告別了。

　　　　　（唱）【西皮散板】
　　　　　　　　十一月甲子日大功成就，
　　　　　　　　令子龍南岸邊接我回頭。（下）

劉　　備　（接唱）諸葛亮果奇才世間少有，
　　　　　　　　爲王的回江夏整頓貔貅。（扯下）

　　　　　（蔣欽、甘寧、太史慈上）

甘　　寧　（白）咄！俺乃東吳大將甘寧在此，誰敢與我決戰？

　　　　　（蔡壎、蔡瑁、張允、船夫、旗纛上）

蔡　　壎　（白）蔡壎來也！

　　　　　（甘寧刺蔡壎死。衆人追下）

群 英 會

盧勝奎 撰

解 題

　　京劇。清盧勝奎撰。《京劇劇目辭典》著録，題"群英會"，署盧勝奎編劇，云其爲連臺本《三國志》中《赤壁鏖兵》第四本。劇寫文聘探得東吳發兵消息以告曹操，曹操正欲親征，蔣幹因與周瑜自幼同窗，願往説降，曹操許之。周瑜因蔡瑁、張允統領水軍多年，頗感難以對付，正憂慮間，忽聞蔣幹求見，心中大喜，即與魯肅定計，使蔣幹盜走假書。蔣幹歸見曹操，獻上假降書，曹操一怒殺了蔡、張二人。過後細想始知中計。曹操使蔡中、蔡和往東吴詐降。周瑜令魯肅請孔明，言已思得破曹之計，欲請裁決。孔明請先勿明言，各寫一字于掌中。及舉掌對照，則均爲"火"字，三人相視大笑。周瑜殺孔明之意益決，因請孔明于一月之内造箭十萬，以備軍用。孔明自請期限三日，並立軍令狀爲憑。周瑜吩咐魯肅一應工匠物料均不許充分供應，三日無箭，決殺孔明。適蔡中、蔡和前來投順，魯肅、黄蓋疑是詐降。周瑜與黄蓋密定苦肉之計。魯肅見孔明，提造箭一事，孔明假意忘却，並言周瑜有心相害，向魯肅求助。魯肅勸其速速逃走或投江自殺，孔明索借戰船、束草、帳幔、鑼鼓與少數水軍以資應用，另請備辦酒席一桌，囑其切勿告知周瑜。魯肅應允。孔明趁滿江大霧，邀魯肅一同登舟取箭。船近曹營，孔明令衆軍士擂鼓呐喊，曹操以爲周瑜乘霧劫營，急令放箭，孔明所帶各船，均滿載羽箭而歸，臨行使衆軍士高呼"多謝丞相贈箭"，曹操始知中計。魯肅見大功告成，深服孔明才智過人。本事出于《三國演義》第四十五回、四十六回。版本今有《蕭長華演出劇本選集》。另有同名的昇平署本、《戲考》本，但與此略有不同。今以《蕭長華演出劇本選集》本爲底本，進行校勘整理。

第 一 場

（張遼、蔣幹文扮上）

張　遼　（念）三尺龍泉血上斑，
　　　　　　　平生志氣滅孫權[1]。
蔣　幹　（念）雄兵百萬干戈繞，
　　　　　　　看看指日定江南。
張　遼　（白）姓張名遼，字文遠。
蔣　幹　（白）姓蔣名幹，字子翼。
張　遼　（白）請了。丞相升帳，你我兩廂侍候。

（四文堂、四大鎧、曹操上）

曹　操　（引）艨艟巨艦下江南，
　　　　　　　統雄師掃除狼烟。
　　　　　　　水陸並進無阻隔，
　　　　　　　指日裏江東歸漢。

蔡　瑁
張　允　（同白）參見丞相。

曹　操　（白）罷了。
　　　　（念）（詩）
　　　　　　　自離荆襄到江南，
　　　　　　　陸路猶如走平川。
　　　　　　　寨栅連絡三百里，
　　　　　　　劍戟光射斗牛寒。
　　　　（白）老夫曹操，自統大兵來到吳地，也曾修寫檄文，下與孫權，會獵于江夏。可恨周瑜斬我遣使，是老夫一怒，差蔡瑁、張允統領水軍，在三江口鏖戰，一面又差文聘探聽虛實，未見回報。

（蔡瑁、張允上）

蔡　瑁
張　允　（同白）參見丞相。末將交令。

曹　操　（白）勝負如何？

蔡　瑁
張　允　（同白）吳兵水戰精熟，我軍難以抵敵。

曹　操	（白）	東吳兵少，反爲所敗，俱是汝等不用心耳。
蔡　瑁 張　允	（同白）	啓丞相：荊州水軍，久不操練，青徐之兵又素不習水戰，故爾致敗。今當先立水寨，每日教習精熟，方可用之。
曹　操	（白）	你二人誰左誰右？
蔡　瑁	（白）	瑁在左。
張　允	（白）	允在右。
曹　操	（白）	左邊陣式請上來。
蔡　瑁	（白）	丞相容稟：戰船操練整齊，安排頭尾高低。火炮連天四面起，亞賽空中霹靂。首尾回頭相顧，四面俱插紅旗。衝鋒破敵急如飛，擺列青龍陣式。
曹　操	（白）	哼！青龍行走，墜耳穿腮，如何成功？右邊陣式請上來！
張　允	（白）	丞相容稟：每日操練陣式，兩邊火炮俱齊。烏鴉不敢往空起，令人膽裂魂飛。金鑼兩面爲眼，旌旗猶如翅飛。長槍弓弩箭似鬚，擺列白虎陣式。
曹　操	（白）	虎乃山中之王，落于平壤，反被犬欺，焉能取勝？俱要與我改過。聽老夫一命，（牌子）速速改練。
蔡　瑁 張　允	（同白）	得令。
蔡　瑁	（白）	你看丞相不識水戰，你我怎生調度？
張　允	（白）	且自由他。
蔡　瑁	（白）	唉！（下）
曹　操	（白）	文遠，周郎水戰精熟，如何抵敵？
張　遼	（白）	待等文聘回營，再作計較。
文　聘	（內聲）馬來。
文　聘	（上，念）

　　　　　　去是雕翎箭，
　　　　　　回來陸地風。

　　　　（白）報，文聘告進。參見丞相！

|曹　操|（白）|探聽江東虛實如何？|
|文　聘|（白）|丞相容稟：丞相令出山動，飛船急過江東。孫權聞報心驚痛，自慮江東虛空。文臣與主和意，武將個個爭鋒。降文欲寫意皆同，惟有周郎不從。|

曹　操	（白）哦！周郎欺吾太甚。傳吾將令，八十三萬人馬殺奔江東，雞犬不留。
文　聘	（白）啊。
蔣　幹	（白）且慢。此事何勞丞相親領大兵，某自幼與周瑜同窗交契，願憑三寸不爛之舌，去往江東，順說周瑜來降。江東豈不唾手而得？
曹　操	（白）哦，子翼與公瑾相厚乎？
蔣　幹	（白）丞相請放寬心，我蔣幹到江左，必要成功。
曹　操	（白）所用何物？
蔣　幹	（白）只消一介之使，其餘一概不用。幹即刻過江。
曹　操	（白）好，文遠，後帳備酒與子翼餞行。
蔣　幹	（白）謝丞相。
張　遼	（白）遵命。
曹　操	（白）掩門！

（蔣幹隨下，衆分下）

校記

[1] 平生志氣滅孫權："權"字，原本作"堅"。今改。

第　二　場

（四文堂、四大鎧、周瑜、魯肅上）

周　瑜　（唱）【西皮摇板】

恨曹瞞藐視我實爲可惡，
造下了銅雀臺立于漳河。
今統兵下江南勢來逼我，
思良策出奇兵定殺曹賊。

（甘寧、蔣欽、太史慈同上，交令）

太史慈
甘　寧　（同白）啓都督：末將奉命三江口鏖戰，刺死蔡瑁落水，他軍遁逃，
蔣　欽　　　　追之不及，特來交令。

周　瑜　（白）乃將軍之功也。曹營水軍頭領，何人掌管？

太史慈
蔣　欽　（同白）乃荊襄降將蔡瑁、張允。
甘　寧
周　瑜　（白）哦，那蔡瑁、張允！眾位將軍後帳歇息。
太史慈
甘　寧　（同白）謝都督。（下）
蔣　欽
周　瑜　（怔）（白）啊，大夫，我想蔡瑁、張允，在荊襄習慣水戰。今曹操又用此二人督領水軍，本督破曹，何日得成功也？

（唱）【西皮搖板】

恨蔡瑁和張允二賊可惡，

獻荊襄與曹瞞是他之過。

（中軍上）

中　軍　（白）啓都督：蔣幹過江。
周　瑜　（白）哦，蔣幹過江？
中　軍　（白）正是。
周　瑜　（三笑）哈哈，哈哈，啊哈哈……
魯　肅　（白）都督，聞得蔣幹過江，爲何如此發笑？
周　瑜　（白）我破曹賊水軍，無計可施；今蔣幹此來，必爲曹氏説客。吾破水軍，亦無憂矣。
魯　肅　（白）噢？
周　瑜　（白）待本督略施小計，管教曹操自殺水軍。
魯　肅　（白）啊！
周　瑜　（白）看文房四寶伺候。
魯　肅　（白）且慢，都督與那蔣幹乃同窗契友，恐識筆迹，肅來代筆。
魯　肅　（白）曉得。書信呵！（【急一槍】修書）請看。
周　瑜　（白）將此書信，安放吾之帳中，附耳上來。（耳語）
魯　肅　（白）是是是。（笑，下）
周　瑜　（白）有請。
中　軍　（白）有請蔣老生！

（吹打，蔣幹上）

周　瑜　（白）啊，子翼兄。
蔣　幹　（白）賢弟。

周　瑜　（白）久別了。
蔣　幹　（白）久別了。
周　瑜　（白）啊！
蔣　幹　（白）啊！（同笑）
周　瑜　（白）仁兄請。
蔣　幹　（白）賢弟請。
周　瑜　（白）請坐。
蔣　幹　（白）啊，公瑾，別來無恙啊！
周　瑜　（白）啊，子翼良苦，遠涉江湖而來，敢是與曹氏作説客麽？
蔣　幹　（白）唉，不不不。吾久別足下，特來敘舊，奈何疑我與曹氏作説客耳？
周　瑜　（白）吾雖不及師曠之聰，聞弦歌而知雅意。
蔣　幹　（白）喲！閣下待故人如此啊，吾便告辭。
周　瑜　（白）兄既無此心，何必速去？
蔣　幹　（白）不是喲！賢弟的疑心忒大呀！
周　瑜　（白）弟乃戲言。
蔣　幹　（白）我倒多疑了。
周　瑜　（白）請入帳敘話。
蔣　幹　（白）請。
周　瑜　（念）江上思良友，
蔣　幹　（念）軍中會故摯。
周　瑜　（白）久未雅教。
蔣　幹　（白）豈敢。
周　瑜　（白）常想如渴。今幸相見，實爲欣慰。
蔣　幹　（白）喲！你我各事其主，欲見未能。今聞賢弟身掛帥印，特來恭賀。望勿見疑。
周　瑜　（笑）哈哈哈……（白）傳衆將進帳！
中　軍　（白）衆位將軍進帳！
　　　　　（黄蓋、蔣欽、太史慈、甘寧内白："來也！"上）
衆　將　（白）參見都督。
周　瑜　（白）見過蔣先生。
衆　將　（白）啊，蔣先生。

蔣　幹	（白）眾位將軍。
眾　將	（白）呔！敢是與曹操作說客嗎？
蔣　幹	（白）這……啊，賢弟，喏喏喏……
周　瑜	（白）眾位將軍，子翼乃本督同窗契友，雖從江北而來，亦非曹氏說客，公等勿得多疑。
蔣　幹	（白）著哇！
眾　將	（白）既是都督同窗契友，我等待席把盞。
蔣　幹	（白）到此就要叨擾。
周　瑜	（白）看酒來，我與子翼兄把盞。
蔣　幹	（白）這就不敢，擺下就是。
周　瑜	（白）看酒。
中　軍	（白）啊。

（設席，大吹打，蔣幹同眾將敘禮）

蔣　幹	（白）啊，這位老將軍貴姓哪？
黃　蓋	（白）黃……
蔣　幹	（白）敢莫是黃公覆[1]？
黃　蓋	（白）然。
蔣　幹	（白）年邁了。
黃　蓋	（白）唔……
蔣　幹	（白）虎老雄心在。甘將軍辛苦了……
周　瑜	（白）子翼兄。
蔣　幹	（白）做甚麼？
周　瑜	（白）賢兄，看酒來。
蔣　幹	（白）我與賢弟把盞。
周　瑜	（白）不敢，擺下。請。太史慈聽令！
太史慈	（白）在。
周　瑜	（白）公可佩吾劍，以為監酒令官，今日宴前，但敘朋友交情；如有提起孫曹軍旅之事者，即席斬之！
太史慈	（白）得令。

（太史慈對蔣幹三笑，向外坐。蔣幹驚愕）

周　瑜	（白）啊，子翼兄！喂，子翼兄！
眾　人	（白）哎。

蔣　幹　（白）啊……賢弟請。（飲酒）
周　瑜　（唱）【園林好】
　　　　　　笙歌起同飲佳釀，
　　　　　　我今日營中會同窗。
　　　　　　蒙主上權衡獨掌，
　　　　　　爲大將恐難當。
蔣　幹　（接唱）拜大將正相當。
　　　　（白）各出座位，攜手。
周　瑜　（白）子翼兄，你看我營將士，可雄壯否？
蔣　幹　（白）吾觀營中諸將麼，真乃熊虎之士也。
周　瑜　（白）再看後營糧草，堆積如山，頗足備否？
蔣　幹　（白）喂喲……真果是兵精糧足、兵精糧足，名不虛傳、名不虛傳。
　　　　　　啊，啊，啊，咦哈哈……
周　瑜　（白）子翼兄！
蔣　幹　（白）賢弟！
周　瑜　（白）想你我同窗學業之時，焉能望有今日。
蔣　幹　（白）喲！賢弟！以吾弟高才，實不爲過。
周　瑜　（白）子翼兄！想大丈夫處世，遇知己之主，外託君臣之義，內結骨
　　　　　　肉之恩，言必行，計必從，禍福共之。假使蘇秦、張儀、陸賈、酈
　　　　　　生輩復出，口似懸河，舌如利刃，安能動我之心哉！呀！
　　　　（笑）哈哈哈……
蔣　幹　（強笑）嘿嘿，嘿嘿，嘿嘿……
周　瑜　（白）子翼兄，此皆江東之英傑，今日此宴，可名"群英會"。
蔣　幹　（白）哎呀，真個是群英會呀！
周　瑜　（白）啊？
蔣　幹　（白）啊？
　　　　（二人同笑）
周　瑜
蔣　幹　（同白）請！
周　瑜　（唱）【西皮原板】
　　　　　　人生際遇實難料，
蔣　幹　（白）人生天地之間，難以料得就。

周　　瑜　（接唱）今日相逢會故交。
蔣　　幹　（白）你我相逢，三生有幸。
周　　瑜　（接唱）群英會上當醉飽，（同入座）
　　　　　（唱）【搖板】
　　　　　　　暢飲高歌在今宵。
　　　　　（白）子翼兄。
蔣　　幹　（白）賢弟。
周　　瑜　（白）小弟自領軍以來，滴酒不敢聞飲。今日故友相會，又無疑忌，
　　　　　　　當飲一醉方休。
蔣　　幹　（白）唉，是要一醉方休。
周　　瑜　（白）你我小杯不飲，各飲一百觥。
蔣　　幹　（白）慢來，賢弟酒乃滄海之量，兄的酒瓦溝之渠，一百觥不消，三觥
　　　　　　　就是了。
周　　瑜　（白）三觥就三觥。看大杯伺候。
　　　　　（中軍換大杯斟酒）
周　　瑜　（唱）【西皮搖板】
　　　　　　　酒逢知己千杯少，
　　　　　（白）請。
蔣　　幹　（白）乾。
周　　瑜　（接唱）眼望中原酒自消。
蔣　　幹　（白）賢弟，這北酒性暴，有些難飲哪！
周　　瑜　（怔，冷笑）嘿嘿嘿……
　　　　　（接唱）暴酒難逃三江口，
　　　　　（白）請。
蔣　　幹　（白）賢弟，這順流而下，可是醉得快呀！
周　　瑜　（冷笑）哼哼哼……
　　　　　（接唱）
　　　　　　　順流而下在東海飄。（佯吐醉。出座）
蔣　　幹　（白）啊，賢弟莫非醉了！
周　　瑜　（白）吾今醉矣。中軍，與本督寬衣，待吾舞劍作歌，以助一樂。
蔣　　幹　（白）賢弟，醉後舞劍，非同兒戲呀！
周　　瑜　（白）小弟舞劍，請兄一觀。

蔣　幹　（白）倒要瞻仰。
　　　　（眾合攏口。周瑜下，卸袍，又上）
周　瑜　（白）看劍伺候。（撫琴作歌）
　　　　（唱）丈夫處世兮立功名，
　　　　　　　立功名兮慰平生。
　　　　　　　慰平生兮吾將醉，
　　　　　　　吾將醉兮發狂吟！（笑）
蔣　幹　（白）妙得緊哪！
周　瑜　（舞劍，唱）【風入松】
　　　　　　　同窗故友會群英，
　　　　　　　江東豪傑逞威風。
　　　　　　　俺今督師破阿瞞，
　　　　　　　哪怕他百萬雄兵。
　　　　　　　據長江與敵爭鋒，
　　　　　　　顯男兒立奇功。（舞劍，撲蔣幹）
蔣　幹　（白）啊，賢弟，你當真的醉了麼？
周　瑜　（白）喂呀，實實醉矣。
蔣　幹　（白）我的酒亦沉了。
周　瑜　（白）吾久不與兄同榻，今宵要抵足而眠。
蔣　幹　（白）可也，可也。
周　瑜　（白）來，攙扶蔣先生，到我之帳中安歇。
中　軍　（白）啊。
蔣　幹　（白）啊，賢弟，就要來呀！
　　　　（中軍引二文堂，扶蔣幹下）
太史慈　（白）末將交令。
周　瑜　（白）黃公覆聽令。
黃　蓋　（白）在。
周　瑜　（白）今晚三更時分，到我之帳中密報軍情。附耳上來，如此如此。
黃　蓋　（白）喳喳喳……得令。（下）
周　瑜　（白）甘興霸聽令。
甘　寧　（白）在。
周　瑜　（白）命你巡營，蔣幹若是逃走，各營頭不許攔阻。

| 甘　寧 | （白）得令。 |
| 周　瑜 | （白）掩門。（衆分下） |

校記

［1］敢莫是黃公覆："覆"字，原本作"復"。今據《三國志·吳書·黃蓋傳》改。

第 三 場

（【小開門】牌子，魯肅執燈上，入帳作神氣，藏書信。蔣幹內咳嗽，魯肅遮燈影下。中軍執燈，二文堂扶蔣幹上，入帳中。文堂、中軍下。蔣幹出帳看，周瑜內噉，蔣幹急入帳。中軍執燈引二文堂扶周瑜醉上，入帳中。文堂、中軍下）

| 周　瑜 | （白）啊！子翼兄！可記得你我同窗學業之時，不會望有今日耳啊！ |

（蔣幹睡）

| 周　瑜 | （白）喲！他竟自睡着了。 |

（一更）

| 周　瑜 | （唱）【南梆子】 |

　　　　安排下巧計謀營門不鎖，
　　　　轉眼見蔣子翼早已睡着。
　　　　假意兒裝醉樣和衣而卧，
　　　　朦朧眼且看他行事如何。（入帳）

（二更。蔣幹出睡）

| 蔣　幹 | （白）賢弟，公瑾。睡着了。 |

（周瑜睡）

| 蔣　幹 | （白）唉！我此來差矣喲！ |

（唱）【西皮搖板】

　　　　悔不該在曹營誇口太過，
　　　　實指望過江來將他說合。
　　　　太史慈抱寶劍甚是凶惡，
　　　　若提起孫曹字定把頭割。

（白）哎呀，坐是坐不定，睡又睡不着。這便怎麼處？（看桌上）咦！案上有書，待我看書消遣。（看書）兵書戰策，倒要看看。車戰,用不着了;陸戰,沒有甚麼意思;水戰,唔,周郎最習水戰,嗳嗳,是要看看。(見信)"周都督開拆",啊,小束一封,看過的了。偷覷偷覷。"荊襄降將蔡瑁、張……"(驚,到帳前)賢弟!公瑾!(周瑜睡)帳外看來。(執燈出帳,看信,周瑜跟踪偷聽)

蔣　幹　(白)"荊襄降將蔡瑁、張允,拜上都督:某等降曹,非圖仕祿,迫於勢耳。今已賺北軍困於寨中,但得其便,即將曹賊之首,獻於麾下。早晚人到,便有關報,幸勿見疑,先此敬覆。"哎呀,曹丞相啊,你好險哪!

(周瑜暗笑,歸帳)

蔣　幹　(唱)【西皮搖板】
　　　　曹丞相在帳中安然穩坐,
　　　　怎知道二賊子裏應外合。
　　　　若不是蔣子翼把機關解破,
　　　　怕只怕你性命一定難活!
　　(白)哎呀,且住!原來此二賊結連東吳,我不免將這封書信帶回。獻與丞相,將此二賊滅却,豈不是我蔣幹大大的頭功。唔,就是這個主意。(懷書放燈,欲入帳,見燈放錯,移正,入帳)

(黃蓋執燈上,三更)

黃　蓋　(念)鼓打三更盡,
　　　　風吹刁斗寒。
　　(白)都督醒來,都督醒來。
　　(周瑜出帳)

周　瑜　(白)老將軍進帳何事?

黃　蓋　(白)啓都督:今有江北蔡瑁……

周　瑜　(白)禁聲!(速吹燈)

(黃蓋隱燈)

周　瑜　(白)子翼兄!

(蔣幹假睡)

周　瑜　(白)帳外去講。

黃　蓋　(白)江北蔡瑁、張允……

周　瑜　(白)低聲些。

(蔣幹暗聽)

黃　蓋　（白）著人前來，道急切不能下手，早晚必有關報。
周　瑜　（白）本督早已知道，今有貴客在此，倘被他聽見，豈不誤了大事！
　　　　　　　行軍多年，還是這等粗魯，還不走去！
黃　蓋　（白）喳！
　　　　（周瑜、黃蓋相視而笑，黃蓋下）
周　瑜　（白）真乃老邁昏庸！（走回帳口。蔣幹退入帳中）子翼兄，兄啊！
　　　　（蔣幹假睡）
周　瑜　（白）幸不曾被他聽見。（暗笑，入帳中）
　　　　（四更）
周　瑜　（夢話）三日之內，定取曹操首級。
蔣　幹　（夢語）你是怎樣的殺他呀？
周　瑜　（夢語）自有妙計。
蔣　幹　（夢語）只恐不得能夠。
周　瑜　（夢話）你看哪。
蔣　幹　（夢語）妄想啊！
　　　　（五更，蔣幹出帳）
蔣　幹　（白）哎呀，嚇煞我也！趁此無人，逃走了吧！
　　　　（唱）【西皮搖板】
　　　　　　　夜深沉盼到了五更已過，
　　　　　　　到江邊尋小舟急忙逃脫。
　　　　（魯肅上，兩人踫頭）
魯　肅　（白）啊，先生。
蔣　幹　（慌）（白）大夫，請了請了。（急下）。
魯　肅　（尋信，不見）（白）啊，都督醒來，都督醒來！（笑）
周　瑜　（出帳白）啊，大夫，笑甚麼？
魯　肅　（白）笑那蔣幹盜書逃走了。
周　瑜　（白）真果？
魯　肅　（白）都督請看哪！
周　瑜　（笑，唱）【西皮搖板】
　　　　　　　蔣子翼盜書信千差萬錯，
魯　肅　（接唱）
　　　　　　　周都督用巧計神鬼難覺！

周　瑜　（接唱）
　　　　　此一計天下人被我瞞過，
魯　肅　（白）哦！
周　瑜　（白）瞞過了，（笑）哈哈哈……（下）
魯　肅　（白）唔！
　　　　（接唱）
　　　　　怕只怕瞞不過南陽諸葛。
　　　　（白）嗯，瞞不了他呀！（【抽頭】下）

第 四 場

（四紅文堂、曹操上）
曹　操　（唱）【西皮搖板】
　　　　　每日裏飲瓊漿醺醺大醉，
　　　　　蔣子翼過江東未見回歸。
　　　　　造下了銅雀臺缺少二美，
　　　　　掃東吳滅劉備天意可遂[1]。
（蔣幹上）
蔣　幹　（笑）哈哈哈……
　　　　（唱）【西皮搖板】
　　　　　在東吳盜書信一宵未睡，
　　　　　回營來見丞相色舞眉飛。
　　　　（白）丞相。
曹　操　（白）子翼回來了？
蔣　幹　（白）回來了。
曹　操　（白）一旁坐下。
蔣　幹　（白）謝坐。
曹　操　（白）那周郎降意如何？
蔣　幹　（白）周郎雅量高致，非言詞所能動也！
曹　操　（白）事又不濟，反爲所笑！
蔣　幹　（白）雖然未説周瑜來降，却與丞相尋來一樁機密大事。
曹　操　（白）甚麼大事？

蔣　幹　（白）嗯……喏！（看兩旁）
曹　操　（白）兩廂退下。
　　　　（文堂兩邊下，蔣幹取信）
蔣　幹　（白）這有小柬一封，丞相請看。
曹　操　（白）看過的了？
蔣　幹　（白）不錯。
曹　操　（白）老夫一觀！【急三槍】牌子，看信）起鼓升帳！
　　　　（文堂、大鎧兩邊上）
曹　操　（白）傳蔡瑁、張允進帳。
衆　人　（白）傳蔡瑁、張允進帳！
蔡　瑁
張　允　（內聲）來也！（上）
蔡　瑁
張　允　（同白）參見丞相，有何將令？
曹　操　（白）命你二人改練水軍，可曾練熟？
蔡　瑁
張　允　（同白）水軍不曾練熟，丞相不可進兵。
　　　　（四刀斧手兩邊蹓上）
曹　操　（白）嘟！待等你二人水軍練熟，老夫首級斷送他人之手。來，斬。
　　　　（刀斧手押蔡瑁、張允兩邊下。斬，再上）
刀斧手　（白）斬首已畢。
曹　操　（白）起去。
刀斧手　（白）啊。（下）
曹　操　（暗思神氣，醒覺）（白）哎呀，吾今錯矣！
　　　　（唱）【西皮搖板】
　　　　　我中了小周郎借刀之計，
　　　　　殺蔡瑁和張允悔之不及！
　　　　（白）來，水軍頭領換毛玠、于禁掌管。傳蔡中、蔡和進帳。
衆　人　（白）啊。蔡中、蔡和進帳！
蔡　中
蔡　和　（內聲）來也！（上）
蔡　中　（念）慣使長槍戰，
蔡　和　（念）能開百力弓。

蔡　中
蔡　和　（同白）參見丞相,有何將令!

曹　操　（白）老夫斬你二人兄長,可有怨恨?

蔡　中
蔡　和　（同白）延誤軍令,斬之無虧。

曹　操　（白）如今大江南北,難通消息,老夫欲命你二人詐降周郎,可願去否?

蔡　中
蔡　和　（同白）末將願往。

曹　操　（白）莫懷二意!

蔡　中
蔡　和　（同白）我二人家眷,現在荊州,焉有二意!

曹　操　（白）好,成功回來,自有升賞,去吧。

蔡　中
蔡　和　（同白）得令。

蔡　中　（念）輔佐曹丞相,（下）

蔡　和　（念）詐降小周郎。（下）

蔣　幹　（白）啊,丞相,這場大功勞,多虧我蔣幹吧?

　　　　（行弦,曹操出座。蔣幹退）

曹　操　（白）啊!

蔣　幹　（白）多虧我蔣幹哪!

曹　操　（白）呸!

　　　　（唱）【西皮搖板】

　　　　　　你本是書呆子一盆麵醬,
　　　　　　怎知道兵法中奧妙無常。
　　　　　　霎時間折却了兩員大將,
　　　　　　去掉了左右膀反助周郎。
　　　　　　悔不該聽信你言語上當,

　　　　（白）掩門!

　　　　（眾翻下）

曹　操　（接唱）說不出悔不轉百種愁腸。（下）

蔣　幹　（白）啊?噯!

　　　　（唱）【西皮搖板】

　　　　這一場大功勞不加升賞，
　　　　為甚麼反將我羞辱一場？
　　　　我這裏低下頭暗暗思想，
　　（白）哦哦，是了！
　　（接唱）
　　　　想必是為周郎不肯歸降。
　　（白）不錯，是的，是的喲！（下）

校記

[1] 掃東吳滅劉備天意可遂：此句後，原本有注云：此句或作："統雄兵下江南交鋒對壘，得荊襄和九郡大展軍威。造下了銅雀臺缺少二美，掃江東滅劉備天意可遂。"

第　五　場

　　（周瑜換帔持書上）

周　瑜　（白）咳！
　　　（唱）【西皮搖板】
　　　　　奉主命驅逆賊身當重任，
　　　　　日操兵夜觀書坐臥不寧。
　　（魯肅上）

魯　肅　（笑）哈哈哈……
　　　（唱）【西皮搖板】
　　　　　曹孟德果殺了蔡瑁、張允，
　　　　　周都督可算得第一能人。
　　（白）都督！（笑）哈哈哈……

周　瑜　（白）大夫笑甚麼？

魯　肅　（白）那曹操果中都督之計，殺了蔡瑁、張允。水軍頭領換了毛玠、于禁掌管了！

周　瑜　（白）噫！那曹操果中吾之計，殺了蔡瑁、張允。水軍頭領換了毛玠、于禁掌管了？

魯　肅　（白）正是。

周　　瑜　（白）我無憂矣呀！此事那孔明可知？
魯　　肅　（白）孔明不知。
周　　瑜　（白）唔！諒他不知。有請。
魯　　肅　（白）有請諸葛先生。
孔　　明　（內聲）唔哼。
孔　　明　（上，唱）【西皮搖板】
　　　　　　　昨夜晚在館驛早已料定，
　　　　　　　曹孟德中巧計誤殺水軍。
周　　瑜　（白）先生。
孔　　明　（白）都督。
周　　瑜　（白）請坐。
孔　　明　（白）有座。恭喜都督，賀喜都督！
周　　瑜　（白）啊！喜從何來？
魯　　肅　（白）是啊，喜從何來？
孔　　明　（白）那曹操殺了蔡瑁、張允，水軍已破，豈不是一喜？
魯　　肅　（白）哎呀，他倒先……
　　　　　　（周瑜忙攔）
魯　　肅　（自語）他倒先知道了。
周　　瑜　（白）啊，先生！我觀曹軍水寨，極為嚴整，故施小計，何足先生
　　　　　　　掛齒。
孔　　明　（白）都督高才。
周　　瑜　（笑）（白）啊，先生，今曹兵勢大，非等閒可破，瑜思得一計，不知可
　　　　　　　否？先生幸為我一決。
孔　　明　（白）你我不必言出，各寫一字在手，看看心事可同。
　　　　　　（各在手中寫"火"字）
孔　　明
周　　瑜　（同白）大夫請看！
魯　　肅　（看白）哎呀，你二人俱是個"火"字啊！
周　　瑜　（白）未必？
魯　　肅　（白）看哪。
孔　　明　（白）火！
周　　瑜　（白）火！

魯　肅　（白）火！
　　　　（三人同笑）
周　瑜　（白）啊，先生！你我所見皆同，更無疑矣，幸勿泄漏。
孔　明　（白）兩家公事，豈有泄漏之理。
周　瑜　（白）這……
孔　明　（白）這……
魯　肅　（白）啊……
周　瑜　（白）啊……
孔　明　（白）啊……
　　　　（同笑）
周　瑜　（白）請問先生，水面交鋒，何器當先？
孔　明　（白）大江之上，自然是弓箭當先。
周　瑜　（白）是啊，弓箭當先，弓箭當先……
魯　肅　（白）弓箭是要緊的呀。
周　瑜　（白）唔，先生之言，甚合我意。但是軍中缺箭，敢煩先生監造十萬枝箭，以爲應敵之具。此係公事，先生幸勿推却。
孔　明　（白）都督見委，亮自當效勞。請限日期？
周　瑜　（白）這限期……
魯　肅　（白）哎呀，造十萬枝箭，少不得也要半年哪！
周　瑜　（看魯肅）（白）半月可成？
孔　明　（白）半月，多了。
魯　肅　（白）啊，半月會多了？哎，不多啊！
周　瑜　（攔魯肅）（白）十日可完備否？
孔　明　（白）曹軍即日將至，若候十日，必誤大事。
魯　肅　（白）怎麼，十日還多麼？嗐，哼，真倒奇了！
周　瑜　（白）七日再無少限？
孔　明　（白）還多。
魯　肅　（白）啊，七日還多？再無少限了。恐你造不齊吧！
周　瑜　（白）請先生自限日期。
魯　肅　（白）著哇！先生自限日期吧！
孔　明　（白）唔，三天足矣。
魯　肅　（白）啊！三天你焉能造齊十萬枝狼牙箭哪？

周　瑜　（白）是啊，三日無箭呢？
孔　明　（白）願甘軍令。
魯　肅　（白）噯，先生，軍中無有戲言哪！
周　瑜　（白）是啊，軍中無有戲言哪！
孔　明　（白）我願立軍狀。
魯　肅　（白）哎呀，先生，這軍狀你是千萬立不得！
周　瑜　（白）噯！立下軍狀爲憑。先生請寫。
　　　　（魯肅攔）
孔　明　（白）有僭了。（【急三槍】牌子，寫軍狀）
魯　肅　（白）完了，
孔　明　（唱）【西皮搖板】
　　　　　　在帳中立軍狀諸葛討令，
　　　　　　三日後無雕翎斬首轅門。
　　　　（白）都督請看！
周　瑜　（白）斗膽了。大夫收好。
孔　明　（白）第三日，你差五百小軍，到江邊搬箭。
魯　肅　（白）搬箭哪？搬你的屍首吧！
孔　明　（白）告辭了。
　　　　（唱）【西皮搖板】
　　　　　　在帳中辭公瑾又別子敬，
　　　　　　三日後到曹營去借雕翎。（下）
魯　肅　（白）啊，都督！孔明自限三日造箭，莫非他有逃走之意吧？
周　瑜　（白）他若逃走，豈不被我東吳恥笑。你可吩咐工匠物料，一概不准湊手，候三日無箭，我定斬孔明也！
魯　肅　（白）噯！
黃　蓋　（內聲）二位將軍候着！
黃　蓋　（上）（白）啓都督：曹營蔡中、蔡和，轅門投降。
周　瑜　（白）細作到了。傳。
黃　蓋　（白）二位將軍進帳！
蔡　中
蔡　和　（內聲）來也！

蔡中 蔡和	（上，同念） 　　離了曹營地， 　　來此是東吳。 （同白）與都督叩頭。
周　瑜	（白）請起。二位將軍既已降曹，又何故到此背之？
蔡中 蔡和	（同白）可恨曹操，無故殺我二人兄長，特投都督帳下，借兵與兄報 　　仇。望賜收錄。
周　瑜	（白）二位既來投降，乃吾營之幸也。來，傳甘興霸進帳。
黃　蓋	（白）甘興霸進帳！
甘　寧	（白）（內聲）來也！
甘　寧	（上）（白）參見都督，有何將令？
周　瑜	（白）此二人原是荊襄舊將，今來投降，撥在將軍帳下，引軍前部，後 　　當重委。
甘　寧	（白）得令。二位將軍隨我來。
	（蔡中、蔡和、甘寧同下，蔡和回顧）
魯　肅	（看）（白）啊，都督，此二人乃是詐降啊！
周　瑜	（白）住了！他因曹操誤殺他二人兄長，特地前來，借兵與兄報仇， 　　似你這等多疑，安能容天下之賢士？你請出帳去吧！
魯　肅	（白）分明是詐，怎說是實？這是甚麼緣故？唔，有了，我不免去到 　　館驛，問過孔明先生便知。正是： （念）真假難分辨， 　　好歹問知音。（下）
周　瑜	（笑）哈哈哈…… （白）子敬往常長者，今日忽然乖巧！
黃　蓋	（白）嗯哼。
周　瑜	（白）老將軍還在此？
黃　蓋	（白）伺候都督。
周　瑜	（白）可知二將降意否？
黃　蓋	（白）乃是詐降！
周　瑜	（白）怎見得？
黃　蓋	（白）不帶家眷，豈不是詐？
周　瑜	（白）哦！不帶家眷者是詐？

黄　盖　（白）正是。

周　瑜　（白）足見老將軍高見。

黄　盖　（白）都督誇獎。

周　瑜　（白）嗐，惜乎哇，惜乎！北軍有人詐降我東吳，我東吳就無人詐降那曹操？

黄　盖　（白）啊，都督，某黄蓋不才，願詐降那曹操。

周　瑜　（白）唔，老將軍願獻詐降？哎！我想詐降非同小可，若不受些苦刑，怎瞞得過細作之耳目。只是老將軍年邁，如之奈何？

黄　盖　（白）都督，某黄蓋受東吳三世厚恩，慢說苦刑，就是粉身碎骨，肝腦塗地，理所當然。

周　瑜　（白）嘔，老將軍是真心？

黄　盖　（白）是真心。

周　瑜　（白）無假意？

黄　盖　（白）無假意。

周　瑜　（白）好哇！真乃社稷之臣也！請上受我一拜。

黄　盖　（白）這就不敢。

周　瑜　（唱）【西皮散板】
　　　　明日裏苦肉計全要你忍，
　　　　則江東之萬幸託于將軍。

黄　盖　（白）都督！
　　　　（唱）【散板】
　　　　周都督休得要大禮恭敬，
　　　　某黄蓋受東吳三世厚恩。
　　　　休笑俺年衰邁忠心當盡，
　　　　何懼那生和死詐降曹營。（下）

周　瑜　（笑，唱）【散板】
　　　　好一個老黄蓋忠心耿耿，
　　　　破曹兵大功成全仗此人。（下）

第　六　場

（孔明上）

孔　明　（唱）【西皮原板】
　　　　　　　周公瑾命魯肅行監防守，
　　　　　　　好教我背地裏冷笑不休。
　　　　　　　小周郎他要殺我安得能够，
　　　　　　　一椿椿一件件我記在心頭。
　　　　（魯肅上）
魯　肅　（唱）【西皮原板】
　　　　　　　限三天造雕翎這般時候！
　　　　（孔明飲酒）
魯　肅　（看白）噫！
　　　　（接唱）
　　　　　　　爲甚麼他在一旁伴睬不愁。
　　　　（白）呃！
　　　　（唱）【小快板】
　　　　　　　昨日裏在帳中誇下海口，
　　　　　　　這椿事倒教我替你擔憂。
孔　明　（白）啊，大夫，我又沒有甚麼要緊的事情，你替我擔的甚麼憂哇？
魯　肅　（白）昨日你在帳中，立下軍狀，三天造齊十萬狼牙箭，你的箭在哪裏？無憂無慮的在此飲酒，我怎麼不替你擔憂？
孔　明　（白）哎呀，還有此事嘛？
魯　肅　（白）啊？
孔　明　（白）我倒忘懷了。
魯　肅　（白）哎喲，他倒忘懷了！
孔　明　（白）算算日期。
魯　肅　（白）算算日期。
孔　明　（白）昨日。
魯　肅　（白）一天。
孔　明　（白）今朝。
魯　肅　（白）兩天。
孔　明　（白）明日。
魯　肅　（白）拿箭來！
孔　明　（白）一枝無有哇！

魯　肅　（白）啊？

孔　明　（白）大夫，你要救我一救啊！

魯　肅　（白）哎喲，你呀，怎麼好！有了，你駕一小舟，回往江夏去吧。

孔　明　（白）哎！我奉主之命，過江同心破曹，我寸功未立，把甚麼言語回覆我主啊？走不得！

魯　肅　（白）走不得？哎，我還有個乾淨絕妙的主意。

孔　明　（白）甚麼乾淨絕妙的主意？

魯　肅　（白）倒不如投江死了吧！

孔　明　（白）啊？

魯　肅　（白）你倒是落一個全屍啊。

孔　明　（白）哎，螻蟻尚且貪生，爲人豈不惜命！你救不了我，怎麼反教我死，這是甚麼朋友？

魯　肅　（白）哎呀，這倒難了。教你走，你是不肯走；教你死罷，你又捨不得一死。教我魯肅爲難了！

孔　明　（白）大夫哇！

魯　肅　（白）大夫救不了你的命哪！

孔　明　（唱）【西皮搖板】

　　　　魯大夫素日裏待人甚厚，

魯　肅　（白）還用你說。

孔　明　（接唱）

　　　　你原說保我來並無禍憂。

魯　肅　（白）我待你不錯呀。

孔　明　（接唱）

　　　　周都督要殺我何不搭救？

魯　肅　（白）你自招其禍！

孔　明　（白）哎！

　　　　（接唱）

　　　　看將來你算不了甚麼好朋友！

魯　肅　（白）哎！

　　　　（唱）【小快板】

　　　　這件事乃是你自作自受，

　　　　却爲何苦苦地埋怨不休[1]？

| 孔　明 | （白）你既救不了我啊，我也不難爲你了。我與你借幾樣東西可有？
| 魯　肅 | （白）不用借，早與你預備下了。
| 孔　明 | （白）預備下甚麼？
| 魯　肅 | （白）壽衣、壽帽、大大的棺木，將你盛殮，送回江夏。交朋友不過如此了吧？
| 孔　明 | （白）你怎麼盡咒我死啊？
| 魯　肅 | （白）你還要想活命麼？難哪！
| 孔　明 | （白）不借那個。
| 魯　肅 | （白）借甚麼？
| 孔　明 | （白）借快船二十隻、束草千擔、青布幛幔、鑼鼓全份，每船上二十五名水軍，備酒一席。
| 魯　肅 | （白）備酒作甚麼？
| 孔　明 | （白）我在舟中，還要飲酒取樂呢！
| 魯　肅 | （白）三日無箭，我看你是飲酒哇，是取樂呀？
| 孔　明 | （白）你快去。
| 魯　肅 | （白）哎！
　　　　（唱）【西皮搖板】
　　　　　　十萬箭今夜晚難以造就，
　　　　　　爲朋友我只得順水推舟。（下）
| 孔　明 | （唱）【西皮搖板】
　　　　　　袖兒內之機關他難以猜透，
　　　　　　怎知道我腹中另有奇謀。
　　　　　　要取箭只待要四更時候，
　　　　　　趁大霧到曹營去把箭收。
　　　　（魯肅上）
| 魯　肅 | （唱）【小快板】
　　　　　　一樁樁一件件安排已就，
　　　　　　請先生到江邊及早登舟。
| 孔　明 | （白）怎麼樣了？
| 魯　肅 | （白）諸事停當，請先生登舟。
| 孔　明 | （白）走。
| 魯　肅 | （白）哪裏去？

孔　明　（白）一同取箭。

魯　肅　（白）哪裏去取？

孔　明　（白）到了便知。

魯　肅　（白）我不去。

孔　明　（白）走,走,走。（拉下）

校記

［１］却爲何苦苦地埋怨不休："埋怨"二字,原本作"瞞怨",今改。

第 七 場

（吹打,二水手設船,擺草人。二童引孔明、魯肅同上船）

魯　肅　（白）我營中有事。

孔　明　（白）你没有甚麽要緊的事情。走哇。

魯　肅　（白）哎。

（水手扯篷,水聲）

水　手　（白）漫江大霧,觀不見江景。

孔　明　（白）將船往江北而發。

水　手　（白）啊。

魯　肅　（白）慢着,江北乃曹營地面,如何去得？要去是你去,我不去,我上岸回去了！

孔　明　（白）慢來,已就開船了。

魯　肅　（白）噉,不消説了,我的性命斷送你手了！

孔　明　（白）飲酒啊。

魯　肅　（白）又飲酒了喲！

孔　明　（唱）【西皮原板】

一霎時白茫茫漫江霧露,

頃刻間辨不出在岸在舟。

似這等巧機關世間少有,

學軒轅造指南車去破蚩尤。

（白）請哪。

魯　肅　（白）哎！

(唱)【原板】
　　　　魯子敬在舟中渾身戰抖。
孔　明　（白）乾。
魯　肅　（白）唔！
　　　　（接唱）
　　　　　　把性命當兒戲全不擔憂。
孔　明　（白）大夫，你飲哪！
魯　肅　（接唱）
　　　　　　這時候他還有心腸飲酒，
孔　明　（白）乾。
魯　肅　（接唱）
　　　　　　怕只怕到曹營難保人頭！
水　手　（白）離曹營不遠。
孔　明　（白）直往曹營進發。
水　手　（白）啊。
魯　肅　（白）哎，慢着！你這個人有甚麼瘋病吧？那曹營如何去得？我不能奉陪，將船攏岸，搭了扶手，我要回去了。
孔　明　（白）慢來慢來，船到江心，攏不得岸了。
魯　肅　（白）噢，攏不住岸了？哎呀，這便怎麼好哇？
孔　明　（白）不妨不妨，來來來，你我飲酒取樂呀。
魯　肅　（白）還要飲酒哇？
孔　明　（白）飲酒有趣。
魯　肅　（白）哎，我也看出來了，拼着我這個人頭不要，我就交你這個朋友。來來來，飲酒啊！（飲酒）
孔　明　（唱）【西皮搖板】
　　　　　　要取箭只待等四更時候，
　　　　　　魯大夫又何必如此擔憂？
　　　　　　我和你放寬心只管飲酒，
　　　　　　緊催舟慢搖槳浪裏閒遊。
水　手　（白）來到曹營。
孔　明　（白）將船頭西尾東擺開，就船上擂鼓吶喊。
魯　肅　（白）哎，不要吶喊！

孔　明　（白）將船調頭。
水　手　（白）哦！
　　　　（蔣幹上）
蔣　幹　（白）哎呀，有請丞相。
　　　　（曹操上）
曹　操　（白）何事？
蔣　幹　（白）重霧之中，擂鼓吶喊，不知何故？
曹　操　（白）必是周郎偷營。重霧迷江，敵軍驟至，嚴加守禦，不可妄動，吩咐亂箭齊發。
蔣　幹　（白）亂箭齊發。
　　　　（曹操、蔣幹下。四大鎧拿弓箭射。下）
水　手　（白）啓爺：滿船是箭，盛載不起。
孔　明　（白）爾等高聲喊叫：孔明先生多謝曹丞相贈箭。
水　手　（白）孔明先生多謝曹丞相贈箭！
曹　操　（白）（內聲）嘿嘿！
孔　明　（白）大夫看哪！
魯　肅　（白）哎呀！（下）
　　　　（眾人同下）

第 八 場

　　　　（曹操、蔣幹上）
曹　操　（白）我道周郎偷營，原來孔明借箭。來，吩咐駕舟追趕。
蔣　幹　（白）不成功。順風順水，趕不上了。
曹　操　（白）嘿！又中他人一計。
蔣　幹　（白）下次不中，就是了。
曹　操　（白）唻！
　　　　（念）事事防奇巧，
蔣　幹　（念）著著讓人高。
曹　操　（念）失去十萬箭，
蔣　幹　（念）明日再來造。
曹　操　（白）子翼，從此休多口。

蔣　幹　（白）丞相，事事要謹防。
曹　操　（白）哼！又壞在你的身上。（下）
蔣　幹　（白）啊！怎麼又壞在我的身上？哎呀！這曹營中之事，實在的難辦，哎，難辦的很喏！（下）

第　九　場

（二童引孔明、魯肅上。二卒扛箭過場）

魯　肅　（笑）哈哈哈……
　　　　（白）哎呀，先生，你怎知今晚有此一場大霧？
孔　明　（白）爲將者，若不通天文，不識地理，不知奇門遁甲，不曉陰陽八卦，不看陣圖，不明兵勢，乃爲庸才也。
魯　肅　（白）噢。
孔　明　（白）亮於三日前，已算定今有大霧，故而敢任三天之限。公瑾教我十日完辦，工匠物料，一概俱不應手，將這一件風流罪過，他明明是要殺我啊！我命繫於天，公瑾焉能害我哉！
魯　肅　（白）哎，我這才明白。
孔　明　（白）查看有多少雕翎！
二　童　（白）除了破頭雕翎，十萬有餘。
孔　明　（白）大夫，十萬有餘，可以交得令了吧？
魯　肅　（白）交令有我。
孔　明　（白）有你？這你就不替我擔憂了罷？
魯　肅　（白）我啊，服了你了。
孔　明　（白）服我何來？
魯　肅　（白）服你的好陰陽，好八卦，好的膽量！
孔　明　（白）我啊，也服了你了。
魯　肅　（白）服我甚麼哇？
孔　明　（白）服你在舟中的時節，那麼哦哆哆哆哆……
魯　肅　（白）又來拿我取笑。

（孔明、魯肅同笑，下）

橫槊賦詩

盧勝奎 撰

解　題

　　京劇。清盧勝奎撰。《京劇劇目辭典》著録，題"橫槊賦詩"，署盧勝奎編劇，云其爲連臺本《三國志》中《赤壁鏖兵》第五本。劇寫孔明造箭三日期滿，周瑜欲借此殺孔明。魯肅報稱箭已造齊，並告借箭之情。周瑜即向孔明道勞，並設宴相待。席間，周瑜怒打黃蓋。魯肅責孔明見死不救，孔明道破詐降之計，魯肅始恍然。闞澤自告奮勇前往曹營獻詐降書，冒死取信于曹。蔣幹二次過江，夜聞琴聲，與龐統相見，蔣幹即邀龐統見曹操，曹操厚禮相待。龐統乘機獻上連環之計，曹操欣然採納。龐統路遇徐庶，被徐道破行藏。徐庶告以決心不爲曹操設一謀，但恐兵敗，玉石俱焚。龐統授以密計，徐庶大喜而去。曹操大宴文武百官于江上，悠然自得。程昱請防火攻，曹操謂時值隆冬，西北風大作，吳兵若用火攻，必然自焚，衆官服其高見。忽報馬騰殺奔許昌，曹操大驚，徐庶請令前往破敵，曹操依允，並使臧霸隨行。調遣完畢，曹操忽見烏鵲南飛，感而橫槊賦詩。劉馥謂其出語不詳，曹操一怒用槊將劉刺死，尋即後悔，命厚葬之。焦觸、張南請率水軍出戰，曹操許之，並使文聘前往接應。本事出於《三國演義》第四十七、四十八回。版本今有《蕭長華演出劇本選》本。今以蕭長華演出本爲底本進行整理。

第　一　場

（【急急風】四文堂、四大鎧、黃蓋、甘寧、中軍、闞澤、周瑜上）

周　瑜　（念）轅門鼓角聲高，
　　　　　　　　兩廂護立英豪。

　　　　（白）本督，周瑜。孔明前三日立下軍狀，造取十萬枝狼牙。今日限期已滿,定斬孔明也。來！傳大夫進帳。

衆　人　（白）魯大夫進帳！

　　　　（魯肅上）

魯　肅　（念）忙將稀奇事,

　　　　　　　報與英雄人。

　　　　（白）參見都督。

周　瑜　（白）命孔明造箭,可曾造齊？

魯　肅　（白）孔明哪,他造齊了！

周　瑜　（白）啊！他是怎樣造齊的？

魯　肅　（白）都督容稟：那孔明領了將令,一日也不慌,兩日也不忙,到了三日,也不用我國的工匠,只要快船二十隻,青布幛幔,束草千擔,鑼鼓全份,每船上二十五名水軍。四更時分是漫江大霧,去至曹營,擂鼓呐喊,那曹操只知是都督前去偷營劫寨,吩咐亂箭齊發,借來十萬隻雕翎,特來交令！

周　瑜　（白）嗚喲！孔明真乃神人也！

魯　肅　（白）算得個活神仙！

周　瑜　（白）吩咐軍政司查點數目,有請孔明先生。

魯　肅　（白）有請活神仙！

　　　　（孔明上）

孔　明　（念）狼牙已造就,

　　　　　　　盡在霧中求。

周　瑜　（白）先生。

孔　明　（白）都督,山人交令。

周　瑜　（白）有勞先生神算,立此蓋世之功,瑜深敬服。

孔　明　（白）亮詭譎小計,何足為奇！

中　軍　（白）筵齊。

周　瑜　（白）備得有酒,與先生賀功。

孔　明　（白）叨擾了。

周　瑜　（白）二位大夫陪宴。

闞　澤
魯　肅　（同白）我等把盞。

孔　明　（白）擺下就是。

中　軍	（白）賞筵。
周　瑜	（白）先生請。
孔　明	（白）都督、大夫請。
闞　澤 魯　肅	（同白）孔明先生請。
	（同乾）
周　瑜	（白）啊，先生！今曹操領百萬之衆，連絡三百餘里，非一日可破，今命衆將各領三個月糧草，準備禦敵，先生看之可否？
孔　明	（白）都督高見。
周　瑜	（白）如此待本督傳令。
曹　蓋	（白）且慢。
周　瑜	（白）黃公覆爲何阻令[1]？
黃　蓋	（白）都督，謾講三個月糧草，就是三載，也不濟事。
周　瑜	（白）依你之見？
黃　蓋	（白）若是這個月破得便破；若是破不得，只可依張子布之言，棄甲拋矛，北面降曹。
	（魯肅失驚）
周　瑜	（怒）（白）滿口胡言！吾今奉主公之命，督兵破曹，敢有再言降曹者立斬！
黃　蓋	（白）住了！某自隨破虜將軍，縱橫東南，已歷三世，那見你這黃毛孺子！
周　瑜	（白）老匹夫！今當兩軍相敵之際，汝敢出此言，慢我軍心，不斬汝首，難以服衆。
	（二刀斧手、二杠子手兩邊蹓上）
周　瑜	（白）來，將黃蓋推出斬了！
刀斧手	（白）啊。（押黃蓋下）
甘　寧	（白）刀下留人！都督，黃蓋乃東吳三世舊臣，求都督寬免。
周　瑜	（白）甘興霸，你敢亂我的法度嗎？
甘　寧	（白）都督開恩。
周　瑜	（白）亂棍打出！
	（杠子手打甘寧下。魯肅、闞澤跪求免。周瑜看，又看孔明。孔明飲酒不理）

周　瑜　（拍案）(白)起去,將黃蓋放回!
魯　肅　(白)謝都督。將黃蓋放回!
　　　　（刀斧手押黃蓋上）
黃　蓋　(怒)(白)呔!周瑜呀,要斬便斬,三番兩次,好不耐煩!
周　瑜　(白)嘟!老匹夫!吾今若不看衆官面皮,決須斬首,今且免死。
　　　　　　來!將黃蓋重責一百軍棍。
　　　　（杠子手打黃蓋,魯肅攔,趴黃蓋身上。刀斧手、杠子手下）
周　瑜　(白)今看衆官苦苦求免,且寄下五十軍棍,再有怠慢,其罪還在。
　　　　　　來,將黃蓋叱出帳去。
　　　　（中軍扶黃蓋起,闞澤接攙黃蓋下,回看周瑜。二人對眼光,闞澤會
　　　　意。周瑜看孔明,孔明呆。周瑜置酒）
周　瑜　(白)先生!
　　　　（魯肅扯孔明衣,孔明作不然,自飲）
周　瑜　(白)先生!
　　　　（孔明又自飲不理。周瑜怒,扔懷,翻案。【亂錘】周瑜看孔明,欲
　　　　殺,魯肅攔）
周　瑜　(白)掩門!（下）
　　　　（衆下。魯肅看孔明自飲酒,魯肅奪孔明酒杯擲地）
魯　肅　(白)我不服你了!
孔　明　(白)大夫,你怎麼又不服我了?
魯　肅　(白)我家都督怒責黃蓋,衆官皆都求情。可你到此乃是一客位,連
　　　　　　一個人情都不講,竟在一旁吃酒,那個酒就如此好吃?我不服
　　　　　　你了!
孔　明　(白)啊,大夫,你錯怪了。他二人一個願打,一個願挨,與我甚麼
　　　　　　相干?
魯　肅　(白)啊,想世上的人,有願挨打的麼?
孔　明　(白)此乃是計呀。
魯　肅　(白)怎麼又是一計?倒要請教。
孔　明　(白)大夫!
　　　　（唱）【西皮搖板】
　　　　　　他二人定的是苦肉之計,
魯　肅　(白)收蔡中、蔡和呢?

孔　明　（接唱）收蔡中與蔡和暗通消息。
魯　肅　（白）今日事？
孔　明　（接唱）
　　　　　　黃公覆受苦刑盡是假意，
　　　　　　見公瑾且莫要説我先知。
　　　　（笑）哈哈哈……（下）
魯　肅　（白）領教領教！
　　　　（接唱）
　　　　　　似這等巧機關難解其意，
　　　　　　深服了諸葛亮妙算神機。
　　　　（笑）哈哈哈……
　　　　（白）我哪裏知道！（下）

校記

［1］黃公覆爲何阻令："覆"字，原本作"復"。今依《三國志・吳書・黃蓋傳》改。下同。

第　二　場

（闞澤扶黃蓋上）
黃　蓋　（唱）【西皮散板】
　　　　　　周公瑾傳將令如同山倒，
　　　　　　責打我五十棍不肯輕饒。
　　　　　　都只爲破曹瞞立功報效，
　　　　　　大丈夫希圖個青史名標。
闞　澤　（白）老將軍受屈了。
黃　蓋　（白）有勞先生擔驚。
闞　澤　（白）老將軍莫非與都督有仇？
黃　蓋　（白）無仇。
闞　澤　（白）哦，既然無仇，公之受責，莫非是苦肉之計乎？
黃　蓋　（急攔）（白）禁聲！（尋望）先生何以知之？
闞　澤　（白）我看公瑾舉動，已料着八九。

黃　蓋　（白）唉，實不相瞞，某受孫氏三世厚恩，無以爲報，故設此計，以破曹瞞。肉雖受苦，亦無怨恨。我遍觀軍中，無一人可爲心腹。惟有先生素懷忠義，敢以心腹相告。

闞　澤　（白）公之所告者，無非要我獻詐降書耳。

黃　蓋　（白）某實有此意，未知先生可肯去否？

闞　澤　（白）大丈夫不立功建業，不幾與草木同腐！公既捐軀報主，我闞澤又何惜微生！

黃　蓋　（白）先生可是真心？

闞　澤　（白）焉有假意！

黃　蓋　（白）請上受我一拜。

　　　　（唱）【西皮散板】

　　　　　　此一番入虎穴非同兒戲，
　　　　　　必須要放大膽莫漏消息。

闞　澤　（接唱）

　　　　　　老將軍既捨身忠心保帝，
　　　　　　我闞澤縱一死何足爲奇！

　　　　（白）將軍，此事宜早不宜遲，可急速修書。

黃　蓋　（白）待我來修書，黃蓋乎！（【急三槍】牌子，修書）

　　　　　　敢煩先生一往，留心在意。

闞　澤　（白）不用叮嚀。正是：

　　　　（念）勇將輕身思報主，
　　　　　　謀臣爲國有同心。（下）

黃　蓋　（白）闞澤真乃奇男子也！

　　　　（唱）【西皮散板】

　　　　　　苦肉計闞澤獻詐降書去，
　　　　　　破曹兵大功成蓋世第一。（【抽頭】下）

第　三　場

（四大鎧，曹操上）

曹　操　（唱）【西皮搖板】

　　　　　　諸葛亮好大膽前來借箭。

便宜他逃出了虎穴龍潭。

挑選個黃道日與賊會戰，

咫尺間破江東掃滅孫權。

（蔣幹上）

蔣　幹　（唱）【西皮搖板】

借說客盜書信蔡張殞命，

又誰知小周郎暗破水軍。

（白）丞相！

曹　操　（白）進帳何事？

蔣　幹　（白）巡江軍士拿住一漁翁，口稱江東參謀闞澤要見。

曹　操　（白）必是東吳奸細，綁上來。

（四刀斧手押闞澤上）

曹　操　（白）你可是東吳奸細？

闞　澤　（白）我乃東吳參謀，姓闞名澤字德潤。

曹　操　（白）既是東吳參謀，來此何幹？

闞　澤　（白）嗐！人言曹丞相求賢苦渴，今觀此問，甚不相合。黃公覆啊，你又錯尋思了啊！

曹　操　（白）啊！老夫與東吳旦夕交兵，汝私行到此，如何不問？來，與他鬆綁！

（刀斧手與闞澤鬆綁）

闞　澤　（白）這便才是。

曹　操　（白）你此來何幹？

闞　澤　（白）黃公覆乃東吳三世舊臣，今被周瑜於衆將之前無端毒打，不勝忿恨，因欲投降丞相，爲報仇之計。吾與黃公覆情同骨肉，徑來爲獻密書。未知丞相肯容納否？

曹　操　（白）書在何處？

闞　澤　（白）書在此，丞相請看。

曹　操　（看信）（白）"蓋受孫氏厚恩，本不當懷二心。然以今日事勢論之，用江東六郡之卒，當中國百萬之師，衆寡不敵，海內所共見也。東吳將吏，無論智愚，皆知其不可。周瑜小子，偏懷淺戇，自負其能，輒欲以卵敵石。兼之擅作威福，無罪受刑，有功不賞。蓋係舊臣，無端爲所摧辱，心實恨之！伏聞丞相誠心待物，虛懷納士，蓋願率衆歸降，以圖建功雪恥。糧草車仗，隨船獻納。泣血拜白，萬勿見疑。"啊，黃蓋用苦肉計，令汝下詐降書，就中取事，却敢來戲侮我也。來，將闞澤推出斬了！

（刀斧手綁闞澤，闞澤大笑）

曹　　操　（白）招回來，闞澤，吾已識破奸計，汝何故哂笑？
闞　　澤　（白）吾不笑你。吾笑黃蓋不識人耳！
曹　　操　（白）啊，他何不識人？
闞　　澤　（白）殺便殺，何必多問！
曹　　操　（白）啊，吾自幼熟讀兵書，深知奸僞之道。汝這條計，只好瞞哄別人，如何瞞得我來！
闞　　澤　（白）你且說書中哪件是奸計？
曹　　操　（白）我說出你的破綻，殺你死而無怨。你既是真心獻書投降，如何不明約幾時？如今你有何理論？
闞　　澤　（笑）呵呵呵……
　　　　　（白）虧汝不惶恐，敢自誇熟讀兵書！還不及早收兵回去！倘若交戰，必被周瑜所擒矣。無學之輩呀，可惜我屈死你手哇！
曹　　操　（白）老夫何謂無學？
闞　　澤　（白）汝不識機謀，不明道理，豈非是無學？
曹　　操　（白）你且說我哪幾般不是處？
闞　　澤　（白）汝無待賢之禮，吾何必言說。但有一死而已！（旗牌上）
旗　　牌　（白）蔡中、蔡和書信呈上。（遞信）
曹　　操　（看信）（白）"周郎興兵性躁，痛打黃蓋，怒責甘寧[1]，衆將生心，不久來降。"

（闞澤暗思）

曹　　操　（白）下去。

（旗牌下）

曹　　操　（白）闞澤，老夫何謂無學？你若說得有理，我自然敬服。
闞　　澤　（長嘆）（白）噯，豈不聞"背主作竊，不可定期"？倘今約定日期，急切下不得手，這裏反來接應，事必泄漏。但可覰便而行，豈可預期相訂乎？汝不明此理，欲屈殺好人，真乃無學之輩也！

曹　操　（白）唔呼呀，吾見事不明，誤犯尊威，幸勿掛懷。
闞　澤　（白）吾與黃公覆傾心投降，猶如嬰兒之望父母，豈有詐乎？
曹　操　（白）哎呀，豈敢哪豈敢！若能建立功勳，他日受爵，必在諸人之上也。
闞　澤　（白）非爲爵祿而來，實應天順人耳。
曹　操　（笑）（白）退下。
　　　　　（衆兩邊分下）
曹　操　（白）請坐，請坐。就煩先生仍回江東，與黃公覆約定，先通消息過江，老夫派兵接應。
闞　澤　（白）某已離江東，不可復還，望丞相別遣機密人去。
曹　操　（看蔣幹，蔣幹指鼻，曹操搖首，又向闞澤）（白）若他人去，恐事泄露，此事非先生不可。
闞　澤　（白）若去則不敢久停，便當即行。
曹　操　（白）宴罷再行，何必速去？
闞　澤　（白）不是啊，又恐周郎見疑。
曹　操　（白）真乃社稷之臣也！恕不留宴。
闞　澤　（白）告辭。
曹　操　（念）直屬漢朝臣，
　　　　　　　　同樂值千金。
闞　澤　（念）路遥知馬力，
蔣　幹　（念）日久見人心。
　　　　　（笑，分下）

校記

［1］痛打黃蓋，怒責甘寧：此二句，原本作"怒責黃蓋，痛打甘寧"。今依劇情改。

第　四　場

　　　（甘寧上）
甘　寧　（唱）【西皮搖板】
　　　　周公瑾責黃蓋未知真假，

甘興霸受凌辱暗自詳察。

(白)唉,我想黃公覆,乃江東三世舊臣,今被周郎無端毒打,令人氣忿。(想)噢!莫非詐乎?唔,是的,公瑾將蔡中、蔡和撥在我之帳中,莫非要我用此二人與曹營南北通報消息?唔,是的!我且看他二人動靜便了。

(唱)【搖板】
且將計就行計暗藏心下,
等彼來言語中暗使與他。

(闞澤上)

闞　澤　(唱)【西皮搖板】
白日裏到曹營前去獻詐,
曹孟德枉奸巧做事有差。

(白)下官闞澤,曾往曹營下詐降書。那曹操被我言語激發,果中我之計;又遣我復回江東,與黃蓋約定納降日期,也曾與黃公覆說明此事。我不免再往甘寧營中探聽蔡中、蔡和消息便了!

(唱)【搖板】
探機密將此事說與興霸,
使蔡中與蔡和來往傳差。

(白)啊,甘將軍。

甘　寧　(白)闞先生來了,請坐。
闞　澤　(白)有座。
甘　寧　(白)先生到我營何事?

(蔡中、蔡和暗上)

闞　澤　(白)這……(看)昨日將軍爲救黃公覆,被公瑾所辱,吾甚不平。
甘　寧　(白)唉,周瑜自恃其能,全不以我等爲念。俺今被辱,羞見江東諸人。我不殺周郎誓不爲人也!

(蔡中、蔡和走進)

蔡　中
蔡　和　(同白)啊,請問二公,何故煩惱?

甘　寧　(白)噯!
闞　澤　(白)我們腹中之苦,汝豈知耶!
蔡　中　(白)二公莫非欲背吳投曹?

闞　　澤　（白）這……

甘　　寧　（白）啊，我事已被爾窺破，不可不殺，以滅活口！

蔡　　和　（白）二公勿憂，吾亦當以心腹之事相告。

甘　　寧　（白）可速言之。

蔡　　中
蔡　　和　（同白）我二人乃曹公使來詐降。二公若有歸順之心，我二人願當引進。

甘　　寧　（白）汝言果真否？

蔡　　中
蔡　　和　（同白）安敢相欺！

甘　　寧　（白）若果如此，是天賜之便也。

蔡　　和　（白）黃公覆與將軍被辱之事，我已報知丞相矣。

闞　　澤　（白）我已為黃公覆獻書納降，丞相令我來見興霸，相約同降耳。

蔡　　和　（白）若丞相興兵攻取，煩二公作一內應。

甘　　寧　（白）大丈夫既遇明主，自當傾心相投。

蔡　　和　（白）如此待我二人修書報知丞相。

闞　　澤　（白）且慢，黃公覆投降未得其便，你可報知丞相，但看船頭上插青龍牙旗者，即是也。

蔡　　中　（白）是。

甘　　寧　（白）你我既已同心納降，千萬不可泄露。

蔡　　中
蔡　　和　（同白）那個自然。

甘　　寧　（白）後帳擺宴，你我同飲。

蔡　　中
蔡　　和　（同白）請。

　　　　　（同下）

第　五　場

（旗牌上）

旗　　牌　（念）離了三江口，
　　　　　　　　來此是曹營。
　　　　　（白）有人麼？

（一文堂上）

文　堂　（白）甚麼人？
旗　牌　（白）蔡將軍差人求見丞相。
文　堂　（白）候着。
旗　牌　（白）啊。
文　堂　（白）有請丞相。
　　　　（曹操、蔣幹上）
曹　操　（白）何事？
文　堂　（白）蔡中、蔡和差人求見。
曹　操　（白）傳。
文　堂　（白）啊，來人的，丞相傳。
旗　牌　（白）啊，下書人與丞相叩頭。
曹　操　（白）罷了，奉何人所差。
旗　牌　（白）蔡將軍所差，書信呈上。
曹　操　（白）待孤看來。（【急三槍】牌子，看信）唔呼呀！原來黃蓋欲來，未得其便，但看船頭上插青龍牙旗而來者，即是也。唔，下書人。
旗　牌　（白）在。
曹　操　（白）你可回去曉與蔡中、蔡和，就說老夫知道了，教他秘密行事。去吧。
旗　牌　（白）遵命。
　　　　（下）
曹　操　（白）哎呀，江左甘寧被周瑜所辱，願爲內應；黃蓋受責，命闞澤來納降，未可深信。誰敢直入周郎寨中，探聽實信方好？
蔣　幹　（白）吾日前空往東吳，未得成功，深懷慚愧。今願捨身再往江東探聽實信，回報丞相如何？
曹　操　（白）子翼呀！你前番過江，送了我兩個水軍頭領。今番過江，莫非你要送我八十三萬之衆麼？
蔣　幹　（白）若不成功，願甘軍令。
曹　操　（白）好。
　　　　（念）仰望旌角起，
蔣　幹　（念）耳聽好消息。
　　　　（同下）

第 六 場

（四大鎧、四上手、一旗纛、周瑜上）

周　　瑜　（念）曹賊下江東，
　　　　　　　　在吾掌握下。
　　　　　（白）本督周瑜，已在三江口操練水軍，預防曹兵對敵。操練已畢，
　　　　　　　　眾將官！
眾　　人　（白）有。
周　　瑜　（白）回營。（歸座）
　　　　　（白）中軍上。
中　　軍　（白）啟都督：蔣幹過江求見。
周　　瑜　（白）噘，他又來了！（尋思）本督大事成功矣。請龐士元先生來見。
中　　軍　（白）龐士元先生進帳。
龐　　統　（內聲）唔哼。
龐　　統　（上，念）
　　　　　　　　胸中包羅天地，
　　　　　　　　內藏萬象更新。
　　　　　（白）參見都督。
周　　瑜　（白）先生請坐。
龐　　統　（白）有座。都督傳喚，有何事議？
周　　瑜　（白）今曹操艨艟戰船，大下江南。先生有何主見？
龐　　統　（白）曹兵勢眾，須用火攻。
周　　瑜　（白）瑜見相同。
龐　　統　（白）但是大江之上，一船著火，餘船四散，除非獻連環之計，教他釘
　　　　　　　　鎖一處，然後大功可成矣。
周　　瑜　（白）先生之言是也。吾有一計：請先生到西山茅庵中住下，候蔣
　　　　　　　　幹到來，那時……附耳上來，如此……
龐　　統　（白）得令。
　　　　　（念）安排香餌計，
　　　　　　　　專等巨鰲來。（下）
周　　統　（白）起鼓升帳。來，蔣幹到此，叫他報門而進。

中　軍　（白）啊。
蔣　幹　（內聲）唔哼。
蔣　幹　（上，唱）【西皮搖板】
　　　　　　奉命來到江東探聽實信，
　　　　（白）咦。
　　　　（接唱）
　　　　　　我到此却緣何無人相迎？
中　軍　（白）都督有令，叫你報門而進！
蔣　幹　（白）呀呸！我到此是客，如何報門？真道豈有此理！待我進入。
中　軍　（白）哦！
蔣　幹　（白）哎呀！軍法無親，不當穩便。報，蔣幹告進。啊，賢弟！
周　瑜　（白）哼！甚麼賢弟！
蔣　幹　（白）怎麼不認了？
周　瑜　（白）子翼何故欺我太甚？
蔣　幹　（白）唉！你我乃舊日弟兄，特來吐心腹事，何言相欺耳？
周　瑜　（白）汝要說我降曹，除非海枯石爛！且你前番到此，我以酒筵款待，留你同榻，你却盜我私書，不辭而歸，回報曹操，殺了蔡瑁、張允，使我大事難成。今日又來則甚？
蔣　幹　（白）唉呀，賢弟呀！若論此事，你必須感謝我麼才好！
周　瑜　（白）哼！今日無故又來，必不懷好意。來，推出去斬了！
中　軍　（白）啊！
蔣　幹　（白）哎呀，賢弟呀，須念同窗交契之情哪！
周　瑜　（白）吾若不念舊日之情，定要將你一刀兩段！
蔣　幹　（白）吃！
周　瑜　（白）若留你在我軍中，必又泄露軍情。來！將他送往西山茅庵中住下，待吾破曹之後，再來發放於你。
蔣　幹　（白）啊，賢弟！
周　瑜　（白）掩門！（下）
中　軍　（白）蔣先生，請到西山茅庵中去吧！
蔣　幹　（白）咳！只好如此呀！
　　　　（唱）【西皮搖板】
　　　　　　喝一聲退寶帳威風凜凜，

　　　　　恨只恨小周郎反面無情。
　　　　　大不該二次裏過江打聽，
　　　　　看起來這是我自把禍尋。
　　　（中軍、蔣幹下）

第 七 場

　　　（龐統上）
龐　統　（唱）【西皮搖板】
　　　　　在帳中定巧計辭別公瑾，
　　　　　使蔣幹做引薦我好混進曹營。
　　　（蔣幹上）
蔣　幹　（唱）【西皮搖板】
　　　　　我只想探虛實反被囚禁，
　　　　　這時候倒教我進退無門。
　　　　　遠望着茅庵中孤燈隱隱，
　　　（龐統品簫）
蔣　幹　（白）啊！
　　　（接唱）
　　　　　深夜裏品簫聲必有高明！
　　　　　（白）啊，這樣夜靜更深，何人在此品簫？唔，必是隱士，待我來拜訪拜訪。（叩門）
龐　統　（白）甚麼人？
蔣　幹　（白）啊，先生！
龐　統　（白）請到裏面。
蔣　幹　（白）正要拜訪。
龐　統　（白）請坐！
蔣　幹　（白）有座！請問先生尊姓大名？
龐　統　（白）貧道姓龐名統，字士元。
蔣　幹　（白）莫非是鳳雛先生麼？
龐　統　（白）然。
蔣　幹　（白）久聞先生高名，今何僻居此地？

龐　統　（白）周瑜自恃才高，不能容物，故而隱居在此。公乃何人？
蔣　幹　（白）我乃曹營蔣幹也。
龐　統　（白）公乃曹營名士，何故到此？
蔣　幹　（白）嗐！我奉曹丞相之命，過江順說周瑜，不料他不念相契之情，將我囚禁於此！
龐　統　（白）周郎真乃鼠肚雞腸！
蔣　幹　（白）啊，先生，周郎如此輕賢慢士，焉有出頭之日。先生若肯歸曹，幹願當引進。先生意下如何？
龐　統　（白）吾意欲離江東久矣。先生既有引進之心，你我便當即行，如遲周郎知覺，必然陷害。
蔣　幹　（白）哎呀，妙極。如此請先生同行。
龐　統　（白）請。
蔣　幹　（白）請哪。
　　　　（唱）【西皮搖板】
　　　　　　曹丞相爲求賢朝暮思想，
　　　　　　得先生好一似張氏子房。
龐　統　（接唱）
　　　　　　子翼公休得要言語誇獎，
　　　　　　到曹營見丞相再叙衷腸。
　　　　（同下）

第　八　場

（四文堂、曹操上）
曹　操　（唱）【西皮搖板】
　　　　　　領雄兵征四方群雄已喪，
　　　　　　戰劉備廢劉琮又得荆襄。
　　　　　　指日裏掃江東盡歸吾掌，
　　　　　　恨孫權縱用着孺子周郎。
　　　　（蔣幹笑上）
蔣　幹　（唱）【西皮搖板】
　　　　　　順說了龐鳳雛來見丞相，

　　　　　　似這等巧機會世上無雙。
　　　　（白）丞相！
曹　操　（白）子翼回來了，可會見了蔡中、蔡和？
蔣　幹　（白）倒不曾見了蔡中、蔡和，順説一位謀士前來投降。
曹　操　（白）甚麼人？
蔣　幹　（白）姓龐名統字士元。
曹　操　（白）敢是鳳雛先生？
蔣　幹　（白）正是。
曹　操　（白）哎呀，此人前來投降，乃我曹營之幸也。有請。
蔣　幹　（白）有請龐先生。
　　　　（龐統上）
曹　操　（白）啊，龐先生！
龐　統　（白）丞相！
曹　操　（白）先生請。
龐　統　（白）丞相請上，貧道參見！
曹　操　（白）只行常禮，請坐請坐。
龐　統　（白）謝坐。
曹　操　（白）啊，先生，今當兩軍相抵之際，先生自當出頭，爲何隱避不現？
龐　統　（白）周瑜年幼，恃才欺人，不能容物，爲此避之。今聞丞相待將恩
　　　　　　厚，自恨相見之晚矣。
曹　操　（白）喂呀，久聞先生大名，今得惠顧，願領大教。
龐　統　（白）某素聞丞相用兵有法，今願討丞相軍容一觀。
曹　操　（白）噢，先生要看，請至將臺一觀。（帶馬，下馬上高臺）來，旱軍隊
　　　　　　伍開操！
　　　　（許褚、張遼、曹洪、夏侯惇、四大鎧、四上手、四下手操。下）
曹　操　（白）先生看之如何？
龐　統　（白）前顧後盼，進退有門，當初孫武在世，不過如此。
曹　操　（白）先生勿得過譽，尚望指教。
龐　統　（白）不然，實在有方。
曹　操　（白）水軍隊伍開操！
　　　　（毛玠、張南、于禁、焦觸、四上手、四下手、旗纛、水夫操。下）
龐　統　（白）唔呼呀，丞相果然妙策如神，周郎克期必亡，江東不久必破矣。

曹　　操　（白）各歸隊伍，帶馬。（上馬，走，下馬，歸座）看酒，先生請。
龐　　統
蔣　　幹　（同白）丞相請。
衆　　人　（白）乾。
龐　　統　（白）啊，丞相，軍中可有良醫否？
曹　　操　（白）醫者何用？
龐　　統　（白）北方人不慣乘船，水軍多生疾病，須用良醫治之。
曹　　操　（白）我軍多有不服水土，俱生嘔吐之疾，病者即死。吾正憂慮此事耳。
龐　　統　（白）丞相教練水軍之法甚妙，但可惜不全。
曹　　操　（白）先生有何策指教？
龐　　統　（白）我有一策，使大小水軍，安然無恙。
曹　　操　（白）請教！
龐　　統　（白）大江之中，潮生潮落，風浪不息，北方人不慣乘舟，受此顛播，便生疾病。若以大小船舟各皆配搭，或以三十隻一連，五十隻爲一排，首尾用鐵環連鎖，上鋪木板，板上漫土，安設四門四關。休言人可渡，馬亦可走，乘此而行，任他風浪潮水，難以吹動，復何懼哉！
曹　　操　（笑）哈哈哈！
　　　　　（白）若非先生良謀，安能破東吳耶！老夫當面謝過。
龐　　統　（白）愚淺之見，丞相裁之。
曹　　操　（白）實是有方。子翼，傳令下去，命軍中鐵匠，連夜打造鐵環大釘鎖連戰船，不得有誤。
蔣　　幹　（白）得令。
　　　　　（念）引來龐統獻妙計，
　　　　　　　　又是我蔣幹一大功。（下）
龐　　統　（白）某觀江左豪傑，多有怨恨周郎者。某願憑三寸舌，爲丞相順說來降。那周瑜孤立難成，必爲丞相所擒！江東已破，則劉備無所用矣！
曹　　操　（笑）哈哈哈！
　　　　　（白）先生果能成此大功，操請奏聞天子，封爲三公之列。
龐　　統　（白）某非爲富貴，但欲救萬民耳。丞相奪了江東，慎勿殺害百姓。

曹　操　（白）吾替天行道，安忍殺戮百姓！
龐　統　（白）求丞相發下榜文，以安宗族。
曹　操　（白）先生家屬，見居何處？
龐　統　（白）只在江邊。若得此榜，可保全矣。
曹　操　（白）如此待老夫修文，就煩先生一往。
龐　統　（白）遵命。啊，丞相，可速進兵，休待周郎知覺。
曹　操　（白）曉得。
龐　統　（白）告辭。
曹　操　（白）正是：
　　　　　（念）多蒙先生助孤窮，
　　　　　　　　指日興兵破江東。（下）
龐　統　（念）若非龐統連環計，
　　　　　　　　周郎安能立大功！

（徐庶上）

徐　庶　（白）咄！龐士元真個大膽！黃蓋用苦肉計，闞澤下詐降書，你又來獻連環之計。敢是欺我江北無人？
龐　統　（白）這……唔呼呀！我道是誰，原來是徐道兄，你若說破吾計，江南八十一州百姓，皆是你一人送了。
徐　庶　（白）哈哈，虧你善心，你江南有八十一州百姓，此間八十三萬人馬，性命如何？
龐　統　（白）哎呀，元直啊！你真果要破吾之計麼？
徐　庶　（白）非也！吾已受過劉皇叔厚恩，未嘗忘報。曹操送死我母，我已說過，終身不設一謀，今安肯破兄良策？只是我亦隨軍在此，兵敗之後，玉石俱焚，你下此毒手，連我的性命也不顧了麼？
龐　統　（白）哎呀，元直如此高見遠識，諒此有何難哉！
徐　庶　（白）兄當賜教我一脫身之術，我即緘口遠避矣。
龐　統　（白）這……你附耳上來。
徐　庶　（白）啊。（同笑）
龐　統　（唱）【西皮搖板】
　　　　　　　　曹孟德下江南他日日擔憂，
　　　　　　　　你說馬騰與韓遂暗起戈矛。（笑下）
徐　庶　（唱）【西皮搖板】

龐鳳雛教一語徐庶悟透，

正好似那游魚脫去釣鈎。（下）

第 九 場

（四文堂、十纛旗上。內喊"催軍"。【出隊子】牌子、焦觸、張南、毛玠、于禁、許褚、張遼、曹洪、夏侯惇、張郃、文聘上。各通名）

張郃文聘 （同白）眾位將軍請了！

眾　人 （白）請了！

張郃文聘 （同白）丞相有令，命水軍鎖連戰船，以防風浪不穩。今已連鎖停當，你我回營，請丞相登舟調度。

眾　人 （白）請。

張郃文聘 （同白）眾將官，回營交令。

（四文堂領眾下）

第 十 場

（四水軍上，設船扯篷。徐庶、程昱、荀攸、劉馥上）

程　昱 （念）取漢土龍爭虎鬥。

劉　馥 （念）宴長江涉水登舟。

荀　攸 （念）連戰船北軍用武。

徐　庶 （念）進曹營不設一謀。

程　昱 （白）下官程昱字仲德。

劉　馥 （白）下官劉馥字元穎。

荀　攸 （白）下官荀攸字公達。

徐　庶 （白）山人徐庶字元直。

程　昱 （白）列位請了。今日丞相大宴長江，你我在船頭伺候。

內　聲 （白）哦！

程　昱 （白）遠遠望見丞相大軍來也。

（焦觸、張南、曹洪、夏侯惇、許褚、張遼、張郃、文聘、二旗牌、一傘

夫、曹操上）

衆文官　（白）丞相！

（張郃、文聘正場桌站，許褚、張遼兩旁椅站，曹洪、夏侯惇下一位。焦觸、張南又下一位。曹操入大帳正座）

衆　人　（白）參見丞相！

曹　操　（白）列公少禮。

衆　人　（白）謝丞相！

曹　操　（白）我軍連日釘鎖戰船，諸將辛苦，吾今置酒設樂，與列公同飲。

衆　人　（白）我等把盞。

曹　操　（白）看酒伺候。

旗　牌　（白）啊。（斟酒）

曹　操　（白）列公請！

衆　人　（白）丞相請！

曹　操　（白）乾。

（笑）哈哈哈！

（白）你看天氣晴明，平風靜浪，東山月上，皎皎如同白晝。長江一帶，如橫素練，看來真乃我主之幸也！

衆　人　（白）一來主上洪福，二來丞相調度有方。

曹　操　（白）吾自起義兵，與國家除殘去暴，掃清四海，削平天下，所未得者，江南也。你看南屏山色如畫，東視柴桑之境，西觀夏口之江，南望樊山，北見烏林，四顧空闊。吾今有百萬雄師，更賴諸公用命，何患不成功耶？收服江南之後，天下無事，與諸公共用富貴，以樂太平也。

衆　人　（白）願得早奏凱歌，我等終身皆賴丞相福蔭。

曹　操　（笑白）看酒。（旗牌斟酒）請。

衆　人　（白）丞相請。

曹　操　（白）乾。

（笑）啊哈哈哈！

衆　人　（白）丞相爲何如此發笑？

曹　操　（白）我笑周瑜、魯肅不識天時。吾今幸有投降之人，爲彼心腹之患，此乃天助我也。

（笑）哈哈哈！

程　昱　（白）丞相勿言，恐有洩漏。
曹　操　（白）咳！座上諸公與近侍左右，皆是我心腹之人也，言之何礙！今江東八十一州，在吾掌握之中。劉備、孔明，汝不過螻蟻之力，欲撼泰山，何其愚也！（一風旗過場）唔呼呀！你看西北風大作，吾船在江，穩如平地，若非天命助我，安得龐統獻此妙計，鐵索連舟，果然渡江如履平地。吾今得此妙用，周瑜啊，孺子！看來你的銳氣盡矣！
程　昱　（白）啊，丞相，船皆連鎖，固是平穩，但彼若用火攻，難以回避，不可不防。
曹　操　（笑）哈哈哈……
　　　　（白）仲德此言雖有遠慮，却還有見識不到之處。（笑）
荀　攸　（白）仲德之言甚是，丞相何故笑之？
曹　操　（白）咳！凡用火攻者，必借風力。方今時值隆冬，只有西北風，安有東南風？吾現居西北之上，彼軍皆在東南，若用火攻，乃燒他自己之兵，吾何懼哉！
衆　人　（白）是也。
曹　操　（笑）哈哈哈！
　　　　（唱）【西皮搖板】
　　　　　　自起義兵把賊討，
　　　　（轉）【流水】
　　　　　　與國家除殘去暴不辭勞。
　　　　　　破黃巾誅董卓把呂布掃，
　　　　　　顏良文醜祭了美髯公的青龍偃月刀。
　　　　　　滅袁術收袁紹又平劉表，
　　　　　　戰敗了桃園弟兄望風逃。
　　　　　　荊襄九郡多糧草，
　　　　　　水陸三軍戰法高。
　　　　　　統領着八十三萬人馬江東到，
　　　　　　何懼那周郎孺子小兒曹。
　　　　　　銅雀臺已造好，
　　　　　　缺少大喬與二喬。
　　　　　　取江東收二女，孤平生一世無怨了，

朝歡暮樂樂逍遥。
若得孤登大寶,
一統山河樂唐堯。

蔣　幹　(內聲)走哇!

蔣　幹　(上,唱)【西皮搖板】
在營中得一信甚是煩惱,
那馬騰在西凉要動槍刀。
(白)參見丞相,大事不好了!

曹　操　(白)何事驚慌?

蔣　幹　(白)蔣幹在營中,只見三三五五軍卒人等,交頭接耳,言道西凉馬騰、韓遂謀反,殺奔了許都!

曹　操　(白)哎呀!吾引兵南征,心中所慮者,馬騰、韓遂耳。軍卒傳言雖虛實未定,然而不可不防。哎呀!

徐　庶　(白)啓丞相:徐庶蒙丞相收録,恨無寸功報效。今願請三千人馬,星夜往散關,紮住隘口,以防彼軍,如有緊急,再報知丞相如何?

曹　操　(笑)哈哈哈……
(白)若得元直前去,孤無憂矣。散關已有軍兵,統歸先生調用,再撥馬步三千,命臧霸爲先鋒,星夜前去,不可延遲。

徐　庶　(白)得令。
(念)防兵是假意,
避火是真心。(下)

曹　操　(白)唔,徐庶此去,孤無憂矣。
(烏鴉叫)

曹　操　(白)啊,夜半更深,烏鴉何故往南飛鳴而去?

程　昱　(白)月明當空,烏鴉疑是天曉,故離樹而鳴。

曹　操　(白)唔,不錯,今時在建安十二年十一月十五日。哎,老夫今歲不覺五十有四矣。想吾昔年,(持槊)請諸侯,滅董卓,吾持此槊,破黃巾,擒吕布,滅袁術,收袁紹,深入塞北,直抵遼東,縱橫天下,頗不負大丈夫之志也。今對此江景,甚有慷慨。吾當作歌,汝等和之。

衆　人　(白)啊!

（衆看，烏鴉叫）

曹　操　（白）咦！

（歌）對酒當歌，
　　　人生幾何？
　　　譬如朝露，
　　　去日苦多。
　　　慨當以慷，
　　　憂思難忘。
　　　何以解憂？
　　　唯有杜康。

（唱）【風入松】
　　　月明星稀，
　　　烏鵲南飛，
　　　繞樹三匝，
　　　無枝可依。
　　　山不厭高，
　　　水不厭深。
　　　周公吐哺，
　　　天下歸心。

（白）昔周公吐哺歸心！
（唱）僥倖喏，僥倖。
（笑）哈哈哈！

劉　馥　（白）丞相，今大軍相當之際，將士用命之時，何故出此不利之言？
曹　操　（白）何言不利？
劉　馥　（白）"烏鵲南飛，無枝可依"，此皆不利之言！
曹　操　（白）怎麼？
劉　馥　（白）南飛而無可依，主其南征無所得，何言吉利？
曹　操　（白）哎！（刺死劉馥落水）
衆　人　（白）哎！快快撈救。
蔣　幹　（白）氣已斷絕矣。
曹　操　（白）此是何人？
程　昱　（白）乃揚州刺史劉馥字元穎。

曹　操　（白）哎，劉馥啊，劉馥啊！你自合肥創立州治，聚逃散之民，立學校，廣屯田，興治教，久事老夫，多立功績。今被吾誤傷殞命，嗐，悔無及矣！來！劉馥以三公厚禮葬之，撥軍士四十名，曉與他子劉熙護送靈柩，即日歸葬。（哭）

蔣　幹　（白）樂極生悲！

（旗牌托劉馥下。毛玠、于禁上）

毛　玠
于　禁　（同白）水軍齊備，請丞相調遣，克日進兵。

曹　操　（白）眾將官！

眾　人　（白）啊。

曹　操　（白）吾軍中水旱二軍，俱分五色旗號：中央黃旗，毛玠、于禁；前軍紅旗，張郃、文聘；後軍皂旗，焦觸、張南；左軍青旗，曹洪；右軍白旗，夏侯惇；許褚、張遼為陸軍都救應。外餘小船五十隻，往來巡警。呂通、呂虔、李典、樂進、徐晃、夏侯淵，以為旱軍，各依隊伍。

（各持刀槍架住）

曹　操　（笑）啊哈哈哈！

　　　　（白）青、徐、幽、燕之軍，不慣乘舟，今非此妙計，安能涉大江之險！

焦　觸
張　南　（叩頭）（同白）哦呵，丞相！休言北軍不能乘舟，今願借巡船二十隻，直抵江口，奪旗鼓而還。

曹　操　（白）噯！汝二人乃袁紹部下舊將，生在北方，恐乘舟不便。江南之兵，往來水上，習練精熟，汝等勿得輕視性命。

焦　觸
張　南　（同白）丞相，末將如其不勝，甘受軍法。

曹　操　（白）如此須要小心。

焦　觸
張　南　（同白）得令。

（船夫、旗纛引焦觸、張南下）

曹　操　（白）嗐！只恐二將做鬼！文聘聽令，你可領三十隻巡船接應。

文　聘　（白）得令。

曹　操　（白）吾大船隨後掠陣。吩咐催舟！

（水聲，眾同下）

借 東 風

盧勝奎 撰

解 題

　　京劇。清盧勝奎撰。《京劇劇目辭典》著錄,題"借東風",署盧勝奎編劇,云其爲連臺本《三國志》中《赤壁鏖兵》第六本。劇寫龐統歸見周瑜,告知一切,請速進兵。忽報焦觸、張南討戰,周瑜命韓當、周泰領兵迎敵,殺焦、張二人,文聘敗走。周瑜因見西北風大起,忽然成疾。孔明知情告魯肅,願爲周瑜治病。及見周瑜,孔明手書藥方一紙,上寫"欲破曹公,宜用火攻,萬事皆備,只欠東風"。周瑜看後一笑而病癒。因向孔明求計。孔明請于南屏山高築一臺,親往祈借東南風。周瑜依允,待孔明走後,密喚丁奉、徐盛進帳,告以只待東南風起,即殺孔明,提頭來見。孔明在南屏山祈禱三日,果然東南風動,料知周瑜必來相害,即與守壇軍士易服,單身逃走。徐盛、丁奉趕到,孔明業已去遠。二人追至江邊,趙雲已將孔明迎接上船。孔明請二人歸報周瑜,勿傷兩家和氣。趙雲復將二人所乘船篷索射斷,丁、徐遂退走。孔明和劉備相見,知一切已準備停當,急傳衆將聽令,發兵破曹。本事出於《三國演義》第四十九回。元刊《三國志平話》已有祭風情節。元雜劇有《諸葛亮祭風》,今已不傳。明傳奇《赤壁記》、《草廬記》,清傳奇《鼎峙春秋》均演此故事。道光四年《慶昇平班戲目》已有此劇。版本今有《蕭長華演出劇本選》本。今以蕭長華本爲底本進行整理。

第 一 場

（四文堂、周瑜上）

周　瑜　（唱）【西皮搖板】

　　　　龐士元獻連環未知可否,

　　　　　　係本督在帳中心下擔憂。
　　　　　　但願得此一去大功成就，
　　　　　　殺曹賊滅劉備盡歸吳侯。
　　　　（龐統上）
龐　統　（唱）【西皮搖板】
　　　　　　入虎穴獻連環世上罕有，
　　　　　　料想那曹孟德難解奇謀。
　　　　（白）都督。
周　瑜　（白）先生回來了，請坐。
龐　統　（白）謝坐。
周　瑜　（白）先生，連環之計如何？
龐　統　（白）大事已成。請都督安排進兵。
周　瑜　（白）先生首功一件，請至後帳歇息。
龐　統　（白）謝都督。（下）
　　　　（韓當、周泰上）
韓　當
周　泰　（同白）啓都督：焦觸、張南領哨船二十隻，直抵江口。
周　瑜　（白）哼！此二賊擅敢直抵我江南水寨。
韓　當
周　泰　（同白）我二人願當先破敵。
周　瑜　（白）好，吩咐各寨嚴加守禦，不可輕動，你二人各領哨船五隻，左右
　　　　　　而出，不得有誤。
韓　當
周　泰　（同白）得令。（下）
周　瑜　（白）從將官，將臺去者。（上高臺）
　　　　（水戰，焦觸與韓當一對，各有旗纛、船夫。張南與周泰一對。韓當
　　　　刺焦觸死，下。周泰縱過張南船殺張南死，下。文聘、旗纛、船夫
　　　　同上）
文　聘　（白）呔！文聘來也！
　　　　（開打，兩過合，殺，文聘上場門下。周泰、韓當下場門下）
周　瑜　（笑）哈哈哈……
　　　　（唱）【西皮搖板】

看韓當刺焦觸一腔血染，

有周泰縱過船立斬張南。

(白)哎呀妙啊！你看韓當、周泰，立斬二將，文聘接殺，抵敵不住。曹軍大小船舟連鎖一處，一時接應不便。曹操啊，曹操！你中我連環之計也！

(唱)【搖板】

鎖戰船我用火攻得其自便，

那曹賊八十萬命喪目前。

(風旗過場)

周　瑜　(驚)(白)哎呀，且住！你看西北風大作，本督站于東南，若用火攻，乃燒自己，看來大事難成矣！

(唱)【搖板】

斯隆冬十一月東風少見，

要成功只怕是千難萬難！(急病暈倒)

(文堂攙周瑜下)

第　二　場

(孔明上)

孔　明　(笑)哈哈哈……

(唱)【西皮搖板】

龐鳳雛獻連環安排用火，

數九天少東風如之奈何？

小周郎心中病無人知覺，

這樁事瞞不了我南陽諸葛。

(魯肅上)

魯　肅　(白)哎呀！

(唱)【西皮散板】

周都督得重病飛來奇禍，

倘若是有差錯難抵風波。

孔　明　(白)啊，大夫，你為何這樣愁眉不展哪？

魯　肅　(白)哎呀，先生哪！我家都督偶得疾病，十分沉重，倘若曹兵一至，如何得了？

孔　明　（白）公以爲何如？

魯　肅　（白）此乃曹操之福、江東之禍也！

孔　明　（笑）哈哈哈……

　　　　（白）無妨緊要，你家都督之病哪，喏，山人能治！

魯　肅　（白）怎麽，先生還會醫病麽？

孔　明　（白）唔，比你這大夫會的多呀！

魯　肅　（白）瞎，事到如今，你還拿我取笑。

孔　明　（白）手到病除！

　　　　（笑）哈哈哈……

魯　肅　（白）誠如此，則國家之萬幸也！都督病好，我魯肅重禮相謝。

孔　明　（白）我不要你的馬錢。

魯　肅　（白）我包了你了。

孔　明　（白）這是甚麽講話呀！

魯　肅　（白）如此就請先生同去看病。

孔　明　（白）正要前去。

魯　肅　（白）請哪！

　　　　（唱）【西皮搖板】

　　　　　　我都督得重病心慌意錯，

　　　　　　你需用仙丹藥與他調和。

孔　明　（唱）【搖板】

　　　　　　所害的心上病不用服藥，

　　　　　　自有個妙方兒叫他開活。

（同下）

第　三　場[1]

（中軍扶周瑜上）

周　瑜　（唱）【西皮搖板】

　　　　　　爲軍務晝夜裏心血用破，

　　　　　　火攻計少東風無計奈何！

（魯肅上）

魯　肅　（唱）【西皮搖板】
　　　　　　好一個活神仙南陽諸葛，
　　　　　　若醫好都督病我口念彌陀。
　　　　（白）都督，病體如何？
周　瑜　（白）心腹攪痛，時復昏迷，不能服藥。
魯　肅　（白）方纔孔明言道，都督這病，他手到即愈。
周　瑜　（白）請來相見。
魯　肅　（白）有請諸葛先生！
　　　　（孔明上）
孔　明　（念）病從心上起，
　　　　　　還須心上醫。
　　　　（白）都督。
周　瑜　（白）先生請坐。
孔　明　（白）有座。連日不晤君顏，何其貴體不安！
周　瑜　（白）人有旦夕禍福，豈能自保！
孔　明　（笑）（白）天有不測風雲，人又豈能料乎？
周　瑜　（失色，長嘆）噯！
孔　明　（白）都督心中，似覺煩積否？
周　瑜　（白）然。
孔　明　（白）宜用涼藥解之。
周　瑜　（白）已服涼藥，全然無效。
孔　明　（白）必須先理其氣，氣若順，則呼吸之間，自然痊可。
周　瑜　（白）欲得順氣，當服何藥？
孔　明　（白）亮有一方，便教都督氣順。
周　瑜　（白）願先生賜教！
孔　明　（白）取紙筆過來！（退後背身寫）都督之病，不用服藥，亮有十六個字，都督看了即愈。
魯　肅　（白）哦，是甚麼法寶靈符？
　　　　（孔明寫畢遞與周瑜）
周　瑜　（白）待我看來。"欲破曹公，宜用火攻；萬事俱備，只欠東風！"（笑）
　　　　　　啊哈哈哈……
魯　肅　（白）怎麼樣了？

孔　明　（白）好了病了。

魯　肅　（白）真是神仙一把抓呀！

周　瑜　（唱）【西皮搖板】
　　　　　諸葛亮是神仙從空降來，
　　　　　我害的心上病被他解開。
　　　　　走向前我這裏急忙下拜，

孔　明　（白）哎呀，這就不敢。

周　瑜　（接唱）
　　　　　求先生賜教我巧計安排。

魯　肅　（白）我說他是活神仙不是！

周　瑜　（白）真乃神人也，請坐。

孔　明　（白）有座。

周　瑜　（白）先生既知我病源，將用何藥治之？

魯　肅　（白）是要求一急救良方。

孔　明　（白）這有何難，亮雖不才，習就奇門遁甲之法，能呼風喚雨。都督若要東風，可于南屏山高設一臺，名曰"七星祭風壇"，用一百二十名軍士，各持旗幡圍繞，待山人披髮執劍，踏罡步斗[2]，借來三日三夜東風，助都督用兵如何？

周　瑜　（白）休道三日三夜，只一夜東風，大事可成。

魯　肅　（白）是啊，不消三日三夜，只須一日一夜，就夠那曹操受用的了。

周　瑜　（白）但得如此，乃國家之幸也。只是事在目前，不可遲緩，但不知幾時起風？

孔　明　（白）唔，十一月二十甲子日起風，丙寅日息止如何？

周　瑜　（白）如此拜求先行一往。

孔　明　（白）得令。
　　　　（唱）【西皮搖板】
　　　　　南屏山祭東風壇臺設擺，
　　　　　甲子日這三天風從東來。（下）

周　瑜　（唱）【搖板】
　　　　　他未必悟透了天地三界，
　　　　　數九天這寒風豈能東來？

魯　肅　（白）都督！

(唱)【垛板】
  那孔明可算得人間一怪，
  我料他非等閑是神仙投胎。
  你命他劫曹糧欲要加害，
  又誰知借刀計被他解開。
  三天限造十萬箭他愁眉不帶，
  趁大霧到曹營將狼牙借來。
  似這等行險事可稱奇怪，
  今日裏借東風不能不來。

周　瑜　(白)如此說來那孔明乃是異人了。
魯　肅　(白)世間少有。
周　瑜　(白)唔，依吾看來，他的大數到矣。來，傳丁奉、徐盛進帳。
丁　奉
徐　盛　(內聲同白)來也！

　　　　(上，同念)
丁　奉
徐　盛
  吳魏爭鋒決雌雄，
  滅却曹賊立大功。

　　　　(同白)參見都督，有何將令？
周　瑜　(白)命你二人埋伏南屏山水旱兩路。但看東風一起，即將孔明首級斬來見我報功，不得有誤。
丁　奉
徐　盛　(同白)得令。
丁　奉　(念)但看東風起。(下)
徐　盛　(念)準備殺孔明。(下)
魯　肅　(白)啊，都督！現下破曹要緊哪，你怎麼單要殺那孔明，是何原故？
周　瑜　(白)大夫，我殺了孔明，勝似曹兵百萬之衆，你安能知也！

(唱)【西皮搖板】
  若不殺那孔明江東之害，
  他插雙翅也難逃今之禍災。

(笑)哈哈哈……(下)
魯　肅　(白)哎！
(唱)【搖板】

看將來周公瑾量小腸窄,
好教我魯子敬愁眉不開。(下)

校記

[1]第三場:此場原本無。今依劇情分了一場。此下,場次順改,不另出校。
[2]踏罡步斗:此句,原本作"摘星步斗"。今依下文改。

第 四 場

(趙雲上,起霸)

趙　雲　(念)紅光罩體困龍飛,
　　　　　　戰馬衝開長坡圍。
　　　　　　七進曹營無人敵,
　　　　　　常山將軍逞雄威[1]。
　　　　(白)俺姓趙名雲,字子龍。主公臨江赴會,先生有言,只候十一月
　　　　　　二十甲子日,但看東風一起,先生便回,預先命俺駕一小舟,去
　　　　　　至江東南岸邊,等候先生回歸。眾將官!
　　　　(四上手上)
四上手　(同白)啊。
趙　雲　(白)江邊去者。
　　　　(船夫上。一旗纛、趙雲上船,領下)

校記

[1]常山將軍逞雄威:此句後,原本有注云:或作"臨江赴會場,諸葛有錦囊。甲子東風起,先生轉還鄉"。

第 五 場

(二童子灑掃壇臺下,孔明披髮執劍)

孔　明　(內唱)【二黃導板】
　　　　　　先天數玄妙法猶如反掌,
　　　　(四藍文堂執旗上,一皂纛隨孔明背後上)

孔　明　（唱）【回龍】
　　　　　設壇臺祭東風相助周郎。
　　　（轉）【原板】
　　　　　曹孟德占天時兵多將廣，
　　　　　領人馬下江南兵紮在長江。
　　　　　孫仲謀無決策難以抵擋，
　　　　　東吳的臣武將欲戰文官要降。
　　　　　魯子敬到江夏虛實探望，
　　　　　他搬請我請諸葛亮過長江，
　　　　　同心破曹共作商量。
　　　　　周公瑾掛了帥兵符執掌，
　　　　　我諸葛建奇功助他逞強。
　　　　　龐士元獻連環俱已停當，
　　　　　用火攻少東風急壞了周郎。
　　　　　我算定了甲子日東風必降，
　　　　　南屏山設壇臺足踏魁罡。
　　　　　我這裏執法劍七星壇上，
　　　（禮拜，拈香上臺，接唱）
　　　　　諸葛亮上壇臺觀瞻四方。
　　　　　望江北鎖戰船連環排上，
　　　　　嘆只嘆東風起火燒戰船，
　　　　　曹營兵將八十三萬一個一個一個一個無處躲藏。
　　　　　這也是大數到難逃羅網，
　　　　　我諸葛在壇臺祝告上蒼。
　　　（四黑風旗上，下場一紅門旗上，兩邊抄下）

孔　明　（白）啊！
　　　（接唱【散板】）
　　　　　耳聽得風聲起從東而降，
　　　　　爲甚麼有一道煞氣紅光。
　　　（白）啊，看東風一起，爲何有一道煞氣涌上壇臺？哦哦哦！是了，
　　　　　必是周郎差人前來暗害與我。
　　　（冷笑）哈哈哈……

	（白）安得能够！唔，我趁此機會回往夏口，調用兵將，在於中取事。那時周郎啊，周郎！管教你枉費徒勞。守壇軍士何在？
守壇軍	（白）在。
孔　明	（白）爾可穿我法衣，上得壇臺，山人自有分派。
守壇軍	（白）啊。
孔　明	（白）與我更衣。
	（守護軍穿孔明法衣上臺）
孔　明	（白）爾可上得臺去，閉目躬身，不准偷眼觀覷，交頭接耳，違令者斬。
守壇軍	（白）啊。
孔　明	（白）待山人踏罡步斗。
	（取令箭袖內，看，下臺，冷笑下。丁奉、徐盛上）
丁　奉 徐　盛	（上臺）（同白）孔明現在臺上。
丁　奉	（白）將他抓下來！
徐　盛	（白）妖道看劍！
守壇軍	（白）哎喲，誰是老道啊？
徐　盛	（白）那諸葛亮呢？
守壇軍	（白）啊！諸葛亮他早就走啦！
丁　奉	（白）諒他走至不遠。
徐　盛	（白）趕上前去。（下）
守壇軍	（白）吓，好懸傢伙！這幾塊料，還在這當鎮物哪。嘿，睁開眼吧，够七天了。咱們該吃飯去啦。
衆　人	（白）喂。（從同下）

第　六　場

孔　明	（內聲）走哇。
孔　明	（上，唱）【西皮散板】 　　脫身逃出天羅網， 　　蛟龍得水奔長江。 　　來在南岸用目望，

（四上手、船夫、纛旗、趙雲下場門上）

趙　　雲　（接唱）趙子龍駕舟到江旁。
孔　　明　（白）那旁可是趙將軍？
趙　　雲　（白）來者可是諸葛先生？
孔　　明　（白）正是。快快搭了扶手。
　　　　　（丁奉、徐盛、船夫、旗纛上）
丁　　奉　（白）諸葛先生慢走！
徐　　盛　（白）那船上可是諸葛先生？
孔　　明　（白）然也。丁奉、徐盛，你們趕來則甚哪？
丁　　奉　（白）奉都督之命，請先生回去。
孔　　明　（白）噯，煩你們回去，上覆都督，就說山人將東風祭起，你家大功已
　　　　　　　成，好生用兵破曹要緊。山人暫回夏口，容日再見，後會有期。
徐　　盛　（白）我家都督請先生回去，還有緊急軍情商議。
孔　　明　（笑）哈哈哈……
　　　　　（白）我料都督不能容我，必來加害，所以我預先叫子龍來接我回
　　　　　　　去。目前孫劉兩家同心破曹，不要傷了和氣。將軍不必追趕，
　　　　　　　請回吧。
丁　　奉　（白）先生若不回去，我們就要魯莽了。
孔　　明　（白）不知進退！
趙　　雲　（白）呔！兩個無知的匹夫，我家先生過江，立此蓋世之功，你們不
　　　　　　　來酬謝，反來加害，要你等何用，結果爾的性命！
孔　　明　（白）哎，不要傷了和氣。
趙　　雲　（白）也罷！念在兩家同心破曹，趙某顯個手段，射斷爾的篷索。
　　　　　（丁奉旗撤下）
趙　　雲　（白）艄水，扯起帆幛，催舟！
孔　　明　（白）請了，哈哈。（同下）
丁　　奉
徐　　盛　（同白）哎，我們篷索已斷，追之不及，回營。（下）

第　七　場[1]

（四紅文堂、劉備上）

劉　　備　（念）臨江赴會場，
　　　　　　　　先生賜錦囊。
　　　　　（白）孤，劉備。曾命子龍過江，去接孔明先生。看東風起，先生必
　　　　　　　　到。來，江岸去者。
　　　　　（四上手、趙雲、孔明上）
劉　　備　（白）哎呀！先生回來了！
孔　　明　（白）主公駕安？
劉　　備　（白）想煞孤窮了[2]。
孔　　明　（白）且無暇告訴別事，前者所約軍馬船隻，可曾齊備否？
劉　　備　（白）俱已齊備，候先生調度。
孔　　明　（白）子龍聽令！
趙　　雲　（白）在。
孔　　明　（白）令衆將齊到帳下聽令。
趙　　雲　（白）得令。（下）
孔　　明　（白）從將官！回轉大營。
　　　　　（衆同下）

校記

［1］第七場：此場原本無。今依劇情分出一場。
［2］想煞孤窮了："窮"字，原本作"穹"。今改。

火燒戰船

盧勝奎　撰

解　題

　　京劇。清盧勝奎撰。《京劇劇目辭典》著録,題"火燒戰船",署盧勝奎編劇,云其爲連臺本《三國志》中《赤壁鏖兵》第七本。劇寫孔明分遣衆將四出埋伏,截殺曹兵,而不委用關羽。關羽怪問其故,孔明答稱曹操兵敗,必走華容小道,曹操往日相待甚厚,關羽若去定然釋放。關羽堅請前往,立下軍令狀,孔明乃使關羽埋伏華容小道。周瑜得報孔明已回夏口,無可奈何,乃斬蔡中、蔡和以祭旗,使黄蓋急備戰船,内藏引火之物,上插青龍牙旗,立即出發。曹操得二蔡密信,知黄蓋早晚來降,令衆將在船頭觀望。文聘見來船輕便,不似糧船,已知其詐,急報曹操。曹操傳令停駛,已不及。黄蓋急命縱火,火烈風猛,曹船延燒甚廣,曹兵大敗。曹操乃棄舟登岸,倉皇逃至烏林,正笑孔明、周瑜無謀,未在此處設伏,忽見趙雲殺出,曹兵死傷甚衆。曹操逃至葫蘆口又大笑,謂孔、周智謀不足,不在此地設防,正欲埋鍋造飯,張飛殺出,曹操又與衆將棄甲丢盔而逃。僅餘一十八騎,取道華容,投奔小路。本事出於《三國演義》第四十九回、五十回。明傳奇《草廬記》、清宫大戲《鼎峙春秋》均演此故事。版本今有《蕭長華演出劇本選》本。今以蕭長華演出本爲底本進行整理。

第　一　場

（張飛上,起霸）

張　飛　（念）（詩）

　　　　長坂橋前煞氣生,

　　　　横矛立馬逞奇能。

　　　　　　大喊一聲如雷震，
　　　　　　吓退曹瞞百萬兵。
　　　　　（趙雲上，起霸）
趙　雲　（念）（詩）
　　　　　　將軍眉宇氣概雄[1]，
　　　　　　當陽誰敢與爭鋒。
　　　　　　萬馬軍中救幼主，
　　　　　　誰不聞名趙子龍。
　　　　　（關平上，起霸）
關　平　（念）（詩）
　　　　　　白盔白甲白征袍，
　　　　　　白旗招展似雪飄。
　　　　　　白馬銀鞍追風豹，
　　　　　　父子忠心保漢朝。
　　　　　（劉封上，起霸）
劉　封　（念）（詩）
　　　　　　少年英雄當建功，
　　　　　　文韜武略存腹中。
　　　　　　衝鋒破敵無人擋，
　　　　　　血染征袍透甲紅。
衆　將　（白）俺——
張　飛　（白）張飛。
趙　雲　（白）趙雲。
關　平　（白）關平。
劉　封　（白）劉封。
張　飛　（白）請了。軍師回營登臺點將，你我轅門聽令。
　　　　　（四旗纛帶馬）
趙　雲　（白）請。
張　飛　（白）來，打道轅門下。（下）
　　　　　（四紅藍白文堂、四上手、四下手、四大鎧、劉備、孔明上）
孔　明　（唱）【點絳唇】
　　　　　　自扶劉君，

博望燒屯，
敗當陽、江夏屯軍，
風火破曹兵。

（念）（詩）

七星壇上臥龍登，
一夜東風江水騰。
不是孔明施妙計，
周郎安得逞才能。

（白）山人複姓諸葛名亮，字孔明，道號臥龍。曾在江東與周郎合計破曹，借了三日三夜東風。今晚在三江夏口與曹鏖兵大戰，趁此機會，正好在於中取事，存得漢室諸土，以爲根本。來，傳衆將進帳。

衆　人　（白）衆將進帳！

（張飛、趙雲、關平、劉封、糜竺、糜芳上）

衆　將　（白）參見軍師。
孔　明　（白）見過主公。
劉　備　（白）列公少禮。
衆　將　（白）師爺有何將令？
孔　明　（白）子龍聽令！
趙　雲　（白）在。
孔　明　（白）命你帶兵三千，徑取烏林小路，揀樹木蘆葦密處埋伏，待等曹兵過，就中間放火，雖然不燒他盡絶，也傷大半，奪他旗幟。不得有誤！
趙　雲　（白）得令！

（四上手、趙雲下）

孔　明　（白）張翼德聽令！
張　飛　（白）在。
孔　明　（白）命你帶兵三千渡江，截斷彝陵要路，去葫蘆口埋伏。那曹操必往北彝陵而走。來日雨住，他軍必要埋鍋造飯。但看烟起，便就山邊放火，雖然捉不住曹操，翼德這場功勞料也不小。切不可有誤！
張　飛　（白）得令！

（四藍文堂、張飛下）

孔　　明　（白）關平、劉封、糜竺、糜芳聽令！

四　　將　（白）在。

孔　　明　（白）命你四人各駕船隻，繞江剿擒敗軍，奪取器械。不得有誤！

四　　將　（白）得令！

（四下手引四將下）

孔　　明　（白）主公可在樊口屯兵，今夜坐看周郎成大功也。

劉　　備　（白）全仗先生。

孔　　明　（白）衆將官！就此起兵，往樊口去者。

衆　　將　（白）啊！

關　　羽　（內聲）住者！

關　　羽　（上，念）

爲殺貪官出蒲東，

斬破黃巾定江洪。

堂堂漢室英雄將，

威威蓋世美髯公。

（白）某，漢壽亭侯關。軍師登臺點將，諸將俱有差遣，把俺關某一字不提，不免進帳問過。參見大哥。

劉　　備　（白）見過軍師。

關　　羽　（白）啊，師爺！俺關某自隨大哥征戰多年，未嘗落後。今逢大敵，軍師却不委用，此是何意？

孔　　明　（白）差遣倒有，其中有些違礙，不敢相煩。

關　　羽　（白）有何違礙？願即見諭。

孔　　明　（白）昔日曹操待足下甚厚，公當有意報之。今日曹操兵敗，必走華容小道，若命君侯前去，必順情釋放，故而不敢相煩。

關　　羽　（白）軍師你好多心哪！那曹操雖是重待某家，某已斬顏良、誅文醜、解白馬坡之圍立功報過。今狹路相逢，豈能够輕放？只恐那曹操不走華容而來。

孔　　明　（白）那曹操若不走華容小道，山人將軍師大印付你執掌。你若順情釋放那曹操呢？

關　　羽　（白）願賭項上人頭！

孔　　明　（白）軍無戲言哪？

關　羽　（白）願立軍狀！

孔　明　（白）請寫。

關　羽　（白）關某乎！（【急三槍】牌子，寫軍狀）軍狀呈上。

孔　明　（白）將軍可于華容小道高山之處，堆起柴草，放起一把烟火引曹來至。

關　羽　（白）那曹操望見烟火，知有埋伏，如何肯來？

孔　明　（白）豈不聞兵家虛虛實實？曹雖能用兵，只此可以瞞過他也。他見烟起，將謂虛張聲勢，必投這條路來，將軍休得容情違令。

關　羽　（白）得令！

　　　　（四文堂、關羽下）

孔　明　（白）衆將官！起營樊口去者。（下）

　　　　（衆人同下）

校記

［1］將軍眉宇氣概雄："眉"字，原本作"迫"。今依文意改。

第　二　場

（四白文堂、四大鎧、四上手、黃蓋、甘寧、周瑜上）

周　瑜　（念）白玉擎天柱，

　　　　　　黃金駕海梁。

　　　　（白）本督，周瑜。孔明許我三日三夜東風，助我成功。昨晚真果東風大作。已曾命丁奉、徐盛前去刺殺孔明，未見回報。

丁　奉
徐　盛　（内聲）（同白）走哇！

丁　奉
徐　盛　（上）（同白）啓都督：孔明預先命趙雲，駕一小舟，接回夏口去了。

周　瑜　（白）噢！此人如此多謀，使我畫夜不得安矣！便宜了他。喚蔡中、蔡和進帳。

蔡　中
蔡　和　（内聲）（同白）来也！

蔡　中
蔡　和　（上，同念）

	機關多周密，
	功高蓋世奇。
	（同白）參見都督，有何將令？
周　瑜	（白）本督與你二人借樣東西可成？
蔡　中	（白）都督所用何物，末將即刻備辦。
周　瑜	（白）好，將他二人綁了！
蔡　和	（白）啊，都督！為何將末將綁了？
周　瑜	（白）吾今開兵，缺少福物祭旗，願借你二人首級一用！
蔡　中	（白）我二人身無過犯！
周　瑜	（白）汝是甚等樣人，敢來詐降我東吳！
蔡　和	（白）哦，如此說來，你家甘寧、黃蓋、闞澤等俱已降順我家丞相了！
周　瑜	（白）此是本督所使之計也。
蔡　中 蔡　和	（同白）曹操啊！你害苦了我們了！
周　瑜	（白）押在皂纛旗下，香案伺候。
	（一皂旗上）
周　瑜	（白）祝告山川社稷萬里旗纛尊神，信官周瑜兵破曹操，但願此去，旗開得勝！
衆　人	（白）馬到成功！
	（丁奉、徐盛斬蔡中、蔡和，下）
周　瑜	（白）黃公覆聽令[1]！
黃　蓋	（白）在。
周　瑜	（白）命你安排火船二十隻，內藏硫黃焰硝，乾柴蘆葦引火之物，上插青龍牙旗，附近曹營放火，不得有誤！
黃　蓋	（白）得令。（下）
周　瑜	（白）甘興霸聽令！
甘　寧	（白）在。
周　瑜	（白）準備戰船，隨定黃船後接應，不得有誤！
甘　寧	（白）得令。（下）
周　瑜	（白）衆將官，隨本督登舟去者！
	（衆領下）

校記

［1］黃公覆聽令："覆"字，原本作"復"。今依《三國志・吳書・黃蓋傳》改。下同。

第 三 場

（四文堂、曹操上）

曹　操　（唱）【西皮搖板】
　　　　鎖戰船涉長江平地一樣，
　　　　我兵將無災病得意洋洋。
　　　　看將來小周郎他的性命該喪，
　　　　但願那黃公覆及早來降。

文　聘　（內聲）（同白）走哇！

文　聘　（上，同念）
　　　　荆襄文聘將，
　　　　陸路擺戰場。
　　　　扶佐曹丞相，
　　　　滅却小周郎。
　　　　（白）啟丞相：末將巡哨，接來黃公覆書信呈上。

曹　操　（白）呈上來。"周瑜關防得緊，無計脫身，今有鄱陽湖新運到糧船，周瑜差蓋巡哨，已有方便。好歹殺江東名將，獻首來降。只在今晚前來納降，但看船上插青龍牙旗而來者，即是糧船也。"（笑）哈哈哈……黃公覆來降，此乃天助我也！來，吩咐今夜命許褚、張遼巡哨，衆將齊到水寨，隨老夫船頭觀望者。（衆領下）

第 四 場

（黃蓋、水手、一青牙旗蠚上）

黃　蓋　（白）俺，黃蓋。奉都督將令，帶領火船二十隻，詐降曹操，燒絕戰船。曹操啊，曹操！管教你死無葬身之地。艄水，催舟！

（眾領下）

第 五 場

（許褚、張遼、曹洪、夏侯惇、張郃、文聘、毛玠、于禁、四文堂、四下手、二水手、曹操上船頭）

曹　操　（白）唔呼呀！你看月光照耀江水，如萬道金蛇，翻波戲浪，我船如在平地，好不快樂哉也！

　　　　（笑）哈哈哈……（牌子）

　　　　（黃蓋原人過場）

文　聘　（白）丞相，今觀來船有詐，且休教他進寨。

曹　操　（白）何以見得？

文　聘　（白）糧在船中，必然沉重。今觀來船，輕而且浮。今夜東風甚緊，倘有詐謀，何以當之？

曹　操　（白）哎呀，幸得早言，若遲，定中詭計。就命汝前去止住。

文　聘　（白）得令。艄水，催舟！

　　　　（文聘從上場門下，一水手隨下。黃蓋原人與文聘兩碰頭，黃蓋旗夫遞黃蓋弓射）

文　聘　（白）呔！丞相有令，南船且休進寨。

　　　　（黃蓋射文聘下。又往曹船上射一火箭。火彩大作。黃蓋上曹船，欲擒曹操。張郃撚弓射黃下水。甘寧一水手上，救黃蓋從上場門下。曹兵跳火）

曹　操　（白）張文遠！許仲康！快來救我呀！

　　　　（張遼、許褚、二水手上，救曹操。張郃、于禁、毛玠、夏侯惇、曹洪五將下船，領下。火彩連放。黃蓋、甘寧、水手上，甘寧拔黃蓋箭）

甘　寧　（白）老將軍身受箭傷，請回營調治，我等與曹兵決戰。

黃　蓋　（白）嗳，大將臨敵不顧命，我豈敢放走那曹操！

甘　寧　（白）老將軍大事已成，請功之時，必在諸將以上，暫請回營。

黃　蓋　（白）休要放走曹操！

甘　寧　（白）艄水，催舟！

　　　　（眾人同下）

第 六 場

（曹將原人、二水手上）

曹　操　（白）棄舟登岸。（下船）
　　　　（水手翻下，眾將領下）

第 七 場

（四白文堂、四上手、丁奉、徐盛、周瑜、一纛旗、二水手上）

周　瑜　（白）棄舟登岸。（下船）
　　　　（水手翻下。眾領下）

第 八 場

（四文堂、四下手、曹八將、曹操上）

曹　操　（白）殺呀！
　　　　（吳將原人上。會陣，開打。連場，曹將敗下）
白文堂　（白）曹兵敗走！
周　瑜　（白）奪他器械！
　　　　（眾將領下）

第 九 場

（四文堂、四上手、一白纛旗、趙雲上。過場下）

第 十 場

（曹操眾原人上）

曹　操　（白）哎呀，好燒哇，好燒！來此甚麼所在？
眾　人　（白）來此烏林。
曹　操　（笑）哈哈哈……

众　　人　（白）哎，丞相何故大笑？
曹　　操　（白）吾不笑别人，吾笑的是周瑜少智，诸葛亮无谋。此处山川险峻，树木丛杂，若老夫用兵，在这里埋伏一军，如之奈何！
　　　　　（鼓喊，曹操惊。四白文堂、四上手、赵云上。张郃架佳）
赵　　云　（白）呔！曹兵休走，赵子龙在此！
曹　　操　（白）杀呀！
　　　　　（赵云刺曹操下。张郃架住，起大战。杀曹将，败下。赵云追下）

第十一场

（四蓝文堂、四大铠、张飞上。过场下）

第十二场

（四下手、曹八将、曹操原人上）
曹　　操　（白）哎呀！好杀呀好杀！赵云又来了，又伤孤大半人马。众将，这是甚么地方？
众　　人　（白）乃是葫芦口。
曹　　操　（笑）啊！哈哈哈！
众　　人　（白）呀丞相，方纔在乌林发笑，笑出一个赵云来，伤了大半人马。此处又来发笑，不要笑出祸来。
曹　　操　（白）吾笑周瑜、孔明，毕竟智谋不足。若老夫用兵，此地也要埋伏他一彪人马，以逸待劳。我等纵然逃脱性命，也难逃此危险。彼见不到，为此笑之。你看这雨过天晴，此处倒也僻静，正好埋锅造饭哪。
众　　人　（白）著哇！吃饱了，也好赶路。
曹　　操　（白）众将官，埋锅造饭。
张　　飞　（内声）（白）呔，曹贼休走，你三爷爷在此啊！
　　　　　（曹众惊跑下，张飞领众追一过场）

第 十 三 場

（曹操一人上，張飛追殺，許褚架住，救曹操下，接打下手攢，眾將丟盔卸甲敗下。張飛追下）

第 十 四 場

（曹將七零八落散上，挖門，曹操塗面上）

曹　　操　（白）哎呀，好殺呀，好殺！怎麼張飛也來了？哎！好厲害的諸葛亮啊！來，看看還有多少人馬？

眾　　人　（白）一十八騎！

曹　　操　（白）嘿嘿！想老夫，統領八十三萬人馬下江南，至今一戰，只剩一十八騎殘兵敗將。

眾　　人　（白）唯！

曹　　操　（白）嘿嘿，我是萬沒有想到啊！來，吾兵直奔南郡，從哪條路上好走？

張　　遼
許　　褚　（同白）大路稍平，卻遠五十里。小路可投華容道，卻近五十里。只是地窄路險，坑坎難行。

曹　　操　（白）如今走近不走遠。

　　　　　（煙火）

眾　　人　（白）小路有數處烟墩，恐有埋伏，大路並無動靜。

曹　　操　（白）待吾看來。

　　　　　（煙火）

曹　　操　（白）嘻，這又是那妖道詭計。豈不聞兵書中有云："虛則實之，實則虛之。"諸葛亮多謀，故使人於山僻燒烟，使吾軍不敢從這條路上走，他卻埋兵在大路。吾料已定，偏不教中他人之計。你我投奔華容道而走。

眾　　人　（白）眾軍無糧。

曹　　操　（白）鄉村去搶。

眾　　人　（白）馬力盡乏，眾軍難行。

曹　　操　（白）哎，老夫令出山動，違令者斬！

眾　人　（白）哦！
曹　操　（白）不要哦了！
　　　　（同下）

華 容 道

盧勝奎 撰

解 題

京劇。清盧勝奎撰。《京劇劇目辭典》著錄,題"華容道",又名"華容擋曹",署盧勝奎編劇,云其爲連臺本《三國志》中的《赤壁鏖兵》第八本。劇寫曹操敗走華容道,又復大笑,謂孔明、周瑜畢竟無才。一言未畢,忽聞人馬嘶喊,急問衆將何人旗號,衆將答稱乃關羽。曹操拜謝天地,衆將怪問其故,曹操告以關羽在許昌時曾許以三不死,諒可活命。當即上前與關羽以禮相見,苦苦哀求,請念舊情相釋。關羽心軟,放走曹操,回營請罪。孔明因劉備、張飛再三求情,方許關羽立功贖罪,派其暗襲襄陽。本事出於《三國演義》第五十回。元刊《三國志平話》、明傳奇《草廬記》、清宮大戲《鼎峙春秋》均有此故事。版本今有《蕭長華演出劇本選》本。另有《戲考》本,題"華容道",未署作者。題材同,文辭有差異,非同一劇本。今以蕭長華演出本爲底本進行校勘整理。

第 一 場

(四文堂、四大鎧、曹仁上)

曹 仁 (唱)【點絳唇】
　　軍威森嚴,
　　煞氣衝天;
　　兵百萬,戰將千員,
　　到處凱歌還!
　　(念)(詩)
　　當陽一戰敗桃園,

　　　　　劉備計窮心膽寒。
　　　　　蔡氏已把荊襄獻，
　　　　　丞相統師下江南。
　　　（白）本帥，姓曹名仁字子孝。奉丞相之命，鎮守南郡一帶等處，以防他變。丞相統領八十三萬人馬，大下江南，至今未見捷音。也曾命探子前去打探，未見回報。
報　子　（內聲）（白）報！（上）
報　子　（白）啟元帥：丞相赤壁兵敗而回，離南郡不遠！
曹　仁　（白）再探。
報　子　（白）啊。（下）
曹　仁　（白）眾將官，出城附近迎接。
　　　　（眾領，設南郡城，一旗纛隨眾出城，領下。撤城）

第　二　場

（四綠文堂、四大鎧、周倉、旗牌、關羽上）

關　羽　（念）（引）
　　　　　三江口鏖兵決戰，
　　　　　捉拿曹賊交命還。（坐）
　　　（念）（詩）
　　　　　平生志性烈如鋼，
　　　　　讀《春秋》暗習陰陽。
　　　　　使青龍上將命喪，
　　　　　炎漢中蓋世無雙。
　　　（白）某，漢壽亭侯關。只因三江口赤壁鏖兵，火燒戰船，曹賊兵敗。吾奉軍師之命，埋伏華容小道，阻擋曹操。小校帶馬！
　　　（唱）【西皮慢原板】
　　　　　楚漢相爭數十載，
　　　　　王莽起意篡龍臺。
　　　　　光武中興國號改，
　　　　　五百年前接下來。
　　　　　弟兄桃園三結拜，

　　　　　　猶如同母共娘胎。
　　　　　　東吳孫權守疆界，
　　　（轉）【垛板】
　　　　　　北地曹操領兵來。
　　　　　　我家軍師掛了帥，
　　　　　　滿營將官俱有差。
　　　　　　不差關某心不愛，
　　　　　　因此上打賭滿胸懷。
　　　　　　綠袍罩定黃金鎧，
　　　　　　耀武揚威到此來。
　　　　　　叫小校將人馬下了寨，
　　　　　　不知曹賊來不來。
衆　人　（白）來在華容道。
關　羽　（白）放起烟墩，曹操到此，速報我知[1]。
　　　（曹操領衆，【慢長垂】上）
曹　操　（白）唉。
　　　（唱）【流水】[2]
　　　　　　曹孟德在馬上長思短嘆，
　　　　　　手捶胸眼落淚口怨蒼天。
　　　　　　在中原領人馬八十三萬，
　　　　　　實指望取荆州來奪江南。
　　　　　　又誰知小周郎他的韜略廣遠，
　　　　　　諸葛亮那妖道詭計多端。
　　　　　　黃公覆他那裏把苦肉計獻[3]，
　　　　　　那蔣幹引龐統來獻連環。
　　　　　　我只說十一月東風少欠，
　　　　　　那曉得諸葛亮扭轉先天。
　　　　　　燒得我大小兵丁皮焦肉爛，
　　　　　　只剩下一十八騎殘兵敗將好不慘然！
　　　　　　曹孟德在馬上嘻笑歡天，
衆　將　（唱）【西皮散板】
　　　　　　丞相發笑爲哪般？

曹　操　（唱）【西皮散板】
　　　　　　　我笑周郎見識呆，
　　　　　　　諸葛亮用兵無大才。
　　　　　　　此地若埋伏下人馬在，
　　　　　　　你我主將無處葬埋。
　　　　（內喊，鼓聲）
曹　操　（白）哎呀！
　　　　（唱）【西皮散板】
　　　　　　　一言未盡人馬喊，
　　　　　　　想必是此地有安排。
　　　　（白）來，看看甚麼旗號？
衆　將　（白）啊！（看）乃是關公旗號。
曹　操　（白）謝天謝地！
衆　將　（白）到了絕地，還謝甚麼天地？
曹　操　（白）你們哪裏知道，當初那關公在許昌許我三不死，難道一次也不饒麼？
衆　將　（白）我們殺不得了。
曹　操　（白）不用你們殺了。
衆　將　（白）也戰不得了。
曹　操　（白）也不用你們戰了。
衆　將　（白）怎麼樣？
曹　操　（白）你們在此養傷，待老夫向前百般地哀告於他，或可放你我主將逃走[4]，也未可知。
衆　將　（白）丞相小心了。
曹　操　（白）我知道。
　　　　（唱）【流水】
　　　　　　　聽說是來了關美髯，
　　　　　　　忽然一計上眉尖。
　　　　　　　走向前把禮見，
　　　　　　　許昌一別君侯有幾年。
旗　牌　（白）啓爺，曹操到。
關　羽　（唱）【西皮倒板】

耳邊廂又聽得人嘶馬鬧[5]，(上高臺)

(【衝頭】接【四擊頭】【大絲邊】)

曹　操　（白）啊，君侯請了。

關　羽　（唱）【西皮原板】
　　　　　　　皺蠶眉睜鳳眼仔細觀瞧。
　　　　　　　狹路上莫不是冤家來到，

曹　操　（白）你我乃舊日故交，今逢怎說"冤家"二字？

關　羽　（接唱）
　　　　　　　奉軍命誰認你舊日故交？

曹　操　（白）嗐，我曹操倒運，這樣的好朋友，都不認了。哎呀，罷了罷了。

關　羽　（接唱）
　　　　　　　漢朝中論奸雄就是曹操，

曹　操　（白）豈敢豈敢！

關　羽　（接唱）
　　　　　　　他一派假殷勤笑內藏刀。
　　　　　　　俺今日用命時你何須發笑？
　　　　　　　奉軍命捉拿你誰肯恕饒。

曹　操　（唱）【西皮原板】
　　　　　　　曹孟德聽一言臉滿陪笑，
　　　　　　　尊一聲漢君侯細聽根苗。
　　　　　　　下江南領八十三萬人馬不少，
　　　　　　　實指望掃江東得勝還朝。
　　　　　　　又誰知小周郎多端計巧，
　　　　　　　燒得我主將們無處奔逃。
　　　　　　　只剩下一十八騎殘兵來到，
　　　　　　　望君侯念舊情放我奔逃。

關　羽　（白）小校查來！

旗　牌　（白）曹操人馬站齊了。

　　　　　（眾站）

旗　牌　（白）一五，一十，十五，一、二、三。

曹　操　（白）我也是在數的。

旗　牌　（白）啓爺！連曹操在內，共有一十八騎殘兵敗將。

關　羽　（白）不多？
旗　牌　（白）不多。
關　羽　（白）不少？
旗　牌　（白）不少。
關　羽　（白）軍師啊！軍師！你枉能會算，却不能所料。慢説他一十八殘兵敗將，他就是十八隻猛虎，我何懼哉！
　　　　（唱）【過板[6]】
　　　　　　料着他好一似魚兒吞釣，
　　　　　　傷弓鳥縱插翅也難脱逃。
曹　操　（唱）【原板】
　　　　　　想當初待君侯恩高義好，
　　　　　　上馬金下馬銀酒宴多姣。
　　　　　　官封你漢壽亭侯爵禄不小，
　　　　　　望君侯釋放我性命一條。
關　羽　（唱）【快板】
　　　　　　你雖然待我的恩高義好，
　　　　　　我也曾報過你十大功勞。
　　　　　　斬顏良誅文醜立功報效，
　　　　　　將印信懸高梁封金辭曹。
曹　操　（接唱）
　　　　　　我也曾送文憑差人去到，
　　　　　　臨行時在灞橋贈君紅袍。
關　羽　（接唱）
　　　　　　休提起送文憑令人可惱，
　　　　　　殺孔秀刺孟坦王植被梟。
　　　　　　誅卞喜斬秦琪文憑才到，
　　　　　　謝丞相空人情不在心梢。
曹　操　（接唱）
　　　　　　在灞橋許下我雲陽相報，
　　　　　　你本是大丈夫怎忘故交？
　　　　　　你許饒曹三不死，
　　　　　　爲何不饒這頭一遭？

關　羽　（接唱）

　　　　　　非是我忘却了雲陽相報，
　　　　　　因爲你這奸雄罪惡難逃。
　　　　　　在許田射鹿時把君欺藐，
　　　　　　挾天子令諸侯勢壓群僚。
　　　　　　逼死了董貴妃其罪非小，
　　　　　　你這奸賊起逆心欲篡漢朝。
　　　　　　恨不得拿住了剝皮楦草，
　　　　　　來來來受吃我青龍鋼刀。

　　　　（周倉用刀指）

曹　操　（哭，接唱）

　　　　　　曹孟德馬上淚漣漣，
　　　　　　尊一聲漢壽亭侯聽我言。
　　　　　　往日裏恩情無半點，
　　　　　　百般哀告是枉然。
　　　　　　殺曹操不過污穢一席地，
　　　　　　你枉有個名兒天下傳。

關　羽　（白）哦！

　　　　（接唱）

　　　　　　往日裏殺人不眨眼，
　　　　　　鐵打心腸軟如棉。
　　　　　　背地裏只把軍師怨，
　　　　　　前思後想是枉然。
　　　　　　罷罷罷關某豈作無義漢，
　　　　　　寧可人頭掛高杆。
　　　　　　叫小校擺下一字長蛇陣，
　　　　　　釋放曹賊回中原。

曹　操　（白）怎麼變了卦了？來，看看甚麼陣式？
衆　將　（白）此乃一字長蛇大陣。
曹　操　（白）哎呀，好了！君侯有釋放你我之心，走了吧！

　　　　（唱）【西皮散板】

　　　　　　多蒙君侯施恩典，

才得活命回中原。
老天若遂我的願,
整頓人馬再下江南。

衆　將　（白）不要來了！
關　羽　（白）啊？
張　遼　（白）君侯！（拱手）
曹　操　（白）我不來了。（下）
旗　牌　（白）曹操逃走。
關　羽　（白）回營交令哪！（【望家鄉】）
　　　　（唱）【快板】
　　　　　想當初錯許他雲陽相報,
　　　　　到如今順人情又犯律條。
　　　　　小校轅門去通報,
　　　　　就説你爺放奸曹。
　　　　　七星劍把頭找,
　　　　　一腔熱血染戰袍。
　　　　　蓋世英雄辜負了,
　　　　　汗馬功勞一旦拋。（下）

（衆人同下）

校記

[1] 放起烟墩,曹操到此,速報我知：原本此處有注云：單唱《擋曹》的唱法：
關羽（内唱）【西皮倒板】
暗地里笑諸葛亮做事顛倒,
（四文堂、四大鎧、周倉、馬童、關羽上）
關羽（唱）【西皮原板】
出大言欺壓咱藐視吾曹。
自幼兒讀《春秋》韜略頗曉,
爲不平斬雄虎怒誅土豪。
老母親賜清泉改換容貌,
走范陽才結拜生死故交。
初起首破黄巾功勞不小,

(轉)【快板】

酒未寒斬華雄初使寶刀；

過五關斬六將立(力)保皇嫂，

古城下斬蔡陽匹馬單刀。

往日威名誰不曉，

可恨諸葛藐吾曹。

奉軍令埋伏在華容小道，

今日主意定捉拿奸曹。

衆：(白)來此華容道。

關羽：放起烟火，曹賊到此，速報我知。

[2] (唱)【流水】：原本此處有注云："黃潤甫、金秀山老先生此處皆唱【流水】；何桂山老先生是第一句内唱【西皮倒(導)板】，上唱【慢板】，轉【流水】。"

[3] 黃公覆他那裏把苦肉計獻："覆"字，原本作"復"。今依《三國志·吳書·黃蓋傳》改。

[4] 或可放你我主將逃走："逃"字，原本作"跳"。今依文意改。

[5] 耳邊廂又聽得人嘶馬鬧："嘶"字，原本作"厮"。今依文意改。

[6] (唱)【過板】：原本此處有注云："亦可唱【頂板】。"

第 三 場

(曹操，衆上)

曹　操　(唱)【西皮散板】

　　　　曹操兵敗走華容，

　　　　正與關公狹路逢。

　　　　只爲當年義氣重，

　　　　放開金鎖走蛟龍。

　　(内吶喊)

曹　操　(白)哎呀！

　　(唱)【西皮散板】

　　　　耳旁又聽鼓鼕鼕，

　　　　想是曹操命該終。

　　(四文堂、曹仁上，下馬)

曹　仁　（白）末將曹仁，迎接丞相。
曹　操　（白）曹子孝，嗐，孤幾與汝不能相見了！
曹　仁　（白）聞得丞相兵敗，末將鎮守南郡，不敢遠離。特在附近迎接，丞相恕罪。
曹　操　（白）今已到南郡，正好歇馬。汝何罪之有？就此兵撤南郡。
曹　仁　（白）啊，衆將官，兵回南郡！
衆　將　（白）啊！
　　　　（衆扯斜，分開。曹操進城，下）

第　四　場

　　　　（四文堂、四大鎧、孔明、劉備上）
劉　備　（念）鷸蚌相持把兵鬥，
孔　明　（念）我做漁翁得利收。
　　　　（白）主公。
劉　備　（白）請坐。
孔　明　（白）謝坐。
劉　備　（白）先生，衆將可能成功？
孔　明　（白）衆將俱能成功，唯有二將軍不能成功。
劉　備　（白）倘備二弟有犯軍規，望先生諒情一二。
孔　明　（白）亮夜觀天星，曹賊未合身死，故命二將軍前去，做個人情耳！
劉　備　（白）哎呀！先生神算世所罕有，備當面謝過。
　　　　（張飛、趙雲、關平、劉封、糜竺、糜芳上）
衆　將　（白）啓師爺：末將等奉命戰敗曹兵，得來馬匹器械，特來交令。
孔　明　（白）衆將之功。見過主公。
衆　將　（白）參見主公。
劉　備　（白）列公少禮。
　　　　（旗牌上）
旗　牌　（白）二千歲回營！
劉　備　（白）有請。
旗　牌　（白）有請。
　　　　（關羽上）

關　羽　（唱）【西皮快板】
　　　　　　中軍帳曾打賭牙關咬碎，
　　　　　　到如今犯軍令怎敢有違？
　　　　　　我也是沒奈何屈膝下跪，（欲跪又起）
　　　　（白）噯！
　　　　（唱）【散板】
　　　　　　生死又何懼聽候軍規。
孔　明　（白）二將軍得勝回營，且喜立此蓋世之功，除普天下之大害。看酒過來，合宜遠接慶賀。
關　羽　（白）咳！
　　　　（唱）【搖板】
　　　　　　聽他言好叫我滿面羞愧。
孔　明　（白）莫非怪山人不曾遠接？
關　羽　（接唱）
　　　　　　暗地裏咬銀牙皺斷蠶眉。
孔　明　（白）那曹操有多少人馬？
關　羽　（接唱）
　　　　　　剩殘兵十八騎有頭無尾，
孔　明　（白）想是內中無有曹操？
關　羽　（接唱）
　　　　　　正午時華容道來了孟德。
孔　明　（白）可曾擒來？
關　羽　（白）哎！
　　　　（接唱）
　　　　　　順人情釋放了特來請罪，
　　　　　　軍師爺又何必苦苦叮追！
孔　明　（白）唔！
　　　　（接唱）
　　　　　　昔日裏漢高祖丁公斬罪，
　　　　　　到今日犯軍令任憑是誰。
　　　　（白）押下去！
　　　　（張飛焦躁，搓手）

關　羽　（白）謝軍師。正是：
　　　　（念）拼將一死酬知己，
　　　　　　　致令千秋仰義名。（下）
劉　備　（白）刀下留人。啊，先生，我桃園結義，誓同生死，望先生容過一次，待他立功贖罪。
張　飛　（白）著啊！
孔　明　（白）看在主公金面，容過就是。
張　飛　（白）咱張飛謝軍師恕過咱二哥之恩。來，將咱二哥請回來。
　　　　（關羽上）
關　羽　（白）謝軍師不斬之恩。
孔　明　（白）看在主公金面，記過一次。
關　羽　（白）謝大哥。
孔　明　（白）命你帶兵三千，暗襲襄陽，將功贖罪。
關　羽　（白）得令。馬來！
　　　　（四綠文堂引關羽下）
劉　備　（白）先生，孤二弟此去，可能成功？
孔　明　（白）大功必成。
劉　備　（白）備仗先生妙算，得衆將軍之威武，戰敗曹兵，可得漢室諸土，皆賴列公之力也。
衆　人　（白）主公洪福。
劉　備　（白）來！準備酒宴，與先生、衆將賀功。
衆　人　（白）謝主公。
劉　備　（白）正是：
　　　　（念）赤壁鏖兵用火攻，
　　　　　　　燒退曹賊百萬兵。
孔　明　（念）周郎枉費千般計，
　　　　　　　神機妙算好先生。
衆　人　（【尾聲】）

取 南 郡

盧勝奎　撰

解　題

　　京劇。清盧勝奎撰。《慶昇平班戲目》著録,題"取南郡"。《京劇劇目初探》著録,題"取南郡",一名"一氣周瑜",共四本,未署作者。《京劇劇目辭典》著録,題"取南郡",又名"一氣周瑜",署盧勝奎編劇。劇寫赤壁之戰後,周瑜欲取南郡,至江口與劉備相會,欲乘機殺劉備與諸葛亮,以除後患。不料劉備已有防備。周瑜與劉備約定：先由東吳奪取南郡,事如不成,即由劉備襲取。周瑜領兵取南郡,曹仁、陳矯等禦之,用曹操預設之計,誘周瑜入城,箭傷周瑜。周瑜詐傷重而死,誘曹仁劫寨,曹仁中伏,大敗潰逃,周瑜直取南郡。而諸葛亮已遣張飛、趙雲先行占領南郡。諸葛亮命趙雲守南郡,又命張飛、關平襲取荆州、襄陽。周瑜領兵至南郡城下,趙雲在城上説已奉諸葛先生將令,取了南郡城池。周瑜命攻城,城上放箭。周瑜氣而無奈,暫且退兵。本事出於《三國演義》第五十一回、第五十二回。《三國志》無孫劉兩家争南郡事。元刊《三國志平話》始有周瑜、孔明、曹彰共争南郡故事,甚簡略。明傳奇《四郡記》今已失傳,《曲海總目提要》記其梗概,有"荆州本應屬權,劉備用計得之"二語,則《四郡記》當有"取南郡"情節。清傳奇《鼎峙春秋》有取南郡故事。今有《戲考》本與以此本整理的《中國京劇戲考》本。今以《中國京劇戲考》本爲底本校勘整理。另有李世忠編刊的《梨園集成》本,與此劇不同,另行收録。

【頭　本】

第　一　場

（四龍套、諸葛亮、劉備同上）

劉　備　（唱[1]）【西皮搖板】

　　　　先生八卦早算定，
　　　　可算千古第一人。
　　　　大江之中燒曹兵，
　　　　但願恢復舊乾坤。

諸葛亮　（白）主公！

　　　　（唱）【西皮搖板】

　　　　軍家勝敗原難定，
　　　　周郎用兵如鬼神。
　　　　孫劉結合滅奸佞，
　　　　那怕曹瞞百萬兵。

孫　乾　（內白）走啊！

　　　　（唱）【西皮搖板】

　　　　適纔探馬報一信，
　　　　特地進帳報軍情。

　　　　（白）孫乾參見主公、先生！

劉　備　（白）命你前去探聽，怎麼樣了？
孫　乾　（白）探馬報道，那周郎備將一份厚禮，必當前來相謝。
劉　備　（白）原來如此。下面歇息。
孫　乾　（白）是。

　　　　（孫乾下）

劉　備　（白）吓，先生！那周郎此番前來還是好意，還是奸謀？
諸葛亮　（白）哈哈哈……周郎此來，哪有好意？定是爲南郡而來。
劉　備　（白）喂呀！那周郎既然爲南郡前來，先生妙計安在？
諸葛亮　（白）他若來時，主公寬待，山人自有道理。
劉　備　（白）全仗先生。

　　　　　（孫乾上）

孫　乾　（念）打探周郎到，
　　　　　　　報與主公曉。
　　　　（白）啓主公：周郎帶兵，離此不遠。
諸葛亮　（白）知道了。傳子龍進帳。
孫　乾　（白）得令。先生有令，四將軍進帳！
　　　　　（趙雲上）
趙　雲　（念）忽聽軍師喚，
　　　　　　　邁步到帳前。
　　　　（白）參見主公、先生！
劉　備
諸葛亮　（同白）四弟　　少礼，請坐。
　　　　　　　四將軍
趙　雲　（白）謝坐。喚末將進帳，有何軍情？
諸葛亮　（白）今有周郎帶兵前來，必然要奪南郡。命你帶兵，去至江口，迎
　　　　　　接周郎，以顯我軍威武。
趙　雲　（白）得令。帶馬！
　　　　　（四白龍套同上，帶馬，趙雲、四白龍套同下）
諸葛亮　（白）子龍前去迎接，管叫周郎膽寒。
劉　備　（白）周瑜帶兵前來，若是殺個措手不及，如何是好？
諸葛亮　（白）主公只管放心，小小周郎，何足道哉！
劉　備　（白）先生吓！
　　　　（唱）【西皮搖板】
　　　　　　　先生說話太看輕，
　　　　　　　細聽孤窮說詳情[2]。
　　　　　　　歸盛國賊享安寧，
　　　　　　　周郎不是等閑人。
　　　　　　　他有來意難解定，
　　　　　　　大事全憑在先生。
諸葛亮　（白）主公吓！
　　　　（唱）【西皮搖板】
　　　　　　　主公但把心放定，
　　　　　　　山人自有妙計行。

　　　　　　一同去到營門等，
　　　　（諸葛亮至臺口）
劉　　備　（唱）【西皮搖板】
　　　　　　全仗軍師可放心。
　　　　（諸葛亮、劉備、四龍套同下）

校記

［１］唱：原本無"唱"字提示。今補。此本均無"唱"字提示，今均補。不另出校。

［２］細聽孤窮說詳情："窮"字，原本作"穹"。今依《三國演義》改。下同。

第　二　場

　　　　（四文堂、徐盛、甘寧、丁奉、呂蒙、魯肅、周瑜同上）
周　　瑜　（唱）【西皮搖板】
　　　　　　旌旗招展空翻影，
　　　　　　殺氣騰騰似烟塵。
　　　　　　細想玄德實可恨，
　　　　　　討回南郡方稱心。
　　　　（白）魯大夫！
魯　　肅　（白）都督！
周　　瑜　（白）我想曹操，帶領八十三萬人馬，被本督殺得片甲不歸。想劉備乃梟雄之輩，此番去到油江口會宴，酒席宴前，看吾眼色，衆將須當奮勇。
衆　　將　（白）喳！
魯　　肅　（白）吓，都督，此計雖妙，只怕一件。
周　　瑜　（白）哪一件？
魯　　肅　（白）只怕那孔明早有安排，難以下手。
　　　　（周瑜愕）
魯　　肅　（唱）【西皮搖板】
　　　　　　都督妙計比韓信，
　　　　　　諸葛用兵似鬼神。

但願同心破曹瞞，
　　得送情處且送情。
周　瑜　（唱）【西皮搖板】
　　好個心直魯子敬，
　　今日之言果然真。
　　兵將放膽向前進，
　　（眾人同領下）
周　瑜　（唱）【西皮搖板】
　　準備龍泉斬孔明。
　　（周瑜下）

第 三 場

（四上手、四大將、趙雲同上）

趙　雲　（唱）【西皮搖板】
　　適纔軍師把令降，
　　命俺迎接小周郎。
　　（白）俺趙雲，奉了軍師將令，命俺帶領人馬，迎接周瑜。只見旌旗遠遠招展，周瑜想必來也。眾將官！
眾　人　（同白）有！
趙　雲　（白）少時周瑜到此，必須鎧甲鮮明，以震軍威。人馬迎上前去！
　　（四文堂、四大鎧、甘寧、徐盛、周瑜同上，丁奉、黃蓋、魯肅同上）
趙　雲　（白）呔！何方人馬？少往前進！
吳　將　（同白）東吳周都督。
趙　雲　（白）原來周都督。雲奉軍師將令，特來迎接都督。
周　瑜　（白）如此有勞將軍。
趙　雲　（白）都督請！
周　瑜　（白）將軍請！
　　（周瑜下，趙雲跟下，眾人同下）

第 四 場

（張飛上）

張　飛　（念）營中鼓角鳴，
　　　　　　　　戰士起雄心。
　　　　（白）俺張翼德，方纔見了二哥，是他言道周瑜小兒，在臨江會上意欲陷害我家大哥；今日又來，又怕不懷好意。故此俺帶劍營門，以防不測。遠遠望見大哥、軍師來也！

（吹打，四文堂、諸葛亮、劉備同上）

劉　備　（白）吓，三弟，為何全身披掛，帶劍站立營門？
張　飛　（白）適纔二哥言道，周瑜小兒，昔在臨江會上陷害大哥，幸而未成；今日又來，必然不懷好意，叫我營門提防不測。
劉　備　（白）三弟，你不要多心。如今同心破曹，他焉能害我？乃是商議取南郡之事。不要多心。
張　飛　（白）不可不防。那周郎奸詐！
劉　備　（白）不必多言！
諸葛亮　（白）那周郎縱有歹意，諒他亦難以下手。三將軍只管放心。
張　飛　（白）他若來時，不可不防。
諸葛亮　（白）既然如此，你可帶領虎將，暗藏營前埋伏，不得有誤。
張　飛　（白）周瑜！吓吓吓，無有歹意便罷；若有歹意，管叫你有路而來，無路而歸吓！

（張飛下）

趙　雲　（內白）走吓！

（趙雲上）

趙　雲　（白）參見主公、軍師。周都督到。
諸葛亮　（白）有請。

（吹打，四文堂、四大鎧、甘寧、黃蓋、徐盛、丁奉、魯肅、周瑜同上）

劉　備
諸葛亮　（同白）都督。大夫。

周　瑜
魯　肅　（同白）皇叔。先生。

劉　備	（白）請坐！
周　瑜 魯　肅	（同白）有坐。
劉　備	（白）不知都督駕到，未曾遠迎，當面恕罪。
周　瑜	（白）豈敢！來得鹵莽，皇叔海涵。
劉　備	（白）豈敢！赤壁鏖戰，戰敗奸佞，我等佩服。
周　瑜	（白）此皆皇叔神威，瑜何敢當！
劉　備	（白）備得水酒與都督賀功。
周　瑜	（白）叨擾了。
劉　備	（白）酒席擺下。

（安席。吹打，甘寧、黃蓋、徐盛、丁奉同參。張飛、趙雲、關平、劉封自兩邊分上）

劉　備	（白）免。

（甘寧、黃蓋、徐盛、丁奉同愕）

劉　備	（白）列位將軍，今日之宴，乃是共議國家大事。眾位將軍休懷異念，俱請帳外犒勞。
甘　寧 黃　蓋 徐　盛 丁　奉	（同白）都督在此，我等理應值席伺候。
周　瑜	（白）皇叔盛情，你等帳外歇息去罷。
甘　寧 黃　蓋 徐　盛 丁　奉	（同白）得令。

（甘寧、黃蓋、徐盛、丁奉同下）

劉　備	（白）我與都督飲酒談心，爾等前去款待眾將。
張　飛	（白）得令。

（張飛、趙雲、關平、劉封同下）

劉　備	（白）都督請！
周　瑜	（白）皇叔請！
劉　備	（白）大夫請。
魯　肅	（白）皇叔請。

【排子】

周　瑜　（白）敢問皇叔屯兵在此，莫非有取南郡之意否？

劉　備　（白）聞都督欲取南郡，故來相助；若都督不取，備必取之。

周　瑜　（白）哈哈哈……我東吳欲得漢江，今南郡已在掌握之中，如何不取？

（唱）【西皮搖板】

　　此番攻取原非小，
　　吳兵蓄銳今破曹。
　　前者已欲取劉表，
　　必然攻取在今朝。

劉　備　（白）都督吓！

（唱）【西皮搖板】

　　勝負之事未可料，
　　曹仁也是將英豪。

（白）都督欲取南郡，豈不知曹操臨歸之時，命曹仁把守，荊襄以南，諒必早有預防；況且曹仁勇不可擋，都督休要將南郡小視。

周　瑜　（白）也罷。吾若取不得南郡，那時任從皇叔去取。

劉　備　（白）但憑都督。

（甘寧、黃蓋、徐盛、丁奉同上。趙雲、張飛、劉封、關平自兩邊分上）

劉　備
周　瑜　（同白）爾等何爲？

甘　寧
黃　蓋
徐　盛
丁　奉　（同白）聞聽都督要讓南郡不取，故此末將等上帳。

周　瑜　（白）本督自有公論，你等不必多言。且退帳外。

甘　寧
黃　蓋
徐　盛
丁　奉　（同白）得令！

（甘寧、黃蓋、徐盛、丁奉同下）

劉　備　（白）爾等可快快退下。

| 張飛 趙雲 劉封 關平 | （同白）呵。 |

（張飛、趙雲、關平、劉封自兩邊分下）

劉　備　（白）方纔都督之言，子敬、孔明爲證，都督休得反悔。

（魯肅愕）

魯　肅　（白）這個……

劉　備　（白）呵！

魯　肅　（白）這個……

周　瑜　（白）甚麼"這個"、"那個"，丈夫一言，豈能反悔！

魯　肅　（白）是是是，不知孔明先生，以爲如何？

諸葛亮　（白）大夫你好糊塗！都督此言，甚是公論。先讓都督去取，若取不下，我主公前去取之，有何不可？

周　瑜　（白）到底孔明先生説話爽快！

魯　肅　（白）都督差矣。

周　瑜　（白）何差之有？

魯　肅　（白）我東吳費了多少兵馬錢財，方能破曹；到今日，怎麼應許皇叔去取南郡？我魯肅是個直心之人，只得説出；不到之處，孔明休怪。此事只怕難行也。

（唱）【西皮搖板】

非是魯肅行奸巧，

智謀哪有孔明高。

凡事必須直言道，

豈可强失舊故交。

收取南郡所必要，

皇叔何必費心勞？

諸葛亮　（笑）哈哈哈……

（唱）【西皮搖板】

子敬此言見識巧，

局量不及公瑾高。

（白）荆襄九郡，本是劉景升故土；我主乃景升之弟，理當收復舊業。

今讓都督先去取南郡，乃是兩家之好，不肯相爭；若都督不能收取，自然我主公要去收復，難道說還讓了曹操不成麼？大夫如此見小，怎比都督智量宏大？

魯　肅　（白）啊！

劉　備　（白）是吓！孔明此言，正合道理；都督言出如箭，必無改悔。

周　瑜　（白）周瑜豈是言行不顧之人？皇叔放心，有道是"丈夫一言，駟馬難追"！

劉　備　（白）都督言重了。

周　瑜　（白）話不多言，就此告辭了。
　　　　　（唱）【西皮搖板】
　　　　　　　孫劉兩家既情好，
　　　　　　　周瑜焉敢辭勤勞。
　　　　　　　施罷一禮跨虎豹，
　　　　　（白）馬來！
　　　　　（唱）【西皮搖板】
　　　　　　　此一番與皇家立功勞。
　　　　　（周瑜下）

劉　備　（白）送都督。
　　　　　（唱）【西皮搖板】
　　　　　　　一見周郎出帳道，

諸葛亮　（唱）【西皮搖板】
　　　　　　　山人腹內巧計高。
　　　　　（張飛、趙雲、關平、劉封同上）

張　飛　（白）唔，好了，這狗頭去了！

劉　備　（白）這雖不甚要緊，適纔先生叫我如此言講，但叫那周郎如此回答。雖然一時說了出口，我今孤窮一身，並無置足之地，欲取南郡容身；若被周瑜取了，如何是好？

諸葛亮　（白）哈哈哈……主公請放寬心。叫那周瑜前去廝殺，主公南郡城中高坐便了。

劉　備　（白）請教先生，計將安出？

諸葛亮　（白）山人自有道理。三將軍聽令！

張　飛　（白）在！

諸葛亮　（白）附耳上來。
　　　　（諸葛亮咬耳）
張　飛　（白）咋咋咋！
諸葛亮　（白）照計而行，不得有誤。
張　飛　（白）得令！
　　　　（三笑）哈哈！哈哈！哈哈哈！
　　　　（白）好軍師，真乃妙計也！
　　　　（唱）【西皮搖板】
　　　　　　軍師帳中把令降，
　　　　　　氣殺周瑜小兒郎。
　　　　（張飛下）
諸葛亮　（唱）【西皮搖板】
　　　　　　回頭再將子龍叫，
趙　雲　（白）在！
諸葛亮　（唱）【西皮搖板】
　　　　　　準備絲綸釣金鰲。
　　　　　　屯兵江口須安好，
趙　雲　（白）得令！
　　　　（趙雲下）
諸葛亮　（白）主公！
　　　　（唱）【西皮搖板】
　　　　　　但放寬心少焦勞。
　　　　　　一同帳後暗理料，
劉　備　（唱）【西皮搖板】
　　　　　　全仗軍師妙略韜。
諸葛亮
劉　備　（同笑）哈哈哈！
　　　　（眾人同下）

第 五 場

（【急急風牌】四龍套、四大鎧、蔣欽、周泰、甘寧、黃蓋、魯肅、周瑜同上）

周　瑜　（唱）【西皮快板】
　　　　　　殺之不成羞又惱，
　　　　　　一腔惡氣實難消。
　　　　　　三軍紮營再定計巧，
魯　肅　（白）都督吓！
　　　　（唱）【西皮快板】
　　　　　　魯肅心中似火燒。
　　　　　　孔明行事真奸巧，
　　　　　　帳下將士皆英豪。
　　　　　　只恐此番去征討，
　　　　　　東吳豈不空費勞。
　　　　　　須當三思定計較，
周　瑜　（白）哎！
　　　　（唱）【西皮快板】
　　　　　　大夫足見見識小。
　　　　（白）本督此番前去，攻取南郡，如在掌握之中；這個假人情，落得現成的。大夫，你忒以的膽小了！
魯　肅　（白）只怕那孔明詭計多端。
周　瑜　（白）大夫不必多言，本督自有道理。衆位將軍！
衆　將　（同白）都督！
周　瑜　（白）哪位將軍，願領一支人馬，先取南郡？
蔣　欽　（白）末將不才，願領一支攻取南郡，生擒那曹仁入帳！
周　瑜　（白）好！蔣欽聽令！
蔣　欽　（白）在！
周　瑜　（白）命你帶領一支人馬，以爲前站先鋒，徐盛、丁奉爲副將；本督大兵，隨後接應。不得違誤！
蔣　欽
丁　奉　（同白）得令！帶馬！
徐　盛
　　　　（四龍套帶馬同領下）
魯　肅　（白）唉！
周　瑜　（白）哎，大夫！你又怎麽樣了？

魯　肅　（白）我想南郡乃曹仁把守，曹操兵回許昌，必然重兵把守。想那劉
　　　　　　　備兵紮油江口，必然不懷好意。依我看來，那孔明必有詭計。
周　瑜　（白）哈哈哈，大夫何如此之膽小！想那孔明也是一人，何懼之有？
　　　　　　　小小南郡，哪放心懷？你看本督大兵一到，南郡唾手可得！
魯　肅　（白）但願如此。
周　瑜　（白）衆將官！
　　　　（衆人同允）
周　瑜　（白）大隊人馬往南郡接應蔣欽去者！
衆　人　（同白）吓！
周　瑜　（唱）油江一戰敗曹操，
　　　　　　　何懼曹仁小兒曹。
　　　　　　　大隊人馬催前道，
　　　　　　　子敬何必膽魂消。
　　　　（衆人同下）

第　六　場

　　　　（牛金、曹洪同上，同起霸）
曹　洪　（念）身經百戰逞英雄，
　　　　　　　豈料周郎善火攻。
牛　金　（念）敗轉回營失銳氣，
　　　　　　　重整兵力破江東。
曹　洪
牛　金　（同白）俺——
曹　洪　（白）曹洪。
牛　金　（白）牛金。
曹　洪　（白）將軍請了。
牛　金　（白）請了。
曹　洪　（白）你我奉了丞相將令，隨同曹仁鎮守南郡。今聞周瑜興兵前來，
　　　　　　　攻取南郡。因此全身披掛，且候元帥升帳，看是怎樣安排。
牛　金　（白）你我兩廂伺候。請！
曹　洪　（白）請！

(曹洪、牛金分歸兩邊。發點。四龍套、四下手、曹仁同上)

曹　仁　(念)【點絳唇牌】
　　　　　　將士英豪，
　　　　　　兒郎虎豹。
　　　　　　軍威浩，
　　　　　　地動山搖。
　　　　　　要把狼烟掃。
　　　　(念)堂堂丈夫蒞常基，
　　　　　　身爲武將掛鐵衣。
　　　　　　戰鼓不住驚天地，
　　　　　　雀鳥不敢往空飛。
　　　　(白)本帥，曹仁。只因丞相與周郎交戰，誤中火攻之計，全軍盡沒，敗回許昌，命俺鎮守南郡，以拒東吳。今聞探馬報道，周瑜小兒，興兵前來，攻取南郡，已渡漢江。因此升至大帳，一同商議退兵之策。
　　　　　　站堂軍！
　　　　(龍套同允)
曹　仁　(白)有請陳大夫。
龍　套　(同白)有請陳大夫！
陳　矯　(内白)唔哼！
　　　　(陳矯上)
陳　矯　(念)忽聽元帥唤，
　　　　　　邁步到帳前。
　　　　(白)參見元帥。
曹　仁　(白)先生少禮，請坐。
陳　矯　(白)告坐。唤小某進帳，有何軍情議論？
曹　仁　(白)先生有所不知。今有周瑜興兵前來，攻取南郡，已渡漢江。特請先生進帳，商議退兵之策。
陳　矯　(白)我想襄陽有夏侯將軍把守，荆州亦有夏侯尚把守，料無妨礙；只是彝陵無人。元帥可令曹洪前去鎮守，以抵周郎。
曹　仁　(白)先生之言，正合我意。如此曹洪聽令！
曹　洪　(白)在！

曹　仁　（白）命你帶領五千人馬，鎮守彝陵，以防吳兵，不得遲誤！
曹　洪　（白）得令！馬來！
　　　　（曹洪下。報子上）
報　子　（白）報！啓禀元帥：今有周瑜，命大將蔣欽爲先鋒，徐盛、丁奉爲副將，領兵五千，前來攻取南郡。
曹　仁　（白）再探。
報　子　（白）得令！
　　　　（報子下）
曹　仁　（白）牛金聽令！
牛　金　（白）在！
曹　仁　（白）傳令下去：衆將堅守城池，勿戰爲上，待他糧草吃盡，再去攻戰。
牛　金　（白）且慢！
曹　仁　（白）將軍爲何阻令？
牛　金　（白）想周瑜兵將遠道而來，正好出兵攻其不備，怎麼閉關不出？有道是"兵來將擋，水來土屯"，末將不才，願領一支人馬，生擒蔣欽入帳！
曹　仁　（白）將軍雖然英勇，恨蔣欽乃東吳有名大將，丁奉、徐盛勇不可擋。休得粗莽。
牛　金　（白）元帥，俺願領兵五百，與他決一死戰！豈可失此銳氣！
曹　仁　（白）也罷。你既定要出兵陣前，須要小心。待元帥與你掠陣。
牛　金　（白）得令！吓！蔣欽，吓吓吓，俺若遇你不勝，也非是驍將了！
　　　　（笑）哈哈哈！
　　　　（牛金下）
陳　矯　（白）牛金雖然勇猛，恐其失事；元帥必須接應，以助軍威。
曹　仁　（白）那是自然。
　　　　衆將官，帶馬出城出發！
　　　　（唱）【西皮搖板】
　　　　　牛金雖然韜略高，
　　　　　必須掠陣助英豪。
　　　　　人來與爺帶虎豹，
　　　　　斬殺賊人氣方消。

（衆人同下）

第 七 場

（【風入松牌】四文堂、四上手、徐盛、丁奉、蔣欽同上）

蔣　欽　（白）俺蔣欽。奉了周都督將令，帶領人馬，同領徐盛、丁奉，攻取南郡。來此離郡城不遠。二位將軍，上前攻打！

丁　奉　（白）想南郡城池堅固，必須引誘敵人出城困住，得勝之後，方可攻城。

徐　盛　（白）丁將軍言得極是。

蔣　欽　（白）如此，丁將軍上前誘敵，徐將軍在後接應，俺領兵圍困賊將便了。

徐　盛
丁　奉　（同白）請！

蔣　欽　（白）請！

（【合頭】衆人同下）

第 八 場

（四文堂、四下手、牛金同上。四龍套、丁奉同上，會陣）

牛　金　（白）呔！俺牛金在此，來將通名受死！

丁　奉　（白）哇！俺乃東吳大將丁奉是也。特來收取南郡，快叫曹仁出城投降！

牛　金　（白）好吳賊，一派胡言！看刀！

丁　奉　（白）來得好！

（牛金、丁奉同殺，丁奉敗下，牛金追下）

第 九 場

（四上手、徐盛同上）

徐　盛　（白）丁奉詐敗而來。衆將官上前接應。

（丁奉、牛金同殺上，同殺。丁奉、徐盛同敗下，牛金追下）

第 十 場

（四龍套、蔣欽同上）

蔣　欽　（白）牛金十分驍勇，徐盛、丁奉俱敗下陣來，眾將官即速上前，四面圍困，休得放走賊將。

（徐盛、丁奉同上）

徐　盛
丁　奉　（同白）走哇！

（牛金追上。牛金、蔣欽同殺。四上手同圍困，擁下）

第 十 一 場

（四文堂、四下手、陳矯、曹仁同上）

曹　仁　（唱）【西皮搖板】

　　　　　遠看牛金他被困，

　　　　　只怕難保命殘生。

　　　　（白）先生，你看牛金身入重圍，不能得出，如何是好？

陳　矯　（白）元帥可速親往救之，小某回城照應便是。

曹　仁　（白）就依先生。請。

陳　矯　（唱）【西皮搖板】

　　　　　我去城頭遠照應，

（四文堂、陳矯同下）

曹　仁　（唱）【西皮搖板】

　　　　　三軍奮勇救牛金。

（眾人同下）

第 十 二 場

（牛金上）

牛　金　（唱）【西皮搖板】

　　　　　匹馬單槍陷賊陣，

(白)呔！

(唱)【西皮摇板】

　　挡吾者死避者生。

（丁奉、徐盛、蒋钦、四上手同上，同杀。四下手、曹仁同上。同杀，救牛金出阵。蒋钦、徐盛、丁奉同败下）

牛　金　（白）蒋钦等败走。

曹　仁　（白）不必追赶，收兵进城。

　　　　（众人同下）

第 十 三 场

（四文堂、程普、甘宁、鲁肃、大纛旗、周瑜同上）

周　瑜　（唱）【西皮摇板】

　　蒋钦奋勇取南郡，

　　只怕难以胜曹仁。

　　特此随后来救应，

鲁　肃　（白）都督吓！

（唱）【西皮摇板】

　　且望红旗好报音。

（徐盛、丁奉、蒋钦同上）

徐　盛
丁　奉　（同白）禀都督：末将等请罪。
蒋　钦

周　瑜　（白）吓！何罪之有？

蒋　钦　（白）末将等奉令攻取南郡，头一阵遇见牛金，将他困住，正要生擒；不想被曹仁冲围救出，十分英勇，将我等杀得大败。望都督恕罪。

周　瑜　（白）唉！好无用也！

（唱）【西皮摇板】

　　为将之道当谨慎，

　　如何无谋又无能！

　　失我锐气头一阵，

軍法當斬難容情。
喝令武士推出斬，
（四上手自兩邊分上，綁丁奉、徐盛、蔣欽）
（唱）【西皮搖板】
轅門之外快施行。

程　普
眾　人　（同白）刀下留人！

程　普　（唱）【西皮搖板】
若斬大將乃自損，

甘　寧　（唱）【西皮搖板】
還須將功抵罪名。

程　普
甘　寧　（同白）蔣欽等罪固當斬，念在赤壁鏖兵，破曹有功，還請都督饒恕才是。

周　瑜　（白）軍令不嚴，何以服眾？吾今看在眾將面上，暫饒一死。又出帳去！

蔣　欽
丁　奉　（同白）唉！
徐　盛

（蔣欽、丁奉、徐盛同下。魯肅愕）

周　瑜　（白）吓，大夫，爲何在一旁發呆？
魯　肅　（白）我何曾發呆？
周　瑜　（白）適纔我要斬蔣欽等，眾將俱以討情，大夫穩坐一旁，一言不發，呆坐是何緣故？
魯　肅　（白）哦，原來爲此。我想起一件故事來了。
周　瑜　（白）甚麼故事？
魯　肅　（白）我在此想起，都督先前怒打黃蓋，我等不知真假，十分著急；孔明一旁明知其故，獨一言不發，可算高見。我去問他，他對我言道，都督打黃蓋，乃是苦肉之計；又叫我瞞過都督。今日又斬蔣欽，所以想起前事；故爾一旁不發一言，要學孔明之才智也。
周　瑜　（白）吓哎，子敬！你怎麼時時刻刻，把個孔明放在心中？這是如何行兵辦事？

魯　肅　（白）都督請聽道[1]：
　　　　（唱）都督暫且將氣平，
　　　　　　　細聽魯肅説分明：
　　　　　　　非是無故去思論，
　　　　　　　無奈心中怕孔明。
　　　　　　　怕的一朝結仇恨，
　　　　　　　只恐未必勝他人。
　　　　　　　故此魯肅心煩悶，
　　　　　　　荆襄一旦歸他人。
周　瑜　（唱）大夫説話欠思論，
　　　　　　　周瑜豈是等閑人？
　　　　（白）子敬，你的膽也太小了！難道將荆襄送與孔明不成？
魯　肅　（白）取是要取，只是孔明詭計，都督必須用兵謹慎，方無後悔。
周　瑜　（白）哈哈，大夫不必多言，本督自有道理。
魯　肅　（白）是是是。
周　瑜　（白）衆將官！
衆　人　（同白）有！
周　瑜　（白）兵發南郡去者！
甘　寧　（白）且慢。
周　瑜　（白）將軍因何阻令？
甘　寧　（白）都督不可輕視南郡。必須先取彝陵，以去後應，然後再攻南郡，可以一鼓而得。
周　瑜　（白）甘將軍此言甚是。即命你帶領三千人馬，前去攻打彝陵，本督隨後接應。
甘　寧　（白）得令！
　　　　（唱）辭別都督把馬上，
　　　　　　　攻打彝陵走一場。
　　　　（甘寧下）
周　瑜　（唱）一見甘寧把馬上，
　　　　　　　不由本督掛心腸。
　　　　　　　人來與爺帶絲繮，
　　　　　　　但願彝陵歸我掌。

（衆人同下）

校記

［1］都督請聽道："聽"字，原本漏。今依義意補。

第 十 四 場

（【長錘】四文堂、牛金、陳矯、曹仁同上）

曹　仁　（唱）【二簧原板】
　　　　　　可笑蔣欽無志量，
　　　　　　損兵折將敗回鄉。
陳　矯　（白）元帥吓！
　　　（唱）【二簧原板】
　　　　　　只怕周瑜興兵上，
牛　金　（白）咦！
　　　（唱）【二簧原板】
　　　　　　管叫來時將他傷。
曹　仁　（唱）【二簧原板】
　　　　　　將身且坐寶帳上，
　　　　　　且聽探馬報端詳。
　　　（曹純上）
曹　純　（白）啓禀元帥：大事不好了！
　　　（曹仁驚）
曹　仁　（白）何事驚慌？
曹　純　（白）今有周瑜，命大將甘寧帶領人馬，前去攻打彝陵去了！
陳　矯　（白）哎呀，元帥，若是彝陵有失，南郡勢難保守。元帥急速分兵相救才是。
曹　仁　（白）既有這等事，牛金、曹純聽令！
牛　金
曹　純　（同白）在！
曹　仁　（白）命你二人帶領三千人馬，去至彝陵，相助曹洪鎮守。
陳　矯　（白）且慢。

曹　仁　（白）先生爲何阻令？
陳　矯　（白）想甘寧乃東吳有名上將，不可力敵，必須計取。
曹　仁　（白）先生有何妙計？
陳　矯　（白）依小某之見，就命曹純先去彝陵，報知曹洪，叫他出城，與甘寧交戰，詐敗而走，讓甘寧奪了彝陵空城後，再會同牛金，四面圍困，方可擒得甘寧。
曹　仁　（白）哈哈哈，真乃好計也！你等照計而行。
牛　金
曹　純　（同白）得令！
曹　純　（唱）【西皮搖板】
　　　　　帳中領了元帥令，
　　　（曹純下）
牛　金　（唱）【西皮搖板】
　　　　　披星戴月不留停。
　　　（牛金下）
陳　矯　（唱）【西皮搖板】
　　　　　計策雖然如此定，
　　　　　必須提防要留神。
　　　（白）牛金、曹純前去，恐非周瑜對手。元帥必須提兵隨後接應，方保無虞。
曹　仁　（白）也罷。南郡城池兵符印信，一併交付先生掌管，本帥親自帶兵出城助戰去也。
陳　矯　（白）遵命。
曹　仁　（唱）【西皮搖板】
　　　　　犄角之勢最要緊，
　　　　　接應必須親自行。
　　　（四龍套、曹仁同下）
陳　矯　（唱）【西皮搖板】
　　　　　緊守城池與印信，
　　　　　提防吳兵閉四門。
　　　（陳矯下）

第 十 五 場

（【長錘】四龍套、四下手、曹洪同上）

曹　洪　（唱）【西皮搖板】

適纔探馬飛來報，

甘寧人馬似海潮。

來在城樓下虎豹，

（曹洪下馬，上城）

曹　純　（內白）馬來！

（曹純上）

曹　純　（唱）【西皮搖板】

見了兄長說根苗。

（白）曹洪兄長請了。

曹　洪　（白）曹純賢弟，為何到此？

曹　純　（白）兄長有所不知。元帥聞聽甘寧興兵前來，攻打彝陵，特命小弟星夜趕來，叫兄長出城，與甘寧交戰，只可詐敗，讓他奪取空城，然後帶兵四面圍困，管叫他無路可逃。不可違令！小弟我告辭了。

（曹純下）

曹　洪　（白）好計，好計！必是陳矯之計。衆將官！

衆　人　（同白）有！

曹　洪　（白）安排空城之計者！

衆　人　（白）吓！

（【急急風牌】四龍套、四上手、甘寧同上）

甘　寧　（白）呔！彝陵城上，站的可是曹洪？

曹　洪　（白）正是你老子曹洪！你乃何人？

甘　寧　（白）吾乃東吳甘寧。俺奉都督之命，前來攻城；勸你等快快出城投降，免你一死！

曹　洪　（白）滿口胡言！衆將官，出城迎敵者！

（四文堂、四下手同出城，會陣。開打。曹洪敗下）

甘　寧　（笑）哈哈哈！

（白）原來有名無實之人，未戰數合，便即棄城逃走。衆將官！敗兵不必追趕，人馬進城！

（衆人同進城，同下）

第十六場

（四文堂、四下手、曹仁同上。牛金、曹洪同上）

曹　洪　（白）那甘寧果然中計！

曹　仁　（白）好吓！

　　　（唱）陳矯之計果然妙，
　　　　　　甘寧中了計籠牢。
　　　（白）甘寧甘寧，你今入了彝陵，好似籠中之鳥，休想活命！衆將官！

衆　人　（同白）有！

曹　仁　（白）將彝陵城池，四面團團圍住，休要放走甘寧。

衆　人　（同白）吓！

　　　（衆人自兩邊抄下）

【二本】

第　一　場

（【急急風牌】四龍套、呂蒙同上）

呂　蒙　（白）俺東吳大將呂蒙是也。奉了周都督將令，四路查探軍情。聞得甘寧被曹洪用計，圍困在彝陵城中；不免回營報與都督知曉。就此馬上加鞭！

（呂蒙三加鞭，下）

第　二　場

（四龍套、四上手、魯肅、周瑜同上）

周　瑜　（念）【引子】

　　　　　士馬奔騰，
　　　　　運神機，
　　　　　爭取南郡。
　　（念）眼底欺曹操，
　　　　　心中笑孔明。
　　　　　興動人和馬，
　　　　　要取荊襄城。

魯　肅　（白）吓吓吓，都督如何心中也有孔明？却放不下，失口便言。
周　瑜　（白）我看大夫心中，常念孔明，故此笑他。
魯　肅　（白）噢，都督，我魯肅，你可笑；那孔明，不可笑。
周　瑜　（白）我笑孔明，全憑一張利口善說；借我江東兵馬，解他當陽災難。如今貪心不足，還想收取南郡。真乃自不量力，豈不可笑？
魯　肅　（白）那孔明雖然憑一張利口，借我江東之兵，解他當陽之圍，倒是不錯。你想他赤手空拳，善於用借，不但魯肅不及他，只怕都督也無可奈何與他。
周　瑜　（白）何以見得"善于用借"？
魯　肅　（白）當年破曹操，借我江東之兵；助我江東，又借曹操之箭。他借於東，又借於北，豈不是他"善於用借"麼？臨江借箭，既借我魯肅之草船；而疑於曹操者，又借一江大霧，才取十萬狼牙。都督借東風之兵，築祭風臺，借東風而燒曹操，只燒得曹操片甲不存；又借東風，送扁舟一葉，以回夏口。
周　瑜　（白）不錯不錯。看起來，這孔明竟是個"空心把勢"的人了！
魯　肅　（白）唔。所以我魯肅心中，時時刻刻，總有些提防他要"借貸"。
周　瑜　（白）哏？
魯　肅　（白）哏？
周　瑜　（白）此人不死，真乃東吳一大患也。
魯　肅　（白）哎吓吓，想那孔明，一時焉能死呢？
周　瑜　（白）唉！
　　（唱）【西皮搖板】
　　　　　孔明詭計多奇能，
　　　　　怕的暗取荊州城。
　　　　　當思妙計將他斬，

　　　　　　　不殺孔明不爲人。
魯　肅　（白）都督吓！
　　　　（唱）【西皮搖板】
　　　　　　　都督不必心煩悶，
　　　　　　　細聽魯肅説分明：
　　　　　　　當初孫、劉既同心，
　　　　　　　何必中途是非生。
　　　　　　　屢次害他先知情，
　　　　　　　全無怨恨半毫分。
　　　　　　　既是同心扶漢室，
　　　　　　　何必兩下結仇冤。
周　瑜　（唱）【西皮搖板】
　　　　　　　事已至此再休論，
　　　　　　　滅曹之後再殺賊。
　　　　　　　將身且坐寶帳定，
呂　蒙　（內白）走吓！
　　　　（呂蒙上）
呂　蒙　（唱）【西皮搖板】
　　　　　　　急忙進帳報軍情。
　　　　（白）參見都督。
周　瑜　（白）將軍少禮。命你打探軍情，怎麼樣了？
呂　蒙　（白）哎呀，都督吓！大事不好了！
周　瑜　（白）吓！何事驚慌？
魯　肅　（白）想是孔明興兵攻取南郡？
呂　蒙　（白）非也。今有甘寧，被曹洪用計，誆進彝陵城中，圍困水泄不通。
周　瑜　（白）甘興霸好不小心也！
魯　肅　（白）此事可急急派兵，前去救護才是。
周　瑜　（白）吾若去救，倘曹仁帶兵前來，如何抵擋？
呂　蒙　（白）哎呀，都督！想甘興霸乃東吳大將，豈可不救？
周　瑜　（白）既然如此，待本督親自領兵救之。傳令下去：命凌統在此鎮守，須要小心。
呂　蒙　（白）得令。喝！下面聽者！

龍　　套　（内同白）呵！
呂　　蒙　（白）都督有令，分兵去救甘寧，此地留凌統帶兵鎮守，不可怠慢。
龍　　套　（内同白）吓！
呂　　蒙　（白）傳令已畢。
周　　瑜　（白）大夫隨我一同前往。
魯　　肅　（白）遵命。
周　　瑜　（白）吩咐衆將，兵發彝陵。
魯　　肅　（白）衆將官起兵，攻取彝陵去者！
　　　　　（四文堂、四大鎧、程普、周泰、四上手、大纛旗自兩邊分上。【泣顏回牌】衆人同走圓場）
周　　瑜　（白）前道爲何不行？
衆　　人　（同白）來此離彝陵不遠，三軍不敢前進，請令定奪。
周　　瑜　（白）人馬列開。
　　　　　（衆人同挖門）
周　　瑜　（白）本帥大兵到此，甘寧並不知曉。哪位將軍有此膽量，前去衝營報號，與甘寧送信？
周　　泰　（白）末將不才，情願前去衝營報號。
周　　瑜　（白）此番前去，須要小心。
周　　泰　（白）得令！馬來！
　　　　　（周泰帶馬下）
周　　瑜　（白）周泰此去，與他衝營報號去了。衆將官！
衆　　人　（同白）有！
周　　瑜　（白）可向高處暫且紮營，飽食戰飯，準備接應。
衆　　人　（白）得令！
　　　　　（【排子】衆人同下）

第　三　場

　　　　　（四上手、甘寧同上城）
甘　　寧　（唱）【西皮搖板】
　　　　　　　誤中奸謀被圍困，
　　　　　　　兵將難出彝陵城。

　　　　　　　只得堅守待接應，
　　　　（內喊殺聲）
甘　寧　（白）吓！
　　　　（唱）【西皮搖板】
　　　　　　　又聽得一陣喊殺聲。
　　　　（周泰上）
周　泰　（唱）【西皮搖板】
　　　　　　　殺透重圍威風凛，
　　　　（白）甘將軍快快開城！
甘　寧　（白）呔！開城！
　　　　（唱）【西皮搖板】
　　　　　　　只見周泰到來臨。
　　　　（白）周將軍快快進城！
周　泰　（白）待俺進城！
　　　　（周泰下）
甘　寧　（唱）【西皮搖板】
　　　　　　　救兵已到是僥倖，
　　　　　　　轉過城頭來相迎。
　　　　（周泰上）
周　泰　（白）將軍請了。
甘　寧　（白）將軍一路而來，多受辛苦。
周　泰　（白）爲主勤勞，何言"辛苦"二字。今奉都督之命，報與將軍知曉：
　　　　　　　都督親領大兵前來相救；即便殺出城去，裏應外合共破曹洪。
甘　寧　（白）如此甚好。眾將官！
眾　人　（同白）有！
甘　寧　（白）隨俺放炮起號，殺出城去！
眾　人　（同白）吓！
　　　　（眾人同下）

第　四　場

　　　　（炮炸響。【風入松牌】四文堂、四大鎧、四上手、程普、呂蒙、魯肅、

周瑜、大纛旗同上）

周　瑜　（白）耳聽彝陵城内，炮已響亮，甘寧必然起兵。衆將官！即速前去攻打！

（四文堂、四下手、四大將、牛金、曹純、曹洪、大纛旗同上。會陣）

曹　洪　（白）呔！來者可是周瑜？

周　瑜　（白）本督大兵到此，還不快快下馬歸順，免爾一死！

曹　洪　（白）一派胡言！衆將官，殺！

（吕蒙架住鑽下。起打。曹洪敗下。甘寧、周泰同出城，同下。衆人同起打。甘寧、周泰同上，助戰。曹洪、衆人同敗下。周瑜、衆人同追下）

第　五　場

（四文堂、四大鎧、四上手、魯肅、周瑜、大纛旗同上。甘寧、吕蒙、周泰、衆將同上）

甘　寧　（白）曹洪敗走，彝陵城池已得。有勞都督救援，末將請罪。

周　瑜　（白）此非將軍之過也。即速進城歇馬。

魯　肅　（白）慢來，慢來！

周　瑜　（白）大夫爲何阻令？

魯　肅　（白）前番甘將軍誤中奸計，險些兒性命不保，今番又要進城。倘若曹洪敗去，會合曹仁，興兵前來，豈不是又要中他之計？

周　瑜　（白）哎呀呀，此言深合兵家之道。依大夫之見如何？

魯　肅　（白）彝陵孤城難守。曹洪此番敗回南郡，趁其不備，星夜趕至南郡，以破曹仁，乃爲上策。

周　瑜　（白）喲，子敬此言，正合我意。衆將官！

衆　人　（同白）有！

周　瑜　（白）就此攻取南郡去者！

（唱）大隊人馬往前進，

（衆人同下）

周　瑜　（唱）奪取南郡方稱心。

（周瑜下）

第 六 場

（四龍套、四下手、大纛旗、曹仁同上）

曹　仁　（唱）陳矯之見亦有準，

　　　　　　　本帥帶兵護牛金。

　　　　（白）本帥曹仁。因與陳矯商議，帶兵前來接應牛金。適纔探馬報道，周瑜帶領人馬，已破彝陵城池。待曹洪、牛金兵馬敗回，再作道理。

（牛金、曹純、曹洪同上）

牛　金
曹　純　（同白）元帥在此。末將等失了彝陵，敗回請罪。
曹　洪

曹　仁　（白）軍家勝敗，古之常理，何罪之有？起過一旁。

　　　　（白）曹洪兄長請了。

牛　金
曹　純　（同白）謝元帥。
曹　洪

（報子上）

報　子　（白）啓稟元帥：今有周瑜，統領人馬，前來追殺。

曹　仁　（白）再探。

報　子　（白）得令！

（報子下）

曹　仁　（白）周瑜興兵前來，豈能容他猖狂！衆將官！

衆　人　（同白）有！

曹　仁　（白）奮勇迎敵者！

（四龍套、四上手、程普、甘寧、呂蒙、周泰、魯肅、周瑜、大纛旗同上，會陣。周瑜、魯肅、程普暗同下）

曹　仁　（白）呔！周瑜！快快出馬受死！

呂　蒙　（白）呔！俺來擒你！

（衆人同殺。呂蒙敗下）

曹　仁　（白）衆將官！敗兵不必追趕，保守南郡去者！

（衆人同下）

第 七 場

（場上拉城。四文堂、陳矯同上。【紐絲】）

陳　矯　（唱）【西皮搖板】
　　　　　適纔探馬報一信，
　　　　　曹洪失却彝陵城。
　　　　　周郎用兵如鬼神，
　　　　　緊守城池要小心。
　　　　　人來帶路敵樓進，

（陳矯上城）

陳　矯　（唱）【西皮搖板】
　　　　　上得城來看分明。
　　　　　遠望旌旗滿天蔭，

（四文堂、四上手、程普、魯肅、大纛旗、周瑜同上）

周　瑜　（唱）【西皮搖板】
　　　　　來了本督周公瑾。
　　　　（白）吪！南郡城上，站的何人？
陳　矯　（白）若問某的名姓，曹丞相帳下參謀大夫陳矯是也。爾乃何人？
周　瑜　（白）陳矯原來就是你！
陳　矯　（白）然！
周　瑜　（白）吾乃東吳大都督周瑜是也。我勸你將南郡城池快快獻上，歸順我主，富貴不小。
陳　矯　（白）公瑾，我久仰你名，乃江東名士，顧曲周郎。若論用兵之道，你實不如那諸葛孔明。
魯　肅　（白）哈哈哈，奇了！你是何以見得，我家都督不如孔明？
陳　矯　（白）你乃何人，一旁多言？
魯　肅　（白）不敢。東吳大夫魯子敬是也。
陳　矯　（白）哈哈哈，原來是老實無用之人！
魯　肅　（白）這是甚麼説話？你何以見得我魯肅是"老實無用之人"呢？我倒要領教領教。
陳　矯　（白）魯大夫，你且聽了。我知你乃江東一富户，周瑜當年缺糧，與

　　　　　你借貸,你將糧米相借,可謂厚道,因此周瑜薦你爲官。
周　瑜　(白)這是魯子敬平生厚道,何以"老實無用"呢?
陳　矯　(白)你且聽了。當年劉玄德兵敗當陽,兵屯夏口,孔明本欲要往江東求救,恰巧魯肅却去江夏,反道去求孔明、劉備,助你江東。哈哈哈,此不是"老實無用"也!周瑜欲殺孔明,以除後患,命他烏巢劫糧,乃是借曹操之刀,殺除孔明。哈哈哈。先生前去探孔明之動靜,倒叫孔明嘲笑一番,殺之不成,此又不是先生"無用"之處麼?
魯　肅　(白)哎哎哎,果然我無用,我無用!
陳　矯　(白)周郎使孔明造戰箭,使以軍法從事,限三日交箭。那時先生替孔明擔憂,借給草船,以私情救之,留此禍患。此非先生之老實到底、無用已極之人乎?
　　　　　(周瑜怔)
周　瑜　(白)啊!
魯　肅　(白)哎呀!陳矯,吓吓吓!你好欺負人也!
　　　　　(唱)有一言說與兩軍聽:
　　　　　　　人生在世上全憑忠信。
　　　　　　　豈不知老實乃道德之本,
　　　　　　　那曹操攞朝綱大大奸佞。
　　　　　　　你祖父食漢禄也非平等,
　　　　　　　却緣何隨逆賊看守城門?
　　　　　　　忘國家這是你無用之本,
　　　　　　　還在這兩軍陣恥笑別人。
　　　　　　　我勸你開城降保全性命,
　　　　　　　若不然管叫你玉石俱焚!
陳　矯　(白)住了!
　　　　　(唱)此乃是爭戰地兩軍交鋒,
　　　　　　　又何須論口舌搖動人心?
周　瑜　(白)陳矯!
　　　　　(唱)你既知情理長開城降順,
　　　　　　　本都督必饒你狗命殘生。
　　　　　(白)我勸你快快開城降順,本督饒你不死。

陳　矯　（白）住了！要我開城，除非你等歸順曹丞相！
周　瑜　（白）一派胡言！
　　　　（唱）好言好語勸不醒，
　　　　　　　霎時叫爾刀下傾。
　　　　　　　衆將與我把城攻定，
　　　　（四文堂、四下手、曹純、曹洪、牛金、曹仁同上）
曹　仁　（唱）膽大周瑜攻吾城！
周　瑜　（白）唉！曹仁匹夫，快快下馬歸降！
曹　仁　（白）看刀！
　　　　（衆人同架住，起打。周瑜、衆人同敗下）
曹　仁　（白）衆將官！敗兵不必追趕，快快進城！
　　　　（開城，衆人同進城，同下）

第 八 場

（四文堂、四上手、程普、魯肅、周瑜同上）
周　瑜　（唱）【西皮搖板】
　　　　　　　正好破城曹仁到，
魯　肅　（唱）【西皮搖板】
　　　　　　　刀馬威風果英豪。
周　瑜　（唱）【西皮搖板】
　　　　　　　暫且離城作計較，
魯　肅　（白）都督！
　　　　（唱）【西皮搖板】
　　　　　　　只恐須用火攻燒。
程　普　（白）都督爲何退走？
周　瑜　（白）曹仁英勇，放他進城，再作計議。
　　　　（四文堂、甘寧、呂蒙、周泰同上）
衆　人　（同白）末將等征戰曹仁，都督爲何先退？
周　瑜　（白）我欲分兵，乘空來取南郡城池，那知曹仁退回。放他回城，再
　　　　　　　作計議。
魯　肅　（白）都督吓！進退爲難之時，即須定計而行。

| 周　瑜 | （白）大夫言之有理。衆將官！
| 衆　人 | （同白）有！
| 周　瑜 | （白）暫退十里紮營，歇息人馬。明日飽食戰飯，準備明日攻城！
| 衆　人 | （同白）吓！

（衆人同下）

第　九　場

（四文堂、四下手、陳矯、牛金、曹純、曹洪、曹仁同上）

| 曹　仁 | （唱）【西皮搖板】
| | 　　人馬回城可保守，
| | 　　再與曹洪問根由。
| | （白）曹洪、牛金，命你二人好好留心鎮守彝陵，今將彝陵失守，丞相降下罪來，如何是好？
| 曹　洪 | （同白）非是我等自不小心，那周瑜人馬，如同潮水一般，內外夾攻，
| 牛　金 | 　　因此大敗，將彝陵失守。死罪吓死罪！
| 陳　矯 | （白）元帥也不必煩悶。事已至此，何不拆開丞相臨行所遺錦囊觀看，以解此危。
| 曹　仁 | （白）不是先生提起，本帥倒也忘懷了。錦囊在此，先生拆開觀之。
| 陳　矯 | （白）待小某看來。

（陳矯看）

| 陳　矯 | （白）原來如此妙計！
| 曹　仁 | （白）先生！是何良謀？

（陳矯與曹仁咬耳）

| 曹　仁 | （笑）哈哈哈，果然妙計！你我照計而行。衆將官！
| 衆　人 | （同白）有！
| 曹　仁 | （白）傳令下去：吩咐大小三軍，各自備辦行李包裹，明日與周瑜決一死戰；若戰不勝，則回許昌。
| 衆　人 | （同白）吓！
| 曹　仁 | （白）牛金聽令！
| 牛　金 | （白）在！
| 曹　仁 | （白）命你帶領五百人馬，埋伏在城門之內。

(曹仁咬耳)

曹　仁　（白）只候那周瑜落馬，即速殺出，斬取首級，不得有誤。
牛　金　（白）得令！
（牛金下）
曹　仁　（白）曹純聽令！
曹　純　（白）在！
曹　仁　（白）命你在城上遍插旌旗，虛張聲勢，暗地埋伏，不得有誤。
曹　純　（白）得令！
（曹純下）
曹　仁　（白）就煩先生，帶領五百名弓箭手，埋伏城樓，以射周瑜，不得有誤。
陳　矯　（白）遵命。哈哈，丞相真乃妙計也！
（陳矯下）
曹　仁　（白）曹洪聽令！
曹　洪　（白）在！
曹　仁　（白）明日隨本帥分兵三門而出，以誘周瑜，不得有誤。
曹　洪　（白）遵命。
（曹洪下）
曹　仁　（白）眾將官！
眾　人　（同白）有！
曹　仁　（白）各自歇息，明日出戰大戰周瑜！
眾　人　（同白）呵！
曹　仁　（白）正是：
　　　　　（念）計就月中擒玉兔，
　　　　　　　　謀成日裏墜金烏。
（曹仁下）

第　十　場

報　子　（內白）走吓！
（報子上）
報　子　（念）日間藏草內，

黑夜度荒丘。

（白）俺，能行探子是也。今奉諸葛先生之命，打探孫、曹兩家興兵之事，不免報與軍師知曉。就此馬上加鞭。

（報子三加鞭，下）

第十一場

（四龍套、四上手、甘寧同上）

甘　寧　（白）俺甘寧。昨日周都督退兵十里紮營，命俺在此，用土築一將臺，以便觀望南郡城池虛實。築砌已畢，只見都督、大夫遠遠來也。爾等遠遠伺候！

（四龍套、四上手自兩邊分下。四文堂、魯肅、周瑜同上）

周　瑜　（唱）【西皮搖板】

　　　　昨日兩軍戰疆場，

　　　　一來一往動刀槍。

　　　　下得馬來土臺上，

（周瑜上臺）

周　瑜　（唱）【西皮搖板】

　　　　果然南郡固非常。

（白）吓，大夫，你看南郡城池，果然十分堅固。

魯　肅　（白）想當初三楚之地所有，乃是長安咽喉要路。你看南郡地脈，山青水秀，十分雅愛；可惜列宗無能守此祖業，今歸曹賊之手。

周　瑜　（白）待本帥略施小計，必取南郡。你看遍插旌旗，乃是虛張聲勢，那曹仁莫非有逃走之意？吩咐眾將走上！

龍　套　（同白）眾將走上！

（程普、呂蒙、周泰、甘寧、徐盛、丁奉自兩邊分上）

眾　將　（同白）參見都督。

周　瑜　（白）眾位將軍少禮。

眾　將　（同白）喚末將前來，有何差遣？

周　瑜　（白）適纔本帥觀看南郡城池，只見滿城遍插旌旗，虛張聲勢，眾將腰束包裹，那曹仁必有棄城逃走之意。爾等可分左右兩軍，前去攻城。如若得勝，只顧前進；只待鳴金，方可退兵。本帥親

　　　　　　　自引軍取城。爾等不得違誤！
衆　將　（同白）得令！
　　　　　（報子上）
報　子　（白）報！曹仁大開三門，兵馬紛紛而出！
周　瑜　（白）再探！
報　子　（白）吓！
　　　　　（報子下）
周　瑜　（白）哈哈！果然不出我所料。衆將官！
衆　人　（同白）有！
周　瑜　（白）人馬殺上前去！
衆　人　（同白）哎！
　　　　　（衆人同下）

第 十 二 場

（場設南郡城。四龍套、四下手、曹洪、曹仁同出城。八龍套、呂蒙、程普、甘寧、周泰同上，碰頭，會陣）

曹　仁　（白）呔！吳賊聽者！大將曹仁在此，誰敢來戰？
周　泰　（白）呔！俺周泰來也！
　　　　　（曹仁、周泰同殺，起打。程普幫殺）
曹　洪　（白）呔！俺曹洪在此，誰敢來戰？
呂　蒙　（白）呂蒙來也！
　　　　　（曹洪、呂蒙同殺，甘寧幫殺。曹仁、曹洪同敗下。呂蒙、衆人同退下）
　　　　　（四下手、陳矯同上。【急急風牌】衆人同上城）
陳　矯　（白）哈哈！果然不出丞相所料，東吳之兵追趕過去。只見周瑜親自前來取城。弓箭手！
四下手　（同白）有！
陳　矯　（白）周瑜馬到甕城之下，爾等只聽梆子一響，弓弩齊發，不得違誤！
四下手　（同白）啊！
　　　　　（衆人同伏城。四上手、徐盛、丁奉、大纛旗、周瑜同上）
周　瑜　（唱）【西皮搖板】

　　　　　前軍戰爭已得勝，
　　　　（笑）哈哈哈！
　　　　（唱）【西皮搖板】
　　　　　只見南郡大開門。
　　　　（白）南郡城門大開，正好奪取。衆將官！
衆　人　（同白）有！
周　瑜　（白）隨我取城！
　　　　（唱）【西皮搖板】
　　　　　揚鞭加馬將城進，
　　　　（四上手同進城，同下）
陳　矯　（白）放箭！
　　　　（四下手同射）
周　瑜　（白）哎呀！
　　　　（唱）腰間已中箭雕翎。
　　　　（周瑜落馬。四下手、牛金同衝出）
牛　金　（白）吥！周瑜休走！看槍！
　　　　（徐盛、丁奉同架住，救周瑜同下。牛金追下）
陳　矯　（白）哈哈哈！周瑜身中毒箭，雖然逃走，性命也是難保。衆將官！
四下手　（同白）有！
陳　矯　（白）好好緊守城池。
　　　　（衆人同下）

第 十 三 場

（四龍套、呂蒙、甘寧、周泰、程普同上）
呂　蒙　（白）列位將軍，你我只顧追趕曹仁，後面喊殺連天，快快退回救應。
衆　人　（同白）言之有理。請。
　　　　（衆人同下）

第 十 四 場

（徐盛、丁奉、周瑜同上。四下手、牛金同上，同起打。程普、呂蒙、

　　　　周泰、甘寧同上,接殺,救徐盛、丁奉、周瑜同下)

　　　　(四下手、曹仁、曹洪同上。程普、呂蒙、周泰、甘寧、徐盛、丁奉、周
　　　　瑜同上,同殺。程普、呂蒙、周泰、甘寧、徐盛、丁奉、周瑜同敗下)

牛　金　(白)周瑜中箭逃走!
曹　仁　(白)不必追趕,進城歇息,明日再去罵戰!
眾　人　(同白)哎!
曹　仁　(三笑)哈哈!哈哈!哈哈哈!
　　　　(白)周瑜,你今休想活命也!
　　　　(笑)哈哈哈!
　　　　(【尾聲】眾人同下)

【三本】

第 一 場

　　　　(四龍套、四上手、張飛、大纛旗同上)

張　飛　(念)兵馬渡江進,
　　　　　　　不分晝夜行。
　　　　　　　軍師多妙算,
　　　　　　　暗襲荆州城。
　　　　(白)俺張翼德。只因周瑜小兒要取南郡,帶領人馬,與曹洪交戰。
　　　　　　是俺奉了軍師將令,帶領五千人馬,埋伏南郡左右;只等曹仁
　　　　　　出兵對戰,那時趁他空城無兵,奪取城池。喂,眾將官!
眾　人　(同白)有!
張　飛　(白)人馬悄悄往南郡左右,埋伏去者!
眾　人　(同白)吓!
　　　　(眾人同下)

第 二 場

　　　　(四龍套、四上手、四大鎧、關平、劉封、諸葛亮、劉備同上)

劉　　備　（唱）【西皮搖板】
　　　　　　　思想劉表實可傷，
　　　　　　　荆州一旦付汪洋。
　　　　　　　惱恨蔡、張二奸黨，
　　　　　　　貪圖富貴降曹瞞。
　　　　　　　周郎帶兵南郡往，
　　　　　　　不知誰勝哪家强？
諸葛亮　（白）主公吓！
　　　　　（唱）【西皮搖板】
　　　　　　　主公休要淚慘傷，
　　　　　　　山人言來聽端詳：
　　　　　　　周瑜此番興兵往，
　　　　　　　枉費兵馬與錢糧。
　　　　　　　已命翼德南郡往，
　　　　　　　早晚吾主樂安康。
劉　　備　（唱）【西皮搖板】
　　　　　　　軍師八卦有志量，
　　　　　　　天文地理腹内藏。
　　　　　　　但願荆襄歸吾掌，
　　　　　　　那時方稱孤心腸。
　　　　　（白）吓，先生，我想周郎此番前去，倘若得了南郡，如何是好？
諸葛亮　（白）主公但放寬心，諒那周郎此番前去，難以得勝，管叫他枉費徒
　　　　　　　勞。山人已命三將軍，帶兵去往南郡，等那曹仁出城，與周郎
　　　　　　　交戰之時，城内空虛，可以唾手而得。
劉　　備　（白）哎呀，先生吓！想我那三弟，爲人粗魯，恐怕耽誤大事。
諸葛亮　（白）既然主公放心不下，爲臣自有安排。四將軍聽令！
趙　　雲　（白）在！
諸葛亮　（白）這有令箭一支，命你帶領五千人馬，暗助三將軍。休要放走陳
　　　　　　　矯，將兵符印信取下，不得違誤。聽我令下！
　　　　　（唱）【西皮搖板】
　　　　　　　山人帳中傳將令，
　　　　　　　將軍近前聽分明：

　　　　　　　　五千人馬你帶定，
　　　　　　　　鞍前馬後要小心。
趙　　雲　（白）得令！
　　　　　（唱）【西皮搖板】
　　　　　　　　帳中領了師爺令，
　　　　　（白）馬來！
　　　　　（四龍套帶馬，同下）
趙　　雲　（唱）【西皮搖板】
　　　　　　　　暗襲南郡走一程。
　　　　　（趙雲下）
諸葛亮　　（唱）一見趙雲跨金鐙，
　　　　　　　　天從人願把功成。
　　　　　　　　諒周郎難取荊襄城，
　　　　　　　　只等好音報營門。
劉　　備　（唱）【西皮搖板】
　　　　　　　　先生用兵實奇能，
　　　　　　　　火燒博望驚曹兵。
　　　　　　　　酒席擺在後帳飲，
　　　　　　　　與先生談論兵機共飲杯巡。
　　　　　（劉備、諸葛亮同下）

第　三　場

（四龍套、四上手、丁奉、徐盛、程普、甘寧、呂蒙、周泰、蔣欽、魯肅同上，周瑜帶箭上。眾人同挖門）

眾　　人　（同白）都督醒來！
周　　瑜　（唱）【西皮導板】
　　　　　　　　霎時一陣疼難忍，
眾　　人　（同白）都督醒來！
周　　瑜　（唱）只見眾將面前存。
眾　　人　（同白）都督保重了。
周　　瑜　（白）列位將軍，也是我一時大意，未曾防備，誤中那賊冷箭。

魯　肅　（白）就該快請醫生，前來調治。

周　瑜　（白）大夫言得極是，快請醫生前來。

魯　肅　（白）甘將軍前去辦來。

甘　寧　（白）遵命。

（甘寧下）

周　瑜　（白）曹仁吓曹仁！我不殺你，誓不爲人也！

（甘寧上）

甘　寧　（白）大夫隨我來。

（醫生上）

醫　生　（白）參見都督。

周　瑜　（白）先生請坐。本督與賊對兵，誤中冷箭，特請先生前來，將箭拔出，用良藥調治。

醫　生　（白）遵命。呵哎吓！此箭有毒，一時難以收口，須要慢慢調治；不能生氣，若遇怒氣衝激，瘡口崩裂，那時難治也。

（醫生上藥）

周　瑜　（白）有勞先生。

醫　生　（白）告辭了。

衆　人　（同白）送先生。

（醫生下）

魯　肅　（白）都督請至後帳歇息。

周　瑜　（白）營中全仗大夫、列位將軍。

（周瑜下）

魯　肅　（白）列位將軍！

衆　人　（同白）大夫！

魯　肅　（白）都督身帶重傷，不能料理軍務，全仗衆位將軍緊守營門。

衆　人　（同白）吓！

（衆人同下）

第　四　場

（四龍套、陳矯同上）

陳　矯　（唱）【西皮搖板】

　　　　　昨日城樓來見陣，
　　　　　暗放冷箭顯奇能。
　　　　　將身且坐寶帳等，
　　　　　元帥回來問分明。
　　　　（八龍套、牛金、曹洪、曹純、曹仁、大纛旗同上，同挖門。陳矯迎接）
陳　矯　（白）恭喜元帥，賀喜元帥！大獲全勝！
曹　仁　（白）全仗先生妙計，將周郎殺得大敗，本帥放心不下，因此收兵
　　　　　回城。
陳　矯　（白）小生與周郎對陣叫罵，那賊不妨暗中一箭，落於馬下；牛將軍
　　　　　正要取他首級，徐盛、丁奉捨命救出。那周郎此番中毒箭，大
　　　　　諒他三日之內，性命難保。
曹　仁　（白）連日兵馬疲倦，歇息一宵，明日前去罵陣。後帳擺宴，與先生
　　　　　接風。
陳　矯　（白）請！
　　　　（眾人同下）

第　五　場

（四龍套、四上手、趙雲同上）

趙　雲　（念）奉了師爺令，
　　　　　　　奪取兵符印。
　　　　（白）俺趙雲。只因周瑜興兵奪取南郡，欲乘曹仁出兵，城內空虛，
　　　　　暗襲城池。已派三將軍前來，又恐陳矯逃走，不能得取兵符印
　　　　　信，難取荊襄。因此命俺帶領五千人馬，前來接應。眾將官！
眾　人　（同白）有！
趙　雲　（白）小心前往。
眾　人　（同白）吓。
　　　　（眾人同下）

第　六　場

（程普上）

程　普　（念）都督興兵取南郡，
　　　　（呂蒙上）
呂　蒙　（念）誤中暗箭受傷痕。
　　　　（甘寧上）
甘　寧　（念）軍家勝敗原難定，
　　　　（周泰上）
周　泰　（念）不知何日得安寧？
程　普　（白）列位將軍請了。
呂　蒙
甘　寧　（同白）將軍請了。
周　泰
程　普　（白）都督被曹仁哄誘人馬入城，誤中冷箭，身受重傷；雖然拔出箭頭，疼不可當，飲食俱廢，如何是好？
呂　蒙　（白）那醫生言道，此箭有毒，一時不能痊癒，若是怒氣衝激，必然瘡口崩裂，就有性命之憂。
甘　寧　（白）現在牛金連日常來罵陣，我軍固守不出，亦須設法提防。
周　泰　（白）列位將軍，此事切不可稟知都督；若被都督知曉，恐其生氣。
程　普　（白）依我之見，不免請出魯大夫，商議退兵之計。
呂　蒙
甘　寧　（同白）程將軍言得極是。
周　泰
　　　　（魯肅內嗽）
程　普　（白）話言未了，魯大夫出帳來了。
　　　　（魯肅上）
魯　肅　（念）都督受傷痕，
　　　　　　　時刻掛在心。
　　　　（白）吓，列位將軍。
衆　人　（同白）大夫出帳來了。
魯　肅　（白）衆位將軍，在此聚談何事？
程　普　（白）只因都督身受箭傷，十分沉重，因此我等在此計議，只可按兵不動。無奈那牛金每日前來罵戰，欲待出兵，又恐驚動都督，進退兩難。因此請出大夫，有何高見？
魯　肅　（白）列位將軍，此時意欲何爲？

程　普	（白）依某之見，暫且退兵，回見吳侯；且候都督箭傷痊癒，那時再整頓人馬，奪取南郡，也非遲晚。不知大夫意下如何？
魯　肅	（白）話雖如此，列位將軍請坐，聽我一言。
衆　人	（同白）大夫請講。
魯　肅	（白）想我東吳此番興兵，亦非容易，都督雖然身受傷痕，豈肯輕易退兵？況且與劉備、孔明赴宴之時，說下大話；若是退兵，豈不被他恥笑？公等思之。
衆　人	（同白）大夫之言，亦是有理；怎奈牛金連日罵戰，在此紮營，豈肯忍辱不出？
魯　肅	（白）公等請聽！

　　　　　（唱）【西皮搖板】

　　　　　　　公等請坐且靜聽，
　　　　　　　我有言來聽分明：
　　　　　　　毒箭之傷固然重，
　　　　　　　豈懼曹洪與曹仁。
　　　　　　　唯有一事在我心，

衆　人	（同白）大夫何事？
魯　肅	（唱）【西皮搖板】

　　　　　　　兵屯油江有孔明。
　　　　　　　此人胸中有奇能，
　　　　　　　未必甘心作罷論。
　　　　　　　倘若乘機把兵進，
　　　　　　　豈不枉費這機心[1]！

　　　　　（衆人同愕）

衆　人	（同白）大夫話雖如此，想油江離此甚遠，只怕未必，休要如此相疑。
魯　肅	（白）列位將軍不信，乃是自哄，且到後來，方知我今日之言。

　　　　　（內曹兵同喊）

曹　兵	（內同白）呔！周瑜小子，快快出營受死！

　　　　　（衆人同驚）

衆　人	（同白）哎呀！
魯　肅	（唱）【西皮搖板】

　　　　　　　賊兵營外來罵陣，

無有良謀退賊兵。

（報子上）

報　　子　（白）報！衆位將軍，曹兵營外罵戰不休！

程　　普　（白）吩咐衆將，緊守營門，不許出戰。

報　　子　（白）得令！下面聽者：程普將軍有令，曹兵罵陣，緊守營門，不許出戰。

（報子下）

程　　普　（白）哎呀，這便如何是好？

魯　　肅　（白）列位將軍，不必驚慌，你我一同去見都督，看都督傷痕如何，見景説話。

衆　　人　（同白）就依大夫。請。

魯　　肅　（唱）【西皮摇板】

列位將軍忙隨定，

衆　　人　（同唱）【西皮摇板】

見了都督見機行。

（衆人同下）

校記

［１］豈不枉費這機心："機心"，原本作"心機"。失韻。今改。

第　七　場

（四龍套、周瑜同上。【扭絲】）

周　　瑜　（唱）【西皮摇板】

昨日陣前來交戰，

誤中奸計受重傷。

耳邊又聽人喧嘩，

（内喊）

周　　瑜　（白）吓！

（唱）【西皮摇板】

快傳衆將問端詳。

龍　　套　（同白）都督有令，衆將進帳！

（魯肅、甘寧、程普、周泰、呂蒙同上）

魯　肅　（唱）【西皮搖板】
　　　　營前戰將俱驚慌，
衆　人　（同唱）【西皮搖板】
　　　　見了都督問安康。
　　　　（同白）參見都督。
周　瑜　（白）衆位將軍少禮。請坐。
衆　人　（同白）謝坐。都督，這幾日箭傷可覺痊癒？
周　瑜　（白）有勞衆位將軍承問，這幾日似覺略好。
衆　人　（同白）傳我等進帳，有何軍情議論？
周　瑜　（白）本帥正坐後帳，忽聽營中何處鼓噪吶喊？
衆　人　（同白）這個……
周　瑜　（白）講！
程　普　（白）乃是營中教練士卒，故爾鼓噪。
周　瑜　（白）吓，何欺我太甚！本帥已知曹兵前來罵陣。程德謀，本帥既將
　　　　兵權付你代掌，爲何坐視？還來隱瞞本帥，是何理也！
程　普　（白）都督不必動怒。都督身帶箭傷，醫者言道，須要靜養，勿觸怒
　　　　氣。故曹兵討戰，我等不敢報知，望都督恕罪。
周　瑜　（白）你等閉營不戰，是何意見？
魯　肅　（白）啓禀都督：衆將皆欲收兵，暫回江東；待都督箭傷痊癒，再興
　　　　兵前來。
　　　　（周瑜怒）
周　瑜　（白）住了！丈夫生於天地之間，既食君禄，當報君恩；況油江宴上，
　　　　誇下了大口，若是退兵，豈不被孔明等恥笑？戰死疆場，乃爲
　　　　幸也。豈可爲我一人，而廢國家大事？傳令下去，吩咐衆將，
　　　　全身披掛，準備迎敵！
魯　肅　（白）吓，都督養病要緊，不可出馬。
周　瑜　（白）哎，大夫，你好糊塗也！
　　　　（唱）【西皮搖板】
　　　　本帥興兵誰敢擋，
　　　　何懼曹仁小兒郎！
（四龍套、四上手、大纛旗自兩邊分上）

周　瑜　（唱）【西皮摇板】
　　　　　　人来与爷带丝缰，
鲁　肃　（白）众将保护都督，须要小心！
　　　　（鲁肃下）
周　瑜　（唱）【西皮摇板】
　　　　　　要把南郡踏平阳。
　　　　（众人同下）

第 八 场

（四龙套、四下手、曹洪、牛金、曹纯、陈矫、曹仁同上）

曹　仁　（唱）【西皮摇板】
　　　　　　陈大夫果然有奇能，
　　　　　　定下妙计胜贼人。
　　　　　　周瑜中箭病必狠，
　　　　　　百般叫骂不出营。
　　　　（白）先生，想那周瑜中了箭伤，连日骂战，闭营不出。
陈　矫　（白）大谅那周郎性命难保。依小生之见，元帅亲自出兵，观其动
　　　　　　静；若周瑜不出营，必然死也，乘势攻破大营。
曹　仁　（白）先生言得极是。众将官！
众　人　（同白）有！
曹　仁　（白）奋勇当先！
　　　　（众人同领下）

第 九 场

（四龙套、四上手、程普、甘宁、吕蒙、周泰、大纛旗、周瑜同上，同站
门。四龙套、四下手、牛金、曹洪、曹纯、曹仁、大纛旗同上。会阵）

周　瑜　（白）呔！曹贼休要猖狂！本帅劝你早早归降，如若不然，鸡犬
　　　　　　不留！
曹　仁　（白）住了！马前败将，竟敢还敌？中吾之箭，料必横死，今又敢前
　　　　　　来？劝你早早退兵，如若不然，杀尔等片甲不归！

周　瑜	（白）呔！曹仁匹夫！前番本督誤中奸計。你主曹操，何等威武，被本帥略使小計，殺得片甲不歸，何況爾等！
曹　仁	（白）住了！周瑜匹夫，爾有何能？赤壁鏖兵，若不得孔明祭東風，江南二喬早被丞相納於銅雀臺上去了！
周　瑜	（白）周泰出馬，斬此逆賊！
周　泰	（白）曹仁看刀！
曹　仁	（白）住了！呔，周瑜！死也不遠，何不趁此獻出二喬！獻出二喬與丞相，兩家和好！
周　瑜	（白）哎呀！氣死我也！

（周瑜倒下馬。程普、呂蒙、甘寧同護下。周泰擋衆曹兵，敗下）

曹　仁	（三笑）哈哈，哈哈，哈哈哈哈！
	（白）周瑜被我一番惡罵，怒氣衝起，箭瘡迸發，諒難久活於人世。衆將官！
衆　人	（同白）有！
曹　仁	（白）收兵進城歇息，明日再來攻城破寨！
衆　人	（同白）呵！

（衆人同下。【尾聲】）

【四本】

第　一　場

（四龍套、魯肅同上）

魯　肅	（念）都督去出兵，
	時刻掛在心。

（【亂錘】四龍套、四上手、周泰、甘寧、程普、呂蒙、周瑜同上）

魯　肅	（同白）吓，都督，貴體如何？
衆　將 周　瑜	（三笑）哈哈，哈哈，哈哈哈哈！
	（白）我有何病？此吾計也。爾等何用驚慌！

（魯肅驚）

魯　肅　（白）原來都督是計,吓殺我等。請問都督,計將安出?
周　瑜　（白）你等哪里知曉,我身箭傷,本已痊癒。今日對敵叫罵,本督心生一計,墜於馬下;那曹仁必然知我病危,必驕其心。
衆　人　（同白）都督高才,我等佩服。
周　瑜　（白）如今可使心腹軍士,去到南郡詐降,對曹仁說我回營身死。那曹仁聽我一死,今夜必然帶兵前來偷營劫寨。那時節,四下埋伏人馬,裏應外合,可擒曹仁也。
程　普　（白）好吓,此計甚妙!
魯　肅　（白）唔,依我看來,不妙,不妙!
周　瑜　（白）大夫怎見得不妙?
魯　肅　（白）你想都督好好身體,忽然要裝死。照我看來,乃是不祥之兆也。
衆　人　（同白）大夫之言,亦甚有理。
周　瑜　（白）哎,大夫,你也是忒以地多疑了。兵家變化,神鬼莫測,那有這許多的忌諱?不必多言,趁此舉哀,以瞞三軍耳目。
衆　將　（同白）是是是。哎呀,都督吓,都督!
　　　　（衆人同哭）
魯　肅　（白）哎呀,完了完了,真乃大不吉祥!
周　瑜　（白）休得多言! 大夫,你也要哭起來!
魯　肅　（白）我是不會哭的。
周　瑜　（白）大夫若是不哭,此計焉能成功?快快高聲痛哭,滿營將士方信。
魯　肅　（白）我是不會哭!
周　瑜　（白）你當真不哭!
魯　肅　（白）當真不哭!
周　瑜　（白）你不哭,我便殺了你!
魯　肅　（白）當真叫我哭?
周　瑜　（白）你要不哭,此計不成!
　　　　（魯肅跌脚）
魯　肅　（白）哎,我也説不得了。哎呀,都督吓!
衆　人　（同哭）哎呀,都督吓!
魯　肅　（白）可嘆你,一十三歲,帶領人馬,東征西戰,南討北剿;赤壁鏖兵,

　　　　　　火燒曹兵百萬。不料爲一小小南郡，一命身喪。思想起來，好
　　　　　　不悲傷人也！吓吓吓！

衆　　人　（同哭）都督，吓吓！
　　　　　（周瑜怔）
魯　　肅　（唱）我哭一聲周公瑾，
衆　　人　（同哭）都督！
魯　　肅　（唱）我叫一聲周都督之魂靈！
衆　　人　（同哭）都督！
魯　　肅　（唱）想從前我和你相交刎頸，
　　　　　（周瑜聽，點頭作嘆息意）
魯　　肅　（唱）薦舉我爲大夫同領雄兵。
　　　　　　　在赤壁敗曹賊一戰得勝，
　　　　　　　乘銳氣取漢水可奪荊門。
　　　　　　　你心中勢必要先取南郡，
　　　　　　　我心中總提防諸葛孔明。
　　　　　（周瑜怔望，惱）
魯　　肅　（唱）誰知道你中箭在此喪命，
　　　　　（哭）都督公瑾吓！啊，都督！
周　　瑜　（白）哎！
魯　　肅　（唱）要相逢除非是夢裏會神。
　　　　　（衆將同哭。魯肅真哭）
魯　　肅　（哭）都督吓！
　　　　　（衆將同勸）
衆　　將　（白）大夫，不必過於悲傷。都督已死，人死不能復生。大夫不必哭
　　　　　　了，辦理喪事要緊。
魯　　肅　（白）哎！
　　　　　（唱）我哭不盡傷心處珠淚難忍，
　　　　　（周瑜哭）
周　　瑜　（白）吓吓吓子敬，算了，你不必哭了。
魯　　肅　（哭）都督吓！
　　　　　（唱）我哭到此地位真是傷心。
　　　　　（哭）我的都督吓！

（魯肅搥胸大哭。衆人同怔）

魯　肅　（唱）失却了好朋友却不要緊，
　　　　　　　東吳的國家事交付何人？
　　　　　　　想至此我也死不要性命，
　　　　　（衆將同勸）

衆　將　（同白）大夫不必哭了。

周　瑜　（唱）他哭到這等樣叫我吃驚。
　　　　　（周瑜拜揖）

周　瑜　（白）唉！
　　　　　（唱）勸子敬且休哭暫時耐忍，
　　　　　　　此時間我就要調遣雄兵。
　　　　　（白）哎呀，大夫，好了好了，不必哭了，不必哭了！

魯　肅　（白）都督，我哭到此地位，竟像都督真死了一般，實實悲傷痛哭。

周　瑜　（白）天地陰陽，百無禁忌。

衆　將　（同白）是吓，百無禁忌。

周　瑜　（白）程普、吕蒙聽令！

程　普
吕　蒙　（同白）在！

周　瑜　（白）命你二人，帶領五千人馬，左營埋伏；只候曹仁帶兵前來劫營，
　　　　　　　號炮一響，四面殺出，拿捉曹仁，不得有誤！

程　普
吕　蒙　（同白）得令！

　　　　　（程普、吕蒙同下）

周　瑜　（白）甘寧、周泰聽令！

甘　寧
周　泰　（同白）在！

周　瑜　（白）命你二人帶領五千人馬，右營埋伏；只候曹兵前來劫營，號炮
　　　　　　　一響，一齊殺出，捉拿曹仁，不得有誤！

甘　寧
周　泰　（同白）得令！

　　　　　（甘寧、周泰同下）

周　瑜　（白）大夫，必須派二名巧言舌辯之人，前去詐降那曹仁，方可成功。
　　　　　　　但不知命何人前去？

魯　肅	（白）	我想偏將張富、李貴，他二人頗有肝膽。命他二人，料無妨礙。
周　瑜	（白）	好，命他二人進帳。
魯　肅	（白）	都督有令，張富、李貴進帳。
張　富 李　貴	（內同白）	來也！

（張富、李貴同上）

張　富 李　貴	（同白）	參見大夫。
魯　肅	（白）	都督在上。
張　富 李　貴	（同白）	哎呀，都督尚在無恙！我等叩頭。
周　瑜	（白）	本帥云死，乃是一計，欲令曹仁知吾已死。吾有意命你二人，前去詐降曹營，可敢前去？
張　富 李　貴	（同白）	末將等願往，就請都督分派。
周　瑜	（白）	命你二人，去到南郡城內，假降曹仁。但說本帥前者在陣交戰，中箭身死；眾將全身戴孝，軍國大事有程普執掌，"命我前來通報，他人隨後前來"。本帥大功成事之後，必有重賞。
張　富 李　貴	（同白）	遵命！正是：
張　富	（念）	奉了元帥令，
李　貴	（念）	假意降他人。

（張富、李貴同下）

周　瑜	（白）	吓，大夫傳令下去，命徐盛、丁奉設立空營一座，虛插旌旗，人馬俱往南郡城外，二處埋伏，堵截曹仁，奪取南郡！
魯　肅	（白）	得令！下面聽者：都督有令，命丁奉、徐盛設立空營一座，在南郡城外埋伏，堵截曹仁，奪取南郡；餘者眾將，進帳聽令！
丁　奉 徐　盛	（內同白）	吓！

（四文堂、四上手、丁奉、徐盛、大纛旗自兩邊分上）

眾　人	（同白）	有！
周　瑜	（白）	吓，子敬，今日奪取南郡，已在掌握之中，你可同本都督前去否？

魯　肅　（白）我心正想隨都督前去觀陣。

周　瑜　（白）好，正合我意。衆將官！聽我令下！

（唱）定下了一計巧心可放下，

　　　今日内取南郡好有功加。

　　　那一日一箭仇他提兵馬，

　　　在我的營門外大罵某家。

　　　叫衆將你與我提槍帶馬，

　　　今日裏他不防我去會他。

（衆人同下）

第　二　場

（四文堂、牛金、曹洪、曹仁同上）

曹　仁　（唱）我看周瑜難活命，

　　　落馬必然今日傾。

（曹純上）

曹　純　（白）禀元帥：今有城外來了東吴二軍卒，要見元帥，有機密軍中大事報知。

曹　仁　（白）帶上來！

曹　純　（白）得令。呔！下面聽者：元帥有令，命東吴二軍卒進帳，面見元帥！

（張富、李貴同上）

張　富
李　貴　（同白）元帥在上，張富、李貴叩見！

曹　仁　（白）你二人前來，有何機密大事相報？急速講來！

張　富　（白）小人等本是中原人氏，流落在東吴之地，相隨出兵。今日周瑜因前被罵氣憤，金瘡迸裂，回營即死；衆將掛孝擧哀，程普代印，責罰我等巡營懶惰，故此投降元帥。報知此信，以求收錄。

曹　仁　（白）你等此言可真？

張　富
李　貴　（同白）小人等前來報信，言語焉敢有謊？

曹　仁　（白）曹純聽令！

曹　純　（白）有！
曹　仁　（白）命你將他二人帶出營外歇息，元帥定有重賞用處。
曹　純　（白）得令。後面歇息。
張　富
李　貴　（同白）謝元帥！

（張富、李貴、曹純同下。曹仁看）

曹　仁　（白）來，有請陳矯大夫。
衆　人　（同白）有請陳矯大夫進帳！

（陳矯上）

陳　矯　（念）兵符在手，
　　　　　　　韜略藏心。
　　　　（白）參見元帥！
曹　仁　（白）吓，先生少禮。請坐。
陳　矯　（白）謝坐。相傳何事之有？
曹　仁　（白）方纔有那周瑜營中小軍，前來報信，說那周瑜被箭所傷，如今箭瘡迸裂，回營即時身亡。
陳　矯　（白）哦，周瑜身亡了！
曹　仁　（白）他死了！我有意，今夜前去劫寨，奪取周瑜的死屍，斬其首級，送赴許昌，以消赤壁之恨，故請大夫商議而行。
陳　矯　（白）妙哇！此計速行，不可遲誤。
曹　仁　（白）如此，兵符印信，交與先生，好好收掌。我同衆將領兵出城，乘今夜劫營便了！
陳　矯　（白）兵符印信，有我收掌。元帥此去劫寨大放寬心，南郡城內，有我陳矯，可保無事。元帥急速領兵出城去罷！
曹　仁　（白）牛金聽令！
牛　金　（白）在！
曹　仁　（白）命你帶本帳人馬，爲前戰先鋒。
牛　金　（白）得令！
曹　仁　（白）本帥自爲中軍。曹洪聽令！
曹　洪　（白）在！
曹　仁　（白）命你爲後路先鋒。
曹　洪　（白）得令！

曹　仁　（白）曹純聽令！

曹　純　（白）在！

曹　仁　（白）命你爲左部先鋒。

曹　純　（白）得令！

曹　仁　（白）就命先生看守城池。其餘兵將，盡行出城，前去劫營去者！

曹　洪
曹　純　（同白）得令！

　　　　（曹洪、曹純同下）

曹　仁　（唱）奮勇只在此一陣，

　　　　（衆人同下）

曹　仁　（唱）去此打劫寨把功成。

　　　　（曹仁下）

陳　矯　（唱）一見元帥上能行，

　　　　　　　且聽兵將報好音。

　　　　（陳矯笑，下）

第　三　場

（四文堂、四大鎧、關平、劉封、諸葛亮、劉備同上）

劉　備　（唱）離江口走了些崎嶇路徑，

　　　　　　　白日間閑住夜晚起行。

　　　　　　　又只見水迢迢青山隱隱，

　　　　　　　想起了劉景升無限傷情。

　　　　（白）先生，自離油江口，一路夜行而來，見此山水風土，想起吾兄劉表，生子不才，失落荆州，令人可嘆。

諸葛亮　（白）今日取南郡在邇，主公可以不必悲嘆。

劉　備　（白）聞得周瑜被曹仁藥箭所傷，勝敗尚在未定。只恐南郡城池，一時難以攻取。

諸葛亮　（白）主公大放寬心，山人知道。亮已料定，今夜一戰，定就可得此南郡也。所以先遣翼德、子龍，他二人久已前去左近埋伏，立取南郡，管保可得。

劉　備　（白）但願如此，乃是我劉備的洪福天命，真真可合我意。

諸葛亮　（白）衆將官！
衆　人　（同白）有！
諸葛亮　（白）將人馬緩緩而行，兵發南郡而去。聽我令下！
　　　　（唱）取荊襄妙計謀早已算好，
　　　　　　　小周瑜白傷兵無有功勞。
　　　　　　　也是那我主公洪福太好，
　　　　　　　我孔明自在有八卦高。
　　　　　　　衆將官急發兵南郡路到，
　　　　（衆兵將領諸葛亮同下）
劉　備　（唱）此去城外看根苗。
　　　　（笑）呵哈哈哈哈！
　　　　（劉備下）

第　四　場

（四文堂、牛金同上。【急三槍牌】）

牛　金　（白）吓，來此已是周瑜的營寨，如何靜悄悄的無人？
　　　　（牛金看）
牛　金　（白）莫非逃走了？待我來四面尋看。
　　　　（四下手、曹仁同上）
牛　金　（白）元帥來了。
曹　仁　（白）吓，牛將軍，元帥命你前來劫寨，爲何不殺？你且講來。
牛　金　（白）禀元帥：想我進營，也來看過，營中無人，俱是遍插旌旗，並無
　　　　　　　一人在此。此乃是空營一座，元帥觀看。
　　　　（曹仁看）
曹　仁　（白）哎呀，不好！本帥不是中了他的詭計不成！衆將官，看看退兵
　　　　　　　回去罷！
　　　　（炮響。四文堂、四上手、程普、呂蒙、周泰、甘寧自兩邊分上）
衆　人　（同白）呔！曹仁中了吾都督之計，還不下馬來降！
曹　仁　（白）殺！
　　　　（衆人同起打。曹洪、曹純同上，救曹仁同下。衆人同追下）

第五場

（四上手、四下手同上，開打，同下。程普上）

程　普　（白）某程普。今有曹仁帶領人馬出城，都督有令，曹仁敗走，盡力追趕！

（眾人同追下）

第六場

（設城。四文堂、四大鎧、張飛同上。【急三槍牌】）

張　飛　（白）呔，開城！

（陳矯上城）

陳　矯　（白）唗！誰人叫城？

張　飛　（白）這狗頭，本帥都不認得了！眾將官，答話！

四大鎧　（同白）唗！乃是元帥得勝而回，快快開城！

陳　矯　（白）果然是元帥得勝而回。黑夜之間，休得見怪。軍士開城！

龍　套　（內同白）開城來！

張　飛　（白）先搶進城！

（張飛下）

陳　矯　（白）哎呀，不好了！看這光景，不是元帥，必是周瑜的人馬。我不免懷抱兵符印信，趁此機會，逃出城去，尋找元帥，再作道理。

（唱）手握兵符懷抱印，

　　　趁此機會逃出城。

　　　心忙意亂向前奔，

（陳矯出城。四文堂、四大鎧、趙雲同上）

趙　雲　（唱）陳矯今欲何處行？

陳　矯　（白）哎呀！

趙　雲　（白）眾將官押陳矯進城者！

（眾人同進城，同下）

第 七 場

（四文堂、張飛同上）

張　飛　（唱）四面搜拿無蹤影，
　　　　　　　　陳矯難道會騰空？
　　　　　　　　此事如何去交令？
　　　　（白）這便怎麼好？
　　　　（四大鎧、趙雲同上）

趙　雲　（唱）翼德爲何帶驚神？
　　　　（白）翼德爲何發呆吓？

張　飛　（白）你也來了麼？軍師令我詐取南郡城池，囑咐千萬不可放去陳矯，收取他的兵符印信，詐調荆襄曹兵；不知這狗頭偏偏地躲藏不見，叫俺如何交令？

趙　雲　（白）翼德好大意！此乃要緊之事，如何被他去了？

張　飛　（白）唉！先前明明看他在城上，我進城拿他，他就走了不見，這豈不氣死了張翼德！陳矯既是走了，我不交令。

（報子上）

報　子　（白）報！軍師同主公進城來了。

趙　雲
張　飛　（同白）小心迎接！

（四文堂、關平、劉封、諸葛亮、劉備同上，同進城，同下。四文堂、關平、劉封、諸葛亮、劉備同上，同挖門）

諸葛亮　（白）翼德拿陳矯何在？
張　飛　（白）咳！
趙　雲　（白）已綁在外。
諸葛亮　（白）快押上來！
趙　雲　（白）唯！陳矯押上來！

（四大鎧押陳矯同上）

張　飛　（白）呔！子龍何故奪我頭功？
諸葛亮　（白）吓，住了，此非爭功之時。
趙　雲　（白）啊？

張　飛　（白）咳！

諸葛亮　（白）陳矯可將兵符印信呈上，饒你不死，還加重用。

陳　矯　（白）兵符印信在此，軍師請收下。

　　　　（諸葛亮看）

諸葛亮　（白）翼德聽令！

張　飛　（白）在！

諸葛亮　（白）你可拿此印信兵符，先差人假扮曹仁差官，星夜前去荊州，調取守城軍馬，來救南郡；待他人馬出城，你便乘空而入，襲取荊州，不得違誤。

張　飛　（白）得令！

　　　　（張飛下）

諸葛亮　（白）關平聽令！

關　平　（白）在！

諸葛亮　（白）你可持此兵符，著人假扮曹仁將官，前去襄陽，詐稱求救南郡，誘夏侯惇引兵出城；你便乘空而入，襲取襄陽城池，不得有誤。

關　平　（白）得令！

　　　　（關平下）

諸葛亮　（白）趙子龍聽令！

趙　雲　（白）在！

諸葛亮　（白）命你鎮守南郡。少刻周郎，必有帶兵將來此，你可緊守此城，不可大意。

趙　雲　（白）得令！

諸葛亮　（白）主公，翼德去襲荊州，恐其誤事；必須主公同亮前去照料。

劉　備　（白）軍師之言正是。

諸葛亮　（白）陳大夫。

陳　矯　（白）在。

諸葛亮　（白）隨我去到荊州，自有升賞。

陳　矯　（白）謝軍師。

諸葛亮　（唱）得南郡取荊州大事已定，
　　　　　　　今日裏方慰了主公之心。

劉　備　（笑）哈哈！
　　　　（唱）這也是劉玄德三生有幸，

多虧了我軍師奇才妙能。

（眾人同下）

趙　雲　（唱）俺趙雲今日內旗開得勝，

軍師令我守南郡城。

（趙雲下）

第　八　場

（四文堂、四大鎧、徐盛、丁奉、魯肅、周瑜、大纛旗同上）

周　瑜　（唱）安排妙計勝韓信，

一戰成功敗曹仁。

帶兵埋伏要路等，

（四下手、曹仁、曹洪、曹純、牛金同上）

曹　仁　（白）哎呀！

（唱）誰知落得是空營！

徐　盛
丁　奉　（同白）呔！曹仁休走，周都督在此！

曹　仁　（白）眾將官，向前殺！

（眾人同殺。程普、呂蒙、周泰、甘寧同上，開打，曹仁敗走，跑下。眾人同追下，同上）

周　瑜　（白）眾將官，不必追趕曹仁，奪南郡城池！

（唱）此時安穩取南郡，

（笑）哈哈哈！

（唱）方見用兵有奇能。

眾將隨我衝進城，

（當場設城。弓箭手、四大鎧、趙雲同上城）

趙　雲　（唱）須知城上有趙雲。

（白）都督少罪。

周　瑜　（白）你乃何人？

趙　雲　（白）俺常山趙雲，奉了諸葛先生將令，已取南郡城池了！

（周瑜怔）

周　瑜　（白）啊？

魯　肅　（白）如何？
周　瑜　（白）哇！諸葛村夫，何敢欺我！衆將官攻城！
衆　人　（同白）啊！
趙　雲　（白）如此有罪了！衆將官放箭！
衆　人　（同白）啊！
　　　　（弓箭手同放箭）
魯　肅　（白）慢着慢着。啊，都督，今孔明已得城池，一時也難攻取；不如且
　　　　退，再作良圖。
周　瑜　（白）唔。
趙　雲　（白）唔，魯大夫之言，足見高明。
魯　肅　（白）豈敢豈敢。
趙　雲　（白）都督退兵，趙雲也不出戰，免得兩家傷了和氣。衆將官，不必
　　　　放箭，緊守城池。
　　　　（趙雲、弓箭手、四大鎧暗同下。周瑜怔）
周　瑜　（白）啊？
　　　　（周瑜望）
周　瑜　（白）哎呀！諸葛村夫，如此可惡！
魯　肅　（白）不但可惡，而且可怕。
周　瑜　（白）咳！
程　普　（白）不如暫且退兵，命人先取荆州、襄陽之後，再來攻取南郡不遲。
　　　　（魯肅搖頭）
衆　將　（同白）程德謀言之有理，請都督即刻施行。
周　瑜　（白）衆將官！暫且退兵紮營。
　　　　孔明吓孔明！我不殺你——
魯　肅　（白）你還要殺他？
周　瑜　（白）誓不爲人也！
　　　　（魯肅搖頭。【尾聲】衆人同下）

取 南 郡

無名氏　撰

解　題

　　京劇。清無名氏撰。《慶昇平班戲目》著録,題"取南郡"。《京劇劇目初探》、《京劇劇目辭典》著録,《初探》題"取南郡";《辭典》題"取南郡"(之二),均又名"一氣周瑜"。均未署作者名。劇寫赤壁之戰後,周瑜欲取南郡,孔明聞訊,遣人邀周瑜過江飲宴,議論軍情,因張飛性情急燥,不令陪宴。周瑜得請柬,以示衆將。衆將因劉備、孔明曾受周瑜暗害,恐遭報復,勸勿前往。周瑜不聽,來至劉備駐地。劉備、關羽擺隊相迎。周瑜、孔明因赤壁往事,互致歉意,相約先由東吴攻取南郡,事如不成,再由劉備攻城。二人擊掌爲誓。周瑜辭歸,孔明即令趙雲領兵埋伏南郡城外,待曹仁出城劫營,即往襲取城池。周瑜回營,命太史慈攻頭陣,吕蒙爲接應。曹仁得報,使許褚、曹洪誘太史慈入山,用亂箭射傷,回營身死。周瑜接戰,佯受箭傷詐稱性命難保,用苦肉計重責程普,使往南郡詐降。曹仁中計,與程普約定明晚三更時分前往劫營,由程普爲内應。本事出於《三國演義》第五十一、五十二回。版本今有清李世忠編刊《梨園集成》本,該本題"取南郡全本"實則不全,取南郡一事並無交待,與盧勝奎本大不相同。今以《梨園集成》新刻《取南郡全本》爲底本標點整理。

第　一　場[1]

（四太監引劉備上）

劉　備　（念[2]）漢室衰紀綱不振[3],
　　　　　　　豺狼當道把君欺。
　　　　　　　憶昔當年起戰争[4],

>   桃園結義破黃巾。
>   虎牢關前戰呂布,
>   惹動群雄舉刀兵[5]。

（白）孤窮劉備。自當陽兵敗,屯軍夏口[6],結連東吳,共破曹操。且喜赤壁鏖兵,曹賊華容喪膽,退歸中原。雖然破了曹兵,孤窮尚未得城池,不免請師爺入帳商議[7]。內侍！請師爺進帳！

（太監白,孔明上）

孔　明　（念）周郎欲取南郡地,
　　　　　　　只在山人掌握中。
　　　　（白）參見主公！

劉　備　（白）師爺少禮,請坐。

孔　明　（白）謝坐。宣山人入帳,有何軍情？

劉　備　（白）先生,曹兵雖敗,奈孤窮未得城池,請先生與孤籌畫。

孔　明　（白）主公不知,臣也差人打聽周郎動靜,說他現今屯軍江口,必定要取南郡城池。

劉　備　（白）似此,如之奈何？

孔　明　（白）主公且放寬心,待臣略使小計,管教荊襄九郡,歸與主公掌握之中。

劉　備　（白）全仗先生。

孔　明　（白）來！傳下書人。

太　監　（白）來了！

（下書人上）

下書人　（念）能傳天涯信,
　　　　　　　善達機密情。
　　　　（白）小人叩頭。

劉　備　（白）見過師爺！

下書人　（白）叩見師爺！有何差遣？

孔　明　（白）有書信一封,命你去到江口周都督那裏投遞,書去人亦去。

下書人　（白）人回信也回。（下）

（關雲長上）

關雲長　（念）胸藏韜略世無雙,

張　飛　（念）豹頭環眼氣昂昂[8]。

|關雲長|（白）二哥！
|關雲長|（白）三弟！方纜師爺命人接周郎過江飲宴，也不知是何主意？
|張　飛|（白）一同進帳問個明白。
|關雲長
張　飛|（白）大哥！
|劉　備|（白）少禮。
|關雲長
張　飛|（白）師爺！
|孔　明|（白）還禮。
|劉　備|（白）坐下。
|關雲長
張　飛|（白）謝坐。
|劉　備|（白）二位賢弟，進帳何事？
|張　飛|（白）大哥，小弟與二哥正在後帳飲酒，忽聽師爺差人接那周郎過江飲宴，不知是何主意？
|孔　明|（白）此乃山人一計。
|張　飛|（白）先生，你早也不使計，遲也不使計，正在交鋒打仗，你還在那裏使計。只是俺們弟兄，還莫有安身之地哩！
|孔　明|（白）三將軍不知，想東吳費了兵馬錢糧，未得中原寸土，此番周郎要取南郡，待山人略施小計，管教他不能成功。
|張　飛|（白）先生，你道他不能攻取南郡，他如何有九郡八十一州之地？俺老張一言你且聽道：
（唱）一自當陽把兵敗，
兵困夏口無計策。
今日正要取疆界，
（白）先生！
（唱）你袖手旁觀用甚麼計和策！
|劉　備|（白）三弟！
（唱）三弟不須發狂言，
愚兄說來聽心間。
仁義本是桃園信，
免得罵名萬古傳。

關雲長	（白）三弟！
	（唱）先生韜略非尋常，
	何怕曹操與周郎。
	只要弟兄仁義廣，
	略施小計定興亡。
孔　明	（白）三將軍！
	（唱）三將軍說得肺腑情[9]，
	些須小事那在心。
	南郡且讓東吳取，
	略施一計把功成。
張　飛	（白）先生！
	（唱）
	周郎是個志謀人，
	老張也有個巧計生。
劉　備 關雲長	（白）三弟有何妙計？
張　飛	（白）大哥，周郎過江飲宴，等他坐在酒席之間，待老張向前這一把，將他擒住在手，教他把江東九郡八十一州讓與大哥坐，你們道好是不好？
劉　備 關雲長	（笑白）這個使不得。
張　飛	（白）這也使不得，那也使不得，依你們便怎樣？
劉　備 關雲長	（同白）先生自有妙計。
張　飛	（白）罷罷！就看他的妙計，少時周郎到來，那個陪宴？
孔　明	（白）少不得主公、二將軍陪宴。
張　飛	（白）俺老張呢？
孔　明	（白）三將軍你的性情不好。
張　飛	（白）吓，動不動說俺老張性情不好，你們都是好的！
劉　備	（白）不必多言，請至後帳。
	（念）桃園本仁義，
劉　備 孔　明 張　飛	（念）共成錦家邦。

（下）

校記

［1］第一場：原本不分場次。今依劇情分爲十三場。
［2］念：原本無此提示。今依情補。下同。
［3］漢室衰紀綱不振："衰"字，原本無。今依句式文意補。
［4］憶昔當年起戰爭："憶"字，原本作"一"。今依文意改。
［5］惹動群雄舉刀兵："群"字，原本作"勤"。今改。
［6］屯軍夏口："夏"字，原本作"下"。今改。
［7］不免請師爺入帳商議："商"字，原本作"謫"。今改。下同。
［8］豹頭環眼氣昂昂："眼"字，原本漏。今補。
［9］三將軍說得肺腑情："腑"字，原本作"胎"。今改。

第 二 場

（太史慈上）

太史慈　（念）赤膽雄心志氣豪[1]，
　　　　　　北海解圍把名揚。
　　　　　　一生事業扶明主，
　　　　　　衝鋒對壘世無雙。
　　　　（白）某太史慈。都督升帳，在此侍候。

（吕蒙上）

吕　蒙　（念）天生英雄不可當，
　　　　　　兩軍陣前逞剛強。
　　　　　　身披玲瓏猱猊鎧，
　　　　　　要與國家作棟梁。
　　　　（白）某吕蒙。都督升帳，在此侍候。

（文堂引周瑜上）【點絳唇[2]】

周　瑜　（念）莫說英雄國步難，
　　　　　　山川龍秀戰血漫。
　　　　　　交兵魏主旗旌退，
　　　　　　委質吳侯社稷安。

(白)本督姓周名瑜字公瑾，在吳侯駕前爲臣，官居統兵都督。曹操兵下江南，多得黃蓋老將軍，定下苦肉之計，孔明祭風借箭，將八十三萬兒郎命喪赤壁之間。曹瞞兵敗中原，四路城池俱已虛內，乘得勝之兵攻取南郡。爲帥字旗飄蕩，必有軍情。左右，轅門伺候。

（下上）（云云）

周　瑜　（白）孔明有書，待本督一看[3]。

（唱）【導板】

諸葛修書拜公瑾，

一一從頭看分明。

曹操兵敗中原境，

四路城池未定憑。

明請都督過江境，

二家商量破曹仁[4]。

忙將書信看完畢[5]，

軍士傳上下書人。

（云，上）

回去多謝你主，本督隨後就到。來！傳衆將進帳！

衆　　　（白）參見都督！

周　瑜　（白）少禮。

衆　　　（白）傳我等入帳，有何軍情？

周　瑜　（白）方纔劉備、孔明差人下書，接本督過江議論軍情。衆位將軍意見如何？

衆　　　（白）都督，那劉備、孔明與都督有舊日之仇[6]，此番過江，恐有暗害之心，依末將愚見，不去爲妙。

周　瑜　（白）衆位將軍，言之有理[7]。本督此去，見機而行，決無妨礙，營中之事煩勞衆位將軍料理。

衆　　　（白）得令！

（下）

周　瑜　（白）衆將，人馬過江。

（下）

校記

［1］赤膽雄心志氣豪："赤膽",原作"赤髮";"心"字下,原有一"膽"字,當爲改寫誤植。今爲正改。
［2］點絳唇:此曲牌三字,原本作"點鋒"。今依曲牌改。下同。
［3］待本督一看:"督"字,原本作"都"。今改。下同。
［4］二家商量破曹仁:"商"字,原本墨丁。今依文意補。
［5］忙將書信看完畢:"看完"二字,原本無。今依文意、句式字數補。
［6］那劉備、孔明與都督有舊日之仇:"那"字,原本爲墨丁。今依文意補。
［7］言之有理:"理"字,原本作"禮"。今改。

第 三 場

（衆上）

衆　　（念）南北干戈起,

　　　　　　何日享太平[1]。

　　　（白）周都督隨後就到。

孔　明　（白）下去。主公！少時周郎到此[2],問及山人[3],主公只說山人在他帳前借箭祭風,又不辭而歸,無顏相見。山人見面,自有言語。

劉　備　（白）先生請便。

　　　（孔明下）

劉　備　（白）傳四將軍入帳！

　　　（趙雲上）

趙　雲　（念）三國英雄將,

　　　　　　四海把名揚。

　　　（白）有何軍情[4]?

劉　備　（白）周郎到此,命你問宴,吩咐擺隊。

　　　（衆下走介）

劉　備　（白）都督！

周　瑜　（白）皇叔！

劉　備　（白）都督請！

（下上）

劉　備　（白）不知都督大駕到此，愚弟兄未曾遠迎，多有得罪！

周　瑜　（白）不敢！周瑜來得魯莽，皇叔、二君侯恕罪！

二　　　（白）不敢！

周　瑜　（白）皇叔相召，有何見諭？

劉　備　（白）日前蒙都督厚意，特備一酌[5]，以表寸心。

周　瑜　（白）不敢。想皇叔駕在東吳，本督一席未周，休得見罪！

劉　備　（白）言重。

周　瑜　（白）爲何不見諸葛先生？

劉　備　（白）他説在帳前借箭祭風，辦事不周，又不辭大駕而歸，無顔相見。

周　瑜　（白）哈哈！説哪裏話來？周瑜到此正當參謁，怎説不請來一會？

劉　備　（白）如此請先生！

（衆請介）

孔　明　（念）全憑三寸舌，

　　　　　　　打動志謀人。

　　　　（白）吓，都督！

周　瑜　（白）先生！

孔　明　（白）不知都督駕到，山人未曾遠迎，多有得罪！

周　瑜　（白）豈敢！一別尊顔，長懷思念。今日一見，足慰渴懷矣！

孔　明　（白）言重。想山人在都督帳下，借箭祭風，辦事不周，況又不辭大駕而歸，請上，待亮拜謝前情[6]。

周　瑜　（白）哎呀！不敢不敢！想先生駕在東吳，本督有簡慢，望乞恕罪[7]。

孔　明　（白[8]）到底是都督寬洪大量，不見罪山人。

衆　將　（白）宴齊！

劉　備　（白）看酒！

（安席）

衆　　　（白）都督請！【畫眉序】

周　瑜　（白）請問皇叔，當日桃園結義，共破黃巾，後得諸葛先生，名聞天下。請試説一遍，瑜當洗耳恭聽。

劉　備　（白）都督若不嫌細絮煩，待備一一奉告。

周　瑜　（白）請告！

劉　備　（唱）自幼身出樓桑地，
　　　　　　　桃園結義把名提。
　　　　　　　三請軍師成大義，
　　　　　　　虎牢關前把功立。
周　瑜　（白）請二君侯試説一遍？
關雲長　（白）都督！
　　　　（唱）家住在蒲州解良地[9]，
　　　　　　　爲誅雄虎把禍避。
　　　　　　　聖母賜泉改容貌，
　　　　　　　關羽二姓把名立。
　　　　　　　兄弟們桃園三結義，
　　　　　　　初破黄巾蓋世奇。
　　　　　　　弟兄失散徐州地，
　　　　　　　假意降曹且見機。
　　　　　　　曹操待某真情意，
　　　　　　　美女十二個個奇。
　　　　　　　官封亭侯賜金印，
　　　　　　　大紅錦袍美髯名。
　　　　　　　聞知大哥古城道，
　　　　　　　辭曹歸漢訪舊交[10]。
　　　　　　　千里路途保皇嫂，
　　　　　　　匹馬單刀霸陵橋。
　　　　　　　五關曾把六將梟，
　　　　　　　立斬蔡陽古城濠。
　　　　　　　這是兄弟團圓兆，
　　　　　　　都督，俺關某今日把閑話表。
周　瑜　（白）皇叔！
　　　　（唱）多蒙皇叔情誼厚，
　　　　　　　孫劉合意破曹兵。
孔　明　（白）都督！
　　　　（唱）曹瞞兵敗中原地，
　　　　　　　山人席前把話提。

　　　　　（白）請問都督，曹操雖然兵敗，四路城池都有能將把守[11]，不知都督是何主意？

周　瑜　（白）本都督奉了吳侯之命，帶領人馬正要攻取南郡。忽聞皇叔相召，尚未發兵。

孔　明　（白）實不相瞞，今日特備薄酌，請都督到此，相商破曹。但不知南郡城池，他家先取，誰人後破？

周　瑜　（白）先生説那裏話來，想曹操兵下江南，俺東吳費盡兵馬錢糧，未得中原寸土，南郡理應我家先取，怎説誰先誰後[12]？

孔　明　（白）是吓！若論城池，理該都督先取，亮從來不作無理之事[13]。倘若都督不能成功，那時節吾主取之，都督休要後悔吓！

周　瑜　（白）吓！先生你好小量人也。那南郡城池，俺周瑜若不能成功，任憑你主取之，俺決無後悔。

孔　明　（白）大丈夫一言既出，

周　瑜　（白）駟馬難追！

孔　明　（白）敢與山人合掌？

周　瑜　（白）如此得罪了。

孔　明　（唱）只爲江山事不穩，

周　瑜　（唱）二國相爭不差分。

孔　明　（唱）席前與你三擊掌，

周　瑜　（唱）管教一戰把功成。

　　　　　（張飛上）

張　飛　（白）咄，看他們在裏面飲酒，好不熱鬧，把俺老張一人丟在外面，冷冷清清[14]。也罷，俺且闖將進去！且慢，吓，大哥又要説俺粗鹵。有了，俺在外面發笑，大哥若是聽見，必定要宣俺進去，有理有理！

　　　　　（哈哈）

劉　備　（白）何人發笑？

太史慈　（白）三將軍。

劉　備　（白）宣！

太史慈　（白）宣三將軍入帳！

張　飛　（白）領旨！大哥、二哥你們在此飲酒，把兄弟丟在外面[15]，好不冷淡。這是何人？

太史慈　（白）周都督！

張　飛　（白）吓！就是周都督麼？

周　瑜　（白）三將軍！哈哈！

張　飛　（白）久聞都督大名，老張今日一見，果真話不虛傳。

周　瑜　（白）豈敢。三將軍誇獎。

張　飛　（白）都督到此，乃是客位，請上坐，待老張把敬幾杯！

周　瑜　（白）不敢，酒已够了。

張　飛　（白）説那裏話來。請上坐，坐。看酒，來，來，一定要奉敬幾杯！

周　瑜　（白）久聞三將軍在虎牢關前，大戰呂布，鞭打紫金冠，真乃一員虎將也。

張　飛　（白）豈敢，豈敢。都督誇獎。請！

周　瑜　（白）請！

張　飛　（白）都督，俺大哥、先生曾在你國中，受過都督的大恩，無以爲報，今日定要多多飲幾杯。

周　瑜　（白）皇叔與先生駕在東吳，多有得罪。三將軍休得取笑！

張　飛　（白）説甚麼得罪，還虧都督的照看照看。請！

周　瑜　（白）不敢，請！

張　飛　（白）都督，俺老張有幾句言語説將出來，都督休要見怪！

周　瑜　（白）三將軍有甚麼言語，但説無妨。

張　飛　（白）想俺家先生在都督帳前效勞，借箭祭風，也有些許的功勞，你不加恩賞，倒也罷了，怎麼反差人暗刺殺與他？若不是俺四弟駕舟接過江來，險些一命喪於你手！想你身居統兵大元帥，不行正直，反行那小人的見識。都督，俺老張一言你且聽道：

　　　　（唱）弟兄桃園來結拜，
　　　　　　勝似同胞一母胎。
　　　　　　曾破黄巾把賊敗，
　　　　　　虎牢關前顯將才。
　　　　　　曹操占住中原界，
　　　　　　要奪獻帝九龍臺。
　　　　　　多少英雄被他害，
　　　　　　董承馬騰哭哀哉。
　　　　　　孫劉二家原無礙，

暗計害人理不該。
身居東吳大元帥，
反施小人下賤才。
前番事而咱不怪，
都些須小計你弄乖[16]。

劉　備 關雲長	（同白）都督！

（同唱）三弟言語，你休見怪，

關雲長	（唱）他是個愚鹵你莫記心懷。
孔　明	（唱）提防曹孟德反你界，
張　飛	（唱）俺老張的言語也不壞。
周　瑜	（白）告辭了。

（唱）即忙回去把兵排。

張　飛	（白）都督！
周　瑜	（唱）誰記你匹夫小嬰孩？
張　飛	（白）誰是匹夫？
周　瑜	（白）你是匹夫。
張　飛	（白）哦哦！
周　瑜	（白）張飛狹路相逢，爾要打點了，仔細了！
張　飛	（白）放你娘的屁！打你囚攘內。

（周瑜下）

孔　明	（唱）小周郎領人馬令人可愛，
劉　備 關雲長	（同白）三弟！

（同唱）大丈夫容人量閑事丟開。

（同白）三弟，周郎到此，乃是客位。你也不該這等粗鹵！

張　飛	（白）他時常設計害俺弟兄，今日就說他幾句，怕他怪了不成麼！
劉　備	（白）先生自有主意。
張　飛	（白）罷罷！且看他的主意。
孔　明	（白）四將軍！命你帶領三千人馬，埋伏南郡城外，等曹仁出城劫營，你可悄悄殺入城中，占了城池，不得有誤。
趙　雲	（白）得令！

| 劉　備 | （念）要爲圖土與國計， |
| 衆 | （念）釣龍臺上等時來。 |

校記

［1］何日享太平："享"字，原本墨丁。今依文意補。

［2］少時周郎到此："到"字，原本爲墨丁。今依文意補。

［3］問及山人："問"字，原本空缺。今依文意補。

［4］有何軍情："何"字，原本作"候"。今改。

［5］特備一酌："酌"字，原本不清。今依文意補。

［6］待亮拜謝前情："前情"二字之下，還有"前情"二字，衍。今依文意刪。

［7］望乞恕罪："乞"字，原本作"豈"。今改。

［8］孔白：原本作"周白"。今依文意改。

［9］家住在蒲州解良地："蒲"字，原本作"莆"。今改。

［10］辭曹歸漢訪舊交："訪"字，原本作"放"。今改。

［11］四路城池都有能將把守："都"字，原本作"諸"。今改。

［12］怎說誰先誰後："怎"字，原本作"甚"。今依文意改。

［13］亮從來不作無理之事："理"字，原本漏。今依文意補。

［14］冷冷清清："清清"二字，原本作"净净"。今依文意改。

［15］把兄弟丟在外面："把"字，原本無。今依文意補。

［16］都些須小計你弄乖："乖"字，原本作"垂"。今改。

第　四　場

（魯肅上）

魯　肅	（念）【引】
	群雄鎮日動干戈[1]，
	怎能勾見太平山河。
魯　肅	（念）堪嘆赤壁鏖兵，
	火攻盡落江心。
	曹瞞華容喪膽，
	百萬兒郎無存。
	（白）下官魯肅，在吳侯駕前爲臣，官居大夫之職。奉命解糧草，軍

前應用。軍士們！將糧草車打往前行,你爺解杠隨後。帶馬！

(唱)南北相爭干戈鬧,

群雄割據孫劉曹。

獻帝懦弱終難保,

孟德勢壓衆臣僚[2]。

昔日項羽逞強暴,

掃滅狂秦伏群梟。

高祖爺兵入咸關道,

與民約法有三條。

韓信官卑並職小,

持戟郎官屈英豪[3]。

張良賣劍假遊道,

順說棄楚歸漢朝。

蕭何三次將他保,

登臺拜帥諳六韜。

九里山前埋伏妙,

張良月下品玉簫。

八千子弟吹散了,

虞姬血淚灑戰袍。

霸王敗走烏江道,

一統山河歸漢朝。

四百載基興隆兆,

全虧三傑謀略高。

一個個封侯稱王號,

父傳子,子傳孫,父子公孫,

千秋萬載永鎮名表。

錦繡家邦殘敗了,

大運迴圈又出了那謀朝篡位的奸曹。

(下)

校記

[1]群雄鎮日動干戈:"群"字,原本作"郡"。今改。

［２］孟德勢壓衆臣僚："僚"字，原本作"寮"。今改。

［３］持戟郎官屈英豪："戟"字，原本作"戰"。今改。

第 五 場

（將上）

將　　（念）戰將威風凛，

　　　　　　騰騰殺氣高。

（云云）

　　　　請了，都督過江飲宴，尚未回營，營外伺候。

報　子　（白）都督回營。

二　　（白）再探！

周　瑜　（白）可惱！

　　（唱）【導板】[1]

　　　　　　豪傑怒髮三千丈，

　　（上）惱恨張飛小兒太猖狂。

　　　　　　心中惱恨諸葛亮，

　　　　　　口出大言把人量。

　　　　　　怒氣不息回營房，

　　　　　　要殺桃園劉關張。

將　　（白）都督！今日過江飲宴，爲何怒氣不息？

周　瑜　（白）衆位將軍那裏知道，劉備接吾過江飲宴，議論破曹誰先誰後，孔明與我擊掌，倒也罷了[2]，可恨張飛小兒，在酒席筵前，言語搪攛，與他搶白一場，豈不可惱！

將　　（白[3]）都督！何不截除他的歸路，殺却劉備？

周　瑜　（白）待本都督破曹之後，定要與他較量[4]。但此番出兵，須要人人努力，個個爭先，定攻取南郡，教那諸葛才知東吳利害。

將　　（白）全仗都督虎威。

周　瑜　（白）太史慈聽令！命你攻打頭陣。呂蒙聽令！命你接殺二陣。

將　　（白）得令！

　　（下）

周　瑜　（白）掩門。

（下）

校記

［１］導板："導"字，原本作"倒"。今改。
［２］倒也罷了："倒"字，原本音假作"到"。今改。
［３］將白："將"字，原本半邊墨丁，半邊空白。今依文意補。
［４］定要與他較量："與"字，原本作"於"；"較"字，原本作"見"。今依文意改。

第 六 場

（二將起威白，下，衆、曹仁上）【點絳唇】

曹　仁　（念）頭戴金冠吐紅絨，
　　　　　　　身披甲胄響玲瓏。
　　　　　　　跨下龍駒如虎豹，
　　　　　　　能接戰驅馳疆場立大功。
　　　　（白）某曹仁。奉魏相旨意，鎮守南郡。近聞周瑜領兵攻取南郡，
　　　　　　　來！請二位將軍入帳。

（二將上）

二　將　（同念）
　　　　　　　奉了丞相旨，
　　　　　　　把守南郡城。
　　　　（同白）參見都督！
曹　仁　（白）二位將軍請坐。
二　將　（白）告坐。傳我等入帳，有何軍情？
曹　仁　（白）探人報道：周瑜帶領人馬，攻取南郡。請二位將軍入帳，一同
　　　　　　　商議。
二　將　（白）都督，量周瑜、孔明，他不犯吾城池則是罷了，他若領兵前來
　　　　　　　殺，教他片甲不回。
　　　　（唱）英雄豪氣三千丈，
　　　　　　　交鋒對壘世無雙。
　　　　　　　謾説孔明詭計巧[1]，
　　　　　　　雄兵一出有誰當。

許　褚	（白）	都督！
	（唱）	兩臂千斤似虎狼[2]，
		陣頭斬將鬼神忙。
		潼關戰敗馬超將，
		何懼周瑜小兒郎。
曹　仁	（唱）	二位將軍休逞強，
		本帥一言聽心上。
		周郎孔明謀略廣，
		小心在意要提防。
報　子	（白）	太史慈討戰！
二　將	（白）	再探！啟都督，太史慈討戰，待吾等出馬，務要生擒活捉太史慈、周瑜進帳。
曹　仁	（白）	二位將軍向前，本都督隨後就來接應。
二　將	（白）	得令！
		（下）
曹　仁	（白）	吀！二將此去，恐非太史慈敵手。眾將抬槍帶馬！
		（下）

校記

［1］謾說孔明詭計巧："詭"字，原本作"諉"。今依文意改。下同。

［2］兩臂千斤似虎狼："斤"字，原本作"歲"。今依文意改。

第　七　場

（太史慈、曹洪會陣）

太史慈	（白）	吀，來將通名！
曹　洪	（白）	大將曹洪。馬前敢是太史慈？
太史慈	（白）	曹洪，你主兵敗赤壁，還不下馬投降？少若遲延，金刀之鬼！
		（殺介，褚接仁，呂接仁，敗下）
曹　仁	（白）	太史慈殺法厲害，眾將敗到山谷之中[1]，亂箭齊發。
		（太史慈中箭，曹仁追下，眾引上，周瑜上）
周　瑜	（白）	眼觀旌旗云云。

（報上）

報　子　（白）太史慈帶箭回營。
周　瑜　（白）不好了！
　　　　（太史慈上，拔箭死）
周　瑜　（白）太史慈身亡，衆將殺上前去。
　　　　（會陣）（云云）
周　瑜　（唱）今日出兵敗了陣，
　　　　　　　中了那賊箭雕翎。
衆　　　（白）都督速醒！
　　　　（下）
周　瑜　（白）痛殺我也，衆位將軍，本督中了那賊之箭，爾等小心把守營門。
　　　　（衆下）

校記

［１］衆將敗到山谷之中："谷"字，原本作"各"。今改

第 八 場

周　瑜　（白）吓，大夫！
魯　肅　（白）都督！
周　瑜　（白）曹仁那賊，今番中吾之計也。
魯　肅　（白）都督有何妙計？
周　瑜　（白）大夫請坐，聽吾一言。
魯　肅　（白）請。
周　瑜　（白）曹仁那厮慣用藥箭傷人，有人傷他一箭，只在七日之內，性命必休。本督幸得身披重鎧，未曾透甲入骨，料也無礙。如今將計就計，若得一人效當初黃蓋之故，前去詐降，那時暗取南郡，猶如反掌之易爾！
魯　肅　（白）都督，觀看我營，何人能行此計？
周　瑜　（白）本督觀看滿營諸將，只有老將程普能行此計，叫他在營前高聲大叫，說道周郎中了曹仁藥箭，性命難保。有人投降，一同前往，三軍必然大亂。本帥察問此言，將他責打四十，趕出轅門，

去至彼營,獻了詐降之計。本督帶領人馬,暗取南郡,煩勞大夫前往[1]。

魯　肅　（白）領命。

周　瑜　（念）計就月中擒玉兔,
　　　　（下）

魯　肅　（念）謀成日裏捉金烏。
　　　　（白）咳,都督吓都督！前番用盡多少心機,費了無數兵馬,全未得中原寸土。今日又行此計,只怕難逃諸葛之手也。
　　　　（唱）曹孟德領人馬赤壁之境,
　　　　　　　只唬得衆文武膽戰心驚。
　　　　　　　若不是諸葛亮東風祭起,
　　　　　　　怎能勾三江口奏凱功成。

校記

[1]煩勞大夫前往:"往"字,原本作"亂"。今依文意改。

第　九　場

魯　肅　（白）來此已是。程將軍哪裏?
　　　　（程普上）

程　普　（念）戰鼓聲不息,
　　　　　　　干戈何日寧?
　　　　（白）大夫請進！

魯　肅　（白）請。

程　普　（白）請坐。大夫到此,有何話說?

魯　肅　（白）都督今日中了曹仁藥箭,幸得身披重鎧,未曾透甲入骨,料也無礙。如今將計就計,若得一人,效當初黃蓋苦肉之計爾！

程　普　（白）大夫若有用某之處[1],雖死不辭。

魯　肅　（白）好老將軍,果有忠心。都督言道:叫將軍在轅門之外,高聲大叫,說道周郎中了曹仁藥箭,只在七日性命難保。軍中無主[2],有人降曹,隨我前往之。軍中必然大亂,都督察問此言,老將只怕還要效黃公覆之故爾！

程　普　（白）大夫，某受吳侯三世之恩，慢說受刑，就是粉身碎骨，理所
　　　　　　當然。
魯　肅　（白）好老將軍，果有忠肝義膽。請上，受我一拜。
　　　　（唱）老將軍仗大義忠心耿耿，
　　　　　　果算得我東吳一大忠臣。
程　普　（唱）爲臣子必須要把忠來盡，
　　　　　　也效那黃公覆詐降曹營。
　　　　（白）軍中聽着！周郎中了曹仁藥箭，只在七日性命難保，軍中無
　　　　　　主，有人降曹，隨俺前往[3]。
　　　　（下）

校記

[1]大夫若有用某之處："某"字，原本作"謀"。今依文意改。
[2]軍中無主："軍"字，原本爲墨丁。今依文意補。
[3]隨俺前往："俺"字，原本作"奄"。今改。

第　十　場

（周瑜上）
周　瑜　（白）吓！何人言道降曹，大夫哪裏？
魯　肅　（白）都督何事！
周　瑜　（白）何人言道降曹，前去問來！
魯　肅　（白）何人言道降曹？
　　　　（内白）程普。
魯　肅　（白）住者。啓都督，乃是程普。
周　瑜　（白）吓！程普老兒，亂吾軍心，其情可惱，傳鼓升堂。
魯　肅　（白）傳鼓升堂！
　　　　（下）（起鼓，衆上）
周　瑜　（白）可惱程普亂軍情，欲起反意降曹營。來，傳程普入帳！
　　　　（傳介）（程普上）
程　普　（白）報，程普進，參見都督！
周　瑜　（白）住了。你深受東吳厚恩，爲何有背主降賊之心[1]？左右！推

　　　　出斬首。

衆　　　（白）啓都督！程普乃開國功臣，望都督開恩赦却！

周　瑜　（白）敢是與他講情？

衆　　　（白）望都督開恩！

周　瑜　（白）這麼，將他赦回來。

程　普　（白）謝都督不斬之恩。

周　瑜　（白）看在衆將討饒，死罪以免，活罪難逃。牢子手，揣下去，責一百
　　　　軍棍[2]。

衆　　　（白）都督，程將軍年老[3]，受刑不起，望都督饒恕！

周　瑜　（白）這麼，將他放起。

程　普　（白）謝都督的責。

周　瑜　（白）住了。似你這等背主之賊，要你則甚？衆將，亂棍打出營門！
　　　　（程普下）

周　瑜　（白）衆將聽令！今後有人言道降曹，提頭來見。
　　　　（下）

校記

［1］爲何有背主降賊之心："何"字，原本無。今依文意補。

［2］責一百軍棍："責"字，原本無。今依文意補。

［3］程將軍年老："軍"字，原本漏。今補。

第 十 一 場

（程普上）

程　普　（唱）老程普定下了苦肉之計，
　　　　　　　一心心破曹仁要把功成。
　　　　（白）俺程普與周都督定下詐降之計，暗取南郡。老天吓！老天吓！
　　　　　　但願大事成就，不枉我受此重刑也[1]！
　　　　（唱）爲國家顧不得身家性命，
　　　　　　　老程普受吳侯託孤之恩。
　　　　（下）

校記

［1］不枉我受此重刑也："枉"字，原本作"忘"。今依文意改。

第 十 二 場

（起更）

曹　仁　（唱）【導板】
　　　　聽樵樓鼓鼕鼕初更時候，
　　　　爲國家星夜裏馬不停留。
　　　　血戰沙場常掛心頭，
　　　　那得個安寧時受盡辛愁。
　　　　曹丞相領人馬八十三萬，
　　　　一心心下江南要滅孫劉。
　　　　又誰知小周郎謀略廣有，
　　　　諸葛亮那妖道暗使機謀。
　　　　老黃蓋秉忠心把苦肉計就，
　　　　龐鳳雛獻連環鬼哭神愁。
　　　　那闞澤詐降書膽略少有，
　　　　蔣子翼好一似火上添油。
　　　　南屏山祭東風三更時候，
　　　　燒得我曹營內衆兒郎，
　　　　一個頭焦爛額，啼啼哭哭，順水飄流。
　　　　在赤壁用火攻波濤奔走，
　　　　盜書信海底鰲上了金鈎。
　　　　只剩得十八騎殘兵敗卒，
　　　　華容道遇關公來釋放走[1]。
　　　　若不是壽亭侯恩高義厚，
　　　　君臣們才得脫離回轉許州。
　　　　怕的是東吳兵又來入城，
　　　　因此上命某家鎮守南丘。
　　　　昨日裏打一仗星馳電走，

太史慈帶箭逃一命甘休。
小周郎傷藥箭難逃吾手,
急忙忙喪家犬敗陣回頭。
叫人來掌銀燈把城樓來走,
又聽得他營中鬼哭神愁。
但願得周郎兒命喪吾手[2],
帶人馬殺他個有國難投。

（程普上）

程　普　（唱）一步來在城濠邊,
曹　仁　（白）看箭！
程　普　（唱）將軍箭下且留情。
曹　仁　（唱）城下來的那一個？
程　普　（唱）東吳程普是我名。

（仁"吓"）

曹　仁　（唱）你到城下因何故？
　　　　　　　你營主將可安寧？
程　普　（唱）都督有所不知情,
　　　　　　　周郎帶箭轉回營。
　　　　　　　末將有心來歸順,
　　　　　　　被他察出其中情。
　　　　　　　喝令一聲推出斬,
　　　　　　　責打一百趕出營。
　　　　　　　望都督從頭稟。

（曹仁"吓"）

曹　仁　（唱）你若是詐降爾的命難存。
　　　　　　　叫兒郎忙將繩索來繫定,

（進介）

曹　仁　（唱）來到大營問分明。
　　　　　（白）程將軍請坐。
程　普　（白）告坐。
曹　仁　（白）程將軍黃夜到此,有何大事相商？
程　普　（白）都督那裏知道,只因周郎中了都督藥箭,命在旦夕,軍中無有

　　　　　　　主將，末將有心前來投降，不想被他察出，就要取斬，多虧衆將
　　　　　　　講情，才得活命，責打一百軍棍，趕出營門，無奈歸降都督帳
　　　　　　　下，以爲報仇之計。
曹　仁　（白）唔！你乃東吳舊臣，豈有歸順他人之理。想那周郎詭計多端，
　　　　　　　敢莫又是那苦肉之計麼？
程　普　（白）末將怎敢？本是真心來降，望乞收錄。
曹　仁　（白）聽你言語支吾，莫非來得有奸？
程　普　（白）無奸。
曹　仁　（白）有詐？
程　普　（白）無詐。
曹　仁　（白）既無奸詐[3]，本帥就要驗看！
程　普　（白）都督請驗！
曹　仁　（白）左右看來！
　　　　　　　（應白）果有傷痕。
曹　仁　（白）老將軍受辱了，請坐。約定甚麽時候？
程　普　（白）明夜三更時候，都督前去劫營，末將以爲内應。
曹　仁　（白）用何物爲記號？
程　普　（白）用白布銀燈一盞，以爲認號。
曹　仁　（白）好老將軍，請回。成功之日，封官不小。
程　普　（白）謝都督，好好！
　　　　　　　（下）
曹　仁　（白）來！傳二位將軍入帳！
　　　　　　　（二將上）
二　將　（念）轅門鼓角三更靜[4]，
　　　　　　　夜宿貔貅百萬兵。
　　　　　　　（白）都督！
曹　仁　（白）少禮。
　　　　　　　（云云，云下）

校記

[1]華容道遇關公來釋放走："走"原本無。今依文意、句式字數、韻脚補。

[2]但願得周郎兒命喪吾手："但"字，原本墨丁；"得"字，原本無。今依文意、

句式字數補。

［3］既無奸詐："既"字,原本作"計"。今改。

［4］轅門鼓角三更靜："靜"字,原本作"净"。今改。

第 十 三 場

（魯肅上）

魯　肅　（唱）【導板】
　　　　哭一聲同謀人珠淚滾滾[1],
　　　　見靈牌不見我蓋國忠臣。
　　　　可嘆你爲江山心血用盡,
　　　　可嘆你在鄱陽練就水軍。
　　　　可嘆你年少小身掛帥印,
　　　　可嘆你爲吳侯錦繡乾坤[2]。
　　　　可嘆你三江口威風凛凛,
　　　　可嘆你破曹操赤壁鏖兵。
　　　　可嘆你爲社稷勤勞秉政,
　　　　可嘆你比師曠顧曲知音。
　　　　可嘆你自幼兒義氣聰明,
　　　　可嘆你丟下了舊日的英名。
　　　　到如今傷藥箭一旦喪命,
　　　　到如今顧不得公子夫人。
　　　　大營內讓何人排兵佈陣[3],
　　　　又若要見尊容萬萬不能[4]。
　　　　在靈前哭得我神魂不定,
　　（又又）都督!
　　　　好教人肝腸斷血淚淋淋。
　　　　曾記得我和你身在原郡,
　　　　勝似那同胞養管鮑之情。
　　　　到如今抛棄了魯肅子敬,
　　　　怕只怕曹仁賊來劫大營。

（哭下）（進城打,收兵）

校記

[1]哭一聲同謀人珠淚滾滾:"淚"字,原本漏。今補。
[2]可嘆你爲吳侯錦繡乾坤:"吳"字,原本作"哭"。今改。
[3]大營內讓何人排兵佈陣:"讓"字,原本作"把"。今依文意改。
[4]又若要見尊容萬萬不能:"容"字之後,原本有一"相"字,衍。今刪。

戰 長 沙

無名氏 撰

解 題

京劇。清無名氏撰。清道光四年(1824)《慶昇平班戲目》列有《戰長沙》。劇寫關羽奉命奪取長沙。長沙太守韓玄聞報,急召黃忠、魏延商討禦敵之策。二人爭先出戰,韓玄使黃忠出戰關羽,令魏延催糧,魏延心中不平。關羽與黃忠交戰,不分勝負,欲用拖刀計斬之,黃忠馬失前蹄,關羽云:關某不殺落馬之人,黃忠感之。次日會戰,黃忠射中關羽盔纓,關羽見狀,亦有所感。韓玄見此,疑黃忠有降桃園意,欲斬之。魏延解糧歸來,向韓玄求情,韓玄不許。魏延一怒殺韓玄,力勸黃忠,同降桃園。本事出於《三國志·蜀書·先主傳》、《三國演義》第五十三回。元刊《三國志平話》與元明間據《平話》改編的雜劇《走鳳雛龐掠四郡》有戰長沙,但與此劇情節不同。清傳奇《鼎峙春秋》有《老將甘爲明主用》一齣,係依《演義》改編。今見版本爲《戲考》本及以此本整理的《中國京劇戲考》本。今以《中國京劇戲考》本爲底本校點整理。按:該劇爲清代名伶程長庚、余三勝、張二奎、姚起山、譚鑫培、汪桂芬常演劇目。《京劇劇目辭典》著錄此劇,云有瑞德寶藏本,惜未見。

第 一 場

(關羽、四綠龍套同上)

關 羽 (念)【引子】

頭帶金盔雙翅飄,

胸藏韜略稱英豪。

(念)赤人赤兔並赤心,

青龍偃月破黃巾。

　　　　　弟兄桃園三結義，
　　　　　要把孫曹一掃平。
　　　（白）某，漢室關雲長，奉了軍師將令，帶領人馬，奪取長沙。軍校，
　　　　　聽爺令下。
　　　（唱）【西皮導板】
　　　　　軍師將令把某差，
　　　（唱）【西皮搖板】
　　　　　帳下兒郎兩邊排。
　　　　　杏黃旗不住空中擺，
　　　　　對對人馬鬧該該。
　　　（唱）【西皮快板】
　　　　　綠蓋罩定黃金鎧，
　　　　　胸中韜略有奇才。
　　　　　軍校與爺把馬帶，
　　　（關羽上馬）
關　羽　（唱）【西皮快板】
　　　　　奪取長沙把功開。
　　　（關羽、四綠龍套同下）

第　二　場

　　　（黃忠、魏延同上，同起霸）
黃　忠　（念）老將威名大，
魏　延　（念）鎮守在長沙。
黃　忠　（念）丹心換日月，
魏　延　（念）保主定邦家。
黃　忠　（白）俺姓黃名忠字漢升。
魏　延　（白）俺姓魏名延字文長。
黃　忠　（白）魏將軍請了，元帥升帳，在此伺候，請。
　　　（黃忠、魏延同下。四紅龍套引韓玄同上，【點絳唇】牌）
韓　玄　（念）志氣凌雲貫斗牛，
　　　　　全憑舌尖覓封侯。

東蕩西除安天下，
南征北剿幾時休？

（白）本帥，韓玄。奉曹丞相之命，鎮守長沙。探馬報道：關羽帶領人馬，奪取長沙。想長沙乃是咽喉之要道，必須定計而行。來，傳黃忠、魏延進帳。

手　　下　（白）黃忠、魏延進帳。

（黃忠、魏延同上）

黃　　忠
魏　　延　（同白）參見元帥。

韓　　玄　（白）二將軍少禮坐下。

黃　　忠
魏　　延　（同白）謝坐。元帥傳末將進帳，不知哪路軍情？

韓　　玄　（白）二位將軍哪裏知道：今有關公帶領人馬，要奪長沙，請二位將軍一同商議。

黃　　忠
魏　　延　（同白）再聽探馬一報，便知分曉。

（報子上）

報　　子　（白）關將討戰。

黃　　忠
魏　　延　（同白）再探。

（報子下）

韓　　玄　（白）二位將軍，關將討戰，哪位將軍出馬？

黃　　忠　（白）元帥傳令，待末將出馬，生擒關公進帳。

魏　　延　（白）老將軍且慢，想你年邁，豈是關公對手？待某出馬生擒關公。

黃　　忠　（白）魏將軍說哪裏話來，老只老頭上髮項下髯，胸中韜略卻也不老，又道是虎老雄心在，年邁力剛強。

（唱）【西皮搖板】

魏延把話錯來講，
壯了他人滅自強。
老只老，頭上髮，
殺人妙計腹內藏。
昔日有個姜呂望，
八十二歲遇文王。

周室基業他執掌，
留得美名萬古揚。
非是俺黃忠誇口講，
馬到成功立下主張。
此番出兵來打仗，
豈怕漢室關雲長？

魏　延　（唱）【西皮搖板】
老將軍休要誇口講，
（唱）【西皮快板】
心中錯怪魏文長。
關公威名不可擋，
誅過文醜斬過顏良。
過五關，斬六將，
擂鼓三通斬蔡陽。
你今與他來較量，
馬前馬後要提防。

韓　玄　（唱）【西皮搖板】
魏延休要把話講，
不會說話站一旁。
黃忠雖然年邁蒼，
豈怕漢室關雲長？
我今命他去出戰，
你與關公對刀槍。

黃　忠　（白）得令。
（唱）【西皮搖板】
黃忠得令出寶帳，
低下頭來自參詳：
老夫雖然六十上，
弓馬頗熟血氣剛。
瓦罐難免井口破，
大將難免陣前亡。
來來來，帶刀帶絲繮，

　　　　　　　會一會蒲州關雲長。

　　　　（黃忠下）

韓　玄　（唱）【西皮搖板】
　　　　　　　黃忠跨馬出寶帳，
　　　　　　　回頭再叫魏文長：
　　　　　　　我令命你一支令，
　　　　　　　四路催糧到軍前。

魏　延　（白）得令。

　　　　（唱）【西皮搖板】
　　　　　　　元帥將令往下降，
　　　　　　　單差某家去催糧。
　　　　　　　怒氣不息出寶帳，
　　　　　　　催糧回來問端詳。

　　　　（魏延下）

韓　玄　（唱）【西皮搖板】
　　　　　　　黃忠、魏延出寶帳，
　　　　　　　一來對敵二爲糧。
　　　　　　　三軍暫退蓮花帳，
　　　　　　　再等探馬報端詳。

　　　　（韓玄、四紅龍套同下）

第 三 場

（黃忠上）

黃　忠　（白）俺黃忠，奉了元帥將令，大戰關公，就此前往。

　　　　（龍套二龍出水同上，關羽上）

關　羽　（白）來將通名。

黃　忠　（白）老夫黃忠，馬前來的敢是關公？

關　羽　（白）然也，既知某家到此，還不下馬投降！

黃　忠　（白）哎！好生大膽的關公，你有何本領，敢取某的長沙？

關　羽　（白）若問某家的威風，你且聽道。

　　　　（唱）【西皮導板】

勒馬停蹄站疆場，
【西皮二六板】
黃忠老兒聽端詳：
我大哥堂堂帝皇相，
當今皇叔天下揚。
某三弟翼德猛虎將，
大喝一聲斷橋梁。
某四弟子龍常山將，
在長坂坡前救小王。
三請軍師諸葛亮，
神機妙算比人強。
某家出世斬熊虎，
顏良文醜刀下亡。
【西皮快板】
過五關斬六員將，
擂鼓三通斬蔡陽。
勸你早把長沙讓，
稍若遲挨在某的刀下亡。

黃　忠　（唱）【西皮搖板】
身坐雕鞍用目望，
【西皮快板】
關公打扮非平常：
丹鳳眼來臥蠶眉，
五綹長髯飄胸膛。
跨下一騎赤兔馬，
手中用的青龍鋼。
回頭便把話來講，
叫聲關公聽端詳：
某家十一、十二習弓馬，
十三、十四擺戰場。
你奪長沙休妄想，
豈不知強中自有強中強。

（黃忠、關羽同開打，同下）

第 四 場

（關羽上）

關　羽　（白）且住，黃忠殺法厲害，他若來時，拖刀傷他。
　　　　（黃忠上，開打，黃忠跌）
關　羽　（白）為何不往前進？
黃　忠　（白）馬失前蹄。為何不殺？
關　羽　（白）哦，關某不殺落馬之人，上馬去罷。
　　　　（黃忠上馬）
黃　忠　（白）咳。
　　　　（黃忠下）
關　羽　（白）人馬收回。
　　　　（關羽下）

第 五 場

（韓玄上）

韓　玄　（念）眼觀旌旗起，
　　　　　　　耳聽好消息。
　　　　（黃忠上）
黃　忠　（白）參見元帥。
韓　玄　（白）勝負如何？
黃　忠　（白）不分勝敗。
韓　玄　（白）軍家勝敗，古之常理，聽本帥令下。
　　　　（唱）【西皮搖板】
　　　　　　　二支將令往下降，
　　　　　　　黃忠向前聽端詳：
　　　　　　　若是生擒關雲長，
　　　　　　　凌烟閣上把名揚；
　　　　　　　倘若放走關雲長，

准备钢刀将尔伤。

（韩玄下）

黄　忠　（唱）【西皮摇板】

二次得令出宝帐，
想起阵前刀对枪。

（白）且住，想俺中了关公拖刀之计，是他不忍伤害於俺。想老夫自幼习就百步穿杨，百发百中。明日阵前，只射盔缨，不伤他的性命，以报不杀之恩。

（唱）【西皮快板】

百步穿杨包射好，
人人道我武艺高。
明日阵前归战道，
箭射盔缨报恩劳。

（黄忠下）

第 六 场

（关羽上）

关　羽　（唱）【西皮摇板】

黄忠阵前失了机，

（唱）【西皮快板】

要与某家比高低。
我把老儿好一比，
绵羊见虎把头栖。
将身且坐虎皮椅，
细听探马报端的。

（报子上）

报　子　（白）黄忠讨战。

关　羽　（白）再探。

（报子下）

关　羽　（唱）【西皮摇板】

叫人来带过赤兔骑，

要與黃忠比高低。
（黃忠上）

關　羽　（白）咦，昨日陣前饒你不死，今日還來送死？
黃　忠　（白）昨日陣前未曾提防，今日實要與你決一死戰。
關　羽　（白）休得多言，放馬過來。
（黃忠、關羽同開打，同下）

第 七 場

（韓玄上）
韓　玄　（唱）【西皮快板】
　　　　　黃忠陣前去打仗，
　　　　　不由本帥掛胸膛。
　　　　　三軍帶馬敵樓上，
　　　　　看看誰勝比誰強。
（韓玄上城。黃忠上）
黃　忠　（唱）【西皮搖板】
　　　　　百步穿楊射得好，
　　　　　箭射盔纓將他饒。
（關羽上）
黃　忠　（唱）【西皮搖板】
　　　　　搭上弓弦忙射到，
（黃忠射箭，下。關羽接箭）
關　羽　（白）呔！
　　　　（唱）【西皮搖板】
　　　　　用手接過箭一條。
　　　　　黃忠武藝真真好，
　　　　　暗放冷箭不為高。
（關羽下。黃忠上）
黃　忠　（唱）【西皮搖板】
　　　　　催馬來在戰場道，
　　　　　關公追趕怎肯饒。

　　　　　　　二次開弓箭放了，
　　　　（黃忠射箭，下。關羽上，接箭）

關　羽　（白）吓！
　　　　（唱）【西皮搖板】
　　　　　　　接過雕翎第二條。
　　　　　　　明知深山有虎豹，
　　　　　　　偏要追趕入籠牢。
　　　　（關羽下。黃忠上）

黃　忠　（白）且住，你看關公不解其情，打馬緊緊追趕，也罷，待俺射他的盔
　　　　　　　纓便了。
　　　　（關羽上）

黃　忠　（白）著箭！
　　　　（黃忠下，關羽接箭，下）

韓　玄　（白）且住，黃忠百步穿楊，百發百中。今日連放三箭，不傷他的性
　　　　　　　命，只射盔纓，必有心降順桃園之意。人來收兵。
　　　　（韓玄下）

第　八　場

（關羽、龍套同上）

關　羽　（白）且住，黃忠老兒，百步穿楊，百發百中。今日箭射盔纓，不傷某
　　　　　　　的性命，必有歸順之意。軍校將長沙團團圍住。
　　　　（關羽、龍套同下）

第　九　場

（魏延上）

魏　延　（念）腰掛三尺劍，
　　　　　　　定斬海底蛟。
　　　　（白）俺魏延，奉了元帥將令，四路催糧，糧草已齊，回營交令。
　　　　（魏延下）

第 十 場

（韓玄、龍套同上）

韓　玄　（唱）【西皮快板】
　　　　　烏鴉不住叫喳喳，
　　　　　本帥心中亂如麻。
　　　　　三軍帶路蓮花下，
　　　　　黃忠回來問根芽。

（黃忠上）

黃　忠　（唱）【西皮搖板】
　　　　　來在營門下戰馬，

韓　玄　（白）可惱吓可惱！

黃　忠　（唱）【西皮搖板】
　　　　　元帥爲何怒氣發？

韓　玄　（白）就爲你來。

黃　忠　（白）爲末將何來？

韓　玄　（白）我且問你，你的百步穿楊，百發百中，今日連放三箭，因何不傷他的性命？

黃　忠　（白）回稟元帥，昨日陣前，末將中了關公拖刀之計，他不忍傷害於我，我今日若將他人射死，旁人道俺黃忠不仁不義。

韓　玄　（白）哼，你只顧你的仁義，不顧本帥的長沙麼？
　　　　（唱）【西皮快板】
　　　　　聽一言來心頭嘔，
　　　　　起意歸順關、張、劉。
　　　　　吩咐兩旁刀斧手，
　　　　　推出營門斬人頭。

黃　忠　（唱）【西皮快板】
　　　　　元帥做事無來由，
　　　　　動不動要斬項上頭。
　　　　　黃忠一死何足嘔，
　　　　　落得美名萬古流。

邁步來在營門口，
不知何人把情求。
（魏延上）

魏　延　（唱）【西皮搖板】
來在營門下走獸，
因何捆綁說從頭。

黃　忠　（唱）【西皮快板】
都只爲龍爭並虎鬥，
兩軍陣前結下仇。
百步穿楊報仁厚，
他道我歸順關、張、劉。
進帳不容某開口，
推出營門要斬頭。

魏　延　（唱）【西皮快板】
老將軍不必心頭嘔，
魏延進帳把情求。

黃　忠　（唱）【西皮快板】
韓玄與你有仇恨，
何必爲我把命丟。

魏　延　（唱）【西皮快板】
老將軍不必面帶憂，
縱有大事我擔承。
回頭叫聲刀斧手，
你把老將留一留；
倘若誤斬老將首，
準備鋼刀割兒頭。
（龍套押黃忠同下）

魏　延　（唱）【西皮快板】
邁步如梭寶帳口，
魏延解糧轉回頭。
（白）末將交令。

韓　玄　（白）魏將軍的頭功，後帳歇息。

魏　延　（白）元帥,黃老將軍身犯何罪,爲何推出營門斬首?
韓　玄　（白）犯了本帥軍令。
魏　延　（白）斬了黃忠不大要緊,倘若桃園興兵前來,何人抵擋?
韓　玄　（白）還有魏將軍。
魏　延　（白）俺不管,你若赦了黃忠,末將出馬。
韓　玄　（白）定斬不赦。
魏　延　（白）你若不赦,某家就要……
韓　玄　（白）要怎樣?
魏　延　（白）就要反,反,反!
韓　玄　（白）哼!
　　　　（唱）【西皮搖板】
　　　　　　魏延說話禮太差,
　　　　　　敢在帳前嘴喳喳。
　　　　　　吩咐兩旁來拿下,
　　　　　　推出營門把頭殺。
魏　延　（白）哽!
　　　　（唱）【西皮搖板】
　　　　　　聽一言來怒氣發,
　　　　　　你把魏延當娃娃。
　　　　　　兩旁兒郎一齊殺,
　　　　（魏延殺龍套、韓玄）
魏　延　（唱）【西皮搖板】
　　　　　　問你赦他不赦他。
　　　　（魏延下）

第 十 一 場

黃　忠　（內唱）【西皮導板】
　　　　　　可恨元帥太無情,
　　　　（四龍套押黃忠同上）
黃　忠　（唱）【西皮原板】
　　　　　　一言未發問斬刑。

捨不得長沙好美景，
捨不得長沙衆黎民。
含悲忍淚法場進，
魏延到來問詳情。

（魏延上）

魏　延　（唱）【西皮搖板】
開刀先殺劊子手，

（魏延殺龍套）

魏　延　（唱）【西皮搖板】
老將軍醒來説從頭。
（白）老將軍醒來。

黃　忠　（唱）【西皮導板】
法場上綁得我昏迷不醒，
（唱）【西皮搖板】
但不知元帥可准情？

魏　延　（白）老將軍，某家進帳講情，是他不准，俺恨他不過，將他殺了。
黃　忠　（白）我却不信。
魏　延　（白）首級在此。
黃　忠　（唱）【西皮搖板】
一見人頭鮮血淋，
不由黃忠痛在心。
爲國忠良身喪命，韓元帥吓，

魏　延　（白）不許你哭。
黃　忠　（白）不哭。

（唱）【西皮搖板】
但願你陰魂赴天庭。
（白）魏將軍將元帥殺死，須要保守他的家眷才是。

魏　延　（白）俱被俺殺了。
黃　忠　（白）如此走。
魏　延　（白）哪裏去？
黃　忠　（白）去到魏王駕前請罪。
魏　延　（白）黃老將軍，我把你好有一比！

黃　忠　（白）比作何來？
魏　延　（白）鹹乾魚放生——
黃　忠　（白）此話怎講？
魏　延　（白）你連死活都不知。依某之計，歸順桃園，豈不是好！
黃　忠　（白）你去我不去。
魏　延　（白）你去是不去？
黃　忠　（白）我不去。
魏　延　（白）你不去我就要……
黃　忠　（白）吓，去去去！
魏　延　（白）走！
黃　忠　（白）走走走吓！
　　　　（唱）【西皮搖板】
　　　　　　惱恨元帥太不良，
魏　延　（唱）【西皮搖板】
　　　　　　一家大小喪無常。
黃　忠　（唱）【西皮搖板】
　　　　　　投降事兒全不想，
魏　延　（唱）【西皮搖板】
　　　　　　總有大事我承當。
　　　（黃忠、魏延同下）

三 氣 周 瑜

無名氏　撰

解　題

　　京劇。清無名氏撰。《京劇劇目辭典》著錄,題"三氣周瑜",又名"周瑜歸天"、"喪巴丘"。未署作者。劇寫孔明知周瑜以收川爲名率師西行,意在奪取荆州。孔明點動人馬,四下埋伏,阻擋周瑜過江。周瑜過江受阻,退回巴丘。孔明修書相勸,請以聯合抗曹爲重。周瑜讀後,氣滿胸腔,口吐鮮血,自知不久于人世,乃修本薦魯肅接替督都職務,哀嘆"既生瑜,何生亮",氣絶而亡。本事出於《三國演義》第五十六、五十七回。版本今見《繪圖京都三慶班真正京調全集》抄寫石印本(簡稱三慶班本)、《戲考》排印本及以此本整理的《中國京劇戲考》本。今以三慶班木爲底本,參考其他本校點整理,擇善而從。

第 一 場[1]

　　(四小軍、劉封、糜竺同上)

劉　封　(念)黑暗暗烏雲遮日,
糜　竺　(念)鬧嚷嚷殺氣連天。
劉　封　(白)請了。你我奉了軍師將令,帶領人馬,在江邊埋伏,不許周瑜過江。你聽喊殺連天,想必周瑜來也。衆將官,埋伏者[2]。
　　(衆人同下)

校記

[1]第一場:原本不分場次。今從《中國京劇戲考》本補場次。
[2]埋伏者:"者"字,原本無。今從《戲考》補。下文仍有此情,均據情補,不另

出校。

第 二 場

周　瑜　（内唱）【西皮導板[1]】
　　　　機謀不成反折兵，
　　　　（吳兵、周瑜、四將同上）
四　將　（同白）殺敗了，殺敗了！
周　瑜　（白）啊呀！
　　　　（唱）【西皮搖板】
　　　　咬牙切齒恨孔明。
　　　　把我心血俱用盡，
　　　　（周瑜吐介）
周　瑜　（唱）【西皮搖板】
　　　　失志敗陣又勞神。
　　　　（白）想吾周瑜，幾番用計，俱被孔明解破。孔明吓，孔明！你道吾
　　　　不能取川，俺定要奪取西川與你看看！不免將人馬且回南徐，
　　　　與吳侯商議，同領大兵，定要活捉孔明，以消我恨[2]。衆將官！
　　　　人馬撤回，江邊船去。
　　　　（四小軍、劉封、糜竺同上）
劉　封
糜　竺　（同白）呔，周瑜，我們奉了軍師將令，在此等候多時。還不下馬受
　　　　　縛就縛！
周　瑜　（白）啊呀，你看孔明這賊，使人擋住我的去路。衆將官，一齊上船。
劉　封
糜　竺　（同白）衆將與我放箭。
　　　　（張飛、魏延、趙雲同上）
張　飛
魏　延
趙　雲　（同白）周瑜哪裏走！
　　　　（衆人同殺。周瑜下）
張　飛　（白）衆將軍請了。軍師將令，不放他回去。你我就在江邊埋伏。
　　　　來，埋伏者[3]。

（衆人同下）

校記

［1］（内唱）西皮導板：導板，原本作"倒板"。今從《中國京劇戲考》本改補，不另出校。下文凡無"唱"字提示，均補。

［2］不免將人馬且回南徐，與吳侯商議，同領大兵，定要活捉孔明，以消我恨：此五句二十八字，《中國京劇戲考》本刪。今據原本補。第一句"且"字，原本無。今從《戲考》本補。

［3］來，埋伏者："來"之前，原本有"軍師有令"；"埋伏者"，原本無。今從《戲考》本刪、補。

第 三 場

（周瑜上，吳兵、四將同上）

周　瑜　（白）啊呀！俺本當轉回南徐，可恨孔明擋住去路，不容俺回都，這便怎處？衆將官，前面是甚麽地方？

衆　人　（同白）巴丘。

周　瑜　（白）將人馬撤回巴丘。

（吳兵同下。甘寧上）

甘　寧　（白）啓稟都督[1]，末將打聽孔明與劉備，在山頭飲酒取樂。

周　瑜　（白）孔明，你好妙計吓。咳！周瑜你好無志量。

（唱）【西皮摇板】

屢次興兵龍虎鬥，

損兵折將面含羞[2]。

諸葛計策真不透，

枉費徒勞統貔貅。

甘　寧　（白）稟都督[3]：諸葛亮差下書人到此。

周　瑜　（白）將書拿來，待我拆看："漢軍師中郎將諸葛亮，致書于東吳都督周公瑾先生麾下。亮自柴桑一別，至今念之不忘。聞足下欲取西川，亮竊以爲不可。益州民强地險，劉璋軟弱，足以自守。今勞師遠征，轉運萬里，欲收全功，管樂不能定其功[4]，孫武不能善其後。曹操失利於赤壁，志豈須臾忘報仇哉。今足下興兵遠征，倘曹操乘虛而至，江南齏粉矣。亮不忍坐視，特此告知，幸垂鑒。"啊呀，氣死我也！

（唱）【西皮導板】
　　氣滿胸膛噎咽喉，
（周瑜吐介）

周　瑜　（唱）鮮血不住順口流[5]。
　　　　　　大罵孔明詭計誘[6]，
　　　　　　這封書好一似神鬼鈎[7]。

四　將　（同白）吓！都督息怒，保全身體要緊。

周　瑜　（白）衆位將軍，我周瑜今番性命休矣。吾這裏寄書回見吳侯，説周瑜不能生回，可將兵權印璽付與魯肅執掌，衆將協力報效，自有封妻蔭子之日，共成大業。就煩甘將軍[8]，與吾帶書，叩見吳侯。

甘　寧　（白）末將願往。

周　瑜　（白）磨墨伺候[9]。
（唱）【西皮導板】
　　上寫周瑜三叩首，
（唱）【西皮原板】
　　誠惶誠恐奉吳侯[10]：
　　爲臣光寵不長久，
　　空食爵禄數十秋。
　　倘若爲臣死之後，
　　魯肅可以統貔貅。
　　周瑜手書頓首叩[11]。
　　甘寧轉達奉龍樓。

甘　寧　（唱）辭別都督出帳口[12]，
　　　　　　披星戴月不停留。
（甘寧下）

周　瑜　（唱）【西皮搖板】
　　鮮血難忍涌出口[13]，
（周瑜吐介）

周　瑜　（唱）【西皮搖板】

不由虎目血淚流。

本都督性命不長久，

（周瑜吐介）

周　瑜　（白）列位將軍。

（唱）【西皮搖板】

吾有一事要懇求。

四　將　（同白）都督有何言語吩咐，末將敢不盡心。

周　瑜　（白）咳，列位將軍，想我料難逃生[14]。我死之後，你們拿住孔明，將他碎屍萬段。我在九泉之下，也感衆位將軍之恩。

（唱）【西皮搖板】

對着衆將雙叩首，

拿住孔明報冤仇。

眼望江東忙叩首，

拜謝主恩謝吳侯。

五臟崩裂血涌流，

（周瑜吐介）

周　瑜　（白）蒼天呀，蒼天呀！既生瑜你何生亮，若生亮你莫生瑜。啊呀！

（唱）【西皮搖板】

無常一到萬事休，

氣絕咽喉。

（周瑜死）

四　將　（同白）啊呀都督吓！

（同唱）【西皮搖板】

氣絕咽喉陰曹走，

可嘆英雄萬事休。

將　甲　（白）衆位將軍，都督己死，你我好好看守，等候旨意到來，便知明白。

四　將　（同白）有理，請，衆將官，緊守營門。

（衆人同允，抬周瑜同下）

校記

[1] 啓稟都督："啓"字，原本作"乞"。今從《戲考》本改。

[2] 損兵折將面含羞:"面"字,原本作"好"。今從《戲考》本改。

[3] 稟都督:"稟"字,原本作"乞"。今從《戲考》本。下同。

[4] 管樂不能定其功:"管樂"二字,原本漏。今據《戲考》本補。

[5] 鮮血不住順口流:原本作"紅光不住涌出口"。今從《戲考》本改。

[6] 大罵孔明詭計誘:原本"誘"字,《戲考》本改作"有"。今不從,仍其舊。

[7] 這封書好一似神鬼鈎:此句原本作"這封書將似神鬼勾"。今從《戲考》本改。

[8] 就煩甘將軍:"就"字,《戲考》本作"敢"。今不從。

[9] 磨墨伺候:"磨"字,原本作"摩"。今從《戲考》本改。

[10] 誠惶誠恐奉吳侯:此句原本作"臣惶臣恐奉吳侯"。今從《戲考》本改。

[11] 周瑜手書頓首叩:此句《戲考》本作"周瑜頓首書叩"。今不從,仍其舊。

[12] 辭別都督出帳口:"帳口"二字,原本作"貔貅"。今從《戲考》本改。

[13] 鮮血難忍涌出口:"鮮血"二字,原本作"紅光"。今從《戲考》本改。

[14] 想我料難逃生:原本"我"字,《戲考》本作"吾"。今不從,仍其舊。下同。"逃"字,原本作"偷"。今從《戲考》本改。

第 四 場

(劉備上)

劉　備　(念)周瑜無故起干戈,

　　　　　　未知狼烟幾時休。

(諸葛亮上)

諸葛亮　(唱)欄江排下千絲網[1],

　　　　　　何愁魚兒不上鈎。

　　　　(白)主公。

劉　備　(白)先生請坐。吓,先生陰陽,能奪周郎詭計,調遣諸將,四路埋伏,不知勝負?先生又命人下書[2],是何緣故?

諸葛亮　(白)主公不知:昨晚山人仰觀天象,見將星墜落西地,周郎必去世矣[3]。山人方纔這封書,乃是閻王邀帖。

劉　備　(白)先生又來了。他正用謀之時,先生何能定人生死?吓,先生,此事恍惚。

諸葛亮　(白)主公不信,少時便知明白。

（報子上）

報　子　（念）奉命下書到吳營，
　　　　　　　貔貅帳內報軍情。
　　　　（白）稟上主公、軍師，末將奉命下書于周郎[4]。瑜忽見書，嘔血身亡。特來啟稟主公軍師知道[5]。

諸葛亮　（白）主公如何？

劉　備　（白）先生預料不錯，使孤拜服。

報　子　（白）稟軍師：三千歲與眾將俱在巴丘，候軍師令下。

諸葛亮　（白）你先去，少時自有令下。

（報子下）

劉　備　（白）吓，先生！周瑜亡故，東吳誰人領兵？

諸葛亮　（白）周瑜亡故，東吳並無他人可領[6]，只有魯肅，為人忠厚，印璽必是他掌。

劉　備　（白）我兵當如何安之[7]？

諸葛亮　（白）主公不曉，亮觀天象，將星聚於東方。吾此番要到吳營，假意弔孝為由，往東方去訪賢士，扶保主公。

劉　備　（白）先生，東吳將士，恨你切骨[8]，又去弔孝，豈不是羊入虎口？不可前去。

諸葛亮　（白）不妨。周郎在世，亮都不懼，他今已死，又何患乎？山人從巴丘而過，帶趙雲前去，料然無事。

劉　備　（白）吓，先生吓！
　　　　（唱）【西皮搖板】
　　　　　　　先生休得自逞強，
　　　　　　　東吳人兒似虎狼。
　　　　　　　你今去把吳營闖，
　　　　　　　怕的失機難提防。

諸葛亮　（唱）【西皮搖板】
　　　　　　　主公但把寬心放，
　　　　　　　山人言來聽端詳：
　　　　　　　任他東吳人馬壯，
　　　　　　　自有妙計暗提防。
　　　　　　　辭別主公出寶帳，

哪怕東吳百萬將。

（諸葛亮下）

劉　備　（唱）【西皮搖板】
　　　　　先生此去心難放，
　　　　　好叫孤王費思量[9]。
　　　　　但願此去平風浪，
　　　　　想趙雲跟去料無妨[10]。

（劉備下）

校記

［1］欄江排下千絲網："排"字，原本作"曬"。今從《戲考》本改。

［2］先生又命人下書："人"字，原本漏。今從《戲考》本補。

［3］周郎必去世矣："去世矣"三字，原本作"故"。今從《戲考》本改。

［4］末將奉命下書于周郎："末將"二字，原本作"下人"。今從《戲考》本改。

［5］特來啓稟主公軍師知道："特"字，原本作"回"；"啓稟"，原本作"稟啓"。今從《戲考》本改。

［6］東吳並無他人可領："他"字，原本作"一"。今從《戲考》本改。

［7］劉備（白）我兵當如何安之："劉備（白）"，原本漏。今從《戲考》本補。"當"字，原本無。今從《戲考》本補。

［8］恨你切骨："切骨"二字，原本作"太甚"。今從《戲考》本改。

［9］好叫孤王費思量："費"字，原本作"自"。今從《戲考》本改。

［10］想趙雲跟去料無妨："想"字，原本作"吓"。今從《戲考》本改。

第　五　場

（四將同上[1]）

四　將　（同唱）被圍巴丘待旨降，
　　　　　　　　滿營將官俱掛喪。

將　軍　（白）眾位將軍，請了。

四　將　（同白）請了。

將　軍　（白）只因都督終命，甘寧寄書回往江東，奏知吳侯。怎麼還不見到來？

四　　將　（同白[2]）待等報到，便知明白。

　　　　　（報子上）

報　　子　（白）稟衆位將軍：吳侯有旨，命魯大夫掛印，隨後有旨，將元帥屍首收殮，然後停喪柴桑候旨[3]。

龍　　套
四　　將　（同白）知道了。

　　　　　（內白）都督到。

校記

［1］四將同上：原本作"吳將上"。今從《戲考》本改。

［2］同白：原來作"甘白"。今從《戲考》本改。

［3］然後停喪柴桑候旨："停喪"，原來作"抬於"。今從《戲考》本改。

黄鶴樓

無名氏 撰

解　題

　　京劇。清無名氏撰。《京劇劇目辭典》著録，題"黄鶴樓"，又名"竹中藏令"、"過江赴宴"。未署作者。劇寫周瑜邀劉備過江，至黄鶴樓赴宴，欲乘機索取荆州，劉備懼不敢往。孔明使趙雲一人隨行，趙雲亦心懷疑懼，不敢應命。孔明予一竹簡，謂簡中藏有妙計，臨危開看，可保無事。劉備、趙雲遂一同過江。周瑜請劉備上黄鶴樓，設宴相待。席間，周瑜向劉備索取荆州，劉備婉拒，趙雲則理直氣壯地拒絶，周瑜大怒下樓，傳令衆將圍住黄鶴樓，不見他的令箭不許放走二人。趙雲打破竹簡，見内藏周瑜令箭，乃係南屏山祭風時所用。二人即將令箭交付守樓的甘寧、魯肅。魯肅見令箭放行。周瑜知劉備已走，生氣暈倒，魯肅唤醒周瑜，始知中計，即令甘寧率兵追趕。時劉備、趙雲早已安然過江，追之不及。本事不見正史與《三國演義》。元刊《三國志平話》與元朱凱《劉玄德醉走黄鶴樓》都寫黄鶴樓故事，内容基本相同，惟送信人"平話"爲糜竺，"雜劇"爲姜維，但與該劇情節大不相同。明《草廬記》傳奇黄鶴樓故事與元雜劇大同小異。版本今有國家圖書館藏清刊《繪圖京都三慶班真正京調全集》汪桂芬曲本、《醉白集》本。今以汪桂芬曲本爲底本，參考其他本校點整理。

第　一　場[1]

（四太監引劉先主上）

劉　備[2]　（念）【引】

　　　　義德人和，滅孫曹，孤心安樂。

劉　備　（念）皎月明朗照英雄，

权衡卧龙建奇功。
雖得土地歸皇圖，
未能隨意高祖風。

（白）孤劉備，乃大樹樓桑人氏。曾與關張桃園結義，共破黃巾，創立疆土，在那卧龍岡，請得諸葛先生，復興漢室之基業，坐鎮荆州。刻下與東吳未分明白，是孤時常憂慮，正乃天助人意，重興漢室基業。

（劉封上）

劉　封　（念）爲將當逞勇，
　　　　　　臨陣足如風。
　　　　（白）啓皇叔，東吳有書，請皇叔觀覽。

劉　備　（白）呈上來。下去。
　　　　（劉封應，下）

劉　備　（白）哦！大漢皇叔劉備賢婿劉玄德親拆[3]。待我拆開一觀。
　　　　（唱）【西皮】
　　　　　　自別賢婿吾心想，
　　　　　　思兒念婿實慘傷。
　　　　　　早來免我倚門望，
　　　　　　爲有國太作商量。
　　　　　　吓，看罷了書信心驚慌，
　　　　　　忙請先生論陰陽。
　　　　（白）內侍！有請諸葛先生。
　　　　（監應，傳介）

孔　明　（內白）領旨。
　　　　（孔上）

孔　明　（念）東吳又設擒龍網，
　　　　　　須挑良將捉虎狼。
　　　　（白）吓！主公千歲。

劉　備　（白）先生，請坐。

孔　明　（白）謝坐。宣山人進帳，有何國事議論？

劉　備　（白）只因東吳國太，思孤成疾，致書前來，命孤過江，先至黃鶴樓上宴飲，然後入宮朝參。現有書信在此，請先生看來！

孔　明　（白）主公,山人早已知道,何必看這書信,早已回覆甘寧去了。
劉　備　（白）怎樣的回他?
孔　明　（白）我道主公即刻過江,已命他先去稟覆東吳國太。
劉　備　（白）哦!先生已命甘寧回覆國太去了?但是此事還是好意呢、詭計吓?
孔　明　（白）噯!那周郎詭計多端,豈有甚麼好意來請主公呵!
劉　備　（白）吓!先生既知詭計,因何回覆甘寧,説孤即刻過江吓?孤王不去,孤王不去!
孔　明　（白）主公,聽天由命,豈可隨人。如若不去,豈不被人談論。
劉　備　（白）是吓!先生,若要孤前去,必須多帶人馬虎將,乃孤王才得放心。
孔　明　（白）來!請四將軍進帳。
　　　　　（監應,傳介）
趙　雲　（内白）來也。
　　　　　（趙雲上）
趙　雲　（念）一出長坂建奇功,
　　　　　　　衝鋒對壘氣概雄。
　　　　　　　曹兵聞風皆喪膽,
　　　　　　　誰人不知趙子龍?
　　　　　（白）吓,主公千歲!
劉　備　（白）四弟平身。
趙　雲　（白）千千歲!
劉　備　（白）見過師爺。
趙　雲　（白）吓!先生,有何差遣?
孔　明　（白）只因東吳有書前來,請主公過江,至黃鶴樓飲宴,命你保駕前往。
趙　雲　（白）先生,準備多少人馬?
孔　明　（白）不用帶得人馬,只須你君臣就是了。
劉　備　（白）噯!乃是孤王不去。曾記前番孤過江,孤王險喪東吳。今又過江,須要多帶人馬才是吓!
孔　明　（白）主公吓!
　　　　　（唱）【西皮】

　　　　　　古言吉人有天相，
　　　　　　主公何必帶愁腸。
　　　　　　黃鶴樓上飲宴賞，
　　　　　　四將軍保主諒無恙。
劉　備　（唱）【西皮】
　　　　　　噯！先生把話錯來講，
　　　　　　休題當年赴會在河梁。
　　　　　　美人之計孤不想，
　　　　　　太后定計配鴛鴦。
　　　　　　孫劉結仇山海樣，
　　　　　　孤豈肯把性命送入虎狼。
孔　明　（白）哦！是了。
　　　　（唱）【四六】
　　　　　　將言激動常山將，
　　　　　　君臣禍福要同享。
　　　　　　袖手旁觀你怎樣，
　　　　　　你又怕周郎謀略強。
趙　雲　（白）先生！
　　　　（唱）【急板】
　　　　　　休將子龍來小量，
　　　　　　怎記當年無敵將。
　　　　　　主公但把龍心放，
　　　　　　有臣保君過長江。
劉　備　（白）吓！
　　　　（唱）【搖板】
　　　　　　我四弟言語也一樣，
　　　　　　倒叫孤王少主張。
　　　　　　回言便與先生講，
　　　　　　孤王言來聽端詳。
　　　　　　倘若我命東吳喪，
　　　　　　招孤靈魂入廟廊。
　　　　（白）先生！如今孤王願去了，但是須要多帶人馬才是吓！

孔　明	（白）	不用人馬。
劉　備	（白）	吓！還是不用人馬，難道孤王一人過江不成麼？
孔　明	（白）	非也。只須四將軍護駕前往就是了。
趙　雲	（白）	先生，不准俺帶兵過江，倘若東吳暗有埋伏，還是拳打足踢不成！
劉　備	（白）	照吓！
孔　明	（白）	四將軍，將這竹節帶在身旁，倘遇不測，將這竹節打開，能當百萬雄兵。
劉　備	（白）	四弟，將這竹節劈開一看，內是甚麼東西？
孔　明	（白）	噯！看過就不靈了。
劉　備	（白）	哦！看過就是不靈了。四弟，諒必先生怕我死于東吳，故而叫這竹節劈開，與孤王當做引魂幡。
孔　明	（白）	主公吓！

（唱）竹節無有三尺長，
　　　內藏兵機退敵將。
　　　若遇不測打開看，
　　　可保主公回故鄉。

趙　雲　（白）得令。

（唱）【四六】
　　　師爺從不虛言講，
　　　定有神機按陰陽。
　　　願主洪福從天降，
　　　逢凶化吉轉呈祥。
　　　江南不能久安享，
　　　未知何日得川疆？

孔　明	（白）	於本月十六日，我命人來至江邊，迎接主公便了。
劉　備	（白）	你命人到江邊，還是接我的靈魂罷！
孔　明	（白）	主公何故出此不吉之言？
劉　備	（白）	坑死我也！

（唱）【搖板】
　　　好一個大膽諸葛亮，
　　　誆哄孤王過長江。

龍潭虎穴孤去闖，

孔　明　（白）山人送駕！

劉　備　（白）咳！

　　　　（唱）【搖板】

你活活的送孤去見閻王。

　　　　（下）

張　飛　（內白）走吓！

　　　　（張飛上）

張　飛　（唱）【四六】

瞽目無睛諸葛亮，
大事不與咱商量。
東吳計害我兄長，
去了只怕難回鄉。

　　　　（白）可惱吓，可惱！

孔　明　（白）吓！三千歲！如何怒氣不息？

張　飛　（白）俺大哥今到黃鶴樓上飲宴，如何不與俺老張知道？

孔　明　（白）噯！你知道了亦要去，你不知道亦是要去。

張　飛　（白）吓！怎麼不叫俺老張同去？

孔　明　（白）此事用你不着，出帳去罷。

張　飛　（白）噯！先生！俺三人桃園結義，誓同生死。三顧茅廬，請你下得臥龍岡，指望恢復漢室社稷。誰料至今一事不成，你還坐立安穩。為何將咱大哥送入東吳？咳！你好狠心也。

　　　　（唱）【快板】

古云交同刎頸降，
桃園結義誓難忘。
同心勝似一母養，
烏牛白馬祭上蒼。
一在三人恩義重，
一人身喪三人亡。
東吳設計害兄長，
你送我兄祭刀槍。
你手摸胸膛自思想，

人不平心禽獸腸。

孔　明　（唱）【四六】
　　　　　周郎請主把宴賞，
　　　　　將軍何必帶愁腸。
　　　　　子龍能敵千員將，
　　　　　準備十六轉還鄉。
　　　　　算定無虛準陰陽。

張　飛　（白）哦！如若不準呢？

孔　明　（唱）【四六】
　　　　　將我首級高掛上。

張　飛　（白）你可是算定咱大哥準于十六日回來？

孔　明　（白）正是。

張　飛　（白）如若不回呢？

孔　明　（白）我有首級抵償。

張　飛　（白）好。
　　　　（唱）【快板】
　　　　　陰陽有準我心爽，
　　　　　休怪老張性剛強。
　　　　　望恕寬洪滄海量，
　　　　　莫將閑言話愁腸。
　　　　　恭身施禮出寶帳，
　　　　　想起我兄淚洋洋。
　　　　　周郎若害我兄長，
　　　　　統領人馬過長江。
　　　　　剿滅東吳心始暢，
　　　　　宰那周郎當豬羊。
　　　　（白）哎！
　　　　（下）

孔　明　（唱）欲害我主自損將，
　　　　　孫權屢次爲荊襄。
　　　　　漢室基業漢執掌，
　　　　　你今只好笑一場。

（笑）哈哈哈！

（下）

校記

[1] 第一場：原本不分場。今依劇情分爲五場。
[2] 劉備：原本作"劉先主"。今改用姓名，下同。下文其他人亦均改用姓名，不另出校。
[3] 劉玄德親拆："拆"字，原本作"折"。今改。下同。

第 二 場

（場又四白文堂大鎧引周瑜上）

周 瑜　（唱）【搖板】
　　　　水軍衝破長江浪，
　　　　對對兒郎武藝强。
　　　　功爵爭來皇恩賞，
　　　　一聲呼喚文武忙。
　　　　劉備中計命必喪，
　　　　討回荊州取襄陽。

（甘寧上）

甘 寧　（唱）【搖板】
　　　　輕舟催泊無阻擋，
　　　　陸路豈知水路長。
　　（白）啓都督，劉備過江來了。

周 瑜　（白）哦！劉備過江來了。可有多少人馬？

甘 寧　（白）只有子龍一人。

周 瑜　（白）哦！只有子龍一人。哈哈哈！孔明吓孔明！你也中我之計也。甘將軍聽令！

（甘寧應）

周 瑜　（白）吩咐駕舟相迎。

甘 寧　（白）得令。

　　（下）

第 三 場

（八紅手下，一船夫引趙雲、劉備上場斜門介）
（八白手下，一船夫引甘寧、周瑜下場斜門介）

周　瑜　（白）吓！皇叔過江來了。

劉　備　（白）都督！

周　瑜　（白）哈哈哈！皇叔請過船！

劉　備　（白）請。

周　瑜　（白）如此攙手而行。

劉　備　（白）請。
　　　　　（趙雲過舟，甘寧攔介）

甘　寧　（白）不准過船。

趙　雲　（白）誰敢攔阻？

周　瑜　（白）此位是誰？

劉　備　（白）就是四弟子龍。

周　瑜　（白）哦！原來是四將軍！

劉　備　（白）是是是。

周　瑜　（白）如此請。
　　　　　（同下）（原人全上，挖門）

周　瑜　（白）不知皇叔駕到，瑜未曾遠迎，望求海涵。

劉　備　（白）豈敢。備少來問候，望都督恕罪。

周　瑜　（白）豈敢。

劉　備　（白）怎麼不見太后？

周　瑜　（白）只因太后染病在床，吳侯不能遠候，故而命瑜代勞。

劉　備　（白）哦哦！如此有勞都督。請！

周　瑜　（白）吓！望那裏去吓？

劉　備　（白）進宮去見太后吓！

周　瑜　（白）且慢。在那黃鶴樓上，
　　　　　（衆應介）吓！皇叔有請。

劉　備　（白）都督請。

周　瑜　（念）相逢花中錦，

劉　備　（念）知己叙衷腸。
　　　　（同下）

第　四　場

（魯肅上）

魯　肅　（念）劉備已中計，
　　　　　　　一死總無疑。
　　　　（白）下官魯肅，只因劉備久借荊州不還，幸蒙都督誆他過江，取討荊州，故而命我設宴伺候。
　　　　（小過門介）（白）有請都督！
　　　　（吹打）（劉備、趙雲、周瑜上樓，趙雲攔介）

周　瑜　（白）請吓！
趙　雲　（白）請。
周　瑜　（白）大夫，下樓料理軍務去罷。
魯　肅　（白）是。黃鶴樓上酒一席。咳！劉備吓劉備！死在頃刻不知。哈哈哈！
　　　　（下）（劉備神介，趙雲暗下）
周　瑜　（白）吓，皇叔請！
劉　備　（白）都督請。（【畫眉序】）
周　瑜　（白）皇叔請吓，請吓！這……
　　　　（劉備慌介）
劉　備　（白）都都都都督請請！
周　瑜　（白）吓，哈哈哈！皇叔，瑜有一言相告，則是難以啓齒。
劉　備　（白）都督有何金言？
周　瑜　（白）想當初赤壁鏖兵，火燒戰船的時節，借去荊州，屯軍養馬，至今不還，是何道理？
劉　備　（慌白）這個！
周　瑜　（白）哈哈哈！還俺的荊州來吓！
劉　備　（白）噯！都督吓！
周　瑜　（笑）哈哈哈！
　　　　（趙雲暗上）

劉　備　（唱）【西皮慢板】
　　　　　　劉備出世無根本，
　　　　　　東闖西奔少技能。
　　　　　　荆州承蒙你應允，
　　　　　　有心還望等幾春。
　　　　　　待我西川身安穩，
　　　　　　依然還你荆襄郡。
周　瑜　（白）此言差矣！
　　　　（唱）【快西皮】
　　　　　　出言怎不心問口，
　　　　　　你將此話把誰誘。
　　　　　　赤壁鏖兵俺臨陣，
　　　　　　爲你費神就心憂。
趙　雲　（白）住了。
　　　　（唱）【急板】
　　　　　　古言禮正當言順，
　　　　　　因何將刀擋我君。
　　　　　　曹兵百萬如潮涌，
　　　　　　掃盡吳狗滅江東。
　　　　　　你國君臣全無用，
　　　　　　個個膽戰弔了魂。
　　　　　　魯肅前往荆襄郡，
　　　　　　百般哀告求臥龍。
　　　　　　諸葛先生陰陽準，
　　　　　　南屛山上祭東風。
　　　　　　燒得曹瞞心膽痛，
　　　　　　偃旗息鼓敗華容。
　　　　　　江東失魏復占功，
　　　　　　知恩不報反逞雄。
　　　　　　漢劉社稷本一統，
　　　　　　仲謀豈有半毫分。
周　瑜　（白）住了。

　　　　　（唱）【四六】
　　　　　　　聽他言來怒氣衝，
　　　　　　　子龍滅俺蓋世功。
　　　　　　　君臣若不開愚朦，
　　　　　　　量你二人難騰空。
劉　　備　（唱）我四弟性剛言直蠢，
　　　　　　　劉備施禮陪將軍。
　　　　　　　望都督寬限日期容，
　　　　　　　占了西川必報恩。
趙　　雲　（白）噯！
　　　　　（唱）【四六】
　　　　　　　主公休要討情分，
　　　　　　　漢室基業誰不聞。
　　　　　　　四百餘載承天運，
　　　　　　　周郎何能奪乾坤。
周　　瑜　（白）好。
　　　　　（唱）【四六】
　　　　　　　我樓下兵將齊圍困，
趙　　雲　（唱）猛虎豈怕犬一群。
周　　瑜　（唱）將你君臣成虀粉，
趙　　雲　（唱）子龍將軍膽包身。
周　　瑜　（唱）聽罷言來動無命，
　　　　　（白）劉備！
　　　　　（唱）不還荊州命難行。
趙　　雲　（唱）要還荊州我應允，
周　　瑜　（白）拿來吓？
趙　　雲　（白）吓！
　　　　　（唱）你東吳還有幾美人。
周　　瑜　（白）噯呀！
　　　　　（唱）【四六】
　　　　　　　聞言不語心頭悶，
劉　　備　（白）都督那裏去？

周　瑜　（唱）【搖板】
　　　　　　　下樓曉諭衆三軍。
　　　　（白）衆將官！
　　　　（手下兩邊上介）
　　　　（白）爾等把守樓門，叫那劉備寫下媵國約文，退還荊州。有了本督
　　　　　　　令箭，方可放他君臣下樓，如若私自放走，違令者斬。（下）
　　　　（衆應照白抄下）
劉　備　（白）噯喲！諸葛亮吓，諸葛亮！你害苦了吾了。
　　　　（唱）【搖板】
　　　　　　　逼勒孤王把酒飲，
　　　　　　　黃鶴樓上遇殺星。
　　　　　　　周郎今日要孤命，
　　　　（白）咳，諸葛亮吓！
　　　　（唱）【四六】
　　　　　　　我死黃泉目不瞑。
　　　　（白）噯喲！四弟吓！如今周郎逼勒孤寫下媵國約文，這這這這便
　　　　　　　怎麼處？
趙　雲　（白）主公不必心慌，想當初，俺在那長坂坡前，百萬之衆，殺進殺
　　　　　　　出。今一小周郎有何畏哉？
劉　備　（白）哎！四弟，先前長坂坡前，乃是有槍有馬，如今在這黃鶴樓上，
　　　　　　　還有拳打足踢不成麼！
趙　雲　（白）照吓！先前在那長坂坡前，有槍有馬，如今在這黃鶴樓上，叫
　　　　　　　俺還是拳打足踢不成！
劉　備　（白）照吓！
趙　雲　（白）噯呀！主公臨行之時，師爺贈俺竹節一根，吩咐與我，若遇爲
　　　　　　　難之際，將那竹節打開，能擋百萬雄兵。
劉　備　（白）四弟，不要信他，這是妖道的謠言呵！
趙　雲　（白）咳，主公吓！
　　　　（唱）【四六】
　　　　　　　先生之言豈失信，
　　　　　　　八卦陰陽向有靈。
　　　　　　　急難之時有救應，

還望主公細詳情。

劉　　備　（白）還要詳甚麼情呵！分明這牛鼻子老道，誆我君臣至此，死這黃鶴樓上呵！你將這竹節打開，快與我當做引魂幡罷！

趙　　雲　（白）領旨。竹節吓竹節！先生言道，你能擋百萬雄兵。如今我君臣，被周郎兵困在黃鶴樓上，怎麼不見你動靜？

（唱）【快板】

先生若你來指引，

急難怎不現真形。

君臣若能離陷阱，（介）

叫我內外解不明。（搥三下介）

搥開竹節觀風景，

（笑）哈哈哈！

（唱）有這令箭勝有兵。

（白）吓！主公，如今有了脫身之計了。

劉　　備　（白）有何妙計？

趙　　雲　（白）竹節內面，現有周郎的令箭在此。

劉　　備　（白）待我看來。吓！水軍都督周。噯呀！實是我的救命王菩薩到了，四弟快與孤傳令下樓。

趙　　雲　（白）隨臣來！

劉　　備
趙　　雲　（同唱）天子有靈助真命，

趙　　雲　（唱）令箭一枝退萬兵。

（四白文堂大鎧引甘寧[1]、魯肅上）

魯　　肅　（白）吓！你君臣下樓往那裏去？

趙　　雲　（白）你周郎令箭在此，命我君臣下樓，退還荊州，拿來看！

魯　　肅　（白）吓！果然都督的令箭。

趙　　雲　（白）閃開了。

（唱）【搖板】

今日權且饒你命，

劉　　備　（唱）【四六】

龍歸滄海虎歸嶺。

（同下）

校記

［1］四白文堂大鎧引甘寧："白"字，原本作"伯"。今改。

第 五 場

魯　肅　（白）有請都督！

　　　　（周瑜上）

周　瑜　（念）趙雲縱有千隻手，

　　　　　　　劉備難下黃鶴樓。

　　　　（白）吓！大夫，劉備可曾寫下滕國約文？

魯　肅　（白）劉備君臣已經去遠了。

周　瑜　（白）如何放他逃走吓？

魯　肅　（白）是都督放他走的吓。

周　瑜　（白）我何曾放他逃走吓！

魯　肅　（白）現有都督令箭在此。

周　瑜　（白）在那裏？

魯　肅　（白）請看。

周　瑜　（白）待我看來，水軍都督周。噯呀！

魯　肅　（白）噯呀都督醒來醒來！

周　瑜　（唱）【導板】

　　　　　　　一場妙計成畫餅，

　　　　　　　孔明他有先見明。

　　　　　　　吉凶禍福他早定，

　　　　　　　再定妙計殺他人。

魯　肅　（白）都督！既是放他君臣走了，如何又要動怒吓！

周　瑜　（白）噯呀，大夫！我何曾放他們逃走吓！

魯　肅　（白）既不是都督放他們逃走，這枝令箭那裏來的？

周　瑜　（白）這個，噯呀，大夫吓！這是當初赤壁鏖兵火燒戰船之時，命那孔明借東風的這枝令箭，被他帶去。誰料至今還在吓！孔明吓孔明！我不殺你誓不為人也。

　　　　（唱）【搖板】

　　　　　南屏祭風遵我令，
　　　　　妖道滅我心懷恨。
　　　　　劉備逃走真僥倖，
　　　　　怨恨不能殺孔明。
魯　肅　（白）都督如今令箭亦還了，劉備亦走了，你就是氣死亦是枉然了。
　　　　　到底是性命要緊吓！
周　瑜　（白）好，甘寧聽令！分付太史慈旱路追趕。（甘應介）甘將軍隨我
　　　　　追趕劉備者。
　　　　　（排子下）
魯　肅　（唱）志量淺薄周公瑾，
　　　　　屢次失計終不成。
　　　　　爲的荆州約秦晉，
　　　　　賠了夫人又折兵。
　　　　　（笑）哈哈哈！
　　　　　（下）

柴 桑 口

無名氏 撰

解 題

　　京劇。清無名氏撰。《道咸以來梨園繫年小録》著録,題"柴桑口"。《京劇劇目辭典》著録,題"柴桑口",又名"孔明弔孝"、"卧龍弔孝",未署作者。劇寫周瑜死後,諸葛亮至柴桑弔祭,哭訴不能合力拒曹之憾,東吴部將始欲殺之,爲其哀哭所感動。諸葛亮並勸龐統投劉備,然後安然回荆州。周瑜子追之,被張飛殺死。本事出於《三國演義》第五十七回,但無周瑜子追孔明被張飛嚇殺情節。史傳無孔明弔孝事。明傳奇《草廬記》、《鼎峙春秋》均有此情節。版本今有國家圖書館藏《繪圖京都三慶班真正京調全集》薛耀卿曲本、《醉白集》本。今以薛耀卿曲本爲底本,參考其他本校點。

第 一 場[1]

（吹打,魯肅上）

衆　將　（白）迎接都督。

魯　肅　（白）吓,衆位將軍!

衆　將　（白）恭喜都督,賀喜都督!

魯　肅　（白）衆位將軍,吴侯命我指教兵機,衆位,如有不周之處,還望衆位將軍指教。

　衆[2]　（白）豈敢。

魯　肅　（白）元帥屍首可曾收殮?

衆　將　（白）俱已收殮了。

報　子　（白）上乞都督,諸葛先生弔孝來此。

魯　肅　（白）吓! 他帶了多少人馬?

報　子　（白）帶了一名小卒。
魯　肅　（白）知道了。
　　　　（報子下）
衆　將　（白）吓,都督！孔明將元帥氣死,他今前來弔孝,何不將他拿住,活祭元帥,以息我等之恨。
魯　肅　（白）噯,衆位將軍！孔明用兵如神,他今前來弔祭,必有能將跟隨,你們不可造次。少時到來,必須以客相待。
衆　將　（白）是,我等遵命！
魯　肅　（白）噯呀！先生吓！你好大膽量。你我乃敵國,衆將俱在切齒之時,你又前來弔祭,若不是我再三攔阻,你命休矣！
孔　明　（白）吓,都督,魯先生！
魯　肅　（白）請坐。
孔　明　（白）有。
魯　肅　（白）先生駕到,未曾遠迎,望乞恕罪。
孔　明　（白）豈敢,今日一來恭喜都督,二來弔祭先帥,以表我心。
魯　肅　（白）何當先生駕臨。來！祭禮擺設靈前。
　　　　（小吹打）（下又上,讀祭文,文白）
　　　　　嗚呼公瑾,
　　　　　不幸夭亡。
　　　　　修短固天,
　　　　　人豈不傷？
　　　　　我心實痛,
　　　　　酹漿一觴。
　　　　　君其有靈,
　　　　　享我烝嘗。
　　　　　從此天下,
　　　　　與誰相商。
　　　　　嗚呼痛哉,
　　　　　伏維尚饗！
孔　明　（白）噯呀吓,都督吓！
　　　　（唱）諸葛站靈前,
　　　　　　　祈君聽我言。

不幸身亡故，
使我淚不乾。

（唱）【悲調】
漢軍師諸葛亮站立靈前，
哭一聲周公瑾細聽哀腸。
自幼兒習學了文武才廣，
可算得擎天柱架海金梁[3]，
三國中論英雄公賽杜廣，
勝孫吳高頗牧定國安邦。
可嘆你興霸業割據南方，
可嘆你似孟嘗高才雅量。
可嘆你破肝膽報效國王，
可嘆你燒赤壁曹賊膽喪[4]。
可嘆你用計謀以弱為強，
可嘆你如皓月英雄氣爽。
可嘆你命大夫兩下荊襄，
可嘆你要取川人馬浩蕩。
可嘆你美人計誆我劉王，
可嘆你調南郡太守執掌。
可嘆你使巧計孔明難防，
可嘆你祭東風妙計在上。
可嘆你苦肉計好狠心腸，
可嘆你討荊州為國身亡。
在九泉休恨我諸葛亮，
這也是各為主圖報國王。
恨蒼天不死我諸葛亮，

（哭介）都督吓！

孔　明　（唱）願只願我命休願你還陽。

（吹打）
化紙拈香奉酒一觴，
君其有靈望君受享。

（化紙白）噯呀，都督吓！只望你我設計破曹，誰知你不幸夭亡。你今已死,亮並無心腹之人了,還叫我用甚麼計?破甚麼曹?痛殺我也!噯吓!

(唱)諸葛亮不願你把命來喪,
　　　願只願你在世共起家邦。
　　　周公瑾你一死去了左膀,
　　　漢江山有他在他是開國兒郎。
　　　魯子敬在帳內呆了一樣,
　　　那知道我腹內另有主張。
　　　對衆將哭嚎啕悲聲大放,吓,都督吓!
　　　這叫我用計謀誰能抵擋。

魯　肅　(白)吓!
　　　(唱)見孔明只哭得甚是悲慘,
　　　　又只見衆將士珠淚兩行。
　　　　我這裏勸先生休把淚放,
　　　　也是那周都督壽終數短。
　　　(白)先生不必啼哭,還須保重身體。

孔　明　(白)咳!大夫,我與公瑾行事,惟有他知我心腸,我知他肺腑。他今已死,叫我怎不傷心!
　　　(哭介)

魯　肅　(白[5])先生且免悲傷。

衆　將　(白)呀!先生如此傷感,我等無不敬服先生。看起來真是個好人吓!

孔　明　(白)非也。此乃都督各爲其主,衆位將軍須要同心協力,共扶霸業,若得漢家安靜,再來恭賀。告辭了。

魯　肅　(白)後帳擺宴,與先生洗塵。

孔　明　(白)不消。告辭了。
　　　(唱)別了魯子敬忙出寶帳,
　　　　改日裏再來叙衷腸。
　　　(下)

魯　肅　(唱)有這等孔先生前來弔祭,
　　　　嘆壞了東吳的大小英雄。
　　　(報上)

報　子　（白）乞都督，周公子到了。
魯　肅　（白）伺候了。
　　　　（周循上）
周　循　（唱）聽言道我的父喪在沙場，
　　　　　　　因此上奉母命前來探喪。
　　　　（吹打）噯呀，爹爹吓！
　　　　（唱）見靈柩不由我兩淚汪汪，
　　　　　　　父只爲爭荆州爲國身亡。
　　　　　　　不由我肝腸碎血淚淋淋，
　　　　　　　拋下了母子們無有下場。
衆　將　（唱）上前來勸公子休要悲傷，
魯　肅　（唱[6]）你的父登仙界難得還陽。
衆　將　（白）吓，公子，都督去世，不能回生，不必悲傷。
周　循　（白）衆位將軍，我父之死，都是諸葛亮詭計，氣嘔我爹爹身亡。望衆位將軍，拿住孔明，與我爹爹雪恨。
衆　將　（白）吓，公子！那個孔明是一個好人。
周　循　（白[7]）怎見得？
衆　將　（白）那孔明先生帶了祭禮，祭了又哭，哭了又祭，故知是個好人。
周　循　（白）幾時去的？
衆　將　（白）方纔去的。
周　循　（白）噯呀，都督吓！方纔孔明到此，爲何不將他拿住，活祭靈前，與我父雪恨？
魯　肅　（白）噯呀，公子！那孔明用兵如神，又有趙雲跟隨，若是動手，又恐他變。
周　循　（白）請都督發兵，追趕孔明回來。如若不然，我將拼死此地。
衆　將　（白）既然如此，就請都督發兵。
魯　肅　（白）這個但憑衆位將軍。
　　　　（下）
周　循　（白）衆位將軍，追趕孔明去罷。
　　　　（下）

校記

［１］第一場：原本不分場。今依劇情分爲二場。
［２］衆將：原本作"净"。今依上下文改。
［３］可算得擎天柱架海金梁："金"字,原本作"經"。今改。
［４］可嘆你燒赤壁曹賊膽喪："膽喪"二字,原本作"喪膽",失韻。今改。
［５］魯肅（白）："魯"字,原本漏。今補。
［６］魯肅（唱）："唱",原本作"白"。今改。
［７］周循（白）："周"字,原本作"少"。今依前後文改。

第 二 場

（孔明上）

孔　明　（笑）哈哈哈！
　　　　（唱）可笑他東吴衆將英雄,
　　　　　　　怎知我諸葛亮腹内陰陽。
　　　　　　　望一排白茫茫旌旗招展,
（鳳雛上）

鳳　雛　（白）那裏走！
　　　　（唱）縱有拍天膽,
　　　　　　　難逃吾的手。
　　　　（白）好吓,你將我周瑜氣死,來到靈前。假意弔孝,明欺我東吴無人。來來來,我與你分個上下。

孔　明　（白）來的可是鳳雛？你敢來出此狂言,難道我怕你不成！

鳳　雛　（笑）哈哈哈！
　　　　（白）我乃戲言,何得失色？

孔　明　（笑）哈哈哈！
　　　　（白）吓,鳳雛,我諒你計謀不能盡用,足下何不投一明君,不負生平所願。

鳳　雛　（白）我意欲投一明君,惜無引見之人。

孔　明　（白）現今劉皇叔在荆州,此人愛賢禮士。你若前去,我有一封書,皇叔見你必然重用。

鳳　　雛　（白）多蒙先生舉薦，我當依行。
　　　　　（內喊）嗳吓！後面塵土遮天，東吳追殺先生來也。
孔　　明　（白）不妨，自有敵他之兵，久後再敘，告辭了。
　　　　　（唱）龐鳳雛休得要失信不往[1]，
鳳　　雛　（唱）改日裏到荊州共扶家邦[2]。
　　　　　（下）
孔　　明　（唱）瞭望着東吳的刀槍真明亮，
張　　飛　（唱）張翼德領人馬擋住兒郎。
　　　　　（白）參見先生！
孔　　明　（白）三千歲奮勇當先。
　　　　　（周循、魯肅同上）
　　　　　（同白）呔！孔明，你往哪裏去？
孔　　明　（白）呀，都督趕來甚麼？
魯　　肅　（白）這個……
孔　　明　（白）身後何人？
魯　　肅　（白）先帥之子。
孔　　明　（白）名喚周循麼？
周　　循　（白）然也。
孔　　明　（白）敢是爲父謝孝而來？
魯　　肅　（白）正是。
周　　循　（白）請先生回去，有話相商。
孔　　明　（白）爲父謝孝而來，爲何手執寶劍？若不念你父親身喪，不然叫你小命休矣。
魯　　肅　（白）周公子，不必多說了。
周　　循　（白）呔！周循帶領人馬，前來捉你，與我父報仇，看槍！
張　　飛　（白）呔！逆子，看槍！
　　　　　（殺下，又上，周循死）
張　　飛　（白）呔！我把這奴才父孝不謝，反來追殺奠客，是你不忠不孝。眾將官！與我搶他靈柩。
　　　　　（笑介）哈哈哈！
　　　　　（張飛殺吳下）
　　　　　（四手下、魯肅作神氣，同下）

校記

［１］唱龐鳳雛休得要失信不往："唱"字，原本作"白"。今依文意改。"信"字，原本作"陪"。今依文意改。

［２］改日裏到荆州共扶家邦："家邦"二字，原本作"邦家"，失韻。今改。

反 西 凉

無名氏 撰

解 題

　　京劇。清無名氏撰。清道光四年《慶昇平班戲目》著録,題"反西涼"。《京劇劇目辭典》著録,題"反西涼",又名"馬超出世"、"割須棄袍"。均未署作者。劇寫周瑜死後,朝臣勸曹操趁機伐吴。曹操慮西涼馬騰爲後患,乃誆馬騰來京。馬騰偕三子至許昌外,其友黄奎告知曹操有相害之心。黄奎與馬騰密定擒操之計,黄之妻弟苗澤爲得黄妾李春香向曹操告密。曹操命捕黄奎全家,又使曹洪至馬騰後營埋伏,親自領兵出城,擒回馬騰與馬休。馬鐵戰死,馬岱逃走。曹操即將馬騰、馬休父子與黄奎斬首。苗澤跪求黄奎之妾爲妻,曹操問知情由,一同斬首。馬岱逃歸,告知一切,馬超痛憤,與父至交韓遂同領西涼人馬,伐曹報仇,連破長安、潼關。曹操領兵拒之,馬超英勇,大敗曹兵。曹操棄袍割鬚而走,又與馬超相遇,正危急間,幸得曹洪殺到,方保性命。許褚奪得小船一隻,保護曹操上船逃走。本事見《三國演義》第五十七回、五十八回。《三國志·蜀書·馬超傳》、同書《許褚傳》載有此事,元刊《三國志平話》亦載,但均無黄奎事。明傳奇《檐頭水》有割鬚棄袍故事。清傳奇《鼎峙春秋》有此故事。版本今有清李世忠編、王賀成校刊《梨園集成》本,今據以標點整理。

第 一 場[1]

（曹洪、夏侯淵、徐晃、張郃四將上）

曹　洪　（念）六韜三略定乾坤,

夏侯淵　（念）胸懷壯志氣凌雲[2]。

徐　晃　（念）腰懸三尺龍泉劍,

張　郃　（念）要把狼烟一掃平。
曹　洪　（白[3]）某曹洪。
夏侯淵　（白）夏侯淵。
徐　晃　（白）徐晃。
張　郃　（白）張郃[4]。
曹　洪　（白）請了！丞相功德，巍巍[5]倘于莫及。今奉天子之命，詔書封魏王，恩加九錫。
徐　晃　（白）勤勞半生，可謂人臣極也[6]。
　衆　　（同白）呀！聽雲板聲響，魏王升帳，分班侍候。請！
　　　　（下）
　　　　（四文堂引曹操上）
曹　操　（念）（引）
　　　　　　乾坤有定歸吾掌，
　　　　　　挾天子位越群班。
　　　　　　名揚四海驚宇宙，
　　　　　　未了事劉備孫權[7]。
　衆　　（白）參見丞相！
曹　操　（念）志量乾坤大，
　　　　　　威權獨我尊。
　　　　　　不奉天子詔，
　　　　　　自號北魏君。
　　　　（白）孤曹操，自造銅雀臺，可爲遲暮娛我餘年。只恨孫策、周瑜[8]，占去二美，未遂吾願[9]。少待掃劉賊滅吳[10]，然後選麗□□，以暢我懷[11]。
曹　洪　（白）啟稟主公！適纔探子來報，周瑜氣死巴丘[12]，劉備拜龐統爲副軍師，不日兵取西川了。
曹　操　（白）吓，有這等事！罷了。
　衆　　（白）吓吓！主公勿憂，趁東吳新喪[13]，料無準備[14]，何不興兵伐吳[15]，一戰可下矣[16]！
荀　攸　（白）主公！不可。豈不聞喪不加兵，喜不加憂。東吳易圖，只慮者西凉馬騰。若不先除，恐生後患。
曹　操　（白）卿言眞暢孤懷，何計滅之？孤心始安。

荀　攸　（白）臣有一計，不費開弓之力，馬騰可擒也。

曹　操　（白）有何計策獻上？

荀　攸[17]（白）主公假出詔書一道，只説聖上想念功臣，久勤邊陲，甚切勞煩，特詔進京，加官進爵，以慰勤勞。等他來報，主公以犒軍爲由，擒而殺之，豈不是好？

曹　操　（白）此計大妙，待孤寫起詔書，卿前相詔，聽我分付！

　　　　（唱）【園林好】
　　　　　　君臣計議多停當，
　　　　　　勢焰森森要堤防。
　　　　　　三字案頭須自量，
　　　　　　隱頭露尾剖衷腸[18]。

　　　　（下）

荀　攸　（白）領命！

　　　　（念）三分主意已忖量[19]，
　　　　　　兼程披星赴西涼[20]。

　　　　（下）

校記

[1] 第一場：原本不分場，今依情節分爲二十四場。

[2] 胸懷壯志氣凌雲："懷"字，原本作"怀"。今改。下同。

[3] 白："白"字，原本無。今補。關於"白"的提示，本劇下文時有時無，爲統一體例，均視情補。不另出校。

[4] 張郃：原本誤作"張陥"。今改。

[5] 丞相功德巍巍："丞"字，原本作"承"。今改。下同。不另出校。

[6] 可謂人臣極也："極"字，原本作"急"。今依文意改。

[7] 未了事劉備孫權："未"字，原本作"來"。今依文意改。

[8] 只恨孫策、周瑜："瑜"字，原本作"俞"。今依《三國志·吳書·周瑜傳》改。下同。

[9] 未遂吾願："願"字，原本作"悉"。今改。下同。

[10] 少待掃劉賊滅吳："滅吳"二字，原本作"吾滅"。今依文意改。

[11] 以暢我懷："懷"字，原本作"慢"。今改。

[12] 周瑜氣死巴丘："丘"字，原本作"兵"。今改。

[13] 趁東吳新喪:"趁"字,原本音假作"稱"。今改。
[14] 料無準備:"無"字,原本作"矣"。今改。
[15] 何不興兵伐吳:"伐"字,原本作"罰"。今改。
[16] 一戰可下矣:"下"字,原本作"夏"。今改。
[17] 荀攸:"荀"字,原本作"净"(曹操)。今依文意改。
[18] 隱頭露尾剖衷腸:"腸"字,原本作"場"。今改。
[19] 三分主意已忖量:"忖"字,原本作"村"。今改。
[20] 兼程披星赴西涼:"兼"字,原本作"並"。今依文意改。

第 二 場

（院子、馬騰上）

馬　　騰　（念）（引）
　　　　　　　纓續世澤振家聲,
　　　　　　　心懷荊棘恨甚麼?

（四子上）

（同念）【引】
　　　　　　　槐蔭家聲,
　　　　　　　重賴椿廷,
　　　　　　　榮茂康寧[1]。

（同白）爹爹！孩兒拜揖。

馬　　騰　（白）坐下。

衆　　　　（白）告坐。

馬　　騰　（念）[2]虎踞西涼萬人欽,
　　　　　　　文德子勇鎮邊廷。

衆　　　　（念）羌人美稱無敵將,
　　　　　　　千秋萬載落芳名。

馬　　騰　（白）老夫馬騰,字壽成,本籍西羌人也。建功于漢朝,蒙靈帝洪恩,加封鎮西將軍,威震西蜀,羌人不敢輕視。老夫所生三子,長子馬超,次子馬休,三子馬鐵,各皆武藝超群,又兼侄兒馬岱,強勇過人,宗紹繼也。

馬　　超　（白）孩兒聞爹爹,當日與董承[3]、劉備有衣帶之會,共誅曹操[4]。

董承已死[5]。今聞劉備得了荆州,可爲掎角[6]。爹爹!何人與劉備商議,共誅國賊,則朝野肅静,天下安矣!

馬　騰　（白）我兒所言雖是,只是那奸賊呵!
（唱）可恨他勢燄如天壤,
　　　可恨他羽翼盡虎狼。
　　　董承無辜把命喪,
　　　只落罵名萬古揚。

馬　超　（白）爹爹!
（唱）聽父言來特迂彰,
　　　長他志氣滅咱强[7]。
　　　與國除賊人欽仰,
　　　方顯丈夫在西凉。

（【隱排子】上）
（白）啟禀老爺!聖旨下!

馬　騰　（白）著香案侍候。
（荀攸上）

荀　攸　（念[8]）一封丹書詔,
　　　　　飛下九重霄。
（白）旨下!

衆　　　（白）萬歲!

荀　攸　（白）聽讀!詔曰:因功臣馬騰,久鎮邊廷,勒馬王事,聖上記掛[9],特詔進京,加官進爵,以懋其勞,其子等諸各來京受職,欽哉!謝恩。

衆　　　（白）萬萬歲!
荀　攸　（白）請過聖命!
馬　騰　（白）香案供奉。
荀　攸　（白）老將軍!
衆　　　（白）大人!
馬　騰　（白）下官蒙恩至此,何以圖報?
荀　攸　（白）老將軍久勤王事,進爵當然。
馬　騰　（白）豈敢。請到後堂小酌,以酬趾勞。
荀　攸　（白）叨擾不當[10]。

馬　騰　（白）下官與孩兒等預備起程，不奉陪。
荀　攸　（白）請。
馬　騰　（白）馬岱奉陪。
　　　　（馬岱下）
馬　超　（白[11]）奇吓！爹爹，是真是假？
馬　騰　（白）真假何說？
馬　超　（白[12]）我想爹爹久缺班列，王事遠疏，何得有此榮封？猶恐奸賊
　　　　誆誘之計，爹爹恐遭不測，如之奈何？
　衆　　（白）是吓！
馬　騰　（白）我兒慮得極是。我此番進京，只帶你三個兄弟隨行，你可仍守
　　　　西境[13]。為父倘有不測，有爾在世報仇，那奸賊便可滅矣！
馬　超　（白）謹尊嚴命。馬休賢弟聽令！
馬　休　（白）在。
馬　超　（白）命你調選精兵三千，保護爹爹進京。
　　　　（馬休應）
馬　超　（白）馬鐵賢弟聽令！
　　　　（馬鐵應）
馬　超　（白）你可身披堅甲，內藏利刃[14]，緊隨爹爹，不可遠離。聽我
　　　　分付！
　　　　（唱）須防狐群與狗黨，
　　　　　　　篤護嚴親莫離傍。
　　　　　　　悚惚不測展伎倆，
　　　　　　　博得芳名萬古揚。
　　　　（馬鐵應）
荀　攸　（白）大人！君心詔速，不可遲延，就請起程！
馬　騰　（白）下官即刻便行。
馬　超　（白）爹爹！須要留心在意。
馬　騰　（白）為父的知道。
荀　攸　（白）公子！令尊此去加官進爵，乃是大喜，何必如此留連？
馬　超　（白[15]）大人！君子者不可不防其小人！
　　　　（荀攸"哦"，馬休上，衆隨上）
馬　休　（白）人馬齊集，請爹爹起程！

馬　超　（白）吓！爹爹須要小心吓！哎呀！爹爹吓！
馬　騰　（白）知道。
　衆　　（白）衆將官！人馬往許昌去。
　　　（【泣顔回】同下）

校記

[1] 榮茂康寧："寧"字，原本筆迹不識。今改。
[2] 馬騰念：此三字，原本漏。今補。
[3] 當日與董承："與董"二字，原字處爲墨丁。今依文意補。
[4] 共誅曹操："誅"字，原本作"珠"。今改。
[5] 董承已死："董"字，原本作"薰"。今改。
[6] 可爲掎角："可"字，原本作"何"。今改。下同。
[7] 長他志氣滅咱强："長"字，原本作"掌"。今改。
[8] 荀攸念：原本漏此三字。今依文意補。
[9] 聖上記掛："記"字，原字爲墨丁。今依文意補。
[10] 叨擾不當："擾"字，原本作"饒"。今依文意改。
[11] 馬超白：此三字，原本無。今依文意補。
[12] 馬超白："超"字，原本誤作"操"。今改。下同。
[13] 你可仍守西境："境"字，原本作"傹"。今改。
[14] 内藏利刃："刃"字，原本作"曰"。今改。
[15] 超白：此二字，原本爲墨丁。今依文意補。

第　三　場

（衆引曹操上）

曹　操　（唱）雄心貫日氣軒昂，
　　　　　　　掃蕩穢污獨稱王。
　　　　　　　生計殺却馬騰將，
　　　　　　　除盡蔓草定八荒。
　　　（白）孤北魏王曹操，久欲圖謀天下，併吞江南。可恨梟雄劉備[1]，獨占荆襄，又結孫權。孤意欲興師討賊，奈有西涼馬騰未除，所以緩兵未動。前命荀攸詔取馬騰父子來京，擒住而殺之，以

　　　　　　　除後患。
　　　　（唱）自造銅雀觀野曠，
　　　　　　　不悅孤心實可傷。
　　　　（荀攸上）
荀　攸　（唱）揚鞭催馬不待慢，
　　　　　　　見了丞相說端詳。
　　　　（白）荀攸交令！
曹　操　（白）馬騰父子可曾詔到？
荀　攸　（白）已在城外[2]，不敢輕進。
曹　操　（白）吓！難道被他知其就裏不成？
荀　攸　（白）臣不知其故。
黃　奎　（白）主公不必胡疑，任他知風準備，管叫主公不費張弓半箭之力，
　　　　　　　管叫馬騰父子一同誅戮受死而無怨也！
曹　操　（白）計將安出？
黃　奎　（白）此刻不必說明，到彼見機而行便了。
曹　操　（白）好！
　　　　（念）眼觀旌捷旗，
黃　奎　（念）耳聽好消息。
　　　　（眾、曹操同下）

校記

[1] 可恨梟雄劉備："梟"字，原本誤作"嚻"。今改。
[2] 已在城外："已"字，原本作"以"。今改。下同。按："以"，一義與"已"通。爲免歧義，今均改。

第　四　場

　　　　（黃奎望介）
黃　奎　（白）哎呀！且住。我與馬騰有八拜之交，今已誆誘來京，料難得
　　　　　　　生，我故此討下此差，不免到他營中共同計較。就此走遭也！
　　　　（唱）只恨奸雄多強暴，
　　　　　　　辱國欺君壓群僚。

撩衣跋跕心焦燥[1],

喘吁且急把氣消。

（白）有人麽？

卒　（白）甚麽人？

黃　奎　（白）報去,説魏王駕前參謀要見!

卒　（白）少待,有請老爺!

（四手下引馬騰上）

馬　騰　（唱）惆悵無辜鴉鳴噪[2],

不聞鑾鈴遞逍毫[3]。

（白）甚麽事情？

卒　（白）北魏王麾下參謀黃爺要見。

馬　騰　（白）吓! 敢是黃奎賢弟要見？來了,有請!

卒　（白）有請黃將軍!

黃　奎　（白）吓! 老將軍!

馬　騰　（白）吓! 賢弟!

黃　奎　（白）老將軍請上,待小弟有一拜。

馬　騰　（白）老夫也有一拜。

黃　奎　（白）久隔丈範,夢寐渴想[4],今睹尊顏,可慰平生。

馬　騰　（白）遠隔超外,鴻雁信杳,管鮑交在[5],契結老懷,請坐!

黃　奎　（白）告坐。

馬　騰　（白）賢弟一向納福否？

黃　奎　（白）託庇粗安[6]。

馬　騰　（白）賢弟此來,必有所爲？

黃　奎　（白）久別尊顏,特來叙舊,有何他説,樂晏齊。

馬　騰　（白）蒙賢弟玉趾降臨[7],聊備薄酌與賢弟少叙舊寒。

黃　奎　（白）小弟叨擾了!

馬　騰　（唱）携手重叙舊故交,

黃　奎　（唱）兄南弟北分土茅。

馬　騰　（唱）交情誠信勝管鮑[8],

黃　奎　（唱）不效孫龐哂笑嘲。

馬　騰　（唱）酒未飲半心先燥,

黃　奎　（唱）殺却奸賊方恨消。

馬　騰　（白）我察言觀色，賢弟必有疑難之事。賢弟不言，我早已明你其意。

黃　奎　（白）你知道甚麼來？

馬　騰　（白）敢是爲詔？

黃　奎　（白）禁聲！

（啞静[9]）

馬　騰　（白[10]）左右迴避！

（衆應下）

黃　奎　（白）詔甚麼？

馬　騰　（白）敢是爲詔我來京之事[11]，可是麼？

黃　奎　（白）正是。哎呀！老將軍！只因劉備結連孫權，孫權結連劉備，奸賊心懷不忿心，意欲興兵下江南[12]，猶恐將軍乘隙[13]。苟攸狗黨[14]，故設詭誘之計，明日奸賊以犒軍爲名[15]，實擒將軍耳！

馬　騰　（白）呀！賢弟！有何良策，搭救愚兄纔好[16]？

黃　奎　（白）我早已想得一個計策在此。

馬　騰　（白）計將安出？

黃　奎　（白）待我回，誘他親自來賞軍[17]，你可先做準備，擺成陣勢，等奸賊進營[18]，一股而擒，與他個措手不及[19]。上與國家除奸，下與黎民泄恨。

馬　騰　（白）好吓！若得天滅此賊，賢弟莫大之功也[20]！

黃　奎　（白）小弟就此告辭。

馬　騰　（白）請！吓，賢弟請轉！

黃　奎　（白）怎麼説？

馬　騰　（白）此事非同小可，須要小心吓！

黃　奎　（白）那我知道。請！

馬　騰　（白）馬岱聽令！

馬　岱　（白）在。

馬　騰　（白）命你帶領五百人馬，離城二十里紮營，聽候消息。倘不測之變，你可逃回西涼，報與兄長馬超，叫他領兵報仇，休違我令！

（馬岱應下）

馬　騰　（白）馬休、馬鐵聽令！明日將人馬擺角之勢，候曹操到來，擒拿奸賊。上與國家除害，下與黎民泄恨。功成之後，兒等封侯拜將,蔭子封妻。如有漏者,斬首示衆。聽我分付!

(唱)安下弩弓劍溝塹,

不怕奸賊透九天。

(下)

校記

[1] 撩衣跋跋心焦燥:"撩"字,原本爲上字"僚"之重文。今改。

[2] 惆悵無辜鴉鳴噪:"噪"字,原本音假作"燥"。今改。

[3] 不聞鑾鈴遞逍耗:"逍耗"原本作"逍毫",今依文意改。按:"逍耗",《漢語大詞典》作"音信、聲息"解。

[4] 夢寐渴想:"寐"字,原本作"寤"。今依文意改。

[5] 管鮑交在:"交",原本作"龍"。今依文意改。

[6] 託庇粗安:"託"字,原本作"北";"庇"字,原本不清。今改。

[7] 蒙賢弟玉趾降臨:"趾"字,原本作"趴"。今依文意改。

[8] 交情誠信勝管鮑:此句,原本作"交情交信甚管鮑"。今改。

[9] 啞静:"静"字,原本作"挣"。今改。

[10] 馬白:原本無,今依文意補。

[11] 敢是爲詔我來京之事:"京"字,原本作"立"。今依文意改。

[12] 意欲興兵下江南:"兵"字,原本漏。今補。

[13] 猶恐將軍乘隙:"乘"字,原本音假作"稱"。今改。

[14] 荀攸狗黨:"荀攸"二字,原本作"悠荀"。今改。

[15] 明日奸賊以犒軍爲名:"賊"字,原本缺半,只有偏旁"貝";"犒"字,原本作"槁"。今補改。

[16] 搭救愚兄纔好:"搭",原本作"苔"。今改。

[17] 誘他親自來賞軍:"他"字,原本誤刻爲"地"。今改。下同。

[18] 等奸賊進營:"營"字,原本作"宫"。今改。

[19] 與他個措手不及:"措"字,原本作"指";"及"字,原本作"急"。今改。

[20] 賢弟莫大之功也:"莫"字,原本音假作"没"。今改。

第 五 場

(李春香上)

李春香 （唱）【六么令】
　　　　身輕窈窕，
　　　　似飛紅妝成豔嫋。
　　　　鶯聲嚦嚦會弄巧。
　　　　娉婷態，
　　　　姣容貌，
　　　　願如早偕鸞鳳姣。
　　（念）映水芙蓉待開笑，
　　　　斜環寶髻襯相思[1]。
　　　　志心未動遊蜂采，
　　　　却叫多情上春來。
　　（白）奴家李氏春香，乃侍郎黃奎之妻付寶，長成伶何體，態生就掌上輕泹。無時無刻不歡樂，却被東牆隔斷。這且不言，我大娘有個兄弟，名喚苗澤，生得風流優雅[2]，與我有些私情勾當，只是難盡我歡。幾欲與他計謀除策軍，奈無機會。今日老爺，曹操命他到馬騰營中，犒軍未回。爲何此刻不見苗郎前來，好悶人也！
　　（唱）我本是楊花性沾泥飛絮[3]，
　　　　但願得與苗郎地久天長。
　　　　說甚麼守貞規賢良淑質[4]，
　　　　願當壚密司馬同逃伏溪。
　　（苗澤上）
苗　澤 （唱）遊蜂涼拴不住束楊情緒[5]，
　　　　恨疏楮不栖鴉鵲鳥亂飛。
　　（白）學生苗澤，乃黃奎妻舅[6]，因我姐姐無子，叫我與他掌管家私。學生性愛風流，平康逐問。這且不言，我姐丈有位付寶姨娘[7]，生得十分美貌，與學生早有私情。今日姐丈奉丞相鈞旨，到馬騰營中賞軍未回，不免進去合他歡樂一回[8]，有何不可？
　　（唱）曲徑去通出他藍橋有期。
　　　　訪桃源問舟楫劉阮依稀。
李春香 （唱）耳邊厢屐步聲形蹄急趨[9]，

漫等那有情人來會佳期。

苗　澤　（白）唔！

李春香　（白）是哪個？

苗　澤　（白）是我。

李春香　（白）原來是你這冤家。

苗　澤　（白）娘吓！你一人在此悶悶不樂，敢是想我麼？

李春香　（白）正是在此想你。

苗　澤　（白）如此，合你進去，歡樂一回如何？

李春香　（嘆白）我想圖片刻之歡，和你要想個地久天長之計才好。

苗　澤　（白）此話正合我意，只是無計可使，如之奈何？

李春香　（白）哦！有了。老爺往日時常在家，言及他待曹操原非本心，幾欲圖謀殺賊，孤掌難鳴。天下英雄沒劉備、馬騰二人，並其一，殺之如反掌[10]。他今日親見馬騰，必然商議殺曹之計[11]。少待等他回了[12]，我把言語挑動與他，探其虛實。倘漏真情，你到曹營出首，將他拿去。那時節你我豈不是長久夫妻！

苗　澤　（白）好！依計而行。

李春香　（白）你到外面去，待老爺回來[13]，報與我知道。

苗　澤　（白）曉得。

　　　　（念）計就月中擒玉兔，

李春香　（念）謀成日裏捉金烏。

苗　澤　（白）要緊心在意！

李春香　（白）知道。速去，速去。

苗　澤　（白）是。

　　　　（下）

李春香　（白）哎呀！天吓！但願除却此老，那時我與苗郎呵！

　　　　（唱）只要俗子真情泄，

　　　　　　我與苗郎永契結。

　　　　（黃奎上）

黃　奎　（唱）惟願老天助吾力，

　　　　　　早除奸佞安社稷。

　　　　　　心悚意慌疑未決，

　　　　　　不去復命且安歇[14]。

苗　　澤　（白）姐丈回來了。

黃　　奎　（白）回來了。你姐在那裏？

苗　　澤　（白）在後堂。

黃　　奎　（白）不要等他知道，我在姨娘房內安歇。你且回避[15]。

苗　　澤　（白）老爺回來了！

　　　　　（下）

李春香　（白）我老爺回來了。

黃　　奎　（白）回來了。

李春香　（白）請坐。老爺連日公務事煩，幾日不歸，侍妾夢寐相倚[16]，未審老爺念妾否？

黃　　奎　（白）我豈不念吾子之牽，奈公務在身，無暇脫足，耿耿憂懷。

李春香　（白）我觀老爺面帶慮容，必有愁煩之事。妾身備得有酒，與老爺以解愁煩。

黃　　奎　（白）看酒來！

李春香　（白）老爺請！

　　　　　（唱）執壺把盞美佳釀，

黃　　奎　（唱）且飲香醪解愁腸。

李春香　（唱）虛情假意同歡暢[17]，

黃　　奎　（唱）儘量猛拼入醉鄉。

　　　　　　　計謀已決誅奸黨，

　　　　　　　美酒聘杯任我狂。

李春香　（白）呀！

　　　　　（唱）察言觀色自忖量，

　　　　　　　且把虛情潑衷腸。

　　　　　（白）老爺今日出城何幹？

黃　　奎　（白）往拜故交馬騰。

李春香　（白）馬騰人比曹操如何？

黃　　奎　（白）馬騰乃人傑也！

李春香　（白）曹操呢？

黃　　奎　（白）吓！爲何問及此？

李春香　（白）你我乃是夫妻，非比他人，問問何妨[18]？

黃　　奎　（白）問他則甚[19]？

李春香　（白）妾聞聽人言長道短，曹操雖爲漢相，實爲國賊，人人得而誅之，老爺爲何助紂爲虐[20]？

黃　奎　（白）此乃劉備仁義。

李春香　（白）與四海得振候詹，豈不聞良禽擇木而栖[21]，賢臣擇主而侍[22]，擇其善者而從之，才爲俊傑也！

黃　奎　（白）吓！愧我丈夫，反不如婦人乎！當日劉備、馬騰原有殺賊之意！

李春香　（白）如今猶在，爾何不圖之？

黃　奎　（白）我今原與馬騰商議，明日候曹操出城之際[23]，擒而殺之[24]。

李春香　（白）好吓！這纔爲烈丈夫！請到後面安歇[25]。

黃　奎　（念）要爲天下奇男子，
　　　　　　　　須建人間未有功。

　　　　　（下）

李春香　（白）哎呀！好好！被我討得真情在此。吓！苗郎那裏？快來！

苗　澤　（白）怎麽説？

李春香　（白）我方纔假意與他飲酒，討出真情。他與馬騰商議，同謀殺賊，等明日候曹操出城犒軍，擒而殺之。事不宜遲，速去報與曹操知道，將他拿去，我合你就是長久夫妻了呢！

苗　澤　（白）哦！就是長久夫妻了。

李春香　（白）速去速去！

　　　　　（苗澤應下）

李春香　（白）哎呀！如今事好了。

　　　　　（下）

校記

[1] 斜環寶髻襯相思："環"字，原本作"环"。今改。

[2] 生得風流優雅："優"字，原本作"攸"。今改。

[3] 我本是楊花性沾泥飛絮："是"字，原本作"見"；"絮"字，原本作"緒"。今改。

[4] 説甚麽守貞規賢良淑質："貞"字，原本作"鉞"。今改。

[5] 遊蜂凉拴不住束楊情緒："緒"字，原本作"叙"。今依文意改。

[6] 乃黃奎妻舅："舅"字，原本作"舊"。今改。

［７］我姐丈有位付寶姨娘："姨"字，原本作"夷"。今改。
［８］不免進去合他歡樂一回："樂"字，原本字迹不清。今依文意改。
［９］耳邊厢屄步聲形蹄急趨："屄"字，原本作"尿"。今改。按"屄"，《漢語大字典》標音 pú，釋義爲"行走促迫"。"屄"字下，原本有"煖"，衍。今刪。
［10］殺之如反掌："之"字，原本作"一"。今依文意改。
［11］必然商議殺曹之計："議"字，原本爲墨丁。今依文意改。
［12］少待等他回了："回"字，原本作"去"。今依文意改。
［13］待老爺回來："待"字，原本作"恐"。今依文意改。
［14］不去復命且安歇："安"之後，原本有一"復"字，衍。今刪。
［15］你且回避："避"字，原本爲墨丁。今依文意補。
［16］侍妾夢寐相倚："侍"字，原本作"代"；"夢"字，原本爲墨丁。今依文意改補。
［17］虛情假意同歡暢："虛"字，原本爲墨丁。今依文意補。
［18］問問何妨："妨"字，原本作"訪"。今改。
［19］問他則甚："甚"字，原本爲墨丁。今依文意補。
［20］老爺爲何助紂爲虐："助紂爲虐"四字，原本作"助付爲弱"。今改。
［21］豈不聞良禽擇木而棲："棲"字，原本作"擒"。今改。
［22］賢臣擇主而侍："侍"字，原本作"待"。今改。
［23］明日候曹操出城之際："際"字，原本作"濟"。今改。下同。
［24］擒而殺之："擒"字，原本爲墨丁。今依文意補。
［25］請到後面安歇："後"字，原本作"候"。今改。

第 六 場

　　　　　（四文堂引曹操上）
曹　操　（唱）意欲謀大業仗天意，
　　　　　　　　掃却群雄定華夷。
　　　　　　　　不效劉備假仁義[1]，
　　　　　　　　扭轉乾坤坐社稷。
　　　　　（曹洪上）
曹　洪　（白）候旨。啓稟丞相，外面有一漢子，說有機密大事，要見丞相。
曹　操　（白）喚他進來！

曹　洪　（白）來人呢？

　　　　（苗澤上）

苗　澤　（白）在。

曹　洪　（白）丞相傳你進去，小心了。

苗　澤　（白）吓！小人苗澤，叩見丞相。

曹　操　（白）有何機密大事，快快講來！

苗　澤　（白）耳目甚衆[2]。

曹　操　（白）不妨。盡老夫心腹之人，只管講來。

苗　澤　（白）只因我姐丈黃奎奉丞相鈞旨，到馬騰營中賞軍。

曹　操　（白）怎麼講？

苗　澤　（白）誰知黃奎心懷不仁，竟與馬騰共謀，欲害丞相性命。

衆　　　（白）吓！

苗　澤　（白）天下皆知丞相仁人君子[3]，小人豈忍坐視，特來報知丞相，早做準備，防其不然。小人稟知不早也！

曹　操　（白）此信你從哪裏得來[4]？

苗　澤　（白）黃奎乃小人姐丈，嘗侍左右，又兼親情，何有可疑之哉！

曹　操　（白）吓！黃奎奉命不復，私自歸家，音信不謬。張郃聽令！帶領一千人馬，捉拿黃奎，將他家屬一併拿來！

　　　　（張郃應）

曹　操　（白）左右！將苗澤押往後營，事成發落。

　　　　（衆應下）

曹　操　（白）曹洪聽令[5]！命你帶兵三千，將人馬抄入馬騰後營[6]，埋伏候信。大地一將從後抄出，兩下齊攻，擒拿馬騰，不得有誤。

　　　　（曹洪應下）

曹　操　（白）衆將官！兵發西涼去者[7]。

　　　　（【泣顏回】[8]）

　　　　（下）

校記

［1］不效劉備假仁義："劉備"二字，原本爲墨丁。今依文意補。

［2］耳目甚衆："衆"字，原本作"重"。今改。

［3］天下皆知丞相仁人君子："下"字，原本作"吓"。今改。"丞"，原本作"承"。

今改。下同。

［4］此信你從哪裏得來：此句，原本作"此信從那裏得來你"。今改。

［5］曹洪聽令："洪"字，原本作"法"。今改。

［6］人馬抄入馬騰後營："馬騰"二字，原本作"騰馬"。今改。"馬騰"二字後，原本有一"紮"字，衍。今刪。

［7］兵發西凉去者："凉"字，原本作"川"。今改。

［8］泣顏回："泣"字，原本作"主"。今改。

第 七 場

（黃奎上）

黃　奎　（唱）心虛氣性雙眉皺，
　　　　　　　門前犬吠聲不休。

（李春香上）

李春香　（唱）仔細不語心自剖[1]，

黃　奎　（唱）羊祜碑立淚永流。

（衆引張郃上）（【水底魚】）

衆　　　（白）來此已是。

張　郃　（白）打下去拿下了。

黃　奎　（白）張將軍！拿我則甚？

張　郃　（白）奉丞相鈞旨，因你奉命不復，私自歸家，實有不臣之心。奉命捉拿，何來問我？

黃　奎　（白）勞煩少息，明日復命，有何他意？

張　郃　（白）見了丞相，由你自辨，押着走。

黃　奎[2]　（白）阿！

　　　　　（唱）潑天禍事從天透，
　　　　　　　無窮計決少機謀。

張　郃　（白）押着走！

（同下）

校記

［1］仔細不語心自剖："仔"字，原本字迹不清。今改。

[2]黄奎：此二字之前，原本有一"二"字，衍。今删。

第 八 場

　　　　（報子上）
報　子　（念）忙將城内事，
　　　　　　　報與元帥知。
　　　　（白）有請元帥！
　　　　（馬騰上）
馬　騰　（白）甚麽事情？
　　　　（念）馬踏鑾鈴響[1]，
　　　　　　　風吹刁斗寒。
報　子　（白）小人打聽，曹操親自領兵出城來了。
馬　騰　（白[2]）妙吓！天滅此賊也。來！傳衆將進帳聽令！
報　子　（白）吓！傳衆將進帳聽令！
　　　　（衆上）
　衆　　（白）有何將令？
馬　騰　（白）衆將官！適聞曹操親自領兵出城，爾等將前隊作後隊[3]，從脅
　　　　　　　中出擒那奸賊，不得有誤。就此迎上前去！
　　　　（衆應）（【急三槍】）（衆上會陣）
曹　操　（白）馬將軍别來無恙！
馬　騰　（白）託庇粗安。
曹　操　（白）奉詔進京，爲何不進城面君！
馬　騰　（白）老夫久疏班列，遠鎮西羌，身無寸功與國，羞見天顔[4]，有勞丞
　　　　　　　相出城犒軍，乃馬騰之萬幸也。
曹　操　（白）嘟！馬騰，你奉詔來京，兵紮城外，實有不臣之心，與我拿下。
　　　　（殺介，擒下）

校記

［１］馬踏鑾鈴響："鑾"字，原本爲墨丁。今依文意補。
［２］馬騰白：此三字，原本漏。今依文意補。
［３］爾等將前隊作後隊："後"字，原本漏。今依文意補。

［4］羞見天顏："羞"字，原本作"休"。今依文意改。

第 九 場

（四手下引馬岱上）

馬　　岱　（唱）風展旌旗心惆悵，
　　　　　　　　鴉鳴鵲噪意彷徨。
　　　　　　　　莫非叔父遭羅網，
　　　　　　　　準備劍戟與刀槍。

（報子上）

報　　子　（念）忙將破膽驚天事，
　　　　　　　　報與復仇勇力人[1]。
　　　　　（白）哎呀！公子，不好了！

馬　　岱　（白）吓！有何驚慌！

報　　子　（白）老元戎被曹操擒住了！

馬　　岱　（白）吓！老元戎被擒，二位公子呢？

報　　子　（白）一位公子一同被擒。二公子已今陣亡了。

馬　　岱　（白）吓！陣亡了？哎呀！唬死我也！
　　　　　（唱）聽一言唬得我魂飛飄蕩[2]，
　　　　　（白）吓哎呀！叔父吓！
　　　　　（唱）不由人雞栗寒癡呆身僵，
　　　　　　　　恨只恨誤國賊無端欺詐，
　　　　　　　　自有日啖汝肉方顯西涼。

報　　子　（白）公子不必啼哭，恐奸賊知公子漏網，必然返捕，須要早早定個計策才好[3]。

馬　　岱　（白）此言極是。你等改去容妝，扮作商家模樣逃回西涼，報與大公子知道，必定前來報仇，拿住奸賊，碎屍萬段，以泄元帥公子之恨。事不宜遲，速速改扮起來。

（眾應）

馬　　岱　（念）改頭換面更形相，
　　　　　　　　西去陽關任徜徉[4]。
　　　　　　　　含淚淋淋雄氣壯，

馬　岱　（白）奸賊吓奸賊吓！

　　　　（念）不殺奸賊枉世間[5]。

　　　　　　含悲忍淚且逃出，

　　　　（白）叔父吓！

　　　　（念）仗你陰靈掣鋒槍。

　　　　（白）吓！二位兄長！

　　　　（下）

校記

［1］報與復仇勇力人："復"字，原本作"付"。今改。

［2］聽一言唬得我魂飛飄蕩："飄"字之下，原本有一"渺"字，衍。今刪。

［3］須要早早定個計策才好："策"字，原本作"轍"。今改。

［4］西去陽關任徜徉："徜徉"二字，原本作"消祥"。今改。

［5］不殺奸賊枉世間："枉"字，原本作"往"。今改。

第　十　場

（手下、四將、曹操上，荀、文引曹）

曹　操　（唱）威威壯志氣軒昂，

　　　　　　掃宇宙定霸國王。

　　　　　　中原指日歸吾掌，

　　　　　　仗威勢嚙盡長江。

曹　操　（念）蛟龍入海任蹁躚，

　　　　　　翻騰歲月不幼年。

　　　　　　今朝守待風雲際[1]，

　　　　　　掃盡寰宇可驚天。

　　　　（白）孤曹操。可恨馬騰這廝詔他來京，玩法怠命，竟懷不仁之心。古語之：先發者制人[2]，被孤知風，先以擒獲，鞫訊斬首示衆，以除孤家心中之患。正是：

　　　　（念）有仇不報非君子，

　　　　　　心患當除是丈夫。

（報子上）

　　　　　　（白）啓禀主公，馬岱知風逃走了，特來報知[3]。
曹　操（白）吓！馬岱逃走了！哎！蛟夔已縛[4]，螂蝎何患，分付下去，關津渡口，嚴防緝獲便了，休放他漏網，不得有誤！
　　　　（應下）
　　　　（白）來！將馬騰父子押上來！
衆　　（白）呔！
馬　騰（内唱）【導板】
　　　　　　繩捆索綁推出帳[5]，
　　　　　　張牙舞爪似豺狼[6]。
　　　　　　不能勾與國除奸黨，
　　　　　　不能勾提兵鎭邊羌。
　　　　　　可憐三子命先喪，
　　　　　　次子一同染秋霜。
　　　　　　父忠子孝眞豪亮，
　　　　　　只落芳名入廟廊。
馬　休（白）爹爹！
　　　　（唱）海腔怨氣難言講，
　　　　　　森羅殿前剖衷腸[7]。
　　　　　　父比伍奢兒比尚，
　　　　　　自有伍員暴平王[8]。
馬　騰（唱）我兒不必來惆悵，
　　　　　　鞠躬盡瘁萬代香[9]。
　　　　　　咬牙切齒且進帳，
馬　休（唱）恨不得截刎與屠腸。
衆　　（白）馬騰父子當面。
曹　操（白）馬騰，詔你來京，不思報國之心，反與人同謀，欲害孤家，是何道理[10]？
馬　騰（白）唯！胡説。我幾欲與國除奸，只恨未遂吾願，豈與人謀！
曹　操（白）還要强逼辨？來！將黄奎押上來。
衆　　（白）黄奎走上！
　　　　（黄奎上）
黄　奎（唱）計謀不成空勞攘[11]，

羝羊觸籓文自傷[12]。
低頭無語且進帳，
拼生拼死做忠良。

眾　　（白）黃奎當面。

曹　操　（白）詔議之賊，孤家待你以為心腹，何得與賊同謀害孤？豈知孤命在天，容匹夫謀算耳？

黃　奎　（白）黃奎那有此事？

曹　操　（白）還要與孤抵賴。來！將苗澤喚來質證。

黃　奎　（白）恨我用人不明，反被奸子誤我。

苗　澤　（白）小人叩頭。

曹　操　（白）你出首你姐夫與馬騰同謀，當面質證。

黃　奎　（白）原來是你這負義賊子出首，我與你郎舅之情[13]，同骨肉，有何虧負與你，用此毒計害我？

苗　澤　（白）姐丈不必煩惱，我被恩義所牽，不得已而為之，姐丈受屈了[14]。

馬　騰　（白）好心腹賊子！

黃　奎　（白）呵哎，賊子吓！

　　　　（唱）恩僞契結多豢養，
　　　　　　那知你良心盡喪[15]？
　　　　　　我死忠魂廟廊享，
　　　　　　你死溝河蟻攢腸。

　　　　（打介）

曹　操　（白）住了。

　　　　（唱）負義之心你先喪，
　　　　　　何容臨刑怨苗郎[16]。
　　　　　　天眼恢恢豈漏網，
　　　　　　孤比閻羅索無常。

　　　　（白）來！將黃奎、馬騰父子推去斬首[17]。

馬　騰
黃　奎　（同白）奸賊吓！

馬　騰　（唱）我忠貫日如星朗，

馬　休　（唱）你的臭名萬古揚。

馬　騰	（唱）我爲厲鬼付伊瘴，
	哪知忠良反遭殃。
曹　操	（白）推去取斬！
馬　騰	（唱）一腔豪氣衝霄漢，
	黃泉路上見先王。
	（下）
刀　手	（白）開刀斬首了。
曹　操	（白）今日之事，實出苗澤之功。當以富貴酬之，汝自取其意。
苗　澤	（白）既蒙丞相恩德，富貴二字小人都不敢領受，只求丞相[18]，將黃奎姬妾李氏春香，賞與小人爲妻，丞相莫大之恩矣。
曹　操	（白）吓！帶李氏春香！
	（下有）（李春香上）
李春香	（白）叩見丞相千歲！
曹　操	（白）抬起頭來！
	（笑白）果然有些動人。哦！你原來爲謀占黃奎之妾，前來出首的麼？
苗　澤	（白）正是。
曹　操	（白）唔！你與黃奎乃郎舅之親，何忍失去天良[19]，謀占家產，計吞姬妾？此乃忘恩負義之人，留之無益！來，將他二人斬了！
	（李春香、黃奎"哎呀"）
李春香	（白）你害了我！
	（下）
苗　澤	（白）都不要説了。
刀　手	（白）開刀斬了。
	（下）
曹　操	（白）來！將黃奎家屬，釋放回鄉。
衆	（白）吓！
曹　操	（白）哈！天佑我何能，群雄屢犯俱敗[20]，莫天助我乎[21]！
衆	（白）主公德配三皇五教，唐堯周武之威[22]，無出主公之威也！
曹　操	（白）孤久欲縱橫四海，所慮者西凉馬騰。今馬騰已除，孤心下無憂矣。
陳	（白）主公不可，馬騰雖除，其子馬超有萬夫不擋之勇，聞父被斬，必

要報仇。主公可修書一封,曉與韓遂,就封西凉侯之職,叫他領兵拒敵馬超,方能斬草除根,主公可爲高枕無憂也[23]。

曹　操　（白）卿言正合孤意。來！溶墨[24]。

　　　　（【江兒水】）來！將此書下到西凉征西將軍,速去報遞。

陳　　　（白）領命！

曹　操　（白）掩門！

校記

[1] 今朝守待風雲際："守"字,原本作"跱"。今依文意改。

[2] 先發者制人：此句,原本作"先伐者智人"。今改。

[3] 特來報知："特"字,原本作"年"。今改。

[4] 蛟虁已縛："已縛"二字,原本作"以付"。今改。

[5] 繩捆索綁推出帳："帳"字,原本作"帙"。今改。

[6] 張牙舞爪似豺狼："舞"字,原本作"虎"字,今改。

[7] 森羅殿前剖衷腸："森"字,原本作"生"。今改。

[8] 自有伍員暴平王："員",原本作"云"。今改。

[9] 鞠躬盡瘁萬代香："瘁"字,原本作"翠"。今改。

[10] 是何道理："理"字,原本作"禮"。今改。下同。

[11] 計謀不成空勞攘："勞"字後,原本還有一"勞"字,衍。今删。

[12] 羝羊觸藩文自傷："觸藩",原本作"獨犯"。今改。

[13] 我與你郎舅之情："舅"字,原本爲墨丁。今依文意補。

[14] 姐丈受屈了："屈"字,原本作"掘"。今改。

[15] 那知你良心盡喪：此句,原本作"那知你喪盡良心"。爲諧韻,今改。

[16] 何容臨死怨苗郎："苗",原本作"姜"。今改。

[17] 將黃奎、馬騰父子推去斬首："馬騰父子",原本作"父子馬騰"。今改。

[18] 只求丞相："丞相"二字,原本作"承得"。今改。

[19] 何忍失去天良："失去"二字,原本作"時詞"。今依文意改。

[20] 群雄屢犯俱敗：此句,原本作"群雄屢深諸敗"。今改。

[21] 莫天助我乎："助",原本作"負"。今改。"乎"字之下,還有一"乎"。衍。今删。

[22] 唐堯周武之威："堯"字,原本作"寬"。今改。

[23] 主公可爲高枕無憂也："枕"字,原本爲墨丁。今依文意補。

[24] 溶墨："溶"字，原本作"濃"。今依文意改。

第 十 一 場

（四手下引韓遂上）

韓　遂　（念）【引】
　　　　　　闕外諸侯一角天，
　　　　　　在税武掌握兵權。
韓　遂　（念）四野群雄起狼烟，
　　　　　　老夫恐懼淚潸然[1]。
　　　　　　漢室版圖誰認主，
　　　　　　重衾執笏侍奸賊[2]。
　　　　（白）老夫西涼太守韓遂是也。奉曹操鈞旨，命下官為西涼太守。蒞任以來[3]，民安物阜，士子修文。這且不言，想下官秉性忠正，豈肯明珠暗投？幾番抱卧悲泣，怎奈不遇其主，只得忍辱從辱，待時而動。下官曾與鎮西將軍馬騰有八拜之交，常觀此人質秉剛健，乃人中豪傑。幾番與他計謀殺賊，奈無機會，所以後緩圖耳。昨聞曹操以天子之名，假敕詔書，詔馬騰進京，必然性命不保。哎呀！奸賊吓，奸賊吓！
　　　　（念）任你縱有偷天手，
　　　　　　難免其子馬超雄。
　　　　（差官上）
差　官　（念）跋涉千里路，
　　　　　　奉命豈悔勞。
　　　　（白）來此已是營門。有人麼？
　　　　（手下上）
手　下　（白）甚麼人？
差　官　（白）報與將軍，說曹丞相差人下書要見！
手　下　（白）請少待。啟稟老爺！曹丞相差人下書要見。
韓　遂　（白）叫他進來。
手　下　（白）家爺傳！
差　官　（白）大人在上，小官參見。

韓　遂　（白）不敢。尊官到此何事？
差　官　（白）丞相有書，大人請看？
韓　遂　（白）請到後面酒飯，待下官速寫回書丞相。
差　官　（白）謝大人。
　　　　（下）
韓　遂　（白）待我看來。"字付韓將軍知悉：今有馬騰奉命來京，玩法待命，奉旨已除。其子馬超，現在管轄之內，務擒獻俘[4]，即以侯爵賜之。倘被知風漏網，與遂同罪不貸。"哎呀！唬死我也！
　　　（唱）看罷了書中意愴惶無計，
　　　　　心兒裏好一似亂箭穿臍[5]。
　　　　　小鹿兒撞心頭無遮無蔽[6]，
　　　（白）哦！有了，
　　　（唱）猛然間想起了除平妙計。
　　　（白[7]）呀！馬仁兄被奸賊所害，又命下官將其子擒去獻功。哎！想俺韓遂，素懷忠正，豈肯負義從奸？我自有道理。來！請差官！
　　　　（手下應）（差官上）
差　官　（白）多謝大人。回書可曾修起？
韓　遂　（白）我這裏沒有回書。
差　官　（白）叫小官如何回復丞相？
韓　遂　（白）你不好回復丞相，我也不能放你回去。來！將他綁了。
差　官　（白）吓！我無罪過，你綁我則甚？
韓　遂　（白）曹操無故殺害忠良，又命我將馬超拿住，做個斬草除根。我今先斬爾，然後與馬超興兵，共滅曹賊，與國除害。
　　　（唱）恨極那謀國賊欺天滅地[8]，
　　　　　逼死了董貴妃一朝母儀[9]。
　　　　　這都是狼心賊持權致弊[10]，
　　　　　又將那董國舅全家拘提。
　　　　　恨不得與忠良啖肉誅厲[11]，
　　　　　自命位素無常東嶽天齊[12]。
差　官　（白）住了[13]。韓遂你這負義之賊，你侍曹已久，何忍頓起不良，殺我性命[14]，天理何在？

韓　遂　（白）奸賊不仁在前，我不義在後。來，推出斬了！
差　官　（白）哎，罷了吓！
　　　　（下）
刀　手　（白）斬了。
韓　遂　（白）將首級懸掛示衆，掩門。
　　　　（下）
韓　遂　（白）且住。來人已斬，事不可緩，不免往馬超處去計較便了[15]。
　　　　帶馬！
　　　　（手下"吓"）
　　　　（唱）心忙忙意亂亂馬上飛遞，
　　　　　　　早與那報仇人酌議軍機。
　　　　（下）

校記

[1] 老夫恐懼淚潸然："老夫"二字，原本爲墨丁。今依文意補。"懼"字，原本作"俱"。今改。"潸"字，原本作"潛"。今改。

[2] 重衮執笏侍奸賊："衮"字，原本作"寰"。今改。

[3] 蒞任以來："蒞"字，原本作"莊"。今改。

[4] 務擒獻俘："俘"字，原本作"孚"。今改。

[5] 心兒裏好一似亂箭穿臍："穿"字，原本作"川"。今改。

[6] 小鹿兒撞心頭無遮無蔽："蔽"字，原本作"瞥"。今改。

[7] 白：此字原本爲墨丁。今依文意補。

[8] 恨極那謀國賊欺天滅地："極"字，原本作"吉"。今改。

[9] 逼死了董貴妃一朝母儀："董"字，原本作"楊"。今改。

[10] 這都是狼心賊持權致弊："弊"字，原本作"瞥"。今改。"弊"下，原本還有一"瞥"，衍。今删。

[11] 恨不得與忠良啖肉誅厲："肉"字，原本作"内"。今改。

[12] 自命位素無常東嶽天齊："命"字，原本作"自"。今改。

[13] 住了：原本作"生了"。今改。

[14] 殺我性命："殺"字，原本作"欲"。今改。

[15] 不免往馬超處去計較便了："處"字，原本無。今依文意補。

第 十 二 場

（馬超上）

馬　超　（唱）慮只慮無功績詔書敕降，
　　　　　　　但願得年老父免遭禍殃。
　　　　　　　怕只怕曹孟德狐群狗黨，
　　　　　　　好叫我意躊躇夜夢不祥。
　　　　（白）俺馬超。自爹爹奉詔進京，使俺時刻掛念，耿耿憂心。昨晚偶得一夢，身臥雪地，衆虎攢咬，不知主何吉兆[1]，因此驚憂達旦。
馬　超　（白）家將！請龐將軍進帳！
　將　　（白）龐將軍進帳[2]！
　　　　（龐上）
龐　德　（念）帳外三千將，
　　　　　　　中軍一令傳。
　　　　（白）公子！龐德參見。
馬　超　（白）請坐。
龐　德　（白）告坐。喚末將進帳[3]，有何軍情？
馬　超　（白）請你入帳，非爲別事。只因昨晚偶得一夢，身臥雪地，被衆虎攢咬。因此心疑不決，特請將軍原解。
龐　德　（白）身臥雪地，被衆虎攢咬！縶縶！阿呀，公子！此乃不祥之兆。只恐老元戎進京，定有不測之禍！
馬　超　（白）吓！倘有不測，我生何益，誓啖賊肉，方泄此恨。
　　　　（馬岱上）
馬　岱　（白）馬來！
　　　　（【水底魚】）吓！大哥在哪裏？
馬　超　（白）吓，賢弟回來了！
馬　岱　（白）阿呀！大哥不好了！
馬　超　（白）何事驚駭？
馬　岱　（白）叔父與二位兄弟，俱被曹操斬首了！
馬　超　（白）怎麼講吓？
馬　岱　（白）叔父與二位兄弟，俱被曹操斬首了！

馬　超　（白）俱被斬首！不好了！

馬　岱　（白）大哥！

（馬超"哎呀"死）

龐　德　（白）公子醒來！

馬　岱　（白）大哥醒來！

馬　超　（唱）【導板】

猛聽得霹靂響魂飛魄散，

（白）哎呀，爹爹！賢弟！

（唱）心兒內好一似箭攢刀剜[4]。

（白）爹爹，賢弟！

（唱）可嘆你扶漢室忠心一片，

今日裏一旦間同赴黃泉。

（白）吓！二位賢弟！

（唱）可嘆你少英雄槍刀血濺，

可嘆你忠孝名萬古流芳。

切齒恨誤國賊恁般坑陷，

（白）曹賊吓！

（唱）恨不得食爾肉方顯西涼[5]。

（軍上）

軍　（念）承命一封書[6]，

跋涉萬里程。

（白）有人麼？

將　（白）甚麼人？

軍　（白）劉皇叔差有下書人要見。

將　（白）候着。啓禀公子！劉皇叔差有下書人要見。

馬　超　（白）著他進來！

將　（白）來人呢，公子著你進去。

軍　（白）吓！公子在上，小人叩頭，有書呈上。

馬　超　（看白[7]）起過。"伏念漢室不幸，曹操誤國罔上，黎民凋殘[8]。備與令先君同受密詔，誅殺此賊[9]。令先君受害，此仇不共戴天[10]。若能率西涼之兵攻賊，備當發兵相助，逆賊可擒，報仇泄恨，漢室可興。書難盡叙。"陰靈拿住此賊，與父報仇也。

(唱)仗陰靈誅奸賊生平志願，
　　方顯得馬孟起報仇泄恨[11]。
　　思一思想一想心懷輾轉，
(白)哎！
(唱)大丈夫死何懼生亦何歡。
(將報上)

將　　(白)啟稟公子！韓太守到。
(馬超驚介)

馬　超　(白)吓！
(唱)韓太守莫不是奸賊所遣？
　　暗機關禮應合內外相連。
(白)帶領多少人馬？

將　　(白)只有一軍相隨。

眾　　(白)此來必有原故。

馬　超　(白)有請！
(韓遂上)

韓　遂　(唱)可憐我馬仁兄無端被害，
　　雖非是一家人唇亡齒寒。

馬　超　(白)迎接叔父！

韓　遂　(唱)見孟起與眾將淚痕滿面，
　　我不是鐵心人也覺心酸。

馬　超　(白)叔父！侄兒拜揖。

韓　遂　(白)少禮，請坐。吓！賢侄，聞聽你父弟被曹操所害，老夫實覺心酸，特來勸解愁煩。

馬　超　(白)有勞叔父掛心[12]。有道殺父之仇[13]，不共戴天。望叔父助侄兒一膀之力！

韓　遂　(白)老夫特為此事而來，有書一封，賢侄拿去看來。

馬　超　(白)待侄兒一觀。哎呀，叔父吓！曹操書中之意，叫叔父將侄兒拿去獻功，即以侯爵賜之。紮紮！罷！待侄兒自受其綁，免得叔父戈矛之勞呢[14]。

(哭)

韓　遂　（白）賢侄請起，何必如此。你且坐了。我雖附曹[15]，身在局中，心
　　　　　　由事外。我與子父，義結金蘭，豈肯將你獻與仇人麼？
馬　超　（白）足承叔父垂憐，恩同再造。若得叔父助侄兒一膀之力，共誅此
　　　　　　賊，不但侄兒感德，那我爹爹亦却結于九泉之下矣！
韓　遂　（白）賢侄不必疑慮，待我回去調選人馬，合兵同赴許昌，共誅此賊
　　　　　　便了。
馬　超　（白）若得如此，感恩不盡[16]。
韓　遂　（白）請起。賢侄吓！
　　　　（唱）整領雄兵貔貅顯[17]，
　　　　　　削除奸佞泄恨完。
　　　　（下）
馬　超　（白）龐將軍聽令！傳齊西凉人馬，校場聽令[18]。
　　　　（下，龐德同召門下）

校記

[1] 不知主何吉兆："主"字，原本作"誅"。今改。

[2] 龐將軍進帳：此句，原本無。今依文意補。

[3] 喚末將進帳："末"字，原本作"來"。今改。

[4] 心兒内好一似箭攢刀剡："剡"字，原本字殘不清。今補正。"刀剡"二字，
　　原本作"剡刀"。今依文意改。

[5] 恨不得食爾肉方顯西凉："爾"字，原本作"兒"。今依文意改。

[6] 承命一封書："書"字，原本作"命"。今改。

[7] 馬超看白：此四字，原本無。今依文意補。

[8] 黎民凋殘："凋"字，原本作"刁"。今改。

[9] 備與令先君同受密詔，誅殺此賊：此二句，原本作"備與令先君受賊誅
　　殺"，誤。今據《三國演義》第五十八回劉備致馬超書改。

[10] 此仇不共戴天："戴"字，原本作"代"。今改。下同。

[11] 方顯得馬孟起報仇泄恨："起"字，原本作"奇"。今改。

[12] 有勞叔父掛心："有"字，原本爲墨丁。今依文意補。

[13] 有道殺父之仇："有"字，原本作"又"。今依文意改。

[14] 免得叔父戈矛之勞呢："矛"字，原本作"茅"。今改。

[15] 我雖附曹："附"字，原本作"復"。今改。

[16] 感恩不盡："不盡"二字，原本爲墨丁。今依文意補。
[17] 整領雄兵貔貅顯："貔貅"二字，原本作"貏貀"。今依文意改。
[18] 校場聽令："校"字，原本作"叫"。今改。

第 十 三 場

（將起霸介，衆引馬超上，【急急風】）

馬　超　（念）父弟含冤切齒恨，
　　　　　　　效伍員暴屍除賊。
　　　　（念）海底冤仇誓不忘[1]，
　　　　　　　腰懸寶劍佩秋霜。
　　　　　　　令出定斬奸賊首，
　　　　　　　與國除害定朝堂。
　　　　（白）某馬超。只爲父弟被害，統兵報仇。龐將軍聽令！（龐德應）與你三千人馬，以爲前隊先行，不得有誤！

（龐德應下[2]）

馬　超　（白）馬岱聽令！命你解押糧草。（馬岱應下）衆將官！今日興師，非比尋常，你等倘有退縮不進者，斬首示衆。起兵前去。

（衆應）

（【風入松】下）

校記

[1] 海底冤仇誓不忘："誓"字，原本作"勢"；"忘"字，原本作"志"。今依文意改。
[2] 應下：此提示字，原本漏。今依下文例補。

第 十 四 場

（報子小霸）

報　子　（念）打聽軍情事[1]，
　　　　　　　豈待遲，身似騰飛。
　　　　　　　西涼人馬如潮涌，

　　　　　　蓋天遮地幟旌旗。

　　　　（白）俺乃長安鍾老爺麾下一個探子便是[2]。今有西凉馬超，爲父報仇，統領全部人馬，十分驍勇[3]，命龐德以爲先行，離城不上百里。俺急急報與老爺知道。來此已是轅門[4]。待俺擊鼓。

　　　　（小軍兩邊上，鍾繇上）（【急三槍】）

鍾　繇　（唱）黃犬不聞聲吠報，

　　　　　　誰把聲聞鼓抌敲？

　　　　　　舒徐不禁手舞，

　　　　　　是那路軍情事，

　　　　　　報與吾知。

報　子　（白）哎呀，爺爺不好了！

鍾　繇　（白）起來講！

報　子　（白）只因馬騰被誅，其子馬超統領西凉之衆，龐德爲先鋒，軍中高掛白旗，上寫"報仇泄恨，與國除奸"，勢如破竹，離城不下百里，求爺早作準備。

鍾　繇　（白）知道了，再去打聽。

　　　　（報子下）

鍾　繇　（白）吓，哎呀！馬超英勇，萬夫莫敵，又有龐德智勇雙全。長安兵微將寡，只可堅守力敵。來！傳二將軍入帳。

衆　　　（白）傳二將軍進帳！

　　　　（鍾進上）

鍾　進　（白）來了。

　　　　（唱）聽得傳呼逞咆哮，

　　　　　　待俺進帳問根苗。

　　　　（白）大哥呼喚，有何軍情？

　　　　（下手二邊上）

鍾　繇　（白）今有馬超，興兵前來與父報仇，命你帶領三千人馬，以爲前戰先行。某督兵隨後與你掠陣。

鍾　進　（白）得令！

鍾　繇　（白[5]）聽我分付！

　　　　（唱）西凉英雄人共曉，

　　　　　　兼有龐德廣略韜。

　　　　　　張教勢力火炮響，
　　　　　　不可敵勞記在心。
鍾　進　（白）得令！
　　　　（唱）叫三軍帶驊騮向前引道，
　　　　　　會一會西涼的無知兒曹。
　　　　（下）（眾引下）
鍾　繇　（白）眾將，人馬撤到城頭[6]。
　　　　（唱）曹丞相自稱魏王，
　　　　　　論功勞興廢在今朝。
　　　　（扯城觀陣，眾引龐德上）（【風入松】）
龐　德　（白）俺龐德，奉公子將令，攻打頭陣。眾將官，兵抵長安。
　　　　（眾應）（【急三槍】）（會陣[7]）
龐　德　（白）來將通名受死！
鍾　進　（白）俺乃長安太守鍾繇之弟鍾進是也。來者可是龐德麼？
龐　德　（白）既知老爺威名，就該獻城投降，免得生靈塗炭之苦。
鍾　進　（白）休得誇口，放馬過來。
　　　　（殺介，鍾進敗下，上下手打，對子下，鍾進上，龐德看刀殺介，鍾繇鳴金收兵，鍾進敗下，龐德下）
鍾　進　（白）阿喲！龐德果然英勇，收兵回營。
　　　　（唱）龐德果稱英雄將，
　　　　　　藝勇超群誰敢當？
　　　　　　足智多謀韜略廣，
　　　　　　扶助馬超振家邦。
　　　　（鍾進下，當場上）
　　　　（白）大哥！小弟繳令。
鍾　繇　（白）龐德乃西涼名將，賢弟非他敵手，所以鳴金收兵[8]。
鍾　進　（白）龐德真算將中魁元。
　　　　（報子上）
報　子　（白）啟稟元帥，馬超、韓遂合領西涼全部兵將，已將城池圍住。
鍾　繇　（白）分付城門將士[9]，多備壘石防守，不得有誤。
報　子　（白）得令。
　　　　（下）

鍾　進　（白）大哥！西涼人馬甚勇，倘若攻破城池，如何是好？
鍾　繇　（白）不妨。此乃建都之所，城池堅固，濠深水險[10]，一時焉能得破。已曾著人報知丞相，不日定有大兵前來接應。此刻，我和你上城探取兵勢如何[11]？
鍾　進　（白）大哥言之有理。
鍾　繇
鍾　進　（同白）衆將官！引到城樓。
　　　　（衆應）
鍾　繇　（唱）喧天探聽鑾鈴響，
　　　　　　　黎民逃避沒主張。
　　　　　　　衝鋒冒炙城頭上，
　　　　（上城白）喂喲。
　　　　（唱）兵強將勇似虎狼[12]。
　　　　（衆引馬超）
馬　超　（唱）殺氣騰騰人馬忙，
　　　　　　　威風凛凛旌旗揚。
衆　　　（白）來此城下。
馬　超　（白）齊心攻打。鍾繇聽者！俺馬超統領西涼之衆，與父報仇，爲國除奸，若識時務者，速即開城，我兵越過，不傷你一兵一將。倘若遲迷，頃刻打破城池，玉石俱焚，悔之晚矣。
鍾　繇　（白）馬超！你爲父報仇可爲孝矣；某食之祿，堅守此城，以盡臣節，亦爲忠也，忠孝一體。某守此城，奉命所使。豈不聞但投鼠必忌其器；但知毀櫝，不知恐傷其珠乎！請自三思。
韓　遂　（白）哎！無恥匹夫，謀國之賊，人人得而誅之。你不識時務，反將愚言煽惑人心[13]。若不獻地投順，定取你首級，以快人心。
鍾　繇　（白）哎！反覆逆賊[14]，你待曹已久，有何虧負與你，反去助逆爲叛？禍急目前，若不急早醒悟，魏王大兵已到，只叫你身首不保。
韓　遂
馬　超　（同白）[15]衆將官聽者！有人破得此城，以千金賞之。
衆　　　（白）俺來也！
　　　　（攻城）
鍾　繇　（白）衆將，將滾磨壘石打下去！

(打介,衆下)

龐　德　（白）將軍，此城高險，何能破，暫將人馬撤退二十里下寨，城中百姓必出城打柴汲水[16]，我兵扮作百姓模樣，混進城去，作個裏應外合。那時大兵蜂擁而入[17]，此城必破也。

韓　遂
馬　超　（同白）好！依計而行。衆將官，撤二十里下寨。

（衆應引下）

校記

［1］打聽軍情事："聽"字,原本作"呀"。今改。
［2］俺乃長安鍾老爺麾下一個探子便是："安"字,原本漏。今補。
［3］十分驍勇："驍"字,原本爲墨丁。今依文意補。
［4］來此已是轅門："轅"字,原本作"車元"。今改。
［5］鍾繇白：此三字提示,原本無。今依文意補。
［6］人馬撤到城頭："撤"字,原本作"徹"。今改。
［7］會陣：原本作"同陣"。今依文意改。
［8］所以鳴金收兵："金"字,原本作"更"。今改。
［9］分付城門將士："士"字之下,有一"士"字,衍。今删。
［10］濠深水險："深"字,原本作"堅"。今依文意改。"水"字,原本空缺。今依文意補。
［11］我和你上城探取兵勢如何："如何"二字,原本爲墨丁。今依文意補。
［12］兵强將勇似虎狼："狼"字,原本作"豺",失韻。今改。
［13］反將愚言煽惑人心："愚言"之前原本有"語言",衍。今删。
［13］反復逆賊："復"字,原本作"付"。今改。
［14］韓遂、馬超（同白）：此六字,原本作"二人"。今依劇情改。下同。
［15］打柴汲水："汲"字,原本作"没"。今改。
［16］蜂擁而入："而"字,原本作"爾"。今改。

第 十 五 場

（軍引鍾繇上）

鍾　繇　（唱）西凉兵馬真雄壯，

　　　　　蜂擁蟻聚逞豪強。
　　　　　只爲馬騰將身喪,
　　　　　動起干戈禍蕭牆[1]。
　　　（白）西涼人馬十分猖狂,如何抵敵？早已飛報丞相,只得堅守爲
　　　　　上。軍士們！日夜城頭巡邏者[2]。
報　子　（白）啓禀老爺！馬超人馬退二十里下寨,必然糧草不繼,且等丞相
　　　　　大兵一到,出奇方可打勝仗[3]。奈我城中土硬水鹹[4],又無柴
　　　　　薪,這便怎麼處？
鍾　繇　（白[5]）哦！有了。軍士們！打聽西涼人馬懈怠,然後出城打柴汲
　　　　　水,須要小小防守,違令者斬。
　　　（唱）旌旗招展臨風響,
　　　　　層層疊疊列刀槍。
　　　　　待等大兵征場到,
　　　　　管叫西凉拱手降。
　　　（下）

校記

[1] 動起干戈禍蕭牆:"蕭"字,原本作"消"。今改。
[2] 日夜城頭巡邏者:"邏"字,原本音假作"羅"。今改。
[3] 可打勝仗:"打勝"二字,原本爲墨丁。今依文意補。
[4] 奈我城中土硬水鹹:"土"字,原本作"上"。今改。
[5] 鍾繇白:此提示,原本無。今依文意補。

第 十 六 場

　　　（衆引韓遂馬超上）
韓　遂　（唱）勇貫三軍齊威壯,
　　　　　人強馬壯奮鷹揚。
馬　超　（唱）父弟仇恨如天樣,
　　　　　生食賊肉快心腸。
韓　遂　（白）賢姪！你我依龐德之計,將人馬退二十里下寨,今已數日。他
　　　　　城中百姓[1],必然出城取水打柴,你我乘機行事便好。

馬　超　（白）叔父言之有理。
韓　遂　（白）龐德聽令！命你帶領二十名壯軍，扮作樵夫模樣，等他百姓出城時節，混入城中。等大兵一到，開城接應，不得有誤。

（龐"吓"）

馬　超　（白）衆將官！分付掩旗息鼓[2]，悄悄的殺奔城下去者！

（衆下）

韓　遂　（唱）計謀兵機營謀廣，
　　　　　　　哪怕鐵壁與銅牆？
　　　　　　　任你防守吾兵降，
　　　　　　　强敵人難料我形狀[3]。

（下）

校記

[1] 他城中百姓："他"字，原本作"地"。今改。
[2] 分付掩旗息鼓："掩旗"二字，原本作"俺其"。今改。
[3] 强敵人難料我形狀："狀"字，原本爲墨丁。今依文意補。

第十七場

衆百姓　（唱）只恨奸賊多强暴，
　　　　　　　累及黎民無處逃。
　　　　　　　聽得城中一聲響，
　　　　　　　膽戰心驚哭嚎啕。

（白）我們乃長安百姓，只因曹操殺了西凉馬騰，其子馬超統領數萬雄兵，前來報仇，將長安圍住，水泄不通[1]。我這城内土硬水鹹，不能飲食。又無柴火炊煮[2]，實實慌慌無計。幸得西凉人馬退去，這才奉令開城打柴汲水。閑話少講，各自分班再去汲水便了。

（念）任做太平犬[3]，
　　　　莫做離亂人。

衆　　　（唱）太平時年豐瑞兆，
　　　　　　　離亂之日家園抛。

　　　　（白）走吓！
　　　　（下）

校記

［1］水泄不通："泄"字，原本作"淺"。今改。
［2］又無柴火炊煮："炊"字，原本音假作"吹"。今改。
［3］任做太平犬："犬"字，原本漏。今依文意補。

第 十 八 場

　　　　（四軍引龐德扮樵夫上）
龐　德　（唱）多因爲漢室賊奸雄曹操，
　　　　　　　殺忠臣誅孝子惹下禍苗。
　　　　　　　妻兒別父母逃營瞭哨哨，
　　　　　　　日不食夜不臥啼哭聲豪。
　　　　（白）俺龐德奉公子將令，扮作樵夫模樣，混入城中，斬關落鎖，奪城斬將，此乃迅雷不及掩耳。軍士們，就此走遭也。
　　　　（唱）效廉頗戰霸党立功於道，
　　　　　　　只少個藺文相名揚青標[1]。
　　　　（內喊介）
　　　　（白）耳邊厢又聽得人厮馬鬧，莫不是大兵到黎民逃逃！
衆百姓　（白[2]）不好了！不好了！
龐　德　（白）吓！你們爲何這等驚慌？
　衆　　（白）不好了，西涼兵又殺來了！
　　　　（復驚介）
龐　德　（白）吓！我們快快跑進城去，報與元帥知道。
　衆　　（白）快快走！
　　　　（民吓，下場，扯城）（馬唱進城，衆進介，馬衆上，內喊介，德衆殺出，衆進介，德殺上，縣與岱殺介，下，馬衆上，岱上）
馬　岱　（白）鍾繇棄城逃走了。
韓　遂　（白）不必追趕。
馬　超　（白）今晚就在帥府紮營，明日兵發臨潼關便了。

（衆應齊下）

校記

［1］只少個藺文相名揚青標："藺"字，原本作"冉"。今依文意改。
［2］白：原本作"北"。今改。

第 十 九 場

（將引曹操上）

曹　操　（唱）馬騰已除心無愁[1]，
　　　　　　　坦然暢意下江南[2]。
　　　　　　　癬疥纏身無忌憚，
　　　　　　　只恨諸葛妙計神。
　　　　（曹仁同上參）
　　　　（鍾繇急上）

鍾　繇　（唱）城關已失人含羞，
　　　　　　　殺來帳下無兵擋。
　　　　（白）鍾繇參見主公，死罪。

曹　操　（白）吓！爲何這等狼狽？起來講。

鍾　繇　（白）啊呀！丞相！今有西凉馬超，同韓遂統領人馬，破了長安，如今兵抵潼關了！

曹　操　（白）怎麼講？

鍾　繇　（白）長安失了。

曹　操　（白）吓！長安城池堅固，如何得破？敢是調遣無能耳[3]？

鍾　繇　（白）臣連日堅守不能破，兵疲倦自退。因城內百姓困亂，出城汲水打柴，中了他裏應外合之計。臣弟鍾進已經陣亡[4]。臣未死，望主公速領人馬，把守潼關爲要。

曹　操　（白）兵法有云：未敗先進，何待計乎！無知。還不退下！
　　　　（衆下）

曹　操　（白）徐晃、曹洪聽令[5]！
　　　　（二應）

曹　操　（白）命你把守潼關，與你二人十日，十日之外，失了潼關，你二人無干。十日之內,若失潼關,乃你二人之罪。聽我分付!

(唱)西涼兵將多勇健,
　　　任他激罵莫開關。
　　　切沒忘了十日限,
　　　囑付叮嚀記心間。

徐　晃
曹　洪　(同白)得令!

　　　(同唱)

徐　晃
曹　洪　　　生擒馬超把功獻,
　　　　　　閫外將軍非等閑[6]。

　　　(下)

曹　操　(白)阿呀!我只道馬騰已除[7],此番兵下江南,可無慮也。誰知又堅守阻擋,蹉跎歲月,浩費錢糧。哎!實為可恨[8]。曹仁聽令!命你二人解押糧草,助他二人守關,不得有誤!

曹　仁　(白)得令!

　　　(下)

曹　操　(白)眾將官!兵發潼關去者。

　　　(眾唱)【玉芙蓉】(眾引馬超、韓遂合頭)

　眾　(白)來此潼關。

馬　超　(白)向前罵關討戰!

　眾　(白)城上兒郎聽者!有膽量的出關決戰。啓稟公子,城上無人答話。

韓　遂　(白)人馬列開!

　　　(眾應)

韓　遂　(白)眾將聽者,爾等卸戈棄甲,高聲喊叫曹操名字,盡力辱罵,有人出戰者,格外獎賞[9]。

　　　(眾應)

馬　超　(白)叔父!且將人馬退一箭之地,待彼出關交戰,大兵一擁而退,潼關可破也。

韓　遂　(白)有理。眾將官!大兵可退一箭之地,後炮聲一響,奮勇而上,不得違令。

　　　(眾下)

韓　遂　（白）曹操，你這個王八樣子，快快出城，與西涼爺爺們交戰幾百合，才算好漢，若不開關，真是個縮頭的烏龜。
　　　　（內白）啟稟老爺，有人罵關。
曹　洪　（白）待俺看來！
　眾　　（白）唗！曹操聽者！西涼爺爺在此已久，若不開關，就是驢馬八入的。
　　　　（曹洪急介）
曹　洪　（白）哎呀！眾將官。開關！
　　　　（徐晃上）
徐　晃　（白）將軍，不可。丞相分付，任他辱罵，不可開關與他交戰，彼此誘敵之計，激勒將軍耳！
　　　　（曹洪"吓，吓，哎呀"）
徐　晃　（白）俺去查看糧草，千萬不可交戰。
　　　　（下）
曹　洪　（白）知道了。
　　　　（眾又罵，曹洪急介）
曹　洪　（白）眾將開關，抬槍帶馬[10]。
　　　　（內應，曹洪、龐德戰，馬超殺出，徐晃憤介出[11]，曹洪敗下）
　眾　　（白）進關。那賊走了？
馬　超　（白）追上去！
　　　　（眾應下，眾引曹操上）
曹　操　（唱）旌旗蔽日虎伏道，
　　　　　　　巍巍殺氣透九霄。
　　　　　　　併力齊桓稱國號，
　　　　　　　鼎足三分歸魏曹。
　　　　（三將急上，披髮）
三　將　（白）臣見主公！死罪。
曹　操　（白）吓！爾等為何這等光景，莫非潼關失了？
三　將　（白）正是。潼關失了。
曹　操　（白）唗！與你十日期限，才得七日，失潼關難免約期之罪[12]！
曹　洪　（白）奈他幾次辱關，令人難忍，只得開關迎敵。誰知中了他誘敵之計。

曹　　操　（白）徐晃平日幹練謹慎,何得失計疏虞?
徐　　晃　（白）臣屢屢勸他不聽,臣此時點查糧草去了[13],以至疏虞。此乃曹洪之罪也[14]。
曹　　操　（白）來！將曹洪拿去砍了！
　　衆　　（白）啓禀主公,曹洪失計,理當斬首[15],念在用兵之際[16],求恩赦之,立功贖罪。
曹　　操　（白）唔唔！看衆將分上,免其一死,押在後營,永不許出戰。
　　　　　（曹洪下）
曹　　操　（白）你二人無罪。
二　　人　（白）謝主公。
　　　　　（馬超上）
馬　　超　（白）曹操那裏走?
　　　　　（曹操下,衆會齊敗下,馬岱、龐德勝,敵往曹將,二軍人馬引馬追曹操下[17]）

校記

[1]馬騰已除心無愁:"愁"字,原本作"悉"。今改。
[2]坦然暢意下江南:"坦"字,原本作"但"。今改。
[3]敢是調遣無能耳:"敢是"二字之下原本有一"能"字,衍。今删。
[4]臣弟鍾進已經陣亡:"已經"二字,原本作"以在"。今改。
[5]徐晃曹洪聽令:"晃"字,原本作"述"。今依《三國演義》改。
[6]閫外將軍非等閑:"閫"字,原本作"間"。今改。
[7]我只道馬騰已除:"騰"字,原本作"岱"。今改。
[8]實爲可恨:"可"字,原本作"不"。今改。
[9]格外獎賞:"格"字,原本音假作"各"。今改。
[10]抬槍帶馬:"抬"字,原本作"招"。今改。
[11]徐晃憤介出:"憤"字,原本字迹不清。今依文意試改。
[12]失潼關難免約期之罪:"約期"二字,原本作"越緊"。今依文意試改。
[13]臣此時點查糧草去了:"此"字,原本作"比"。今改。
[14]此乃曹洪之罪也:"乃"字之後,還有一"乃"字,衍。今删。
[15]理當斬首:"理",原本作"禮",今改。
[16]念在用兵之際:"際",原本作"濟"。今改。

[17] 二軍人馬引馬追曹操下："人"字,字迹難識。今依文意改。

第 二 十 場

(小軍引曹操上)

曹　操　(唱)平空霹靂從天降,
　　　　　　驚得孤家意徬徨[1]。
　　　　　　不見兵丁與衆將,
　　　　　　悚惕無地勢慌張。

(馬超上)

馬　超　(白)奸賊哪裏走?

(曹操下,馬超擂軍,抱住)

　軍　　(白)哎呀!我不是曹操。

馬　超　(白)曹操哪裏去了?

　軍　　(白)那穿紅袍的是曹操。

馬　超　(白)去罷。

(下手打棍,二軍引曹操上)

曹　操　(唱)哪知道西凉將無敵無擋,
　　　　　　唬得孤魂飄蕩。
　　　　　　難執鞭繮昏花眼,
　　　　　　認不出大道誰向。
　　　　　　心繚亂認不出狹路羊腸[2]。

(內白)穿紅袍是曹操!

(驚掉鞭介,哎)

曹　操　(唱)耳邊廂只聽得陣陣聲響,
　　　　　　唬得孤膽怯怯跌折疆場。

二　軍　(白)丞相!衆軍說穿紅袍的是曹操,快將紅袍脫下來與人,人穿了以蔽丞相之形,以脫丞相之難[3]。

曹　操　(白)哎呀!事已如此,快快脫下來罷!
　　　　(唱)孤好似周平王西逃東向,
　　　　　　孤好似漢平帝驅逐朝堂。
　　　　　　孤好似龍離海無水無仇,

　　　　　　孤好似虎離山被犬猖狂。
　　　　（下）
　　　　（馬超上）
馬　超　（白）哪裏走！
　軍　　（白）哎呀！我不是曹操！
馬　超　（白）曹操哪裏去了？
　軍　　（白）才過去。長髯鬚的是曹操。
馬　超　（白）去罷！

校記

［1］驚得孤家意傍徨："傍徨"，原本作"傍惶"。今改。

［2］心繚亂認不出狹路羊腸："羊"字，原本作"群"。今改。

［3］人穿了以蔽丞相之形，以脫丞相之難：此二句，原本作"人穿了以蔽丞相之難（左半墨丁），以被丞相之難"。今改。

第二十一場

　　　　（德四人殺，曹操上）
曹　操　（唱）莫不是楚霸王烏江命喪，
　　　　　　　逼得孤無投奔何去躲藏。
　　　　（內白）長髯鬚是曹操！
曹　操　（白）哎呀！不好了！
　　　　（唱）莫不是命終盡上天災降，
　　　　　　　莫不是漢基業鞏固遐昌。
三　軍　（白）丞相！眾軍說長髯鬚是曹操，怎麼處？
曹　操　（白）哎呀！這便如何是好？
三　軍　（白）丞相性命要緊，把髯鬚割了，方可逃去！
曹　操　（白）哎呀！說得不好了。
　　　　（唱）棄紅袍割髯鬚被人嘲笑，
　　　　　　　危急中孤只得望風而逃。
馬　超　（白）哪裏走？
　　　　（曹上攔馬下，二軍殺下）

第二十二場

（曹洪勢上）

曹　洪　（唱）多只爲失潼關誤落圈套，
　　　　　　　　險些兒項上頭血染剛刀。
　　　　（白）俺曹洪。只因墮陷失機，蒙主公赦罪未死，將俺打在後隊[1]，
　　　　　　　不許出戰。聞得馬超追趕主公去了，俺急急前來，狹路埋伏，
　　　　　　　以待救主公，立功贖罪[2]。就此走遭也。

（曹操上）

曹　操　（唱）好比當年華容道[3]，
　　　　　　　　處處失機被火燒。
　　　　（内白）割了鬍鬚是曹操！

曹　操　（白）哎呀！不好了！衆軍説道割了鬍鬚是曹操，莫非天滅吾也。
　　　　（唱）老天生馬何生曹，
　　　　　　　　狹路相逢命難逃。
　　　　　　　　進退無門誰來保，
　　　　　　　　生死二字在今朝。

馬　超　（白）哪裏走？

（槍扎樹，曹洪上，曹操下）

曹　洪　（白）勿傷吾主[4]，曹洪來也！

馬　超　（白）匹夫看槍！

（洪敗下）

校記

［1］將俺打在後隊："隊"字，原本作"對"。今改。
［2］以待救主公："待"字，原本作"代"。今改。
［3］好比當年華容道："道"字，原本作"導"。今改。
［4］勿傷吾主："傷"字，原本爲墨丁。今依文意補。

第二十三場

（四下手、夏侯淵上[1]）

【風入松】

夏侯淵　（白）俺夏侯淵[2]。聞主公被馬超追趕甚急，又恐有失。爲此特領本部人馬，前來救應。來！殺上前去。

（合頭站右邊，馬超追曹操上）

夏侯淵　（白）休傷吾主，夏侯淵在此。

馬　超　（白）招槍！

（曹洪接，馬超接曹兵，西涼兵接[3]，曹兵殺介敗下）

衆　　　（唱）蛟龍失水難翻爪[4]，

　　　　　　　虎落深坑脱了逃。

衆　　　（白）主公受驚了！幸得主公無恙。

曹　操　（白）哈哈！賊雖有長槍，豈知孤有天佑。

（內馬超白）賊子休走！

（衆、曹操下，馬超衆下，許褚驚介上）

許　褚　（念）一葉輕舟隨風棹，

　　　　　　　層層險阻但浪飄。

　　　　　　　不是魚家灑網鈎，

　　　　　　　許褚駕舟逞英豪。

（白）俺許褚。主公被馬超追趕如此，俺駕舟接應。

（曹操衝上，許褚急上）

許　褚　（白）主公速請上船來！

（馬超追上，曹操上船，衆放箭下[5]）

曹　操　（白）卿家，若是亂箭齊發，如何是好[6]？

許　褚　（白[7]）可請主公下艙去，待臣將刀做槳，一手搖槳，一手挑花板遮住臣身，方可過去。

曹　操　（白）如此快搖吓！

（下）

校記

［1］夏侯淵上:"夏"字,原本是墨丁。今依下文改。
［2］俺夏侯淵:"侯"字,原本作"候"。今改。
［3］西凉兵接:"西"字,原本作"四";"兵接"二字,原本字不清。今依文意改補。
［4］蛟龍失水難翻爪:"水難翻"三字,原本作"火佳番"。"難"字,左半爲墨丁。今依文意改。
［5］曹操上船衆放箭下:"上船"二字,原本是墨丁;"下"字,原本作"吓"。今依文意補。
［6］如何是好:"是"字,原本作"見"。今改。
［7］許褚白:此三字,原本無。今依文意補。

第二十四場

　　　　（衆引馬超上）
衆　　（白）曹操逃過渭南去了[1]。
馬　超（白）閃開了。蒼天吓！想俺費盡心機,與父報仇。誰知他逃走渭南去了。這便怎麽處[2]？哦！有了。待俺將人馬緩頓幾日,再來與父報仇便了。衆將收兵回營。
　　　　（衆下）
　　　　（尾）

校記

［1］曹操逃過渭南去了:"渭"字,原本作"魏"。今改。下同。
［2］這便怎麽處:"這"字,原本作"過"。今改。

獻西川

汪笑儂 撰

解題

　　京劇。汪笑儂改編。汪笑儂（1858—1918），本名德克金，又名僻，字舜人，號仰天，別署竹天農人。滿族，清末中過舉人。在北京時，曾入翠峰庵票房學戲，得到孫菊仙的指點，技藝精進。甲午戰争前曾捐官任河南太康知縣，因觸怒豪紳被革職，下海唱戲。長期在上海演出。編演許多刺世砭時、慷慨激昂之作，漸爲時人所重。1901年，汪自上海赴漢口，轉道天津，去東北，創作日多，聲名愈盛。辛亥革命後，在天津任亞樂育化會副會長及戲劇改良社社長。一生創作、改編的劇本有三十多種，代表作有《哭祖廟》、《受禪臺》、《駡閻羅》、《黨人碑》、《獻西川》等，有《汪笑儂戲曲集》傳世。汪笑儂開創汪派，他集編、導、演於一身，多才多藝，被梨園稱爲"伶聖"。本劇《京劇劇目初探》著録，題"張松獻地圖"，一名"獻西川"或"獻川圖"；《京劇劇目辭典》著録，題"獻西川"。劇寫益州劉璋因受張魯之侵，思結外援，遣别駕持西川地圖往許都求見曹操。曹因新破馬超而驕，不加禮待，陳兵耀武，張松乃運舌辯加以嘲諷。曹怒，驅之出境。關羽探知張松被逐將路過荆州，以告劉備。孔明請厚禮相待，劉備即與衆將一同出城迎接。張松行至荆州近郊，遇趙雲、關羽，甚爲優禮，心中大喜。及與劉備相見，劉備擺酒相待，言語投機，張松因勸劉備收川，願與法正、孟達爲内應，並以所帶西川地圖相贈。本事出於《三國演義》第六十回。版本今有《汪笑儂戲曲集》本。另有同名《戲考》本、《京劇彙編》本，題材雖同，但場次、人物、唱白皆不同。當爲同題材同名的三種劇本。今以《汪笑儂戲曲集》本爲底本進行整理。

第 一 場

（徐晃、許褚、夏侯惇、李典、張郃、曹洪、呂虔、于禁衆將起霸上）
（【點絳唇】牌子,衆將各通名姓）

衆　　將	（同白）俺——
徐　　晃	（白）徐晃。
許　　褚	（白）許褚。
夏侯惇	（白）夏侯惇。
李　　典	（白）李典。
張　　郃	（白）張郃。
曹　　洪	（白）曹洪。
呂　　虔	（白）呂虔。
于　　禁	（白）于禁。
徐　　晃	（白）諸位將軍請了！
衆　　將	（白）請了！
徐　　晃	（白）丞相升帳,我等兩廂伺候！
衆　　將	（白）請！

（發點,四龍套、四文堂、曹操上）

曹　　操　（念）【引】

　　　　虎踞龍盤,
　　　　保炎漢,
　　　　錦繡江山。

衆　　將	（白）參見丞相！
曹　　操	（白）諸位將軍少禮！
衆　　將	（白）啊！

曹　　操　（念）（詩）

　　　　韜略壓孫武,
　　　　文章冠古今。
　　　　機謀人難解,
　　　　孟德著新書。

（白）老夫曹操。今有西川張松,前來進貢,我看此人,多奸多詐,今

　　　　　乃大操之期,不免將他喚進帳來,同去觀操,叫他知道中原兵
　　　　　力雄厚。來,喚張松進帳!
龍　套　(白)張松進帳!
　　　　(張松上)
張　松　(唱)昨夜晚觀看那孟德新書,
　　　　　一字字一篇篇過目能讀。
　　　　　用聰明壓服了楊祖德,
　　　　　管叫那奸曹操暗地佩服。
　　　　(白)參見丞相!
曹　操　(白)罷了。
張　松　(白)將松喚進帳來,有何事議論?
曹　操　(白)今乃大操之期,特請大夫一同觀操。
張　松　(白)丞相虎威,松願往。
曹　操　(白)帶馬教場去者!
　　　　(牌子,眾人同下)

第 二 場

(前場原人同上)
曹　操　(白)大夫請來上坐!
張　松　(白)丞相虎威,張松怎敢。
曹　操　(白)西川人尚知禮儀!
張　松　(白)我們西川人,三尺童子,尚知禮儀,不像你們中原人,多奸多
　　　　　詐耳!
曹　操　(白)有僭了!
　　　　(牌子吹打)(曹操上高臺)
曹　操　(白)開操!
　　　　(眾將上,演操)
曹　操　(笑)哈哈、哈哈哈、啊哈哈哈!
　　　　(白)收操!
　　　　(眾將下)
曹　操　(白)大夫,你看老夫營中的將士個個如狼似虎,出兵以來,戰無不

　　　　　勝,攻無不取,足以無敵於天下也!
張　松　(笑)哈哈哈哈!
曹　操　(白)大夫爲何發笑?
張　松　(白)丞相虎威,張松盡知!
曹　操　(白)講!
張　松　(白)濮陽遇呂布,宛城遇張繡,赤壁遇周郎,華容逢關羽,割髮棄袍
　　　　　於潼關,奪船避箭于渭水,這俱是大丞相,戰無不勝,攻無不
　　　　　取,無敵於天下也!
曹　操　(白)哎!
　　　　　(唱)聽一言來心焦躁,
　　　　　　　竟敢當面辱罵曹!
　　　　　　　人來與我忙斬了,
楊　修　(白)且慢!
　　　　　(唱)攔阻丞相慢開刀。
曹　操　(白)大夫爲何攔阻?
楊　修　(白)斬了此人不關緊要,豈不寒了遠方進貢之心?
曹　操　(白)依你之見?
楊　修　(白)將他亂棍打出,也就夠了。
曹　操　(白)好,將他亂棍打出!
　　　　　(亂打張松)
張　松　(唱)可笑那奸曹有眼無珠,
　　　　　　　一味的性情傲糊裏糊塗。
　　　　　　　俺張松獻西川未遇主顧,
　　　　　　　這亂棍打丟了西川圖。
　　　　　(下)
曹　操　(白)人馬回營!
　　　　　(衆人同下)

第　三　場

　　　　　(關羽、張飛、趙雲同上)
關　羽　(念)過五關斬六將,

		擂鼓三通斬蔡陽。
張　飛	（念）	大吼一聲橋梁斷，
		嚇退曹兵百萬郎。
趙　雲	（念）	長坂坡前救幼主，
		七進七出把名揚。
三　人	（同白）	俺——
關　羽	（白）	關雲長。
張　飛	（白）	張翼德。
趙　雲	（白）	趙子龍。
三　人	（同白）	請坐！
關　羽	（白）	二位賢弟，時纔聞報，西川張松，去至中原，要結好曹操，怎奈他言語傲慢，被曹操亂棍打出。張松回川，打從荊州過，請出大哥稟明此事。
關　羽 張　飛 趙　雲	（同白）	有請大哥！

（四紅龍套、四下手、孔明、龐統、劉備上）

劉　備	（念）【引】	爲國憂民，何日裏，扭轉乾坤。
關　羽 張　飛 趙　雲	（同白）	參見大哥，軍師！
衆　人	（同白）	請坐！
劉　備	（念）（詩）	憶昔結義在桃園，
		烏牛白馬祭蒼天。
		協力同心扶漢室，
		剿滅孫曹整中原。
	（白）	劉備，坐守荊州，一心匡扶漢室，未得機會，只得在此屯兵養馬。
關　羽	（白）	啓稟大哥，今有張松，從許昌回川，由此經過，稟告大哥知道。
劉　備	（白）	啊先生，那張松往許昌爲了何事？
孔　明	（白）	我想張松去到許昌，必私通款北曹操。以中原兵力，足取西川而有餘，其不即取者，地理不熟耳。今張松既欲獻好曹賊，必

　　　　　　　帶有西川地理圖本,此圖若能到手,這西川可即唾手可得!

張　飛　(白)先生啊!待俺老張,去至十里長亭之外,將那張松生搶活捉進帳,哪怕那地理圖不得!

劉　備　(白)哼,又來莽撞!吓先生,有何妙計?就請傳令!

孔　明　(白)山人自有安排。四將軍聽令!

趙　雲　(白)在。

孔　明　(白)命你去到十里長亭之外,打掃街道,迎接張大夫進城!

趙　雲　(白)得令。帶馬!

　　　　　(四下手引趙雲下)

孔　明　(白)二將軍聽令:去至十里長亭之外,迎接張大夫進城!

關　羽　(白)得令。

　　　　　(四紅龍套引關羽下)

孔　明　(白)必須主公親自迎接!

劉　備　(白)那個自然。二位先生、三弟,一同前往!
　　　　　(唱)人來與我把馬順,
　　　　　　　　迎接張松走一程。
　　　　　(衆人同下)

第 四 場

(吹奏牌子,四下手、趙雲上)

趙　雲　(白)俺,趙雲,奉了先生之命,打掃街道,迎接張大夫進城,遠遠望見張大夫來也。

　　　　　(張松上)

張　松　(唱)披星戴月離許昌,
　　　　　　　行人路上馬蹄忙。
　　　　　　　勒住絲韁用目望,
　　　　　　　只見一將站路旁。
　　　　　(白)將軍何人也?

趙　雲　(白)常山趙子龍。

張　松　(白)久仰啊,久仰!
　　　　　(唱)將軍威名松久仰,

　　　　　　　　在長坂坡前你的美名揚！
　　　　（白）將軍到此何事？
趙　雲　（白）迎接大夫進城！
張　松　（白）張松怎敢，將軍先行，松當隨後。
趙　雲　（唱）辭別先生跨金鐙，
　　　　　　　　特請先生早進城。
　　　　（下）
張　松　（唱）人言劉備寬宏量，
　　　　　　　　果然待客禮非常。
　　　　　　　　人來與爺帶絲繮，
　　　　　　　　會會桃園劉關張。
　　　　（下）

第　五　場

（關羽、四紅龍套過場）

第　六　場

（張松上）
張　松　（唱）適纔遇見常山將，
　　　　　　　　我與將軍敘衷腸。
　　　　　　　　眼前又來一員將，
　　　　（關羽原班人馬上）
張　松　（唱）只見一將面紅光。
　　　　（白）公豈漢壽亭侯關雲長乎？
關　羽　（白）然。
張　松　（白）松下馬來了。久聞將軍大名，轟雷灌耳，今日一見，話不虛傳也！
　　　　（唱）【二六】
　　　　　　　　手拉着將軍把話講，
　　　　　　　　暗地偷覷關雲長。
　　　　　　　　丹鳳眼，臥蠶眉，

　　　　　　　五綹長髯飄灑胸膛[1]。
　　　　　　過五關,斬六將,
　　　　　　　搖鼓三通斬蔡陽。
　　　　　　將軍果然好貌相,
　　　　　　　君侯的容貌不尋常!
　　　　　（白）到此何事?
關　羽　（白）奉了先生將令,迎接大夫進城!
張　松　（白）張松我不敢!
關　羽　（白）你我一同上馬!
　　　　　（唱）你我一同跨絲韁,
　　　　　（下）
張　松　（接唱）
　　　　　　赤兔果然快非常。
　　　　　　人來帶馬忙趕上,
　　　　　　見了使君問安康。
　　　　　（下）

校記

[1]五綹長髯飄灑胸膛："綹"字,原本音假作"柳"。今改。

第 七 場

（吹打排子,四紅龍套、龐統、孔明、張飛、劉備下場門上）
（趙雲、關羽上）（張松上,下馬）

張　松　（白）吓,皇叔!
劉　備　（白）大夫!
張　松
劉　備　（同笑）啊哈哈哈哈
劉　備　（白）大夫請!
張　松　（白）不敢,皇叔請!
劉　備　（白）先生乃一客位,還是先生請!
張　松　（白）不敢,還是皇叔請!

劉　備　（白）你我挽手而行。
張　松
劉　備　（同笑）啊哈哈哈哈！

（同下）
（衆人隨下）

第　八　場

（連場，劉備等原人上）

張　松　（白）皇叔請上，受松大禮參拜！
劉　備　（白）跋涉勤勞，不拜也罷！
張　松　（白）哪有不拜之理，皇叔請上。
劉　備　（白）備也有一拜！
　　　　（同拜，吹奏牌子）
劉　備　（白）大夫請來上坐！
張　松　（白）且慢！松不過西川一末吏耳，焉敢與皇叔分庭抗禮！
劉　備　（白）大夫忒謙了。請坐！
張　松　（白）久聞皇叔寬仁大度，今日一見，不勝欽佩！
劉　備　（白）光臨鄙邑，不勝榮幸之至！
孔　明　（白）嗯哼！
張　松　（白）皇叔，此位是？
劉　備　（白）這就是諸葛先生。
張　松　（白）這就是臥龍公麼？
孔　明　（白）先生！
張　松　（白）先生高臥隆中，自比管樂，今日一見如光風雪月一般，不勝欽
　　　　　　佩之至。
孔　明　（白）亮不過乃南陽一農夫耳，何勞先生掛齒。
龐　統　（白）嗯哼！
張　松　（白）皇叔此位？
劉　備　（白）這就是龐統先生。
張　松　（白）哦！這就是鳳雛先生！先生吓，想當年赤壁鏖兵，火燒戰船，
　　　　　　先生獻連環計可算得首功！

龐　統　（白）誇獎了。

張　松　（白）皇叔這裏來，常聞人言臥龍鳳雛，得一人可安天下。今有其二，將來興王創業，定然是皇叔的了！

劉　備　（白）大夫誇獎了！

（龍套將宴擺齊）

劉　備　（白）待孤把盞。

張　松　（白）擺了就是。

（衆人入座）

劉　備
張　松　（同白）請！

（牌子吹奏）

劉　備　（白）請問大夫，此番去許昌，爲了何事？

張　松　（白）一來進貢天子，二來觀光上國！

劉　備　（白）只怕還有秘密之事？

張　松　（白）縱有秘密之事，這酒席筵前，也不好言講！

劉　備　（白）備失言了。

張　飛　（白）先生你姓張，咱也姓張，五百年前俱是一家，來來來，待我把敬你三大杯！

張　松　（白）君豈翼德將軍乎？

張　飛　（白）然。

張　松　（白）久仰啊，久仰！

（唱）怪不得將軍滄海量，
　　　當年大戰在當陽！

（白）松無量，小杯奉陪。（醉）

劉　備　（白）攙至館驛。

（龍套扶張松下）

孔　明　（白）四將軍聽令：明日準備酒筵，送先生餞行，不得有誤！

（衆人同下）

第　九　場

張　松　（內唱）【導板】

　　　　　　　　送客無心過楚城，
　　　　（劉備、關羽、張飛、趙雲、孔明、龐統、張松同上）
張　松　（唱）【原板】
　　　　　　　　怎勞皇叔來餞行。
　　　　　　　　久聞得劉使君承天運，
　　　　　　　　伏龍鳳雛保乾坤。
　　　　　　　　二將軍過五關標名姓，
　　　　　　　　在黃河岸刀劈秦琪，
　　　　　　　　弟兄們相會在古城。
　　　　　　　　三將軍生來好烈性，
　　　　　　　　大喝一聲驚退了曹兵。
　　　　　　　　四將軍在長坂坡威名震，
　　　　　　　　亂軍中七進七出殺曹操百萬兵！
　　　　　　　　眼望着十里亭離此甚近，
　　　　　　　　送客千里總須行！
劉　備　（白）看酒！
　　　　（唱）備送先生無別敬，
　　　　　　　　一杯水酒表寸心。
　　　　（張松接杯飲酒）
孔　明　（唱）人來看過酒一樽，
　　　　　　　　我與先生來餞行。
　　　　（張松接飲）
龐　統　（唱）這杯水酒先生請，
　　　　　　　　表表龐統誠敬心。
　　　　（張松接飲）
關　羽　（唱）叫人來看過了杯中酒，
　　　　　　　　這斗酒送你到西川城。
　　　　（張松接飲）
張　飛　（唱）手捧斗酒禮恭敬，
　　　　（白）先生啊！
　　　　（唱）你再飲咱老張這一樽。
　　　　（張松接飲）

趙　雲　（唱）手執銀杯把酒敬，
　　　　　　　趙雲與公來餞行。
　　　　（張松接飲）
張　松　（唱）他君臣一派禮恭敬，
　　　　　　　吃得我張松醉醺醺。
　　　　　　　辭別皇叔跨金蹬，
劉　備　（哭白）先生啊！
張　松　（唱）劉備一旁放悲聲！
劉　備　（白）先生你我今日一別，不知何日才得相見！（哭）
張　松　（唱）他戀戀不捨我心何忍！
劉　備　（白）天吓！天地雖寬，備無立足之地了！
張　松　（唱）他言道天下難存身？
　　　　　　　低下頭來暗思忖，（想）
　　　　　　　倒不如將地圖獻與此人。
　　　　（白）松有一言，不知當講不當講？
劉　備　（白）有何見教，請講當面？
張　松　（白）請問皇叔荊州可是久居之地，還要另想別圖？
劉　備　（白）孤居荊州，東吳屢次催討，要想別圖，又無他處可取！
張　松　（白）張松乃西川人，頗知西川事，西川乃天府之國，天險之地。無兵戈之險，無水旱之災。進可以戰，退可以守。皇叔豈有意乎？
劉　備　（白）西川同宗劉璋執掌，同宗人奪同宗人之基業，豈不被天下人唾罵！
張　松　（白）錯了！天下乃天下人之天下，非一人之天下也，有德者居之，無德者失之。我主劉璋，懦弱無能，皇叔若不取西川，倘被曹操、張魯等捷足先登，那時皇叔想取西川，嘿嘿！只怕悔之晚矣。
劉　備　（白）備縱有意，想取西川，怎奈山川險惡，地理不熟，也是枉然。
張　松　（白）皇叔有意西川，我有心腹二人，一名孟達，一名法正。我三人做一內應，哪怕大功不成。皇叔言道山川險惡，地理不熟，你來來來，這是西川地理圖一軸，皇叔按圖進兵西川，可唾手而得！

劉　　備　（白）劉備不恭了！
張　　松　（白）且慢！皇叔這不是西川地理圖啊！
劉　　備　（白）是甚麼？
張　　松　（白）這分明是那西川的土地，俺張松雙手奉送于皇叔了！
　　　　　（唱）【二六】
　　　　　　　　這是那西川的地理圖本，
　　　　　　　　皇叔晝夜看分明。
　　　　　　　　上畫着西川四十一州郡，
　　　　　　　　哪一州哪一郡哪一關哪一崖哪一山哪一水，
　　　　　　　　一處一處畫得真！
　　　　　　　　皇叔按圖把兵進，
　　　　　　　　唾手可得他的錦繡都城。
　　　　　　　　我有心腹二人孟達與法正，
　　　　　　　　我三人裏應外合功必成。
　　　　　　　　張松並非求封贈，
　　　　　　　　爲報皇叔知遇的恩！
劉　　備　（唱）接過畫圖禮恭敬，
　　　　　　　　劉備得志必報恩！
張　　松　（唱）張松行事順天命，
　　　　　　　　並非是賣國求榮真小人。
　　　　　　　　辭別皇叔足踏蹬，
　　　　　　　　悉除城外等使君！
　　　　　（下）
劉　　備　（唱）衆將上馬回城郡，
　　　　　　　　擇日興兵取都城。
　　　　　（衆人同下）

取　成　都

無名氏　撰

解　題

　　京劇。清無名氏撰。《京劇劇目辭典》著録，題"取成都"，又名"讓成都"、"石伏岩"、"劉璋讓位"，未署作者。劇寫漢末劉璋爲劉備所困，求張魯遣馬超救之。馬超歸順劉備，帶領人馬奪取成都。劉璋因左右皆有降意，躊躇不定，命王累與劉玉同上敵樓，與馬超答話。馬超命劉璋速獻城，劉玉大罵，爲馬超射死。王累打下滾木擂石，馬超險遭不測，即令衆將拆毀民房，四處縱火。劉璋得報，親上城樓責罵馬超投敵，願與其共分疆土。馬超不允，劉璋無奈，情願投降。王累苦諫不從，當場碰死。劉備入城與劉璋握手言歡，並引孔明與劉璋相見。劉璋以言譏之，魏延、趙雲、黄忠、嚴顔紛紛上前以言相脅。劉璋大罵嚴顔背主投敵，因見大勢已去，交出西川印信。劉備乃使劉璋往荆州暫充郡守。本事出於《三國志·蜀書·劉璋傳》、同書《馬超傳》、《簡雍傳》、《三國演義》第六十五回。版本今見國家圖書館藏《繪圖京都三慶班京調脚本》周春奎曲本、《戲考》本、《中國京劇戲考》據《戲考》整理本。今以《繪圖京都三慶班京調脚本》爲底本，參考其他本校點，擇善而從。

第　一　場[1]

　　　　（四龍套引馬超上）

馬　超[2]　（念）白盔白甲素白幡，
　　　　　　　白旗招展似雪飛。
　　　　　　　跨下能行如白虎，
　　　　　　　要與皇叔立帝基。

　　　　　（白）俺馬超，奉了軍師將令，帶領人馬奪取成都。呔，衆將官！
衆　　人　（白）有。
馬　　超　（白）就此起兵前往哦！（同下）
探　　子　（念）探得軍情事，
　　　　　　　　報與千歲知。
　　　　　（白）俺乃西川探子是也。今有馬超，降了劉備，帶領人馬，前來奪成都，不免報與千歲知道[3]。
　　　　　（四太監上，劉璋上）
劉　　璋　（念）【引子】
　　　　　　　　坐守西川，
　　　　　　　　恨張松，
　　　　　　　　降順桃園。
　　　　　（念）君爲民憂[5]，
　　　　　　　　民爲國愁。
　　　　　　　　憂國憂民，
　　　　　　　　何日甘休？
　　　　　（白）孤，姓劉名璋，字季玉[5]。坐鎮西川一帶等處。可恨同宗劉備，帶領人馬，奪取西川。孤在張魯王駕前，聘請一將，名喚馬超，此人有萬夫不當之勇。孤命他鎮守葭萌關。前者與桃園弟兄交戰[6]，也曾命探子前去聽探，未見回報。
　　　　　（探子上）
探　　子　（白）啓稟大王：馬超降順劉備，帶領人馬，奪取成都。
劉　　璋　（白）再探。
　　　　　（探子下）
劉　　璋　（白）不好了！
　　　　　（唱）【西皮搖板[7]】
　　　　　　　　忽聽説探馬報一聲，
　　　　　　　　膽大的馬超降他人。
　　　　　　　　内臣擺駕敵樓進，
劉　　玉　（内白）兒臣有本啓奏。
劉　　璋　（白）哦！
　　　　　（唱）【西皮搖板】

　　　　　　　王兒上殿問分明[8]。
　　　（劉玉上）
劉　玉　（唱）【西皮摇板】
　　　　　千言萬語父不信，
　　　　　一心要做仁義人。
　　　　　劉玉正在爲難處，
　　　　　見了父王説分明。
　　　　（白）兒臣見駕，父王千歲。
劉　璋　（白）王兒平身。
劉　玉　（白）千千歲。
劉　璋　（白）賜坐。
劉　玉　（白）謝坐。
劉　璋　（白）王兒上殿有何本奏？
劉　玉　（白）啓奏父王，馬超帶領人馬，前來奪取成都。父王何以坐視
　　　　　不理？
劉　璋　（白）非是孤坐視不理[9]，奈成都兵微將寡[10]，將這西川讓與劉備
　　　　　就是了。
劉　玉　（白）父王吓！
　　　　（唱）【西皮慢板】
　　　　　父王做事欠思忖[11]，
　　　　　細聽兒臣説分明。
　　　　　曹操殺他全家命，
　　　　　不報冤仇豈甘心？
　　　　　兒臣敵樓把賊問，
　　　　　一戰交鋒把功成。
劉　璋　（白）吓！
　　　　（唱）【西皮慢板】
　　　　　王兒奏本欠思論，
　　　　　哪有能將去擋賊兵？
　　　　　孤王心中只把張松恨，
　　　　　地理圖大不該獻與賊人[12]。
　　　　　老嚴顔在巴州早已歸順，

　　　　　　張任不降命歸陰。
　　　　　　劉備、孔明把城進，
　　　　　　大膽馬超降他人。
　　　　　　孤欲開城將賊問，
　　　　　　滿朝文武共起降心。
　　　　　　左思右想心不定，
　　　　　　孤倒作了進退兩難人[13]。
劉　玉　（唱）【快二六板】
　　　　　　父王說話不必驚[14]，
　　　　　　細聽兒臣奏分明。
　　　　　　劉備縱有千員將，
　　　　　　不讓西川又怎生？
劉　璋　（唱）【西皮快板】
　　　　　　劉備仁義順天命，
　　　　　　諸葛賢能賽蘇秦。
　　　　　　孤把好言對他論，
　　　　　　難道不念同宗人？
劉　玉　（唱）【西皮搖板】
　　　　　　君臣躊躇無計定，
王　累　（內白）千歲等着，王累有本啓奏[15]。
劉　玉　（唱）【西皮搖板】
　　　　　　朝房又來一老臣。
　　　　（王累上）
王　累　（唱）【西皮搖板】
　　　　　　西川人馬亂紛紛，
　　　　　　忙上銀安奏主君。
　　　　（白）王累見駕，願吾主千歲。
劉　璋　（白）卿家平身[16]。
王　累　（白）千千歲。
劉　璋　（白）卿家上殿，有何本奏[17]？
劉　累　（白）啓奏大王，馬超降了劉備，帶領人馬，前來奪取成都，吾主何以
　　　　　　坐視不理？

劉　　璋　（白）我父子正論，何言坐視不理？
劉　　玉　（白）兒臣敵樓答話。
劉　　璋　（白）何人保駕？
王　　累　（白）老臣保駕。
劉　　璋　（白）卿家保駕，孤不憂也[18]。
　　　　　（唱）【西皮搖板】
　　　　　　　　王兒敵樓把賊問，
　　　　　　　　大事全仗王愛卿。
　　　　　　　　四門之人加防禦，
　　　　　　　　休教那馬超進都城[19]。
　　　　　（劉璋下）
劉　　玉　（唱）【西皮搖板】
　　　　　　　　銀安殿領了父王命，
王　　累　（唱）【西皮搖板】
　　　　　　　　老臣保駕隨後跟。
劉　　玉　（唱）【西皮搖板】
　　　　　　　　卿家帶路敵樓進[20]，
王　　累　（唱）【西皮搖板】
　　　　　　　　看看來的哪路兵！
　　　　　（劉玉、王累同上城）
　　　　　（四白龍套同上，馬超上）
馬　　超　（唱）【西皮搖板】
　　　　　　　　某奉軍師將令遣，
　　　　　　　　打馬來在都城邊[21]。
　　　　　　　　快叫劉璋把城獻，
　　　　　　　　若少遲延殺進關。
劉　　玉　（唱）【西皮搖板】
　　　　　　　　耳旁聽得人馬喊，
王　　累　（唱）【西皮搖板】
　　　　　　　　只見馬超立陣前。
馬　　超　（唱）【西皮搖板】
　　　　　　　　城上不見劉璋面，

　　　　　　　你是何人把話言！
劉　玉　（唱）【西皮搖板】
　　　　　　　小王劉玉掌宮殿，
王　累　（唱）【西皮搖板】
　　　　　　　老爺王累伴君前。
馬　超　（唱）【西皮搖板】
　　　　　　　快叫劉璋把城獻，
　　　　　　　倘若遲延後悔難。
劉　玉　（唱）【西皮搖板】
　　　　　　　你降劉備該問斬，
王　累　（唱）【西皮搖板】
　　　　　　　賣國求榮狗肺男！
馬　超　（唱）【西皮搖板】
　　　　　　　小子説話太魯莽，
　　　　　　　氣的老爺怒衝冠！
　　　　　　　用手搭上雕翎箭[22]，
　　　　　　　管叫小子喪黃泉！
　　　　　（馬超射死劉玉[23]）
王　累　（唱）【西皮搖板】
　　　　　　　一見千歲喪了命，
　　　　　　　滾木擂石往下打。
　　　　　（馬超、四龍套同下[24]）
王　累　（白）衆將小心把守城池，待我報與千歲知道。
衆　人　（同白）呵。
　　　　　（王累下）

校記

[1] 第一場：原本、《戲考》本均無場次。今從《中國京劇戲考》簡稱《京戲考》本補。

[2] 馬超：原本人物有角色稱謂，或有姓無名。本劇從《京劇考》均用人物姓名。

[3] 四龍套引馬超上……不免報與千歲知道：原本這一情節的文字，《戲考》

本無。

[4] 君爲民憂："憂"字,《戲考》本改作"愛",非是。今不從。

[5] 字季玉："季玉"二字,原本作"子瑜"。今依《三國志》改。

[6] 前者與桃園兄弟交戰："前者"二字,原本無。今從《戲考》本補。

[7] 唱西皮搖板:原本作"唱搖板"。今從《京戲考》本改。下同,不另出校。

[8] 王兒上殿問分明："王兒"二字,原本作"皇兒"。今從《戲考》本改。

[9] 非是孤坐視不理:原本作"父是坐視不理"。今從《戲考》本改。

[10] 奈成都兵微將寡："成"字,原本作"城"。今改。下同。不另出校。

[11] 父王做事欠思忖："思忖"二字,原本作"思議"。今從《戲考》本改。

[12] 地理圖大不該獻與賊人："賊人"二字,《戲考》本作"他人"。不從。

[13] 孤倒作進退兩難人："倒"字,原本作"到"。今改。

[14] 父王說話不必驚："驚"字,原本作"聽"。今從《戲考》本改。

[15] 王累內白千歲等著王累有本啓奏:此句原本作"老丑白王累要見"。今從《戲考》本改。

[16] 卿家平身："卿家"二字,原本無。今從《戲考》本補。

[17] 劉璋白卿家上殿有何本奏:此句原本無。今從《戲考》本補。

[18] 劉玉白兒臣敵樓答話劉璋白何人保駕王累白老臣保駕劉璋白卿家保駕孤不憂也:這一段,原本作"聽孤降旨"。今從《戲考》本補。

[19] 休教那馬超進都城:此句原本作"休教那馬超進城都"。今從《戲考》本改。

[20] 卿家帶路敵樓進:此句,原本作"叫三軍帶馬敵樓進"。今從《戲考》本改。

[21] 打馬來在都城邊:此句,原本作"遣馬揚鞭至陣前"。今從《戲考》本改。

[22] 用手搭上雕翎箭："雕"字,原本作"刁"。今改。

[23] 馬超射死劉玉:此句提示,原本無。今從《京戲考》本補。

[24] 馬超四龍套同下:此提示,原本無。今從《京戲考》本補。

第 二 場

(馬超、四龍套上)

馬　超　(白)且住,看那王累打下滾木擂石,不是快馬如飛[1],險遭不測。臨行之時,軍師言道,劉璋最愛百姓。不免拆毀民房,放火焚燒。吠,衆將官,四下放起火來!

眾　　人　（同白）喝。
　　　　　（馬超、四龍套下[2]）

校記

［１］不是快馬如飛："如飛"二字，原本無。今從《戲考》本補。
［２］眾人同白喝馬超四龍套下：此十一字白與提示，原本無。今從《京戲考》
　　　本補。

第　三　場

劉　　璋　（內白）擺駕。
　　　　　（劉璋上）
劉　　璋　（唱）【西皮搖板】
　　　　　適纔王累進宮報，
　　　　　王兒敵樓赴陰曹。
　　　　　耳邊廂又聽得放火炮[1]，
　　　　　想必是那馬超賊把孤的民房毀燒。
　　　　　內侍臣擺駕上城道，
　　　　（哭）王兒吓！
　　　　　（唱）【西皮搖板】
　　　　　那邊廂又來了賊馬超[2]。
　　　　　（馬超、四龍套同上）
馬　　超　（白）蜀主請了。
劉　　璋　（啐介白）呸！
　　　　　（唱）【快西皮搖板】
　　　　　見馬超不由孤心中刀攪，
　　　　　叫一聲馬孟起細聽根苗。
　　　　　是孤王待的你哪些不好，
　　　　　你那裏降劉備所爲哪條？
馬　　超　（唱）【快西皮搖板】
　　　　　我這裏降劉備也是正道，
　　　　　我勸你讓成都免動槍刀。

劉　璋　（唱）【西皮搖板】
　　　　　　漢劉備他無非封你官職不小，
　　　　　　孤與你分江山手足相交。
馬　超　（唱）【西皮搖板】
　　　　　　叫三軍拆民房齊放火炮，
　　　　　　殺進城一個個性命難逃！
劉　璋　（唱）【西皮搖板】
　　　　　　一言怒惱了賊馬超，
　　　　　　他的心意毒把民房燒。
　　　　（唱）【哭板】
　　　　　　只聽得衆子民苦苦哀告[3]。子民吓！
　　　　（唱）【西皮搖板】
　　　　　　我不讓成都命難逃。
　　　　（白）馬將軍，你將人馬暫退一箭之地，孤將成都讓與你君臣就是了。
馬　超　（白）須要言而有信！
劉　璋　（白）豈肯失信於你！
馬　超　（白）衆將官，將人馬暫退一箭之地。
衆　人　（同白）哦。
劉　璋　（白）好賊子吓！
　　　　（唱）【慢西皮搖板】
　　　　　　這也是成都的兵微將少，
　　　　　　眼看着錦繡春山付與水漂[4]。
　　　　（白）衆將官開城[5]。
王　累　（唱）【西皮搖板】
　　　　　　尊一聲千歲休開城，
　　　　（白）啓千歲此城開不得！
劉　璋　（白）怎樣開不得？
王　累　（白）開城不至要緊，我主江山有失！
劉　璋　（白）卿家你來看！（後場放火）
劉　璋　（白）四面俱是火起，爲孤一人，豈可連累好百姓[6]？
王　累　（唱）【西皮搖板】

　　　　　懦弱之人怎爲君？
　　　　　千言萬語勸不醒，
　　　　　不如碰死在都城[7]。
　　（王累撞死）

劉　璋　（白）哎吓！
　　　　（唱）【西皮搖板】
　　　　　一見卿家喪了命，
　　　　　去了擎天柱一根。
　　　　（唱）【哭板】
　　　　　但願你魂靈歸天境，
　　　　（哭白）卿家吓，
　　　　（唱）【西皮搖板】
　　　　　凌烟閣上你頭名。
　　　　（白）衆將官開城。
　　（劉璋下）

校記

[1] 耳邊厢又聽得放火炮："厢"字，原本無。今從《戲考》本補。
[2] 那邊厢又來了賊馬超："那邊厢"三字，原本作"那旁"。今從《戲考》本改。
[3] 只聽得衆子民苦苦哀告："聽"字，原本作"曉"。今從《戲考》本改。
[4] 眼看着錦繡春山付與水漂："山"字，原本無，今從《戲考》本補。
[5] 衆將官開城："衆將官"三字，原本無。今從《戲考》本補。下同。
[6] 卿家你來看，（後場放火）劉璋白四面俱是火起，爲孤一人，豈可連累好百姓：這幾句，原本作"卿家，你看四下火起，豈肯爲孤一人，連累了好子民"。今從《戲考》本改。
[7] 千言萬語勸不醒，不如碰死在都城：此二句，原本作"王累從此皆命盡，不如一死趕幽冥"。今從《戲考》本改。

第 四 場[1]

（馬超領四龍套【急急風】同上，進城。黃忠、嚴顏、魏延、趙雲同上）
（劉璋上，坐城外。黃忠、嚴顏、魏延、趙雲同進城。四紅龍套上，車

　　　　　　夫推諸葛亮上,進城。劉備上)

劉　備　（白）吓,宗兄!

劉　璋　（白）吓,宗兄來了!

劉　備　（白）備來了。

劉　備
劉　璋　（同笑）哈哈哈!

劉　璋　（白）宗兄到此,請來進城。

劉　備　（白）不敢,宗兄請。

劉　璋　（白）你我挽手而行。

　　　　　　（劉備、劉璋進城）

　　　　　　（同下）

校記

[1]第四場:《戲考》本寫劉備進成都,用了一百二十二字。原本僅有"生白宗兄劉白宗兄白哈哈哈生白哈哈"十六字。今從《戲考》本補。

第 五 場

（四紅龍套同上。黄忠、嚴顔、魏延、趙雲同上。諸葛亮上。劉備、劉璋同上）

劉　璋　（白）吓! 宗兄[1],此位是誰?

劉　備　（白）此乃是卧龍先生。

劉　璋　（白）吓! 這就是卧龍先生!

劉　備　（白）吓,先生見過蜀主。

諸葛亮　（白）遵命。參見蜀主!

劉　璋　（白）罷了[2],一旁坐下。

諸葛亮　（白）謝坐。

劉　璋　（白）吓,宗兄! 前番孤修書,將成都讓與宗兄執掌,宗兄言道:不忍奪同宗之基業。今日帶兵前來,奪取成都,是何理也[3]?

劉　備　（白）這個……

諸葛亮　（白）我主乃是不得已而爲之。

劉　璋　（白）好一個不得已而爲之!

劉　　備　（白）宗兄吓！

　　　　　（唱）【西皮原板】

　　　　　　　劉備出身甚凋零。
　　　　　　　可恨孫、曹二奸臣，
　　　　　　　霸占荊州居九郡，
　　　　　　　因此上他兩家連次動了刀兵。
　　　　　　　打聽得宗兄多安靜，
　　　　　　　暫借成都且安身。
　　　　　　　只待劉備承天運，
　　　　　　　再請那宗兄進都城[4]。

劉　　璋　（唱）【西皮快板】

　　　　　　　你我本是同宗人，

　　　　　（唱）【西皮二六板】

　　　　　　　你今來時孤心驚。
　　　　　　　有甚麼大事早議論，
　　　　　　　何必帶兵進都城？
　　　　　　　實指望兩下學秦晉，
　　　　　　　誰知道反成吳越動刀兵。
　　　　　　　孤今不讓成都郡，
　　　　　　　難道說還要孤的老命不成？

諸葛亮　（唱）【快西皮搖板】

　　　　　　　蜀主不必怒氣生，
　　　　　　　山人言來聽分明。
　　　　　　　主公暫把心拿定，
　　　　　　　提兵調將由山人。

劉　　璋　（唱）【快西皮搖板】

　　　　　　　這幾句言語實難聽，
　　　　　　　都是諸葛定計行。
　　　　　　　向前與他把話論，
　　　　　　　說上幾句亦怎生？

　　　　　（白）宗兄！

　　　　　（唱）【西皮快板】

　　　　　此處好比鴻門宴，
　　　　　缺少項羽樊將軍。
　　　　　不是念在同宗姓，
　　　　　豈容你帶兵進都城。
魏　延　（唱）【西皮搖板】
　　　　　聽他言來怒氣生，
趙　雲　（唱）【西皮搖板】
　　　　　怒惱常山趙子龍。
黃　忠　（唱）【西皮搖板】
　　　　　你今不把成都讓，
嚴　顏　（唱）【西皮搖板】
　　　　　稍若遲延一命亡。
劉　璋　（唱）【西皮搖板】
　　　　　見幾員虎將殺氣生，
　　　　　又只見嚴顏老將軍。
　　　　　孤命你鎮守巴州郡，
　　　　　你為何背地裏順降他人？
嚴　顏　（白）蜀主！
　　　　（唱）【西皮搖板】
　　　　　張飛興兵取巴州，
　　　　　無略失機被他擒。
　　　　　不奈何只得來歸順，
　　　　　休怪嚴顏不忠臣。
劉　璋　（白）呀呀，吥[5]！
　　　　（唱）【西皮搖板】
　　　　　實指望年邁蒼蒼忠心耿，
　　　　　却原來賣國求榮狗肺心！
衆　人　（同白）讓印！
劉　璋　（唱）【西皮搖板】
　　　　　蟻螻尚且貪性命，
　　　　　不讓成都我命難存。
　　　　　沒奈何取過了傳國印，

（哭白）先生吓！

（白）宗兄！

（唱）【西皮搖板】

　　從今後你執掌錦繡乾坤。

（劉備欲接印）

劉　備　（白）備不恭了。

劉　璋　（白）還要拜過。

諸葛亮　（白）還要拜過。

劉　備　（白）哦，還要拜過[6]。

（吹排子，劉備拜印）

劉　備　（白）先生，自古道天無二日，民無二主。命宗兄何處安身？

諸葛亮　（白）命蜀主去荊州二千歲那裏，撥一兩郡鎮守，也就是了。

劉　備　（白）宗兄！

劉　璋　（白）宗兄。

劉　備　（白）孤有意修書一封，請宗兄到孤二弟那裏，撥一兩郡鎮守，不知宗兄意下如何[7]？

劉　璋　（白）事到如今，但憑你君臣所爲[8]。

劉　備　（白）先生傳令。

諸葛亮　（白）四將聽令：大排隊伍送蜀主出城，一路之上，須要小心。

黃　忠
嚴　顏
魏　延
趙　雲　（同白）得令。

（黃忠、嚴顏、魏延、趙雲下）

劉　備　（白）宗兄，衆將保駕出城，備不能遠送了[9]。

劉　璋　（白）哦，

（唱）【西皮慢板】

　　聽說是一聲要餞行[10]，
　　好似狼牙箭穿胸。
　　捨不得成都地花花世界，
　　捨不得成都地老少子民[11]。
　　無奈何含悲淚把衣來換，

（劉璋換衣）

劉　璋　（唱）【西皮慢板】

辭別了宗兄便登程。

（白）宗兄！

（唱）【西皮二六板】

但願你在此多安穩，
但願你在此享太平。
但願你各國來進貢，
但願你孫曹都滅盡。
西川文武刀刀斬，
莫留貪生怕死臣。
成都俱是好百姓[12]，
成都皆是好子民。
孤失成都無怨恨，
望宗兄格外開恩，
照看我的好子民。

劉　備　（唱）【西皮快板】

說甚麼在此多安穩，
說甚麼在此享太平。
孫、曹二賊俱掃盡，
仍接宗兄回都城。

諸葛亮　（唱）【西皮搖板】

蜀君不必淚淋淋，
順水推舟讓宗兄。
但將孫、曹俱掃盡，
仍接蜀主進都城。

劉　璋　（唱）【西皮搖板】

事到如今假殷勤，
花言巧語哄王心。
辭別了宗兄跨金蹬，

劉　備　（哭）嗚嗚嗚[13]！

劉　璋　（唱）【西皮慢板】

　　　　　　漢劉備一旁假淚淋。

劉　璋　（白）宗兄！

　　　　（唱）【西皮慢板】

　　　　　　臨行我不把別的來願，

劉　備　（白）怨者何來？

劉　璋　（唱）【西皮慢板】

　　　　　　但願你後輩兒孫[14]，

　　　　　　照我劉璋一樣行。

　　　　（劉璋下）

劉　備　（唱）【西皮搖板】

　　　　　　宗兄上馬淚紛紛，

　　　　　　劉備倒做了無義人[15]。

　　　　　　衆將後帳擺筵宴，

　　　　　　款待新降衆將軍。

　　　　（衆"哦"同下）

校記

[1] 吓宗兄：此三字，原本無。今從《京戲考》本補。

[2] 吓，這就是臥龍先生。劉備白吓，先生見過蜀主。諸葛亮白遵命。參見蜀主。劉璋白罷了：此幾句原本作"這就是臥龍先生，失敬了"。今從《京戲考》本補。

[3] 吓宗兄，前番孤修書，將成都讓與宗兄執掌，宗兄言道：不忍奪同宗之基業。今日帶兵前來，奪取成都，是何理也：此幾句，原本作"宗兄將城都讓與宗兄執掌，宗兄執意不允。今日帶兵進得城來，是何理也"。今從《戲考》本改。

[4] 再請那宗兄進都城："都城"二字，原本作"城都"，失韻。今改。

[5] 劉璋白呀呀吓：此句，原本無。今從《戲考》本補。

[6] 劉備白備不恭了。劉璋白哦，還要拜過。諸葛亮白還要拜過。劉備白，還要拜過：此幾句，原本作"生白還要拜過"。今從《戲考》本補。

[7] 命蜀主去荊州那裏，撥一兩郡鎮守，也就是了。劉備白宗兄！劉璋白宗兄。劉備白孤有意修書一封，請宗兄到孤二弟那裏，撥一兩郡鎮守，不知宗兄意下如何：此幾句，原本作"命他去到荊州二千歲那裏，一同鎮守就

是了。劉白宗兄意下如何"。今從《戲考》本改。
[8] 但憑你君臣所爲：此句,原本作"憑你君臣罷"。今從《戲考》本改。
[9] 劉備白先生傳令。諸葛亮白四將聽令,大排隊伍,送蜀主出城,一路之上,須要小心。黃忠、嚴顏、魏延、趙雲同白得令。(黃忠、嚴顏、魏延、趙雲下)劉備白宗兄,衆將保駕出城,備不能遠送了：此幾句,原本作"孔白魏延、趙雲聽令,大排隊伍,送蜀君出城。衆白呵！人馬齊備。劉白宗兄,衆將等候送行"。今從《戲考》本改。
[10] 聽説是一聲要餞行："餞"字,原本作"薦"。今從《戲考》本改。
[11] 捨不得成都地老少子民："成都"二字,原本作"城川"。今從《戲考》本改。
[12] 成都俱是好百姓：此句,原本作"城都黎民好百姓"。今從《戲考》本改。
[13] 劉備哭嗚嗚嗚：此六字,原本無。今從《戲考》本補。
[14] 但願你後輩兒孫："輩"字,原本作"背"。今從《戲考》本改。
[15] 劉備倒做了無義人："倒"字,原本無。今從《戲考》本補。

喬府求計

無名氏 撰

解 題

　　京劇,清無名氏撰。《京劇劇目辭典》著録,題"喬府求計",又名"魯肅求計"、"借荆州"、"喬國老諷魯肅";《京劇劇目初探》著録,題"魯肅求計",一名"喬府求計"或"過府求計",均未署作者。劇寫魯肅因劉備久借荆州,無意歸還,到喬玄府中求計。喬玄因赤壁之戰賴有孔明方得獲勝,請勿輕起戰端,使曹操有機可乘,魯肅不從。喬玄誇讚蜀將英勇,指出吳將之短,請以孫、劉兩家盟好爲重。魯肅定計邀請關羽過江赴宴,席間相機討取荆州,如不允,即席擒之,荆州唾手可得。魯肅邀其陪宴,喬玄不奉命。元關漢卿雜劇《關大王單刀會》第一折演魯肅喬府求計事,《三國演義》無此情節。版本今有清李世忠編刊《梨園集成》本,首頁署"新著喬府求計全曲",懷邑王賀成校訂,無標點。今據此本整理。

第 一 場[1]

（魯肅上）

魯　肅　（念）【引】

　　　　　只爲荆州憂慮,
　　　　　終日不展愁眉。

魯　肅　（念）初出臨衛立大功,
　　　　　保定吾主錦江東。
　　　　　官拜大夫指揮職[2],
　　　　　要與曹劉定雌雄。

（四青袍二面上）

魯　肅　（白）下官魯肅，字子敬，乃臨郡江東人氏，在東吳爲臣，官拜大夫之職。昔日劉備、關、張，借吾國荆州，屯軍養馬[3]。原説得了西川，即便交還，如今西蜀已得，並不提起荆州二字，不知是何緣故！我想喬太師是我東吳老臣，定有高見。我且到府求他一計。來！

童　　（白[4]）有。

魯　肅　（白）打道喬府[5]。

童　　（白）吓哈，打道喬府。

魯　肅　（唱）三國紛紛刀兵鬧，
　　　　　　　天道人和劉孫曹。
　　　　　　　年年興兵南北剿，
　　　　　　　歲歲戰場血染袍。
　　　　　　　曹操中原稱王號，
　　　　　　　銅雀臺前鎖二喬。
　　　　　　　吾主東吳江山保，
　　　　　　　君樂臣安賽唐堯。
　　　　　　　劉備穩坐荆州道，
　　　　　　　不由晝夜把心操。
　　　　　　　安排打虎牢籠套，
　　　　　　　準備金鈎釣海鰲。
　　　（童"哈"下）

校記

［1］第一場：原本無場次。今依劇情分爲兩場。
［2］官拜大夫指揮職："揮"字，原本作"輝"。今依文意改。
［3］屯軍養馬："屯"字，原本作"重"。今改。
［4］童白："白"字提示，原本無。今補。下同。不另出校。
［5］打道喬府："道"字，原本作"導"。今改。下同。

第　二　場

（喬玄執書）

喬　玄　（内唱）【導板[1]】
　　　　　　　前三皇後五帝爲君有道，
　　　　　　　有紂王寵妲己社稷蕭條[2]。
　　　（轉唱）【原板】
　　　　　　　周幽王寵褒姒樓臺一笑，
　　　　　　　五霸強七雄出惹動兵刀。
　　　　　　　秦始皇歸一統廣行無道，
　　　　　　　傳二世楚漢爭百姓奔逃。
　　　　　　　漢高祖創基業費功不小，
　　　　　　　四百載最長久雨順風調[3]。
　　　　　　　恨董卓掌兵權豺狼擋道，
　　　　　　　挾天子令諸侯勢壓群僚。
　　　　　　　王司徒獻美女連環計巧，
　　　　　　　天降下魏蜀吳三分漢朝。
　　　　　　　曹孟德在中原自稱王號，
　　　　　　　吾主爺坐東吳雨順風調。
　　　　　　　劉皇叔坐西川天生有道，
　　　　　　　這才是天地人列土分茅[4]。
　　　（唱）【慢板】
　　　　　　　這幾載干戈息狼烟盡掃，
　　　　　　　刀入庫馬放山快樂逍遙[5]。
　　　　　　　衆兒郎再不能南征北剿[6]，
　　　　　　　武將軍也不須掛甲披袍。
　　　　　　　喬嵩山扶東吳身爲國老，
　　　　　　　享太平受榮華每把香燒[7]。
　　　（魯肅上）
魯　肅　（唱）吾主爺坐東吳治國良保，
　　　　　　　每日裏爲荊州愁鎖眉梢。
　　　　　　　魯子敬背地裏對天祝告，
　　　　　　　但願得把荊州早取回朝[8]。
　　　（白）來此已是喬府。有人麼？
占　　　（白）做甚麼的？

魯　肅　（白）煩勞通禀太師，說魯肅求見。
　占　　（白）候着。啓太師，魯肅求見！
喬　玄　（白）有請！
　占　　（白）有請魯爺！
魯　肅　（白）有勞。太師請上，魯肅參拜！
喬　玄　（白）大夫請起。請坐！
魯　肅　（白）告坐。
喬　玄　（白）不知大夫駕到[9]，未曾遠迎，有罪！
魯　肅　（白）豈敢。下官來得衝撞，太師恕罪！
喬　玄　（白）好說。大夫光降，有何見諭？
魯　肅　（白）下官特到太師臺前，求一良策！
喬　玄　（白）吓！大夫！莫非要取荆州乎？
魯　肅　（白）正是。
喬　玄　（白）大夫吓！老夫把荆州好有一比。
魯　肅　（白）好比何來？
喬　玄　（白）好比沙内淘金，水底撈月。
魯　肅　（白）太師此言差矣！荆州乃是吴國荆州，說甚麼沙内淘金？
喬　玄　（白）大夫不信，待老夫略表一番。
魯　肅　（白）太師[10]，請道其詳。
喬　玄　（白）大夫聽者！
　　　　（唱）【西皮】
　　　　　　曾記得曹操打戰表，
　　　　　　要把東吴一筆消。
　　　　　　百萬兒郎如山倒，
　　　　　　唬壞東吴將英豪。
　　　　　　文官個個寫降表，
　　　　　　武官個個脫戰袍。
　　　　　　黄蓋苦肉獻糧草[11]，
　　　　　　龐統連環巧計高[12]。
　　　　　　東吴不是周郎保，
　　　　　　誰敢赤壁把兵交？
　　　　　　只殺得曹孟德望風逃[13]，

　　　　　百萬兒郎水上漂。
　　　　　曹操敗走華容道[14]，
　　　　　九死一生把命逃。
　　　　　不是孔明東風妙，
　　　　　東吳全無半分毫。
　　　　　到如今君臣太平了，
　　　　　情義二字一筆勾消。
　　　　　失却了荊州事還小[15]，
　　　　　何勞大夫把心操[16]。
　　　　　勸你休把荊州討，
　　　　　免得生靈受煎熬。
魯　肅　（白）吓。
　　　　（唱）【慢板】
　　　　　聽一言來心焦燥，
　　　　　太師聽我說根苗。
　　　　　破曹雖是他人好，
　　　　　我國也曾把心焦。
　　　　　費盡多少糧和草，
　　　　　豈與劉備立功勞。
　　　　　漁中取利令人惱[17]，
　　　　　霸占荊州惹禍苗。
　　　　　借荊州原是我做保，
　　　　　豈與他人善開交[18]。
喬　玄　（白）吓，大夫呀！
　　　　（唱）休要提起你做保，
　　　　　大夫做事也不高。
　　　　　曾把荊州三次討，
　　　　　何曾取來半分毫。
　　　　　一取荊州費糧草，
　　　　　周郎暗地把命逃。
　　　　　二取荊州美人計，
　　　　　甘露寺內把親招。

　　　　　　三次荊州計不妙，
　　　　　　反中孔明計籠牢。
　　　　　　只殺人頭擋住道，
　　　　　　屍骨堆山鬼神嚎[19]。
　　　　　　傷兵折將事還小，
　　　　　　可嘆周郎赴陰曹。
魯　肅　（白）太師令婿周郎還是下官搬屍回朝[20]。
喬　玄　（白）大夫搬屍，可知出醜的地方麼？
魯　肅　（白）年深日久，下官倒忘却了。
喬　玄　（白）老夫倒還記得[21]。
魯　肅　（白）請教。
喬　玄　（白）想你昔日搬屍回朝，打從雲夢山經過[22]，閃出一將，頭戴烏油盔，跨下烏騅馬[23]，手舉丈八矛[24]，大吼一聲不知緊要，大夫連膽都唬破了。
　　　　（笑）
魯　肅　（白）太師來取笑了。
喬　玄　（白）非是。老夫還有幾句言語，你且聽了！
魯　肅　（白）請講！
喬　玄　（唱）頭上歪戴烏紗帽，
　　　　　　身上斜穿紫羅袍[25]。
　　　　　　大夫一見事不好，
　　　　　　滾鞍下馬跪荒郊[26]。
　　　　　　再三再四苦哀告，
　　　　　　只求翼德把命饒[27]。
　　　　　　不是張飛仁義好，
　　　　　　大夫險些把命拋。
　　　　　　勸你休把荊州討，
　　　　　　謹防翼德的丈八矛。
魯　肅　（白）太師！
　　　　（唱）太師休得來取笑，
　　　　　　細聽下官說根苗。
　　　　　　劉備關張年紀老，

　　　　　　怎與我國槍對刀。
喬　玄　（白）咳，大夫呀！
　　　　（唱）你道他國兵將老，
　　　　　　現有五虎將英豪。
　　　　　　黃忠雖然年紀老，
　　　　　　百步穿楊箭法高[28]。
　　　　　　馬超賽過狼虎豹[29]，
　　　　　　殺得曹操莫路逃。
　　　　　　關公、翼德何爲老，
　　　　　　一個更比一個高。
　　　　　　常山子龍膽量好，
　　　　　　曹操一見四下逃。
　　　　　　嚴顏八十不爲老，
　　　　　　鎮守西川路一條。
　　　　　　這幾員虎將世上少，
　　　　　　還有孔明巧計高[30]。
　　　　　　五虎若把東吳剿，
　　　　　　我國誰敢槍對刀！
魯　肅　（唱）你道他國兵將好，
　　　　　　滅了東吳將英豪。
　　　　　　徐盛丁奉誰不曉，
　　　　　　蔣欽周泰廣略韜[31]。
　　　　　　甘寧韓當年紀少，
　　　　　　程普潘璋武藝高[32]。
　　　　　　八員虎將把他剿，
　　　　　　管教他一個個也難逃。
喬　玄　（唱）你道我國兵將好，
　　　　　　老夫看來不見高。
　　　　　　徐盛丁奉巡營哨，
　　　　　　蔣欽周泰守城壕。
　　　　　　甘寧只好鍘馬草[33]，
　　　　　　韓當衣甲守安橋。

潘璋擂鼓代吹號，
程普引兵困城壕[34]。
孫劉正在相和好，
大夫休要動槍刀。
勸你休把荊州討，
水底撈月枉費功勞。

魯　肅　（白）呀！

（唱）魯肅聞言心焦燥，
誰知暗藏殺人刀。

（白）太師，下官還有一計。

喬　玄　（白）有何妙計？

魯　肅　（白）下官的愚見，待等到五月十三日，在臨江亭設一酒宴，壁旁邊埋伏數十多員大將並刀斧手[35]，準備等候關公一人前來赴會，就便取討荊州。他若退還荊州便罷，他若不允，一聲號令，即便將他拿下。那時節生擒關公[36]，只在下官掌握之中也[37]，不怕他不退還荊州，交與東吳。

喬　玄　（白）吓，大夫！那關公非等閑之輩，不可輕視。

魯　肅　（白）下官主見已定。

喬　玄　（白）吓，大夫！酒席可曾備否？臨行備辦！

（笑）

魯　肅　（白）吓，太師，為何笑而不語？

喬　玄　（白）非是老夫笑而不語，只恐畫虎不成，反受其累。

（唱）非是老夫微微笑，
渺視關公計不高。
出世曾把黃巾剿，
全憑青龍偃月刀[38]。
土山圍困遭圈套[39]，
萬般無奈去降曹。
曹操見他恩義好，
三日五日擺席高。
上馬金來下馬寶，
美女十名絳紅袍[40]。

　　　　　後來寫下辭曹表，
　　　　　餞行親到灞陵橋[41]。
　　　　　張遼心中生計巧，
　　　　　誰知關公見識高。
　　　　　紅袍排宴情義好，
　　　　　酒點青龍偃月刀。
　　　　　獨行千里保皇嫂，
　　　　　不中曹操計籠牢。
　　　　　本是蓋世英雄將，
　　　　　又是棟梁柱一條。
　　　　　取荊州早把心悔了，
　　　　　謹防關公偃月刀。

魯　肅　（白）江下戰船還有數百隻，戰將數百員[42]，可以敵得關公。
喬　玄　（白）是吓！戰船要三隻一連，五隻一連，搭成一座浮橋。
魯　肅　（白）那豈不是關公的出路？
喬　玄　（白）哪裏是關公的出路？乃是大夫的歸路！
魯　肅　（白）請教，怎麼是下官的歸路？
喬　玄　（白）聽道：
　　　　（唱）戰船接成連環套，
　　　　　　上面搭起一浮橋。
　　　　　　倘若關公兵來到[43]，
　　　　　　又好走來又好跑。
　　　　（白）吓，大夫！
　　　　（唱）明日可備下三生祭禮，
　　　　　　到祖先堂上盡個忠孝。
魯　肅　（白）此乃興兵之日，爲何出此不利之語？
喬　玄　（白）哪！
　　　　（唱）單刀會上他來到，
　　　　　　酒席筵前惹禍苗[44]。
　　　　　　若是關公人馬到，
　　　　　　只恐大夫命難逃。
　　　　（白）吓大夫！明日赴會，酒席筵前，酒要多飲，飯要飽用。

鲁　肃　（白）却是爲何？
喬　玄　（白）大夫聽道：
　　　　（唱）大夫計謀雖然高[45]，
　　　　　　　關公心下必知曉。
　　　　　　　倘若關公人馬到，
　　　　　　　做一個飽鬼赴陰曹。
鲁　肅　（白）太師！下官亦非求計而來，特請太師過府飲宴。
喬　玄　（白）大夫！老夫昨日在御花園，失足跌了腰背，有勞大夫美情，老夫多謝了。
鲁　肅　（白）太師那裏是失足跌了腰背，分明是怕那關公那一刀。
喬　玄　（白）關公我倒不怕[46]，怕的身後一人。
鲁　肅　（白）身後一人？
鲁　肅　（白）身後一人是誰？
喬　玄　（白）大將周倉。
鲁　肅　（白）他乃是無名小卒，怕他何來？
喬　玄　（白）大夫吓！
　　　　（唱）你道他是無名小，
　　　　　　　老夫看來將英豪。
　　　　　　　單刀會上他必到，
　　　　　　　酒席筵前惹禍苗。
　　　　　　　倘若一字説差了，
　　　　　　　劈頭就是那一刀。
　　　　　　　老夫七十壽不小，
　　　　　　　豈把性命換酒肴。
　　　　　　　任你設計我不到，
　　　　　　　學一個忙裏偷閑樂逍遥。
鲁　肅　（白）下官告辭。
喬　玄　（白）吓，大夫！請轉。
鲁　肅　（白）太師有何話講？
喬　玄　（白）大夫，吓！
　　　　（唱）紅塵好似佛前草，
　　　　　　　不如去職學道高。

　　　　　得放手來且放手，
　　　　　得饒人來人且饒[47]。
　　　　　勸你休得心焦燥，
　　　　　謹防關公偃月刀。
魯　肅　（唱）只望喬府領高教，
　　　　　一番言語令人焦[48]。
　　　（白）且住。指望喬府領教，卻被這老兒說得我毛骨悚然。我想不入虎穴，焉得虎子。只得大膽前去便了。
　　　（唱）大膽要鋸虎頭角，
　　　　　心雄要拔虎背毛[49]。
　　　　　為人若不盡忠孝，
　　　　　枉費朝廷爵祿高。
　　　（下）

校記

[１] 内唱導板："唱"字，原本無。今補。下同。"導"字，原本作"倒"。今改。下同。此句唱詞之後，應轉原板，原本無此提示。今依京劇曲譜補。

[２] 有紂王寵妲己社稷蕭條："紂"字，原本作"約"；"妲己"，原本作"姐姬"；"社"，原本作"杜"；"蕭"，原本作"消"。今改。

[３] 四百載最長久雨順風調："四"字，原本作"八"。今改。

[４] 這才是天地人列土分茅："列土分茅"四字，原本作"位列分豪"。今依文意改。

[５] 刀入庫馬放山快樂逍遙："入"字，原本作"内"。今改。

[６] 衆兒郎再不能南征北剿："衆"字，原本作"重"。今改。

[７] 享太平受榮華每把香燒："燒"字，原本作"焚"，失韻。今改。

[８] 但願得把荊州早取回朝："但"字，原本作"旦"。今改。

[９] 不知大夫駕到："知"字，原本作"之"。今改。

[10] 太師："太"字，原本筆誤作"大"。今改。

[11] 黃蓋苦肉獻糧草："肉"字，原本漏。今依文意、句式，僅補一"肉"字。

[12] 龐統連環巧計高："環"字，原本筆誤作"壞"。今改。

[13] 只殺得曹孟德望風逃："望"字，原本作"往"，誤。今依"望風而逃"成語改。

[14] 曹操敗走華容道："敗"字，原本作"散"。今改；"容"字，原本作"陽"。今依

《三國演義》改。

[15] 失却了荆州事還小:"還"字,原本作"坏"。今改。

[16] 何勞大夫把心操:"操"字,原本作"燥"。今改。

[17] 漁中取利令人惱:"漁"字,原本作"餘"。今依"鷸蚌相争,漁翁得利"典故改。

[18] 豈與他人善開交:"豈"字,原本作"其"。今依文意改。

[19] 屍骨堆山鬼神嚎:"嚎"字,原本作"毫"。今改。

[20] 太師令婿周郎還是下官搬屍回朝:"婿"字,原本作"婚";"回"字,原本作"四"。今改。下同。

[21] 老夫倒還記得:"倒"字,原本音假作"道"。今改。

[22] 打從雲夢山經過:"經"字,原本作"近"。今依文意改。

[23] 跨下烏騅馬:"騅"字,原本作"鎚"。今改。

[24] 手舉丈八矛:"舉"字,原本作"俱";"矛"字,原本作"茅"。今改。下同。

[25] 身上斜穿紫羅袍:"身"下六字,原本爲墨丁。今依文意補。

[26] 滾鞍下馬跪荒郊:"郊"字,原本作"效"。今改。

[27] 只求翼德把命饒:"翼德"二字,原本作"異得"。今依《三國演義》改。下同。

[28] 百步穿楊箭法高:"楊"字,原本作"陽"。今改。

[29] 馬超賽過狼虎豹:"賽"字,原本作"騫"。今改。

[30] 還有孔明巧計高:"計"字,原本漏。今依文意補。

[31] 蔣欽周泰廣略韜:"欽"字,原本作"釵";"泰"字,原本作"太"。今依《三國演義》改。

[32] 程普潘璋武藝高:"程"字,原本作"陳";"璋"字,原本作"章"。今依《三國演義》改。下同。

[33] 甘寧只好鍘馬草:"鍘"字,原本作"閘"。今改。

[34] 程普引兵困城壕:此句,原本作"陳普□(墨丁)吉打土壕"。今依文意改。

[35] 壁旁邊埋伏數十多員大將並刀斧手:"數"字,原本作"類";"斧"字,原本作"釜"。今改。下同。

[36] 那時節生擒關公:此句之下,原本重刻四十個字:"一人前來……關公"。今删。

[37] 只在下官掌握之中也:"掌握"二字,原本作"當據"。今改。

[38] 全憑青龍偃月刀:"龍"字,原本作"銅"。今依《三國演義》改。下同。

[39] 土山圍困遭圈套:"圈套"二字,原本作"團套"。今改。

［40］美女十名絳紅袍："絳"字，原本作"降"，非是。今依文意改。

［41］餞行親到灞陵橋："餞"字，原本作"薦"；"灞"字，原本作"霸"。今改。

［42］戰將數百員："將"字，原本作"員"。今改。

［43］倘若關公兵來到："到"字，原本作"道"。今改。下同。

［44］酒席筵前惹禍苗："席"字之後，原本有一"前"字，衍。今删。

［45］大夫計謀雖然高："高"字之前六字，原本爲墨丁。今依文意補。

［46］關公我倒不怕："倒"字，原本作"到"。今改。

［47］得饒人來人且饒："人且饒"三字，原本作"且饒人"。今爲諧韻改。

［48］一番言語令人焦："令"字，原本作"另"。今改。

［49］心雄要拔虎背毛："拔"字，原本作"授"。今改。

定 軍 山

無名氏 撰

解 題

　　京劇。清無名氏撰。《京劇劇目辭典》著録,題"定軍山"。又名"一戰成功"、"老將得勝"、"取東川"。劇寫張郃攻打葭萌關,孔明用計激老將黄忠、嚴顔請命前往迎敵,大敗張郃,乘勝計取天蕩山,斬殺守將韓浩、夏侯德。張郃敗走定軍山,投奔夏侯淵。孔明調回黄忠,再度以言相激,黄忠不服老,立下軍令狀,決於十日之内,生擒夏侯淵獻功。兩軍會陣,夏侯淵擒獲蜀將陳式,黄忠則擒獲夏侯淵之侄夏侯尚,雙方言定次日走馬換將。次日兩軍陣前,黄忠將夏侯尚射死,夏侯淵大怒,拍馬趕來,爲黄忠所殺,蜀軍遂定東川。本事出於《三國演義》第七十、七十一回。《三國志·蜀書·黄忠傳》、《法正傳》、《魏書·夏侯淵傳》都載有定軍山斬淵事。元刊《三國志平話》有斬淵情節。清傳奇《鼎峙春秋》用四齣篇幅敷演此事。版本今見國家圖書館藏《繪圖京都三慶班真正京調全集》周春奎曲本、《戲考》本、復旦大學圖書館藏《醉白集》本、《綏中吴氏抄本稿本戲曲叢刊》本(該本題"戰東川")。今以《繪圖京都三慶班真正京調全集》周春奎曲本爲底本,參考其他版本,進行校勘校點,擇善而從。該劇早年余三勝常演,爲其代表作,1905年由譚鑫培演出,拍成我國第一部電影。

第 一 場[1]

（發點,四紅文堂執刀,四大鎧引趙雲、孔明上）

孔　明　（唱[2]）【點絳唇】
　　　　　　奉旨領命,
　　　　　　統領雄兵,

　　　　　　掃煙塵。
　　　　　　要整乾坤，
　　　　　　　鼎足定三分。
　　　　　（上高臺）
　　　　　（念）胸藏韜略扶漢室，
　　　　　　　袖裏陰陽破孫曹。
　　　　　　　鞠躬盡瘁報知己，
　　　　　　　萬古凌霄一羽毛。
　　　　　（白）山人諸葛亮。吾主命我爲帥，大戰張郃。今日點將，須當見機
　　　　　　　而作。趙雲聽令！
趙　雲　（白）有。
孔　明　（白）去到閬中，調三千歲回營，大戰張郃。
趙　雲　（白）得令。哦！下面聽者！丞相有令，去到閬中，調三千歲回營，
　　　　　　　大戰張郃。
黃　忠　（內白）且慢！
趙　雲　（白）阻令者何人？
黃　忠　（內白）黃忠。
趙　雲　（白）隨令進帳。
黃　忠　（內白）來也！
　　　　　（黃忠上）
黃　忠　（念）【引】
　　　　　　　一點忠心扶漢室，
　　　　　　　南戰東吳北戰曹。
　　　　　（白）師爺在上，黃忠參見。
孔　明　（白）黃老將軍少禮。
黃　忠　（白）謝丞相。
孔　明　（白）老將軍因何阻令？
黃　忠　（白）丞相殺雞焉用牛刀，末將雖然無才，願領一枝人馬，生擒張郃
　　　　　　　進營。
孔　明　（白）老將軍，想那張郃乃是曹營名將，則恐將軍年邁，難以對敵。
黃　忠　（白）呵，丞相！某，老則老得頭上髮，白則白的項下鬚，末將雖然年
　　　　　　　邁，兩膀猶有千斤之力，能開鐵胎寶弓，斬將如削土，跨馬走東

西,若論韜略事,還算老黃忠。

孔　明　（白）帳前現有鐵胎寶弓,你若開得,就命你爲帥。
黃　忠　（白）得令。
　　　　（唱）【二六板】
　　　　　　師爺說話藐視咱,
　　　　　　氣得俺黃忠眼發花。
　　　　　　一十三歲習弓馬,
　　　　　　某的威名誰不誇。
　　　　　　自從歸順皇叔駕,
　　　　　　赫赫威名鎮長沙。
　　　　　　丞相則須令發下,
　　　　　　末將出征豈懼怕。
　　　　　　非是俺黃忠說大話,
　　　　　　弓來,鐵胎寶弓手內拿。
　　　　（唱）【散板】
　　　　　　初次開弓弓弦響,（衆喝彩介）
　　　　　　兩旁兒郎把話誇。
　　　　　　二次使盡兩膀力,（衆又喝彩介）
　　　　　　分外精神力更加。
　　　　　　三次開弓秋月滿,（衆又喝彩介）
　　　　　　再與丞相把話答。
孔　明　（白）膂力雖佳,未知刀法如何？當面演來。
黃　忠　（白）得令。
　　　　（唱）某家雖然年紀大,
　　　　　　胸中志氣不可誇。
　　　　　　中軍帳前演刀法,
　　　　（白）刀來,
　　　　（唱）且聽師爺把令下。
孔　明　（白）後帳歇息去罷。
黃　忠　（白）得令。哈哈！老了吓,老了。
　　　　（下）
孔　明　（白）且住。如今有了元帥,少一副將。來！傳令下去,有何人可保黃老將軍大戰張郃？

嚴　　顏　（內白）末將願往。

趙　　雲　（白）隨令進帳。

嚴　　顏　（內白）來也！

（嚴顏上）

嚴　　顏　（念）曾在西川爲上將，
　　　　　　　　歸順明主定家邦。

（白）參見師爺！

孔　　明　（白）老將軍少禮，進帳何事？

嚴　　顏　（白）末將願保黃老將軍，大戰張郃。

孔　　明　（白）老將軍鬚白皓然，恐非是張郃敵手。

嚴　　顏　（白）吓哈！丞相。

（唱）末將鬚白何足奇，
　　　拔山舉鼎戰東西。
　　　萬馬營中我爲首，
　　　斬却張郃見高低。

孔　　明　（白）但不知你槍法如何？當面演來。

嚴　　顏　（白）得令。

（唱）【四六板】
　　　丞相休道末將差，
　　　某的威名不可誇。
　　　俺比項羽無高下，
　　　胸中韜略勝子牙。
　　　老則老的頭上髮，
　　　斬將猶如切西瓜。
　　　耍動銀槍似梨花，（介）
　　　某比黃忠也不差。

孔　　明　（白）來！

趙　　雲　（白）有。

孔　　明　（白）傳黃老將軍進帳。

趙　　雲　（應白）丞相有令，命黃老將軍進帳！

（黃忠上）

黄　忠　（白）启丞相，传唤有何议论？
孔　明　（白）站立两旁，听我一令。
　　　　（唱）【四六板】
　　　　　　中军帐内将令下，
　　　　　　二位将军听根芽。
　　　　　　一个威严镇长沙，
　　　　　　一个英名把蜀巴[3]，
　　　　　　二老将军请上马，
　　　　　　得胜回营把功加。
黄　忠
严　颜　（同白）得令。
　　　　（黄、白大铠文堂两边上）
黄　忠　（唱）【摇板】
　　　　　　得了将令把帐下，
严　颜　（唱）不由严颜笑哈哈。
黄　忠　（唱）三军带过爷的马，
严　颜　（唱）要把张郃一鼓拿。
　　　　（手下引下）
赵　云　（白）丞相，但不知二位老将军前去，可能退得张郃？
孔　明　（白）山人已经试过，此去必然成功。掩门！
　　　　（同下）

校记

［１］第一场：原本未分场次，但有"校正京调定军山前本"、"校正京调定军山后本"。今依剧情分为十七场。

［２］孔明唱：原本无此提示。今依文意、体例。下文凡唱、念、白不全者，均依情补，不另出校。

［３］一个英名把蜀巴："把蜀巴"，原本作"把巴蜀"，失韵。今改。

第　二　场

（四手引孟达上）

孟　達　（念）門迎朱履三千客，
　　　　　　　　戶納貔貅百萬兵。
　　　　　（報子上）
報　子　（白）報，啓將軍，黃忠、嚴顏二位老將軍已到。
孟　達　（白）開門迎接。
　　　　　（吹打，原人引黃忠、嚴顏上）
孟　達　（白）吓！二位老將軍駕到，未曾遠迎，望乞恕罪。
黃　忠
嚴　顏　（同白）豈敢！豈敢！可與張郃交戰？
孟　達　（白）大敗而回。
嚴　顏　（白）斬了！
黃　忠　（白）且慢。軍家勝敗，古之常理[1]。速命三軍，在那敵樓高掛黃
　　　　　　　忠、嚴顏旗號。待那廝見了，不戰自退。
　　　　　（報子又上）
報　子　（白）報！張郃罵陣。
　　　　　（下）
黃　忠
嚴　顏　（同白）帶馬！
　　　　　（下）
孟　達　（念）老將出關威風凜，
　　　　　　　　且聽探馬報好音。
　　　　　（白）掩門！
　　　　　（同下）

校記

［１］古之常理："理"字，原本作"禮"。今改。下同。

第　三　場

　　　　　（四紅文堂引張郃上，【風入松】）
張　郃　（念）百戰百勝垂名史，
　　　　　　　　丹心保國作先鋒。

	（白）俺張郃。奉了丞相之命，奪取葭萌關。唗！衆將官，殺上前去。
衆	（白）哦！
	（合頭，原人引黃忠、嚴顏上，會陣）
黃　忠	（白）馬前來的敢是張郃？
張　郃	（白）然也。你二人若大年紀，不知死活，敢來與爺交戰，難免作槍尖之鬼。
黃　忠 嚴　顏	（同白）休要胡言，看刀。
	（殺介，張敗，黃忠、嚴顏追下）（韓浩、夏侯尚上）
韓　浩	（白）俺韓浩。
夏侯尚	（白）俺夏侯尚。
韓　浩	（白）夏侯將軍請了！
夏侯尚	（白）請了。
韓　浩	（白）張將軍奪取葭萌關，你我奉了將令，前去助戰。
夏侯尚	（白[1]）請就上馬加鞭。
	（張郃敗上）
張　郃	（白）吓，二位將軍，老賊殺法利害，這便如何是好？
夏侯尚	（白）面前天蕩山，是吾兄把守，不免同去討救，再作道理。
張　郃	（白）言之有理。
	（同白）請。
	（下）

校記

[1] 夏侯尚白："尚白"，原本作"浩白"。今依文意改。

第 四 場

（原人引嚴顏、黃忠上）

黃　忠	（白）老將軍葭萌關已得，張郃大敗而奔。
嚴　顏	（白）面前天蕩山，乃是緊要之地。
黃　忠	（白）如何得破？

嚴　顏　（白）老將軍山前罵陣，俺在山後放火，兩路夾攻，何愁大事不成。
黄　忠　（白）此計甚高，就此殺上前去。
　　　　（同下）

第　五　場

（四藍文堂引夏侯德急上[1]，上高臺。【點絳唇】）
夏侯德　（念）鎮守天蕩山，
　　　　　　　兒郎心膽寒。
　　　　（白）某夏侯德。奉了丞相之命，把守天蕩山。只見旌旗招展[2]，不知何故？
　　　　（報子上）
報　子　（白）報！張先鋒到。
　　　　（下）
夏侯德　（白）有請。
　　　　（吹打，張郃、韓浩、夏侯尚上介）
夏侯德　（白）衆位到此，未曾遠迎，多多有罪。
　衆　　（白）豈敢！
夏侯德　（白）將軍到此何幹？
張　郃　（白）被黄忠一陣殺得大敗，特來討救。
　　　　（報子上）
報　子　（白）報！黄忠罵陣。
夏侯德　（白）再探。
　　　　（報子應下）
張　郃　（白）老賊罵陣，如何是好？
夏侯尚
韓　浩　（同白）黄忠老賊，殺吾兄仇未報，待俺前去擒來。
夏侯德
張　郃　（同白）但是須要小心。
夏侯尚
韓　浩　（同白）馬來。
　　　　（下）

　　　　　（報子上）
報　子　（白）山後起火。
　　　　　（下）
夏侯德　（白）呵吓。
夏侯德
韓　浩　（同白）帶馬。
　　　　　（下）

校記

［1］四藍文堂引夏侯德急上："藍"字，原本作"監"。今改。
［2］只見旌旗招展："招"字，原本作"照"。今改。

第　六　場

　　　　　（嚴顏上）
嚴　顏　（唱）【四六板】
　　　　　　　軍師點將太狠狂，
　　　　　　　怎知老將韜略廣[1]。
　　　　　　　且喜天蕩山今已破，
　　　　　　　那邊來了小二郎。
　　　　　（夏侯德殺上介）
夏侯德　（唱）跨馬提槍下山崗，
　　　　　　　管叫老賊一命亡。
嚴　顏　（白）來將何名？
夏侯德　（白）夏侯德。
嚴　顏　（白）去罷！
　　　　　（刺夏侯德死，下）
嚴　顏　（唱）【快板】
　　　　　　　金槍一舉兒先喪，
　　　　　　　可笑少年無智郎。
　　　　　　　老夫不把功勞奪，
　　　　　　　難免諸葛言語狂。

（下）

校記

［1］怎知老將韜略廣："老"字，原本作"者"。今改。

第 七 場

（黃忠上）

黃　忠　（唱）【四六板】
　　　　　　坐穩雕鞍向前望，
　　　　　　果然天蕩世無雙。
　　　　　　耳旁聽得鑾鈴響，
　　　　　　來了一將下山崗。

（韓浩衝上）

韓　浩　（唱）快馬加鞭出寶帳，
　　　　　　要與黃忠對刀槍。

黃　忠　（白）沒用的東西，不必與我交戰，去罷！

韓　浩　（白）老賊，休得胡言！

黃　忠　（白）看刀！

（韓浩死，下）

黃　忠　（唱）【快板】
　　　　　　出籠鳥兒又入網，
　　　　　　敗陣綿羊反逞強[1]。
　　　　　　老夫倒有容你量，
　　　　　　寶刀之下喪無常。
　　　　　　此地若遇諸葛亮，
　　　　　　管叫你含羞無面彰。

（下）

校記

［1］敗陣綿羊反逞強："反"字，原本作"返"。今改。

第 八 場

（張郃、夏侯尚上）

夏侯尚　（白）張將軍可見我兄？

張　郃　（白）被那嚴顏槍挑馬下。

夏侯尚　（白）阿呀！

　　　　（灑淚介，排子）

張　郃　（白）夏侯將軍，可見韓浩？

夏侯尚　（白）被那黃忠刀劈馬下。

張　郃　（白）呵呀！

　　　　（排子）

張　郃　（白）你我如何是好？

夏侯尚　（白）還有吾叔，把守定軍山。你我前去，再作計較。

張　郃　（白）如此甚好。你我馬上加鞭。

　　　　（下）

第 九 場

（四文堂引劉封上[1]）

劉　封　（念）【六么令】
　　　　　　奉了先生令，
　　　　　　調轉黃漢升。
　　　　（白）小王劉封。奉先生將令，調黃忠回朝，就此馬上加鞭。
　　　　（合頭下）（原人引嚴顏、黃忠上）

黃　忠　（念）老將軍八面威風，

嚴　顏　（念）天蕩山一戰成功。

　　　　（內白）將令下。
　　　　（原人引劉封上，吹打，黃忠、嚴顏接劉封上）

劉　封　（白）老將軍請了。軍師有令，調黃老將軍回朝議論大事，嚴老將軍鎮守天蕩山。

嚴　顔 黃　忠	（同白）得令。未曾遠迎，面請恕罪。
劉　封	（白）豈敢！軍令在身，不敢久停，告辭了。
嚴　顔 黃　忠	（同白）請。

（劉封下。吹打）

黃　忠	（白）嚴老將軍，師爺命我回朝，拜辭了。
嚴　顔	（白）請。

（四大鎧引下）

嚴　顔	（白）衆軍士！把守營門，須要小心。掩門！

（下）

校記

[1] 四文堂引劉封上："封"字，原本缺。今依下文補。

第 十 場

（四太監引劉備、孔明上）

劉　備	（念）二將去收川，
孔　明	（念）必定得勝還。

（劉封上）

劉　封	（念）調轉黃漢升， 　　　進帳交軍令。 （白）參見父王、先生。交令。黃老將軍已是回朝。
孔　明	（白）吩咐金鼓彩旗五班御樂[1]，請黃老將軍進帳！

（劉封應照白下）（【大開門】原人引黃忠上，劉備、孔明迎介）

黃　忠	（白）主公在上，末將參見。
劉　備	（白）老將軍少禮，一旁坐下。
黃　忠	（白）謝坐。
劉　備	（白）老將軍得了天蕩山，可喜，可賀！
黃　忠	（白）乃是主公洪福。

劉　備　（白）孤欲奪取定軍山,奈無能將可當此任。
黃　忠　（白）主公欲取定軍山,末將願當此任。
孔　明　（白）且慢。主公欲取定軍山,非往荊州調回二千歲不可。來！
　　　　　　　傳令。
黃　忠　（白）且慢。想那張郃,係魏國名將,被某一戰殺得大敗。夏侯淵乃
　　　　　　　一勇之夫,何足道哉！
孔　明　（白）夏侯淵非張郃可比,足智多謀,況且老將軍年邁,恐非夏侯淵
　　　　　　　之敵手,只怕難以取勝。
黃　忠　（白）哈哈！師爺,你好小量人也。
　　　　　（排子介）
孔　明　（白）老將軍你若取得定軍山,山人願將軍中大印,交納與你！
黃　忠　（白）好！
孔　明　（白）你若取不得定軍山？
黃　忠　（白）呀！就此將我人頭來交納與你！
孔　明　（白）好！但是軍中無戲言,敢與山人擊掌？
黃　忠　（白）請！
劉　備　（白）且慢。老將軍聽令！
黃　忠　（白）在！
劉　備　（白）賜你三千人馬,十日之內,倘若取了定軍山回朝,孤有重賞,不
　　　　　　　得違誤。
黃　忠　（白）得令！
孔　明　（白）老了。
黃　忠　（唱）【二六板】
　　　　　　　在黃羅寶帳領將令,
　　　　　　　氣壞了老將軍黃漢升。
　　　　　　　曾記當年長沙郡,
　　　　　　　陣前得罪二將軍。
　　　　　　　某中了他人拖刀計,
　　　　　　　百步穿楊射過他的盔纓。
　　　　　（轉唱）【快板】
　　　　　　　棄暗投明來歸順,
　　　　　　　食王的爵祿當報王的恩。

    俺當竭力忠心盡[2]，
    再與師爺把話論。
    一不要戰鼓鼕鼕打，
    二不要副將隨後跟。
    只須我黃忠一騎馬，
    匹馬單刀取定軍。
    十日之內功得勝，
    軍中大印我掌成。
    十日之間不得勝，
    願將首級掛營門。
    來來來，帶過爺的能行馬，
  （過場介）
     要把定軍一掃平。
  （白）哎！
  （下）

劉 備 （念）諒必老將定成功，
孔 明 （念）要把定軍一股擒。
  （同下）

校記

［1］五班御樂："班"字，原本作"般"。今改。
［2］俺當竭力忠心盡："俺"字，原本作"孝"，不妥。今依文意改。

第十一場

黃 忠 （內唱）【導板[1]】
    我主攻打葭萌關，
    將士紛紛奪東川。
    皇叔親賜我人和馬，
  （原人引上）
  （唱）【快板】
    一心只要定軍山。

可笑師爺無見識，
他道我不勝夏侯淵。
張郃被我殺破膽，
卸甲丟盔走荒山。
某家馬上傳將令，
大小三軍聽我言。
準備明日來交戰，
個個奮勇去當先。
上前得勝將功獻，
退後人頭掛高竿。
三軍與爺催前站，

眾　　（白）呵！

黃　忠　（唱）我一心要取定軍山。

眾　　（白）呵！

（同下）

校記

［1］導板："導"字，原本作"倒"，今改。下同。

第 十 二 場

（四黑文堂引夏侯淵急上）

夏侯淵　（念）劍氣衝霄漢，
　　　　　　威名鎮九州。
　　　　（白）本帥夏侯淵。昨日探馬報來，劉備命黃忠前來奪取定軍山。
　　　　　　命人打探，未見回報。

（報子上）

報　子　（白）張先鋒到！

（下）

夏侯淵　（白）有請。

（張郃、夏侯尚同上，見介）

夏侯淵　（白）將軍奪取葭萌關[1]，爲何這等模樣？

張　郃　（白）被那黃忠一陣殺得大敗，特來借兵報仇。
夏侯淵　（白）且聽回報。
　　　　（報子上）
報　子　（白）黃忠罵陣。
　　　　（同白）再探。
　　　　（報子應下）
張　郃　（白）黃忠罵陣，如何是好？
夏侯淵　（白）將軍後帳歇息，待某出馬，生擒老賊上山。
張　郃　（白）須要小心。
夏侯淵　（白）馬來！

校記

［1］將軍奪取葭萌關："葭萌關"三字，原本作"定軍山"。今從《醉白集》本改。

第 十 三 場

（眾應下，上介，又黃忠、夏侯淵會陣）
黃　忠　（唱）【急板】
　　　　　　黑臉長鬚一閻羅，
　　　　　　勸你馬前休逞雄。
　　　　　　你好似蛟龍初出洞，
　　　　　　俺好比猛虎上山峰。
　　　　　　勸你馬前歸順我，
　　　　　　免却刀下命遭凶。
夏侯淵　（白）唉！
　　　　（唱）【急板】
　　　　　　聽罷言來鋼牙挫，
　　　　　　老賊早早下山坡。
　　　　　　三軍與我壓陣角，
　　　　　　殺個血流滿江河。
　　　　（戰介，黃忠下，陳式殺上，夏侯淵擒下）

第 十 四 場

（黃忠上）

黃　忠　（唱）【快板】
　　　　　催命鼓來救命鑼，
　　　　　夏侯淵逃命上山坡。
　　　　　老夫將身寶帳坐，
　　　　　明日再把定軍破。
（報子上）
報　子　（白）先鋒被擒。
黃　忠　（白）再探。
（報應下）
黃　忠　（唱）【散板】
　　　　　探馬報來心冒火，
　　　　　老夫即刻出山坡。
　　　　　擒去了先行猶自可，
　　　　　我有何面目去見諸葛。
（夏侯尚衝上）
夏侯尚　（唱）豪傑催馬下山坡，
　　　　　要與黃忠定干戈。
（黃忠擒夏侯尚下）

第 十 五 場

（張郃上）
張　郃　（念）穩坐軍中帳，
　　　　　待聽報端詳。
（眾引夏侯淵、陳式上，張郃接介）
張　郃　（白）將軍請坐。
夏侯淵　（白）有坐。
張　郃　（白）勝負如何？

夏侯淵　（白）未分勝負,擒得先鋒名喚陳式。
張　郃　（白）乃將軍之虎威。
夏侯淵　（白）夏侯尚哪裏去了?
張　郃　（白）出陣未回。
　　　　（報子上）
報　子　（白）夏侯將軍被擒。
夏侯淵　（白）再探。
　　　　（報子下）
張　郃　（白）呵呀! 將軍,這便如何是好?
夏侯淵　（白）不妨,待某修書一封,約定老賊,明日午時三刻,走馬換將。
張　郃　（白）如此甚好。
夏侯淵　（白）請到後帳,磨墨侍候。
　　　　（排子介）
夏侯淵　（白）來! 傳旗牌。
　　　　（旗牌上）
旗　牌　（白）來了,叩見將軍。
夏侯淵　（白）命你將書下到黃忠營中,叫他照書行事,不得有誤。
　　　　（旗牌應下）
夏侯淵　（白）掩門!
　　　　（下）

第 十 六 場

（黃忠上）
黃　忠　（唱）【快板】
　　　　　　夏侯淵生來世間少,
　　　　　　可算中原一英豪。
　　　　　　一人擋住咽喉道,
　　　　　　全然不怕半分毫。
　　　　　　悶懨懨且坐在蓮花帳,
　　　　　　且待兒郎報分曉[1]。
（旗牌上）

旗　牌　（念）領了主將令，
　　　　　　　權作下書人。
　　　　　（白）吓，門上有人麼？

衆　　　（白）甚麼人？

旗　牌　（白）下書人求見。

手　下　（白）候着。啓禀將軍，下書人求見。

黃　忠　（白）命他進來。

手　下　（白）下書人，命你進來，小心了。

旗　牌　（白）是。下書人叩見。

黃　忠　（白）你奉何人所差？

旗　牌　（白）小人奉夏侯將軍之命，特來下書。

黃　忠　（白）呈上來。

旗　牌　（白）是。

黃　忠　（白）夏侯淵有書，來得凑巧，待某看來。
　　　　　（排子介）

黃　忠　（白）老夫不便修書，照書行事[2]。
　　　　　（旗牌應下）

黃　忠　（白）哈哈，妙吓！原來夏侯淵約定明日午時三刻，走馬換將，叫他先將我陳式放出，老夫習就百步穿楊，百發百中，待放出夏侯尚之時，將他即刻射死。那夏侯淵必然與他報仇，追趕老夫，待某殺一陣敗一陣[3]，殺一陣敗一陣，將他誘引至荒山，借關公拖刀之計，將賊劈下馬來。夏侯淵吓，夏侯淵吓！你中老夫之計也。

黃　忠　（唱）【快板】
　　　　　這封書真凑巧，
　　　　　天助老夫立功勞。
　　　　　三軍與爺歸營號，
　　　　　且待明日把定軍掃。
　　　　　（下介）

校記

[1] 且待兒郎報分曉："分曉"二字，原本倒置作"曉分"，失韻。今改。

［2］老夫不便修書，照書行事："照書"二字，原本漏。今依文意改。

［3］待某殺一陣敗一陣："敗一陣"三字，原本作"敗者陣"，"者"字誤。今改。

第 十 七 場

（三通鼓介）

夏侯淵　（內唱）【導板】
　　　　　定軍山前放號炮，
　　　　　大喝一聲山動搖。
　　　　　三軍與爺忙開道，
　　　　　黃忠到來換將標。
　　　　（黃忠、夏侯淵、眾內邊上，各高臺站介）

夏侯淵　（白）老將軍，請了！
黃　忠　（白）請了！
夏侯淵　（白）老將軍可曾見我書信？
黃　忠　（白）為此而來。
夏侯淵　（白）還是哪家先放？
黃　忠　（白）自然你家先放。
夏侯淵　（白）恐你失信。
黃　忠　（白）我若不放，（介）日後死在藥箭之下。
夏侯淵　（白）好。眾軍，將他先鋒放出。
　　　　（陳式逃下）
夏侯淵　（白）呀！為何不放？
黃　忠　（白）豈有不放之理。眾將放了。箭來！
　　　　（尚帶箭下，夏侯淵殺，追黃忠，眾下，又追殺一場，黃忠上）
黃　忠　（白）且住。夏侯淵若他追來，此時不下手，等待何時！
　　　　（夏侯淵衝上，黃忠殺夏侯淵介，夏侯淵死，下，眾兩邊上，倒脫靴）
黃　忠　（白）且喜夏侯淵已死，回營交令。
　　　　（笑介）哈哈哈！
　　　　（白）眾將收軍。
　　　　（排子介，同下）

陽 平 關

無名氏　撰

解　　題

　　京劇。清無名氏撰。清道光四年《慶昇平班戲目》、《京劇劇目辭典》著録,題"陽平關",未署作者。《京劇劇目初探》著録,題"陽平關",一名"趙雲護忠",亦未署作者。劇寫曹操聞報定軍山失守,夏侯淵陣亡,親統大軍報仇,命徐晃爲先鋒,王平爲副。孔明得訊,命黄忠往劫曹軍輜重,並命趙雲前往接應。黄忠夜闖曹營糧囤放火,爲張郃、杜襲所困。趙雲趕到,衝入重圍,救得黄忠脱險。曹操見趙雲雄風尚存,一面命徐晃、王平據守漢水,一面親率衆將追趕趙雲。本事出於《三國演義》第七十一回。今見版本有國家圖書館藏《繪圖京都三慶班真正京調全集》手抄石印萬盞燈曲本、復旦大學圖書館藏《醉白集》本。今以萬盞燈本爲底本,參考其他本標點整理。

第　一　場[1]

　　　　（徐晃上,起霸）
徐晃　　（唱）【點絳唇】
　　　　　　細柳營開,
　　　　（曹洪上）
曹洪　　（唱）麗日鼕鼕,
　　　　（許褚、王平上）
　同　　（唱）軍威邁古,
　　　　（焦炳、慕容烈上,唱[2]）
　　　　　　文武全才。
　同　　（唱）吴蜀誰敢來?

徐　晃	（白）某。
	（各通名）
徐　晃	（白[3]）請了。
衆	（白）請了。
徐　晃	（白）吾主魏王，自得西蜀消息，劉備直犯漢中。爲此親統大兵，共決雌雄。前有文書，命夏侯淵拒敵，尚未捷音回報。好生憶念人也！
衆	（白）且待主公升帳，你我請兵前往救援便了。
	（八小軍引曹操上）
曹　操	（念）（引）

雙手獨擎天，
奇勳早已建。
威名吊漢祚，
時勢魏將遷。

衆	（白）主公！
曹　操	（白）少禮。
衆	（白）吓。
曹　操	（念）三臺入虎帳，

九列冠朝纓。
今朝踐龍輿，
不日九五登。

（白）某魏王曹操，舉義于陳留[4]，召請諸侯，掃滅董卓[5]。明以伊尹之作用，暗爲后羿之圖謀，視天子如木偶，藐群雄如草芥，赫耀天子，位如九錫。諸鎮皆已服用，孫、劉尚未剪除。近爲漢中被侵，因此親臨南郡。前是夏侯淵開兵試武，此時未聞捷報，好生猶疑也！

徐　晃	（白）主公既慮夏侯淵無音，何不另選別將代替，豈不是好！
曹　操	（白）且自消停[6]，容孤細細來思之。
	（報子上）
報　子	（白）地下鳴鼓，天上將星落。報，探子告進，叩見千歲。
曹　操	（白）有何軍情？
報　子	（白）今有定軍山失守，夏侯將軍被黃忠立斬馬下。

曹　　操　（白）吓！那老賊怎便殺夏侯將軍呢？
報　　子　（白）主爺容禀。
曹　　操　（白）起來講。
報　　子　（白）夏侯將軍自得軍令，仗威便欲提兵。諸郡哭諫不納聽，獨自領隊逞勝，對方息鼓歇戰[7]，我軍辱罵紛紛。門旗閃出老壽星，叱吒人頭瓜滚。
　衆　　　（白）吓！
曹　　操　（白）啊呀！
　衆　　　（白）主公看仔細[8]！
曹　　操　（唱）【導板】
　　　　　　　聽報來痛得我口呆目瞪，
　　　　　（白）夏侯淵，淵弟，啊呀！
　　　　　（唱）【搖板】
　　　　　　　又何如失却孤足折手分。
　　　　　（笑）哈哈！
　　　　　（唱）孤今朝始信那管輅神讖，
　　　　　　　果然猪遭虎口内己亥之徵[9]。
　衆　　　（白）主公請保重。
曹　　操　（白）吓，孤今方悟管輅之言，他道三八縱横，這三縱者乃是建安二十四年也。黄猪遇虎口，亥屬猪，寅屬虎，今己亥正月也。定軍之南也。今日聞此凶報，頓悟管輅之言不謬。咳咳！管輅吓管輅！你何其神人也！淵弟吓，你何其苦也！
　　　　　（唱）【數板】
　　　　　　　望着西蜀咬牙恨，
　　　　　　　指大耳兒罵幾聲，
　　　　　　　孤一怒叫爾成齏粉，
　　　　　　　看是誰强著誰能。
　衆　　　（白）主公不須悲傷，何不親統大兵，奪取定軍山，擒住劉備，以雪夏侯將軍之恨。
曹　　操　（白）就命汝爲先鋒，諸將副之，即時拔寨，大張鸞輿，速向定軍山進發！
　衆　　　（白）得令！

（合唱排子下）

校記

［1］第一場：原本未分場。今依劇情分爲七場。

［2］焦炳慕容烈上唱："炳"字，原本作"煙"。今改。

［3］徐晃白："白"字，原本無。今補。本劇"白"的提示或有或無。今均依劇情補，不另出校。

［4］舉義于陳留："舉義"二字，原本作"義居"。今改。

［5］召請諸侯掃滅董卓：此句，原本作"令諸于董侯"。今據文意改。

［6］且自消停："消"字，原本筆誤作"涓"。今改。

［7］獨自領隊逞勝對方息鼓歇戰："逞勝對方"四字，原本作"逞對勝山"，非是。今據文意改。

［8］主公看仔細："主"字，原本筆誤爲"王"。今改。

［9］果然猪遭虎口内己亥之徵："徵"字，原本作"正"。今依文意改。

第　二　場

（張郃、杜襲上）

（唱）【搖板】

　　　軍山一戰膽消魂，

　　　　可惜大將一命傾。

張　郃　（白）某張郃。

杜　襲　（白）某杜襲。

張　郃　（白）你我將軍奉了魏主鈞旨，保守定軍山，奈夏侯將軍剛愎自恃，不肯聽諫，以至身死沙場，定軍山失陷。前有飛騎請兵，今日魏主將到，和你迎上前去。

杜　襲　（白）有理。

（同唱）【搖板】

　　　急忙前進迎大軍[1]，

　　　　協力同破西蜀兵。

（曹操、衆將同上）

曹　操　（唱）【搖板】

張郃 杜襲	（白）張郃、杜襲迎接主公。死罪，死罪！
曹操	（白）此係定數，與你等何干。起來！
張郃 杜襲	（白）謝主公！
曹操	（白）孤家此來，實爲夏侯將軍報仇。今定軍山既失，可將米倉山糧草移於此山寨中，待等喘息定了，然後再觀虛實，聽孤吩咐。

雄震威嚴依仗新，
浩浩蕩蕩鬼神驚。

（唱）【數板】
　　口傳令旨淚就傾，
　　尊聲股肱衆將軍。
　　孤自起兵陳留郡，
　　爲的董卓目無君。
　　吾謀不遜于孫臏，
　　撫卒不若吳起能。
　　南戰北討親當征，
　　東蕩西征自勞形。
　　甘苦念年不辭任，
　　掃除群雄如晨星。
　　只剩孫劉未歸順，
　　看來亦在手掌心。
　　爾等須要奮勇進，
　　任他有翅也難騰。
　　今晚權且各安頓，
　　選擇黃道再理論。

（下）

校記

[１]急忙前進迎大軍："迎"字，原本作"近"。今改。

第三場

（四龍套、劉備上）

劉　備　（念）【引】
　　　　非孤勞形，
　　　　怎敢辭疆場辛勤。

（孔明上）

孔　明　（念）【引】
　　　　注定三分從秉政，

（趙雲、張著、劉封、孟達同上）

衆　　　（念）【引】
　　　　惟願取宇宙安寧。

衆　　　（白）主公！
劉　備　（白）列位、先生請坐。
衆　　　（白）告坐。
劉　備　（念）揚眉掀鬚顏頓開，
　　　　喜得將軍斬賊來。
孔　明　（念）今朝暫飲功臣酒，
四　人　（同念）他日齊唱凱歌還。
劉　備　（白）賴先生妙算，漢升智勇，賊將授首，軍山已定。爲此大張筵宴，預備慶賀功臣。黃老將軍可曾到來？
衆　　　（白）想待來也！

（報子上）

報　子　（白）黃老將軍離此不遠。
劉　備　（白）吩咐鼓吹，出寨迎接黃老將軍下馬。

（衆應同下）

第四場

（黃龍套將、黃忠上，笑下，劉備、衆上，吹打）

劉　備　（白）吓，老將軍！

（黃忠下馬）

黃　忠　（白）阿呀！主公折殺老臣矣[1]！

（跪）

劉　備　（白）理當。

（扶起，同下）

（又上）

黃　忠　（白）老臣賴主公洪福，斬得夏侯淵，首級獻上。

劉　備　（白）將軍莫大之功也。將首級號令轅門[2]！

（卒應下）

劉　備　（白）加卿為征西將軍之爵。

黃　忠　（白）謝主公。

劉　備　（白）看酒來，孤與老將軍賀功！（吹打定席）

吓！老將軍！

黃　忠　（白）阿呀！折殺老臣了。

劉　備　（白）當得。

黃　忠　（白）斷不敢當。

劉　備　（白）吾兒代敬！

劉　封　（白）是。（安席，各坐）

請！

（排子，報子上）

報　子　（白）報！今有曹操，自領大兵二十萬，來與夏侯淵報仇。張郃將米倉山糧草，搬運漢水北山足下。特來報知。

孔　明　（白）再探！

報　子　（白）是。

（下）

孔　明　（白）眾將軍！曹操自引大軍至此，恐糧草不敷，故而勒兵不進。若得一人深入其寨，焚其輜重，則曹之銳氣自挫。誰能當此重任否？

黃　忠　（白）末將願往。

趙　雲　（白）且慢。老將軍太覺勞倦，此事待趙雲前去走遭。

黃　忠　（白）食君之祿，自當報答君恩，何言勞倦二字？

趙　雲　（白）不是吓！適聞守糧草者，乃驍將張郃在彼。夏侯淵雖是總帥，

　　　　　　被將軍所斬者乃一身勇夫耳！安及張郃之能？此番待某前斬
　　　　　　那張郃頭來，勝夏侯淵十倍也！
黃　忠　（白）某便立斬張郃首級以爲何如？
趙　雲　（白）軍家豈能有常勝者也！
黃　忠　（白）吓！
　　　　（唱）【導板】
　　　　　　說甚麼軍家無常勝，
　　　　（接）【急板】
　　　　　　你仔細看一看黃漢升[3]。
　　　　　　一馬直將曹營進，
　　　　　　却似那猛虎入羊群，
　　　　　　直叫他當前求乞命，
　　　　　　才認得老兒能不能。
趙　雲　（白）若果然，趙雲當退任。
黃　忠　（白）是吓！
　　　　（唱）你讓俺黃忠掌一掌印，
　　　　　　躬身施禮忙請令，
　　　　　　差遲敢當軍令行。
孔　明　（唱）此行亦非是小任，
　　　　　　自去忖度要當心。
　　　　（黃得令）
黃　忠　（唱）俺愈老愈邁愈好勝，馬來！
　　　　　　他越欺越侮俺越要去。
　　　　（下）
趙　雲　（笑）哈哈！
　　　　（唱）這老兒從來是強勝性，
　　　　　　不去助他他功難成[4]。
孔　明　（白）張著！
　　　　（唱）吾今與你一支令，
　　　　　　輔佐黃忠見計行。
　　　　（張著應下）
孔　明　（白）子龍！

　　　　（唱）你今暗暗歸本寨，
　　　　　　　準備勁卒候時辰。
　　　　　　　黃忠午時無消息，
　　　　　　　急速救他莫稍停。
　　　　（趙雲得令）
趙　雲　（唱）軍師妙算從來準，
　　　　　　　調度自然不差分。
　　　　（下）
孔　明　（白）劉封小將軍聽令，帶領兵馬三千於險要之處，多設旌旗，以壯
　　　　　　　我軍聲勢，好令敵軍驚疑。
劉　封　（白）得令。（下）
孔　明　（白）孟達隨吾進帳，授伊密令[5]，去往下六調出馬超，叫他依計而
　　　　　　　行。再令老將軍嚴顏往巴西閬中，替回翼德、魏延，一同來取
　　　　　　　漢中。
孟　達　（白）得令。（下）
孔　明　（白）臣同主公專聽好音。
劉　備　（白）有理。
　　　　（唱）調度遣將安排定，
孔　明　（唱）專等捷報好回音。
　　　　（同下）

校記

［１］主公折殺老臣矣："折"字，原本此字不清。今依下文改。
［２］將首級號令轅門："轅門"二字，原本無。今依文意補。
［３］你仔細看一看黃漢升："看一看"三字，原本僅有"看一"二字。今補。
［４］不去助他他功難成："助"字，原本不清。今依文意改。
［５］授伊密令："授"字，原本作"受"。今依文意改。

第　五　場

黃　忠　（內唱）【導板】
　　　　　　吾非是人前誇老硬，

(上,唱)【急板】
　　胸中預定已三分。
　　那趙國廉頗八十正,
　　尚食斗米肉十斤。
　　吾年未足七十五,
　　怎藐我老朽便無能。
　　一任他兵來如潮涌,
　　不怕他將來似風雲。
　　直殺得他血流人頭滾,
　　殺得他屍橫馬難奔。
　　洋洋得意往前進,

張　著　(內白)老將軍等着!
黃　忠　(白)吓!
　　(唱)張著追趕必有因。
　　(張著上)
張　著　(白)吓!老將軍!
黃　忠　(白)敢是軍師疑我不能成功,要你來趕某回去麼?
張　著　(白)非也。軍師諒君此行必然成功,但恐獨力難支,故著某來聽候驅策。
黃　忠　(白)哈哈!軍師可謂知我也。
張　著　(白)話雖如此,則是曹兵甚重[1],將軍若仗力戰[2],決以難成。必得奇計,方能劫他的糧草。
黃　忠　(白)吾斬夏侯淵,張郃已經喪膽。再者,軍兵連日運糧,必然疲倦,我若今晚三更飽餐,四更悄至北山[3],先當放火燒糧,張郃急來救火,那時就而擒之,豈不爲快?
張　著　(白)老將軍真妙算也!
黃　忠　(白)將軍既來助合,你歸寨柵作速辦理去者!
　　(唱)【搖板】
　　兵不嫌詐從來論,
　　效那諸葛火燒博望城。
(下)

校記

［１］則是曹兵甚重："兵"字,原本漏。今依文意補。
［２］將軍若仗力戰："戰"字,原本作"助"。今依文意改。
［３］四更悄至北山："悄"字,原本筆誤作"俏"。今改。

第 六 場

（更夫上）

更　夫　（唱）【山歌】

　　　　　吓吓唷！
　　　　　連夜巡更不憚勞,
　　　　　已是四更了吓,
　　　　　仍將梆梆敲。
　　　　　常言糧儲軍命脉,
　　　　　稍有差遲便糟糕[1]。
　　　　　吓吓唷！

（白）我們乃曹營守糧更夫便是。連日將米倉山糧草搬運在這山足下,鬧得人困馬乏,不能一刻偷閒。糧草搬完,又要巡更看守,好不苦吓！此時四更之後,正是更闌夜盡之時,諸人皆去睡了,你我何不也去打個盹兒,落得安閒安閒？

衆　（同白）有理。雖有應守責任,力倦眼難睜[2]。（作卧）

（黃忠、張著、手下上,三更）

黃　忠　（白）與我放火！

（衝下,張郃、杜襲衆上,黃忠、張著衆上）

杜　襲
張　郃　（白）賊將何人？

黃　忠　（白）黃忠在此。

衆　（白）阿呀！

（殺退下,趙雲手下衝上,急下）

校記

［1］稍有差遲便糟糕："糟糕"二字，原本作"糟耗"。今依文意改。
［2］力倦眼難睜："眼"字，原本無。今依文意補。

第　七　場

曹　操　（內唱）【導板】
　　　　　北山足下火烟飄，
　　（衆上）
曹　操　（唱）【數板】
　　　　　滿營將士盡咆哮。
　　（上山介）
　　　　　與孤高埠且登眺[1]，
　　　　　遙望誰家將英豪。
　　（黃忠上，殺曹將，黃忠敗，衆追下。趙雲上，慕容烈上）
趙　雲　（白）蜀將何在？
慕容烈　（白）已殺死垓心了。
趙　雲　（白）看槍！
　　（慕容烈死，趙雲衝下）
曹　操　（白）啊呀！
　　（唱）【搖板】
　　　　　只殺得紅日無光耀，
　　　　　只殺得馬嘶聲咆哮，
　　　　　只殺得屍橫血如潮，
　　（黃忠上，殺衆將，黃忠敗，衆追下。趙雲衝上，焦炳上）
趙　雲　（白）俺蜀兵何在？
焦　炳　（白）多被殺完了！
趙　雲　（白）看槍！
　　（焦炳死，下，趙雲衝下）
曹　操　（白）啊呀！
　　（唱）蜀將由幸馬陵道，

他要逃時恐難逃。

黃　忠　（內唱）【導板】

越殺越爽精神好[2]，

（黃忠上，殺曹將）

黃　忠　（唱）【急板】

無介曹兵似涌潮。

今日裏若還遭圈套，

一世英名被人嘲。

（白）噯，

（唱）俺抖擻雄威往前搗[3]，

（殺介，趙雲衝上）

趙　雲　（唱）元始天尊下九霄。

（趙雲救黃忠，手挾黃忠下，趙雲大殺，曹將敗。趙雲追下）

曹　操　（白）啊呀！

（唱）看看猛虎將擒到，

何方來了這條蛟。

我看他白盔白甲白旗號，

好似那常山趙子龍又來了。

（丟令旗介，曹將上）

曹　將　（白）啟主公，北山糧草燒毀一半，黃忠正困垓心，指望將他擒下，突然來了趙雲，將黃忠救去，反傷我營兵將無數，眾軍不敢追趕，請令定奪！

曹　操　（白）吓！那穿白袍的果是常山趙子龍？

曹　將　（白）正是。

曹　操　（白）吓呀！不道這廝昔日英勇尚在。徐晃聽令！

徐　晃　（白）在。

曹　操　（白）你可帶領本部人馬，立于漢水下寨，好待截殺蜀兵。

王　平　（白）末將王平，頗知地理，助徐先鋒一臂之力。

曹　操　（白）速速同去。

徐　晃
王　平　（同白）得令！

（下）

曹　操　（白）衆將官！速速追趕趙雲去者！
　　　　（下）

校記

［1］與孤高埠且登眺："眺"字，原本無。今依文意補。
［2］越殺越爽精神好："精神好"三字，原本作"越精好"。今改。
［3］俺抖擻雄威往前搗："擻"字，原本音假作"搜"。今改。

受 禪 臺

汪笑儂 撰

解 題

　　京劇。汪笑儂撰。《京劇劇目初探》著錄《受禪臺》，一名"漢獻讓位"。劇寫曹操死後，其子曹丕即位魏王。中郎將李伏與華歆、王朗等以天降祥瑞爲名，逼漢獻帝禪位於曹丕，劉協悲嘆祖先劉邦創業之艱難，自傷無能。華歆逼漢獻帝建築受禪臺，並在臺下忍辱交出玉璽，曹丕以魏代漢。本事出於《三國演義》第八十回。該劇清末由汪笑儂演出。版本今有《汪笑儂戲曲集》本、王大措編《戲考》本。今以《汪笑儂戲曲集》本爲底本，參考《戲考》本校勘整理，擇善而從。

第 一 場

　　（司馬懿、華歆、李伏、許芝、王朗、賈詡同上）

華　歆　（唱）【二簧搖板】

　　　　時纔魏王把旨傳，
　　　　安排妙計在心間。
　　　　列位一同上金殿，
　　　　立逼昏王讓江山。

　　（四太監、內侍引漢獻帝上）

漢獻帝　（唱）孤王出了皇宮院，
　　　　眼跳心驚爲哪般？
　　　　將身來在金鑾殿，
　　　　再與衆卿把話言。

　　（白）衆卿上殿有何本奏？

衆朝臣	（白）臣啓萬歲：臣等伏睹魏王，自登位以來德布四方，仁及萬物。群臣會議，盡道漢祚將終，望萬歲效堯舜之道，將江山社稷讓與魏王，萬歲退位以享清净之福，國家幸甚，生靈幸甚。
漢獻帝	（白）衆卿説哪裏話來？自古天下只有爭奪，哪有退讓之理！想高皇帝提三尺劍斬蛇起義以來，創造基業至今四百餘載，寡人雖無大才，尚無大過，安忍這萬里江山讓於他人！
華歆	（白）自古皇帝有興有廢，有盛有衰，豈有不亡之國，不敗之家？萬歲若不相信，可問許芝、李伏二人便知天意。
李伏	（白）自魏王即位以來，麒麟降生，鳳凰來儀，黄龍出現，甘露下降，此即上天示瑞，魏王代漢之象也。
許芝	（白）臣等夜觀天象，見炎漢氣數已終，帝星隱暗不明，更兼上應讖語，其詞曰："鬼在邊委相連，當代漢無可言，言在東午在西，兩日並光上下移。"以此論之，鬼在邊委相連者，乃是一魏字也；言在東午在西者，乃許字也；兩日並光乃昌字也，此是魏王在許昌，應受漢禪也，望萬歲早早退位！
漢獻帝	（白）祥瑞圖讖，皆虚妄之事，豈可以此教孤棄祖宗之基業乎？
王朗	（白）漢室相傳四百餘年，延至萬歲氣數已盡，宜早退避，不可遲疑！
華歆	（白）萬歲可依臣之議，免遭大禍！
漢獻帝	（白）卿等皆食漢朝爵禄，何忍作此不臣之事！
華歆	（白）住口！倘若不從衆議，恐禍起蕭墻，悔之晚矣！
漢獻帝	（白）哦！ （唱）華歆賊子天大膽， 　　　立逼孤王讓江山， 　　　拂衣而起下金殿！（下位） 　　　只見華賊眼睁圓！ （白）事到如今，寡人就將江山讓與了魏王就是。
華歆	（白）就請萬歲交璽！ （漢獻帝將玉璽交與許芝）
漢獻帝	（唱）含悲忍淚交玉璽， 　　　萬里江山化灰泥！ （許芝將玉璽接過）
許芝	（唱）手捧玉璽下殿去，

　　　　　　見了魏王説端的。
華　歆　（白）萬歲今將江山讓于魏王，那魏王同你乃是郎舅之親，斷不能加
　　　　　　害於你！
　　　　（漢獻帝聞華歆之言很憤怒）
漢獻帝　（白）事到如今，但憑他所爲！
　　　　（怒氣的走下）
　　　　（衆人笑）
衆朝臣　（唱）昏王讓了錦江山，
　　　　　　文臣冠上定加冠。
　　　　（衆人同下）

第　二　場

（四太監、二内侍、司馬懿、華歆引曹丕上）

曹　丕　（唱）時纔二卿對我言[1]，
　　　　　　漢王竟肯讓江山。
　　　　　　邁步且上銀安殿，
　　　　　　且待許芝説根源。
　　　　（許芝捧玉璽上）
許　芝　（唱）捧定詔璽上銀安，
　　　　　　漢王特地讓江山。
曹　丕　（白）卿家手捧何物？
許　芝　（白）今有漢王將玉璽詔書令臣送上，情願讓位。
曹　丕　（白）如此待孤收下。
司馬懿　（白）且慢！
曹　丕　（白）愛卿爲何攔阻？
司馬懿　（白）雖然詔璽送來，殿下若不謙讓推辭，誠恐天下怨謗。
曹　丕　（白）卿言甚合孤意，許芝聽令：命你將詔璽退回，請漢王另讓別家
　　　　　　便了。
許　芝　（白）遵命。
　　　　（唱）急忙轉身下銀安，
　　　　　　見了漢王説根源。（下）

華　歆　（白）爲臣現有一計獻上。
曹　丕　（白）卿家有何妙計？
華　歆　（白）爲臣去見漢王，教他親自寫下詔書，高搭一臺，名曰受禪臺，擇一吉日良辰，命漢王在臺下奉呈詔璽，文武百官臺下聽令，魏王在臺上即位，便可以釋群疑而絕衆望！
曹　丕　（白）好，此計甚妙，照計而行便了！
　　　　（衆人引曹丕同下）

校記

［1］時才二卿對我言："言"字，原本作"講"。今從《戲考》改。

第 三 場

　　　　（四太監引漢獻帝上）
漢獻帝　（唱）【原板】
　　　　　　漢高王手提着三尺寶劍，
　　　　　　滅强秦平暴楚創下江山，
　　　　　　傳到了桓靈帝寵信太監，
　　　　　　又有那黃巾賊起下狼烟。
　　　　　　恨曹操他父子心懷謀篡，
　　　　　　華歆賊在其中狼狽爲奸。
　　　　　　忍不住淚珠兒流落滿面，
　　　　　　但不知這江山還坐幾天！
　　　　（許芝上）
許　芝　（唱）【搖板】
　　　　　　二次撩袍上金殿，
　　　　　　尊聲萬歲聽臣言。
　　　　（白）啓奏萬歲，魏王言道：德薄無才，不肯受詔，請將江山另讓別家。
漢獻帝　（白）看他不肯受詔，定是學曹操之奸詐也。內侍，宣文武百官上殿！
內　侍　（白）文武百官上殿！

（華歆、眾朝臣上）

眾朝臣　（白）萬歲宣臣等上殿，有何國事議論？
漢獻帝　（白）魏王不肯受詔，此事只好罷了。
華　歆　（白）魏王真乃堯舜之君也，事到如今還要萬歲作主！
漢獻帝　（白）依卿之見？
華　歆　（白）臣等已經議定，請萬歲高搭一臺，名曰受禪臺，擇一吉日，將詔書玉璽親自送至臺下，魏王定必允從，但須萬歲親寫詔書。
漢獻帝　（白）想這大漢江山，不料亡於今日了。
　　　　（唱）【搖板】
　　　　　　聽一言不由人失聲隱哭，
　　　　　　華歆賊逼孤王親寫詔書。
　　　　　　背轉身叫一聲在天皇祖，
　　　　　　今日裏才知道代漢當塗！
　　　　（鑼鼓轉【長錘】，改唱【原板】）
　　　　　　提起了羊毫筆珠淚撲簌，
　　　　　　恨華歆逼孤王親寫詔書。
　　　　　　恨曹賊他父子如狼似虎，
　　　　　　竊神器窺大寶社稷難扶。
　　　　　　滿朝中兩班文武，
　　　　　　一個個脅肩諂笑把富貴來圖！
　　　　　　想必是這炎漢絕了氣數，
　　　　　　棄江山如敝履冠冕泥塗。
　　　　　　可嘆我堂堂天子被人欺負，
　　　　　　我只得一字字一行行，
　　　　　　字字行行草寫詔書淚濕袍服！
　　　　（走下位來）
　　　　　　叫華卿與孤王前引路，
　　　　　　可憐我亡國君草芥不如，
　　　　　　但願得受禪臺遺下了
　　　　（轉【搖板】）寸土。
　　　　（眾同下）
漢獻帝　（唱）看他那後輩兒孫就一樣描畫葫蘆！

（下）

第 四 場

（四太監、四御林軍、二內侍引曹丕上）

曹　丕　（念）【引】

舞鳳翔麟，

承漢統，

四海升平。

（念）（詩）

太陽一出照當空，

錦繡江山掌握中。

今日孤王承漢統，

受禪臺上慶臣功。

（白）孤王曹丕。吾父曹操，統領雄兵掃蕩煙塵，官封魏王之職。只因昏王無道，滿朝文武會議，教漢王退位讓國，今日黃道吉日，受禪即位。內侍伺候了！

（曹洪、曹休【急急風】上，分坐臺兩邊，六朝臣引漢帝上）

漢獻帝　（唱）【搖板】

來至在受禪臺珠淚滾，

四百年錦基業讓與他人！

曹　洪
曹　休　（同白）呔！你是何人？擅敢在此擺來擺去！待吾將他衣冠剝去！

（曹洪摘冠，曹休奪袍）

漢獻帝　（白）哎呀！

（唱）【導板】

聽一言唬得孤心膽俱碎！

（頂板【回龍腔】）

摘取了衝天冠脫去了赭黃袍，

可憐我一代帝王匍匐塵埃，好不傷悲！

恨曹賊他父子謀奪漢位，

有華歆在其中狐假虎威。

　　　　　　這也是我漢朝氣運當墜，
　　　　　　亂臣賊子當道專權難以挽回。
　　　　　　欺寡人好一似兒童之輩，
　　　　　　欺寡人好一似虎把羊追。
　　　　　　欺寡人好似那屈魂怨鬼，
　　　　　　欺寡人好似那廟中土偶，
　　　　　　不言不語無能無德。
　　　　　　欺寡人似蠟燭迎風落淚。
　　　　　　欺寡人好一似撮土揚灰，
　　　　　　欺寡人似蛟龍離了海水。
　　　　　　欺寡人好一似鳳退翎毛怎能高飛，
　　　　　　欺寡人好一似飛蛾撲火身落在油內。
　　　　　　欺寡人好一似舟到江心風狂浪大，
　　　　　　悠悠蕩蕩難只轉回！
　　　　　　衆文武與孤王一齊作對，
　　　　　　我只得三呼萬歲珠淚雙垂！

曹　丕　（白）想孤家與你乃是郎舅之親，不能加害于你，封你為山陽公，去到那裏安享榮華，領旨下殿！

曹　洪　（白）萬歲降旨，還不向前謝恩！

漢獻帝　（白）哎呀呀呀！
　　　　（悲痛地哭着）

曹　洪　（白）呔！膽大漢王，萬歲封你為山陽公，走馬上任，還不快快謝恩，哭哭啼啼作此婦人女子模樣是何道理！
　　　　（踢漢獻帝坐地下）
　　　　（漢獻帝忙起身轉面，跪在曹丕面前謝恩）

漢獻帝　（唱）【搖板】
　　　　　　聽一言嚇得孤王魂不定，
　　　　　　眼見得一國主反來稱臣。
　　　　　　悲切切孤只得跨金蹬，（上馬）
　　　　　　可嘆我炎劉氏四百載二十四代乾坤一旦傾！（下）
　　　　（四風旗過臺跑下。曹丕暈昏）

衆　臣　（白）萬歲醒來！

曹　丕　（唱）【導板】
　　　　　　　一霎時只覺得天昏地暗。
　　　　（醒來睜眼兩邊看）
　　　　（唱）【搖板】
　　　　　　　忽然間狂風起所謂哪般？
　　　　　　　只刮得燈燭滅孤心驚膽戰，
　　　　　　　再與衆卿把話言。
　　　　（白）時纔狂風一陣，不知主何吉凶？
許　芝
李　伏　（同白）此乃萬歲登基大吉之兆。
曹　丕　（白）華歆封爲大司空，王朗封爲大司徒，滿朝文武百官均加升三
　　　　　級，光禄寺大擺筵宴，與衆卿賀功！退班。
衆朝臣　（白）謝主隆恩[1]！
　　　　（【排子】，衆人同下）

校記

［1］謝主隆恩："隆"，原本作"龍"，今依文意改。

白帝城哭靈

無名氏　撰

解　　題

　　京劇。清無名氏撰。未見著錄。劇寫劉備爲關羽、張飛報仇,興兵伐吳。至猇亭安營下寨。東吳將仇人范疆、張達等送至蜀營。劉備令關興、張苞設其父靈位,命滿營文武三軍披孝祭奠。劉備在靈位前痛哭,命將四位仇人范疆、張達、傅士仁、糜芳在靈位前斬首。該劇係京劇《連營寨》中的一場。本事出於《三國志·蜀書·先主傳》,《三國演義》第八十三回、八十四回。據《京劇劇目辭典》云:"此劇(指《連營寨》)原爲武生戲,後因譚鑫培在劉備哭靈一場加以改革,成爲老生戲。"版本今見復旦大學圖書館藏《醉白集》手抄本,首頁題"新增白帝城哭靈真本"。今以此本爲底本,校點整理。

（手下同劉備引上）

劉　　備　（念）【引】
　　　　　　兩弟命喪,
　　　　　　孤王晝夜悲傷。
　　　　（念）切齒恨孫權,
　　　　　　東吳把兵變。
　　　　　　麥城牢籠計[1],
　　　　　　兩弟把命傾。
　　　　（白）孤王劉備,字玄德,駕坐成都[2],國號昭烈在位。可恨東吳潘璋設下連環絆馬索,二弟父子被害;三弟鎮守閬中,得聞此信,即刻興兵報仇。奈三弟性烈如火,連夜命偏將范疆、張達[3],監造白盔白甲,如若遲誤定按軍法。那賊無計可施,即起反心,當夜將三弟刺死,將首級投獻東吳去了,至今冤仇未報。

孤今帶兵七十五萬，戰將千員，來至猇亭，安營下寨[4]，務必殺盡吳兵，滅盡吳狗[5]，方雪孤恨。正是：

（念）滿腔熱血雪弟恨，
　　　殺盡吳狗便甘休。

（關興上）

關　興　（念）荊州失去父兄喪，

（張苞上）

張　苞　（念）不報冤仇誓不休[6]。

關　興
張　苞　（同白）兒臣見駕，願伯王萬歲！

劉　備　（白）二侄，孤王命你兄弟二人巡營探哨，可曾打聽仇人下落？

關　興
張　苞　（同白）啓伯王，東吳將仇人送至御營門首，候旨發落。

劉　備　（白）此乃兩弟陰靈不昧。關興、張苞！

關　興
張　苞　（同白）兒臣在。

劉　備　（白）你二人，可將父親靈位設下[7]，命滿營文武三軍，披孝祭奠。

關　興
張　苞　（同白）領旨。萬歲有旨，命滿營文武三軍，披孝祭奠。

（內白）領旨。

（文武軍民出場）（劉備上，下祭介）

劉　備　（白）吓吓哈哈！二弟吓！

關　興
張　苞　（同白）啓伯王，自古道君不拜臣。

劉　備　（白）孤念桃園故交，禮當祭奠。

關　興
張　苞　（同白）若論桃園，大不拜小。

劉　備　（白）如此，你們多拜幾拜。

關　興
張　苞　（同白）是。

劉　備　（白）噯噯！二弟吓！

（唱）【導板】
　　　有孤王在靈前設祭施禮[8]，

奠桃園舊故交。
白人白馬白旗號,
四下白幡影外飄[9]。
帳下三軍齊掛孝,
滿營文武哭嚎啕。
爲王穿的白綾襖,
只爲桃園舊故交。
走近前來高聲叫,
哭一聲二弟壽亭侯[10],
千古英雄真個少,
智勇兼全世無雙。
東吳暗施牢籠計,
爲孤江山一命亡。
孤王今日興人馬,
殺盡吳狗便罷休。
戰將不對不該鬥,
爲甚麼獨自逞英豪?
就該修書報孤曉,
孤遣人馬到荆襄。
孤在陽世活不久,
爲你雪恨歸陰曹[11]。
哭罷二弟方纔了,
張苞一旁淚汪汪[14]。
手掌手背皆是肉,
怎做那一樣兄弟兩樣交?
走近前來哭三弟,
三弟翼德聽孤言,
只因你平日性情燥,
帶兵不用虎尾抄。
當陽河邊一聲吼,
喝斷霸橋水倒流。
你不該把那二賊拷,

連夜逼他造戰袍。
二賊心慌無計較,
割你首級投東吳。
你在黃泉休焦燥,
孤王爲你報冤仇。
弟兄們相逢不能够[12],
除非孤王歸陰曹。
叫關興和張苞,

關興
張苞　（同白）在。

劉備　（唱）你爲我將賊子快快來綁上[13],

關興
張苞　（同白）領旨。

劉備　（唱）報仇雪恨在今朝。
范疆　（唱）當初做事心有愧,
張達　（唱）誰知功勞不到頭。
關興　（唱）只望官高把榮耀顯,
糜芳　（唱）到如今只落得血染衣[14]。
關興　（唱）走近前來忙跪奏,
　　　　　尊一聲伯王聽根由。
張苞　（唱）四個仇人都綁了,
　　　　　伯父命旨去開刀。
劉備　（唱）二子前去把本奏,
　　　　　咬牙切齒恨怎消[15]。
　　　　　將賊綁在靈位來,
　　　　　碎剮凌遲報仇冤。

關興
張苞　（同白）領旨。

　　　（同唱）在御營領了伯王旨,
　　　　　碎剮仇人報父冤。
　　　（殺介,四人下）

劉備　（白）爲何不殺糜芳[16]?

張　苞　（白）糜芳乃是娘舅[17]。

劉　備　（白）住了。他既念郎舅，就不該害你父，投降東吳[18]。事到如今，還有甚麼郎舅，看刀過來！

　　　　（介白）哦！

劉　備　（唱）我和你郎舅該相顧，

　　　　　　爲甚麼害主投東吳[19]？

　　　　　　手住鋼刀頭落地，

　　　　　　殺糜芳報故交。

　　　　（白）二子聽令！

關　興
張　苞　（同白）兒臣在。

劉　備　（白）來日整頓人馬，生擒孫權，踏平吳地。

關　興
張　苞　（同白）領旨。

　　　　（介白）請駕回宮！

劉　備　（白）擺駕！

　　　　（介白）咦咦咦！

　　　　（同下）

校記

[1] 麥城牢籠計："籠"字，原本作"龍"。今改。下同。

[2] 駕坐成都："成"字，原本音假作"城"。今改。

[3] 連夜命偏將范疆張達："疆"字，原本作"姜"。今據《三國演義》改。

[4] 來至猇亭安營下寨："猇"字，原本作"號"；"寨"字，原本作"塞"。今據《三國演義》改。

[5] 滅盡吳狗："滅"字，原本作"減"。今改。

[6] 不報冤仇誓不休："誓"字，原本作"世"。今依文意改。

[7] 可將父親靈位設下："下"字，原本作"開"。今依文意改。

[8] 有孤王在靈前設祭施禮："設祭施禮"四字，原本作"設祭禮祭"。今依文意改。

[9] 四下白幡影外飄："下"字，原本作"十"。今依文意改。

[10] 哭一聲二弟壽亭侯："侯"字，原本作"候"。今改。

[11] 爲你雪恨歸陰曹："爲"字，原本作"以"。今改。下同。

[12] 弟兄們相逢不能够:"够"字,原本作"谷"。今依文意改。
[13] 你爲我將賊子快快來綁上:"子"字,原本作"屁"。今改。
[14] 到如今只落得血染衣:"得"字,原本作"德"。今改。
[15] 咬牙切齒恨怎消:"恨"字,原本作"報"。今改。
[16] 爲何不殺糜芳:"芳"字,原本作"方"。今據《三國演義》改。下同。
[17] 糜芳乃是娘舅:"舅"字,原本作"舊"。今改。下同。
[18] 投降東吳:"父"字後,原本有一"殺"字,衍。今删。"投"字,原本作"報",誤。今改。下同。
[19] 爲甚麼害主投東吳:"投"字,原本作"報"。今改。

別 宫 祭 江

無名氏 撰

解　題

　　京劇。清無名氏撰。孫怡雲曲本。孫怡雲（1880—1944），字芝卿。生於北京。其父心蘭，唱青衣，長期隸三慶班演出。怡雲幼年初學昆曲，後習皮黄正旦，十二三歲名已顯聞。據《清代伶官傳》，云"年甫弱冠，聲名已出陳德霖之上"。1895年被選入昇平署，充任教習。在外則搭小丹桂、玉成等班演戲。《别宫祭江》中飾孫尚香，是其代表劇目。1912年與譚鑫培往上海演出，深受歡迎。晚年在三樂社充任教習，弟子有尚小雲。本劇《京劇劇目辭典》著録，又名"祭長江"。劇寫孫尚香聞劉備在白帝城歸西，異常悲痛，即著孝服，往見其母，告以欲往江邊祭奠。孫母不許。尚香以死相争，孫母始允。尚香乃拜辭而去。至江邊祭奠已畢，尚香放聲痛哭，投江而死。龍王傳玉帝旨：封尚香爲梟姬女神。本事出於《三國志平話》、《三國演義》。《平話》云：孫尚香于趙雲截江奪斗時，因受張飛責備，羞慚投江而死。《演義》云：孫夫人聞先主死於軍中，遂驅車至江邊，望西遥哭，投江而死。清傳奇《鼎峙春秋》有《自沉江浦欲全名》一齣。版本今有上海圖書館藏《繪圖京都三慶班真正京調全集》本，首頁題《繪圖祭長江》，署"真正京都頭等名角孫怡雲曲本"。今據標點整理。

第　一　場[1]

（孫尚香上[2]）

孫尚香　（念）【引】

　　　　厭厭瘦損，

　　　　怎能消終朝愁悶。

（宮女兩邊上介）

孫尚香 （念）

別君常掛念，
難保夫婦情。
雖無千丈綫，
萬里結人心。

（白）奴，孫氏尚香。自幼未曾配婚，可恨兄王，爲討荆州，將我定下一計，誆哄劉先主來到東吳，誰知弄假成真。我嫁皇叔未及三載，不料周郎定計，又差周善，將奴誆回東吳。誰知舟行半江，軍師暗地差遣張飛、趙雲前來，將我皇兒趕回，叫我母子活活離別。咳，思想起來好不傷感人也。

（唱）【西皮慢板】

孫尚香坐宮中常思已過，
思一思想一想奴命太薄。
遭不幸我父皇早年亡故，
遺下了我皇兄執掌山河。
鎮江南八九郡有何不足，
一心要討荆州惹動干戈。
嫁荆州未三載用計哄我，
因此上與皇叔隔斷絲蘿。
我好比花中蕊未曾結果，
我好比半空中失群雁鵝。
奴好比順風舟江心失舵，
我好比織女星隔斷銀河。
恨兄王將奴的銀牙咬破，

（白）吓！
（唱）遙望着報事官慌忙爲何？
（一太監上）

太　監 （念）有事不得不報，
　　　　　　無事不敢亂唱。

（白）啓娘娘，大事不好了！

孫尚香 （白）因何這等驚慌？

太　　監　（白）劉先主駕崩白帝城。
孫尚香　（白）你待怎講？
　　　　（太監照前白）（下）
孫尚香　（唱叫頭）【導板】[3]
　　　　　　聽皇叔晏了駕肝膽吓破，
　　　　（唱叫頭）【散板】
　　　　　　好一似鋼刀刺我的心窩。
　　　　　　可嘆你爲社稷這等結果，
　　　　（白）阿呀夫吓！
　　　　（唱）到如今白帝城命見閻羅。
　　　　（白）且住。想我與皇叔，乃是恩愛夫妻，我不免身穿孝服，去至江邊一祭，略表夫妻之情。宮娥著孝伺候。
　　　　（唱）【導板】
　　　　　　嘆先帝下江南報仇起意，
　　　　　　恨兄王用陸遜巧用兵機。
　　　　　　用火攻燒連營七百餘里，
　　　　　　因此上我夫主兵收白帝。
　　　　　　實指望到成都重把兵提，
　　　　　　遭不幸白帝城一命歸西。
　　　　　　宮娥女擺鑾駕養老院裏[4]，
　　　　　　壽康宮見母后細奏端的。
　　　　（下）

校記

[1] 第一場：原本不分場，但題"校正京調別宮祭江全本"。今依劇情分場。
[2] 孫尚香上：原本作"正旦上"；下文孫母，原本作"老旦"。今改。下同。
[3] 唱導板："導"字，原本作"倒"。今改。下同。
[4] 宮娥女擺鑾駕養老院裏："鑾"字，原本作"鶯"。今改。

第 二 場

孫　　母　（內白）擺駕。

（兩宮女引孫母上）

孫　母　（唱）【西皮慢板】
　　　　　　曹丕奸謀將漢篡，
　　　　　　要謀漢室錦江山。
　　　　　　我婿玄德重興漢，
　　　　　　稱孤道寡鎮西川。
　　　　　　宮娥女擺駕養老院，
　　　　　　壽康宮中樂安然。

（原人引孫尚香上）

孫尚香　（唱）【搖板】
　　　　　　嘆皇叔白帝城把駕來晏[1]，
　　　　　　含悲淚換笑容來問娘安。

孫尚香　（白）兒臣尚香見駕，願母后千歲！
孫　母　（白）罷了。起來。
孫尚香　（白）千千歲！
孫　母　（白）賜坐。
孫尚香　（白）謝坐。
孫　母　（白）兒吓！身穿孝服所謂何情？
孫尚香　（白）啓奏母后，適纔官人報道，劉皇叔駕晏白帝城，因此兒臣身穿孝服，來見母后，要到江邊祭奠。
孫　母　（白）你敢是要到江邊祭奠？
孫尚香　（白）正是。
孫　母　（白）兒吓！你與劉先主離別數載[2]，更與你兄仇敵，你要祭他則甚！
孫尚香　（白）咳，母后吓！
　　　　（唱）【西皮】
　　　　　　老母后說話言語顛，
　　　　　　尚香有本奏娘前。
　　　　　　只爲荆州討不轉，
　　　　　　弄假成真自嗟嘆[3]，
　　　　　　惡計反成美良緣。
　　　　　　兒在東吳他在漢，

千里姻緣一綫牽。
荆州未及三年滿，
又差周善誆兒還。
不識東吳見識淺，
反言他人理不端[4]。
兒好比寡婦同一般，
怎不叫人珠淚連。

孫　母　（白）兒吓！
　　　　（唱）【西皮】
吾兒不必來埋怨，
細聽爲娘説根原。
不幸兒父壽命短，
早年一命喪九泉。
抛下基業無人管，
八十一州付孫權。
此計乃是公瑾獻，
只爲荆州討不轉。
接兒回轉是周善，
如今母女又團圓。
江邊祭奠空祭奠，
一滴何曾到九泉。

孫尚香　（唱）【二六板】
説甚麽祭奠空祭奠，
一滴何曾到九泉。
昔日有個孟姜女，
萬里尋夫到江邊。
哭倒長城數百里，
至今留名萬古傳。
兒嫁皇叔娘主見，
兒到江邊要阻攔。
母后不讓兒祭奠，
何必當初配夫男？

     母后枉把彌陀念，
     往日賢來今不賢。
孫　　母　（唱）【散板】
     憑你比盡古今賢，
     要想祭奠難上難。
孫尚香　（唱）兒要祭奠便祭奠，
孫　　母　（唱）爲娘今日要阻攔。
孫尚香　（白）呀！
   （唱）母后不准兒祭奠，
   （白）罷！
   （唱）倒不如撞死在娘面前。
孫　　母　（唱）見嬌兒哭得肝腸斷，
     鐵石人聞也淚連。
孫　　母　（白）兒吓！既要江邊祭奠，須得爲娘同去。
孫尚香　（白）兒臣怎敢勞動母后，現有宮娥陪伴前去。
孫　　母　（白）如此早去早回。
孫尚香　（白）兒臣知道。母后請上，待兒拜別。
孫　　母　（白）兒吓！行甚拜別之禮？
孫尚香　（白）阿呀，母后吓！
   （唱）【散板】
     尚香女別淚珠連，
     尊聲母后聽兒言。
     雖然未離早合晚，
     人生須要禮爲先。
     兒願母后身康健，
     兒願母后福壽全。
     辭別母后出宮院，
  （四白御林軍、四太監兩邊上）
孫尚香　（白）咳！
   （唱）我母后怎解巧機關。
   （下）
孫　　母　（唱）【搖板】

　　　　　　嬌兒出言去祭奠，
　　　　　　怎解袖內巧機關。
　　　　　　將身且進養老院，
　　　　　　日落西山望兒還。
　　　（下）

校記

［１］嘆皇叔白帝城把駕來晏："晏"字，原本作"宴"。今改。下同。
［２］你與劉先主離別數載："離別"二字，原本作"拋棄"，不妥。今依文意改。
［３］弄假成真自嗟嘆："嗟嘆"二字，原本倒置作"嘆嗟"，失韻。今改。
［４］反言他人理不端："理"字，原本作"禮"，非是。今改。

第　三　場

孫尚香　（內白）擺駕！
　　　　　（四御林兩宮女引孫尚香上）
孫尚香　（唱）【二簧】
　　　　　　曾記當年來此境，
　　　　　　棒打的鴛鴦兩離分。
　　　　　　漢皇叔遭不幸龍歸海境，
　　　　　　倒叫我朝夕間忍淚傷心。
　　　　　　內侍臣擺御駕江邊路引，
　　　　　　清風一陣未亡人。
孫尚香　（白）將祭禮擺下。
衆　　　（白）有。
孫尚香　（白）兩廂退下。
　　　　　（衆應下）
孫尚香　（念）設祭長江岸，
　　　　　　　舉目望西川。
　　　　　　　夢魂何日見，
　　　　　　　皇叔空叫兩淚懸。
　　　　　（叫頭唱）【導板】

　　　　　孫尚香在江邊悲聲告稟，
　（唱）【回龍】
　　　　　尊一聲漢皇叔在天之靈。
　（唱）【反二簧】
　　　　　好夫妻惡姻緣悲聲不盡，
　　　　　半空中須見妾一點誠心。
　　　　　可嘆你大雄殿出身受困，
　　　　　可嘆你結桃園義共死生。
　　　　　可嘆你破黃巾功勞立穩，
　　　　　可嘆你虎牢關乃顯成名。
　　　　　可嘆你投河北袁紹記恨，
　　　　　可嘆你失散了徐州沛郡。
　　　　　可嘆你救孔融仁義忠心，
　　　　　可嘆你弟兄們相會古城。
　　　　　好容易得西川坐立未穩，
　　　　　又遇着討荊州二叔歸神。
　　　　　爲報仇戰猇亭逢遇陸遜，
　　　　　我的皇叔吓！
　　　　　失計謀被他人火焚連營。
　　　　　多虧了五虎將忠心耿耿，
　　　　　多虧了諸葛亮赤膽忠心。
　　　　　只哭得肝腸斷咽喉氣盡，
　　　　　半空中聽不見半點應聲[1]。
　　　　　看將來人在世猶如夢魂，
　　　　　必須要學一個萬古留名。
孫尚香　（白）呀！且住。想那皇叔已死，奴豈獨生，雖然在世，也是無益，不
　　　　　免拜謝母后養育之恩，以全名節，尋個自盡了罷！
　（唱）【搖板】
　　　　　江水滔滔波浪滾，
　　　　　拜別母后養育恩。
　　　　　尊聲皇叔你慢相等，
　　　　　我的皇叔吓！

　　　　　（哭掃一句）罷！
　　　　　（投江介）

校記

［１］半空中聽不見半點應聲："聽"字，原本作"憑"。今依文意改。

第　四　場

　　　　　（四水旗上，斜門下，龍王上）
龍　王　（白）【水龍引】今奉上帝敕旨，孫氏尚香，（原人引孫尚香上介）投江
　　　　　盡節，封爲梟姬娘娘，欽哉！謝恩。
孫尚香　（白）聖壽無疆，參見玉帝去者！
　　　　　（窩尾聲）
　　　　　（下）

天 水 關

無名氏 撰

解 題

　　京劇。清無名氏撰。清道光四年《慶昇平班戲目》著録,題"天水關"。《京劇劇目初探》著録,題"天水關",一名"收姜維",亦名"賢孝子"。《京劇劇目辭典》著録,題"天水關",又名"收姜維"、"初出祁山"、"取三郡"、"賢孝子"。三書均未署作者。劇寫孔明上表出師,兵伐中原。起兵之日,劉禪親至長亭餞别。天水關守將馬遵聞報韓德父子陣亡,大驚,命將免戰牌高掛。姜維見狀,請令出戰,與趙雲交鋒。趙雲力不能支,幸得關興救走。趙雲回大寨,向孔明訴説爲姜維所敗事。孔明愛姜維之才,乃授魏延秘計,又使馬岱、關興、張苞等誘姜維至鳳凰山,輪流交戰。魏延假扮姜維,請馬遵開城一同降漢。黑夜中馬遵不辨真假果然中計,大駡姜維。姜維殺敗馬岱回城,請馬遵開城。馬遵大怒,取箭射之,逼走姜維。姜維途見孔明,欲殺之,爲衆將所阻。孔明對姜維好言相勸,姜維又被衆將圍困,進退無路,乃降蜀漢。姜維欲回冀城看母,孔明告其母已有安排。本事出於《三國演義》第九十一、九十二、九十三回。此劇只寫孔明計收姜維事,略去趙雲斬五將、孔明智取三城情節。《三國志·蜀書·諸葛亮傳》與《姜維傳》及注引《魏略》均載有其事。版本今有國家圖書館藏《繪圖京都三慶班真正京調脚本》汪桂芬曲本、復旦大學圖書館藏《醉白集》本。今以汪桂芬曲本爲底本,參考其他本校點整理,擇善而從。

第 一 場[1]

（四監引"咦,咦",劉禪上）

劉　禪[2]　（念）【引】

鳳閣龍樓，
萬古千秋。

（念）（詩）

先王晏駕白帝城[3]，
滿朝文武不安寧。
多虧相父來扶助，
江山才得享太平。

劉　禪　（白）小王劉禪。登基以來，風調雨順，國泰民安。今當早朝，內侍！

監　　　（白）有。

劉　禪　（白）閃放龍門。

諸葛亮　（內白）領旨，閃放龍門。唔咳！

（上白）千千歲！

劉　禪　（白）賜坐。

諸葛亮　（白）謝坐。

劉　禪　（白）相父手捧何物？

諸葛亮　（白）臣有出師表章，吾主龍目御覽。

劉　禪　（白）相父操兵辛苦，這表章小王帶進宮去再看。

諸葛亮　（白）陛下！

（唱）【正二黃】

先帝爺白帝城龍歸海境，
傳口詔命老臣當掛在心。
命老臣保陛下江山重整，
教老臣把孫曹定要掃平。
臣上本並非是別的議論，
望我主准臣本臣要發兵。

劉　禪　（唱）老相父奏的是治國經綸，
一樁樁一件件孤王在心[4]。
你前番剿孟獲狼烟掃盡，
年邁人理應該樂享太平。
待小生在金殿傳下旨意，
文武臣擺酒宴長亭餞行[5]。

諸葛亮　（唱）食爵祿保王恩忠心秉正，

　　　　　　　臣怎敢勞我主長亭餞行。
劉　禪　（唱）內侍臣擺御駕後宮來進，
　　　　　　　今夜晚與相父共飲杯巡。
　　　（同下）

校記

［１］第一場：原本不分場。今依劇情分爲六場。
［２］劉禪：原本"小生"。今改。本劇出場人物，原本用扮演脚色，今均改用本人姓名。
［３］先王晏駕白帝城："白"字，原本誤作"北"。今依下文及《三國演義》改。
［４］一樁樁一件件孤王在心："樁樁"二字，原本音假作"莊莊"。今改。
［５］文武臣擺酒宴長亭餞行："餞"字，原本音假作"薦"。今改。下同。

第 二 場

　　　（魏延、馬岱、關興、張苞四將上）
魏　延　（念）三國英雄將，
馬　岱　（念）成名四海揚。
關　興　（念）丹心貫日月，
張　苞　（念）忠義保乾坤。
四　人　（各報名白）俺魏延、馬岱、關興、張苞。
趙　雲　（念）白鬚白髮似銀條，
　　　　　　　東戰孫吳北戰曹。
　　　（白）俺，趙雲。
衆　　　（白）老將軍請了！
趙　雲　（白）列位請了！主公發兵，兩廂侍候[1]。
　　　（劉禪上）
劉　禪　（唱）手挽手與相父長亭來進，
　　　　　　　衆將官一個個殺氣騰騰。
　　　　　　　看過了坐都旗香案設定，
　　　　　　　尊一聲衆神靈細聽分明。
　　　　　　　但願得此一去旗開得勝，

　　　　　　但願得此一去馬到功成。
　　　　　　叩罷頭來忙起身，
　　　　　　等候了得勝回再謝神靈。
　　　　　　內侍臣看過了皇封御酒，
　　　　　　願相父此一去馬到功成。
諸葛亮　（唱）我主爺賜臣酒臣不敢飲，
　　　　　　背轉身謝過了天地尊神。
劉　禪　（唱）四皇叔孤賜你得勝御酒[2]，
　　　　　　但願你此一去凱奏回程。
趙　雲　（唱）接過了我主爺皇封御酒，
　　　　　　背轉身謝過了天地尊神。
諸葛亮　（唱）我朝中有二臣忠心秉正，
　　　　　　蔣公琰費文偉兩大賢臣。
　　　　　　臣去後諸國事與他們議論，
　　　　　　宮中事朝中事臣不欺君，
　　　　　　君不瞞臣，以禮而行。
劉　禪　（唱）老相父言合語王心記謹，
　　　　（內擂鼓）
諸葛亮　（唱）臣擇定午時後就要發兵。
劉　禪　（唱）內侍臣擺駕後宮來進，
　　　　　　在宮中候相父早報信音。
　　　　（劉禪下）
諸葛亮　（唱）【導板[3]】
　　　　　　眾將官傳一令起鼓三通，
　　　　　　文武官齊免送炮響抬營。
　　　　（白）眾將官！
　眾　　（白）有。
諸葛亮　（白）兵出祁山。
　眾　　（白）哦。
　　　　（諸葛亮下）

校記

［1］兩廂伺候："候"字，原本筆誤作"侯"。今改。下同。
［2］四皇叔孤賜你得勝御酒："御"字，原本音假作"玉"。今改。
［3］唱導板："導"字，原本作"倒"。今改。下同。

第 三 場

（馬遵上）

馬　遵　（念）【引】
　　　　　　威鎮天水關，
　　　　　　　兒郎心膽寒。
　　　　（白）本帥馬遵。只因孔明帶領人馬要奪天水，也曾命人前去打探[1]，未見回報。

報　子　（白）報，韓德父子落馬。

馬　遵　（白）再探。免戰高懸。

姜　維　（內白）唔！

（姜維上）

姜　維　（唱）一顆明珠土內藏，
　　　　　　　幾載未曾放亮光。
　　　　（白）俺姓姜名維，字伯約，正在後帳觀看兵書，忽聽都督免戰高懸，待我進帳問過明白。咳！都督在上，末將大躬。

馬　遵　（白）將軍少禮，一傍坐下。

姜　維　（白）謝坐。

馬　遵　（白）將軍，無令進帳，有何軍事議論？

姜　維　（白）末將正在後帳歇息，忽聽都督免戰高懸，也不知所爲何事？

馬　遵　（白）只因韓德父子落馬，故而免戰高懸。

姜　維　（笑）哈哈哈！

馬　遵　（白）將軍，莫非笑某用兵不到？

姜　維　（白）非是笑都督用兵不到，是俺沒有都督將令。如有都督將令，生擒子龍，活捉趙雲進帳。

馬　遵　（白）你有此膽量？

姜　維　（白）有此膽量。

馬　遵　（白）姜維聽令！

姜　維　（白）在。

馬　遵　（白）命你帶領本部三千人馬，大戰趙雲，不得有誤。

　　　　（念）傳令山搖動，

姜　維　（念）接令鬼魂驚。

　　　　（白）三軍站立兩廂，聽我令下！

　衆　　（白）哦！

姜　維　（唱）【導板】

　　　　　　　衆三軍站兩廂休要囉嘈，

　衆　　（白）哦！

姜　維　（唱）【西皮】

　　　　　　　叫一聲衆三軍馬步英豪。
　　　　　　　劉玄德坐西川其心不小，
　　　　　　　全憑着五虎將建立功勞[2]。
　　　　　　　關美髯過五關誰人不曉，
　　　　　　　他三弟張翼德喝斷霸橋。
　　　　　　　西凉將馬孟起世間缺少，
　　　　　　　還有了老黃忠慣用大刀。

　　　　（唱）【滾板】

　　　　　　　此一班五虎將俱已喪了，
　　　　　　　只剩得趙子龍老邁年高。
　　　　　　　劉阿斗坐西川年輕幼少，
　　　　　　　有關興合張苞不算英豪。
　　　　　　　三軍與爺戰場到[3]。

　衆　　（白[4]）哦。

姜　維　（唱）捉孔明擒趙雲是在今朝。

趙　雲　（内唱）奉將令出營門要把賊剿，

　　　　（上唱）有誰人敢敵俺畫桿銀苗。

　　　　（姜維上）

姜　維　（唱）勒住戰馬用目瞧，

　　　　　　　陣上來了白髮英豪。

　　　　　　一霎時不由人火起焦燥，
　　　　（白）呔！
　　　　（唱）兩軍前通姓名好把戰交[5]。
趙　雲　（唱）爺本是五虎將誰人不曉，
　　　　　　叫小子通姓名好把戰交。
姜　維　（唱）你老爺姜維伯約是號，
　　　　　　擒老賊捉孔明就是今朝。
　　　　（殺介，關興救趙雲）
姜　維　（唱）正要擒拿趙子龍，
　　　　　　忽然轉出少年童。
　　　　　　手執大刀望下砍，
　　　　　　要賽過當年美髯公。
　　　　　　三軍打起得勝鼓，
　　　　　　都督臺前好立功。
衆　　　（白）哦！
　　　　（下）

校記

[1] 也曾命人前去打探："打探"二字，原本無。今依文意補。
[2] 全憑着五虎將建立功勞："功勞"二字，原本作"奇功"，失韻。今改。
[3] 三軍與爺戰場到："到"，原本作"道"，非是。今改。
[4] 衆白："白"字。原本作"唱"。今改。
[5] 兩軍前通姓名好把戰交："戰"字，原本作"令"。今改。

第 四 場

　　　　（諸葛亮上）
諸葛亮　（念[1]）帳中千員將，
　　　　　　軍士站兩旁。
趙　雲　（念）陣前失機事，
　　　　　　報與丞相知。
　　　　（白）參見丞相。

諸葛亮　（白）老將軍回來了？
趙　雲　（白）回來了。
諸葛亮　（白）勝負如何？
趙　雲　（白）頭一陣，槍挑韓德父子落馬；二陣，來一紅臉大漢，不是關興搭救，險遇不測。
諸葛亮　（白）兩軍陣前，可聞此人名姓？
趙　雲　（白）姓姜名維，字伯約。
諸葛亮　（白）姜維，山人未出祁山，早知此人是冀城一個孝子，有心收伏。老將軍！
趙　雲　（白）有。
諸葛亮　（白）你可暗差人，去到冀城取姜母，就説姜維降漢。
趙　雲　（白）得令。
諸葛亮　（白）來！
手　下　（白）有。
諸葛亮　（白）傳衆將進帳！
手　下　（白）傳衆將進帳！
魏　延　（念）大將生來膽氣豪，
馬　岱　（念）千軍萬馬不辭勞。
關　興　（念）太平得勝回朝日，
張　苞　（念）丹陛承恩解戰袍。
　衆　　（同白）丞相在上，末將等參見。
諸葛亮　（白）立站兩旁，且聽山人令下。
　　　　（唱）【導板】[2]
　　　　　　一枝將令往下傳，
　　　　（唱）【流水板】
　　　　　　征北將軍是魏延。
　　　　　　自從長沙來降漢，
　　　　　　跟隨山人二十有餘年。
　　　　　　東西征南北戰，
　　　　　　才得下五營四哨都督先行官。
　　　　　　今日戰比不得往日戰，
　　　　　　比不得當年打戰在渭南。

　　　　　　黃昏後用戰飯，
　　　　　　要發兵須在三更天。
　　　　　　前面有座高峰險，
　　　　　　後面有塊好平川。
　　　　　　東南角水一片[3]，
　　　　　　一邊山一邊水，
　　　　　　必須要近山靠水紮營盤。
　　　　　　假扮姜維去罵關，
　　　　　　口口聲聲出反言。
　　　　　　你說姜維降了漢，
　　　　　　暗地裏奪取天水關。
魏　延　（白）得令。
　　　　（唱）丞相將令往下傳，
　　　　　　假扮姜維去罵關。
諸葛亮　（唱）回頭再把馬岱喚，
　　　　　　山人言來聽根源。
　　　　　　曾記曹操心改變，
　　　　　　他殺你父結仇怨。
　　　　　　你兄一路造了反，
　　　　　　連夜殺出葭萌關。
　　　　　　我賜你三千人和馬，
　　　　　　又有藤甲兵一千。
　　　　　　二馬連環來交戰，
　　　　　　你必須虛心假意戰一番。
　　　　　　一戰敗，二戰敗，
　　　　　　人馬紮住鳳凰山。
馬　岱　（白）得令。
　　　　（唱）丞相將令往下傳，
　　　　　　大戰姜維鳳凰山。
諸葛亮　（唱）龍虎二將一聲喚，
　　　　　　細聽山人說根源。
　　　　　　你父本是虎頭將，

曾下江南逞威嚴。
子頂父職王爵顯，
自古道英雄出少年。
山人派你五千人馬兵和將，
又有藤甲兵一千。
五營人馬你挑選，
埋伏祁山路中間。
倘若姜維來交戰，
那姜維必定英雄逞少年。
你二人扣住連環甲馬來交戰[4]，
休要放過鳳凰山。
當聽得號炮一起，
戰鼓鏊的嚨鏊嚨連聲響[5]，
管叫那姜維落馬前。

關　興
張　苞　（同白）得令。

關　興　（唱）丞相傳令不怠慢，

張　苞　（唱[6]）人馬引到鳳凰山。

諸葛亮　（唱）人來看過四輪輦，
　　　　　一戰成功掃蕩中原。

衆　　（白）哦！

校記

[1] 諸葛亮念："念"字，原本作"唱"。今改。

[2] 唱導板："唱"字，原本漏。今補。

[3] 東南角水一片："片"字，原本作"遍"。今改。

[4] 你二人扣住連環甲馬來交戰："扣"字，原本作"和"。今依文意改。

[5] 戰鼓鏊的嚨鏊嚨連聲響：此句原本作"戰鼓鏊響排站鏊嚨鏊連聲響"，意不明。今從上海圖書館藏"三慶班"《天水關》本改。

[6] 張苞唱："唱"字，原本作"白"。今改。

第 五 場

（馬遵上[1]）

馬　遵　（念）轅門戰鼓響，
　　　　　　　兒郎心膽寒。

報　子　（白[2]）姜維降漢。

馬　遵　（白）再探。吓，不好了！
　　　　（唱）聽説姜維把漢降，
　　　　　　　不由怒氣滿胸膛。
　　　　　　　掌燈忙把城樓上，
　　　　　　　火炮連天排戰場。

（魏延上）

魏　延　（唱）站立城下高聲嚷，
　　　　　　　都督開關把漢降。

馬　遵　（白）呔！
　　　　（唱）問聲將軍是哪個？
　　　　　　　爲何勸我把漢降？

馬　遵　（白）對着賊子高聲罵，（姜維上，魏延下）
　　　　　　　呔！又是何人排戰場。

姜　維　（唱）正好擒拿子龍將，
　　　　　　　都督開關決商量。

馬　遵　（唱）對準賊子把箭放，
　　　　（下）

姜　維　（唱）不擒諸葛難洗忠腸。
　　　　（下[3]）

校記

[1] 馬遵上："上"字，原本作"生"，誤。今改。

[2] 報白："報"字，原本筆誤作"操"。今改。

[3] 下：原本無。今依文意補。

第 六 場

（諸葛亮上[1]）

諸葛亮　（唱）【搖板】
　　　　　　　四面安排天羅網，
　　　　　　　姜維小兒無躲藏。
　　　　　　　四輪車搭至在高岡上，
　　　　　　　準備弓弩射虎狼。
姜　維　（唱）四面都是英雄將，
　　　　　　　倒把豪傑困中央。
　　　　　　　想必他是諸葛亮，
　　　　　　　不由豪傑怒滿腔。
　　　　　　　手持長槍朝上刺，
諸葛亮　（唱）膽大姜維休逞强。
　　　　　　　你要保保那真明主，
　　　　　　　你為何扶保那篡位王。
魏　延　（唱）我勸姜維把漢降，
馬　岱　（唱）你好似蛟龍困長江。
關　興　（唱）你好似虎落平陽地，
張　苞　（唱）看你歸降不歸降。
姜　維　（唱）四面都是兵和將，
　　　　　　　一人怎把衆人擋。
　　　　（白）罷罷罷，
　　　　（唱）下馬來跪下，
　　　　　　　含羞帶愧跪道旁。
衆　　　（白）姜維降漢。
諸葛亮　（唱）【導板】
　　　　　　　陰陽八卦如反掌，
　　　　（笑介）吓，呵哈哈哈！
　　　　（唱）【西皮】
　　　　　　　他一旁含羞跌跪在道旁。

	我不愛將軍韜略廣，
	可算你是一個賢孝兒郎。
姜　維	（唱）久聞丞相韜略廣，
	早有此心來投降。
	望丞相開恩將我放，
諸葛亮	（白）去哪裏？
姜　維	（唱）冀城縣還有那兒的老萱堂。
諸葛亮	（唱）我早安排令堂母，
姜　維	（白）謝丞相。
諸葛亮	（唱）將軍不必掛念心旁。
	一出祁山收此將，
	可算得軍中大吉祥。
	怕只怕五丈原秋風降，
	又只怕我事不安康。
	將軍請上四輪輦，
姜　維	（唱）姜維跪在大路旁。
諸葛亮	（白）將軍請起。
	（唱）【慢流水板】
	將軍不必跪道旁，
	細聽山人輸贏勝敗說其詳。
	先帝爺當年把業創，
	他也曾三請茅廬臥龍岡。
	元帥印付與我諸葛亮，
	他叫我重整漢錦家邦。
	帳中全憑五虎將，
	東蕩西殺全憑關張趙馬黃。
	曹孟德領兵數十萬，
	要把江東踏平陽。
	文官聽了魂膽喪，
	武官一見着了忙。
	孫權小兒心膽戰，
	帶領他一班文武大小將士齊來降。

魯肅駕舟夏口探,
來與山人細商量。
那時還有我諸葛亮,
我豈肯袖手旁觀在一旁。
我同魯肅江東往,
我看那周郎年紀幼小做事狂。
我也曾駕坐小舟曹營闖,
滿天大霧在長江。
曹操聞聽着了忙,
開弓要把雕翎放。
十萬狼牙箭在我船艙。
我也曾祭過東風從天降,
我也曾火燒戰船在長江。
一班兒郎火燒死,
一半兒郎付與汪洋。
一半死,一半散,
死死散散,一個一個,
付與在長江。
曹操帶領人馬逃華容,
二千歲開恩把賊放。
三千歲把守蘆花蕩,
三氣周瑜在柴桑。
都這是千年一戰場,
才保我主坐定漢中王。
三軍擺宴中軍帳,
我與將軍有大事商量。

校記

[1] 諸葛亮上:"上",原本此字前有一"下"字。今删。

罵王朗

汪笑儂 撰

解題

　　京劇。汪笑儂改編。陶君起《京劇劇目初探》及《京劇劇目辭典》著録。劇寫三國末，魏蜀會兵于祁山。陣前，魏司徒王朗欲以封侯之位説降蜀丞相諸葛亮，不料反遭諸葛亮一陣痛罵，王朗氣滿胸膛，墜馬而死。本事出於《三國演義》第九十三回。今有《戲考》本及以此本整理的《中國京劇戲考》本、《京劇彙編》本、《汪笑儂戲曲集》本。今依《汪笑儂戲曲集》本爲底本，參閱其他本校勘整理。按該劇清末汪笑儂、譚鑫培均曾演出。

第 一 場

（四龍套、四大鎧、諸葛亮上）

諸葛亮　（唱）【二簧慢板】

　　　　嘆先皇白帝城龍歸天上，
　　　　託孤與諸葛亮扶保朝綱；
　　　　尊聖命與魏兵連打數仗，
　　　　夏侯楙無名輩奔走西羌。
　　　　取天水多虧了子龍老將，
　　　　幸喜得姜伯約前來投降。
　　　　我看他用兵法孫武一樣，
　　　　將我這兵機戰策傳授他參詳。
　　　　悶懨懨坐至在中軍寶帳，

（轉唱）【二簧搖板】[1]

　　　　等候那衆將歸再做商量。

（馬岱、高翔、關興、張苞四將上）

眾　將　（白）參見丞相！

諸葛亮　（白）罷了！命你等打探魏兵之事如何？

眾　將　（白）啓丞相！今有曹睿，命曹真爲大元帥，郭淮爲副元帥，司徒王朗爲軍師，帶領二十萬雄兵，前來征戰，已在渭河之西，紮了營寨，特地前來稟報。

諸葛亮　（白）想那曹真、郭淮，雖然帶兵多年，也不足慮，那王朗老兒擅敢逞能，深爲可笑！明日以兵禦之，諒無妨礙也！

（旗牌上）

旗　牌　（念）奉了元帥命，
　　　　　　　下書到蜀營。
　　　　（白）營中哪位在？

馬　岱　（白）甚麼人？

旗　牌　（白）奉曹元帥之命，前來下戰書。

馬　岱　（白）候着！啓丞相，魏營差人前來下書。

諸葛亮　（白）傳！

馬　岱　（白）傳你進帳，要小心了！

旗　牌　（白）是。叩見丞相！

諸葛亮　（白）你奉何人所差？

旗　牌　（白）奉曹元帥所差，有書呈上。

諸葛亮　（白）呈上來。（排子）原來如此！你道我修書不及，照書行事。

旗　牌　（白）遵命。（下）

眾　將　（白）魏營中有書前來，不知所爲何事？

諸葛亮　（白）那王朗老兒，明日要在陣前，與我答話。那老兒頗有口才，明日我當隨機應之。馬岱、高翔聽令！

馬　岱
高　翔　（同白）在。

諸葛亮　（白）命你二人，各帶三千人馬，在祁山左右紮營，不得有誤！

馬　岱
高　翔　（同白）得令。

（馬岱、高翔下）

諸葛亮　（白）關興、張苞聽令！

關　興
張　苞　（同白）在。

諸葛亮　（白）你二人明日隨同老夫出陣，督率三軍，不得有誤！

關　興
張　苞　（同白）得令！

（關興、張苞下）

諸葛亮　（唱）【西皮搖板】

奉聖命統大兵山搖地震，

來至在祁山口紮下大營。

明日裏與魏兵山前會陣，

會一會老王朗再退曹真。

（諸葛亮與眾人同下）

校記

[1]二簧搖板："二簧"二字，原本無。今承上補。

第　二　場

（四龍套、二將、王朗、郭淮、曹真上）

曹　真　（念）【引】

奉命西征，

王　朗　（接念）【引】

仗智謀，

郭　淮　（接念）【引】

大戰蜀兵。

曹　真　（白）軍師、將軍請坐！

王　朗
郭　淮　（同白）有座！

（旗牌上）

旗　牌　（白）叩見元帥！

曹　真　（白）命你下書，那諸葛亮怎樣回答？

旗　牌　（白）那諸葛亮言道：修書不及，照書行事。

曹　真　（白）呀，軍師！明日與蜀兵交戰，必須定計而行，方可取勝。
王　朗　（白）元帥！明日出兵，務要嚴整隊伍，大展旌旗，只用老夫一席言語，順說孔明，管叫他不戰而自降也！
曹　真　（白）如此就命郭將軍點動人馬，旌旗務要鮮明，軍士俱要強壯，刀槍明亮，鼓角整齊，五更造飯，天明起兵，不得有誤！
郭　淮　（白）得令！
　　　　（郭淮下）
曹　真　（唱）【西皮搖板[1]】
　　　　　　心中惱恨諸葛亮！
王　朗　（接唱）縱有機謀也無妨。
曹　真　（接唱）明日陣前來較量，
王　朗　（接唱）管叫他馬前來歸降。
　　　　（曹真、王朗同衆下[2]）

校記

[1] 唱西皮搖板："西皮"二字，原本無。今依《中國京劇戲考》本補。下同。
[2] 曹真王朗同衆下："同衆"二字，原本無。今依前文上場人物提示補。

第　三　場

（四龍套、四上手、馬岱、高翔上）

馬　岱
高　翔　（同白）俺——
馬　岱　（白）馬岱。
高　翔　（白）高翔。
馬　岱　（白）請了！吾奉丞相將令，在祁山左右，紮下營寨，準備運轉劫殺曹兵[1]，就此前往。
高　翔　（白）請！
　　　　（馬岱、高翔同下）

校記

[1] 準備運轉劫殺曹兵："運轉"二字，原本無。今依《中國京劇戲考》本補。

第 四 場

（四龍套、四下手、郭淮、曹真、王朗上）
（四龍套、四下手、關興、張苞、諸葛亮上）
（兩軍對陣）

諸葛亮　（白）關興聽令！

關　興　（白）在。

諸葛亮　（白）你去至陣前，就説漢丞相請司徒陣前答話。

關　興　（白）得令！曹營中將士聽者！漢丞相請司徒陣前答話。

王　朗　（白）老夫來也。呀！來者敢是卧龍先生嗎？

諸葛亮　（白）然也。陣前來者，莫非就是王司徒？

王　朗　（白）豈敢！久聞先生抱經世之才，隱居隆中，躬耕南陽，淡泊明志，自比管仲、樂毅。既然出山，就該扶保明主，爲何扶助劉備，豈非背天道而逆人情哉？

諸葛亮　（白）想吾昭烈皇帝，乃大漢中山靖王之後，孝景皇帝閣下玄孫，統領義師，掃蕩海內，安漢興劉，匡扶漢世，正合天道而順人情，豈同那曹丕簒逆之賊哉！

王　朗　（白）蓋天地有變，神器易更，而歸有德之人，此自然之理。漢室數盡，黃巾擾亂，天下爭鋒，董卓叛逆，催、氾行凶，袁術稱帝于壽春，袁紹稱雄於鄴土，劉表占據荊州，呂布虎吞徐郡，社稷傾覆[1]，生靈塗炭。我太祖武皇帝，掃清四海，平定八方，並非以權勢所取，實天命所歸也。世祖文帝，聖神文武，以承大統，法唐堯禪位虞舜之道，以治天下，豈非天心人意。古人有云："順天者昌，逆天者亡。"先生幸勿逆天行事，枉費辛勞，倘若馬前歸順吾主，定不失封侯之位。

諸葛亮　（白）呵哈哈哈！吾道你是漢朝大老元臣，必有高論，不料你竟是一派胡言，令人好笑也！

（唱）【西皮二六[2]】
　　　　王朗你本是漢老臣，
　　　　食君之禄當報國恩。
　　　　匡扶漢世你全不論，

　　　　興劉安漢心無毫分。
　　　　助桀爲虐篡了漢鼎，
　　　　甘心願爲諂媚臣。
　　　　今敢在馬前胡亂論，
　　　　細聽老夫説分明。
（白）老夫今有一言，要説與諸君衆將聽道：昔日桓、靈之世，漢統凌替，十常侍作亂于宮中，黃巾賊擾亂于邊內，董卓、催、汜，相繼而起，劫奪聖駕，殘害生民，國亂歲凶，蒼生塗炭。以致狼心狗肺之徒，皆食祿於廟堂；奴顏婢膝之輩，均垂紳於殿閣。幸皇天不絕漢嗣，昭烈皇帝，親承漢統，踐位西川。吾今奉幼主之命，興師前來討賊。你既爲叛逆之臣，就該藏頭縮首，怎麼你還敢在這行伍之前，講甚麼天數！我把你這皓首匹夫，蒼髯老賊，罪孽深重，惡貫滿盈，神鬼之所共怒，天地之所不容；有道是亂臣賊子，人人得而誅之，天下之人，恨不得食爾之肉也！
（唱）【西皮搖板】
　　　　罪惡滔天人人恨，
　　　　我活活罵死你老讒臣！

王　朗（接唱）
　　　　一席話罵得我無言可論，
　　　　氣滿胸膛喪殘生。
（王朗落馬而死，衆人抬下。曹真、郭淮原人同下）

關　興（白）王朗落馬而死，曹兵退去！

諸葛亮（白）曹真雖然兵退，豈能甘心，今晚定要偷營劫寨，衆將暫且回營去者！
（唱）老夫奉命出西秦，
　　　　胸抱雄才敵萬人，
　　　　王朗陣前已喪命，
　　　　安排人馬破曹真。
（衆人同下）

校記

[1] 社稷傾覆:"覆"字,原本音假作"復"。今改。
[2] 西皮二六:"西皮"二字,原本無。今依《中國京劇戲考》本補。

失　街　亭

無名氏　撰

解　題

　　京劇。清無名氏撰。清道光四年《慶昇平班戲目》著録,題"戰街亭"。《京劇劇目初探》、《京劇劇目辭典》著録,均題"失街亭"。均未署作者。劇寫諸葛亮聞魏主又起用司馬懿率軍拒蜀,料其必取街亭,決定派將駐守。參軍馬謖請令,願立軍令狀。諸葛亮應准,再三叮囑,街亭是咽喉要地,要小心嚴守,並令王平爲其副將。馬謖剛愎自用,生搬兵法,違背諸葛亮指示,拒絶王平勸阻,紮營山頂。魏軍將山包圍,斷絶糧道,放火燒山。魏延冒死來救,方把馬謖救出重圍,街亭失守。本事出於《三國演義》第九十五回。《三國志·蜀書·諸葛亮傳》載有其事。版本今見《繪圖京都三慶班真正京調全集》本、《京調戲書》孫春恒藏本、《戲考》本。今以"三慶班"本爲底本,參考其他本進行校點整理。

第　一　場[1]

　　（旗牌隨諸葛亮二引[2]）

諸葛亮　（念）【引】

　　　　秉盡忠心,
　　　　扶保乾坤。

諸葛亮　（念）令下如天震,
　　　　車行似天摇。
　　　　機謀貫牛斗,
　　　　征賊立功勞。

　　（白）山人諸葛亮,曾受先帝託孤之重,因此竭盡平生之志,征伐蠻夷，南和孫權，北拒曹操。今領大兵，紮住祁山。可恨司馬懿掛帥，張郃為先鋒，兵紮箕谷。李嚴不能抵敵，也曾命人探聽，未見回報。

（探子上）

探　　子　（念）兩國干戈動，

　　　　　　　四路探軍機。

　　　　　（白）丞相在上，探子叩見。

諸葛亮　（白）打探軍情如何？

探　　子　（白）魏兵紮住郿城，好不威風人也！

　　　　　（排山）

諸葛亮　（白）賞你銀牌一面，再去探聽！

探　　子　（白）得令。

諸葛亮　（白）適才探子報道[3]，魏兵紮住郿城，有圖街亭之意。中軍！

中　　軍　（白）有。

諸葛亮　（白）傳趙、魏、馬、王進帳！

中　　軍　（白）丞相令下，傳四位將軍進帳！

　　　　　（魏延、馬謖、趙雲、王平同上）

魏　　延　（念）英雄膽略志氣衝，

馬　　謖　（念）六韜三略在胸中。

趙　　雲　（念）雖然虎瘦雄還在，

王　　平　（念）兩軍陣上建奇功。

魏　　延　（白）某魏延。

馬　　謖　（白）某馬謖。

趙　　雲　（白）某趙雲。

王　　平　（白）某王平。

眾　　　　（同白）丞相在上，末將等參見。

諸葛亮　（白）列位將軍少禮，一同坐下。

眾　　　　（同白）謝坐。召末將等進帳，有何令下？

諸葛亮　（白）今有司馬懿總督軍馬，紮住郿城，必有吞圖街亭之意。欲要商議諸位將軍，前去對敵。

眾　　　　（同白）末將等分內之事。

馬　　謖　（白）且慢。末將自隨丞相，未曾行兵，街亭乃毫末之地，卑末願領

　　　　　　人馬前去對敵。
諸葛亮　（白）馬將軍休出此言，街亭雖小干係甚大，不可造次。
馬　謖　（白）丞相何得輕視不才！不才也曾獻過平南之計。今日緣何不容
　　　　　　卑末立功？
諸葛亮　（白）非是山人不用你去，奈何司馬懿非等閒之才，更兼張郃力敵萬
　　　　　　人，休得輕視。
馬　謖　（白）丞相休長他人志氣，滅却自己的威風，卑末此番前去，倘有疏
　　　　　　失，願將全家俱納！
諸葛亮　（白）軍中無戲言！
馬　謖　（白）甘受軍令！
諸葛亮　（白）不可後悔！
馬　謖　（白）何悔之有？
諸葛亮　（白）列位將軍，站帳聽令！
衆　　　（白）得令！
諸葛亮　（白）馬將軍不可戲言自誤！
馬　謖　（白）何必多言，伸過掌來！
諸葛亮　（白）如此請！
　　　　（介）
諸葛亮　（唱）軍令雖吒天壓下，
　　　　　　　休把威風藐視他。
　　　　　　　無故草裏尋蛇行，
　　　　　　　猛虎口裏去扳牙。
　　　　　　　將軍忙把話文寫，
　　　　　　　傳論合營齊花押。
馬　謖　（白）請！
　　　　（唱）丞相說的欺心話，
　　　　　　　長人志氣滅自家。
　　　　　　　提羊毫忙把軍令寫，
　　　　　　　筆掃珠璣走龍蛇。
　　　　　　　此去街亭敗軍馬，
　　　　　　　願將闔家正軍法。
　　　　　　　將帳賭文寫完罷，

　　　　　　　有請丞相看根芽。
諸葛亮　（唱）接過軍令心暗想，
　　　　　　　當中平原計可誇。
　　　　（白）將軍！
馬　謖　（白）丞相！
諸葛亮　（唱）兵權重任付你掛，
　　　　　　　必須勤王保中華。
馬　謖　（白）願效犬馬之勞。
諸葛亮　（唱[4]）請退帳房去披掛，
　　　　　　　山人傳令把兵發。
馬　謖　（唱）全仗丞相調人馬，
　　　　　　　兩軍陣前把賊拿。
諸葛亮　（唱）一見馬謖退帳下，
　　　　　　　耀武揚威自逞誇。
　　　　　　　街亭之地非戲耍，
　　　　　　　諒他此去有安紮。
　　　　　　　我這裏且把令傳下[5]，
　　　　　　　喚王平進帳把話答。
旗　牌　（白）傳王平進帳！
　　　　（王平上）
王　平　（唱）忽聽軍令來傳下，
　　　　　　　忙進寶帳聽發差。
　　　　（白）有何令下？
諸葛亮　（唱）馬謖營中口誇下，
　　　　　　　要到街亭把兵紮。
　　　　　　　命你帶哨人和馬，
　　　　　　　必須小心扶持他。
王　平　（白）得令！
　　　　（唱）軍中傳令如山倒，
　　　　　　　獨力生擒海底鰲。
諸葛亮　（唱）王平接令他去了，
　　　　　　　再傳魏延聽根苗。

（魏延上）

魏　延　（唱）戰鼓不住鼕鼕響，
　　　　　　　準備人馬把戰投。
　　　　（白）有何令下？
諸葛亮　（唱）司馬懿兵紮郿城道，
　　　　　　　參軍領兵逞英豪。
　　　　　　　賜你人馬巡營哨，
　　　　　　　協力同心立功勞。
魏　延　（白）得令！
　　　　（唱）丞相令下無敢拗，
　　　　　　　兩軍陣上對槍刀。
諸葛亮　（唱）魏延接令也去了，
　　　　　　　再傳趙雲保城壕。
趙　雲　（唱）紫杏黃旗無風飄，
　　　　　　　難免陣前苦勤勞。
　　　　（白）有何令下？
諸葛亮　（唱）馬謖領兵街亭到[6]，
　　　　　　　一心要想立功勞。
　　　　　　　保護三城任非小，
　　　　　　　全仗將軍膽氣豪。
趙　雲　（白）得令！
　　　　（唱）手捧令箭面帶笑，
　　　　　　　威風凜凜衝雲霄。
諸葛亮　（唱）四路奇兵安排了，
　　　　　　　再傳衆將立功勞。
卒　　　（白）傳衆將進帳！
　　　　（衆上）
衆　　　（白）丞相有何令下？
諸葛亮　（白）站立兩旁，聽我號令。
　　　　（衆將站）
諸葛亮　（唱）諸葛亮站中軍一聲吼叫，
　　　　　　　調動了合營中公侯伯王。

|||此一番興人馬龍爭虎斗，
|||必須要秉忠心報效炎劉。
|||馬將軍他雖然機謀深有，
|||全憑着大小將狠立同謀。
|||切不可輕視那窄道小口，
|||那街亭是我國進退咽喉。
|||必須要暗地裏兵紮總口，
|||休得要令敵人暗把營偷。
|||倘若是得勝回凱歌早奏，
|||凌烟閣標名姓萬古傳流。

眾　　（白）得令！
　　　　（馬謖上）
馬　謖　（唱）聽號炮響一聲人聲馬吼，
　　　　　　　刀槍戟亮鬼神愁。
　　　　　　　適纔帳內打賭後，
　　　　　　　耀武揚威統貔貅。
　　　　　　　邁開虎步進帳口，
　　　　　　　丞相臺前把令投。
諸葛亮　（唱）兵權重任付你手，
　　　　　　　將軍仔細用機謀。
　　　　　　　酒來！山人手捧酒一斗，
　　　　　　　尊聲將軍聽根由。
　　　　　　　此去街亭龍虎鬥，
　　　　　　　賞功罰罪莫遲留。
　　　　　　　原你早把凱歌奏，
　　　　　　　那時威名揚九州。
馬　謖　（白）多謝丞相。
　　　　（唱）感蒙丞相賜某酒，
　　　　　　　對着蒼天謝龍樓。
　　　　　　　曾受先帝恩高厚，
　　　　　　　知遇之恩未曾酬。
　　　　　　　非是卑末誇大口，

|||此去一定把賊收。
|||辭別丞相發兵走，
|||一馬踏破浪裏舟。
諸葛亮|(唱)|馬謖出營威風抖，
|||不由山人心內愁。
|||但願此去功早奏，
|||回朝自然封王侯。
||(白)掩門。
||(下)|

校記

［１］第一場：原本不分場。今依劇情分爲九場。
［２］旗牌隨諸葛亮二引：原本作"雜領外二引"。今改。本劇原本出場人物用扮演脚色，今均改用姓名。
［３］適才探子報道："才"字，原本作"在"。今改。下同。
［４］外唱："唱"，原本作"白"。今依文意改。
［５］我這裏且把令傳："這"字，原本作"只"。今改。下同。
［６］馬謖領兵街亭到："到"字，原本作"道"。今依文意改。

第　二　場

　　　　(手下上)哦！
張　郃　(念)鼎盔鐵甲皂雕旂[1]，
　　　　竹節鋼鞭逞雄威。
　　　　保定我主山河社，
　　　　平盡吳蜀一統基。
　　　　(白)俺張郃，奉了元帥之令，與蜀兵攻打。衆將！
手　下　(白)有。
張　郃　(白)殺上前去！
手　下　(白)哦哦哦！
　　　　(排子，王平上，殺)(探白"魏將敗走")
王　平　(白)鳴金收兵。

（下）

校記

［１］鼎盔鐵甲皂雕旂："雕"字，原本作"凋"。今改。

第 三 場

（司馬懿上）

司馬懿　（念）兩鬢白髮似雪霜[1]，
　　　　　　　胸藏韜略保朝綱。
　　　　（白）老夫司馬懿。奉了魏王旨意，帶領人馬[2]，攻打街亭。也曾命
　　　　　　　張郃攻打頭陣，未見回營交令。

（張郃上）

張　郃　（念）蜀將賊氣勝，
　　　　　　　兵敗愧無顏。
　　　　（白）末將交令！

司馬懿　（白）勝負如何？

張　郃　（白）敗回。特來請罪！

司馬懿　（白）勝敗乃兵家常事，後帳歇息。

張　郃　（白）得令。

司馬懿　（白）誰想蜀營人馬雄壯，更兼馬謖用謀，但不知紮營如何？待本帥
　　　　　　　前去探看。掩門。

（同下）

校記

［１］兩鬢白髮似雪霜："雪"字，原本無。今依文意和下句七字句式補。
［２］帶領人馬："帶"字，原本作"代"。今改。下同。

第 四 場

（手下引馬謖上）

馬　謖　（念）秉心愛讀孫吳經，

統領人馬鎮街亭。

（白）本帥馬謖，帶領人馬征伐司馬懿，命王平前去對敵，未見回營交令。

（王平上）

王　平　（念）奮勇打一陣，
　　　　　　　前來報頭功。

　　　　（白）王平交令！

馬　謖　（白）勝負如何？

王　平　（白）戰敗魏將。

馬　謖　（白）如此分兵追殺！

王　平　（白）且慢。如此須要探地安營方好。

馬　謖　（白）前面有山，四面俱不相連，就可以下寨。

王　平　（白[1]）前山紮營，乃四面受敵之地。依末將之見，五路總口紮營，令敵人不敢輕視。

馬　謖　（白）真是女人見識。兵書云憑高視下，勢如破竹。若魏兵來，殺他片甲不回。

王　平　（白）我觀此山乃絕地也。若敵人斷了糧道，不戰自亂矣！

馬　謖　（白）孫子云：置之死地而後生，一可當百也！

王　平　（白）參軍強要山上下寨，可分兵與我，自往山西下一小寨，以為救應。

馬　謖　（白）汝不聽我言，可分兵五千，自去下寨去罷！

王　平　（白）得令！

　　　　（唱）參軍不聽吾言語，
　　　　　　　猶恐臨事有禍災。（下）

馬　謖　（唱）可笑王平見識淺，
　　　　　　　怎知某家能扭天。

　　　　（白）就此安營。呵呵呵！（下）

校記

［1］白："白"字，原本作"上"。今改。

第 五 場

（司馬懿上）

司馬懿　（唱）老夫金殿領軍陣，
　　　　　　　統領人馬破街亭。
　　　　　　　漢室天下三分鼎，
　　　　　　　英雄並出爭乾坤。
　　　　　　　西蜀人馬行仁政，
　　　　　　　全憑神機妙算人。
　　　　　　　東吳孫權坐九郡，
　　　　　　　白衣渡江呂蒙能。
　　　　　　　魏王久把中原定，
　　　　　　　累次興兵不安寧。
　　　　　　　慢步且上高山嶺，
　　　　　　　睜開虎目看分明。
　　　　　　　四面烟起如火焚，
　　　　　　　只見高山紮大營。
　　　　　（白）小校！
旗　牌　（白）有。
司馬懿　（白）那旁是甚麼城池？
旗　牌　（白）左是列柳城，右是陽平關，馬岱把守。
司馬懿　（白）列柳何人把守？
旗　牌　（白）是李嚴把守。
司馬懿　（白）萬山一座大營，可是馬謖營盤？
旗　牌　（白）正是。
司馬懿　（白）吓！
　　　　（唱）人人說道孔明穩，
　　　　　　　誰知今日用錯人。
　　　　　　　青龍擺尾有傷損，
　　　　　　　白虎搖頭怎能生？
　　　　　　　我這裏興兵心用盡，

　　　　　　　指日之間破街亭。
　　　　　　　叫小校引路下山嶺，
　　　　　　　回轉大營把令行。
　　　　　　（白）傳張郃進帳！
旗　牌　（白）有請張先鋒！
　　　　　（張郃上）
張　郃　（念）朝中天子命，
　　　　　　　朝外將軍令。
　　　　　　（白）末將參見元帥！
司馬懿　（白）命你帶領本部人馬，紮營街亭左道，如進兵可取馬謖營寨，不
　　　　　　　得有誤！
張　郃　（白）得令。（下）
司馬懿　（白）傳司馬昭進帳！
　　　　　（司馬昭上）
司馬昭　（念）營門戰鼓響，
　　　　　　　披掛聽令行。
　　　　　　（白）參見元帥！
司馬懿　（白）命你帶領本部人馬，紮住街亭右道，阻當蜀人糧草回營，同取
　　　　　　　列柳城[1]。本帥自統領三軍接應。不可違令！
司馬昭　（白）得令。（下）
司馬懿　（白）人馬調撥停當，待本帥親自觀陣。掩門。
　　　　　　（下）

校記

[１]同取列柳城："柳"字，原本漏。今補。

第　六　場

　　　　　（魏延、趙雲同上）
魏　延　（念）豪傑志氣高，
趙　雲　（念）忠心保劉朝。
魏　延　（白）俺魏延。

趙　雲　（白）俺趙雲。
　　　　（同白）奉了軍師將令，往街亭救應。衆將！
旗　排　（白）有。
　　　　（同白）奮勇殺上！
　　　　（同下）

第七場

（馬謖上）

馬　謖　（唱）耳旁聽得號炮響，
　　　　　　　忙登敵樓看端詳。
　　　　　　　龍爭虎鬥英雄將，
　　　　　　　兩國對敵逞豪強。
　　　　（殺介、追下）
馬　謖　（白）吓！
　　　　（唱）我國兵敗山崗上，
　　　　　　　張郃得勝似虎狼。
　　　　　　　陣上又來二員將，
　　　　　　　衝鋒對壘更外強。
　　　　（殺敗介）
馬　謖　（白）吓！
　　　　（唱）一個弱來一人強，
　　　　　　　好似猛虎奔山崗。
　　　　　　　邁步急忙歸寶帳，
　　　　　　　謹守街亭要提防。
　　　　（下）

第八場

（司馬懿上）

司馬懿　（白）老夫司馬懿，觀看街亭，旌旗不整，想必我兵得勝。因此老夫
　　　　　　帶領人馬，抵關外追襲。衆將！

旗　　牌	（白）有。
司馬懿	（白）奮勇殺上前去！
	（殺介）
旗　　牌	（白）蜀將逃陣。
司馬懿	（白）兵發街亭！
旗　　牌	（白）哦！（排子）來此街亭。
司馬懿	（白）將山團團圍住！
旗　　牌	（白）得令！
	（王平分上）
王　　平	（白）俺王平，只因參軍不聽吾言，因此分兵另紮營盤。今見街亭火起，想必有失，不免領兵前去救應。眾將！
旗　　牌	（白）有！
王　　平	（白[1]）殺上街亭！
	（前敗下，魏延上）
魏　　延	（白）俺魏延。今見街亭被困，不免冒着生死，前後救應參軍。手下大戰！
	（司馬懿殺介）
旗　　牌	（白）蜀將保着馬謖殺出重圍去了！
司馬懿	（白）窮寇勿追。傳二位先鋒進帳！
旗　　牌	（白）傳二位先鋒！
	（張郃、司馬昭同上）
張　郃 司馬昭	（同白）參見元帥。
司馬懿	（白）柳城、陽平可曾戰下？
張　郃 司馬昭	（同白）已曾戰下了。
司馬懿	（白）如此掛榜安民，回營犒賞。
張　郃 司馬昭	（同白）得令，眾將！
旗　　牌	（白）有。
張　郃 司馬昭	（同白）收兵回營。
	（眾下）

校記

［1］王平白：原本作"生白"，今改。

第 九 場

（馬謖、趙雲、魏延、王平同上）

馬　謖　（白）列位將軍，不想誤中奸計，失却街亭，多虧列位將軍，救出重圍。

衆　　　（白）事到如今，悔之無及，一同回營請罪。

馬　謖　（白）就此收兵。

衆　　　（白）衆將！

旗　牌　（白）有。

衆　　　（白）收兵回營。

（衆下）

空 城 計

無名氏 撰

解 題

京劇。清無名氏撰。《慶昇平班戲目》著錄,題"空城計"。《京劇劇目初探》、《京劇劇目辭典》著錄,題"空城計",一名"撫琴退兵"。均未署作者。劇寫諸葛亮見王平送來紮營圖樣,大驚失色,料知街亭難保,急令人速將趙雲調回,以防萬一。探馬連報街亭失守,司馬懿大軍已距西城不遠。時城中僅有老弱兵卒,諸葛亮進退兩難,乃定計將四門大開,使老軍打掃街道。老軍心中不寧,諸葛亮詐稱城内埋伏神兵十萬,以安其心。司馬懿率大軍至城下,見城門大開,諸葛亮在城樓撫琴自樂,神色安閑,疑有伏兵,即傳令全部人馬後退四十里,並說空城也罷,實城也罷,不上當了。此本到此,未有趙雲趕來截殺司馬懿情節。本事出於《三國演義》第九十五回。《三國志·蜀書·諸葛亮傳》裴松之注引郭衝所叙三事載有此事,裴注後又否定其事。版本今有國家圖書館藏《繪圖京都三慶班真正京調全集》本收錄的汪桂芬、董三雄曲本(抄本石印,未標點)、復旦大學圖書館藏《醉白集》本、首都圖書館《京調戲書》載孫春恒藏本(未見)。今以汪桂芬、董三雄曲本爲底本校點整理。

第 一 場[1]

(諸葛亮上[2])

諸葛亮 (念)【引】
　　　　兵出祁山地,
　　　　　要討司馬懿。
蜀士卒 (念)手捧地理圖,

　　　　　　來至丞相府。
　　　　（白）門上有人麼？
蜀　　將　（白）甚麼人？
蜀士卒　（白）下書人，叩見丞相。
蜀　　將　（白）啓禀丞相，下書人叩見丞相。
諸葛亮　（白）你奉何人所差？
蜀士卒　（白）奉王將軍之差，有畫圖在此。
諸葛亮　（白）將畫圖打開，待山人觀看。噯呀！來！將趙老將軍調回來[3]。
蜀　　將　（白）是。
探　　子　（白[4]）報！司馬懿奪取街亭[5]。
諸葛亮　（白）再探。我把他大膽的馬謖！山人臨行之時，怎樣分付與你，靠山近水安營紮寨。你不聽山人將令，我的街亭咳！已是難保。
探　　子　（白）報！馬將軍失守街亭。
諸葛亮　（白）再探。失守街亭非馬謖之事，諸葛亮之罪也！
探　　子　（白）報！司馬懿離城四十里。
諸葛亮　（白）再探。噯呀！司馬懿人馬來得好快呀！呀！今日一見，話不虛傳，則是令人可服，令人可敬呀！司馬懿人馬到來，大小官軍調出在外，難道我左手被擒，右手被擒！吓，自有道理。來！
蜀　　將　（白）有。
諸葛亮　（白）傳老弱殘兵！
老　　軍　（白）司馬兵到，心驚肉跳。丞相無爲，必定開刀。
老　　軍　（白）參見丞相！
諸葛亮　（白）罷了。爾等將四城門大開，司馬懿人馬到來[6]，不要害怕。
老　　軍　（白）是。
諸葛亮　（白）違令則斬。
　　　　（老軍下）
諸葛亮　（白）蒼天呀蒼天！我保漢室江山，我則空城一計也。
　　　　（唱）【搖板】
　　　　　　我用兵數十年從來謹慎，
　　　　　　悔不該用馬謖無用之人。
　　　　　　設下了空城計我心中不定呀，
　　　　（唱）【導板[7]】

　　　　　　　但願得先帝爺空中顯靈。
　　　　（白）咳！
　　　　（下，老軍上）
諸葛亮　（唱）小馬謖失街亭令人可恨，
　　　　　　　犯將令他就該斬首營門。
老　軍　（白）咱的哥，丞相老糊塗。丞相將四門大開，等司馬懿大兵到來，
　　　　　　　一殺而進。
諸葛亮　（白）唔！
　　　　（唱）兒等們因甚事紛紛議論，
老　軍　（白）丞相！不是我說的，是他說的！
諸葛亮　（唱[8]）國家事無煩你兒等的當心。
老　軍　（白）丞相！西城乃是漢中路徑，倘若司馬懿大兵到來，一擁而進，
　　　　　　　西城失守，如何是好？
諸葛亮　（唱）那西城本是那漢中路徑，
老　軍　（白）丞相不差呀！
諸葛亮　（唱）我城內埋伏下有十萬的神兵。
老　軍　（白）咱的哥，讓我來看一看[9]，吓！
老　軍　（白）一個都沒有。
諸葛亮　（唱）那怕他司馬懿天大的膽，
　　　　　　　我諒他大兵到不敢進城。
　　　　　　　你們等放大膽把街道掃定，
老　軍　（白）呀！
諸葛亮　（唱）守空城退司馬就在此撫琴。

校記

[1] 第一場：原本不分場，今依劇情分爲二場。
[2] 諸葛亮上：原本作"生上"。今改。本劇上場人物原用扮演脚色，今均爲本人姓名。
[3] 將趙老將軍調回來："調"字，原本音假作"吊"。今改。下同。
[4] 探子白：此提示，原本作"搖板"。今改。
[5] 司馬懿奪取街亭："街"字，原本作"佳"。今改。下同。
[6] 司馬懿人馬到來："司馬"二字，原本倒置爲"馬司"。今改。

[7] 導板:"導"字,原本作"倒"。今改。下同。

[8] 諸葛亮唱:"唱"字,原本作"白"。今依文意改。下同。

[9] 讓我來看一看:"讓"字,原本作"然"。今依文意改。下同。

第 二 場

司馬懿　（内唱）【導板】
　　　　得了街亭望西城[1],
　　　　四門大開爲何因?
　　（白）且住。方纔探子報來,西城乃是一座空城,何以將四門大開?
　　　　不要中他鬼計。讓我傳他一令,衆將官聽我一令!

司馬懿　（唱）【滚板】
　　　　坐在馬上傳一令,
　　　　大小將官聽分明。
　　　　有人若把西城進,
　　　　定斬首級不留情。

衆　（白）呵!

諸葛亮　（唱）【西皮】
　　　　我本是南陽一山人,
　　　　前三皇後五帝比故同行。
　　　　先帝爺下南陽御駕三請,
　　　　官封我武鄉侯國位的功名。
　　　　孫武子他則有雷炮的興兵,
　　　　姜吕尚保周朝八百餘春。
　　　　小孫臏擺下了五雷大陣,
　　　　因下見自流水嗛一嗛的瑶琴。
　　（笑）哈哈哈!
　　（唱）在城樓撫瑶琴缺少知音。

司馬懿　（唱）【西皮】
　　　　坐在馬上來觀陣,
　　　　城樓上坐的是諸葛孔明。
　　　　左右琴童兩個人,

那妖道在城樓撫的乃是瑤琴。
我本當將人馬一擁而進,
（白）且住。
（唱）又恐怕中了他鬼計詐情。
坐在馬上傳將令,
尊一聲孔明聽分明。
你的鬼計就像我,
你我本是一樣人。

諸葛亮　（唱）【二六板】
站在城樓觀山景,
耳聽得人馬亂紛紛。
旌旗招展空翻影[2],
却原來司馬懿亂發兵。
你我到此未曾過陣,
別來無恙駕可安寧。
一來馬謖無學問,
二來是將士不合失守街亭。
連得二城真僥倖,
你不該帶領了大小將士往西城。
我這裏琴童二個人,
裏無埋伏,外無救兵。
西城並無別的敬,
準備了羊羔美酒,
羊羔美酒犒賞你的衆三軍。
你就到此把城進,
爲甚麼城外紮紮紮下了大營？
站在城樓把話論,
等候司馬談談心。
我也曾命人把街道掃凈,
準備司馬好屯兵[3]。
你休要胡思亂想心不定,
你就來來來請上城樓聽我撫琴。

司馬懿　（唱）【滾板】

　　　　　　聽得妖道把話論，

　　　　　　不由司馬膽戰心驚。

　　（白）且住。來！將人馬退到四十餘里，噯呀！且住。我來說破與他諸葛亮聽。吓！諸葛亮你的膽也太大了！司馬懿吓司馬懿！我的膽也太小了。諸葛亮，你空城也罷，你實城也罷，你的司馬老爺不上你的當了。少陪了！少陪了！

校記

［1］得了街亭望西城："街亭"二字，原本作"佳城"。今改。

［2］旌旗招展空翻影："翻"字，原本作"番"。今改。

［3］準備司馬好屯兵："準"字，原本作"整"。非是。今改。

斬 馬 謖

無名氏 撰

解 題

　　京劇。清無名氏撰。《京劇劇目初探》、《京劇劇目辭典》著錄，題"斬馬謖"，未署作者。劇寫諸葛亮聞報，街亭失守，悔恨未聽劉備言，錯用馬謖。諸葛亮先責問王平。王平言說馬謖不聽諫阻，執意山上紮營，自請分兵，於山下另紮小寨，以便救應。諸葛亮自責錯用人，未責王平，反說"回川奏主把官升"。諸葛亮傳馬謖問罪。馬謖知罪當斬，但求丞相赦保全家。諸葛亮告其不誅全家，然後請王命斬了馬謖。行刑前，諸葛亮、眾將揮淚奉酒活祭。本事出於《三國演義》第九十六回。《三國志·蜀書·諸葛亮傳》、同書《馬謖傳》及裴松之注引《襄陽記》、同書《王平傳》載其事。版本今有《繪圖京都三慶班真正京調全集》本(抄本石印，未標點)、復旦大學圖書館藏《醉白集》本、《京劇戲書》孫春恒藏本(未見)。今以"三慶班"本爲底本校點整理。

第 一 場[1]

　　（諸葛亮上[2]）

諸葛亮　（念）【引】
　　　兵出未聞奏凱歌，
　　　常把憂心記在懷。
　　（探子上）

探　子　（白）只因街亭失，報與丞相知。啟丞相！伐魏眾將，掩旗息鼓而回。

諸葛亮　（白）後營歇息。

探　子　（白）謝丞相。（下）

諸葛亮　（白）適纔探子報道，街亭已失，好不悶殺人也！
　　　　（唱）聽報道馬謖失街亭，（吐介）
　　　　　　冷水澆頭汗淋身。
　　　　　　可恨馬謖把兵領，
　　　　　　自誇大口失三城。
　　　　　　當初先帝歸蒼井，
　　　　　　傳下旨意諭山人。
　　　　　　馬謖無能休重用，
　　　　　　言其過實莫與論。
　　　　　　先帝言語今果應，
　　　　　　恨己不如先帝明。
　　　　　　叫三軍與我傳將令，
　　　　　　快傳牌卒小王平。
中　軍　（白）傳王平進帳！
王　平　（唱）忽聽帳内傳軍令，
　　　　　　嚇得王平膽戰驚[3]。
　　　　　　倒戈卸甲把帳進，
　　　　　　丞相臺前候典刑。
中　軍　（白）啓丞相！王平進帳。
諸葛亮　（唱）一陣氣血神不定，
　　　　（介）
王　平　（白）末將請罪！
諸葛亮　（唱）咬牙切齒罵王平。
　　　　　　自幼隨軍多謹慎，
　　　　　　爲甚麼違令失街亭。
　　　　　　馬謖無智心不忖，
　　　　　　你不該失却並柳城。
　　　　　　失去街亭無根本，
　　　　　　枉費山人一片心。
王　平　（白）丞相容稟！
　　　　（唱）參軍此去是重任，
　　　　　　一路興兵到街亭。

		自在營中誇本領，
		全使軍法演奇門。
		大營錯紮高山嶺，
		四面受敵怎能行。
		末將阻令不依允，
		因此分兵另紮營。
		他每日營中把宴飲，
		中了司馬計奇能。
		多虧魏延使虎性，
		救出馬謖回大營。
諸葛亮	（唱）	聽罷言來心自忖，
		乃是自己錯用人。
		你那裏且把後帳進，
		回川奏主把官升。
王　平	（白）	謝丞相。
	（唱）	只一次犯法活了命，
		感了丞相莫大恩。（下）
諸葛亮	（白）	傳馬謖！
中　軍	（白）	傳馬謖進帳！
馬　謖	（內唱）	【導板[4]】
		誤失街亭敗軍，
馬　謖	（白）	哎呀，天呀！天敗吾也！
	（唱）	身背荊棘領國法，
		悔不該不聽王平話，
		悔不該高山上把營紮。
		悔不該帳內說大話，
		賭頭輸印押全家。
		明知司馬謀略大，
		運籌定計難勝他。
		失了三城罪莫大，
		難免一命喪黃沙。
		邁步來在寶帳下，

丞相臺前把罪加。
中　軍　（白）啓丞相！馬謖到。
諸葛亮　（唱）聽說馬謖到帳下，
　　　　　　不由山人咬銀牙。
　　　　　　未曾出兵說大話，
　　　　　　無才不該把口誇。
　　　　　　也曾自幼習遁甲，
　　　　　　大不該空山把營紮。
　　　　　　兵權重任當玩耍，
　　　　　　竟把大事失與他。
　　　　　　軍令不行誰懼怕，
　　　　　　準備人頭正軍法。
馬　謖　（唱[5]）丞相中軍令傳下，
　　　　　　止不住兩眼淚巴巴。
　　　　　　卑末犯罪理應斬，
　　　　　　望丞相赦保我全家。
諸葛亮　（唱）你那裏休把此心掛，
　　　　　　山人焉能誅全家。
　　　　　　叫武士押他法場下，
　　　　　　請上王命典刑法。
馬　謖　（唱）即日營中排八卦，
　　　　　　朱雀勾陳未詳查。
　　　　　　誰知玄武逢冲化，
　　　　　　白虎銜刀犯凶殺。
　　　　　　忍淚含悲把帳下，
　　　　　　對着家鄉淚如麻。
　　　　（押下）
諸葛亮　（白）起道法場！
　　　　（唱）山人一時未詳察，
　　　　　　却被馬謖誤國家。
　　　　　　不該兵權付他掌，
　　　　　　用人不到怨自家。

（下）

校記

［１］第一場：原本不分場。今依劇情分爲二場。
［２］諸葛亮上：原本作"外上"。今改。本劇出場人物，原本用扮演脚色，今均改爲本人姓名。
［３］吓得王平膽戰驚："驚"字，原本作"京"。今改。
［４］導板："導"字，原本作"倒"。今改。
［５］馬謖唱：原本"唱"字作"白"。今依文意改。

第 二 場

（馬謖上）

馬　謖　（白）街亭失志把陣敗。蒼天吓，蒼天吓！想我馬謖，一向威風凜凜，到今日死得好不痛愧心也！
　　　　（唱）不由豪傑淚滿懷。
　　　　　　司馬用兵多奇怪，
　　　　　　滿腹陰陽解不開。
　　　　　　我只説當道下營寨，
　　　　　　猶恐敵人兩路來。
　　　　　　高山紮營往下踏，
　　　　　　一旦失却大將才。
　　　　　　今日犯令無可奈，
　　　　　　難免一命赴陰臺。
　　　　　　捨不得成都花世界[1]，
　　　　　　捨不得吾主愛賢才。
　　　　　　捨不得文武同朝拜，
　　　　　　捨不得衆將把征擺。
　　　　　　捨不得老母年高邁，
　　　　　　捨不得妻兒小嬰孩。
　　　　　　再不能兵權領統帶，
　　　　　　再不能執笏拜龍臺。

　　　　　　　再不能朝房會國事，
　　　　　　　再不能居位列三臺。
　　　　　　　悶懨懨來在法場下，
　　　　　　　等候午時把刀開。
　　　　（衆同諸葛亮上）
諸葛亮　（唱）號炮三聲人驚倒，
　　　　　　　對着城都淚滿腮。
　　　　　　　山人計窮無布擺[2]，
　　　　　　　空有先帝託孤才。
中　軍　（白）來此法場。
諸葛亮　（白）將祭禮擺開，衆將輪流主祭一祭。
　衆　　（白）得令。
趙　雲　（白）酒來！
　　　　（唱）忙將祭禮席地擺。
　　　　　　　焚香把盞淚滿腮。
　　　　　　　馬氏五常人敬愛，
　　　　　　　胸中韜略有大才。
　　　　　　　你不該逞能爲將帥，
　　　　　　　軍前失事犯禍胎。
　　　　　　　但願將軍轉世界，
　　　　　　　來生名標位三臺。
馬　謖　（唱）馬謖無能深感待，
　　　　　　　有勞千歲把酒擺。
　　　　　　　只望出兵早奏凱，
　　　　　　　誰知司馬是有才。
　　　　　　　失却街亭罪似海，
　　　　　　　法場堪受一刀災。
　　　　　　　某爲國家身遭害，
　　　　　　　也是前生造下來。
魏　延　（白）酒來！
　　　　（唱）對着將軍身下拜，
　　　　　　　手捧瓊漿淚哀哀。

　　　　　　　只爲行兵多測隱，
　　　　　　　天公降下大禍來。
　　　　　　　願你早歸人世界，
　　　　　　　表表魏延寸心懷。
馬　　謖　（唱）感蒙將軍恩義在，
　　　　　　　生受瓊漿理不該。
　　　　　　　你我隊伍爲將帥，
　　　　　　　竭盡功勞把土埋。
　　　　　　　同扶江山如嫡派[3]，
　　　　　　　共志勤王本當該。
　　　　　　　將軍威名揚四海，
　　　　　　　須要忠心保龍臺。
王　　平　（白）酒來！
　　　　　（唱）手捧瓊漿淚滿腮，
　　　　　　　跪立埃塵開説懷。
　　　　　　　只爲逞能遭兵敗，
　　　　　　　不能言語惹禍胎。
　　　　　　　司馬詭計且不解，
　　　　　　　空山紮營把陣擺。
　　　　　　　今日一旦歸世界，
　　　　　　　我和你將帥兩分開。
馬　　謖　（唱）你我平日多相愛，
　　　　　　　何須恭敬跪塵埃。
　　　　　　　一非私自把國要，
　　　　　　　一非貪想奪金階。
　　　　　　　前生只是造孽債，
　　　　　　　注定今生受刀災。
　　　　　　　相煩將軍行仁愛，
　　　　　　　法場之上把屍埋。
衆　　將　（同白）啓丞相時辰已到！
諸葛亮　　（白）將馬謖開刀！
衆　　將　（同白）請元帥歸天，呵呵呵！

諸葛亮　（哭白[4]）一見人頭淚珠流，
衆　將　（同白）丞相淚流爲那椿[5]？
諸葛亮　（白）思了先帝之言，不該用他。可嘆吓！可嘆吓！
　　　　（衆同）呵呵呵！
　　　　（同下）

校記

［1］捨不得成都花世界："成"，原本作"城都"。今改。
［2］山人計窮無布擺："擺"字，原本作"誤"，非是。今依文意改。
［3］同扶江山如嫡派："嫡"，原本作"滴"。今改。
［4］諸葛亮哭白："諸葛亮"爲"外"，原本作"生"。今依文意改。下同。
［5］丞相落淚爲那椿："椿"字，原本作"莊"。今改。

戰 北 原

無名氏 撰

解 題

　　京劇。無名氏撰,清周春奎曲本。周春奎(？—1908),號星垣,天津河北關上人。票友下海。初學老旦,後從張二奎學藝,改工老生。同治初與胡喜禄同掌春臺班事,頻著聲譽。同治末年赴上海,出演金桂軒中,亦列生行之首。光緒三年(1877)回,搭永勝奎班。九年(1883)復回春臺班,與汪桂芬同演。十三年(1887)與譚鑫培共組同春班爲班主,十九年(1893)隨班入宮演唱。至二十五年(1899)又與楊桂雲同組同慶班。古稀之後尚演出,八十歲方息影舞臺,光緒三十四年(1908)病卒。此劇《京劇劇目辭典》著録,題"戰北原",未署作者。劇寫三國魏將鄭文,奉司馬懿命,至蜀營詐降,孔明允留用。忽報秦朗討戰,鄭文主動請戰,孔明允其出馬,並出觀戰。鄭文與之交戰,不三合,刺死魏將,提頭報功。孔明心疑,對鄭文細加盤詰,識破其爲詐降,乃將計就計,命鄭文修書與司馬懿,約夜間前來劫寨。隨即將鄭文捆綁,扣押後營,待擒司馬懿後再行發落。本事出於《三國演義》第一百零二回。版本今有《故宫珍本叢刊》抄本、《繪圖京都三慶班真正京調全集》抄寫石印本。另有《戲考》本,與三慶班本故事情節相同,曲白不同。今以國家圖書館藏《繪圖京都三慶班真正京調全集》周春奎曲本爲底本,參考其他本校點整理。三慶班本,首頁題"繪圖戰北原",署"真正京都頭等名角周春奎曲本",聞聲館主題,錦章圖書局印;劇本正文前,題"校正京調戰北原全本"。

第 一 場[1]

(四卒上,白)喝。

(諸葛亮上[2])

諸葛亮　（唱）【西皮慢板】
　　　　　　想當初卧龍崗學演八卦,
　　　　　　先帝爺三請我才下山凹。
　　　　　　這幾天在營中未把仗打[3],
　　　　　　司馬懿他那裏笑我怕他。
　　　　　　選一個黃道日發動人馬,
　　　　　　滅却了司馬懿歸順漢家。
報　子　（白）報知丞相,司馬營中來了一將,名喚鄭文,前來投降。
諸葛亮　（白）再探。來。
卒　　　（白）有。
諸葛亮　（白）有請衆位將軍進帳。
卒　　　（白）有請衆位將軍進帳。
衆　　　（內白[4]）來也！
　　　　（趙雲、馬岱、關興、張苞上[5]）
衆　　　（白）參見丞相。
報　子　（白）衆位將軍少禮。
衆　　　（白）丞相喚末將等進帳[6],有何軍情議論？
諸葛亮　（白）適纔探子報到,司馬懿營中來了一將,名喚鄭文。前來投降[7],此人是誰？
衆　　　（白）聞得那司馬懿營,新收一將,名喚鄭文。此人武藝高强,丞相須要小心一二。
諸葛亮　（白）原來如此。來！
卒　　　（白）有。
諸葛亮　（白）擊鼓升堂,傳鄭文進帳。
卒　　　（白）傳鄭文進帳[8]。
鄭　文　（白）來也。
　　　　（唱）【西皮快板[9]】
　　　　　　來至在漢營中忙下戰馬,
　　　　　　不由我一陣陣心亂如麻。
　　　　　　我只得進帳將頭低下,
　　　　　　望丞相開天恩收留與咱。
諸葛亮　（唱）【西皮搖板】

見一將跪帳前身體高大，
因甚事鎖愁眉珠淚如麻。
爲甚麼降漢營反背司馬，
表你的名和姓哪裏住家？

鄭　　文　（白）丞相吓！

（唱）【西皮快板】

家住在山西省太角山下，
我姓名喚鄭文答報漢家。
勸他降他不從反下責打，
險些兒我的命染了黃沙。
無奈何偷出營反背司馬，
望丞相收留我仔細參查。

諸葛亮　（唱）【西皮搖板】

人言道司馬懿才高志大，
看起來他又把此事做差。
見過了帳中將一旁坐下，

鄭　　文　（白）謝坐。

諸葛亮　（唱[10]）待山人奏幼主定把功加。

　報　　　（白）報啓丞相，司馬懿營中又來一將，名喚秦朗。

諸葛亮　（白[11]）此人武藝如何？

鄭　　文　（白）此人武藝高強。

諸葛亮　（白）原來如此。待山人差一能將，前去對敵。

鄭　　文　（白）丞相且慢。

諸葛亮　（白）鄭將軍爲何阻令？

鄭　　文　（白）末將蒙丞相收留，未有寸功。丞相請發一令，待末將生擒秦朗進帳，以爲進見之功。

諸葛亮　（白）鄭將軍，這一功勞讓與你罷。

鄭　　文　（白）多謝丞相。

（唱）【西皮搖板】

寶帳領了丞相令，
捉拿秦朗要立功。

諸葛亮　（唱）看過了四輪車衆將退下，

眾　　　（白）哦！
諸葛亮　（唱）看鄭文與秦朗怎樣殺法。

校記

［1］第一場：原本未分場。今依劇情分爲三場。
［2］諸葛亮上："上"字，原本漏。今補。下同。"諸葛亮"，原本作"生"。今改。本劇出場人物原本用扮演脚色，今均改用本人姓名。
［3］這幾天在營中未把仗打："未"字，原本漏。今依文意補。
［4］眾內白："內"字，原本無。今據《戲考》本補。
［5］趙雲、馬岱、關興、張苞上白：眾將上場提示，原本無。今據《戲考》本補。
［6］丞相喚末將等進帳："進帳"二字，原本無。今依《戲考》本補。
［7］前來投降：此句，原文無。今據《戲考》本補。
［8］卒白傳鄭文進帳：此七字，原本無。今依文意補。
［9］西皮快板：這一曲調提示，原本無。今據《戲考》補。以下凡無曲牌提示者，均據《戲考》本補。不另出校。
［10］唱：原本誤作"白"。今改。
［11］諸葛亮白：此提示，原本漏。今依文意補。

第 二 場

（秦朗上）
秦　朗　（白）咄，反賊！元帥有何辜負與你？
（鄭文上）
鄭　文　（白）住口。看槍。
（唱）【西皮搖板】
　　罵聲賊子真大膽，
　　可嘆一命染黃沙。
　　下得馬來人頭割下，
　　見了丞相瞞哄與他。
諸葛亮　（笑）哈哈哈！
（唱）他二人見了面這雙槍並駕，
　　未戰三合把秦朗來殺。

莫不是司馬懿差他來行詐？

（白）是計吓！是計。來。

卒　（白）有。

第 三 場

諸葛亮　（白）回營。

（唱）候鄭文到帳前仔細問他。

鄭　文　（白）請丞相驗首級。

諸葛亮　（白）記將軍頭功。

鄭　文　（白）多謝丞相。

諸葛亮　（白）鄭將軍[1]！司馬營中可有幾個秦朗？

鄭　文　（白）這個……

諸葛亮　（白）講。

鄭　文　（白）並無第二。

諸葛亮　（白）並無第二。哎哈哈哈！鄭將軍，你這是何苦吓？

（唱）【慢板】

　　我本是臥龍崗散淡的道家，
　　憑陰陽算八卦保扶漢家。
　　適纔間斬秦朗多有勞駕，
　　我在那祁山下活哈哈的笑殺。

鄭　文　（唱[2]）斬秦朗並非是假，
　　　　你為何在帳中仔細盤查？

諸葛亮　（白）大膽！

（唱）【西皮二六板】

　　在帳中說的些一派好話，
　　誰叫你滿口中亂言胡答。
　　這幾天在營中未把仗打，
　　我把那司馬懿當作小娃。
　　諸葛亮興人馬誰人不怕，
　　許多的有名將俱被我殺。
　　我勸你在此間說了實話，

　　　　　　待山人奏幼主再把功加。
　　　　　　你若是滿口中胡言亂詐，
　　　　　　一霎時傳將令定把爾的頭殺。
　　　　　　誰不知諸葛亮興動人馬，
　　　　　　我心中如明鏡照定冤家。
　　　　　　我服爾好大的膽，
　　　　　　敢在虎口來拔牙。
　　　　（白）哈哈哈呵！些須小計，敢來瞞我。
鄭　文　（白）呀！
　　　　（唱）【西皮快板】
　　　　　　諸葛亮識破了投降是假，
　　　　　　不由我一霎時心亂如麻。
　　　　　　此時間顧不得扶保司馬。
　　　　（白）司馬都督，我也顧不得你了。
　　　　（唱）【西皮快板】
　　　　　　見丞相雙膝跪細說根苗。
　　　　　　投漢營斬秦朗全都是假，
　　　　　　望丞相開天恩饒恕與咱。
諸葛亮　（唱）鄭將軍既然是講的實話，
　　　　　　待山人回成都再把功加。
鄭　文　（白）多謝丞相。
諸葛亮　（白）鄭將軍，你與司馬定下何計？
鄭　文　（白）苦肉之計。
諸葛亮　（白）何爲苦肉之計？
鄭　文　（白）恐丞相見疑，將末將責打，約定三更時分，前來偷營劫寨。
諸葛亮　（白）如此與他，計上加計。
鄭　文　（白）何爲計上加計？
諸葛亮　（白）將軍修書一封，下在司馬營中，叫他三更時分，前來偷營劫寨。
　　　　　　雖滅不得司馬，殺他個片甲不回。
鄭　文　（白）如此待某寫來。
諸葛亮　（白）傳旗牌！
　卒　　（白）旗牌進帳！

旗　　牌　（白）丞相有何差遣？
諸葛亮　（白）鄭將軍有差。
鄭　文　（白）將書下在司馬營中，叫他照書行事。
諸葛亮　（白）來！
　衆　　（白）有。
諸葛亮　（白）將鄭文綁了。
鄭　文　（白）諸葛亮，你好欺人，爲何將某綁了？
諸葛亮　（白）候拿住司馬懿，一同發放。哈哈哈！
　　　　（唱）【西皮摇板】
　　　　　　這都是我主洪福大，
　　　　　　滅了那司馬懿報答漢家。

校記

［1］鄭將軍："將軍"二字，原本漏。今依文意補。
［2］唱：原本漏此提示。今依文意補。

七　星　燈

無名氏　撰

解　題

　　京劇。清無名氏撰。清道光四年《慶昇平班戲目》有此劇目。《京劇劇目辭典》著録，題"七星燈"，未署作者。《京劇劇目初探》亦著録，題"七星燈"，一名"孔明求壽"，亦未署作者。劇寫孔明病重，搭臺禳星祈壽。數日後星漸明。司馬懿觀星踩營，魏延報信誤將本命燈踏滅。孔明大怒，命魏延退帳。孔明告姜維他死後魏延必反，與姜維共定除魏延以及退兵等計，然後教馬岱除魏延計，又告衆將退兵之計，語畢瞑目而逝。衆將依孔明遺計以沉香木雕成偶像，竟將司馬懿驚走。本事出於《三國演義》第一百零三、一百零四回。元刊《三國志平話》已載孔明禳星之事，元雜劇有《五丈原諸葛禳星》（已佚）。版本今有國家圖書館藏《繪圖京都三慶班真正京調全集》汪桂芬曲本、《戲考》本、《戲學指南》本。今以汪桂芬曲本爲底本，參考其他本校點整理。

第　一　場[1]

　　　　　（諸葛亮上[2]）
諸葛亮　（念）老天不得隨人意，
　　　　　　　　用盡心機也枉然。
　　　　　（旗牌上）
旗　牌　（念）忙將機密事，
　　　　　　　　報與丞相知。
諸葛亮　（白）旗牌，回來了。
旗　牌　（白）小人回來了。
諸葛亮　（白）命你送去脂粉裙衫，可曾送到司馬懿營中？

旗　　牌	（白）小人奉了丞相之命，將此物件送去，我說：丞相見你停兵不戰，送你脂粉裙衫穿在身上，往丞相幾拜，丞相方可收兵。他說道：取笑由他，各有用兵之計。
諸葛亮	（白）呵！這是司馬懿說的？
旗　　牌	（白）正是。小人還在營中飲過宴來。
諸葛亮	（白）吓！你還在他營中飲過宴來？酒席筵前，可曾說些甚麼？
旗　　牌	（白）他問道：丞相飲食如何？
諸葛亮	（白）你是怎麼回答與他？
旗　　牌	（白）小人說道，丞相飲食減少。
諸葛亮	（白）退下。
旗　　牌	（白）是。
諸葛亮	（白）噯呀！我只說送他脂粉裙衫，說笑與他，不料我自己反漏機關。老天吓老天！ （唱[3]）仰面對天自嗟嘆， 　　　　司馬懿果算得將魁元。 　　　　送去脂粉他不嫌， 　　　　反與旗牌酒食餐。 　　　　有剛有柔真好漢， 　　　　解開其中這機關。 　　　　想當初在隆中多閑靜， 　　　　劉王爺三請我下山來， 　　　　水淹白河人稀少， 　　　　祭起東風破曹操。 　　　　到今日與司馬懿來交戰， 　　　　不能取勝實爲難。 　　　　那司馬懿能知我心腹事， 　　　　怕只怕秋風五丈原。 　　　　我算漢室江山只有三分鼎， 　　　　扭得人轉難扭天。 （姜維、魏延上）
姜　　維 魏　　延	（同唱[4]）忽聽得帳內鬧聲喧， 　　　　　忙到帳內問根源。

姜　維	（同白）丞相！爲何這等模樣？
魏　延	
諸葛亮	（白）列位將軍，山人本待重興漢室，恢復中原，不料天命在此，我命就在旦夕之間。
姜　維	（白）丞相自幼精習奇門之法，何不在此營中，高搭玄臺，祝告上蒼，保得陽壽，也未可知！
諸葛亮	（白）不知天意如何？魏延聽令！
魏　延	（白）何令？
諸葛亮	（白）命你帶領一哨人馬，巡營瞭哨，無令不許進帳[5]。
魏　延	（白）得令。
諸葛亮	（白）姜維聽令！
姜　維	（白）何令？
諸葛亮	（白）命你在營中高搭玄臺，上用七星黑旗一面，安明燈七盞，却是丞相本命之燈，不可打熄；倘若打熄，大事難成。
姜　維	（白）末將知道。
諸葛亮	（念）煩勞氣力千般用，
	無常一到萬事休。
	（同下）

校記

[1] 第一場：原本不分場。今依劇情分爲六場。

[2] 諸葛亮上：原本作"生上"，今改。本劇出場人物原本用扮演脚色，今均改用本人姓名。

[3] 唱："唱"字後，原本無曲調。今仍其舊。下文，除個别唱標有曲調外，餘均無。《戲考》本"唱"後爲【二簧慢板】。供參考。

[4] 同唱："同唱"二字之前，原本漏"末（姜維）、付（魏延）上"三字。今據下文出場人物情況補。

[5] 無令不許進帳："進"字，原本音假作"近"，今改，下同。

第　二　場

（司馬懿上，觀星）

司馬懿 （唱）【導板】

　　　　　　一霎時玉兔東升星明朗見，
　　　　　　又聽見營柵內打罷初更[1]。
　　　　　　叫三軍掌銀燈把高崗上，
　　　　　　虎目圓睜看分明。
　　　　　　觀東方甲乙木木旺生火[2]，
　　　　　　觀南方丙丁火火能克金。
　　　　　　正西方庚金龍昂然坐定，
　　　　　　觀北方壬癸水水見壬庚。
　　　　　　在北斗口內仔細看，

　　　　（白）呀！

　　　　（唱）見北斗王星黑暗不明。
　　　　　　那諸葛本是七星保命，
　　　　　　算就了五丈原必落此星。
　　　　　　叫三軍把高崗下聽我號令！

衆　　（白）哦！

司馬懿（白）四更時分送戰飯，五更一打要交兵。同衆將暗去踩營，若見那靈棺走定是孔明。此一番一個個勇力交戰回營中，奏王封都是功臣。

衆　　（白）呵！

（司馬懿過轉下）

校記

[1] 又聽見營柵內打罷初更："見"字，原本無；"營"字，原本作"哥"。今依文意改。

[2] 觀東方甲乙木木旺生火："木"字，原本漏一個。今據下文"觀南方丙丁火火能克金"句式補。

第 三 場

（姜維上）

姜　維（白）師父有請。

諸葛亮　（唱）爲江山急得我神魂不定，
　　　　　　　執寶劍上法臺祝告神明。
　　　　（白）吾乞上蒼，亮在亂世隱避隆中，蒙先帝三顧之恩，把幼主託孤之重，自己竭力效犬馬之勞，統衆六出祁山。是以討賊不過，將星欲落，殘吾陽壽，虔誠祝告上蒼。告上蒼伏乞天齊賜我陽壽，上報先帝託孤之恩，下免萬民一切之災[1]，不情不敷並容知之。
　　　　（唱）諸葛亮不敢扭天行，
　　　　　　　爲的是吾主錦乾坤。
　　　　　　　拜北斗會南斗賜我陽壽，
　　　　　　　執簿官掌筆史留下人情。
　　　　　　　中央戊己深深見，
　　　　　　　北斗星漸漸明。
　　　　　　　總然拜起主星合北斗，
　　　　　　　不知生死若何存？
　　　　（下）

校記

[1]下免萬民一切之災："免"字，原本作"報"，不妥。今依《戲考》本改。

第　四　場

　　　　（魏延急上[1]）
魏　延　（唱）司馬懿父子來踩營，
　　　　　　　報與丞相得知情。
　　　　（魏延熄燈介，諸葛亮上，亮扶劍白）
諸葛亮　（白）哎呀！
　　　　（唱）想是我大限立一定，
　　　　　　　魏延打熄本命燈。
　　　　　　　將寶劍插在塵埃地，
　　　　（姜維上）
姜　維　（唱）丞相爲何發雷霆？

諸葛亮　（白）魏延將軍吓！北斗主星看看拜起，被魏延走進帳內，將我本命燈打熄，主公大事難成，我命休矣！

姜　維　（白）吓嚀，賊子吓！

　　　　（唱）我師父拜北斗七星正，

　　　　　　看看拜起本命星。

　　　　　　為何將燈來打熄，

　　　　　　想是賊子起反心。

　　　　　　手執寶劍將你砍，

魏　延　（白）哎！

諸葛亮　（唱）將軍息怒慢消停。

　　　　（白）魏延你慌慌張張走進帳內，聽是司馬懿父子前來踩營？

魏　延　（白）正是。

諸葛亮　（白）他見我北斗主星黑暗不明，乃是假意踩營。以後無令不許進帳。

魏　延　（白）得令。

　　　　（念）恨小非君子，

　　　　　　無毒不丈夫。

諸葛亮　（白）姜維！

姜　維　（白）丞相。

諸葛亮　（白）姜維吓！

姜　維　（白）師父。

諸葛亮　（白）將軍吓！

　　　　（唱）我和你師徒們要師徒之意，

　　　　　　全仗你一點忠心保主社稷。

　　　　　　我還有五五二十五篇兵法計，

　　　　　　內有一萬四千一百四字迹。

　　　　　　數內按定兵法策，

　　　　　　將軍切莫洩漏機。

　　　　　　死後要依我三件事。

姜　維　（白）哪三件事？

諸葛亮　（白）一樁樁一件件你聽着。

　　　　（唱）頭一件休要舉哀來掛孝，

　　　　　　第二件慢慢消停出大兵，
　　　　　　第三件魏延日後必造反，
　　　　　　自有良謀在其中。
　　　　　　開言來把將軍叫，
　　　　　　快傳馬岱、楊儀與王平。
姜　維　（白）丞相傳楊儀、馬岱、王平進帳！
　衆　　（上念）忽聽帳內鬧揚揚，
　　　　　　　　丞相爲何淚汪汪。
　　　　（諸葛亮昏介）
王　平　（白）丞相蘇醒！
　　　　（諸葛亮醒介）
諸葛亮　（唱）心中恍忽是昏然[2]，
　　　　　　轉面便把馬岱叫。
馬　岱　（白）末將在此。
諸葛亮　（唱）開言叫一聲小將軍，
　　　　　　山人言來你且聽。
　　　　　　魏延日後必造反，
　　　　　　我有錦囊照上行。
　　　　　　開言便把衆位將軍叫，
　　　　　　一封小箋交與四個人。
　　　　　　臨終之時拆開看，
　　　　　　一樁樁一件件照計行。
　　　　　　這是我水淹白河短十歲，
　　　　　　又燒藤甲少十春。
　　　　　　命裏該活七十單三歲，
　　　　　　五十三歲命歸陰。
　　　　　　眼望着西蜀深深拜，
　　　　　　單拜劉主爺託孤恩。
　　　　　　猛然睁開昏花眼，
　　　　　　那旁來了龐統魂。
　　　　（龐統魂形上介）
　衆　　（白）丞相，看見甚麼了？

諸葛亮　（唱）龐鳳雛先生他來了，
　　　　　　　接我諸葛一路行。
　　　　　　　說話之間鮮血湧，
　　　　　　　作一個陽臺變中仙。
　　　　　（死介，下）
　衆　　　（唱）見丞相一命歸陰府，
　　　　　　　西蜀之事一旦丟。
姜　維　（白）衆位將軍，丞相有錦囊一封，大衆拆開一看，便知明白。
　衆　　　（白）有理。
姜　維　（白）吓！原來丞相說道，用沉香木雕成體像，自有退兵之計。噯呀丞相吓！
　　　　　（衆哭介）（合下）

校記

［１］魏延急上："魏延"二字，原本字迹不清；"急"字，原本無。今依文意補。《戲考》本作"魏急上唱搖板"，可參考。

［２］心中恍忽是昏然："恍"字，原本作"慌"。今依文意改。

第　五　場

　　　　　（司馬懿上）
司馬懿　（白）俺，司馬懿。昨夜仰觀天象，將星墜下，孔明已死，本帥帶領人馬前去搶他屍首糧草。衆將！
衆　將　（白）有。
司馬懿　（白[1]）就此前去，暗地踏營。
衆　將　（白）得令。
　　　　　（探子不報，上朵介）
姜　維　（白）暗地裏踩營，何爲大將！我家師父，正在用兵拿你。
司馬懿　（白）我却不信。
姜　維　（白）丞相有請！
　　　　　（內推孔上）（司馬懿、姜維下介）
姜　維　（白）丞相已死，威名還在。將軍！

衆　　　（白）有。

司馬懿　（白）就此安營下寨。

衆　　　（白）呵呵呵！

（探子下）

校記

［1］司馬懿白："白"字,原本漏。今補。

第 六 場

（司馬懿上）

司馬懿　（白）噯呀！我只説孔明已死,誰知他有移星轉斗詐遁之法,不是俺早的防範,險些又中他計。

（報子上）

報　子　（白）報知元帥,孔明已死。用沉香木雕成相,以作退兵之計。

司馬懿　（白）再去打探！且住。我本當興兵前去,又恐中他二計。也罷,就此收兵。衆將！

報　子　（白）有。

司馬懿　（白）就此收轉人馬。

衆　　　（白）得令！哦哦哦！

（同下）

【排子】

哭 祖 廟

汪笑儂 撰

解 題

京劇。清末汪笑儂撰。《京劇劇目初探》、《京劇劇目辭典》著録,均題"哭祖廟"。劇寫鄧艾攻下綿竹,劉禪驚懼,譙周、黄皓獻計出降。禪子劉諶(北地王)先斥出降之議,後又泣血諫阻。劉禪不聽,决意降魏。劉諶怒而回宫,與妻共議殉國,妻先行撞死。劉諶殺死三子,提人頭入祖廟設祭,哭訴祖業創造之難及己不忍亡國之心,自刎殉國。本事出於《三國演義》第一百一十八回。版本今有《汪笑儂戲曲集》本、《戲考》本。今以《汪笑儂戲曲集》本爲底本,參考《戲考》本校勘整理,擇善而從。

第 一 場

(四卒引北地王劉諶上)
(門官急上)

門　官　(跪白)啓稟王爺,今有鄧艾圍困成都,吾主明日出城投降[1],特來禀知!

劉　諶　(白)回府!
(門官下)

劉　諶　(念)(中坐,詩)
鳳子龍孫自不回,
爲子當孝臣當忠。
腰懸三尺龍泉劍,
夜作龍吟虎嘯聲。
(白)本爵,北地王劉諶。適纔從教場歸府,門官報道,鄧艾賊暗渡陰平，破了綿竹，圍困成都，我父王聽了譙周、黃皓之言，明日就要開城投降，國家存亡就在今日，時勢危急，不免進宮諫勸父皇一番再作道理。兩廂退下！

（唱）【搖板】

鄧艾賊子渡陰平，
團團圍着我都城。
進宮勸諫去奏本，
背城一戰退賊兵。

（下）

第二場

（後主上）

後　主　（唱）【流水板】

鄧艾賊子渡陰平，
團團圍着我都城。
曾命黃皓將神師請，
如何未見進宮廷！

（黃皓走上）

黃　皓　（白）叩見萬歲！

後　主　（白）罷了。命你去請神師進宮，可曾請到？

黃　皓　（白）已在宮門候旨。

後　主　（白）請！

黃　皓　（白）請！

（女巫上，上坐，後主起立，跪）

女　巫　（白）吾乃西川上神是也。

後　主　（白）參見上神！

女　巫　（白）相請吾神到來，有何見諭？

後　主　（白）只因鄧艾賊子暗渡陰平，襲了綿竹，進圍成都，那滿朝文武有願戰的，有願降的，紛紛不一。寡人毫無主見，不能定奪，因此請上神駕臨一卜，還是戰的好，還是降的好！

女　巫　（白）依吾神之見：你若投降鄧艾，保管你天下太平，晏安無事。

後　　主　（白）謹遵仙命。
　　　　　（女巫作神退驚醒狀[1]）
女　　巫　（白）哎呀！萬歲爺聖駕在此。參見萬歲！
後　　主　（白）罷了。
女　　巫　（白）謝萬歲。
後　　主　（白）黃皓，命你賞他白銀千兩，送他出宮去吧。
　　　　　（女巫走出，遇劉諶，劉諶視女巫切齒怒目，女巫忙走下）
劉　　諶　（唱）【搖板】
　　　　　　　父皇一味妖巫信，
　　　　　　　恐怕江山難保存。
　　　　　　　撩袍端帶宮門進，
　　　　　　　見了父皇説分明。
　　　　　（白）兒臣見駕，父皇萬歲！
後　　主　（白）平身！
劉　　諶　（白）萬萬歲！
後　　主　（白）皇兒進宮[2]，有何本奏？
劉　　諶　（白）那鄧艾賊子圍困成都，父皇爲何坐視不理？
後　　主　（白）非是爲父坐視不理，只因滿朝文武有願戰的，有願降的，議論紛紛，並無定見，孤想與其勞動干戈，勝敗不測，不如投降鄧艾，免得塗炭生靈。
劉　　諶　（白）自古以來哪有將大好的江山，白送人家的道理！
後　　主　（白）孤也曾問過神師。那神師言道：投降鄧艾，管保孤天下太平，晏安無事。
劉　　諶　（白）父王休信那妖巫一派荒誕之辭。想鄧艾孤軍深入，利在速戰，父皇不可開城，只可堅守[3]。兒臣不才，願領衆將背城一戰，何愁鄧艾不滅！
後　　主　（白）咳！動不動就要開城，戰勝了還則罷了，若是敗了，豈不要了你老子我的命嗎！
劉　　諶　（白）哎呀！
　　　　　（唱）【搖板】
　　　　　　　劉諶控背忙躬身，
　　　　　　　尊聲父皇龍耳聽。

妖巫之言不可信，
兒願領兵滅敵人！

後　　主　（唱）【搖板[4]】
皇兒不必苦爭論，
神師之言敢不遵！

劉　　諶　（唱）【搖板】
千言萬語父不信，
在宮中難壞小劉諶。
走向前來忙跪定，
抱着父皇放悲聲！

（跪，唱）【二六】
未曾開言淚難忍，
尊聲父皇仔細聽：
賊鄧艾孤軍深入陰平，
團團圍住錦繡的都城，
倒不如父子君臣背城一戰，戰必勝，
殺的他大小三軍馬步兒郎棄甲丟盔敗走無門。
孩兒的言語不肯信，
祖宗基業莫當輕！

後　　主　（唱）【搖板】
爲父龍心業已定，
午時三刻便開城。

劉　　諶　（唱）【搖板】
今日的堂堂天子尚稱朕，
明朝就是亡國君。
天下後事看公論，
罵父的詞兒不忍云。
若謂孩兒言不遜，
開刀先殺我小劉諶！

後　　主　（唱）【搖板】
奴才說話言不遜，
膽敢當面罵天倫。

　　　　　恨不得一足要爾命，

　　　　　不殺你我還念父子之情！

　　　（白）不必多言出宮去罷！

劉　　諶　（起立，唱）【搖板】

　　　　　劉諶奏本父不信，

　　　　　一足踢我出宮門，

　　　　　國破家亡心何忍！

　　　　　先王啊！

　　　　　我先殺妻後殺子再殺自身！

　　　（下）

後　　主　（唱）【搖板】

　　　　　黃皓與孤安排定，

　　　　　投降之後享太平。

　　　（下）

校記

［１］女巫作神退驚醒狀："狀"字，原本無。今依《戲考》本補。

［２］皇兒進宮："皇"字，原本作"吾"。今從《戲考》本改。

［３］父皇不可開城，只可堅守：此句十字，原本無。今依《戲考》本補。

［４］唱搖板："搖板"，原本無。今從《戲考》本補。下同。不另出校。

第　三　場

　　　（老太監董敏領二小王上）

董　　敏　（唱）【搖板】

　　　　　自幼淨身入宮院，

　　　　　算來到今數十年。

　　　（白）咱家董敏。奉了夫人之命，去到御花園遊玩，看天氣不早，我
　　　　們回去吧！

　　　（唱）【搖板】

　　　　　手拉世子回府轉，

　　　　　但願國家早治安。

（老太監領二小王下）

第 四 場

（劉夫人抱小兒上）

劉夫人　（唱）【二簧正板】[1]

　　　　　　賊鄧艾渡陰平十分危險，
　　　　　　眼見得圍成都黎民不安。
　　　　　　我丈夫每日裏把兵操練，
　　　　　　爲甚麼這時候不見回還？

劉　諶　（內唱）【倒板】

　　　　　　怒冲冲出離皇宮院……

（劉諶上）

劉　諶　（唱）不由本爵怒衝冠。
　　　　　　未曾進宮先拔劍，

劉夫人　（白）啊，王爺！

劉　諶　（唱）這才是兒女情長英雄氣短，
　　　　　　我的手足酸！

劉夫人　（白）啊，王爺，今日進宮，爲何拔劍出鞘！

劉　諶　（白）你乃女流之輩，不問也罷！

劉夫人　（白）王爺說哪裏話來。有道是朝裏有事君臣議論，家中有事夫妻商量，哪有丈夫有事，妻子不聞不問的道理？

劉　諶　（白）哎呀！夫人有所不知，今有鄧艾圍困成都。父皇聽信譙周、黃皓之言，明日就要開城投降，本爵意欲拔劍出鞘，殉國一死！

劉夫人　（白）哎呀！如此說來，妾請先死！

（將小孩放桌上）

（唱）【搖板】

　　　　　　將姣兒放在青玉案，
　　　　　　心中好似滾油煎。
　　　　　　人生百歲終有死，
　　　　　　恩愛夫妻不團圓。

（撞死）

劉　　諶　（白）死得好！

　　　　　（唱）【摇板】

　　　　　　　　一見夫人尋短見，

　　　　　　　　心中好似亂刀剜！

　　　　　（將夫人頭割下）

　　　　　　　　忙用寶劍人頭割，

　　　　　（手指案上嬰兒）

　　　　　　　　我三歲的嬰兒也要被刀斬！

　　　　　（殺死嬰兒，唱）

　　　　　　　　手提人頭出宮殿，

　　　　　（老太監引二小王上）

劉　　諶　（唱）一見二子眼睁圓！
董　　敏　（白）哎呀王爺呀！一言不發爲何要殺二位殿下？
劉　　諶　（白）想我國破家亡，死了倒也乾净！
二小王　（同白）父王要殺孩兒却也不難，容孩兒進宮見吾母親一面，再殺不遲！
劉　　諶　（白）兒要見你母親麽？兒來看！

　　　　　（小王驚跑圓場，劉諶殺一小王。董敏與另一小王同跪）

董　　敏　（白）哎呀王爺啊！殺了一個留下一個，也好接續後代香烟！
劉　　諶　（白）念你苦苦哀求，出宮去吧！

　　　　　（董敏急拉起小王走。劉諶趕殺小王）

董　　敏　（白）看二位殿下已死，國破家亡，俺不免也碰死了吧！

　　　　　（撞死）

劉　　諶　（唱）【摇板】

　　　　　　　　好一個忠心董太監，

　　　　　　　　留下美名萬古傳。

　　　　　　　　忙將人頭一起割，

　　　　　　　　祖廟之中祭祖先！

　　　　　（提四人頭顧下）

校記

[1] 唱二簧正板：原本無此提示。今從《戲考》本補。

第 五 場

（後主面縛輿櫬，出城迎降下。鄧艾引四卒上，三笑，進城下）

第 六 場

（劉諶提人頭持劍進祖廟）

劉　諶　（唱）【二簧倒板】

　　　　進祖廟不由人心中悲悼！
（插劍，三次分獻四人頭，奠酒拜跪，起立，叫頭）
　　　　（白）先皇呀，昭烈帝，皇祖哇！
（唱）【回龍腔】
　　　　將人頭供神案祭奠祖先！
（改唱）【反二簧】
　　　　高皇帝手提着三尺寶劍，
　　　　滅強秦破暴楚才定江山。
　　　　至孝平國運衰王莽謀篡，
　　　　毒藥酒酖先帝龍駕歸天。
　　　　光武爺走南陽遷都爲東漢，
　　　　全仗着雲臺將二十八員。
　　　　傳位到桓靈帝信寵太監，
　　　　黃巾賊遍地起四鄉狼烟。
　　　　先皇祖滅黃巾威名振顯，
　　　　宴桃園三結義牛馬祭天。
　　　　遭不幸在徐州弟兄們失散，
　　　　到後來會古城才得團圓。
　　　　走荊州依劉表重興炎漢，
　　　　不料想蔡夫人爲人不賢。
　　　　跳檀溪吾皇祖身遭危險，
　　　　水鏡莊貪夜間才遇高賢。
　　　　隔牆壁吾皇祖龍耳聽見，

他言道伏龍鳳雛得一人天下可安。
徐元直走馬把諸葛亮薦，
那先生三顧請才下高山。
博望坡新野縣兩次交戰，
用火攻燒曹兵心膽俱寒。
吾皇祖長坂坡又遭大難，
皇祖母亂軍中命喪井泉。
好一個趙將軍他渾身是膽，
百萬軍中救主還。
出重圍撩鎧甲低頭細看，
那時節吾皇父睡懷中，
昏昏沉沉睡夢間，
直到如今睡了幾十年。
奸曹操領兵將八十三萬，
玄武池練水軍吞併江南。
東吳的武將們個個要戰，
文部官個個的袖手旁觀。
魯子敬過江來把諸葛亮見，
那先生一帆風去到江南。
他也曾舌戰群儒光輝壇坫，
他也曾草船借箭在大霧間。
他也曾祭東風七星臺上面，
他也曾赤壁鏖兵火燒曹瞞。
唾手兒得荊州未遂心願，
張永年獻地圖才得西川。
報弟仇與東吳兩家開戰，
燒連營七百里火焰連天。
兵敗在白帝城身遭大限，
吾的先皇祖哇！
才知道得江山創業艱難。
賊鄧艾渡陰平十分的冒險，
吾父皇聞此言心膽皆寒。

滿朝的文武將不敢開戰,
老譙周在一旁一味地談天。
有本爵聞此事心忙意亂,
進皇宮雙膝跪倒在父皇前。
吾言道勢已危急倒不如,
君臣父子背城一戰。
再不然學當年破陳李左車,
堅壁清野計出萬全。
賊鄧艾孤軍深入利在速戰,
那時節吾父子們燒了成都退守深山。
率領着軍民人等文武百官再圍都城戰,
賊鄧艾在成都他進也不能進,
退也不能退,
戰也不能戰,
守也不能守,
既無有糧又無有草,
三軍自亂殺得他片甲不還。
吾父皇不聽兒良言相勸,
反將我踢出宮滿面羞慚。
衆弟兄一個個無顏相見,
莫奈何殺妻子祭奠祖先。
吾皇祖在天靈可曾看見?
念皇孫國又破家又亡,
妻又殺吾的子又斬,
以身殉國倒不如死也心甘。
想起了先皇祖令人悲嘆,
嘆先皇數十年南征北戰,
東擋西殺,晝夜殺砍,馬不停蹄,
才得來這三分帝鼎一隅的江山,
他斷送在眼前!
吾父皇太昏庸不聽良諫,
每日裏在深宮苟且偷安。

投降後何面目把臣民來見,
九泉下見先皇有何話言。
想當年讓成都劉璋好慘,
到如今我父皇焚符棄璽,反縛輿櫬,
率領着文武百官軍民人等,
匍匐塵埃,投那鄧艾,比劉璋更加可憐!
莫不是我漢家氣數已滿,
才知曉創業難守成更難。
在祖廟哭得我肝腸寸斷,肝腸寸斷!

(轉唱)【搖板】
耳邊厢又聽得金鼓喧天,
料此刻我父皇把鄧艾來見。
我何忍見他堂堂天子,
跪倒在馬前。
恨不得亂臣賊子刀刀斬,
從今後再不要鳳子龍孫自命不凡。
惡恨恨拔出了龍泉寶劍,
俺本爵殉國死倒也心甘!

(自刎而死)
(劉備鬼魂帶二卒上)

劉 備 (白)皇孫哪!漢室氣數已盡,不能挽回,隨我去吧!
(二人同下)

圖書在版編目(CIP)數據

三國戲曲集成・晚清昆曲京劇卷/胡世厚主編;胡世厚校理.—上海:復旦大學出版社,2018.6
ISBN 978-7-309-13347-9

Ⅰ.三… Ⅱ.①胡… Ⅲ.①昆曲-劇本-作品集-中國-清後期 ②京劇-劇本-作品集-中國-清後期 Ⅳ.I230

中國版本圖書館 CIP 數據核字(2017)第 264902 號

三國戲曲集成・晚清昆曲京劇卷
胡世厚　主編　胡世厚　校理
總　策　劃/張蕊青
責任編輯/宋文濤
裝幀設計/馬曉霞

復旦大學出版社有限公司出版發行
上海市國權路 579 號　郵編:200433
網址:fupnet@fudanpress.com　http://www.fudanpress.com
門市零售:86-21-65642857　團體訂購:86-21-65118853
外埠郵購:86-21-65109143　出版部電話:86-21-65642845
浙江新華數碼印務有限公司

開本 787×1092　1/16　印張 68.5　字數 1066 千
2018 年 6 月第 1 版第 1 次印刷

ISBN 978-7-309-13347-9/I・1079
定價:320.00 元

如有印裝質量問題,請向復旦大學出版社有限公司出版部調換。
版權所有　侵權必究